In gleicher Aufmachung erschienen in der Reihe
HEYNE SCIENCE FICTION & FANTASY
herausgegeben von Wolfgang Jeschke:

Das Science Fiction Jahr # 1 (1986) · 06/4260
Das Science Fiction Jahr # 2 (1987) · 06/4371
Das Science Fiction Jahr # 3 (1988) · 06/4464
Das Science Fiction Jahr # 4 (1989) · 06/4550
Das Science Fiction Jahr # 5 (1990) · 06/4640
Das Science Fiction Jahr # 6 (1991) · 06/4760
Das Science Fiction Jahr # 7 (1992) · 06/4850
Das Science Fiction Jahr # 8 (1993) · 06/4960
Das Science Fiction Jahr # 9 (1994) · 06/5080
Das Science Fiction Jahr # 10 (1995) · 06/5245
Das Science Fiction Jahr # 11 (1996) · 06/5380
Das Science Fiction Jahr # 12 (1997) · 06/5638
Das Science Fiction Jahr # 13 (1998) · 06/5925
Das Science Fiction Jahr # 14 (1999) · 06/5995
Das Science Fiction Jahr # 15 (2000) · 06/6339
Das Science Fiction Jahr # 16 (2001) · 06/6369 (in Vorb.)

DAS SCIENCE FICTION JAHR

15

Ein Jahrbuch für den
Science Fiction Leser

AUSGABE 2000

Herausgegeben
von
Wolfgang Jeschke

WILHELM HEYNE VERLAG · MÜNCHEN

HEYNE SCIENCE FICTION & FANTASY
Band 06/6339

Umwelthinweis:
Dieses Buch wurde auf
chlor- und säurefreiem Papier gedruckt

Redaktion: Wolfgang Jeschke

Originalausgabe 6/2000
Printed in Germany 4/2000
Umschlagbild: Patrick Woodroffe
Umschlaggestaltung: Nele Schütz Design, München
Technische Betreuung: M. Spinola
Satz: Schaber Satz- und Datentechnik, Wels
Druck und Bindung: Ebner Ulm

ISBN 3-453-16183-1

DAS SCIENCE FICTION JAHR # 15

INHALT

DAS SCIENCE FICTION JAHR # 15

INHALT

HÖRSPIEL

FILM / TV

DAS SCIENCE FICTION JAHR # 15

INHALT

DAS SCIENCE FICTION JAHR # 15

INHALT

DAS SCIENCE FICTION JAHR # 15

INHALT

BÜCHER

DAS SCIENCE FICTION JAHR # 15

INHALT

DAS SCIENCE FICTION JAHR # 15

INHALT

BIBLIOGRAFIE

EDITORIAL

Lieber Leser,

dieses Mal mußten Sie lange auf das Jahrbuch warten. Es ging bereits das Gerücht um, daß es nicht erscheinen werde. Nun, hier ist es. Grund für das späte Erscheinen waren nicht etwa säumige Autoren, sondern markttechnische Überlegungen, die mit dem Jubiläum »40 Jahre Heyne Science Fiction« zusammenhingen. Als man den Entschluß faßte, zu dem Fest eine preiswerte Jubiläums-Anthologie auf den Markt zu bringen, nämlich »Fernes Licht«, mußte der »Science Fiction Jahresband 2000«, der ja eine Publikation ganz ähnlicher Art ist, in den Januar vorgezogen werden, damit etwas Abstand zwischen den beiden Sonderangeboten lag. Dafür sollte das »SF-Jahr 2000« im März oder April erscheinen. Damit wäre er aber zeitgleich mit der 12-bändigen Jubiläumsedition auf den Markt gekommen. Mit Rücksicht auf die ziemlich geschwundene Kaufkraft der Science Fiction-Kundschaft entschloß man sich für eine weitere Verschiebung. Der Mai war indes bereits mit dem genannten Stapeltitel »Fernes Licht« besetzt, also kam erst der Juni 2000 als nächster Erscheinungstermin in Frage.

Gleichzeitig ergaben sich diesmal wieder gravierende Umfangsprobleme. Schweren Herzens mußte ich auf einige wichtige Beiträge verzichten, die nicht unterzubringen waren. Sie werden sie voraussichtlich im »SF-Jahr 2001« finden. Verzichtet habe ich auch (leichteren Herzens) auf sämtliche Con-Berichte. Durch den zeitlichen Abstand sind sie inzwischen wahrlich der Schnee vom letzten Jahr, nein, vom letzten Jahrtausend.

Als Folge des Editorials im »SF-Jahr 1999« erreichten mich nicht wenige Briefe, in denen ich als unverbesserlicher Pessimist gebrandmarkt wurde. Ich erlaube mir zu widersprechen.

Als SF-Autor bin ich von Natur aus ein Optimist, der den Pessimismus nur vorschützt, das heißt, die Menetekel-Funktion dieser Literatur ganz bewußt benutzt in der vielleicht eitlen Hoffnung, ein bißchen wenigstens mitzuhelfen, die Weichen für eine positive Zukunft zu stellen. Als SF-Herausgeber freilich bin ich Realist, muß ich es sein, das erwartet der Verleger von mir, und angesichts der Fakten kann ich leider für die Science Fiction derzeit noch immer keinen Silberstreif am Horizont entdecken. Die populäre Unterhaltung im Genre wird immer weniger durchs Buch, sondern zunehmend durch Film, TV und vor allem Computerspiel geliefert. (Der typische Leser von Büchern heute ist, wenn man den »Analysten« glauben darf, eine Leserin, die sich für alles andere mehr interessiert als für Wissenschaften und Technik und die sich durch Katastrophenszenarien eher erschreckt und verunsichert als unterhalten fühlt.) Der Rückgang des Interesses an populärer Science Fiction in Buchform bedeutet jedoch, daß das wichtigste Standbein der SF-Literatur eingeknickt ist. Die Rechnung, durch den Erlös gängiger populärer Titel anspruchsvollere Werke zu finanzieren (deren Übersetzungskosten allein schon massiv zu Buche schlagen), geht seit einigen Jahren nicht mehr auf. Diese Titel der leichteren Unterhaltung tragen sich gerade eben finanziell noch selbst, das heißt, sie sind zunehmend nicht mehr in der Lage, die anspruchsvolleren mit zu tragen, wie sie es bisher immer tun mußten. Das Argument, daß es auch anspruchsvolle Titel gibt, die zum Dauerseller oder gar Bestseller wurden, ist nur post factum richtig. Ich kann mich an keinen erinnern, der es auf Anhieb schaffte. Oft dauerte es Jahre (im Falle von Ursula K. Le Guin zum Beispiel mehr als ein Jahrzehnt!), bis solche Autoren und ihre Werke die verdiente Aufmerksamkeit fanden. Und das heißt Investitionen über viele Jahre hinweg, die in unserer Ex & Hopp-Wirtschaft immer unpopulärer geworden sind. Investitionen in die Zukunft sind den Managern zu unsicher und zu kostspielig. Kaum einer hat noch den Mut, einen Blick über den Tellerrand hinaus zu werfen. Der Rentabilitätshorizont wird immer enger gezogen. Wenn es ein Buch bzw. Autor im ersten Anlauf nicht schafft, also keine Rendite bringt, fliegt es/er raus und ist als unverkäuflich abgestem-

pelt, kommt nie mehr rein und ist im nächsten Jahr auf Nimmerwiedersehen verschwunden. (Früher konnte man als Herausgeber auf die Vergeßlichkeit spekulieren und einen zweiten oder gar dritten Anlauf versuchen. Heute ist das unmöglich, denn der Computer vergißt die schlechten Zahlen nicht, und nichts kann ihn daran hindern, sie jedem aufzutischen, der danach fragt.)

Wir, das heißt das Science Fiction-Lektorat und ich als Herausgeber, müssen somit versuchen, mit der schwierigen Marktlage, in der wir uns derzeit befinden, zurechtzukommen. Das Programm von Heyne SF (die Fantasy zeigt gottseidank – und typischerweise – keine Ermüdungserscheinungen) ist auf nunmehr 5 Titel pro Monat reduziert. Davon sind 4 Programmplätze Serien vorbehalten. Wir konnten bei den vorgesehenen rigorosen Einschränkungen wenigstens einen Aufschub erreichen, was die Anthologien betrifft. Sowohl die von mir herausgegebenen internationalen Anthologien als auch die Auswahlbände der Magazine »Asimov's Science Fiction« und »The Magazine of Fantasy and Science Fiction« werden vorerst weiter erscheinen, allerdings nicht mehr zweimal, sondern jeweils nur noch einmal im Jahr. Sollten die Absatzzahlen weiter sinken, werden sie ganz wegfallen, denn sie bewegen sich längst weit unterhalb der Rentabilitätsgrenze. Leider geben die neuesten Zahlen wenig Anlaß zur Zuversicht. Das würde bedeuten, daß die letzten Foren für SF-Kurzprosa im Taschenbuch bald verschwänden. Für eine Literatur, die bis in die fünfziger Jahre hinein fast ausschließlich *in Form von Kurzgeschichten und Novellen publiziert wurde, eine herbe Zäsur. Nun, Lesegewohnheiten ändern sich. Kurzgeschichten sind offenbar heute* out. *Ich bin zwar der Meinung, daß es immer noch weit mehr gute Erzählungen als Romane gibt, aber viele Leser scheinen eine gewisse Scheu davor zu haben, eine Welt so rasch wieder zu verlassen, an die sie sich gerade erst gewöhnt haben. (Das hält jedoch immer weniger Menschen davon ab, Kurzgeschichten zu verfassen. Über den Daumen gepeilt – gestatten Sie einem leidgeprüften Lektor diese boshafte Bemerkung – hat auf diesem Sektor die Zahl der Autoren die der Leser längst überflügelt.)*

Zu Optimismus bietet der SF-Buchmarkt im deutschen Sprachraum (und nicht nur dort) also leider immer noch keinen Anlaß, aber ich hoffe, daß sich nach der Jahrtausendwende der Blick der Menschen wieder nach vorn richtet und sich der eine oder andere Zeitgenosse fragt, wie es wohl weitergehen mag mit der Menschheit. Wo anders sollte er Antwort auf seine Fragen finden als in der Science Fiction? »Also gibt es Hoffnung«, meint David Hartwell, der Chef von TOR Books, dem größten SF-Verlag der Welt, in seinem Interview mit Usch Kiausch und Sascha Mamczak, das Sie in diesem Jahrbuch lesen können. Dem sollten wir uns, die wir gute Science Fiction schätzen, doch aus tiefstem Herzen anschließen,

Ihr W. Jeschke

SZENE

Die deutsche SF-Szene 1998/99

von Hermann Urbanek

1. VORBEMERKUNGEN

Allen negativen Prognosen zum Trotz setzte sich auf dem deutschsprachigen Markt der Aufwärtstrend, den die phantastische Literatur in ihrer Gesamtheit und unter Einschluß aller ihrer Spielarten in den vergangenen Jahren, seit dem bisher letzten Markteinbruch von 1987, regelmäßig zu verzeichnen hatte, auch im Jahr 1998 ungebrochen weiter fort und führte bei der Zahl der veröffentlichten Titel wieder zu einem neuen Rekordergebnis, das in seiner Größenordnung doch überraschend war. Es war das beste Ergebnis, das seit 1986, als das SCIENCE FICTION JAHR mit den genauen Marktanalysen und Aufschlüsselungen in die einzelnen Subgenres und Publikationsformen begann, erzielt wurde und mit Sicherheit das beste Ergebnis der deutschen Publikationsgeschichte überhaupt. Erstmals wurden mehr als 1500 Titel auf den Markt gebracht, eine fast unvorstellbar große Anzahl. Zwar war im letzten SF-JAHR in der Prognose davon ausgegangen worden, daß 1998 ein neues Rekordergebnis durchaus wieder im Bereich des Möglichen liege, ja sogar wahrscheinlich sein würde, das Ausmaß der Steigerung fiel dann aber größer aus, als die zum damaligen Zeitpunkt erhältlichen Publikationszahlen erwarten ließen. Zwei Gründe sind üblicherweise für eine Titelexplosion, wie sie in den letzten Jahren stattfand, als Ursache möglich: Entweder eine echte Steigerung der Nachfrage, wie beispielsweise durch das Gewinnen neuer Leserschichten im Gefolge eines Multimedienspektakels, oder aber ein beinharter Verdrängungswettbewerb, der oft Hand in Hand mit zurückgehenden Auflagen und Verkaufszahlen geht. Zumindest bei der Science Fiction war und ist ein solcher leider voll im Gange, verbunden mit Einbrüchen in den Verkaufszahlen, die erstmals auch langlaufende Zyklen und Serien betroffen haben und die in der Folge 1999 zu Titelreduktionen - wie bei HEYNE - oder Einstellungen kompletter Reihen - wie bei GOLDMANN die SF-Reihe oder bei BURGSCHMIET die PERRY RHODAN-TASCHENBÜCHER - geführt haben. Bei der Fantasy hingegen dürfte zumindest in beschränktem Maße noch Leserpotential vorhanden sein. Unterschiedlich war auch die Entwicklung bei Buch und Taschenbuch: Während das Taschenbuch 1998 boomte, vor allem durch die Herausgabe zahlreicher Sonderproduktionen wie DEAN KOONTZ und WOLFGANG HOHLBEIN bei HEYNE, THOMAS BREZINA bei OMNIBUS, AKTE X bei KNAUR oder DRACHENLANZE bei GOLDMANN, blieb der Buchbereich hinter den Erwartungen zurück. Das hatte zum einen als Ursache, daß Verlage wie VGS, deren medienorientierte Publikationen ebenfalls von der Serien-Flaute betroffen waren, ihr Programm zum Teil so kräftig zurückfuhren, daß das dadurch entstandene Minus von den vielen anderen kleinen Anbietern nicht egalisiert werden konnte, zum anderen lag es daran, daß von den übrigen, nur hin und wieder im Genre tätigen Verlagen seltener einschlägige Werke, einschließlich von Thrillern und Mainstream-Titeln mit mehr oder minder ausgeprägten phantastischen oder spekulativen Elementen auf den Markt gebracht wurden. Da sich die 1999 eingeleiteten Einstellungen und Reduktionen bereits in diesem Jahr voll auswirken werden und diesmal auch weniger Sondereditionen eingeplant sind, wobei von den Spitzenverlagen lediglich KNAUR mit seiner Fantasy-Reihe EXCALIBUR eine Steigerung bei der Titelzahl erwarten läßt, wird es mit ziemlicher Sicherheit dann zu dem von Wolfgang Jeschke im Vorwort des SCIENCE FICTION JAHR 1999 angekündigten Einbruch kommen. Unsicher ist in erster Linie, ob er wirklich so drastisch wie von einigen Insidern befürchtet ausfallen wird, denn die bisher vorliegenden Zahlen scheinen darauf hinzudeuten, daß es auf dem Buchsektor bei der Anzahl der publizierten Titel eine ordentliche Steigerung im Vergleich zu 1998 geben wird. Dieses Plus wird aber mit an Sicherheit grenzender Wahrscheinlichkeit nicht ausreichen, die Reduktionen auf dem Taschenbuchsektor aufzufangen. So spricht einiges dafür, daß das Ergebnis von 1999 mit großer Wahrscheinlichkeit in etwa in der Größenordnung von dem des Jahres 1997 liegen dürfte. Dabei gibt es natürlich wieder einige Unsicherheitsfaktoren: Unklar ist zur Stunde noch, wie es mit den Verlagen weitergehen wird, die sich auf sogenannte Nischenprodukte spezialisiert haben, wie beispielsweise BLITZ, und die ihre Programme in der letzten Zeit enorm ausgebaut haben. Auch mehr als nur unsicher ist, ob und wie sich die neue Form des »Publishing on Demand«, also der gezielten Produktion auf Bestellung, hier in Deutschland durchsetzen wird, nachdem in den USA im Frühjahr 1999 die ersten derartigen Programme aus der Taufe gehoben wurden und kurz vor Redaktionsschluß das erste so in Deutschland produzierte SF-Paperback eingetroffen ist. Fraglich ist auch, ob all diese neuen Spezialitätenverlage mit ihren relativ niedrigen Auflagen die durch den Wegfall von Titeln aus den traditionellen Verlagen entstandene Lücke bei der Titelzahl wettmachen können, und ob die Jugendbuchverlage ihr Phantastik-Angebot unverändert beibehalten werden. Trotz all dieser Probleme haben auch 1998 wieder einige Verlage, die sich zuvor noch nicht im Genre engagiert hatten, dieses Marktsegment für sich entdeckt und zahlreiche Titel publiziert, die entweder eindeutig dem Genre angehörten oder zumindest im Grenzbereich zu Science Fiction, Fantasy, Horror und klassischer Phantastik angesiedelt waren.

Sicher ist jedenfalls, daß infolge der angespannten Marktsituation die einschlägigen Taschenbuchverlage, und hier vor allem die Marktführer mit eigenen SF-, Fantasy- und Horror-Reihen wie HEYNE, BLANVALET/GOLDMANN und BASTEI, mehr denn je zuvor auf Nummer Sicher gehen werden und ihre Programme nahezu ausschließlich mit Titeln zu gängigen Serien und Zyklen sowie von verkaufsträchtigen Autoren von Rang und Namen bestücken werden – für Experimente wird daher noch weniger Spielraum als bisher vorhanden sein und auch der notwendige Aufbau neuer AutorInnen wird langsamer und weniger risikofreudig erfolgen. Dabei werden natürlich noch verstärkt SchriftstellerInnen favorisiert werden, die sich zuvor schon im angloamerikanischen Sprachraum behauptet haben, also sich entweder durch Bestseller und/oder exzellente Rezensionen einen Namen gemacht haben. Naturgemäß wird sich die Situation für die deutschsprachigen Autoren und ihre Kollegen von außerhalb des angloamerikanischen Sprachraums, die bislang schon nicht unbedingt befriedigend war, sich aber doch in den letzten Jahren leicht gebessert hat, dadurch nicht erfreulicher gestalten. Die Chance, ihre Werke veröffentlicht zu sehen, wird kleiner werden, speziell, was die Romane betrifft, aber auch für kurze Texte ist die Situation nicht gerade als rosig zu bezeichnen. Regelmäßig Werke deutscher Autoren im Taschenbuch oder Paperback präsentiert die Serie zum Spiel DAS SCHWARZE AUGE, die zahlreichen bei BLITZ gestarteten SF-, Fantasy- und Horror-Serien, in denen zumeist frühere Heftserien im neuen Format weitergeführt werden, Jörg Kleudgen in seiner GOBLIN PRESS oder Boris Koch in der Edition MEDUSENBLUT, während BERNT in seinen REN DHARK-Buchreihen und ZAUBERMOND in seinen Horror-Buchreihen EDITION DK und DAS VOLK DER NACHT renommierte deutsche Szene-Autoren und bisweilen auch hoffnungsvolle Newcomer zum Zug kommen lassen. Auch für deutsche Autoren gilt natürlich der Grundsatz, daß in der Regel bekannte Namen bevorzugt werden. Zwar haben schon zahlreiche Autorinnen und Autoren aus deutschsprachigen Landen erfolgreich vielbeachtete und von der Kritik positiv aufgenommene Genre-Titel publiziert, wie Martin Eisele, Ronald M. Hahn, Horst Pukallus, Herbert W. Franke, Ernst Petz, Rainer Fuhrmann, Andreas Melzer, Thomas Ziegler, Uwe Anton, Hans Joachim Alpers, Bernd Ulbrich, Michael Szameit, Hugh Walker, Uschi Zietsch, Alexander Kröger, Michael Marrak, Andreas Findig, Thomas Görden oder Rainer Castor, es ist aber nur wenigen gelungen, die nach wie vor engen Grenzen des Ghettos, in dem sich SF, Fantasy und Horror trotz aller multimedialen Erfolge hierzulande immer noch befinden, zu überwinden und sich auch außerhalb der Szene einen Namen zu machen, wie Wolfgang Jeschke, Michael Ende, Otfried Preußler, Carl Amery, Wolfgang Hohlbein, Harald Braem, Gudrun Pausewang, Thomas R. P. Mielke, Herbert Rosendorfer, Hanns Kneifel, P.M., Bernhard Kegel, Rafik Schami, Hans Bemmann, Kai Meyer und Andreas Eschbach. Was die Kurzgeschichten betrifft, so bot und bietet Wolfgang Jeschke in seinen internationalen Anthologienbänden immer wieder auch deutschsprachigen Autoren die Möglichkeit der Veröffentlichung kürzerer Texte, und in den von Friedel Wahren zusammengestellten Auswahlbänden aus dem renommierten US-Magazin ASIMOV'S SF ist regelmäßig auch ein deutscher Beitrag vertreten. Das deutsche SF-Magazin ALIEN CONTACT fühlt sich traditionell deutschsprachigen Autoren verpflichtet, und sowohl im vierzehntäglich erscheinenden Computer-Fachmagazin C'T als auch im zweimonatlichen CD-ROM-Sex-Magazin PINK! finden sich mit schöner Regelmäßigkeit deutsche SF- und phantastische Texte. Etwas besser im Vergleich dazu ist die Situation auf dem Kinder- und Jugendbuchsektor, wo sich in den letzten Jahren eine Reihe von Autorinnen und Autoren etabliert hat, die sich auf phantastische Texte spezialisiert haben, wie Cornelia Funke, Ursel Scheffler, Sigrid Heuck, Klaus-Peter Wolf, KNISTER, Folke Tegetthoff, Edith Schreiber-Wicke, Christine Nöstlinger, Marliese Arold, Gudrun Pausewang, Monika Pelz, Theo Schwartz, Andreas Schlüter, Peter Horn, Ralf Isau, Franz Sales Sklenitzka, Thorsten Lipinski, Helmut W. Pesch und Christopher Zimmer. Und natürlich finden sich zahlreiche deutsche Autoren in der Verlagen mit Druckkostenzuschuß, wie HAAG + HERCHEN oder FRIELING.

2. DAS JAHR 1998 – EINE RETROSPEKTIVE

1998 war für die phantastische Literatur allgemein im deutschen Sprachraum wieder ein erfolgreiches Jahr, in dem kleineren Rückschlägen und Titelreduktionen viele neue und positive Entwicklungen gegenüberstanden, die diese wieder mehr als nur ausglichen. So reduzierten im Taschenbuchbereich zwar beispielsweise FISCHER, ROWOHLT mit RORORO, SUHRKAMP mit ST, RAVENSBURGER, RECLAM, TABU und der UNIONSVERLAG ihr Angebot an phantastischen Titeln, dafür brachten andere Verlage wie KNAUR, DTV, OMNIBUS, ULLSTEIN, ECON (& LIST), PIPER mit SERIE PIPER, AARACHNE, ARENA, BELTZ & GELBERG mit GULLIVER oder ARGUMENT mit ARIADNE zum Teil beträchtlich mehr Titel heraus als 1997, wobei von den drei Marktleadern BASTEI und vor allem GOLDMANN kräftig zulegten, während HEYNE weniger Titel als im Vorjahr publizierte. Neu hinzu kamen der ursprünglich für Frauen konzipierte Imprint BLANVALET, WUNDERLICH, DINO, BLT und BK(H), in denen zumeist regelmäßig phantastische oder spekulative Titel publiziert wurden, zum Teil auch als deutsche Erst- bzw. Originalveröffentlichungen. Auch neue Buchverlage betraten die Szene und brachten erstmals SF, Fantasy oder Horror heraus, wie BRUNO GMÜNDNER, KLAUS BIELEFELD, HÖLDER-PICHLER-TEMPSKY, ALEXANDER FEST, MOVIESTORE, REINHARD WEBER, RESISTENZ, ASAPH, ACHIM HAVEMANN, THOMAS BRAATZ, DONATA KINZELBACH, EDITION MALDOROR, HARRASSOWITZ und die EDITION TREVES. Die Zahl der Veröffentlichungen ist ordentlich gestiegen, und zwar von 1482 um 64 auf nunmehr 1546 Titel. Dieses Plus war das Ergebnis einer Steigerung bei den Taschenbüchern und eines Rückgangs bei den Buchverlagen: 1998 gab es 93 Taschenbücher mehr (plus 10,9 %; jetzt 943) und 29 Buchverlagspublikationen weniger (minus 4,6 %; jetzt 603) als im Vorjahr (850 TB und 632 HC). Während 1998 von der Titelzahl her Roman und Anthologie ein Plus aufwiesen, gab es bei Collection, Sammelband und Sachbuch weniger Veröffentlichungen als im Vorjahr. Die beiden ersteren legten auch beim Marktanteil zu, während die anderen drei Publikationsformen auch an Terrain verloren. Der Roman konnte seine dominierende Position sogar noch weiter ausbauen und rangiert mit mehr als 78 % klar vorn. Auf Platz 2 landete mit etwas über 7 % der Gesamttitelzahl die Collection. Die Science Fiction, die 1997 noch relativ knapp vor der Phantastik auf dem Spitzenplatz gelegen war, verlor ihn an diese, wobei der Abstand nur 3 Titel betrug (490 zu 487). Schon ziemlich weit abgeschlagen, aber mit 293 Titeln noch immer um ein Drittel mehr Veröffentlichungen auf dem Markt als der nächstplazierte Horror (199 Titel im Jahr 1998) blieb die Fantasy unangefochten auf Platz 3. Den größten prozentuellen Zuwachs verzeichnete der Horror mit knapp 65 %, gefolgt von der Fantasy mit knapp 22 %, während von Science Fiction (minus ca. 8 %) und Phantastik (minus rund 3 %) 1998 weniger Titel erschienen sind. Das Verhältnis von neuen Titeln zu Reprints hat sich 1998 zu Gunsten der Nachdrucke verschoben. Während die Zahl der deutschen Erst- und Originalveröffentlichungen, die mit über 62 Prozent immer noch den Löwenanteil an den Gesamtveröffentlichungen belegten, um zehn Titel auf 960 zurückgegangen ist, wuchsen die Reprints um 74 auf 586 Veröffentlichungen an. Das bedeutet, daß die Steigerung des Gesamtjahresausstoßes 1998 auf ein Plus bei den Nachdrucken zurückzuführen ist - von Nachdrucken, wie sie in großer Anzahl als preiswerte Sonderproduktionen auf den Markt gekommen sind.

Unübersehbar ist schon seit etlichen Jahren der Trend zu Zyklen und Serien, sowohl bei der Fantasy als auch bei der Science Fiction und zuletzt auch beim Horror, von deutschen wie von fremdsprachigen AutorInnen, und das Jahr 1998 machte darin keine Ausnahme. Trilogien und mehrbändige Zyklen waren ebenso auf dem Vormarsch wie Endlosserien. Nach wie vor noch erfolgreich, wenn auch nicht mehr in dem Ausmaß wie noch vor einigen Jahren, waren wieder Serien und Mehrteiler zu Spielen, Filmen und Fernsehserien, wie sie schon seit einigen Jahren von den Marktführern HEYNE, GOLDMANN, BASTEI und auch VGS herausgebracht werden, wie zu STAR TREK in allen unterschiedlichen Spielarten, von CLASSIC über THE NEXT GENERATION und DEEP SPACE NINE bis hin zu VOYAGER und STARFLEET KADETTEN, STAR WARS, AKTE X, SHADOWRUN, BATTLETECH, MYST, DRAGONLANCE, WARHAMMER, WARHAMMER 40 000, MAGIC - DIE ZUSAMMENKUNFT, KING'S QUEST, DARK SKIES, BUFFY - IM BANN DER DÄMONEN oder SABRINA - TOTAL VERHEXT!

Wie sich die einzelnen Genres aufgegliedert haben, wie sie sich in deutsche Erst- bzw. Originalveröffentlichungen und Nachdrucke bzw. Neuausgaben aufsplitteten, wie die einzelnen Taschenbuchverlage im Jahr 1998 abgeschnitten haben und in welcher Relation die einzelnen Zahlen und Ergebnisse dieses Jahres zu denen von 1997 stehen, wird im Anschluß im Detail behandelt. Berücksichtigt wurden dabei alle bekanntgewordenen einschlägigen Publikationen des Jahres 1998 in gebundener Form, als Paperback und im Taschenbuch. Bei den Hardcovern wurde im Gegensatz zum Taschenbuch (etwaige in den diversen SF-Reihen mitlaufende Spezialtitel wie Sekundärwerke, SF-Jahrbuch und Essaysammlungen sind unter Diverses gereiht) bisweilen auf die Auflistung nicht literaturspezifischer Sekundärtitel verzichtet. Nicht aufgenommen und berücksichtigt wurden phantastische Kinderbücher mit niedriger Seitenzahl und überwiegendem Bilderteil, bei denen der Text nur eine untergeordnete, erklärende Rolle spielt. Bei der Zuordnung in die einzelnen Kategorien wurde die von den Verlagen selbst gewählte Genre-Bezeichnung übernommen, sofern sie sich nicht entschieden im Widerspruch zum Inhalt befand (etliche als Fantasy deklarierte Werke gehören eindeutig zur Phantastik oder zur Science Fiction und wurden dort auch zugeordnet. Als Nachdrucke galten alle Neuveröffentlichungen von Titeln, die zuvor schon in deutscher Sprache erschienen sind, sei es als Buch, Taschenbuch oder Heft, unabhängig davon, ob es sich um eine Neuübersetzung handelte oder die frühere Veröffentlichung gekürzt war. Eine Storysammlung, Anthologie oder ein Sammelband wurde nur dann als Nachdruck geführt, wenn kein einziger Beitrag eine Erst- oder Originalveröffentlichung darstellte (so war z. B. »Die letzten Masken« von Hanns Kneifel eine Erstveröffentlichung, da das Buch einen extra geschriebenen neuen Abschluß enthielt). Als Sammelbände wurden Zusammenfassungen mehrerer Romane und/oder Storysammlungen oder Anthologien oder eine Kombination davon zwischen zwei Buchdeckeln, im Schuber oder eingeschweißte, mehrbändige Sonderausgaben bezeichnet (eine Kassettenedition allerdings nur dann, wenn sie nur geschlossen beziehbar war; waren die Einzelbände auch separat erhältlich, dann wurden sie einzeln nach Publikationsform und Inhalt gelistet), wie CHARITY 7–9 von Wolfgang Hohlbein, die LUTHIEN-Trilogie von R. A. Salvatore, David Gemmels DRENAI-Sonderedition, der THOREGON-Buchzyklus der PERRY RHODAN-Serie, »Feuerfrost & Der Mond von Gomrath« von Alan Garner, die KURT BRAND-Edition und die REN DHARK-Bände bei BERNT, die JOHN SINCLAIR-Sammler bei BASTEI, die PERRY RHODAN- und ATLAN-Bücher bei MOEWIG, die Reprint-Paperbacks von LARRY BRENT, MACABROS und RAUMSCHIFF PROMET bei BLITZ, »Die Nacht des Drachen« von Wolfgang Hohlbein oder der ALLE MEINE MONSTER-Sonderband »Schaurig-schöne Ferien« von Thomas Brezina.

Eine kleinere Änderung wird es, bedingt durch die Flut an neuen Taschenbuch-Imprints, die die großen Verlage zielgruppenorientiert in den letzten Monaten gestartet haben, ab dem nächsten Jahr bei der TB-Aufschlüsselung geben: Wurden bis einschließlich 1998 die einzelnen Imprints separat aufgelistet, so werden sie künftig unter ihren Verlagshäusern zusammengefaßt, also RORORO mit WUNDERLICH, HEYNE mit DIANA und PAVILLON, GOLDMANN mit BLANVALET, MANHATTAN, OMNIBUS & BTB oder BASTEI mit BLT.

Tabelle 1: *Aufschlüsselung nach Publikationsform*

	Roman	*%*	*Anthologie*	*%*	*Storysammlung*	*%*
TB	781	50,5	50	3,2	66	4,3
Buch	429	27,8	18	1,2	49	3,2
Gesamt	1210	78,3	68	4,4	115	7,4

	Sammelband	*%*	*Diverses*	*%*	*Summe*	*%*
TB	26	1,7	20	1,3	943	61,0
Buch	50	3,2	57	3,7	603	39,0
Gesamt	76	4,9	77	5,0	1546	100,0

Tabelle 2a: *Vergleich nach Publikationszahl/Anzahl der Titel*

	Roman			*Anthologie*			*Storysammlung*		
	97	*98*	*%*	*97*	*98*	*%*	*97*	*98*	*%*
TB	678	781	+15,2	42	50	+19,5	63	66	+ 4,8
Buch	442	429	- 3,0	12	18	+50,0	78	49	-37,2
Gesamt	1120	1210	+ 8,0	54	68	+25,9	141	115	-18,4

	Sammelband			*Diverses*			*Summe*		
	97	*98*	*%*	*97*	*98*	*%*	*97*	*98*	*%*
TB	31	26	-16,1	36	20	-44,5	850	943	+10,9
Buch	53	50	- 6,7	47	57	+21,3	632	603	- 4,6
Gesamt	84	76	- 9,5	83	77	- 7,2	1482	1546	+ 4,3

Tabelle 2b: *Aufschlüsselung nach Publikationsform und Marktanteil*

	Roman %			*Anthologie %*			*Storysammlung %*		
	96	*97*	*98*	*96*	*97*	*98*	*96*	*97*	*98*
TB	50,3	45,7	50,5	2,2	2,8	3,2	4,0	4,3	4,3
Buch	28,0	29,8	27,8	1,2	0,8	1,2	3,5	5,3	3,2
Gesamt	78,4	75,5	78,3	3,4	3,6	4,4	7,5	9,6	7,4

	Sammelband %			*Diverses %*			*Summe %*		
	96	*97*	*98*	*96*	*97*	*98*	*96*	*97*	*98*
TB	2,7	2,1	1,7	0,9	2,4	1,3	60,1	57,3	61,0
Buch	3,2	3,6	3,2	4,0	3,2	3,7	35,9	42,7	39,0
Gesamt	5,8	5,7	4,9	4,9	5,6	5,0	100,0	100,0	100,0

Tabelle 3: *Aufschlüsselung nach Genrezugehörigkeit*

	TB	*%*	*Buch*	*%*	*Summe*	*%*
SF NEU	182	11,8	127	8,2	309	20,0
SF REPRINT	143	9,3	35	2,3	178	11,5
SF GESAMT	325	21,1	162	10,5	487	31,5
HORROR NEU	64	4,1	65	4,2	129	8,4
HORROR REPRINT	60	3,9	10	0,6	70	4,5
HORROR GESAMT	124	8,0	75	4,8	199	12,9
FANTASY NEU	123	8,0	47	3,0	170	11,0
FANTASY REPRINT	97	6,3	26	1,7	123	8,0
FANTASY GESAMT	220	14,2	73	4,7	293	19,0
PHANTASTIK NEU	76	4,9	200	12,9	276	17,8
PHANTASTIK REPRINT	178	11,5	36	2,3	214	13,8
PHANTASTIK GESAMT	254	16,4	236	15,3	490	31,7
DIVERSES NEU	19	1,2	57	3,7	76	4,9
DIVERSES REPRINT	1	0,1	-	-	1	0,1
DIVERSES GESAMT	20	1,3	57	3,7	77	5,0
SUMME NEU	464	30,0	496	32,1	960	62,1
SUMME REPRINT	479	31,0	107	6,9	586	37,9
SUMME TOTAL	943	61,0	603	39,0	1546	100,0

Tabelle 4a: *Vergleich nach Genrezugehörigkeit*

	Taschenbuch			*Buch*			*Summe*		
	1997	*1998*	*%*	*1997*	*1998*	*%*	*1997*	*1998*	*%*
SFN	193	182	- 5,7	158	127	- 19,6	351	309	-12,0
SFR	128	143	+11,7	52	35	- 32,7	180	178	+ 1,1
SFG	321	325	+ 1,2	210	162	- 22,9	531	487	+ 8,3
HN	51	64	+25,5	32	65	+103,1	83	129	+55,4
HR	35	60	+71,4	3	10	+233,3	38	70	+84,2
HG	86	124	+44,2	35	75	+114,3	121	199	+64,5
FN	111	123	+10,8	51	47	- 7,8	162	170	+ 4,9
FR	56	97	+73,2	23	26	+ 13,0	79	123	+55,7
HG	167	220	+31,7	74	73	- 1,4	241	293	+21,6
PN	73	76	+ 4,1	220	200	- 9,1	293	276	- 5,8
PR	167	178	+ 6,6	46	36	- 21,7	213	214	+ 0,5
PG	240	254	+ 5,8	266	236	- 11,3	506	490	- 3,2
DN	34	19	-44,1	47	57	+ 21,3	81	76	- 6,2
DR	2	1	-50,0	-	-	-	2	1	-50,0
DG	36	20	+44,4	47	57	+ 21,3	83	77	- 7,2
SN	462	464	+ 0,4	508	496	- 2,4	970	960	- 1,0
SR	388	479	+23,4	124	107	- 13,9	512	585	+14,5
ST	850	943	+10,9	632	603	- 4,6	1487	1546	+ 4,3

Tabelle 4b: *Vergleich nach Genrezugehörigkeit und Marktanteil*

	Taschenbuch %				*Buch* %				*Summe* %			
	1995	*1996*	*1997*	*1998*	*1995*	*1996*	*1997*	*1998*	*1995*	*1996*	*1997*	*1998*
SFN	14,8	14,0	13,0	11,8	5,9	8,6	10,7	8,2	20,7	22,6	23,6	20,0
SFR	10,4	9,4	8,6	9,3	2,5	3,2	3,5	2,3	12,9	12,6	12,2	11,5
SFG	25,2	23,4	21,6	21,1	8,4	11,8	14,2	10,5	33,6	35,2	35,8	31,5
HN	3,8	5,0	3,4	4,1	0,5	1,5	2,2	4,2	4,3	6,5	5,5	8,4
HR	3,6	3,6	2,4	3,9	0,6	0,5	0,2	0,6	4,2	4,1	2,6	4,5
HG	7,3	8,6	5,7	8,0	1,2	2,0	2,4	4,8	8,5	10,6	8,1	12,9
FN	8,5	7,7	7,5	8,0	2,7	4,9	3,4	3,0	11,1	12,6	10,9	11,0
FR	6,2	3,3	3,8	6,3	1,5	2,2	1,6	1,7	7,8	5,5	5,3	8,0
FG	14,7	11,0	11,3	14,2	4,2	7,1	5,0	4,7	18,9	18,1	16,3	19,0
PN	3,7	3,3	4,9	4,9	15,8	12,7	14,9	12,9	19,5	16,1	19,8	17,8
PR	12,3	12,9	11,3	11,5	4,5	2,2	3,1	2,3	16,8	15,1	14,4	13,8
PG	16,0	16,2	16,2	16,4	20,3	15,0	18,0	15,3	36,3	31,2	34,2	31,7
DN	0,8	0,9	2,3	1,2	1,5	4,0	3,2	3,7	2,3	4,9	5,5	4,9
DR	0,2	0,0	0,1	0,1	0,2	0,0	0,0	0,0	0,4	0,0	0,1	0,1
DG	1,0	0,9	2,4	1,3	1,7	4,0	3,2	3,7	2,7	4,9	5,6	5,0
SN	31,5	30,9	31,2	30,0	26,4	31,7	34,3	32,1	57,9	62,7	65,5	62,1
SR	32,7	29,2	26,2	31,0	9,4	8,2	8,4	6,9	42,1	37,3	34,5	37,8
ST	64,2	60,1	57,3	61,0	35,8	39,8	42,7	39,0	100,0	100,0	100,0	100,0

Tabelle 5: *Aufschlüsselung der Taschenbücher nach Verlagen*

Verlag	*Anzahl 1998*	*Marktanteil %*	*Anzahl 1997*	*Marktanteil %*	*Differenz %*
Heyne	260	27,6	260	31,5	- 2,6
Goldmann	136	14,5	116	13,6	+ 17,2
Bastei	132	14,0	123	14,5	+ 7,3
Knaur	49	5,2	13	1,6	+276,9
Deutscher TB-Verlag/dtv	47	5,0	33	3,9	+ 42,4
Omnibus	35	3,7	28	3,3	+ 25,0
Fischer	34	3,6	42	4,9	- 19,1
Ullstein	28	3,0	17	2,0	+ 64,7
Econ (& List)	27	2,9	24	2,8	+ 12,5
Rowohlt/rororo	21	2,2	33	3,9	- 26,3
Piper/SP	19	2,0	17	2,0	+ 11,8
btb	18	1,9	16	1,9	+ 12,5
Suhrkamp/st	15	1,6	20	2,4	- 25,0
Arena	14	1,5	11	1,3	+ 27,3
Diogenes/detebe	9	1,0	10	1,2	- 10,0
Gulliver	9	1,0	4	0,5	+125,0
Ravensburger/RTB	9	1,0	15	1,8	- 40,0
Aarachne	7	0,7	2	0,2	+250,0
Burgschmiet/BSV	7	0,7	6	0,7	+ 16,7
Blanvalet	7	0,7	-	-	-
Wunderlich	6	0,6	-	-	-
Aufbau/AtV	5	0,5	3	0,3	+ 66,7
Insel/it	4	0,4	8	1,0	- 50,0
Manhattan	4	0,4	4	0,5	0,0
Sansibar	4	0,4	3	0,3	+ 33,3
Wagenbach/WAT	4	0,4	1	0,1	+300,0
Brendow	4	0,4	-	-	-
Kiepenheuer & Witsch/KiWi	4	0,4	-	-	-
Ariadne/Argment	3	0,3	1	0,1	+200,0
Unionsverlag/UT	2	0,2	4	0,5	- 50,0
Haffmans	2	0,2	1	0,1	+100,0
One Way	2	0,2	1	0,1	+100,0
Diana	2	0,2	-	-	-
Routschek/Kröger	2	0,2	-	-	-

Tabelle 5: *Aufschlüsselung der Taschenbücher nach Verlagen*

Verlag	*Anzahl 1998*	*Marktanteil %*	*Anzahl 1997*	*Marktanteil %*	*Differenz %*
Dino	2	0,2	-	-	-
Tabu	1	0,1	4	0,5	- 75,0
FanPro/Phoenix	1	0,1	3	0,3	- 66,7
Freies Geistesleben	1	0,1	1	0,1	0,0
BLT	1	0,1	-	-	-
BK(H)	1	0,1	-	-	-
Herder	1	0,1	-	-	-
Scherz	1	0,1	-	-	-
Stendel	-	-	4	0,5	-
Projektion J	-	-	2	0,2	-
Elefanten Press	-	-	1	0,1	-
VPM/Moewig	-	-	1	0,1	-
New Era	-	-	1	0,1	-
Rotbuch	-	-	1	0,1	-
Junge Welt	-	-	1	0,1	-
Maas/Pulp Master	-	-	1	0,1	-
Breitenborn	-	-	1	0,1	-
Gesamtsumme TB	943	100,0	850	100,0	+ 10,9

Die folgenden Grafiken zeigen die Entwicklung des Genres in den einzelnen Bereichen und aufgeschlüsselt nach Publikationsform.

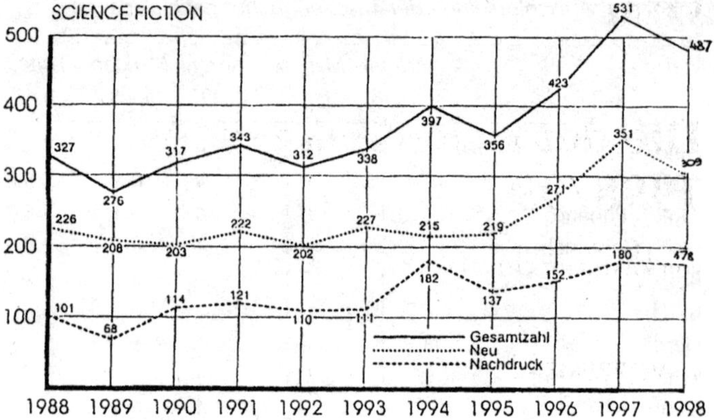
SCIENCE FICTION
500
400
300
200
100
327
276
317
343
312
338
397
356
423
531
487
226
208
203
222
202
227
215
219
271
351
309
101
68
114
121
110
111
182
137
152
180
178
Gesamtzahl
Neu
Nachdruck
1988 1989 1990 1991 1992 1993 1994 1995 1996 1997 1998

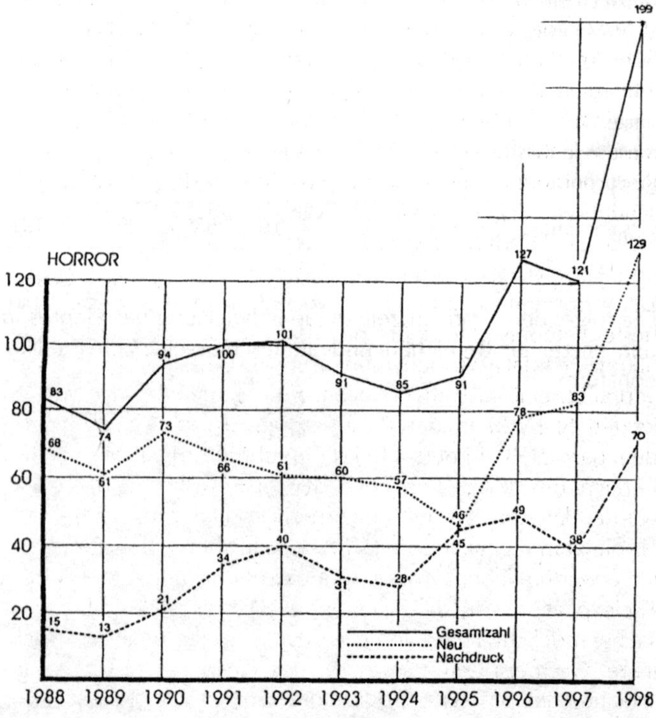
HORROR
120
100
80
60
40
20
83
74
94
100
101
91
85
91
127
121
199
68
61
73
66
61
60
57
46
78
83
129
15
13
21
34
40
31
28
45
49
38
70
Gesamtzahl
Neu
Nachdruck
1988 1989 1990 1991 1992 1993 1994 1995 1996 1997 1998

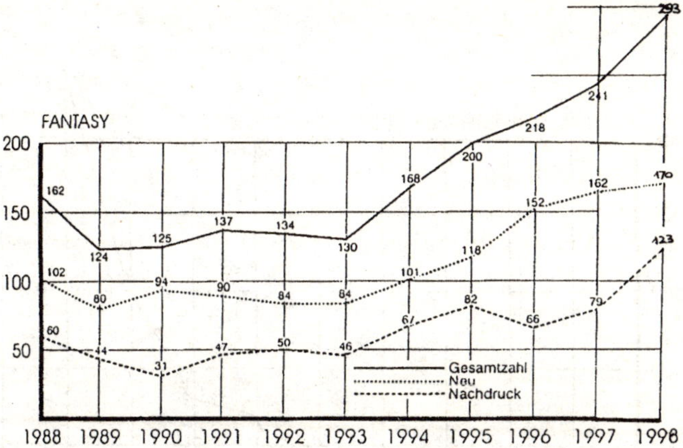
FANTASY
200
150
100
50
162
124
125
137
134
130
168
200
218
241
293
102
80
94
90
84
84
101
118
152
162
170
60
44
31
47
50
46
67
82
66
79
123
Gesamtzahl
Neu
Nachdruck
1988 1989 1990 1991 1992 1993 1994 1995 1996 1997 1998

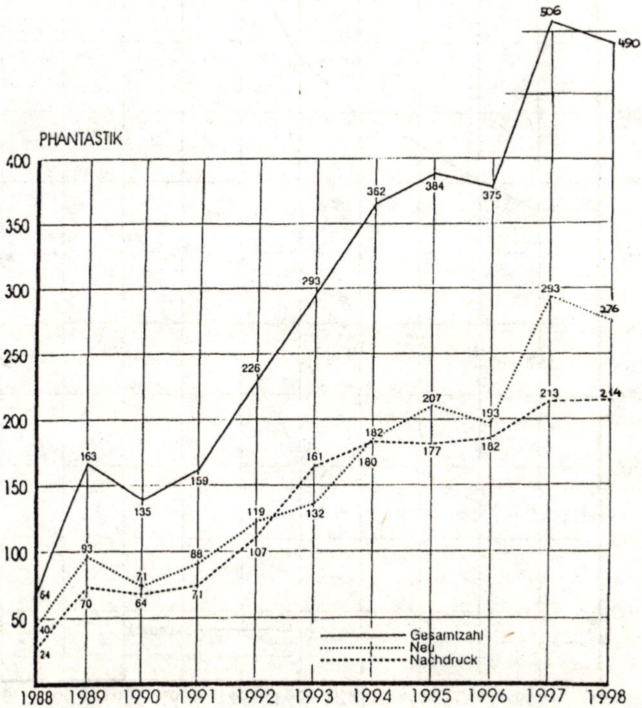
PHANTASTIK
400
350
300
250
200
150
100
50
506
490
362
384
375
293
226
163
135
159
64
293
276
207
193
213
214
182
177
182
161
180
119
132
107
93
71
88
70
64
71
40
24
Gesamtzahl
Neu
Nachdruck
1988 1989 1990 1991 1992 1993 1994 1995 1996 1997 1998

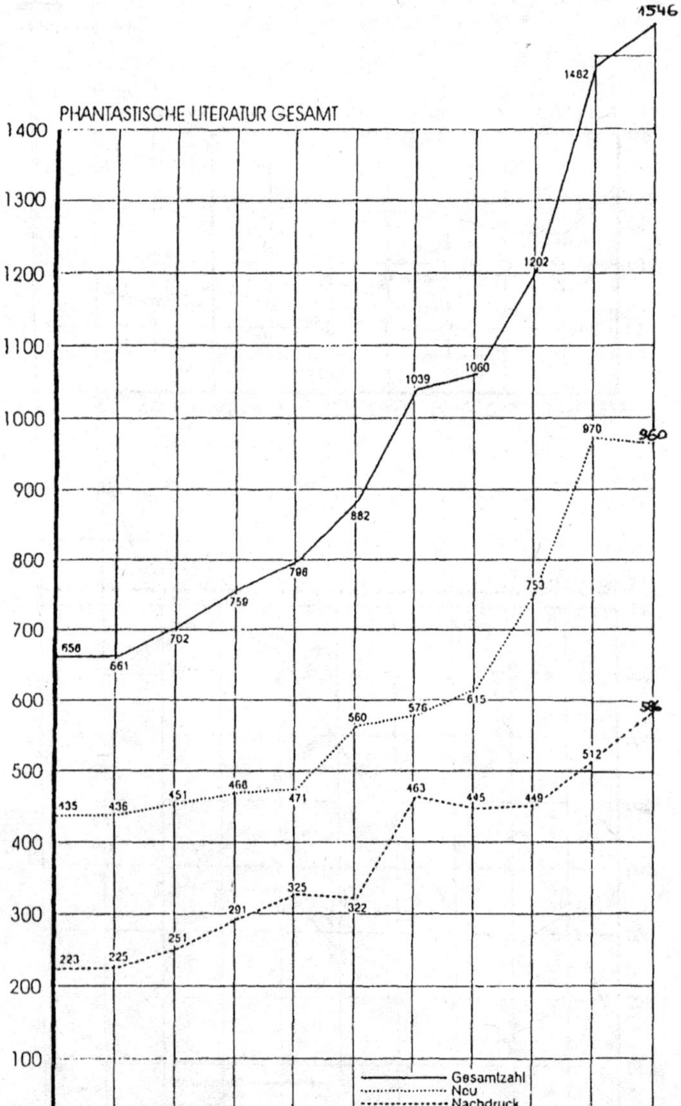
PHANTASTISCHE LITERATUR GESAMT
1400
1300
1200
1100
1000
900
800
700
600
500
400
300
200
100
1988
1989
1990
1991
1992
1993
1994
1995
1996
1997
1998
1546
1482
1202
1060
1039
882
796
759
702
658
661
970
960
753
615
576
560
471
468
451
436
435
463
445
449
512
325
322
291
251
225
223
Gesamtzahl
Neu
Nachdruck

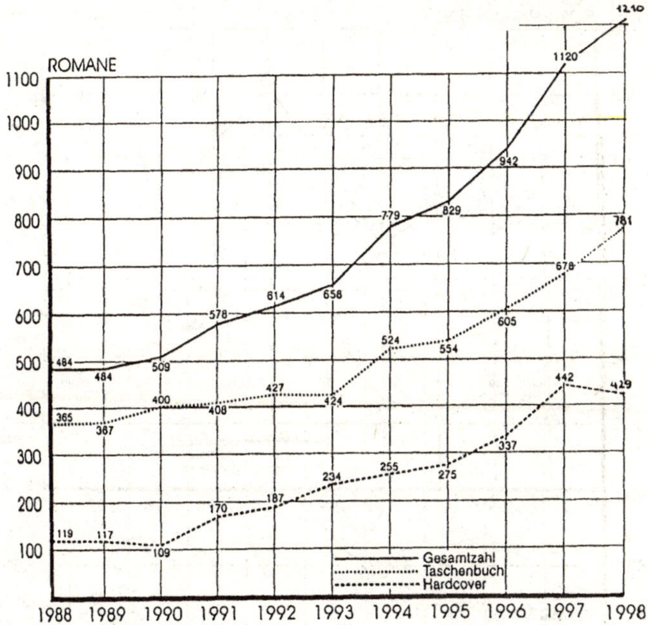
ROMANE
1100
1000
900
800
700
600
500
400
300
200
100
1210
1120
942
829
779
781
678
658
614
578
605
524
554
484
484
509
442
429
427
400
408
424
365
367
337
255
275
234
187
170
119
117
109
Gesamtzahl
Taschenbuch
Hardcover
1988 1989 1990 1991 1992 1993 1994 1995 1996 1997 1998

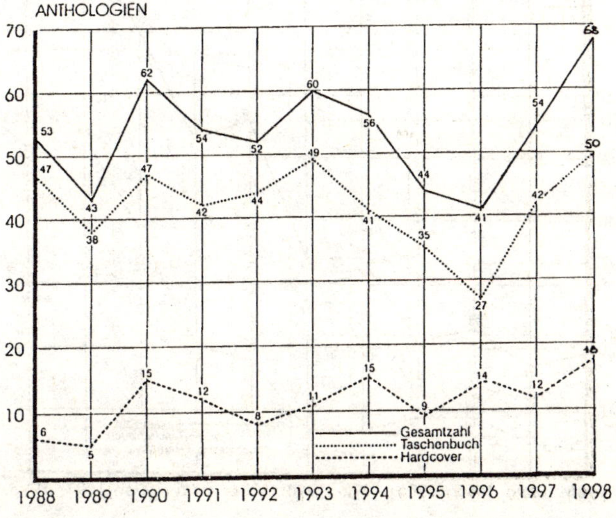
ANTHOLOGIEN
70
60
50
40
30
20
10
68
62
60
53
54
52
56
54
50
47
47
49
44
43
42
44
41
35
41
42
38
27
15
12
11
15
9
14
12
6
8
5
Gesamtzahl
Taschenbuch
Hardcover
1988 1989 1990 1991 1992 1993 1994 1995 1996 1997 1998

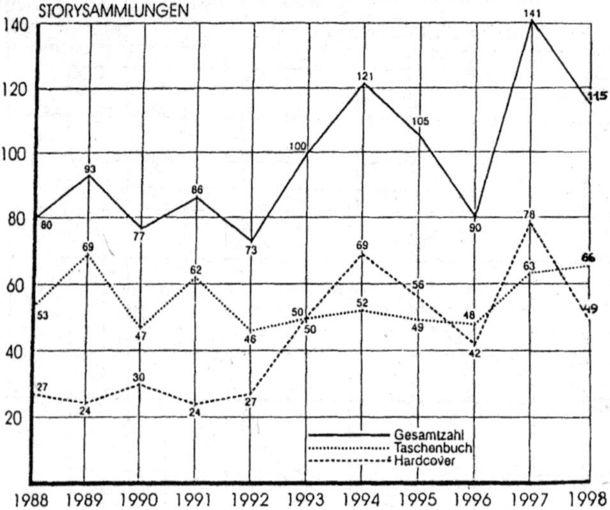
STORYSAMMLUNGEN
140
120
100
80
60
40
20
141
121
115
105
100
93
86
80
77
73
90
78
69
62
69
66
63
56
53
47
46
50
50
52
49
48
42
49
27
24
30
24
27
Gesamtzahl
Taschenbuch
Hardcover
1988 1989 1990 1991 1992 1993 1994 1995 1996 1997 1998

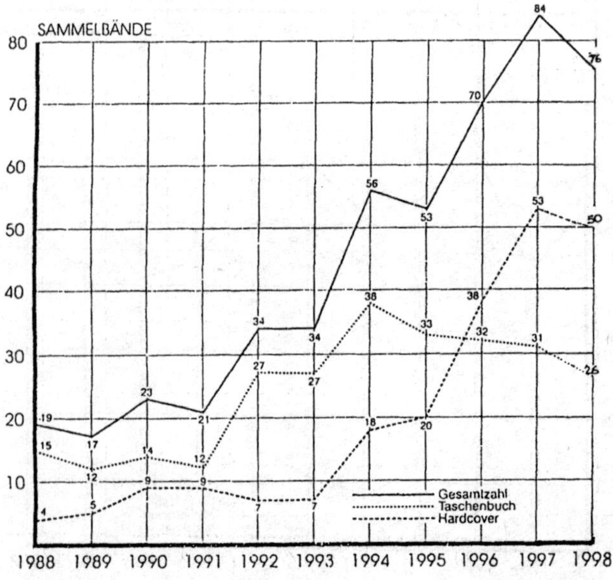
SAMMELBÄNDE
80
70
60
50
40
30
20
10
84
76
70
56
53
53
50
38
38
34
34
33
32
31
26
27
27
23
19
21
17
18
20
15
14
12
12
9
9
4
5
7
7
Gesamtzahl
Taschenbuch
Hardcover
1988 1989 1990 1991 1992 1993 1994 1995 1996 1997 1998

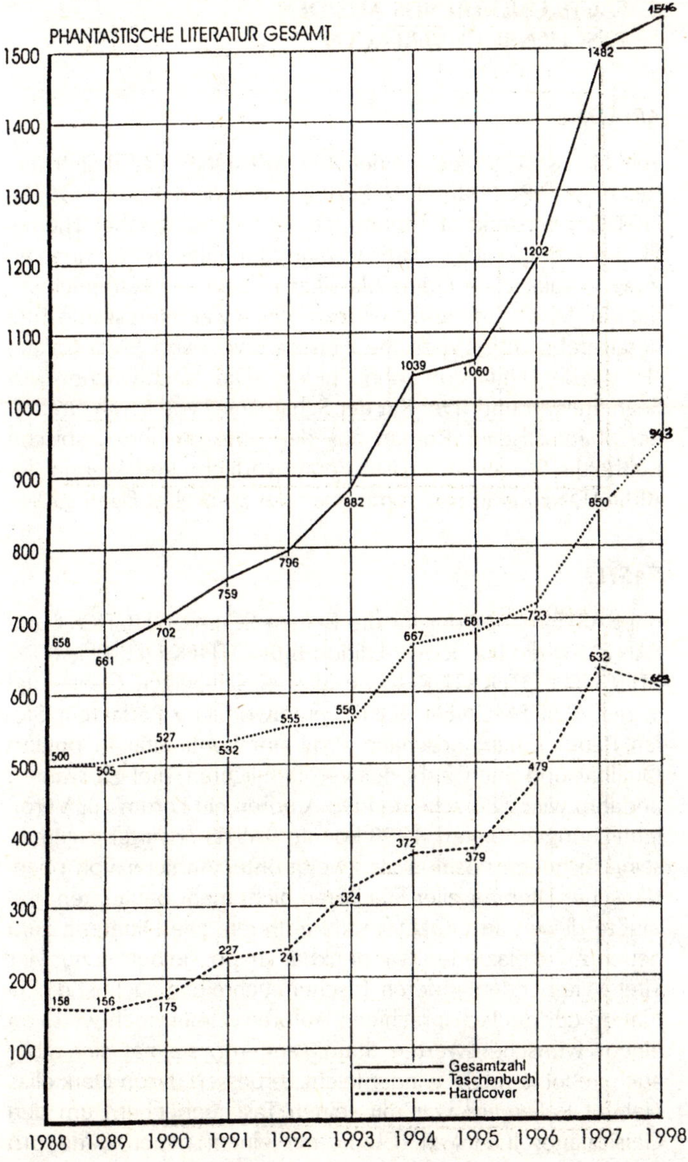
PHANTASTISCHE LITERATUR GESAMT
1500
1400
1300
1200
1100
1000
900
800
700
600
500
400
300
200
100
1988 1989 1990 1991 1992 1993 1994 1995 1996 1997 1998
1546
1482
1202
1039
1060
882
796
759
702
658
661
943
850
723
681
667
632
608
558
555
527
532
500
505
479
372
379
324
227
241
158
156
175
Gesamtzahl
Taschenbuch
Hardcover

3. FACTS UND TRENDS AUS DEN TASCHENBUCHVERLAGEN

ARIADNE

Seit Herbst 1998 erscheinen bei ARIADNE, der Belletristik-Reihe im ARGUMENT VERLAG, unter dem Label SOCIAL FICTION verstärkt SF-Titel mit zumeist soziologischer Thematik. Im Frühjahr 1999 kam in einer sorgfältigen Neuübersetzung Ursula K. Le Guins Klassiker »Planet der Habenichtse« auf den Markt, im Herbst wurden gleich vier interessante Titel herausgebracht: »When the Music's Over« von Myra Cakan, »Es werde Licht« von John Shirley, »Die Nachtwache« von Sean Stewart und »Der Rat der Schamanin« von Sarah Dreher, ein phantastischer Roman aus der Serie um ihre lesbische Kultheldin Stoner McTavish. Verantwortliche Redakteurin der ARDIADNE-Reihe und somit auch der SF-Titel ist Else Laudan.

BASTEI

Bei BASTEI hat es der für die Reihen SCIENCE FICTION und FANTASY, die Hardcover-Edition BIBLIOTHEK DER PHANTASTISCHEN LITERATUR sowie aller einschlägigen Genre-Titel in der ALLGEMEINEN REIHE verantwortliche Redakteur Stefan Bauer erneut geschafft, Programmkontinuität in punkto Qualität und auch Zahl der veröffentlichten Titel zu wahren und ihm wichtig erscheinenden Autoren ein Forum zur Veröffentlichung zu bieten. 1998 konnte BASTEI erwartungsgemäß seine bisherige Position als zweitgrößter Anbieter von phantastischer Literatur aller Spielarten nicht mehr behaupten und mußte diesen an GOLDMANN abtreten. Die Differenz zum neuen Zweitplazierten war denkbar knapp, sie betrug nur vier Titel. Wie bei den anderen Taschenbuchreihen auch ist die Situation der deutschsprachigen Autoren immer noch weit von einem wünschenswerten Status entfernt, sie hat sich aber auch im letzten Jahr wieder leicht verbessert. Jason Dark alias Helmut Rellergerd war mit seinen Taschenbüchern um den Geisterjäger JOHN SINCLAIR mit einem neuen Band pro

Monat und mit zwei Sammelbänden mit Nachdrucken alter Heftromane pro Halbjahr wieder überproportional vertreten. Jörg Kastner veröffentlichte den historischen Roman »Die Germanen von Ravenna«, Wolfgang Hohlbein setzte seine SF-Serie um CHARITY, die beste Frau der Space Force, mit dem zwölften Band, »Der dritte Mond«, fort, Andreas Eschbachs zweiter SF-Roman »Solarstation« erlebte seine Veröffentlichung im Taschenbuch, Peter Menningen verfaßte mit »Erinnerungen« den 2. Band zur TV-Serie PRETENDER, Thomas R. P. Mielke präsentierte »Inanna – Odyssee einer Göttin«, die Taschenbuchausgabe der früheren Heftserie DIE ABENTEURER von Hubert Simon u. a. wurde mit Band 4, »Der Heilige Gral«, weitergeführt, Peter Berling schloß seine historische Fantasy-Tetralogie um die GRALSKINDER mit »Der Schwarze Kelch« ab und Frank Rehfeld startete mit »Die Dämmerschmiede« den Fantasy-Zyklus DIE LEGENDE VON ARCANA. Den Thriller-Wettbewerb des Verlags gewann Monika Niehaus-Osterloh mit »Spiel des Affen«, der ebenso Genre-Elemente enthielt wie der Zweitplazierte, »Der Putsch« von Rainer Aumund. Für das Frühjahr 2000 angekündigt sind Frank Rehfelds zweiter ARCANA-Band »Die Drachenpriester«, »Das Jesus Video« von Andreas Eschbach, »Die Rückkehr des Germanen & Der Adler des Germanicus« von Jörg Kastner (GERMANEN-SAGA 1 & 2), »Das Lachen der Hyäne« von Jürgen Benvenuti, »Der König von Tara« von Harald Braem, »Achill – Held und Frevler« von Sabine Wassermann und der abschließende fünfte ABENTEURER-Band »Die schwarze Pyramide«.

Interessante Genre-Titel werden regelmäßig in der jetzt die ALLGEMEINE REIHE bildenden 14er-REIHE veröffentlicht. Zu den herausragenden Titeln, die hier erschienen sind, gehörten zuletzt »Der dritte Zwilling« von Ken Follett, »Goldauge« von James Douglas, »Security« von Dean Koontz, »Totentanz« von James Herbert, »Die Spur« von Clifford Irving, »Das Kreisen der Raben« von Jörg A. Herber, »Manhattan-Projekt« von Jon Land, »Das Labyrinth« von David Baldacchi, »Salomons Thron« von Marc Olden, »Das Cadmium-Syndrom« von Michael Palmer, »Der 8. Tag« von David Ambrose, »Die Säulen von Narasinha« von Leslie L. Lawrence, »Protector« von Thomas Gifford, »Die Gudrid-Saga« von Kirsten A. Seaver und »Der letzte Papst« von Malachi Martin. Aus dem Programm genommen wurden »Der Ring des Kelten« von Steve Whitton und die Schuber-Ausgabe des historisch-phantastischen Romans »Die Kinder des Gral« von Peter Berling. Für die ersten Monate des Jahres 2000 sind u. a. »Der Spiegelmacher« von Philipp Vandenberg, »Im Fegefeuer der Gefühle« von Dirk Walbrecker, »Bilanz der Vampire« von Floyd Kemske, »Omega« von Patrick Lynch, »Ex« von David Ambrose, »Die Mauern von Chantalon« von Alice Borchardt, »Die mit den Krähen sprach« von J. A. Wolcott, »Atlanta-Kommando« von P. T. Deutermann, »Mission Sphinx« von Glenn Meade und der Doppelband »Die Wunder eines jeden Tages & Die wilden Tänze des Himmels« von Victor Villasenor zur Veröffentlichung vorgesehen.

In der Reihe FANTASY erschienen 1999 generell zwei Titel pro Monat, von denen wieder nahezu alle diversen Serien und Zyklen angehörten. Weitergeführt wurden die DRENAI-SAGA von David Gemmell mit »Im Reich des Wolfs« (Band 5) und »Druss – die Legende« (Band 6), DIE LEGENDE VOM WEITSEHER von Robin Hobb mit »Des Königs Meuchelmörder« (Band 2) und Barbara Hamblys neuer DARWATH-Zyklus mit dem zweiten Roman »Die Odyssee des Eisfalken«, weitergeführt und abgeschlossen wurden die Zyklen DER FLUCH DES NEBELGEISTES mit »Die Saat der Zwietracht« (Band 4), »Die Streitmacht von Vastmark« (Band 5) und »Das Schiff der Hoffnung« (Band 6), die Trilogien DIE INSEL ZALYS von Jonathan Wylie mit »Die letzte Prophezeihung«, DAS GROSSE SPIEL von Dave Duncan mit »Die Klippen des Heute« und »Der Preis der Zukunft«, DIE NAVIGATORKÖNIGE von Garry Kilworth mit »Das Land der Nebel« und DIE LEGENDE VOM MEISTERMAGIER von W. J. Maryson mit »Vloch – Das Schwert der Riesen«. Neu aufgelegt wurde die frühe DARWATH-Trilogie von Barbara Hambly komplett im Band »Gefährtin des Lichts«, während an abgeschlossenen Titeln »Der Spiegel von Caledon« von David Feintuch und »Plötzlich war da wilder Zauber« von Diana Wynne Jones herausgebracht wurden. Weitere Highlights der ersten Monate des Jahres 2000 sind »Die Magie des Assassinen« von Robin Hobb (Abschlußband der Trilogie DIE LEGENDE VOM WEITSEHER), »Harashils Fluch« von Rebecca Bradley (GIL 3), »Eine Frage der Balance« von Diana Wynne Jones, »Der eiserne Krieg« von Paul Kearney (DIE KÖNIGREICHE GOTTES 3), »Brunhilds Lied« von Diana L. Paxson (DIE TÖCHTER DER NIBELUNGEN 1), »Das Hohe Haus« von James Stoddard und »Farnor« von Roger Taylor (DIE SAGA VOM GROSSEN WALD 1).

Serien und Zyklen hatten auch bei der SCIENCE FICTION 1999 einen hohen Stellenwert, aber keinen so bedeutenden wie bei der FANTASY. Abgeschlossen wurden die MINDSTAR-Trilogie von Peter F. Hamilton mit »Die Nano-Blume«, Anne McCaffreys CATTENI-Dreiteiler mit »Die Diener der Eosi« und die nach Asimovs Vorgaben von Roger MacBride Allen verfaßte neue ROBOT-Trilogie mit »Isaac Asimov's Utopia«, mit neuen Titeln weitergeführt wurden David Webers HONOR HARRINGTON mit »Im Exil« (Band 5), die Romanreihe zu WING COMMANDER mit dem gleichnamigen Buch zum Film von Peter Telep und Robert Rankins BRENTFORD-Zyklus mit »Kohl des Zorns«. Zu den Höhepunkten des vergangenen Jahres gehörten »Drachenbrut« (4 Novellen, z. T. mehrfach ausgezeichnet) und »Durdane« (die komplette Trilogie in einem Band) von Jack Vance, »Orakel« von Ian Watson, »Der Rote Planet« von Robert A. Heinlein, »Die Straße« von Larry Niven, »Die Grenzen der Unendlichkeit« von John E. Stith und »Die Traumschlange« von Vonda N. McIntyre (mit dem NEBULA ausgezeichnet). Zusätzlich zu den regulären zwei Titeln pro Monat wurden 1999 noch drei Bände im Halbjahr zum überspannenden RINGWELT-Zyklus herausgebracht, entweder zum Subzykus ABENTEUER AUS DEM RINGWELTUNIVERSUM – DIE KZIN-KRIEGE, eine Anthologienreihe, an der auch andere Autoren mitschreiben, oder abgeschlossene Romane von Larry Niven selbst: »Brennans Legende«, »Crashlander« und »Flatlander« von Larry Niven sowie »Der Überlebende« von Larry Niven, Greg Bear, Donald Kingsbury & S. M. Stirling (KZIN-KRIEGE 4). Des weiteren 2000 sind u. a. »Weltraumkadetten« von Robert A. Heinlein, »In dunklen Tiefen« von Marion Zimmer Bradley (Sammler mit den Romanen »Das Weltraumtor« und »Erde – der verbotene

Planet«), »Die unbekannte Macht« und »Fehlfunktion« von Peter F. Hamilton (die ersten Bände des Sechsteilers DIE TAGE DER APOKALYPSE), »Mondsplitter« von Jack McDevitt, »Ein neues Babylon« von C. S. Friedman, »Ehre unter Feinden« von David Weber (HONOR HARRINGTON 6) und »Das Kettenlädenmassaker« von Robert Rankin (BRENTFORD) sowie die KZIN-KRIEGE-Bände 5 und 6, »Katzenmusik« von Larry Niven, Jerry Pournelle, S. M. Stirling & Thomas T. Thomas und »Die trojanische Katze« von Larry Niven, Donald Kingsbury, Mark O. Martin & Gregory Benford zur Veröffentlichung vorgesehen.

Die Autorenedition CHRISTOPHER PIKE wurde auch 1999 im bisherigen zweimonatlichen Rhythmus bis Band 27 mit »Der blonde Vampir 6: Geschöpfe der Ewigkeit«, »Der Geschichtenerzähler« und »Marys Rache« fortgesetzt und danach eingestellt; ein weiterer Roman, »Alptraum im Paradies«, erschien in gleicher Aufmachung noch Ende 1999 in der ALLGEMEINEN REIHE.

Monatlich wurde auch 1999 wieder ein neues Taschenbuch der Horror-Serie JOHN SINCLAIR von Jason Dark herausgebracht, pro Halbjahr ergänzt durch zwei Jumbobände mit jeweils acht früheren Abenteuern des Geisterjägers aus der Heftserie in chronologischer Reihenfolge unter Auslassung der Bände, von denen bekannt wurde, daß andere Autoren sie als Ghostwriter geschrieben haben.

Die ursprünglich für Juli 1998 angekündigte Sonderedition VERY BRITISH wurde aus dem Programm genommen. Eingeplant wurde die Sonderproduktion TOP STARS, u. a. mit »Der Widersacher« von Wolfgang Hohlbein, »Dunkle Flüsse des Herzens« von Dean Koontz, »Glenraven« von Marion Zimmer Bradley & Holly Lisle sowie »Das Tal der Elefanten« von Nicholas Luard sowie die aus »Shining & Carrie«, »Feuerkind & Cujo«, »Der Werwolf von Tarker Mills & Nachtschicht« und »The Stand – Das letzte Gefecht« bestehende STEPHEN KING JUBILÄUMSEDITION. Und für das Frühjahr 2000 ist die HEXER-EDITION von Wolfgang Hohlbein mit den Einzelbänden »Der Hexer von Salem«, »Neues vom Hexer von Salem«, »Der Dagon-Zyklus«, »Die sieben

Siegel der Macht«, »Der Sohn des Hexers« und »Auf der Spur des Hexers & Das Labyrinth von London« zur Veröffentlichung vorgesehen.

BLANVALET

Zu größeren internen Umorganisationen und Programmneugestaltungen kam es 1998/99 bei BERTELSMANN, wo die Linien der einzelnen Taschenbuchprogramme des Konzerns, also BLANVALET, BTB, GOLDMANN und MANHATTAN aber auch das Kindertaschenbuchprogramm von OMNIBUS neu bewertet und definiert wurden. Das hatte u. a. zur Folge, daß einerseits die bisher unter GOLDMANN firmierende FANTASY-Reihe seit Mai 1999 unter dem Label BLANVALET firmiert und die SCIENCE FICTION-Reihe wegen unzureichenden Verkaufserfolgs wieder einmal eingestellt wurde, wobei aber einige Genre-Titel nach wie vor im ALLGEMEINEN PROGRAMM von BLANVALET (wie die STAR TREK-Bücher) oder GOLDMANN (wie Terry Pratchetts SCHEIBENWELT-Romane) publiziert werden. Die Redaktion lag nach wie vor in den bewährten Händen von Volker Busch, der auch für die Titel im ALLGEMEINEN PROGRAMM von BLANVALET und GOLDMANN verantwortlich zeichnet. Wie sein Vorgänger baut auch Volker Busch in erster Linie auf Übersetzungen von angloamerikanischen Titeln, wodurch die Situation der deutschsprachigen Autoren hier besonders trist ist: Der magische Elemente enthaltende Roman »Seidentanz« von Federica de Cesco ist der einzige Genre-Titel, der zuletzt bei BLANVALET veröffentlicht wurde.

Die BLANVALET FANTASY, die ihren bisherigen GOLDMANN-Nummernkreis beibehalten hat, wird im Gegensatz zu den Reihen der anderen Verlage ausschließlich von Serien und Zyklen beherrscht, wobei Romane zu Spielen, bei denen die ehemalige GOLDMANN-Reihe mit den TSR-Publikationen eine Vorreiterrolle im deutschen Sprachraum gespielt hat, 1999 eine etwas geringere Rolle als in den vorangegangenen Einplanungen spielten. Die Zahl der Veröffentlichungen blieb konstant bei drei Titeln pro Monat, die nach wie vor ein buntes Spektrum moderner und auch klassischer Fantasy präsentierten. Weitergeführt wurden Tom Ardens Zyklus DER KREIS DES OROKON mit »Das Geheimnis im Spiegel« (Band 3) und »Der goldene Baum« (Band 4), WOLFWALKER von Tara K. Harper mit dem fünften Roman »Der Fluch der Wölfe«, Raymond E. Feists zum MIDKEMIA-Zyklus gehörende SCHLANGENKRIEG-SAGA mit den abschließenden Romanen 7 und 8, »Die zersprungene Krone« und »Der Schatten der schwarzen Königin«, die MOONDARK-SAGA von Donald E. McQuinn mit »Die Mondtänzer« (4) und »Der dunkle Pfad« (5), sowie STERNENKRONE mit »Die Kathedrale der Hoffnung« von Kate Elliott (Band 4), gestartet wurden Glen Cooks DIE SCHWARZE SCHAR mit »Im Dienst der Seelenfänger«, »Nacht über Juniper« und »Die Rückkehr des Bösen«, DÄMONENDÄMMERUNG mit den ersten drei Bänden (»Nachtvogel«, »Juwelen des Himmels« und »Das verwunschene Tal«) und jeweils ein Titel liegt vor von den neuen Zyklen und Serien DER MAGISCHE SPIEGEL (»Der Schlaf der Zauberkraft« von Holly Lisle), DER MAGIER VON NUMANTIA (»Der dunkle Thron« von Chris Bunch), DAS REICH DER KATZEN (»Die Feuertänzerin« von Tara K. Harper) und DIE ZAUBERSCHIFFE (»Der Ring der Händler« von Robin Hobb). Neue Bände erschienen auch zu DRAGONLANCE: »Die Ritter des Schwerts« und »Diebesglück« von Roland Green (DIE KRIEGER DER DRACHENLANZE 6 & 9), »Theros Eisenfeld« und »Der Lanzenschmied« von Don Perrin (DIE KRIEGER DER DRACHENLANZE 7 & 8) sowie »Die Zauberprüfung« von Margaret Weis und die Anthologie »Drachenauge«, hrsg. von Margaret Weis & Tracy Hickman. Geschoben wurden hingegen die für Anfang 1999 eingeplanten Taschenbuchausgaben der ersten beiden SCHWERT DER WAHRHEIT-Romane von Terry Goodkind, »Das erste Gesetz der Magie« und »Der Schatten des Magiers«. Für Anfang 2000 sind die Serientitel »Acorna – Die Fahrt zu den Sternen« von Anne McCaffrey & Margaret Ball (ACORNA 2), »Der Preis der Macht« von Chris Bunch (DER MAGIER VON NUMANTIA 2), »Der Puma« von Tara K. Harper (DAS REICH DER KATZEN 2), »Straße der Schatten« von R. A. Salvatore (DÄMONENDÄMMERUNG 4),

»Die Götter erwachen« von Allan Cole (TIMURA-SAGA 3), »Viviaces Erwachen« von Robin Hobb (DIE ZAUBERSCHIFFE 2), »Die Verschwörung der Magier« von Raymond E. Feist (MIDKEMIA; KRONDOR-SAGA 1), »Sinfonie des Schreckens« von Yvonne Navarro (ALIENS), »Die Ritter der Rose« von Roland Green (DIE KRIEGER DER DRACHENLANZE 10), »Ort ohne Dunkelheit« von Donald E. McQuinn (MOONDARK-SAGA 6), »Der brennende Stein« von Kate Elliott (STERNENKRONE 5) und »Der Thron der Sieben Königreiche« von George R. R. Martin (DAS LIED VON EIS & FEUER 3).

Infolge der Neuausrichtung der Verlagsprogramme ist die Zahl der in der ALLGEMEINEN REIHE von BLANVALET publizierten Genre-Titel gewaltig angestiegen. So standen 1999 u. a. »Ferne Ufer« von Diana Gabaldon (HIGHLAND-SAGA 3), »Die Schwingen des Horus« von Wilbur Smith (archäologischer Thriller), »Fürst der Wölfe« von Garry Kilworth (Tier-Fantasy), »Im Netz der Lügen« (LOGAN-SAGA 2), »Dunkle Verheißung« (LANDRY-SAGA 2) und »Fesseln der Erinnerung« (LANDRY 3) von V. C. Andrews, »Für alle Zeit« von Richard Paul Evans (Fortsetzung zu »Die wundersame Schatulle«), »Die Vergessenen von Eden« von Petru Popescu, »Die Gespensterstaffel« und »Operation Eiserne Faust« von Aaron Allston (STAR WARS – X-WING 5 & 6), »Das Haus der Wölfe« von Donna Boyd, »Blindes Vertrauen« von Sandra Brown, »Der Schlüssel zur Macht« von Philip Shelby, »Das Lied der Erde« von Mary Mackey (Abschluß der Urzeit-Trilogie), »Der Schattenfürst« von Bernard Cornwell (ARTHUR-Trilogie 2), »Unter dem Rentiermond« von Joan Wolf, »Die Seidenweberin« von Gillian Bradshaw, »Zeit des Feuers« von Judith Tarr, »Das IRIS-Projekt« von David Mason, »Schockwelle« von Clive Cussler (DIRK PITT-Thriller), »Die Prophetin von Luxor« von Suzanne Frank, »Der Spezialist« von F. Paul Wilson und »Stadt der Dämonen« von Terry Brooks als auch die aus »Episode I: Die dunkle Bedrohung« von Terry Brooks, »Krieg der Sterne« von George Lucas, »Das Imperium schlägt zurück« von Donald F. Glut, »Die Rückkehr der Jedi-Ritter« von James Kahn sowie »Erben des Universums«, »Die dunkle Seite der Macht« und »Das letzte Kommando« von Timothy Zahn bestehende

STAR WARS-Aktion auf dem Programm. Für das Frühjahr 2000 eingeplant sind »Feuer und Asche« von Elizabeth Gage, »Chromosom 6« von Robin Cook, »Kelch und Schwert« von Glenna McReynolds, »Das Lied des Wolfes« von Gillian Bradshaw, »Segen und Fluch« von Susan Howatch, »Das Lied der Nacht« von V. C. Andrews (LOGAN-SAGA 3), »Arthurs letzter Schwur« von Bernard Cornwell (ARTHUR 3), »Flug in die Nacht« von Dale Brown und »Die Burg der Zauberer« von Terry Goodkind, der 9. Band des aus der FANTASY-Reihe ausgegliederten Zyklus DAS SCHWERT DER WAHRHEIT.

HEYNE

Wie schon in den vorangegangenen Jahren schaffte es Marktführer HEYNE auch 1998 wieder spielend, seine dominierende Position auf dem Taschenbuchmarkt in Sachen Science Fiction, Fantasy, Horror und Phantastik zu behaupten. Der Vorsprung zum Zweitplazierten GOLDMANN belief sich auf nunmehr 124 Bände, er ist also etwas geschrumpft, aber HEYNE hat es trotzdem geschafft, fast genau so viele Genre-Bände herauszubringen wie die beiden Hauptmitbewerber GOLDMANN und BASTEI zusammen. Die nummernmäßige Unterscheidung zwischen der von Wolfgang Jeschke, der auch für die gesamte Reihe HEYNE SCIENCE FICTION & FANTASY verantwortlich zeichnet, in erster Linie betreuten SCIENCE FICTION und der von Friedel Wahren hauptsächlich betreuten FANTASY ist von Leserschaft und Buchhandel gleichermaßen gut angenommen worden. Mit Frühjahr 1999 wurde, zumindest von der Einplanung her, bei der SCIENCE FICTION eine Programmreduktion von acht Titeln pro Monat auf sechs vorgenommen, was zum Teil auch zu Lasten der STAR TREK-Reihen ging, von denen pro Monat nur noch ein Band herauskommt. 1998/99 wurden zunächst monatlich 12 Titel eingeplant, seit Mai 1999 nur noch 10 bis 11, veröffentlicht wurden bisweilen dann aber doch mehr. Wie auch schon in den Jahren zuvor waren die Abweichungen zwischen Einplanung und tatsächlicher Auslieferung auch im letzten Berichtsjahr zwar gering, was die Titelzahl betraf, aber enorm, was die Titel betraf, die Diskrepanzen zwischen Einplanung und tatsächlicher Veröffentlichung waren gewaltig. Daß einzelne Bände früher als geplant erschienen, kam zwar wieder bisweilen vor, war aber nicht die Regel, denn zumeist erschienen die Titel mit bisweilen gehöriger Verzögerung. Für diese oftmals extremen Verschiebungen waren und sind zumeist verspätet einlangende Übersetzungen verantwortlich, bisweilen aber auch die finanziell-strategische Überlegung, nicht zuviele hochpreisige Titel in einem Monat geballt auf den Markt zu bringen. Während die BATTLETECH-Bände nach wie vor beträchtlich hinter den Einplanungen hinterher hinken, hat sich die Situation mittlerweile bei Robert Jordans RAD DER ZEIT nach dem Übersetzer-Wechsel spürbar verbessert. Infolge offenbar nicht kurzfristig lösbarer Probleme lagen bei Redaktionsschluß folgende bereits länger angekündigte Titel noch nicht vor: »Die Jungfrau der Sonne« von Henry Rider Haggard, »Die Tänzerin von Gor« von John Norman, »Trugbilder« von Paula Volsky, »Flaschengeister« von Tom Holt, »Die Pest der Engel« von Sheri S. Tepper, »Die UFO-Aliens auf Hawaii« von Mel Gilden, »Kautschuk« und »Befehl aus dem Dunkel« von Hans Dominik und »Cap'n Beckmessers Führer durch STAR TREK – Deep Space Nine« von Phil Farrand. Deutlich reduziert hat sich die Zahl der Hardcover-Ausgaben im Rahmen der HEYNE SCIENCE FICTION & FANTASY, vor allem, was die größerformatigen Sekundärtitel zu STAR TREK betrifft. Auf die herausragenden neuen Romane in diesem Format sowie die Klassiker der Edition HIGH 8000 wird im HARDCOVER-Kapitel näher eingegangen. Nicht gerade oft waren deutsche Autoren vertreten, und das traf auch auf ihre nicht-angloamerikansichen Kollegen zu. Wenn man von der Serie zum Spiel DAS SCHWARZE AUGE absieht, so erschienen zuletzt »Blaubarts Schloß« von Barbara Büchner und »Schatten« von David Kenlock sowie Wim Gijsens Fantasy-Trilogie DEIRDRE, bestehend aus »Wendekreise«, »Die Sandrose« und »Im Reich der Zauberinnen«, und für das Frühjahr 2000 ist »Nonnen« von Michael Siefener eingeplant. Auf unbestimmt geschoben wurde die auf der DEMONWORLD spielende NORDMARK-Trilogie von Ulrich

Drees. In der ALLGEMEINEN REIHE kamen »Dark Skies – Das Rätsel von Majestic 12« (zur TV-Serie) und »Odysseus« von Wolfgang Hohlbein, »Die Alchimistin« und »Dr. Faustus: Der Engelspakt & Der Traumvater« von Kai Meyer, »Die Schattenschneise« von Gisbert Haefs, »Die Mühlen des Teufels« von Norbert Klugmann, »Wolf« von Joachim Körber, »Steine der Wandlung« von Christopher Zimmer, »Cäsars Druide« von Claude Cueni und »Der Geschmack des Wunders« von Albrecht Gralle heraus, Anfang 2000 sollen »Die Nacht des Drachen« und »Wyrm« von Wolfgang Hohlbein, »Wanderer zwischen den Zeiten« von Christopher Zimmer sowie »Laras Erbe« von Gabriele Droste erscheinen. Da sich vor allem Zyklen und Serien bei der deutschen Leserschaft nach wie vor besonderer Popularität erfreuen, wenn auch nicht mehr in dem Ausmaß wie noch vor einigen Jahren, räumt ihnen auch HEYNE traditionell überpropartional viele Programmplätze bei den halbjährlichen Einplanungen ein.

Bei der FANTASY kamen in der langlaufenden Erfolgsserie um Robert E. Howards Barbaren CONAN »Conan und der Saphir-Lotus« von John C. Hocking (Band 52) und einige frühere Bände der Saga heraus, eingeplant ist als nächstes »Conan der Ausgestoßene« von Leonard Carpenter (53), und Robert E. Jordans Bestsellerserie DAS RAD DER ZEIT hat mittlerweile zu einem geregelten Rhythmus gefunden, so daß zuletzt »Die Schale der Winde« (20), »Der Pfad der Dolche« (21) und »Die Kinder des Lichts« (22) erschienen sind, während die Weiterführung von Alan Burt Akers beliebter SAGA VON DRAY PRESCOTT wegen des schlechten Gesundheitszustands des Autors weiterhin ungewiß ist. Neue Romane erschienen auch zur britischen Spieleserie WARHAMMER: »Zaragoz« und »Seuchendämon« von Brian Craig. Komplett vor liegen mittlerweile die DEIRDE-Trilogie von Wim Gijsen und die aus »Der Königszug«, »Der Nekromant« und »Das dreizehnte Talent« bestehende Trilogie DAS WAHRE SPIEL von Sheri S. Tepper, gestartet wurden der RECLUCE-Zyklus von L. E. Modesitt jr. mit »Magische Insel«, »Türme der Dämmerung«, »Magische Maschinen« und »Krieg der Ordnung« sowie Jo Claytons SCHATTENLIED-Trilogie mit »Feuer am Himmel«

und »Brennende Erde«. Tom Holt machte sich 1999 trotz der Einplanung von einigen neuen Romanen rar, und das traf auch auf Andrew Harman zu, von dem nur der schon lange überfällige Roman »Das göttliche Dutzend« herausgebracht wurde. Ansonsten wären bei der FANTASY noch die exzellenten und überaus humorvollen, von Peter Haining herausgegebenen Anthologien »Scheibenwahn« und »Ritter des Wahnsinns«, »Der Traumstein« von Liane Jones, »Ein Spitzenhund« von Jerry Jay Carroll, »Der Wolfsprinz« von Vivian Vande Velde, die Komplettausgabe von Ursula K. Le Guins »Erdsee« in einem Band und »Talking Man« von Terry Bisson besonders hervorzuheben. Auf unbestimmt geschoben wurden die Romane »Aus Wasser geboren« und »Der schwarze Gott« von J. Gregory Keyes, der KELTIA-Roman »Die schwarze Königin« von Patricia Kennealy-Morrison und der DRACHENRITTER-Band »Der Drache und der Trollkönig« von Gordon R. Dickson. Für die ersten Monate des Jahres 2000 sind neben weiteren Bänden zu Robert Jordans DAS RAD DER ZEIT (»Kriegswirren«), der CONAN-SAGA (Neuherausgabe von »Conan der Schwertkämpfer« von L. Sprague de Camp, Lin Carter & Björn Nyberg) und L. E. Modesitts RECLUCE-Zyklus (»Kampf dem Chaos«), dem Abschluß der SCHATTENLIED-Trilogie (»Hüterin der Kristalle« von Jo Clayton) und dem Start der STURMLAND-SAGA von John Maddox Roberts (mit »Der Insulaner« und »Schwarze Schilde«) sowie des DERYNI-Zyklus DIE ERBEN VON SANKT CAMBER (»Das Martyrium von Gwynedd« und »König Javans Jahr«) noch die neuen Romane »Hokusais Gral« von James P. Blaylock, »Krieg der Götter« von Poul Anderson, »Der Erleuchtete« von Sean Russell und »Die Klangweberin« von Sarah Ash zur Veröffentlichung vorgesehen.

Weiter ging es 1999 auch bei der Subserie DAS SCHWARZE AUGE, und zwar mit vier neuen Bänden pro Halbjahr. Zuletzt erschienen in neuer Aufmachung »Und Altaia brannte« von Momo Evers, »Blutopfer« von Barbara Büchner, »Die Nebelgeister« von Lena Falkenhagen und »Die beiden Herrscher« von Karl-Heinz Witzko, in Vorbereitung befinden sich »Die Stunde der Schlange« von Bernhard Hennen, »Das Wirtshaus *Zum lachenden Henker*« von Barbara Büchner und »Die Königslarve« von Karl-Heinz Witzko.

Ebenfalls neue Titel, wenn auch nur sporadisch, gab es in der Serie zum erfolgreichsten Sammelkarten-Spiel der Welt, MAGIC – DIE ZUSAMMENKUNFT. 1999/2000 sind »Bruderkrieg« von Jeff Grubb (13) und »Weltenwanderer« von Lynn Abbey (14) erschienen bzw. eingeplant.

Bei der SCIENCE FICTION wurde das STAR TREK-Programm im Frühjahr 1999 auf einen Band pro Monat reduziert, mit der sporadischen Veröffentlichung eines zweiten Titels, wobei sich alle vier Serien – CLASSIC, THE NEXT GENERATION, DEEP SPACE NINE und VOYAGER – lose und unregelmäßig abwechseln und auch alle Reihen umfassende Themenzyklen präsentiert werden. So erschienen zuletzt der Zyklus TAG DER EHRE – bestehend aus »Altes Blut« von Diane Carey (TNG), »Der Himmel von Armageddon« von L. A. Graf (DS9), »Ihre klingonische Seele« von Michael Jan Friedman (VOYAGER), »Das Gesetz des Verrats« von Dean Wesley Smith & Kristine Kathryn Rusch (CLASSIC) und »Ehrensache« von Diana G. Gallagher (STARFLEET KADETTEN) – sowie die Einzelbände »Star Trek: Der Aufstand« von J. M. Dillard (Roman zum Film), »Das Herz des Teufels« von Carmen Carter (TNG) und »Neuer Ärger mit den Tribbles« von Diane Carey (DS9) sowie die CLASSIC-Romane »Der Coup der Promethaner« von Danny Martin Flinn, »Die Asche von Eden« und »Die Rückkehr« von William Shatner. Weitergeführt wurden auch die Romanserien zu den Spielen SHADOWRUN und BATTLETECH, von denen in der Regel jeweils zwei neue Titel pro Halbjahr erscheinen und die es mittlerweile auf 35 bzw. 42 Bände gebracht haben. Zu George R. R. Martins WILD CARDS-Zyklus wurde nur noch Band 10, »Ein Ass in der Hinterhand«, veröffentlicht, weitere Titel dazu wurden bislang nicht eingeplant. Neue Bände gab es auch zu C. J. Cherryhs ATEVI-Zyklus mit »Erbe«, zur Neuauflage der AMTRAK-KRIEGE von Patrick Tilley mit »Todbringer« (5), Lois McMaster Bujolds BARRAYAR (»Cetagenda«) und DIE CHRONIK DES CHUNG KUO (»Unter dem Himmelsbaum«, der 10. Band). Geschoben wurden die Bände 5 und 6 von Gregory Benfords CONTACT-Zyklus, »Im Herzen der Galaxis« und »In leuchtender Unendlichkeit«, sowie Phillip Manns vierbändiger Alternativwelt-Zyklus EIN LAND FÜR HELDEN. Verschiebungen offenbar im Gefolge der Programmreduktion gab es auch bei den von Herausgeber Wolfgang Jeschke üblicherweise halbjährlich zusammengestellten internationalen Anthologienbänden, die die ganze Bandbreite des Genres präsentieren, einen bunten und interessanten Querschnitt durch alle Themengebiete der modernen SF bieten und gemeinsam mit dem obligaten »Heyne Science Fiction Jahresband« regelmäßig zu den Highlights im SF-Programm von HEYNE und zu den Höhepunkten der deutschen SF-Szene gehören: 1999 erschienen die Bände »Winterfliegen« und »Das Proust-Syndrom«; »Das Jahr der Maus« und »Das Wägen von Luft« sind für 2000 vorgesehen. Wieder mit nur einem Band pro Halbjahr vertreten und damit ebenfalls eindeutig unterrepräsentiert waren die Auswahlbände aus den renommierten amerikanischen SF-Magazinen ASIMOV'S SCIENCE FICTION (ausgewählt von Friedel Wahren, mit jeweils zumindest einem deutschen Beitrag in jeder Ausgabe) und THE MAGAZINE OF FANTASY AND SCIENCE FICTION (zusammengestellt von Ronald M. Hahn), die es mittlerweile auf 53 bzw. 100 Ausgaben gebracht haben und herausragende Beiträge von höchstem Niveau aus den beiden Periodika präsentierten. Erschienen ist auch »Heyne Science Fiction & Fantasy: Das Programm« von Werner Bauer & Wolfgang Jeschke, in dem sämtliche bislang im Verlag erschienenen Genre-Titel aufgelistet wurden. Aus dem exzellenten Programm des Jahres 1999, das wie gewohnt für jeden Geschmack etwas zu bieten hatte, ragten besonders die Romane »Idoru« von William Gibson, »Qual« von Greg Egan, »Untiefen« von Nicola Griffith, »Datafat« von Simon Ings, »Nordwind« von Gwyneth Jones (Fortsetzung von »Weiße Königin«), »Habu« von James B. Johnson, »Förchtbar Maschien« von Iain Banks, »Ragnarök« von D. G. Compton & John Gribbin, »Count Geigers Blues« von Michael Bishop, »Die letzte Vorstellung« von Paul Voermans, »Weißer Mars« von Brian W. Aldiss & Roger Penrose, »Gottes Feuer« von Patricia Anthony, »Mars« von Ben Bova, »Faradays Waisen« von N. Lee Wood und »Träume aus Glas« von Jean Mark Gawron sowie die Alternativwelt-Anthologien »Wenn Napoleon bei Waterloo gewonnen hätte – und andere abwegige Geschichten«, hrsg. von J. C. Squire, und »Alexanders langes Leben, Stalins früher Tod – und andere abwegige Geschichten«, hrsg. von Erik Simon heraus. Für die ersten Monate des Jahres 2000 sind Spitzentitel wie »Diaspora« von Greg Egan, »Sperling« und dessen Fortsetzung »Gottes Kinder« von Mary Doria Russell, »Der Rächer« von William Shatner (STAR TREK CLASSIC), »Die Natur des Krieges« von Loren Coleman (BATTLETECH 46), »Der ewige Friede« von Joe Haldeman (Weiterführung des Welterfolgs »Der ewige Krieg«), »Geklonte Gesichter« von Nancy Kress, der von Wolfgang Jeschke zusammengestellte »Heyne Science Fiction Jahresband 2000«, »Am Kreuzweg« von Stephen Kenson (SHADOWRUN 36), »Verhöhnter Zorn« von Pamela Sargent & George Zebrowski (STAR TREK TNG), »Ein Hohelied für Leibowitz« von Walter M. Miller jr. (Fortsetzung des Klassikers »Lobgesang auf Leibowitz«), »Nachtlicht« von Jack Vance, »Der Schwarm« von John Peel (STAR TREK DS9), »Inversionen« von Iain Banks, »Der Hammer des Nordens« von Harry Harrison & John Holm (Startband der Alternativwelt-Trilogie HAMMER UND KREUZ), »Gestrandet« von Christie Golden (STAR TREK VOYAGER) sowie die CHRONIK DES CHUNG KUO-Romane 11 und 12, »Das Lied der Bronzestatue« und »Weißer Mond, roter Drache« von David Wingrove eingeplant.

Infolge von Problemen bei der Beschaffung aller für eine optimale Edition notwendigen Unterlagen stockt es nach wie vor bei der ambitionierten Jubiläumsausgabe der Gesammelten Werke von HANS DOMINIK. Eingeplant, aber noch nicht erschienen sind »Kautschuk«, »Befehl aus dem Dunkel«, »König Laurins Mantel« und »Atomgewicht 500«.

Auch 1999 erschienen wieder zahlreiche Titel mit phantastischen oder spekulativen Elementen von renommierten Autoren des Genres, die entweder den Budgetrahmen der SF & FANTASY-Reihe des Verlags gesprengt hätten oder nicht in ihr Konzept passen, wie beispielsweise reine Horror-Titel, in der ALLGEMEINEN REIHE. Das traf und trifft natürlich auch auf Werke zu, die aufgrund ihrer Thematik oder aus anderen Überlegungen heraus auch für breitere Leserschichten außerhalb des trotz aller kommerziellen Erfolge der letzten Jahre immer noch relativ kleinen Genre-Marktes von Interesse sind und waren und in der ALLGEMEINEN REIHE mit ihren höheren Auflagezahlen auch höhere Verkaufszahlen erwarten ließen und lassen als in der HEYNE SF & FANTASY, wo man viele potentielle Leser vielleicht nicht erreichen würde. Zu den im letzten Jahr hier publizierten Titeln gehörten »Nimitz Class« von Patrick Robinson, »Blade Runner II« von K. W. Jeter, »Die zehnte Prophezeihung von Celestine« von James Redfield, »Rebellion der Verlorenen« von Kristine Kathryn Rusch (STAR WARS), »Fluchtpunkt« (TOM CLANCY'S NET FORCE 2) und »Machtspiele« (TOM CLANCY'S OP-CENTER 5) von Tom Clancy & Steve Pieczenik, »Geisterlicht« von Marion Zimmer Bradley, »Das Maltarese-Mosaik« von Robert Ludlum, »Wachen! Wachen!« und »Das Licht der Phantasie« von Terry Pratchett (SCHEIBENWELT), »Das Geheimnis des Regenmachers« von Susie Moloney, »Zwielicht & Wenn Dunkelheit kommt« von Dean Koontz, »Turm der Einsamkeit« von Valerio M. Manfredi, »Die Tochter des Präsidenten« von Jack Higgins, »Merlin – Der Zauberer des Königs« von James Mallory, »Als Gott Harley Davidson fuhr« von Joan Brady, »Der Pilot« und »Der Gejagte« von A. C. Crispin (STAR WARS – HAN SOLO-Trilogie 1 & 2), »Das Beste aus Marion Zimmer Bradleys Fantasy Magazin – Band 1«, »Das Magische Messer« von Philip Pullman (HIS DARK MATERIALS 2), »3001 – Die letzte Odyssee« von Arthur C. Clarke, »Der Krieg der Käuze« von Martin Hocke, »Tanz im Mondlicht« und »Das Gesicht im Fenster« von Barbara Erskine, »Das Teufelsmal« von Kim Wilkins, »Tigerjagd« von Tom Clancy & Martin Greenberg (TOM CLANCY'S POWER PLAYS 2), »Das Buch von Gott« von Walter Wangerin, »Nachts« und »Sara« von Stephen King, »Das Glück des Azteken« von Daniel Peters, »Lost in Space« von Gene DeWeese, »Weißer Engel« von Eric Lustbader, »Der Kardinal im Kreml« von Tom Clancy, »Mondsüchtig« von Bradley Denton, »Godzilla« von Gernot Gricksch, »Mit aller Macht –

Primary Colors« von Anonymus, »Mit Schirm, Charme und Melone« von Julie Kaewert, »Lost in Space« von Joan D. Vinge, »XENA – Warrior Princess« von Robert Weisbrot, »Auf immer und ewig« von Wendy Loggia, »Stargate« von Christian Lukas & Claudia Kern, »Lost in Space: Planet aus Stahl« von Pat Cadigan, »Virus« von S. D. Perry, »Ewan McGregor« von Christian Lukas und »Die Mumie« von Max Allan Collins. Für Anfang 2000 sind u. a. »Aurora« von Robert Harris, »Ausnahmezustand« (TOM CLANCY'S OP-CENTER 6) von Tom Clancy & Steve Pieczenik, »Outer Limits 1« von Debbie Notkin & Roger Stewart, »Das Standbild der Athene« von Valerio M. Manfredi, »The Crow – Das Herz des Lazarus« von Poppy Z. Brite, »Die Halidon-Verfolgung & Die Aquitaine-Verschwörung« von Robert Ludlum, »Kalte Wut« von Colin Forbes, »Der Hellseher« von John McLaren, »Die Engel der Dämmerung« von Marion Zimmer Bradley, »Dem Zauber verfallen« von Barbara Michaels, »Intensivstation« von Francis Roe, »Explosiv« (TOM CLANCY'S POWER PLAYS 3) von Tom Clancy & Martin Greenberg, »Merlin – Der Fluch von Camelot« von James Mallory, »Eine Liebe für die Ewigkeit« von Carol Thurston, »Das Volk der Stille« von Kathleen O'Neal Gear & W. Michael Gear, »Der König der Schmuggler« von A.C. Crispin (STAR WARS – HAN SOLO-Trilogie 3), »Der Hammer Gottes« von Arthur C. Clarke und »Tür ins Dunkel & Die Spuren« von Dean Koontz zur Veröffentlichung vorgesehen.

Im Januar 2000 erschien eine Horror-Edition, bestehend aus den Stephen King-Romanen »Dead Zone«, »In einer kleinen Stadt«, »Friedhof der Kuscheltiere«, »Regulator«, »Christine«, »tot.«, »Drei«, »Schwarz«, »Glas«, »Brennen muß Salem«, »Langoliers« und »Desperation«. Im März 2000 kam die Jubiläumsaktion 40 JAHRE HEYNE SF mit 12 Spitzentiteln in Neuauflage und neuer Ausstattung heraus: »2001 – Odyssee im Weltraum«, von Arthur C. Clarke, »Neuromancer« von William Gibson, »Fahrenheit 451« von Ray Bradbury, »Clockwork Orange« von Anthony Burgess, »Die linke Hand der Dunkelheit« von Ursula K. Le Guin, »Sternenflut« von David Brin, »Foundation« von Isaac Asimov, »Lobgesang auf Leibowitz«

von Walter M. Miller jr. und »Der Wüstenplanet« von Frank Herbert, sowie in ungekürzter Neuübersetzung »Das Orakel vom Berge« von Philip K. Dick, »Der ewige Krieg« von Joe Haldeman und »Der brennende Mann« von Alfred Bester.

KNAUR

Innerhalb kurzer Zeit hat es die im Sommer 1998 gestartete neue und ambitionierte Fantasy-Reihe EXCALIBUR von KNAUR verstanden, sich auf dem heißumkämpften Markt zu etablieren. Unter der Herausgeberschaft von Melissa Anderson alias Sky Nonhoff, der früher bei GOLDMANN für das SF- und Fantasy-Programm verantwortlich zeichnete, und Gerd Rottenecker, dem ehemaligen Chefredakteur von SCIENCE FICTION MEDIA, wurden 1999 zwei oder drei Titel pro Monat publiziert, wobei Nonhoff zuletzt verstärkt auf talentierte Newcomer aus den USA und Großbritannien setzte und diese für den deutschen Markt aufbaute, wie Joanne Bertin oder K. J. Parker, und auch Autorinnen und Autoren forcierte, die sich hierzulande bereits mit interessanten Romanen einen guten Namen gemacht hatten, wie Mark Anthony, David Drake oder Kristine Kathryn Rusch, wobei Zyklen und Serien eindeutig dominierten. So wurden Katherine Kerrs CHRONIKEN VON DEVERRY ebenso mit den Bänden 4 bis 7 – »Der Magier von Deverry«, »Zeit der Verbannung«, »Zeit der Omen« und »Zeit des Dunkel« – weitergeführt wie RUNENZAUBER von Jane Welch: »Der Drachenstein«, »Das Schwert der Morrigwen«, »Der See der Tränen« und »Der Kreis von Abalone«. Neue Titel erschienen auch in den Zyklen DAS REICH DER INSELN von David Drake mit »Die Erben des Carus« (3) und »Die Königin der Dämonen« (4) sowie John Marcos DAS IMPERIUM VON NAR mit »Die Paladine des Dunkels« (2) und »Die Armee des Raben« (3). Komplett vor liegt die Trilogie DIE PFORTEN DER MACHT von Alison Spedding, bestehend aus »Die Wolken des Krieges«, »Der dunkle Thron« und »Die letzte Dämmerung«, neu gestartet wurden die Trilogie DIE FARBEN DES STAHLS mit »Stadt der Schwerter« von K. J. Parker, DIE LETZTE RUNE von Mark Anthony mit

»Das Ruinentor«, »Der fahle König« und »Der Runensteinturm«, als auch der FEY-Zyklus von Kristine Kathryn Rusch mit dem ersten Band, »Die Felsenwächter«. Hochinteressant auch Joanne Bertins Fantasy-Debüt »Der letzte Drachenlord«. Für das Frühjahr 2000 eingeplant sind »Bogenmeister« von K. J. Parker (DIE FARBEN DES STAHLS 2), »Zeit des Feuers« und »Der rote Drache« von Katherine Kerr (DIE CHRONIKEN VON DEVERRY 8 & 9), »Das Jenseitstor« und »Das Blut der Wölfe« von Jane Welch (RUNENZAUBER 8 & 9), »Das Schattenportal« und »Der Thron der Seherin« von Kristine Kathryn Rusch (FEY 2 & 3), »Die Flammenfestung« von Mark Anthony (DIE LETZTE RUNE 4) und »Das Banner der Rache« von John Marco (DAS IMPERIUM VON NAR 4) sowie »Das dunkle Herz der Nacht«, der Startband des in der Welt von DAS BUCH DER WORTE spielenden Zyklus DAS SCHWERT DER SCHATTEN von J. V. Jones, dem neuen Shooting Star der Fantasy.

Auch 1999 wurden wieder zahlreiche interessante Titel in der ALLGEMEINEN REIHE veröffentlicht bzw. für eine Veröffentlichung vorbereitet, wie die Romane »Das schwarze Herz der Stadt« von Rupert Thomson, »Schattenwölfe« von Thomas Görden, »Das letzte Signal« von Robert Doherty, »Die zweite Genesis-Akte« und »Die dritte Genesis-Akte« von Charles Grant, »Die Reise zum Zauberberg« von Wolfgang Sewald, »Gelber Kaiser« von Raymond A. Scofield, »Biberfrau« von Thomas Jeier, »Der letzte Tag« von Glenn Kleier, »Her mit dem Zauberstab!« von Nina Geiger, »Sternenjäger« von James A. Michener, »Die Todesdroge« von Kip Langello, »Der Anatom« von Nikoloaj Frobenius, »Schach und Matt« von David Hood, »Das Gesetz der Götter« von Christian Jacq, »Die Nacht des Lichts« von Christine Arnothy, »Fluch der Eiche« von Andreas Liebert, »Das Lied des Simonides« von Mary Renault, »Der 13. Krieger« von Michael Crichton, »Das Medusa-Projekt« von John J. Nance, »Eine Weihnachtsgeschichte« von Charles Dickens, »Das schwarze Pergament« von Ingeborg Bayer, »Liebesmärchen« von Folke Tegetthoff, »Die Stimmen der Steine« von Priscilla Cogan und »Der Traum der steinernen Drachen« von Bernd Steinhardt sowie die

Sachbücher »Alfred Hitchcock« von Ronald M. Hahn & Rolf Giesen, »Buffy – Im Bann der Dämonen« von Christian Lukas & Sascha Westphal und »AKTE X – Die Verschwörung enthüllt« von Jörg Alberts, Kai Krick & Roland Heep. Im Frühjahr 2000 sollen die Belletristik-Bände »Cobra« von Richard Preston, »Das Ypsilon-Komplott« von Anthony Hyde, »X-Stories«, hrsg. von Thomas Görden, »Die Karawanenkönigin« von Tessa Korber, »Hexenzirkel« von Barbara Wendelken, »Die kalte Stadt« von Paul Johnston und »Walpurgistänze«, hrsg. von Julia Peters, sowie die Sekundärtitel »Das Buch der Hopi« von Frank Waters, »Zukunftsvisionen« von Michio Kaku und »Das Vampir-Lexikon« von Erwin Jänsch erscheinen.

SUHRKAMP

Stark reduziert präsentierte sich die nicht mehr von Franz Rottensteiner betreute PHANTASTISCHE BIBLIOTHEK in den SUHRKAMP TASCHENBÜCHERN im Jahre 1999. Im Sommerprogramm fand sich lediglich ein Titel, »Hundert Tage auf Stardawn« von Matthias Robold, in Vorbereitung ist die dreibändige Kassettenedition »1999 – Der Planet«, mit den bereits erschienenen Romanen »Manhattan II« und »Baker's Barn« sowie dem neuen »Canyons«, der auch als Einzelausgabe erhältlich ist. Noch nicht publiziert wurde »Die Ankunft des Joachim Stiller« von Hubert Lampo. Außerhalb der Reihe kam das Sachbuch »Der Frankenstein-Komplex«, hrsg. von Rudolf Drux, heraus, für das Frühjahr 2000 angekündigt sind »Mein Jahr in der Niemandsbucht« von Peter Handke und »Beerholms Vorstellung« von Daniel Kehlmann.

SONSTIGE TASCHENBUCHVERLAGE

Klein aber fein ist das Angebot phantastischer Titel aus dem Wiener *AARACHNE VERLAG*. 1998 bewies Silke Rosenbüchler, die mit ihren Geschichten bereits für Furore gesorgt hatte, auch ihr Talent als Herausgeberin und legte die Anthologie »Flach. Violett. Vergiftet. Vision 2.500« über Landschaften der Zukunft vor, Uwe Neuhold entführte in rätselhafte »Gruben«

und Wilhelm Kuehs verschleppte den Leser in »Die gläsernen Ringe des Satans« auf einen veritablen Horror-Trip. Auch 1999 gab es wieder Sensationelles: Sonja Rehak brachte ihren SF-Roman »2312 – Distel Kranichs Suche nach Sex« heraus und Franz Rottensteiner präsentierte in den zusammengehörenden Anthologienbänden »Ablaufdatum 31. 12. 2000 – Die Prophezeihungs-Falle« und »Weltuntergänge en detail« zum bevorstehenden Millennium Totalkatastrophen im Großen wie im Kleinen, von Autoren wie Uwe Neuhold, Peter Schattschneider, Marianne Gruber, Herbert W. Franke, Andreas Gruber, Ady Henry Kiss, Michael Knoke, Michael Siefener, Jörg Kleudgen, Heinz Riedler, Heinrich Steinfest, Wolfgang Jeschke, Ernst Petz, Malte S. Sembten, Michael Marrak, Hans Gerold Kugler und Andreas Findig.

Phantastische Jugendbücher bilden schon traditionell einen Schwerpunkt im Taschenbuchprogramm von *ARENA*. Zumeist handelt es sich dabei um Neuauflagen von zuvor in Buchform erschienenen Titeln, bisweilen werden aber auch Originalveröffentlichungen publiziert, wie die historische Fantasy »Das Buch der Wunder« von Hanna Lützen oder die SF-Romane »Flucht aus dem Alpha-Sektor« von Henrietta Branford und »Gefangen im Cyberstorm« von Gloria Skurzynski. Zuletzt erschienen hier »Reise um die Erde in 80 Tagen« und »Reise um den Mond« von Jules Verne, »Drachen kann man nicht bewachen« von Franz S. Sklenitzka, »Die Vampirschule« von Paul van Loon, »Tanea – Clan der Wölfe« von Isolde Heyne (Abschlußband der Vorzeit-Trilogie um die Wolfstochter TANEA), »Magier des Bösen« von Eddy C. Bertin (2 VALENTINA-Romane; GRUSEL & CO), »Das halbierte Hexenbuch« von Julia Volmert und »Festina Lente« von Joachim Theisen.

Wie schon im den vergangenen Jahren standen auch diesmal wieder relativ wenige phantastische Titel im *AUFBAU TASCHENBUCHVERLAG* auf dem Programm. Zuletzt erschienen die Anthologie »Versunkene Städte« mit Geschichten, Märchen und Legenden zum Thema, hrsg. von Tilman

Spreckelsen, die unheimlichen Romane »Die Geisterseher« und »Die Winterprinzessin« von Kai Meyer, der Hexenroman »Amanda« von Irmtraud Morgner, die SF-Romane »Der Papst, die Prophezeihung und das Nest der Waschbären« von Peter Simon und »Die Abholzung« von Franz Josef Degenhardt, die Phantastik-Sammlung »Der Magnetiseur« von E. T. A. Hoffmann und die Weihnachts-Anthologie »Engel in der Nacht«, hrsg. von Reinhard Rohn. Für Anfang 2000 sind der phantastische Roman »Tanz der Götter« von Vikram Chandra und »Nordische Mythologie« von Paul Herrmann eingeplant.

Der neue *BKH VERLAG* (c/o A*O GmbH, Waldstraße 70, D-63128 Dietzenbach) startete im Herbst 1998 den Zyklus DIE SAGA VOM EISVOLK von Margit Sandemo, die Chronik einer Familie, deren Vorfahre einst einen Pakt mit dem Teufel geschlossen hat. Bislang liegen acht Bände vor, und zwar »Der Zauberbund«, »Hexenjagd«, »Abgrund«, »Sehnsucht«, »Todsünde«, »Das böse Erbe«, »Das Spukschloß« und »Die Henkerstochter«.

Phantastische Titel gab es auch 1999 in *BASTEI-LÜBBES* 1988 gestarteten neuem Taschenbuchimprint *BLT,* in dem ausgewählte Titel in ansprechender Aufmachung aufgelegt werden: »Es gibt keine schlechten Menschen, sagte der Bär, wenn sie gut zubereitet sind« von Stefano Benni, »Die Maske der Ahnen« von Glenville Lovell und »Der Klang des Schnees« von Thomas Wharton. Anfang 2000 folgt »Wenn der See den Himmel träumt« von Swaine Wolfe.

In der bibliophilen Taschenbuchedition *BTB* des *GOLDMANN VERLAGS* kamen auch 1999 wieder Titel mit mehr oder minder stark ausgeprägten phantastischen oder spekulativen Elementen heraus, wie »Weimarer Wahn« von Otto A. Böhmer, »Undines Tod« von Henning Boetius, »Verletzungen« von Margaret Atwood, »Das Calcutta Chromosom« von Amitav Ghosh, »Der Beweis« von Laurence Cossé, »Als Männer noch Helden sein durften« von Luciano De Crescenzo, »Der Untergrundmann« von Mick Jackson, »Ein Mann mit zwei Leben«

von Ambrose Bierce, »Die Aktentasche« von Quim Monzo, »Die Spur des Einhorns« von Patricia Finney, »Alte Meister« von Hella S. Hasse, »Jagd auf Matutin« von Arturo Perez-Reverte, »Julian« von Gore Vidal und »Die Luftgängerin« von Robert Schneider. In den ersten Monaten des Jahres 2000 erscheinen »Lady Orakel« von Margaret Atwood, »Der Mond über St. Croix« von Karsten Lund, »Der Eroberer« von Nedim Gürsel, »Der Räuberbräutigam« von Eudora Welty, »Das Urteil des Paris« von Luciano De Crescenzo, »Bis zum abnehmenden Mond« von Margarete Hannsmann und »Das Ding an sich« von Klaas Huizing.

Im Oktober 1999 begann beim *CORA VERLAG* die SF-Serie MYSTERY EXTREME ZONE, in der die acht Bände der US-Ausgabe, verfaßt von M. C. Sumner, in vier Taschenbüchern erscheinen. Den Reigen eröffnete der Doppelband »Sie sind da! & Die Schattenwesen«, gefolgt von »Unsichtbare Mächte & Tödliche Geheimnisse«. Die restlichen zwei Doppelbände sollen im Frühjahr 2000 auf den Markt kommen.

In schöner Regelmäßigkeit bringt auch der *DEUTSCHE TASCHENBUCH-VERLAG – DTV* – SF, Fantasy, Horror und Phantastik in seinen diversen Reihen heraus. Zu den interessantesten Genre-Titeln in der Belletristik-Reihe DAS LITERARISCHE PROGRAMM gehörten 1999 »MOI« von Heiko Michael Hartmann, »Das Sagenbuch der walisischen Kelten – Die vier Zweige des Mabinogi«, »Reise zwischen Nacht und Morgen« von Rafik Schami, »Waslala« von Gioconda Belli, »Geschichte vom Kater« von Pat Gray, »Die Sage von Trojas Fall« von Franz Fühmann, »Die große Umwendung. Neue Briefe in die chinesische Vergangenheit« von Herbert Rosendorfer, »Wenn Väterchen Frost kommt – Weihnachtsfreuden in Rußland«, hrsg. von Ulf Diederichs, »Weihnachten in aller Welt«, hrsg. von Gudrun Bull, »Kongofieber« von Redmond O'Hanlon und »Das kommende Geschlecht« von Edward Bulwer-Lytton, in der BIBLIOTHEK DER ERSTAUSGABEN gab es die Novelle »Das Märchen« von Johann Wolfgang von Goethe, in DTV PORTRÄT »Edgar Allan Poe« von Frank T. Zumbach und in

DTV ZWEISPRACHIG »Farmer Giles of Ham/Bauer Giles von Ham« von J. R. R. Tolkien, in der Reihe GESCHENKBÜCHER erschienen »Die Insel des vorigen Tages« von Umberto Eco, »Die Kinder der Finsternis« von Wolf von Niebelschütz und »Fool on the Hill« von Matt Ruff und in den REISETASCHENBÜCHERN »Abenteuer eines Reisenden« von Italo Calvino, »Eden« von Stanisław Lem und »Komm, schwarze Nacht« von Marian Veevers. Im neuen Unterhaltungsprogramm GALLERIA wurden »Der heilige Stein« von Elizabeth Harris, »Schluß mit dem Jahrtausend!«, hrsg. von Helmut Lotz & Kai Precht, »Goethes letztes Geheimnis« von Marc Petit, »Ein Liebhaber ungerader Zahlen« von Herbert Rosendorfer, »Medea Stimmen« von Christa Wolf, »Märchen aus Malula« von Rafik Schami, »Der kleine Hobbit« und »Tuor und seine Ankunft in Gondolin« von J. R. R. Tolkien, »Tarzan – Der Originalroman« von Edgar Rice Burroughs, »Hello, Alice« von Astro Teller, »Das Vermächtnis des Nostradamus« von Andreas Schneider, »Die heimliche Jägerin« von Sisela Lindblom und »Kleines Lexikon des Hexenwesens« von Ditte & Giovanni Bandini veröffentlicht, in der Paperback-Reihe DTV PREMIUM »Die Runenmeisterin« von Claudia Groß und »Das dunkelste Blau« von Tracy Chevalier, und in DTV JUNIOR die Kinder- und Jugendbücher »Hurz Burz und seine Freunde« von Wilhelm Topsch, »Mein Bruder, der Außerirdische« und »Mein Bruder, der Superheld« von Dyan Sheldon, »Achtung, Zeitfalle!« von Andreas Schlüter (BEN & FREUNDE 3), »Denn ich höre die Delphine rufen« von Karen Hesse, »Das Lied der Wale« von Robert Siegel, »Nils Holgerssons schönste Abenteuer mit den Wildgänsen« von Selma Lagerlöf, »Die Höhlenkinder« von A. Th. Sonnleitner, »Peterchens Mondfahrt« von Gerdt von Bassewitz, »Der Wind in den Weiden« von Kenneth Grahame, »Urmel taucht ins Meer« von Max Kruse, »Auf leisen Sohlen« von Erwin Grosche und »Merlin – Wie alles begann« von Thomas A. Barron. Neu aus der Taufe gehoben wurde im Oktober 1999 die neue Edition DTV – REIHE HANSER; im ersten Halbjahr standen »Sofies Welt« von Jostein Gaarder mit oder ohne beiliegender CD-ROM, »Die Mennyms« von Sylvia Waugh (MENNYMS 1) und »Dracula«

von Bram Stoker auf dem Programm. Zur Veröffentlichung im Frühjahr 2000 vorgesehen sind im LITERARISCHEN PROGRAMM »G.A.S. – Die Trilogie der Stadtwerke« von Matt Ruff und »Varuna« von Julien Green, bei GALLERIA die von Lisa Tuttle zusammengestellte Anthologie »Der heimliche Spiegel«, und bei DTV JUNIOR »Das Geheimnis im 13. Stock« von Sid Fleischman und »Auf Wiedersehen im Cyberspace« von Gillian Cross.

Literarisch besonders anspruchsvolle Titel bringt *HEYNE* im 1998 gestarteten neuen Imprint *DIANA TASCHENBÜCHER*. An Genre-Titel kamen 1999 u. a. »Ein Sommernachtsspiel« von Kate Atkinson, »Fräulein Einsteins Universum« von Anna McGrail und »Peters Reise« von Maurice Scott heraus, im Frühjahr 2000 folgen »Die Jesus-Verschwörung« von Eliette Abécassis und »Das Leben der Monsterhunde« von Kirsten Bakis.

Kurzlebig war die Taschenbuchreihe *MYSTERY* beim *DINO-VERLAG:* Es erschienen nur die Bände 1 und 2, beide von Wolfgang van Deuverden: »Die Briefe des Bösen« und »Die Tochter des Todes«. Der angekündigte 3. Band, »Die Macht des Fluches« vom gleichen Autor, ist nicht mehr erschienen.

DIOGENES veröffentlichte in seiner Taschenbuchreihe *DETEBE* zuletzt u. a. »Der Zementgarten« und »Ein Kind zur Zeit« von Ian McEwan, »Löwenzahnwein« von Ray Bradbury, »Arthur Mervyn oder Die Pest in Philadelphia« von Charles Brockden Brown, »Sturmhöhe« von Emily Brontë und »Meistererzählungen« von Jack London. In den ersten Monaten 2000 erscheinen »König Wamba« von Erich Hackl, »Die Forschungsreise« von Urs Widmer und die Biographie »George Orwell« von Michael Shelden.

Belletristik hat bei den *ECON & LIST TASCHENBÜCHERN* einen hohen Stellenwert, und das trifft in zunehmemdem Maße auch auf Titel mit phantastischem und spekulativem Einschlag zu. So kamen 1999 u. a. die Belletristik-Bände »Der

Turm von Babel« von Morris L. West, die von Martin H. Greenberg & Laurence Schimel zusammengestellte Anthologie »Tarot-Geschichten«, »Der Alte Mann und Mr. Smith« von Peter Ustinov, »Das Dschungelbuch« von Rudyard Kipling, »Der singende Stein« von Helga Glaesener, »Hakims wunderbare Reise« von Gautama Chopra, »Der Tod des Lächelns« von Peter Brighton, »Die Stimme« von Judith Merkle Riley, »Der Fluch der Mary Tudor« und »Maria Stuarts dunkles Geheimnis« von Ann Dukthas (NICHOLAS SEGALLA), »Die Königin von Augsburg« von Harald Kruse, »Schau nicht zurück« von Kate Green, »Zeuge des Todes« von Joe Connelly und »Nostradamus – Der Prophet« von Manfred Böckl sowie die Sachbücher »Ewan McGregor – Vom Jungstar zum Jedi-Ritter« von Frank Strebel, »Geheimsache Roswell – Was in Area 51 wirklich geschah« von Tim Shawcross und »X-Akten – Die sechste Staffel« von Christian Lukas heraus. Im Frühjahr 2000 sollen u. a. »Das Erbe des Vampirs« von Tom Holland, »Der schwarze Skarabäus« von Helga Glaesener, »Die Maske des Fuchses« von Eva Klingler, »Falls ich Papst werden sollte« von Adolf Holl und »Das Kleopatra-Komplott« von Michael Jürgs erscheinen.

1999 startete *FIFA* (*FICTION & FANTASY-VERLAG*, Spalatinstraße 23, D-81739 München) die Science Fantasy-Trilogie HOLYFORT von Harry T. Master mit den beiden ersten Bänden: »Der Schatz von Sedu-Pio« und »Der Kampf um Sedu-Pio«.

Auch 1999 sind im Unterhaltungsprogramm der *FISCHER TASCHENBÜCHER* wieder zahlreiche Titel erschienen, die dem phantastischen Genre angehören oder zumindest im Grenzbereich dazu angesiedelt sind, wie die Romane und Erzählbände »Der König von Grönland« von Dieter Kühn, »Katzenfrauen« von Valerie Martin, »Der Sohn des Azteken« von Gary Jennings, »Reißt die Knospen ab ...« von Kenzaburo Oe, »Rabenschwarz«, hrsg. von Jutta Freund (unheimliche Tiergeschichten), »König Ohneschuh« von Luigi Malerba, »Die Anderen« von Martin Amis, »Der Engel an meiner Seite« von

Laura Restrepo, »Feenschwester«, hrsg. von Marion Zimmer Bradley (MAGISCHE GESCHICHTEN XI), »Die Vagantin« von Katja Behrens, »Schöne neue Welt« von Aldous Huxley, »Wodans Fluch« von Stephan Grundy, »Die Geheimnisse von Meister Li« von Barry Hughart (die gesamte Trilogie in einem Band), »Die Legende von Atlantis« von Valerie M. Irwin, »Teufels Werk« von Alan Judd, »Die Avalon-Trilogie« (bestehend aus »Die Wälder von Avalon«, »Die Herrin von Avalon« und »Die Nebel von Avalon«) von Marion Zimmer Bradley in Kassette, »Federmenschen«, hrsg. von Andrej Jendrusch, und »Im Zeichen des Löwen« von Peter Danielson, Band 1 einer im Vorderen Orient zu biblischen Zeiten spielenden Generationen-Saga. 2000 folgen die Bände 2 und 3, »Die Insel der Göttin« und »Die Nomadenkönige« sowie »Der Plan« von Gerhard Roth, »Das Wasserzeichen« von Hansjörg Schneider, »Der Clan der Großen Sonne« von Linda L. Shuler, »Planet der Tiere« von Scott Bradfield, »Wandelnde Schatten« von Robertson Davis, »Rheingold« von Stephan Grundy, »Der Drachenbeinthron« von Tad Williams und »Sturmschwester«, Band XII der von Marion Zimmer Bradley zusammengestellten Anthologienreihe MAGISCHE GESCHICHTEN. Nicht so umfangreich wie zuletzt war 1999 das Angebot an phantastischen Titeln in der Kinder- und Jugendbuchreihe FISCHER SCHATZINSEL: »Inselspuk« von Josef Einwanger, »Der Besuch aus Anderswo – Wer rettet die Welt in 1001 Nacht?« von Russell Stannard, »Kleiner Werwolf« von Cornelia Funke, »Der sprechende Kürbis – Geschichten aus Afrika« von Charles Mungoshi, »Der Bote des Königs« von Natalie Babbitt und »Mit Käptn Klaps durch die Nacht« von Bjarne Reuter. Zum fünfjährigen Bestand der Reihe gibt es im Januar 2000 ein Jubiläumspaket, dem u.a. »Zwei wilde kleine Hexen« von Cornelia Funke, »Wiplala« von Annie M. G. Schmidt, »Die Wanze« von Paul Shipton und »Durch Raum und Zeit mit Onkel Albert« von Russell Stannard angehören, zusätzlich sind für Anfang 2000 noch »Das kleine Seeungeheuer« und »Die Nase der Queen« von Dick King-Smith, »Bei Tag sind alle Löwen grau« von Sabine Ludwig, »Verhext und zugenäht!« von Bea de Koster, »Oben ist unten und die Welt ist verschwunden« von Carol Hughes und »Der Meteoritenlöffel« von Philip Ridley eingeplant.

Im Herbst 1998 brachte *GOLDMANN* im Rahmen einer DRACHENLANZE-Aktion drei Zyklen mit jeweils sechs Bänden in neuer Aufmachung und neuer Numerierung nochmals auf den Markt, und zwar DIE CHRONIK DER DRACHENLANZE, DIE LEGENDEN DER DRACHENLANZE und DER BUND DER DRACHENLANZE 1 bis 6. Nach der Neukonzeption präsentierte der Verlag ab Mai 1999 deutlich weniger Genre-Titel als zuletzt, und zwar u. a. »Mendels Zwerg« von Simon Mawer, »Stimmen aus dem Wasserbett« von Robert Olen Butler, »Total verhext«, »Heiße Hüpfer« und »Ruhig Blut!« von Terry Pratchett (SCHEIBENWELT-Romane), »Narkosemord« von Robin Cook, »Gelb« und »Pollen« von Jeff Noon, »Rosemarys Sohn« von Ira Levin, »Endstation« von Michael Crichton, »Galapagos« von Kurt Vonnegut, »Leiser Verdacht« von F. Paul Wilson, »Das Buch Haithabu« von Claus-Peter Lieckfeld, »Giovannis Gabe« von Bradford Morrow, »Himmelsgöttin« von Christopher Moore, »Psalmen des Todes« von Chris Petit, »Indian Killer« von Sherman Alexie, »Die Bruderschaft« von T. J. Armstrong, »Das große Halloween-Lesebuch«, hrsg. von Maria Dürig & Barbara Heinzius und »Yin« von Akif Pirincci. Anfang 2000 kommen »Memnoch der Teufel« von Anne Rice (CHRONIK DER VAMPIRE), »Die Frau ohne Schatten« von Hugo von Hofmannsthal, »Wenn Götter lieben« von Kate Thompson, »Im Netz« von Matthew Lynn, »Terry Pratchetts Scheibenwelt-Quizbuch« von David Langford, »Im Verborgenen« von Asa Nilsonne, »Felidae & Francis« von Akif Pirincci (Sammler mit den beiden ersten Bänden um FRANCIS), »Massimo Battisti« von Hans Bemmann und der SCHEIBENWELT-Roman »Einfach göttlich« von Terry Pratchett in den Handel.

Der Verlag *KLAUS GUHL* legte den SF-Klassiker »Planet des Ungehorsams« von Eric Frank Russell im Taschenbuch neu auf, eventuell wird noch eine Storysammlung des Autors nachgeschoben.

GULLIVER TASCHENBUCH ist der Reihentitel der Taschenbuchedition des Jugendbuchverlags *BELTZ & GELBERG*. 1999 erschienen hier »Die Kreuze im Nebel« von Rodney Bennett, »Der Zwerg im Kopf« von Christine Nöstlinger, »Das unheimliche Fenster und andere Geschichten aus der magischen Zeit« von Tonke Dragt, »Vorsicht! Vranek sieht ganz harmlos aus« von Christine Nöstlinger, »Saids Geschichte oder Der Schatz in der Wüste« von Sigrid Heuck, »Die Abenteuer von Manuel & Didi: Herbstgeschichten« & »Die Abenteuer von Manuel & Didi: Wintergeschichten« von Erwin Moser, »Kokopellis Flöte« von Will Hobbs und »Version 5 Punkt 12« von Reinhold Ziegler, für Anfang 2000 ist »Der Windglockentempel« von Sigrid Heuck zur Veröffentlichung vorgesehen.

Im Taschenbuch erschienen bei *HAFFMANS* 1999 die SF-Romane »Androiden auf Milchbasis« von Eugen Egner und der zweite ANNO DRACULA-Roman »Der rote Baron«. Sporadisch SF-Texte werden auch im Taschenbuchmagazin DER RABE publiziert, zuletzt u. a. von Barbara Slawig in den Ausgaben 55 und 56.

Hans Maier präsentierte im Sommer 1999 bei *HERDER* das Sekundärwerk »Welt ohne Christentum – was wäre anders?«.

In den bibliophilen *INSEL TASCHENBÜCHERN* sind zuletzt die Collections »Die Geschichte von der ältesten Prinzessin« von Antonia S. Byatt und »Die schönsten Geschichten aus Tausendundeiner Nacht«, der Sammler »Alice im Wunderland & Alice hinter den Spiegeln« von Lewis Carroll, die Klassiker »Das Bildnis des Dorian Gray« von Oscar Wilde und »Die Blumen des Bösen« von Charles Baudelaire, »Die Schneekönigin« von Hans Christian Andersen, »Das Wirtshaus im Spessart« von Wilhelm Hauff und »Der alte Garten« von Marie Luise Kaschnitz sowie die Biographie »Mary Shelley« von Muriel Spark herausgekommen, im Frühjahr 2000 erscheinen »Die Verwandlung« von Franz Kafka und »Die Blumenhochzeit« von Eliza Orzeszkowa.

Sporadisch erscheinen auch phantastische oder spekulative Titel in *KIWI,* der Taschenbuchreihe von *KIEPENHEUER & WITSCH.* 1999 standen »Der China-Schmitt« und »Absterbende Gemütlichkeit« von Herbert Rosendorfer, »Mrs. Shakespeares gesammelte Werke« von Robert Nye und »The 13th Floor« von Daniel F. Galouye auf dem Programm.

Bei *MAAS* kam in der Reihe *PULP MASTER* auch der Serienmörder-Thriller »Akt der Liebe« von Joe R. Lansdale heraus.

Ganz im Zeichen neuer Literatur steht nach wie vor der Paperback-Label *MANHATTAN BY GOLDMANN.* Auch SF- und phantastische Titel sind hier zu finden, wie zuletzt »Ein rauschendes Fest« von James Hynes und »Das Muskel-Alphabet« von Peter Verhelst, sowie im Frühjahr 2000 »Fiesta in Havanna« von Dan Simmons, »Pixelsalat« von Jeff Noon und »Alter ego« von Laurie Foos. Auf unbestimmt geschoben wurde »Alice im Automatenland« von Jeff Noon.

Der Hamburger *MÄNNERSCHWARMSKRIPT VERLAG* brachte im Frühjahr 1999 den SF-Roman »Genetics« von Lutz Büge im Taschenbuchformat heraus.

In *G. MEYER'S TASCHENBUCH VERLAG* (Louise Schröder Straße 2, D-63450 Hanau) erschienen im Herbst 1999 die Cyberpunk-Erzählung »Passagier« von Hadayatullah Hübsch & Andi Lück, der satirische SF-Band »Der grosse Sprung« von Helmut Kratochvil und der phantastische Erzählband »Die Geschichte vom Liederjan und dem Königreich, in dem man nicht singen durfte« von Ulrike Laubenthal.

Phantastische Literatur, und zwar vor allem in Form von Grusel und Science Fiction, hatte in ihrem bislang fünfjährigen Bestehen stets einen hohen Stellenwert bei *OMNIBUS,* der Jugendtaschenbuchreihe des Verlags *C. BERTELSMANN.* Gewissermaßen ihr Rückgrat bildet die amerikanische Grusel-Bestsellerserie GOOSEBUMPS von R. L. Stine, die sich hierzulande unter dem Reihentitel GÄNSEHAUT sowohl als Roman- wie auch als TV-Serie eine treue Fangemeinde erworben hat und nach wie vor mit einem Titel pro Monat vertreten ist. Zuletzt wurden die Bände 32 bis 38 – »Mein unsichtbarer Freund«, »Der Schreckensfisch«, »Die Geisterschule«, »Das verwunschene Wolfsfell«, »Um Mitternacht, wenn die Vogelscheuche erwacht«, »Der Vampir aus der Flasche« und »Der Schneemann geht um« –, der Storyband »Schauergeschichten« sowie die Abenteuer-Spielbücher »Tief im Dschungel des Verderbens« (4), »Wer die Mumie stört« (5) und »Unter Werwölfen« (6) herausgebracht. Gestartet wurden zuletzt die SF-Serie REPLICA von Marilyn Kaye zum Thema Klonen mit »Amy No. 7« und die Fantasy-Serie DIE TIERE VOM FARTHING-WALD von Colin Dann mit dem ALS DIE TIERE DEN WALD VERLIESSEN-Zweiteiler »Die Flucht« und »Die Reise zum Hirschpark«. Zudem erschienen 1999 noch die zum Welttag des Buches herausgegebene Anthologie mit neuen Reisegeschichten sowie »Der Prinz von Ägypten – Zwei ungleiche Brüder« von David A. Adler, »Ein Schweinchen namens Babe« von Ron Fontes & Justine Korman, »Vom Wunsch aller Wünsche und andere Geschichten«, »Norbert Nackendick«, »Das Michael Ende Lesebuch« und »Der seltsame Tausch und andere Geschichten« von Michael Ende, »Die Träume des Jonathan Jabbok« und »Das Geheimnis des siebten Richters« von Ralf Isau (NESCHAN-Trilogie 1 & 2), »Das Geheimnis der roten Schnur« von Koos Meinderts, »Schulgespenster« und »Zwei Raben mit Rucksack« von Achim Bröger, »Die Prinzen und der Drache« von Tanja Kinkel, »Stachel-Charlie« von Janwillem van de Wetering, »Die große Welle« von Peter Dickinson, »Heller Wahnsinn« von Barbara Veit, »jUNgALT« von Chloe Rayban, »Die Kinder von Holderness« von Joan Aiken (ALTERNATE ENGLAND) und »Der Geister-Omnibus«, hrsg. von Angelika Feilhauer. Für Anfang des Jahres 2000 werden »Vollmondwolf« von Gunnel Linde, »Deutsche Heldensagen« von Günter Sachse, »Amy gejagt« und »Amy trifft Amy« von Marilyn Kaye (REPLICA 2 & 3), »Das Lied der Befreiung Neschans« von Ralf Isau (NESCHAN 3), »Das Tanzbären-Märchen« von Ulrich Mihr, »Die Story von Monty Spinneratz« von Tor Seidler, »Isa und die Schmugglerbande« von Joan Aiken (ALTERNATE ENG-

LAND), »Winter im Hirschpark« und »Fuchskrieg« von Colin Dann (TIERE VOM FARTHING-WALD 3 & 4), »Kleiner Bär« von Achim Bröger, »Timmy im Finsterwald« von Andreas Gößling, »Redwall - Der Sturm auf die Abtei« von Brian Jacques (REDWALL 1) und die Anthologie »Ich schenk dir eine Geschichte - 2000«, die GÄNSEHAUT-Romane »Die Geisterhöhle« (39), »Panikpark« (40), »Bei Anruf Monster« (41) und »Die Monster vom Fluß« (42) sowie das Spielbuch »Der Schrei des Bösen« (7) zur Veröffentlichung vorbereitet.

Der *ONE WAY VERLAG* hat in seinem Jugendbuchprogramm *ONE WAY KIDS* den Fantasy-Zyklus THOMAS VON MAGNUS von Sigmund Brouwer mit dem sechsten Band, »Merlins Schicksal«, abgeschlossen.

PAVILLON ist der Titel eines Niedrigpreis-Taschenbuchimprints des *HEYNE VERLAGS,* der 1999 aus der Taufe gehoben wurde. Bislang sind hier u. a. »Das Spiel« von Stephen King, »Alistair MacLean's Tödliches Ziel« von Hugh Miller, »Die Besucher & Unheiliges Feuer« von Whitley Strieber, »Das Parzifal-Mosaik« von Robert Ludlum, »Blutwaffe« von Frank Herbert, »Menschenjagd« von Richard Bachman und »Das Labyrinth« von Martin Cruz Smith erschienen.

1999 setzte *FANTASY PRODUCTIONS* seine *PHOENIX*-Reihe mit zwei neuen Taschenbüchern fort: »Nachtstreife« von Björn Lippold (SHADOWRUN) und »Väterchen Frost« von Stephen Kenson (Band 1 der zu BATTLETECH gehörenden MECHWARRIOR-Subserie). In Vorbereitung befinden sich der zweite MECHWARRIOR-Roman, »Triumphgebrüll« von Blaine Lee Pardoe, sowie der ARMALION-Roman »Ehre, wem Ehre gebührt« von Manuel Krainer.

PROJEKTION J startete im Frühjahr 1999 die neue Serie FINALE FÜR TEENS mit den beiden ersten Bänden, »Allein!« und »Ein neuer Start«, mit der Jerry B. Jenkins & Tim LaHaye eine Jugendbuchfassung ihres Zyklus um die letzten Tage der Menschheit verfaßten.

Auch 1999 waren Science Fiction und Fantasy wieder in den neu ausgestatteten *RAVENSBURGER TASCHENBÜCHERN* vertreten. Zuletzt wurden hier die MYSTERY-Roman »Bruder auf Zeit« von Peter Johnson, »Unheimliche Begegnung um Mitternacht« und »Das böse Erwachen« von Paul Stewart, »Schloßgespenst auf Reisen« von Ralf Thenior, »Geister, Spuk und Nachtgespenster«, hrsg. von Wolfgang Ecke, der zu ANIMORPHS gehörende MEGAMORPH-Band 1, »Das Vermächtnis der Andaliten« von Katherine Applegate, die Romane »Unheimliche Nächte«, »Bedrohliche Geister« und »Der letzte Albtraum« zum Zyklus DAS HAUS IN DER CHERRY STREET von Lynn Harnett sowie das Sachbuch »Nach uns die Zukunft« von Bernd Flessner veröffentlicht.

In der *RECLAM UNIVERSAL-BIBLIOTHEK* erschienen zuletzt die programmatische, von Günter H. Lenz herausgegebene Anthologie »Amerikanische Short Stories des 20. Jahrhunderts« mit Beiträgen von u. a. Thomas Pynchon, Joyce Carol Oates und Ursula K. Le Guin, und in der Reihe FREMDSPRACHENTEXTE »The Martian Chronicles« von Ray Bradbury und »The Devil's Dictionary« von Ambrose Bierce.

Im *SUSANNE ROUTSCHEK EIGENVERLAG – KRÖGERVERTRIEB* befindet sich für das Jahr 2000 ein neuer historischer SF-Roman mit dem Arbeitstitel »Saat des Himmels« von Alexander Kröger in Vorbereitung.

Bei *RORORO* – den *ROWOHLT-ROTATIONS-ROMANEN* – ist in den letzten Jahren die Zahl der zum Genre zurechenbaren Titel merklich angestiegen. 1998 sind noch »Nightrunners« von Joe R. Lansdale, »SPASS« von Will Self, »Gespenstische Weihnachtsgeschichten am Kamin«, hrsg. von Vera Pagin & Ursula Richter, die Antho »Eine böse Überraschung« und der Roman »Ein Bär will nach oben« von William Kotzwinkle erschienen. 1999 standen »Esau« und »Das Wittgenstein-Programm« von Philip Kerr, »Die schöne Schlafende« von Robert Coover, »Die Insel des Unheils« von Anne D. LeClaire, »Ein König stirbt« von Norbert Klugmann, »Geschichte machen« von Stephen Fry, »Die Stadt der Blinden« von Jose Saramago, die fünfbändige RAMSES-Serie von Christian Jacq (»Der Sohn des Lichts«, »Der Tempel der Ewigkeit«, »Die Schlacht von Kadesch«, »Die Herrin von Abu Simbel« und »Im Schatten der Akazie«), »Die Frau und der Affe« von Peter Hoeg, die Anthologien »Partyuniversum« und »Die letzte Nacht des Jahrtausends«, zusammengestellt von Sarah Champion, »Trivialroman« von Hans Joachim Schädlich, »Das Schwesteruniversum« von Jeanette Winterson, »Der Dolch des Kaisers« (Themenanthologie mit Beiträgen von Charlotte Link, Siegfried Obermeier, Thomas R. P. Mielke, Hanns Kneifel u. a.), »2099 - Das dritte Millennium« von Peter Schmidt, »Dover - Calais« von Julian Barnes und »Gespensterpferde« von Tania Blixen auf dem Programm. Neu gestartet wurde die futuristische Thriller-Serie DAS OMEGA-TEAM um eine private Ermittlergruppe, deren Ziel es ist, die abendländische Zivilisation vor dem Rückfall in die Barbarei zu retten. Geschrieben werden die einzelnen Romane unter dem Reihenpseudonym Mike Jaeger von bekannten deutschen Thriller-Spezialisten wie Peter Schmidt, Ingolf Behrens und Hartmut Mechtel. Bislang erschienen sind hier »Feuervogel«, »Killerviren«, »Höllenhunde« und »Eurokiller«. Auch bei der Jugendreihe ROROROR ROTFUCHS wurden 1999 phantastische Titel veröffentlicht, und zwar »Robert und der unsichtbare Mann« von Niklas Radström, »Lola und das Gespenst« von Ole Koennecke, »Franz Ratte räumt auf« vom Mario Giordano, »Die Königin der Kelche« von Francesca Lia Block und »Der kleine Hinz« von Bernhard Hagemann. Für die ersten Monate des Jahres 2000 stehen Veröffentlichungen wie »Das Medium« von Petra Hammesfahr, »Die Gabe des Schmerzes« von Andrew Miller, »Der Himmel unter der Stadt« von Colum McCann, »Eine Geschichte der Welt in 10 1/2 Kapiteln« von Julian Barnes, »Geklont« von Michael Marshall Smith, »Die schöne Welt der Affen« von Will Self, »Die Rache der Engel« von Tania Blixen und »Sabotage« von Mike Jaeger (DAS OMEGA-TEAM 5) in der BELLETRISTIK sowie »Franz Ratte taucht unter« von Mario Giordano (FRANZ RATTE 2) bei ROTFUCHS auf dem Programm.

Weitergeführt wurde auch der Jugendbuch-Imprint *SANSIBAR* des Züricher *UNIONSVERLAGS* mit neuen phantastischen Titeln, wie zuletzt »Kann Efeu niesen?« und »Im Schatten des Falken« von Cynthia Voigt, »Delphinrufe« von Diana Noonan, »Kinder der Mutter Erde« von Thea Beckmann und »Das Schweinchen Bobo« von Eveline Hasler.

SCHULTE & GERTH startete 1999 die kleinformatige Jugendbuchserie SPÜRHUND & CO von Bill Myers, die auch phantastisch/spekulative Elemente enthält: »Spuk in der Radiostation«, »Das Geheimnis des unsichtbaren Ritters« und »Der geheimnisvolle Piratenschatz«.

1999 wurden auch in der *SERIE PIPER* des *PIPER VERLAGS* wieder etliche einschlägige Titel herausgebracht, wie »Der Unfisch« von Michael Köhlmeier, »Der kleine Jahrtausendbegleiter« von Birgit Brandau & Hartmut Schickert, »Der Strandläufer« von Alan Garner, »Die Kriegsherren des Nin« und »Das Schwert und die Flamme« von Stephen Lawhead (DIE HALLE DES DRACHENKÖNIGS 2 & 3), »Vierundzwanzig und eine« & »Dreiundzwanzig und eine«, hrsg. von Giuseppe de Siati & Thies Ziemke, »Alfred Hitchcock« von Donald Spoto, »Die Ameisen« von Berhard Werber (AMEISEN-Trilogie 1), »Winterrose« von Patricia McKillip, »Die Wahrheit über den Fall D.« von Carlo Fruttero, Franco Lucentini & Charles Dickens, »Im Namen Ihrer Majestät« von Jan Guillou (COQ ROUGE), »Die Nibelungen – neu erzählt« und »Kalypso« von Michael Köhlmeier sowie »Der träumende Delphin« von Sergio Bambaren. Im Jahr 2000 folgen »Mariana« von Susanna Kearsley, »Geisterland« von Sara Paretsky, »Die neuen Abenteuer der Schönen Helena« von Ljudmila Petruschewskaja und »Der Palio der toten Reiter & Der Liebhaber ohne festen Wohnsitz« von Carlo Fruttero & Franco Lucentini.

Bei *TABU* war zuletzt ein Band mit zwei Weihnachtsgeschichten von Achim Bröger bzw. Fredrik Vahle unter dem Titel »Licht in langer Winternacht« zu finden.

In den *ULLSTEIN TASCHENBÜCHERN* erschienen 1999 u.a. »Der Schutzengel« und »Ort des Grauens« von Dean R. Koontz, »Die Generalprobe« von Arno Meyer zu Küingdorf, »Flügel der Nacht« von Martin Cruz Smith, »Engel des Todes« von Howard Wilson, »Bradovich« von William Herrick, »Das Haus der Schneekönigin« von Carmen Martin Gaite, »Plasma« und »Dialyse« von Ken McClure, »Das Gesicht des Anderen« von Kobo Abe, »Ein kleines Stück vom Paradies« von Sarah Hart, »eXistenZ« von John Luther Novak (Roman zum Film), »Dark City« von Frank Lauria sowie in der Edition ULLSTEIN 2000 »Der Jahrtausendfehler« von Matias Boem, »Schicke neue Welt«, hrsg. von Cornelia Kister & Annette Overkamp, »Die Tausendste Flut« von Norbert Klugmann, »Das Tor zum dunklen Licht« von Eduardo Marx, »Die Baby-Fabrik« von Jochen Senf und »Terrordrom« von Tim Staffel. Für Anfang 2000 angekündigt sind »Land der Freiheit« von Paul Lindsay, »Ein stiller Zeuge« von Charles Wilson, »Flight 19 – Verschollen im Teufelsdreieck« von Andreas Kaprzak (Abschlußband der Trilogie), »Auf höchster Ebene« von Arthur Hailey, »Das Evangelium des Corax« von Paul Park, »Bombay Ice« von Leslie Forbes und »Das Rätsel der Dakar« von Robert D. Ballard & Tony Chiu.

Als *UNIONSVERLAG TASCHENBÜCHER – UT* – wurden 1999 der phantastische Roman »Der Triumph der Geraldine Gull« von Joan Clark und die Pulp Fiction »Raubtiere unter uns« von Leigh Brackett veröffentlicht.

WAGENBACH publizierte in der *WAT*-Reihe, den WAGENBACHS ANDERE TASCHENBÜCHERN, 1999 u.a. »Der Rand von Ostermundigen« von Franz Hohler, »Kinder und Narren« von Erich Fried sowie »Die Bar auf dem Meeresgrund« und »Komische erschrockene Krieger« von Stefano Benni.

Auch die weiteren Programme des *ROWOHLT*-Taschenbuch-Imprints *WUNDERLICH* präsentierten phantastische Titel: 1998 kam noch »RAMSES – Der Sohn des Lichts« von Christian Jacq (RAMSES 1) heraus, 1999 startete hier die Taschenbuchausgabe der AKTE X-Romanreihe, in der bislang »Lebende Schatten« und »Wirbelsturm« von Charles Grant (Bände 1 & 2), »Höllenfeuer«, »Ruinen« und »Antikörper« von Kevin J. Anderson (Bände 3 bis 5), und im Oktober 1999 kam der dreizehnbändige Zyklus SPIEL DER STERNE von Umbach & Seyfried heraus, der Ende Dezember 1999 in einem virtuellen Sternendom spielt und in dem dreizehn verschiedene Sternzeichen durch ein mysteriöses Verbrechen miteinander verknüpft sind: »Arachne – Anfang oder Ende«, »Widder – Im Kerker der Freiheit«, »Stier – Die Wahrheit und andere Lügen«, »Zwillinge – Zweimal Hölle und zurück«, »Krebs – Der Traum vom Sterben«, »Löwe – Sonne der Nacht«, »Jungfrau – Labyrinth der Sehnsucht«, »Waage – Der Mann, den es nicht gab«, »Skorpion – Liebe mich und stirb«, »Schütze – Endstation Zukunft«, »Steinbock – Sturz in die Höhe«, »Wassermann – Sternenkind im Cyber-Space« und »Fische – Jenseits ist hier«. Daneben gab es noch den Science Thriller »Die Spur der Ratten« von Boris von Smercek und »Ein Engel für Virginia« von Mario Cortesi & Elvira Hiltebrand. Für Anfang 2000 eingeplant sind »Der kalte Hauch des Flieders« von Judith Hawkes, »Skin« von Ben Mezrich (AKTE X 6) und der Roman zum Film »The Astronaut's Wife« von Robert Tine.

4. NEWS AUS DER HEFTROMANSZENE

BASTEI

Seit MOEWIG Mitte der 80er Jahre alle seine diesbezüglichen Aktivitäten einstellte ist BASTEI der führende Verlag für Horror-Literatur im Heftformat, und diese dominierende Position konnte der Bergisch Gladbacher Verlag im vergangenen Jahr nicht nur problemlos behaupten, sondern sogar noch ausbauen. Spitzenreiter war dabei nach wie vor die wöchentliche Serie um den Geisterjäger JOHN SINCLAIR, die es in der Erstauflage schon auf über 1100 Bände gebracht hat und in der in loser Folge Mehrteiler und abgeschlossene Einzelabenteuer erscheinen. Die ebenfalls wöchentlich erscheinende

Zweitauflage strebt mittlerweile schon Heft 650 zu. In der vierzehntäglich im Taschenheft-Format publizierten JOHN SINCLAIR-SAMMLEREDITION, in der die alten Abenteuer des von Jason Dark alias Helmut Rellergerd konzipierten erfolgreichsten deutschen Horror-Heroen, die sein geistiger Vater mittlerweile auch alleine schreibt und von der auch eine TV-Serie produziert wurde, in einer aufwendigeren und auch optisch gefälligeren Form neu präsentiert werden, liegen auch schon über 75 Bände vor. Auch sie hat sich trotz des problematischen Formats auf dem heiß umkämpften Heftmarkt durchgesetzt.

Nach wie vor in vierzehntäglichem Rhythmus kommt auch die Serie um PROFESSOR ZAMORRA, den Meister des Übersinnlichen heraus, dessen Abenteuer mit höllischen und überirdischen Gefahren starke SF- und Fantasy-Elemente aufweisen. Alleiniger Autor aller neuen Heftromane, die oft Fortsetzungscharakter aufweisen, ist Werner Kurt Giesa, der das ehemalige Verlagspseudonym Robert Lamont schon seit Jahren für sich gepachtet hat. Von der 1975 gestarteten und somit langlebigsten deutschen Horror-Heftserie sind bislang an die 670 Titel erschienen. Ende Oktober 1999 startete eine Zweitauflage, die nicht über den Zeitschriftenhandel ausgeliefert wird, sondern nur per Abo, entweder direkt vom Verlag oder über die Romantruhe Joachim Otto (Hermann-Seger-Straße 33, D-50226 Frechen), zu beziehen ist und in Form von Dreifachbänden die komplette Serie lückenlos von Anfang an herausbringen wird.

Nach wie vor in vierwöchentlichem Rhythmus erscheinen DIE UNHEIMLICHEN ABENTEUER DER JESSICA BANNISTER in der Reihe MITTERNACHTS-ROMAN, wobei man bemüht ist, eine Handlungskontinuität durch wiederkehrende Bedrohungen und Figuren zu erreichen.

Nicht auf dem Markt durchsetzen konnte sich die im Herbst 1998 gestartete Horror-Serie um den im Osten der Bundesrepublik agierenden und in der Regel dort unheimliche Abenteuer erlebenden Journalisten und Polizeigutachter MARK HELLMANN. Sie wurde Ende 1999 mit Heft 56 eingestellt. Die Abenteuer des Dämonenjägers, dessen Herkunft ebenso von einem Geheimnis umgeben war wie die seines Siegelrings, der es ihm ermöglichte, magische Ausstrahlungen durch Raum und Zeit zu ihrem Ursprung zurückzuverfolgen, waren von einem Autorenteam verfaßt und unter dem Verlagspseudonym C. W. Bach veröffentlicht worden.

Im Oktober 1999 startete BASTEI die neue Heftreihe GRUSEL-SCHOCKER, die sich als Nachfolgerin der hochgelobten Reprintreihe DÄMONEN-LAND versteht. Die neue Reihe wird ebenfalls hauptsächlich Nachdrucke früherer Erfolgstitel präsentieren, wobei der Schwerpunkt allerdings im Gegensatz zum Vorläufer bei Reprints aus der Reihe GESPENSTER-KRIMI und der beliebten Serie TONY BALLARD von A. F. Morland bestehen wird, die komplett und lückenlos neu aufgelegt wird. Auch Werner Kurt Giesas Zehnteiler um den Geisterreporter TED EWIGK wird hier eine Neuauflage erleben. Aber wie im DÄMONEN-LAND auch sollen in GRUSEL-SCHOCKER neue Romane abgedruckt werden, wie der vierbändige ROBERT BLACK-Zyklus von Frank de Lorca.

BASTEI wagt sich wieder an eine SF-Heftserie: Im Februar 2000 kommt die neue vierzehntägliche Serie MADDRAX – DIE DUNKLE ZUKUNFT DER ERDE auf den Markt. Ursprünglich sollte Wolfgang Hohlbein den Pilotband schreiben, von dem auch eine erweiterte Fassung im Taschenbuch geplant war, Terminprobleme des Bestsellerautors verhinderten aber die Realisierung dieser Idee. Zu den Autoren an diesem neuen Projekt gehören u. a. Ronald M. Hahn, Timothy Stahl und Bernd Frenz.

CORA

Schon seit etlichen Jahren publiziert der CORA VERLAG u. a. Gruselromane im Taschenheft-Format, die sich von der Konzeption her in erster Linie an eine weibliche und/oder jugendliche Leserschaft richten. In den Reihen MYSTERY, SUPER MYSTERY, GRUSELBOX und MYSTERY THRILLER sind auch zuletzt wieder etliche einschlägige Titel prominenter Autoren publiziert worden, wie »Vorsicht, giftig!« und »Er ist gefährlich, Jenna!« von AKTE X-Autorin Ellen Steiber, »Die

Spukinsel« und »Rotes Haar - Lebensgefahr!« von BUFFY-Autor Richie Tankersley Cusick oder »Höllenfahrt« von Richard Lee Byers. Auch Bestseller-Autor R. L. Stine war wieder mehrfach vertreten, und zwar mit »Straße der Angst« sowie »Der Verrat«, »Das Geheimnis« und »Das Feuer«, dem die FEAR STREET SAGA bildenden Dreiteiler, in dem die Hintergründe und Serie und ihr Anfang beleuchtet wird. Neu gestartet wurde die Reihe MYSTERY SUPER THRILLER mit dem Ted Pickford-Dreifachband »Na - schon Angst?/Bobbys Rache/Hochzeit in Schwarz« aus der Serie SCARED TO DEATH um eine mörderische Rache.

HARY-PRODUCTION

Neben den DISKOMAN-Diskettenausgaben hat sich die HARY-PRODUCTION (Wilfried A. Hary, Waldwiesenstraße 22, D-66538 Neunkirchen) Ende 1998 zusätzlich auf die Herausgabe von Heft-Reihen und Serien verlegt. Den Reigen eröffnete die SF-Serie HERR DER WELTEN, in der in zweimonatlichem Rhythmus neue Bände erscheinen. Herr der Welten - das ist John Willard, ein Sklave, der für seinen Herrn, den Sternenvogt, zahlreiche gefährliche Missionen durchführen und Abenteuer bestehen muß.

Ebenfalls alle zwei Monate neu kommt die SF-Serie GAARSON-GATE heraus, die Hary unter dem Pseudonym Erno Fischer, bekannt noch von den TERRANAUTEN her, publiziert. In ihr geht es um ein Sternentor, das der Menschheit den Weg ins Universum öffnet.

Eine fast schon klassisch zu nennende Horror-Serie erlebt hingegen mit TEUFELSJÄGER MARK TATE ein Revival. Der bereits von diversen KELTER-Horror-Reihen bekannte britische Privatdetektiv, der, unterstützt von einer Handvoll Freunde, mit Hilfe eines magischen Amuletts gegen jede Art von Schwarzer Magie kämpft, erlebt hier Monat für Monat spannende Abenteuer.

Harys jüngstes Projekt war die neue Heftreihe AD ASTRA, in der in loser Folge Romane, Anthologien, Collections und Zyklen erschienen. Gestartet wurde sie mit der Anthologie

»Das Meer der Finsternis« mit Stories von Alfred Bekker, Wilfried Hary und Axel Kruse, gefolgt von »Grenzgänger« von Stefan T. Pinternagel, dem Pilotroman einer Trilogie.

KELTER

Auf Gruselromane für Frauen hat sich KELTER in den letzten Jahren spezialisiert. So wurde in der Reihe SPUKLICHT die Serie DAS MAGISCHE AMULETT von Ira Korona herausgebracht, in der zwischen den Ausgaben 24 und 122 insgesamt 35 mysteriöse Abenteuer der Archäologin Brenda Logan, der Besitzerin des besagten Kleinods, und ihres Gefährten und späteren Ehemanns Dr. Daniel Connors erschienen. Diese Subserie wurde danach im dreiwöchentlichen Rhythmus in der Reihe GASLICHT weitergeführt.

Nur 19 Ausgaben hingegen wurden von der unheimlichen Serie MAC LEAN – CLAN DER VERFLUCHTEN von Mary Cotten auf den Markt gebracht, in der zwei schottische Clans durch einen Jahrhunderte alten Fluch auf unheimliche, rätselhafte Weise miteinander verbunden sind.

POLLISCHANSKY

Leider nur schleppend wurde auch im vergangenen Jahr wieder BOB BARRING von Rolf Shark, eine Abenteuer-Serie mit starken phantastischen Elementen, im VERLAG POLLISCHANSKY (Postfach 247, Dreyhausenstraße 16, A-1142 Wien) weitergeführt. Im Herbst 1998 erschienen die eingeplanten Hefte 68 und 69, »Die Macht der Unterwelt« und »Das Geheimnis des Papyrus«, im Frühjahr 1999 folgten mit »Razzia in Soho« und »Das Grab der Prinzenliebe« die Ausgaben 70 und 71. Als nächste Veröffentlichung geplant ist »Die Gruft des Verhängnisses« (72).

VPM VERLAGSUNION PABEL MOEWIG

Was BASTEI beim Horror ist, das ist die VERLAGSUNION PABEL MOEWIG bei der Science Fiction – der uneingeschränkte und eindeutige Marktführer in diesem Romanheftsegment. Die Umstellung des Umschlags bei den jeweils 14täglich alternierend erscheinenden Paperback-Ausgaben der 3. und 5. Auflage von PERRY RHODAN vom Karton auf Hochglanzpapier, die eine Kostenreduktion bewirkten, sind von der Leserschaft offenbar akzeptiert worden, so daß der Weiterbestand der beiden Reprintreihen für die nächste Zeit gesichert scheint. Die 3. Auflage nähert sich Band 1400 und somit dem CANTARO-Zyklus, in dem Perry Rhodan und seine Mitstreiter nach knapp siebenhundert in einem Stasisfeld verlorenen Jahren zurückkehren und eine von einem Wahnsinnsfeld abgeschottete Milchstraße vorfinden, bei der 5. Auflage startet mit »Laire« von William Voltz (Band 900) der phantastische Zyklus DIE KOSMISCHEN BURGEN, der zu den absoluten Höhepunkten der Serie überhaupt gehört. Bei der 1. Auflage wurde beim 200 Bände umfassenden und bis Band 1999 laufenden Großzyklus THOREGON Anfang 1999 das letzte Quartal eingeläutet. Während die terranische Enklave Alashan sich von den räselhaften schwarzen Androiden bedroht fühlt und einen Angriff der Dscherro unter hohen Verlusten übersteht, Rhodan und seine Leute in den Ring von Zophengorn vordringen, um dort weitere Hinweise auf Shabazza und die SOL zu finden, und der Tanz der Entitäten Guu'Nevever und Jii'Nevever zur Verschmelzung der beiden Wesenheiten und zur Beseitigung der Bedrohung durch die Träumerin führt, nicht ohne schwerwiegende Folgen für den von ihr kontrollierten Michael Rhodan zu haben, eskaliert das Geschehen in der heimatlichen Milchstraße: Der Todesmutant Vincent Garron bricht aus seinem Para-Gefängnis auf dem Saturnmond Mimas aus, stürzt zunächst das Sol-System, in dem der Wahlkampf um den Posten des Ersten Terraners in seine heiße Phase getreten ist, ins Chaos und beginnt dann sein unheilvolles Wirken auch in anderen Bereichen der Galaxis. Gestoppt kann er schließlich erst von Mhogena, dem Fünften Boten von Thoregon werden, der inmitten des Chaos im Pilzdom von Trokan auftaucht, um für sein mit den Maahks verwandtes Volk der Gharrer und seine Heimatgalaxis Chearth um Unterstützung im Kampf gegen die Algiotischen Wanderer, eine weitere von Shabazza im Auftrag seines unbekannten Meisters gegen die Koalition Thoregon ausgeschickte Plage, zu bitten. Diese belagern den sogenannten Sonnentresor, in dem die Guan a Var festgehalten werden, die Sonnenwürmer, deren Freilassung den Untergang von Chaerth bedeuten würde. Doch die Milchstraßenvölker verweigern die erbetene Hilfeleistung, und so bricht nur die GILGAMESCH, das Flaggschiff der Aktivatorträger, mit einer kleinen Flotte von Maahks aus Andromeda unter dem Kommando von Atlan in Richtung Chearth auf, mit an Bord auf Wunsch von Mhogena auch Vince Garron. Rhodans kleines Einsatzkommando hat zwischenzeitlich die Welt Century I aufgespürt, Shabazzas Stützpunktwelt, und hier finden sie auch die völlig von Menschen entvölkerte SOL vor. Es gelingt den Terranern, das Generationenschiff zu kapern, das als THOREGON SECHS Rhodans Schiff als Sechster Bote wird. Doch die Übernahme geht nicht reibungslos vor sich, eine Nano-Kolonne macht Rhodan und Gefährten das Leben schwer und statt in der Galaxis Gorhoon landet die SOL zunächst im Sol-System, wo es Rhodan schließlich nach harten Kämpfen gelingt, die Kontrolle über die SOL zu erlangen. Rhodan erfährt anschließend, daß beim Zentrums-Black Hole die Kosmische Fabrik MATERIA, die für die Kosmokraten den Ultimaten Stoff erzeugen soll und die Shabazza unter seine Kontrolle gebracht hat, Jagd auf eine Superintelligenz macht! Direkt katastrophal ist auch, was die Bebenforscher in DaGlausch herausfinden und Shabazza in seiner Position als Direktor Zehn vertuschen konnte: Daß ein Kesselbeben innerhalb eines Jahres den Untergang der Galaxis herbeiführen wird! Während durch diese Entdeckung das Überleben der Menschen von Alashan bedroht ist, erreicht die Expeditionsflotte Chearth und wird mit dem dortigen Geschehen und der Zivilisation der Wanderer konfrontiert. Der Versuch, mit der für diesen Bereich zuständigen Superintelligenz Nisaaru Kontakt aufzunehmen, führt auch nicht zum erhofften Ergebnis, so daß die Kämpfe mit den religiös motivierten Wanderern noch weiter eskalieren. In der Zwischenzeit hat der Unsterbliche Alaska Saedelaere mit dem Virtuellen Schiff, das ihn von Alashan abgeholt hat, die

Heimatgalaxis der Gestalter erreicht und erhält dort Informationen über das erste Volk von Thoregon, die auf die Herkunft Shabazzas hinweisen. In der Milchstraße, wo Rhodan zunächst vergeblich versucht, eine Kooperation der Galaktiker mit Thoregon und gegen MATERIA zu erwirken, werden die Haluter aktiv und ein weißer Vertreter dieses Volkes erscheint, während in einem anderen Teil des Universums die Bewohner von Alashan eine Evakuierung in die Nachbargalaxis vorbereiten und mit dem Auftauchen mehrerer Superintelligenzen konfrontiert werden. Rhodan entschließt sich schließlich zum Angriff auf die Kosmische Fabrik, erfährt im Gefolge einige weitere Details aus der kosmischen Geschichte und findet schließlich heraus, daß es sich bei der Superintelligenz, auf die MATERIA Jagd macht, tatsächlich um ES handelt, das sich mit WANDERER hinter dem Ereignishorizont versteckt hat. Dabei gelingt es Gucky, Shabazza gefangen zu nehmen. Im Körper Rhodans versucht der ehemalige Gestalter die Flucht und kommt dabei um. Die Bedrohung durch MATERIA kann erst beseitigt werden, als nach Zugeständnissen Rhodans und Camelots an das Kristallimperium eine gewaltige Flotte die Kosmische Fabrik angreift und eine Modifikation einer alten Waffe zum Einsatz kommt. In Chaerth hingegen ist es einigen Sonnenwürmern gelungen, dem Sonnentresor zu entfliehen, und sie säen Tod und Vernichtung. Einzige Hoffnung der Expedition ist die Haluterflotte unter dem Kommando von Icho Tolot, die mittlerweile ebenfalls in Charth eingetroffen ist und von den Nonggo neu entwickelte Waffen mit sich führt. Die Ereignisse streben ihrem Höhepunkt entgegen, der in Band 2000 erreicht wird. In welche Richtung sich die Handlung danach entwickeln wird, ist noch offen, wobei aber Hinweise durch die Erwähnung nicht zugänglicher Tore über die Brücke und das mehrmalige Auffinden aggressiver Skelette gegeben worden sein dürften. Auf jeden Fall ist die Handlung der größten Weltraumserie der Welt so wenig vorhersehbar wie kaum zuvor, Action und Abenteuer pur sind angesagt. Der überraschende Tod von Peter Terrid knapp vor seinem 50. Geburtstag hinterließ erneut eine Lücke in der in den letzten Jahren arg dezimierten

Autorenriege. Neu hinzugestoßen ins Team ist Rainer Castor, eine echte Bereicherung, während Shooting Star Andres Eschbach – leider nur – einen Roman als Gastautor beisteuerte, der aber dafür schlichtweg brillant war.

ALFRED WALLON

Mit der Ausgabe 12, die im Herbst 1998 unter dem Titel »Die Schrecken der Stahlburg« erschien und von Al Wallon & Marten Munsonius geschrieben wurde, stellte der VAW VERLAG ALFRED WALLON (Heidestraße 8, D-35085 Ebsdorfergrund) sowowhl die Heftserie THORIN – DER NORDLANDWOLF als auch seine verlegerische Tätigkeit ein, was auch für Al Wallons zweite Heftserie, den Western RIO COCHO, ein abruptes Aus bedeutete. THORIN wurde vom BLITZ-VERLAG übernommen und wird ab dem Frühjahr 1999 im Paperback weitergeführt.

VERSCHIEDENES

Als Heft publizierte der DANA VERLAG die märchenhafte Geschichte »Der Duft der Rose« von Wolfgang Sewald.

Auf Nachdrucke klassischer Heftserien und bisweilen auch deren Fortsetzung hat sich der HOBBY-NOSTALGIE-CLUB KARL GANZBILLER, Föhrengasse 5, A-3434 Wilfersdorf spezialisiert. Neben reinen Abenteuer-Serien wie JÖRN FARROW, ROLF TORRING, TOM SHARK, KLAUS STÖRTEBECKER, BILLY JENKINS, ALASKA JIM, NORBERT FALCK oder ROBBY IX/ROBBY KING hat der Reprint-Verlag auch Serien phantastischer Provenienz im Angebot, alle in kleiner Sammlerauflage. Von Lok Mylers alias Freder van Holks Klassiker SUN KOH – DER ERBE VON ATLANTIS sind alle 150 Hefte lieferbar, von dessen zweiter SF-Serie JAN MAYEN – HERR DER ATOMKRAFT die Hefte 1 bis 60. Die Reihe JOHN KLINGS ERINNERUNGEN hat es auf bislang 12 Bände gebracht. Zuletzt erschienen sind mit Schwerpunkt Robert Kraft von diesem deutschen Klassiker der phantastischen Literatur in ungekürztem Original-Reprint die Romane DIE NIHILIT-EXPEDITION (5 Hefte), DIE RÄTSEL VON GARDEN HALL (4 Hefte), TEXAS JACK - DAS HOHELIED DER LIEBE (9 Hefte) und EIN MODERNER LEDERSTRUMPF (10 Hefte), weitergeführt wurde das mehrbändige Werk ATALANTA (mit den Heften 21 bis 30) und abgeschlossen DER GRAF VON SAINT GERMAIN (mit den Bänden 11 bis 21).

Die vorbildlich aufgemachte Reprint-Edition der JIM STRONG-Serie, neben FRANK KENNEY zweifellos die herausragende utopisch-phantastische Krimi-Serie der Jahre nach dem Zweiten Weltkrieg, wurde vom ARTUS-VERLAG (Birmensdorferstraße 225, CH-8003 Zürich) weitergeführt und abgeschlossen: Zuletzt publizierte er die Hefte 21–36 und 38/39 der Kleinbandserie JIM STRONG ABENTEUER. Danach wurden die als einzige erschienenen ersten beiden Bände der von Jim Strong verfaßten und ebenfalls utopischen Kleinband-Serie BUFFALO-BILL aufgelegt. In Vorbereitung befinden sich die noch veröffentlichten Bände 201 bis 204 der JIM STRONG ABENTEUER, geplant ist eventuell auch die Publikation der ebenso wie Band 36 nicht im Original erschienenen Ausgabe 37 der klassischen Serie.

Heinz Mohlberg (Hermeskeiler Straße 9, D-50935 Köln), der seit der Nummer 108 als Herausgeber der REN DHARK-Fanserie fungiert, hat die Ausgaben 99 bis 107 dieses ambitionierten Projekts 99, in dem Kurt Brands legendäre SF-Heftserie in eine andere Richtung weitergeführt wird wie die bei BERNT erscheinende Buchausgabe, in der neuen Aufmachung nochmals aufgelegt und weitere Bände auf den Markt gebracht: »Cyborg-Jagd« von Hans-Georg Hoffmann (109), »Verschwörung auf Cromar« von Dirk van den Boom (110) und »Verstoßene der Zeit« von Thomas Martner (111). 1999 sollen noch zwei weitere Ausgaben erscheinen.

Nach bereits zur Gewohnheit gewordener Wartezeit sind in der PERRY RHODAN FANZENTRALE (Achim Havemann, Harlinger Straße 119, D-29456 Hitzacker) die Hefte 18 und

19 der ATLAN-FANZINE-SERIE, »Die letzte Legende« von Rüdiger Schäfer & Jürgen Zimmermann und »Sternenfresser« von Michael H. Buchholz, erschienen und der abschließende 20. Band des Zyklus DIE MACHT DES GOOHR, Rüdiger Schäfers »Finale in Vennersoon«, soll noch 1999 herauskommen. Danach wird die Serie im Paperback weitergeführt, wobei zusätzlich die ersten fünf Hefte in einem Band gesammelt neu aufgelegt werden. Ebenfalls über die FANZENTRALE vertrieben werden die neuen Romane der PERRY RHODAN FAN-EDITION, von denen es künftig etwa vier pro Jahr geben wird, professionell aufgemacht und von der PR-Redaktion betreut – u. a. auch als Sprungbrett für hoffnungsvolle Newcomer gedacht. Die erste Ausgabe ist im Herbst 1999 erschienen: »Die galaktischen Söldner« von Roland Triankowski.

Ungewiß ist die Zukunft der PERRY RHODAN-Fanromanserie DIE GRAUE ALLIANZ von Wendelin Abt (Ebinger Straße 31, D-72419 Neufra), da die angekündigte Ausgabe 6 schon mehr als ein Jahr überfällig ist.

Eine weitere PERRY RHODAN-Fanserie ist RÄTSEL DER GALAXIEN, eine Gemeinschaftsproduktion des PRC FAMUG und des SFC BLACK HOLE GALAXY (c/o Sandra Schäfer, Wümmeweg 10b, D-21147 Hamburg). Sie wird von einem Autorenteam unter der redaktionellen Leitung von Marc Stiewe verfaßt und hat es bislang auf 12 Hefte gebracht. Zuletzt erschienen sind »Ende eines Traums« von Alexander Kaiser (10), »Die Konfliktwelten« von Jens Drapp (11) und »Die Shigakai« von Roland Triankowki (12), in Vorbereitung befindet sich von diesem auch »Ajavas Plan« (13).

Weitergeführt hat Boris Koch (Augsburger Straße 14, D-86853 Langerringen) seine im Heftformat und in Kleinauflage publizierte Horror-Edition MEDUSENBLUT mit den Ausgaben 6 und 7, den Erzählbänden »Zwischen den Atomen« von Jörg Kleudgen und »Mein Fleisch wird brennen« von Michael Tillmann. Diese beiden Ausgaben waren die letzten in diesem

Format, ab Band 8 kommt MEDUSENBLUT im Paperback heraus - siehe dort.

SOLEDAD - ALTERNATIVEN ZUR ALLTÄGLICHKEIT ist der Titel einer im Mai 1999 gestarteten Schriftenreihe, in der als Band 1 »Das Netz« von Eddie M. Angerhuber erschienen ist, eine weitere düstere Geschichte der Berliner Autorin, die mit ihren bisherigen Veröffentlichungen aufhorchen ließ.

Bei CAPRICORNIA (Reitbauer-Rosmann, Schubertstraße 26/III/13, A-8010 Graz) sind in den letzten Jahren im Heftformat einige interessante Anthologien erschienen: die STAR TREK-Ausgaben »Feindbilder I - III« sowie die Fantasy-Bände »Waffenschwestern«, »Laute, Schwert und Zauberstab«, »Heroica« und »Weggefährten«, wobei bei letzteren stets Christel Scheja mit zumindest einer Geschichte vertreten war.

5. BERICHTE VON DER MAGAZINFRONT

Ziemlich ungewiß ist die Zukunft des traditionsreichen Magazins SCIENCE FICTION MEDIA aus dem VERLAG THOMAS TILSNER. Postfach 1829, D-83637 Bad Tölz, das von einem Newsmagazin in ein reines SF-Magazin umgewandelt worden war und von dem dann drei Ausgaben erschienen sind. Die Nummer 135 ist bei Redaktionsschluß schon mehr als ein Jahr überfällig und da Sascha Mamczak zur SF-Redaktion von HEYNE übergewechselt ist und TILSNER zuletzt seinen Schwerpunkt auf die verkaufsstärkere Comic-Schiene gelegt hat, ist zu befürchten, daß weder Zeit noch personelle Ressourcen vorhanden sind, um SFM in welcher Form auch immer weiterzuführen.

Nachdem die erste Ausgabe des REN DHARK MAGAZINS aus dem HANSJOACHIM BERNT VERLAG mit kleiner Verspätung erst im Dezember 1998 erschienen ist, verzögert sich nun dessen ursprünglich halbjährlich geplante Fortführung. Überlegt wird, auch Themen außerhalb des REN DHARK-Kosmos noch breiteren Raum zu bieten. Das exzellent aufgemachte Magazin wird auf jeden Fall weitergeführt, bei allerdings unregelmäßiger Erscheinungsweise, wobei die Ausgabe 2 im Frühjahr 2000 erhältlich sein wird.

Bereits im 10. Jahrgang erscheint das ausgezeichnete deutsche SF-Magazin ALIEN CONTACT, von dem mittlerweile schon 34 Ausgaben vorliegen. Die im letzten Jahr publizierten Hefte präsentierten neue Kurzgeschichten und Erzählungen von deutschen und ausländischen AutorInnen wie Gabi Neumayer, Bernhard Kempen, Michael Marrak, Jürgen Ruggaber, Christian Hoffmann, Myra Cakan, Stefan Sommer, Gideon Haberkorn, Norman Spinrad, Michael Siefener, Kim Stanley Robinson, Michael Szameit, Peter Robert, Frank Neugebauer und Andreas Eschbach, Artikel und Essays von Albrecht Fritzsche (»Fanliteratur – Versuch einer anderen Beschreibung der Science Fiction«), Christian Hoffmann (»Abenteuer in der Welt der Geister: Amos Tutuola – ein Phantastikautor aus Nigeria«), Andreas Gruber (»Zeitreisen in der Literatur – Teil 1: Die Quantenphysik & Teil 2: Zeitparadoxa«), Gerd Frey (»100 Jahre Krieg der Welten« und »Star Wars: Episode I – Die multimediale Umsetzung des Star Wars-Universums«), Hardy Kettlitz (»Science Fiction History – Phantastik vor 75, 100 und 200 Jahren« und »Fundgrube für Sammler – Das Buchdorf Mühlbeck-Friedersdorf«), Cornelia Mannewitz (»Die Sprache der Utopie«), Johanna und Günter Braun (»100 Zeilen über SF«) und Hannes Riffel & Siegfried Breuer (die Gesellschaftsutopien des Schweizer Autors P.M.), Interviews mit Thomas M. Disch, William Gibson und Prof. Dr. Dieter B. Herrmann (Autor des Buchs »Antimaterie«), sowie News und Rezensionen, das alles ansprechend und reich illustriert, bisweilen auch mit Vierfarbcover versehen. Für die nächsten Ausgaben sind Stories von Myra Cakan, Ulrike Nolte und Silke Rosenbüchler eingeplant. Bezug: Edition AVALON, Graudenzer Straße 1a, D-10243 Berlin.

Einen gelungenen Neustart feierte im Sommer 1998 DAEDALOS, der halbjährlich neu erscheinende »Story Reader für

Phantastik« aus dem Hause HUBERT KATZMARZ (Wilhelmstraße 3, D-53111 Bonn). Die mittlerweile vorliegenden Ausgaben 5 bis 7, die wieder von Dr. Michael Siefener herausgegeben wurden, enthielten neue und klassische phantastische Texte von Michael Siefener, Jörg Weigand, Bertram Kuzzath, Joseph Sheridan Le Fanu, Eduard Mörike, Malte S. Sembten, Marcel Feige, Monika Niehaus-Osterloh, Eddie M. Angerhuber, Ernst Wurdack, Andreas Diesel, Iris Hoth, Martin Schemm, Frank Duwald, Ulrike Wyche, Klaus Neff und Jakob Elias Poritzky.

Satire und ansprechende Stories von Fans und Profis – das sind die Schwerpunkte des Magazins TERRAsse des gleichnamigen Dresdener URANIA SF Clubs unter der Redaktion von Carsten Hohlfeld, Bernd Hutschenreuther und Holger Kunadt mit zeitweiliger Mitwirkung von Ralf P. Krämer. In den zuletzt publizierten Ausgaben 17 und 18 fanden sich u. a. Beiträge von Sabine Wedemeyer-Schwiersch, Sandra Rennecke, Oliver Reiche, C. M. Stenfield, Arno Zirm und Gundula Sell. Bezug: URANIA Stadtverband Dresden e.V., Am Anger 22, D-01237 Dresden.

Auf fast 120 Ausgaben hat es mittlerweile SOLAR-X, das pünktlich und regelmäßig Monat für Monat erscheinende Fanzine des ANDROMEDA SF-CLUB HALLE (c/o Wilko Müller jr., Volhardstraße 20, D-06112) bei Redaktionsschluß gebracht. Regelmäßig werden hier Stories deutscher und ausländischer Autoren als deutsche Erst- und Originalveröffentlichungen präsentiert, zuletzt waren Christian von Aster, Markus Pristovsek, Stok, Felix Weber, Silke Rosenbüchler, Frank Roger, Peter Schünemann, Frank W. Haubold, Andreas Gruber, Hans-Dietmar Sievers, Stefan A. Rainer, Frank Neugebauer, Frank Bartling, Arnold Reisner, Frank Petermann, Werner Karl, Sven Klöpping, Harry Scott, Frank C. Petersen, Lloyd Michael Lohr, Peter Motte, Thomas Fröhlich, Nancy Etchemendy, Daniel Marinow, Karsten Kruschel, Torsten Altmann, Marc Annaheim und Berthold Krevert vertreten. Einen Schwerpunkt bilden auch die ausführlichen und sachkundigen

Rezensionen. Als Band 11 der Reihe SUPER-SOLAR 11 erschien 1999 der 4. Roman des MANDRAGORA-Zyklus von Wilko Müller jr. unter dem Titel »Inferno« in zwei Heften.

Mit prähistorischen Motiven in den Medien setzt sich das Magazin PREHISTORIC NEWS, herausgegeben von Dr. Bernhard Kempen, durchaus kritisch auseinander. Zuletzt publiziert wurde die Ausgabe 16 mit dem Schwerpunktthema Dinosaurier und mit den Artikeln »Der neue Godzilla – Ein Film von Roland Emmerich« und »Die Tage des Dinos – Godzilla im Fernsehen« sowie über prähistorische Romane von Megan Lindholm und Roger MacBride Allen und die Zeichentrickserie »Extreme Dinosaurs« sowie einer Story von Thomas M. Disch in deutscher Erstveröffentlichung. Bezug: www.epilog.de, Ronald Hoppe, Fehlerstraße 8, D-12161 Berlin.

Noch immer nicht erschienen ist die dritte Ausgabe des EDITION PHANTASIA ALMANACH, die dem Autor James Graham Ballard gewidmet sein wird, mit bislang auf Deutsch noch unveröffentlichten Geschichten und Essays. Sie wird nach Klärung aller rechtlichen Fragen und Fertigstellung wieder allen Abonnenten der EDITION PHANTASIA (Wünschelstraße 18, D-76756 Bellheim) kostenlos zugesandt.

Nur an Abonnenten ausgeliefert wird das neue Kundenmagazin MYSTERY PRESS des ZAUBERMOND VERLAGS. Die Null-Nummer lag der Herbstauslieferung bei und enthielt u. a. Interviews mit Manfred Weinland (über DAS VOLK DER NACHT) und Ernst Vlcek (über den DÄMONENKILLER) sowie ein Feature über die DK-Serie.

Viermal jährlich erscheint im ARENA VERLAG das GRUSEL & CO CLUBMAGAZIN, das für die Mitglieder des Gruselclubs kostenlos vom Verlag erhältlich ist. Es bietet News über das Verlagsprogramm, Rätsel, Leseproben, ein Grusel-ABC und Interviews mit den Autoren der Gruselreihe, zuletzt mit Franz

Sales Sklenitzka, Eva Schweikert, Bies van Ede, Andreas D. Hesse und Paul van Loon.

Nach mehrjähriger Pause und mehrfachen Verschiebungen soll nun endlich die schon lange überfällige Ausgabe 8 des Abenteuer & Phantastik-Magazins NAUTILUS aus dem ABENTEUER MEDIEN VERLAG (Rostocker Straße 8, D-20999 Hamburg), der auch das Magazin KARTEFAKT publiziert, erscheinen.

Im Abstand von rund zweieinhalb Jahren ist das Dark-Ages-Magazin MEPHISTO aus dem Hause MARTIN ELLERMEIER (Rheinstraße 71, D-64572 Worfelden) bislang erschienen, was dazu führte, daß die Ausgabe 2 von 1996 total übersehen wurde, die die Story »Das höllische Orchester« von Christel Scheja sowie Artikel von C. R. Shaver & Jason Rush (New Orleans im 21. Jahrhundert von SHADOWRUN), Oliver Hoffmann (»New Orleans bei Nacht«), Lars Schiele (»Sandman – Ein Comic im Rollenspiel«), Irene Salzmann (»Die Essenz von Shadowrun«), Boris Koch & Martin Ellermeier (»Lovecraft im Rollenspiel«) und Thomas M. Weghofer (VAMPIRE-Szenario »Das Geheimnis von Paris«) enthielt. Im Sommer 1999 folgte die Nummer 3, jetzt mit dem Untertitel »Das Magazin der Dunklen Welten«, mit Abenteuern zu den Spielen VAMPIRE, SHADOWRUN, KULT und ANGELI sowie einem Vorabdruck aus dem »Camarilla-Handbuch« für VAMPIRE – und mit der Ausgabe 11 des legendären Horror-Magazins NACHTSCHATTEN als Beihefter, die die Story »Der Tänzer des Abends« von Andreas Diesel, den Artikel »Die Erben von Graf Dracula oder: Die Rückkehr der Vampire« von Carsten Kuhr und ein Interview mit Frank Festa präsentierte. Künftig soll MEPHISTO vierteljährlich herauskommen, wobei der Verlag FEDER & SCHWERT das Magazin als offizielles Medium für Beiträge zur WELT DER DUNKELHEIT nutzen wird.

Äußerst pünktlich wurden auch im letzten Jahr wieder die sechs geplanten Ausgaben der WUNDERWELTEN, dem »Magazin für Abenteuerspiele & Phantastik«, herausgegeben von

Hans Joachim Alpers, Werner Fuchs und Ulrich Kiesow (+) und mit Michael Immig als verantwortlichem Chefredakteur, im Verlag FANTASY PRODUCTIONS (Ludenbergerstraße 14, Postfach 1416, D-40674 Erkrath) herausgebracht, zuletzt die Jubiläumsnummer 50. Der Schwerpunkt lag dabei wieder beim Spiel, was seinen Niederschlag in neuen Kampagnen und Abenteuern zu SHADOWRUN, DAS SCHWARZE AUGE, EARTHDAWN, STAR TREK, LARP, BATTLETECH und CALL OF CTHULHU fand.

Es gab aber auch Beiträge über »15 Jahre DSA« von Britta Herz, den »Mythos Störtebeker« von Hans Joachim Alpers, »Heraldik im Rollenspiel« von Arne Kaminski und »Wenn die Runner Laufen lernen« von Björn Lippold sowie ein Interview mit Margaret Weis & Don Perrin. Fester Bestandteil eines jeden Heftes war auch ein umfangreicher Rezensionsblock, in dem neue Spiele und Bücher kritisch betrachtet wurden. Der Wermutstropfen dabei: Mit der Ausgabe 50 wurde die WUNDERWELTEN in der bisherigen Form als Printmagazin eingestellt.

Im Frühjahr 1999, anderthalb Jahre nach der vorangegangenen Ausgabe, ist SAGITTARIUS 30 erschienen. PR-Chefredakteur Klaus N. Frick präsentierte in der neuesten Nummer seines phantastischen Fanzines einen Nachruf auf Rolf Ulrici von Hermann Ritter, einen Artikel über Allan Coles & Chris Bunchs SF-Zyklus DIE STEN-CHRONIKEN von Dirk van den Boom, ein Interview mit Alfred Wallon, durchgeführt von Jörg Martin Munsonius, die Fantasy-Kurzgeschichte »Schlamm« von Klaus N. Frick, ein Essay über L. Ron Hubbards SF-Werke von Dr. Jörg Weigand sowie einen Artikel von Ulrich Magin über »Fortianische Phänomene und Fortianische Philosophie«. Bezug: Klaus N. Frick, Hirschstraße 63, D-76133 Karlsruhe.

In den letzten Jahren doch recht unregelmäßig wurde die sekundärliterarische Reihe SF PERSONALITY von Hardy Kettlitz, die jetzt im SHAYOL-VERLAG (Bergmannstraße 25, D-10961 Berlin) herauskommt, weitergeführt. Erschienen ist als Heft 10 »Jack Vance« von Hardy Kettlitz, Gerd Frey & Winfried Volkmann, in Vorbereitung befinden sich umfangreiche Ausgaben über Cordwainer Smith, Michael Moorcock, Stanley G. Weinbaum, Charles L. Harness und Clifford D. Simak.

Auf fast 190 Ausgaben hat es das SCIENCE FICTION OCULAR, die Vereinszeitschrift des SCIENCE FICTION CLUB NORDRHEIN-WESTFAHLEN e.V. (c/o Matthias Pätzold, Breddestraße 13, D.45964 Gladbeck), mittlerweile gebracht, ein regelmäßig und pünktlich im Monatsrhythmus erscheinendes Magazin, das sich kritisch mit SF in allen ihren multimedialen Erscheinungsformen auseinandersetzt. Zuletzt beschäftigte sich SCIENCE FICTION OCULAR, das seit zweieinhalb Jahren von Michael Falkenstein redaktionell betreut wird, u. a. mit den Schwerpunktthemen »Lovecraft und der Cthulhu-Mythos« von Michael Breuer, »Jack Vance« von Andreas Irle, »Jack Vance« und »James Tiptree jr.« von Joachim Körber, »Sir Walter Scott und der historische Roman« und »Der Comic-Zeichner Hansrudi Wäscher - ein Phänomen« von Günther Derra, »Raumschiff der Generationen« von Douglas Rushkoff, »Die Technik in STAR TREK - Fiktion oder Möglichkeiten?« von Tanja Schäfer & Bernd Heinrichsmeyer, »Captain Quirk oder Das wahre Leben des William S.«, »Das reduzierte Geschlecht«, »Farmer-Therapie« und »Die Wahrheit hinter der Artus-Sage« von Michael Falkenstein, »Spaceday - Ein Tag für die Raumfahrt. Bericht von der Veranstaltung zum TAG DER RAUMFAHRT am DLR-Standort Köln-Wahn«, »Interstellare Raumfahrtantriebe und künstliche Schwerkraft. Was ist möglich, was nicht, und wie weit sind wir eigentlich?«, »Die internationale Raumstation ISS« und »Kallistos Inneres enträtselt« von Matthias Pätzold, »Ein Lobgesang auf Miller oder Wie ich Sankt Leibowitz und die ›Wild Hose Woman‹ traf, doch nicht Walter M. Miller, Jr.« von Terry Bisson, »DUNE - Der Wüstenplanet« von Oliver Faulhaber & Herrmann Müller, »Alien: Verschiedene Darstellungen der Weiblichkeit« von Michaela Mielke, »Der Autor James Tiptree jr.« und »Kontinentale Träume. Trinity - 11. Science Fiction-Tage NRW, SFCD-Con und European Science Fiction Convention 1999« von Arno R. Behrend, »Die TopTen der SF2« von Michael K. Iwoleit, »Über einige Probleme beim Bau von Dyson-Sphären« von Iain K. M. Nicolson, »Aliens, Ethnizität und der SF-Film« von Tobias Nagl, »Die Vision des John von Neumann« von Adrian Berry, »Die Software-Gesellschaft« von Roger S. Pressman & S. Russell Herron, »Die Entdeckung der Zukunft. Rede auf dem dritten Science Fiction Worldcon 1941 in Denver« von Robert A. Heinlein, »Robert A(nson) Heinlein. Der Versuch einer Annäherung« von Horst Schwagenscheidt und »König Artus und die Folgen« von Widukind Swafhard. Zudem gab es Stories von Jan Buchner, Dieter Braeg und Dieter E. Zimmer sowie ein Interview mit Prof. Franz J. Radermacher.

Sehr rührig war wieder der ERSTE DEUTSCHE FANTASY CLUB e.V. (Postfach 1371, D-94003 Passau). Im letzten Jahr wurden erneut einige Ausgaben des Magazins FANTASIA sowie etliche Sonderpublikationen herausgebracht. FANTASIA 120 fiel dabei etwas aus dem Rahmen – es war die Storysammlung »Geschichten am Rande der Wirklichkeit« und präsentierte 32 Kurzgeschichten von Jörg Weigand sowie ein Nachwort von Walther Ulrich Erwes. Die Doppelnummer 121/122 enthielt Artikel von Marcel Feige (über Dark Fantasy), Rainer Schneider (über den Comic Auback) und Klaus-Michael Vent (über Hercules & Xena – die unschlagbaren Zwei), Interviews mit Kai Meyer, Ronald M. Hahn, Horst Friedrichs, Holger Friedrichs, Konrad Schaef und Thomas Ziegler, sowie Erzählungen von Alexander Stecher, Barbara Büchner, Alexander Amberg, Olaf von der Heydt, Clemens Brunn, Martin Schemm, Marion Krause, Philipp Schaffner, Johanna Nowak und Sonja Rehak, in FANTASIA 123/124 fanden sich u.a. Artikel von Lena Klassen (echte Fantasy und mythische Fantasy), Heinz J. Galle (über die Geister- und Gespensterthematik), Alexandra Hildebrand (Dimavid, Kunst und Kosmos), Robert Hector (SF in Comic und Spiel), Rudolf Kraus (über H. P. Lovecraft) und Erik Schreiber (über die Angst im Nacken), ein Interview mit Hanna Lützen, sowie Kurzgeschichten von Alexander Amberg, Manfred Borchard, Dorothea Franz, Frank W. Haubold, Angelika Diem, Werner K. Giesa, Matthias Halbrock, Sabine Liebenau, Bertram Kuzzath,

Eric Hauser und Pascal Gregory, während die Ausgabe 125/126 einen Schwerpunkt auf Informationen legte und neben ausführlichen News-Blöcken von Hermann Urbanek, Karl E. Aulbach und Frank Hilgenfelder Sekundäres von Andreas Gruber (über Dean R. Koontz) und Heinz J. Galle (Okkultismus in der Unterhaltungsliteratur) sowie Stories von Clemens Brunn, Bernd Karwath und Frank W. Haubold bot. Zudem publizierte der EDFC die von Robert N. Bloch zusammengestellte Sammlung »Die Wachskerze« mit 19 verschollenen Phantasien von Alexander von Ungern-Sternberg sowie die Sekundärtitel »Cyborgs und andere Techno-Körper« von Dierk Spreen, »Berichte aus der Parallelwelt«, in der Wolfgang Both, Hans-Peter Neumann und Klaus Scheffler die Geschichte des SF-Fandoms in der DDR aufarbeiteten, und »Geheimnisse in dunklen Sphären – Band 1«, in dem Achim Hättich 333 SF- und Horror-Filme näher beleuchtete.

Gleich zwei Ausgaben vom QUARBER MERKUR, Franz Rottensteiners unillustrierter Literaturzeitschrift, die seit 1997 im EDFC als Paperback erscheint, sind infolge einer Überfülle an Material im letzten Jahr herausgekommen. Die Ausgabe 87, die dritte im neuen Format, präsentierte Artikel und Essays von Fabian Fröhlich (»Gottfried August Bürgers *Münchhausen* im Spiegel seiner Illustratoren«), Andreas Gruber (»Joe R. Lansdale – Synthese aus ironischer Gesellschaftskritik und Splatterpunk«), Rolf Tzschaschel (»Atomkriege in der Science Fiction«), Stanisław Beres (»Fälle von sozialistischem Realismus bei Stanisław Lem«), Jörg Martin Munsonius (»Magie der Nacht. Versuch einer Interpretation zu Anton Fuchs«) und Eva-Maria Schütter (»Die Gothic Novel – Der Englische Schauerroman. Das Konzept von ›Unschuld‹ und ›Schuld‹ im englischen Schauerroman am Beispiel von M. G. Lewis: *The Monk* (1796) und Ann Radcliffe: *The Italian* (1997). Teil Eins«), die Nummer 88 enthielt Beiträge von Susanne Smuda (»Dem Wunderbaren auf der Spur. Besonderheiten phantastischen Erzählens bei Algernon Blackwood«), Fred Dael (»PSI im eindimensionalen Kosmos. Anne McCaffreys *Rowan*-Romane«), Renate Schmalenbach (»Die verborgene Doppeldeutigkeit der Wirklichkeit. Zur Konzeption des Gespenstischen bei J. Sheridan Le Fanu - Teil 1«), Eva-Maria Schütter (»Schuld und Unschuld im Englischen Schauerroman. Teil Zwei«), Gerald Funk (»Dämme bauen im Fluß des Heraklit. Der Schrecken der Zeit in Hofmannsthals *Märchen der 672. Nacht*«), Verena Teissl (»Phantasie, Phiktion, Wission«) und Fabian Fröhlich (»Das Melusinen-Motiv bei André Breton und Antonia Byatt«). Beide Ausgaben enthalten darüber hinaus zahlreiche Rezensionen auf dem SEZIERTISCH.

Im Rahmen der SFGH CHRONIKEN der SCIENCE FICTION GRUPPE HANNOVER präsentierte Wolfgang Thadewald (Fasanenweg 11, D-30853 Hannover) mit der Nummer 185 im Herbst 1998 eine Sonderausgabe über Walther Ulrich Erwes, die neben Erzählungen und Gedichten des so Geehrten Beiträge von Wolfgang Thadewald, Thomas Le Blanc, Jörg Weigand, Karl Ludwig Kuß und Dietmar Becker enthielt.

Eine Sonderausgabe zum Thema Science Fiction brachte auch das Magazin ÄSTHETIK & KOMMUNIKATION im Frühjahr 1999 heraus: Die Nummer 104 stand ganz unter dem Zeichen »Zukunft schreiben - Science Fiction und andere Zeitmaschinen« und enthielt u. a. Artikel und Essays von Gereon Uerz (»Der imaginäre Bindestrich - Zum Verhältnis von Science und Fiction«), Dierk Spreen (»Timewarp - Die Wahrheitseffekte von Zeitmaschinen«), Ulf Brüdigam & Christian Roesler (»Klingonenfan und -forscher - Die biographische Bedeutung von Star Trek«), Silke Bellanger (»Wer ist hier das Monster - du oder ich?«), Gerburg Treusch-Dieter (»Körper und Rausch. Drogen als Technologie. 21 Thesen«), Alex Heneka (»Einstürzende Wirklichkeiten. No Escape from L. A.«), Dieter Hoffmann-Axthelm (»Die Zukunft heißt nicht mehr L.A.«), Andrea zur Nieden (»Haben Sie auch bemerkt, daß Ihr Busen straffer geworden ist? - GeBorgte Identitäten biotechnologischer Machbarkeit«), Knut Hickethier (»Die Zukunft der Vergangenheit - Science Fiction im Abenteuergenre«), Sabine Nessel (»Das Bild und das Visuelle - Von Terminator II zum Katastrophenfilm der neunziger Jahre«), Hartmut Kasper

(»Perry Rhodan - Ecce homo«), Barbara Ossege (»life is a fake! - DaseinsSpiele verlorener Söhne«) und Anne Kuhlmann (»Sex, Texts and Politics«). Bezug: ÄSTHETIK & KOMMUNIKATION, Wallstraße 60, D-10179 Berlin.

Der langjährigen Tradition, unveröffentlichte Romanmanuskripte und Leihbuchraritäten bzw. neue Geschichten von Profis zu veröffentlichen, blieb der Clubletter FANTASTIK NEWS des DAN SHOCKER'S FANTASTIK-CLUB (c/o Uwe Schnabel, Kurmainzer Straße 161, D-65936 Frankfurt am Main) auch 1998/99 treu. Zwar ist der Reprint eines Leihbuch-Klassikers von Jürgen Grasmück erst wieder für die Ausgabe 103 vorgesehen, die im Herbst 1999 erscheinen wird - und zwar der SF-Roman »Für Menschen verboten« -, die zuletzt veröffentlichten Ausgaben 101 und 102 präsentierten aber neben den regulären News- und Rezensionsrubriken Auszüge von neuen Romanen von Helmut Pesch & Horst von Allwörden und Manfred Weinland, Kurzgeschichten von Michael Dissieux, Michael Knoke, Michael Müller und Stefan Gewalt, Artikel von Peter Krassa (über den Grafen von Saint Germaine) und Uwe Schnabel (die Horror-Reihen und Serien der Verlagsgesellschaft ERBER & LUTHER) sowie ein Interview mit Joachim Körber.

Dem Leben und Werk des amerikanischen SF- und Fantasy-Autors Jack Vance ist das neue halbjährlich geplante Fanzine FLAMMARION AUSBLICK gewidmet, von dem bislang zwei Ausgaben vorliegen, die u. a. Interviews mit Vance und Stefan Bauer von BASTEI, ein Porträt des Autors, einen Überblick über seine Publikationen in Holland, Rezensionen, Informationen über aktuelle Aktivitäten in den USA und Deutschland und ein kleines Werkverzeichnis der deutschen Veröffentlichungen bieten. Bezug: Ludger C. Albrecht, Klarenstraße 30, D-50354 Hürth-Kendenich.

»Bekanntlich« ist der Titel der Titel einer Sondernummer der Zeitschrift TERRAsse, herausgegeben von Bernd Hutschenreuther unter Mitarbeit von Erik Simon. Sie versammelt sämtliche phantastische Kurzgeschichten, die Mitglieder des legendären STANISLAW-LEM-KLUB 1972 geschrieben haben und die alle mit diesem Wort beginnen. Verfaßt wurden diese neunzehn Stories von Wolfgang Schilf, Rolf Krohn, Erik Simon, Wolfgang Köhler, Gert Haltenorth und Wolfgang Siegmund, also zum Teil schon bekannten SF-Größen der ehemaligen DDR. Bezug: URANIA Stadtverband Dresden e.V., Am Anger 22, D-01237 Dresden.

Mit Verspätung ist im Frühjahr 1999 die Ausgabe 4 von DAS SCHWARZE GEHEIMNIS, dem von Dr. Marco und Dr. Helena Frenschkowski mit Frank Festa herausgegebenen »Magazin zur unheimlich-phantastischen Literatur«, in der EDITION METZENGERSTEIN (Postfach 2355, D-50153 Kerpen) erschienen. Sie enthielt persönliche Beiträge zum 75. Geburtstag Kalju Kirdes von Robert N. Bloch, Signe Kirde, Franz Rottensteiner, Uwe Vöhl, Holger E. Wiedenstried und Rein A. Zondergeld, Artikel von Hans Richard Brittnacher (»Rache auf viktorianisch: Die Gespenster des Joseph Sheridan Le Fanu«), Marco Frenschkowski (»Okkultismus und Phantastik. Eine Studie zu ihrem Verhältnis am Beispiel der Helena P. Blavatsky«), Klaus Geus (»Zwischen Widerstand und Anpassung. Die Kritik am Nationalsozialismus in Paul Gurks dystopischen Roman TUZUB 37«), Erik Hauser (»Eine Welt voller Alpträume. Zum Traummotiv in den Erzählungen von M. R. James«), Joachim Kalka (»Deutscher Mondschein. Eine Notiz zu Jean Ray«), Hanna Thierfelder & Jörg Martin Munsonius (»Anmerkungen und bio-bibliographische Notizen zu Leben und Werk von Anton Fuchs«), Michel Meurger (»Unheimliche Landschaft, kosmische Entität und astrologische Motive in Willy Seidels Erzählung ›Das älteste Ding der Welt‹«) und Michael Siefener (»Das Grauen im Eifelkloster. Fiktion und Wirklichkeit in M. R. James' ›The Treasure of Abbot Thomas‹«), ein Interview mit Joan Aiken und Erzählungen von Helena P. Blavatsky, A. N. L. Munby, Christian von Aster und Marco Seltenreich. Da die EDITION METZENGERSTEIN Mitte 1999 zu bestehen aufgehört hat, suchen Marco und Helena Frenschkowski einen neuen Verleger für ihr exzellentes Magazin. Die ersten Gespräche scheinen positiv zu verlaufen, so daß die Herausgeber damit rechnen, daß die Ausgabe 5 Anfang oder Mitte 2000 erscheinen wird.

Weitergeführt wurde auch das Phantastik-Magazin DOOM, dessen Schwerpunkt beim Horror-Film liegt, das aber zahlreiche Berührungspunkte zur Literatur aufweist. Zuletzt sind die Ausgaben 13 bis 16 erschienen. Diese brachten neben Besprechungen von Filmen, Büchern und Comics auch Artikel über die Geschichte des phantastischen Films sowie die Autoren Arthur Machen und Clark Ashton Smith, Interviews mit den Horror-Spezialisten Todd Tjersland, Jörg Buttgereit, Andreas Bethmann, Don Coscarelli, Brian Yuzna, Norbert Keil und Andreas Schnaas sowie den Machern von Troma Deutschland, ausführliche News zur Szene und Setberichte. Herausgeber und Chefredakteur ist Harald Peter Zahn, Riehlstraße 4, D-90489 Nürnberg, die Erscheinungsweise ist viermal jährlich.

Offensichtlich nicht mehr erscheinen wird die schon lang überfällige Ausgabe 7 von NIGHTLIFE, die Franco Basta (c/o Wiest, In der Taus 18, D-71522 Backnang) ursprünglich für 1998 geplant hatte.

Nach längerer Pause wiederbelebt wurde hingegen im Herbst 1998 von der ARKHAM PRESS der MISCATONIC MIRROR, wenn auch nur für eine einzige Nummer. Die neueste Ausgabe 24 des »Magazin für Phantastik« enthielt Artikel von Christel Scheja (»Geschöpfe der Nacht und ihre Ursprünge im Volksglauben« und »Valerian & Veronique. Eine französische Comic-Serie von Jean Claude Mezieres und Pierre Christin«), Thomas Höhl (»Splatter – Was ist das?«), Klaus Gärtner (»Lovecrafts Cthulhu-Mythos«) und Andreas Dierks (»Warum wird die Comic-Kunst die »Neunte Kunst« genannt?«). Bezug: ARKHAM PRESS, Guido Latz, Bergstraße 34, D-52222 Stolberg).

Ebenfalls wiederbelebt wurde von der ARKHAM PRESS die Primärtextereihe ARKHAM TALES, wo zwischen 1991 und

1993 schon Collections von Robert Bloch, Michael Sullivan, H. P., Lovecraft, Uwe Lammers, Uwe Voehl, Brian Lumley, Frank Festa und Clive Barker veröffentlicht wurden. Die neueste Ausgabe 10 erschien unter dem Titel »So weit von Gott, wie Engel fliegen können« und enthielt Weird Fiction-Stories von Gerhard Schmeußer. Bezug: s. o.

Von SCREEM kamen zuletzt die Ausgaben 18 und 19 heraus. Diese beiden Magazine enthielten neben zahlreichen News und Illustrationen auch Stories von Markus Korb, JDK und Alexander Amberg, Artikel von Walter Wiesheier (über den Horror-Film »Scream« und Heroinen-Horror), Henry Martin (zur Hochkonjunktur für Mystik und Dämonie), Peter Osteried (über die neue Hollywood-Hoffnung Kevin Williamson), Andreas Nordiek (über John Sauls BLACKSTONE CHRONIKEN) und Bernd Frenz (zur deutschen Ausgabe von Glenn Danzigs Verotic-Comics), sowie Interviews mit Bela B. alias Dirk Felsenheimer, David Quinn, Joachim Körber, John Shirley, Kai Meyer, Ronald M. Hahn und Michael Siefener. Bezug: VERLAG PHANTASTISCHE WELTEN, Badanger 33, D-91358 Kunreuth.

Im vergangenen Jahr ist nur eine Ausgabe von ANDROMEDA, dem literarischen Clubmagazin des SCIENCE FICTION CLUB DEUTSCHLAND e.V. erschienen. Diese Ausgabe 142 enthielt Arno R. Behrends Diplomarbeit im Integrierten Studiengang Sozialwissenschaften, Fachrichtung Politische Wissenschaften an der Gerhard-Mercator-Universität – Gesamthochschule Duisburg zum Thema »Die demokratischen Eroberer – Star Trek und seine Fans aus der Sicht der Politikwissenschaft«. Bezug: SFCD-Archiv, Andreas Kuschke, Billerbeck 25, D-29465 Schnega.

Infolge anderweiter zeitlicher Auslastung, u. a. mit der Gestaltung einer Sendereihe fürs Kabelfernsehen, sah sich Johannes Grenzfurthner (Dr. Karl Walleckstraße 12, A-2000 Stockerau) außerstande, eine neue Ausgabe seines interessanten Magazins MONOCHROM, das sich mit den verschiedenen Aspekten populärer Kultur auseinandersetzt, im vergangenen Jahr herauszubringen. Das nächste MONOCHROM, das noch umfangreicher werden wird als die zuletzt publizierte Dreifachnummer 8–10, soll allerdings noch Ende 1999 herauskommen.

Bislang nur eine Ausgabe ist vom Magazin ALBEDO 0.39 erschienen, das Kuno Liesegang (Am Rheinbrauhaus 8, D-51143 Köln) und Alexander Haas (Taunusstraße 4, D-53474 Bad Neuenahr) herausgebracht haben. Es präsentierte Stories von Pascal Gregory, Birgit Nowiasz-Otten, Jörg R. Ramm, Anika Piorr, Hartmut T. Klages, Christel Scheja, Uwe Post, Irene Salzmann, Esther Bystrek und Johannes Unnewehr. Die Ausgabe 2 ist für das Frühjahr 2000 geplant.

Nicht um einen Ableger, sondern um ein eigenständiges Magazin handelte es sich beim Magazin BEYOND, zusammengestellt von Kuno Liesegang (s.o.), mit Beiträgen von Birgit Nowiasz-Otten, Johannes Unnewehr, Esther Bystrek, Uwe Post, J. R. Ramm, kay agony, Christel Scheja, Pascal Gregory und Irene Salzmann. Bislang liegt die Pilotausgabe vor, die Nummer 2 ist für Anfang 2000 vorgesehen.

Auf bislang 11 Ausgaben hat es der phantastische Almanach FANTASTIC STORIES bereits gebracht, wobei die Ausgabe 12 für das Frühjahr 2000 geplant ist. Herausgeber Dirk van den Boom (Mainzer Straße 199, D-66121 Saarbrücken) präsentierte hierin Stories von Irene Salzmann, Armin Möhle, Franca Lezius, F. M. Hallstrom, Christel Scheja und Dirk van den Boom sowie Artikel von Dirk van den Boom (»Ayn Rands *Wer ist John Galt?*«), Christel Scheja & Irene Salzmann (»Das Phänomen der Trading Cards«) und Christel Scheja (»Von Missetaten, Recht und Strafe in alter Zeit«).

Kritisch mit der größten Weltraumserie der Welt setzt sich die PERRY RHODAN PERSPEKTIVE auseinander, die nach dem beruflich bedingten Ausscheiden von Rüdiger Schäfer zunächst von Jürgen Zimmermann herausgegeben wurde und seit Ausgabe 43 von Olaf G. Hilscher betreut wird. Mittlerweile vier Rezensenten beleuchten alle Publikationen zum PERRY RHODAN-Kosmos, wobei ursprünglich ein Zwei-Monats-Rhythmus angestrebt wurde. Infolge von Computerproblemen hat sich die Herausgabe in den letzten Monaten aber extrem verzögert, so daß bei Redaktionsschluß erst die Ausgabe 44 vorlag. Die Hefte wiesen durchwegs ein Vierfarb-Cover auf und präsentierten neben News, Conberichten und sachspezifischen Artikeln den PR-Fortsetzungsroman »Zeit der Unschuld« von Werner Höbart und Interviews mit dem Zeichner Stefan Lechner und den Autoren Frank Borsch und Konrad Schaef sowie ein Gemeinschaftsinterview zum Thema »Kurs 2000« mit Susan Schwartz, Arndt Ellmer und Hubert Haensel. Abonnement und Einzelheftbestellungen: Achim Havemann, Harlinger Straße 119, D-29456 Hitzacker.

Mit vier neuen Ausgaben weitergeführt wurde SOL, das Magazin der PERRY RHODAN FANZENTRALE e.V. (c/o VPM, Postfach 2352, D-76413 Rastatt). In mittlerweile schon gewohnt opulenter Aufmachung sind von diesem Periodikum zuletzt die Ausgaben 12 bis 15 erschienen. Sie enthielen Artikel von Martin Marheinecke (»Perry Rhodan – Der ›Hitler des Raumzeitalters‹? – Folgen 2 und 3« und ein Bericht über den 3. Hamburger ZellaktivatorCon), Klaus N. Frick (»Das absolute Abenteuer – Der ATLAN-TRAVERSAN-Zyklus«, »Chearth – Einblicke in eine neue Galaxis« und Tips für angehende Autoren in bislang zwei Folgen), Rainer Castor (»Die ATLAN-Hardcover: Eine lange Geschichte«, »Wann landete die STARDUST?« und über Impulstriebwerke), Dr. Robert Hector (»Eine kritische Würdigung der ATLAN-Serie« und »Die Tessma – multifunktionale Organismen zur Produktion biogenetischer Nanotechnologie«), Kurt Kobler (zum Besuch bei der DLR und dem Fantreffen bei Peter Terrid), Rüdiger Schäfer (ein Nachruf auf Peter Terrid), Florian Breitsameter (Report von der 50. Frankfurter Buchmesse), Saskia Kraft (»Selbst ist die Frau – Handlungsträgerinnen in der PR-Serie«), Michael Thurner (Bericht vom 1. Austria-Con in Gleinstetten), Arndt Ellmer (über seine Blues-Scheibe und eine aus Umfanggründen gestrichene Szene aus PR 1948), Götz Roderer (zur Hypothese eines Hypertriebwerks), Oliver Johanndrees (über die Entstehung der PR-Modellbausätze und ein Werkstattbericht der neuen Layout-Crew), Rainer Hanczuk (über seine Mitarbeit an der ATLAN-Miniserie), Dr. Rainer Nagel (über das PR-Sammelkartenspiel in bislang zwei Teilen), Andreas Findig (der Werkstattbericht »Auf den Gucky gekommen« und eine Vorstellung seiner Person und des »Lausbiber«-Zeichners Reinhard Habeck), Ulrich Bettermann (über die neuen GUCKY-Hörspiele), Frank Schubert (Bericht zum Leipziger Buchmessecon 1999), Ulrich Bettermann & Marcus Wolf (der ThoreCon in Braunschweig) und Georg Joergens (über das Rißzeichner-Treffen in Rastatt), Stories von Rüdiger Schäfer, Christian Wichmann und Michael Thiesen, Interviews mit H. G. Francis, Susan Schwartz, Arndt Ellmer und Hubert Haensel sowie Thomas Ziegler und Völker-Datenblätter zu den Arachnoiden, Maahks, Wlatschiden und Mausbibern von Michael Thiesen. SOL ist im PRFZ-Jahresbeitrag enthalten.

Sekundärtitel zur größten Weltraumserie der Welt und Bände mit Kurzgeschichten vor allem aus dem und zum PERRY RHODAN-Universum bringt der SFC UNIVERSUM (c/o Frank Zeiger, Hauptstraße 46a, D-66909 Herschweiler-Pettersheim) heraus. Zuletzt erschienen ein Sekundärband zur ATLAN-Miniserie, »Atlan – Das Traversan-Spezial« von Claudia Höfs & Heiko Langhans, und Band 9 der Essaybandreihe GEDANKENSPIELE von Dr. Robert Hector sowie die ersten PERRY RHODAN ZEITRAFFER mit Zusammenfassungen der Inhalte der einzelnen Bände und Querverweisen in aktualisierter Neuauflage mit Farbcover, die Michael Thiesen verfaßt hat. In Vorbereitung befinden sich in der Story-Reihe KLEINE KOSTBARKEITEN die Nummer 9 mit Kurzgeschichten von Hans-Jürgen Lustig sowie Ausgabe 11 mit den Siegerstories des diesjährigen Karl Herbert Scheer Award.

Von KOMETEN, die von Dr. Holger Eckhardt im Frühjahr 1998 gestarteten »Vierteljahresschrift für phantastische Literatur«, sind zuletzt die Nummer 3 bis 7 erschienen. Diese setzten sich im Rahmen der Artikelreihe SCIENCE FICTION IM DEUTSCHLAND DER SIEBZIGER JAHRE mit der MARK BRANDIS-Buchserie und Rainer Erlers DAS BLAUE PALAIS auseinander und starteten mit »Kurd Laßwitz – Vater der deutschen Science Fiction« die neue Artikelreihe ANFÄNGE DEUTSCHSPRACHIGER SCIENCE FICTION, dazu gab es den Fortsetzungsroman »Am Ende der Unsterblichkeit« von Holger Eckhardt, Stories von Holger Eckhardt, Cathrin Block und Iris Leister, Artikel über die Schreibwerkstätten von Wolfenbüttel, Bilanz und Widersprüche der Aktivatorchronik in der PERRY RHODAN-Serie, die Verwendung alter Erzählmotive in der Trivialliteratur, den Autor Wolfgang Hohlbein, die Postmoderne der Superheldencomics von Watchmen bis Wild Cards und Philip Jose Farmers lose mit dem WORLD OF TIERS-Zyklus verknüpften Roman »Der Zorn des Roten Lords«. Bezug: Dr. Holger Eckhardt, Auf der Heide 60, D-49143 Bissendorf).

Nach mehrjähriger Pause ist im Sommer 1999 wieder eine Ausgabe des ARKON LIFESTYLE MAGAZIN (Robert Lißack, Saint-Claude-Straße 21, D-72108 Rottenburg) erschienen. Die Ausgabe 10 enthielt neben Rezis, u. a. zu Darkover, Star Trek und E. E. Smith, ein Interview mit H. G. Francis.

Eine östereichisch-deutsche Gemeinschaftsproduktion ist das Fan-Magazin NEW WORLDS (Milan Knezevic, Postfach 661, A-3100 St. Pölten & Marco Erhard, Sportplatzstraße 4, Brebersdorf, D-97535 Wasserlosen). Die neueste Paperback-Ausgabe 31 erschien Anfang 1999 und enthielt neben News und Rezensionen zwei Fortsetzungsgeschichten von Jörg R. Ramm und Milan Knezevic, Erzählungen von Andreas Findig und Werner Höbart, Berichte vom Austria-Con und vom Garching-Con '98, Teil 2 der PERRY RHODAN-Historie sowie ein Interview nit Klaus Bollhöfener.

Auch 1998 ist wieder eine neue Ausgabe des RAUMPATROUILLE-ORION-NACHRICHTENKURIERS, dem Magazin des RAUMPATROUILLE ORION FANCLUB URACEEL (c/o

Ralf Kramer, Marler Straße 14, D-46282 Dorsten) herausgekommen. Die Ausgabe 14 enthielt u. a. eine Vorstellung des ROCU, Artikel über Kostümentwürfe der 60er Jahre, den ORION-Sonderstempel der Post und das Clubtreffen 98, die Story »Das Geheimnis der Pyramide«, eine Leseprobe aus »Die Rückkehr der Toten« und die ORION-Story »Spuren der Vergangenheit« von Klaus D. Kuhn.

Einen inhaltlichen Quantensprung gab es beim REN DHARK FANZINE, das, beginnend mit der Ausgabe 43, jetzt unter der redaktionellen Leitung von Thomas Martner steht. Das Magazin des REN DHAR CLUBS (Heinz Nohlberg, Hermeskeiler Straße 9, D-50935 Köln) präsentierte neben News und Rezensionen u. a. die Exposés der RD-Hefte 42 und 43, eine Zeittafel zu PROJEKT 99, der RD-Fanserie, einen Nachruf auf den deutschen Autor Peter Theodor Krämer nebst SF-Bibliografie und eine Story des Redakteurs.

Während die ersten beiden Titel aus dem HEXENSCHUSS-VERLAG Sekundärbände waren, präsentierte Thomas Martner (Am Geishof 15, D-84323 Massing) in den kleinformatigen Ausgaben 3 und 4 jeweils eine Story: »Erstkontakt« (zu PERRY RHODAN) und »Ein Held« (zu REN DHARK).

Fest im Fandom verwurzelt, was seinen Niederschlag sowohl im Titel als auch im Inhalt findet, ist der von Martin Kempf herausgegebene FANDOM OBSERVER. Die Ausgaben des letzten Jahres erschienen unter den wechselnden Redaktionen von Manfred Müller jr., Günther Freunek, Beluga Post, Martin Kempf und Doris Dressler, wobei Beluga Post ausgeschieden ist und Florian Breitsameter neu zum Redaktionsteam stoßen wird. Der in der Regel pünktlich jeden Monat neu erscheinende FO bringt aktuelle News aus dem Fandom und der Profiszene, Rezensionen, Conberichte, sporadisch auch Interviews, zuletzt mit Wilfried A. Hary, Dr. Rainar Nitzsche und Alfred Bekker) und eine interessante und ausführliche Fanzine-Ecke, die nach dem Ausstieg von Dieter Braeg jetzt von Dirk van den Boom betreut wird. Michael K. Iwoleit stellte hier auch seine Top Ten der SF vor. Bezug: Martin Kempf, Märkerstraße 27, D-63755 Alzenau.

Der im Sommer 1998 von Marcel Feige (Schulstraße 3, D-47626 Kevelaer) gestartete neue monatliche Newsletter LITERATOUR UPDATE, der sich mit der unheimlich-phantastischen Literatur beschäftigte und einen Überblick über das aktuelle Verlags- und Autorengeschehen sowie das Fandom bot, wurde infolge Überlastung des Herausgebers mit Anthologie- und Lexikonprojekten im Mai 1999 mit der Ausgabe 12 eingestellt. Neben einer Übersicht über die aktuellen Neuerscheinungen des Monats fanden sich hier zuletzt die Story »Das Souvenir« von Eddie M. Angerhuber, Christian Hoffmanns Artikelserie »Phantastische Literatur aus Afrika« in fünf Folgen, Interviews mit Ronald M. Hahn, Michael Siefener und Beluga Post, sowie Essays und Artikel von Joachim Körber, Malte S. Sembten, Uwe Vöhl und Marcel Feige.

Im Juli 1999 wurde von Uwe Vöhl (Woldemarstraße 6, D-32105 Bad Salzuflen) das neue Infoblatt DAS DUNKLE ARCHIV ins Leben gerufen – ein monatliches, als Loseblattsammlung konzipiertes Periodikum, das aktuelle Rezensionen, Artikel und News präsentiert und in dem in späterer Folge auch Stories veröffentlicht werden sollen.

Ende 1998 erschien die erste Ausgabe der FANTASTIK-READERNEWS, der Printausgabe von Olaf J. Menkes (Wohlers Allee 16, D-22767 Hamburg) Internet-Infoseite bei www.Phantastik.de, in der die wichtigsten und interessantersten News daraus unter der Redaktion von Guido Latz (Bergstraße 34, D-52222 Solberg) zusammengefaßt werden. Monatlich erscheint eine neue Ausgabe der »Phantastischen Nachrichten«, die zuletzt u.a. auch Interviews mit Volker Krämer (dem Initiator von STAR GATE) und Kai Meyer präsentierten.

Auch 1998/99 präsentierte die Fachzeitschrift c't – magazin für computertechnik wieder regelmäßig technikorientierte SF-

Stories. Zu den Autoren, die zuletzt hier veröffentlichten, gehörten Bernd Kreimeier (»Toren-Test«, »Borgen 1« & »Borge 2« und »Tag eines Handlungsreisenden«), Ulrich Hansen (»Picknick in Quakeland«), Uwe Post (»Explosion einer Espresso-Maschine«, »Inselhochzeit«), Michael Wimmer (»Virtueller Tod«), Ariane Rüdiger (»Schwarze Rächer«), Michael Ruoff (»Lady Chatterly«), Jonas Ley (»Kaskade«), Frank G. Gerigk (»Das Buch«), Leo Lukas (»Der Hornissenmann« und »Sie müssen dran glauben!«), Iris Leister (»Der Bleistift«) und Scott W. Stevenson (»Die Ratte«). Dazu erschienen noch interessante Artikel von Stanisław Lem, Norman M. Klein, Florian Rötzer, Howard Bloom, Gundolf S. Freyermuth, Aaron Lynch, Bernd Kreimeier, Herbert W. Franke und Hans Moravec sowie ein Interview mit Bruce Sterling.

Weitergeführt wurde im Satiremagazin EULENSPIEGEL in unregelmäßiger Folge der Storyzyklus ZUKUNFTSFRAGMENTE von Klaus Evers, in denen themenspezifische Blicke in die Zukunft geworfen wurden. Zuletzt erschienen darin »Anmerkung zur fünften Generation der Kelly-Family« (11), »Der Umzug« (12) und »Genmanipulierte Lebensmittel« (13). In der Dezember-Ausgabe 1998 erschien hier auch die Story »Weihnachts-Wrestlemania« von Andreas Neuenkirchen.

Phantastik in all ihren Erscheinungsformen bildete schon von Anfang an einen Schwerpunkt in dem vom ehemaligen NACHTSCHATTEN-Herausgeber Carsten Scheibe betreuten Männermagazins PINK! Zuletzt wurden Erzählungen von Frank Böhmert (»Harry will Walroß werden« und »Als Raucher unter Ökos«), Michael Schönenbröcher (»Museum der Lüste« und »Begegnung mit einem Faun«), Carsten Scheibe (»Der Entenbraten«) und Susan Bridgeman (»Todeskuß der Schlange«), Artikel über erotische Comics auf dem Comicsalon Erlangen 1998 von Bernd Frenz, Basteis Horror-Serien von Olaf J. Menke und den neuen Superhelden-Boom im Comic wie ein Interview mit dem PROFESSOR ZAMORRA-Autor Werner Kurt Giesa publiziert.

In der Ausgabe 2/1999 von HI!TECH, dem Zukunftsmagazin von Siemens Österreich, wurde anläßlich des bevorstehenden Erscheinenens von Band 2000 ein Artikel zur PERRY RHODAN-Serie sowie ein Interview mit dem Expose-Autor Ernst Vlcek publiziert.

Nicht nur mit den einschlägigen Filmen sondern auch mit der literarischen Komponente des Genres beschäftigt sich das neue SF-Magazin STAR VISION, das unter der Chefredaktion von Oliver Denker von Ralph Sander steht. Die Pilotnummer enthielt neben einem Rezensionsblock aus der Feder von Joachim Körber einen Artikel über H. P. Lovecraft von Andreas Kasprzak.

Für Leser, die sich für Heftromane aller Genres, Serien- und Leihbücher, Comic-Serien sowie Science Fiction-, Fantasy- und Horror-Geschichten interessieren, ist DER ROMANHEFT-SAMMLER (ARTUS-VERLAG, Birmensdorferstraße 225, CH-8003 Zürich) konzipiert, der über die diversen Serien informiert und Gleichgesinnten eine Plattform für Meinungsaustausch bietet. Das Magazin erscheint viermal pro Jahr und hat mittlerweile die Ausgabe 15 erreicht. Zuletzt erschienen u. a. Sachartikel zu »Nachkriegs-John Kling-Hefte von Rolf Randall« von Siegfried Schmidt, »Nostalgische Science Fiction bei Zdenek Burian«, »Im Schatten des Erben des Universums« und »Die Söhne von Atlantis – Science Fantasy« von Thomas Kovacs, »Der Weltraumfahrer« von Hans-Jürgen Keikel und »Bob Barring – Wiederbelebung einer österreichischen Serie« von Robert Weideli.

Bernhard Kempen & Hannes Riffel sind die Herausgeber des ConBuchs zu TRINITY '99, den 11. Science Fiction Tagen NRW, der European Scinece Fiction Convention und der German National Science Fiction Convention. Das umfangreiche Paperback stellte die zu diesem Großereignis eingeladenen und erwarteten Persönlichkeiten – wie Terry Pratchett, Brian W. Aldiss, Harry Harrison, Ian Watson, Stephen Baxter, Roger MacBride Allen, Ian MacDonald, Josef Nesvadba, John Clute,

Elizabeth Hand, Diane Duane & Peter Morwood, Sam J. Lundwall, Wolfgang Jeschke, Kai Meyer, Andreas Eschbach, Wolfgang Hohlbein, Nikolai von Michalewski (alias Mark Brandis), Horst Pukallus u. a. – vor, präsentierte Artikel zur SF und Fantasy und die dänische Siegerstory des ausgeschriebenen Kurzgeschichtenwettbewerbs. Bezug: SHAYOL Verlag, Bergmannstraße 25, D-10961 Berlin.

6. HIGHLIGHTS AUS DEN BUCHVERLAGEN

Der Jugendbuchverlag AARE hatte 1999 wieder ein Genre-Buch im Programm: »Max Mücke macht Hokuspokus« von Cornelia Franz.

Bereits 1997 erschien im AISTHESIS VERLAG das Sachbuch »H. P. Lovecrafts Mythologie« von Susanne Smuda.

1998 startete Andreas Schlüter eine Serie von Gruselromanen mit »Geisterhand«, und 1999 sind von ihm auch neue SF-Romane um den Computerfreak Ben und seine Freunde im ALTBERLINER VERLAG erschienen: »Flucht vom Mond« und »2049«. Keine phantastischen Elemente enthielt hingegen der Jugendroman »Die verrückten O'Haras« von Patricia Lynch.

Der zum BELTZ VERLAG gehörende Kinder- und Jugendbuchverlag ANRICH präsentierte 1998 die Tierfantasy »Freddy – Ein wildes Hamsterleben« von Dietlof Reiche, 1999 folgten »Freddy – Ein Hamster lebt gefährlich« von Dietlof Reiche und der Fantasy-Roman »Saaski aus dem Moor« von Eloise McGraw.

Eine Tierfantasy um eine Wildgans namens Gomer aus der Feder von Louis A. Tartaglia erschien unter dem Titel »Auf den Flügeln des Sturms« im Frühjahr 1999 bei ANSATA.

ARCHE präsentierte zuletzt den in der Tradition von Edgar Allan Poe stehenden Krimi »Die schwarzen Vögel« von Maarten't Hart.

Bei ARENA wurde 1999 die ambitionierte Edition GRUSEL & CO mit »Der Gruselbus« von Paul van Loon, »Der Fluch des Waldes« von Tais Teng, »Hexenmond« von Franz Sales Sklenitzka, »Das Grab des Ritters« von Andreas D. Hesse (AbenteuerSpielBuch), »Der Schatten vom Galgenberg« von Regina Rusch, »Die Ruine der Raben« von Jan Flieger und »Der Werwolf im Moor« von ten Hoof weitergeführt und Tamora Pierce startete ihren neuen Fantasy-Vierteiler EMELAN mit »Im Reich der Magie«. Außerdem publizierte ARENA 1998/99 noch die phantastischen Jugendbücher »Hexe Lilli und Das Geheimnis der Mumie« (neuer Roman der Serie um die HEXE LILLI) von Knister, »Jagd auf die Weltraumpiraten« von Annelies Schwarz, »Goldene Stadt im Dschungel« von Gillian Cross, »Die Insel des vollkommenen Glücks« von Christian Waluszek und »Wölfchen Werwölfchen« von Paul van Loon.

Im Oktober 1999 startete bei ARKHAM PRESS (Guido Latz, Bergstraße 34, D-52222 Stolberg) die von Dirk van den Boom konzipierte Paperback-SF-Serie RETTUNGSKREUZER IKARUS, zu der der Initiator auch die beiden ersten Bände schrieb. Zu weiteren Mitautoren gehören Irene Salzmann, Sylke Brandt und Bernhard Kübler.

Bei BASTEI erschien 1998 das Fantasy-Rätsel »Merlins Geheimnis« von Jonathan Gunson & Marten Coombe. 1999 wurde die exzellente Hardcover-Edition BIBLIOTHEK DER PHANTASTISCHEN LITERATUR mit den neuen Epen »Im Schatten der Burg« von Marion Zimmer Bradley & Holly Lisle (GLENRAVEN 2), »Die Augen von Alchazzar« und »Winterkrieger« von David Gemmell (DRENAI-SAGA 7 und 8), »Die ewige Krone« und »Krone aus Blut« von J. V. Jones (DORNENRING-Zweiteiler) und »Die Engel des Feuers« von Jane Routley (DION VON MORIA 2) fortgesetzt, für Anfang 2000 eingeplant sind die Romane »Die Schatten des Bösen« von Wolfgang Hohlbein und »Eisenhands Tochter« von David Gemmell (DIE FALKENKÖNIGIN 1) sowie das Sekundärwerk »Der Rivan-Kodex« von David & Leigh Eddings zur BELGARIAD- und MALLOREON-SAGA.

Der zu WELTBILD gehörende BECHTERMÜNZ VERLAG hat sich auch 1998/99 an den gegenwärtigen Trend zu SF und Fantasy angehängt und eine Vielzahl von Genretiteln in preiswerten Sonderausgaben auf den Markt gebracht. So standen u.a. Peter Hanrattys AVALON-Trilogie (»Mordred«, »Der letzte Ritter von Albion« und »Der Strand von Avalon«), »Feuerkind«, »Shining« und »Friedhof für Kuscheltiere« von Stephen King, »Hem-On, der Ägypter« von Harald Braem, die PANDEMIA-Bände »Der Weg nach Kinvale«, »Die Insel der Elben«, »Das Meer der Leiden » und »Die Stadt der Götter« von Dave Duncan, Wolfgang Hohlbeins drittes CHARITY-Paket mit den Bänden 7 bis 9 (»Die schwarze Festung«, »Der Spinnen-Krieg« und »Das Sternen-Inferno«), R. A. Salvatores LUTHIEN-Trilogie (»Das Joch der Zyklopen«, »Luthiens Wagnis« und »Der Blutrote Schatten«), »Dunkle Flüsse des Herzens« von Dean Koontz, Gillian Bradshaws Trilogie DIE KRONE VON CAMELOT in einem Band, »Helva« von Anne McCaffrey und »Nancia« von Anne McCaffrey & Margaret Ball, »Saint Nick« von Wolfgang Hohlbein, »Glenraven« von Marion Zimmer Bradley & Holly Lisle, DIE TRÄUMENDE WELT von Jonathan Wylie (»Der Traumstein« und »Das Schattenreich«), Philip Jose Farmers Zyklus DIE WELT DER TAUSEND EBENEN (besteht aus »Meister der Dimensionen«, »Welten wie Sand«, »Lord der Sterne«, »Hinter der irdischen Bühne« und »Planet der schmelzenden Berge«), »Der Fluch des Amuletts« von A. R. Morlan, DIE CHRONIKEN VON WINDROSE (»Der Zauberturm«, »Der Megabyte-Magier« und »Das Dämonentor«) von Barbara Hambly, »Edward« von Roy Lewis, »Das Auge von Sindsche« von Leslie L. Lawrence (1. Band eines Abenteuerzyklus in der Tradition von INDIANA JONES), »Der Engel mit den schwarzen Flügeln« von Petra Hammesfahr, »Das Wittgenstein-Programm« von Philip Kerr, »Sixtinische Verschwörung« von Philipp Vandenberg, »Dunkel über Longmot« von David Farland (DIE HERREN DER RUNEN 1), »Die Tochter des Lichts« von Diana L. Paxson, »Die Kristallquelle« von Naomi & Deborah Baltuck und die ersten beiden Bände, die den ATLAN-Minizyklus TRAVERSAN in Buchform neu auflegen: »Admiral der Sterne« und »Der letzte Gonozal«. Mit dem 3. Band ist der Nachdruck der Serie zwar abgeschlossen, es wird aber ein vierter Band als Originalveröffentlichung nachgeschoben, in dem mehrere Autoren die weiteren Erlebnisse diverser Handlungsträger weiterspinnen, wie Hans Kneifel, Andreas Findig u. a. Weitergeführt wurde auch der PERRY RHODAN-Buchzyklus THOREGON mit den Bänden 4 und 5, »Unter dem Galornenstern« und »Testfall Lafayette«.

Neue phantastische Kinder- und Jugendbücher für alle Altersstufen gab es auch 1998/99 wieder bei BELTZ & GELBERG: die phantastischen Abenteuer »Jenseits von Aran« von Arnulf Zitelmann, »Der Brief für den König« von Tonke Dragt, »Nhamo oder Der Geist des Leoparden« von Nancy Farmer und »Drachenkind« von Luli Gray, den SF-Roman »Blueprint« von Charlotte Kerner wie auch die Kinderbücher »Das große Fabulierbuch« und »Manuel & Didi – Das zweite große Buch der kleinen Mäuseabenteuer« von Erwin Moser.

Im seit 1998 zu BERTELSMANN gehörenden BERLIN-VERLAG erschienen 1998/99 folgende Titel mir mehr oder minder stark ausgeprägten phantastischen und spekulativen Elementen: »Könnte Liebe sein« von Astrid H. Roemer, »Der schwarze Mantel« von Ludmilla Petruschewskaja (Erzählungen), »Der Coup der Berdache« von Michael Roes, »Die Schutzheilige des Taumels« von Piero Meldini und »Der höfliche Harald« von Sibylle Lewitscharoff.

Zuletzt erschienen im HANSJOACHIM BERNT VERLAG, der sich auf sein Kernprogramm, die REN DHARK-Buchausgabe und das dementsprechende Umfeld konzentriert hat, die Bände 12 bis 14 der Edition, »Die Sternenbrücke«, »Durchbruch nach Erron-3« und »Sterbende Sterne«, die ersten beiden redaktionell betreut von Gerd Rottenecker, Band 14 und 15 werden interimistisch von Heinz Mohlberg bearbeitet, der bislang auch schon beratend tätig war. Mit Band 16, der für Januar 2000 eingeplant und in dem Band 98 der Heftserie enthalten ist, wird unter der Leitung des neuen Chefredakteurs Hajo Breuer REN DHARK mit neuen Abenteuern weitergeführt. Zusätzlich wurden die REN DHARK SONDERBÄNDE 2 bis 4, »Gestrandet auf Bittan« von W. K. Giesa, »Wächter der Mysterious« von Hubert Haensel und »›Hexenkessel‹ Erde« von Marten Veit herausgebracht. Ende 1998 kam auch Band 2 der KURT BRAND EDITION, in der die besten klassischen SF-Romane des geistigen Vaters von REN DHARK einer neuen Lesergeneration vorgestellt werden, auf den Markt; er enthielt »Die Deserteure der Cosmic Police«, »Der Tod greift nach den Sternen« und »Genies vom Fließband«.

Im Jugendbuchprogramm von C. BERTELSMANN wurden 1998/99 die Romane »Cyberlove« von Chloe Rayban, »Mariken« von Peter van Gestel, »Das nervenzerfetzende Buch der Geistergeschichten« und »Das supergruselige Buch der Schauergeschichten« von R. L. Stine (Stories und ein Roman zur multimedialen Erfolgsserie GÄNSEHAUT), »Im weiten Land der neuen Zeit« von Max Kruse, »Im Kreis des Wolfs« von Nicholas Evans, »Der Fluch des Vampirs« von Angela Sommer-Bodenburg, »Der Prinz von Ägypten« von Jane Yolen sowie »Moses in Ägypten« von Lynne R. Banks (2 Romane zum Kino-Zeichentrickfilm), »Die Drachenprinzessin« und »Die Drachenprinzessin rettet den Zauberwald« von Patricia C. Wrede (Startbände eines neuen Fantasy-Zyklus), »Ella, verzaubert« von Gail Caron Levine, »Der Ritter und seine Knappen« von Terry Jones, »Im Land der fliegenden Bären« von Stephen Elboz und »Greg – Eine rätselhafte Verwandlung« von Dirk Walbrecker herausgebracht, im Erwachsenenprogramm »Die Jadefrau« von Nicole Mones, »Des Teufels Kardinal« von Allan Folsom, »Nacht in Havanna« von Martin Cruz Smith und »Gefangen im Licht« von Robert Goddard.

Phantastik in allen Spielarten hat auch der 1998 gegründete KLAUS BIELEFELD VERLAG (Michaelisstraße 20, D-37133 Friedland) vom Start weg im Programm. Den Reigen eröffneten im Herbst 1998 der SF-Roman »Seni-Tours Inc. – One Way Ticket« von Alexander Amberg und der Drogenroman »Acid Head« von Stefan T. Pinternagel, 1999 folgten die Collections »Schattenland« von Stefan Melneczuk und »Ich will das Blut aus deinem Mund rinnen sehen« von Stephan Peters. Ebenfalls noch 1999 soll der phantastische Roman »Eloise« von Stefan Melneczuk herauskommen.

BLANVALET publizierte 1998/99 u.a. Clive Cusslers neuen DIRK PITT-Roman »Höllenglut«, den historisch-phantastischen Roman »Kelch und Schwert« von Glenna McReynolds, den Fantasy-Roman »Arthurs letzter Schwur« von Bernard Cornwell (Abschlußband der Trilogie), die Phantastik »Die brennende Gasse« von Ann Benson sowie den Roman zum Film »Star Wars Episode 1 – Die dunkle Bedrohung« von Terry Brooks.

Im KARL BLESSING VERLAG wurden 1998 der phantastische Roman »Die Versuchung in der Wüste« von Jim Crace und 1999 die Storysammlung »Matilde, unverrückbar« von Gabriele von Arnim veröffentlicht.

Weiterhin auf stetigem Expansionskurs befindet sich Jörg Kaegelmanns BLITZ-VERLAG, der nach dem Start zusätzlicher Serien wie LARRY BRENT – DIE GEHEIMEN X-AKTEN DER PSA, MURPHY, RAUMSCHIFF PROMET STERNABENTEUER, STAR GATE und T.N.T. SMITH – DER JÄGER DER UNSTERBLICHEN mit Frühjahr 1999 auch Frank Festas EDITION METZENGERSTEIN übernommen hat. Im Herbst 1998 erschienen »Die Treppe ins Jenseits« (LARRY BRENT 2) und »Die Geisterhöhlen« (MACABROS 2) von Dan Shocker, »Das Transmitter-Experiment« von Werner K. Giesa & Frank Rehfeld (STARGATE 1), »Das Kind der Toten« von Manfred Weinland (LARRY BRENT – X-AKTEN 1), »Jenseits der Finsternis« von Al Wallon & Marten Munsonius (MURPHY 1), »Am Abgrund der Zeit« von Manfred Wegener (RAUMSCHIFF PROMET STERNABENTEUER 1), »Sternengespenster« von Kurt Brand (RAUMSCHIFF PROMET CLASSICS 5), »Alptraumland« von Ronald M. Hahn & Horst Pukallus (BLITZ 15) sowie »Entscheidung auf Toschawa« von Achim Mehnert & Wilfried A. Hary und »Das Tribunal der Häuser« von Konrad Schaef & Achim Mehnert (RAUMSCHIFF PROMET – NEUE ABENTEUER 4 & 5). Im

Frühjahr 1999 folgten dann »Club der Unsterblichen« von Ronald M. Hahn und »Die Stadt unter den Bergen« von Horst Pukallus (T.N.T. SMITH 1 & 2), »Geistergeschichten aus Buxton« von Terry Lamsley und »Studien des Todes« von Count Eric Stenbock (EDITION METZENGERSTEIN 9 & 10), die von Frank Festa zusammengestellte Anthologie »Lovecrafts dunkle Idole« (H. P. LOVECRAFTS BIBLIOTHEK DES SCHRECKENS 1), »Blutiger Alptraum in Paris« von Al Wallon & Marten Munsonius (MURPHY 2), »Wasser für Shan« von Uwe Anton (STAR-GATE 2), »Stadt der verlorenen Seelen« von Al Wallon & Jörg Martin Munsonius (THORIN - DER NORDLAND-WOLF 1), »Der Mordpuppen der Madame Wong« und »Molochs Totenkarussell« von Dan Shocker (LARRY BRENT 3 & MACABROS 3), »Die Stunde der Verräter« von Achim Mehnert & Konrad Schaef und »Invasion der Biotechs« von Achim Mehnert & Susan Schwartz (RAUMSCHIFF PROMET - NEUE ABENTEUER 6 & 7), »Cy« von Konrad Schaef (RAUMSCHIFF PROMET STERNABENTEUER 2), »Als die Götter logen« von Kurt Brand (RAUMSCHIFF PROMET CLASSIC 6), die UTOPISCHEN KLASSIKER »Das Arche-Noah-Prinzip« von Martin Eisele und »Operation Sagittarius« von Konrad Schaef sowie die Anthologie »Schatten über Deutschland«, hrsg. von Marcel Feige & Frank Festa (BLITZ 16); neu im Paperback aufgelegt wurde auch der ursprünglich bei BERNT im Hardcover erschienene erste RAUMSCHIFF PROMET CLASSIC-Band »Als der Fremde kam« von Kurt Brand, so daß die Edition jetzt einheitlich im Paperback vorliegt. Des weiteren sind u. a. eingeplant die letzten von Thomas Ziegler konzipierten RAUMSCHIFF PROMET - NEUE ABENTEUER-Bände »Die oberste Instanz« (8) und »Planet der Propheten« (9) - im Frühjahr startet ein neuer Zyklus, der von Ronald M. Hahn & Horst Pukallus entwickelt wurde und der näher auf ungelöste Rätsel der Originalserie eingehen wird –, der STAR-GATE-Roman »Botschafter von den Sternen« von Frank Rehfeld & W. K. Giesa (3), »Das Galaktikum« von Ernst Vlcek & H. W. Mommers (UTOPISCHE KLASSIKER 8), die T.N.T. SMITH-Romane »Das Kommando Ragnarök« von Ronald M. Hahn und »Stahlgewitter Khalkin-Gor« von Horst Pukallus und die BLITZ-Bände

»Kontakte«, hrsg. von Roman Sander, und »Der Rattenmann« von Markus Mayer nebst neuen Bänden zu THORIN, RAUMSCHIFF PROMET CLASSIC, RAUMSCHIFF PROMET STERNABENTEUER, MACABROS, LARRY BRENT, LARRY BRENT X-AKTEN, DAVID MURPHY, H. P. LOVECRAFTS BIBLIOTHEK DES SCHRECKENS und der EDITION METZENGERSTEIN.

Im Eigenverlag gab ROBERT N. BLOCH (Ludwigstraße 6, D-35390 Gießen) gemeinsam mit Bettina Twrsnik ein Sekundärwerk zu einer Ausstellung über »Hermann Wolfgang Zahn« heraus und steht in Verhandlungen zu einer illustrierten Ausgabe der Werke Zahns, die für Sommer 2000 geplant ist.

1998/99 präsentierte BRENDOW neben dem obligaten »Inklings-Jahrbuch« eine bearbeitete und illustrierte Hardcoverausgabe des Fantasy-Klassikers »Der König von Narnia« von C. S. Lewis und den historischen Roman »Judas – Rebell im Schatten des Messias« von Taylor Caldwell.

Beim zum BERTELSMANN-Konzern gehörenden Verlag BTB erschien im neuen Buchprogramm 1998 der phantastische Elemente enthaltende Roman »Das Rubinhalsband« von Henning Boetius.

Neu bei BRUNNEN 1998 der phantastische Roman »Flucht aus Puritanien« von C. S. Lewis in einer Paperback-Neuausgabe.

Im nur über spezielle Kaufhandelsketten erhältlichen Programm von BUCH & ZEIT erschienen 1999 drei weitere Auswahlbände mit Romanen und Stories aus dem PERRY RHODAN-Universum als Lizenzausgaben: »Die besten Gucky-Geschichten, Band 2« von Clark Darlton, »Die besten Weltraum-Krimis« von Kurt Mahr und »Die besten Alien-Geschichten« von Thomas Ziegler.

Der für Bücher zu Filmen und TV-Serien etablierte Nürnberger BURGSCHMIET VERLAG brachte 1998/99 die Sachbücher »The Making of Godzilla« von Rachel Aberly und »Star Trek –

The Making of Episode I: Die dunkle Bedrohung« von Laurent Bouzereau & Jody Duncan sowie die Romane »Kinder der Götter« von Martin Eisele und »Der Feind meines Feindes« von Wolfgang Hohlbein zu STARGATE SG-1, »The Visitor – Flucht aus dem All« von Stephen Molstad sowie »Entscheidungen« und »Die Zeitsonde« von Roland Rosenbauer zu MISSION ERDE heraus. Nicht erschienen sind die angekündigte Roland Emmerich-Reihe, bestehend aus den Romanen »Joey«, »Moon 44« und »Das Arche Noah Prinzip« von Martin Eisele, sowie der Roman zum Film »Robocop«.

CARLSEN publizierte in seinem überaus erfolgreichen Jugendbuchprogramm im Frühjahr 1999 den zweiten Band der phantastischen Bestsellerserie um den Zauberschüler HARRY POTTER von Joanne K. Rowling, »Harry Potter und die Kammer des Schreckens«, sowie »Der Schmetterlingslöwe« von Michael Morpurgo und »Die Kinder des Mondfalken – Suth und Noli« von Peter Dickinson (Vorzeit-Saga), im Herbst sind die Tier-Fantasy »Hör mein Lied« von Brooks Hansen, »Emil und der Kaffeekocher« von Ragnar Hovland, die phantastischen Jugendbücher »Im Krug zum Grünen Walfisch« und »Der Leuchtturm auf den Hummerklippen« von James Krüss und als ein Höhepunkt des Programms Joanne K. Rowlings 3. HARRY POTTER-Band, »Harry Potter und der Gefangene von Askaban«, erschienen.

In CHILI, dem neuen Imprint für ältere Jugendliche von ARENA, erschienen 1999 die SF-Romane »Flucht in die Niemandszeit« von Sally Odgers und »Der Fall A.S.I.A.« von Giampaolo Proni sowie der Psychothriller »Teuflische Stimmen« von Sonya Hartnett.

Vier phantastische Romane voll Mystik und Magie legte CLAASSEN 1999 vor: »Die Nacht der blühenden Kakteen« von Shani Mootoo, »Die Nacht der Prophezeihung« von Paolo Granzotto, »Der Kontrakt des Spielers« von Carl-Johan Vallgren und den Mythenband »Das Licht der Nacht« von Pietro Citati.

Im Wiener Jugendbuchverlag DACHS kam 1999 das Gruselbuch »Die Gespensterkoppel« von Christiane Holler heraus.

Zwei neue phantastische Bücher erschienen im Herbst 1998 beim DANA VERLAG: »Vision des Herzens« von Wolfgang Sewald und »Gärtner der Seele« von Grian. Geplant sind weiters der Fantasy-Roman »Der Ruf des Einhorns« von Wolfgang Sewald und das Märchen »Der Zaubervogel« von Verena Zeltner.

Die DEUTSCHE VERLAGS-ANSTALT - DVA - veröffentlichte 1998 den phantastischen Roman »Abschied von Newton« von Gert Heidenreich und die Collection »Sieben Versuchungen« von Lydia Mischkulnig, die auch phantastische Texte enthält; 1999 erschienen das Märchen »Das Mädchen mit den Flügeln« von Clara Dupont-Monod, der Phantastik-Roman »Ein anderes Leben« von Velte Lid Larssen und »Alice zwischen den Welten« von William Shanley, eine märchenhafte Reise durch das Universum der modernen Wissenschaft.

Auch die weiteren Programme des bei HEYNE jetzt wiederbelebten DIANA VERLAGS präsentierten Phantastik, zuletzt »Ein Sommernachtsspiel« von Kate Atkinson, »Das Tryptichon« von Andrew Klavan und »Die Prinzessin im Schlangenpalast« von Chitra Banerjee Divakaruni.

Neu beim jetzt zum VERLAGSHAUS GOETHESTRASSE gehörenden EUGEN DIEDERICHS VERLAG 1998/99 die Sachbücher »Vampirismus oder die Sehnsucht nach Unsterblichkeit« von Norbert Borrmann im Original und in einer Sonderausgabe und »Märchenkinder - Kindermärchen. Forschungsberichte aus der Welt der Märchen«, im Auftrag der Europäischen Märchengesellschaft von Thomas Bücksteeg & Heinrich Dickerhoff, der von Ulf Diederichs zusammengestellte Band »Die schönsten Märchen vom Mond« und der historisch-phantastische Roman »Tikal - Der Roman der Maya« von Daniel Peters sowie in der SAGA-Bibliothek der altnordischen Literatur »Die Grettis-Saga« und »Die Saga von den Leuten auf Eyr«.

Neben Comics hat der DINO-VERLAG auch Bücher zu erfolgreichen TV-Serien im Programm. An Genre-Titeln erschienen 1998/99 zwei neue Romane um SABRINA – TOTAL VERHEXT!: »Ausgetrickst!« von Diana G. Gallagher (2) und »Hexe hin, Hexe her!« von David Cody Weiss & Bobby J. G. Weiss (3).

Neu bei DIOGENES Fanny Morweisers jüngster Roman »Schwarze Tulpe«, eine »Gothic Novel« um zwei junge Mädchen, einen Satanskult und einen neu zugereisten Staatsanwalt.

Mit Verspätung erschien bei DIPA 1998 der phantastische Roman »Der Plan des Baumeisters« von Ivan Vladislavic.

Im Kleinverlag DREI BÄREN setzte Holger Eckhardt seinen im PERRY RHODAN-Universum der fernsten Zukunft – 3 Millionen Jahre der Reformierten Galaktischen Zeitrechnung sind ins Land gegangen – spielenden Zyklus AM ENDE DER UNSTERBLICHKEIT mit dem Bänden 6 bis 8 fort. Bezug: Dr. Holger Eckhardt, Emilienstraße 50 A, D-42287 Wuppertal.

Unter dem Label DREIECK-VERLAG erscheinen im Rahmen des VENTIL-VERLAGS auch Paperback-Ausgaben phantastischer Bücher. Im Frühjahr neu aufgelegt wurde »Das Lied vom Untod« von Jens Schumacher und im Herbst 1999 kam die von Frank Festa zusammengestellte Horror-Anthologie »Dead Ends« in den Handel.

Klassische und moderne Kinder- und Jugendbücher standen bei DRESSLER wieder auf dem Programm: »Wölfchen Wolfs tapfere Taten« und »Wölchen Wolfs schaurig-schöne Schule« von Ian Whybrow, »Pu der Bär« und »Pu baut ein Haus« von A. A. Milne, »Hodder, der Nachtschwärmer« von Bjarne Reuter, »Meistererzählungen« von Edgar Allan Poe, »Mary Poppins« von Pamela Travers, »Gullivers Reisen« von Erich Kästner, »Erik der Rote« von Tilman Röhrig, »Als die Uhr dreizehn schlug« von Philippa Pearce, »Das Geheimnis von Bahnsteig

13« von Eva Ibbotson und »Großvater auf Probe« von Michael Morpurgo.

DROEMER lieferte noch 1998 den phantastischen Roman »Montag oder Die Reise nach innen« von Peter Schmidt aus, 1999 folgten dann der SF-Thriller »Attic« von Douglas Preston & Lincoln Child, der historische Roman »Moses - Herrscher ohne Krone« von Gerald Messadie und der Milleniums-Roman »Liebe ist die letzte Brücke« von Johannes Mario Simmel.

Neu 1999 bei ECON die Thriller »Die längste Stunde« von Howard Simon und »Der Assassine« von Gerhard Herm sowie der Horror-Roman »Der Schläfer in der Wüste« von Tom Holland.

1998 wurden im EDFC e.V. (Postfach 1973, D-94004 Passau) die Erzählbände »Geschichten am Rande der Wirklichkeit« von Jörg Weigand und »Die Wachskerze« von Alexander von Ungern-Sternberg sowie die Sachbücher »Berichte aus der Parallelwelt« von Georg Both, Hans-Peter Neumann & Scheffler und »Cyborgs und andere Techno-Körper« von Dierk Spreen herausgebracht. Mit den Veröffentlichungen des Jahres 1999 werden alle Publikationen, die außerhalb der Magazinreihen FANTASIA und QUARBER MERKUR erscheinen, der BELLETRISTISCHEN REIHE oder der SCHRIFTENREIHE zugeordnet, um Interessenten die Bestellung auch über das Internet zu erleichtern. Zuletzt wurden der Fantasy-Roman »Thoras - Bürger von Atlantis« von Peter Michael Winkler (2. Band der THORAS-Trilogie, der erste kam 1997 bei FRIELING unter dem Titel »Thoras - Sklave von Atlantis« heraus) als Band 10 und der Endzeit-Storyzyklus »Der Tag des silbernen Tieres« von Eddie M. Angerhuber & Frank W. Haubold als Band 11 der BELLETRISTIK herausgebracht, sowie »Geheimnisse in Dunklen Sphären« von Achim Hättich als SCHRIFTENREIHE Band 32 (FANTASIA 127/128).

Die EDITION AVALON, die auch das deutsche SF-Magazin ALIEN CONTACT herausgibt, veröffentlichte 1998 die exzellente Kurzgeschichtensammlung »Die Stille nach dem Ton« von Michael Marrak, im Frühjahr 1999 erschien der SF-Roman »Völker der Sonne« von Frank Bartling. Vorgesehen ist mit »Lord Gamma« eine weitere Collection des neuen deutschen Erfolgsautors Michael Marrak geplant.

An jüngste Leser wendet sich das Programm der EDITION BÜCHERBÄR im ARENA VERLAG. An phantastischen Titeln kamen zuletzt »Die Moonshinegang - Kuscheltiere in geheimer Mission« von Edith Schreiber-Wicke, »Spukgeschichten« von Hannelore Dierks, »Du bist Spitze, Rudi Vampir« von Ingrid Uebe und »Mink, der kleine Hexer« von Nortrud Boge-Erli heraus.

Nach einer schöpferischen Pause plant Martin Ellermeier (Rheinstraße 71, D-64572 Worfelden), seine EDITION CASABLANCA noch 1999 mit neuen Titeln weiterzuführen. Vorgesehen sind der Fantasy-Roman »Ehernes Korn« von Elmar Vogt, eine Fortsetzung zu »Vanille und Glasstaub«, dessen Neuauflage noch überlegt wird, sowie der historische Roman »Sigena« vom selben Autor, der im Nürnberg des Jahres 1050 spielt und Geschehnisse und Gerüchte, die sich um die Frau Sigena ranken - die als Synonym für den heutigen Kampf um Menschenrechte steht -, behandelt.

In der Linzer EDITION GRUPPE FÜR ANGEWANDTE TEXTE erschienen ist die von Laura Nöbauer, Martina Panhuber, Christine Schörkhuber & Angelika Zotl herausgegebene Anthologie »Nenoisiv - Übermorgen und die Zeit davor« mit Texten von Schülerinnen und Schülern aus einem Science-Fiction-Literaturwettbewerb für junge Leute.

Auf die Publikation limitierter und numerierter Luxusausgaben der Werke des amerikanischen SF-und Fantasy-Autors Jack Vance hat sich die EDITION ANDREAS IRLE spezialisiert. Zuletzt erschienen sind liebevoll aufgemachte Hardcoverausgaben von Vances neuestem, erst kürzlich in den USA erschienenen SF-Roman »Kaleidoskop der Welten« in deutscher

Erstveröffentlichung und dem zum Zyklus DIE STERBENDE ERDE gehörenden Fantasy-Klassiker »Cugel der Schlaue«. Bezug und Information: EDITION ANDREAS IRLE, Breite Straße 34, D-51702 Bergneustadt.

In der neuen EDITION LÜBBE erschien im Frühjahr 1999 der phantastische Roman »Ein Haus in Umbrien« von Barry Unsworth.

Mit Ende Juni 1999 hörte die von Frank Festa aus der Taufe gehobene EDITION METZENGERSTEIN, die sich in den zweieinhalb Jahren ihres Bestehens einen exzellenten Ruf als Fachverlag für Horror-Literatur erworben hat, auf, als eigenständiger Verlag zu existieren. Grund für diese Entwicklung war, daß der Verlag zu erfolgreich agierte und dem Verleger kaum mehr über Freiraum für Privatleben bot. Doch das bedeutete nicht das Ende der anspruchsvollen Edition: Sie geht im BLITZ-VERLAG auf, wo künftig zwei bis vier neue Bände, für die nach wie vor Frank Festa verantwortlich zeichnet, pro Jahr erscheinen werden. Geplante Autoren sind u.a Brian Hodge, Thomas Tessier, Brian McNaughton, Terry Lamsley, Joseph Sheridan Le Fanu u. a. Die geplante Hardcover-Ausgabe von Thomas Ligottis »In einer fremden Stadt, in einem fremden Land« wird ebenso erscheinen wie S. T. Joshis Essaysammlung »Moderne Horrorautoren«. Unklar ist noch, wer Marco Frenschkowskis Phantastik-Magazin DAS SCHWARZE GEHEIMNIS weiterführen wird. Zuletzt erschienen 1998/99 noch »Dämonen bei Tag«, Ramsey Campbells bei uns bis jetzt noch untervöffentlichte erste Collection, und DAS SCHWARZE GEHEIMNIS 4.

Für den Oktober 1999 zur Veröffentlichung vorbereitet wird von der EDITION MONO (Dr. Karl Walleckstraße 12, A-2000 Stockerau) der Erzählband »Schattenspiele« von Eddie M. Angerhuber, die auch ein ausführliches Nachwort dazu beisteuern wird.

In der EDITION PANGLOSS in Wels/Österreich wurde im Herbst 1999 der Erzählband »Gödel geht« von Andreas Findig publiziert, der neben der mit dem SFCD-Literaturpreis 1991 ausgezeichneten Titelstory noch vier längere Geschichten enthielt.

1998 erschien in der EDITION PHANTASIA als deutsche Erstveröffentlichung in einer limitierten und signierten Ausgabe Salman Rushdies phantastischer Romanerstling »Grimus«, 1999 wurde dann das nach der PAUL SCHEERBART-GESAMTAUSGABE wohl ambitionierteste Projekt des Verlags gestartet: Die GESAMMELTEN WERKE VON H. P. LOVECRAFT in einer auf 350 Exemplare limitierten Edition. Begonnen wurde mit der »Werkgruppe I: Erzählungen 1«, wobei die Geschichten in chronologischer Reihenfolge geordnet sind und sich auch bislang auf Deutsch unveröffentlichte darunter befinden. Bereits vorliegende Übersetzungen wurden dabei sorgfältig überarbeitet und, wo notwendig, ergänzt. Im Anhang findet sich auch ein bibliographischer Nachweis der deutschen Veröffentlichungen. Noch 1999 werden auch die Erzählbände 2 und 3 folgen sowie Salman Rusdies Studie zum Film »Der Zauberer von Oz« (Auflage: 200) und der Gedichtzyklus »Saat von den Sternen« von H. P. Lovecraft (Auflage: 200), illustriert und signiert von Heiner Stiller und mit einem Nachwort von Muriel Eddy. Folgen soll das SF-Jugendbuch »Nick und der Glimmung« von Philip K. Dick. Bezug und Information: EDITION PHANTASIA, c/o Joachim Körber, Wünschelstraße 18, D-76756 Bellheim.

In der EDITION TREVES (Medardstraße 195, D-54294 Trier) sind 1998 der »Star Trek Kalender 1999« und der »Mystery Kalender 1999« mit Artikeln zu den einschlägigen TV-Serien sowie die Phantastik-Anthologie »Gelber Staub«, hrsg. von Rainer Breuer & Ursula Dahm, erschienen, 1999 folgte der STAR TREK READER 2 mit »Die Herausforderung«, einer witzigen Aufnahmeprüfung zur »Starfleet Academy«. Geplant sind ein »Star Trek Kalender 2000« und ein »Mystery Kalender 2000« sowie ein STAR WARS READER.

SF-Elemente enthielt der Thriller »Wenn die Mäuse Katzen jagen« von James Patterson – im Frühjahr 1999 beim zu BASTEI LÜBBE gehörenden Verlag EHRENWIRTH erschienen.

EICHBORN präsentierte 1998 den phantastischen Roman »Quatemberkinder« von Tim Krohn und den spekulativen Band »Der Kanzler« von Rainer Stephan, 1999 kamen die Genre-Titel »Helium« von Tim Earnshaw, »Stumme Boten« von Clara Pinto-Correia, »Mimikry« von Astrid Paprotta, »Die graue Taube« von Sandor Tar und »Der Stein der Weisen« von Gregor Eisenhauer sowie der schon für 1998 angekündigte und im wahrsten Sinn des Wortes phantastische Roman »Die 13 ½ Leben des Käpt'n Blaubär« von Walter Moers heraus.

Neue phantastische Romane erschienen 1998/99 bei der Berliner ELEFANTEN PRESS: »Die kichernde Kuh« von Eckhard Mieder, »Granatapfelblüte« von Aras Ören, »Flucht aus der Alten Stadt« von Mathias Riepe und »Die Drachenpaste« von Silvana Gandolfi.

Bei ENSSLIN kam 1999 der Sammelband »Mandala, das weiße Känguruh« von Marion Lammers mit den beiden Bänden »Mandala, das weiße Känguruh« und »Neue Abenteuer mit Mandala« heraus.

EULENSPIEGEL präsentierte im Frühjahr 1999 drei Titel mit mehr oder minder stark ausgeprägten Genre-Elementen: den Sammelband »Wenn wir den Krieg verloren hätten & Uns gab's nur einmal« von Peter Ensikat, den anarchisch-grotesken Roman »Schön hausen« von Peter Brasch und die Collection »Wie ich mich entschloß, auf Händen zu gehen« mit 30 Katastrophengeschichten von Hermann Harry Schmitz.

Bei CH. FALK erschien 1998 der esoterisch-phantastische Roman »Die Kristallstädte von Lemuria« von Dietrich von Oppeln-Bronikowski, die Fortsetzung von »Lemuria – Das Land des goldenen Lichts«.

Im Frühjahr 1999 brachte der Fachverlag FANTASY PRODUCTIONS das großformatige und reich illustrierte »Lexikon der Horrorliteratur«, hrsg. von Hans Joachim Alpers, Werner Fuchs und Ronald M. Hahn, auf den Markt, das umfassend und übersichtlich über die Vertreter des Genres informierte und im Anhang auch alle einschlägigen Serien auflistete. In Vorbereitung befindet sich bei FANPRO auch ein adäquat aufgemachtes »Fantasy-Lexikon«.

Neu in der Szene etabliert hat sich der VERLAG FEDER & SCHWERT, ein Fachverlag für phantastische Literatur & Rollenspiel (Wasserwerkstraße 204, D-68309 Mannheim). Er besitzt die deutschen Rechte am amerikanischen Erfolgsspiel VAMPIRE/DIE WELT DER DUNKELHEIT und startete 1998 eine Paperback-Edition, in der bislang sechs Titel erschienen sind: »Sonja Blue: Racheengel« von Nancy A. Collins (Crossover zwischen SONJA BLUE und der WELT DER DUNKELHEIT), »Durch bittere Asche« von David Niall Wilson (DER GRALSKONVENT 1), »Advocatus Diaboli« von Gherbod Fleming (DER BLUTFLUCH 1), »In toten Sprachen« von David Niall Wilson (DER GRALSKONVENT 2) und »Die Zeit des Schnitters« von Gherbod Fleming (DER BLUTFLUCH 2) erschienen sind. Folgen soll der abschließende Band der GRALSKONVENT-Trilogie, »Von toten Träumern«, und die 13 Bände umfassende Reihe der CLANSROMANE mit »Clansroman: Toreador« gestartet werden. Ebenfalls 1999 kommen die Spielerhandbücher »Camarilla« und »Sabbat« heraus, die auch Kurzgeschichten enthalten.

Im Berliner ALEXANDER FEST VERLAG kam Ende 1998 der SF-Roman »Libidissi« von Georg Klein heraus. Ein Jahr später folgte mit »Anrufung des Blinden Fisches« eine Collection des Autors mit zum Teil dem Genre zugehörigen Texten.

1998/99 publizierte der R. G. FISCHER VERLAG vor allem in seiner Paperbackreihe EDITION FISCHER u. a. folgende Genre-Titel für Leser der unterschiedlichsten Altersstufen: »Die kleine Seele« von Barbara Herrmann (Märchen), »Das

Licht von Caermaelor« von Verena M. Holzberg (ARTUS-Fantasy), »Die Geschichte der Schweiz 1998 – 2007« von Hans-Peter Frei, »Alle Macht den Drähten« von Horst Futh (SF), »Nächtliche Entführung« von Heike Greiner (UFO-Roman), »nebeLateM, sterN und sTaub« von David Hera (Stories), »Der Regenbogenmacher« von Irena du Bois-Reymond (Märchen), »Elahanas Rückkehr« von Adrienne Barra (Fantasy) und »Das Projekt Epsilon« von Allen Green (SF).

S. FISCHER publizierte 1998 eine vierbändige Kafka-Kassette mit dem gesamten erzählerischen Werk in der Fassung der Handschrift: »Der Verschollene«, »Das Schloß«, »Der Process« und »Die Erzählungen«.

In der Jugendbuchreihe FISCHER SCHATZINSEL erschienen 1998/99 als Hardcover die phantastischen Kinder- und Jugendbücher »Das Geheimnis der Delphinbucht« von Dieter Kühn, »Im Nebel der Katzenklippe« von Natalie Babbitt, »Wolfgang Amadeus Maus« von Dick King-Smith und »Gewitter im Kopf« von Susan Gates.

Phantastik und spekulative Literatur auch in der FRANKFURTER VERLAGSANSTALT: 1999 erschienen »Red Rain« von Marcus Jensen, »Sturm« von Ernst-Wilhelm Händler« und »Guadaljara« von Quim Monzó.

FREIES GEISTESLEBEN präsentierte 1998/99 in einem hochwertigen Programm den historisch-phantastischen Roman »Martin Farrell – Die Stunde des Fiedlers« von Janni Howker, den Schachroman »Lang lebe die Königin!« von Esmé Lammers, die Nacherzählung von Wolfram von Eschenbachs »Parzival« von Marit Laurin, »Hannahs Gespenst« von Hanne Merrick, »Eine Freundin für Rachel« von Margaret McAllister und »Meere von Zeit – Auf der anderen Seite der Tür« von Tonke Dragt.

Phantastik auch 1999 wieder bei FRETZ & WASMUTH: »Wenn der Fisch die Sonne fängt« von Mette Winge.

Ein ehrgeiziges Projekt hat der FREUNDESKREIS SF LEIPZIG gemeinsam mit Erik Simon trotz aller aufgetauchter Probleme realisiert: Die Herausgabe von »Lichtjahr 7«, der siebten Ausgabe der bahnbrechenden SF-Anthologienreihe, deren erste sechs Bände zu DDR-Zeiten erschienen sind, in einer der Originalausgabe entsprechenden Hardcoverversion. »Lichtjahr 7«, beziehbar von Manfred Orlowski, Ernestistraße 6, D-04277 Leipzig, enthält Geschichten und Beiträge von Hans Joachim Alpers, Johanna und Günter Braun, Detlef Budde, Herbert W. Franke, Klaus Frühauf, Ronald M. Hahn, Wolfgang Jeschke, Wolfram Kober, Alexander Kröger, Rolf Krohn, Karsten Kruschel, Alfred Leman, Andreas Melzer, Klaus Möckel, Jörg Mosch, Horst Pukallus, Carlos Rasch, Ekkehard Redlin, Peter Schünemann, Adolf Sckerl, Erik Simon, Angela Steinmüller, Michael Szameit und Karl-Heinz Tuschel.

Nach wie vor umfangreich ist das Angebot an SF-, Fantasy-, Horror- und Märchenbänden bei FRIELING & PARTNER, Berlin. Zuletzt erschienen 1998/99 folgende Genre-Veröffentlichungen im Paperback: »Das Seelenkomplott« von Gerald Meyer, »Landa – Rebellin für die Freiheit« von Angelika Horvath, »Hilferuf aus Animaland« und »Drohung über Animaland« von Robert Persson (die ersten beiden Bände eines Fantasy-Fünfteilers), »Waghalsige Schnurrpfeifereien für Schlauberger« von Horst Stockem, »Valentinstag – Die schwarze Version« von Uwe Götze und »Einer hing am Rettungsschirm« von Martin Riegger, sowie »Der silberne Berg und andere neue Märchen im alten Gewande« von Hildegard Reichert, »Zeitlos im Teufelskreis« von Harry Kreuzmann, »Kometen-Schatten« von Heinrich-Peter Berndt, »Leuchtturm im Dschungel« von Sabine Büssing, »Persephone im Totenreich« von Heidemarie Bender, »Staat der Frauen« von Hubert von Brunn, »Das wandelnde Gemälde oder Ritter, Ross und Drache« von Karin Mihalka und »Die lachende Hämorrhoide oder Die Cyborg-Schnüffler« von Skribifax.

Einen hohen Stellenwert genießt die Phantastik in den Kinder- und Jugendbüchern der G & G VERLAGSGESELLSCHAFT: Im Frühjahr 1999 startete die Phantastik-Serie TIMMI TIGER vom

Multimedia-Talent Stefan Karch um einen Jungen, dessen Mutter aus einer anderen Welt stammt. Seine Abenteuer umfassen bislang sechs reich bebilderte Bände: »Das Geheimnis des Tigers«, »Das Spiel der drei Magier«, »Der schreckliche Wondery Pu«, »Der eiskalte Narr«, »Hilfe für Vampiraldo« und »Die Flucht vor dem Drachenjäger«. Und von der aus Frankreich stammenden SF-Serie KERRI & MEGANA liegen bislang zwei Weltraumabenteuer vor, und zwar »Auf dem Planet der Riesenraupen« und »Das Rätsel des galaktischen Zirkus«, beide von Kim Aldany.

GABRIEL, wie sich der seit 1998 in Wien beheimatete frühere als ST. GABRIEL in Mödling firmierende Verlag jetzt nennt, präsentierte 1998/99 wieder einige phantastische Jugendbücher: »Kuno aus der Tasche« von Gerald Jatzek (2. Band um das SCHULGESPENST KUNO), »Mondgesichter« von Hildegard Krahé (Märchen, Mythen und Legenden von Sonne, Mond und Sternen), »Anna in der Wand« von Patrice Kindl, »Vulkan« von Friederun Reichenstetter, »Die Helden von Hellas« von Leon Garfield & Edward Blishen und »Die Abenteuer des Odysseus« von Dimiter Inkiow.

GERSTENBERG veröffentlichte 1998 noch »Dracula« von Bram Stoker in einer bearbeiteten und illustrierten Ausgabe, 1999 folgen die Jugendbücher »Jens-Peter und der Unsichtbare in der Torte« und »Jens-Peter und der Unsichtbare beim Psychiater« von Klaus-Peter Wolf (Bände 5 & 6 der Serie) sowie »König Artus und die Ritter der Tafelrunde« und »Aladin – Geschichten aus Tausendundeiner Nacht«, neu erzählt von Rosalind Kerven, »20.000 Meilen unter dem Meer«, neu erzählt von Ron Miller, »Fines Traumtag« von Patsy Backx und »Alice hinter den Spiegeln« von Lewis Carroll.

BRUNO GMÜNDNER publizierte im Sommer 1998 den Horror-Roman »Untiefen der Lust« von Poppy Z. Brite.

Eine neue Anschrift hat die ambitionierte GOBLIN-PRESS seit dem Sommer 1999: Jörg Kleudgen, Droste-Hülshoff-Straße 3,

D-59757 Avensberg-Neheim. 1998/99 wurden hier wieder einige interessante phantastische Paperbacks herausgebracht: die Collections »Der Klang der Stille« von Frank Eschenbach, »Hirnstaub« von Boris Koch, »Phantastica Obscura« von Arnold Reisner und »Cosmogenesis« von Jörg Kleudgen, die Romane »Nonnen« von Michael Siefener und »Die Rückkehr des Nachtmahrs« von Jörg Kleudgen, sowie die sensationellen Anthologien »Arkham und andere Orte des Grauens« und »Liber XIII«, beide herausgegeben von Jörg Kleudgen und mit Stories zu Lovecrafts CTHULHU-Mythos von Michael Knoke, Michael Siefener, Tobias Bachmann, Boris Koch, Christian Dörge, Michael Dettenberger, Uwe Vöhl, Frank Eschenbach und dem Herausgeber selbst.

Der Roman zum Spiel »Douglas Adams' RAUMSCHIFF TITANIC« von Terry Jones kam im Herbst 1998 beim Münchener WILHELM GOLDMANN VERLAG heraus. Zuletzt erschienen hier auch die »Scheibenwelt-Kalender« von Terry Pratchett & Stephen Briggs für die Jahre 1999 und 2000 sowie der phantastische Thriller »Seelendiebe« von Garth Stein. Ein Höhepunkt im Herbstprogramm 1999 war Akif Pirinccis dritter FELIDAE-Roman »Cave Canem« um den Katzendetektiv Francis.

Einen mystischen Roman, angesiedelt zwischen Phantasie und Realität, präsentierte Guy Newell Boothby mit »Pharos der Ägypter« bei GOLLENSTEIN.

In zwei Bänden erschien im MARTIN GUTWALD VERLAG der SF-Roman »Die Reise zur Stunde Null« von Reinhard Theuermeister. Bezug: Versandbuchhandel Reinhard Theuermeister, Wiesecker Weg 32, D-35396 Giessen/Lahn.

Neue phantastische Titel gab es auch 1998/99 wieder bei HAAG + HERCHEN (Fichardstraße 30, D-60322 Frankfurt am Main): »Anna I., II., III.« von Hella Heyne (SF-Roman zum Thema Klonen), »Kopalka« (Vampir-Roman) und »Die Atlantoiden« (SF) von Hermann A. Oppermann, »Die Zaubermühle« von James Baldwin (Fantasy), »Der Mönch und die

Rosen« von Wolfgang Schneider (Märchen und Erzählungen), »Ein geheimnisvoller Märchengarten« von Marie Luise Kaiser und die Tier-Fantasy »Die tierischen Abenteuer von Zorro-Cat und Mr. Jones« von Susanne Bongartz.

Bei HAFFMANS erschienen 1998/99 von Robert Louis Stevenson das »Hauptwerk in drei Bänden« (»Die Schatzinsel«, »Der befremdliche Fall von Dr. Jekyll & Mr. Hyde« und »Die Ebbe«), Sakis »Sämtliche Erzählungen« in einem Band, der phantastische Roman »Ill oder Der Engel und die Philosophen« von Valentin Braitenberg und der SF-Roman »Androiden auf Milchbasis« von Eugen Egner. Die Gesamtausgabe des Kurzgeschichtenwerks von Philip K. Dick wurde mit »Kolonie«, dem chronologisch 2. Band der Edition, weitergeführt. Auf unbestimmt geschoben wurde die Sonderausgabe »Das erzählerische Werke 1946 - 1964 in einem Band« von Arno Schmidt.

Der Jugendbuchverlag PETER HAMMER veröffentlichte 1998 u.a den phantastischen Roman »Geistertöchter - Die Geschichte des Amadou Koumba« von Birago Diop, eine Sonderausgabe des SF-Romans »Waslala« von Gioconda Belli und die von Gudrun Honke zusammengestellte Anthologie »Die Mondfrau« mit Geschichten aus dem francophonen Afrika.

»Das fünfte Geheimnis«, eine kraftvolle Zukunftsvision von Starhawk, der führenden Öko-Feministin der USA, kam bei HANNAH heraus.

Phantastische Literatur hatte auch 1998/99 wieder einen besonderen Stellenwert beim literarischen Verlag CARL HANSER. So wurden zuletzt Kurt Vonneguts neuester und einer Aussage des Autors zufolge letzter SF-Roman »Zeitbeben«, die Romane »Mitternacht« von Julien Green, »Das neue Leben« von Orhan Pamuk, »Sieben Doppelgänger« von Rafik Schami, »Die Prozedur« von Harry Mulisch und der Endzeit-Roman »Manhattan Babylon« von Nik Cohn sowie die Collections »Halbe Tage, ganze Jahre« von Hanna Johansen und

»Fleischeslust« von T. Coraghessan Boyle veröffentlicht. Im Jugendbuchprogramm fanden sich »Wo warst du, Robert?« von Hans Magnus Enzesberger, »Die wundersame Reise des kleinen Kröterich« von Mirjam Pressler & Yaakov Shabtai, »Lucio oder Die Belagerung des Glücks« von Michael Tournier, »Richtig dicke Freunde« von Toon Tellegen & Wiebke Oeser, »Der geheime Bericht über den Dichter Goethe« von Rafik Schami & Uwe-Michael Gutzschhahn und »Die Mennyms unter Menschen«, der fünfte und abschließende Band der Saga um die sympathischen Stoffpuppen von Sylvia Waugh.

Eines der wichtigsten Sekundärwerke zur utopisch-phantastischen Literatur im deutschen Sprachraum kam 1998 beim HARRASSOWITZ VERLAG heraus: die »Bibliographie Science Fiction & Fantasy. Buch-Erstausgaben 1945–1995«, in der Horst Illmer nahezu lückenlos alle einschlägigen Veröffentlichungen dieses halben Jahrhunderts aufgelistet hat.

Der HEEL-VERLAG, in dem auch das Multimedia-Magazin SPACE VIEW erscheint, hat sich als Spezialist für Sekundärtitel, vor allem zu Genre-Filmen und TV-Serien, einen Namen gemacht. 1998/99 standen u. a. »Klingonisch für Fortgeschrittene« von Marc Okrand, »The Making of Star Trek: Der Aufstand« von Terry J. Erdman, »Star Trek: Raumschiff Enterprise – Das offizielle Logbuch« von Alan Asherman, »Die Trek-Crew von Picard bis Troy« von Adam Shrager, »Star Trek: Deep Space Nine - Das technische Handbuch« von Herman Zimmerman, Rick Sternbach & Doug Drexler und der »Science Fiction Jahresplaner 2000« auf dem Programm. In Vorbereitung befinden sich »Die Geschöpfe der Zukunft« von Dougal Dixon, das »Star Trek Kochbuch« von Ethan Phillips & William J. Birnes sowie ein SPACE VIEW SPECIAL zu »Buffy, die Vampirjägerin« von Peter Osteried u. a.

HERDER brachte 1999 das Gruselbuch »Gespenster-Herbst« von Barbara Cratzius und das Märchen »Amanda und das Zauberbuch« von Hans Kruppa heraus.

Neu aufgelegt wurde beim zur VPM gehörenden Verlag HESTIA der Medizin-Thriller »Todesengel« von Robin Cook.

Science Fiction, Fantasy und Horror bilden schon traditionell einen Schwerpunkt beim WILHELM HEYNE VERLAG, auch im Hardcoverprogramm. So erschienen im Herbst 1998 noch die Horror-Romane »Sara« von Stephen King und »Wolf« von Joachim Körber, 1999 folgten die Horror-Romane »Dämonenlicht« von Marion Zimmer Bradley und »Geschöpfe der Nacht« von Dean Koontz, die SF-Romane »Kilo Class« von Patrick Robinson und »Operation Rainbow« von Tom Clancy, die historisch-phantastischen Romane »Hamilkars Garten« von Gisbert Haefs und »Die Sonnenpyramide« von Guy Rachet, die phantastischen Romane »Als Gott Vollgas gab« von Joan Brady, »Das Lied von Celestine« von James Redfield und »Amixipi« von Safi Nidiaye, der Fantasy-Roman »Adler und Falke« von Stephen & Melodi Grundy, das Filmskript von »Der Sturm des Jahrhunderts« von Stephen King, die herausragende Fantasy-Anthologie »Der 7. Schrein«, hrsg. von Robert Silverberg, »Atlantis« von Stephen King sowie der Sekundärtitel »Die Wissenschaft der Akte X – Band 2« von Michael White. Im Zuge der Titelreduktion in der Reihe HEYNE SCIENCE FICTION & FANTASY kam es auch zu einer Einschränkung des Hardcoverprogramms. So erschienen zuletzt der »Star Trek Timer 1999« von Ralph Sander (der »Star Trek Timer 2000« wurde aus dem Programm genommen und erschien nicht), erschienen ist hingegen der »Star Wars Timer 2000«. Des weiteren das Sekundärwerk »Die Welt von Robert Jordans DAS RAD DER ZEIT« von Robert Jordan & Tereaa Patterson sowie »Auf zwei Planeten« von Kurd Laßwitz, »Bettlers Ritt« von Nancy Kress (Abschlußband der Trilogie), »Champion Jack Barron« von Norman Spinrad, der abschließende Roman »Der Exodus der Langen Sonne« von Gene Wolfe, »Der Sturz von Hyperion« von Dan Simmons und »New York 1999« von Harry Harrison, eingeplant sind »Perelandra« von C. S. Lewis und »Morgenwelt« von John Brunner. Das Sachbuch »Die Galaktische Mission« von Judith & Garfield Reeves-Stevens zu

STAR TREK – THE NEXT GENERATION erscheint nicht. Die Nachfrage im Buchhandel ist zu gering.

HINSTORFF setzte die Neuausgabe der Werke von Franz Fühmann 1999 mit »Der glückliche Ritter von Trinitat« und »Das Nibelungenlied« fort und brachte auch das phantastische Jugendbuch »Claas und die Wunderblume« von Wolf Spillner heraus.

An Titeln phantastischer oder spekulativer Provenienz erschienen zuletzt »Der zufällige Krieg des Don Emmanuel« von Louis de Bernieres, »Engel der Verdammten« von Anne Rice (CHRONIK DER VAMPIRE), »Sex, Space & Rock'n'Roll« von Linda Jaivin und »Girlfriend in a Coma« von Douglas Coupland bei HOFFMANN UND CAMPE.

1998 wurde im VERLAG HÖLDER-PICHLER-TEMPSKY das Sekundärwerk »Fiction in Science – Science in Fiction«, herausgegeben von Wendelin Schmidt-Dengler, veröffentlicht.

Johan de Mylius wählte die »Märchen, Geschichten, Briefe« von Hans Christian Andersen aus, die 1999 im gleichnamigen Buch beim INSEL VERLAG veröffentlicht wurden. Anläßlich des 25jährigen Bestehens der INSEL TASCHENBÜCHER gab es eine Hardcover-Jubiläumsausgabe, der u. a. auch »Alice im Wunderland & Alice hinter den Spiegeln« von Lewis Carroll, »Das Bildnis des Dorian Gray« von Oscar Wilde, »Die schönsten Erzählungen aus Tausendundeiner Nacht« sowie »Blume des Bösen« von Charles Baudelaire umfaßten.

Bei KABEL erschienen 1999 der historisch-phantastische Roman »Bronzevogel« von Kaari Utrio, der Fantasy-Zweiteilers AIDAN, bestehend aus »Aidan – Die Reise nach Byzanz« und »Aidan – In der Hand des Kalifen« von Stephen Lawhead, sowie der phantastische Roman »Glanz und Schatten« von Susanna Kearsley.

Eine Gruselstory auf leisen Pfoten, »Die Katzen« von Marie-Helene Delval, erschien im Frühjahr 1999 bei KERLE.

ze do rock veröffentlichte 1998 bei GUSTAV KIEPENHEUER den SF-Roman »UFO in der Küche«. 1999 kam das moderne Märchen »Schwein im Glück« von Peter Kihlgard heraus.

Die Erzählbände »Nicht morgen, nicht gestern« von Uwe Timm und »Die Schönschreibübungen des Gilbert Hasdrubal Koch« von Herbert Rosendorfer sowie der Alternativwelt-Roman »Die Mauer steht am Rhein« von Christian von Ditfurth, die Phantasie »Momente der Geborgenheit« von Erik Fosnes Hansen, die SF-Satire »England, England« von Julian Barnes und ein Polit-Thriller um die »Unheilige Allianz« zwischen Drogenkartellen und Politik von David A. Yallop wurden 1999 bei KIEPENHEUER & WITSCH publiziert.

Der KINDERBUCHVERLAG BERLIN präsentierte im Herbst 1999 drei kleinerformatige Märchenbände: »Das Hexenhaus« von Albert Wendt, »Das Mitternachtsgespenst« von Hannes Hüttner und »Das Hühnchen mit den goldenen Füßchen«, ausgewählt von Anneliese Kocialek.

Der phantastische Roman »Grimus«, der Debüt-Roman von Salman Rushdie, erschien 1998 bei KINDLER, 1999 folgten hier das neueste Epos des Autors, »Der Boden unter ihren Füßen«, sowie »Anna und der gefallene Engel« von Nikolai Deshnew und »Als der böse Wolf die Brüder Grimm traf« von Anthony Schmitz.

Auf Literatur aus dem Maghreb spezialisiert hat sich der VERLAG DONATA KINZELBACH. 1998 kam hier der mit dem »Grand Prix Litteraire der Stadt Sfax« ausgezeichnete phantastische Roman »Rückkehr nach Thyna« von Hédi Bouraoui heraus.

1999 brachte KLETT-COTTA das Sekundärwerk »Das Tolkien-Quizbuch« mit 1200 Fragen und Antworten von Stephen Murray, J. R. R. Tolkiens verschollenen Klassiker »Roverandum«, das Erstlingswerk »Der Spiegel von Kajx« des neuen Fantasy-Talents Gesa Helm, den historisch-phantastischen Roman »Die Verschwörung des Rufus Cardilius« von Mario de Carvalho, den phantastischen Erzählband »Als ich sterblich war« von Javier Marias, die vierbändige Kassettenedition DIE SAGEN VON MITTELERDE mit »Das Buch der verschollenen Geschichten« 1 & 2 und »Das Silmarillion« von J. R. R. Tolkien plus dem »Handbuch der Weisen von Mittelerde« von Wolfgang Krege, den phantastischen Roman »Kleiner Reiseführer ins Nichts« von Ingomar von Kieseritzky, Peter S. Beagles neuesten Fantasy-Roman »Der Zauberer von Karakosk« und den 2. Band von Tad Williams' sensationeller SF-Tetralogie OTHERLAND unter dem Titel »Fluß aus blauem Feuer« auf den Markt.

Phantastik auch beim jetzt zu DRESSLER/OETINGER gehörenden Verlag ERIKA KLOPP: 1998 erschien in Neuauflage »Ein total verrückter Schultag« von Gillian Cross, 1999 folgten »Spuk im Schrank« von Christa Laas sowie die ersten vier Romane der Serie ZAUBERPFERD von Elizabeth Lindsay: »Natty und Ned und die Tigerkatze«, »Natty und Ned und der Gartendieb«, »Natty und Ned und die Ponyräuber« und »Natty und Ned und die Fahrradbande«.

KNAUR präsentierte 1998/99 als eigenständiger Verlag den neuen DARKOVER-Roman »Asharas Rückkehr«, die historisch-phantastischen Romane »Im Bann des Pharao« von Christian Jacq und »Das rote Zelt« von Anita Diamant und die von Melissa Anderson & Jennifer Roberson zusammengestellte Original-Anthologie »Marion Zimmer Bradleys Jenseits von Avalon«.

Bei KNAUS erschienen zuletzt »Der Listenreiche« von Luciano De Crescenzo (Neuerzählung antiker Sagenstoffe), »Das Labyrinth der Welt« von Ross King und »Serafinas langer Traum« von Niclaus Suess.

Eine Parabel vom Weg zu einem zufriedenen Leben präsentierte der LUCY KÖRNER VERLAG mit dem Märchen »Das Luftschloß« von Jürgen Bieda.

Neue phantastische Titel gab es auch 1999 wieder beim zu S. FISCHER gehörenden WOLFGANG KRÜGER VERLAG: »Maria Magdalena« von Marianne Fredriksson und »Gilgamesch – Herr des Zweistromlands« von Stephan Grundy.

Im international tätigen Sachbuchverlag PETER LANG kamen zuletzt die Sekundärwerke »The Philosophy of H. P. Lovecraft« von Timo Airaksinen, »Das Phantastische bei E. T. A. Hoffmann« von Kenneth B. Woodgate und »Phantastische Elemente im postmodernen Roman« von Anke Herling heraus.

Bei LEIV erschien 1998 der neue ZAUBERLAND-Roman »Der Schatz der Smaragdbienen« von Nikolai Bachnow. Im Frühjahr 1999 kam hier der OZ-Roman »Dorothy und der Zauberer in Oz« von L. Frank Baum heraus.

Im LEXIKON IMPRINT VERLAG, der zum Berliner SCHWARZKOPF & SCHWARZKOPF VERLAG gehört, kam 1999 das »Alien-Lexikon« von Marcel Feige heraus. In Vorbereitung für Herbst 1999 befinden sich das »Horror-Lexikon« von Christian von Aster und »Das große Lexikon über Stephen King« von Marcel Feige.

Das neue amerikanische System der »Books on Demand« wird jetzt von LIBRI auch für Deutschland praktiziert. Erschienen ist in dieser Publikationsform auf Bestellung u. a. auch der SF-Band »Pulsar CP 1199« von Michael Fritzsche.

Im zur Verlagsgruppe DROEMER KNAUR gehörenden LICHTENBERG VERLAG kammen 1999 die Phantastik-Romane »Die Eisenreich-Verschwörung« von Jonathan Rabb und »Die Töchter der schwarzen Göttin« von Micheline Dusseck sowie der futuristische Thriller »Babylon« von Raymond A. Scofield heraus.

1998/99 präsentierte LIMES den historischen Roman »Die Reise des Favonios« von Dominik Weiss, den phantastischen Roman »Eine Liebe für die Ewigkeit« von Carol Thurston, den Thriller »Omega« von Patrick Lynch, den prähistorischen Roman »Der Schrei des Windes« von Sue Harrison (Mittelband einer neuen Trilogie) und der spekulative Roman »Im Getriebe der Macht« von Sabin Willett.

Im zum UNIOSVERLAG gehörenden LIMMAT VERLAG erschienen 1999 die SF-Romane »Londons letzter Gast« von Emil Zopfi und »Blaues Wunder« von Daniel de Roulet.

In »Falls ich Papst werden sollte« spekulierte Adolf Holl, wie er in so einem Fall agieren würde, während Stuart Cohen von der Jagd auf einem kostbaren Stoff berichtet, auf dem die »Unsichtbare Welt« verzeichnet sein soll, und Judith Merkle Riley über »Die geheime Mission des Nostradamus« - 1998 bzw. 1999 bei LIST.

Phantastisch und umfangreich war auch zuletzt wieder das Genre-Angebot des Bindlacher Verlags LOEWE. Gestartet wurde im Frühjahr 1999 die phantastische Serie SIEBEN SIEGEL, der erste Ausflug des neuen deutschen Bestsellerautors Kai Meyer ins Jugendbuch, mit den Romanen »Die Rückkehr des Hexenmeisters« und »Der schwarze Storch«, im Herbst 1999 folgten dann »Die Katakomben des Damiano« und »Der Dornenmann« sowie das Begleitbuch »Sieben Siegel Saga – Jenseits des Jahrtausends«. Im Herbst 1999 startete auch die neue Reihe R. L. STINES SCHATTENWELT mit gleich vier Titeln: »Ich krieg dich doch!«, »Die Geisterlehrerin«, »Das unheimliche Baumhaus« und »Der Fluch des Jokers«. Auch von FEAR STREET aus der Feder von R. L. Stine gab es im vergangenen Jahr neue Titel: »Das Skalpell«, »Ohne jede Spur«, »Das Camp« und »Halloween«. Ansonst wurden noch die Jugendbücher »Oscar – Ein Hund beißt sich durch« von Lois Lowry, »Die Zaubermaus im Klassenzimmer« von Gunter Preuß, »Lesepiraten Hexengeschichten« von Jana Frey, »Leselöwen Raumschiffgeschichten« von Milena Baisch und die Anthologie »Die schaurigsten Leselöwen-Gruselgeschichten« herausgebracht.

Beim GUSTAV LÜBBE VERLAG erschienen 1999 der Horror-Roman »Dunkel« von Wolfgang Hohlbein und der historische Roman »Mose, Sohn der Verheißung« von zu Mondfeld.

Der LUCHTERHAND LITERATURVERLAG publizierte 1998 den fragmentarischen Roman »Das heroische Testament« von Irmtraud Morgner, den wegen ihres Todes nicht mehr fertiggestellten Abschlußband der Trilogie, und 1999 den SF-Roman »Zeichen und Wunder« von Melvin Jules Bukiet, in dem vor dem Jahrtausendwechsel ein neuer Messias in Deutschland erscheint.

Joe R. Lansdales Serienmörder-Thriller »Akt der Liebe« kam bei MAAS als Handcover heraus.

Im Frühjahr 1999 erschien bei MALDOROR (c/o Malte S. Sembten, Zum Gänsholz 8, D-35315 Homberg) die von Malte S. Sembten und Michael Marrak zusammengestellte Anthologie »Der Agnostische Saal 2« mit Horror-Stories von u. a. Poppy Z. Brite, Eddie M. Angerhuber & Thomas Wagner, Ken Abner, Noel K. Hannan und Michael Siefener.

MALIK, der jetzt zu CARL HANSER gehört, präsentierte 1998 den phantastischen Roman »Die Jagd nach den Mondsteinen« von Marco Buticchi und 1999 fabelhafte Liebesgeschichten von Alessandro Boffa unter dem Titel »Viskovitz, du bist ein Tier«, in denen der Protagonist in jeder Episode ein anderes Wesen ist, sowie die von Gerhard Seidl & Linda Walz zusammengestellte Anthologie »EinMalik«, die auch phantastische Texte enthält.

Im Kleinverlag MIDAS-PUBLISHING (Christian von Aster, Gierkezeile 30, D-10585 Berlin) kam 1998 der Erzählband »Liber Vampirorum« von Christian von Aster mit fünf Vampirgeschichten heraus. Für Ende 1999 ist eine erweiterte und überarbeitete Neuausgabe geplant.

An Genretiteln wurde bei MIDDELHAUVE, der sich auf anspruchsvolle Jugendliteratur spezialisiert hat, zuletzt die SF-Romane »Infekt« und »Eisprung« von U. A. O. Heinlein um das Geheimagenten-Duo Green & Lundquist, die Collection »Der Gorilla im Erker« mit abgründigen Geschichten von Daniel Krieg und das Märchen »Der König und die Königin« von Jaap de Vries publiziert. Michael Cadnum veröffentlichte hier auch die Jugendkrimis »Mit fremder Stimme« und »Unsichtbarer Fall«.

Zuletzt erschienen beim zur VERLAGSUNION PABEL MOEWIG gehörenden MOEWIG VERLAG in der PERRY RHODAN-Hardcoverreihe die Bände »Das Tabora« (63), »Die Stimmen der Qual« (64), »Die Altmutanten« (65), »Kampf der Paramags« (66) und »Die Para-Bank« (67). In der ATLAN-Buchedition wurden 1998 die ZEITABENTEUER mit Band 13, »Die letzte Maske« von Hanns Kneifel nach seinen eigenen Romanen in den PR-Taschenbüchern zum Abschluß gebracht, 1999 startete dann eine Trilogie neuer Romane von Rainer Castor mit »Imperator von Arkon« (14). Des weiteren wurden die Anthologie »Phantastische Geschichten« und das GUCKY-Kinderbuch »Lausbiber-Alarm!«, von Andreas Findig geschrieben und von Reinhard Habeck kongenial illustriert, herausgebracht.

Bei der zum BURGSCHMIET VERLAG gehörenden MOVIESTORE COMPANY gab es 1998 drei Begleitbücher zum Film »Small Soldiers«, 1999 kam der phantastische Elemente enthaltende erotische Thriller »Schweigende Schatten« von Markus Krichel heraus.

Um eine rechtspopulistische Partei, die unter dem neuen Namen »Die Demokraten« in Österreich nach der Macht strebt und dabei von einem, der sie eigentlich bekämpfen wollte, unterstützt wird, geht es in Walter Wippersbergs neuestem Roman, der unter dem Titel »Ein nützlicher Idiot« beim OTTO MÜLLER VERLAG erschienen ist.

Neu 1998/99 bei NAGEL & KIMCHE u.a. die Collections »Doktor Luther trifft Miss Highsmith« von Ulrich Knellwolf und »Die namenlose Geliebte« von Eveline Hasler sowie das Jugendbuch »Kinny-Kinny und der Steinriese« von Käthe Recheis.

DER NEUE! VERLAG publizierte 1999 den SF-Roman »Xeno« von Enrico Fabrizius.

Im Verlag DAS NEUE BERLIN erschien im Frühjahr 1999 der SF-Roman »Copyworld« von Michael Szameit.

Auf 1999 verschoben wurden vom Saarbrückener VERLAG NEUE ERDE zwei ursprünglich für 1998 angekündigte Titel von Moyra Caldecott: der Fantasy-Roman »Etheldra« und die Paperback-Neuausgabe des 4. Romans des STEINZAUBER-Zyklus, »Im Bann der Eule«. Neu erschienen ist eine Neuauflage des 1. Bandes von dem Zyklus »Die Hohen Steine«.

Im Sommer 1998 ist bei NEW ERA Band 8 der Dekalogie MISSION ERDE unter dem Titel »Das Verhängnis« erschienen, ziemlich genau ein Jahr später folgte Band 9, »Das Böse triumphiert«. Noch einer, dann ist der Zehnteiler komplett.

RAINAR NITZSCHE setzte in seinem Verlag die REIHE PHANTASTIK, in der Originalausgaben zeitgenössischer deutschsprachiger Autorinnen und Autoren aus den Bereichen Science Fiction, Fantasy und Phantastik veröffentlicht werden, im Oktober 1999 mit dem Fantasy-Krimi »Das Grab des Fürsten« von Timothy McNeal fort.

Ein Thriller mit SF-Touch wurde bei NYMPHENBURGER mit »Geheimsache ESTONIA« von Cay Rademacher veröffentlicht.

Im Innsbrucker Kinder- und Jugendbuchverlag OBELISK erschienen zuletzt die phantastischen Titel »Hüte dich vor Drachen« von Norbert Landa, »Kinny Kinny und der Steinriese« von Käthe Recheis und »Willi und die Glubschmonster« von Birgit Rivero.

FRIEDRICH OETINGER brachte 1998 das phantastische Jugendbuch »Raubtier!« von Ragnild N. Grodal heraus, 1999 folgten »Helden auf Socken« von Annie Makkink, »Delfinensommer« von Katherine Allfrey, »Verräter des Lichts« von Joan Aiken (neuer Roman des ALTERNATE ENGLAND-Zyklus) und »In einem tiefen, dunklen Wald ...« von Paul Maar.

Um eine phantastische Reise durch die Philosophie handelt es sich bei »Prinzessin Metaphysika« von Markus Tiedemann, im Herbst 1999 im GEORG OLMS VERLAG erschienen.

Alles über »Mythen, Spuk und gute Geister« erfährt man im gleichnamigen Sachbuch von F. S. Berger & Christian Holler, 1998 von ORAC auf den Markt gebracht.

Der Züricher PARANOIA CITY VERLAG präsentierte 1998 den neuesten SF-Roman von P.M. - die Alternativwelt-Geschichte »Agbala dooo!« über eine Reise durch das helvetische Territorium im Jahre 205 p.r.

Advent- und Weihnachtsgeschichten von bekannten Kinder- und Jugendbuchautoren publizierte PATTLOCH im großformatigen Band »Tabaluga - Mein schönstes Weihnachtsbuch«.

Wieder einige sehr interessante Sekundärtitel hatte die PHANTASTISCHE BIBLIOTHEK WETZLAR zuletzt in ihrer SCHRIFTENREIHE im Programm, und zwar »Einwanderung in den Kopf« von Marianne Kesting, »Hanns Heinz Ewers als Prophet ohne Zukunft« von Stefanie Stockhorst sowie »Der Leibhaftige« und »Vom Zauber des Schreckens« von Hans Richard Brittnacher.

Phantastische Literatur spielt auch bei PIAZZA, dem neuen Imprint von HEYNE, eine dominierende Rolle. Im ersten Programm kamen im Herbst 1999 die Katzen-Fantasy »Auf geheimen Pfaden« von Gabriel King, der phantastische Roman »Die Templerin« von Wolfgang Hohlbein und die von Al Sarrantonio zusammengestellte Horror-Anthologie »999« mit Beiträgen der Crème de la crème wie Stephen King, Joyce Carol Oates, T. E. D. Klein, Ramsey Campbell, Thomas M. Disch, Neil Gaiman, F. Paul Wilson, Tim Powers, Eric Van Lustbader, Nancy A. Collins, Thomas Ligotti, David Morrell, Gene Wolfe, Edward Bryant, Michael Marshall Smith, William Peter Blatty und Joe Lansdale heraus.

Einen Abstecher ins Genre machte Krimi-Autorin Sara Paretsky mit dem 1998 bei PIPER veröffentlichten phantastischen Roman »Geisterland«. 1999 wurde dann die Serie um den schwedischen Superagenten COQ ROUGE mit dem zehnten Band, »Über jeden Verdacht erhaben« von Jan Guillou, abgeschlossen und Michael Köhlmeiers Nachdichtungen klassischer Sagenstoffe zu »Das große Sagenbuch des klassischen Altertums« zusammengefaßt.

Alternative Geschichtsverläufe des 20. Jahrhunderts präsentierte Niall Ferguson in dem 1999 bei PRIMUS veröffentlichten Sachbuch »Virtuelle Geschichte«.

Der PROJEKTION J VERLAG setzte 1998 seine Endzeit-Serie FINALE – DIE LETZTEN TAGE DER MENSCHHEIT mit »Nicolai« (Band 3) und »Die Ernte« (Band 4) fort. 1999 erschien »Auf der Suche nach dem verlorenen Paradies« von Michael Phillips, in dem die Entdeckung der Überreste der Arche nur der Beginn eines größeren Abenteuers ist.

Die Biographie »Edgar Allan Poe – Der schwarze Duft der Schwermut« von Dietrich Kerlen kam 1999 bei PROPYLÄEN heraus.

Eine Neufassung des Märchens von Dornröschen präsentierte Jonathan Abendrot 1998 bei QUELL unter dem Titel »Hubert oder die Suche nach einem verwunschenen Schloß«.

Neu auf dem Markt ist der R&L VERLAG in Starnberg, und auch er hat Romane mit futuristischen Elementen im Programm, wie »Die Liga« von Eckhard Halupka um eine Geheimorganisation, die nach der Macht strebt, und den Gentechnik-Thriller »Vier« von Ralf Kösters.

RAVENSBURGER brachte 1998 den ersten Band der Serie KNICKERBOCKER 2000 von Thomas Brezina unter dem Titel »Wettlauf nach Atlantis« und Ursel Schefflers neuen ÄTZE-Roman »Ätze, das Gruselmonster« heraus. 1999 wurde K. A. Applegates amerikanische SF-Jugendbuch-Bestsellerserie ANIMORPHS weitergeführt mit »Das Geheimnis« (9), »Der Androïd« (10), »Der Unheimliche« (11), »Der Schock« (12), »Die Verwandlung« (13) und »Das Ungewisse« (14), dazu erschien noch eine Vielzahl anderer phantastischer Kinder- und Jugendbücher, wie »Ein echter Geist« von Ferri, »Absolut unheimlich« von Paul Jennings, »Der Monsterwettbewerb« von Jackie Niebisch (DIE SCHULE DER KLEINEN VAMPIRE 3), »Ein Vampir im Klassenzimmer« und »Hexengeschichten« von Ingrid Uebe, »Gruselgeschichten« von Manfred Mai, »Weltraumgeschichten« von Ursel Scheffler, »Villa Paradies – Der Zauber im Spiegel« von Hilary McKay, »Im Düsterwald« von Avi, die Anthologie »Lesensgefährlich« in Neuausgabe, »Wenn der Eismensch erwacht« (KNICKERBOCKER 2000 Band 2) und »Das Wesen aus der Teufelsschlucht« (KNICKERBOCKER-BANDE 52) von Thomas Brezina sowie »Zeit des Mondes« von David Almond.

1998 erschien bei RECLAM die exemplarische Anthologie »Amerikanische Short Stories des 20. Jahrhunderts«, hrsg. von Lenz.

Beim Salzburger RESIDENZ VERLAG wurde 1998 der SF-Roman »Der Wind« von Marco Lodoli herausgebracht, 1998 der Sekundärband »Das anarchische Aschenputtel« von

Hiromi Ito & Masahiko Nishi, in dem es um Märchen als Medizin für den Hausgebrauch geht.

Phantastische und skurrile Geschichten von Grobilyn Marlowe brachte der VERLAG ROBERT RICHTER in dem Erzählband »Killeralgenblues« auf den Markt.

In der Reihe RORORO ROTFUCHS erschien als großformatiges Paperback der Roman zum Film »Schweinchen Babe in der großen Stadt« von Ron Fontes & Justine Korman.

1999 wurden bei ROTBUCH drei zum Genre zu zählende Titel veröffentlicht: »Das Wespennest« von Peter O. Chotjewitz, »Die beste aller Welten« von Steven Lukes (eine Reise durch die Utopien) und »Der Todesstein« von Peter Tremayne mit irischen Spukgeschichten.

ROTPUNKT setzte den auf fünf Romane konzipierten Alternativwelt-Zyklus DIE SCHRECKEN DES JAHRES 1000 von P.M. als Rodulf von Gardau im Frühjahr 1999 mit dem dritten Band, »Pukaroa«, fort.

Bei ROWOHLT erschienen 1998 der neue SF-Roman »Thetis. Anderswelt« von Alban Nicolai Herbst und der phantastische Roman »Der Golem von Limehouse« von Peter Ackroyd, 1999 folgten die Romane »Pigafetta« von Felicitas Hoppe, »Zeitgeist« von Todd Wiggins, »Die Stirn, die Augen, der Mund« von Tilman Spengler und »Alle Namen« von José Saramago, der Storyband »Das Ende der Beziehung« von Will Self sowie Michael Marshall Smiths dritter SF-Streich »R.E.M.«.

Der zur AUFBAU-Gruppe gehörende Verlag RÜTTEN & LOENING präsentierte zuletzt »Die Schwiegertochter« von Philippa Gregory und den unheimlichen Roman »Der Moorkönig« von Eva Maaser.

SANSSOUCI, der zur HANSER-Gruppe gehört, veröffentlichte 1998 das Märchen »Die kleinste Prinzessin und das Weihnachtswunder« von Charles Tazewell und 1999 die italienische Märchensammlung »Ein Korb voller Feigen« von Roberto Piumini & Lenna Gandini.

Bei SAUERLÄNDER erschienen 1998/99 die phantastischen Jugendbuch-Veröffentlichungen »Claires Reise zu den Walen« von Victor Kelleher, »Das Wunder von Jasina« von Petr Chudozilov, »Endstation Alphazone« von Chris Westwood und »Die verzauberte Geige« von Tone Kjaernli.

Der utopische Thriller »Die Folgenkette des AGS-Haupttestes« von Hans Flück kam beim SCHARDT VERLAG in Oldenburg heraus.

SCHERZ publizierte 1998/99 die phantastischen Romane »Der Magische Zirkel« und »Das Montglane-Spiel« (Sonderausgabe) von Katherine Neville, »Im Schatten von Notre-Dame« von Jörg Kastner, »Die Maskentänzerin« von Naomi M. Stokes und »Der Kammerjäger« von Bill Fitzhugh, den SF-Thriller »Das erste der sieben Siegel« von John F. Case sowie den Fantasy-Roman »Der Himmelsstein« von Jack Whyte, den Pilotband des Zyklus DIE CAMOLUD-CHRONIK.

Um die finale Entscheidungsschlacht zwischen Gut und Böse geht es in der prophetischen Vision »Der letzte Aufbruch« von Rick Joyner, 1998 beim Schweizer SCHLEIFE VERLAG publiziert.

Phantastik aller Schattierungen bildet schon traditionell einen Schwerpunkt im Programm des Verlags SCHNEEKLUTH, auch nach der Übernahme durch WELTBILD. Im Frühjahr 1999 erschienen der SF-Thriller »Y2K – Der letzte Tag« von Mark Joseph, der mythisch-phantastische Roman »Big Fish« von Daniel Wallace, der Fantasy-Roman »Zauberwald« von Garry Kilworth und »Patrick von Irland« von Juilene Osborne-McKnight, ein historischer Roman mit Fantasy-Touch. Und im

Herbst 1999 wurde »Kelwitts Stern« veröffentlicht, der neueste Streich des deutschen Shooting Stars Andreas Eschbach.

Wieder überaus umfangreich war 1998/99 das Angebot an phantastischen Kinder- und Jugendbüchern beim Münchener EGMONT FRANZ SCHNEIDER VERLAG. Bestsellerautor Christopher Pike setzte seine amerikanische Erfolgsserie SPOOK CITY mit »Der Meister des Waldes« (8), »Der Stein der Wünsche« (9), »Der Fluch der schwarzen Katze« (10) und »Die Rückkehr der Saurier« (11) ebenso fort wie Theo Schwartz seine Serien um die Hexe BIBI BLOCKSBERG mit »3x schwarzer Kater« (9), »Das feuerrote Nashorn« (10), »Der Superhexspruch« (11), »Bibi als Prinzessin« (12) und »Bibi und die Vampire« (13) sowie um BIBI UND TINA mit »Der Pferdegeburtstag« (17), »Die Tierärztin« (18) und »Das Gespensterpferd« (19). Zur TV-Serie um den Drachen TABALUGA schrieb Gregor Rottschalk die Bände »Tabaluga rettet Grünland«, »Drachenstarke Abenteuer«, »Hilfe für Happy«, »Alle lieben Tabaluga«, »Die Reise zum Mond« und »Ein Drache für alle Fälle«, und der österreichische Erfolgsautor Thomas Bretzina verfaßte weitere Romane seiner neuen Serie GRUSELCLUB: »Der Vampirzug« (5), »Die Rückkehr der Titanic« (6), »Allein auf der Grabsteininsel« (7), »Das Versteck des letzten Werwolfs« (8), »Tief unter der Schule« (9) und »Die Nacht der wandelnden Mumien« (10). Weitergeführt wurde auch die bereits 1997 mit »Lunas Geheimnis«, »Mondstein, flieg und sieg!« und »Die Macht des Dunklen Königreichs« gestartete Reihe zum TV-Hit SAILOR MOON nach Naoko Takeuchi mit »Im Namen des Mondes« (4), »Im Griff des Bösen« (5), »Drei gegen Neflite« (6), »Ohne Luna geht es nicht« (7), »Mamoru, der Held meiner Träume!« (8), »Nimm dich in Acht, Periglia!« (9), »Das Mädchen mit den Zauberkräften« (10) und »Tuxedo Mask greift ein« (11), vier weitere Titel befinden sich in Vorbereitung.

Zuletzt publizierte der VERLAG HELGA SCHNEIDEWIND – VILLA FLEDERMAUS (Auf der Adt 14, D-66130 Saarbrücken) die Erzählbände »Spiegelschatten« von Andreas Diesel und »Geworfen in die Ewigkeit« von Friedhelm Schneidewind.

Neu im Genre aktiv ist seit 1997 der SNAYDER VERLAG (Josef-Schröder-Straße 45, D-33098 Paderborn). 1998/99 wurde die SF-Serie BUCH DES UNIVERSUMS von Bodo Kroll mit den Bänden 2 (»Der Riß im Raum«) und 3 (»Luzias Welt«) weitergeführt, ansonsten sind noch folgende phantastische bzw. SF-Titel erschienen: »Alles Banane« von Ralf Arnold (erster Band eines satirischen SF-Zyklus), »Cape und Maske« (phantastische Stories) von Ines C. Siebenkinnt, »Der Flug zum Mars« von Suzanne McLane, »Cheper« (phantastischer Roman) und »Dieser Krieg ist aus Staub« (PSI-Roman) von Ute Jonathan sowie »Myxx« von Klaus Simon (Science Fiction).

Die Preisträger des von SIEMENS FORUM WIEN 1998 ausgeschriebenen Literaturwettbewerbs sowie einige dazu eingeschickte herausragende Geschichten präsentierten Semir Insayif, Roland Leeb und Alfred Rubatschek in der Anthologie ».TXTOUR – Zwölf Texte«. Zudem kamen 1998/99 noch »Anna und Franz« von Franz Josef Czernin (18 Arabesken), »Karneval der Götter« von Heinz R. Unger und »Das Buch der sieben Gerechten« von Bernhard Setzwein heraus.

Auf die Publikation von märchenhaften und phantastischen Romanen und Geschichten spezialisiert hat sich der Verlag STENDEL (Postfach 1713, D-71307 Waiblingen). 1998 erschien zum Thema »Gilgamesch« ein Sachbuch von Horst Obleser, 1999 wurden »Der Mond« von Sigrid Früh (Märchen, Brauchtum, Aberglaube), die Anthologie »Traumquelle« mit Geschichten von Roland Kübler, Martin Bauschke und Wolfgang Sewald sowie der Fantasy-Roman »Der Ritter in der rostenden Rüstung« von Robert Fisher herausgebracht.

Vorerst nicht weitergeführt wird vom STORISENDE VERLAG (Michael Plogmann, Postfach 1238, D-32132 Sprenge) die JAMES BRANCH CABELL WERKAUSGABE. Dafür ist im Herbst 1999 die zweibändige Anthologie »Die Drachen von morgen« erschienen, deren erster Band SF-Stories präsentierte, während Band 2 der Fantasy gewidmet war. Zu den Autoren, von denen Geschichten in deutscher Erstveröffentlichung präsentiert wurden, gehörten Stephen Dedman, Paul Di Filippo, Brian Hopkins, Bruce Holland Rogers, Douglas Smith und Yvonne Navarro.

Bei SUHRKAMP erschienen 1999 schwarze Geschichten aus Kuba von Lydia Cabrera unter dem Titel »Die Geburt des Mondes« und der phantastische Roman »Mahlers Zeit« von Daniel Kehlmann.

Der VERLAG TEBBERT (Hammer Straße 11, D-48153 Münster) brachte im Frühjahr 1999 den 3. Band von Michaela Danes SF-Serie EL CONDE unter dem Titel »De Medina auf Shedir« heraus, noch 1999 soll der vierte Roman um den spanischen Grafen und Weinliebhaber herauskommen: »De Medina macht Urlaub«. Die Serie ist vorerst auf zehn Bände konzipiert. Des weiteren noch publiziert wurden der Fantasy-Roman »Alanion« von Ines Licorno, die Science Fantasy »Die Sage von Thuslan« von Christian M. Wagener, die SF-Romane »Exodus« von Matthias Sodomann und »Leben auf der Erde?!« von Peter Globert (mit einem Vorwort von Johannes Fiebag) sowie der Thriller »Santorini Mou« von Dieter G. Schadtke.

Wieder erfreulich umfangreich war das Angebot an phantastischen Kinder- und Jugendbüchern beim Stuttgarter K. THIENEMANNS VERLAG. Fortgesetzt wurde der Bestsellerzyklus des Briten Brian Jacques um die tapferen Mäuse der Abtei REDWALL mit den Romanen »Mattimeo – Die Rache des Fuchses« (3) und »Mariel – Das Geheimnis der Glocke« (4), neu gestartet wurde die Serie NETSURFER von Dieter Winkler mit »Operation Delta«, »Sams Geheimnis« und »Fünf Minuten zu spät«. Die Kinderbuchreihe THIENEMANNS FLIEGENDER TEPPICH wurde mit den Bänden »Williwack« von Günter Spang, »Doktor Norber Pär« von Paul Carson, »Der Schattenprinz« von Milan und »Franziska und der Bär« von Wilhelm Topsch weitergeführt, in der für ältere Jugendliche oder erwachsene Leser konzipierten Edition THIENEMANN FANTASY erschienen »Die Engel der Dämmerung« von Marion

Zimmer Bradley, »Die Stadt der fliegenden Schiffe« von Michael Stuhr und »Camber der Ketzer« von Katherine Kurtz (Band 3 des FRÜHEN DERYNI-Zyklus). Rald Isau publizierte die phantastischen Romane »Das Echo der Flüsterer« und »Das Netz der Schattenspiele« und Max Kruse legte mit »Urmels Lichterbaum im Eismeer« nach allzulanger Pause einen neuen Roman zur Serie vor. Des weiteren erschienen noch »Broken Circle« von Joachim Friedrich, »Hexen küßt man nicht« und »Monster gehören unters Bett« von Hortense Ullrich, »Das Geheimnis der Satanseiche« von Henning Pawel, »Klementine mit dem Zauberstab« von Günter Spang und »Spuk im Murmelwald« von Jo Pestum.

Fantasy hat im Wiener VERLAG CARL UEBERREUTER einen hohen Stellenwert im Programm, dafür zeugen nicht nur die regelmäßig in der EDITION MÄRCHENMOND publizierten Titel, sondern auch die schon mehrfach ausgeschriebenen Romanwettbewerbe zum WOLFGANG HOHLBEIN PREIS. 1998 erschienen noch »Märchenmonds Erben« von Wolfgang und Heike Hohlbein, der Abschlußband der MÄRCHENMOND-Trilogie, sowie eine Sonderausgabe des Romans »Der Greif« des Autorenehepaars. Im Frühjahr 1999 folgten die Sachbücher »Das gruselige Handbuch für Monsterfans« von Erich Ballinger und »Akte Aliens« von Andrew Donkin, die SF-Romane »Achtung, Außerirdische!« von Gail Gauthier, »100.000 Megabyte Herz« von Justine Rendal und »Gegen jede Chance« von John Marsden (Abschlußband der Trilogie um die Invasion Australiens), die Tier-Fantasy »Findelkind auf vier Pfoten« von Colin Dann, die phantastischen Romane »Das Teufelsloch« und »Die Insel der Vulkane« (zur Serie KAPITÄN NEMOS KINDER) von Wolfgang Hohlbein sowie »Die Sklaven des Traumfressers« von Barbara Büchner und »Die Welt der Finsternis« von Alisha Bionda in der EDITION MÄRCHENMOND. Im Herbst 1999 schließlich wurde die von Wolfgang Hohlbein herausgegebene EDITION MÄRCHENMOND mit »Der Sohn der Drachen« von Christoph Zimmer, »Die Kinder von Erin« von Helmut Pesch (Fortsetzung zu »Die Kinder der Nibelungen«) und »Die Schwerter der Prophezeihung« von

Thorsten Lipinski weitergeführt, zusätzlich gab es vom Autorenehepaar Hohlbein noch die Bände »Das Märchen vom Märchenmond« und »Krieg der Engel«.

ULLSTEIN publizierte im Herbst 1998 gleich vier phantastische Romane, und zwar »Die Petrus-Akte« von Andreas Englisch, »Jakob der Heiler« von Aldous Huxley & Christopher Isherwood, »Lady Helena - Göttin des Lächelns« von Elizabeth Vickers und »Ein Garten im Norden« von Michael Kleeberg, 1999 standen die SF-Romane »Die Psychonauten« von Josef Nyary, »Khalid - Das Schwert Gottes« von Larry Collins und »Allahs Rache« von Werner Sonne & Mort Ehudin, der phantastische Roman »Die letzte Strophe« von Christine Brückner sowie der Fantasy-Roman »Guenevere - Die Herrin von Camelot« von Rosalind Miles auf dem Programm.

Im UNIONSVERLAG erschienen 1998 der phantastische Roman »Die Nacht der Tausend Nächte« von Nagib Machfus und 1999 die von Frederik Hetmann herausgegebene Anthologie »Wie Frauen die Welt erschufen« mit weiblichen Schöpfungsmythen.

URACHHAUS brachte 1998/99 die phantastischen Jugendbücher »Prinzessinnen und so ...« von Henri van Daele, »Das Orakel de Königin« von Hans Hagen, »Kranich und Hirtenmädchen« von Anni Swan (finnische Zaubermärchen), »Womir, der kleine Troll« von Jennine Staring, »Meister des schwarzen Turms« von Anna Cool, »River Boy« von Tim Bowler, »Simsala - Die Geschichte des kleinen Zauberers« von Georg Dreißig und die von Geraldine McCaughrean zusammengesetllte Themenanthologie »Sternenmärchen aus aller Welt« heraus.

Die Kölner VGS VERLAGSGESELLSCHAFT behauptete auch 1998/99 wieder ihren in den letzten Jahren erworbenen Ruf, der führende Hardcoververlag für Begleitbücher zu phantastischen TV-Serien und Filmevents zu sein. Das diesbezügliche Angebot war 1998 leicht reduziert worden und wurde auch

1999 weiter eingeschränkt, da offenbar eine Marktsättigung in diesem Bereich erreicht war. Zu STAR WARS erschienen die Romane »Rebellion der Verlorenen« von Kristine Kathryn Rusch und »Planet des Zwielichts« von Barbara Hambly sowie die Sekundärtitel »Star Wars Enzyklopädie« von Steven J. Sansweet, »Ewan McGregor – Von Trainspotting bis Star Wars« von David Bassom, »Star Wars Episode I: Die Rißzeichnungen« und »Star Wars Episode I: Die illustrierte Enzyklopädie« von David West Reynolds, die Serie STAR WARS – YOUNG JEDI KNIGHTS wurde fortgesetzt mit »Allianz der Vergessenen« (8) und »Stimmen des Zorns« (9) von Kevin J. Anderson & Rebecca Moesta, neu gestartet wurde John Whitmans Zyklus STAR WARS – GALAXY OF FEAR mit den Doppelbänden »Lebendig begraben & Stadt der Toten« (1/2), »Tödliches Vermächtnis & Die Alptraummaschine« (3/4) und »Geist der Jedi & Armee des Terrors« (5/6). Weitergeführt wurde auch die Serie AKTE X NOVELS mit »Das Experiment« von Easton Royce (10), »Unruhe« von Everett Owens (11), »Groteske« von Ellen Steiber (12), »Verseucht« von Les Martin (13), »Leonard Betts« von Everett Owens (14), »Schatten« von Ellen Steiber (15) und »Der Wunderheiler« von Terry Bisson (16), dazu gab es zur Erfolgs-TV-Serie noch den neuen Roman »Skin« von Ben Mezrich. Neu gestartet wurden die Buchserien zu SAILOR KOON von Naoko Takeuchi mit »Der Ritter des Mondlichts« (1), »Mondstaub und Silberkristall« (2), »Die Kraft der Liebe« (3) und »Das unheimliche Zimmer« (4) sowie zur sensationellen Teenie-Horror-TV-Serie BUFFY – IM BANN DER DÄMONEN mit »Die Wiederkehr des Meisters« von Richie Tankersley Cusick, »Halloween« von Christopher Golden & Nancy Holder, »Der Hexer von Sunnydale« von John Vornholt, »Die Nacht der Wiederkehr« von Arthur Byron Cover, »Die Angel-Chroniken 1« von Nancy Holder, »Die Angel-Chroniken 2« von Richie Tankersley Cusick und »Das Blutschwert« von Christopher Golden & Nancy Holder. Daneben wurden noch die Sachbücher »Roland Emmerich« von Jo Müller und »Vampire unter uns« von Katherine Ramsland sowie der esoterische SF-Roman »Madonna Mars« von Tobsha Learner, der SF-Roman »Majestic – Die Saat des Todes« von Wolfgang

Hohlbein zu DARK SKIES und die Jugendbuchfassung des Kinofilms »Godzilla« von H. B. Gilmour publiziert. Als Schnellschuß erschien von Torsten Dewi der Roman »Zauberhafte Schwestern – Hexenpower« zum neuen TV-Hit CHARMED. Aus dem Programm genommen wurden die bereits angekündigten MILLENIUM-Romane »Angel« von Elizabeth Hand und »Tausend letzte Tage« von Jane Gannett, »Drei Wege in den Tod« von Timothy Boggs zu BURNING ZONE, der AKTE X-Roman »Die Kolonie« von Quentin Thomas und der Roman »Das Omen des Hexers« von Sean Kiernan zur noch nicht in Deutschland gestarteten Fantasy-TV-Serie ROAR.

Im Frühjahr 1999 wurden beim Berliner Verlag VOLK & WELT die phantastischen Romane »Im Spiegelreich« von Alberto Manguel und »Buddhas kleiner Finger« von Viktor Pelewin herausgebracht.

MARION VON SCHRÖDER präsentierte zuletzt den phantastischen Roman »Die Tänzerin« von Michael Conrad.

Bei WAGENBACH kamen an Genre-Titeln zuletzt »Der verzauberte Garten« von Italo Calvino, »Der Schaum der Tage« von Boris Vian, »Das fabelhafte Telefon« von Gianni Rodari, »Der Gesang der Schildkröten« von Javier Tomeo, »Während die Frauen schlafen« von Javier Marias und die von Margit Knapp zusammengestellte Anthologie »Affenmensch und Menschenaff« heraus mit Stories und Gedichten von u. a. Georg Heym, Edgar Allan Poe, Peter Hoeg, Jules Verne, Peter Dickinson, Wilhelm Hauff, E. T. A. Hoffmann, Franz Kafka und Hugo Loetscher.

Bei REINHARD WEBER, dem Landshuter Fachverlag für Filmliteratur, erschienen 1998/99 die Sachbücher »Die Mad Max Trilogie« von Reinhard Weber und »Mel Gibson« von Karin Lobinger & Andrea Rennschmid.

Zwar wurde das Genre-Angebot von WEITBRECHT zugunsten von THIENEMANNS reduziert, es konnte sich aber auch

1998/99 durchaus sehen lassen: Hans Bemmann veröffentlichte den phantastischen Roman »Massimo Battisti«, Wolfgang Hohlbein stellte in »Wolfgang Hohlbeins Fantasy Selection 1999« Kurzgeschichten interessanter neuer deutscher Fantasy-Autorinnen und Autoren vor, William Horwood setzte seinen Fantasy-Zyklus DIE WÖLFE DER ZEIT mit Band 2, »Der Kampf um das Herzland«, fort, Thomas Görden präsentierte seinen zweiten Roman »Die Krypta« und Joyce Darnby »Die Regenmacherin«.

WELTBILD publizierte 1998 als zweites REN DHARK-Paket die Bände 4 bis 6 der SF-Buchreihe: »Todeszone T-XXX«, »Die Hüter des Alls« und »Die Botschaft aus dem Gestern«, 1999 wurden Wolfgang Hohlbeins ENWOR-Romane »Der flüsternde Turm« und »Die verbotenen Inseln« im Doppelpack angeboten. Im Frühjahr 1999 startete WELTBILD als monatliche Sammler-Edition eine auf 19 Bände angelegte Buchausgabe der ersten deutschen Fantasy-Heftserie DRAGON – SÖHNE VON ATLANTIS, die von den PERRY RHODAN-Autoren und Hugh Walker nach Exposes von Günter M. Schelwokat geschrieben wurde. Bislang erschienen sind »Der Schrein des schlafenden Gottes«, »Der Drachenreiter«, »Stadt der verlorenen Seelen«, »Die Horden der Nacht«, »Herrin der Lüfte«, »Der Schlangengott«, »Griff nach Atlantis« (die stark SF-lastige Vorgeschichte zur Serie), »Wächter der Totenküste«, »Herr der Kristalle«, »Der Götterwagen« und »Danilas Welt«.

Science Fiction und Phantastik auch beim literarischen Verlag WUNDERLICH: 1998 wurde der historisch-phantastische fünfbändige Zyklus um den Pharao RAMSES von Christian Jacq mit »Die Herrin von Abu Simbel« und »Im Schatten der Akazie« weitergeführt und abgeschlossen, dazu kam noch der phantastische Roman »Der kalte Hauch des Flieders« von Judith Hawkes heraus. 1999 standen u. a. der spekulative Roman »Die letzten Tage des Vatikan« von Jacques Neirynck, der SF-Thriller »Nemesis« von Bill Napier und der historisch-phantastische Roman »Der Tempel zu Jerusalem« von Christian Jacq auf dem Programm.

ZAUBERMOND schloß im Herbst 1998 die Buchreprint-Ausgabe der Heftserie DÄMONENKILLER mit dem neuen Roman »Dämonenkrieg« von Martin Kay (Band 32) ab und startete die neue EDITION DK mit »Engelszorn« von Dario Vandis & Martin Kay. Bislang erschienen in der neuen, kleinerformatigen Buchserie neue Abenteuer von Dorian Hunter und seinen Freunden in den Romanen »Rebeccas Rache« von Dario Vandis (2), »Tod eines Engels« von Martin Kay (3), »Feuerkuß« von Dario Vandis (4) und »Dunkle Seelen« von Martin Kay (5). Im Jahr 2000 stoßen mit Robert de Vries und Frank Rehfeld zwei bewährte Autoren zum DK-Team. Neu gestartet wurden 1999 sowohl die Buchserie COCO ZAMIS, in der zunächst die Jugendabenteuer der Hexe, die zuvor schon in den DÄMONENKILLER-Taschenbüchern erschienen waren, neu aufgelegt werden, wie auch DAS VOLK DER NACHT, in der Manfred Weinland & Timothy Stahl die BASTEI-Serie VAMPIRA weiterführen, wobei sporadisch auch die Geschichte der Werölfin NONA beleuchtet wird. Von COCO ZAMIS ist bislang Band 1, »Hexensabbat« von Paul Wolf & Neal Davenport, erschienen, von der VAMPIRA-Nachfolgeserie »Kinder des Millenium« und »Die achte Plage« von Manfred Weinland & Timothy Stahl, in Vorbereitung ist der erste NONA-Roman, »Erbin des Fluchs« von Manfred Weinland, als Band 3. Infolge des großen Erfolgs wird definitiv im Jahr 2000 die Buchserie DK CLASSICS auf den Markt gebracht, beginnend mit »Die Herrin von Lethian« von Paul Wolf & Neal Davenport, in der die klassische Horror-Heftserie komplett neu aufgelegt wird.

Der traditionsreiche Wiener ZSOLNAY VERLAG, der zu HANSER gehört, hatte auch 1998/99 wieder phantastische und futuristische Titel im Programm, wie »Böselkraut & Ferdinand« von Franzobel, »Der Baron Bagge« von Alexander Lernet-Holenia und »Watsons Brainstorm« von Richard Dooling.

Um »Das verlorene Atlantis« ging es im gleichnamigen Sachbuch von Martin Freksa, im Sommer 1999 bei ZWEITAUSENDEINS erschienen, wie auch der SF-Roman »Douglas Adams' Raumschiff TITANIC« von Terry Jones.

Bei ZYTGLOGGE gab es 1998 das phantastische Jugendbuch »Wolfsmädchen« von Heinrich Wiesner, 1999 folgten das Märchen »Oli der Olivenzwerg« von Mirca Dalla Piazza Popp und der Entwicklungsroman »Die Reise zum Einhorn« von Therese Bichsel.

7. DISKETTENBÜCHER

Stetig steigender Beliebtheit erfreute sich in den letzten Jahren die von Wilfried A. Hary (HARY-PRODUCTION, Waldwiesenstraße 22, D-66538 Nunkirchen) entwickelte Konzept der DISKOMANE, also der Veröffentlichung von Kurzgeschichten und Romanen in Fortsetzungen auf Diskette, wobei die besonders preisgünstige Möglichkeit, die jeweilige Monatslieferung komplett im Paket zu beziehen, sicherlich maßgeblich zum Erfolg der DISKOMANE beigetragen hat. Monat für Monat wird hier ein breites Spektrum quer durch alle Genres der Unterhaltungsliteratur geboten, wobei der Schwerpunkt schon traditionell bei der phantastischen Literatur in all ihren Spielarten liegt. So setzte Wilfried Hary unter den unterschiedlichsten Pseudonymen wie Mark Tate und Erno Fischer die auf eine lange Publikationsgeschichte zurückblickende Horror-Serie um den TEUFELSJÄGER MARK TATE ebenso fort wie die SF-Serie HERR DER WELTEN, wobei mit GAARSON-GATE eine weitere SF-Serie aus seiner Feder gestartet wurde. Aber auch andere Autorinnen und Autoren sind mit SF, Fantasy oder Horror vertreten, wie zuletzt Stefan T. Pinternagel, Axel Kruse, Bernd Karwath, Alfred Bekker, Mario Magazin, Roy Goldschmitz, Irene Salzmann und Jörg Feierabend.

Wie geplant erschienen die Romanfortsetzungen der ursprünglich bei PABEL mit 145 Heften publizierten SF-Serie RAUMPATROUILLE ORION im RAUMPATROUILLE ORION FANCLUB URACEEL (c/o Ralf Kramer, Marler Straße 14, D-46282 Dorsten), und zwar die Originalromane 146 bis 150 sowie als Sonderausgabe die 13 in PRALINE u. a. publizierten ORION-Kurzgeschichten unter dem Titel »Dreizehn Abenteuer am Rande der Galaxis« auf Diskette. Die weiteren Romane – geplante Titel sind »Signale aus dem Hyperraum« (151), »In den Fängen der Frogs« (152), »Die Dimensionsdiebe« (153), »Das Vermächtnis der Könige (154) und »Die Schwingen der Nacht« (155) – erscheinen nach Fertigstellung, Vorbestellungen sind möglich und erwünscht.

8. DIVERSES

TODESFÄLLE:

INGEBORG FEUSTEL: Am 28. November 1998 erlag die Kinder- und Jugendbuch-Autorin Ingeborg Feustel im Alter von 72 Jahren in Blankenfelde bei Berlin einem Herzleiden. Zu DDR-Zeiten wurde sie mit Büchern wie »Antonio und Großvater Autorbus« (1963) und »Bibi« (1967) bekannt. 1972 gab sie mit der im Band »Der Märchensputnik« enthaltenen Erzählung »Gore und der ewige Sommer« ein Gastspiel in der phantastischen Literatur.

PETER TERRID: Der beliebte deutsche SF- und Fantasy-Autor Peter Terrid verstarb am 8. Dezember 1998 plötzlich und unerwartet an Herzversagen, kurz vor Vollendung seines 50. Lebensjahres. Er wurde am 15. Januar 1949 unter dem bürgerlichen Namen Wolfpeter Ritter in Krefeld-Uerdingen geboren. Nach seinem Abitur begann er 1969/70 ein Studium zum Lehrer für Englisch und Geschichte, wechselte später zu Geschichte, Soziologie und politischen Wissenschaften über und gab es schließlich auf, um das Schreiben, das er bislang nebenbei betrieben hatte, zu seinem Hauptberuf zu machen. Sein Debüt gab er 1970 mit dem SF-Roman »Das Pendel der Zeit« in der Reihe TERRA NOVA, es folgten hier und in der Nachfolgereihe TERRA ASTRA zunächst die weiteren Romane »Invasion der Terraner«, »Der Seelenjäger«, »Erde in Finsternis«, »Entscheidung auf Inferior«, »Schlüssel zur Ewigkeit« und »Im Auftrag des Malagathen«, die den Verfasser als neues deutsches Talent auswiesen. Er arbeitete zunächst an der Fantasy-Serie DRAGON (mit Band 9) und der ATLAN-Serie (beginnend mit Heft 125) mit. Weitere Romane folgten, wie »Die kosmische Auktion«, »Fährte nach Andromeda«, »Vorstoß ins Grenzenlose«, »Die Planeten-Ingenieure«, »Esper des Todes«, »Der Planeten-Mörder«, »Welt der tödlichen Kristalle« und »Revolte auf Ssaleh«, die z. T. einen gemeinsamen Handlungshintergrund hatten. Auch zur Mitarbeit an PERRY RHODAN wurde er eingeladen, doch durch ständige Terminprobleme sah er sich gezwungen mit Band 1037 wieder auszusteigen. 1977 begann Terrid mit »Die Zeitschwadron« einen breit angelegten Zyklus um die TIME SQUAD, der insgesamt 21 Romane umfaßte und infolge der Einstellung von TERRA ASTRA im Jahr 1985 nicht abgeschlossen wurde. Daneben bewies er in zahlreichen Romanen für die PERRY RHODAN TASCHENBÜCHER sein Gespür für noch offene Fragen aus der Romanserie. Als der Pabel-Verlag 1980 die neue Fantasy-Serie MYTHOR aus der Taufe hob, war Terrid einer der Stammautoren, ebenso bei der Weiterführung der Horror-Serie DÄMONENKILLER (als Pierre Lykoff), bei den Krimi-Serien KOMMISSAR X und DIE KATZE (als Patrick Wynes) und bei der Frauen-Grusel-Reihe GASLICHT (als Patricia Wynes), während drei Western-Romane unter dem Pseudonym John Catlin erschienen. Mit Band 1605 feierte Terrid seinen zweiten Einstieg bei PERRY RHODAN und übernahm nach dem Tod von Peter Griese auch den »Perry Rhodan Computer«. 1996/97 publizierte er in Fortsetzungen den interaktiven PR-Internet-Roman »Sternschiff der Abenteuer«. Außerhalb des regulären Serien-Betriebs erschien aus seiner Feder 1997 der Fantasy-Roman »Im Reich der Jade-Göttin«. Kurz vor seinem Tod stand noch eine überarbeitete Neuherausgabe seiner TIME SQUAD-Serie zur Diskussion.

PETER THEODOR KRÄMER: Am 14. April 1999 ist in München der Autor Peter Theodor Krämer gestorben. Am 11. September 1921 geboren, war er in den sechziger und frühen siebziger Jahren im Genre aktiv. Er gab sein SF-Debüt 1962 mit dem unter dem Verlagspseudonym Ted Scott als UTOPIA GROSSBAND 175 publizierten Roman »Befehl aus dem Kosmos« und veröffentlichte in der Folge einige SF-Abenteuer in der Serie MARK POWERS, den ersten anonym unter dem Titel »Todesschatten über Sol« (1963), die weiteren als Peter Theodor: »Tor zur anderen Welt« (1963), »Notruf an die Vergangenheit« (1964), »Furchtbare Hinterlassenschaft« (1964), »Rowias Untergang« (1964) und »Der Sternenfindling« (1967), die beiden letzteren sind in der SF-Heftreihe UTOPIA erschienen. Dort wurden unter diesem Pseudonym auch »Großeinsatz Merope-Neun« (1966), »Das Auge Orklids« (1966), »Zeit in unserer Hand« (1967), »Ebene Drei ruft Darila« (1967) und »Der Multimutant« (1968) veröffentlicht. 1966/67 schrieb er als Cal Canter an Kurt Brands REN DHARK-Serie mit, für die er die Romane »In der Gewalt der Synties«, »Vorsicht, Pressorstrahlen!«, »Stützpunkt Pluto sendet SOS«, »Die Drohung aus dem Hyperraum«, »Wunderwelt Robon«, »Geheimnisvolles Tofirit«, »Ein Kompri-Notruf für Ren Dhark«, »Magnetische Stürme«, »Flammende Hölle Arim« und »Auf Leben und Tod« verfaßte. Es folgten »Negatives Leben« (1969) als Peter Rudersberg in ZAUBERKREIS SF und »Tödliche Botschaft« (1970) unter seinem bürgerlichen Namen in TERRA NOVA, bevor er als P. T. Hooker drei Romane zu RAUMSCHIFF PROMET beisteuerte: »Verschollen auf Arlega«, »Die Zeitmeister« und »Die Straße der Sternenkönige« (alle 1973).

ROLF MURAT: Am 20. Juni 1999 starb in seiner Geburtsstadt der am 15. März 1919 in Wien geborene österreichische Autor Rudolf Mauerhardt, der vor allem unter dem Pseudonym Rolf Murat nach Ende des Zweiten Weltkriegs zahlreiche Krimi-, Western- und Abenteuer-Romane und Serien verfaßte, die zumeist in seinem eigenen, 1948 gegründeten Verlag erschienen sind. Als im Gefolge des »Schmutz- und Schundgesetzes« alle Heftverlage des Landes mit Druckverbot belegt wurden, schrieb er für Verlagshäuser in der BRD weiter. In den siebziger und achtziger Jahren war er unter dem Reihenpseudonym Jack Slade hauptsächlich für die LASSITER-Serie aktiv, zu der er mehr als 200 Romane beisteuerte. Utopische Elemente enthielt die sieben Bände umfassende Abenteuer-Serie ROLF MURAT, DER WELTREPORTER.

SEKUNDÄRWERKE:

Timo Airaksinen: THE PHILOSOPHY OF H. P. LOVECRAFT. THE ROUTE TO HORROR; Frankfurt am Main 1999, Peter Lang Verlag - Reihe NEW STUDIES IN AESTHETICS, Band 29

Hans Joachim Alpers, Werner Fuchs & Ronald M. Hahn (Hrsg.): LEXIKON DER HORRORLITERATUR; Erkrath 1999, Fantasy Productions

Anonym (Hrsg.): MYSTERY KALENDER 1999; Trier 1998, édition trèves

Anne Arnoth: DAS GEHEIMNISVOLLE LAND DES C. S. LEWIS. EINE BIOGRAPHIE; Moers 1998, Brendow Verlag

Allan Asherman: STAR TREK - RAUMSCHIFF ENTERPRISE. DAS OFFIZIELLE LOGBUCH. ALLE TV-EPISODEN UND KINOFILME DER ORIGINALCREW; Königswinter 1998, HEEL Verlag

Erich Ballinger: DAS GRUSELIGE HANDBUCH FÜR MONSTERFANS; Wien 1999, Verlag Carl Ueberreuter

David Bassom, EWAN McGREGOR. VON TRAINSPOTTING BIS STAR WARS; Köln 1999, vgs verlagsgesellschaft

Werner Bauer & Wolfgang Jeschke: HEYNE SCIENCE FICTION & FANTASY. DAS PROGRAMM. 2500 BÄNDE; München 1998, Heyne TB 06/2500

Arno R. Behrend: DIE DEMOKRATISCHEN EROBERER. STAR TREK UND SEINE FANS AUS DER SICHT DER POLITIKWISSENSCHAFT; Schnega 1999, SFCD - Reihe ANDROMEDA 142

Thomas Birker: LARRY BRENT LEXIKON; Rüsselsheim 1998, JUNGZEIT SONDERMAGAZIN

Robert N. Bloch: BIBLIOGRAPHIE DEUTSCHER UNTERHALTUNGS- UND KRIMINALLITERATURREIHEN (1892 - 1932); Gießen 1996, Verlag Munniksma - DAS PHANTASMASKOP Band 6

Robert N. Bloch & Bettina Twrsnick (Hrsg.): HERMANN WOLFGANG ZAHN (1879-1965). NARRENBÜHNE WELT. LEBEN UND WERK DES SCHRIFTSTELLERS UND NERVENARZTES; Gießen 1999, Privatdruck Robert N. Bloch

Norbert Borrmann: VAMPIRISMUS ODER DIE SEHNSUCHT NACH UNSTERBLICHKEIT; München 1998, Eugen Diederichs Verlag

Norbert Borrmann: VAMPIRISMUS ODER DIE SEHNSUCHT NACH UNSTERBLICHKEIT; München 1999, Heinrich Hugendubel Verlag (Diederichs) - Sonderausgabe

Wolfgangh Both, Hans-Peter Neumann & Klaus Scheffler: BERICHTE AUS DER PARALLELWELT. DIE GESCHICHTE DES SCIENCE FICTION-FANDOMS IN DER DDR; Passau 1998, EDFC

Laurent Bouzereau & Jody Duncan: STAR WARS - THE MAKING OF EPISODE I: DIE DUNKLE BEDROHUNG; Nürnberg 1999, Burgschmiet Verlag

Hans Richard Brittnacher: DER LEIBHAFTIGE. MOTIVE UND BILDER DES SATANISMUS; Wetzlar 1999, Phantastische Bibliothek - SCHRIFTENREIHE UND MATERIALIEN DER PHANTASTISCHEN BIBLIOTHEK WETZLAR, Band 50

Hans Richard Brittnacher: VOM ZAUBER DES SCHRECKENS. STUDIEN ZUR PHANTASTIK UND ZUM HORROR; Wetzlar 1999, Phantastische Bibliothek - SCHRIFTENREIHE UND MATERIALIEN DER PHANTASTISCHEN BIBLIOTHEK WETZLAR, Band 48

Pietro Citati: DAS LICHT DER NACHT. DIE GROSSEN MYTHEN DER WELT; München 1999, Claassen Verlag

Andrew Donkin: AKTE ALIENS. SIE SIND IRGENDWO DA DRAUSSEN ...; Wien 1999, Ueberreuter Verlag

Rudolf Drux (Hrsg.): DER FRANKENSTEIN-KOMPLEX. KULTURGESCHICHTLICHE ASPEKTE DES TRAUMS VOM KÜNSTLICHEN MENSCHEN; Frankfurt am Main 1999, Suhrkamp st 3044

Jennifer Dussling: SMALL SOLDIERS. DAS BUCH ZUM FILM; Sulzbach 1998, Moviestore Company Verlag

édition trèves & STUP Trier e.V. (Hrsg.): HINTER DEN KULISSEN: STAR TREK KALENDER 1999; Trier 1998, édition trèves

Terry J. Erdmann: THE MAKING OF STAR TREK: DER AUFSTAND. DAS OFFIZIELLE BUCH ZUM FILM; Königswinter 1998, HEEL Verlag

Jovan Evermann: DER SERIEN-GUIDE. DAS LEXIKON ALLER SERIEN IM DEUTSCHEN FERNSEHEN VON 1978 BIS HEUTE. 4 BÄNDE; Berlin 1999, Schwarzkopf & Schwarzkopf Verlag

Marcel Feige: ALIEN-LEXIKON. E.T., DIE GREMLINS, ALF, SPOCK & CO. DAS GROSSE BUCH DER AUSSERIRDISCHEN; Berlin 1999, Lexikon Imprint Verlag im Schwarzkopf & Schwarzkopf Verlag

Niall Ferguson (Hrsg.): VIRTUELLE GESCHICHTE. HISTORISCHE ALTERNATIVEN IM 20. JAHRHUNDERT; Darmstadt 1999, Primus Verlag

Jens Malte Fischer: LITERATUR ZWISCHEN TRAUM UND WIRKLICHKEIT. STUDIEN ZUR PHANTASTIK; Wetzlar 1998, Phantastische Bibliothek - SCHRIFTENREIHE UND MATERIALIEN DER PHANTASTISCHEN BIBLIOTHEK WETZLAR, Band 25

Bernd Flessner: NACH UNS DIE ZUKUNFT. VON DEN ORAKELN ZU DEN FUTURE STUDIES; Ravensburg 1999, Ravensburger TB 3067

Christian Frank, Roland Heep, Kai Krick & Josef Rother: AKTE X - DIE FÜNFTE STAFFEL. DAS INOFFIZIELLE STANDARDWERK ÜBER DIE UNHEIMLICHEN FÄLLE DES FBI; München 1998, Heyne TB 01/10257

Martin Freksa: DAS VERLORENE ATLANTIS. DIE GESCHICHTE DER AUFLÖSUNG EINES ALTEN RÄTSELS; Frankfurt am Main 1999, Zweitausendeins

Marco & Helena Frenschkowski mit Frank Festa (Hrsg.): DAS SCHWARZE GEHEIMNIS 4. MAGAZIN ZUR UNHEIMLICH-PHANTASTISCHEN LITERATUR; Kerpen 1999, Edition Metzengerstein

Hiltrud Gnüg: UTOPIE UND UTOPISCHER ROMAN; Stuttgart 1999, Reclam UM 17613 – Reihe LITERATURSTUDIUM

Gernot Gricksch: GODZILLA. VON JAPAN BIS HOLLYWOOD, ALLES ÜBER DAS BERÜHMTESTE MONSTER DER FILMGESCHICHTE. DAS ULTIMATIVE BUCH FÜR ALLE FANS; München 1998, Heyne TB 01/20007

Ronald M. Hahn & Rolf Giesen: ALFRED HITCHCOCK. DER MEISTER DER ANGST; München 1999, Knaur TB 77455

Achim Hättich: GEHEIMNISSE IN DUNKLEN SPHÄREN – BAND I. 333 SF- UND HORRORFILME; Passau 1999, EDFC

Anke S. Herling: PHANTASTISCHE ELEMENTE IM POSTMODERNEN ROMAN. FORMEN UND FUNKTIONEN NONMIMETISCHER DARSTELLUNGSWEISEN IN AUSGEWÄHLTEN WERKEN DER ENGLISCHSPRACHIGEN LITERATUR; Frankfurt am Main 1999, Peter Lang Verlag – Reihe ANGLO-AMERIKANISCHE STUDIEN, Band 14

Claudia Höfs & Heiko Langhans: ATLAN. DAS TRAVERSAN-SPEZIAL; Herschweiler-Pettersheim 1999, SFC Universum

Christiane Holler & Franz Severin Berger: MYTHEN, SPUK UND GUTE GEISTER. EIN REISEFÜHRER IN DIE ANDERSWELT; Wien-München-Zürich 1998, Verlag Orac im Verlag Kremeier & Scheriau

Horst Illmer: BIBLIOGRAPHIE SCIENCE FICTION & FANTASY, BUCH-ERSTAUSGABEN 1945 – 1995; Wiesbaden 1998, Harrassowitz Verlag – Reihe BIBLIOGRAPHIEN; BUCH, BIBLIOTHEK, LITERATUR, Band 1

Hiromi Ito & Masahiko Nishu: DAS ANARCHISCHE ASCHENPUTTEL. MÄRCHEN ALS MEDIZIN FÜR DEN HAUSGEBRAUCH; Salzburg und Wien, Residenz Verlag

Wolfgang Jeschke (Hrsg.): DAS SCIENCE FICTION JAHR # 14. AUSGABE 1999. EIN JAHRBUCH FÜR DEN SCIENCE FICTION LESER; München 1999, Heyne TB 06/5965

Terry Jones: LADY COTTINGTONS GEHEIMER TASCHENKALENDER; Hildesheim 1998, Gerstenberg Verlag

Robert Jordan & Teresa Patterson: DIE WELT VON ROBERT JORDANS DAS RAD DER ZEIT; München 1998, Heyne HC 06/9000

Andreas Kasprzak: DIE WAHREN FÄLLE VON MILLENIUM. DER EPISODENFÜHRER ZUR 1. UND 2. STAFFEL; München 1998, Knaur TB 77364

Dietrich Kerlen: EDGAR ALLAN POE. DER SCHWARZE DUFT DER SCHWERMUT. BIGRAPHIE; Berlin 1999, Propyläen Verlag

Marianne Kesting: DIE EINWANDERUNG IN DEN KOPF. WARUM PHANTASTISCHE LITERATUR?; Wetzlar 1999,

Phantastische Bibliothek - SCHRIFTENREIHE UND MATERIALIEN DER PHANTASTISCHEN BIBLIOTHEK WETZLAR, Band 44

Joachim Körber (Hrsg.): BIBLIOGRAPHISCHES LEXIKON DER UTOPISCH-PHANTASTISCHEN LITERATUR. 55., 56. & 57. ERGÄNZUNGSLIEFERUNG; Meitingen 1998/99, Corian-Verlag Heinrich Wimmer

Wolfgang Krege: HANDBUCH DER WEISEN VON MITTELERDE; Stuttgart 1999, Klett-Cotta - in Kassette J. R. R. Tolkien: DIE SAGEN VON MITTELERDE

Frank Lovece: GODZILLA. ALLES ÜBER DEN KÖNIG DER MONSTER; München 1998, Econ & List TB 26596

Christian Lukas: EWAN McGREGOR. SEIN WEG VON *TRAINSPOTTING* BIS *STAR WARS;* München 1999, Heyne TB 01/20041

Christian Lukas: X-AKTEN. DIE FÜNFTE STAFFEL. DER SPIELFILM; München 1998, Econ & List TB 26591

Christian Lukas & Claudia Kern: STARGATE. DER INOFFIZIELLE FÜHRER DURCH NEUE »ALTE« WELTEN; München 1999, Heyne TB 01/10189

Christian Lukas & Sascha Westphal: BUFFY - IM BANN DER DÄMONEN. DAS INOFFIZIELLE FANBUCH ÜBER DIE NEUE KULTSERIE UND IHRE HINTERGRÜNDE; München 1999, Knaur TB 61354

Lena Mager & Viktor Lehmann: STAR TREK - DIE HERAUSFORDERUNG. DER ULTIMATIVE AUFNAHMETEST ZUR STERNENFLOTTE. STAR TREK READER 2; Trier 1999, éditions trèves

Jo Müller: EWAN McGREGOR. DER JUNGE WILDE; Berlin 1999, Ullstein 35844

Jo Müller: GALAKTISCHES KINO. ÜBER DAS STAR-WARS-PHÄNOMEN; Berlin 1999, Ullstein 35838

Andrew Murray: DAS TOLKIEN-QUIZBUCH. 1200 FRAGEN UND ANTWORTEN; Stuttgart 1999, Klett-Cotta

Dieter Petzold mit Adelheid Kegler, Gisbert Kranz, Christian Rendel, Elmar Schenkel, Angelika Schneider und Manfred Siebald (Hrsg.): INKLINGS JAHRBUCH FÜR LITERATUR UND ÄSTHETIK BAND 16 - 1998; Moers 1998, Brendow Verlag

Terry Pratchett & Stephen Briggs: DER SCHEIBENWELT-KALENDER 1999; München 1998, Goldmann HC 44321

Terry Pratchett & Stephen Briggs: DER SCHEIBENWELT-KALENDER 2000; München 1999, Goldmann HC 44442

David West Reynolds: STAR WARS EPISODE I – DIE ILLUSTRIERTE ENZYKLOPÄDIE; Köln 1999, vgs verlagsgesellschaft

David West Reynolds: STAR WARS EPISODE I – DIE RISSZEICHNUNGEN; Köln 1999, vgs verlagsgesellschaft

David West Reynolds: STAR WARS – DIE RISSZEICHNUNGEN; München 1998, Heyne HC 01/10212

David West Reynolds: STAR WARS – WAS IST WAS IM STAR WARS-UNIVERSUM. DER ULTIMATIVE FÜHRER DURCH DIE WELT DES KRIEG DER STERNE; München 1998, Heyne HC 01/10211

Franz Rottensteiner (Hrsg.): QUARBER MERKUR 87; Passau 1998, EDFC

Franz Rottensteiner (Hrsg.): QUARBER MERKUR 88; Passau 1999, EDFC

Franz Rottensteiner & Michael Koseler (Hrsg.): WERKFÜHRER DURCH DIE UTOPISCH-PHANTASTISCHE LITERATUR. 26. & 27. ERGÄNZUNGSLIEFERUNG; Meitingen 1998/99, Corian-Verlag Heinrich Wimmer

Martha C. Sammons: DER REISEFÜHRER DURCH NARNIA. NAMEN, ORTE, FAKTEN UND GEHEIMNISSE; Moers 1998, Brendow Verlag

Ralph Sander (Hrsg.): STAR TREK CLASSIC TIMER 1999. EIN TAG-FÜR-TAG-FÜHRER DURCH DIE WELT VON RAUMSCHIFF ENTERPRISE; München 1998, Heyne HC 06/1999

Stephen J. Sansweet: STAR WARS ENZYKLOPÄDIE; Köln 1998, vgs verlagsgesellschaft

Wendelin Schmidt-Dengler (Hrsg.): FICTION IN SCIENCE – SCIENCE IN FICTION. ZUM GESPRÄCH ZWISCHEN LITERATUR UND WISSENSCHAFT; Wien 1998, Verlag Hölder-Pichler-Tempsky – Reihe WISSENSCHAFTLICHE WELTAUFFASSUNG UND KUNST, Band 3

Friedhelm Schneidewind: DAS KLEINE VAMPIR-ABC; Saarbrücken 1999, Verlag Helga Schneidewind – Villa Fledermaus

Jürgen Seibold (Hrsg.); STAR WARS TIMER. 365 TAGE MIT DEN HELDEN AUS DEM KRIEG DER STERNE; München 1999, Heyne HC 10210

Adam Shrager: DIE TREK-CREW VON PICARD BIS TROY. DIE STARS AUS TNG VOR UND HINTER DEN KULISSEN; Königswinter 1998, HEEL Verlag

Susanne Smuda: H. P. LOVECRAFTS MYTHOLOGIE. »BRICOLAGE« UND INTERTEXTUALITÄT – ERZÄHLSTRATEGIEN UND IHRE WIRKUNG; Bielefeld 1997, Aisthesis Verlag

Herbert F. Solow & Yvonne Fern Solow: STAR TREK. DAS SKIZZENBUCH. DIE CLASSIC-SERIE; München 1998, Heyne PB 06/6469

Donald Spoto: ALFRED HITCHCOCK UND SEINE FILME; München 1999, Heyne TB 32/270

Donald Spoto: ALFRED HITCHCOCK. DIE DUNKLE SEITE DES GENIES; München 1999, Piper SP 2798

Dierk Spreen: CYBORGS UND ANDERE TECHNO-KÖRPER; Passau 1998, EDFC

Dierk Spreen (Hrsg.): ZUKUNFT SCHREIBEN. SCIENCE FICTION UND ANDERE ZEITMASCHINEN; Berlin 1999, Ästhetik & Kommunikation – Heft 104

Stefanie Stockhorst: HANNS HEINZ EWERS ALS PROPHET OHNE ZUKUNFT. BEDINGUNGSANALYSE DES GESCHEITERTEN PROPAGANDAROMANS »HORST WESSEL«; Wetzlar 1999, Phantastische Bibliothek – SCHRIFTENREIHE UND MATERIALIEN DER PHANTASTISCHEN BIBLIOTHEK WETZLAR, Band 56

Frank Strebel: EWAN McGREGOR. VOM JUNGSTAR ZUM JEDI-RITTER; München 1999, Econ & List TB 26687

Norbert Stresau (†) & Heinrich Wimmer (Hrsg.): ENZYKLOPÄDIE DES PHANTASTISCHEN FILMS. 53., 54., 55. & 56. ERGÄNZUNGSLIEFERUNG; Meitingen 1998/99, Corian-Verlag Heinrich Wimmer

Wolfgang Thadewald (Hrsg.): SONDERAUSGABE WALTHER ULRICH ERWES; Langenhagen, Wolfgang Thadewald – SCIENCE FICTION GRUPPE HANNOVER CHRONIKEN Nr. 185

Michael Thiesen: PERRY RHODAN ZEITRAFFER 1. DER INHALT DER PERRY RHODAN BÄNDE 1 - 199; Herschweiler-Pettersheim 1998, SFC Universum

Michael Thiesen: PERRY RHODAN ZEITRAFFER 2. DER INHALT DER PERRY RHODAN BÄNDE 200 - 399; Herschweiler-Pettersheim 1998, SFC Universum

Michael Thiesen: PERRY RHODAN ZEITRAFFER 3. DER INHALT DER PERRY RHODAN BÄNDE 400 - 599; Herschweiler-Pettersheim 1998, SFC Universum

Michael Thiesen & Klaus Bollhöfener (Hrsg.): PERRY RHODAN JAHRBUCH 1998; Rastatt 1998, Perry Rhodan Fan-Zentrale

Michael Thiesen & Klaus Bollhöfener (Hrsg.): PERRY RHODAN JAHRBUCH 1999; Rastatt 1999, Perry Rhodan Fan-Zentrale

STUP Trier e.V. & édition trèves (Hrsg.): DER STAR TREK READER; Trier 1998, édition trèves

Irwin Wayfair: SMALL SOLDIERS GEHEIMAKTE; Sulzbach 1998, Moviestore Company Verlag

Reinhard Weber: DIE MAD MAX TRILOGIE; Landshut 1998; Reinhard Weber Fachverlag für Filmliteratur

Robert Weisbrot: XENA - WARRIOR PRINCESS. DER OFFIZIELLE FÜHRER ZUR SERIE; München 1998, Heyne TB 01/20028

Sasch Westphal: MILLENIUM - DIE ZWEITE STAFFEL. DAS NEUE INOFFIZIELLE BUCH ÜBER DIE UNHEIMLICHEN FÄLLE DES FRANK BLACK; München 1998, Heyne TB 01/10258

Michael White: DIE WISSENSCHAFT DER AKTE X - 2. BAND. NEUE BEWEISE FÜR DIE REALITÄT DES UNERKLÄRBAREN; München 1998, Heyne HC 01/10259

Colin Wilson: RÄTSEL DES UNIVERSUMS; Würzburg 1998, Arena Verlag - Reihe PHÄNOMEN OMEGA - FASZINATION DES UNBEKANNTEN, Band 1

Colin Wilson: UFOS UND ALIENS; Würzburg 1998, Arena Verlag - Reihe PHÄNOMEN OMEGA - FASZINATION DES UNBEKANNTEN, Band 2

Heinrich Wimmer (Hrsg.): BIBLIOGRAPHISCHES LEXIKON

DER UTOPISCH-PHANTASTISCHEN LITERATUR. VERLAGS- UND REIHENBIBLIOGRAPHIEN. 27. ERGÄNZUNGSLIEFERUNG; Meitingen 1999, Corian-Verlag Heinrich Wimmer

James Woodall: JORGE LUIS BORGES. DER MANN IM SPIEGEL SEINER BÜCHER. EINE BIOGRAPHIE; Berlin 1999, Ullstein TB 26559

Kenneth B. Woodgate: DAS PHANTASTISCHE BEI E. T. A. HOFFMANN; Frankfurt am Main 1999, Verlag Peter Lang – Reihe HELICON – BEITRÄGE ZUR DEUTSCHEN LITERATUR, Band 25

Alex Worman: SMALL SOLDIERS. DAS FILM-FANBUCH; Sulzbach 1998, Moviestore Company Verlag

Herman Zimmerman, Rick Sternbach & Doug Drexler: STAR TREK: DEEP SPACE NINE – DAS TECHNISCHE HANDBUCH; Königswinter 1999, HEEL Verlag

ERGÄNZENDE BEZUGSANSCHRIFTEN:

ARKON LIFESTYLE MAGAZIN, Robert Lißack, Saint-Claude-Straße 21, D-72108 Rottenburg

CORIAN-VERLAG Heinrich Wimmer, Postfach 1169, D-86400 Meitingen

EDFC – ERSTER DEUTSCHER FANTASY CLUB e.V., Postfach 1171, D-94003 Passau

THE FANDHOME PULP, Olaf G. Hilscher, Hauptstraße 8, D-34596 Bad Zwesten

FANTASTICREADERNEWS, Olaf J. Menke, Wohlers Allee 16, D-22767 Hamburg

FUTURE MAGIC, Eva Kalvoda, Kummergasse 3/2/10, A-1210 Wien & Andreas Leder, Panikengasse 12–16/3/1, A-1160 Wien

GRUSEL & CO CLUBMAGAZIN, Arena Verlag, Postfach 51 69, D-97001 Würzburg

JUNGZEIT SONDERMAGAZIN, Thomas Birker, Am Steinernen Kreuz 10, D-65428 Rüsselsheim

VERLAG MUNNIKSMA, Robert N. Bloch, Ludwigstraße 6, D-35390 Gießen

PERRY RHODAN FANZENTRALE, c/o Klaus Bollhöfener, Postfach 2352, D-76413 Rastatt

VERLAG HELGA SCHNEIDEWIND - VILLA FLEDERMAUS, Auf der Adt 14, D-66130 Saarbrücken

SF-PERSONALITY, Hardy Kettlitz, Ilsenhof 12, D-12053 Berlin

SFCD - SCIENCE FICTION CLUB DEUTSCHLAND e.V., Andreas Kuschke, Billerbeck 25, D-29469 Schnega

SFC UNIVERSUM, Frank Zeiger, Hauptstraße 46a, D-66909 Herschweiler-Pettersheim

SFGH CHRONIKEN, Wolfgang Thadewald, Fasanenweg 11, D-30853 Langenhagen

SPACE VIEW - HEEL Verlag, Gut Pottscheid, D-53639 Königswinter

INTERVIEWS:

JOAN AIKEN interviewt von Jörg Martin Munsonius; in DAS SCHWARZE GEHEIMNIS 4 (1999)

BELA B. alias DIRK FELSENHEIMER interviewt von Bernd Frenz; in SCREEM 18 (1998)

GREG BEAR interviewt von Usch Kiausch; in HEYNE TB 06/5922 (1999)

ALFRED BEKKER interviewt von Dirk van den Boom; in FANDOM OBSERVER 122 (1999)

ANDREAS BETHMANN interviewt von DOOM; in DOOM 14 (1998)

KLAUS BOLLHÖFENER interviewt von Marco Erhard; in NEW WORLDS 31 (1999)

FRANK BORSCH interviewt von Werner Höbart; in PERRY RHODAN PERSPEKTIVE 43 (1999), PERRY RHODAN JAHRBUCH 1999 (1999) & FUTURE MAGIC 24 (1999)

BRUCE BOXLEITNER interviewt von N.N.; in ANDROMEDA NACHRICHTEN 177 (19999

MATTHEW BRODERICK interviewt von Jean-Paul Chaillet; in SPACE VIEW 5/98 (1998)

JÖRG BUTTGEREIT interviewt von DOOM; in DOOM 14 (1998)

RAMSEY CAMPBELL interviewt von Stefan Dziemianowicz; in EDITION METZENGERSTEIN 8 (1998)

CHRIS CARTER interviewt von Andreas Kasprzak; in KNAUR TB 77364 (1998)

RAINER CASTOR interviewt von Klaus Bollhöfener; in PERRY RHODAN JAHRBUCH 1999 (1999)

ARTHUR C. CLARKE interviewt von Stephen Baxter; in HEYNE TB 06/5965 (1999)

DON COSCARELLI interviewt von DOOM; in DOOM 15 (1999)

PETER DAVID interviewt von Jens H. Altmann; in HEYNE TB 06/5965 (1999)

JERRY DOYLE interviewt von N.N.; in ANDROMEDA NACHRICHTEN 177 (1999)

ARNDT ELLMER interviewt von Rüdiger Schäfer, Dr. Robert Hector, Hermann Urbanek und Werner Höbart; in PERRY RHODAN PERSPEKTIVE 43 (1999)

ARNDT ELLMER interviewt von Rüdiger Schäfer, Dr. Robert Hector, Hermann Urbanek und Werner Höbart; in SOL 14 (1999)

ROLAND EMMERICH interviewt von Marc Hertling; in SPACE VIEW 5/98 (1998)

ANDREAS ESCHBACH interviewt von FANDOM A WEEK; in THE FANDHOME PULP 4 (1998)

ANDREAS ESCHBACH interviewt von Marcel Feige; in FANTASTIKREADERNEWS bei Phantastik.de

FRANK FESTA interviewt von Jürgen Holm; in MEPHISTO 3/NACHTSCHATTEN 11 (1999)

H. G. FRANCIS interviewt von Eike Gräntzdörfer & Heiko Langhans; in SOL 13 (1999)

H. G. FRANCIS interviewt von Andreas Dempwolf; in ARKON LIFESTYLE MAGAZIN 10 (1999)

KLAUS N. FRICK interviewt von Florian Breitsameter & Ulrich Bettermann; in PERRY RHODAN JAHRBUCH 1999 (1999)

HOLGER FRIEDRICHS interviewt von Bernd Frenz; in FANTASIA 121/122 (1998)

HORST FRIEDRICHS interviewt von Bernd Frenz; in FANTASIA 121/122 (1998)

WERNER KURT GIESA interviewt von Olaf J. Menke; in ANDROMEDA NACHRICHTEN 176 (1999)

WERNER KURT GIESA interviewt von PINK!; in PINK! 3/99 (1999)

HUBERT HAENSEL interviewt von Rüdiger Schäfer, Dr. Robert Hector, Hermann Urbanek und Werner Höbart; in PERRY RHODAN PERSPEKTIVE 43 (1999)

HUBERT HAENSEL interviewt von Rüdiger Schäfer, Dr. Robert Hector, Hermann Urbanek und Werner Höbart; in SOL 14 (1999)

RONALD M. HAHN interviewt von Marcel Feige; in LITERATOUR - DAS UPDATE 5 (1998), ANDROMEDA NACHRICHTEN 175 (1998), FANTASIA 121/122 (1998) & SCREEM 19 (1999)

WILFRIED A. HARY interviewt von Dirk van den Boom; in FANDOM OBSERVER 119 (1999)

PROF. DR. DIETER P. HERRMANN interviewt von Bernhard Kempen & Hardy Kettlitz; in ALIEN CONTACT 34 (1999)

ANDREAS D. HESSE interviewt von N.N.; in GRUSEL & CO CLUBMAGAZIN 1/99 (1999)

HORST HOFFMANN interviewt von Michael K. Leiner; in ANDROMEDA NACHRICHTEN 175 (1998)

RALF ISAU interviewt von Stefan Wendel; in FANTASTIC-READERNEWS von Phantastik.de

NORBERT KEIL interviewt von DOOM; in DOOM 16 (1999)

JAMES PATRICK KELLY interviewt von Frank Borsch; in HEYNE TB 06/5965 (1999)

JOACHIM KÖRBER interviewt von Henry Martin; in SCREEM 18 (1998)

JOACHIM KÖRBER interviewt von Erik Schreiber; in FANTASTIK NEWS 102 (1999)

VOLKER KRÄMER interviewt von N.N.; in FANTASTIC-READERNEWS 1/99 (1999)

STEFAN LECHNER interviewt von Werner Höbart; in PERRY RHODAN PERSPEKTIVE 42 (1998)

DORIS LESSING interviewt von Usch Kiausch; in HEYNE TB 06/5965 (1999)

GEORGE LUCAS interviewt von N.N.; in STAR VISION 1 (1999)

HANNA LÜTZEN interviewt von Al Wallon & Jörg Martin Munsonius; in FANTASIA 123/124 (1999)

KAI MEYER interviewt von Marcel Feige; in SCREEM 18 (1998), FANTASIA 121/122 (1998) & HEYNE TB 06/5965 (1999)

KAI MEYER interviewt von N.N.; in FANTASTICREADER-NEWS EXTRA 1 (1999)

RON MOORE interviewt von Markus Wüthrich; in ANDROMEDA NACHRICHTEN 176 (1999)

DR. RAINAR NITZSCHE interviewt von Dirk van den Boom; in FANDOM OBSERVER 120 (1999)

MICHAEL O'HARE interviewt von Dirk Bartholomä; in SPACE VIEW 6/98 (1998)

BELUGA POST interviewt von Marcel Feige; in LITERATOUR – DAS UPDATE 11 (1999) & ANDROMEDA NACHRICHTEN 179 (1999)

DAVID QUINN interviewt von Bernd Frenz; in SCREEM 18 (1998)

PROF. FRANZ J. RADERMACHER interviewt von BILD DER WISSENSCHAFT; in SCIENCE FICTION OCULAR 183 (1999)

ROBERT RANKIN interviewt von N.N.; in BASTEI TB 24247 (1998)

JEAN RENO interviewt von Jean-Paul Chaillet; in SPACE VIEW 5/98 (1998)

KONRAD SCHAEF interviewt von Jörg Martin Munsonius; in FANTASIA 121/122 (1998)

KONRAD SCHAEF interviewt von Kurt Kobler; in PERRY RHODAN PERSPEKTIVE 43 (1999)

ANDREAS SCHNAAS interviewt von DOOM; in DOOM 16 (1999)

SUSAN SCHWARTZ interviewt von Rüdiger Schäfer, Dr. Robert Hector, Hermann Urbanek und Werner Höbart; in PERRY RHODAN PERSPEKTIVE 43 (1999)

SUSAN SCHWARTZ interviewt von Rüdiger Schäfer, Dr. Robert Hector, Hermann Urbanek und Werner Höbart; in SOL 14 (1999)

EVA SCHWEIKART interviewt von N.N.; in GRUSEL & CO CLUBMAGAZIN 3/98 (1998)

SHARON SHINN interviewt von Usch Kiausch; in HEYNE TB 06/5965 (1999)

JOHN SHIRLEY interviewt von SCREEM; in SCREEM 18 (1998)

MICHAEL SIEFENER interviewt von Marcel Feige; in LITERATOUR – DAS UPDATE 6 (1998), ANDROMEDA NACHRICHTEN 176 (1999), SCREEM 19 (1999) & LITERATOUR – DAS UPDATE 12 (1999)

FRANZ S. SKLENITZKA interviewt von N.N.; in GRUSEL & CO CLUBMAGAZIN 2/98 (1998)

NORMAN SPINRAD interviewt von Frank Borsch; in HEYNE TB 06/5065 (1999)

TIMOTHY STAHL interviewt von N.N.; in FANTASTIC-READERNEWS in Phantastik.de

BRUCE STERLING interviewt von Stefan Krempl; in c't 18 (1998)

PATRICK STEWART interviewt von Alexander Riechel; in SPACE VIEW 2/99 (1999)

J. MICHAEL STRACZYXNSKI interviewt von N.N.; in ANDROMERDA NACHRICHTEN 176 (1999)

PETER STRAUB interviewt von Usch Kiausch; in HEYNE TB 06/5965 (1999)

PATRICIA TALLMAN interviewt von Dirk Bartholomä; in SPACE VIEW 6/98 (1998)

TODD TJERSLAND interviewt von DOOM; in DOOM 13 (1998)

BIES VAN EDE interviewt von N.N.; in GRUSEL & CO CLUBMAGAZIN 4/98 (1998)

PAUL VAN LOON interviewt von N.N.; in GRUSEL & CO CLUBMAGAZIN 2/99 (1999)

JACK VANCE interviewt von Eric Turowski & Richard Blair; in FLAMMARION AUSBLICK 1 (1998)

ERNST VLCEK interviewt von Rosemarie Schwaiger; in HI!TECH 2/99 (1999)

ALFRED WALLON interviewt von Jörg Martin Munsonius; in SAGITTARIUS 30 (1999)

MANFRED WEINLAND interviewt von Thomas Birker; in LARRY BRENT LEXIKON (1998)

MARGARET WEIS & DON PERRIN interviewt von Frank Werschke; in WUNDERWELTEN 45 (1998)

ROBERTA WILLIAMS interviewt von Steve Whitton; in BASTEI TB 14147 (1998)

JACK WOMACK interviewt von Stephen P. Brown; in HEYNE TB 06/5969

BRIAN YUZNA interviewt von DOOM; in DOOM 16 (1999)

THOMAS ZIEGLER interviewt von Jörg Martin Munsonius; in FANTASIA 121/122 (1998)

THOMAS ZIEGLER interviewt von Jörg Martin Munsonius; in SOL 15 (1999)

Die amerikanische SF-Szene 1998/99

von Hermann Urbanek

In den neunziger Jahren hatte die amerikanische SF-Szene, was die Zahl der veröffentlichten SF-, Fantasy- und Horror-Titel betrifft, nur wenig Grund zum Feiern. War die Zahl der Genre-Publikationen bis 1991 recht stetig und ziemlich konstant bis zum Rekordergebnis von 1990 Exemplaren in die Höhe geklettert, so waren die Jahre danach, wenn man von dem leider nur einmaligen positiven Vergleichsergebnis des Jahres 1995 absieht, von Rückgängen, wenn auch auf hohem Level und bisweilen in minimalstem Ausmaß - wie 1997 von nicht ganz einem Prozentpunkt - gekennzeichnet. 1998 hingegen fiel das Gesamtergebnis im Vergleich zum Vorjahr, entgegen dem langjährigen Trend, wieder positiv aus. Das Plus war mit rund acht Prozent sogar recht deutlich. Damit lag das Jahresendergebnis knapp über dem des Jahres 1995 und war somit das zweitbeste in der Geschichte der amerikanischen Verlagsszene überhaupt. Zurückzuführen ist dieses erfreuliche Ergebnis zum einen auf den immer härteren Verdrängungswettbewerb durch Zusammenschlüsse und Übernahmen immer größer werdender Verlagsgiganten, vor allem aber auch auf die Tatsache, daß immer mehr Verlage, vor allem Klein- und Spezialverlage, versuchen, Nischen zu finden und diese gezielt auszufüllen.

Der amerikanischen SF-Fachzeitschrift **LOCUS** zufolge erschienen 1998 alles in allem 1959 dem Genre zurechenbare Titel, was einer Steigerung von knapp 8% entspricht. Wie schon in den vorangegangenen Jahren wiesen auch diesmal die Nachdrucke und Neuauflagen einen beträchtlichen Marktanteil auf, und zwar sowohl beim gebundenen Buch als auch beim Paperback und Taschenbuch, der in den USA immer noch wichtigsten und verbreitetsten Publikationsform, die aber von Jahr zu Jahr immer mehr an Bedeutung verliert, wobei sich vor allem das Hardcover als großer Konkurrent herauskristallisiert, und deshalb schon lange nicht mehr den gleichen dominierenden Stellenwert hat wie bis etwa 1992 oder im deutschen Sprachraum – mit Ausnahme des Kinder- und Jugendbuchsektors – noch heute. Der Anteil der Original- und Erstveröffentlichungen ist 1998 wieder leicht angestiegen und lag nunmehr, nachdem er seit 1987 mit geringfügigen Schwankungen stets über der 60-Prozent-Marke gelegen und im Vorjahr auf 55 % abgerutscht war, bei 57 %, also um 2 % über dem Wert des Jahres 1997. Das bedeutete, daß das Plus bei der Zahl der Gesamtveröffentlichungen im Jahr 1998 teilweise auch aus einer insgesamt gesehen überproportionalen Steigerung bei den neuen Titeln resultierte. Ganz im Jahrestrend, aber konträr zum Verlauf der letzten Jahre, entwikkelte sich die Situation auf dem Hardcovermarkt, da es hier sowohl bei den Erstveröffentlichungen als auch bei den Neuauflagen ein überdurchschnittliches Plus gab, das insgesamt betrachtet eine Steigerung der Hardcovertitel um sensationelle 19 % zur Folge hatte, wobei sich die Relation von neuen Titeln zu Neuauflagen wieder zugunsten ersterer verschob: 1998 waren von den insgesamt 660 Buchtiteln – was einen neuen historischen Höchststand darstellte – nur 163 Neuauflagen, 1997 waren es 144 von 554 gewesen. Das bedeutet, daß das Hardcover seine seit 1995 dominierende Rolle als führende Publikationsform für neue Titel – bis 1994 war es noch das Taschenbuch gewesen – nicht nur behauptet, sondern noch ausgebaut hat. Ähnlich verlief die Entwicklung auch beim Paperback: Sowohl die Erstveröffentlichungen als auch die Reprints wiesen eine Steigerung der Titelzahl auf, wobei die bei den neuen Titeln weit höher ausfiel als die der Paperback-Neuauflagen. 274 Erstauflagen und 254 Reprints des Jahres 1998 standen im Jahr zuvor 222 Originaltitel und 248 Neuauflagen gegenüber, womit die Zahl der Paperbacks um 12 % von 470 auf 528 Titel anstieg und sich somit im letzten Jahrzehnt in etwa verdreifachte. Damit erschienen aber 1998, ganz im Gegensatz zum Jahr zuvor, im Paperback-Format wieder mehr Erstveröffentlichungen als Reprints. Dieses extrem positive Abschneiden der Hardcover und Paperbacks war es auch, generell gesehen, was das Gesamtergebnis des Jahres 1998 zu einem erfolgreichen und positiven machte, denn ganz anders und rundweg negativ präsentierte sich die Lage auf dem Taschenbuchsektor: Es gab ein Minus sowohl bei den Erstveröffentlichungen als auch bei den Nachdrucken. Am höchsten fiel der Rückgang bei den Originaltiteln aus, um 4 % von 367 Bänden im Jahr 1997 auf jetzt 351, etwas geringer war er bei den Neuauflagen: Von 425 auf 420 Titel. Damit hat diese Publikationsform nicht nur gegenüber dem gebundenen Buch an Terrain verloren, was seine Attraktivität als Publikationsform für Originalveröffentlichungen betrifft, auch der Vorsprung in diesem Bereich zum Paperback schmilzt dahin, so daß, wenn der Trend so weiter geht, das Taschenbuch in nicht allzu ferner Zukunft von seinem großformatigen Konkurrenten auf den dritten Rang verwiesen werden dürfte. 1998 erschienen insgesamt nur noch 771 Taschenbücher, womit ein neuer historischer Tiefstand erreicht war: Lediglich vor 1986 wurden noch weniger Taschenbuch-Titel auf den Markt gebracht, der damals aber noch um etliches kleiner war als heute. 1997 waren noch 792 herausgekommen, was also ein Minus von 3 % bedeutet. Der Anteil der Taschenbücher an der Gesamtjahresproduktion lag damit knapp unter 40 %, also ebenfalls niedriger als in den Jahren zuvor. Insgesamt betrachtet teilten sich die 1959 Publikationen des Jahres 1998 auf in 1122 Erstveröffentlichungen (1997: 999; 12 % mehr) und 837 Neuauflagen (1997: 817; 2 % mehr und somit ein neuer Rekord in der Publikationsgeschichte der amerikanischen Science Fiction).

Die 1122 Erstveröffentlichungen des Jahres 1998 setzten sich aus 242 SF-Romanen (21,5 %; davon 20 Jugendbücher), 233 Fantasy-Romanen (20,7 %; davon 55 Jugendbücher), 110 Horror-Romanen (9,8 %; davon 28 Jugendbücher), 105 Anthologien (9,3 %), 77 Sekundärwerken (6,8 %), 79 Storysammlungen (7,0 %), 193 Medienbüchern (17,2 %), 30 Kunstbänden (2,7 %), 49 Sammelbänden (4,4 %) und 5 nicht eindeutig zuordenbaren Publikationen zusammen. Diese Aufteilung unterschied sich in einigen Bereichen, wenn auch nicht allzu gravierend, von der des Jahres 1997, in dem die 999 Erstveröffentlichungen aus 229 SF-Romanen (23,0 %; davon 13 Jugendbücher), 220 Fantasy-Romanen (22,0 %; davon 44 Jugendbücher), 106 Horror-Romanen (10,6 %; davon 39 Jugendbücher), 104 Anthologien (10,4 %), 55 Sekundärtiteln (5,5 %), 71 Collections (7,1 %), 141 medienbezogenen Titeln (14,9 %), 26 Kunstbüchern (2,6 %), 34 Omnibusbänden (3,5 %) und 5 nicht einzuordnenden Titeln bestanden. Der SF-Roman konnte nach dem Rückgang des Vorjahres wieder zulegen – es erschienen 1998 um 13 Titel mehr – und behauptete damit erneut seine Spitzenposition, die er seit 1995 innehat, wenn auch wieder sehr knapp. Auf Platz 2 rangierte wie zuvor der Fantasy-Roman, um wieder neun Titel von der Spitze entfernt, da in dieser Kategorie 1998 ebenfalls um 13 Titel mehr erschienen als 1997. Ein gewaltiges Plus – das höchste von allen – verzeichneten die medienbezogenen Titel, zu denen nicht nur Adaptionen zu Genre-Filmen gezählt werden, sondern auch neue Veröffentlichungen zu und über Comic- und TV-Serien, SF-, Fantasy-, Dark Fantasy- und Horror-Brett-, Rollen-, Computer- und CD-ROM-Spielen sowie die Shared World-Konzepte, die jetzt nur mehr einen geringen Marktanteil besitzen, von denen es 1998 noch 44 mehr gab als im Jahr zuvor und die den Abstand zum auf Platz 4 plazierten Horror-Roman weiter vergrößerten. Auch dieser verzeichnete ein kleines Plus von 4 Publikationen (von 106 auf 110), bei den anderen Sparten, wie den Collections (79 statt 71), den Referenz- und Sekundärtiteln (77 anstelle von zuvor 55), den Sammelbänden (49 statt 34) und den Kunstbüchern (30 anstelle von 26), sah die Situation ähnlich aus. In absoluten Zahlen wiesen zwar alle Kategorien ein mehr oder minder großes Plus auf, was aber die Marktanteile betraf, so konnten sich 1998 Medienbücher (plus 2,3 %), Omnibusbände (plus 1 %), Sekundärwerke (plus 1,3 %) und Kunstbücher (plus 0,1 %)

ein größeres Stück vom Kuchen sichern, während SF-Roman (minus 1,5 %), Fantasy-Roman (minus 1,3 %), Horror-Roman (minus 0,8 %), Anthologie (minus 1,1 %) und Collection (minus 0,1 %) an Terrain verloren haben. Wie zuvor aber schon festgestellt, waren die Unterschiede im Vergleich zum Vorjahr nicht extrem, es fanden 1998 mit Ausnahme des gewaltigen Aufschwungs, den die Medienbände in diesem Jahr genommen haben, im Vergleich zum Vorjahr nur geringfügige Verschiebungen statt.

1998 gab es zum Unterschied zu den Vorjahren einige größere und zum Teil auch spektakuläre Fusionen und/oder Eigentümerwechsel bzw. Abspaltungen bei den bedeutenden ***Genre-Verlagen bzw. Verlagsgruppen,*** die das Gesamtbild des Marktes zum Teil schon für dieses Jahr drastisch verändert haben, zum Teil aber erst in einigen Jahren zum Tragen kommen werden. Besonders gravierend wirkte sich aus, daß **Putnam** und **Penguin** Mitte 1998 zu einer neuen Verlagsgruppe verschmolzen, so daß die SF-Titel der bislang getrennt in zwei Gruppen agierenden Verlage bzw. Imprints **Berkley, Ace, Putnam, Boulevard, Jove, Penguin, Puffin, Signet, Roc, Viking** u. a. nun bei der neuen Verlagsgruppe **Penguin Putnam** erschienen sind und erscheinen. Das hatte zur Folge, daß es einen Wechsel bei der Marktführerschaft gab. Daß sich darüber hinaus der bisherige SF-Marktleader **Tor/St. Martin's** im selben Jahr in zwei getrennt und unabhängig voneinander operierende Verlage aufsplittete, hatte auf diese Entwicklung keinen Einfluß. Die Trends fielen bei den Verlagen bzw. Verlagsgruppen, die im Bereich der phantastischen Literatur in all ihren Spielarten führend sind, wieder recht uneinheitlich, ja sogar extrem unterschiedlich aus, die Bandbreite reichte dabei bei den führenden Verlagen von einem Plus von 45,7 % **(Morrow/Avon)** bis zu einem Minus von 29,7 % **(Random House/Ballantine),** wobei Titelreduktionen und Programmausweitungen ziemlich gleichmäßig vertreten waren. Die Verlage, die 1997 die Top Ten gebildet hatten, standen – einschließlich des damals Elftplazierten – auch 1998 wieder an der Spitze, in der Reihenfolge gab es jedoch einige Umschichtungen. Neuer

Marktleader wurde diesmal mit 255 Veröffentlichungen die neue Verlagsgruppe **Penguin Putnam,** die im Vergleich zum Vorjahr um vier Titel weniger publizierte als 1997, was einem de facto-Rückgang von 1,5 % entsprach (der im Vorjahr Drittplazierte **Putnam/Berkley/Ace** hatte 139 Titel publiziert, der auf Rang 5 gelegene Verlag **Penguin USA** 120). Auf Platz 2 zurückgefallen ist der Marktführer des letzten Jahrzehnts, **Tor.** Er publizierte 1998 ohne **St. Martin's** 218 Titel (dieser hatte 32 im Programm, woraus sich ergibt, daß auch ohne Trennung die Führung verlorengegangen wäre), was im Vergleich zu den 239 des Vorjahrs (**Tor/St. Martin's** veröffentlichten damals gemeinsam 273) einem Rückgang von 8,8 % entspricht. Auf Platz 3 landete diesmal der Viertplazierte des Vorjahrs, der **Science Fiction Book Club,** der 138 Titel, also 15 mehr als 1997, herausbrachte (plus 12,2 %) und damit seinen Aufwärtstrend der letzten Jahre fortsetzte. Von Platz 2 auf Platz 4 zurückgefallen ist **Random House/Ballantine,** die nur noch 123 Veröffentlichungen im Programm hatten, was in etwa dem Durchschnittswert der letzten Jahre entspricht, von dem das Rekordergebnis des Vorjahres stark abwich; 1997 waren es noch 175 gewesen, also 54 mehr, was ein Minus von 29,7 % bedeutet. Auf den 5. Rang stieß **Morrow/Avon** vor, die in den letzten Jahren auf Platz 9 rangierten. Mit einem Plus von 37 Titeln verzeichnete sie die höchste Steigerung um 45,7 % von den 81 Bänden des Jahres 1997 auf nunmehr 118. Auch ihre Position verbessern, und zwar um zwei Plätze, konnte **Simon & Schuster/Pocket:** mit 104 Titel publizierte sie 1998 um 11 mehr als im Vorjahr (93; plus 11,8 %). In der Reihung gleichgeblieben ist die danach rangierende **Bantam/Doubleday/Dell,** die es 1998 auf 100 Publikationen brachte, um 6 weniger als im Jahr davor (minus 5,7 %). Den 8. Platz belegte diesmal der um zwei Ränge zurückgefallene **HarperCollins** mit 98 Titeln (1997: 107; 8,5 % weniger), gefolgt von **DAW,** der sich erneut um einen Rang verbesserte, aber mit 59 Titeln 1998 zwei Titel und 3,3 % weniger herausbrachte als zuletzt. Auf Platz 10 schließlich landete **Baen** mit 53 Büchern (1997: 52; 1,9 % mehr). Es folgten **TSR/Wizards of the Coast** (45), **Warner/Little, Brown** (39), **St. Martin's** (32),

Harcourt Brace (30), **White Wolf** (24) und **Scholastic** (23). Alle übrigen Verlage publizierten **LOCUS** zufolge 1998 weniger als 20 Titel. Die 1959 Publikationen wurden von insgesamt 233 Verlagen auf den Markt gebracht, also von 61 mehr als im Jahr zuvor, was einen neuen Rekord darstellt. Mehr als die Hälfte aller publizierten Titel wurde von den führenden sieben Verlagen bzw. Verlagshäusern herausgebracht, im Vorjahr wurde das schon von den Top Six geschafft.

Viacom verkaufte bis auf die Consumer Division von Simon & Schuster alles an **Pearson,** den Eigentümer von Penguin und Putnam; die beiden letzteren verschmolzen Mitte 1998 zu einer Einheit.

Tor und **St. Martin,** die beide Holtzbrinck gehören, trennten 1998 offiziell ihre Geschäftsbeziehungen, verwenden aber nach wie vor den gleichen ISBN-Code.

Im Februar 1999 startete **Avon** den Imprint SPIKE, der sowohl Romane als auch Sachbücher umfaßt und vor allem Titel zu und um Medienereignisse präsentiert. Verantwortlich für die neue Reihe sind Lou Aronica und Tom Dupree. Zu den ersten Genre-Publikationen in SPIKE gehörten »Stardust« von Neil Gaiman, »The Lust Lizard of Melancholy Cove« von Christopher Moore und das Sachbuch »Hitchcock's Notebooks: An Authorized and Illustrated Look Inside the Creative Mind of Alfred Hitchcock« von Dan Auiler. Avon wandelte damit auf den Spuren von Putnam/Berkley und Harper, die ihre zu SF-Film & TV sowie Comics bezogenen Titel unter den neuen Imprints Boulevard sowie HarperEntertainment konzentrieren. Avon plant auch die Herausgabe einer Original-Anthologien-Reihe, die Lou Aronica betreuen wird.

Tor Books lizensierte zunächst elektronische Versionen neuer und alter Titel aus dem Verlagsprogramm beim digitalen Verlag **Peanut Press** – die ersten Titel, die man herunterladen konnte, waren »\Slant« von Greg Bear, »Mother of Storms« von John Barnes, »A Fire Upon the Deep« von Vernor Vinge,

»The Runelords« von David Farland, »Lord of the Isles« von David Drake, »Trader« von Charles de Lint und die Anthologie »Starlight 1«, hrsg. von Patrick Nielsen Hayden – und entschloß sich später, sich selbst an elektronische Buchherausgabe zu wagen. Rund hundert Titel sollen künftig über **Rocket eBook** via barnesand noble.com erhältlich sein.

Eine geplante Elefantenhochzeit kam schließlich doch nicht zustande: **Barnes & Noble,** der größte Buchhändler der USA, in den sich im Vorjahr Verlagsgigant Bertelsmann eingekauft hatte, gab im Herbst 1998 bekannt, **Ingram Books,** Amerikas größten Buchvertrieb, um die stolze Summe von 600 Millionen Dollar kaufen zu wollen. Als jedoch bekannt wurde, daß nach Protesten von Buchhändlern die Federal Trade Commission diesen Kauf blockieren oder verzögern würde, nahm er davon Abstand.

Carrol & Graf, ein Verlag, der 1982 gegründet wurde und auch eine größere Anzahl von SF-Titeln publiziert hat – darunter Nachdrucke von Theodore Sturgeon und amerikanische Erstausgaben von Autoren wie Brian Aldiss, Thomas Ligotti, Kim Newman und Brian Stableford sowie Horror-Anthologien, darunter Stephen Jones Jahresbesten-Anthologienreihe THE MAMMOTH BOOK OF HORROR – wurde an die **Publishers Group Inc.** verkauft, einen der letzten noch existierenden unabhängigen Buchvertriebe. Mit dem Eigentümerwechsel sollen, zumindest vorläufig, keine Änderungen verbunden sein.

Masquerade Books, ein auf erotische Literatur spezialisierter Verlag, der auch Dark Fantasy im Programm hat, reduzierte und restrukturierte sein Programm von monatlich zehn Taschenbüchern auf sechs bis zehn Paperbacks im Quartal, um sich mehr auf Qualität zu konzentrieren. Komplett aus dem Programm genommen wurden Themenanthologien.

Martin Greenberg hat **Gnome Press,** einen Kleinverlag, der aktiv in der Szene war, bevor sich die Mainstream-Verlage dazu entschlossen, SF ins Programm zu nehmen, wieder aus der Taufe gehoben.

Im Frühjahr 1999 wurde von **HarperCollins** bekanntgegeben, daß das SF- und Fantasy-Programm HarperPrism drastisch reduziert wird, und zwar von 70 bis 80 Titeln pro Jahr, die bei der Abspaltung von HarperEntertainment angekündigt wurden, auf zunächst 40 bis 48 Veröffentlichungen. Später wurde diese Zahl dann nochmals reduziert, und zwar auf 24 bis 36 Titel pro Jahr. Dabei handelt es sich allerdings um Erstveröffentlichungen, die Reprints sind dabei nicht eingerechnet bzw. berücksichtigt.

Ballantine startete im Sommer 1999 den neuen Imprint DEL REY IMPACT. In dieser von Jennifer Smith betreuten Paperbackreihe sollen bedeutende SF- und Fantasy-Werke, die nachfolgende Autorengenerationen nachhaltig beeinflußt haben, eine ihrer Bedeutung gerechte Neuauflage erleben. Die ersten Bände der zunächst monatlich, ab 2000 dann zweimonatlich publizierten Edition sind »The King of Elfland's Daughter« und »The Charwoman's Shadow« von Lord Dunsany, »The Man Who Fell to Earth« und »Mockingbird« von Walter Tevis, »The Drawing of the Dark« von Timothy Powers, »The Day of the Triffids« von John Wyndham und »Dragon's Egg« von Robert L. Forward.

Der Online-Verlag **Pulpless.com,** der 1996 gegründet wurde und bislang nur elektronische Fassungen von Büchern angeboten hat, wird über **Lightning Press** künftig auch Print-Bücher anbieten, wobei an zehn Bände pro Monat gedacht ist, sowohl Klassiker wie auch Werke neuer Autoren. Die ersten Programme bestehen aus Nachdrucken von Robert Silverberg, Norman Spinrad, Raymond F. Jones, Curt Siodmak, Brad Linaweaver u. a., neuen Storysammlungen von Paul Levinson, John DeChancie und L. Neil Smith und neuen Romanen von Victor Koman und Piers Anthony. Die Bücher werden dabei erst bei Bestellung gedruckt und ausgeliefert.

EMR, eine Abteilung von **Alexander Publishing,** die es sich zur Aufgabe gemacht hat, die Werke der ideenreichsten, provokativesten und unterhaltsamsten Autoren aufzulegen, startete sein Programm mit »Dragon's Fin Soup« von S. P. Somtow und »Eclipse« von John Shirley. Es folgten weitere Titel von Arthur Byron Cover, Dennis Etchison, David Schow, John Shirley und S. P. Somtow.

ibooks ist eine neue Paperbackreihe, die Byron Press gemeinsam mit dem Vertrieb von Pocket Books im September 1999 startet. Es sollen zumindest sechs SF-Titel pro Jahr erscheinen, zunächst Nachdrucke, wobei John Betancourt als Berater fungiert. Begonnen wird die neue Reihe mit »The Deceivers« von Alfred Bester sowie den Serien ARTHUR C. CLARKE'S VENUS PRIME von Paul Preuss und ISAAC ASIMOV'S ROBOT CITY.

Im Sommer 1999 kaufte Rupert Murdochs **News Corporation,** der Eigentümer von HarperCollins, von der Hearst Corporation deren Buchbereich, der aus **Avon** und **Morrow** besteht. Da die Kontrollbehörde diesem Deal zustimmte, ist dadurch ein neuer Verlagsgigant entstanden, der im Umsatz hinter Random House auf Platz zwei rangiert.

Die zuvor unabhängig voneinander agierenden Verlage **Bantam** und **Dell** verschmelzen zu einer Einheit, wodurch Dell seinen bisher eigenständigen Status verliert und zu einem Imprint von Bantam Books wird. Die neue Verlagsgruppe nennt sich **Bantam Dell.**

Auf Publikationen zu König Arthur und die Ritter der Tafelrunde spezialisiert hat sich der kalifornische Verlag **Green Knight Publishing,** der auch das Spiel »King Arthur Pendragon« auf den Markt gebracht hat. Unter der redaktionellen Leitung von James Lowder sollen zumindest vier Bücher im Jahr erscheinen, wie die Klassiker »Arthur, the Boar of Britain« von Edward Frankland, »Presence of God« von Jim Hunter, »To the Chapel Perilous« von Naomi Mitchison oder das Sachbuch »The Arthurian Companion« von Phyllis Ann Karr.

Der angesehene sekundärliterarische Kleinverlag **Borgo Press** schloß Ende Juni 1999 seine Pforten. Fast ein Vierteljahrhundert lang hatten Verleger Robert Reginald (Pseudonym von Michael Roy Burgess) und seine Ehefrau Mary A. Burgess fast ihre ganze Zeit dafür aufgewendet, rund 300 Bücher herauszubringen, beginnend mit »Robert A. Heinlein: Stranger in His Own Land« (1976). Zu den Autoren, die sie kritisch beleuchteten, gehörten u. a. Mack Reynolds, Keith Roberts, Stanton Coblentz, Charles Beaumont oder S. Fowler Wright, dazu erschienen Interviewbände und Essaysammlungen, u. a. von Darrell Schweitzer und Brian Stableford.

Die im Herbst 1999 installierte Website **e.reads.com** wird auf elektronischem Wege etliche SF- und Fantasy-Romane wieder zugänglich machen, die im Printmedium schon lange nicht mehr erhältlich waren. Zu den teilnehmenden Autoren gehören Greg Bear, Paula Downing, Dave Duncan, Harlan Ellison, R. A. MacAvoy, John Norman, Susan Shwartz, Melanie Tem, George Zebrowski, Rex Miller, Sean Costello, Pamela Sargent und die Erben von John Bellairs und Fritz Leiber.

Wie auch schon in den vorangegangenen Jahren waren SF-, Fantasy- und Horror-Titel auch 1998/99 wieder in beeindruckender Zahl auf den Bestsellerlisten vertreten. Erneut ist es in den letzten Monaten etlichen Autoren gelungen, mit zur phantastischen Literatur gehörenden Werken die Spitzenposition zu erlangen und diese bisweilen auch einige Zeit zu halten, wie das auch in der Vergangenheit schon oft der Fall gewesen ist. Zu den Titeln, die es schafften, Platz 1 auf den diversen Buch- und Taschenbuchlisten zu erobern, gehörten in den letzten Monaten »Godzilla« (Jugendbuchfassung) von H. B. Gilmour, »Bag of Bones« und »The Girl Who Loved Tom Gordon« von Stephen King, »The Vampire Armand« und »Vittorio the Vampire« von Anne Rice, »The Path of Daggers« von

Robert Jordan, »When the Wind Blows« von James Patterson, »Fear Nothing« und »Seize the Night« von Dean Koontz, »Harry Potter and the Sorcerer's Stone« und »Harry Potter and the Chamber of Fear« von J. K. Rowling sowie »Star Wars: Episode I: The Phantom Menace« von Terry Brooks.

Recht gut plazieren konnten sich u. a. »Pandora« und »Servant of the Bones« von Anne Rice, »The Orphans: Butterfly«, »The Orphans: Crystal«, »The Orphans: Brooke«, »The Orphans: Raven«, »The Orphans: Runaways« und »Olivia« von V. C. Andrews, »Star Wars: The Mandalorian Armor« und »Star Wars: Slave Ship« von K. W. Jeter, »The Presence« von John Saul, »Animorphs: In the Time of the Dinosaurs«, »Animorphs: The Discovery«, »Animorphs: The Departure«, »Animorphs: The Threat«, »Animorphs: The Solution«, »Animorphs: The Predator«, »Animorphs: Hork-Bajir Chronicle«, »Animorphs: The Suspicion«, »Animorphs: The Pretender«, »Animorphs: The Extreme«, »Animorphs: The Attack«, »Animorphs: The Exposed«, »Animorphs: The Experiment«, »Animorphs: The Sickness«, »Animorphs: The Reunion« und »Megamorphs: Elfangor's Secret« von K. A. Applegate, »Ai! Pedrito!« von Kevin J. Anderson, »The X-Files: Fight the Future« von Chris Carter & Elizabeth Hand, »Star Wars – X-Wing: Iron Fist« und »Star Wars – X-Wing: Solo Command« von Aaron Allston, »Star Trek – The Next Generation: Q-Space« und »Star Trek – The Next Generation: Q-Zone« von Greg Cox, »Temple of the Winds« und »Soul of the Fire« von Terry Goodkind, »Small Soldiers« von Gavin Scott, »Timequake« von Kurt Vonnegut, »Star Wars: Specter of the Past« und »Star Wars: Visions of the Future« von Timothy Zahn, »Legends«, hrsg. von Robert Silverberg, »Ella Enchanted« von Gail Carson Levine, »Wizard and Glass«, »Bag of Bones«, »Storm of the Century« und »The Green Mile« von Stephen King, »What Dreams May Come« von Richard Matheson, »Star Trek: Dominion War: Books 1–4« von John Vornholt & Diane Carey, »Antz – Junior Edition« von Ellen Weiss, »Star Wars Visual Dictionary« von David Reynolds, »Fear Nothing« von Dean Koontz, »The Polar Express« von Chris Van Allsburg, »Marlfox« von Brian Jacques, »Star Wars: The Visual Dictionary« von Reynolds & Ivanov,

»Magic Tree House« von Mary Pope Osborne, »Star Trek: Dark Victory« von William Shatner & Garfield & Judy Reeves-Stevens, »Conspiracy in Death« von W. D. Robb, »Captain Underpants and the Attack of the Talking Toilets« und »The Adventures of Captain Underpants« von Dav Pilkey, »Cryptonomicon« von Neal Stephenson, »Star Wars: Eppisode I: Incredible Cross-Sections« von David West Reynolds, »Star Wars: Episode I: The Phantom Menace« von Patricia C. Wrede (Jugendbuchfassung), »Star Wars: Episode I: The Phantom Menace Scrapbook« von Ryder Windham und »Star Wars – X-Wing: Isard's Revenge« von Michael A. Stackpole.

Bei der **Fantasy,** die, was die Zahl der publizierten Titel betrifft, jetzt schon im vierten Jahr in Folge hinter der SF rangiert, dominierten auch 1998/99 wieder mehrbändige Zyklen und Serien. Zu zahlreichen bereits bekannten Endlosserien und Mehrteilern erschienen neue Fortsetzungsbände, einige Serien wurden abgeschlossen, mehr noch aber neu gestartet: Raymond E. Feist kehrte zu **MIDKEMIA** zur Zeit des Spaltenkriegs zurück – mit »Kondor the Betrayal«, Band 1 der RIFTWAR LEGACY (handelt zwischen »A Darkness At Sethanon« und »Prince of the Blood«), entstanden auf Grundlage des CD-ROM-Spiels +++ Wieder sehr umfangreich war das Angebot zum TSR-Spiel **DRAGONLANCE,** zu dem zuletzt »Tears of the Night Sky« von Linda P. Baker & Nancy Varian Berberick, »The Puppet King« von Douglas Niles (CHAOS WAR 4), »The Silver Stair« von Jean Rabe (BRIDGES OF TIME 3), »The Soulforge« von Margaret Weis (THE RAISTLIN CHRONICLES 1), »The Rose and the Skull« von Jeff Crook (BRIDGES OF TIME 4), »Reavers of the Blood Sea« von Michael A. Knaak (CHAOS WAR 5), »Dezra's Quest« von Chris Pierson (BRIDGES OF TIME 5), »Brothers in Arms« von Margaret Weis & Don Perrin (THE RAISTLIN CHRONICLES 2), die Anthologie »The Odyssey of Gilthanas«, »The Annotated Chronicles« von Margaret Weis & Tracy Hickman, »The Siege of Mt. Nevermind« von Fergus Tyan, »Murder in Tarsis« von John Maddox Roberts und »Leaves from the Inn of the Last Home, Volume II«, hrsg. von Margaret Weis & Tracy Hickman erschienen sind

+++ Zur Subserie **DRAGONLANCE FIFTH AGE** gab es »Heroes and Fools: Tales of the Fifth Age«, hrsg. von Margaret Weis & Tracy Hickman +++ Auch zahlreich die Titel zum zweiten erfolgreichen TSR-Spiel **FORGOTTEN REALMS,** zu dem zuletzt »The Dark Elf Trilogy« von R. A. Salvatore (enthält »Homeland«, »Exile« und »Sojourn«), »The Silent Blade« von R. A. Salvatore, »Stars of Cursrah« von Clayton Emery, »The Rising Tide« von Mel Odom (THE THREAT FROM THE SEA 1), »The Glass Prison« von Monte Cook, »The Dream Spheres« von Elaine Cunningham, »The Cleric Quintet Collector's Edition« von R. A. Salvatore (der fünfbändige Zyklus in einem Band: »Canticle«, »In Sylvan Shadows«, »Night Masks«, »The Fallen Fortress« und »The Chaos Curse«), »Evermeet: Island of Elves« von Elaine Cunningham, »The Silent Blade« und »The Spine of the World« von R. A. Salvatore, »Silverfall: Stories of the Seven Sisters« von Ed Greenwood, »Baldur's Gate« von Philip Athans, »Elminster: The Making of a Mage« von Ed Greenwood, »Under Fallen Stars« von Mel Odom, »The Temptation of Elminster« von Ed Greenwood und »Beyond the High Road« von Troy Denning herauskamen +++ Neu gestartet wurde die TSR-Serie **GREYHAWK** mit »Against the Giants« von Ru Emerson und »White Plume Mountain« von Paul Kidd +++ Keine neuen Romane, nur Nachdrucke erschienen zuletzt in der Serie um Robert E. Howards **CONAN** +++ Neue interessante Titel kamen zuletzt zum erfolgreichsten Sammelkartenspiel der Welt, zu **MAGIC THE GATHERING** heraus: »Time Streams« von J. Robert King (ARTIFACTS CYCLE 3), »The Gathering Dark« von Jeff Grubb (ICE AGE CYCLE 1), die Anthologie »The Colors of Magic«, hrsg. von Jess Lebow, »Bloodlines« von Loren Coleman (ARTIFACTS CYCLE 4), »Mercadian Masques« von Francis Lebaron (MASQUERADE CYCLE 1) und »The Thran« von J. Robert King +++ Mercedes Lackey führte in ihrer **VALDEMAR**-Serie die mit Larry Dixon geschriebene und mit »Owlflight« begonnene MAGE STORMS-Trilogie mit »Owlsight« fort +++ Zum TV-Hit **HERCULES** erschien das Jugendbuch »Hercules and the Geek of Greece« von Hunter Kennedy +++ Zur überaus erfolgreichen TV-Serie **XENA** wurden zuletzt das Jugendbuch »Xena and the

Magic Arrow of Myx« von Hunter Kennedy und die ersten beiden Romane der QUEST-Trilogie, »Go Quest, Young Man« (1) und »Questward, Ho!« (2) von Ru Emerson, veröffentlicht +++ Neu in der Serie **BLACK COMPANY** von Glen Cook erschien »Water Sleeps«, Band 3 des Subzyklus GLITTERING STONE +++ Piers Anthony setzte den **XANTH**-Zyklus mit »Xone of Contention« (Band 23) fort +++ Einen neuen **WIZARD**-Roman von Christopher Stasheff gab es auch in der Subserie HEIRS OF THE WARLOCK: »The Spell-Bound Scholar«, den 4. Band +++ Gordon R. Dickson setzte seine **DRAGON KNIGHT**-Serie mit »The Dragon in Lyonesse« fort +++ Das Kelten-Epos **KELTIAD** von Patricia Kennealy-Morrison wurde weitergeführt mit dem achten Band, der die Vorgeschichte der Serie enthält, »Deer's Cry« +++ In der Bestseller-Serie **THE WHEEL OF TIME** von Robert Jordan erschien zuletzt das Mammutwerk »The Path of Daggers« (8) +++ L. Frank Baums klassische Kinderbuchserie **OZ** wurde erweitert mit »The Amber Flute of Oz« von Donald Abbott +++ Nach längerer Pause präsentierte Glen Cook wieder einen neuen Roman um seinen in Karenta agierenden Privatdetektiv **GARRETT,** den achten insgesamt, unter dem Titel »Faded Steel Heat« +++ Weitere Informationen über kürzere Zyklen, Fortsetzungen zu früher erschienenen Romanen und Reihen sowie über neue Serien-Projekte, sowohl was die Fantasy, als auch die Science Fiction und den Horror betrifft, finden sich im Abschnitt AUTOREN UND PROJEKTE.

Ein ähnliches Bild bot sich bei der **Science Fiction:** Auch hier beherrschten 1998/99 Zyklen und Serien das Bild, zwar nicht so dominant wie bei der Fantasy, aber nach wie vor mit Tendenz steigend. Actionbetonte Weltraumabenteuer und thematisch weitgespannte Space Operas modernen Zuschnitts, mit Tiefgang und solidem Niveau, erfreuten sich ebenso unverändert großer Beliebtheit wie Alternativweltthematiken, während Romanserien, die das Überleben nach einer Katastrophe schilderten, nur noch geringen Stellenwert besaßen. Alle anderen Subgenres blieben von ihrer Bedeutung und Anzahl her ziemlich gleich, literarisch anspruchsvollere Werke ebenso wie Vertreter der »military sf« mit ihren Kriegsberichterstattungen aus der näheren und fernen Zukunft +++ Insgesamt betrachtet waren auch im letzten Jahr vor allem die diversen **STAR TREK**-Serien wieder am erfolgreichsten, die **CLASSIC**-Romane ebenso wie die zu **THE NEXT GENERATION,** zu **DEEP SPACE NINE** und **VOYAGER,** wobei das Konzept, mit durchgehenden Handlungsbögen diese vier Serien – bisweilen auch unter Einbeziehung der Jugendbuchserie **STARFLEET ACADEMY** – thematisch enger miteinander zu verknüpfen, wieder Verwendung fand. Auch die neue Subserie **NEW FRONTIER** konnte sich auf dem Markt behaupten. Hin und wieder schaffte es auch ein **STAR TREK**-Roman, auf die Bestsellerlisten zu kommen. Die starren Erscheinungsmodi der einzelnen Reihen verschwammen, neben Einzeltiteln erschienen vermehrt auch Zyklen innerhalb der einzelnen Reihen. Bislang sind in der **STAR TREK CLASSIC**-Serie mit der alten ENTERPRISE-Crew um Kirk, Spock und Pille über 100 Bände erschienen, zuletzt die Trilogie »My Brother's Keeper: Republic«, »My Brother's Keeper: Constitution« und »My Brother's Keeper: Enterprise« von Michael Jan Friedman, »The First Novel: Mission to Horatius« von Mack Reynolds, »Dark Victory« von William Shatner, Judith Reeves-Stevens & Garfield Reeves-Stevens, »Vulcan's Heart« von Josepha Sherman & Susan Shwartz und »Across the Universe« von Pamela Sargent & George Zebrowski sowie die Anthologie »Adventures in Time and Space«, hrsg. von Mary Taylor. In der Schwesterreihe **STAR TREK: THE NEXT GENERATION** wurden 1999 »The Q Continuum: Q-Space«, »The Q Continuum: Q-Zone« und »The Q Continuum: Q-Strike« von Greg Cox – alle drei auch gesammelt im Omnibus »Star Trek: The Q Continuum« –, »Triangle: Imzadi II« von Peter David, »The Dominion War Book 1: Behind Enemy Lines« und »The Dominion War Book 3: Tunnel Through the Stars« von John Vornholt, »Insurrection« von J. M. Dillard (Roman zum 9. Film), »Dyson Sphere« von George Zebrowski & Charles Pellegrino, »Ship of the Line« von Diane Carey, »Double Helix 1: Infection« von John Gregory Betancourt, »Double Helix 2: Vector« von Dean Wesley Smith & Kristine Kathryn Rusch, »Double Helix 3: Red

Sector« von Diane Carey, »Double Helix 4: Quarantine« von John Vornholt, »Double Helix 5: Double or Nothing« von Peter David, »Double Helix 6: First Virtue« von Michael Jan Friedman, »I, Q« von Peter David & John Delancie und »The Forgotten War« von William R. Forstchen um Picard und die Mannschaft der neuen ENTERPRISE veröffentlicht. Zusätzlich erschienen bei **STAR TREK: DEEP SPACE NINE** die Romane »The Dominion War Book 2: Call to Arms ...« und »The Dominion War Book 4: ...Sacrifice of Angels« von Diane Carey, »The 34th Rule« von Armin Shimerman & David R. George III., »Rebels Book One: The Conquered«, »Rebels Book Two: The Courageous« und »Rebels Book Three: The Liberated« von Dafydd ah Hugh und »What You Leave Behind«, die Romanfassung der letzten Episode der TV-Serie von Diane Carey um die Besatzung der im Krieg gegen das Dominion stehenden Raumstation. Ebenfalls weitergeführt wurden die Romane zum jüngsten Ableger der Kultserie, **STAR TREK: VOYAGER.** Von den Abenteuern der im Delta-Quadranten Gestrandeten auf dem langen Flug nach Hause erzählten zuletzt »Death of A Neutron Star« von Eric Kotani & Dean Wesley Smith, »Battle Lines« von Dave Galanter & Greg Brodeur, »Pathways« von Jeri Taylor und »Captain Proton!« von Dean Wesley Smith. Zur Zeit der NEXT GENERATION und mit daraus zum Teil bekannten Figuren spielt die interessante Romanserie **STAR TREK: NEW FRONTIER.** Neu liegt »The Captain's Table, Book 5: Once Burned« von Peter David vor, weitere Titel werden vorbereitet. Vorerst nicht fortgesetzt wurden die Jugendabenteuer der Hauptfiguren der TV-Serien in der Reihe **STAR TREK: STARFLEET ACADEMY.** Weitergeführt wurde hingegen die mit »Star Trek: Strange New Worlds« gestartete Anthologienreihe, in der Dean Wesley Smith, John J. Ordover & Paula M. Block Geschichten aus Roddenberrys Universum von neuen Autoren präsentieren, mit der von Dean Wesley Smith zusammengestellten »The New Voyages II« +++ Zumindest auf den Bestsellerlisten STAR TREK überflügelt hat George Lucas' **STAR WARS,** wo als Highlight der Roman zum Film »Star Wars: Episode I: The Phantom Menace« von Terry Brooks erschienen ist. Abgeschlossen wurde der Zyklus **STAR**

WARS: DARK FORCES, der auf dem gleichnamigen CD-ROM-Spiel basiert, mit Band 3, »Jedi Knight« von William C. Dietz, illustriert von Dave Dorman. Abgeschlossen wurde auch die Trilogie **STAR WARS: THE BOUNTY HUNTER WARS** von K. W. Jeter mit »Star Wars: Hard Merchandise«. »Visions of the Future« von Timothy Zahn schloß den mit »Specter of the Past« begonnenen Zweiteiler **THE HAND OF THRAWN** ab. Und Aaron Allston führte die Subreihe **STAR WARS – X-WING** mit »Solo Command« (7) weiter, in dem es zum letzten Showdown mit Warlord Zsinj kommt, dann folgten »Isard's Revenge« von Michael Stackpole (8) und »Starfighters of Adumar« von Aaron Allston (9). Ebenfalls ein neuer Band erschien in der Jugendbuchreihe **STAR WARS: YOUNG JEDI KNIGHTS,** die von Kevin J. Anderson & Rebecca Moesta verfaßt wurde: »Crisis at Crystal Reef« (14). Ende 1999 kommt bei Bantam noch die von Peter Schweighofer & Craig Carey herausgegebene Anthologie »Star Wars: Tales of the New Republic« heraus. Chronologisch nach den bisher bei Bantam publizierten Titeln spielt R. A. Salvatores neue **STAR WARS**-Trilogie **THE NEW JEDI ORDER,** die mit »Vector Prime« beginnt. Als nächstes geplant in der neuen Del Rey-STAR WARS-Reihe sind die **DARK TIDE**-Trilogie von Michael A. Stackpole, ein Zweiteiler von James Luceno, Einzelbände von Kathy Tyers und Greg Bear sowie eine Trilogie von Michael Jan Friedman +++ In der Romanreihe zur TV-Serie **BABYLON 5** erschienen sind die Romanfassung zum vierten TV-Film »A Call to Arms« von Robert Sheckley und »Deadly Relations: Bester Ascendant« und »Final Reckoning: The Fate of Bester«, die Bände 2 und 3 der PSI CORPS-Trilogie von J. Gregory Keyes, während die Novelisierung von »River of Souls« von Yvonne Navarro aus dem Programm genommen wurde. In Vorbereitung befindet sich die CENTAURI-Trilogie von Peter David, die mit »Legions of Fire. The Long Night of Centauri Prime« gestartet wurde +++ Zur bereits wieder abgesetzten TV-Serie **TIMECOP,** die auf dem gleichnamigen Kinofilm basierte, erschien noch der Roman »Blood Ties« von Dan Parkinson +++ Erschienen ist auch ein zweiter Roman zur bereits legendären TV-Serie **BATTLESTAR GALACTICA,** wie der erste von Richard Hatch & Christopher Golden verfaßt: »Battlestar Galactica: Warhawk« +++ In der Romanreihe um den **HIGHLANDER** wurde der Roman zum Film »Highlander« von Garry Kilworth neu aufgelegt, zudem erschien »White Silence« von Ginjer Buchanan (9) +++ Carol Davis & Esther Reece verfaßten gemeinsam »Mirror's Edge«, den 18. und letzten Roman zur TV-Serie **QUANTUM LEAP** +++ Zu **INDIANA JONES** kam der 12. Band der Serie auf den Markt: »Indiana Jones and the Secret of the Sphinx« von Max McCoy +++ Zum TV-Hit **THE X-FILES** erschien mit etlicher Verspätung der neue Roman »Skin« von Ben Mezrich +++ Neu ist auch der **PREDATOR**-Roman »Big Game« von Sandy Schofield +++ David Weber präsentierte den 8. Roman um **HONROR HARRINGTON** unter dem Titel »Echoes of Honor« +++ Neue Romane gab es auch zum Spiel **BATTLETECH:** »Prince of Havoc« von Michael A. Stackpole (42), »Falcon Rising« von Robert Thurston (43), »Threads of Ambition« von Loren L. Coleman (44) und »The Killing Fields« von Loren L. Coleman (45) +++ In der Bestseller-Serie **SHADOWRUN** erschienen zuletzt »The Terminus Experiment« von Jak Koke & Jonathan E. Bond (34), »Run Hard, Die Fast« von Mel Odom (35), »Crossroads« von Stephen Kenson (36) und »The Forever Drug« von Lisa Smedman (37) +++ Gestartet wurde die neue Serie **MECHWARRIOR** mit »Ghost of Winter« von Stephen Kenson, »Roar of Honor« und »By Blood Betrayed« von Blaine Lee Pardoe +++ Lois McMaster Bujold präsentierte zwei neue Romane ihrer beliebten **BARRAYAR**-Serie, »Cordelia's Honor« und »A Civil Campaign« +++ Zum Computerspiel **WING COMMANDER** gab es neu »False Colors« von William R. Forstchen & Andrew Keith, und den Roman zum Film »Wing Commander« von Peter Telep +++ In der Serie **LUCASFILM'S ALIEN CHRONICLES** folgten »The Crimson Claw« (2) und »The Crystal Eye« (3) von Deborah Chester +++ In der Dinosaurier-Welt **DINOTOPIA** handeln die Romane »The Hand of Dinotopia« und »First Flight« von Alan Dean Foster +++ Zur TV-Serie **STARGATE SG-1**: legte Ashley McConnell die ersten beiden Romane vor: »Stargate SG-1« und »Stargate SG-1: The Price You Pay« +++ Zu **INVASION: EARTH** wurde »The Last Echo« von Peter Cave herausgebracht +++ Zur Buchreihe **INDEPENDENCE DAY** nach dem gleichnamigen Erfolgsfilm erschien mittlerweile der dritte Roman, »War in the Desert« von Dean Devlin +++ Auch zum SF-Computerspiel **RESIDENT EVIL** wurde eine Romanreihe aus der Taufe gehoben. Bislang liegen hiervon »The Umbrella Conspiracy« (1), »Caliban Cove« (2), »City of the Dead« (3) und »Underworld« (4) von S. D. Perry vor +++ Die neue TSR-Serie **STAR*DRIVE** wurde weitergeführt mit »On the Verge« von Roland Green, »Storm at Eldala« von Diane Duane, »Starfall«, hrsg. von Martin H. Greenberg (Stories von Robert Silverberg, Diane Duane und Kristine Kathryn Rusch), »Zero Point« von Richard Baker und »The Silence Between the Stars« von Denise Vitola +++ Nach langer Pause kam ein neuer Roman zu **PLANESCAPE** heraus: »Torment« von Ray Vallese & Valerie Vallese +++ Zum CD-ROM/Online-Spiel **SHATTERED LIGHT** erschienen die Romane »Ruby Flames« von Richard A. Knaak (1) und »Dark Light« von Chelsea Quinn Yarbro (2) +++ Auch zu **LOST IN SPACE** gab es neue Fortsetzungen, und zwar »Promised Land« von Pat Cadigan und »The Vault« von Gene DeWeese +++ Zur Serie **ACORNA, THE UNICORN GIRL** gab es Band 3, »Acorna's People« von Anne McCaffrey & Elizabeth Ann Scarborogh +++ Gestartet wurde eine **MEN IN BLACK**-Romanserie mit dem Roman »The Green Saliva Blues« von Dean Wesley Smith +++ **POST-HOLOCAUST**-Serien: James Axler setzte **DEATHLANDS** mit »Crucible of Time« (43), »Collector's Edition: Encounter« (Prequel), »Starfall« (44) und »Gemini Rising« (45) fort +++ Vom gleichen Autor stammt auch **OUTLANDERS,** in der zuletzt »Hellbound Fury« (8), »Night Eternal« (9) und »Outer Darkness« (10) erschienen sind +++ Weitergeführt wurde auch **ASHES** von William W. Johnstone mit »Triumph in the Ashes« (26) und »Hatred in the Ashes« (27) +++ Offenbar nicht fortgesetzt wurde die Serie **WINGMAN** von Mack Maloney.

Beim **Horror** stieg auch 1998/99 der Anteil, den Zyklen und Serien an der Zahl der Titel aufwiesen, wieder leicht an. Einen besonderen Platz nehmen dabei die verschiedenen **FEAR STREET**-Reihen ein, die von R. L. Stine entweder nur konzipiert oder auch selbst geschrieben werden. In der Hauptserie kam »The Bad Girl« heraus, und in der FEAR STREET COLLECTOR'S EDITION, in der frühere Titel neu aufgelegt werden, erschienen zuletzt »Creatures of the Night« (9; enthält »Haunted«, »Bad Moonlight« und »Trapped«), »Fear Park« (10; besteht aus der Trilogie »The First Scream«, »The Loudest Scream« und »The Last Scream« um einen verfluchten Vergnügungspark), »99 Fear Street: The House of Evil« (11; besteht aus »The First Horror«, »The Second Horror« und »The Third Horror«), »Cheerleaders« (12; enthält »Cheerleaders: The First Evil«, »Cheerleaders: The Second Evil« und »Cheerleaders: The Third Evil«), alle aus der Feder von Stine selbst. **FEAR STREET SAGAS** hingegen wird nach seinen Ideen von anderen Autoren geschrieben: »Faces of Terror« (13) von Camperon Pokey, »One Last Kiss« (14) von Brandon Alexander, »Door of Death« (15) von Eric Weiner und »The Hand of Power« (16) von Cameron Dokey. Neu die zwölfbändige Serie **FEAR STREET SENIORS,** die schon komplett vorliegt: »Let's Party« (1), »In Too Deep« (2), »The Thirst« (3), »No Answer« (4), »Last Chance« (5), »The Gift« (6), »Fight, Team, Fight« (7), »Sweetheart, Evil Heart« (8), »Spring Break« (9), »Wicked« (10), »The Prom Day« (11) und »Graduation Day« (12) +++ Weitergeführt wurden auch die auf VAMPIRE: THE ETERNAL STRUGGLE basierenden Novelisierungen der Reihe **THE WORLD OF DARKNESS:** »To Dream of Dreamers Lost« von David Niall Wilson (THE GRAILS COVENANT 3), »The Quintessential World of Darkness«, hrsg. von Stewart Wieck & Anna Branscome (3 Romane, davon einer neu – »The Silver Crown« von William Bridges, »Mister Magick« von Edo van Belkom und »Beyond the Shroud« von Rick Hautala – und Stories von Kevin Andrew Murphy und Jody Lynn Nye), »Dark Kingdoms« von Richard Lee Byers (3 Romane der DARK KINGDOMS-Trilogie, zwei davon bislang unveröffentlicht: »The Ebon Mask«, »The Onyx Tower« und »The Obsidian Blade«), »Toreador« von Stewart Wieck (CLAN 1), »Dark Tyrants«, hrsg. von Justin Achilli & Rob Hatch, »Tzimosce« von Eric Griffin (CLAN 2), »Gangrel« von Gherbod Fleming (CLAN 3), »Setite« von Kathlen Ryan (CLAN 4), »Ventrue« von Gherbod Fleming (CLAN 5), »Lasombra« von Richard Dansky (CLAN 6), »Ravnos« von Kathleen Ryan (CLAN 7), »Assamite« von Gherbod Fleming (CLAN 8) und »Malkavian« (CLAN 9). Zum neuen TV-Hit **BUFFY, THE VAMPIRE SLAYER** kam eine Vielzahl von neuen Titeln heraus, und zwar »Blooded« und »Child of the Hunt« von Christopher Golden & Nancy Holder, »Return to Chaos« von Craig Shaw Gardner, »The Angel Chronicles, Volume 1« von Nancy Holder, »The Angel Chronicles, Volume 2« von Richie Tankersley, »The Angel Chronicles, Volume 3« von Nancy Holder, »The Xander Years, Volume 1« von Keith R. A. DeCandido, »The Gatekeeper Trilogy, Book One: Out of the Madhouse«, »The Gatekeeper Trilogy, Book Two: Ghost Roads« und »The Gatekeeper Trilogy, Book Three: Sons of Entropy« von Christopher Golden & Nancy Holder, »Visitors« von Laura Anne Gilman & Josepha Sherman, »Obsidian Fate« von Diana G. Gallagher, »Resurrecting Ravana« von Ray Garton, »Immortal« von Christopher Golden & Nancy Holder, »Unnatural Selection« von Mel Odom, »Power of Persuasion« von Elizabeth Massie, »Teen Deep Water« von Laura Ann Gilman, »Angel« von Nancy Holder und »The Willow Files, Volume 1« von Yvonne Navarro +++ Neu auch Romane zur klassischen Grusel-TV-Serie **DARK SHADOWS:** »Angelique's Descent« von Lara Parker (1) und »Dreams of the Dark« von Stephen M. Rainey (2) +++ In THE VAMPIRE FILES präsentierte P. N. Elrod den 8. Band der Serie, »The Dark Sleep« +++ Auch zur TV-Serie um **SABRINA, THE TEENAGE WITCH** gibt es eine Romanserie. Neu kamen hierin »Lotsa Luck« von Diana G. Gallagher (10), »Prisoner of Cabin 13« von John Vornholt (11), »All That Glitters« von Ray Garton (12), »Go Fetch!« von David Cody Weiss & Bobbi J. G. Weiss (13), »Spying Eyes« von Nancy Holder (14), »Harvest Moon« von Mel Odom (15), »Now You See Her, Now You Don't« von Diana G. Gallagher (16), die Anthologie »Eight Spells A Week« (8 Stories die auf TV-Episoden basieren), »I'll Zap Manhattan« von Mel Odom (17), »Shamrock Shenanigans« von Diana G. Gallagher (19), »Age of Aquarius« von David Cody Weiss & Bobbi j. G. Weiss (20), »Prom Time« von David Cody Weiss & Bobbi J. G. Weiss (21), »Witchopoly« von John Vornholt (22), »Bridal Bedlam« von

Diana G. Gallagher (23), »Scarabian Nights« von Nancy Holder (24) und »While the Cat's Away« von Margot Batrae (25) heraus +++ Nach längerer Pause wurde ein neuer **RAVENLOFT**-Roman veröffentlicht: »Spectre of the Black Rose« von James Lowder & Voronica Whitney-Robinson +++ Die Romanreihe **POLTERGEIST: THE LEGACY** wurde gestartet mit »The Hidden Saint« von Rick Hautala.

Auch in der Kategorie der **Superhelden** hat sich im letzten Jahr wieder einiges getan, wobei das umfangreichste Programm wieder von **MARVEL** stammte. Hier wurden zuletzt folgende Superhelden-Titel veröffentlicht bzw. zur Veröffentlichung vorbereitet: der Roman zum Film »Blade« von Mel Odom sowie »The Avengers and the Thunderbolts« von Pierce Askegren, »X-Men: Soul Killer« von Richard Lee Byers, »Spider-Man: The Gathering of the Sinister Six« von Adam-Troy Castro, »Spider-Man: Wanted Dead or Alive« von Craig Shaw Gardner, »Daredevil: The Cutting Edge« von Madeline E. Robins, »Spider-Man: Goblin Moon« von Kurt Busiek & Nathan Archer, »X-Men and The Avengers: Gamma Quest Book I: Lost and Found«, »X-Men and The Avengers: Gamma Quest Book II: Search and Rescue« und »X-Men and The Avengers: Gamma Quest Book III: Friend and Foe« von Greg Cox, »Spider-Man: Emerald Mystery« von Dean Wesley Smith, »X-Men: Codename Wolverine« von Christopher Golden, »Generation X: Genogoths« von J. Steven York, »X-Men: Legends«, hrsg. von Stan Lee, und »Nick Fury, Agent of S.H.I.E.L.D.: Empyre« von Will Murray. Da vor Redaktionsschluß von MARVEL der Vertrag aufgekündigt wurde, ist fraglich, ob tatsächlich alle hier genannten Titel erscheinen werden +++ **WILDSTORM** brachte »Gen 13: Netherwar« von Christopher Golden & Jeff Marriotte heraus +++ Zum jetzt bei **IMAGE** erscheinenden Comic The Crow erschienen neu der Omnibus-Band »The Crow: A Murder of Crows« mit drei Romanen, »Quoth the Crow« von David Bischoff, »The Lazarus Heart« von Poppy Z. Brite und »Clash By Night« von Chet Williamson sowie die Antho »Shattered Lives & Broken Dreams«, hrsg. von J. O'Barr & Ed Kramer; sie enthielt 19 Stories, u.a von A. A. Attanasio,

John Shirley, Nancy A. Collins, Gene Wolfe und Andrew Vachss.

Anthologien erfreuen sich in den USA nach wie vor großer Beliebtheit und weisen in der Regel ein sehr hohes Niveau auf. Aus der Fülle des exzellenten und unterhaltsamen Angebots wären vor allem zu erwähnen: »Isaac Asimov's Detectives«, hrsg. von Gardner Dozois & Sheila Williams (6 SF-Detektiv-Stories aus ASIMOV'S) +++ »The Conspiracy Files«, hrsg. von Martin H. Greenberg & Scott H. Urban (Original-Anthologie mit 14 Verschwörungs-Geschichten, u.a. von Nancy Holder, Thomas F. Monteleone und Norman Partridge) +++ »Things Invisible to See«, hrsg. von Lawrence Shimel (11 Stories über lesbischen oder homosexuellen Magischen Realismus, u.a. von Martha Soukup, Nancy Springer und Michelle Sagara West) +++ »Tales from Tethedril«, hrsg. von Scott Siegel (Shared World-Anthologie von neun Stories, die auf einer Story von R. A. Salvatore basiert, u.a. von Douglas Niles, Ed Greenwood und Elaine Cunningham) +++ »Alternate Generals«, hrsg. von Harry Turtledove, Roland Green & Martin Harry Greenberg (16 Stories über alternative Militärgeschichte, u.a. von Elizabeth Moon, Esther M. Friesner und David Weber) +++ »The Essential Bordertown«, hrsg. von Terri Windling & Delia Sherman (Originalanthologie mit 13 Geschichten des Shared World-Zyklus BORDERLAND, u.a. von Patricia A. McKillip, Charles de Lint und Steven Brust) +++ »Sirens and Other Demon Lovers«, hrsg. von Ellen Datlow & Terri Windling (22 erotische Fantasy- und Dark Fantasy-Stories in Erstveröffentichung, u.a. von Tanith Lee, Joyce Carol Oates, Storm Constantine, Edward Bryant, Brian Stableford, Doris Egan, Dave Smeds und Neil Gaiman) +++ »Bending the Landscape: Science Fiction«, hrsg. von Nicola Griffith & Stephen Pagel (21 neue Stories bekannter und neuer Autoren, mit bisweilen homosexuellen & lesbischen Themen, u.a. von Nancy Kress, Stephen Baxter, Allen Steele, Charles Sheffield, Rebecca Ore, Shariann Lewitt, Elisabeth Vonarburg, Ellen Klages und L. Timmel Ducheamps) +++ »Legends«, hrsg. von Robert Silverberg (11 berühmte Autoren schrieben neue Novellen um ihre Lieblingsfiguren oder Welten, und zwar Terry Pratchett, Orson Scott Card, Robert Silverberg, George R. R. Martin, Ursula K. Le Guin, Robert Jordan, Terry Goodkind, Tad Williams, Raymond Feist, Stephen King und Anne McCaffrey) +++ »Absolute Magnitude«, hrsg. von Warren Lapine & Steve Pagel (Stories aus dem gleichnamigen Magazin, u. a. von Terry Bisson, Hal Clement, Janet Kagan, Barry B. Longyear, Allan Steele, Chris Bunch und Alan Dean Foster) +++ »Free-Space«, hrsg. von Edward E. Kramer & Brad Linaweaver (Stories von SF-Preisträgern, wie Poul Anderson, Gregory Benford, Robert J. Sawyer, Victor Koman, Dafydd ab Hugh und L. Neil Smith) +++ »The Best of Crank!«, hrsg. von Bryan Cholfin (17 Stories aus dem Magazin, u. a. von Gwyneth Jones, Ursula K. Le Guin, Gene Wolfe und Jonathan Lethem) +++ »The Reel Stuff«, hrsg. von Brian Thomsen & Martin H. Greenberg (11 Stories, die die Grundlage für einen Film bildeten, u. a. von H. P. Lovecraft, John Varley und Philip K. Dick) +++ »Starlight 2«, hrsg. von Patrick Nielsen Hayden (13 neue herausragende SF-Stories von Carter Scholz, Susanna Clarke, Robert Charles Wilson, David Langford, Esther M. Friesner, M. Shayne Bell, Raphael Carter, Geoffrey A. Landis, Martha Soukup, Ellen Kushner, Jonathan Lethem, Ted Chiang u. a.) +++ »Intersections – The Sycamore Hill Anthology«, hrsg. von John Kessel, Mark L. Van Name & Richard Butner (Original-Anthologie mit Beiträgen von u. a. Carol Emshwiller, Karen Joy Fowler, Alexander Jablokow, James Patrick Kelly, John Kessel, Nancy Kress, Jonathan Lethem, Maureen F. McHugh, Michaela Roessner und Bruce Sterling) +++ »Future on Ice«, hrsg. von Orson Scott Card (18 Stories zum Thema, u. a. von Isaac Asimov, Lisa Golstein, Octavia E. Butler und John Varley) +++ »Midnight Louie's Pet Detectives«, hrsg. von Carole Nelson Douglas (17 Tierkrimis, u. a. von Esther M. Friesner & Walter J. Stutzman, Ed Gorman, Bruce Holland Rogers und Elizabeth Scarborough) +++ »Mistresses of the Dark: 25 Macabre Tales by Master Storytellers«, hrsg. von Stefan R. Dziemianowicz, Denise Little & Robert Weinberg (25 Horror-Stories bekannter Autorinnen, wie Doris Lessing, Ursula K. Le Guin und Shirley Jackson) +++ »Hot Blood X«, hrsg. von Jeff Gelb & Michael Garrett (17 erotische

Horror-Stories von Bentley Little, Nancy Holder, Lawrence Block, Graham Masterton u. a.) +++ »Battle Magic«, hrsg. von Martin H. Greenberg & Larry Segriff (15 Fantasy-Geschichten um magische Konflikte, u. a. von Charles de Lint, Nina Kiriki Hoffman und Rosemary Edghill) +++ »Eternal Lovecraft: The Persistence of H. P. Lovecraft in Popular Culture«, hrsg. von Jim Turner (18 von Lovecraft inspirierte Stories von Alan Rodgers, Nancy A. Collins, Stephen King, Fritz Leiber u. a.) +++ »How to Save the World«, hrsg. von Charles Sheffield (Lösungsmöglichkeiten von u. a. Larry Niven, James P. Hogan, Jerry Pournelle, Doug Beason und Lawrence Watt-Evans) +++ »What If...? Amazing Stories«, hrsg. von Monica Hughes (14 SF- und Fantasy-Stories für Jugendliche von kanadischen Autoren wie Edo van Belkom und Charles de Lint) +++ »Crossing the Line: Canadian Mysteries With A Fantastic Twist«, hrsg. von Robert J. Sawyer & David Skene-Melvin (11 Stories, u. a. von Robertson Davies, William Gibson, Charles de Lint und Spider Robinson) +++ »Mob Magic«, hrsg. von Brian Thomsen & Martin H. Greenberg (17 Originalgeschichten über Gangster und Magie, von Mickey Zucker Reichert, P. N. Elrod und Jody Lynn Nye) +++ »The Good Old Stuff«, hrsg. von Gardner Dozois (16 Stories aus den Jahren 1948 bis 1971 von u. a. A. E. van Vogt, Murray Leinster, James H. Schmitz, L. Sprague de Camp, Gordon R. Dickson, Cyril M. Kornbluth, Jack Vance, Poul Anderson, H. Beam Piper, Leigh Brackett, Cordwainer Smith, Ursula K. Le Guin und Roger Zelazny) +++ »The Good New Stuff«, hrsg. von Gardner Dozois (17 Stories aus den Jahren 1977 bis 1998, u. a. von Peter F. Hamilton, Bruce Sterling, George Turner, Walter Jon Williams, Michael Swanwick, Paul J. McAuley, R. Garcia y Robertson, Mary Rosenblum, Maureen F. McHugh, Stephen Baxter und Janet Kagan) +++ »Nanotech«, hrsg. von Jack Dann & Gardner Dozois (9 Stories und ein Gedicht zum Thema von Greg Bear, Nancy Kress, Greg Egan, Michael Flynn, Ian McDonald u. a.) +++ »Between the Darkness and the Fire«, hrsg. von Jeffry Dwight (23 SF-Geschichten aus dem Internet, u. a. von Vonda N. McIntyre, Alan Rodgers und M. Shayne Bell) +++ »Flying Cups & Saucers: Gender Explorations in Science Fiction & Fantasy«, hrsg. von Debbie Notkin & The Secret Feminist Cabal (13 Geschichten um die Rolle der Geschlechter, u.a von Ursula K. Le Guin, Ian McDonald, James Patrick Kelly und Lisa Tuttle +++ »The SFWA Grand Masters, Volume 1«, hrsg. von Frederik Pohl (Stories von den ersten fünf SF-Großmeistern der SFWA: Robert A. Heinlein, Jack Wiliamson, Clifford D. Simak, L. Sprague de Camp und Fritz Leiber) +++ »Whitley Strieber's Aliens«, hrsg. von Whitley Strieber (21 Original-Stories über die Begegnung mit Außerirdischen, u. a. von Nina Kiriki Hoffman, Esther Friesner, Adam-Troy Castro und P. D. Cacek) +++ »A Dangerous Magic«, hrsg. von Denise Little & Martin H. Greenberg (Original-Anthologie mit 15 Stories über übernatürliche Liebhaber, von Peter Crowther, John DeChancie, Andre Norton u. a.) +++ »Not the Only Planet: Science Fiction Travel Stories«, hrsg. von Damien Broderick (11 Reise-Geschichten von Lisa Goldstein, Greg Egan, Brian Aldiss, Gene Wolfe u. a.) +++ »Silver Birch, Blood Moon«, hrsg. von Ellen Datlow & Terri Windling (Märchen für Erwachsene, u. a. von Tanith Lee, Caitlin R. Kiernan, Nalo Hopkinson, Garry Kilworth, Michael Cadnum, Melanie Tem und Neil Gaiman) +++ »Not of Woman Born«, hrsg. von Constance Ash (14 Geschichten über menschliche Reproduktion von Robert Silverberg, Michael Armstrong, Patricia A. McKillip, Walter Jon Williams u. a.) +++ »My Favorite Science Fiction Story«, hrsg. von Martin H. Greenberg (17 prominente Autoren präsentieren ihre Lieblings-SF-Story, die u. a. von Theodore Sturgeon, Keith Laumer und Cordwainer Smith stammt) +++ »Tesseracts 7«, hrsg. von Paula Johanson & Jean-Louis Trudel (Originalanthologie kanadischer Autoren, wie Elisabeth Vonarburg, Andrew Weiner, Candas Jane Dorsey und Yves Meynard) +++ »Northern Suns«, hrsg. von David Hartwell & Glenn Grant (Anthologie kanadischer AutorInnen, wie Robertson Davis, Nalo Hopkinson ud Nancy Kilpatrick) +++ »Twice Upon A Time«, hrsg. von Denise Little & Martin H. Greenberg (18 Märchen und Sagen aus der Sicht der Bösewichter, u. a. von Nina Kiriki Hoffman, Esther Friesner, Nancy Springer und Alan Rodgers) +++ »Nebula Awards 33«, hrsg. von Connie Willis (10 Gewinner des Preises bzw. dafür Nominierte, sowie von Grand Master Poul Anderson und Author

Emeritus Nelson Bond) +++ »Far Horizons«, hrsg. von Robert Silverberg (11 neue Stories, die renommierte Autoren in von ihnen geschaffenen Universen spielen lassen, und zwar Dan Simmons, Ursula K. Le Guin, Joe Haldeman, Orson Scott Card, David Brin, Anne McCaffrey, Greg Bear, Robert Silverberg, Nancy Kress, Frederik Pohl und Gregory Benford) +++ »The Year's Best Science Fiction: Sixteenth Annual Collection«, hrsg. von Gardner Dozois (25 der besten Geschichten des Jahres 1998, u. a. von Greg Egan, Ted Chiang, Ian R. MacLeod, Michael Swanwick, Tanith Lee, Stephen Baxter, Tony Daniel, Rob Chilson, Bruce Sterling, Robert Reed, Howard Waldrop, Robert Charles Wilson, Ian Mconald und Paul J. McAuley) +++ »Year's Best SF 4«, hrsg. von David G. Hartwell (zweite bedeutende Jahresbesten-SF-Anthologie mit Beiträgen von Ted Chiang, Robert Reed, Michael Swanwick, Bruce Sterling, Alexander Jablokov, Norman Spinrad, Mary Soon Lee, Michael F. Flynn, Mary Rosenblum, Mark Geston, Rob Chilson, Dave Langford, Stephen Baxter, Gregory Benford, David Brin, Nancy Kress u. a.) +++ »Chicks 'n Chained Males«, hrsg. von Esther M. Friesner & Martin H. Greenberg (3. CHICKS-Antho mit 18 humorvollen Stories über Kriegerinnen in Originalveröffentlichung, u. a. von Harry Turtledove, Elizabeth Moon und Sarah Zettel) +++ »Cthulhu 2000«, hrsg. von Jim Turner +++ »The Year's Best Fantasy and Horror: Twelfth Annual Collection«, hrsg. von Ellen Datlow & Terri Windling (38 Stories und 8 Gedichte, u. a. von Neil Gaiman, Stephen King, Michael Blumlein, Terry Lamsley, Terry Dowling, Peter Straub, Charles de Lint, Karen Joy Fowler, Susanna Clarke, Mary Rosenblum, Michael Marshall Smith und Antonia S. Byatt) +++ »Sword & Sorceress XVI«, hrsg. von Marion Zimmer Bradley (26 neue Fantasy-Stories, u. a. von Deborah Wheeler, Lawrence Watt-Evans und Dian Paxson) +++ »Moon Shots«, hrsg. von Peter Crowther & Martin H. Greenberg (16 neue Stories zum 30. Jahrestag der ersten Mondlandung, u.a von Brian Aldiss, Gene Wolfe, Paul Di Filippo und Paul J. McAuley).

Bei den ***Vorschüssen und Honorarzahlungen*** gab es 1998/99 keine neuen Rekorde, und auch sonst wurde bei den Spitzenentlohnungen vorsichtige Zurückhaltung geübt. Zwar gelang es wieder einigen, auch noch nicht so bekannten Autorinnen und Autoren, beträchtliche Honorarsummen zu kassieren, sie lagen aber doch in der Regel niedriger als in früheren Jahren. Den Vogel schoß diesmal **Chris Carter** ab, der einen hohen siebenstelligen Betrag für zwei noch nicht geschriebene Mysteries einheimste, die nicht in Verbindung zu THE X-FILES oder MILLENIUM stehen +++ Bei fast einem siebenstelligen Betrag lag der Vorschluß, den **Arthur C. Clarke & Stephen Baxter** für den nach einer Idee von Clarke zu schreibenden SF-Roman »The Light of Other Days« bekamen +++ Gleich dreimal eine sechsstellige Summe erhielt **Jeanne Kalogridis,** die auch als **J. M. Dillard** publiziert, für die britischen, deutschen und US-Rechte ihrer neuen historischen Fantasy »The Burning Times« +++ **Vernor Vinge** verkaufte drei neue Romane und die Nachdruckrechte für vier frühere Titel an Tor und erhielt dafür einen sechsstelligen Vorschuß mittlerer Größenordnung +++ Warner zahlte **Gregory Benford** einen Vorschuß in sechsstelliger Höhe für den neuen SF-Roman »The Martian Race«, der auf seinem Script für die gleichnamige TV-Miniserie basiert, sowie eine Novelle, bei der er Co-Autor ist +++ Für die deutschen Rechte ihrer neuen CARAVANS-Serie bekam **Jennifer Roberson** einen sechsstelligen Dollar-Vorschuß +++ Einen hohen sechsstelligen Betrag erhielten **Brian Herbert & Kevin J. Anderson** für britischen, französischen und italienischen Rechte an ihrer neuen PRELUDE TO DUNE-Trilogie +++ Für eine nette sechsstellige Summe hat sich der Brite **Michael Moorcock,** der seit einigen Jahren in Austin, Texas lebt, verpflichtet, drei neue Romane um ELRIC zu schreiben: »The Dreamthief's Daughter«, »Silverskin« und »Mournblade« +++ Sechsstellig war auch die Summe, die der in Mexiko geborene Autor **Maria Amparo Escandón** für seinen in englischer Sprache geschriebenen magisch-realistischen Debütroman »Esperanza's Box of Saints« erhielt +++ Für den neuen Roman »Microcosm«, der auf dem Konzept des Films »Fantastic Voyage« aus dem Jahre 1966 basiert, erhielt **Kevin J. Anderson** einen sechsstelligen Vorschuß +++ Einen mittelhohen Vorschuß der sechsstelligen Art erhielt **Laurell K. Hamilton** von Ace für drei neue Romane ihrer ANITA BLAKE-

Vampirserie +++ Einen sechstelligen Vorschuß bekam **Eric Lustbader** von Tor für drei neue Fantasy-Romane +++ Einen Vorschuß dieser Größenordnung erhielt auch **Douglas E. Winter** für den Thriller »Rum« und einen weiteren Roman +++ 300.000 Dollar war das Honorar von Al Sarrantonio für die Original-Horror-Anthologie »999«, in der sich Autoren wie William Peter Blatty, Joe Lansdale, David Morrell, Joyce Carol Oates, Ramsey Campbell, Stephen King, Thomas Ligotti, Eric Van Lustbader, Thomas Monteleone, Kim Newman, F. Paul Wilson, Gene Wolfe, Thomas Disch, Rick Hautala, Dennis McKiernan, Tim Powers, Neil Gaiman, Stephen Spruill, Michael Marshall Smith und andere ein Stelldichein geben +++ $ 130 000 heimsten **Arthur C. Clarke & Michael P. Kube-McDowell** für britische Ausgabe von »Trigger« ein +++ Sechsstellig war die Summe, die **Gentry Lee** für »The History of the 21st Century« erhielt +++ Für die Zusammenstellung der Original-SF-Anthologie »Redshift« bekam Al Sarrantonio einen hohen sechsstelligen Vorschuß +++ Einen respektablen sechsstelligen Vorschuß bezahlte Harcourt **Ursula K. Le Guin** für einen neuen Roman und eine Collection mit EARTHSEA-Geschichten +++ Einen mittleren fünfstelligen Vorschuß erhielt **Simon R. Green** von Roc für »Beyond Blue Moon«, die Fortsetzung von »Blue Moon Rising« +++ Für einen Vorschuß dieser Größenordnung verkaufte **Nancy Kress** zwei Romane, darunter den mittlerweile fertiggestellten »Probability Moon«, an Tor.

Im einzelnen ist von den **Autoren,** ihren jüngsten **Veröffentlichungen**, **Aktivitäten** und geplanten **Projekten** – in alphabetischer Reihenfolge – folgendes zu berichten:

Lynn Abbey – Um eine Antwort darauf zu finden, warum ihre Kinder keine Elfen sind, verläßt die titelgebende Protagonistin im Fantasy-Roman »Jerlayne« das Feenreich.

Joan Aiken – Als Band 9 der Alternativwelt-Serie WOLVES CHRONICLES erschien das Jugendbuch »Dangerous Games«.

Brian Aldiss – verkaufte den neuen Roman »White Mars« an St. Martin's.

Buzz Aldrin – Der gemeinsam mit John Barnes zu schreibende Technothriller »Return of the Mars 3« wurde an Tor verkauft.

Lloyd Alexander – Eine Neuauflage erlebte der fünfbändige Fantasy-Zyklus CHRONICLES OF PRYDAIN sowie die dazugehörige Storysammlung »The Foundling and Other Tales of Prydain«.

Margaret Allen – unter diesem Pseudonym veröffentlichte Dorothy Quick den im alten Mexiko spielenden prähistorischen Roman »Sister of the Sky«.

Roger MacBride Allen – schrieb den dritten Band der Jugend-Trilogie DAVID BRIN'S OUT OF TIME: »The Game of Worlds«.

Kevin J. Anderson – wird ein Buch zur TV-Serie »The Outer Limits« schreiben – »The Outer Limits: Armageddon Dreams« –, das neben einem Originalscript von Harlan Ellison drei Episoden enthalten wird. Er verkaufte »Fantastic Voyage: Microcosm« über die Mikro-Expedition in den Körper eines bei einem UFO-Absturz gestrandeten Alien, an Penguin Putnam.

Poul Anderson – Ein Credo auf den Wert der Weltraumfahrt und interstellarer Forschung und Expansion gab Anderson mit »Starfarers« ab, präsentierte mit »War of the Gods« eine epische Saga um einen Wikingerkönig und Kriegerhäuptling und publizierte mit »Operation Luna« eine Fortsetzung seines Klassikers »Operation Chaos«, die die weiteren Abenteuer des Werwolf-Ingenieurs Steve Matuchek und seine Frau Ginny, der konsultierenden Hexe, in der UNKNOWN-Tradition schilderte. Für Anfang 2000 eingeplant ist der neue Roman »Genesis«.

V. C. Andrews – Zuletzt erschienen die Bände 3 bis 5 der ORPHANS-Serie, »Brooke«, »Raven« und »Runaways«, sowie »Olivia«, der 5. und letzte Roman des Zyklus um die LOGAN FAMILY. Neu gestartet wurde der WILDFLOWER-Zyklus mit »Misty«.

Mark Anthony – startete mit »Beyond the Pale« den Fantasy-Zyklus THE LAST RUNE, deren zweiter Band Ende 1999 unter dem Titel »The Keep of Fire« erscheinen wird. Ebenfalls veröffentlicht wurde der SF-Roman »Reality Check«.

Patricia Anthony – Ihr phantastischer Roman »Flanders« wurde von der America Library Association in die Liste der wichtigen Bücher 1998 aufgenommen.

Piers Anthony – Gemeinsam mit Julie Brady entstand der Fantasy-Roman »Dream A Little Dream« um zwei Mädchen mit der Gabe, ihre Träume zur Realität werden zu lassen. Daneben setzte er seinen Zyklus GEODYSSEY um die Geschichte der Menschheit, die er aus der Sicht der Mitglieder einer einzigen Familie von der tiefsten Vergangenheit bis in die fernste Zukunft hinein erzählt, mit »Muse of Art«, dem 4. Band, fort. Er verkaufte »DoOon Mode«, den 4. Roman des MODE-Zyklus, an Tor.

K. A. Applegate – Die Schöpferin der ANIMORPHS hat die neue Fantasy-Jugendbuch-Serie EVERWORLD konzipiert, in der einige Teenager einem seltsamen Mädchen in eine Parallelwelt folgen und deren erste Bände bereits vorliegen: »Search for Senna« und »Land of Loss«.

Catherine Asaro – wird drei weitere Romane der Serie um das SKOLIAN EMPIRE verfassen, in der zuletzt »The Radiant Seas« und »The Last Hawk« erschienen sind. Sie hat »The World Web« an Bantam abgeliefert, das Ende 1999 publiziert wird.

Isaac Asimov – Die SF-Story »Nightfall« wird von Roger Corman verfilmt. Die Filmrechte am Roman »The End of Eternity« wurden von Paramount angekauft.

Robert Asprin – schrieb gemeinsam mit Peter J. Heck den 3. Roman der humorvollen SF-Serie um PHULE und seine Leute, »A Phule and His Money«.

A. A. Attanasio – Mit »The Serpent and the Grail« erschien bereits der 4. Band des Zyklus, der die klassische Legende um König Arthur und den Gral mit modernen Quantenphysik verbindet.

Camille Bacon-Smith – Einen weiteren Dark Fantasy-Krimi der Serie, die mit »Eye of the Demon« begann, präsentierte sie mit »Eyes of the Empress«.

Kage Baker – Nach »In the Garden of Iden« erschien mit »Sky Coyote« Band 2 des Zeitreise-Zyklus THE COMPANY. Der insgesamt zehnbändige Zyklus wurde von Showtime Network optioniert.

Clive Barker – Eine Geschichte aus der realen Welt, mit phantastischem Anstrich, präsentierte der Meister des modernen Horrors in »Galilee«.

John Barnes – 11 seiner besten Kurzgeschichten wurden in »Apostrophes and Apocalypses« gesammelt; erschienen ist der SF-Roman »Finity«, der eine alternative Zukunft darstellt, in der die Welt von zwölf Reichen beherrscht wird, den Nachfolgestaaten der siegreichen Achsenmächte. Er lieferte einen weiteren Roman der ORBITAL RESONANCE-Serie an Tor ab.

Steven Barnes – schreibt einen Roman zur auf der gleichnamigen TV-Serien basierenden Buchreihe EARTH: FINAL CONFLICT. Er verkaufte den Alternativwelt-Zweiteiler INSH'ALLAH, in dem Sokrates den Schierlingsbecher verweigert und nach Ägypten flieht.

Neal Barrett jr. – verkaufte eine neue Storysammlung unter dem Titel »Perpetuity Blues« an Golden Gryphon. Seine Kurzgeschichte »The Lizard Shoppe« gewann in ihrer Kategorie den 43. Maggie Award der Western Publications Association.

William Barton – Neu der SF-Roman »When We Were Real« über Mutanten, Hybriden und Cyborgs, die für eine gnadenlose Corporation arbeiten, die die Galaxis in ihrem Griff hat.

Stephen Baxter – Ein Nanovirus von einem Mondfelsen droht die Erde in Staub zu verwandeln – in »Moonseed«. Er verkaufte das Jugendbuch »Coraline« an Avon.

Peter S. Beagle – In Vorbereitung befindet sich der neue Fantasy-Roman »Tamsin«.

Charles Beaumont – Für Herbst 1999 eingeplant ist die Collection »A Touch of the Creature«.

Greg Bear – Im September 1999 erschien sein neuer Roman »Darwin's Radio«.

John Bellairs – Der Omibus »The Best of John Bellairs« enthält die ersten drei LEWIS BARNAVELT-Romane »The House with a Clock in It's Walls«, »The Figure in the Shadows« und »The Letter, the Witch, and the Ring«.

Gregory Benford – hat seinen neuen SF-Thriller »Eater« an Avon abgeliefert.

E. F. Benson – 15 Horror-Stories enthält die Collection »The Terror By Night«

Elaine Bergstrom – Um eine Tür, hinter der Aleister Crowley wartet, geht es in »The Door Through Washington Square«.

Joanne Bertin - Einen beeindruckenden Debütroman publizierte sie mit der Fantasy »The Last Dragonlord«, den ersten Band eines Zyklus, zu dem Ende 1999 der zweite Band erschienen ist, »Dragon and Phoenix«, und von dem sie auch schon Band 3 verkaufte.

Bruce Bethke - schrieb den Roman zum Film »Wild Wild West«.

Anne Bishop - hat »Queen of the Darkness«, den Abschlußband der BLACK JEWELS-Trilogie, fertiggestellt und »The Invisible Ring«, einen in der Welt der BLACK JEWELS-Trilogie spielenden Fantasy-Roman an Roc verkauft. Erschienen ist zuletzt der BLACK JEWELS Mittelband »Heir to the Shadows«.

Michael Bishop - 49 Gedichte enhält der Lyrikband »Time Pieces«.

Terry Bisson - brachte den Roman »The Deletion Artist« und eine Storysammlung bei Tor unter. Er wird den Roman zum Film »Galaxy Quest« verfassen.

James Blaylock - Im Sommer 1999 erschien sein neuester Roman, eine Dark Fantasy, unter dem Titel »The Rainy Season«.

Robert Bloch - Subterranean Press präsentierte die Sammlung »The Devil With You: The Lost Bloch, Volume One«.

Alice Borchardt - Ein Gestaltwandler zur Zeit von Julius Caesar ist der Protagonist des phantastischen Romans »Night of the Wolf«.

Anthony Boucher - Alle SF- und Fantasy-Stories Bouchers enthält die 45 Geschichten umfassende Sammlung »The Compleat Boucher«.

Ben Bova - 14 Stories umfaßt die Collection »Twice Seven«, die ebenso 1999 erschienen ist wie der SF-Roman »Return to Mars«, die Fortsetzung von »Mars«, und »Immortality«, ein Sachbuch über Lebensverlängerungsforschung. Neu auch »Sam Gunn Forever«, eine Collection aus fünf Stories mit Rahmenhandlung um die bereits bekannte Figur. Tor kaufte drei PLANETARY EXPLORATION-Romane um die Erforschung von Venus, Jupiter und Europa an. Der erste wird unter dem Titel »The Venus Prize« erscheinen.

Richard Bowes – Ein Mann, der seit seiner Kindheit von einem Doppelgänger gequält wird, ist der Protagonist des phantastischen Romans »Minions of the Moon«, von dem ein Teil mit dem World Fantasy Award 1998 ausgezeichnet wurde.

Bruce Boxleitner – Vom berühmten B5-Schauspieler erscheint der SF-Roman »Frontier Earth«.

Ray Bradbury – erhielt den ersten jährlich vergebenen Julie Award – benannt nach Comic-Größe Julius Schwartz – für lebenslange Leistungen in allen Medienbereichen; neu die Novelle »Ahmed and the Oblivion Machine: A Fable«; der literarische Autor wurde im Sommer 1999 in die »SF Hall of Fame« aufgenommen.

Marion Zimmer Bradley – Ein Vorläufer ihrer LIGHT-Serie erschien unter dem Titel »Heartlight«. Mit Rachel Holmen gab sie die Anthologie »Marion Zimmer Bradley's Fantasy World« heraus. 15 Jahre nach den in »The Shadow Matrix« geschilderten Ereignissen spielt der wieder gemeinsam mit Adrienne Martine-Barnes geschriebene neueste DARKOVER-Roman »Traitor's Sun«.

Gillian Bradshaw – Neu auf dem Markt ist der im 2. Jahrhundert spielende historisch-phantastische Roman »Island of Ghosts«.

Gary Brandner – Neu vom Autor des Werwolf-Romans »The Howling« der Horror-Roman »Rot«.

David Brin – Der von ihm geschriebene dritte Band der SECOND FOUNDATION-Trilogie, der Fortsetzung zu Isaac Asimovs FOUNDATION, die den Arbeitstitel »The Secret Foundation« trug, erschien als »Foundation's Triumph«. Seine UPLIFT-Serie wurde von Paramount optioniert. Er entwickelte die Shared World-SF-Trilogie OUT OF TIME, deren Einzelbände von Nancy Kress, Sheila Finch und Roger MacBride Allen verfaßt wurden.

Kristen Britain – legte mit dem Fantasy-Roman »Green Rider« um ein Mädchen, das von einem sterbenden Ritter eine wichtige Botschaft für den König erhält, ein beachtliches

Debüt vor. Fertiggestellt hat sie für DAW den neuen Roman »Mirror of the Moon«.

Poppy Z. Brite – Neu die Storysammlung »Are You Loathsome Tonight?«.

Terry Brooks – publizierte die Fortsetzung des phantastischen Romans »Running with the Demon« unter dem Titel »A Knight of the Word«.

Charles Brockden Brown – Die klassischen Grusel-Romane »Wieland«, »Arthur Mervyn« und »Edgar Huntly« enthält der Sammelband »Three Gothic Novels«.

Fredric Brown – Kurz vor Jahreswechsel präsentiert die rührige NESFA Press die Hardcover-Collection »From These Ashes: The Short Science Fiction of Fredric Brown«.

Mary Brown – Im Viktorianischen London spielt der phantastische Roman »Dragonne's Egg« um ein Drachenei, das binnen kurzer Zeit in einen noch unerforschten Teil Asiens zurückgebracht werden muß.

Joseph Bruchac – schloß die prähistorische Trilogie DAWN LAND, die mit »Dawn Land« und »Long River« begann, mit »The Waters Between« ab.

Stephen Brust – Der neuste und achte Roman der VLAD TALTOS-Serie, der chronologisch früh angesiedelt ist, erschien unter dem Titel »Dragon«.

Edward Bryant – Im Sommer 1999 kam die Collection »Flirting With Death« auf den Markt.

Lois McMaster Bujold – Der neueste Roman um MILES VORKOSIGAN erschien unter dem Titel »A Civil Campaign«.

Chris Bunch – schloß die mit »The Seer King« und »The Demon King« begonnene Fantasy-Trilogie mit »The Warrior King« ab und startete die Military-SF-Serie THE LAST LEGION mit einem Roman gleichen Titels. Abgeliefert hat er den zweiten THE LAST LEGION-Roman »Firemask« und an Warner verkauft »The Empire Stone«.

Octavia Butler – Erschienen ist »Parable of the Talents«, die Fortsetzung von »Parable of the Sower«, in der Lauren und ihre Tochter in der kriegerischen Zukunft des Jahres 2032 heranwachsen.

Pat Cadigan – schrieb einen weiteren Roman zum Film

»Lost in Space«. Zuletzt erschien der Cyberpunk-Roman »Tea from An Empty Cup«.

Richard Calder – Virtuelle Lebewesen durchwandern als Geister die Welt und versuchen, die Realität ihren Bedürfnissen anzupassen – in »Cythera«.

Orson Scott Card – Unter dem Titel »Heartfire« erschien der 5. Roman um ALVIN MAKER; im Herbst 1999 kam auch ein neuer Roman in der beliebten ENDER-Serie heraus, »Ender's Shadow«, zu dem Card bereits eine weitere Fortsetzung an Tor verkauft hat. Erschienen ist auch der phantastische Roman »Enchantment«, eine russische Version von »Dornröschen«.

Isobelle Carmody – Die Australierin verkaufte ihre aus den Einzelbänden »Obernewtyn«, »The Farseekers« und »Ashling« bestehende Fantasy-Trilogie THE OBERNEWTYN CHRONICLES an Tor.

Jerry Jay Carroll – Bogey, der in »Top Dog« in einen Hund verwandelt wurde, ist wieder in seinem Menschenkörper zurück – im satirischen Fantasy-Roman »Dog Eat Dog«.

Jeanne Cavelos – verfaßte das Sachbuch »The Science of THE X-FILES«.

Jack L. Chalker – schrieb einen neuen Roman zu seinem SF-Zyklus WELL WORLD; er erscheint unter dem Titel »Ghosts of the Well of Souls«. Abgeliefert wurde auch »The Moreau Factor« an Del Rey. Herausgekommen ist das SF-Abenteuer »Priam's Lens«, in dem Menschen im All auf überlegene Wesen treffen, denen die weitere Existenz der Menschheit gleichgültig ist.

Ann Chamberlin – präsentierte eine Neufassung der Geschichte von Adam und Eva im phantastischen Roman »Leaving Eden«.

Robert W. Chambers – Die erste von insgsamt zwei Sammlungen mit Kurzgeschichten Chambers' erschien unter dem Titel »Out of the Dark, Volume One: Origins«.

Suzy McKee Charnas – Der abschließende vierte Roman des Zyklus HOLDFAST, der mit »Motherlines« begann, erschien als »The Conqueror's Child«. Ihr Horror-Roman »The Vampire Tapestry« wurde von Wilder Films optioniert.

C. J. Cherryh – Erschienen ist nach »Fortress in the Eye of Time« und »Fortress of Eagles« der dritte von geplanten vier Bänden des Zyklus um Tristens Abenteuer, »Fortress of Owls«.

Deborah Chester – hat »The Sword«, den ersten Band der Fantasy-Trilogie THE SWORD, THE RING, AND THE CHALICE fertiggestellt.

Deepak Chopra – Nach einer Idee des Bestsellerautors startete mit »Deepak Chopra's Lords of Light« der Zyklus LORDS OF LIGHT, in dem es um nichts weniger als den Endkampf zwischen Gut und Böse geht.

Douglas Clegg – Neu vom Horror-Spezialisten der Roman »The Halloween Man« und die Storysammlung »The Nightmare Chronicles«.

James Clemens – Zuletzt erschienen ist der Fantasy-Roman »Wit'ch Storm«, Fortsetzung von »Wit'ch Fire« und damit Band 2 des Zyklus THE BANNED AND THE BANISHED.

Hal Clement – Die rührige NESFA Press startete mit »Trio For Slide Rule & Typewriter« die dreibändige Sammlung THE ESSENTIAL HAL CLEMENT; dieser erste Omnibus-Band enthält die SF-Klassiker »Needle«, »Iceworld« und »Close to Critical«. Neu auch der Hard-SF-Roman »Half Life«, Clements erster Roman seit mehr als einem Jahrzehnt.

Amanda Cockrell – Der Pilotroman der Urzeit-Trilogie THE HORSE CATCHERS erschien unter dem Titel »When the Horses Came«.

Andrei Codrescu – Ein satirischen phantastischen Milleniums-Roman um Cyberspace, Fundamentalismus und Armageddon kam mit »Messiah« heraus.

Jack Cohen – Gemeinsam mit seinem Kollegen Ian Stewart schrieb der britische Wissenschaftler den Hard-SF-Roman »Wheelers« und verkaufte ihn an Warner.

Max Allan Collins – Der überwiegend im Krimi-Bereich tätige Autor schrieb die Romanfassung des Films »The Mummy«.

Nancy A. Collins – Neu von der Autorin der SONJA BLUE-Trilogie der Dark Fantasy-Roman »Angels on Fire«, in dem eine verzweifelte Frau auf dem Dach ihres Apartments einen bewußtlosen Engel vorfindet, und »Lynch: A Gothic Western«, einen Horror-Roman aus dem Wilden Westen. Ihr Roman »Walking Wolf« wurde für eine geplante Kabel-TV-Serie optioniert.

Robert J. Conley – Der mehrfach mit dem Golden Spur der Western Writers of America ausgezeichnete Autor machte mit »Brass« einen Abstecher ins phantastische Genre.

Storm Constantine – Eine neue, umfangreiche Storysammlung erschien unter dem Titel »The Oracle Lips«. In der gleichen Welt wie ihre SEA DROGON-Trilogie spielt auch der Kurzroman »The Thorn Boy«.

Glen Cook – hat den neuen BLACK COMPANY-Roman »Soldiers Live«fertiggestellt.

Basil Copper – Neu die Collection »Whispers in the Night«.

Matthew Costello – Fertig ist der Roman »Maelstrom« zur Serie POLTERGEIST: THE LEGACY.

Bruce Coville – Neun Stories für Jugendliche präsentiert die Collection »Odder Than Ever«.

John Crowley – Mit einiger Verspätung fertiggestellt und abgeliefert wurde »Daemonomania«, Band 3 der AEGYPT-Serie. Er verkaufte den Roman »The Translator« an Avon.

Julie E. Czerneda – Um eine Gestaltwandlerin, die eine neue Rasse studieren soll, damit sie von ihrem Volk imitiert werden kann, geht es im neuen SF-Roman »Beholder's Eye«.

Brian Daley – Erschienen ist der abschließende Band 4 der Serie GAMMALAW, »To Waters' End«.

Kara Dalkey – Neu von der Auorin der BLOOD OF THE GODDESS-Trilogie die Fantasy »Genpei« sowie »Crystal Sage«, ein phantastischer Roman, in dem Feenlord Amadan, dessen Pläne für Pittsburgh in »Steel Rose« vereitelt wurden, jetzt in Colorado auftaucht.

John Dalmas – schloß den Military-SF-Zyklus REGIMENT mit Band 5, »The Three-Cornered War«, ab.

Tony Daniel – Neu von dem interessanten Story-Autor die Collection »The Robot's Twilight Companion«. Er verkaufte den SF-Roman »Metaplanetary« an HarperPrism, wo er in zwei Bänden erscheinen wird.

Jack Dann – In Vorbereitung befindet sich »Second Chance«, ein Alternativwelt-Roman um James Dean. Zusammen mit Gardner Dozois wird er die Anthologien »Armageddon« und »Future Combat« zusammenstellen. Erschienen ist der Bürgerkriegs-Roman »The Silent«.

Avram Davidson – Zu Ehren des außergewöhnlichen Autors stellten Robert Silverberg und Grania Davis eine Sammlung seiner besten Geschichten zusammen: »The Avram Davidson Treasury: A Tribute Collection«. In Vorbereitung bei Tor auch die Storysammlung »The Other Nineteenth Century«.

L. Sprague de Camp – brach sich kurz vor seinem 91. Geburtstag das Hüftgelenk und mußte sich in stationäre Pflege begeben.

Charles de Lint – Mit »Moonlight und Vines« präsentierte der Autor, der die gegenwärtige Phantastik mit populär machte, eine Sammlung von 22 magischen Geschichten, die in der imaginären Stadt NEWFORD spielen, wie zuvor schon »Dreams Underfoot« und »The Ivory and the Horn« und auch eine neue Collection, die er gemeinsam mit »The Onion Girl« und »The Moment of the Rose« sowie die neue NEWFORD-Collection »Mulengro« an Tor verkaufte. Fertig ist auch der Roman »Forests of the Heart«, der bei Tor herauskommen wird.

Keith R. A. DeCandido – hat das YOUNG HERCULES-Jugendbuch »Cheiron's Warriors« fertiggestellt und schreibt demnächst den SPIDER-MAN-Roman »Venom's Rage« und das YOUNG HERCULES-Buch »The Ares Alliance«.

Stephen Dedman – In Australien erstveröffentlicht wurde die erste Storysammlung »The Lady of Situations«.

Tom Deitz – schloß den Fantasy Zyklus um DAVID SULLIVAN mit »Wartalker's Track« ab und publizierte den Fantasy-Roman »Bloodwinter«. Die beiden nächsten Bände der damit begonnenen Fantasy-Serie erscheinen unter den Titeln »Summerblood« und »Warautumn«.

John DeChancie – Der Autor der humorvollen CASTLE-Serie erlitt im November 1998 einen Herzinfarkt und mußte sich einer Angioplastik unterziehen. Erschienen ist 1999 die Collection »Other States of Being: 16 Short Abductions«.

August Derleth – Eine Sammlung früher unveröffentlichter Geschichten – einem Roman, sechs Stories und etlichen Vignetten – über Derleths okkulten Detektiv präsentierte die Originalsammlung »The Final Adventures of Solar Pons«, während »In Lovecraft's Shadow« alle seine 23 Geschichten zum Cthulhu-Mythos enthielt. Publiziert wurde die bislang unveröffentlichte SF-Anthologie »New Horizons: Yesterday's Portrait of Tomorrow« mit 13 Stories aus den 20er und 30er Jahren.

Philip K. Dick – Seine Story »Impostor« wurde von Miramax verfilmt, optioniert wurde »King of the Elves« von Jim Henson Productions.

Peter Dickinson – startete mit »The Kin: Noli's Story« eine neue prähistorische Serie und setzte diese mit »The Kin: Suth's Story«, »The Kin: Po's Story« und »The Kin: Mana's Story« fort.

Gordon R. Dickson – hat seinen neuesten DRAGON KNIGHT-Roman »The Dragon and the Fair Maid of Kent« abgeliefert.

William C. Dietz – Neu auf dem Markt der SF-Roman »Steelheart« sowie »By Blood Alone«, die Fortsetzung von »Legion of the Damned«.

Paul Di Filippo – veröffentlichte unter dem Pseudonym »Philip Lawson« zusammen mit Michael Bishop den Krimi »Would It Kill You To Smile?« und publizierte 9 Alternativwelt-Stories unter dem Titel »Lost Pages«.

Thomas M. Disch – In einem Minnesota, in dem sich das Übernatürliche manifestiert, handelt nach »The M.D.« und »The Priest« jetzt auch Dischs neuester Horror-Roman »The Sub: A Study in Witchcraft«. Er gewann den 1999 Michael J. Braude Award für leichte Verse, vergeben von der American Academy of Arts and Letters und dotiert mit $ 5000.

Robert Doherty – Der dritte Roman der in der Tradition von AKTE X stehenden AREA 51-Serie erschien unter dem Titel »The Mission«.

Stephen R. Donaldson – 15 Jahre nach seiner ersten Storysammlung »Daughter of Regals and Other Tales« erschien die zweite Collection des Autors der GAP- und THOMAS COVENANT-Romane: »Reave the Just and Other Tales«.

Greg Donegan – Bob Mayer publizierte den SF-Roman »Atlantis« um Außerirdische, die Atlantis zerstört haben und im Bermuda-Dreieck lauern.

James Doohan – Gemeinsam mit S. M. Stirling schrieb STAR TREKS Scotty »The Privateer: Flight Engineer, Book II«.

Carole Nelson Douglas – Sein neuntes und zehntes Abenteuer erlebte Katzen-Detektiv MIDNIGHT LOUIE in »Cat on a Hyacinth Hunt« und »Cat in an Indigo Mood«.

Debra Doyle – Gemeinsam mit James D. Macdonald hat sie den MAGEWORLD-Zyklus geschaffen, im dem die Welten des bekannten Kosmos durch Magie miteinander verbunden sind und nur die Magier den Weg zu neuen Welten bahnen können. Nach »The Price of the Stars«, »Starpilot's Grave«, »By Honor Betray'd«, »The Gathering Flame« und »The Long Hunt« erschien als »The Stars Asunder« der 6. Roman der Serie und zugleich der chronologisch erste.

David Drake – Neu erschienen ist der Fantasy-Roman »The Dragon Lord«, eine neue Version des Artus-Mythos; die Geschichte aus »Lord of the Isles« und »Queen of Demons« führte er mit »Servant of the Dragon« weiter; gemeinsam mit Eric Flint schrieb er einen 2. Roman um BELISARIUS, dem General eines alternativen Römischen Reiches des 6. Jahrhunderts, »In the Heart of Darkness«, und verkaufte drei weitere Bände des Zyklus an Baen. Acht Stories der Military-SF-Serie HAMMER'S SLAMMERS wurden gesammelt unter dem Titel »The Butcher's Bill«.

Sarah Dreher – Die lesbische Detektivin Stoner McTavish im Kampf gegen Geister, die ihre Tante bedrohen – geschildert in »Shaman's Moon«.

Diane Duane – Eine Fortsetzung zu dem reizenden Katzen-Fantasy-Roman »The Book of Night With Moon« legte Duane mit »To Visit the Queen« vor.

Dave Duncan – schloß die Fantasy-Trilogie THE GREAT GAME mit »Future Indefinite« ab. Er publizierte »The Guilded Chain. A Book of The King's Blades«, ein Fantasy-Abenteuer in der Tradition der »Drei Musketiere«, und hat den dazugehörigen zweiten Roman »Sky of Swords: A Tale of the King's Blades« bereits geschrieben, ebenso das Fantasy-Jugendbuch

»The Crooked House«, Band 2 des Zyklus THE KING'S DAGGERS, dessen erster Band, »Sir Stalwart«, bereits vorliegt.

Lord Dunsany – Die Fantasy-Klassiker »The King of Elfland's Daughter« und »The Charwoman's Shadow« werden von Del Rey neu aufgelegt.

Doranna Durgin – ließ dem Fantasy-Roman »Touched by Magic« eine Fortsetzung folgen: »Wolf Justice«. Sie verkaufte »Seer's Blood« und einen weiteren Fantasy-Roman an Baen.

Rosemary Edghill – Drei Romane um die Weiße Hexe BAST – »Speak Daggers to Her«, »Book of Moons« und »The Bowl of Night« – der Autorin, die auch unter ihrem bürgerlichen Namen eluki bes shahar veröffentlicht, wurden gesammelt in »Bell, Book, and Murder«.

George Alec Effinger – und Barbara Hambly haben im November 1998 geheiratet.

Greg Egan – Seine Kurzgeschichte »The Extra« wurde verfilmt; sein neuer SF-Roman »Teranesia« ist bei HarperPrism erschienen.

Kate Elliott – Band 4 ihrer CROWN OF STARS-Fantasy-»Trilogie« ging an DAW. Erschienen ist zuletzt der 3. Band unter dem Titel »The Burning Stone«.

P. N. Elrod – stellt mit Martin H. Greenberg die Horror-Originalanthologie »Dracula's London« zusammen. Erschienen ist »The Dark Sleep«, der neueste, achte Roman der Serie THE VAMPIRE FILES, in dem der Vampir-Detektiv Jack Fleming das Geheimnis seines Partners kennenlernt. Für den Vampir-Krimi »A Chill in the Blood« erhielt er den Preis für den besten Roman der Lord Ruthven Assembly, einer universitären Vereinigung, die mit der International Association of the Fantastic in the Art verbunden ist.

Elizabeth Engstrom – Eine Sammlung von Geschichten, die z.T. durch die Bilder von Alan M. Clark inspiriert wurden, präsentierte der Kleinverlag Triple Tree unter dem Titel »The Alchemy of Love«.

David Farland – Tor kaufte die Bände 3 und 4 des Fantasy-Epos RUNELORDS an, das Dave Wolverton unter diesem Pseudonym schreibt. Erschienen ist zuletzt Band 2, »Brotherhood of the Wolf«.

Philip Jose Farmer - schrieb den neuen autorisierten TARZAN-Roman »The Dark Heart of Time«.

John Clifford Faust - Seine zusammenhängenden Romane »Ferman's Devils« und »Boddecker's Demons« wurden von der kanadischen Filmgesellschaft Allegro Films optioniert.

Quinn Fawcett - Unter diesem Pseudonym verfassen Bill Fawcett und Chelsea Quinn Yarbro Krimis um Sherlock Holmes' Bruder Mycroft. Zuletzt erschienen ist »Embassy Row«.

David Feintuch - NICHOLAS SEAFORT kehrt für ein neues militärisches Abenteuer zurück: 12 Jahre nach dem vorherigen spielt das sechste Buch des Zyklus, »Patriarch's Hope«.

Edward Ferman - Gemeinsam mit Gordon Van Gelder stellte er die Anthologie »The Best from Fantasy & Science Fiction. The Fiftieth Anniversary Anthology« zusammen.

Sheila Finch - schrieb den zweiten Band der Trilogie DAVID BRIN'S OUT OF TIME, »Tiger in the Sky«.

Marina Fitch - Eine Mexikanerin mit einer magischen inneren Stimme sucht in den USA ihren dorthin illegal geflüchteten Vater - im magisch-realistischen/phantastischen Roman »The Border«.

Lynn Flewellin - Erschienen ist der Fantasy-Roman »Traitor's Moon«, Band 3 des NIGHTRUNNERS-Zyklus.

Eric Flint - verkaufte den Alternativwelt-Military-SF-Roman »Fire in the Hole« an Baen.

Charles L. Fontenay - hat zuletzt die SF-Jugendromane »Kelliane and the Horrible Biscuit«, »Kelliane and the Talking Doll« und »Kipton, Jack and the Odd Demise of Mr. Cavanagh« geschrieben sowie den Zeitreiseroman »Target: Grant, 1862« publiziert.

Jeffrey Ford - verkaufte »The Beyond« an Avon.

William R. Forstchen - Die Marskolonie erklärt ihre Unabhängigkeit - in der Military SF »Article 23«, der Fortsetzung von »Star Voyager Academy«. Erschienen ist mittlerweile auch der 3. Roman des Zyklus, »Prometheus«. Neu auch »A Band of Brothers«, der 7. Roman der Military SF-Serie THE LOST REGIMENT, und der gemeinsam mit Andrew Keith verfaßte Roman zum Film »Wing Commander: False Colors«. In

Vorbereitung befindet sich »The Lost Regiment 8: Men of War«.

Kate Forsyth – Der erste Band einer ambitionierten Fantasy-Tetralogie erschien unter dem Titel »The Witches of Eileanan«, die Fortsetzung als »The Pool of Two Moons«. Abgeliefert wurde Band 3, »The Cursed Tower«, und verkauft Band 4, »The Cave of the Sea-Singers«.

Alan Dean Foster – Veröffentlicht wurde Band 2 des Zyklus JOURNEYS OF THE CATECHIST, »Into the Thinking Kingdom«, fertiggestellt »Triumphany of Souls Unrendered«, der 3. Band des Zyklus. Erschienen sind der SF-Roman »Parallelities«, in dem der Protagonist unkontrolliert von einer Parallelwelt zur anderen versetzt wird, sowie zwei weitere Romane, die den Anfang der neuen COMMONWEALTH-Trilogie FOUNDING THE COMMONWEALTH bilden: »Phylogenesis« und »Dirge«. Er verkaufte den in der Gegenwart spielenden Dark Fantasy-Roman »Interlopers« an Ace und den Fantasy-Roman »Kingdoms of Light« an Warner. Im Sommer 1999 baute er mit seinem Motorrad einen Unfall, bei dem es aber mit leichten Verletzungen abging.

Jonathan Frakes – Commander Riker von STAR TREK: THE NEXT GENERATION schrieb den SF-Roman »The Abductors: Conspiracy«.

Leo Frankowski – Erschienen sind zuletzt der SF-Roman »A Boy and His Tank« sowie ein neues Abenteuer von CONRAD STARGARD, der bei einer Zeireise im Polen des 13. Jahrhunderts gestrandet ist, unter dem Titel »Conrad's Quest for Rubber«; bislang liegen darin vor »The Cross-Time Engineer«, »The High-Tech Knight«, »The Radiant Warrior«, »The Flying Warlord« und »Lord Conrad's Lady«. Er verkaufte den nächsten Roman des Zyklus mit dem Arbeitstitel »Conrad's Time Machine« an Baen. Herausgekommen ist auch »The Fata Morgana«, in dem moderne Seefahrer die sagenhaften Westlichen Inseln finden.

C. S. Friedman – schreibt »The Erciyes Fragments«, eine Kombination von Geschichten, Gedichten und Hintergrundmaterial zu VAMPIRE: THE DARK AGES.

Esther Friesner – stellt mit Martin Greenberg eine vierte

CHICKS-Anthogie um weibliche Schwertkämperinnen zusammen: »The Chick Is in the Mail«.

Brian Froud - Vom Meister der Feenforschung stammt das neue Kunstbuch »Good Faeries/Bad Faeries«.

Maggie Furey - Die britische Autorin hat die Arbeiten an »The Heart of Myrial« bereits abgeschlossen.

Neil Gaiman - verkaufte das Jugendbuch »Coraline« und die Romanfassung des Comic-Hits »Stardust« an Avon. Erschienen ist die Sammlung »Smoke and Mirrors«, eine erweiterte Fassung der bei einem Kleinverlag erschienenen Collection »Angels & Visitations«, die 30 Stories enthält.

James Alan Gardner - Auf den Welten der TECHNOCRACY, die auch den Hintergrund seines Erstlings »Expendable« bildeten, spielt sein neuestes SF-Abenteuer »Vigilant«. Er verkaufte zwei weitere Bände dieser Serie sowie einen Fantasy-Roman und eine Collection an Avon.

Martin Gardner - Zum 100. Jahrestag von »The Wizard of Oz« kommen Dorothy und ihre Freunde nach New York - in »Visitors from Oz: The Wild Adventures of Dorothy, the Scarecrow, and the Tin Woodsman«.

Peter Garrison - In der Tradition von Raymond Feist und Terry Brooks steht die CHANGELING SAGA, die mit »The Changeling War« begonnen wurde. Mittlerweile schon fertig Band 3, »The Magic Dead«.

Ray Garton - Sein neuester SF-Thiller erschien unter dem Titel »Biofire«, sein neuester Horror-Kurzroman als »411« und sein erster Roman »Seductions« wurde von Subterranian Press neu aufgelegt.

Kathleen O'Neal Gear - legte mit ihrem Ehemann W. Michael Gear den 10. Roman der prähistorischen Serie FIRST NORTH AMERICANS vor, »People of the Masks«, und startete mit »The Visitant« den neuen Zyklus um die ANASAZI MYSTERIES.

Roberta Gellis - Der Fantasy-Roman »Bull God« der durch ihre historischen Liebesromane bekannten Autorin erscheint bei Baen.

Mary Gentle - Der neue historische Fantasy-Roman der Britin, »Ash« wird in den USA in vier Bänden herausgebracht.

David Gerrold – vekaufte eine SF-Jugendbuch-Trilogie, deren beide erste Bände »Jumping Off the Planet« und »Bouncing Off the Moon« betitelt sind, an Tor.

William Gibson – Seine neueste Veröffentlichung ist der Roman »All Tomorrow's Parties«.

Molly Gloss – gewann mit ihrem SF-Roman »The Dazzle of Day« den Literaturpreis des PEN Center USA West.

Ken Goddard – Der Bestsellerautor legte mit »First Evidence« einen Roman in der Tradion der X-FILES vor.

Owl Goingback – verkaufte die Dark Fantasy »Darker than Night« an Signet.

Christie Golden – Der zweite Band der Serie INVASION AMERICA zur gleichnamigen Zeichentrickserie erschien unter dem Titel »On the Run«. Abgeliefert hat sie den Roman »A.D. 999« an Ace.

Christopher Golden – publizierte den Horror-Roman »Strangewood« und den Vampir-Roman »Of Masques and Martyrs«, Band 3 der SHADOW SAGA.

Lisa Goldstein – Die geheimen Herrscher der Erde leben in unterirdischen Städten – im neuesten Roman »Dark Cities Underground«.

Terry Goodkind – setzte seinen Fantasy-Bestsellerzyklus THE SWORD OF TRUTH mit »Soul of the Fire«, dem 5. Band und somit der direkten Fortsetzung von »Temple of the Winds«, fort.

Kathleen Ann Goonan – hat den neue SF-Roman »Crescent City Rhapsody«, eine Prequel zu »Queen City Jazz«, fertiggestellt.

Phyllis Gotlieb – In ihrem neuesten SF-Abenteuer »Violent Stars« gibt es ein Wiedersehen mit zahlreichen Figuren, wie dem GalFed-Ermittler Ned Gattes, bekannt aus dem zuvor erschienenen »Flesh and Gold«. Sie feierte mit ihrem Ehemann Calvin im Sommer 1999 die Goldene Hochzeit.

Charles Grant – lieferte »Winter Knight«, den 3. Band der BLACK OAK-Serie, ab und veröffentlichte »Chariot«, Band 3 des MILLENIUM QUARTET. Erschienen ist Band 2 der BLACK OAK-Serie, »The Hush of Dark Wings«. Er wird noch zwei BLACK OAK-Romane für Roc schreiben.

Sharon Green – Erschienen ist zuletzt der 4. BLENDING-Roman »Betrayals«; sie verkaufte eine neue BLENDING-Trilogie an Avon.

Simon R. Green – Seine sechsbändige HAWK & FISHER-Serie wird von Roc in zwei Sammelbänden neu herausgebracht. Er schließt den DEATHSTALKER-Zyklus mit »Deathstalker Destiny« ab und setzt »Blue Moon Rising« mit »Beyond the Blue Moon« fort.

Terence M. Green – Sein »Shadow of Ashland« wurde erneut optioniert. Erschienen ist zuletzt »A Witness to Life«, der einen Vorläufer dazu darstellt.

Leslie Anne Groell – Ihr dritter CLOAK & DAGGER-Roman wird unter dem Titel »Cauldron of Iniquity« bei Roc herauskommen.

Paula Guran – Bei Masquerade erscheint ihre Originalanthologie »New Blood: Dark Erotica«.

Joe Haldeman – hat die letzten Korrekturen und Arbeiten an »Forever Free«, der Fortsetzung des preisgekrönten »The Forever War«, abgeschlossen.

Michael Hale – Die Protagonisten reisen in die Vergangenheit zurück, um zu verhindern, daß ihre Gegenspieler geboren werden – in »A Fold in the Tent of the Sky«.

Barbara Hambly – Der titelgebende Protagonist aus »Dragonsbane« tritt in »Dragonshadow« gemeinsam mit einem Drachen gegen einen dämonischen Seelenräuber an. Sie hat den dritten Band des DRAGONSBANE-Zyklus, »The Knight of the Demon Queen«, bereits geschrieben. Der dritte Roman ihrer historischen Serie um BENJAMIN JANUARY erschien unter dem Titel »Graveyard Dust«.

Laurell K. Hamilton – hat »Obsidian Butterfly«, den 9. Band ihrer Serie ANITA BLAKE, VAMPIRE HUNTER fertiggestellt, und verkaufte »A Kiss of Shadows«, Band 1 einer neuen Dark Fantasy-Serie an Del Rey.

Peter F. Hamilton – hat den Abschlußband der REALITY DYSFUNCTION-Trilogie, den umfangreichen Wälzer »The Naked God«, fertiggestellt.

Elizabeth Hand – Eine Sammlung von 11 ihrer SF- und Fantasy-Stories kam unter dem Titel »Last Summer at Mars Hill«

heraus. Ihren neuen Roman »The Master Stroke« brachte sie bei HarperPrism unter. Erschienen ist auch »Black Light«, ein phantastischer Roman um eine Verschwörung im Dunkel, in dem Personen und Instituionen aus »Last Summer at Mars Hill« und »Waking the Moon« wieder auftauchen.

Thomas Harlan – hat die Alternativwelt-Fantasy »Shadow of Ararat« veröffentlicht, den ersten Roman des Zyklus THE OATH OF EMPIRE um den Krieg zwischen einem nicht zerfallenen Imperium Romanum des 14. Jahrhunderts nach Gründung Roms und Persien.

Sue Harrison – Mit »Cry of the Wind«, der Fortsetzung von »Song of the River«, erschien der Mittelband der prähistorischen STORYTELLER-Trilogie.

David Hartwell – stellte zusammen mit Damien Broderick die Anthologie »Centaurus: The Anthology of Australian Science Fiction« sowie solo »Year's Best SF #4« zusammen und verkaufte auch die Bände 5 und 6 dieser Anthologienreihe.

Rick Hautala – schrieb »The Hidden Act«, einen Roman zur TV-Serie POLTERGEIST: THE LEGACY.

Partick Nielsen Hayden – verkaufte die Anthologie »Up!« mit optimistischen SF-Stories in Ertsveröffentlichung an Tor.

Elizabeth Haydon – »Rhapsody«, der erste Band einer Fantasy-Trilogie aus der Feder des unter diesem Pseudonym schreibenen Autors, ist im Herbst 1999 bei Tor erschienen.

Jean Hegland – Einen beeindruckenden literarischen SF-Roman nach einem Kollaps präsentierte Hegland mit »Into the Forest«.

Howard Hendrix – Der Überraschungsautor von »Lightpath« und »Standing Wave« hat mit »Better Angels« zu den beiden Romanen eine Vorgeschichte veröffentlicht.

Brian Herbert – Frank Herberts Sohn hat mit Kevin J. Anderson den ersten Band der Trilogie PRELUDE TO DUNE veröffentlicht: »Dune: House Atreides«.

Robin Hobb – verkaufte eine zweite FARSEER-Trilogie an Bantam.

Brian Hodge – Sieben Horror-Geschichten, zwei davon Originalveröffentlichungen, enthält die Sammlung »Falling Idols«, nur sehr wenige phantastische Elemente hingegen der neueste Roman »Wild Horses«.

Nina Kiriki Hoffman – Neu ist von der Autorin der phantastische Roman »The Silent Strength of Stones« und »A Red Heart of Memory«, dessen Fortsetzung »Past the Size of Dreaming« sie bereits an Ace verkauft hat.

James P. Hogan – Der Meister der technischen SF publizierte den SF-Roman »The Cradle of Saturn«, in dem die Erde von einem Protoplaneten bedroht wird, und die Collection »Rockets, Redheads, and Revolution« mit Stories und Artikeln. Erschienen ist auch der Hard-SF-Roman »Outward Bound«, Band 6 der SF-Jugendserie JUPITER.

Nancy Holder – startete den SF-Zyklus GAMBLER'S STAR mit »The Six Families« und »Legacies and Lies«; ihr Roman »The Evil that Men Do« um BUFFY THE VAMPIRE SLAYER wurde wegen dem Amoklauf der Schüler in Littleton, Colorado vorerst aus dem Programm genommen.

Robert Holdstock – Die Option an »Mythago Wood« wurde von Jim Henson Productions um einen fünfstelligen Vorschuß erneuert.

Nalo Hopkinson – die mit ihrem Erstling »Brown Girl in the Ring« den First Novel Award von Warner Aspect gewann, wird im gleichen Verlag auch ihr zweites SF-Werk »Midnight Robber« publizieren und eine Anthologie phantastischer Geschichten aus der Karibik herausgeben.

L. Ron Hubbard – John Travolta wird einen Film, der auf Hubbards »Battlefield Earth« basiert, produzieren.

Tanya Huff – Die Fantasy-Romane »Child of the Grove« und »The Last Wizard« wurden gesammelt in »Wizard of the Grove«. Erschienen ist der neueste Fantasy-Roman »The Quartered Sea« zur QUARTERS-Serie sowie die Collection »What Ho, Magic!«. Fertig ist auch schon die Space Opera »Valor's Choice«.

Robert Don Hughes – Zeitreisende Dämonen, die sich als Aliens maskiert haben, entführen den Protagonisten und zahlreiche andere aus genetischen Gründen zum Glauben neigende Menschen im christlichen SF-Roman »The Eternity Gene«, der Fortsetzung von »The Fallen«.

Jan Jensen – legte mit »Shiva 3000« ein beachtenswertes Romandebüt vor und schrieb einen Roman zu dem von ihm entwickelten Gothic-CD-ROM-Spiel GABRIEL KNIGHT: »The Beast Within«.

Wolfgang Jeschke – Tor kaufte die Rechte an seinem SF-Roman »Midas«.

Bill Johnson – Der Hugo-Preisträger präsentierte seine besten Geschichten in der Sammlung »Dakota Dreamin'«, darunter auch die Siegergeschichte »We Will Drink a Fish Together«.

Kij Johnson – lieferte seinen neuen Fantasy-Roman »The Fox Woman« an Tor ab.

Diana Wynne Jones – mußte sich im Sommer 1989 einer Rückenmarksoperation unterziehen. Neu von ihr der Fantasy-Roman »Dark Lord of Derkholm«.

J. V. Jones – startete ihre in der Welt ihres Erstlings »The Baker's Boy« spielende neue Fantasy-Trilogie SWORD OF SHADOWS mit »A Cavern of Black Ice«.

Peter Jurasik – Gemeinsam mit William H. Keith jr. schrieb Londo aus BABYLON 5 den humorvollen SF-Roman »Diplomatic Act«.

Guy Gavriel Kay – Der literarisch herausragende Fantasy-Autor startete mit »Sailing to Sarantium« den neuen Zyklus THE SARANTINE MOSAIC um eine Byzanz ähnliche Stadt in einer Fantasy-Welt, zu der auch schon Band 2, »Lord of Emperors«, fertig ist.

Marilyn Kaye – Ein Mädchen, das entdeckt, daß sie ein Klon ist, ist die Protagonistin der Jugendbuch-Serie REPLICA: »Amy, Number Seven«, »Pursuing Amy«, »Another Amy«, »Perfect Girls«, »Secret Clique« (5), »And the Two Shall Meet« (6) und »The Best of the Best« (7) liegen bislang vor.

William H. Keith jr. – schreibt neue Romane um die BOLOS, die von Keith Laumer erfundenen intelligenten Panzer; zuletzt erschien »Bolo Rising«.

Patricia Kennealy-Morrison – Der achte Roman des KELTIAD-Zyklus, »The Deer's Cry«, erzählt die Vorgeschichte des Zyklus: Wie die Danaans von Irland zu den Sternen fliehen, um die Alten Wege zu bewahren.

Katherine Kerr – »The Black Raven« soll Ende 1999 erscheinen.

Peg Kerr – Die Autorin des vielbeachteten Romans »Emerald House Rising« publizierte mit »The Wild Swans« die modernisierte Version einer klassischen Fabel.

Jack Ketchum – Bei Silver Salamander erschien der Horror-Roman »Ladies' Night« und bei Cemetery Dance »Right to Life«.

J. Gregory Keyes – setzte nit dem zweiten Band den Fantasy-Zyklus AGE OF UNREASON fort, der mit »Newton's Cannon« begann: In »A Calculus of Angels« versuchen Ben Franklin und Sir Isaac Newton in einer Fantasy-Welt, in der Magie die dominierende Wissenschaft ist und die von einem Asteroideneinschlag verwüstet wurde, zu überleben. Er hat den dritten Band des Zyklus, »The Engines of Unreason«, ebenso fertig wie »Final Reckoning«, den Abschlußband der zu BABYLON 5 gehörenden PSI CORPS-Trilogie.

Caitlin Kiernan – Einen beachtlichen Erstlingsroman legte die bislang nur durch Kurzgeschichten bekannte Horror-Autorin mit »Silk« vor; neu auch die Collection »Candles for Elizabeth« mit 3 Stories. Sie hat den neuen Roman »Trilobyte« an Roc verkauft.

Lee Killough – Die drei SF-Krimis um JANNA BRILL & MAMA MAXWELL, »The Doppleganger Gambit«, »Spider Play« und »Dragon's Teeth«, wurden gesammelt im Omnibus »Bridling Chaos«.

Nancy Kilpatrick – Neu aufgelegt wurde die aus »Child of the Night«, »Near Death« und »Reborn« bestehende POWER OF THE BLOOD-Trilogie vom Kleinverlag Pumpkin Books. Sie schrieb den Roman zum Musical »Dracul«: »Dracul: An Eternal Love Story« und wird mit Thom Roche eine Original-Anthologie zum Thema »Bestiary« zusammenstellen.

Gabriel King – Neu die Katzen-Fantasy »The Wild Road« und deren Fortsetzung »The Golden Cat« um die zum Helden avancierte Hauskatze Tag vom unter diesem Pseudonym agierenden Autorenduo Jane Johnson & M. John Harrison.

Stephen King – Gemeinsam mit seiner Frau Tabitha stiftete er $ 50 000,– zur Errichtung einer Unterkunft für heimatlose

Teenager in Rockland ME. Neu vom Meister des modernen Horrors der Roman »Bag of Bones«, das Drehbuch zum TV-Serial »Storm of the Century« und – völlig unangekündigt – »The Girl Who Loved Tom Gordon«. Er lieferte den zweiten Roman seines drei Bücher umfassenden Deals mit dem Arbeitstitel »Hearts in Atlantis« an Scribner ab. Im Frühsommer 1999 wurde King von einem Lastwagen angefahren und dabei schwer verletzt. Er mußte mehrere Operationen über sich ergehen lassen.

R. A. Klein – Ein beachtenswerter Erstling war der Near-Future-SF-Roman »The History of Our World beyond the Wave« über die Welt nach einer globalen Überschwemmung.

Kathe Koja – 16 Horror-Stories präsentierte die Storysammlung »Extremities«. Ihr Roman »Skin« wurde zur Verfilmung optioniert.

Victor Koman – Private Konzerne planen trotz des Widerstands der Regierung ihre eigenen Raumfahrtprogramme – in »Kings of the High Frontier«, Band 1 des Zyklus THE HIGH PILGRIMAGE. Und eine Gruppe von Helden mit High-Tech-Waffen steht im Zentrum der Serie CAPTAIN ANGER, deren erster Band erschienen ist: »The Microbiotic Menace«.

Dean Koontz – Sein neuester Horror-Roman, eine Fortsetzung zu »Fear Nothing«, erschien unter dem Titel »Seize the Night«.

Steven Krane – Unter diesem Pseudonym veröffentlichte Steven Swiniarski alias S. Andrew Swan den Thriller »Telek« um eine Frau, die telekinetische Kräfte entwickelt und von Männern in Schwarz gejagt wird.

Nancy Kress – 13 Geschichten enthält die Collection »Beaker's Dozen«. Ein Wiedersehen mit den aus »Oaths and Miracles« bekannten FBI-Agenten Robert Cavanaugh und der Wissenschaftsjournalistin Judy Kozinski gab es im neuen Biotechnik-Thriller »Stinger«. Neu auch der erste Band des von David Brin entwickelten Zyklus OUT OF TIME, der unter den Titel »Yanked!« erschienen ist.

Katherine Kurtz – Gemeinsam mit Deborah Turner Harris enstand der KNIGHTS TEMPLAR-Roman »The Temple and the Stone«; den nächsten Band des Zyklus verkauften die beiden an Warner: »The Temple Falls«. Abgeliefert hat Kurtz an Ace »St. Partick's Gargoyle«.

Mercedes Lackey – Eine zeitlose Geschichte von Liebe, Zauberei und Gestaltwandel präsentierte sie in dem neuen Fantasy-Roman »The Black Swan«, einer neuen Version von »Schwanensee«. Gemeinsam mit Martin H. Greenberg hat sie die Anthologie »Flights of Fantasy« mit Geschichten aus dem VALDEMAR-Universum zusammengestellt. Erschienen auch die Collection »Werehunter«, die 14 Geschichten enthält, zwei davon neu. Fertig ist auch der mit Larry Dixon gemeinsam geschriebene Roman »Owlknight«. Sie verkaufte zuletzt zwei neue, zu keiner Serie gehörende Fantasy-Romane an DAW.

Geoffrey A. Landis – erhielt vom NASA Institute of Advanced Concepts ein Stipendium zum Studium fortgeschrittener Konzepte für eine interstellare Sonde, die mit laserbetriebenem Lichtsegel, wie es Dr. Robert L. Forward vorgeschlagen hat, betrieben wird, und heiratete im Frühjahr 1999 seine Kollegin Mary A. Turzillo.

Joe R. Lansdale – Der vor anderthalb Jahrzehnten entstandene Roman »Git Back, Satan« um einen Teufelseber wurde neu aufgelegt unter dem Titel »The Boar«. Neu der abgeschlossene Horror-Roman »Freezer Burn«.

Stephen R. Lawhead – startete mit »The Iron Lance« den neuen dreibändigen Zyklus THE CELTIC CRUSADES, zu dem Band 2, »The Black Rood«, bereits fertig ist. Neu auch der in näherer Zukunft spielende Roman »Avalon: The Return of King Arthur«.

Richard Laymon – Als Hardcover erschien sein neuester Horror-Roman »The Wilds«. Zuletzt veröffentlicht wurden auch »The Midnight Tour« und »The Beast House«, die Bände 3 und 2 der BEAST HOUSE CHRONICLES, die mit »The Cellar« begannen.

Adam Lee – Unter diesem Pseudonym veröffentlicht A. A. Attanasio in den USA den Zyklus DOMINIONS OF IRTH, in dem bislang »The Shadow Eater« (2) und »Octoberland« (3) vorliegen.

Gentry Lee – Im RAMA-Universum spielt auch der neueste

Roman des Co-Autors von Arthur C. Clarke, »Double Full Moon Night«, die direkte Fortsetzung von »Bright Messengers«.

Sharon Lee – und ihr Co-Autor Steve Miller kehren mit »Plan B«, dem vierten Band der SF-Abenteuerserie, wieder ins LIADEN-Universum zurück.

Tanith Lee – Neu von der Meisterin der Fantasy der Roman »Red Unicorn«. Mit »Faces Under Water« startete sie den in einem alternativen Venedig des 18. Jahrhunderts spielenden Dark Fantasy-Zyklus THE SECRET BOOKS OF VENUS. Ihre Story »Nunc Dimittis« wurde für die TV-Serie »The Hunger« angekauft. Für Ende 1999 ist der Horror-Roman »Saint Fire« zur Veröffentlichung vorgesehen.

Fritz Leiber – Sein SF-Klassiker »The Big Time« erlebt als Hardcover eine Neuauflage bei Tor.

Stephen Leigh – Erschienen ist die hundert Jahre später spielende Fortsetzung von »Dark Water's Embrace« unter dem Ttel »Speaking Stones«.

Valery Leith – Unter diesem Pseudonym publiziert Tricia Sullivan den Fantasy-Zyklus EVERIEN um eine Welt, in der Raum und Zeit keine fixen Begriffe sind und von dem der Pilotband schon vorliegt: »The Company of Glass«.

Doris Lessing – Die Literatur-Nobelpreisträgerin hat einen neuen SF-Roman publiziert, der in fernster Zukunft und auf einer Erde, auf der durch den ökologischen Mißbrauch unserer Tage eine neue Eiszeit entstanden ist, spielt: »Mara and Dann: An Adventure«.

Jonathan Lethem – Gemeinsam mit Carter Scholz verfaßte er die Geschichten der Collection »Kafka Americana«.

Ira Levin – Neu die lange erwartete Fortsetung von »Rosemary's Baby«, »Son of Rosemary«.

Paul Levinson – hat seinen ersten Roman, »The Silk Code«, an Tor abgeliefert. Erschienen sind das Sachbuch »McLuhan for the New Millenium: A Guide to the Digital Age« und die Sammlung »Bestseller; Wired, Analog, und Digital Writings« mit jeweils neun Stories und Artikeln.

Brad Linaweaver – Neu der Fantasy-Roman »The Land Beyond Summer«.

Jane Lindskold – Um die Athanor, eine Rasse von Gestaltwandlern, Satyrn und Zauberern, zu denen viele der alten Götter und Sagengestalten gehören, geht es im neuen Roman »Changer«, zu dem sie auch schon eine Fortsetzung geschrieben hat.

Holly Lisle – setzt die mit »A Diplomacy of Wolves« begonnene SECRET TEXTS-Trilogie um eine Gestaltwandlerin, die gegen ihre Natur ankämpft, um Diplomatin zu werden, mit »Vengeance of Dragons« fort. Sie verkaufte zwei zusammenhängende Fantasy-Romane, der erste mit dem Titel »Through Wolf's Eyes«, an Tor.

J. H. M. Lovegrave – Zuletzt erschienen ist der erste Roman der SF-Trilogie THE GUARDIANS, »The Krilov Continuum«.

Brian Lumley – startete mit dem 10. NECROSCOPE-Roman »Invaders« die neue E-BRANCH-Trilogie in dieser Horror-Serie.

Richard Lupoff – Eine Sammlung seiner Essays präsentierte Gryphon Press mit »Writer at Large«.

Mary Mackey – schloß ihre prähistorische EARTHSONG-Trilogie mit »The Fires of Spring« ab.

Ken MacLeod – Die Hard-SF-Romane »The Cassini Division« und »The Stone Canal«, zuvor in England veröffentlicht, erscheinen jetzt bei Tor, der seinen neuen Roman »The Sky Road« ankaufte.

Gregory Maguire – In »Five Alien Elves«, ihrem dritten verrückten Abenteuer nach »Seven Spiders Spinning« und »Six Haunted Hairdos«, retten Miss Earth und ihre Freunde die Erde vor Außeridischen.

James Mallory – Unter diesem Pseudonym erschien eine dreibändige Romanfassung der TV-Miniserie »Merlin«.

Mack Maloney – Mit seiner Post-Holocaust-Männerserie WINGMAN in Zusammenhang steht auch die neue Military-SF-Trilogie STARHAWKS, die bei Ace zur Veröffentlichung vorbereitet wird.

John Marco – Eine Welt voll Magie, Intrige und Technik schuf der neue Autor mit »The Jackal of Nar«, dem Pilotband von TYRANTS AND KINGS.

Louise Marley – Die neue SF-Autorin und Mezzosopranistin hat den Roman »The Glass Harmonica« in Vorbereitung, in dem es um die schönen Künste geht. Erschienen ist der dystopische SF-Roman »The Terrorists of Irustan«, in dessen Mittelpunkt eine Heilerin auf einer von Männern dominierten Minenwelt steht.

Ann Marston – Erschienen ist mit »Cloudbearer's Shadow« Band 1 der SWORDS IN EXILE-Trilogie, der Fortsetzung der RUNE BLADE-Trilogie; sie verkaufte die Bände 2 und 3 ihrer EXILE-Trilogie – »King of Shadows« und »Sword and Shadow« – an HarperPrism.

George R. R. Martin – Mit einiger Verspätung erschienen ist das umfangreiche Fantasy-Epos »A Clash of Kings«, die Fortsetzung des preisgekrönten »A Game of Thrones«. Martin schreibt gegenwärtig an Band 3, »The Storm of Swords«, und hat die restlichen drei Romane des Sechsteilers SONG OF ICE AND FIRE – »A Dance With Dragons«, »The Winds of Winter« und »A Time of Wolves« – an Bantam verkauft.

Lisa Mason – Erschienen ist Buch 1 des in einer fernen Zukunft spielenden PANGAEA-Zyklus: »Imperium Without End«, und inzwischen auch »Imperium Afire«, der 2. Band.

Richard Matheson – Neu aufgelegt wurde der klassische phantastische Roman »What Dreams May Come« aus dem Jahre 1978.

Susan R. Matthews – Der Chirurg und Inquisitor Andrej Koscuisko erlebt sein drittes Abenteuer im SF-Roman »Hour of Judgement«, in dem er einen Mordfall klären muß.

Julian May – lieferte »The Orion Arm«, Band 2 der RAMPART WORLDS-Trilogie, an Del Rey ab.

Paul J. McAuley – Eine unmittelbare Fortsetzung von »A Child of the River« stellt McAuleys neuer SF-Roman »Ancient of Days« dar, der 2. CONFLUENCE-Roman. Der Autor hat den 3. Roman »Shrine of Stars« schon abgeliefert. Erschienen ist auch die aus neun Stories bestehende Sammlung »The Invisible Country«.

Anne McCaffrey – verkaufte drei neue Romane, darunter jeweils einen zu den Serien PEGASUS und PERN, an Del Rey und publizierte die Erzählung »If Wishes Were Horses« als Einzelveröffentlichung sowie den SF-Roman »Nimisha's Ship« (gehört nicht zum SHIP-Zyklus!) und »The Tower and the Hive«, den abschließenden Roman des ROWAN-Zyklus. Fertiggstellt hat sie den Roman »Pegasus in Space«, der die PEGASUS-Romane mit dem ROWAN-Zyklus verbindet.

Wil McCarthy – Fertig ist der neue SF-Roman »Collapsium«.

Bill McCay – setzte seine Romanserie zur STARGATE-Kinofassung mit dem 5. Band, »Resustance«, fort.

Jack McDevitt – hat den SF-Roman »Slow Lightning« fertiggestellt und »Shores of Night« an HarperPrism verkauft.

Maureen F. McHugh – Auch der dritte SF-Roman der Amerikanerin ist schlichtweg sensationell: »Mission Child«, dessen erster Teil unter dem Titel »The Cost to be Wise« zuvor erschienen ist und für den Hugo nominiert wurde.

Juliet McKenna – Little, Brown kaufte ihren ersten Roman, die Fantasy »The Thief's Gamble«, im Rahmen eines 2 Titel umfassenden Kontrakts für die US-Veröffentlichung an.

Dennis McKiernan – Auf der von ihm konzipierten Fantasy-Welt MITHGAR handelt der neueste Roman »Into the Fire«, der Abschlußband der HELL'S CRUCIBLE-Zweiteilers. Mittlerweile schon fertig ist der neueste und nach Auskunft des Autors wahrscheinlich letzte MITHGAR-Roman, das umfangreiche Epos »Silver Wolf, Black Falcon«.

Patricia A. McKillip – Neu der Fantasy-Roman »Song for the Basilisk« um ein Kind, das die Auslöschung seiner königlichen Familie überlebt, zum Barden wird und sich einer Revolution anschließt. Sie verkaufte die Fantasy-Romane »The Tower at Stony Wood« und »Shadow in Ombria« an Ace.

Robin McKinley – Die prominente Fantasy-Jugendbuchautorin hat »Spindle's End« geschrieben, der bei Putnam erscheinen wird.

Sean McMullen – Erschienen ist im Sommer 99 der SF-Roman »Souls in the Great Machine« – eine überarbeitete und gestraffte Version der beiden Kleinverlags-Publikationen »Voices in the Light« und »Mirrorsun Rising« – bei Tor, der auch schon dessen Fortsetzung »The Micene Arrow« angekauft hat.

Howard Means – Im Alternativwelt-Roman »C.S.A.: Confederate States of America« hat wieder einmal der Süden den Amerikanischen Bürgerkrieg gewonnen.

A. Merritt – wurde postum in die »Science Fiction & Fantasy Hall of Fame« aufgenommen.

John Metcalf – 17 Horror-Stories enthält die Collection »Nightmare Jack and Other Stories«.

Barbara Michaels – Zwei Krimi-Club-Novellen mit Dark Fantasy-Elementen präsentierte die neueste Veröffentlichung »Other Worlds«.

Walter M. Miller – Die SF-Story »Dark Benediction« wurde von New Amsterdam Entertainment optioniert.

Laura J. Mixon – Im Thriller »Proxies« wollen Terroristen in Androidenkörpern die erste interstellare Expedition in ihre Gewalt bringen.

L. E. Modesitt – Neu der neunte RECLUCE-Roman »The Colors of Chaos«, die Fortsetzung von »The White Order«, die eigenständigen SF-Romane »Adiamante« und »Gravity Deams«, sowie der Alternativwelt-Roman »The Ghost of the Revelator«, die Fortsetzung von »Of Tangible Ghosts«. Der Sammelband »The Forever Hero« enthält die komplette Trilogie, bestehend aus »Dawn for a Distant Earth«, »The Silent Warrior« und »In Endless Twilight«. Tor publizierte außerdem den dritten SPELLSONG-Roman »Darksong Rising«, die Fortsetzung von »The Spellsong War« und »The Soprano Sorceress«.

Thomas F. Monteleone – entwirft eine erschreckendes Bild des bevorstehenden Milleniums in »Night of Broken Souls«.

Elizabeth Moon – Neu auf dem Markt ist der Military-SF-Roman »Rules of Engagement«, der zweiten um ESMAY SUIZA, die in der HERIS SERRANO-Serie eine Nebenrolle spielte.

Michael Moorcock – hat einen Mainstream-Roman über London, »King of the World«, fertiggstellet und ist dabei, den letzten Band seines COLONEL PYAT-Zyklus zu schreiben, dessen Arbeitstitel »The Vengeance of Rome« ist.

Christopher Moore – Sein Roman »Practical Demonkeeping« wurde von Sony Picture optioniert. Neu aus seiner

Feder die humorvolle Dark Fantasy »The Lust Lizard of Melancholy Cove«.

Michael Morpurgo – Eine Nachdichtung des historischen Stoffs mit phantastischen Elementen präsentierte Morpurgo in »Joan of Arc«.

James Morrow – Ende 1999 erschien der abschließende Roman der GODHEAD-Trilogie unter dem Titel »The Eternal Footman«. Morrow verkaufte »The Last Witchfinder«, in dem es um die Geburt einer wissenschaftlichen Weltanschauung geht, an Harcourt.

Michael Moscoe – schrieb mit »The Price of Peace« eine Fortsetzung zu seinem jüngst publizierten Roman »The First Casualty«, in dem aus Gier ein Krieg zwischen der Erde und ihren Kolonialplaneten entbrennt.

Walter Mosley – Einen Ausflug in die SF, der hoffentlich keine Eintagsfliege bleibt, unternahm der Krimi-Autor mit »Blue Light«.

Pat Murphy – heiratete Anfang 1999 den Polizeioffizier Dave Wright aus Los Angeles. Sie hat den zweiten MAX MERRIWELL-Roman »Wild Angel« fertiggestellt.

Shirley Rousseau Murphy – Ihr viertes Abenteuer erleben die Katzendetektive JOE GRAY & DULCIE in »Cat in the Dark«, Band 5, »Cat to the Dogs«, wurde schon angekauft.

Donna Jo Napoli – Im Fantasy-Jugendbuch »Sirena« verliebt sich eine Meerjungfrau in einen griechischen Seemann.

Jamil Nasir – In der Dritten Welt der näheren Zukunft spielt der SF-Roman »Tower of Dreams«.

Yvonne Navarro – Eine mörderische Seuche droht die Menschheit auf einer Erde, die sich nicht mehr dreht, zu vernichten: in »Red Shadows«, der Fortsetzung von »Final Impact«. Sie verkaufte den psychologischen Thriller »That's Not My Name« an Bantam, hat »The Willow Files, Vol. 1« zur TV-Serie BUFFY, THE VAMPIRE SLAYER fertiggestellt und schreibt auch den STAR TREK-Zweiteiler BADLANDS.

Kim Newman – setzte seine ANNO DRACULA-Alternativwelt-Saga mit »Judgement of Tears – Anno Dracula 1959«, dem 3. Band, fort und verkaufte den vierten Roman des ANNO DRACULA-Zyklus, »Life's Lottery« und die Collection »Unforgettable Stones« an Carroll & Graf.

Douglas Niles – Der durch seine FORGOTTEN REALMS-Romane bekannte Autor verkaufte die Fantasy-Trilogie THE SEVEN CIRCLES an Ace.

Larry Niven – veröffentlichte zuletzt den SF-Episodenroman »Rainbow Mars« um SVETZ, der fünf Geschichten aus »The Flight of the Horse« und einem neuen Roman, in dem der Zeitreisende aus dem Institute for Temporal Research die Entstehung der Marskanäle erforscht, enthält, und wird gemeinsam mit Jerry Pournelle den Fantasy-Roman »The Burning City« schreiben. Die Option an dem gemeinsam mit Jerry Pournelle & Steven Barnes verfaßten SF-Roman »The Legacy of Heorot« wurde von United Artist erneuert.

Garth Nix – Der Fantasy-Roman »Sabriel« wird fortgesetzt mit den Romanen »Lirael« und »Abhorsen«.

Andre Norton – Neu von der Fantasy-Altmeisterin »Scent of Magic«, in dem eine Scheuermagd mit besonders ausgeprägtem Geruchssinn eine Herbalistin wird und sich gegen das Böse stellt, und »Brother to Shadows«. Gemeinsam mit Rosemary Edghill entstand der Roman »The Shadow of Albion«, eine Alternativweltgeschichte aus der Zeit Napoleons, und mit Sherwood Smith der neue TIME TRADER-Roman »Echoes in Time«.

Jody Lynn Nye – Im Dreamland, dem Schauplatz ihres Fantasy-Romans »Waking in Dreamland«, spielt auch der neueste Roman »School of Light«.

Eric S. Nylund – Im Herbst 1999 kommt »A Signal Scattered« heraus, die Fortsetzung zu »Signal to Noise«, in dem eine Botschaft von einer anderen Welt empfangen wird.

Joyce Carol Oates – Wieder groteske Geschichten versammelte die Autorin von »Haunted« in ihrer neuen Sammlung »The Collector of Hearts«, die für lebenslange literarische Leistungen den Enoch Pratt Award erhielt.

Nick O'Donohoe – hat den phantastischen Roman »The Gnomewrench in the Dwarfworks« veröffentlicht, in dem den USA während des Zweiten Weltkriegs Zwerge gegen Nazis und Gnome zu Hilfe kommen.

Jerry Oltion – auf der gleichnamigen, mit dem Nebula ausgezeichneten Novelle basiert Oltions neuer SF-Roman »Abandon in Place«.

Rebecca Ore – hat ihren neuen Roman »Outlaw School« fertig.

Severna Park – lieferte »The Annunciate« an Avon ab.

Norman Partridge – Um einen Horror-Roman mit übernatürlichen Elementen handelt es sich beim Ende 1998 erschienenen »Wildest Dreams«.

James Patterson – Einen Abstecher ins Genre machte der Krimi-Autor mit dem SF-Thriller »When the Wind Blows«.

Fiona Patton – publizierte den Fantasy-Roman »The Granite Shield«, der den gleichen Handlungshintergrund hat wie ihre früheren Romane »The Stone Prince« und »The Painter Knight«: Brannion, ein alternatives England. Ebendort angesiedelt ist auch der neue Roman »The Golden Sword«, der an DAW verkauft wurde.

Diana L. Paxson – Eine Neuerzählung des ARTHUR-Mythos stellt THE HALLOWED ISLE dar, dessen erste Bände unter den Titeln »The Book of the Sword« und »The Book of the Spear« erschienen sind.

Michael H. Payne – Eine Fantasy um sprechende Tiere erschien unter dem Titel »The Blood Jaguar«.

John Peel – Drei weitere Bände schrieb er zur TV-Serie THE OUTER LIMITS: »The Nightmares« (8), »Beware the Metal Children« (9) und »Alien Invasion From Hollywood« (10).

S. D. Perry – verfaßte den Roman zum neuen SF-Film »Virus«

Felice Picano – Bei Alyson erschien der phantastische Roman »Looking Glass Lives« um das lange gehütete Geheimnis einer Kleinstadt, Reinkarnation und die Wiedergeburt eines romantischen Dreiecksverhältnisses.

Tamora Pierce – setzte ihre Fantasy-Tetralogie CIRCLE OF MAGIC mit »Daja's Book« (3) fort und schloß sie mit »Briar's Book« (4) ab. Neu gestartet wurde die wieder im Königreich Tortall, dem Schauplatz ihrer ersten beiden Zyklen, spielende Tetralogie PROTECTOR OF THE SMALL mit »First Test«.

Christopher Pike – 5 Horror-Stories enthielt die Collection

»Christopher Pike's Tales of Terror # 2«. Neu auch der SF-Horror-Roman »Magic Fire«.

R. J. Pineiro - Um einen anläßlich des Milleniums auftauchenden Computervirus, der zur Erforschung alter Maja-Ruinen und zu einer alten Prophezeihung führt, geht es im Techno-Thriller »01-01-00«.

Steven Piziks - Ein Kind mit PSI-Kräften kontrolliert die Nanobots, die die Zivilisation am Leben erhalten - in »Corporate Mentality«, der Fortsetzung von »In the Company of Mind«.

Robert Poe - Im Krimi »The Black Cat« steht Edgar Allan Poes Geschichte im Zentrum der Ereignisse.

Frederik Pohl - Neu vom SF-Altmeister der Roman »The Far Shore of Time«, der bei Tor als Hardcover erschienen ist und den dritten Roman der ESCHATON-Serie um Außerirdische auf der Erde nach »The Other End of Time« und »The Siege of Eternity« bildet.

Rachel Pollack - 27 Geschichten, jede mit einem Nachwort der Autorin versehen, präsentierte die Collection »Burning Sky«.

Nicholas Polotta - heiratete im Sommer 1998 Melissa Hutchings und verkaufte die Military-SF-Trilogie »Gemini Rising«, »Gaia's Demise« und »Dark Reckoning« an Gold Eagle.

Tim Powers - Neu aufgelegt wird von Del Rey »The Drawing of the Dark«, fertig sind die letzten Arbeiten am übernatürlichen Spionagethriller »Declare«.

Charlotte Prentiss - Unter diesem Pseudonym publiziert Charles Platt prähistorische Romane, zuletzt »The Island Tribe« und dessen Fortsetzung »The Ocean Tribe«.

Douglas Preston - Gemeinsam mit Lincoln Child schrieb Preston den Thriller »Riptide«. Die Journalisten aus »Relic« und »Reliquary« spielen auch im Thriller »Thunderhead« mit, in dem es um die Suche nach der legendären Goldstadt der Anasazi geht.

Christopher Priest - schrieb den Roman zum Film »eXistenZ«.

Philip Pullman - Im Herbst 1999 erscheint der abschließende Band der aufsehenerregenen Fantasy-Jugendbuch-Trilogie HIS DARK MATERIALS unter dem Titel »The Amber Spyglass«.

Joseph S. Pulver sr. – legte mit »Nightmare's Disciple« einen Roman in der Tradition von H. P. Lovecraft vor.

Irene Radford – verkaufte die DRAGON NIMBUS-Vorläufer-Romane »The Hidden Dragon« und »The Dragon Circle« an DAW, veröffentlichte den Pilotroman des neuen Zyklus MERLIN'S DESCENDANTS, »Guardian of the Balance«, in dem Merlins Tochter Wren versucht, Arthurs Fall zu verhindern, und hat den zweiten, »Guardian of the Trust«, fertig.

Kit Reed – Der Autor, der seine Laufbahn 1950 in F&SF begann, legte mit »Seven for the Apocalypse« eine neue Collection mit acht Stories vor.

Robert Reed – Elf zumeist längere Geschichten enthielt die Sammlung »The Dragons of Springplace«.

Judith & Garfield Reeves-Stevens – publizierten zuletzt den Near-Future-Thriller »Quicksilver«, in dem ein feindliches Kommando die Kontrolle über das Pentagon erhält.

Mickey Zucker Reichert – Gemeinsam mit Jennifer Wingert entstand der Fantasy-Roman »Spirit Fox«. Abgeschlossen wurden THE RENSHAI CHRONICLES mit »The Children of Wrath«.

Laura Resnick – Ein beachtenswertes Fantasy-Epos wurde unter dem Titel »In Legend Born« herausgebracht.

Mike Resnick – Neu in der SF-Serie WIDOWMAKER, die von Miramax optioniert wurde, der 3. Roman »The Widowmaker Unleashed«. Sieben in Afrika spielende SF-Stories enthielt die Collection »An Alien Land«. Seine GALACTIC MIDWAY-Tetralogie – »Sideshow«, »The Three-Legged Hootch Dancer«, »The Wild Alien Tamer« und »The Best Rootin' Tootin' Shootin' Gunslinger in the Whole Damned Galaxy« – wird gesammelt in der Omnius-Ausgabe »The Complete Tales of the Galactic Midway«. Er hat den umfangreichen SF-Wälzer »The Outpost« an Del Rey abgeliefert.

Anne Rice – erzählte im zu ihren VAMPIRE CHRONICLES gehörenden Roman »The Vampir Armand« die Lebensgeschichte des Vampirs im Verlauf der Jahrhunderte. Neu auch der zu NEW TALES OF THE VAMPIRES gehörende Roman »Vittorio the Vampire«.

J. D. Robb – führte seine SF-Krimiserie um EVE DALLAS mit »Conspiracy in Death« (8) weiter.

Jennifer Roberson – lieferte »Lady of Sherwood«, die Fortsetzung zum ROBIN HOOD-Roman »Lady of the Forest«, ab.

Frank M. Robinson – Neu vom SF-Veteranen der SF-Thriller »Waiting« um rätselhafte Mordfälle unter Anthropologen und Ärzten, die einem großen Geheimnis auf die Spur gekommen sind.

Kim Stanley Robinson – publizierte die Collection »The Martians« mit 28 Stories und Gedichten gewissermaßen als Ergänzung zu seiner schon legendären Mars-Trilogie »Roter Mars«, »Grüner Mars« und »Blauer Mars«.

Spider Robinson – Fertiggestellt ist der neue CALLAHAN-Band »Callahan's Key«.

John Maddox Roberts – wird drei Romane, die in der Welt von »Total Recall« spielen, schreiben.

Michaela Roessner – wurde der Literaturpreis des Arts Council of Kern County, Kalifornien verliehen. Sie hat »The Stars Compel«, die Fortsetzung von »The Stars Dispose«, veröffentlicht.

Roberta Rogow – Arthur Conan Doyle und Lewis Carroll stellen Ermittlungen an – im Krimi »The Problem of the Spiteful Spiritualist«.

Joel Rosenberg – Mit »The Crimson Sky« erschien nach »The Fire Duke« und »The Silver Stone« der abschließende 3. Band des phantastischen Zyklus KEEPERS OF THE HIDDEN WAYS. Neu auch der in der Welt von GUARDIANS OF THE FLAME spielende Fantasy-Roman »Not Exactly the Three Musketeers«, dessen Fortsetzung »Not Quite Scaramouche« schon abgeliefert wurde.

Jane Routley – hat die Arbeiten am dritten Roman um die Magierin DION beendet; er erschien unter dem Titel »Aramaya«. Sie verkaufte auch zwei Vorläufer-Romane zur DION-Trilogie an Avon.

Jeff Rovin – verfaßte den Roman zum Film »Return of the Wolf Man«.

Christopher Rowley – Der 7. und letzte Roman der Tier-Fantasy-Serie BAZIL BROKETAIL erschien unter dem Titel

»Dragon Ultimate«. Mit »The Ancient Anemy« wird der neue Zyklus BOOK OF ARNA gestartet.

J. K. Rowling – Der erste Band ihrer Fantasy-Jugendbuchserie wurde in den USA »Harry Potter and the Sorcerer's Stone« betitelt.

Rudy Rucker – lieferte »Realware«, eine Fortsetzung von »Freeware«, an Avon ab.

Kristine Kathryn Rusch – schloß ihren ambitionierten fünfbändigen Fantasy-Zyklus THE FEY mit »Victory« ab und publizierte mit »The Black Queen« den ersten Band des neuen BLACK THRONE-Zyklus. Gemeinsam mit Ehemann Dean Wesley Smith verfaßte sie die SF-Romane »The Tenth Planet« und »The Tenth Planet: Oblivion«, die ersten beiden Bände einer Trilogie zu einem Computer-Spiel.

Eric Frank Russell – Es bestehen Pläne, den SF-Klassiker »Wasp« zu verfilmen. NESFA Press publizierte im Herbst 1999 die Collection »Major Ingredients«.

Jay Russell – verkaufte »Greed & Stuff«, den 3. Horror-Roman um MARTY BURNS, an St. Martin's.

Richard Paul Russo – brachte »Ship of Fools« bei Ace unter.

Fred Saberhagen – Der Autor des BERSERKER-Zyklus schreibt auch einem vierten Band zum Zyklus BOOK OF THE GODS. Erschienen ist zuletzt der BERSERKER-Roman »Shiva in Steel«. Er hat sich verpflichtet, einen Roman zur auf der gleichnamigen TV-Serie EARTH: FINAL CONFLICT basierenden Romanreihe zu schreiben.

R. A. Salvatore – beendete seine DEMONWARS-Trilogie mit »The Demon Apostle«.

William Sarabande – Mit »Time Beyond Beginning« wurde Band 10 der prähistorischen Serie THE FIRST AMERICANS publiziert.

Pamela Sargent – In »Climb the Wind«, dem Roman über ein alternatives Amerika, vereint ein charismatischer Indianer alle Stämme gegen die der weißen Eindringlinge und treibt sie zurück.

John Saul – Neu der Horror-Roman »The Right Hand of Evil« um ein Haus mit einer düsteren Vergangenheit.

Robert S. Sawyer – Um die unvorhersehbaren Folgen eines schiefgelaufenen Experiments geht es im neuen SF-Roman »Flashforward«. Fertig ist sein zwölfter SF-Roman »Calculating God«.

Elizabeth Ann Scarborough – Der Dichter Walter Scott ist die zentrale Figur im neuen historischen Fantasy-Roman »The Lady in the Loch«.

Darrell Schweitzer – 19 zumeist der Dark Fantasy zuzurechnende Geschichten enthält die Collection »Refugees from an Imaginary Country«.

William Shatner – STAR TREKs Captain Kirk setzte den mit »Delta Search« und »In Alien Hands« begonnenen SF-Zyklus QUEST FOR TOMORROW mit »Step into Chaos« fort.

Michael Shea – Der mit dem World Fantasy Award ausgezeichnete Roman »Nifft the Lean« erscheint gemeinsam mit dessen Fortsetzung »The Mines of Behemoth« als Omnibus bei Baen.

Robert Sheckley – Eine Gruppe Götter mischt sich unserer Tage in die Belange von Sterblichen ein – in »Godshome«.

Charles Sheffield – startete einen neuen SF-Zyklus mit »Aftermath«, dessen Fortsetzung »Afterburn« bereits vorliegt. Seine HERITAGE UNIVERSE-Romane »Summertide« und »Divergence« wurden gesammelt in »Convergent Series«. Er verkaufte eine Fortsetzung zu »The Mind Pool« an Baen.

Lucius Shepard – Paramount erneuerte die Option an seinem SF-Roman »Life During Wartime«. Die US-Ausgabe der Collection »Barnacle Bill the Spacer and Other Stories« erschien als »Beast of the Heartland and Other Stories«.

Mark Shepherd – In der Welt von Mercedes Lackeys SERRATED EDGE spielt der phantastische Roman »Lazerwarz«.

David Sherman – setzte gemeinsam mit Dan Cragg die Military-SF-Serie STARFIST mit dem dritten Band, »Steel Gauntlet« fort.

Delia Sherman – brachte ihren neuen Fantasy-Roman »The Freedom Maze« bei HarperCollins unter.

Will Shetterley – hat den Roman »Chimera« fertiggestellt, der bei Tor erscheinen wird.

Sharon Shinn – Das neue Fantasy-Talent schrieb zuletzt

den Roman »Summers at Auburn Castle«. Erschienen ist der Science Fantasy-Roman »Wrapt in Crystal« um einen Serienkiller, der auf einer fremden Welt Priesterinnen zweier konkurrierender Religionen umbringt.

John Shirley – veröffentlichte die umfangreiche Collection »Really, Really, Really Weird Stories« mit 37 Geschichten, zehn davon bislang unveröffentlicht.

Susan Shwartz – schreibt an einem SF-Abenteuerroman, zu dem sie von Joseph Conrads »Lord Jim« inspiriert wurde.

Steven Siebert – Um ein altägyptisches Relikt mit gewaltiger Macht geht es im Dark Fantasy-Thriller »Cleopatra's Needle«.

Jan Siegel -Die Newcomerin verkaufte »Prospero's Children« und die beiden folgenden Romane der Trilogie an Del Rey.

Robert Silverberg – stellt für Avon die SF-Anthologie »Far Horizons« zusammen, verkaufte den abschließenden Band der neuen MAJIPOOR-Trilogie, »King of Dreams«, an HarperPrism und wurde im Sommer 1999 in die Science Fiction & Fantasy Hall of Fame aufgenommen.

William Sleator – Neu vom Jugendbuch-Autor der Roman »Boltzmon!«.

Joan Slonczewski – Im gleichen Universum wie ihre bisherigen Romane »A Door into Ocean« und »Daughter of Elysium« spielt auch ihr neuester SF-Roman »The Children Star«.

Michelle Slung – In Vorbereitung befindet sich die neue Anthologie »Stranger«.

E. E. Smith – Die ersten drei LENSMEN-Romane – »Triplanetary«, »First Lensman« und »Galactic Patrol« – wurden gesammelt unter dem Titel »Chronicles of the Lensmen«.

L. Neil Smith – verkaufte sein neuestes Werk, »The Forge of the Elders«, an Baen. Die DARK VISION-Trilogie um mit PSI-Kräften begabte Jugendliche, bestehend aus »Strange Power«, »The Possessed« und »The Passion«, wurde in einem Band neu aufgelegt.

Michael Marshall Smith – Neu der SF-Krimi »One of Us«, in dem es um die Möglichkeit geht, Erinnerungen an andere Personen zu übertragen.

S. P. Somtow – der auch als Somtow Sucharikul publizierte, wurde zum Präsidenten der HWA, der Horror Writers of America, gewählt. Er hat sich vertraglich verpflichtet, einen neuen Roman zum verfilmten Comic THE CROW zu schreiben, und verkaufte den SF-Script »Little Savages« an die Filmabteilung von Torchlight Entertainment. Erschienen ist die Collection »Dragon's Fin Soup« mit acht modernen Fabeln aus Siam, und in Vorbereitung befindet sich eine weitere Storysammlung unter dem Titel »Tagging the Moon«.

William Browning Spencer – Eine Dark Fantasy über einen Alkoholiker und einen Kult erschien unter dem Titel »Irrational Fears«.

Norman Spinrad – Ende 1999 erschien bei Tor sein neueses SF-Werk »Greenhouse Summer«.

Nancy Springer – Neu der Fantasy-Roman »Plumage« und das Jugendbuch »Sky Rider«.

Brian Stableford – publizierte den SF-Roman »Inherit the Earth«, in dem die Menschheit nach Seuchenkriegen im 21. Jahrhundert durch Sterilität vom Aussterben bedroht ist, fertiggstellt und abgeliefert hat er »The Flowers of Evil«. Angekündigt ist »Agents of Emortality«.

Michael Stackpole – brachte zuletzt den Fantasy-Roman »Eyes of Silver« in den Handel.

Christopher Stasheff – Fertiggestellt ist ein weiterer Roman des Zyklus A WIZARD IN RHYME.

Allan Steele – hat den neuen Hard-SF-Roman »Oceanspace« geschrieben und verkaufte den auf der mit dem Hugo ausgezeichneten Story »Where Angels Fear to Tread« basierenden Roman »Time Loves a Hero« an Ace, wo auch seine früheren Romane »Orbital Decay«, »Clarke County«, »Space« und »Lunar Descent« neu aufgelegt werden.

Neal Stephenson – dessen vor Jahren publizierter SF-Roman »Snow Crash« noch immer auf den Bestsellerlisten von Amazon.com steht, hat einen neuen Roman auf den Markt gebracht: »Cryptonomicon«, einen brillanten Roman, in dem es vordergründig ums Decodieren geht.

Bruce Sterling – Einen Blick auf eine verrückte Welt der näheren Zukunft gewährt Bruce Sterling in seinem neuesten humorvollen SF-Roman »Distraction«. Erschienen ist auch seine dritte Collection »A Good Old-Fashioned Future« mit sieben Geschichten.

Caroline Stevermer – Tor kaufte ihren neuen Fantasy-Roman »When the King Comes Home«.

Sean Stewart – Ein junges Mädchen, das eine unerwünschte magische Fähigkeit erbt, steht im Mittelpunkt des phantastischen Romans »Mockingbird«; abgeliefert ist »Galveston« an Ace.

R. L. Stine – Der serienunabhängige Jugendroman »The Beast« wird von Imax zu einem 3D-Film verarbeitet. Sein erstes Kinderbuch im Hardcover, die Collection »Nightmare Hour«, erschien im Herbst 1999.

S. M. Stirling – Erschienen ist »Against the Tide of Years«, die Fortsetzung von »Island in the Sea of Time«, in dem Einwohner von Nantucket in die Bronzezeit versetzt wurden, und der neueste, siebente Roman in der zur Military-SF zählenden GENERAL-Serie: »The Reformer«. Er verkaufte »The Ocean of Eternity« an Roc.

James Stoddard – Sein Erstling »The High House« um ein Gebäude, das viele Welten miteinander verbindet, wurde von Warner in der »New Aspects«-Reihe veröffentlicht, in der Debütromane vielversprechender neuer Talente herausgebracht werden. Er hat mittlerweile schon die Fortsetzung davon, »The False House«, fertiggstellt.

Matthew Woodring Stover – Um Schauspieler und eine magische Dimension geht es im Fantasy-Roman »Heroes Die«.

J. Michael Straczynski – Nach dem BABYLON 5-Erfinder wurde von den Astronomen des Kitt Peak Observatoriums ein Komet benannt.

Peter Straub – Der Bestseller-Autor publizierte zuletzt den Horror-Roman »Mr. X«.

Brad Strickland – Einen weiteren Roman der von John Bellairs geschaffenenen LEWIS BARNAVELT-Serie legte Strickland mit »The Specter From the Magician's Museum« vor.

Theodore Sturgeon – Die bislang unveröffentlichte Story »New York Vignette« aus den frühen 50er Jahren erschien in der Jubiläumsausgabe von F&SF zum 50jährigen Bestehen des Magazins; die Gesamtausgabe seines Kurzgeschichten-Œuvres wurde weitergeführt mit »Baby Is Three: The Complete Short Stories of Theodore Sturgeon, Vol. 6«.

Mark Sumner – veröffentlichte den dritten Roman um die Zeitungsreporterin SAVVY McKINNON unter dem Titel »News From the Edge: Vampires of Vermont«.

S. Andrew Swann – Neu in der Serie um den upgelifteten Tigerhelden Nohar Rajasthan der Roman »Fearful Symmetries«.

Michael Swanwick – verkaufte sein neuestes Epos unter dem Titel »The Old Bone Road« an Avon.

Judith Tarr – Fertiggestellt wurde die historische Fantasy »Lady of Horses«; in Gemeinschaftsproduktion mit Harry Turtledove entstand der Roman »Household Gods«. Erschienen ist auch der phantastisch-hostorische Roman »The Shepherd Kings«, die Fortsetzung zu »White Mare's Daughter«.

Lucy Taylor – Neu der Horror-Kurzroman »Spree« und der psychologische Horror-Roman »Dancing With Demons«.

Peter Telep – veröffentlichte »Descent« und »Descent: Stealing Thunder« zum gleichnamigen Military-SF-Computerspiel.

Melanie Tem – verkaufte den Horror-Roman »The Tides« an Dorchester Publishers.

William Tenn – der mit bürgerlichem Namen Philip Klass heißt, wurde von der SFWA zum AUTHOR EMERITUS 1998 gewählt.

Sheri S. Tepper – Neu der öko-feministische SF-Roman »Singer from the Sea« um den patriarchalischen Planeten Heaven.

Amy Thomson – Von der John W. Campbell-Preisträgerin erschien der SF-Roman »Through Alien Eyes«, die Fortsetzung zum Contact-Roman »The Color of Distance«, in dem zwei Mitglieder einer anderen Spezies zur Erde reisen.

E.C. Tubb – Die Renaissance des britischen Pulp-Meisters geht weiter: er verkaufte »Death God's Doom« und »The Sleeping City«, zwei Romane der Heroic-Fantasy-Serie MALKAR, an Cosmos Books. Einige seiner Klassiker, »The Stellar

Legion«, »Alien Dust«, »Alien Universe« und »The Dead of Space« (enthält »The Resurrected Man« und »The Extra Man«) werden bei Gryphon Books bzw. Pulp Fictions neu herausgebracht.

Delia Marshall Turner – legte mit dem Science Fantasy-Roman »Of Swords and Spells« eine Fortsetzung zu »Nameless Magery« vor.

George Turner – Der letzte Roman des verstorbenen australischen SF-Autors, der in der gleichen Zukunftswelt wie »Brain Child« und »The Destiny Makers« spielt und die Grundlage für den 800 Jahre später handelnden »Genetic Soldier« bildet, erschien unter dem Titel »Down There in Darkness«.

Harry Turtledove – verkaufte einen phantastischen Bürgerkriegsroman an Baen, lieferte »Darkness Descending« (Band 2 einer Serie) an Tor und den 3. GREAT WAR-Roman »Breakthroughs« und »Colonization: Down to Earth« an Del Rey. Erschienen sind »The Great War: Walk in Hell«, der 2. Roman seines Erster Weltkrieg-Alternativweltzyklus THE GREAT WAR), »Departures«, eine Sammlung von Alternativweltgeschichten, »Videssos Besieged«, Buch 4 des zur VIDESSOS-Alternativwelt-Serie gehörenden Zyklus THE TIME OF TROUBLES, und »Into the Darkness«, erster Band des Zyklus WORLDS AT WAR.

Kathy Tyers – überarbeitete Fassungen von »Firebird«, »Fusion Fire« und »Crown of Fire« werden vom christlichen Verlag Bethany House neu aufgelegt.

Andrew Vachss – Übernatürliche Elemente enthält der neue BURKE-Roman »Choice of Evil«, der von New Line Cinema für eine sechsstellige Summe optioniert wurde.

Edo van Belkom – 20 Horror- und Dark Fantasy-Stories, darunter die mit dem Bram Stoker Award ausgezeichnete und mit David Nickle verfaßte Geschichte »Rat Food«, enthielt die Sammlung »Death Drives A Semi«. Er verkaufte den erotischen Horror-Roman »Teeth« an Meisha Merlin.

A. E. van Vogt – Eine Sammlung seiner besten Geschichten verkaufte der SF-Altmeister unter dem Titel »Futures Past« an Tachyon Publications.

John Varley – Ein Schauspieler und Gauner, der mit seiner

Shakespeare-Truppe das Sonnensystem bereist, ist der Protagonist von Varleys neuem SF-Roman »The Golden Globe«, der in der gleichen Zukunftswelt der EIGHT WORLDS spielt wie die Stories der Collections »The Persistence of Vision« und »The Barbie Murders« sowie die Romane »The Ophiuchi Hotline« und »Steel Beach«.

Vivian Vande Velde – In »Smart Dog« schließt ein Mädchen Freundschaft mit einem aus einem Labor entlaufenen sprechenden Hund, in »A Coming Evil« hilft ein Geist einem Mädchen während der Okkupation Frankreichs durch die Deutsche Wehrmacht, in »Ghost of A Hanged Man« geht es um einen Geist im Wilden Westen und in »Never Trust a Dead Man« wird ein junger Mann fälschlicherweise des Mordes bezichtigt.

Joan D. Vinge – Im Universum von »Snow Queen« handelt auch der neue Roman »Tangled up in Blue«.

Vernor Vinge – Eine Prequel zu dem mit den Hugo ausgezeichneten Roman »A Fire upon the Deep« erschien unter dem Titel »A Deepness in the Sky«. Eine Sammlung seiner Stories erscheint bei Tor unter dem Titel »The Best of Vernor Vinge«.

Elisabeth Vonarburg – Neu von der bekannten kanadischen SF-Autorin ist die Collection »The Slow Engines of Time and Other Stories«.

Kurt Vonnegut – Im Sommer 1999 kam seine Storysammlung »Bagombo Snuff Box« heraus.

Ray Vukcevich – verkaufte den Roman »The Man of Maybe Half a Dozen Faces« an St. Martin's Press.

Katie Waitman – die für ihren Erstling »The Merro Tree« den Compton Crook Award erhielt, präsentierte ihren zweiten SF-Roman »The Divided« über eine vom Krieg zerrissene Welt und eine Prophezeihung, die die Anführer der beiden Kriegspartein zur Zusammenarbeit zwingt.

Lars Walker – Drei völlig unterschiedliche Männer stoßen auf nordische Magie in unseren Tagen – in »Wolf Time«.

Jo Walton – Der Debütroman der Britin, die epische Fantasy »The King's Peace«, wurde von Tor angekauft.

Lawrence Watt-Evans – lieferte »Dragon Weather«, Band 1

einer neuen Fantasy-Serie, an Tor ab und verkaufte dorthin den neuen ETHSHAR-Roman »Night of Madness«.

Peter Watts – Ein überaus überzeugendes Romandebüt legte der neue Autor mit dem Unterwasser-SF-Roman »Starfish« vor.

Don Webb – Ein Mann findet ein exaktes Double von sich tot in seiner Wohnung vor – in »The Double: An Investigation«.

David Weber – Seine HONOR HARRINGTON-Serie wird jetzt in Buchform neu aufgelegt. Zuletzt erschien der serienunabhängige SF-Roman »The Apocalypse Troll«.

Margaret Weis – schrieb gemeinsam mit David Baldwin den im mittelalterlichen Europa spielenden Fantasy-Roman »Dark Heart«, Band 1 des DRAGON'S DISCIPLE-Zyklus, und mit Don Perrin den 3. MAG FORCE-Roman »Hung Out«. Mit Martin H. Greenberg & Janet Pack gab sie die Anthologie »Legends: Tales from the Eternal Archives # 1« heraus, zu der u. a. Jane Lindskold, Brian M. Thomsen und Kristin Kathryn Rusch Geschichten beisteuerten. Gemeinsam mit Tracy Hickman hat sie ein Rollenspiel entwickelt, zu dem die beiden auch die Romantrilogie THE SOVEREIGN STONE schreiben werden, die aus den Einzelbänden »Water from the Well of Darkness«, »Guardians of the Lost« und »Journey into the Void« bestehen wird.

Angus Wells – Eine verwöhnte Prinzessin soll von einem Krieger vor einem bösen Zauberer beschützt werden – im neuen Fantasy-Roman »The Guardian«.

Catherine Wells – Auf einem von einer isolationistischen religiösen Gruppe besiedelten Planeten spielt der SF-Roman »Beyond the Gates«.

Michelle West – In der gleichen Welt wie ihre früheren Romane »Hunter's Oath« und »Hunter's Death« spielt auch der neue Fantasy-Roman »The Uncrowned King«. Veröffentlicht wurde auch das umfangreiche Fantasy-Epos »The Shining Court«, Band 3 des Zyklus THE SUN SWORD, dessen viertes Buch bereits an DAW verkauft wurde.

Scott Westerfield – Um die Bedeutung des Begriffs Freiheit geht es im Roman »Fine Prey«, in dem die Erde von Aliens beherrscht wird.

John Whitbourn – 12 übernatürliche Geschichten, die im in Südengland liegenden Downs Country angesiedelt sind, enthält die Collection »More Binscombe Tales: Sinister Sutangli Stories«.

James White – verkaufte einen neuen Roman der SF-Ärzteserie SECTOR GENERAL, der bereits unter dem Titel »Double Contact« erschienen ist, nebst »Search for the Right Now«, eine Fortsetzung zum Alternativweltroman »The Silent Stars Go by«, an Tor.

Steve White – Um ein interstellares Reich im Zusammenbruch geht es in »Emperor of Dawn«, der Fortsetzung von »Prince of Sunset«.

John Whitman – verfaßte die Novelisierung des Films »Disturbing Behavior«.

Rick Wilber – veröffentlichte die Collection »Where Garagiola Waits and Other Baseball Stories«.

Cherry Wilder – verkaufte »The Wanderer« an Tor.

Kate Wilhelm – Der vierte Gerichtssaal-Krimi um die Staatsanwältin BARBARA HOLLAWAY erschien unter dem Titel »Defense for the Devil«, der fünfte, »No Defense«, befindet sich in Vorbereitung.

Tad Williams – Der dritte Roman der SF-Serie OTHERLAND erscheint unter dem Titel »Mountain of Black Glass«.

Walter Jon Williams – veröffentlichte das Mammutbuch »The Rift«, in dem es um die soziologischen Auswirkungen einer gewaltigen Erdbebenwelle geht.

Chet Williamson – Neu die paranormalen Thriller »City of Iron«, »Empire of Dust« und »Siege of Stone«, die die neue, in der Tradition von THE X-FILES stehende Trilogie THE SEARCHERS bilden.

Jack Williamson – Vier frühe Erzählungen des Altmeisters, »The Girl from Mars & The Prince of Space« und »The Ruler of Fate & Xandalu« wurden von Gryphon Books in zwei Omnibus-Ausgaben neu herausgebracht, die auch Nachdruck-Rechte an den Romanen »The Iron God« und »The Stone from the Green Star« sowie die Erzählungen »The Blue Spot« und »Entropy Reversed« gekauft haben. Neu ist auch der SF-Roman »The Silicon Dagger«, in dem es um eine geheime neue Technik geht. Er verkaufte den neuen SF-Roman »Terraforming Terra« an Tor. Haffner Press startete im Sommer 1999 eine Kurzgeschichten-Edition mit »The Collected Stories of Jack Williamson, Volume One: The Metal Man and Others«.

Connie Willis - gab Ende 1999 die Storysammlung »Miracle and Other Christmas Stories« heraus.

F. Paul Wilson - 12 Horror-Stoies wurden gesammelt in »The Barrens and Others«. Im übernatürlichen Thriller »Conspiracies« war wieder REPAIRMAN JACK mit von der Partie.

Gahan Wilson - Eine Sammlung mit 24 Stories legte Wilson unter dem Titel »The Cleft and Other Odd Tales« vor.

Robert Charles Wilson - lieferte »Bios« an Tor ab und verkaufte auch den Roman »The Chronoliths« und die Collection »The Perseids« dorthin.

Gene Wolfe - startet mit »On Blue's Waters« den neuen Zyklus WORLD OF THE SHORT SUN. Die weiteren Bände sind »In Green's Jungles« und »Return to the Whorl«. Er verkaufte die Collection »Strange Traveler« an Tor.

Dave Wolverton - schrieb ein Drehbuch von L. Ron Hubbard zu einem Roman um: »A Very Strange Trip«.

N. Lee Wood - Im Herbst 1999 herausgekommen ist der neue Roman »Bloodrights«.

Susan Wright - In Vorbereitung befindet sich die STAR-TREK-Duologie BADLANDS.

Janny Wurts - Die CYCLE OF FIRE-Trilogie - bestehend aus »Stormwarden«, »Keeper of Keys« und »Shadowfane« - wurde in einem Sammelband unter diesem Titel herausgebracht.

Chelsea Quinn Yarbro - startete die neue Horror-Trilogie THE SISTERS OF THE NIGHT um die Bräute Draculas mit »The Angry Angel« und setzte sie mit »The Soul of an Angel« fort. Sie verkaufte den 13. Roman der ST. GERMAIN-Serie, »Come Twilight«, an Tor.

Jane Yolen - Ihr Jugendroman »The Devil's Arithmetic« wurde von Showtime verfilmt. Mit »The One-Armed Queen« setzte sie die in »Sister Light, Sister Dark« und »White Jenna« begonnene Fantasy-Story fort. Neu auch die Collection »Here there Be Ghosts« und der SF-Roman »Armageddon Summer«.

Abgeliefert wurde der gemeinsam mit Robert Harris geschriebene historische Jugendroman »The Queen's Own Fool« über die Schottenkönigin Mary. Mit diesem schreibt sie zwei im mythologischen Griechenland spielende Fantasy-Juveniles. Erschienen ist noch »The Wizard's Map«, Band 1 des Zyklus TARTAN MAGIC.

Timothy Zahn – Neu vom Bestseller-Autor die Space Opera »The Icarus Hunt«.

George Zebrowski – Um Verbrechen und Strafe in der Zukunft geht es im neuen Roman »Brute Orbits«. In Vorbereitung befindet sich der Hardcover-Roman »Cave of Stars«.

Roger Zelazny – Von Jane Lindskold fertig geschrieben wurde das Romanfragment »Lord Demon« des verstorbenen Autors.

Sarah Zettel – Neu der SF-Roman »Playing God«, eine soziologische SF mit einer komplexen außerirdischen Kultur. Fertig ist bereits »The Quiet Invasion«.

Marc Zicree – Mit Barbara Hambly entstand »Magic Time«, der erste Band einer Trilogie, die beiden weiteren werden von ihm gemeinsam mit Maya Kathryn Bohnhoff bzw. Robert Charles Wilson verfaßt.

Im letzten Jahr ist es unter den deutschsprachigen Autoren nur Christoph Ransmayr mit »The Dog King« (»Morbus Kitahara«) gelungen, ein zur phantastischen Literatur gehörendes Werk in den USA zu veröffentlichen, und Wolfgang Jeschke, der seinen Roman »Midas« in die USA verkaufen konnte. Dafür waren Autorinnen und Autoren aus anderen europäischen Ländern wieder stärker mit phantastischen Titeln auf dem amerikanischen Markt präsent: Christian Jacq mit »Ramses III: The Battle of Kadesh«, »Ramses IV: The Lady of Abu Simbel« und »Ramses V: Under the Western Acacia«, Jorge Luis Borges mit »Collected Fictions« (»Obras completas«) und »Everything & Nothing«, Jose Saramago mit »Blindness« (»Ensaio sobre a cegueira«), Jules Verne mit »The Chase of the Golden Meteor« (»La chasse au meteore«), Hanna Lützen mit »Vlad the Undead« (»Vlad«), Victor Pelevin mit »A Werewolf Problem in Central Russia and Other Stories«, Bernard Werber mit »Empire of the Ants« (»Les fourmis«), Italo Calvino mit »Fantastic Tales: Visionary and Everyday« (»Racconti fantastici dell'ottocento: Volume primi & Volume secondo«), Kenji Nakagami mit »Snakelust«, Henri Alain-Fournier mit »Le Grand Meaulnes, or The Lost Domain, and Miracles«, Joel Champetier mit »The Dragon's Eye« und Camille Flammarion mit »Omega: The Last Days of the World« (»La fin du monde«). Zehn portugiesische SF-Stories in Englisch und Portugiesisch enthielt die Anthologie »Frontiers/Fronteiras«, hrsg. von Maria Augusta & Antonio de Macedo und aus dem Japanischen übersetzt wurde »The Tale of the Bamboo Cutter« von Yasunari Kawabata.

Auf dem ***Magazinmarkt*** sah 1998 nach den vorangegangenen trostlosen Jahren mit stetigen schmerzlichen, bisweilen sogar dramatischen Rückgängen bei den Verkaufzahlen die sonst übliche triste Situation ein kleines bißchen besser aus, zumindest für einige der ***professionellen Magazine*** gab es einen schwachen Hoffnungsschimmer: **ANALOG** und **ASIMOV'S** gelang es nämlich, die verkaufte Auflage zu steigern und so ihre Lage etwas zu verbessern, wobei aber erst die Zukunft zeigen wird, ob es sich um die ersten schwachen Anzeichen einer Trendwende handelt. Die Gesamtzahl der Profi-Magazine lag mit 47 um zwei Ausgaben über dem Stand des Vorjahres, wo 45 Publikationen herausgekommen waren. Dieses Plus ging ganz auf das Konto des Neustarts von **AMAZING STORIES,** das nach einer Pause von vier Jahren jetzt wieder, diesmal von Wizards of the Coast, auf den Markt gebracht wurde. Herausgegeben wird die neueste Inkarnation von Kim Mohan, der auch schon die letzte von TSR betreut hatte. Ein Schwerpunkt des neugestarteten Hochglanz-Magazins im Illustriertenformat liegt bei Stories zu Medienereignissen wie STAR TREK, STAR WARS oder BABYLON 5, mit denen sie hoffen, neue Leserschichten für das Magazin wie auch für die restlichen Stories zu erschließen.

ANALOG SCIENCE FICTION & FACT, von dem auch 1998 wieder nur 11 Ausgaben publiziert wurden, verzeichnete diesmal bei den Verkaufszahlen ein Plus von rund 12 %, sie stiegen von rund 53 000 Exemplaren auf fast 60 000, womit das Ergebnis von 1996 wieder erreicht wurde. Damit konnte das Magazin seine bisherige Spitzenposition als verkaufsstärkstes SF-Periodikum nicht nur behaupten, sondern sogar noch ausbauen, denn die Differenz zum neuen Zweitplazierten ASIMOV'S SF betrug etwas mehr als 12 000 Exemplare, hat sich also sogar noch vergrößert. Das Traditionsmagazin, das nach wie vor von Stanley Schmidt betreut wird, ist für seine Präferenz für Hard-SF bekannt, wo auch 1998/99 wieder der Schwerpunkt der veröffentlichten Fortsetzungsromane und Stories lag.

Ebenfalls einen schönen zweistelligen Zuwachs bei der Zahl der verkauften Ausgaben konnte **ASIMOV'S SCIENCE FICTION** verbuchen. Das Plus von 11 % sorgte dafür, daß von diesem renommierten SF-Periodikum wieder etwas mehr als 47 000 Exemplare und damit etwas mehr als im Jahr 1996 verkauft wurden. Damit konnte sich ASIMOV'S wieder direkt hinter dem Marktleader ANALOG auf Platz 2 bei den Genre-Magazinen positionieren. Das Magazin, von dem 1998 wieder 11 Ausgaben, eine davon eine Doppelnummer, publiziert wurden, bot unter der bewährten Herausgeberschaft von Gardner Dozois wieder ein breite Themenpalette auf höchstem Niveau, und eine Auflistung der Autorinnen und Autoren, die in ihm zuletzt Primär- und Sekundärtexte veröffentlichten, liest sich wie ein WHO'S WHO der modernen Science Fiction und Fantasy.

Weniger erfreulich verlief die Entwickung 1998 beim von Gordon Van Gelder betreuten **THE MAGAZINE OF FANTASY & SCIENCE FICTION,** von dem in diesem Jahr wie bei ANALOG und ASIMOV'S ebenfalls 11 Ausgaben erschienen. Wie auch schon in den Jahren zuvor gab es auch diesmal wieder einen schmerzlichen Rückgang bei der Zahl der verkauften Titel, und erneut fiel das Minus zweistellig aus, es betrug rund 12 %, was bewirkte, daß die Verkaufszahl in den Keller rasselte: nicht ganz 35 000 Exemplare bedeuteten einen neuen historischen Tiefststand. Erneut gab es einen kräftigen Einbruch bei den Abonnements bei gleichzeitig rückläufigem Einzelverkauf. Und das, obwohl die Beiträge qualitativ wieder absolut Spitze waren.

Das vom Start weg überaus erfolgreiche Fantasy-Magazin **REALMS OF FANTASY,** das Schwestermagazin von SCIENCE FICTION AGE, verzeichnete 1998 einen kleinen Aufschwung von nicht ganz 2 % auf knapp unter 45 000 verkaufte Exemplare, wurde aber trotzdem von ASIMOV'S in der Reihung nach Verkaufzahlen von Platz 2 verdrängt. In dem von Shawna McCarthy herausgegebenen, aufwendig gestalteten Periodikum im Großformat, mit vielen Farbseiten und Illustrationen, sind 1998 die geplanten 6 Ausgaben erschienen. Nicht nur die Optik, auch der Inhalt wußte zu überzeugen.

Ähnlich in der Aufmachung präsentierte sich das der SF gewidmete und von Scott Edelman redaktionell betreute Schwestermagazin **SCIENCE FICTION AGE** im Jahr 1998 – aber nicht so erfolgreich. Der Abwärtstrend der letzten Jahre, der schon 1995 begonnen hatte, nachdem sich das 1993 gestartete Magazin im darauffolgenden Jahr konsolidiert hatte, setzte sich nicht nur ungebremst, sonder sogar dramatisch verstärkt fort: 1998 wurden von den 6 erschienenen Ausgaben im Schnitt nur noch 34 000 Exemplare verkauft, 9000 weniger als noch 1997, was einen Rückgang von über 21 % bedeutete. Die Frage ist, wenn diese Entwicklung weiter geht, wie lange sich ein so aufwendiges, reich illustriertes Periodikum im Illustriertenformat, das in der Herstellung schon sehr teuer ist, noch rechnet.

Bei den ***semiprofessionellen Magazinen*** – das sind solche, die nicht über das Zeitschriftengrosso vertrieben werden, eine Auflage von weniger als 10 000 Exemplare aufweisen oder nicht zumindest viermal im Jahr erscheinen – gab es wieder einige Neuzugänge und Einstellungen. Dabei gab es 1998 eine interessante Entwicklung. Warren Lapines DNA Publishing wurde der Herausgeber und Produzent der Magazine **ABSOLUTE MAGNITUDE, PIRATE WRITINGS, DREAMS OF DECADENCE, WEIRD TALES** und **ABORIGINAL SF** und von allen mit Ausnahme von ABORIGINAL auch deren

Eigentümer, während die bisherigen Herausgeber ihre Magazine gegen Gewinnbeteiligung oder Salär weiter zusammenstellen. Man kann gespannt sein, ob diese Konzentrierung positive Früchte trägt. Völlig vom Markt verschwunden sind **WETBONES** und **CRANK!**.

Von **ABORIGINAL SF,** hrsg. von Charles C. Ryan, erschienen 1998 zwei Ausgaben, es wurde aber 1999 weitergeführt.

Irregulär war bisher die Erscheinungsweise von Warren Lapines **ABSOLUTE MAGNITUDE.** 1998 gab es zwei neue Ausgaben, 1999 ging es sporadisch weiter.

Ebenfalls sporadisch publizierte Randy Dannenfelser das Magazin **ADVENTURES OF SWORD & SORCERY.** 1998 erschien eine Ausgabe; 1999 wurde es vierteljährlich fortgesetzt.

Von **MARION ZIMMER BRADLEY'S FANTASY,** herausgegeben von Marion Zimmer Bradley & Rachel E. Holmen, das schon auf ein elfjähriges Bestehen zurückblicken kann, sind auch 1998 wieder die geplanten vier Ausgaben erschienen. Das Magazin ist professionell aufgemacht und hat eine verkaufte Auflage von etwa 5500 Exemplaren.

Das exzellente Horror-Magazin **CEMETERY DANCE,** das unter der Ägide von Richard T. Chizmar steht, wurde 1998 mit nur zwei Ausgaben weitergeführt; für die Zukunft wurde ein zweimontlicher Erscheinungsrhythmus geplant. Es weist ein gut gemachtes Layout auf und publiziert Geschichten von Profis sowie Interviews.

Das ebenfalls hervorragende SF-Magazin **CRANK!** schaffte 1998 nur eine Ausgabe, und Herausgeber Bryan Cholfin, der einen Vollzeitjob bei Tor Books angenommen hat, hat schon erklärt, daß CRANK! mit dieser achten Ausgabe sein Erscheinen einstellt.

PIRATE WRITINGS, hrsg. von Edward J. McFadden, hatte 1998 ebenfalls zwei Ausgaben und wurde auch 1999 fortgesetzt.

Unregelmäßig ist auch das Erscheinen des von Phyllis Eisenstein herausgegebenen Magazins **SPEC-LIT,** dessen Ausgabe 2 Ende 1998 erschien.

TALEBONES, das Nachfolge-Magazin von BONES, hrsg.

von Patrick & Honna Swensen, wurde 1998 mit 4 Ausgaben weitergeführt und soll auch 1999 vierteljährlich erscheinen.

Eine Ausgabe pro Jahr gibt es von **TALES OF THE UNANTICIPATED,** dem von Eric M. Heideman betreuten Magazin der Minnesota SF Society. Die Ausgabe von 1998 - insgesamt die Nummer 19 - enthielt u.a. ein Interview mit Maureen F. McHugh.

1998 wurde **WEIRD TALES** wiederbelebt, nachdem die Herausgeber, George H. Scithers & Darrell Schweitzer, fünf Ausgaben des Nachfolge-Magazins WORLDS OF FANTASY & HORROR herausgebracht hatten. 2 Ausgaben der neuesten Inkarnation sind bisher erschienen.

Neu gestartet wurde das von John Betancourt betreute Magazin **WEIRD TALES LIBRARY,** dessen geplante Erscheinungsweise nicht bekannt ist und das Reprints von ungewöhnlichen Fantasy- und Horror-Stories präsentieren soll. Die erste Nummer war als Versuchsausgabe gedacht.

Unterschiedlich, aber ähnlich im Vergleich zum Vorjahr, präsentierte sich die Lage bei den Fachzeitschriften **LOCUS** und **SCIENCE FICTION CHRONICLE.** Während **LOCUS** auch 1998 wieder die geplanten 12 Ausgaben herausbrachte, die alle pünktlich erschienen sind, kamen von **SFC** nur 5 der geplanten 6 Nummern heraus, mit den Cover-Dates February 98, April 98, June 98, August 98 und October/November 98. Während es 1998 also mehr oder minder mit dem neuen zweimonatlichen Erscheinungsrhythmus klappte, kam es im Frühjahr und Sommer 1999 wieder zu kleineren Verzögerungen. Beiden Magazinen gemeinsam ist, daß sie neben News und Rezensionen auch Interviews veröffentlichen. Bei **SFC** wurden zuletzt Tanya Huff, Paul Lehr, Sheri S. Tepper, Robert Charles Wilson, Neil Gaiman und Michael Kandel interviewt, bei **LOCUS** Sheri S. Tepper, Allen Steele, Nelson Bond, P. D. Cacek, Lucy Taylor, Peter Straub, Charles L. Harness, Melissa Scott, Nalo Hopkinson, Norman Spinrad, Gahan Wilson, Sean Stewart, Neil Gaiman, Marina Fitch, Lisa Goldstein, Jack Dann & Janeen Webb, Frank M. Robertson, Howard V. Hendrix, Joy Fowler, Pat Murphy und Neal Stephenson.

1998/99 hatte die internationale SF-Szene wieder einige **Todesfälle** zu beklagen:
Am 7. Dezember 1997 starb im Alter von 68 Jahren **Frank D. McSherry jr.,** der gemeinsam mit Martin H. Greenberg und Charles G. Waugh zahlreiche Anthologien mit Gespenstergeschichten zusammengestellt hatte, an einem Schlaganfall. McSherry war noch als Autor und Illustrator tätig und verbrachte den Großteil seines Lebens in McAlester, Oklahoma.

Michael D. Weaver, der Autor einiger SF- und Dark Fantasy-Romane, starb am 8. Juni 1998 im Alter von 36 Jahren. Sein Debüt gab der am 5. Juli 1961 geborene Weaver 1987 mit dem SF-Roman »Mercedes Nights« zum Thema Klonen, 1989 folgte der in der gleichen Zukunftswelt spielende »My Father Immortal«, in dem Überlebende eine ausgepowerte Erde verlassen. Ebenfalls zur SF gehört »A Second Infinity« (1996), in dem Menschen der fernsten Zukunft Hilfe aus der Vergangenheit suchen. Daneben veröffentlichte er die aus den Einzelbänden »Wolf-Dreams« (1987), »Nightreaver« (1988) und »Bloodfang« (1989) bestehende und im nordischen Milieu spielende Werwolf-Trilogie BLOODFANG.

Der amerikanische Autor **Dr. John W. Pritchard,** der unter dem Pseudonym **Ian Wallace** SF schrieb, starb am 7. Juli 1998 in Nevada im Alter von 85 Jahren. Er wurde am 4. Dezember 1912 in Chicago, Illinois geboren, übersiedelte noch in jungen Jahren nach Detroit, studierte an der University of Michigan - Ann Harbor (B.A. in Englisch 1934) und der jetzigen Wayne State University (M.A. in Psychologie und Pädagogik 1939) und diente während des Zweiten Weltkriegs in der US Army als Psychologe im Rang eines Captain. 1957 erwarb er den Ed.D. Nach dem Krieg arbeitete Pritchard bis zu seiner Pensionierung im Jahre 1974 für die Detroiter Erziehungsbehörde. Er unterrichtete auch an der Wayne State University. 1974 übersiedelte er mit seiner Frau Elizabeth Brown Paul, die er 1938 geheiratet und mit der er zwei Söhne hatte, nach Asheville, North Carolina und 1993 schließlich nach Nevada. Zunächst schrieb Pritchard außerhalb des Genres. 1952 wurde der Mainstream-Roman »Every Crazy Wind« unter seinem bürgerlichen Namen publiziert, 1967 erschien sein erster

SF-Roman »Croyd«, ein komplexer Roman mit verwirrenden Zeitreiseparadoxa. Eine Vielzahl von SF-Romanen folgte, die zumeist lose miteinander verbunden waren. CROYD ist auch die Hauptfigur in »Deathstar Voyage« (1969), »Z-Sting« (1978), »The Lucifer Comet« (1980) und »Megalomania« (1989), Wallaces letztem veröffentlichten Roman. Die Serie um die interplanetare Detektivin CLAUDINE ST. CYR startete mit »Dr. Orpheus« (1968) und wurde fortgesetzt mit »The Purloined Prince« (1971) und »The Sign of the Mute Medusa« (1977). Sie und CROYD trafen sich in »Heller's Leap« (1979). Im CROYD-Roman »Deathstar Voyage« wurde auch die titelgebende Figur von »Pan Sagittarius« (1973) zu ersten Mal vorgestellt, mit dem es in »A Voyage to Dari« (1974) ein gemeinsames Abenteuer gab und der auch in »The World Asunder« (1976) auftauchte. Keiner Serie gehört »The Rape of the Sun« (1982) an.

Am 26. Juli 1998 starb der französische Schriftsteller, Herausgeber und Übersetzer **Alain Doremieux,** eine der herausragenden Persönlichkeiten der französischen SF-Szene. Geboren wurde er 1933 in Paris. Bereits in den 50er Jahren war er als stellvertretender Herausgeber von FICTION, der französischen Ausgabe von F&SF, in der SF-Szene präsent, für die er zahlreiche französische Autoren heranzog. Während der 60er Jahre half er mit, eine französische Version von GALAXY aus der Taufe zu heben, und war auch maßgeblich bei der Gründung des französischen Science Fiction Buchclubs beteiligt, dem Club du livre d'anticipation. Später gab er eine Anthologienreihe sowie zahlreiche Einzelanthologien heraus. 1974 nahm er seinen Abschied von FICTION, nur um 1980 wieder an seine alte Postion zurückzukehren und eine neue Autorengeneration heranzubilden. 1989 wurde das Magazin, dessen Auflage infolge veränderter Lesegewohnheiten immer mehr geschrumpft war, eingestellt. Doremieux hatte schon vorher seinen Hut genommen und sich in der Folge aufs Übersetzen und Schreiben konzentriert. In den 90er Jahren lancierte er die Horror/Dark Fantasy-Anthologienreihe TERRITOIRES DE L'INQUIETUDE, die es von 1991 bis 1996 auf neun Ausgaben brachte. Sein eigenes schriftstellerisches Schaffen war schmal, es bestand vorwiegend aus Kurzgeschichten, die zum Großteil in den Collections »Mondes Interdits« (1967), »Promenades au bord du Gouffre« (1978), »Le livre d'or d'Alain Doremieux« (1980) und »Couloirs sans issue« (1981) gesammelt erschienen. 1993 publizierte er seinen einzigen Roman. Doremieux' Bedeutung lag in erster Linie bei seinen Verdiensten als Herausgeber. Er half mit, SF-Größen wie Fritz Leiber, J. G. Ballard und Philip K. Dick und zuletzt Horror-Autoren wie Lisa Tuttel und Steve Rasnic Tem in Frankreich aufzubauen.

Der amerikanische SF-Kritiker und Akademiker **Richard Dale Mullen** starb am 8. August 1998 in Terre Haute, Indiana. Der 1915 geborene Mullon lehrte Englisch an der Indiana State University und verfaßte SF-Kritiken. 1973 war er einer der Gründer der Science Fiction Research Association. Im gleichen Jahr begründete er auch das akademische Journal SCIENCE FICTION STUDIES, dessen Herausgeber (mit Darko Suvin) er bis 1978 war. In dieser Zeit gab er auch zusammen mit Suvin zwei Artikelsammlungen aus dem Jorunal heraus. 1990 kehrte er zu SF STUDIES zurück, um die Bildung des neuen Herausgeberkollektivs begleitend zu überwachen.

Ebenfalls am 8. August 1998 starb im Alter von 74 Jahren der Drehbuch-Autor **Arthur Rowe.** Er schrieb u. a. das Drehbuch zum Horror-Film »Land of the Minotaur« (1976) sowie etliche Folgen der TV-Serien KOLCHAK: THE NIGHT STALKER, THE SIX MILLION DOLLAR MAN und THE BIONIC WOMAN.

Am 13. August 1998 starb in seiner Geburtsstadt Paris der Autor **Julien Green,** der dort am 6. September 1900 als Sohn amerikanischer Eltern zur Welt gekommen war. Während des Ersten Weltkriegs diente er in einem französischen Regiment und reiste 1919 in die USA, um an der University of Virginia zu studieren. 1921 brach er das Studium ab und kehrte nach Frankreich zurück. In der Folge machte sich Green als Autor von Romanen und Theaterstücken einen Namen und war 1971 der erste Ausländer, der Mitglied der Academie française wurde. Der SF bzw. Phantastik sind von seinem Oeuvre vor allem die Romane »Varouna« (1941) und »Si j'etais vous« (1949) zuzurechnen.

Ende August 1998 starb **Thomas A. Waters** im Alter von 60 Jahren. Er war der Verfasser von drei SF-Romanen, die zwischen 1967 und 1974 erschienen: »The Probability Pad« (1970), der abschließende Roman der BUTTERFLY KID-Trilogie, deren frühere Bände von Chester Anderson und Michael Kurland geschrieben wurden), »Love That Spy« (ein futuristischer Spionageroman) und die Dystopie »Centerforce« (1975).

Der amerikanische Autor **Douglas C. Jones** starb am 30. August 1998 in Fayetteville, Arkansas im Alter von 73 Jahren an Herzversagen. Jones, der 1978 als Lieutenant Colonel seinen Abschied von der US Army nahm, wurde im Genre durch seine drei Romane bekannt, in denen die Geschichte des Wilden Westens anders verläuft: »The Court Martial of George Armstrong Custer« (1976), in dem Custer die Schlacht am Little Big Horn überlebt hat, »Arrest Sitting Bull« (1977) und »A Creek Called Wounded Knee« (1978).

Am 31. August 1998 starb der kanadische Autor **Dietmar Trommeshauser** im Alter von 42 Jahren an Herzthrombose. Er war nach einem Unfall gelähmt und verkaufte seine Kurzgeschichten im Kleinverlagsbereich. Er war Mitglied der Horror Writers of America.

Der amerikanische Autor **Allen Drury,** der mit politischen Romanen Berühmtheit erlangte, starb am 3. September 1998, seinem 80. Geburtstag, in einem Krankenhaus in der Nähe von Tiburon, Kalifornien, an Herzversagen. Drury wurde in Houston, Texas, geboren und wuchs in Kalifornien auf. 1939 erwarb er einen akademischen Grad in Journalismus an der Stanford University. In der Folge arbeitete er für verschiedene Zeitungen wie die NEW YORK TIMES und United Press. 1959 erschien sein erster Roman, »Advise and Consent«, der 1962 mit Henry Fonda und Charles Laughton verfilmt wurde und für den er den Pulitzer-Preis erhielt. Zu diesem Roman schrieb er in der Folge fünf in der näheren Zukunft spielende Fortsetzungen: »A Shade of Difference« (1962), »Capable of Honor« (1966), »Preserve and Protect« (1968), »Come Ninevah, Come

Tyre: The Presidency of Edward M. Jason« (1973) und »The Promise of Joy« (1975). In einem weiteren Roman, »The Throne of Saturn« (1971) versuchen die Sowjets, die erste bemannte Mars-Expedition der USA zu sabotieren, während in den zusammenhängenden Romanen »The Hill of Summer: A Novel of the Sovjet Conquest« (1981) und »The Roads of Earth« (1984) die USA unter kommunistische Herrschaft gelangen. Sein letzter Roman, »Public Men«, erschien posthum.

Henrik Altov, in den sechziger Jahren einer der führenden SF-Autoren der ehemaligen Sowjetunion, starb am 24. September 1998 in Petrozawodsk, wo er seit 1990 lebte. 1926 in Taschkent als Henrik Saulowitsch Altschuller geboren, studierte er an der Universität von Aserbaidschan in Baku, wo er einen akademischen Grad in Ingenieurswesen erwarb. Als er zu Beginn der 50er Jahre an Stalin über die Probleme der Erfinder in der UdSSR schrieb, wurde er inhaftiert und erst 1956 wieder freigelassen. Seine erste SF-Story, mit Wjatscheslaw Felitsyn verfaßt, erschien 1957 unter dem Titel »Sinotschka«. In den frühen 60er Jahren wurde Altov, der oft mit seiner Ehefrau Valentina Zhuravleva schrieb, einer der populärsten sowjetischen SF-Autoren. Seine Kurzgeschichten wurden gesammelt in den Sammlungen »Legendy o zviozdnykh kapitanakh« (1961), »Opalayuschiy razum« (1968) und »Sozdan dlia buri« (1970). Als Henrik Altschuller war er ein Erfinder, der zahlreiche Patente hielt. Einen Namen in der Fachwelt machte er sich auch mit seiner »Theorie der Erfindung«, die er später in sowjetischen Erziehungseinrichtungen lehrte.

Am 30. September 1998 starb der amerikanische Pulitzer-Preisträger **Robert Lewis Taylor** im Alter von 88 Jahren in seinem Haus in Southbury, Connecticut. Seine schriftstellerische Karriere begann Taylor 1947 mit dem Post-Holocaust-Roman »Adrift in a Boneyard«. 1949 veröffentlichte er die Biografie »W. C. Fields: His Follies and Fortunes«, 1959 erschien der mit dem Pulitzer-Preis ausgezeichnete historische Roman »The Travels of Jaimie McPheeters«. Daneben verfaßte er zahlreiche Sachartikel, darunter Essays für THE NEW YORKER.

Am 9. Oktober 1998 starb der brasilianische Dichter, Kritiker, Herausgeber und Übersetzer **José Paulo Paes** in Sao

Paulo, Brasilien, an Lungenversagen. Paes wurde 1926 in Taquaritinga im Bundesstaat Sao Paulo geboren. 1947 erschien sein erster Gedichtband, »O Aluno«. Die Kritiken und Essays von Paes, der versuchte, in der literarischen Landschaft einen Platz für Genre-Publikationen zu finden, erschienen in allen literarischen Beilagen der wichtigsten Periodika des Landes. Seine Essays über angloamerikanische SF liegen gesammelt in »Gregos e Baianos« (1985) vor.

Die amerikanische SF-Autorin **Rachel Cosgrove Payes,** die auch unter dem Pseudonym **E. L. Arch** publizierte, starb am 10. Oktober 1998 in Brick, New Jersey, nachdem sie sich zwei Monate davor einem schweren chirurgischen Eingriff unterzogen hatte. Sie war 75 Jahre alt. Rachel Ruth Cosgrove wurde am 11. Dezember 1922 in Westernport, Maryland geboren und studierte am West Virginia Wesleyan College, wo sie 1943 mit Hauptfach Biologie und Sprachen ihren Abschluß machte. Nach dem Zweiten Weltkrieg arbeitete sie in der pharmazeutischen Forschung bei American Cyanamid. Schon als Kind hatten es ihr L. Frank Baums OZ-Bücher angetan; so schrieb sie 1949 eine Geschichte zu diesem Thema für ihre Mutter. Sie wurde 1951 unter dem Titel »The Hidden Valley of Oz« veröffentlicht. Sie verfaßte auch einen weiteren OZ-Roman, der aber nicht angenommen und erst 1993 vom International Wizard of Oz Club als ihr letztes Buch publiziert wurde: »The Wicked Witch of Oz«. Im Laufe ihrer schriftstellerischen Karriere schrieb sie über 40 Romane in den unterschiedlichsten Genres, vom Liebesroman über Krimis und Schauerromane bis hin zu Science Fiction sowie mehr als ein Dutzend Kurzgeschichten. Ihre SF erschien unter dem Pseudonym E. L. Arch, einem Anagramm von Rachel: »Bridge to Yesterday« (1963), »Planet of Death« (1964), »The First Immortals« (1965), »The Man with Three Eyes« (1967), »The Deathstones« (1964) und »The Double Minded Man« (1966) waren allesamt kompetente SF-Abenteuer. In ihren letzten Lebensjahren bereiste sie die Welt, so u. a. die Antarktis, Malta und Skandinavien.

Bob Kane, der geistige Vater von »Batman« und einer Vielzahl der darin auftauchenden Charaktere, starb am 3. November 1998 im Cedars-Sinai Medical Center in Los Angeles. Er war 83 Jahre alt. Der Comic-Heroe, der sein Debut gab, als sein Schöpfer gerade 18 Jahre alt war, bildete die Grundlage für einige Serials in den 40ern, eine TV-Serie in den 60ern und schließlich vier Kinofilme.

Der kanadische Lehrer, Umweltforscher und Autor **Wayland Drew** starb am 3. Dezember 1998 in seinem Domizil in Bracebridge, Ontario nach langer schwerer Krankheit. Er hatte an der Lou Gherig-Krankheit gelitten, einer tückischen Sklerose. Drew wurde am 12. September 1932 in Oshawa, Kanada geboren und studierte an der University of Toronto. Als Spezialist für die Naturgeschichte Kanadas arbeitete er in den siebziger und achtziger Jahren an zahlreichen diesbezüglichen Forschungsvorhaben mit. Mit seiner Frau Gwendolyn, die er 1957 geheiratet und mit der er vier Kinder hatte, schrieb er das Reisebuch »Brown's Weir« (1982). 1973 erschien sein erster Roman »The Wabeno Feast«, eine Geschichte aus der kanadischen Wildnis in Vergangenheit, Gegenwart und Zukunft. 1981 kam der erste seiner Filmromane heraus, »Dragonslayer«, weitere in allen Genres, die über dem sonst üblichen Niveau lagen, folgten, darunter »Willow« (1988) und »Batteries Not Included« (1987). Zum Genre gehört auch noch THE EARTHRING CYCLE, eine Post-Holocaust-SF-Trilogie, bestehend aus »The Memoirs of Alcheringia« (1984), »The Gaian Experiment« (1985) und »The Master of Norriya« (1985). Daneben publizierte er noch den Mainstream-Roman »Halfway Man« (1989).

Am 30. Dezember starb in einer Klinik in der Nähe von Paris der französische Comic-Künstler **Jean-Claude Forest** im Alter von 68 Jahren an Erkrankung der Atemwege. 1962 hatte die futuristische Sexgöttin BARBARELLA im V MAGAZINE ihren ersten Auftritt. Ihre Popularität wurde durch die Verfilmung des Comics durch Roger Vadim mit Jane Fonda in der Titelrolle noch gesteigert. Der Strip wurde bis 1981 weitergeführt.

Am 11. Januar 1999 starb der Autor **Brian Moore** im Alter von 77 Jahren an Lungenentzündung in seinem Haus in Malibu, Kalifornien. Moore wurde 1921 in Belfast, Nordirland geboren, übersiedelte 1948 nach Kanada und wurde kanadischer Staatsbürger. Er war in erster Linie als Mainstream-Autor bekannt, einige seine Werke enthielen aber phanastische Elemente, wie »The Great Victorian Collection«, in dem die Kraft der Suggestion in der Lage ist, physikalische Objekte zu erschaffen, oder »Catholics«, das sich mit den Konsequenzen einer konservativen Wende in der katholischen Kirche auseinandersetzt.

An Herzversagen starb am 13. Februar 1999 der amerikanische Autor **Gary Jennings** in Pompton Lakes, New Jersey, im Alter von 70 Jahren. Geboren wurde er am 20. September 1928 in Buena Vista, VA. Von 1947 bis 1952 arbeitete er als Werbetexter und studierte nebenbei von 1949 bis 1951 an der Art Students' League in New York City. Von 1952 bis 1954 diente er in der US Army Infantry als Korrespondent im Koreakrieg, wofür er mit dem Bronze Star ausgezeichnet wurde. Im Anschluß daran arbeitete er als Künstler und Zeitungsreporter und betreute 1962/63 die Magazine DUKE und GENT. Um diese Zeit herum begann er, auch phantastische Geschichten zu verfassen, die u. a. auch in F & SF erschienen und z. T. auch in Anthologien aufgenommen wurden. Die 1962 publizierte Story »Myrrha« wurde für den Hugo nominiert. Im gleichen Jahr erschien auch sein erstes Buch »March of the Robots«, dem in den 60er und 70er Jahren zahlreiche weitere Romane und Sachbücher für Jugendliche folgten. 1976 kam sein erster historischer Roman »Sow the Seeds of Hemp« um den Süden vor dem Bürgerkrieg. Den Durchbruch schaffte er 1980 mit »Aztecs«, für den er mehr als ein Jahrzehnt recherchiert hatte. Spätere historische Romane waren »The Journeyer« (1984), »Spangle« (1987), »Raptor« (1992) und »Aztec Autumn« (1997). Unter dem Pseudonym Gabriel Quyth erschien 1988 der humorvolle phantastische Roman »The Lively Lives of Crispin Mobey«.

Robert »Buck« Coulson, Ehemann der SF- und Fantasy-Autorin Juanita Coulson, Fan und Autor, starb am 19. Februar 1999 an innreren Blutungen als Komplikation von Asthma, Diabetes und Herzleiden. Er war 70 Jahre alt. Geboren wurde Robert Stratton Coulson am 12. Mai 1928 in Sullivan, Indiana.

Schon seit Studententagen mit Gene DeWeese befreundet, traf er seine spätere Frau im Fandom der Eastern Indiana SF Association, wo er sich stark engagierte und wo sie gemeinsam die Stütze des Fandoms im Mittelwesten der USA bildeten. Zusammen mit seinem Freund DeWeese schrieb er die SF-Romane »Gates of the Universe« (1975; überarbeitet 1985 als »Nightmare Universe«), »Now You See It/Him/Them« (1975) und »Charles Fort Never Mentioned Wombats« (1977) sowie unter dem Pseudonym Thomas Stratton zwei Romane zur TV-Serie MAN FROM U.N.C.L.E. Solo verfaßte er »To Renew the Ages« (1976) und »High Spy« (1987). Er arbeitete auch an einem frühen Roman mit Piers Anthony, »But What of Earth?«, mit, der bei Laser Books erschien.

Am 26. Februar 1999 starb in seinem Haus in Los Angeles der amerikanische Autor **Michael Avallone,** der über 250 Romane geschrieben hatte, im Alter von 74 Jahren an Herzversagen. Michael Angelo Avallone wurde am 27. Oktober 1924 in New York als eines von 17 Kindern geboren, Während des Zweiten Weltkriegs diente er in der US Army in Europa und brachte es bis zum Sergeant. Später war er als freiberuflicher Autor tätig, auch unter zahlreichen Pseudonymen. Sein Debüt im Genre gab Avallone 1953 mit der in WEIRD TALES veröffentlichten Story »The Man Who Walked on Air«. Im gleichen Jahr startete er seine Krimi-Serie ED NOON, die bis 1988 lief. Seine Horror-Kurzgeschichten wurden gesammelt in den Collections »Tales of the Frightened« (1963; auch 1973 als »Boris Karloff Presents Tales of the Frightened«) und »Where Monsters Walk« (1978). Unter dem Pseudonym Sidney Stuart erschien 1973 der Horror-Roman »The Beast With the Red Hands«, und auch einige der unter dem Verlagspseudonym Troy Conway voröffentlichten Romane der Soft-Porno-Serie COXEMAN, die auch SF-Elemente enthielten, stammten aus seiner Feder: »Had Any Lately?« (1967), »The Big Broad Jump« (1968), »The Blow-Your-Mind Job« (1970), »The Cunning Linguist« (1970) und »A Stiff Proposition« (1971). Für Grusel-Romane verwendete er die Pseudonyme Dorothea Nile und Edwina Noone. Daneben verfaßte er einige Romane zu Filmen, wie »Beneath the Planet of the Apes« (1970), und einige Romane um THE MAN FROM U.N.C.L.E. nach der gleichnamigen TV-Serie.

Der argentinische Autor **Adolfo Bioy Casares,** weltweit bekannt durch seine zur SF und dem magischen Realismus gehörenden Romane und Kurzgeschichten, starb am 8. März 1999 in seinem Appartment in Buenos Aires im Alter von 84 Jahren. Bioy Casares wurde am 15. September 1914 in Buenos Aires geboren. Seine erste Publikation war die Storysammlung »Prologo« (1929) mit zahreichen surrealistischen Texten. In den frühen 30er Jahren wurde er durch Victoria Ocampa mit Jorge Luis Borges bekanntgemacht, die 1931 das literarische Magazin SUR begründet hatte, für das die beiden in der Folge schrieben. Sie verfaßten gemeinsam zahlreiche Geschichten, die z.T. in »Seis problemas para Don Isidro Parodi« (1942), »Un modelo para la muerte« (1946 unter dem Pseudonym B. Suarez Lynch), »Chronicas de Bustos Domecq« (1967 als H. Bustos Domeqc) und »Neuvos cuentos de Bustos Domecq« (1977 als H. Bustos Domecq). 1934 begegnete Bioy Casares seiner Schrifstellerkollegin und späteren Frau Silvina Ocampo, die ihn davon überzeugte, sich aufs Schreiben zu konzentrieren. Sie heirateten 1940, gaben mit Borges im gleichen Jahr die Anthologie »Antologia de la literatura fantastica« heraus und schrieben gemeinsam »Los que aman, odian« (1946). 1940 erschien sein bekanntestes Werk, der SF-Roman »La invencion de Morel« über die Suche nach der Unsterblichkeit. Elemente der SF und Phantastik enthalten auch die Romane »Plan de evasion« (1945), »El sueno de los heroes« (1954), »Diario de la guerra del cerdo« (1969) und »Dormir al sol« (1973) sowie die Collection »Una magia modesta« (1997). Er wurde mit zahleichen Preisen und Ehrungen bedacht, u. a. erhielt er 1975 den Gran Premio de Honor de la Sade, wurde 1981 Ehrenmitglied der Französischen Legion und 1986 Ehrenbürger der Stadt Buenos Aires.

Stanley Kubrick, der weltberühmte Filmemacher und Regisseur, starb am 7. März 1999 in seinem Domizil in Engand im Alter von 70 Jahren. Er wurde am 27. Juli 1928 in New York City geboren und wuchs in der Bronx auf. Seine Karriere begann er als Fotograf für das Magazin LOOK, sein erster

Film war »Day of the Fight«, die Dokumentation eines Boxers. Zahlreiche interessante Filme folgten in den Fünfzigern. Nach Zensurproblemen mit seiner Verfilmung von Nabukovs »Lolita« (1962) übersiedelte Kubrick nach England. In dem darauffolgenden Jahren entstanden einige revulutionäre und revolutionierende Filme, die zumeist SF- oder Horror-Elemente aufwiesen: »Dr. Strangelove, or How I Learned to Stop Worrying and Love the Bomb« (1964), »2001: A Space Odyssey« (1968), »A Clockwork Orange« (1971) und »The Shining« (1980).

Am 10. März 1999 starb der schwedische Autor, Übersetzer, Journalist und Essayist **Carl Johan Holzhausen** im Alter von 99 Jahren. Er wurde am 21. Februar 1900 geboren und war vom Hauptberuf Zeitungsmann, der den Großteil seines Lebens in Gothenburg verbrachte. Sein Hauptinteresse galt der phantastischen Literatur, vor allem der SF. 1936 erschien seine erste Collection »Den flygande sparvagnen och andra berattseler«. Es dauerte aber 28 Jahre, bis sein nächstes Genre-Werk erschien: der SF-Roman »Achilles häl« (1964). Es folgten das Fantasy-Kinderbuch »Drömhunden« (1973) und zwei Fortsetzungen dazu 1976, die SF-Storysammlungen »Spranget« (1970), »De kom fran Dodona« (1972) und »Venus i alabaster och andra berättelser« (1990) sowie die SF-Romane »De sju käglornas ö« (1974) und »Och hoppets färg är grön« (1977). Holzhausen, der auch den Mainstream-Roman »Taget tar tjugo minuter« (1973) schrieb, war Ehrenmitglied der Scandinavian SF Society und verfaßte auch einige Beiträge für das Club-Magazin SF FORUM.

Am 15. März 1999 starb der einflußreiche Redakteur, Anthologist und Autor zahlreicher Grusel- und Horror-Kurzgeschichten und Romane **Ray Russell** in einem Pflegeheim in Los Angeles nach einer Reihe von Schlaganfällen. Er war 74 Jahre alt. Ray Robert Russell wurde am 4. September 1924 in Chicago, Illinois geboren. Russell, der in den 30er Jahren begeistert die SF-Pulps verschlang, diente von 1943 bis 1946 in der US Army Air Force, besuchte 1947/48 das Conservatory of Music in Chicago und arbeitete 1949 bis 1951 am Goodman Memorial Theater. Er komponierte, arbeitete als

Schauspieler und schrieb Drehbücher für Hollywood-Filme und Gedichte, Geschichten und Essays für bekannte Magazine wie THE PARIS REVIEW. 1977 erhielt er den Sri Chimnoy Poetry Award für das Gedicht »A Curling of Wood«. Seine erste Kurzgeschichte wurde 1953 unter dem Titel »The Lesser Sin« in ESQUIRE veröffentlicht, und im darauffolgenden Jahr begann seine langjährige Tätigkeit für den PLAYBOY als Herausgeber, wo auch zahlreiche seiner Geschichten publiziert wurden. Er machte das Herrenmagazin zu einem wichtigen Markt für SF-, Fantasy- und Horror-Autoren, indem er Erzählungen von Ray Bradbury, Arthur C. Clarke, Theodore Sturgeon, Robert Sheckley und anderen ankaufte. Anonym gab er in den 60er und 70er Jahren 47 Anthologien für Playboy Press heraus, darunter »The Playboy Book of Science Fiction and Fantasy« (1966) und »The Playboy Book of Horror and the Supernatural« (1967). Daneben veröffentlichte er auch in SF-Magazinen wie IMAGINATION, F&SF, AMAZING, FANTASTIC und IF, beginnend mit »The Pleasure Was Ours« (1953). Den größten Erfolg feierte er mit der Erzählung »Sardonicus«, die 1961 im PLAYBOY erschien und mehrfach in Anthologien aufgenommen wurde. 1962 erschien Russells ester Roman »The Case Against Satan«, vier weitere folgten, darunter die Dark Fantasy-Romane »Incubus« (1976) und »Absolute Power« (1992) sowie der in einer Alternativwelt spielende historische Roman »Princess Pamela« (1979). Sein Kurzwerk, zumeist im Horror-Bereich angesiedelt, wurde in den Erzählbänden »Sardonicus and Other Stories« (1961), »Unholy Trinity: Three Short Novels of Gothic Terror« (1967), »Prince of Darkness« (1971), »Sagittarius« (1971), »The Book of Hell« (1980), »The Devil's Mirror« (1980) und »Haunted Castles: The Complete Gothic Tales« (1985) gesammelt. Für seine Verdienste wurde Russell 1991 mit dem World Fantasy Lifetime Achievement Award und 1993 mit dem der Horror Writers of America ausgezeichnet.

Am 27. März 1999 starb der amerikanische Autor und Professor **Stephen Becker** im Alter von 71 Jahren in einer Klinik in Miami, Florida an Herzversagen. Stephen David Becker wurde am 31. März 1927 in Mt. Vernon, New York geboren und studierte in Harvard, Peking und Paris. 1947 heiratete er Mary Elizabeth Freeberg, mit der er drei Kinder hatte. Insgesamt verfaßte er elf Romane, darunter einen Krimi, »A Covenan with Death« (1964), der auch verfilmt wurde, und einen Roman über den Bürgerkrieg, »When the War Is Over« (1969), die meisten seiner Bücher spielen aber im China der späten 40er Jahre, wie »The Season of the Stranger« (1951), »Shanghai Incident« (1955 als Steve Dodge), »The Chinese Bandit« (1975), »The Last Mandarin« (1979) und »The Blue-Eyed Shan« (1982). In seiner Tätigkeit als Writer-In-Residence am Iowa's Writer Workshop beeinflußte er direkt und indirekt eine große Zahl von Autoren und Lesern. Er lehrte an der University of Central Florida, wo er bis zu seiner Pensionierung eine Professur für Englisch innehatte. Mit der SF war Becker nur kurz in den 60er Jahren in Kontakt, als einige humorvolle Geschichten von ihm in F&SF erschienen.

Jim Turner, langjähriger Herausgeber von Arkham House und zuletzt Herausgeber und Verlagsleiter von Golden Gryphon Press, starb am 28. März 1999 im Alter von 54 Jahren in einem Krankenhaus in St. Louis an Krebs. James Allen Turner wurde am 19. März 1945 in St. Louis geboren, besuchte die Collinsville High School, wo er 1963 graduierte, und erhielt einen B.A. an der Washington University in St. Louis. Er arbeitete an einem Doktortitel in Geschichte, als sich ihm die Möglichkeit bot, beim 1939 von August Derleth gegründeten traditionsreichen Kleinverlag Arkham House die Position des Herausgebers zu erhalten. Turner änderte in den frühen 80er Jahren die bisherige Verlagspolitik, nur WEIRD TALES-Autoren oder neue Autoren, die im Stile Lovecrafts schrieben, zu publizieren, zugunsten von zusätzlichen Hardcover-Storysammlungen aufstrebender wichtiger SF- und Fantasy-Talente. Den Reigen eröffnete 1983 Greg Bear, gefolgt von u. a. J. G. Ballard, Michael Bishop, Alexander Jablokov, John Kessel, Nancy Kress, Tanith Lee, Ian R. MacLeod, Mary Rosenblum, Lucius Shepard, Bruce Sterling, Michael Swanwick und James Tiptree jr. Auch Romane neuer Autoren wie Michael Bishop und James P. Blaylock nahm er ins Programm. 1996 kam es zu Meinungsverschiedenheiten mit Verlags-Miteigentümerin

April Derleth, die Arkham wieder auf den tradionellen Weg zurückführen wollte. Turner wurde gekündigt und gründete seinen eigenen Verlag Golden Gryphon Press, in dem er seinen bisherigen Weg weiterging und bis zu seinem frühzeitigen Tod Storysammlungen von James Patrick Kelly, R. Garcia y Robertson und Robert Reed sowie eine Anthologie mit von Lovecraft inspirierten Erzählungen herausbrachte.

Marie Landis, die mit Brian Herbert, ihrem Cousin zweiten Grades gemeinsam zwei Horror-SF-Romane verfaßte, starb am 19. Juni 1999 an Krebs. Sie wurde am 16. Oktober 1920 geboren und arbeitete während des Zweiten Weltkriegs bei einer Decodiereinheit des US Army Signal Corps. Sie war Cousine ersten Grades von Beverly Stuart, der Frau von Frank Herbert und Mutter von Brian, sie verloren sich aber nach familiären Zwistigkeiten aus den Augen. Nach dem Tod von Frank Herbert kam es zu erneutem Kontakt, der dazu führte, daß Marie Landis und Brian Herbert an zahlreichen Stories und den Romanen »Merrimakers« (1991) und »Blood on the Sun« (1996) zusammenarbeiteten. Zum Zeitpunkt ihres Todes arbeiteten sie an einem Filmtreatment.

Ebenfalls am 19. Juni 1999 starb der italienische Schriftsteller, Journalist, Regisseur und Drehbuchautor **Mario Soldati** im Alter von 92 Jahren. Der am 17. November 1906 in Turin geborene Autor wurde vor allem durch seine psychologischen Romane und Geschichten bekannt und gilt als Meister der Psychoanalyse. Sein einziger Ausflug in die Phantastik stellte der Erzählband »Storie di Strega« (1962) dar, eine Sammlung von Kurzgeschichten in der Tradition der britischen Gespenstergeschichte.

Die britische SF-Szene 1998/99

von Hermann Urbanek

Das Jahr 1998 brachte für den britischen Science Fiction-, Fantasy und Horror-Markt nach den drastischen Rückgängen der Jahre 1995 und 1996, die einem zweijährigen positiven Trend gefolgt waren, und dem moderaten Aufschwung des Vorjahrs erneut einen deutlichen Rückgang bei der Zahl der veröffentlichten Genre-Titel. Die weitere Talfahrt, die im SF-JAHR 1998 schon für 1997 erwartet worden war, setzte sich also, nach diesem offensichtlich einmaligen Ereignis ungebremst, ja sogar noch beschleunigt fort, und die im letzten SF-JAHR nach dem Vorliegen der Zahlen für das erste Halbjahr geäußerte Vermutung, das Endergebnis von 1998 könne sich in etwa auf dem Niveau des Vorjahres bewegen, hat sich leider als unberechtigte Hoffnung erwiesen. Im Gegenteil, der Einbruch fiel mit über 12 Prozent so gravierend aus, daß die Jahres-Gesamttitelzahl auf ein historisches Tief rutschte. Und die zu Redaktionsschluß vorliegenden Zahlen deuten darauf hin, daß sich die Situation noch verschlechtern wird. Diese negative Entwicklung ist zum einen auf die immer stärkere Verlagskonzentration infolge Verlagskäufen und Zusammenschlüssen zurückzuführen, zum anderen auch darauf, daß sich die Zahl der im Genre publizierenden Verlage reduziert hat, wobei in erster Linie die Klein- und Spezialverlage, die sich in Nischenbereichen bewegen, merklich weniger geworden sind. Dominierende Publikationsform war auch 1998 wieder, wie schon in den Jahren davor, das Taschenbuch.

Der amerikanischen Fachzeitschrift **LOCUS** zufolge wurden in Großbritannien 1998 im phantastischen Genre unter Einbeziehung aller im Grenzbereich angesiedelten Publikationen insgesamt 741 Titel veröffentlicht, was einem Rückgang von 12,5 % entspricht (1997 waren es noch 847 gewesen). Der Rückgang betraf gleichermaßen sowohl die neuen Titel als auch die Nachdrucke, wobei sich der Anteil der Erstveröffentlichungen leicht erhöhte. 1998 standen 401 britischen Erstveröffentlichungen 340 Reprints gegenüber, 1997 hatte das Verhältnis 450 neue Titel zu 397 Nachdrucken gelautet. Diese 401 Original- und Erstveröffentlichungen (letztere in der Regel von US-Autoren, es wurden aber auch phantastische Texte von Christian Jacq, Jean Ray, Luisa Valenzuela, Cuca Canals, Jules Verne und Helmut Krausser herausgebracht) setzten sich aus 73 SF-Romanen (18,2 %), 95 Fantasy-Romanen (23,7 %), 28 Horror-Romanen (7,0 %), 14 Anthologien (3,5 %), 23 Collections (5,7 %), 12 Sekundärtiteln (3,0 %), 66 Novelisierungen (16,5 %), 69 Jugendbüchern (17,2 %), 11 Sammelbänden (2,7 %), 9 Kunstbänden (2,2 %) und 3 nicht eindeutig zuzuordnenden Publikationen zusammen. Im Jahr 1997 hatten die 450 neuen Titel aus 76 SF-Romanen (16,9 %), 99 Fantasy-Romanen (22,0 %), 52 Horror-Romanen (11,6 %), 32 Anthologien (7,1 %), 19 Storysammlungen (4,2 %), 7 Sekundärwerken (1,6 %), 71 Medien-Titeln (15,8 %), 70 Jugendbüchern (15,5 %), 11 Sammelbänden (2,4 %), 9 Kunstbüchern (2,0 %) und 4 nicht eindeutig zuzuordnenden Publikationen bestanden.

Damit bot sich 1998 im Vergleich zum Vorjahr doch ein recht unterschiedliches Bild. Eine Steigerung nicht nur beim Marktanteil sondern auch real bei der Zahl der erschienenen Titel gab es bei den Collections (plus 1,5 %) und Sachbüchern (1,4 % mehr), während SF-Roman (plus 1,3 %), Fantasy-Roman (plus 1,2 %), medienbezogene Titel (0,7 % mehr), Jugendbücher (plus 1,7 %), Sammelbände (plus 0,3 %) und Kunstbücher (0,2 % mehr) ihren Marktanteil trotz geringerer Zahl der Publikationen ausweiten konnten. Große Verlierer sowohl in absoluten Zahlen wie auch beim Marktanteil waren sowohl der Horror-Roman (minus 4,6 %) als auch die Anthologien (3,6 % weniger), deren Output nahezu bzw. mehr als halbiert wurde. Bei den Neu- bzw. Erstveröffentlichungen konnte der Fantasy-Roman seine dominierende Rolle, die er seit 1991 innehat, erneut klar behaupten, der Abstand zum wie im Vorjahr auch auf dem zweiten Platz gelandeten SF-Roman ist wieder etwas geschrumpft, knapp dahinter rangiert das Jugendbuch, das die Novelisierungen - medienorientierte Titel, die auf Filmen, Spielen, Comics und TV-Serien basieren - von Platz 3 auf den vierten Rang verdrängte. Mit noch größer gewordenem Abstand lag der Horror-Roman wieder auf Platz fünf, ebenfalls weit abgeschlagen und relativ dicht hintereinander folgten Collections, Anthologien, Sachbücher und Sammelbände vor den Kunstbänden. Den bislang vorliegenden Zahlen zufolge sieht es ganz danach aus, als würde es eine spürbare Verschiebung von der Fantasy zur Science Fiction geben und sowohl Jugendbuch als auch Medientitel gravierende Rückgänge bei der Titelzahl verzeichnen. Auch die Relation zwischen Erstveröffentlichungen und Reprints wird sich wahrscheinlich zu Gunsten der neuen Titel verschieben.

Bei den *Verlagen,* die 1998 Genre-Titel publizierten, bot sich wieder ein sehr unterschiedliches Bild mit zum Teil völlig konträren Trends. Von den Top Ten veröffentlichten sechs - **HarperCollins, Little Brown UK, Orion/Millenium, Viking/Penguin, Simon & Schuster/Pocket** und **Scholastic** - zum Teil beträchtlich mehr Titel als im Vorjahr, während die übrigen vier - **Hodder/Headline, Transworld, Gollancz** und **Random House UK** - ihr Programm drastisch zurückfuhren. An die Spitze vorgestoßen und der neue Marktführer ist wieder **HarperCollins/Voyager,** der diese Position 1995 verloren hatte und die letzten drei Jahre an zweiter Stelle lag, mit 119 veröffentlichten Titeln; 1997 hatte er mit 112 Publikationen aufgewartet. Stark an Terrain verloren und mit 104 veröffentlichten Titeln (1997 waren es noch 160 gewesen) den größten Rückgang verzeichnete der bisherige Marktleader und nunmehrige Zweitplazierte **Hodder Headline,** wobei die beiden Führenden nur 15 Titel auseinander lagen. Ziemlich groß war dann der Abstand der beiden Marktführer zu den nach der Zahl der Veröffentlichungen im Anschluß gereihten Verlage, wobei es im Vergleich zum Vorjahr einige Veränderungen in der Reihenfolge gab. Auf Platz 3 rangierte 1998 jetzt **Little, Brown UK,** der seine Titelzahl von 52 auf 75 steigerte, gefolgt von **Orion/Millenium** mit 68 Veröffentlichungen (1997: 61). Wieder relativ weit abgeschlagen landeten dann die übrigen Verlage auf den Plätzen, wobei die Differenz bisweilen nur einige Titel betraf: **Transworld** (54), **Gollancz** (49), **Random House UK** (42), **Viking/Penguin** (30) und **Simon & Schuster/Pocket UK** titelgleich mit **Scholastic** (beide 24). Komplett aus der Liste der Top Ten fielen **Pan Macmillan** und **Virgin.** Der Kauf von **Gollancz'** Mutterverlag **Cassell** durch **Orion/Millenium** zeigte 1998 noch keine Auswirkungen, wird aber mit Sicherheit bald kräftig zu Buche schlagen. Was die Original- und britischen Erstveröffentlichungen betraf, so hatte hier **Hodder Headline** mit 65 Titeln (7 weniger als 1997) klar die Nase vorn, gefolgt von **HarperCollins** (55), **Transworld** (36), **Little, Brown** (32), **Orion/Millenium** (29), **BBC Books** (22), **Random UK** (20), **Gollancz** (18), **Simon & Schuster/Pocket** (17) und **Scholastic UK** (16). Alles in allem waren es 48 Verlage bzw. Verlagsgruppen, die 1998 SF, Fantasy und Horror auf den Markt gebracht haben.

In der britischen **Verlagsszene** hat sich 1998/99 wieder einiges getan:

Das französische Verlagshaus **Hachette** hat im Sommer 1998 mit 70 % der Anteile die Mehrheit an der **Orion Publishing Group** erworben. Orion war 1991 gegründet worden und hatte in den letzten Jahren selbst einige Verlage gekauft, darunter 1992 Weidenfeld & Nicolson. Orion hat eine eigenständige und erfolgreiche SF-Taschenbuchreihe, MILLENIUM, im Programm. Der neue Eigentümer plant, die Geschäfte der Verlagsgruppe auszuweiten, u. a. auch in die USA.

Im Spätherbst 1998 versuchte **Macmillan,** der zum Holtzbrinck-Konzern gehört, den britischen Verlag **Cassell,** den Mutterverlag des SF im Hardcover publizierenden Verlags Gollancz, sich im Zuge einer feindlichen Übernahme einzuverleiben. Dies wurde von **Orion** vereitelt, die die von Macmillan gebotene Ankaufssumme von 7,3 Millionen Pfund Sterling noch überbot. Das bedeutete für die SF, daß bei der Verlagsgruppe Orion Genre-Titel jetzt zuerst als Orion/Gollancz-Hardcover erscheinen und dann als Orion/Millenium-Taschenbücher. Die Redaktionen verbleiben in den Händen von Jo Fletcher und Simon Spanton. Der Ankauf von Gollancz im Rahmen des Cassell-Deals hatte zur Folge, daß das von Orions Managing Director Malcolm Edwards gestartete Projekt SF MASTERWORKS überarbeitet werden dürfte. Als die ersten dreißig Titel dieser ambitionierten Edition, die im Januar 1999 gestartet wurde und in der zwei Bände pro Monat erscheinen sollen, sind geplant: »The Forever War« von Joe Haldeman, »I Am Legend« von Richard Matheson, »Cities in Flight« von James Blish, »Do Androids Dream of Electric Sheep?« von Philip K. Dick, »The Stars My Destination« von Alfred Bester, »Babel-17« von Samuel R. Delany, »Lord of Light« von Roger Zelazny, »The Fifth Head of Cerberus« von Gene Wolfe, »Gateway« von Frederik Pohl, »The Rediscovery of Man« von Cordwainer Smith, »Last and First Men« von Olaf Stapledon, »Earth Abides« von George R. R. Stewart, »Martian Time-Slip« von Philip K. Dick, »The Demolished Man« von Alfred Bester, »Stand on Zanzibar« von John Brunner, »The Dispossessed« von Ursula K. Le Guin, »The Drowned World« von J. G. Ballard, »The Sirens of Titan« von Kurt Vonnegut, »Emphyrio« von Jack Vance, »A Scanner Darkly« von Philip K. Dick, »The Shadow of the Torturer« von Gene Wolfe, »Behold the Man« von Michael Moorcock, »Star Maker« von Olaf Stapledon, »The War of the Worlds & The Time Machine« von H. G. Wells, »Engine Summer« von John Crowley, »The Book of Skulls« von Robert Silverberg, »More Than Human« von Theodore Sturgeon, »Ubik« von Philip K. Dick, »The Claw of the Conciliator« von Gene Wolfe und »Flowers For Algernon« von Daniel Keyes.

Im März 1999 startete **Virgin Books** den neuen Imprint VIRGIN WORLDS für Science Fiction, Fantasy und spekulative Werke im allgemeinen. Der Schwerpunkt der vierteljährlich auf den Markt kommenden Titel liegt bei exzellent geschriebenen, charakterorientierten Titeln interessanter, auch neuer Autoren. Die Reihe wurde mit dem SF-Roman

»Mnemosyne's Kiss« von Peter J. Evans, dem Fantasy-Roman »Havenstar« von Glenda Noramly und der Dark Fantasy »Mirrorman« von Trevor Hoyle gestartet, im Juli folgte »The Wise« von Andrew Carmel.

Die Buchhandelskette **W. H. Smith** kaufte im Frühsommer 1999 die drittgrößte britische Verlagsgruppe **Hodder Headline,** zu der u. a. auch **Hodder & Stoughton, NEL** und **Headline** gehören, für die (kolportierte) Summe von 185 Millionen Pfund.

Die beiden Verlagshäuser **Random House UK** und **Transworld** haben sich zur neuen **Random House Group Ltd.** zusammengeschlossen. Damit schreitet die Integration des neuen Verlagsgiganten zügig voran.

Der britische SF-, Fantasy- und Horror-Markt wurde, wie es schon langjährige Tradition ist, auch 1998/99 wieder von den Werken amerikanischer Autoren und ihrer britischen Kollegen, die sich im Mutterland der modernen SF fest etabliert haben, dominiert. (Interessanterweise veröffentlichen etliche amerikanische Autoren ihre neuesten Werke zuerst in Großbritannien, während umgekehrt Titel von zahlreichen ihrer britischen Kollegen eine Erstveröffentlichung in Übersee erleben.)

Auch in England waren **Serien und Zyklen** der große Renner. Zumeist wurden sie von den USA übernommen oder – bisweilen in einer weltweiten Edition – zeitgleich auf den Markt gebracht, wie die diversen STAR TREK-Reihen, STAR WARS-Bücher oder Romane zu TV-Hits wie BABYLON 5 und dergleichen, es gab und gibt aber auch eigenständige britische Projekte:

Sie laufen und laufen noch immer, und nach wie vor ist kein Ende abzusehen, auch wenn es schon eine kleine Ewigkeit her ist, seit zuletzt ein neues Abenteuer über den Bildschirm geflimmert ist – die Romanreihen zum britischen TV-Phänomen DOCTOR WHO! Zuletzt erschienen in der Hauptreihe sowie in der Subreihe THE NEW ADVENTURES von BBC Books folgende Titel: »Seeing I« von Jon Blum & Kate Orman, »Mission

Impractical« von David A. McIntee, »Zeta Major« von Simon Messingham, »Placebo Effect« von Gary Russell, »Vanderdeken's Children« von Christopher Bulis, »Dreams of Empire« von Justin Richards, »Last Man Running« von Cris Boucher, »The Scarlet Empress« von Paul Magrs, »The Janus Conjunction« von Trevor Baxendale, »Beltempest« von Jim Mortimore, »The Infinity Doctors« von Lance Parkin, »The Taint« von Michael Collier, »Salvation« von Steve Lyons, »The Face-Eater« von Simon Messingham, »The Wages of Sin« von David A. McIntee, »More Short Trips«, hrsg. von Stephen Cole, »Deep Blue« von Mark Morris, »Demontage« von Justin Richards, »Players« von Terrance Dicks, »Revolution Man« von Paul Leonard, »Dominion« von Nick Walters und »Millenium Shock« von Justin Richards. Ebenfalls in der Welt von DOCTOR WHO und mit den von dort bekannten Charakteren, aber ohne den guten Doktor, spielt die Roman-Reihe BERNICE SUMMERFIELD, die bei New Adventures publiziert wird: »The Sword of Forever« von Jim Mortimore, »Another Girl, Another Planet« von Martin Day & Len Beech, »Beige Planet Mars« von Lance Parkin & Mark Clapham, »Where Angels Fear« von Rebecca Levene & Simon Winstone, »Dead Romance« von Lawrence Miles und »The Mary-Sue Extrusion« von Dave Stone.

Mit einem zweiten Sechsteiler, wieder verfaßt von führenden SF-Autoren, wurde auch die britische Serie THE WEB weitergeführt, die im weltweiten Virtual Reality Web des Jahres 2028 spielt. Er besteht aus den Einzelbänden »Webcrash« von Stephen Baxter, »Cydonia« von Ken MacLeod, »Computopia« von James Lovegrove, »Spindrift« von Maggie Furey, »Avatar« von Pat Cadigan und »Walkabout« von Eric Brown. Der erste Sechsteiler wurde als Omnibus mit dem Titel »The Web 2027« veröffentlicht.

Darüber hinaus gibt es von den britischen **Autoren** und ihren in Großbritannien erstveröffentlichenden amerikanischen Kollegen, ihren jüngsten **Aktivitäten, Veröffentlichungen** und **Projekten** wieder einiges zu berichten:

Peter Ackroyd – Erschienen ist zuletzt der satirische SF-Roman »The Plato Papers«.

Joan Aiken – Neu auf den Markt kam zuletzt das Jugendbuch »Limbo Lodge«, der 5. Band des Alternativwelt-Zyklus ALTERNATE ENGLAND/JAMES III. Die weiteren Romane wurden neu aufgelegt: »The Wolves of Willoughby Case« (1), »Black Hearts in Battersea« (2), »Night Birds on Nantucket« (3), »The Stolen Lake« (4), »The Cuckoo Tree« (6), »Dido and Pa« (7), »Is« (8) und »Cold Shoulder Road« (9). Die Kinderbuchautorin wurde im Sommer 1999 zum Geburtstag der Königin zum MBE ernannt.

Brian Aldiss – gab seine Autobiographie heraus: »The Twinkling of An Eye or My Life as an Englishman«.

Mark Anthony – startete den vierbändigen Zyklus THE LAST RUNE um zwei Erdenmenschen, die von der Erde in eine Fantasy-Welt transportiert werden, mit »Beyond the Pale« und »The Keep of Fire«.

Tom Arden – setzte seinen Fantasy-Zyklus THE ÓROKON, der mit »The Harlequin's Dance« begann, mit dem zweiten Band, »The King and Queen of Swords« fort; bereits fertig ist der dritte OROKON-Roman »The Sultan of the Moon and Stars«.

Neal Asher – Sieben SF- und Horror-Stories enthielt die Collection »The Engineer«.

Mike Ashley – stellte wieder einige überaus interessante und voluminöse Themen-Anthologien zusammen: »The Mammoth Book of Arthurian Legends«, »Shakespearean Detectives« und »Royal Whodunnits« (25 Krimi-Stories um königliche Familien, u. a. von Tom Holt, Stephen Baxter, Richard Lupoff und Peter Tremayne).

Peter Atkins – hat die Arbeiten an der bei Pumpkin Books eingeplanten Storysammlung »Wishmaster and Others« abgeschlossen.

A. A. Attanasio – Der Abschlußband der DOMINIONS OF IRTH-Trilogie kam unter dem Titel »Octoberland« heraus. Neu auch »The Perilous Order«.

Steve Aylett – dessen neuer Roman »Slaughtermagic« auf der Auswahlliste zum Philip K. Dick Award steht, verkaufte zwei neue Romane, »Inflatable Volunteer« und »Atom«, an Millenium.

Iain Banks – Phantastische Elemente enthält der neueste SF-Roman des exzentrischen und exzellenten Briten, »Inversions«, in dem in einer Gesellschaft nach dem Ende eines dunklen Zeitalters ein Machtkampf entbrennt.

Julian Barnes – Einen neuen SF-Roman präsentierte der britische Literat unter dem Titel »England, England«.

Stephen Baxter – Erschienen sind der SF-Roman »Moonseed«, in dem sich nach Kontakt mit einem Mondfelsen alles Gestein auf der Erde in Staub verwandelt, der erste Band der Urzeit-Trilogie MAMMOTH, »Silverhair«, und der SF-Thriller »Time: Manifold 1«; zur Verfilmung optioniert wurden »Moonseed« und der demnächst erscheinende Roman »The Fate Machine«. In Vorbereitung befindet sich der zweite MAMMOTH-Urzeit-Roman »Longtusk«.

Greg Bear – Zuletzt wurde der Roman »Darwin's Radio« veröffentlicht, ein SF-Thriller der Spitzenklasse.

Joanne Bertin – Um die vom Genozid bedrohten Drachenlords – langlebige Menschen, die sich in einen Drachen transformieren können – geht es im sensationellen Debütroman »The Last Dragonlord«, dem Pilotband einer neuen Fantasy-Serie.

Alexander Besher – Frank und Trevor Gobi müsssen Drogenhändler stoppen, die Chi-Energie von Plantanten-Sklaven abziehen – in »Chi«, nach »Rim« und »Mir« der dritte Roman der GOBI-Serie.

Alan Blackwood – Um chemisch hervorgerufene Superintelligenz geht es im SF-Thriller »Kingdom of the Blind«.

Philip Boast – Um die Hochzeit und den Sohn von Jesus Christus geht es im phantastischen Roman »Sion«.

Rebecca Bradley – Erschienen ist »Lady Pain«, der dritte Roman der Fantasy-Serie GIL, die mit »Lady in Gil« und »Scion's Lady« begann.

Chaz Brenchley – Der für seine Horror-Stories bekannte Autor startete mit »Tower of the King's Daughter« die in einem fantasyartig verfremdeten Nahen Osten zur Zeit des Mittelalters – allerdings ohne Christenheit und Kreuzzüge – spielende OUTREMER-Trilogie. In Vorbereitung befindet sich Band 2 des Zyklus, »Feast of the King's Shadow«.

Terry Brooks - Für den Herbst 1999 eingeplant ist der neue phantastische Roman »Angel Fire East«.

Eric Brown - Zuletzt erschien vom interessanten britischen Autor der SF-Roman »Penumbra«.

H. Kenneth Bulmer - alias Alan Burt Akers. Der 78jährige Autor erholt sich von seinem Schlaganfall und einer Krebsoperation im Kieferbereich und plant, mit dem durch Stiftungen von Fans angekauften Voicewriter und Drucker bald wieder mit dem Schreiben zu beginnen.

Antonia S. Byatt - Sechs phantastische und Mainstream-Geschichten enthielt die Sammlung »Elementals: Stories of Fire and Ice«.

Eugene Byrne - Sein erster Solo-Roman »ThiGMOO«, der auf der gleichnamigen Kurzgeschichte basiert, handelt von Künstlichen Intelligenzen, ERAMs genannt, die sich der Kontrolle ihrer Schöpfer entziehen.

Pat Cadigan - In die Gefilde des SF-Krimis begab sich Pat Cadigan mit ihrem neuen Cyber-SF-Roman »Tea from an Empty Cup«.

Richard Calder - Nachdem die Welt in Scherben ging, folgt auch die Realität - im Near-Future-SF-Roman »Frenzetta«. Calder verkaufte die neuen Romane »The Twist« und »Malignos« an Earthlight.

Ramsey Campbell - Neu vom Horror-Meister die 20 Geschichten umfassende Sammlung »Ghost and Grisly Things«.

Jonathan Carroll - Sein neues Buch, die Dark Fantasy »The Marriage of Sticks«, wurde in Großbritannien erstveröffentlicht.

Hgh B. Cave - Beim Spezialverlag Pumpkin erschien der neue Horror-Titel »Isle of the Whisperers«.

Mark Chadbourn - Abgeschlossen wurden die Arbeiten an »World's End«, dem ersten Band des Zyklus THE AGE OF MISRULE.

Peter Chippindale - Bei »Laptop of the Gods: A Millenium Fable« handelte es sich um einen phantastischen Roman zum Jahrtausendwechsel.

Simon Clark - In »The Fall« beginnt in einem Steinkreis die Zeit für die Menschen, die ihn betreten haben, rückwärts zu laufen.

Arthur C. Clarke – Gemeinsam mit Michael P. Kube-McDowell schrieb Clarke den Hard-SF-Roman »Trigger«, für den die beiden $ 130.000 erhielten. Mit Stephen Baxter als Co-Autor hat er »The Light of Other Days« verfaßt, für den die beiden eine sechsstellige Summe mittlerer Größenordnung erhielten. Seine jetzige Heimat Sri Lanka ehrte ihn mit einer Sondermarke.

Storm Constantine – verkaufte ihre aus den Einzeltiteln »Sea Dragon Heir«, »Earth Mage« und »Fire Drake« bestehende neue Fantasy-Trilogie an Gollancz, deren erster Band im Sommer 1999 erschien.

Louise Cooper – Eine Neuinterpretation bekannter Kinderreime präsentierte die bekannte Fantasy-Autorin in der dreibändigen Horror-Jugendbuchreihe CREATURES: »Once I Caught a Fish«, »If You Go down the Woods« und »See How They Run«. Die Fantasy-Jugendbuchtrilogie, die mit »Daughter of Storms« und »The Dark Caller« begann, wurde mit »Keepers of Light« abgeschlossen. Neu auch der Fantasy-Roman »Our Lady of the Snow« über eine verschwundene Göttin, die ermordet wurde und auf Rache sinnt, sowie »The Summer Witch«.

Susan Cooper – war mit ihrem zweiten BOGGART-Roman erfolgreich: sie erhielt mit »The Boggart and the Monster« 1.000,- Pfund Sterling im Rahmen des ersten Children's Book Award des Scottish Arts Council.

Paul Cornell – Der TV-Drehbuchautor verkaufte »Something More« und einen weiteren Roman an Gollancz/Millenium.

Bruce Coville – Unter dem Titel SPIRIT WORLD wurde die Horror-Jugendserie BRUCE COVILLE'S CHAMBER OF HORRORS aus den frühen 80er Jahren neu auf den Markt gebracht: »Creature of Fire« (1), »Spirits and Spells« (2), »Eyes of the Tarot« (3) und »Restless Spirits« (4).

Julie E. Czerneda – verkaufte die SF-Jugendbuchtrilogie TALES FROM THE WONDER ZONE – »Stardust«, »Orbiter« und »Explorer« – an die kanadischen Trifolium Books.

Julia Darling – Geister und Telepathie sind die phantastischen Elemente des lesbischen Romans »Crocodile Soup«, dem Debüt der Autorin.

John David – Eine komplexe Space Opera, zugleich der Startband der Trilogie THE DOOMED GALAXY, legte der Autor mit seinem Debütroman »Enemies of Society« vor.

Peter Dickinson – Alle vier Teile der Vorzeitsaga für Jugendliche erschien gesammelt unter dem Titel »The Kin«.

Stephen R. Donaldson – Acht lange SF- und Fantasy-Geschichten präsentierte der renommierte Autor in der neuen Sammlung »Reave the Just and Other Tales«.

Diane Duane – Unter dem Titel »On Her Majesty's Wizardly Service« erschien die Fortsetzung der Katzen-Fantasy »The Book of Night With Moon«.

Daniel Easterman – Um eine Superwaffe im Mittleren Osten und die Reinkarnation eines britischen Agenten geht es im Near-Future-Thriller »Incarnation«.

David & Leigh Eddings – Ein umfassendes Sekundärwerk zu den Fantasy-Zyklen THE BELGARIAD und THE MALLOREAN erschien unter dem Titel »The Rivan Codex«.

Graham Edwards – Neu vom Autor der DRAGON-Trilogie der ebenfalls von Drachen handelnde neue Roman »Stone and Sky«, Band 1 der neuen STONE-Trilogie.

Greg Egan – Zehn SF-Stories enthält der neueste Erzählband »Luminous«, von denen einige im Zusammenhang mit den Romanen »Permutation City« und »Diaspora« stehen. Erschienen ist auch der SF-Roman »Teranesia«.

Kate Elliott – setzte ihre Fantasy-Serie CROWN OF STARS mit dem dritten Band, »The Burning Stone«, fort.

Barbara Erskine – Um Zeitreise und verschmähte Liebe geht es im neuesten Roman »On the Edge of Darkness«.

David Farland – Der unter diesem Pseudonym publizierende Dave Wolverton verkaufte die Bände 3 und 4 seiner Fantasy-Serie RUNELORDS an Earthlight. Erschienen ist zuletzt der zweite Band des Zyklus, »The Brotherhood of the Wolf«.

Raymond E. Feist – Neu in seiner MIDKEMIA-Serie startete der zur Zeit des Spaltenkriegs und dem darauf basierenden Computerspiel BETRAYAL AT KRONDOR spielende Zweiteiler THE RIFTWAR LEGACY mit »Krondor the Betrayal«. Gemeinsam mit einem noch nicht genannten Autor wird er drei weitere RIFTWAR-Romane schreiben, die von Voyager bereits angekauft wurden.

Jo Fletcher – Die SF-Herausgeberin bei Gollancz hat ihren Roman »Horror at Halloween« an Pumpkin Books abgeliefert.

Christopher Fowler – Eine Sammlung von 17 Dark Fantasy-, SF- und Fantasy-Stories erschien unter dem Titel »Personal Demons« und eine neue Dark Fantasy als »Soho Black«.

Maggie Furey – Neu von der Autorin der ARTEFACTS OF POWER-Tetralogie der Fantasy-Roman »The Heart of Myrial«.

Stephen Gallagher – Mittlerweile fertiggestellt ist der neue Roman »The Painted Bridge«. Er arbeitete zuletzt am BBC-Vierteiler »Victorian Gothic«.

David Garnett – In Vorbereitung ist der SF-Roman »Bikini Planet«.

Uri Geller – publizierte den PSI-Thriller »Dead Cold«.

David Gemmell – Neu vom Autor der DRENAI-SAGA der Fantasy-Roman »Sword in the Storm« (Band 1 des RIGANTE-Zyklus) und »Midnight Falcon«. Die DRANAI-Serie wurde neu aufgelegt.

Mary Gentle – Auf den Markt gekommen ist die neue mittelalterliche Fantasy »Ash«.

Kathleen Ann Goonan – verkaufte »Crescent City Rhapsody« und einen weiteren Roman mit dem Arbeitstitel »Light Music« an Orion.

Frances Gordon – schrieb mit »Wildwood« einen Dark Fantasy-Roman um einen märchenhaften Wald.

Julia Gray – Der Fantasy-Roman »Fire Music«, die Fortsetzung von »Ice Mage«, ist fertig. Gray ist ein Pseudonym.

Simon R. Green – Der 4. und damit vorletzte Roman des DEATHSTALKER-Zyklus wurde unter dem Titel »Deathstalker Honour« veröffentlicht. Green verkaufte »Beyond the Blue Moon«, die Fortsetzung von »Blue Moon Rising«, und den abschließenden DEATHSTALKER-Roman »Deathstalker Destiny« an Gollancz, der auch seinen sechsbändigen HAWK AND FISHER-Zyklus in zwei Sammelbänden neu herausbringen wird.

Jon Courtenay Grimwood – legte mit »reMIx« einen neuen, in der gleichen Zukunft wie sein Debüt-Roman »Neo-

Addix« spielenden SF-Krimi mit daraus bekannten Figuren vor. Fertig ist auch schon die Fortsetzung »redRobe«. Der Autor verkaufte einen SF-Mehrteiler über ein Ottomanisches Reich im 21. Jahrhundert ebenfalls wieder an Earthlight.

Philip Gross – Ein virtuelles Spiel wird zum tödlichen Alptraum im SF-Jugendbuch »Psylicon Beach«.

Peter Haining – Eine weitere Anthologie humorvoller Fantasy-Geschichten, u. a. von Terry Pratchett, Mervyn Peake, Philip K. Dick, Jerome K. Jerome, Evan Hunter und Ray Bradbury, kam unter dem Titel »Knights of Madness: Further Comic Tales of Fantasy« heraus. Neu auch die Antho »The Mammoth Book of Twentieth-Century Ghost Stories«.

Peter F. Hamilton – Den bislang unveröffentlichten titelgebenden Roman und sechs Stories aus dem Universum der NIGHT'S DAWN-Trilogie enthält die neueste Veröffentlichung, »A Second Chance at Eden«.

W. A. Harbinson – Eine völlig überarbeitete Neufassung von »Light of Eden« kommt unter dem Titel »Eden« heraus. Den Abschluß des Zyklus präsentierte der Autor mit »Resurrection: Project Saucer. Book Five«.

Andrew Harman – Der neueste humorvolle SF-Roman des Briten trug den Titel »It Came from on High«.

Steve Harris – In »Straker's Island« lernt ein Horror-Autor die Quelle für seine schrecklichen Ideen kennen.

James Herbert – Der neueste Roman des Horror-Spezialisten erschien unter dem Titel »Others«.

Marcus Herniman – Sein erster Fantasy-Roman erscheint bei Earthlight unter dem Titel »The Siege of Arrandin«.

Douglas Hill – Neu aufgelegt wurde der SF-Zyklus WARRIORS OF THE WASTELAND des renommierten Jugendbuch-Autors: »The Huntsman«, »Creatures« und »Alien Citadel«.

Nigel Hinton – Um zwei Kinder, die gleichzeitig geboren wurden und dazu bestimmt sind, sich unter tragischen Umständen zu begegnen, geht es im phantastischen Jugendbuch »Out of the Darkness«.

Robin Hobb – Unter diesem Pseudonym publizierte Megan Lindholm in den letzten Jahren ihre Fantasy-Zyklen; zuletzt ist mit »Mad Ship« der Mittelband der mit »Ship of

Magic« gestarteten Trilogie THE LIFESHIP TRADERS erschienen.

Robert Holdstock – verkaufte den Zweiteiler THE MERLIN CODEX, der mit »Celtica« startet, an Earthlight. Jim Henson Productions hat die Option an »Mythago Wood« erneuert.

Tom Holland – Die Entdeckung der Gruft von Tut-Ankh-Amun enthüllt die Wahrheit hinter den Dschinns, Afrits und anderen Gestalten aus 1001 Nacht – im neuen Dark Fantasy-Roman »The Sleeper in the Sands«.

Tim Holt – Orbit kaufte zwei weitere humorvolle Romane an: »Valhalla« und »Some Talk of Alexander«. Erschienen ist zuletzt der SF-Gag-Roman »Human«, in Vorbereitung befindet sich die Fantasy »Snow White and the Seven Samurai«.

Trevor Hoyle – In der Dark Fantasy »Mirrorman« besitzt ein Killer ewiges Leben, solange er in jeder Inkarnation einen Menschen tötet.

Gwylim Hunter – Im Erstling »Interregnum« verschlägt es drei Menschen von der Erde auf eine Sword & Sorcery-Alternativwelt.

Robert Irwin – Einen literarischen Roman mit phantastischen Elementen in Punkto Sex und Satanismus präsentierte der Autor mit »Satan Wants Me«.

Kate Jacoby – Zur Veröffentlichung vorbereitet wird das 3. BOOK OF ELITA, »Black Eagle Rising«. Sie verkaufte die Bände 4 und 5 – Arbeitstitel: »The Angel's Contract« und »Trial By Fire« – an Gollancz/Millenium. Erschienen ist zuletzt der zweite Roman »Voice of the Demon«, die Fortsetzung von »Exile's Return«.

Brian Jacques – setzte die Jugendbuch-Bestseller-Serie um die Mäuse der Abtei REDWALL mit »Marlfox« und »The Legend of Luke«, den Bänden 11 und 12, fort.

Peter James – In der näheren Zukunft spielt der Thriller »Denial«.

Mike Jefferies – Zuletzt erschienen ist »The Siege of Candlebane Hall«, der 4. Band des CAWDOR-Zyklus und zugleich das siebente Buch der übergeordneten Serie LORD-MASTERS OF ELUNDIUM.

Oliver Johnson – Der zweite Band der Fantasy-Trilogie

THE LIGHTBEARER ist erschienen: »The Nations of the Night«.

Paul Johnstone – Im Glasgow des Jahres 2022 spielt der SF-Serienmörder-Thriller »The Bone Yard«, nach »Body Politic« der zweite Roman des DALRYMPLE-Zyklus.

Diana Wynne Jones – Die vor allem durch ihre Fantasy-Jugendbücher bekannte Autorin mußte sich im Sommer 1998 einer Operation an der Wirbelsäule unterziehen. Zuletzt erschien das Jugendbuch »Pussin Boots« und der Fantasy-Roman »The Dark Lord of Dirkholm«.

J. V. Jones – startete mit »Cavern of Black Ice« die neue Fantasy-Trilogie SWORD OF SHADOWS, die in der gleichen Welt wie ihre BOOK OF WORDS-Trilogie spielt und in der ein junges Mädchen vor ihren Feinden beschützt werden muß, bis sie herangewachsen ist und ihre Gaben voll entwickelt sind.

Stephen Jones – stellte den 9. Band der Anthologienreihe THE MAMMOTH BOOK OF BEST NEW HORROR zusammen, der 19 Top-Stories präsentierte; gemeinsam mit David Sutton gab er den 4. Band der Anthologienreihe DARK TERRORS bei Gollancz heraus, der u. a. Beiträge von Poppy Z. Brite, Ramsey Campbell, Thomas Tessier, Richard Christian Matheson, Jay Russell, Stephen Baxter, David J. Schow, Michael Marshall Smith, Dennis Etchison, Terry Lamsley und Neil Gaiman enthielt. Fertiggestellt sind die Arbeiten an der Anthologie »White of the Moon: New Tales of Madness and Dread«.

Guy Gavriel Kay – In einem fantasymäßig veränderten Byzanz, das auf einer Welt mit zwei Monden liegt, handelt des Fantasy-Großmeisters neuestes Epos »Sailing to Sarantium«, Band 1 des Zweiteilers THE SARANTINE MOSAIC.

Paul Kearney – Mit »The Iron Wars« führte Kearney die mit »Hawkwood's Voyage« begonnene und »The Heretic Kings« fortgesetzte herausragende Fantasy-Saga THE MONARCHIES OF GOD weiter.

Katherine Kerr – Fertig ist der neue Fantasy-Roman »The Black Raven«.

Nancy Kilpatrick – schloß die mit »Child of the Night« und

»Near Death« begonnene Vampir-Trilogie POWER OF THE BLOOD mit »Reborn« ab.

Gary Kilworth – setzte den Tier-Fantasy-Zyklus um THE WELKIN WEASELS mit »The Castle Storm«, dem zweiten Band, fort.

Gabriel King – Unter diesem Pseudonym publizierten Jane Johnson & M. John Harrison nach »The Wild Road« mit »The Golden Cat« ihre zweite Katzen-Fantasy.

Stephen King – Seine Erstveröffentlichung erlebte der neueste Roman des Bestsellerautors, »The Girl Who Loved Tom Gordon«, in Großbritannien; er handelt von einem Mädchen, das sich von etwas Monströsem aus den dichten Wäldern von New Hampshire bedroht fühlt.

Dick King-Smith – Vom geistigen Vater des Schweinchens Babe erschien das Fantasy-Jugendbuch »The Crowstarver«.

Dean Koontz – Die weiteren Stationen des abenteuerlichen Lebens von CHRISTOPHER SNOW, der mit den Folgen eines schiefgelaufenen militärischen Experiments konfrontiert wird, schildert »Seize the Night«, der zweite Band einer projektierten Trilogie und Fortsetzung von »Fear Nothing«.

Rhiannon Lassiter – startete mit dem Jugendbuch »Hex« eine phantastische Trilogie.

Stephen Lawhead – startete die im 12. Jahrhundert zur Zeit der Kreuzzüge spielende Fantasy-Trilogie THE CELTIC CRUSADES mit »The Iron Lance«, in dem die Suche nach seinem Vater den Protagonisten zu einem Relikt führt, das seine Familie schon seit einem Jahrtausend bewacht.

Stephen Laws – Im neuesten Dark Fantasy-Roman »Chasm« werden die Überlebenden eines untergegangenen Dorfs am Rande eines Abgrunds vom uralten Bösen aus der Tiefe bedroht.

Richard Laymon – Neu der Serienmörder-Roman »Among the Missing«.

Tanith Lee – Ihre Story »Nunc Dimittis« wurde an Ridley Scott Productions für die TV-Serie THE HUNGER verkauft. Erschienen ist das Fantasy-Jugendbuch »Law of the Wolf Tower«.

Doris Lessing – Neu von der Literaturpreisträgerin der SF-Roman »Mara and Dann«.

J. M. H. Lovegrove – startete mit »The Krilov Continuum« den SF-Zyklus THE GUARDIANS.

Ken MacLeod – Neu vom britischen SF-Talent der Roman »The Sky Road«.

James Mallory – schreibt die Romanreihe zum TV-Mehrteiler MERLIN. Erschienen ist bislang Band 1 unter dem Titel »The Old Magic«.

Juliet Marillier – Die neue australische Autorin verkaufte die SEVENWATERS-Trilogie, die mit »Daughter of the Forest« beginnt, an HarperCollins UK.

Ian Mark – Neu der phantastische Milleniums-Roman »The Eclipse of the Century«.

George R. R. Martin – Der zweite Roman des auf sechs Bände angelegten Fantasy-Epos A SONG OF ICE AND FIRE erschien unter dem Titel »A Clash of Kings«.

Adrian Mathews – Um genetische Experimente im Jahr 2026 geht es im literarischen Roman »Vienna Blood«.

Paul J. McAuley – Neu auf den Markt gekommen sind der zweite CONFLUENCE-Roman »Ancients of Days«, der auf einer künstlichen Welt am Rande von Raum und Zeit spielt, sowie der abschließende Band der Trilogie, »Shrine of Stars«.

Anne McCaffrey – Im gleichen Universum wie COELURA, ansonsten aber mit keinem anderen Roman der Autorin im Zusammenhang, spielt der neueste SF-Roman »Nimisha's Ship«. Demnächst auf den Markt kommt der neue PEGASUS-Roman »Pegasus in Space«.

Wil McCarthy – In Vorbereitung befinden sich für die britische Veröffentlichung die Romane »Bloom« und »The Collapsium«.

Jack McDevitt – Sein neuester SF-Roman erscheint bei HarperCollins UK unter dem Titel »Slow Lightning«; »Infinity Reaches« ist der US-Titel.

Ian McDonald – verkaufte den auf dem Mars seines früheren Romans »Desolation Road« spielenden »Ares Express« an Earthlight.

Juliet E. McKenna – Erschienen ist ihr Erstling »The Thief's Gamble«, zugleich THE FIRST TALE OF EINARINN, fertiggestellt ist bereits das zweite Buch: »The Swordsman's Oath«. Sie verkaufte drei weitere Romane der Serie an Orbit.

China Mieville – »King Rat«, ihr außergewöhnliches phantastisches Romandebüt, entführt den Leser in die versteckten Welten und geheimen Bereiche der Metropole London der Gegenwart.

L. E. Modesitt – verkaufte »Adiamante« und den neuen RECLUCE-Roman »The Colours of Chaos« an Orbit.

Stephen Molstad – schrieb den Roman zum Film »Godzilla«.

Michael Moorcock – Mit drei neuen Romanen kehrt Moorcock zu seiner berühmtesten Schöpfung ELRIC zurück: »The Dreamthief's Daughter«, »The Silverskin« und »Mournblade«. Er schreibt an dem letzten COLONEL PYAT-Roman »The Vengeance of Rome«, der bei Cape erscheint, und verkaufte die Storysammlung »London Bone« und den neuen Roman »King of the City« an Earthlight.

Stephen Moore – setzte mit der Tier-Fantasy »Skin and Bone« die in »Tooth and Claw« begonnenen Geschehnisse fort.

Peter Nicholls – Beim australischen Kritiker und Sachbuchautor – u. a. »The Science Fiction Encyclopedia« mit John Clute – wurde Prostatatkrebs diagnostiziert. Da die Erkrankung frühzeitig erkannt wurde, stehen die Chancen gut, den Krebs mit einer Strahlenbehandlung zu besiegen.

Stan Nicholls – Neu der Fantasy-Roman »Orcs: First Blood: Bodyguard of Lightning«.

Larry Niven – Im Gegensatz zur US-Ausgabe enthält die britische Fassung von »Rainbow Mars« nur den neuen SVETZ-Roman und nicht auch die zusätzlichen Stories.

Jeff Noon – Fast fünfzig Beiträge, überwiegend Erstveröffentlichungen, die zum Teil auch in der Zukunftswelt des VURT-Zyklus spielen, enthält die Originalsammlung »Pixel Juice: Stories from the Avant Pulp«.

John Luther Novak – unter diesem Pseudonym veröffentlichte Christopher Priest den Roman zum Film »David Cronenberg's eXistenZ«.

Darren O'Shaughnessy – Im phantastischen Alternativwelt-Roman »Aynamarca: Procession of the Dead: The City: Book 1« versucht ein Gangster, sich in der vom Kardinal beherrschten Stadt zu etablieren.

K. J. Parker – begann mit seinem exzellenten Debüt-Roman »Colours in the Steel« die Fantasy-Trilogie FENCERS und setzte sie mit »The Belly of the Bow« fort.

James Patterson – Ein SF-Abenteuer um genetische Manipulation präsentierte der Thriller-Autor James Patterson.

Tamora Pierce – neu aufgelegt wurde die Fantasy-Trilogie SONG OF THE LIONESS um das Mädchen Alanna, das zur Ritterin wird: »Alanna: The First Adventure«, »In the Hand of the Goddess«, »The Woman Who Rides Like a Man« und »Lioness Rampant«.

Ricardo Pinto – Der erste Roman des neuen britischen Autors, zugleich der Pilotband der Fantasy-Trilogie THE STONE DANCE OF THE CHAMELEON, erschien unter dem Titel »The Chosen«. Er hat die beiden Fortsetzungen an Bantam UK und Tor in den USA verkauft.

Terry Pratchett – Im neuesten (23.) Roman zur humorigen Fantasy-Serie DISCWORLD, »Carpe Jugulum«, geht es um die doppelte Gefahr von Vampiren und dem Fortschritt. Gemeinsam mit Ian Stewart & Jack Cohen schrieb er das Sekundärwerk »The Science of the Discworld«. Im Sommer 1999 wurde ihm das Ehendoktorat für Literatur von der University of Warwick verliehen.

Susan Price – Um Zeitreisende, die von 21. ins 16. Jahrhundert zurückkehren, geht es im neuen SF-Jugendbuch »The Sterkarm Handshake«.

Christopher Priest – Neu vom SF-Literaten der Roman »The Extremes«, in dem das Konzept der Virtuellen Realität eine wichtige Rolle spielt, und eine erweiterte Fassung der Collection »Dream Archipelago«.

John Pritchard – publizierte die Dark Fantasy »Dark Ages«, in dem sich eine uralte Kriegersekte und ihre untoten Gegenspieler im heutigen Britannien erneut Gefechte liefern.

Philip Pullman – schloß seine sensationelle Trilogie HIS DARK MATERIALS, die international Bestsellerstatus erreichte, mit »The Amber Spyglass« ab.

Robert Rankin – Eine ruchlose Person versucht, die Kontrolle über die mächtigste Computergesellschaft Necrosoft und das Necronet zu erringen – im humorvollen Cyber-Grusel-Roman »The Dance of the Voodoo Handbag«. Neu auch der lustige SF-Roman »Apocalypso« um ein außerirdisches Raumschiff, das vor Jahrtausenden eine Bruchlandung machte, und dessen noch immer lebene Besatzung.

Mickey Zucker Reichert – schloß ihre Trilogie THE RENSHAI CHRONICLES mit »The Children of Wrath«, dem insgesamt 6. Band der RENSHAI-Serie ab.

Alastair Reynolds – Der britische Astrophysiker verkaufte »Revelation Space« und zwei weitere SF-Werke an Orion/Gollancz.

Phil Rickman – In »The Wine of Angels«, dem Pilotband der MERRILY WATKINS-Serie, wird eine neue Vikarin mit einem Geist und dem Wiedererwachen des Bösen konfrontiert.

Adam Roberts – Der neue britische Autor schloß mit Orion einen Deal über fünf Romane ab; der erste wird als »Salt« im Jahr 2000 erscheinen.

Michael Scott Rohan – In den eisbedeckten Nordländern der Fantasy-Serie WINTER OF THE WORLDS spielt auch sein neuester Roman »The Castle of the Winds«.

J. K. Rowling – Die Autorin, die mit ihrem Erstling »Harry Potter and the Philosopher's Stone« zu Bestsellerehren gelangte, hat mit ihrem Verleger Bloomsbury einen Vertrag über insgesamt sieben Romane der Fantasy-Jugendbuch-Serie HARRY POTTER abgeschlossen. Zwei weitere Bände liegen bereits vor: »Harry Potter and the Chamber of Secrets« und »Harry Potter and the Prisoner of Azkaban«. Rowlings zweiter HARRY POTTER-Roman gewann den britischen Children's Book Award in den Kategorien Roman und Gesamtpreis als auch den mit 1000 Pfund Sterling dotierten ersten Scottish Arts Council Children's Book Award.

Salman Rushdie – Um den Orpheus-Mythos im modernen Gewand geht es in seinem neuesten Roman »The Ground Beneath Her Feet«.

Jay Russell – brachte die Collection »Waltzes and Whispers« bei Pumpkin Books unter.

Ken Russell – Der Filmregisseur hat den humorvollen SF-Roman »Mika and Gaby's Space Gospel« fertiggestellt.

Steve Savile – 20 Horror-Stories, zumeist Originalveröffentlichungen, u. a. von Stephen Laws, Mark Chadbourn und Kim Newman, enthielt die Anthologie »Scaremongers 2: Redbrick Eden«.

Martin Scott – hat den dritten Band der humorvollen THRAXAS-Fantasy-Serie um den hartgesottenen Fantasy-Detektiv gleichen Namens, die mit dem Debütroman »Thraxas« begann und mit »Thraxas and the Warrior Monks« weitergeführt wurde, an Orbit abgeliefert.

Jan Siegel – Eine Teenagerin entdeckt, daß sie über die Gabe der Hexerei verfügt – im vielversprechenden Debütroman »Prospero's Children«.

Alison Sinclair – In eine nähere Zukunft, nachdem die Landung eines riesigen außerirdischen Raumschiffs erfolgt ist, entführt Alison Sinclair ihre Leser mit »Cavalcade«.

Helen Smith – Gollancz kaufte ihren Debütroman »Alison Wonderland«, einen Krimi um Genetik, an.

Michael Marshall Smith – Der neueste Roman des britischen SF-Newcomers war »One of Us«, in dem ein Träume-Speicherer über eine Erinnerung an ein Verbrechen verfügt, die nicht von ihm selbst stammt; neu auch die Storysammlung »What You Make It: Selected Short Stories«.

Alison Spedding – Die britische Fantasy-Autorin – mit der Trilogie WALK IN THE DARK, bestehend aus »The Road and the Hills«, »A Cloud Over Water« und »The Streets of the City« – die seit 1985 in Bolivien lebt, wurde Ende 1998 wegen Drogenschmuggels und krimineller Betätigung verhaftet. Mit Interventionen versuchten die britischen Behörden, die Autorin, die sich stark für die Menschenrechte eingesetzt hat und deshalb laufend mit der örtlichen Polizei im Clinch lag, vor der drohenden Höchststrafe für dieses Delikt von 25 Jahren Gefängnis zu bewahren. Das gelang, ein Gericht verurteilte die Autorin wegen Besitz und Handel mit Mariahuana zu zehn Jahren Gefängnis.

Jean Stubbs – Ein Convent Weißer Hexen wird von tödlicher Schwarzer Magie bedroht – im okkulten Roman »The Witching Time«.

Roger Taylor – Der bekannte Fantasy-Autor legte zuletzt den Roman »Caddoran« vor.

Harry Turner – 22 Dark Fantasy-Stories präsentiert der Autor in »The Venetian Chair and Other Stories«.

Lisa Tuttle – stellte die Anthologie »Crossing the Border: Tales of Erotic Ambiguity« mit 22 Beiträgen von u.a. Angela Carter, Geoff Ryman, Neil Gaiman und ihr selbst zusammen.

Paul Ware – Der Held aus »Flight of the Mariner« kehrt nach Shushuan zurück und wird von den Göttern in einen Entscheidungskampf geschickt – in der Fortsetzung »Beyond Freedom«.

Freda Warrington – startete mit dem Fantasy-Roman »The Amber Citadel« die neue JEWELFIRE-Trilogie.

Jane Welch – Drei Jahre nach den in der RUNESPELL-Trilogie geschilderten Ereignissen handelt »The Lament of Abalon«, der erste Roman des Fantasy-Zyklus THE BOOK OF OND. Fertig sind bereits die Bände 2 und 3, »The Bard of Castaguard« und »The Lord of Necrond«.

John Whitbourn – In der Zeit der Restauration, nach dem Tod Cromwells, spielt der Fantasy-Roman »The Royal Changeling« um den Duke of Monmouth, Bastard-Sohn von König Charles II. und Halbelfe. Fertiggestellt ist »The Down-Lord's Dawn«, der erste Roman einer neuen Fantasy-Trilogie.

Chris Wooding – Ein Junge wird von einer Gefahr bedroht, der zu entkommen er keine Chance hat – in »Catchman«.

Der frische Wind, der 1997/98 für eine neue Aufbruchsstimmung auf dem **Magazinmarkt** gesorgt hatte, schlief leider 1998/99 rasch wieder ein. Das Ende 1997 gestartete und von Liz Holliday herausgegebene Magazin ODYSSEY konnte sich auf dem Markt nicht behaupten und wurde mit der regulären Nummer 6 eingestellt. Das zweimonatlich neu erscheinende, auf Hochglanzpaper gedruckte Periodikum im aufwendigen Illustrierten-Format bot nicht nur eine hervorragende Optik, sondern konnte auch mit seinen Beiträgen überzeugen. 1998 wurden vier Ausgaben publiziert, 1999 kamen noch zwei Nummern heraus. Zuletzt erschienen hier Stories von u.a. Mary Gentle und Interviews mit John Jarrold und Karen Joy Fowler.

Das monatlich erscheinende SF-Magazin INTERZONE, in dem viele Autoren der neuen britischen Schriftstellergeneration ihre ersten Arbeiten veröffentlicht haben, präsentierte sich auch 1998/99 wieder in gewohnter Qualität. 1998 sind von dem exzellenten Magazin im Großformat, das nach wie vor unter der redaktionellen Leitung von David Pringle steht, wieder die angekündigten 12 Ausgaben erschienen, in denen wie üblich Stories bekannter sowie neuer Autoren, Interviews und Rezensionen zu finden waren.

Auch das ebenfalls 1997 vom Spielehersteller Games Workshop aus der Taufe gehobene Magazin INFERNO! mit dem Untertitel »Tales of Fantasy & Adventure« hat sich auf dem Markt durchgesetzt. 1998 sind sechs Ausgaben erschienen. Das von Andy Jones & Marc Gascoigne herausgegebene Periodikum präsentiert im Zwei-Monats-Rhythmus Comics und Geschichten zu den diversen GW-Spielen, vor allem zu WARHAMMER und WARHAMMER 40,000.

Erwähnenswert ist auch das semiprofessionelle Magazin THE THIRD ALTERNATIVE, hrsg. von Andy Cox, das mehr oder minder regelmäßig zweimonatlich neu erscheint. Die zuletzt herausgebrachten Nummern enthielten Stories, einen Artikel über die Werke von Kurt Vonnegut sowie Interviews.

Der Vollständigkeit halber seien auch die australischen Magazine ALTAIR und EIDOLON erwähnt. Von ALTAIR, von Robert N. Stephenson und Kollegen zweimal jährlich publiziert, sind 1998 die ersten beiden Ausgaben erschienen, 1999 gab es einige Verzögerungen wegen eines Rechtsstreits mit der Druckerei. Die letzten Ausgaben des dicken Magazins enthielten Stories, Artikel und Interviews.

EIDOLON, das vierteljährlich neu herauskommen soll, hat es 1998 auf zwei Ausgaben gebracht, eine davon eine Doppelnummer. Es wird von Jonathan Strahan und Jeremy G. Byrne zusammengestellt. Die Wissenschafts-Sparte betreut Greg Egan.

1998/99 hatte die britische SF-Szene auch wieder einige **Todesfälle** zu beklagen:

Am 22. Oktober 1998 starb der vor allem durch seine Spionageromane bekanntgewordene britische Autor **Eric Ambler** im Alter von 89 Jahren. Ambler wurde am 28. Juni 1909 in

London geboren, verließ die Schule für Ingenieurwesen 1929, arbeitete als Texter in der Werbung und wurde im Anschluß daran hauptberuflicher Schriftststeller. 1936 erschien der SF-Elemente enthaltende Thriller »The Dark Frontier«, der Jahre vor Hiroshima von der Atombombe handelte. Weitere wichtige und bahnbrechende Romane waren »The Mask of Dimitrios« (1939), »Journey Into Fear« (1940), »Judgement on Deltchev«, (1951) und »The Schirmer Inheritance« (1953). Er verfaßte auch eine Anzahl von Drehbüchern. 1975 wurde Ambler von den Mystery Writers of America mit dem Grand Master Award ausgezeichnet, 1981 erhielt er Großbritanniens Order of the British Empire (O.B.E.).

Ted Hughes, der 1984 zum Poet Laureate Großbritanniens ernannte Dichter und Jugendbuch-Autor, starb am 28. Oktober 1998 an einem Krebsleiden. Edward James Hughes wurde am 17. August 1930 in Mytholmroyd, Yorkshire geboren. Schon im Gymnasium schrieb er Gedichte. Nachdem er zwei Jahre als Radiomechaniker bei der Royal Air Force gearbeitet hatte, besuchte er die Cambridge University, wo er die amerikanische Dichterin Sylvia Plath kennenlernte, die er 1956 ehelichte. Plath beging 1963 Selbstmord, als er sie wegen der Dichterin Assia Wevill verließ, die sich später zusammen mit ihrer gemeinsamen zweijährigen Tochter ebenfalls das Leben nahm. Hughes wurde daraufhin angefeindet, weigerte sich aber jahrelang, auf die Anschuldigungen zu reagieren. Erst 1998 legte er mit der Gedichtsammlung über seine erste Frau seinen Standpunkt dar; sie wurde ein Bestseller und brachte ihm den Forward Poetry Prize ein. Mit seinen Gedichten, die oft übernatürliche Elemente enthielten, war er in allen wichtigen Lyrikbänden vertreten. Von Gott während der Schöpfung handeln die Gedichte in »Tales of the Early World« (1988). Daneben war Hughes auch als Übersetzer tätig und vefaßte die SF-Jugendbücher »The Iron Man« (1968) und dessen Fortsetzung »The Iron Woman« (1993) sowie eine Fantasy-Collection. Kurz vor seinem Tod wurde er von Königin Elizabeth II. mit dem Order of Merit ausgezeichnet.

Am 29. November 1998 verstarb nach langer, schwerer Krankheit der populäre britische Fan **Aubry Vincent Clarke** im

Alter von 76 Jahren. Clarke schloß 1948 erste Kontakte mit dem Fandom und war im darauffolgenden Jahrzehnt ein überaus aktives Mitglied der Szene. Er gab diverse Fanzies heraus, gewann 1954 den ersten von den Fans gesponserten Trans-Atlantic Fan Fund (TAFF), den er aber nicht wahrnehmen konnte, und war der Fan-Ehrengast auf dem World Con 1995. In den 50er Jahren war die Etagenwohnung, die er zusammen mit Mitfan und Autor Kenneth Bulmer bewohnte, das Herz des britischen Fandoms. Mit diesem schrieb er 1952 auch zwei SF-Romane: »Cybernetic Controller« und »Space Treason«. Clarke war auch 1958 mit federführend bei der Gründung der British Science Fiction Association BASFA, der britischen Fan-Organisation. 1960 kam der Bruch mit dem Fandom, als seine Frau ihn wegen eines anderen Fans verließ, er kehrte aber zu Beginn der 80er Jahre wieder zurück und war sowohl als Fanzine-Mitherausgeber als auch im Internet aktiv.

Naomi Mitchison, schottische Autorin und Feministin, starb am 11. Januar 1999 in ihrem Haus in Mull of Kintyre in Schottland im Alter von 101 Jahren. Sie wurde 1897 als Schwester von J. S. B. Haldane geboren. Im Laufe ihrer langen Karriere verfaßte sie über hundert Bücher, viele davon historische oder prähistorische Romane sowie über tausend Kurzgeschichten. Zum Genre gehören die SF-Romane »We Have Been Warned« (1935), »Memoirs of a Space Woman« (1973), »Solution Three« (1975) und »Not by Bread Alone« (1983).

Der schottische SF-Autor **Chris Boyce** starb am 29. Juni 1999 in Glasgow an einem Herzinfarkt. Er war 55 Jahre alt. Joseph Christopher Boyce wurde 1943 geboren und gab 1964 sein Debüt mit der SF-Story »Autodestruct«. 1975 war er mit dem SF-Roman »Catchworld« um Interfaces zwischen Gehirn und Computer einer der Gewinner des von Gollancz und der SUNDAY TIMES ausgeschriebenen SF-Roman-Wettbewerbs. Neben zahlreichen Thrillern und einem Sachbuch über Xenobiologie veröffentlichte Boyce noch den SF-Roman »Brainfix« (1980). 1990 gründete er den Kleinverlag Dog and Bone Press.

Preise – Preise – Preise 1998/99

1997 INTERNATIONAL HORROR GUILD AWARDS

(von Nancy Collins initiiert und von einer mehrköpfigen Jury alljählich ermittelt)

ROMAN: **Ramsey Campbell, THE HOUSE ON NAZARETH HILL**
Nominiert: Tananarive Due, MY SOUL TO KEEP
Bentley Little, THE IGNORED
Stephen King, WIZARD AND GLASS
COLLECTION: **Brian McNaughton, THE THRONE OF BONES**
Nominiert: Gary A. Braunbeck, THINGS LEFT BEHIND
Rob Hardin, DISTORTURE
Whitley Strieber, EVENINGS WITH DEMONS
Karl Edward Wagner, EXORCISMS AND ECSTASIES
ANTHOLOGIE: **Douglas E. Winter, ed., REVELATIONS**
Nominiert: Stephen Jones, ed., DARK OF THE NIGHT
Wendy Webb & Charles L. Grant, eds., GOTHIC GHOSTS
DEBÜTROMAN: **Mary Ann Mitchell, DRAWN TO THE GRAVE**
Nominiert: Kirsten Bakis, LIVES OF THE MONSTER DOGS
Steven Climer, DREAM THIEVES
Barry Hoffman, HUNGRY EYES
ERZÄHLUNG: **Kim Newman, COPPOLA'S DRACULA**
Nominiert: Tom Piccirilli, RECOVERY
Stephen King, EVERYTHING'S EVENTUAL
Ramsey Campbell, THE WORD
KURZGESCHICHTE: **John Shirley, CRAM**
Nominiert: P. D. Cacek, DUST MOTES
Paul Park, GET A GRIP
Terry M. West, THE NIGHT OUT
PUBLIKATION: **NECROFILE**
Nominiert: BLOODSONGS
CARPE NOCTEM
VIDEO WATCHDOG

KÜNSTLER: **Stephen R. Bissette**
Nominiert: Charles Burns
Bob Eggleton
Mike Mignola
James O'Barr
Bernie Wrightson
LIFETIME ACHIEVEMENT: **Hugh B. Cave**

14TH ANNUAL L. RON HUBBARD AWARDS FOR ACHIEVEMENT 1998

(von L. Ron Hubbard noch zu Lebzeiten initiierte Preise)

STORY OF THE YEAR 1997: **Brian Wightman**
LIFETIME ACHIEVEMENT AWARD: **Jack Williamson**

1998 PRIX AURORA

(die kanadischen SF- und Fantasy-Preise, 1998 zum 18. Mal vergeben von der CANADIAN SCIENCE FICTION AND FANTASY ASSOCIATION für die besten Veröffentlichungen aus 1997/98)

ROMAN/ENGLISCH: **Candas Jane Dorsey, BLACK WINE**
Nominiert: Charles de Lint, TRADER
Terence M. Green, SHADOW OF ASHLAND
Robert J. Sawyer, FRAMESHIFT
Robert J. Sawyer, ILLEGAL ALIEN
ROMAN/FRANZÖSISCH: **Jean-Pierre Guillet, L'ODYSEE DU PENELOPE**
Nominiert: Alain Bergeron, CORPS-MACHINS ET REVES D'ANGES
Joel Champetier, COEU DE FER
Francine Pelletier, NELLE DE VILVEQ
Esther Rochon, ABOLI
Elisabeth Vonarburg, LE JEU DE LA PERFECTION
KURZGESCHICHTE/ENGLISCH: **James Alan Gardner, THREE HEARINGS ON THE EXISTENCE OF SNAKES IN THE HUMAN BLOODSTREAM**
Nominiert: David Chato, THE PLAYTIME CHASE
Eric Choi, DIVISIONS
Katie Harse, THE FISHMONGER'S EMERALDS
Eileen Kernaghan, THE WHATLEY MAN AND THE GREEN-EYED GIRL

Robert J. Sawyer, THE HAND YOU'RE DEALT
Douglas Smith, SPIRIT DANCE
Jena Snyder, PRESCRIBED BURN

KURZGESCHICHTE/FRANZÖSISCH: **Yves Meynard, UN LETTRE DE MA MERE**

Nominiert: Manon Brunet, LA VOYEUSE
Joel Champetier, BADELAIRE L'ASSASSIN
Daniel Sernine, DANS SES YEUX UNE FLAMME
Jean-Louis Trudel, FICTIONS ET FANTASCIENCE

ANDERES WERK/ENGLISCH: **NORTHERN FRIGHS 4,** hrsg. von Don Hutchinson (Anthologie)

Nominiert: REBOOT: FIREWALL
ON SPEC
PARSEC
EARTH: FINAL CONFLICT: SANDOVAL'S RUN
TESSERACTS 6, hrsg. von Robert J. Sawyer & Carolyn Clink
TRANSVERSIONS

ANDERES WERK/FRANZÖSISCH: **SOLARIS,** hrsg. von Hugues Morin (Magazin)

Nominiert: Guy Sirois, UN BAISIR DANS LE NOIR - QUAND STEPHEN KING SE FAIT NOUVELLISTE
Paul-G. Croteau & Jean-Marc Gouanvic, eds., IMAGINE...
SOLARIS, hrsg. von Hugues Morin
Hugues Morin (Herausgeber)
Elisabeth Vonarburg (Kritikerin)

KÜNSTLER: **Jean-Pierre Normand**

Nominiert: James Beveridge
Edward Charpentier
Yves Crepeau
Janet L.Hetherington
Larry Stewart
Ronn Sutton

GRAND PRIX DE L'IMAGINAIRE 1998

(die nationalen französischen SF-Preise)

ROMAN/COLLECTION FRANZÖSISCH: **Roland C. Wagner, LES FUTURS MYSTERES DE PARIS** (Serie)

ROMAN/COLLECTION AUSLAND: **Valerio Evangelisti, NICHOLAS EYMERICH, INQUISITEUR & LES CHAINES D'EYMERICH** (EYMERICH-Serie, Bände 1 & 2)

KURZGESCHICHTE FRANZÖSISCH: gemeinschaftlich an alle 16 Autoren der Anthologie **ESCALES SUR L'HORIZON, hrsg. von Serge Lehman**

KURZGESCHICHTE AUSLAND: **John Crowley, GREAT WORK OF TIME**

ÜBERSETZER: **Nathalie Serval,** für Übersetzung von Jonathan Carroll, FROM THE TEETH OF ANGELS & A CHILD ACROSS THE SKY

KINDERBUCH: **Gerard Moncombe, PRISONNIERE DU TABLEAU**

SACHBUCH: **Joseph Altairac**, für seine H. G. Wells-Biographie

SEIUN AWARDS 1998

(die SF-Preise Japans)

ROMAN/ÜBERSETZUNG: **Larry Niven, Jerry Pournelle & Michael Flynn, FALLEN ANGEL**

Nominiert: Iain M. Banks, FEERSUM ENDJINN
Greg Bear, MOVING MARS
Nancy A. Collins, MIDNIGHT BLUE
John Crowley, LITTLE BIG
Steven Gould, JUMPER
Ian McDonald, DESOLATION ROAD
Robert J. Swayer, THE TERMINAL EXPERIMENT

KURZGESCHICHTE/ÜBERSETZUNG: **Allen Steele, THE DEATH OF CAPTAIN FUTURE**

Nominiert: Grant D. Callin, THE CARHART SHALE
Greg Egan, MITOCHONDRIAL EVE
James Patrick Kelly, THINK LIKE A DINOSAUR
Ursula K. Le Guin, A FISHERMAN OF THE INLAND SEA
Ian McDonald, THE CATHERINE WHEEL
Robert J. Sawyer, JUST LIKE OLD TIMES
James Tiptree jr., COME LIVE WITH ME

1998 SAM MOSKOWITZ MEMORIAL AWARD

(für das beste Sachbuch des Vorjahrs, 1998 erstmals verliehen)

Vincent Di Fate, INFINITE WORLDS: THE FANTASTIC VISION OF SCIENCE FICTION ART

1998 ISAAC ASIMOV MEMORIAL AWARD

(an Autoren vergeben, die durch wissenschaftliche Artikel oder Science Fiction maßgeblich zu einem besseren Verständnis für die Wissenschaften beigetragen haben)

Dr. Stephen Jay Gould

17TH ANNUAL SCIENCE FICTION CHRONICLES READER AWARDS

(verliehen von den Lesern der SF-Fachzeitschrift SCIENCE FICTION CHRONICLE)

ROMAN: **Dan Simmons, THE RISE OF ENDYMION**
NOVELLE: **Allen Steele, ...WHERE ANGELS FEAR TO TREAD**
ERZÄHLUNG: **Stephen Baxter, MOON SIX**
KURZGESCHICHTE: **Robert J. Sawyer, THE HAND YOU'RE DEALT**
FILM/TV: **CONTACT**
KÜNSTLER: **Bob Eggleton**
HERAUSGEBER/MAGAZINE: **Gardner Dozois**
HERAUSGEBER/BÜCHER: **David Hartwell**

1998 WORLD FANTASY AWARDS

(alljährlich von einer Jury ermittelt und auf der WORLD FANTASY CONVENTION bekanntgegeben)

ROMAN: **Jeffrey Ford, THE PHYSIOGNOMY**
Nominiert: Charles de Lint, TRADER
Harvey Jacobs, AMERICAN GOLIATH
Patrick O'Leary, THE GIFT
Eric Nylund, THE GIFT
ERZÄHLUNG: **Richard Bowes, STREETCAR DREAMS**
Nominiert: Brian Hodge, THE DRIPPING OF SUNDERED WINESKINS
Ellen Kushner & Delia Sherman, THE FALL OF THE KINGS
Kim Newman, COPPOLA'S DRACULA
Douglas E. Winter, THE ZOMBIES OF MADISON COUNTY
KURZGESCHICHTE: **P. D. Cacek, DUST MOTES**
Nominiert: Lisa Goldstein, FORTUNE AND MISFORTUNE
Paul Park, GET A GRIP
Robert Charles Wilson, THE INNER INNER CITY
Jack Womack, AUDIENCE

ANTHOLOGIE: **Nicola Griffith & Stephen Pagel, eds., BENDING THE LANDSCAPE: FANTASY**

Nominiert: Gardner Dozois, ed., MODERN CLASSICS OF FANTASY
Don Hutchinson, ed., NORTHERN FRIGHTS 4
Stephen Jones & David Sutton, eds., DARK TERRORS 3
Douglas E. Winter, ed., MILLENIUM (auch: REVELATIONS)

COLLECTION: **Brian McNaughton, THE THRONE OF BONES**

Nominiert: Peter S. Beagle, GIANT BONES
Ray Bradbury, DRIVING BLIND
Paul Di Filippo, FRACTAL PAISLEYS
Michael Swanwick, A GEOGRAPHY OF UNKNOWN LANDS

KÜNSTLER: **Alan Lee**

Nominiert: Rick Berry
Jim Burns
Don Maitz
Dave McKean

SPEZIALPREIS/PROFESSIONELL: **John Clute & John Grant, eds., THE ENCYCLOPEDIA OF FANTASY**

Nominiert: Ellen Datlow (für Herausgabe und Anthologien)
Gardner Dozois (als Herausgeber und für Anthologien)
Stephen Jones (als Herausgeber und für Anthologien)
Gordon Van Gelder (für die Herausgabe von Büchern und F&SF)

SPEZIALPREIS/NICHT-PROFESSIONELL: **Fedogan & Bremer** (für Buchpublikation)

Nominiert: Richard Chizmar (für CEMETERY DANCE und CD Publications)
Chris Logan Edwards (für Tigereyes Press)
Barry Hoffman (für GAUNTLET und Gauntlet Books)
Jeff VanderMeer & Tom Winstead (für The Ministry of Whimsy Press)

LIFETIME ACHIEVEMENT AWARD: **Andre Norton** und **Edward L. Ferman**

PRIX TOUR EIFFEL 1998

(seit 1997 jährlich verliehener französischer Preis für einen neuen SF-Roman, der charakteristisch für das Genre und zugleich von herausragender Qualität ist, ermittelt von einer Jury aus Herausgebern, repräsentativen Buchhändlern und ausgewählten Freunden der Szene, einschließlich Journalisten, prominenten Geschäftsleuten und Fans, und dotiert mit 100 000 Franc, sowie für einen bislang noch unveröffentlichte Kurzgeschichte, die im Anschluß publiziert wird und mit 50 000 FF dotiert ist)

ROMAN: **Valerio Evangelisti, NICOLAS EYMERICH, INQUISITEUR & LES CHAINES D'EYMERICH**
KURZGESCHICHTE: **Roland C. Wagner, FRAGMENT DU LIVRE DE LA MERE**

ALBERTO MAGNO LITERATURWETTBEWEB 1998

(1998 zum zehnten Mal vergeben für SF-Kurzgeschichten in Kastilianisch und dotiert mit 500 000 Peseten für den 1. Preis und jeweils 100 000 Peseten für Platz 2 und den Sonderpreis für Studenten an der Universidad del Pais Vasco/Euskal Herriko Universidad)

1. Preis: **nicht vergeben**
2. Preis: Losé Antonio Cotrina Gòmez, LILITH, EL JUICIO DE LA GORGONA Y LA SONRISA DE SALGARI

Sonderpreis: Santiago Garcia Albás, EL ROBOT BRINDO CON ELLOS
Ehrenvolle Erwähnungen: Angel Torres Quesada, UN PARAISO ILAMADO ARA
Rafael Tormo Bartual, EL FACTOR EXTRANO
José Miguel Sánchez Gómez, EL ARMA

JULES VERNE PREIS 1998

(für die beste in Katalanisch verfaßte SF-Erzählung, gesponsert von Andorras Cercle de les arts i de le letres und dotiert mit 600 000 Peseten)

Miquel Barcelo & Pedro Jorge Romero, TESTIMONI DE NAROM

DOMINGO SANTOS KURZGESCHICHTEN-WETTBEWERB 1998

(für noch unveröffentlichte Kurzgeschichten in Spanisch oder Englisch, bekanntgegeben auf dem spanischen SF- und Fantasy-Jahrescon und dotiert mit 250 000, 125 000 und 75 000 Peseten)

1. Platz: **Alejandro Vidal, PALABRAS DE SILENCIO**
2. Platz: Rafael Marin, RAGNAROK EN LAS PLAYAS DE ITACA
3. Platz: Uribe Jorgebloed, LOS CAMINANTES
4. Platz: James Stevens-Arce, SOLDIERS DREAM

1997 UTC READERS CHOICE AWARDS

(vergeben von der von den Lesern verfaßten Website UNDER THE COVERS BOOK REVIEWS für alle Genres)

SCIENCE FICTION: **Catherine Asaro, CATCH THE LIGHTNING**
FANTASY: **Steven Climer, DREAM THIEVES**
HORROR: **Dean Koontz, SOLE SURVIVOR**
FUTURISTISCHER ROMAN/FANTASY: **J. D. Robb, CEREMONY IN DEATH**

PREMIO UPC DE CIENCA FICCION 1998

(SF-Kurzgeschichtenwettbewerb der UNIVERSIDAD POLITECNICA DE CATALUNA in Barcelona, mit einer Million Peseten dotiert)

Robert J. Sawyer, BLOCK UNIVERSE (Teil des in Vorbereitung befindlichen Romans FLASHFORWARD)
Besondere Erwähnungen: Rodolfo Martinez, ESTE RELAMPAGO, ESTE LOCURA gemeinsam mit
Gabriel Trujillo, GRACOS
Javier Sánchez-Reyes Fernández & Pedro A. Garcia Bilbao, FUEGO SOBRE SAN JUAN
Ehrenvolle Erwähnungen: Hugh Cook, SNOW IS WHITE
Pep Bau, MORT ETERNA
Pedro Jorge Romero, EL ORGULLO DE DIOS
Fermin Sánchez Carracedo, HIJOS DE LA AMBICION

URANIA PREIS 1998

(vom Verlag Mondadori gesponserter Preis für den besten italienischen SF-Roman)

Franco Ricciardiello, AI MARGINI DEL CAOS

4TH ANNUAL SAPPHIRE AWARD 1998

(seit 1995 verliehen für den besten SF-Abenteuerroman von der Zeitschrift SCIENCE FICTION ROMANCE)

1. Platz: **Patricia White, A WIZARD SCORNED**
2. Platz: Jennifer Dunne, RAVEN'S HEART
3. Platz: Laurell K. Hamilton, BLUE MOON

11TH ANNUAL COLLECTORS AWARDS

(jährlich vergeben von der SF-Spezialbuchhandlung BARRY R. LEVIN SCIENCE FICTION & FANTASY LITERATURE und ihrer Kunden für besonders sammelnswerte Autoren und Einzeleditionen)

COLLECTORS AWARD FOR 1998
AUTOR: **Peter F. Hamilton**
VERLAG: **Tor/Tom Doherty Associates** für die limitierte Ausgabe von Robert Silverberg, ed., LEGENDS

LIFETIME COLLECTORS AWARD 1997

George Locke (für seinen einzigartigen Beitrag zur Bibliographie der phantastischen Literatur)

1998 JAMES TIPTREE JR. MEMORIAL AWARD

(für Werke, die geschlechtsspezifische Rollen in SF und Fantasy erweitern und erforschen, dotiert mit $ 1000,- und von einer Jury ermittelt, die von den Begründerinnen des Preises, Pat Murphy und Karen Joy Fowler, bestimmt werden)

Preisträger: **Raphael Carter, CONGENITAL AGENESIS OF GENDER IDEATION**

1999 L. WILLIAM CRAWFORD AWARD

(der INTERNATIONAL ASSOCIATION FOR THE FANTASTIC IN THE ARTS für den besten ersten Fantasy-Roman, gesponsert von Andre Norton)

Preisträger: David B. Coe, CHILDREN OF AMARID & THE OUTLANDERS
2. Platz: James Stoddard, THE HIGH HOUSE
3. Platz: Anne Bishop, DAUGHTER OF THE BLOOD
Empfohlene Debütromane: Kirsten Britain, GREEN RIDER
Marcos Donnelly, PROPHETS FOR THE END OF TIME
Nalo Hopkinson, BROWN GIRL IN THE RING
Elizabeth Kerner, SONG OF THE SILENCE: THE TALE OF LANEN KAELAR
Michael H. Payne, THE BLOOD JAGUAR

Garth Stein, RAVEN STOLE THE MOON
Rafi Zabor, THE BEAR COME HOME

1998 ROCKY AWARD

(verliehen von der ROCKY MOUNTAIN NEWS aus Denver, Colorado)

FANTASY: **Terry Brooks, KNIGHT OF THE WORD**
SCIENCE FICTION: **Jonathan Lethem, GIRL IN LANDSCAPE**
HORROR: **Stephen King, BAG OF BONES**

1999 MARGARET EDWARDS AWARD

(der AMERICAN LIBRARY ASSOCIATION für lebenslange Leistungen im Jugendbuchbereich, durch die Teenager in ihrer Entwicklung gefördert werden)

Anne McCaffrey (für die HARPER HALL-Trilogie, »The Ship Who Sang« und die DRAGONRIDERS OF PERN-Romane)

1998 EATON AWARD

(für herausragende kritische Studien in den Genres SF und Fantasy)

John Clute & John Grant (für die »Encylopedia of Fantasy«)

1998 AUREALIS AWARDS

(australische Genre-Preise, verliehen vom australischen SF-Magazin AUREALIS)

ROMAN/SF: **Sean McMullen, THE CENTURION'S EMPIRE**
Finalisten: John Marsden, THE NIGHT IS FOR HUNTING
Alison Goodman, SINGING THE DOGSTAR BLUES
Kate Orman, THE NEW ADVENTURES: WALKING TO BABYLON
Sean Williams, THE RESURRECTED MAN
ROMAN/FANTASY: **Jane Routley, FIRE ANGELS** punktegleich mit **Dave Luckett, A DARK WINTER**
Finalisten: Sara Douglass, PILGRIM
Sophie Mason, COLD IRON
Ian Irvine, A SHADOW ON THE GLASS

ROMAN/HORROR: **KEIN PREIS**
ROMAN/JUGENDLICHE: **Alison Goodman, SINGING THE DOG-STAR BLUES**
Finalisten: Rory Barnes, HORSEHEAD BOY
Melissa Lucashenko, KILLING DARCY
Dave Luckett, A DARK WINTER
John Marsden, THE NIGHT IS FOR HUNTING
KURZGESCHICHTE/SF: **David Lake, THE TRUTH ABOUT WEENA**
Finalisten: Stephen Dedman, TRANSIT
Greg Egan, OCEANIC
Rosaleen Love, REAL MEN
Michael Pryor, AUSTRALIAN VISIONS
KURZGESCHICHTE/FANTASY: **Stephen Dedman, A WALK-ON PART IN THE WAR**
Finalisten: Kerry Greenwood, JETSAM
Sean McMullen, QUEEN OF SOULMATES
Jane Routley, TO AVALON
Keith Taylor, THE BATH HOUSE
KURZGESCHICHTE/HORROR: **Kaaron Warren, A POSITIVE**
Finalisten: Paul Brandon, THE MARSH RUNNERS
Glyn Parry, DAWN CHORUS
Aaron Sterns, THE THIRD RAIL
Kaaron Warren, THE GLASS WOMAN
KURZGESCHICHTE/JUGENDLICHE: **KEIN PREIS**

1998 SKYLARK AWARD

Bob Eggleton

5TH INTERNATIONAL HORROR GUILD AWARDS 1998

(von Nancy Collins initiiert, von einer mehrköpfigen Jury ermittelt und auf der WORLD HORROR CONVENTION bekanntgegeben)

ROMAN: **Thomas Tessier, FOG HEART**
Nominiert: S. P. Somtow, DARKER ANGELS
Douglas Clegg, THE HALLOWEEN MAN
William Browning Spencer, IRRATIONAL FEARS
Graham Joyce, THE TOOTH FAIRIE
Norman Partridge, WILDEST DREAMS
DEBÜTROMAN: **Michael Marano, DAWN SONG** punktegleich mit **Caitlin R. Kiernan, SILK**

Nominiert: Kyle Marffin, CARMILLA: THE RETURN
Miguel Connor, QUEEN OF DARKNESS
Charlee Jacob, THE SYMBIOTIC FASCINATION
COLLECTION: **John Shirley, BLACK BUTTERFLIES**
Nominiert: Joyce Carol Oates, THE COLLECTOR OF HEARTS
David Schow, CRYPT ORCHIDS
Kathe Koja, EXTREMITIES
Brian Hodge, FALLING IDOLS
ANTHOLOGIE: **Stephen Jones & David Sutton, eds., DARK TERRORS 4**
Nominiert: Richard Chizmar, ed, THE BEST OF CEMETERY DANCE
J. O. Barr & Ed Kramer, eds., THE CROW: SHATTERED LIVES & BROKEN DREAMS
Alan Clark & Elizabeth Engstrom, eds., IMAGINATION FULLY DILATED
Ellen Datlow & Terri Windling, eds., SIRENS AND OTHER DEMON LOVERS
ERZÄHLUNG: **Peter Straub, MR. CLUB AND MR. CUFF**
Nominiert: Brian Hodge, AS ABOVE, SO BELOW
Bradley Denton, BLACKBURN BAKES COOKIES
Doris Egan, THE SWEET OF BITTER BARK AND BURNING CLOVE
John Shirley, WHAT WOULD YOU DO FOR LOVE?
KURZGESCHICHTE: **Lucy Taylor, DEAD BLUE**
Nominiert: Norman Partridge, BLACKBIRDS
Bryn Kanar, FOUR OF A KIND
Dennis Etchison, INSIDE THE CACKLE FACTORY
Del Stone jr., LIGHTING THE CORPSES
SEKUNDÄRWERK: **David Pringle, ed., THE ST. JAMES GUIDE TO HORROR, GHOST & GOTHIC WRITERS**
Nominiert: Richard Laymon, A WRITER'S TALE
Clive Bloom, ed., GOTHIC HORROR: A READER'S GUIDE FROM POE TO KING AND BEYOND
Pete Tombs, MONDO MACABRO: WEIRD AND WONDERFUL CINEMA AROUND THE WORLD
David J. Skal, SCREAMS OF REASON: MAD SCIENCE AND POPULAR CULTURE
COMIC-ALBUM: **Warren Ellis & Darick Robertson, TRANSMETROPOLITAN: BACK ON THE STREET**
PUBLIKATION: **HELLNOTES**
Nominiert: CARPE NOCTEM
DARKECHO

TALEBONES
THE URBANITE
KÜNSTLER: **Edward Gorey**
Nominiert: Dave McKean
Lisa Snellings
Douglas Walters
Gahan Wilson
FILM: **GODS AND MONSTERS**
Nominiert: APT PUPIL
DARK CITY
FALLEN
JOHN CARPENTER'S VAMPIRES
TV: **BUFFY THE VAMPIRE SLAYER**
Nominiert: BRIMSTONE
CHARMED
MILLENIUM
X-FILES
GRAND MASTER AWARD: **Ramsey Campbell**

1998 BEST OF SOFT SF AWARD

(alljährlich von der SOFT SF WRITERS ASSOCIATION vergeben, um SF-Texte zu würdigen, die sich mit den »weichen«, den soziologischen Wissenschaften beschäftigen und nicht mit den »harten«, technikorientierten, dotiert mit $ 100,- bzw. $ 50,- und $ 25,-)

1. Platz: Mary Soon Lee, CAUSE AND CONSEQUENCE
2. Platz: Brian Wightman, NOCTURNE BRIDE
3. Platz: Leslie What, THE COST OF DOING BUSINESS
Ehrenvolle Erwähnungen: James Van Pelt, FLOATERS
K. D. Wentworth, BLUES FOR AMY
Celeste Allen, BY ANY OTHER NAME

1998 MAIDEN VOYAGE AWARD

(seit 1997 verliehen von der Leserschaft der zweimonatlich von der Buchkette BARNES & NOBLE herausgegebenen kostenlosen Kundenzeitschrift EXPLORATION unter den dort vorgestellten neuen SF- und Fantasy-Autoren und dotiert mit $ 2.500,-)

Caitlin R. Kiernan, SILK

1998 RICHARD EVANS AWARD

(für 1998 erstmals vergebener britischer Preis für Autoren, die über einen längeren Zeitraum hinweg Ideenreichtum und Qualität bewiesen und bedeutende Beiträge zum Genre geleistet haben, dafür aber mehr literarische Anerkennung erhielten als kommerziellen Erfolg hatten, dotiert mit 1500 Pfund Sterling und von einer Jury vergeben)

M. John Harrison

1999 BSFA AWARDS

(die alljährlich auf dem Eastercon verliehenen nationalen Preise der BRITISH SCIENCE FICTION ASSOCIATION)

ROMAN: **Christopher Priest, THE EXTREMES**
Nominiert: John Meaney, TO HOLD INFINITY
Ken MacLeod, THE CASSINI DIVISION
Iain M. Banks, INVERSIONS
Kathleen Ann Goonan, QUEEN CITY JAZZ
KURZGESCHICHTE: **Gwyneth Jones, LA CENERENTOLA**
Nominiert: Thomas M. Disch, THE FIRST ANNUAL PERFORMANCEARTS FESTIVAL AT THE SLAUGHTER ROCK BATTLEFIELD
Timons Esaias, SHIFT CHANGE
Mary Soon Lee, THE DAY BEFORE THEY CAME
Eric Brown, VULPHEOUS
KÜNSTLER: **Jim Burns** (für das Cover zu »Lord Prestimion« von INTERZONE 135)

1998 PHILIP K. DICK AWARD

(für den besten SF-Roman, der in diesem Jahr in den USA seine Erstveröffentlichung im Taschenbuch erlebte, dotiert mit $ 1500,- bzw. $ 500,- für die spezielle Erwähnung und von einer Jury ermittelt)

Geoff Ryman, 253: THE PRINT REMIX
Spezielle Erwähnung: Paul Di Filippo, LOST PAGES
Nominiert: Nalo Hopkinson, BROWN GIRL IN THE RING
Steve Aylett, SLAUGHTERMATIC
Paul J. McAuley, THE INVISIBLE COUNTRY

1999 ISAAC ASIMOV AWARD

(für herausragende schriftstellerische Leistungen von Studenten beim Verfassen von SF und Fantasy, mitgesponsert von ASIMOV'S SF und mit $ 500,- dotiert)

Preisträger: **Marissa Lingen, IN THE GARDENS AND THE GRAVES**
1. Zweiter: Marri Champié, THE MASCARENE EVENT
2. Zweiter: Marri Champié, THE WHITE SEAL
Ehrevolle Erwähnungen: Aaron Fries, THROUGH YOUR METAL EYES
Trent M. Walters, DRIVEN LIKE THE SNOW

1999 CROMPTON CROOK/STEPHEN TALL MEMORIAL AWARD

(für den besten Debütroman in Sachen SF, Fantasy oder Horror des Vorjahrs, verliehen von der BALTIMORE FANTASY SOCIETY)

James Stoddard, THE HIGH HOUSE

BOOKS FOR THE TEEN AGE LIST DER NEW YORK LIBRARY 1999

Patricia Anthony, FLANDERS
Nalo Hopkinson, BROWN GIRL IN THE RING
Elizabeth A. Lynn, DRAGON'S WINTER
Patricia A. McKillip, SONG FOR A BASILISK
Donna Jo Napoli, SIRENA
Tamora Pierce, CIRCLE OF MAGIC: DAJA'S BOOK
J. K. Rowling, HARRY POTTER AND THE SORCERER'S STONE
Sarah Zettel, PLAYING GOD

18TH ANNUAL SCIENCE FICTION WRITERS OF EARTH SHORT STORY CONTEST

(der SF WRITERS OF EARTH, dotiert mit $ 100,-, $ 200,- und $ 300,- und von Edward Bryant ermittelt)

1. Preis: Paul Blake, WATCHING THE ANGELS
2. Preis: Kain Massin, UNCONFIRMED SIGHTING
3. Preis: Angella Taylor Lofthouse, CASUALTIES OF WAR
Erster Ehrenplatz: Terence Moll, THE FREEDOM NOT TO CHOOSE
Zweiter Ehrenplatz: A. Tubbesing, TWO ROUND STONES

1998 NEBULA AWARDS

(alljährlich verliehen von der amerikanischen SF-Autorenvereinigung SFWA, den SCIENCE FICTION WRITER OF AMERICA)

ROMAN: **Joe Haldeman, FOREVER PEACE**
Finalisten: Catherine Asaro, THE LAST HAWK
Jack McDevitt, MOONFALL
Harry Turtledove, HOW FEW REMAIN
Martha Wells, THE DEATH OF THE NECROMANCER
Connie Willis, TO SAY NOTHING OF THE DOG
NOVELLE: **Sheila Finch, READING THE BONES**
Finalisten: Catherine Asaro, AURORA IN FOUR VOICES
Avram Davidson & Grania Davis, THE BOSS IN THE WALL
Eliot Fintushel, IZZY AND THE FATHER OF TERROR
David Gerrold, JUMPING OFF THE PLANET
Geoffrey A. Landis, ECOPOIESIS
ERZÄHLUNG: **Jane Yolen, LOST GIRLS**
Finalisten: Gregory Feeley, THE TRUEST CHILL
Ellen Klages, TIME GYPSY
Mark J. McHarry, THE MERCY GATE
Kristine Kathryn Rusch, ECHEA
Walter Jon Williams, LETHE
KURZGESCHICHTE: **Bruce Holland Rogers, THIRTEEN WAYS TO WATER**
Finalisten: Steven Brust, WHEN THE BOW BREAKS
Karen Joy Fowler, STANDING ROOM ONLY
Lisa Goldstein, FORTUNE AND MISFORTUNE
Geoffrey A. Landis, WINTER FIRE
K. D. Wentworth, TALL ONE
GRAND MASTER AWARD: **Harry C. Stubbs alias Hal Clement**

1998 RAY BRADBURY AWARD

(von der Autorenvereinigung SFWA für das beste Drehbuch verliehen)

J. Michael Straczynki (für seine Arbeit an BABYLON 5)

ASIMOV'S 13TH ANNUAL READERS AWARDS 1999

(vergeben von der Leserschaft des Magazins ASIMOV'S SF für die besten Beiträge des Vorjahrs)

NOVELLE: **Greg Egan, OCEANIC**
ERZÄHLUNG: **Kristine Kathryn Rusch, ECHEA**
KURZGESCHICHTE: **Michael Swanwick, RADIANT DOORS**

9TH ANNUAL HOMER AWARDS 1999

(verliehen vom COMPUSERVE SCIENCE FICTION AND FANTASY LITERATURE AND MEDIA FORUM für Veröffentlichungen des Vorjahres)

ROMAN: **Mike Resnick, KIRINYAGA**
Nominiert: Robert J. Sawyer, FACTORING HUMANITY
Jack McDevitt, MOONFALL
Susan R. Matthews, PRISONER OF CONSCIENCE
NOVELLE: **Catherine Asaro, AURORA IN FOUR VOICES**
Nominiert: David Gerrold, JUMPING OFF THE PLANET
Greg Egan, OCEANIC
Ted Chiang, STORY OF YOUR LIFE
ERZÄHLUNG: **Kristine Kathryn Rusch, ECHEA**
Nominiert: Robert Reed, BUILDING THE BUILDING OF THE WORLD
Mary Rosenblum, THE EYE OF GOD
Paul Levinson, LITTLE DIFFERENCES
Paul Levinson, THE ORCHARD
Greg Egan, THE PLANCK DIVE
KURZGESCHICHTE: **Barb Galler-Smith, FACE OF GOD**
Nominiert: Paul Levinson, ADVANTAGE, BELLARMINE
Janet Kagen, THE STUBBORNEST BROAD ON EARTH
K. D. Wentworth, TALL ONE
Norman Spinrad, THE YEAR OF THE MOUSE
FILM/TV: **BABYLON 5: SLEEPING IN LIGHT**
Nominiert: ARMAGEDDON
DARK CITY
STAR TREK DEEP SPACE NINE: FAR BEYOND THE STARS
BABYLON 5: IN THE BEGINNING
STAR TREK: INSURRECTION
WHAT DREAMS MAY COME

1998 N3F AMATEUR SHORT STORY CONTEST

(alljährlich verliehen von der NATIONAL FANTASY FAN FEDERATION und dotiert mit $ 50, 30 und 20)

1. Preis: David L. Nemzoff, FOREVER SHIPS
2. Preis: David L. Day, RIVER WITCH
3. Preis: Richard A. Dengrove, ZAR IN THE CITY OF ILLUSION
Ehrenvolle Erwähnung: Jeff Berkewitz, ROSWELL REVISITED

GRAND PRIX DE LA SCIENCE-FICTION ET DU FANTASTIQUE QUEBECOIS 1999

(kanadischer Preis für eine französischsprachige SF- und Fantasy-Publikation des Vorjahrs, gesponsert vom Ministerium für Kultur und Kommunikation und dotiert mit C$ 2.500,-)

Francine Pellatier (für SAMIVA DE FREE & ISSABEL DE QOHOSATEN, die Abschlußbände der Trilogie »LE SABLE ET L'ACIER«)

DEUTSCHER PHANTASTIK-PREIS 1998

(vergeben von den Lesern des Online-News-Services www.Phantastik.de der FANTASTICREADERNEWS)

DEUTSCHSPRACHIGER ROMAN:
Preisträger: Andreas Eschbach, JESUS VIDEO
2. Platz: Wolfgang Hohlbein, Überfall auf Skytown
3. Platz: Rainer Castor, Gea, die vergessene Welt
4. Platz: Manfred Weinland, Larry Brent: Das Kind der Toten
5. Platz: Ronald M. Hahn, Socialdemokraten auf dem Monde
6. Platz: Kai Meyer, Die Alchimistin

AUSLÄNDISCHER ROMAN:
Preisträger: Terry Pratchett, SCHWEINSGALOPP (HOGFATHER)
2. Platz: Arthur C. Clarke, 3001 (3001)
3. Platz: Stephen King, SARA (BAG OF BONES)
4. Platz: Tad Williams, OTHERLAND: STADT DER GOLDENEN SCHATTEN (OTHERLAND: CITY OF GOLDEN SHADOWS)
5. Platz: Terry Jones, DOUGLAS ADAMS' RAUMSCHIFF TITANIC (DOUGLAS ADAMS' STARSHIP TITANIC)
6. Platz: Neil Gaiman, NIEMALSLAND (NEVERWHERE)

DEUTSCHSPRACHIGE KURZGESCHICHTE:
Preisträger: Joachim Körber, DER UNTERGANG DES ABENDLANDES
2. Platz: Eddie M. Angerhuber, HOUSE OF HORROR
3. Platz: Marcus Hammerschmitt, WÜSTENLACK
4. Platz: Rainer Erler, DIE HEERSCHAR GOTTES
5. Platz: Michael Marrak, ASTROSAPIENS
6. Platz: Michael Marrak, BRUDER OZ

ÜBERSETZUNG:
Preisträger: Andreas Brandhorst für Terry Pratchett, SCHEIBENWELT: SCHWEINSGALOPP
2. Platz: Irene Holicki, für Arthur C. Clarke, 3001
3. Platz: Joachim Körber, für Stephen King, SARA (BAG OF BONES)
4. Platz: Harry Rowohlt, für Kurt Vonnegut, ZEITBEBEN (TIMEQUAKE)
5. Platz: Tina Hohl, für Neil Gaiman, NIEMALSLAND (NEVERWHERE)
6. Platz: diverse Übersetzer, für Ramsey Campbell, DÄMONEN BEI TAG (DEMONS BY DAYLIGHT)

SERIE/REIHE IM HEFT/TASCHENHEFT:
Preisträger: PERRY RHODAN
2. Platz: VAMPIRA
3. Platz: ATLAN
4. Platz: PROFESSOR ZAMORRA
5. Platz: REN DHARK FANSERIE
6. Platz: MEDUSENBLUT

AUTOR DES JAHRES:
Preisträger: Peter Terrid (posthum)
2. Platz: Arthur C. Clarke
3. Platz: Andreas Eschbach
4. Platz: Terry Pratchett
5. Platz: Kai Meyer

KINO-FILM:
Preisträger: STAR TREK: DER AUFSTAND (STAR TREK: INSURRECTION)
2. Platz: DIE TRUMAN-SHOW (THE TRUMAN SHOW)
3. Platz: STARSHIP TROOPERS (STARSHIP TROOPERS)

4. Platz: AKTE X: DER FILM (X-FILES: THE MOVIE)
5. Platz: BLADE (BLADE)
6. Platz: GATTACA (GATTACA)

TV-SERIE:
Preisträger: BABYLON 5 (BABYLON 5)
2. Platz: STAR TREK: RAUMSCHIFF VOYAGER (STAR TREK: VOYAGER)
3. Platz: AKTE X (X-FILES)
4. Platz: XENA, DIE KRIEGERPRINZESSIN (XENA: WARRIOR PRINCESS)
5. Platz: BUFFY - IM BANN DER DÄMONEN (BUFFY THE VAMPIRE SLAYER)
6. Platz: MILLENIUM (MILLENIUM)

SCHAUSPIELER:
Preisträger: Robert Picardo (STAR TREK: VOYAGER)
2. Platz: David Duchovny (AKTE X)
3. Platz: Bruce Boxleitner (BABYLON 5)
4. Platz: Kevin Smith (XENA & HERCULES)
5. Platz: Lance Henriksen (MILLENIUM)
6. Platz: Kevin Sorbo (HERCULES)

SCHAUSPIELERIN:
Preisträgerin: Gillian Anderson (AKTE X)
2. Platz: Jeri Ryan (STAR TREK: VOYAGER)
3. Platz: Lucy Lawless (XENA)
4. Platz: Sarah Michelle Gellar (BUFFY)
5. Platz: Hudson Leick (XENA & HECULES)
6. Platz: Neve Campbell (SCREAM 2)

SPEZIAL-EFFEKTE:
Preisträger: BABYLON 5
2. Platz: STARSHIP TROOPERS
3. Platz: GODZILLA
4. Platz: STAR TREK: VOYAGER
5. Platz: LOST IN SPACE
6. Platz: STAR TREK: DEEP SPACE NINE

1999 ABBY AWARD

(in verschiedenen Kategorien vergebener Preis, dotiert mit $ 5000,-)

KINDERBUCH: **J. K. Rowling, HARRY POTTER AND THE SORCERER'S STONE**

1999 SFRA AWARD

(die alljährlichen Preise der SCIENCE FICTION RESEARCH ASSOCIATION, verliehen auf der Jahreskonferenz)

PILGRIM AWARD
(für herausragendes wissenschaftliches Werk zur Science Fiction)

Brian Stableford

PIONEER AWARD
(für wissenschaftliche Artikel zur SF)

Carl Freedman, KUBRICK'S 2001 AND THE POSSIBILITY OF A SCIENCE FICTION CINEMA

CLARESON AWARD
(für Verdienste für die SFRA)

David Hartwell

DEUTSCHER SCIENCE FICTION PREIS 1999

(alljährlich von einem Komittee im Namen des SCIENCE FICTION CLUB DEUTSCHLAND, der größten unabhängigen deutschsprachigen SF-Organisation, verliehener Preis, bis 1998 SFCD-LITERATURPREIS genannt)

ROMAN:
Preisträger: Andreas Eschbach, JESUS VIDEO
2. Platz: Hartwig Hilgenstein, DIGITALE TÄNZER
3. Platz: Gert Heidenreich, ABSCHIED VON NEWTON
4. Platz: Leo Lukas, WIENER BLEI
5. Platz: Uwe Anton, STATISTIKER DES TODES
6. Platz: Timothy McNeal, DER TOD DER PHYSIKER

7. Platz: Klaus Middendorf, BIG DABLJU
8. Platz: Ronald M. Hahn, SOCIALDEMOKRATEN AUF DEM MONDE

KURZGESCHICHTE:

Preisträger: Michael Marrak, DIE STILLE NACH DEM TON

2. Platz: Michael Marrak, ASTROSAPIENS
3. Platz: Frank Borsch, BETA-VISIONEN
4. Platz: Bernd Kreimeier, BORGEN
5. Platz: Christian Hoffmann, ADAM
6. Platz: Bernhard Kempen, GREEDY - DER DUFT DER ORANGEN
7. Platz: Ady Henry Kiss, ATLANTIC CITY
8. Platz: Uwe Hermann, IMMER ÄRGER MIT DEM TOD

KURD LASSWITZ PREIS 1999

(alljährlich für herausragende Leistungen des Vorjahres verliehene Preise der deutschsprachigen SF-Profis)

ROMAN:

Preisträger: Andreas Eschbach, JESUS VIDEO

2. Platz: Ronald M. Hahn, SOCIALDEMOKRATEN AUF DEM MONDE
3. Platz: KEIN PREIS
4. Platz: Joachim Körber, WOLF
5. Platz: Akif Pirincci, YIN
6. Platz: Ronald M. Hahn & Horst Pukallus, ALPTRAUMLAND
7. Platz: Andreas Eschbach, DER GESANG DER STILLE
8. Platz: Klaus Middendorf, BIG DABLJU
9. Platz: Hartwig Hilgenstein, DIGITALE TÄNZER
10. Platz: Alexander Kröger, DAS ZWEITE LEBEN
11. Platz: Florian Nelle, KALTER FRÜHLING
12. Platz: Gert Heidenreich, ABSCHIED VON NEWTON punktegleich mit
    Timothy McNeal, DER TOD DER PHYSIKER
14. Platz: Uwe Anton, STATISTIKER DES TODES punktegleich mit
    Tim Staffel, TERRORDROM
16. Platz: Rainer Castor, GEA, DIE VERGESSENE WELT
17. Platz: Günter Hack, DER ARCHITEKT IM GLASHAUS
18. Platz: Bernd Karwath, DIE TIEFE
19. Platz: P. M., AGBALA DOO!
20. Platz: Stefan T. Pinternagel, TOTENTANZ

21. Platz: Konrad Schaef & Achim Mehnert, DAS TRIBUNAL DER HÄUSER
22. Platz: Konrad Schaef & Wilfried Hary, DIE MEISTER DES LEBENS
23. Platz: Manfred Wegener, AM ABGRUND DER ZEIT

KURZGESCHICHTE:

Preisträger: Marcus Hammerschmitt, WÜSTENLACK

2. Platz: Michael Marrak, BRUDER OZ
3. Platz: Rainer Erler, DIE HEERSCHAR GOTTES
4. Platz: Michael Marrak, ASTROSAPIENS punktegleich mit Kalla Wefel, MARKENZEICHEN: NO-NAME
6. Platz: Bernhard Kempen, GREEDY: DER DUFT DER ORANGEN
7. Platz: KEIN PREIS
8. Platz: Johanna & Günter Braun, HERR MORPH ERWIRBT EIN VORAUSEILENDES SYSTEM
9. Platz: Achim Stößer, JAGDFIEBER
10. Platz: Usch Kiausch, EINE ZEILE VON STEVENSON
11. Platz: Joachim Körber, DER UNTERGANG DES ABENDLANDES
12. Platz: Eddie M. Angerhuber, HOUSE OF HORROR punktegeich mit
Monika Niehaus-Osterloh, MIT DEM SIEGEL DES GROSSEN JURA-COMPUTERS
14. Platz: Rolf Krohn, BLAUES LICHT
15. Platz: Bernd Kreimeier, BOGEN
16. Platz: Bernd Kreimeier, FEED/BACK punktegleich mit Bernd Oberhuber, DER LANDVERMESSER
18. Platz: Heinrich Steinfest, HEUCHLER, HENKER ODER: DER LETZTE EINSATZ VON RINDSLEBER IM RAHMEN EINES LITERARISCHEN WETTBEWERBS
19. Platz: Mario Magazin, DIE UMARMUNG DES KRIEGERS

AUSLÄNDISCHES WERK:

Preisträger: Ian McDonald, NARRENOPFER

2. Platz: Kurt Vonnegut, ZEITBEBEN
3. Platz: Iain Banks, VOR EINEM DUNKLEN HINTERGRUND
4. Platz: KEIN PREIS
5. Platz: Michael Bishop, BRÜCHIGE SIEGE
6. Platz: Terry Bisson, DIE BÄREN ENTDECKEN DAS FEUER
7. Platz: Michael Swanwick, ENGEL DER SCHWERKRAFT punktegleich mit
Tad Williams, DIE STADT DER GOLDENEN SCHATTEN
9. Platz: Jack Womack, ZUFÄLLIGE AKTE SINNLOSER GEWALT punktegleich mit

N. Lee Wood, IN ERWARTUNG DES MAHDI

11\. Platz: Roger MacBride Allen, DER RING VON CHARON punktegleich mit
Michael Swanwick, IN ZEITEN DER FLUT

13\. Platz: Orson Scott Card, ENDERS KINDER punktegleich mit
Peter F. Hamilton, DIE SPINNE IM NETZ

15\. Platz: Nancy Kress, VERICO TARGET

16\. Platz: Matt Ruff, G.A.S. - DIE TRILOGIE DER STADTWERKE

17\. Platz: Stephen Lawhead, EMPYRION punktegleich mit
Michael Marshall Smith, GEKLONT

19\. Platz: Gene Wolfe, DAS BUCH DER LANGEN SONNE

20\. Platz: Algis Budrys, HARTE LANDUNG punktegeich mit
Kathleen Ann Goonan, DIE GEBEINE DER ZEIT

22\. Platz: Arthur C. Clarke, 3001 punktegleich mit
Larry Niven, RINGWELT-THRON

24\. Platz: Eric Brown, DAS NADA-KONTINUUM

25\. Platz: Buzz Aldrin & John Barnes, BEGEGNUNG MIT TIBER

26\. Platz: Elizabeth Moon, DIE LETZTE SIEDLERIN

27\. Platz: Jonathan Lethem, KNARRE MIT BEGLEITMUSIK

28\. Platz: Will Self, DIE SCHÖNE WELT DER AFFEN

29\. Platz: Tricia Sullivan, LETHE

30\. Platz: Maria Wander Bonnano, DIE INSELN DER ANDEREN

31\. Platz: Valerio M. Manfredi, TURM DER EINSAMKEIT

32\. Platz: Jeff Noon, POLLEN

33\. Platz: David Baldacci, DIE VERSUCHUNG

ÜBERSETZUNG:

Preisträger: Harry Rowohlt für Kurt Vonnegut, ZEITBEBEN

2\. Platz: Horst Pukallus für Iain Banks, VOR EINEM DUNKLEN HINTERGRUND

3\. Platz: Jakob Leutner für Ian McDonald, NARRENOPFER

4\. Platz: KEIN PREIS

5\. Platz: Norbert Stöbe für Michael Swanwick, ENGEL DER SCHWERKRAFT

6\. Platz: Karl Urich Burgdorf für Orson Scott Card, ENDERS KINDER

7\. Platz: Bernhard Kempen für A. C. Crispin, SAREK

8\. Platz: Karl Bruckmaier für Jack Womack, ZUFÄLLIGE AKTE SINNLOSER GEWALT

9\. Platz: Paul H. und Marianne Linckens sowie Klaus Fritsche für Michael Bishop, BRÜCHIGE SIEGE punktegleich mit
Norbert Stöbe für Michael Swanwick, IN ZEITEN DER FLUT

11. Platz: Biggy Winter für Nancy Kress, VERICO TARGET
12. Platz: Walter Grossbein für Philip K. Dick, UND JENSEITS - DAS WOBB
13. Platz: Paul H. und Marianne Linckens für Kathleen Ann Goonan, DIE GEBEINE DER ZEIT
14. Platz: Axel Merz für Larry Niven, RINGWELT-THRON
15. Platz: Irene Holicki für Arthur C. Clarke, 3001
16. Platz: Martin Gilbert für Sheri S. Tepper, GRAS punktegleich mit
Axel Merz für Jack McDevitt, DIE EWIGE STRASSE und
Rainer Schumacher für Poul Anderson, EISEN
19. Platz: Dietmar Schmidt für Stephen Lawhead, EMPYRION
20. Platz: Axel Merz für Robert Rankin, DIE AKTE BRENTFORD punktegleich mit
Thomas Schichtel für David Feintuch, DER SOHN DES FISCHERS und
Ute Thiemann für Jeff Noon, POLLEN
23. Platz: Thomas Schichtel für Peter Hamilton, DIE SPINNE IM NETZ
24. Platz: Angelika Eisold-Viebig für R. Lassiter, 2367 - EXPERIMENT HEX

GRAPHIK:

Preisträger: Thomas Thiemeyer für Kurd Laßwitz, AUF ZWEI PLANETEN

2. Platz: KEIN PREIS
3. Platz: Peter Domanski für das Titelbild zu Ian McDonald, NARRENOPFER
4. Platz: Malte Schulz-Sembten für das Titelbild zu Malte Schulz-Sembten & Michael Marrak (Hrsg.), DER AGNOSTISCHE SAAL
5. Platz: Manfred Lafrentz für die Illustrationen zu G. Guthridge, DER SPIEGEL VON LOP NOR - 1. SPIEGELUNG/2. BRECHUNG
6. Platz: Volkmar Götze für das Titelbild zu ALIEN CONTACT 30
7. Platz: Swen Papenbrock für das Titelbild zu Uwe Anton, DIE SOLMOTHEN punktegleich mit
Swen Papenbrock für das Titelbild zu Konrad Schaef & Wilfried Hary, DIE MEISTER DES LEBENS
9. Platz: Peter Domanski für das Titelbild zu Kathleen Ann Goonan, DIE GEBEINE DER ZEIT
10. Platz: Peter Domanski für das Titelbild zu Michael Bishop, BRÜCHIGE SIEGE

11. Platz: Swen Papenbrock für das Titelbild zu Konrad Schaef & Achim Mehnert, DAS TRIBUNAL DER HÄUSER punktegleich mit Stefan Theurer für das Titelbild zu Ronald M. Hahn (Hrsg.), DER DUNKELSTERN
13. Platz: Arndt Drechsler für das Titelbild zu Larry Niven, RINGWELT-THRON
14. Platz: Peter Domanski für das Titelbild zu Tricia Sullivan, LETHE punktegleich mit
    Swen Papenbrock für das Titelbild zu H. G. Francis, QUOTORS LETZTER KAMPF
16. Platz: Manfred Schneider für das Titelbild zu Kurt Brand, PLANET DER HOFFNUNG
17. Platz: Arndt Drechsler für das Titelbild zu Robert Rankin, DER ANTIPAPST punktegleich mit
    Swen Papenbrock für das Titelbild zu Susan Schwartz, FRIEDENSMISSION
19. Platz: Markus Mayer für das Titelbild zu Achim Mehnert & Wilfried Hary, ENTSCHEIDUNG AUF TOSCHAWA
20. Platz: Uwe Neuhold für das Titelbild zu Silke Rosenbüchler (Hrsg.), FLACH. VIOLETT. VERGIFTET
21. Platz: Gerhard Börnsen für das CD-ROM-Titelbild zu Wilfried Hary, HERR DER WELTEN punktegleich mit
    Peter Domanski für das Titelbild zu Larry Niven & Jerry Pournelle & Michael Flynn, GEFALLENE ENGEL
23. Platz: Arndt Drechsler für das Titelbild zu Robert Rankin, DIE AKTE BRENTFORD

HÖRSPEL:
Preisträger: Heiko Michael Hartmann, MOI

SONDERPREIS 1998:
Preisträger: Rudi Schweikert für die liebevolle und kompetente Neuedition von Kurd Laßwitz, AUF ZWEI PLANETEN
2. Platz: Wolfgang Both, Hans-Peter Neumann und Klaus Scheffler für ihre akribischen Recherchen zur Geschichte des SF-Fandoms in der DDR und das daraus resultierende faktenreiche, ausgewogene und realistische Werk BERICHTE AUS DER PARALLELWELT
3. Platz: Die Phantastische Bibliothek Wetzlar für die Pflege der phantastischen Literatur und die alljährliche Organisation der Phantastischen Tage
4. Platz: Frank Festa von der Edition Metzengerstein für sein verlegerisches Engagement mit Mut und für die Qualität seines Programms

5. Platz: Friedel Wahren für die langjährige Herausgabe von ASIMOV'S SF MAGAZIN
6. Platz: Hardy Kettlitz für die langjährige Herausgabe von ALIEN CONTACT und die zweimalige Organisation der Berliner TAGE DER PHANTASTIK
7. Platz: Jörg Kaegelmann vom Blitz Verlag für die Förderung deutscher SF
8. Platz: Horst Illmer für die erste umfassende und zuverlässige Bibliographie deutscher SF im Hardcover
9. Platz: Gerd Rottenecker für seine langjährige Tätigkeit im Hintergrund vieler SF-Projekte und die beste redaktionelle Betreuung aller Texte (Hansjoachim Bernt Verlag, Goldmann, Knaur)
10. Platz: Joachim Körber für sein Gesamtwerk als Übersetzer und Verleger von Science Fiction Literatur
11. Platz: Stefan Bauer für eine konsistent gute und verläßliche Programmarbeit (Bastei SF)
12. Platz: Heinz J. Galle für unzählige Arbeiten zum Thema Volksliteratur und insbesondere für sein 1998 erschienenes Werk VOLKSBÜCHER UND HEFTROMANE
13. Platz: Thomas Braatz für seine im Selbstverlag herausgebrachte, reich illustrierte Robert-Kraft-Bibliographie punktegelich mit KEIN PREIS
15. Platz: Wilko Müller und der Andromeda-SF-Club Halle für das mit bemerkenswerter Stetigkeit erscheinende monatliche Fanzine SOLAR-X anläßlich der 1998 erschienenen 100. Ausgabe
16. Platz: Die Herausgeber vom FANDOM OBSERVER für 10 Jahre ausdauernder Kommentierung der deutschen Phantastik-Szene
17. Platz: Matthias Langer für seine stets pointierten Cartoons im FANDOM OBSERVER
18. Platz: Axel Merz für seine erste werkgetreue Neuübersetzung der RINGWELT-Romane von Larry Niven, wodurch einer der Klassiker der Hard-SF wieder zugänglich gemacht wurde
19. Platz: Die PERRY RHODAN FANZENTRALE für ihre Unterstützung des deutschen SF-Fandoms
20. Platz: Silke Rosenbüchler für ihre Bemühungen, durch eine Dissertationsarbeit (DIE LANDSCHAFT DER ZUKUNFT AUS DER SICHT DER SCHREIBENDEN IN ÖSTERREICH) die SF aus ihrem Ghetto an eine Universität für Bodenkultur zu holen.
21. Holger Miehlke für die definitive Dominik-Edition
22. Andreas Leder für die Herausgeberschaft der Magazine FUTURE MAGIC und DER BARDE

1998 ARTHUR C. CLARKE AWARD

(für den besten in Großbritannien veröffentlichten SF-Roman, verliehen von der BRITISH SCIENCE FICTION ASSOCIATION und der SCIENCE FICTION FOUNDATION und dotiert mit 1000,- Pfund Sterling)

Preisträger: **Tricia Sullivan, DREAMING IN SMOKE**
Nominiert: John Barnes, EARTH MADE OF GLASS
Peter Delacorte, TIME ON MY HANDS
Ken MacLeod, THE CASSINI DIVISION
Christopher Priest, THE EXTREMES
Alison Sinclair, CAVALCADE

1998 BRAM STOKER AWARDS

(alljährlich vergebene Preise der HORROR WRITERS OF AMERICA, der US-Horror-Autorenvereinigung, für die besten Veröffentlichungen des Jahres)

ROMAN:
1. Platz: Stephen King, BAG OF BONES
Finalisten: Dean Koontz, FEAR NOTHING
S. P. Somtow, DARKER ANGELS
Thomas Tessier, FOG HEART
Nominiert: Jay Bonansinga, HEAD CASE
Douglas Clegg, THE HALLOWEEN MAN
Robert Devereaux, SANTA STEPS OUT
Graham Joyce, THE TOOTH FAIRIE
Jack Ketchum, LADIES' NIGHT
Greg Kihn, BIG ROCK BEAT
Nancy Kilpatrick, REBORN
Stephen Laws, CHASM
Richard Laymon, AFTER MIDNIGHT
Richard Laymon, THE MIDNIGHT TOUR
Edward Lee & Elizabeth Steffen, PORTRAIT OF THE PSYCHOPATH AS A YOUNG WOMAN
Bentley Little, THE STORE
Michael Marano, DAWN SONG
Yvonne Navarro, RED SHADOWS
Kim Newman, JUDGEMENT OF TEARS: ANNO DRACULA 1959
Phoebe Reeves, THE REVENANT
Jay S. Russell, BURNING BRIGHT

DEBÜTROMAN:

1. Platz: Michael Marano, DAWN SONG

Finalisten: P. D. Cacek, NIGHT PRAYERS
Charlee Jacob, THE SYMBIOTIC FASCINATION
Caitlin R. Kiernan, SILK

Nominiert: Miguel Connor, QUEEN OF DARKNESS
Kyle Marffin, CARMILLA: THE RETURN
Lara Parker, ANGELIQUE'S DESCENT
Julie Anne Parks, STORYTELLERS

ERZÄHLUNG:

1. Platz: Peter Straub, MR. CLUBB AND MR. CUFF

Finalisten: P. D. Cacek, LEAVINGS
Brian Hodge, AS ABOVE, SO BELOW
John Shirley, WHAT WOULD YOU DO FOR LOVE

Nominiert: Gary A. Braunbeck, ADHUMBIA
Gary A. Braunbeck, SAFE
Peter Crowther, THE SPACE BETWEEN THE LINES
Avram Davidson & Grania Davis, THE BOSS IN THE WALL
Bradley Denton, BACKBURN BAKES COOKIES
Joyce Carol Oates, FERAL
Alan Rodgers, VAN BRUNT AND VISITATION
William R. Trotter, THE BLEEDING OF HAUPTMANN GEHLEN
Ian Watson, THE BIBLE IN BLOOD

KURZGESCHICHTE:

1. Platz: Bruce Holland Rogers, THE DEAD BOY AT YOUR WINDOW

Finalisten: Tina Jens, BLUES-BORN
Stephen King, AUTOPSY ROOM FOUR
Edo van Belkom, THE RUG

Nominiert: Dominick Cancilla, POINTS OF INTERSECTION
Richard Chizmar, NIGHT CALL
William Gagliani, ICEWALL
Cindie Geddes, ECHOES
Richard Gilliam, SCANNING
Charles L. Grant, HAUNTED
George Guthridge, MR. PIGMAN
Gary Jonas, SO YOU WANT TO BE A HITMAN
John Kessel, EVERY ANGEL IS TERRIFYING
Richard Christian Matheson, PLEASE HELP ME
Brent Monahan, DOCTOR, LAWYER, KANSAS CITY CHIEF

Yvonne Navarro, LIFELINE
Norman Partridge, BACKBIRDS
John Pelton, TWINS
David J. Schow, GILL
Charles Sheffield, THE SOLBOURN VAMPIRE
Del Stone jr., LIGHTING THE CORPSES
Melanie Tem, THE GAME
Lawrence Watt-Evans, GRANDPA'S HEAD
David Niall Wilson, BLAMELESS
Jane Yolen, A SOUTHERN NIGHT

COLLECTION:
1. Platz: John Shirley, BLACK BUTTERFLIES
Finalisten: P. D. Cacek, LEAVINGS
Neil Gaiman, SMOKE AND MIRRORS
Gahan Wilson, THE CLEFT AND OTHER ODD TALES
Nominiert: Robert Bloch, FLOWERS FROM THE MOON AND OTHER LUNACLES
Jack Cady, THE NIGHT WE BURIED ROAD DOG
Bradley Denton, ONE DAY CLOSER TO DEATH
Elizabeth Hand, LAST SUMMER AT MARS HILL
Brian Hodge, FALLING IDOLS
Jack Ketchum, THE EXIT AT TOLEDO BLADE BOULEVARD
Joyce Carol Oates, THE COLLECTOR OF HEARTS
David J. Schow, CRYPT ORCHIDS
Edo van Belkom, DEATH DRIVES A SEMI

ANTHOLOGIE:
1. Platz: Stafan Dziemianowicz, Martin H. Greenberg & Robert Weinberg, eds., HORRORS! 365 SCARY STORIES
Finalisten: Robert Bloch, ed, ROBERT BLOCH'S PSYCHOS
Richard Chizmar, ed, THE BEST OF CEMETERY DANCE
Ellen Datlow & Terri Windling, eds, THE YEAR'S BEST FANTASY AND HORROR: 11TH ANNUAL COLLECTION
Nominiert: Alan M. Clark & Elizabeth Engstrom, eds., IMAGINATION FULLY DILATED
Stephen Jones & David Sutton, eds., DARK TERRORS 4
Nancy Kilpatrick & Thomas S. Roche, eds., IN THE SHADOW OF THE GARGOYLE
J. O'Barr & Ed Kramer, eds., THE CROW: SHATTERED LIVES AND BROKEN DREAMS
Anonymous, ed., THE DARKEST THIRST
John Pelan, ed., DARKSIDE

SACHBUCH:

1. Platz: Paula Guran, ed., DARKECHO NEWSLETTER, Vol. 5 # 1–50

Finalisten: Clive Bloom, ed., GOTHIC HORROR: A READER'S GUIDE FROM POE TO KING AND BEYOND
Jeanne Cavelos, THE SCIENCE OF THE X-FILES
Richard Laymon, A WRITER'S TALE

Nominiert: Tim Lucas, ed., VIDEO WATCHDOG #'s 43–48
J. Gregory Melton, THE VAMPIRE GALLERY
S. T. Joshi & Michael Morrison, eds., NECOFILE: THE REVIEW OF HORROR FICTION
David Pringle, ed., ST. JAMES GUIDE TO HORROR, GHOST & GOTHIC WRITERS
Pete Tombs, MONDO MACABRE: WEIRD AND WONDERFUL CINEMA AROUND THE WORLD

COMIC/GRAPHIC NOVEL:

NICHT VERGEBEN

Finalisten: Sergio Aragones & Mark Evanier, SERGIO ARAGONES' DIA DE LAS MUERTOS
Garth Ennis, PREACHER
Gart Ennis, THE SON OF MAN (HELLBLAZER)
Len Wein, THE DREAMING: TRIAL AND ERROR

PUBLIKATION FÜR JUGENDLICHE:

1. Platz: Nancy ETCHEMENDY, BIGGER THAN DEATH

Finalisten: Mike Ford, EERIE INDIANA: THE DOLLHOUSE THAT TIME FORGOT
Nancy Holder, BUFFY THE VAMPIRE SLAYER: THE ANGEL CHRONICLES
Ellen Steiber, THE X-FILES: HUNGRY GHOSTS

DREHBUCH:

1. Platz: Bill Condon, GODS AND MONSTERS punktegleich mit **Alex Proyas, DARK CITY**

Finalisten: Nicholas Kazan, FALLEN
Darin Morgan, MILLENIUM: SOMEHOW, SATAN GOT BEHIND ME

ANDERE MEDIEN:

NICHT VERGEBEN

LIFETIME ACHIEVEMENT: **Roger Corman** und **Ramsey Campbell**

PRIX TOUR EIFFEL 1999

(1999 zum dritten Mal verliehener, nach dem Pariser Wahrzeichen benannter französischer SF-Preis, vergeben von Profis, Buchhändlern, Journalisten und Fans)

Ayerdhal & Jean-Claude Dunyach, ETOILES MOURANTES
Ehrenvolle Erwähnungen: Serge Lehman, AUCUNE ETIOLE AUSSI LOINTAINE
Roland C. Wagner, LE CHANT DU COSMOS
Maurice G. Dantec, BABYLON BABIES

1999 ESFS/EUROCON AWARDS

(alljährlich auf dem Eurocon verliehene Preise der EUROPEAN SCIENCE FICTION SOCIETY)

AUTOR: **James White** (Irland)
KÜNSTLER: **Zdislaw Beksinski** (Polen)
VERLAG: **ALBEDO I** (Irland) gemeinsam mit **WEITBRECHT** (Deutschland)
MAGAZIN: **DELOS** (Italien)

PHANTASTIK-PREIS DER STADT WETZLAR 1999

(alljährlich verliehen auf den WETZLAER TAGEN DER PHANTASTIK und mit DM 7000,- dotiert)

Alban Nikolai Herbst, THETIS. ANDERSWELT

1999 LOCUS AWARDS

(der amerikanischen SF-Fachzeitschrift LOCUS)

SF-ROMAN:

1. **Platz: Connie Willis, TO SAY NOTHING OF THE DOG**
2. Platz: Robert Charles Wilson, DARWINIA
3. Platz: Robert Silverberg, THE ALIEN YEARS
4. Platz: Bruce Sterling, DISTRACTION
5. Platz: John Varley, THE GOLDEN GLOBE
6. Platz: Gregory Benford, COSM
7. Platz: Mary Doria Russell, CHILDREN OF GOD

8. Platz: Octavia E. Butler, PARABLE OF THE TALENTS
9. Platz: Jack Vance, PORTS OF CALL
10. Platz: Poul Anderson, STARFARERS
11. Platz: Greg Bear, DINOSAUR SUMMER punktegeich mit
Sheri S. Tepper, SIX MOON DANCE
13. Platz: Nancy Kress, MAXIMUM LIGHT
14. Platz: Stephen Baxter, MOONSEED
15. Platz: Lois McMaster Bujold, KOMARR
16. Platz: Maureen F. McHugh, MISSION CHILD
17. Platz: Linda Nagata, VAST
18. Platz: Paul J. McAuley, CHILD OF THE RIVER
19. Platz: Alexander Jablokov, DEEPDRIVE
20. Platz: Jonathan Lethem, GIRL IN LANDSCAPE
21. Platz: Tad Williams, OTHERLAND: RIVER OF BLUE FIRE
22. Platz: John Barnes, EARTH MADE OF GLASS
23. Platz: Joan Slonszewski, THE CHILDREN STAR
24. Platz: Wil McCarthy, BLOOM
25. Platz: W. K. Jeter, NOIR
26. Platz: Jack McDevitt, MOONFALL
27. Platz: Susan R. Matthews, PRISONER OF CONSCIENCE
28. Platz: Ian McDonald, KIRINYA
29. Platz: Ken MacLeod, THE CASSINI DIVISION
30. Platz: Melissa Scott, THE SHAPES OF THEIR HEARTS

FANTASY-ROMAN:

1. Platz: George R. R. Martin, A CLASH OF KINGS
2. Platz: Neil Gaiman, STARDUST
3. Platz: Sean Stewart, MOCKINGBIRD
4. Platz: Orson Scott Card, HEARTFIRE
5. Platz: C. J. Cherryh, FORTRESS OF EAGLES
6. Platz: J. Gregory Keyes, NEWTON'S CANNON
7. Platz: Patricia A. McKillip, SONG FOR THE BASILISK
8. Platz: Charles de Lint, SOMEPLACE TO BE FLYING punktegleich mit
Guy Gavriel Kay, SAILING TO SARANTIUM
10. Platz: Elizabeth A. Lynn, DRAGON'S WINTER
11. Platz: Kate Elliott, PRINCE OF DOGS
12. Platz: Diana Wynne Jones, DARK LORD OF DARKHOLM
13. Platz: Jane Yolen, THE ONE-ARMED QUEEN
14. Platz: Jane Lindskold, CHANGER
15. Platz: Pamela Dean, JUNIPER, GENTIAN, AND ROSEMARY
16. Platz: Dave Duncan, THE GILDED CHAIN

17. Platz: Midori Snyder, THE INNAMORATI
18. Platz: Kara Dalkey, BHAGAVATI punktegleich mit Yves Meynard, THE BOOK OF KNIGHTS
20. Platz: J. K. Rowling, HARRY POTTER AND THE PHILOSOPHER'S STONE

DARK FANTASY/HORROR-ROMAN:

1. **Platz: Stephen King, BAG OF BONES**
2. Platz: Patricia Anthony, FLANDERS
3. Platz: Graham Joyce, THE TOOTH FAIRIE
4. Platz: Clive Barker, GALILEE
5. Platz: S. P. Somtow, DARKER ANGELS
6. Platz: Orson Scott Card, HOMEBODY
7. Platz: William Browning Spencer, IRRATIONAL FEARS
8. Platz: Tanith Lee, FACES UNDER WATER
9. Platz: Kim Newman, JUDGEMENT OF TEARS: ANNO DRACULA 1959
10. Platz: Thomas Tessier, FOGHEART
11. Platz: Robert Devereaux, SANTA STEPS OUT

DEBÜT-ROMAN:

1. **Platz: Nalo Hopkinson, BROWN GIRL IN THE RING**
2. Platz: Carolyn Ives Gilman, HALFWAY HUMAN
3. Platz: Kage Baker, IN THE GARDEN OF IDEN
4. Platz: J. K. Rowling, HARRY POTTER AND THE PHILOSOPHER'S STONE
5. Platz: Kristen Britain, GREEN RIDER
6. Platz: Caitlin R. Kiernan, SILK
7. Platz: Joanne Bertin, THE LAST DRAGONLORD
8. Platz: David Morse, THE IRON BRIDGE
9. Platz: Michael Marano, DAWN SONG
10. Platz: James Stoddad, THE HIGH HOUSE
11. Platz: Delia Marshall Turner, NAMELESS MAGERY
12. Platz: Ronald Wright, A SCIENTIFIC ROMANCE
13. Platz: Anne Bishop, DAUGHTER OF THE BLOOD
14. Platz: Nicholas van Pallandt, ANVIL
15. Platz: Jocelin Foxe, THE WILD HUNT: VENGEANCE MOON
16. Platz: Kate Forsyth, DRAGONCLAW (auch: THE WITCHES OF EILEANAN)

NOVELLE:

1. Platz: Greg Egan, OCEANIC
2. Platz: Ursula K. Le Guin, DRAGONFLY
3. Platz: George R. R. Martin, THE HEDGE KNIGHT
4. Platz: Avram Davidson & Grania Davis, THE BOSS IN THE WALL
5. Platz: Ian R. MacLeod, THE SUMMER ISLES
6. Platz: Catherine Asaro, AURORA IN FOUR VOICES
7. Platz: Terry Bisson, GET ME TO THE CHURCH ON TIME
8. Platz: Peter F. Hamilton, A SECOND CHANCE AT EDEN
9. Platz: R. Garcia y Robertson, A PRINCESS OF HELIUM
10. Platz: Ted Chiang, STORY OF YOUR LIFE punktegleich mit Robert Silverberg, THE COLONEL IN AUTUMN
12. Platz: Gardner Dozois & Michael Swanwick, ANCESTRAL VOICES
13. Platz: Sheila Finch, READING THE BONES
14. Platz: Robert Reed, MOTHER DEATH
15. Platz: Paul J. McAuley, SEA CHANGE, WITH MONSTERS
16. Platz: David Gerrold, JUMPING OFF THE PLANET
17. Platz: Kristine Kathryn Rusch, COOLHUNTING
18. Platz: Ian McDonald, THE DAYS OF SOLOMON GURSKY
19. Platz: Judith Moffett, THE BRADSHAW
20. Platz: Tony Daniel, GRIST
21. Platz: Robert Reed, THE CUCKOO'S BOYS

ERZÄHLUNG:

1. Platz: Greg Egan, THE PLANCK DIVE punktegleich mit **Bruce Sterling, TAKLAMAKAN**
3. Platz: Tanith Lee, ALL THE BIRDS OF HELL
4. Platz: Kristine Kathryn Rusch, ECHEA
5. Platz: James Patrick Kelly, LOVESTORY
6. Platz: Robert Silverberg, WAITING FOR THE END
7. Platz: Robert Charles Wilson, DIVIDED BY INFINITY
8. Platz: Nancy Kress, STEAMSHIP SOLDIER ON THE INFORMATION FRONT
9. Platz: Gregory Benford, A DANCE TO STRANGE MUSICS
10. Platz: R. Garcia y Robertson, STARFALL
11. Platz: Jane Yolen, LOST GIRLS
12. Platz: Geoffrey A. Landis, APPROACHING PERIMELASMA
13. Platz: Allen Steele, ZWARTE PIET'S TALE
14. Platz: Stephen Baxter, THE BARRIER
15. Platz: Michael F. Flynn, RULES OF ENGAGEMENT
16. Platz: Esther Friesner, BROWN DUST

17. Platz: G. David Nordley, A LIFE ON MARS
18. Platz: Walter Jon Williams, THE PICTURE BUSINESS
19. Platz: John Varley, THE FLYING DUTCHMAN
20. Platz: Mary Rusenblum, THE RAINMAKER
21. Platz: Mary Rosenblum, THE EYE OF GOD
22. Platz: Mark S. Geston, THE ALLIES
23. Platz: Paul J. McAuley, THE GARDENS OF SATURN
24. Platz: William Barton, DOWN IN THE DARK
25. Platz: Ian R. MacLeod, HOME TIME
26. Platz: David Marusek, GETTING TO KNOW YOU
27. Platz: Mark J. McGarry, THE MERCY GATE
28. Platz: Stephen Dedman, TRANSIT
29. Platz: Charles L. Harness, THE GUAC BUG punktegeich mit Ellen Klages, TIME GYPSY

KURZGESCHICHTE:

1. Platz: Bruce Sterling, MANEKI NEKO
2. Platz: Michael Swanwick, RADIANT DOORS
3. Platz: Howard Waldrop, MR. GOBBER'S SHOW
4. Platz: Stephen Baxter, MOON-CALF
5. Platz: Stehen Baxter, DANTE DREAMS
6. Platz: Michael Swanwick, WILD MINDS
7. Platz: John Kessell, EVERY ANGEL IS TERRIFYING
8. Platz: Terry Bisson, FIRST FIRE
9. Platz: Robert Reed, WHIPTAIL
10. Platz: Paul J. McAuley, 17
11. Platz: Michael Swanwick, THE VERY PULSE OF THE MACHINE
12. Platz: Norman Spinrad, THE YEAR OF THE MOUSE
13. Platz: Howard Waldrop, US
14. Platz: Raphael Carter, CONGENITAL AGENESIS OF GENDER IDEATION BY K. N. SIRSI AND SANDRA BOTKIN
15. Platz: Michael Swanwick, MICROCOSMIC DOG
16. Platz: Robert Reed, SAVIOR
17. Platz: Janet Kagan, THE STUBBORNEST BROAD ON EARTH
18. Platz: Arthur C. Clarke & Stephen Baxter, THE WIRE CONTINUUM
19. Platz: Tony Daniel, RADIO PRAHA punktegleich mit David Langford, OUT OF SPACE, OUT OF TIME
21. Platz: Severna Park, TIGER, TIGER
22. Platz: Hal Clement, OPTIONS punktegleich mit Gene Wolf, WRAPPER
24. Platz: Kathy Oltion, WHILE YOU WAIT

ANTHOLOGIE:

1. **Platz: Robert Silverberg, ed., LEGENDS**
2. Platz: Gardner Dozois, ed., THE YEAR'S BEST SCIENCE FICTION: FIFTEENTH ANNUAL COLLECTION
3. Platz: Patrick Nilesen Hayden, ed., STARLIGHT 2
4. Platz: David G. Hartwell, ed., YEAR'S BEST SF 3
5. Platz: Ellen Datlow & Terri Windling, eds., THE YEAR'S BEST FANTASY AND HORROR: ELEVENTH ANNUAL COLLECTION
6. Platz: Gardner Dozois, ed., THE GOOD OLD STUFF
7. Platz: Nicola Griffith & Stephen Page, eds., BENDING THE LANDSCAPE: SCIENCE FICTION
8. Platz: Martin H. Greenberg, ed., LORD OF THE FANTASTIC: STORIES IN HONOR OF ROGER ZELAZNY
9. Platz: Jack Dann, ed., NEBULA AWARDS 32
10. Platz: Brian Cholfin, ed., THE BEST OF CRANK!
11. Platz: Rober Silverberg, ed., THE FANTASY HALL OF FAME
12. Platz: Alice K. Turner, ed., THE PLAYBOY BOOK OF SCIENCE FICTION
13. Platz: Jack Dann & Gardner Dozois, eds., NANOTECH
14. Platz: James Gunn, ed., THE ROAD TO SCIENCE FICTION VOLUME 5: THE BRITISH WAY
15. Platz: Ellen Datlow & Terri Windling, eds., SIRENS AND OTHER DEMON LOVERS
16. Platz: Jack Dann & Janeen Webb, eds., DREAMING DOWN-UNDER
17. Platz: Stephen Jones, ed., THE MAMMOTH BOOK OF BEST NEW HORROR, VOLUME NINE
18. Platz: Stephen Jones & David Sutton, eds., DARK TERRORS 4
19. Platz: James Gunn, ed., THE ROAD TO SCIENCE FICTION VOLUME 6: AROUND THE WORLD
20. Platz: Robert J. Sawyer & Carolyn Clink, eds., TESSERACTS 6

COLLECTION:

1. **Platz: Grania Davis & Robert Silverberg, eds., THE AVRAM DAVIDSON TREASURY**
2. Platz: Neil Gaiman, SMOKE AND MIRRORS
3. Platz: Mike Resnick, KIRINYAGA
4. Platz: Greg Egan, LUMINOUS
5. Platz: Nancy Kress, BEAKER'S DOZEN
6. Platz: Murray Leinster, FIRST CONTACTS: THE ESSENTIAL MURRAY LEINSTER
7. Platz: Elizabeth Hand, LAST SUMMER AT MARS HILL

8. Platz: Paul Williams, ed., THE PERFECT HOST: THE COMPLETE SHORT STORIES OF THEODORE STURGEON
9. Platz: Charles L. Harness, AN ORNAMENT TO HIS PROFESSION
10. Platz: Stephen Baxter, TRACES
11. Platz: Bradley Denton, ONE DAY CLOSER TO DEATH
12. Platz: Karen Joy Fowler, BLACK GLASS
13. Platz: Jack Cady, THE NIGHT WE BURIED ROAD DOG
14. Platz: Paul J. McAuley, THE INVISIBLE COUNTRY
15. Platz: Peter F. Hamliton, A SECOND CHANCE AT EDEN
16. Platz: Jorge Luis Borges, COLLECTED FICTIONS
17. Platz: R. Garciy y Robertson, THE MOON MAID
18. Platz: Paul Di Filippo, LOST PAGES
19. Platz: Poppy Z. Brite, ARE YOU LOATHSOME TONIGHT?
20. Platz: Walter Jon Williams, FRANKENSTEINS AND FOREIGN DEVILS
21. Platz: Kathe Koja, EXTREMITIES
22. Platz: John Shirley, BLACK BUTTERFLIES

SACHBUCH:

1. **Platz: Thomas M. Disch, THE DREAMS OUR STUFF IS MADE OF: HOW SCIENCE FICTION CONQUERED THE WORLD**
2. Platz: Everett E. Bleiler, SCIENCE FICTION: THE GERNSBACK YEARS
3. Platz: Howard DeVore, THE HUGO, NEBULA & WORLD FANTASY AWARDS
4. Platz: Peter Cannon, ed., LOVECRAFT REMEMBERED
5. Platz: Richard A. Hauptann, THE WORK OF JACK WILLIAMSON: AN ANNOTATED BIBLIOGRAPHY
6. Platz: David Pringle, ed., THE ULTIMATE ENCYCLOPEDIA OF FANTASY: THE DEFINITIVE ILLUSTRATED GUIDE
7. Platz: David Pringle, ed., ST. JAMES GUIDE TO HORROR, GHOST, AND GOTHIC WRITERS punktegleich mit
   Edo van Belkom, NORTHERN DREAMERS: INTERVIEWS WITH FAMOUS SCIENCE FICTION, FANTASY, AND HORROR WRITERS
9. Platz: Darrell Schweitzer, WINDOWS OF THE IMAGINATION
10. Platz: Carolyn Sigler, ed., ALTERNATIVE ALICES

KUNSTBUCH:

1. **Platz: Arnie & Cathy Fenner, eds., SPECTRUM 5: THE BEST IN CONTEMPORARY FANTASTIC ART**
2. Platz: Frank Frazetta, ICON: A RETROSPECTIVE BY THE GRAND MASTER OF FANTASTIC ART, FRANK FRAZETTA

3. Platz: Frank M. Robinson & Lawrence Davidson, PULP CULTURE: THE ART OF FICTION MAGAZINES
4. Platz: Neil Gaiman & Charles Vess, STARDUST
5. Platz: Wayne Barlowe, BARLOWE'S INFERNO
6. Platz: Brian Froud, GOOD FAIRIES/BAD FAIRIES
7. Platz: Dave McKean, DUSTCOVERS: THE COLLECTED SANDMAN COVERS
8. Platz: Leo & Diane Dillon, TO EVERYTHING THERE IS A SEASON
9. Platz: H. R. Giger, H. R. GIGER'S RETROSPECTIVE 1964–1984
10. Platz: Alan M. Clark, IMAGINATION FULLY DILATED

KÜNSTLER:

1. Platz: Michael Whelan
2. Platz: Bob Eggleton
3. Platz: Wayne Barlowe
4. Platz: Thomas Canty
5. Platz: Jim Burns
6. Platz: Dave McKean
7. Platz: Don Maitz
8. Platz: Leo & Diane Dillon
9. Platz: Alan M. Clark
10. Platz: Frank Frazetta
11. Platz: Charles Vess
12. Platz: David A. Cherry
13. Platz: Vincent Di Fate
14. Platz: Brian Froud

HERAUSGEBER:

1. Platz: Gardner Dozois
2. Platz: David G. Hartwell
3. Platz: Gordon Van Gelder
4. Platz: Ellen Datlow
5. Platz: Stanley Schmidt
6. Platz: Patrick Nielsen Hayden
7. Platz: Robert Silverberg
8. Platz: Scott Edelman
9. Platz: David Pringle
10. Platz: Terri Windling
11. Platz: Martin H. Greenberg
12. Platz: Shawna McCarthy

MAGAZIN:
1. Platz: ASIMOV'S
2. Platz: FANTASY & SF
3. Platz: ANALOG
4. Platz: SF AGE
5. Platz: INTERZONE
6. Platz: REALMS OF FANTASY
7. Platz: THE NEW YORK REVIEW OF SF
8. Platz: SCIENCE FICTION CHRONICLE

VERLAG:
1. Platz: Tor
2. Platz: Bantam Spectra
3. Platz: Avon Eos
4. Platz: DAW
5. Platz: HarperPrism
6. Platz: Del Rey
7. Platz: Baen
8. Platz: Ace
9. Platz: St. Martin's
10. Platz: NESFA Press
11. Platz: Roc
12. Platz: Warner Aspect
13. Platz: White Wolf
14. Platz: SFBC

BESTE AUTOREN ALLER ZEITEN
(ermittelt von LOCUS August 1999)

BESTER SF-AUTOR:
1. **Robert A. Heinlein**
2. Isaac Asimov
3. Arthur C. Clarke
4. Philip K. Dick
5. Ursula K. Le Guin
6. Robert Silverberg
7. C. J. Cherryh
8. H. G. Wells
9. Frank Herbert
10. Poul Anderson
11. Jack Vance

12. Gene Wolfe
13. Larry Niven
14. Theodore Sturgeon
15. Roger Zelazny
16. Ray Bradbury
17. Harlan Ellison
18. Clifford D. Simak
19. Alfred Bester
20. Frederik Pohl punktegleich mit
    Dan Simmons
22. David Brin
23. Lois McMaster Bujold
24. Anne McCaffrey punktegleich mit
    Connie Willis
26. Orson Scott Card
27. Cordwainer Smith
28. Samuel R. Delany
29. Olaf Stapledon
30. Kim Stanley Robinson
31. Andre Norton
32. John Varley
33. Greg Bear
34. Gregory Benford
35. James Tiptree jr.
36. William Gibson
37. H. Beam Piper
38. Octavia E. Butler punktegleich mit
    Philip Jose Farmer
40. Jules Verne
41. Fritz Leiber
42. Bruce Sterling
43. Greg Egan punktegleich mit
    Joe Haldeman
45. Marion Zimmer Bradley

BESTER FANTASY-AUTOR:

1. **J. R. R. Tolkien**
2. Ursula K. Le Guin
3. Fritz Leiber
4. C. S. Lewis
5. Roger Zelazny
6. Ray Bradbury

7. Patricia A. McKillip
8. Andre Norton
9. Charles de Lint
10. Harlan Ellison
11. H. P. Lovecraft
12. Stephen King
13. Guy Gavriel Kay
14. Jack Vance
15. Michael Moorcock
16. Mervyn Peake punktegleich mit
    Terry Pratchett
18. Marion Zimmer Bradley
19. Lord Dunsany
20. Stephen R. Donaldson
21. C. J. Cherryh punktegleich mit
    George R. R. Martin
23. David Eddings
24. John Crowley
25. Robert Jordan
26. Peter S. Beagle
27. Avram Davidson
28. Tim Powers
29. Robert E. Howard
30. Mercedes Lackey
31. Gene Wolfe
32. L. Frank Baum
33. Orson Scott Card punktegleich mit
    Anne McCaffrey
35. Neil Gaiman
36. Lewis Carroll
37. Terry Brooks punktegleich mit
    Edgar Rice Burroughs
39. Barbara Hambly punktegleich mit
    Tanith Lee
41. Tad Williams
42. L. Sprague de Campp
43. Diana Wynne Jones
44. Jorge Luis Borges
45. Jane Yolen
46. Clark Ashton Smith

BESTER SF/FANTASY-AUTOR DER 90ER JAHRE:

1. **Connie Willis**
2. Kim Stanley Robinson
3. Lois McMaster Bujold
4. Greg Egan
5. Dan Simmons
6. Stephen Baxter
7. C. J. Cherryh
8. Bruce Sterling
9. David Brin
10. Greg Bear
11. Orson Scott Card
12. Nancy Kress
13. Gregory Benford
14. Terry Pratchett
15. Neil Gaiman
16. Charles de Lint punktegleich mit Michael Swanwick
18. Neal Stepehnson
19. George R. R. Martin
20. Iain M. Banks
21. Tim Powers
22. Robert Silverberg punktegleich mit Harry Turtledove
24. Guy Gavriel Kay
25. David Weber
26. John Barnes
27. Gene Wolfe
28. Paul J. McAuley punktegleich mit Sheri S. Tepper
30. Peter F. Hamilton punktegleich mit Robert Jordan
32. Mercedes Lackey
33. Ursula K. Le Guin
34. Sean Steart
35. Mary Doria Russell
36. Robert J. Sawyer
37. Vernor Vinge
38. Tad Williams
39. Jonathan Lethem
40. Patricia A. McKillip
41. Ian McDonald

42. William Gibson punktegeich mit
    Elizabeth Hand und
    Anne McCaffrey
45. Stephen King
46. Octavia E. Butler punktegleich mit
    Allen Steele und
    Walter Jon Williams
49. Terry Goodkind
50. Robin Hobb
51. Jack McDevitt punktegleich mit
    James Morrow

1999 JOHN W. CAMPBELL MEMORIAL AWARD

(für den besten SF-Roman des Vorjahrs, 1973 gestartet und ermittelt von einer Jurorengruppe unter dem Vorsitz von James Gunn)

1. Platz: George Zebrowski, BRUTE ORBITS
2. Platz: Poul Anderson, STARFARERS
3. Platz: Bruce Sterling, DISTRACTION

1999 THEODORE STURGEON MEMORIAL AWARD

(für die beste SF-Kurzgeschichte des Vorjahrs, etabliert 1987 von Sturgeons Erben und James Gunn, dessen Vorauswahl durch eine Gruppe von Rezensenten, Herausgebern und Kolumnisten erfolgt und von einer Jury unter dem Vorsitz von James Gunn ermittelt wird)

1. Platz: Ted Chiang, STORY OF YOUR LIFE
2. Platz: Michael Kandel, WADING RIVER DOGS AND MORE
3. Platz: Ian R. MacLeod, THE SUMMER ISLES
Finalisten: Tony Daniel, RADIO PRAHA
Cory Doctorow, CRAPHOUND
James Patrick Kelly, LOVESTORY
Uncle River, LOVE OF THE TRUE GOD
Kristine Kathryn Rusch, ECHEA
Bruce Sterling, MANEKI NEKO
Michael Swanwick, WILD MINDS

1998 MYTHOPOEIC FANTASY AWARDS

(verliehen von der MYTHOPOEIC FANTASY SOCIETY für Werke in der Tradition der Inklings)

FANTASY FÜR ERWACHSENE:
Preisträger: Neil Gaiman & Charles Vess, STARDUST
Nominiert: Charles de Lint, SOMEPLACE TO BE FLYING
R. E. Klein, THE HISTORY OF OUR WORLD BEYOND THE WAVE
Patricia A. McKillip, SONG FOR THE BASILISK
James Stoddard, THE HIGH HOUSE

FANTASY-JUGENDBUCH:
Preisträger: Diana Wynne Jones, DARK LORD OF DERKHOLM
Nominiert: Kara Dalkey, HEAVENWARD PATH
Gail Carson Levine, ELLA ENCHANTED
Gerald Morris, THE SQUIRE'S TALE
J. K. Rowling, HARRY POTTER AND THE PHILOSOPHER'S STONE

SCHOLARSHIP AWARD FÜR MYTHEN- UND FANTASY-STUDIEN:
Preisträger: Donna R. White, A CENTURY OF WELSH MYTH IN CHILDREN'S LITERATURE
Nominiert: Susan Cooper, DREAMS AND WISHES: ESSAYS ON WRITING FOR CHILDREN
Michael Riley, OZ AND BEYOND: THE FANTASY WORLD OF L. FRANK BAUM
Marian Warner, NO GO THE BOGEYMAN: SCARING, LULLING, AND MAKING MOCK

SCHOLARSHIP AWARD FÜR INKLINGS-STUDIEN:
Preisträger: Walter Hooper, C. S. LEWIS: A COMPANION AND GUIDE
Nominiert: Lionel Adey, C. S. LEWIS: WRITER, DREAMER & MENTOR
Roland Hein, CHRISTIAN MYTHMAKERS
J. R. R. Tolkien, ROVERANDUM

1999 GEORGE TURNER PRIZE

(mit 10 000,- A$ dotierter Preis, gesponsert von Random House Australia, ermittelt von einer Jury und vergeben im Gedenken des 1998 verstorbenen Autors für den besten noch unveröffentlichten australischen SF- oder Fantasyroman)

Preisträger: Maxine McArthur, THE CENTRE FAR
Finalisten: Wendy A. J. Adams-Hodges, THE CITY OF DREAMS
Adam Browne & Sam Sejavka, AUTOPSY TURVY
Hal Colebatch, MILLENIUM TROOPERS
Narelle Harris, WITCH FAITH
Dave Luckett, SUBVERSIVE ACTIVITY
Christopher McDonough, WHEN THE ANGELS FALL
Joel Shepard, FULL CIRCLE
Andres Vaccari, PREY

1998 BOOK OF THE YEAR

(vergeben von den Mitgliedern des SCIENCE FICTION BOOK CLUB)

Anne McCaffrey, THE MASTERHARPER OF PERN

1999 WORLD HORROR CONVENTION SHORT STORY CONTEST

Yvonne Navarro, HEALER

1999 SAM MOSOWITZ AWARD

(für Verdienste im Fandom)

David A. Kyle

1999 RAYMOND Z. GALLUN AWARD

(für herausragende schriftstellerische Leistungen)

Carol Emshwiller

PREMIO ITALIA 1999

(verliehen auf dem Italcon)

ROMAN: **Franco Ricciardiello, AI MARGINI DEL CAOS**
AUSLÄNDISCHER ROMAN: **Gene Wolfe, URTH DEL NUOVO SOLE**
KURZGESCHICHTE: **Franco Clun, VIENE PER TE**
LANGES ESSAY: **Gianfranco De Turris, ORRORI DI FINE MILLENIO**
KURZES ESSAY: **Gianfranco De Turris, FORTUNE E SFORTUNE EDITORIALI DI LOVECRAFT IN ITALIA**
BUCHREIHE: **FANTACOLLANA** (EDRICE NORD)
MAGAZIN: **COSMO SF** (EDRICE NORD)
KÜNSTLER: **Luca Michelucci**
HERAUSGEBER: **Gianfranco De Turris**
ÜBERSETZER: **Gianluigi Zuddas**
COMIC: **MARTIN MYSTERE** von Alfredo Castelli

1999 GOLDEN DUCK AWARDS

(vergeben von der GOLDEN DUCK FOUNDATION auf dem DuckCon für besondere Leistungen auf dem Kinder- und Jugendbuchbereich und dotiert mit $ 200,–)

KINDERBUCH:
Kevin J. Anderson & Rebecca Moesta, THE YOUNG JEDI KNIGHTS (Serie)

HAL CLEMENT AWARD / JUGENDBUCH
Larry Segriff, ALIEN DREAMS

ILLUSTRATOR:
Emma Chickster (für Laura Cecil, NOAH AND THE SPACE ARK)

1999 PROMETHEUS AWARD

(verliehen von der LIBERTARIAN FUTURIST SOCIETY für einen neuen Roman, in dem liberales Ideengut verbreitet wird)

John Varley, THE GOLDEN GLOBE
Finalisten: Ben Bova, MOONWAR
Michael Flynn, ROGUE STAR

Don L. Tiggre, YK2: THE MILLENIUM BUG
F. Paul Wilson & Matthew Costello, MASQUE

1999 PROMETHEUS HALL OF FAME AWARD

(verliehen von der LIBERTARIAN FUTURIST SOCIETY für einen klassischen SF-Roman, in dem die Prinzipien des Liberalismus einen hohen Stellenwert besitzen)

H. Beam Piper & John McGuire, A PLANET FOR TEXANS/LONE STAR PLANET

Finalisten: Hans Christian Andersen, THE EMPEROR'S NEW CLOTHES
Poul Anderson, ORION SHALL RISE
Anthony Burgess, A CLOCKWORK ORANGE
Barry Longyear, CIRCUS WORLD

1999 HUGO AWARDS

(die Preise der amerikanischen SF-Fans, alljährlich auf dem World-Con - diesmal in Melbourne, Australien - vergeben)

ROMAN:
1. Platz: Connie Willis, TO SAY NOTHING OF THE DOG
2. Platz: Mary Doria Russell, CHILDREN OF GOD
3. Platz: Robert Charles Wilson, DARWINIA
4. Platz: Bruce Sterling, DISTRACTION
5. Platz: Robert Sawyer, FACTORING HUMANITY

NOVELLE:
1. Platz: Greg Egan OCEANIC
2. Platz: Catherine Asaro, AURORA IN FOUR VOICES
3. Platz: Ted Chiang, THE STORY OF YOUR LIFE
4. Platz: Terry Bisson, GET ME TO THE CHURCH ON TIME
5. Platz: Ian R. MacLeod, THE SUMMER ISLES

ERZÄHLUNG:
1. Platz: Bruce Sterling, TAKLAMAKAN
2. Platz, Kristine Kathryn Rusch, ECHEA
3. Platz: Allen Steele, ZWARTE PIET'S TALE
4. Platz: Nancy Kress, STEAMSHIP SOLDIER ON THE INFORMATION FRONT

4. Platz: Greg Egan, THE PLANCK DIVE
6. Platz: Ellen Klages, TIME GYPSY
7. Platz: Robert Charles Wilson, DIVIDED BY INFINITY

KURZGESCHICHTE:
1. Platz: Michael Swanwick, THE VERY PULSE OF THE MACHINE
2. Platz: Bruce Sterling, MENEKI NEKO
3. Platz: Michael Swanwick, RADIANT DOORS
4. Platz: Michael Swanwick, WILD MINDS
5. Platz: Michael Burstein, COSMIC CORKSCREW
6. Platz: Robert Reed, WHIPTAIL

SACHBUCH:
1. Platz: Thomas M. Disch, THE DREAMS OUR STUFF IS MADE OF
2. Platz: Richard A. Hauptmann, THE WORK OF JACK WILLIAMSON: AN ANNOTATED BIBLIOGRAPHY AND GUIDE
3. Platz: Everett E. Bleiler, SCIENCE FICTION: THE GERNSBACK YEARS
4. Platz: Howard DeVore, THE HUGO, NEBULA AND WORLD FANTASY AWARDS
5. Platz: Cathy & Arnie Fenner, eds., SPECTRUM 5

TV & KINO:
1. Platz: THE TRUMAN SHOW
2. Platz: DARK CITY
3. Platz: PLEASANTVILLE
4. Platz: BABYLON 5 - SLEEPING IN LIGHT
5. Platz: STAR TREK: RESURRECTION

HERAUSGEBER/PROFESSIONELL:
1. Platz: Gardner Dozois
2. Platz: Patrick Nielsen Hayden
3. Platz: David G. Hartwell
4. Platz. Stanley Schmidt
5. Platz: Gordon Van Gelder
6. Platz: Scott Edelman

PROFI-KÜNSTLER:
1. Platz: Bob Eggleton
2. Platz: Jim Burns
3. Platz. Michael Whelan

4. Platz: Don Maitz
5. Platz: Nick Stathopoulos
6. Platz: Donato Giancola

SEMIPROFESSIONELLES MAGAZIN:
1. Platz: LOCUS
2. Platz: INTERZONE
3. Platz: THE NEW YORK REVIEW OF SCIENCE FICTION
4. Platz: SCIENCE FICTION CHRONICLE
5. Platz: SPECULATIONS

1999 JOHN W. CAMPBELL AWARD

(für den besten Nachwuchsautor der vergangenen zwei Jahre, also 1997/98)

1. Platz: Nalo Hopkinson
2. Platz: Kage Baker
3. Platz: Julie E. Czerneda
4. Platz: Susan R. Matthews
5. Platz: James Van Pelt

1999 SIDEWISE AWARDS

(vergeben für den besten Alternativwelt-Roman und die beste Alternativwelt-Geschichte des Vorjahrs)

ROMAN: **Stephen Fry, MAKING HISTORY**
Finalisten: Greg Bear, DINOSAUR SUMMER
Pamela Sargent, CLIMB THE WIND

KURZGESCHCHTE: **Ian R. MacLeod, THE SUMMER ISLES**
Finalisten: Stephen Baxter & Arthur C. Clarke, THE WIRE CONTINUUM
Robert Silverberg, WAITING FOR THE END
Howard Waldrop, US

1999 SCIENCE FICTION WEEKLY READER'S POLL

(gewählt von den Lesern des Online-Magazins SCIENCE FICTION WEEKLY auf Grundlage der HUGO-Nominierungen)

ROMAN: **Mary Doria Russell, CHILDREN OF GOD**
NOVELLE: **Greg Egan, OCEANIC**
ERZÄHLUNG: **Ellen Klages, TIME GYPSY**
KURZGESCHICHTE: **Bruce Sterling, MANEKI NEKO**
SACHBUCH: **Thomas M. Disch, THE DREAMS OUR STUFF IS MADE OF**
TV/KINO: **BABYLON 5 – SLEEPING IN LIGHT**

1999 DITMAR AWARDS

(die AUSTRALIAN SCIENCE FICTION ACHIEVEMENT AWARDS, die nationalen australischen SF-Preise)

LANGTEXT: **Sean Williams, THE RESURRECTED MAN**
Nominiert: Dara Douglas, PILGRIM
Kerry Greenwood, FERAL
Sean McMullen, THE CENTURION'S EMPIRE
Caiseal Mór, THE TILECUTTER'S PENNY
KURZTEXT: **David Lake, THE TRUTH ABOUT WEENA**
Nominiert: Paul Brandon, THE MARSH RUNNERS
Sara Douglas, THE EVIL WITHIN
Andrew Enstice, DREAM UNTIL GOD BURNS
Sean McMullen, QUEEN OF SOULMATES
Jane Routley, TO AVALON
MAGAZIN/ANTHOLOGIE: **Jack Dann & Janeen Webb, eds., DREAMING DOWN-UNDER**
Nominiert: ALTAIR, hrsg. von Robert N. Stephenson
AUREALIS: THE AUSTRALIAN MAGAZINE OF FANTASY AND SCIENCE FICTION, hrsg. von Dirk Strasser & Jeremy G. Byrne
Paul Collins, ed., FANTASTIC WORLDS
Paul Collins, ed., THE MUP ENCYCLOPEDIA OF AUSTRALIAN SCIENCE FICTION & FANTASY
FANZINE: **THE METAPHYSICAL REVIEW**
Nominiert: THE CAPTAIN'S LOG
ETHEL THE AARDVARK
INTERSTELLAR RAMJET SCOOP
OUT OF THE KAJE
THYME
KÜNSTLER: **Nick Stathopoulos**
Nominiert: Emma Barber
Merc McBride

Marilyn Pride
Shaun Tan

WILLIAM ATHELING AWARD: **Paul Collins, THE MELBOURNE UNIVERSITY PRESS ENCYCLOPEDIA OF AUSTRALIAN SCIENCE FICTION**

Nominiert: Damien Broderick
Steven Paulsen
Jonathan Strahan
Janeen Webb & Andrew Enstice
Sean Williams & Simon Brown

1999 A. BERTRAM CHANDLER AWARD

(verliehen von der AUSTRALIAN SCIENCE FICTION FOUNDATION für besondere Leistungen für die heimische SF)

Graham Stone

1999 E. EVERETT EVANS BIG HEART AWARD

(von Forrest J. Ackerman verliehen für besondere Leistungen im SF-Bereich)

Peter Hassall & Chris Collier

1999 SEIUN AWARDS

(die nationalen SF-Preise Japans, vergleichbar mit den HUGOS)

AUSLÄNDISCHER ROMAN: **Stephen Baxter, TIMESHIPS** gemeinsam mit
Kim Stanley Robinson, RED MARS

AUSLÄNDISCHE KURZGESCHICHTE: **Dan Simmons, THIS YEAR'S CLASS PICTURE**

1999 ORIGINAL VOICES AWARDS

(vergeben von BORDERS BOOKS AND MUSIC für innovative und anspruchsvolle Bücher)

ROMAN: **Jose Sagamago, BLINDNESS**

SACHBUCH: **Tony Horwitz, CONFEDERATES IN THE ATTIC**
EHRENPREIS: **J. K. Rowling, HARRY POTTER AND THE SORCERER'S STONE**

1999 BRITISH FANTASY AWARDS

(der BRITISH FANTASY SOCIETY, alljährlich auf dem Fantasycon verliehen)

ROMAN (d.i. AUGUST DERLETH AWARD): **Stephen King, BAG OF BONES**
Nominiert: Stephen Laws, CHASM
Robert Holdstock, GATE OF IVORY
Jonathan Carroll, KISSING THE BEEHIVE
Michael Marshall Smith, ONE OF US
Charles de Lint, SOMEPLACE TO BE FLYING
Graham Joyce, THE STORMWATCHER
Simon Clark, VAMPHYRRHIC
ERZÄHLUNG: **Stephen Laws, THE SONG MY SISTER SANG**
Nominiert: Charles de Lint, CHINA DOLL
Tanith Lee, JEDELLA GHOST
Jason Gould, KISS ME WITH YOUR JACKAL LIPS
Graham Masterton, LOLICIA
Ramsey Campbell, NEVER TO BE HEARD
Mike Chinn, SONG OF THE DAWN
Nicholas Royle, THE BLUE POSTS
ANTHOLOGIE: **Stephen Jones & David Sutton, eds., DARK TERRORS 4**
Nominiert: Robert Silverberg & Grania Davis, eds., THE AVRAM DAVIDSON TREASURY
Stephen Jones, ed., BEST NEW HORROR 9
Richard Ford, ed., THE GRANTA BOOK OF THE AMERICAN LONG STORY
Robert Silverberg, ed., LEGENDS

SFINKS-PREISE 1999

(verliehen von der polnischen SF/Fantasy-Großbuchhandlung »Verbum II« und ermittelt anhand verschickter Fragebögen)

BUCH DES JAHRES
Michail A. Bulgakov *Mastier i Margarita* (Der Meister und Margarita) – Neuausgabe

POLNISCHER ROMAN
Rafal A. Ziemkiewicz *Walc stulecia* (Der Jahrhundertwalzer)

AUSLÄNDISCHER ROMAN
Walter Jon Williams *Metropolitan*

POLNISCHE ERZÄHLUNG
Jacek Dukaj *Serce Mroku* (Das Herz der Dunkelheit)

AUSLÄNDISCHE ERZÄHLUNG
Peter S. Beagle *The Magician of Karakosk*

DAS BESTE SF-MAGAZIN
›Nowa Fantastyka‹

FILM
nicht vergeben

Science Fiction Interactive
Computerspiele – Neuheiten 1998/99

von Gerd Frey

Die ersten Schritte zum Cyberspace
Das Action-Adventure

Zu den Anfangszeiten kommerziell vermarkteter Computerspiele konnte man die meisten Games noch problemlos festen Genres zuordnen. Es gab Adventure, in denen man in zumeist handgezeichneten Locations geheimnisvolle Rätsel erkunden mußte und danach mit witzigen Schnittszenen oder Dialogen belohnt wurde, es gab Actiongames, wo es auf einen schnellen Finger am Abzug ankam, oder es gab Strategiegames, in denen man seine Einheiten über digitale Topographie steuern mußte.

Eine relativ neue Spielegattung, welche eigentlich eine Fusion aus anderen Spielegenres darstellt, ist das Action-Adventure. Besonders die weibliche Heldin des Indiana Jones-inspirierten *Tomb Raider* dürfte inzwischen sogar den meisten Nicht-Gamern ein Begriff sein.

Intelligent designte Action-Adventure ermöglichen es dem Nutzer von einem passiven Medienverhalten in ein aktives überzuwechseln. Nichtlineare Computerspiele, welche den Handlungsablauf in keinen Rahmen pressen, bieten dem Spieler maximale Handlungsfreiheit *(X-Beyond the Frontier)*. Computerspiele, oft in die Ecke seelenloser Headcleener gestellt, können hier zeigen, wieviel Kreativität und Komplexität in ihnen steckt.

Was macht nun die Besonderheit von Action-Adventures aus und mit welchen Mitteln versuchen die Hersteller die Gunst des Käufers zu gewinnen.

Aktuelle Action-Adventure (z. B. System Shock 2, Shadow Man) greifen immer mehr auf cinematografische Mechanismen zurück. So finden sich in ihnen solch charismatische Spielfiguren wie Cutter Slade *(Outcast)* oder Lara Croft *(Tomb Raider)* wieder, mit welchen sich der Spieler problemlos identifizieren kann. Die Spielehersteller gehen sogar noch einen Schritt weiter und spendieren ihren digitalen Protagonisten solch populäre Synchronstimmen wie die von Bruce Willis oder Whoopie Goldberg. Ein einigermaßen gewitzter Texter schreibt dann passende Dialoge, welche inzwischen oft pointierter als in vergleichbaren Kinofilmen daherkommen.

Natürlich darf auch eine trendgemäße Hintergrundgeschichte nicht fehlen. Da Mystery schon seit längerer Zeit für sicheren Umsatz sorgt, greifen auch Action-Adventure bevorzugt auf diesen Stoff zurück (*Shadow Man* = Voodoo, *Soul Reaver* = Vampire).

Gewalt ist schon immer eine vieldiskutiertes Thema unter Befürwortern und Gegnern von Computerspielen. Indizierte Spiele aus dem Hause *id* (Qxxxe, Dxxm) sind für ihre technisch perfekt umgesetzten Games bekannt, in denen jedoch explizite Gewalt zum Lösen fast jeder Spielaufgabe nötig ist. Das Gewaltlevel ist sehr hoch und existiert oft allein zum Selbstzweck.

Auch in Action-Adventures gibt es Schießereien oder andere gewalttätige Auseinandersetzungen. Diese sind jedoch in eine plausible Hintergrundgeschichte (z. B. *Half Life*) eingebunden, in welcher sich der Spieler seiner Haut erwehren muß. Die eigentlichen Spielaufgaben müssen durch Hirnschmalz und nicht durch die Benutzung einer Waffe gelöst werden. Läuft der Spieler dennoch in Rambo-Manier durch die virtuellen Spielwelten, hat dies oft ein *Game Over* zur Folge, da für die Handlung wichtige Figuren getötet wurden.

Wichtig für ein gutes Action-Adventure sind Rätsel, deren Lösung merkbaren Einfluß auf den Verlauf der Geschichte nehmen. Schiebe- oder Knobel-Rätsel, welche allenfalls dazu beitragen, verschlossene Türen zu öffnen, sind nicht mehr zeitgemäß.

Ein weiteres Stilmittel, welches die Macher von Action-Adventures von Filmproduzenten abgeschaut haben, ist der choreographische Einsatz von Musik. Situationsbedingt wird diese bei Gefahr hektischer und bedrohlicher, oder entfaltet sich während besinnlicher Szenen in zarten Soundteppichen. So benutzten die Entwickler von Outcast eine klassische Soundkulisse (Moskauer Sinfonieorchester) um entsprechende Stimmungen zu erzeugen.

Inzwischen hat sich auch der Blickwinkel aus welchem der Spieler das Geschehen steuert, verändert. Funktionierten früher die meisten 3-D-Games aus der Ich-Perspektive, nutzen heutige Programmierer verstärkt die Third-Person-Perspektive. Hierbei schwebt der Blick des Betrachters wie eine Art imaginäre Kamera hinter dem Spielcharakter und paßt sich vom Blickwinkel, dem Neigungswinkel und der Entfernung dessen Bewegungen an. In einigen der neuesten Programme kann der Gamer sogar zwischen diesen Ansichten wechseln *(Kings Quest 8, Outcast, Shadow Man)*. Die sogenannte Third-Person-Perspektive bedient ebenfalls gewohnte Sehweisen aus der Kino- oder Fernsehwelt. Man hat seinen Spielcharakter immer vor Augen und muß sich diesen nicht als abstraktes Gebilde vorstellen.

Um diese hohen spielerischen Anforderungen zu erfüllen, ist neueste PC-Hardware gefordert. Spielfiguren, Landschaften oder Gebäude sollten für ein überzeugendes Spielerlebnis möglichst realistisch wirken. Deshalb muß die Anzahl der Polygone, aus denen sie bestehen, erhöht werden. Diverse Objekte sollten manipulierbar sein, um die Interaction der Spielfiguren zu erweitern. Außerdem muß die Kommunikation zu den vom Computer gesteuerten Figuren realisiert werden.

So entwarfen die Programmierer von Dark Projekt: Der Meisterdieb, eine Game-Engine, in der man im Dunkeln nicht gesehen werden kann und in welcher simulierte Wachsoldaten auf Geräusche wie Schritte oder anderen Lärm reagieren.

Die ersten ernstzunehmenden Schritte in Richtung Cyberspace sind getan, bleibt abzuwarten, wie Nutzer und Anbieter damit umgehen.

Star Wars: Episode I
– Rückkehr in die Vergangenheit –

Kein Film wurde von deutschen SF-Fans so heiß ersehnt, wie die Fortsetzung der *Star Wars*-Geschichte. Hierzulande mußte sich Fan jedoch bis September 1999 gedulden, um in den Genuß des Spektakels zu gelangen. Anders sah dies jedoch mit den *Star Wars*-Games aus. Zeitgleich erschienen in Amerika und Deutschland die Spiele zum Film. Das ermöglichte es deutschen *Star Wars*-Fans schon vor der Kinopremiere interaktiv die Filmgeschichte mitzuerleben.

Star Wars Episode 1: Die dunkle Bedrohung (LucasArts/THQ)

Mit den Indiana-Jones-Adventures zu Beginn der 90er bewies LucasArts, daß Spieleumsetzungen erfolgreicher Kinofilme auf einem gehobenen inhaltlichen Level durchaus machbar sind und auch finanziell ertragreich sein können.

Star Wars Episode 1: Die dunkle Bedrohung versucht diese Tradition weiterzuführen. Die Handlung basiert auf der originalgetreuen Geschichte des Kinofilms. Der Spieler übernimmt dabei die Rollen von Jedi Ritter Obi-Wan Kenobi, Jedi-Meister Qui-Gon Jinn, Königin Amidala und Capitain Panaka.

Star Wars – Episode 1 Die dunkle Bedrohung

Am Anfang der Geschichte werden Obi-Wan und Qui-Gon in einen Hinterhalt gelockt. Ihnen gelingt mit Hilfe des Spielers die Flucht und der Kampf gegen einen vorerst unbekannten Gegner beginnt. Ziel des Spiels ist unter anderem die Rettung der Völker von Naboo, dessen Planet im Mittelpunkt wirtschaftlicher Interessen steht und Schauplatz einer militärischen Invasion zu werden droht. Dem Spielhelden stellen sich auf seinem steinigen Weg viele Gegner entgegen. So muß er sich gegen Kampfdroiden, Jagddroiden, Söldner oder den finsteren Darth Maul zur Wehr setzen. Im Verlauf der Handlung besucht man die Handelsmetropole Mos Espa, den Wüstenplaneten Tatooine, die funkelnde Hauptstadt der Galaxis Coruscant und natürlich den friedlichen Naturplaneten Naboo.

Dem derzeitigen Trend folgend, setzte man *Star Wars Episode 1: Die dunkle Bedrohung* als Actionadventure mit 3-D-Ansicht um. Der Actionanteil wurde stärker als bei vergleichbaren Spielen herausgearbeitet. Adventuretypische Rätsel fallen dadurch sehr minimiert aus. Das macht das Spiel für Adventurefreunde eher ungeeignet. Actionspieler kommen jedoch voll auf ihre Kosten.

Optisch macht die Grafik einen authentischen Eindruck, obwohl die starre Kameraposition (leicht erhöht hinter der Spielfigur) recht unflexibel erscheint. Der Spieler beobachtet das gesamte Spielgeschehen aus der Vogelperspektive, so daß Räume und Gänge mit durchsichtigen Decken dargestellt werden müssen. Grafische Spielereien gibt es reichlich zu sehen: Explosionen, Einschüsse oder das Laserschwert hinterlassen deutliche Spuren an Wänden und Einrichtung – und auch die farbenfrohen Lichteffekte vermögen zu überzeugen.

Durch die betonte Action geht leider einiges von der Atmosphäre und Geschichte des Kinofilms verloren. Etwas mehr Interaktion und anspruchsvollere Rätsel hätten hier Wunder gewirkt. Gekonnt in Szene gesetzt wurde dagegen der Star Wars-Background mit Musik, Sounds und den bekannten Star Wars-Charakteren.

P200 32 MB, Win9x, 3-D-Grafikkarte notwendig
Spielspaß 70 %

Star Wars – Episode 1: Racer (LucasArts/THQ)
Die Vermarktungskampagne zur Weiterführung der Krieg der Sterne-Reihe ist bisher einmalig in der Mediengeschichte. Noch nie zuvor wurde ein Film so allumfassend zweitvermarktet - und noch nie zuvor wurde schon im Vorfeld der Kinopremiere so viel Geld an einem Film verdient. Da liegt der Verdacht nahe, daß ein Rennspiel, welches den Krieg der Sterne-Hintergrund als Spielarena benutzt (inspiriert von Anakin Skywalters Rennen gegen den gerissenen Sebulba - eines der beeindruckendsten Filmsequenzen der ersten Episode), nur wegen des *klingenden Namens* verkauft wird, qualitativ jedoch deutlich hinter den Erwartungen zurückbleibt.

Star Wars - Episode 1: Racer beweist das Gegenteil. Nach einer aufwendig computergenerierten Einleitung kann man sich einen von zwanzig zur Verfügung stehenden Fahrern und einen Podracer auswählen, sich hinters virtuelle Cockpit setzen und sofort ins Rennen stürzen. Podracer sind Antigravkapseln, welche von zwei Turbinen angetrieben werden, die mit über zwei Meter langen Kabeln an der Pilotenkabine befestigt sind.

Schon nach den ersten Spielminuten vergißt man den Joystick in seiner Hand - die wirkliche Welt tritt in den Hintergrund. Eine ausgezeichnet ausbalancierte Steuerung ermöglicht es dem Spieler mit einer geradezu atemberaubenden Geschwindigkeit über die rund 20 Rennpisten, angesiedelt

Star Wars
Episode 1 - Racer

auf acht Planeten, zu jagen. *Star Wars - Episode 1: Racer* ist Geschwindigkeitsrausch pur und läßt den Spieler das Tempo geradezu erfühlen. Auch die Optik bricht bei einem Teil der Kurse alle bisherigen Recorde. Ob es die futuristischen Tunnel einer Bergbauanlage, oder die schneebedeckten Gipfel eines Eisplaneten sind, der Spieler kommt aus dem Staunen nicht heraus.

Obwohl der Schwierigkeitsgrad gerade zu Beginn recht moderat ausfällt, bietet jede Rennstrecke ihre eigenen Herausforderungen. So ist der Spieler mit seinem Racer ständig wechselnden Umweltbedingungen (Methanseen, Meteoritenhagel, Lavaflüsse, Eisflächen oder Anti-Grav-Tunnel) ausgesetzt. Die zum Teil riesigen Landschaften sind außerdem frei befahrbar und offenbaren dem Neugierigen so manche Abkürzung und Überraschung.

P166, 32 MB, Win9x, 3-D-Grafikkarte notwendig
Spielspaß 90 %

Star Wars: Behind the Magic (Lucas Arts)
Für jeden *Star Wars*- und Filmfan gibt es jetzt das ultimative interaktive *Star Wars*-Nachschlagewerk.

LucasArts gab sich viel Mühe, eine abwechslungsreiche, relativ umfassende und unterhaltsame CD-ROM-Enzyklopädie zusammenzustellen.

Die Sachgebiete reichen von filmtechnischen Besonderheiten (z. B. von der Skizzierung bis zum handgefertigten und handbemalten Miniaturraumschiff) über umfangreiche Angaben der mitwirkenden Schauspieler, bis hin zu den Geheimnissen der heute noch spektakulären Special Effects. Durch die Menüoberfläche bewegt man sich ähnlich wie durchs Internet. Bestimmten Themenworten sind sogenannte Links zugeordnet, so daß man übergangslos zu einem neuen Abschnitt wechseln kann. Ein Glossar mit über 700 Einträgen macht die gezielte Suche nach bestimmten Informationen zum Kinderspiel. So lassen unzählige Grafiken, Videosequenzen in beeindruckender Bildqualität (mit zum Teil unveröffentlichtem Material), Hintergrundinformationen über Drehbücher, Autoren, Regie, Charaktere, technische Daten und kurze Einblicke in die aktuelle Episode I keine Wünsche offen. Zusätzlich gibt es einen kurzen Abriß über *Star Wars*-Romane, -Comics und Computerspiele.

P133, 16 MB, Win9x
Präsentation: 100%

Actionadventure, Adventure

Akte X (Fox Interactive)

So wie *Miami Vice* Seriencult in den guten Achtzigern innehatte, erkämpfte sich *Akte X* diesen Status in den Neunzigern. Kaum eine andere Serie wurde quer durch alle Altersklassen so akzeptiert und konsumiert. Eine weltweite Fangemeinde folgt jeder neuen Folge gebannt im Fernsehen. Sogar die Videos verkauften sich erstklassig.

Das eigentliche Spiel gehört zur aussterbenden Klasse der Video-Adventure. So gibt es filmtechnisch auch kaum etwas zu bemängeln. Die Zwischensequenzen wirken genauso professionell wie Szenen aus einer originalen *Akte-X*-Folge.

Nach der Einleitungssequenz nutzt das Spiel eine *Myst*-ähnliche Steuerung, bei der man sich durch unzählige, sauber gerenderte Standbilder klickt und nach Indizien Ausschau hält. Leider spielen die aus den Fernsehfolgen bekannten FBI-Agenten Fox Mulder und Dana Scully im Spiel nur eine sehr untergeordnete Rolle. Die beiden Topagenten sind wie vom Erdboden verschluckt, und der Spieler muß die Rätsel um das Verschwinden der beiden aufklären. Um bei dem Auftrag weiterzukommen, stehen dem Spieler ein großzügiges Inventar, ein Handy (mit dem er das Büro oder aufgefundene Telefonnummern anwählen kann) und ein Computer mit diversen Funktionen (E-mail, Landkarte, Notizbuch) zur Verfügung. Je länger man spielt, um so mehr Bereiche der Landkarte erschließen sich.

Gespräche mit verdächtigen Personen sind zu führen, Tatorte aufzusuchen und natürlich muß etlichen mystischen Hinweisen nachgegangen werden. Natürlich geht es um Aliens, unerklärliche Vorkommnisse und Verschwörungen auf höchst politischer Ebene.

Sollte man an einer Stelle nicht weiterkommen, kann man sich auch schon mal durch die Hilfefunktion weiterhelfen lassen. Diese Hilfestellung ist leider auch vonnöten, da die Rätsel stellenweise unlogisch und manche Gegenstände von den Spieldesignern zu gut versteckt wurden.

P133, 32 MB, Win9x
PSX
Spielspaß 60 %

Dark Project: Der Meisterdieb (Eidos)
Wollten Sie schon immer mal in die Rolle eines gerissenen Ganoven schlüpfen und dies bevorzugt im mittelalterlichen Fantasyambiente? *Dark Project: Der Meisterdieb* bietet diese interessante Möglichkeit. Der Spieler schlüpft in die Figur des Garret (ein kurzer Einleitungsfilm beschreibt Garrets Weg vom kleinen Taschenräuber zum ausgebildeten Meisterdieb die Ausbildung der Diebesgilde kann der Spieler als Trainigsmission auch selbst durchführen) und kann in einer detailverliebten 3D-Umgebung aus der Ich-Perspektive durch mittelalterliche Straßen und Anwesen schleichen und verschiedene, zumeist diebische Aufträge erfüllen. Um das Leben eines Diebes so real wie möglich erscheinen zu lassen, kann sich Garret unbemerkt im Schatten bewegen (ein lichtreagierender Kristall am Bildschirmrand zeigt an, wie sichtbar er jeweils ist) mit seiner Ausrüstung Fackeln aus der Entfernung löschen (Wasserpfeile) oder weiche Teppichböden zum besonders leisen Anschleichen nutzen (solange die Wächter nicht betrunken sind, haben sie ein äußerst feines Gehör). Außerdem kann Garret mit einem Knüppel lästigen Wachmännern ein unverhofftes Nickerchen verschaffen. Es ist ihm aber auch möglich, die Wachen hinterrücks zu meucheln. Ein guter Meisterdieb gelangt aber ohne Blutvergießen an seine Beute, und macht sich davon, bevor irgendwer etwas bemerkt.

Die Grafikengine von *Der Meisterdieb* fängt ausgezeichnet das archaische Flair der Spielumgebung ein. Gerade in Straßen und Gassen fühlt man sich direkt ins Mittelalter versetzt. In natürlichen Höhlen und Gängen fehlt es jedoch oft an Licht und grafischer Abwechslung.

Um die Spielmotivation über längere Zeit zu erhalten, werden die einzelnen Aufträge durch eine lineare Geschichte zusammengehalten, in der Garret später auch auf finstere Höllenkreaturen trifft.

Durch dieses völlig neue Spielkonzept mit defensiver Vorgehensweise und der gelungenen technischen Umsetzung ist *Der Meisterdieb* eine völlig neue Erfahrung im 3D-Bereich, welche sich kein Spielefan entgehen lassen sollte.

P133, 16 MB, Win9x, 3D-Karte dringend empfohlen
Spielspaß: 85 %

Drakan: Order of the Flame (GT Interactive)
Bekam die Actionheldin Lara Croft in letzter Zeit schon hochkarätige Konkurrenz von männlicher Seite *(Shadow Man, Soul Reaver, Heretic II)* tritt jetzt eine weibliche Fantsyheldin in Laras digitale Fußstapfen. Rynn ist eine Amazone wie sie im Buche steht. Emanzipiert, kampferfahren, mutig und von bezaubernder Anmut.

Nachdem Rynn miterleben mußte, wie ihr Heimatdorf von einer Horde blutgieriger Wartocks dem Boden gleich gemacht, und ihr Bruder entführt wurde und bis auf den Priester, den Schriftgelehrten Atimar

Drakan: Order of the Flame

und sie selbst niemand überlebt hat, macht sie sich auf den Weg, den Drachen Arokh zu finden – sozusagen eine der ersten Spielaufgaben in Drakan. Schnell hat Rynn den Drachen aufgespürt und geht eine besondere Symbiose mit dem Fabelwesen ein. Mit Hilfe des Drachens ist es ihr möglich, große Entfernungen in kürzester Zeit zurückzulegen und natürlich auch Gebiete zu erschließen, die ihr sonst verwehrt wären. Doch Arokh ist nicht nur in der Lage, seine riesigen Flügel zu gebrauchen, auch weiß er seinen tödlichen Feueratem vernichtend einzusetzen.

Drakans riesig dimensionierte 3-D-Welt bietet verschiedene Klimazonen mit entsprechend abwechslungsreichen Wettereinflüssen wie Wind, Regen und Schnee. Die Landschaftsgrafik entfaltet durch reichhaltige und feingezeichnete Texturen eine märchen- und traumhafte Atmosphäre. Hinzu kommt die beeindruckende Animation der Spielcharaktere.

Durch die Einbeziehung des Drachens als wichtigstes Fortbewegungsmittel, verlagert sich das Spielgeschehen zu fast 50 % in die Luft. Der daraus resultierende beständige Wechsel zwischen Luft- und Bodenkämpfen erzeugt in Drakan eine ganz besondere Dynamik.

Rynn erwirbt im Laufe der Geschichte immer größere Fertigkeiten, so daß Sie später außer dem Einsatz von grobem Hackwerkzeug auch farbenprächtige Zauber zu ihrer Verteidigung wirken lassen kann.

P166, 16 MB, Win 9x, 3-D-Grafikkarte
Spielspaß 95 %

Das fünfte Element (UbiSoft)
Jetzt ist auch die Spielumsetzung dieses bizarren Kinospektakels als LowBugdget-Produkt erhältlich. Das als Actionadventure angelegte 3-D-Game wird aus der Third-Person-Perspektive ähnlich *Tomb Raider* gespielt.

Die Handlung orientiert sich grob an der Filmgeschichte, wobei sich Hüpfeinlagen, Kampfzsenen, Kletterübungen oder Knobelaufgaben einander ablösen. Über den recht unausgewogenen Schwierigkeitsgrad kann man noch geteilter Mei-

Das fünfte Element

nung sein, bei der technischen Umsetzung sind jedoch einige Mängel recht ärgerlich. Da ist zum einen die starre Kameraposition, welche nicht wie bei MDK, *Tomb Raider* oder *Heretic II* immer die Position hinter der Spielfigur (soweit dies möglich ist) sucht. Der Spieler hat deshalb das Gefühl eines relativ statischen Spielgeschehens. Zum anderen stören bisweilen auffällige Klippingfehler (Vorder- und Hintergrund einer 3-D-Szenerie werden nicht korrekt berechnet) die grafische Darstellung, welche trotz 3-D-Hardware-Unterstützung kaum noch mit aktuellen 3-D-Games konkurrieren kann.

Für Liebhaber des außergewöhnlichen SF-Kostümfilms aus Frankreich ist die Spielumsetzung dennoch einen Blick wert.

P133, 32MB, Win9x
55 % Spielspaß

Discworld Noir (GT Interactive)

Die Zeiten, in denen man Spiele noch umständlich per Hand konfigurieren mußte, um eine Installation erfolgreich durchzuführen, sollten eigentlich mit Win9x ein Ende gefunden haben. Leider entließen die Entwickler von *Discworld Noir* das Spiel zu vorzeitig dem Teststadium, so daß es (abhängig von der internen Windows-Version und dem Vorhandensein bestimmter Windows-System-Dateien) schon beim Start der Installation zu Abstürzen (z. B. Kernel-Datei) kommen kann.

Von solchen Problemen abgesehen, ist auch die sehr verrauschte Soundwiedergabe unbefriedigend.

Diese Umstände sind recht bedauerlich und es ist zu hoffen, daß die Entwickler bald einen Patch zur Verfügung stellen, da das eigentliche Spiel, einmal zum laufen gebracht, nicht nur Prattchett-Fans vor den Monitor lockt.

Die mittlerweile dritte Spielumsetzung, basierend auf dem Scheibenwelt-Universum, nimmt Abschied von der bunten Comicoptik der beiden vorherigen Teile und zeichnet statt dessen die düster-rauchige Welt klassischer Detektivgeschichten in möglichst farbarmen Locations.

Als der Spieler in der Rolle des relativ erfolglosen Privatschnüfflers Luton, Besuch von der atemberaubenden Charlotta erhält, welche ihm den Job anbietet, nach ihrem verschwundenen Ex zu fahnden, nimmt die wohl bisher untypischste Scheibenweltgeschichte ihren Lauf.

Überwiegt am Anfang des Spiels noch der prattchetttypische Humor mit satirischen Seitenhieben gegen alle möglichen Mediengenre, fasert sich die im ersten Abschnitt noch linear erzählte Geschichte in mehre Handlungsfäden auf, wird aggressiver und bedrohlicher.

Discworld Noir ist recht gesprächslastig. Doch gerade die pointierten Dialoge machen einen großen Teil der Qualität des Spiels aus. Die gebotenen Rätsel sind überwiegend anspruchsvoll, bei genügend Aufmerksamkeit je-

Discworld Noir

doch ohne Frust lösbar. Unzählige, in schicker 3-D-Optik gerenderte Hintergründe warten auf die neugierigen, nach Indizien forschenden Augen des Spielers. Gesteuert wird die Spielfigur wie üblich mit der Maus. Ein Inventar zum Sammeln und Manipulieren von Gegenständen ist ebenfalls vorhanden.

Daß es auf der Scheibenwelt auch eine *wirklich* dunkle Seite gibt, nimmt man diesem Spiel ohne Zögern ab.

P200, 32 MB, Win9x
Spielspaß 85 %

Heretic II (Activision/Raven)
War *Heretic* noch ein einfacher Ego-Shooter im Fantasy-3D-Gewand, bei dem es einfach darum ging, so viele Monster wie möglich ins Jenseits zu schicken und dann den entsprechenden Levelausgang zu finden, sind die Ansprüche in Teil II deutlich gestiegen. Schon in den Spielen *Hexen* und *Hexen II*, welche in der selben Spielwelt angesiedelt sind, nahmen Rätsel einen immer größeren Stellenwert ein. Heretic II orientierte sich deshalb an aktuellen Actionadventures wie Tomb Raider, so daß man die Spielfigur, ein gewandtes Elfenwesen, aus der Verfolgerperspektive (ähnlich Lara Croft) steuert. Für die 3D-Umsetzung benutzten die Programmierer die schnelle und leistungsfähige Quake II-Grafik-Engine und paßte diese den neuen Erfordernissen von *Heretic II* an. Der Spieler bekommt so eine atmosphärisch dichte Fantasywelt mit vielen ausgezeichnet animierten Kreaturen und magischen Wesen geboten. Zentrale Bedeutung in *Heretic II* hat die Zauberei. Schon die einfachsten Zaubersprüche werden mit eindrucksvollen Special Effects aus Licht und Farbe umgesetzt.

Auch die Hintergrundgeschichte kann sich sehen lassen und ist nicht mehr bloßes Beiwerk.

In Parthorsis, einem riesigen Fantasyreich, leben fünf sehr unterschiedliche Rassen. Alle fünf Völker wurden jedoch versklavt und es kam nach Jahren der Unterdrückung zum finalen Kampf Gut gegen Böse. Corvus, ein mutiger und widerspenstiger Elf, wird jedoch während des Endkampfes gegen D'sparils verflucht und muß nach seinem Sieg durch fremde Dimensionen wandern, um zu seiner Heimat Silverspring zurückzufinden. Auf seiner Reise erfährt er von weiteren Mächten der Finsternis, welche erneut Unheil über das Land bringen. Als er nach langer Odyssee nach Hause gelangt, werden seine schlimmsten Befürchtungen bestätigt. Eine schreckliche Seuche hat die Bewohner Silversprings zu irrsinnigen und meist blutgierigen Kreaturen mutieren lassen. Corvus muß sich erneut auf einen langen und beschwerlichen Weg machen, um die vollständige Vernichtung Parthorsis zu verhindern.

Sein Vorankommen kann der Spieler auf einer Landkarte ablesen, welche bei den leider recht langen Ladezeiten zwischen den Abschnitten eingeblendet wird. Außerdem muß er gezielt Aufgaben lösen, um in der ablaufenden Geschichte weiterzukommen.

Jeder Fan düsterer Fantasy kann bei *Heretic II* bedenkenlos zugreifen.

P133, 32 MB, Win9x, 3D-Karte dringend empfohlen
Spielspaß: 95 %

Legacy of Kain: Soul Reaver (Eidos Interactive)
Soul Reaver ist die Fortsetzung des Spieleklassikers *Legacy of Kain: Blood Omen,* welcher noch mit einfacher Bitmaptechnik umgesetzt wurde. In der Rolle des erzürnten Racheengels muß sich der Spieler nicht nur mit weltlichen und spirituellen Waffen zu helfen wissen, sondern auch seinen Hirnschmalz bemühen, um bei den zuweilen recht anspruchsvollen Rätseln nicht ins Schwitzen zu kommen.

Das in gruftigem Dark Wave-Ambiente gehaltene Action-Adventure wandelt dabei auf den Spuren von *Tomb Raider.* Doch wo man im dritten Teil von *Tomb Raider* Innovationen schmerzlich vermißte, beweist *Soul Reaver,* das daß Potential von Action-Adventures bei weitem nicht ausgeschöpft ist.

Im Intro des modrigen Vampirspektakels wird der Spieler Zeuge, wie Raziel, die später zu steuernde Hauptfigur, brutal von Seinesgleichen verstoßen wird. Schwer verletzt und entstellt, schwört er seinem ehemaligen Herrn Rache, welcher die Welt im Laufe von Jahrhunderten mit Chaos und Dunkelheit überzogen hat. Außerdem erhält Raziel die Aufgabe, die aus dem Gleichgewicht gebrachte Welt wieder auszubalancieren.

Raziel ist von nun an in der Lage, zwischen der realen und einer spirituellen Geisterwelt hin und her zu wechseln. Dabei stehen ihm unterschiedliche Spezialfähigkeiten zur Auswahl. Da sich beim Übergang von einer Ebene zur anderen auch Details der Umgebung verändern, vermag er nach einem Wechsel auch Orte zu erreichen, die ihm vorher verwehrt waren.

Raziels Odyssee beginnt in der bizarren Geisterwelt. Erst, nachdem er sich hier mit genügend Seelenenergie versorgt hat (Raziel lädt seine Energie durch das Aufsaugen frei umherschweifender Seelen auf), kann er den Übergang zu realen Welt wagen. In der realen Welt muß sich Raziel jedoch mit handfesteren Waffen zur Wehr setzen.

Soul Reaver bietet Atmosphäre pur. Die abgefahrene, von rivalisierenden Vampir-Clans bevölkerte Zukunftserde, sucht bisher Ihresgleichen auf dem Spielemarkt. Auch von der technischen Seite gibt es nichts zu mäkeln. Geschmeidig animierte Figuren, tolle Licht- und Explosionseffekte machen das Spiel zu einem unvergeßlichen visuellen Erlebnis. Auch die düstere Levelarchitektur mit Friedhöfen, modrigen Grüften und riesigen Burganlagen überzeugt voll und ganz. Besonders Sehenswert sind die erstaunlichen Morphingeffekte beim Übergang von der spirituellen zu realen Ebene und umgekehrt. Hinzu kommt die schon fast epische Hintergrundgeschichte, mit der man locker einen packenden Horrorschocker auf die Leinwand zaubern könnte.

Soul Reaver beweist mit seiner hohen Qualität erneut, daß auch Konsolentitel mit einem komplexen Handlungshintergrund erfolgreich sein können.

P233, 32MB, Win9x oder PSX
85 % Spielspaß,

Mission: Impossible (Infogrames)

Keine andere klassische Fernsehserie hatte wohl einen ähnlich starken Einfluß auf das Agentengenre wie *Mission: Impossible* (dt. Kobra, übernehmen Sie!). In der 1996er Kinoumsetzung machte Tom Cruise von der High Tech-Ausrüstung der berühmten Agententruppe Gebrauch. Trotz voller Kinokassen konnte der Film die hochgesteckten Erwartungen des Publikums kaum erfüllen.

Das Action-Adventure *Mission: Impossible* versucht sich nun am Spagat zwischen dem etwas seelenlosen Kinofilm und der erfolgreichen Fernsehserie. Nach der beeindruckend gestalteten Intro mit bekannter Titelmedolie, wird der Gamer in eine Umgebung entlassen, welche eine ähnliche 3-D-Umsetzung wie *Tomb Raider* nutzt. Man betrachtet das Spielgeschehen von einer imaginären und äußerst dynamischen Kamera aus, die sich vorzugsweise fast immer hinter der Spielfigur befindet. Von hier aus muß man sich in der Rolle des Geheimagenten Ethan Hunt durch rund 20 Level kämpfen. Den Spieler erwarten Missionen mit immer andersgearteten Aufgabenstellungen und an völlig unterschiedlichen Orten der Welt. Einmal muß er sich in einer wilden Schießerei behaupten, das andere Mal, natürlich ohne aufzufallen, in Undercover-Einsätzen wichtige Geheimnisse ausspähen. Hierzu stehen dem Agenten hochentwickelte technische Geräte und lautlose Waffen zur Verfügung.

Für viele Adventure leider nicht selbstverständlich, erweisen sich in *Mission: Impossible* die zu lösenden Rätsel und Aufgaben als erfreulich logisch und nachvollziehbar. Weiß man dennoch einmal nicht mehr weiter, kann man sich gezielte Hinweise über Funk geben lassen. Darüber hinaus bietet das Spiel zwei Schwierigkeitsstufen, um die eigentlich *unlösbaren Missionen* erfolgreich zu bewältigen.

P200, 32 MB, Win9x
PSX, N64
Spielspaß 85 %

Outcast (Infogrames)

Schon seit 1994 arbeiten Programmierer an dem anspruchsvollen Actionadventure *Outcast*. Sicherlich ein Grund, warum das Game für seine beeindruckenden 3-D-Landschaften keine Spieleengine auf Polygonbasis, sondern die etwas angestaubte Voxeltechnologie benutzt. Bei der Voxelumsetzung besteht die Umwelt aus unzähligen durchgehenden Scheiben, welche eine Art 3-D-Matrix ergeben. Unschöne Nebeneffekte: 3-D-Grafikkarten werden nicht angesprochen und mit steigender Auflösung (max. 512x384) gehen auch die Hardwareanforderungen steil nach oben. Für absolute Grafikpracht (höchste Auflösung, alle Details) sollte deshalb schon ein Pentium III auf dem Motherboard seine Arbeit verrichten.

Die Handlung von *Outcast* spielt in unmittelbarer Zukunft, im Jahr 2007. Wissenschaftlern ist es gelungen, neben unserer Welt ein Paralleluniversum nachzuweisen. Eine Sonde wird durch das Raum-Zeitgefüge geschossen, um an weitere Daten zu gelangen. In einem Doppelsternsystem entdecken die Sensoren einen Planeten (Adelpha) auf dem deutliche Anzeichen für intelligentes Leben auszumachen sind. Während die ersten Bilder dieser neuen Welt übermittelt werden, wird die Sonde durch einen Angriff beschädigt und das manipulierte Raum-Zeitgefüge droht zusammenzubrechen und eine riesige Katastrophe in der Form eines schwarzen Loches auszulösen.

Outcast

Hier kommt Cutter Slade, die Hauptfigur von *Outcast*, ausgestattet mit der markanten deutschen Synchronstimme von Bruce Willis, zum Zug. Zusammen mit drei Wissenschaftlern wird er durch ein Dimensionstor nach Adelphia geschickt, um die Sonde aufzufinden und wieder in Gang zu bringen. Doch als er nach dem Überwechseln von einer Welt zur anderen die Besinnung verliert und später in der Hütte eines Eingeborenen erwacht, fehlt von den anderen Wissenschaftlern jede Spur. Auf sich allein gestellt, beginnt eine lange Suche durch fünf Kontinente (zum Teil auf originellen Reittieren der Aliens), um das drohende Unheil abzuwehren. Doch schnell muß Cutter Slade feststellen, daß nicht alle Bewohner Adelphias seinen Bemühungen wohl gesonnen sind.

Outcast ist das erste Spiel, welches seine künstlichen Charaktere nicht mit stereotypen Tätigkeiten beschäftigt, sondern die Illusion einer fremden Kultur Wirklichkeit werden läßt. Ob es die informationsbereiten Ureinwohner Adelphas, oder die schußbereiten Wachen sind, immer verhalten sich die entsprechenden Figuren glaubhaft und realistisch.

Obwohl auf hardwareseitige 3-D-Beschleunigung völlig verzichtet wird, muß der Spieler Transparenz-, Blend-, Spiegel-, oder Lichteffekte nicht missen. Besonders anschauenswert sind die animierten Wasseroberflächen. Allein das Fehlen weichgezeichneter Texturen führt in niedriger Auflösung zu auffälligen und unschönen Pixelhaufen. Dafür wirkt die Landschaft weicher und organischer als die Umgebungen bei derzeitigen Referenzspielen auf Polygonbasis.

Durch die ausgezeichnete Spielgestaltung, der komplex designten Spielwelt und der verdammt klever agierenden künstlichen Charaktere, gelingt Outcast das erstemal in der Geschichte des Computerspiels die Illusion einer lebendigen Fremdkultur. Bemerkenswert ist darüber hinaus die orchestrale Musikuntermalung, welche speziell für Outcast komponiert wurde und während des Spielens eine Art Kinofeeling erzeugt.

Sollten beim Spielstart Probleme auftreten, hilft es schon, die Desktopauflösung auf 640x480 und 24bit Farbtiefe zu ändern. Sollte das nicht helfen, steht ein Update bei Infogrames.de zum Download bereit.

P200, 32MB, Win9x
95 % Spielspaß

Sanitarium (Egmont Interactive/DreamForge)
Das Adventuregame wird regelmäßig von PC-Spiele-Magazinen totgesagt. Es gäbe keinen Markt für storylastige Computerspiele. Glücklicherweise finden sich immer wieder Herstellerfirmen, Autoren, Grafiker und natürlich Programmierer, die sich an ein solches Projekt wagen. So versteht sich auch *Sanitarium* als ein klassisches Adventure, das jedoch Elemente des Actionadventures, filmische und literarische Erzähltechniken und eine auf das stattfindende Geschehen zugeschnittene Soundchoreographie benutzt, um das Spiel zu einem vielschichtigen Erlebnis zu machen.

Zu Beginn der komplex erzählten Geschichte erwacht der Held nach einem Autounfall ohne Gedächtnis in einer seltsamen Irrenanstalt, die soeben durch eine Explosion verwüstet wurde. Für den Spieler beginnt jetzt die Suche nach der wahren Identität der Hauptfigur. Doch die Welt von *Sanitarium* ist nicht das was sie scheint. Bald wird die Spielfigur mit Ereignissen konfrontiert, die Realität und Fiktion verschwimmen lassen. Passieren ein Teil der Erlebnisse nur im Kopf des Protagonisten, wird er manipuliert oder verfällt er tatsächlich nach und nach dem Wahnsinn?

Immer wieder erlebt der Held Flashbacks, welche Erinnerungsfragmente aus seinem Unterbewußtsein nach oben spülen. Dem Spieler wird so ein Baustein nach dem anderen in die Hand gegeben. Scheinen sich die Bruchstücke endlich zu einer logischen Kette zu fügen, kippen neue Fakten die soeben sicher geglaubten Erkenntnisse.

Die Spielfigur erlebt unheimliche, absurde oder außerirdische Visionen und droht im Kampf zurück zur Ebene der Wirklichkeit immer mehr an Boden zu verlieren. *Sanitarium* zeichnet ein Stimmungsgemälde ähnlich solch intensiver Filme wie *Brazil, 12 Monkeys* und *Delikatessen,* oder

Sanitarium

der literarischen Visionen eines Philip K. Dick.

Anhand dieser Vorzüge sind die kleinen Schwächen im Spiel zu vernachlässigen: Hin und wieder gibt es kleine Grafikfehler, bei denen die beweglichen Spielfiguren zum Teil Vordergrundobjekte überlagern und umgekehrt. Die Animationsphasen laufen bisweilen zu offensichtlich in einer Schleife und auch einige Dialoge treffen stimmungsmäßig nicht immer ins Schwarze. Erstaunlich ist jedoch, daß bei nur 256 Farben so eindrucksvolle Schauplätze (in isometrischer Sicht) entworfen werden konnten.

Darüber hinaus macht der fein ausbalancierte Schwierigkeitsgrad mit fast immer logischen Rätseln *Sanitarium* auch für Gelegenheitsspieler interessant.

P90, 16 MB, Win9x
Spielspaß 90 %

Shadow Man (Acclaim)

Die düstere Welt von *Shadow Man* (basierend auf einer Horror-Comic-Serie) läßt den Spieler in die Rolle von Mike LeRoi schlüpfen. Nach heftigen Auseinandersetzungen mit seiner Gang, richtet diese unter seiner Familie ein Blutbad an. Mike LeRois Eltern und sein kleiner Bruder sterben, nur Mike überlebt verletzt und ohne Gedächtnis. Desorientiert und voller

Shadow Man

Haß läßt sich Mike LeRoi als Auftragskiller der Unterwelt von New Orleans anheuern, um den Tod an seinen Eltern und seinem Bruder zu rächen.

Währenddessen erfährt die Voodoo-Priesterin Nettie eine beängstigende Vision. Sie sieht die Totenwelt, angeführt von fünf, der dunklen Magie mächtigen, Serienkillern, in die Welt der Lebenden drängen, um die endgültige Apokalypse herbeizuführen.

Nettie erkennt sofort, daß Mike das Potential und genügend Haß in sich trägt, um dies zu verhindern. Von ihr erhält Mike die Schattenmaske auf die Brust gepflanzt und wird so zum Shadow Man, mit der Fähigkeit, ins Land der Toten überzuwechseln. Dort soll er nun den Ort ausmachen, an dem alle Serienkiller enden und seinem Schicksal gegenübertreten. Was wie ein gnadenloses Thriller-Adventure beginnt, entwickelt sich schnell zu einem gespenstischen Voodoo-Schocker mit garantierter Gänsehautatmosphäre und jeder Menge Schockmomenten. Mike LeRoi wird zum Wanderer zwischen zwei Welten, die verschiedener kaum sein können. Shadow Man benutzt den Voodoo-Hintergrund nicht nur wegen des oberflächlichen Effektes, sondern baut seine Handlung aus gut recherchierten Hintergründen auf.

Die düstere und bisweilen morbide Grafik ermöglicht einen ungehinderten Blick auf die Umgebung, welche nicht von Nebel verhüllt wird. Hinzu kommt eine abgefahrene Levelarchitektur, die gerade in der Welt der Toten zur Höchstform aufläuft.

Während Mike als Shadow Man die Totenwelt durchstreift, stehen ihm durch die Schattenmaske mächtige Kräfte der Voodoo-Magie zur Verfügung. Auf seinem Weg, die Mörder seiner Familie zur Strecke zu bringen und die Welt vor der drohenden Vernichtung zu bewahren, durchstreift Mike LeRoi stinkende Katakomben, die Sumpflandschaften von Louisiana, verwahrloste U-Bahnschächte, eine beklemmende Irrenanstalt, verlassene Minenschächte und die bizarren Unterwelten im Reich der Toten. Die nichtlineare Mystery-Geschichte überrascht immer wieder durch unverhoffte Wendungen und eine stetig in Bewegung bleibende Spannungskurve.

Mike LeRoi besitzt ein großzügig angelegtes Handlungs- und Bewegungsrepertoire. So kann er an Seilen entlanghangeln und dennoch mit der freien Hand die Waffe benutzen um sich lästiger Feinde zu entledigen. Die fünf Serienkiller, unterstützt durch grausame diabolische Kreaturen der Unterwelt, sind mächtige Gegner, welche nur durch die gebündelte Kraft der Voodoo-Magie zu bezwingen sind.

Shadow Man bietet außerdem komplexe Adventure-Elemente mit Rätseln, Fallen und spektakulären Voodoo-Zeremonien, sowie ein für ein Action-Adventure schon fast ausuferndes Inventory für diverse Gegenstände wie Schriftrollen, Voodoo-Puppen, FBI-Akten, Opfergaben und vieles mehr.

Die Steuerung ist zu Beginn etwas gewöhnungsbedürftig und hätte durchaus etwas benutzerfreundlicher ausfallen können. Nach etwas Einarbeitung kommt man aber an den meisten Stellen gut zurecht.

P200, 32MB, Win9x oder PSX, N64
90 % Spielspaß

System Shock 2 (Looking Glass/Electronic Arts)

Mit *System Shock* bescherte *Looking Glass* 1994 vielen SF-begeisterten Computerzockern ein ganz besonderes AHA-Erlebnis. *System Shock* war nicht bloß ein weiterer Dxxm-Clone oder ein einfaches Grusel-Adventure. *System Shock* ließ den

Spieler mit feuchten Händen an der Tastatur sitzen, während dieser durch die spärlich beleuchteten Gänge von CITADEL schlich. Angespannt, und jeder Zeit mit dem Schlimmsten rechnend. Der Spieler wurde Teil dieser fiktiven Welt und erlebte den futuristischen Action-Schocker live. Allein in einer riesigen 3-D-Raumstation, mußte sich der Held durch die neun Bereichsebenen kämpfen und dabei die Attacken der künstlichen Bord-Intelligenz SHODAN neutralisieren, welcher einfache Reparaturrobbies in blutgierige Blechfurien verwandelte und auch auf andere Art das Leben der Spielfigur drastisch zu verkürzen suchte. Da SHODAN die meisten Bordsysteme unter seiner Kontrolle hatte, mußte sich der Spieler mühsam einen Zugang zu ihnen erarbeiten.

Das Game konfrontierte den User mit der intelligenten Verknüpfung gleich mehrerer Spiele-Genres. Das Rollenspielelement, welches schon in *System Shock* rudimentär vorhanden war, wurde in der Fortsetzung deutlich stärker ausgebaut. Der Spieler muß in *System Shock 2* entscheiden, ob er sich als Technikfreak (bessere Hackerfähigkeiten), Kämpfer (bessere Waffenfähigkeiten) oder PSI-Begabter in die kalten Raumschiffgänge wagt.

Die eigentliche Handlung setzt 2114, über 40 Jahre nach dem Sieg über SHODAN wieder ein. Der Spieler erwacht in einer Kryo-Schlafröhre im ersten überlichtschnellen Raumschiff der Menschheit, der *Von Baun*. Die Blutflecken am

System Shock 2

Boden lassen vermuten, daß wieder etwas schief gelaufen sein muß.

Eines der wichtigsten Merkmale von *System Shock 2,* ist die Möglichkeit, alles genau untersuchen und verschiedene Wege (abhängig von der gewählten Spezialisierung) zur Lösung von Problemen finden zu können. Eine recht interessante Alternative ist auch der Einsatz von PSI-Kräften. Will man seine Missionen lieber behutsam und überlegt angehen, ist der gezielte Aufbau dieser Eigenschaften sinnvoll.

Die 3-D-Raumschiffwelt lebt durch ihre abwechslungsreiche Architektur, aktive flackernde Monitore, leuchtende Farben und überzeugende Funktionalität. Weniger gelungen sind die Effekte bei Explosionen und die für heutige Ansprüche recht grob erscheinende Modellierung der Spielcharaktere. Ein wichtiger Pluspunkt ist dagegen die beängstigende Soundkulisse, die besonders mit Kopfhörern ihre Wirkung nicht verfehlt.

System Shock 2 stellt mit seiner Komplexität hohe Anforderungen an die Aufmerksamkeit und Kombinationsgabe des Spielers. Das Action-Adventure-Rollenspiel eignet sich daher nur bedingt für ein Spielchen nebenher. Science Fiction-Fans, die einmal selbst in die Haut ihrer Helden schlüpfen wollen, kommen an diesem Spiel nicht vorbei.

P233, 16 MB, Win 9x, 3-D-Grafikkarte
Spielspaß 90 %

Action

Aliens versus Predator (ElectronicArts/Fox Interactive)
Zu den bekanntesten und nervenaufreibendsten SF-Filmen zählen selbst heute noch die Klassiker *Alien* und *Predator.* Zwei Filme, die eine außerirdische Bedrohung visuell äußerst Eindrucksvoll in Szene setzten.

Auf dem Computerspielemarkt gab es schon etliche, meist halbherzige Versuche, dieses Thema aufzugreifen und gerade die klaustrophobische Stimmung der Alienfilme spürbar zu machen.

Fox Interactive - eine Tochterfirma der großen Filmgesellschaft 20th Century Fox - und der Spieleschmiede Rebellion, darf man getrost zugestehen, diesem Bestreben einen guten Schritt nähergekommen zu sein. Da die Spiele-Engine die derzeitigen technischen Möglichkeiten weidlich ausnutzt, nähern sich die 3-D-Schauplätze immer mehr dem filmischen Original und wirken besonders durch den Einsatz von Echtzeitlichtberechnung und Farblicht genauso furchteinflößend und bizarr.

Aliens versus Predator ist darüber hinaus drei Games in einem. In drei separaten Spielabschnitten schlüpft der Spieler jeweils in die Rolle eines schwerbewaffneten Marines, eines schleimigen Aliens, oder des technisch hochgerüsteten Predators. Jede dieser Figuren besitzt ihre speziellen Eigenschaften und Fähigkeiten. So ist der Marine bis an die Zähne bewaffnet und mit einem Bewegungsmelder ausgestattet, während das Alien sehr schnell ist, sich an Decken und Wänden entlanghangeln kann, aber nur seine Klauen oder seinen gefährlichen Schwanz zum Kampf zur Verfügung hat. Der Predator wiederum besitzt eine Tarnvorrichtung und anderes technisches Gerät, um sein Überleben zu sichern.

Zwei Punkte trüben jedoch den recht positiven Gesamteindruck: Speichern ist nur nach erfolgreich absolvierten Missionen möglich (ein Patch kann hier Abhilfe schaffen) und die Levelgestaltung innerhalb der einzelnen Episoden (zu ähnliche Texturen) wirkt hin und wieder leicht eintönig.

P166, 32MB, Win9x
85 % Spielspaß

Descent 3 (Interplay/Virgin Interactive)

Descent war seinerzeit das erste Spiel, welches eine 3-D-Umgebung komplett aus texturierten Polygonen erstellte und ohne Tricks arbeitete, um eine 3-D-Landschaft zu simulieren. Mit einem kleinen Raumgleiter gepanzert und zu Beginn mit einfachen Waffensystemen bestückt machte sich der Spieler auf den Weg, um verrückt gewordene Minenroboter in lunaren Bergbauanlagen auszuschalten und gefangene Minenarbeiter zu befreien.

Descent³

In *Descent 3* änderte sich kaum etwas an dem eingeführten Spielprinzip, dennoch lassen eine großzügig angelegte Hintergrundgeschichte und ein deutlich anspruchsvoller umgesetztes 3-D-Universum das Spacegame wieder ganz vorn unter den 3-D-Actionspielen mitmischen. Neu in *Descent 3* sind die grandios designten Außenlevel. Viel Mühe gaben sich die Programmierer Räume, Gänge und Bauten architektonisch ausgewogen und nicht mehr so kantig wie in den Vorgängerspielen aussehen zu lassen. Animierte Multitexturen flößen der futuristischen Szenerie zusätzlich Leben ein. Hinzu kommen Farblicht, transparenter Rauch und eine Vielzahl an Lichteffekten.

Auch Abwechslung wird in *Descent 3* großgeschrieben. Da man seine Aufgaben auf verschiedenen Planeten zu absolvieren hat, wurden atmosphärische und geologische Unterschiede berücksichtigt. So durchfliegt der Spieler kraterübersäte Mondlandschaften, blühende Naturoasen oder die dunstverhangenen Berge eines Sumpfplaneten.

Damit *Descent 3* nicht zum reinen Schaustück gerät, gibt es natürlich eine Unmenge wildgewordener Roboter in die Flucht zu schlagen, geheime Kommandoräume ausfindig zu machen und missionsabhängige Aufgaben zu erledigen. Ein guter Orientierungssinn und ein Gespür für die anspruchsvolle Steuerung sind in jedem Fall vonnöten, um *Descent 3* erfolgreich bestehen zu können.

Daß eine solche Grafikpracht nicht umsonst zu haben ist,

versteht sich von selbst. Ein mittlerer Pentium II ist Voraussetzung, um ohne gravierende optische Einbußen *Descent 3* laufen zu lassen. Dann steht der Spielfreude jedoch nichts mehr entgegen.

P200, 32MB, Win9x
90 % Spielspaß

Powerslide (GTI)
Die Hintergrundgeschichte dieser postatomaren Rennsimulation versetzt den Spieler auf eine düstere Endzeiterde, auf der kaum Vegetation und nur die brüchigen Reste der ehemals blühenden menschlichen Zivilisation zurückgeblieben sind.

Die Überlebenden der alten Gesellschaft (sauber getrennt in Ober- und Unterschicht) treffen sich nur noch, um auf unwirtlichen Rennstrecken ihren Reichtum zu vermehren, oder den Sprung von der Unter- zur Oberschicht zu schaffen.

Mit 3D-Kartenunterstützung wirken die morbiden Rennstrecken mit den zerfallenen Resten ehemaliger Straßenanlagen schon fast fotorealistisch. Die leistungsfähige Grafikengine erzeugt so ein Stimmungsgemälde ähnlich der *Mad Max*-Filme.

Das Steuern der zumeist klobigen Blechgefährte verlangt nach einiger Übung, da die Fahrzeuge (wie im Titel des Spiels angedeutet) nicht besonders Rutschfest sind und gerade in Kurven über den Fahrbahnrand gleiten. Dem Spieler ist es dabei möglich, das gesamte Gelände zu befahren und mögliche Abkürzungen oder witzige Cheatcodes zu finden. Berücksichtigt wurde außerdem die unterschiedliche Griffigkeit von wechselnden Fahrbahnbelägen und das Trägheitsverhalten der Rennboliden. Die künstliche Intelligenz der computergesteuerten Wagen wurde so angelegt, daß diese - genau wie menschliche Fahrer - Fehler machen.

Eine Meisterschaft, bei der nach und nach weitere Strecken freigeschaltet werden (welche dann auch im Einzelmodus befahrbar sind), erhöht die Langzeitmotivation. Für einen schnellen und kurzweiligen Geschwindigkeitsrausch im Endzeitambiente ist *Powerslide* genau das Richtige.

P133, 16 MB, Win9x, 3D-Karte dringend empfohlen
Spielspaß: 85 %

Requiem – Avenging Angel (Ubi Soft)
3-D-Games werden immer komplexer. So bietet auch *Requiem* außer der ausgereiften eigenentwickelten 3-D-Engine eine ausgefallene Story und separate Missionsziele. Mit seinem religiösen Hintergrund wagt sich *Requiem* an ein ungewöhnliches Thema. Als Engel Malachi wird der Spieler auf die Erde des 21sten Jahrhunderts geschickt, um die Schöpfung vor den Gefallenen Engeln zu beschützen, die das Ende der Welt anstreben, um die fehlgeleitete Menschheit auszulöschen.

Malachi stehen neben seinen – im Verlauf der Handlung immer mächtiger werdenden – himmlischen Kräften auch die durchschlagenden Wirkungen irdischer Waffentechnologie zur Verfügung. Darüber hinaus beherrscht er als Engel das Fliegen, eine Art vorübergehende Zeitverlangsamung, oder die geistige Übernahme fremder Individuen, in deren Körper er vorübergehend schlüpfen kann.

Für einen Engel geht Malachi ganz schön hart zur Sache. So pflastert schon zu Beginn des Spiels ein wahrer Haufen Leichen seinen Weg und auch mit makaberen To-

Requiem Angel

desszenen (amerikanische Version) wird nicht gespart. *Requiem* hat diese unnötige Gewalt eigentlich nicht nötig, da die Spielmissionen auch so genügend Spannung und Abwechslung bieten. Die 3-D-Engine ist schnell und die Akteure sind butterweich animiert. Bis auf die leicht kantige Levelgestaltung, der es an baulicher Verspieltheit mangelt und die dürftige Transparenz bei Flüssigkeiten, gehört die *Requiem*grafik zum Besten, was unter 3-D-Games derzeit zu finden ist. Eindrucksvoll sind die reichhaltigen und filigranen Texturen, die Licht-, Rauch- und Explosionseffekte, und die riesigen futuristischen Häuserschluchten, durch welche sich der Spieler bewegt.

Nachteilig ist der recht happige Schwierigkeitsgrad (in drei Stufen regelbar), so daß es bei einigen Endgegnern fast unmöglich wird, ohne Cheat weiterzukommen.

P166, 32 MB, Win9x (3-D-Karte empfohlen)
Spielspaß: 85 %

Star Wars: Rogue Squadron (LucasArts)
Für Liebhaber grafisch üppiger und unkomplizierter Weltraumballereien ist *Rogue Squadron* (Luke Skywalkers Elitestaffel) durchaus einen längeren Blick Wert. Mit verschiedenen Raumjägern (A-,X-, oder Y-Wings) kann man rund 20 Missionen lang in gediegenen Star Wars-Schauplätzen (Mos Eisley, Eisplanet Hoth, Han Solos Heimatplanet Corellia, oder Taloraan eine Wolkenstadt) auf die Jagd gegen das Imperium gehen. Stellenweise erinnert das Spiel stark an *Star Wars: Shadows of the Empire*. So kann man auch in *Rogue Squadron* die gepanzerten Schreitkamele (AT-AT-Walker) zu Fall bringen und dies in grafisch derartig beeindruckender Qualität, daß man glaubt, selbst im Film mitzuspielen.

Die Grafikqualität hat natürlich ihren Preis. Ohne 3D-Grafikkarte (ab VooDoo 1) macht *Rogue Squadron* keinen Spaß oder läuft erst gar nicht an. Die schmale Hintergrundgeschichte ist allenfalls nettes Beiwerk und hält die actiondominierten Spielabschnitte lose zusammen. *Rogue Squadron* eignet sich deshalb hervorragend für ein schnelles Spielchen zwischendurch. Bevorzugt man jedoch komplexere Szenarien, sollte man zu anderen Spacegames (z. B. *Conflict Freespace*) greifen.

P133, 16 MB, Win9x, 3D-Karte dringend empfohlen
Spielspaß: 85 %

Turok 2 (Acclaim)

Turok setzte seinerzeit die Meßlatte für grafisch anspruchsvolle 3-D-Shooter sehr hoch. Perfekte Gegnergestaltung und Animation, eine äußerst realistisch gestaltete 3-D-Welt und grandiose Lichteffekte machten das Spiel zum Meilenstein unter den 3-D-Games.

Leider gab es spielerisch einige Schwachstellen. Die riesigen Urwaldlevel waren zum Teil so unübersichtlich, daß der Spieler einen großen Teil der Zeit mit erfolglosem herumspazieren verbrachte. Außerdem war Abspeichern nur an wenigen Savepoints möglich. Hinzu kamen die übermächtigen, zumeist urzeitlichen Endgegner und übermäßig gut versteckte Schlüsselsteine.

Turok 2 bemüht sich, einen großen Teil dieser Schwachstellen auszubügeln. So kann der Spieler jederzeit abspeichern und auch die Suche nach diversen Schlüsselsteinen gerät nicht mehr zur Suche nach der Nadel im Heuhaufen.

Turok 2 spielt sich deshalb eher wie ein genreübliches 3-D-Game im Science Fantasy-Ambiente mit Sauriern, Monstern und Außerirdischen. Der Spieler muß Schalter zum Türen öffnen suchen, kleinere Aufgaben erledigen und viele, viele Unholde ins Jenseits befördern. Grafisch macht *Turok 2* für heutige Ansprüche eher einen durchschnittlichen Eindruck. Die Level- und auch die Gegnergestaltung fällt etwas zu kantig aus. Die Schauplätze sind, genau wie beim Vorgänger, riesig dimensioniert, so daß man beim Herumwandern schon mal die Übersicht verliert. Dafür sind die unterschiedlichen Welten sehr abwechslungsreich gestaltet und lassen eigentlich nur bei den etwas eintönigen Texturen Wünsche offen. Auch die eindrucksvollen Licht- und Explosionseffekte (mit simulierten Erschütterungen) können sich sehen lassen. Recht ordentlich ist die Künstliche Intelligenz der verschiedenen, zum Teil biomechanischen Monster. So verstecken sich Angreifer auch schon mal hinter Kisten und werfen von dort aus ihre Granaten herüber. Somit ist auch *Turok 2* kein leichter Spaziergang für actionverliebte High Tech-Winnetous.

P166, 32 MB, Win9x, 3-D-Grafikkarte
Spielspaß 80 %

Unreal: Return to Na Pali (GT Interactive)
Die Missions-CD zu *Unreal* klinkt sich nahtlos am Ende des Handlungsfadens des Basisspiels ein und führt die Geschichte des flüchtigen Strafgefangenen fort. Gelang der Hauptfigur in der Schlußsequenz von *Unreal* mit Hilfe einer Rettungskapsel die Flucht in den leeren Raum, wird diese kurz darauf von einem Militärschiff wieder aufgesammelt.

Dem Gefangenen werden zwei Alternativen geboten; entweder kehrt er in einer Art Selbstmordkommando auf den Planeten zurück, um ein gestrandetes Wrack ausfindig zu machen und militärische Daten zu sichern, oder er wird ohne Raumanzug zu einem Ausflug ins All entlassen. Die Entscheidung fällt leicht und kurz darauf findet sich der Spieler auf der fruchtbaren Oberfläche von Na Pali wieder.

In zwölf abwechslungsreich designten Leveln durchstreift der Spieler Dörfer, Minenschächte oder taucht in verschachtelte Brunnensysteme, um das Wrack zu

Unreal: Return to Na Pali

finden. An der schicken *Unreal*-Grafik hat sich dabei nichts geändert. Riesige, dicht texturierte Landschaften stehen dem Spieler zum Erforschen zur Verfügung, überspannt von einem atemberaubend animierten Himmel.

Neu in der *Unreal*-Erweiterung sind drei neue Waffensysteme (Granatwerfer, Raketenwerfer, Sturmgewehr) und drei neue Monsterklassen (z. B. Riesenspinnen).

P200, 32 MB, Win9x
Spielspaß 85 %

Strategie

Command & Conquer: Der Tiberium-Konflikt (Westwood)

Endlich findet die Mutter aller Strategiegames ihre Umsetzung auf dem Konsolenmarkt. In Command & Conquer findet sich im Grunde genommen schon all das, was erfolgreiche Echtzeitstrategiespiele noch immer ausmacht.

Durch die Verknüpfung verschiedener Aufgabenstellungen ist der Spieler in *Command & Conquer* mit einem komplexen Spielgeschehen konfrontiert. Er muß sich um Recourcenbeschaffung, die Erforschung neuer Technologien, Einheitenproduktion und vor allem um das Echtzeitkampfgeschehen gleichzeitig kümmern. Außerdem sind verschiedene Gebäude wie Kasernen, Kraftwerke, Produktionsstätten oder Raffinerien zu errichten. Das Spielfeld betrachtet der Spieler dabei aus einer Art Vogelperspektive. Mit einfachen Befehlen wird das Spielgeschehen verwaltet, Gruppen aus Einheiten (Kämpfer, Luftkissenboote, Raketenwerfer oder Panzer) zusammengefaßt, Wegmarkierungen für Patrouillen gesetzt und vieles mehr. Dabei sollte man seine finanzielle Lage nicht aus den Augen verlieren. Damit die Missionen auch genügend Überraschungen bieten, versteckt noch unerforschte Gebiete der berühmte Fog of War.

Das Spielgeschehen selbst findet in naher Zukunft statt. Zwei konkurrierende Parteien (das gesamte politische Geschehen wird von den weltbeherrschenden Megakonzernen Global Defensive Initiative und Brotherhood of Nod bestimmt) kämpfen um das heißbegehrte Mineral Tiberium, welches die Energieprobleme der gesamten Erde lösen könnte. Da die Tiberium-Vorkommen jedoch vorwiegend in Ländern der Dritten Welt und Osteuropa zu finden sind, kommt es zum militärischen Konflikt.

Da es um Macht und Reichtum geht, wird mit den Mitteln, diese zu erringen, nicht zimperlich umgegangen.

Grafisch kann *Command & Conquer* natürlich nicht mehr mit aktuellen Titeln mithalten. Dafür, daß *Command & Conquer* dennoch tagelang am Monitor fesselt, sorgen die überzeugende Spielsteuerung (intuitives Interface) der nahezu perfekt ausgeglichene Schwierigkeitsgrad und die sehr abwechslungsreichen Missionen.

N64
Spielspaß 85 %

Command & Conquer 3: Operation Tiberian Sun (Westwood/Electronic Arts)

Nach den beiden sehr erfolgreichen Vorgängern und der immensen Wartezeit auf die lang angekündigte Fortsetzung, schraubte sich auch die Erwartungshaltung in schwindelerregende Höhen. Die Entwickler versprachen eine Menge, hielten das Produkt aber bis zum endgültigen Erscheinungstermin unter Verschluß.

Command & Conquer 3: Operation Tiberian Sun

Anhand großangelegter Werbekampagnen und ausufernder Versprechungen, wirkt das fertige Spiel eher unscheinbar. *Command & Conquer 3* leidet besonders unter mangelnder Innovation gegenüber seinen Vorläufern und vergleichbaren Konkurrenztiteln.

So sind auch die eigentlichen Spielaufgaben im Vergleich zu *Command & Conquer 1* und *2* gleich geblieben. Der Spieler errichtet eine Basis (Bauhof), ein Kraftwerk zur Energiegewinnung und eine Raffinerie incl. Sammler. Der Sammler geht auf die Suche nach Tiberium (Tiberium ist ein schnellwachsender und sehr energiereicher Kristall, der durch Meteore auf die Erde gelangte) erntet es ab und bringt die Ladung in ein Silo. Auf diese Weise gewinnt man Energie, um weitere Bauwerke zu errichten und Einheiten zum Kampf oder für andere Aufgaben zu fertigen. In jeder Mission sind darüber hinaus bestimmte Ziele zu erfüllen (Zivilisten befreien, Feindstellungen erobern, Artefakte bergen usw.) um die Mission erfolgreich zu beenden.

Gerade auf grafischer Seite sind die auffälligsten Veränderungen bemerkbar. Liebevoll gestaltete Karten mit stimmungsvollen Lichteffekten machen die Erforschung der Umgebung zu einem Abenteuer. Der Spieler entdeckt unter anderem das Wrack eines gestrandeten Raumschiffes und muß es unter seine Kontrolle bringen. Neu ist auch das dynamische Landschaftsmodell, welches beispielsweise riesige Krater bei entsprechenden Explosionen erzeugt. Auch fliegen Wrackteile durch die Gegend, wenn ein Fahrzeug das Zeitliche segnet. Mißlungen sind jedoch die minimalen Animationen der Wasserflächen. Hier muß man sehr genau hinschauen um überhaupt eine Bewegung auszumachen.

Auf dem futuristischen Schlachtfeld einer kriegsverbrannten Erde kann der Spieler zwei Kampagnen (jeweils in der Rolle des Guten und Bösen) durchzocken und auch übers Netzwerk oder das Internet ein Spielchen wagen.

Verbessert wurde die künstliche Intelligenz der Einheiten, welche nicht mehr kilometerlange Umwege machen, um zum Ziel zu kommen, und sich auch im Kampf geschickter verhalten. Das gilt besonders für die feindlichen Einheiten, die jeden

Schwachpunkt in der eigenen Deckung gnadenlos zu ihrem Vorteil nutzen. Vorbildlich ist in *Command & Conquer 3* die Spielsteuerung. Einfach und übersichtlich kann man seine Basis errichten, Einheiten bauen oder Angriffe steuern.

Die Hintergrundstory wird durch Filmszenen mit realen Schauspielern erzählt. Technisch brillant, wirkt die Spielhandlung jedoch klischeehaft und unoriginell. Der Oberbösewicht taucht wieder aus der Versenkung und bringt erneut Unheil übers Land. StarCraft, zwar technisch nicht mehr ganz auf der Höhe der Zeit, war hier mit seiner ausufernden Hintergrundgeschichte von ganz anderem Kaliber.

Ein halbautomatischer Missionsgenerator ermöglicht das Erstellen eigener Karten für Einzel- und Mehrspieler, und gibt dem spielerisch sehr ausgewogenem Strategiegame den letzten Pfiff.

P166, 32 MB, Win 9x
Spielspaß 85 %

Dungeon Keeper 2 (ElectronicArts/Bullfrog)

Das innovative Spielkonzept von *Dungeon Keeper* sorgte seinerzeit für allgemeine Begeisterung unter Spielern und Presse. In der Rolle des bösen Finsterlings konnte man ein mächtiges unterirdisches Reich errichten, um später an die funkelnden Schätze edler Schloßherren oder anderer Keeper zu gelangen.

Doch leider ist man am Anfang nur ein schwächlicher Bösewicht, dem sogar eine Handvoll Zwerge gefährlich werden kann. Deshalb ist es notwendig, genügend übelgelaunte, boshafte, hinterhältige und vor allem angriffslustige Kreaturen der Finsternis anzulocken.

Der Imp, die für einen funktionierenden Dungeon unentbehrlichste Figur, steht dem Spieler schon von Beginn an zur Verfügung. Diese kleinen, emsigen und vor allem anspruchslosen Gesellen buddeln Gänge ins Erdreich, legen Kammern frei, verstärken Wände, bauen Gold ab und erledigen noch so manch andere Drecksarbeit. Da die anzulockenden Monster, was ihre Bequemlichkeit angeht, durchaus anspruchs-

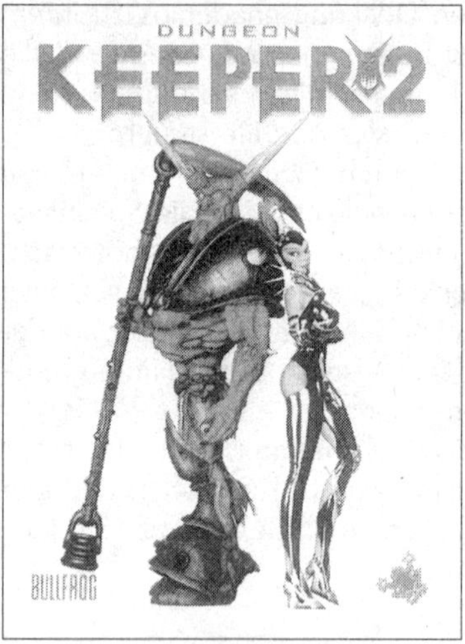

Dungeon Keeper 2

voll sind, muß man sich als Fürst der Finsternis ganz schön ins Zeug legen. Da sind Schlafräume, Geflügelfarmen, eine Bibliothek, Schatzkammern (immer gut gefüllt) oder Trainingsräume zu errichten. Fühlt sich nämlich ein Monster vernachlässigt, sucht es schnell das Weite und der Keeper hat einen Kämpfer weniger.

Wie auch sein Vorgänger verknüpft *Dungeon Keeper 2* verschiedene Spielgenre miteinander. Der größte Part ist die Aufbausimulation. Zuerst muß ein Dungeon angelegt werden, Gold ist zu horten und Kreaturen müssen angelockt werden. Beim Training oder Kampf kommt ein Schuß Rollenspiel hinzu, da durch Übungen im Trainingsraum oder während der Schlachten Erfahrungswerte und neue Fähigkeiten erlangt werden. Schlüpft der Spieler mit dem Zauberspruch Symbiose in eine seiner Figuren, spielt sich *Dungeon Keeper 2* wie ein 3-D-Shooter. Der Schlußpart einer jeden Mission ist die finale Schlacht in Echtzeit – der Strategieteil sozusagen.

Ein besonderes Lob verdient – trotz des komplexen Spielgeschehens – die gut durchdachte Spielsteuerung.

Dungeon Keeper 2 bietet gegenüber seinem Vorgänger jedoch wenig Innovatives. Vielmehr bemühten sich die Programmierer um Detailverbesserungen, eine grundlegende Überarbeitung der Grafik (sämtliche Objekte wurden aus 3-D-Bausteinen erstellt) und eine noch ausgewogenere Spielsteuerung.

Dungeon Keeper 2 ist ein Hardwarefresser. Zwar kann man das Spiel auch auf einem einfachen Pentium laufen lassen, muß dann aber so viele Grafikoptionen deaktivieren, daß das Spiel nur halb so viel Spaß macht.

P200, 32MB, Win9x
85 % Spielspaß

Heroes of Might and Magic III (Ubi Soft)
Might and Magic ist eine der größten und beliebtesten Fantasyszenarien des Rollenspielfandoms. So spielt auch der dritte Teil von *Heroes of Might and Magic* im bezaubernden Königreich Erathia, in dem wieder düstere Zeiten angebrochen sind.

Wie schon seine Vorgänger, entpuppt sich *Heroes of Might and Magic III* als sehr komplexes, jedoch fast intuitiv zu bedienendes Fantasy-Strategie-Game. Die rundenbasierende, vom Brettspiel herrührende, Spielweise, erlaubt es dem Spieler, sich jeden Spielzug genau zu durchdenken, ohne in die unvermeidliche Hektik von Echtzeitgames zu verfallen. Ein kurzes Übungsspiel macht den Neuling mit den grundlegenden Spielfunktionen vertraut.

Zu Beginn muß der Spieler entscheiden, ob er eine Kampagne, ein Einzelspielerszenario, oder eine Mehrspielerpartie antreten möchte. Von einigen Detailverbesserungen

Heroes of Might and Magic III

und kleineren Spielerweiterungen abgesehen, baut *Heroes of Might and Magic 3* auf dem eingespielten Regelwerk der beiden erfolgreichen Vorläufer auf. So finden sich auch die verschiedenen Ansichten für den Reise- und den Kampfmodus wieder. In der Reiseansicht blickt man auf ein isometrisches Spielfeld, wo während der Kämpfe ein Hexagonfeld als Spielfläche herhalten muß.

Die Heldenparty erwarten so verschiedene Aufgaben wie: Helden anwerben, Gegend erkunden, Städte erobern oder eine funktionierende Stadtwirtschaft aufbauen. Bei den Wanderungen begegnen den Kämpfern die verschiedensten Personen und Kreaturen, mit denen sie Kämpfe austragen, aber auch Verhandlungen führen können. Außerdem lassen sich in Erathia eine Unmenge an Schatzkisten und magischer Artefakte ausfindig machen. Kommen Seen oder Flüsse ins Spiel, ist es möglich, Boote zum Übersetzen zu benutzen.

Neben der reichlichen Auswahl an Karten für den Einspieler- und Mehrspieler-Modus, kann der Spieler eine Handvoll Kampagnen (mit leider je nur maximal 4 verknüpften Missionen) anwählen.

Neu ist die höher auflösende Bildschirmanzeige von 800 x 600 Bildpunkten und die Unterteilung Erathias in Ober- und Unterwelt. Hinzu kommen neue Monsterklassen und erweiterte magische Fähigkeiten der Spielfiguren.

P133, 32 MB, Win9x
Spielspaß 75 %

MechWarrior (MicroProse)

Die schweren Kampfmaschinen aus dem BattleTech-Universum sind mittlerweile in ihrem dritten PC-Einsatz unterwegs. Im Jahr 3060 liegt die Menschheit einmal mehr in einem weltumspannenden Krieg. Riesige bemannte Kampfmaschinen, die BattleMechs, beherrschen das Bild einer düsteren Endzeitlandschaft mit zerfallenen Gebäuden und Fabrikanlagen. In 20 Singelplayer-Einsätzen muß der Spieler die gegnerischen Metallmonster aus dem Smoke Jaguar Clan besiegen. Ihm stehen hierfür 18 verschiedene Mechtypen aus dem originalen

BattleTech-Universum zur Verfügung. Ein speziell entwickeltes, dynamisches Landschaftsmodell ermöglicht völlig neue Strategien und leistet als Versteck und Deckung hervorragende Dienste. Das ist auch vonnöten, da die Künstliche Intelligenz der gegnerischen Mechs eine Vielzahl unterschiedlicher Taktiken beherrscht. Außerdem kann der Spieler zu seiner Unterstützung verbündete Mechs befehligen. Genreneulingen kommt besonders die (verglichen mit anderen Mech-Simulationen) relativ einfache Steuerung und der in drei Stufen regelbare Schwierigkeitsgrad entgegen.

Außer der leider etwas zu schmal geratenen Kampagne, stehen 4 Trainingsmissionen, 6 Szenarien für Schnelleinsätze und Mehrspieleroptionen (bis zu acht Spieler) zur Auswahl.

Eine der Schwächen in *MechWarrior 3* ist die etwas karge Landschaftsgestaltung. Dagegen stehen die ausgezeichnet animierten und modellierten Kampfroboter, die durchs und sogar unter Wasser laufen können. Ebenfalls sehenswert: Nach effektvollen Explosionen mit transparenten Rauchfahnen fallen die Trümmer in ballistisch korrekten Kurven zu Boden. Darüber hinaus können fast sämtliche 3-D-Objekte durch Beschuß oder darüberlaufen zerstört werden.

P200, 32 MB, Win9x
Spielspaß 90 %

Myth II Soulblighter (GTI/Bungie)
Wie schon in dem als Geheimtip gehandelten ersten Teil dieses Real-Time-Strategie-Games (*Myth Kreuzzug ins Ungewisse*) verzichteten die Macher auf die üblichen Strategiekomponenten wie Recourcenmanagement oder den Aufbau einer festen Basis und focussierten sämtliche Qualitäten des Spiels auf das Echtzeitkampfgeschehen. Die mit vielen Details geschmückten 3-D-Schauplätze (die frei rotierbare 3-D-Landschaft ermöglicht den Blick in nahezu jeden Winkel) mit mittelalterlichen Dörfern, nebligen Sümpfen oder riesigen Schloßanlagen (inkl. Innenlevel) lassen den Spieler eine atmosphärische Fantasywelt erleben.

Der Solospieler kann zwischen fünf Schwierigkeitsgraden

Myth II Soulblighter

wählen und findet einen schnellen Zugang durch die stimmungsvoll erzählte Hintergrundgeschichte. Die Handlung von *Myth II* setzt rund 60 Jahre nach der Niederschlagung des mächtigen Schwarzmagiers Baldar ein. In den Jahren des Friedens entwickelte sich das Land prächtig und erholte sich von den Folgen der Kämpfe.

Dem Soulblighter, einem von Baldar angeführten Höllenfürsten, gelang jedoch in den Kriegswirren von damals die Flucht. Er nutzte die Zeit des Friedens, um ein riesiges Heer Untoter aufzubauen und gegen die ahnungslose Bevölkerung zu hetzen. Der Kampf beginnt von neuem ...

Unter den vom Spieler zu steuernden Einheiten finden sich die aus Teil I bekannten Zwerge mit der Vorliebe für Explosivgeschosse, Schwertkämpfer, Bogenschützen und Magier wieder. Die ohnehin schon leistungsstarke 3-D-Engine wurde noch einmal verbessert, so daß Regen, Nebel, Schnee (hinterlassene Spuren im Schnee können taktische Bedeutung erlangen) und Brände simuliert werden können. Des weiteren sind geographische Höhenunterschiede wichtig, da z. B. Bogenschützen von einer Bergkuppe aus deutlich weiter schießen.

Besonders lobenswert ist die übersichtliche und intuitive Spielsteuerung, die es auch Strategieneulingen erlaubt, schnell mit der Menüführung zurechtzukommen. Ein Übungslevel klärt die letzten offenstehenden Fragen. Die Missionsaufgaben in *Myth II* sind vielfältig und erschöpfen sich nicht im aufeinanderhetzen von Einheiten. So muß sich beispielsweise in einer Mission ein Kundschafterzwerg unauffällig in eine Burganlage schleichen, um die Zugbrücke herabzulassen. Erst wenn der Zugang geöffnet wurde, kann mit dem Versuch gestartet werden, die zu Burg erobern.

P133, 32 MB, Win9x/MacOS
Spielspaß 90 %

Die Siedler III: Missions-CD (Blue Byte)
Bisher lieferte Blue Byte zu jedem seiner Produkte erstklassige Expansions-Sets. So läßt auch das Add-On zu *Siedler III* keine Wünsche offen. Zu den drei verfügbaren Völkern gibt es je eine neue Kampagne (untergliedert in wiederum acht Missionen). In den neuen Kampagnen verschlägt es die emsigen Gesellen an die Ufer eines fremden Landes. Nur wenn die Siedler den *heiligen Ort* finden, gibt es eine Chance zur Rückkehr in die Heimat.

Weiterhin stehen zehn weitere Einzelspielerkarten zur Auswahl. Für Mehrspielerfans gibt es ebenfalls zehn taufrische Karten und einen Leveleditor zum Gestalten eigener Welten. Der kinderleicht zu bedienende Editor ermöglicht außerdem das Erstellen von Einzelspielerkarten mit festgelegten Missionszielen.

Dies alles wird in der üppigen Grafikpracht des *Siedler III*-Basisspiels geboten.

Neu an den Zusatzmissionen ist die Schwerpunktsetzung auf Bündnisse mit anderen Völkern, um gemeinsam anstehende Probleme zu bewältigen und eine vom Basisspiel unabhängige Hintergrundgeschichte. Bleibt als einzige Hürde für den Spieler der recht saftige Schwierigkeitsgrad.

P100, 32 MB, Win9x (+Siedler III Basisspiel)
Spielspaß 85 %

StarCraft: Brood War – Missions CD (Sierra/Blizzard)
In 24 neuen Szenarien die in drei Missionen angelegt sind, erlebt der Spieler in gewohnter *StarCraft*-Qualität die neuen Ent-

wicklungen in der Auseinandersetzung um die Vorherrschaft in der Galaxis. Diese wird durch eine weitergeführte Hintergrundgeschichte (eine der besonderen Stärken von *StarCraft*) und atemberaubende Zwischensequencen untermalt. Um in den neuen Missionen überleben zu können ermöglicht *Brood War* dem Spieler den Einsatz von insgesamt 6 neuen Einheiten (Korsar, Dunkler Archon, Schleicher, Vernichter, Sanitäter, Walkürenbomber), sowie eine Vielzahl an neuen Einheiten-Upgrades. Neu kreierte Terrain-Sets, wie z. B. frostige Eislandschaften oder glühende Wüsten sorgen zusätzlich für eine spannungsgeladene Atmosphäre bei der Erforschung und Verteidigung neuer Welten.

Grafisch spielt *StarCraft: Brood War* zwar nicht mehr ganz vorne mit (keine echte 3-D-Landschaft), macht dies aber durch abwechslungsreiche Landschaftsgestaltung und sehr gute Spielbarkeit wieder wett. Des weiteren erhält der Spieler mit *Brood War* ca. 100 neue Multiplayer-Karten um seine strategischen Fähigkeiten weltweit in Blizzards kostenlosem Battle.net unter Beweis stellen zu können. Aber auch unter Bekannten und Freunden wird eine Multiplayer-Partie über Modem, Direktverbindung oder Netzwerk mit bis zu 8 Teilnehmern für abendfüllenden Spielspaß sorgen.

P90, 16 MB, Win9x
Spielspaß 90 %

Star Trek: The Next Generation – Birth of the Federation (MicroProse)

Das aktuelle Star Trek-Game aus der Schmiede der Entwickler von *Master of Orion 2* ist ein rundenbasiertes SF-Strategiespiel, bei dem der User sein eigenes Star Trek-Universum erbaut. Er kann sich zum Spielbeginn eigene Startbedingungen aufgrund einer Vielzahl von Einstellungen (z. B. der Größe des Universums) festlegen. Danach wählt er sich eine der fünf bekanntesten Rassen (Föderation, Klingonen, Romulaner, Ferengi und Cardassianer – jede mit ihren individuellen Stärken und Schwächen) aus, um als Führer dieses Volkes sein Imperium Zug um Zug zu vergrößern. Die Förderation bemüht sich beispielsweise durch Diplomatie und freundschaftliche Beziehungen voranzukommen, während die klingonische Rasse lieber den Kampf als Streitmittel bevorzugt.

Es gilt, mit gewaltigen Raumschiff-Flotten neue Welten zu erschließen und dabei schwarzen Löchern oder Borg-Übergriffen auszuweichen. Weitere bekannte Fremdrassen können per Zufallsgenerator ins Spielgeschehen eingreifen und den Verlauf eines Spieles komplett verändern.

Eine besondere strategische Herausforderungen stellt das ausgefeilte Management der Ressourcen, Sternensysteme und Schiffsflotten. Die Entwicklung oder Beschaffung von Technologien kann durch Handel, Diplomatie oder Spionage geschehen. Hinzu kommen 3-D-Schlachten basierend auf der bewährten Falcon 4.0-Engine. Zu einer erfolgreichen Expansion gehört aber auch die Erforschung der kompletten Galaxie voller Planeten, Sonnen und Geheimnisse. Möglich sind außerdem Multiplayerspiele mit bis zu 5 Gamern über LAN oder im Internet.

Leider finden, bis auf die 3-D-Darstellung der Kampfhandlungen, sämtliche strategische Manipulationen in animationsarmen Spielfenstern statt. Auch das im Star Trek-Design gestaltete, jedoch leicht unübersichtliche Interface, macht wegen des komplexen Spielgeschehens einen Schnelleinstieg recht schwer. An der Lektüre des Handbuchs kommt man also nicht vorbei.

P166, 16 MB, Win9x
Spielspaß 60 %

Uprising 2 - Lead and Destroy (Ubi Soft/3DO)

Ganz so martialisch wie das Motto zum Spiel zu suggerieren versucht, spielt sich *Uprising 2* glücklicherweise nicht. Herausragendes Merkmal von *Uprising 2* ist die atemberaubende 3-D-Grafik, welche fremde Planetenoberflächen so greifbar wie noch nie zuvor auf den Monitor zaubert. Einziges Makel ist die Kargheit der dargestellten Landschaften, da auf 3-D-Vegetation völlig verzichtet wurde. Doch auf Himmelskörpern mit geringer oder fehlender Atmosphäre ist an Vegetation sowieso kaum zu denken. Auch die Umsetzung von Himmel- und Wolkenanimationen vermag zu begeistern.

Im Spiel selbst bewegt man sich mit Hilfe eines WarCat-Schwebegleiters über die grandiosen 3-D-Landschaften verschiedener Planeten und versucht die Basen bösartiger Aliens zu erobern. Der Spieler überwacht dabei das komplette Spielgeschehen von der Einheitenproduktion, Verteidigung der eigenen Stützpunkte bis hin zu Begleit- oder Angriffsmissionen.

Die zu Beginn verwirrende Spielsteuerung ist nach etwas Einübung (und Manipulation der Tastaturbelegungen) ein Kinderspiel. Leider ist das Handbuch hier nicht übersichtlich und ausführlich genug. Ärgerlich ist außerdem, daß auf eine nennenswerte Hintergrundgeschichte verzichtet wurde.

Die 3Dfx-optimierte Grafikdarstellung (andere Grafikchips blieben leider unberücksichtigt) zeigt eindrucksvolle Lichteffekte und eine hohe Texturdichte. Stellt man die Sichtweite im Optionsmenü auf Maximum, kommen selbst mittlere PII-Rechner ins Stottern

Uprising 2 bietet grundsolide Action mit opulenter 3-D-Grafik und einem Schuß Strategie. Eine wirkliche Hintergrundgeschichte und ein wenig mehr Abwechslung hätten *Uprising 2* gut getan. Dem Spieler bleiben dennoch packende Planetenabenteuer mit aufregender und zuweilen hektischer Action.

P200, 32 MB, Win9x, (3-D-Karte dringend empfohlen)
Spielspaß 80 %

X Beyond the Frontier (THQ, Egosoft)

Die Handlung von *X Beyond the Frontier* beginnt in weiter Zukunft und viele Lichtjahre von der Erde entfernt: Bei dem Test eines neuartigen Antriebssystems entsteht eine kritische Situation. Schnell wird die Rückkehrphase eingeleitet. Der Überraumsprung mißlingt jedoch und der Pilot des Test-Raumjägers wird in einen unbekannten Winkel des Universums versetzt. Fern von jeglicher menschlicher Zivilisation, ist der Pilot völlig auf sich allein gestellt. Doch der erste Eindruck täuscht. Schnell ist der Kontakt mit hochentwickelten und kooperationsbereiten Alienzivilisationen hergestellt. Das Aben-

X Beyond the frontier

teuer *X Beyond the Frontier* beginnt.

X Beyond the Frontier orientiert sich an dem berühmten, jedoch technisch hoffnungslos überholten Spacegame Elite und bietet somit eine sehr weitgehende Handlungsfreiheit in einem offenen Universum. Die Spieler sitzt in seinem aufrüstbaren Raumflieger, kann mit geheimnisvollen Alienzivilisationen Handel treiben, spezielle Aufträge erledigen, aber auch an heißen Weltraumgefechten im Stile von Wing Commander teilnehmen.

X Beyond the Frontier hätte auch ein gutes Star Trek-Game abgegeben, da die erste Alienrasse, mit welcher der Spieler in Berührung gerät, schon mehr als augenfällig ferengiähnliches Verhalten an den Tag legt, und die gesamte Philosophie des Spiels viel von der in Deep Space 9 innehat.

Die grafische Qualität und vor allen die verschwenderisch eingesetzten Licht- und Transparenteffekte vermögen selbst verwöhnte HardCore-Gamer zu überzeugen. Das sich vor dem Spieler ausbreitende Universum wurde mit Tausenden von 3-D-Objekten bestückt, so daß es auf lange Zeit für den Spieler immer Neues zu entdecken gibt. So kann er die verschiedensten (rotierenden) Planeten, Asteroiden und gewaltige Raumstationen bewundern. Ein Makel an der grafischen Darstellung ist jedoch die Gestaltung eines Teils der Raumschiffe. Riesige Frachtraumer wirken bisweilen wie fliegende Pappkartons. Hier hätte ein wenig mehr Phantasie für bessere Atmosphäre gesorgt.

Ganz nach seinen eigenen Vorlieben kann sich der Spieler

für verschiedene Karrieremöglichkeiten (Händler, Söldner, Pirat oder einem Gemisch aus allem) entscheiden.

Space Opera-Fans sollten in jedem Fall ein Probespiel wagen, obwohl die gebotene Action im Vergleich zu Wing Commander etwas kürzer kommt.

P166, 32 MB, Win9x
Spielspaß 85 %

Rollenspiel

Blaze and Blade (THQ/T&E Soft)

Konvertierungen von Konsolentiteln (hier von der PlayStation) bergen das Problem, daß oft auch die technischen Einschränkungen dieser Spiele übernommen werden. Blaze and Blade ist ein gutes Beispiel hierfür: Keine Maussteuerung (selbst im Menüsystem), Speichern nur an einer Handvoll Savepoints und auch die grafischen Möglichkeiten heutiger PC-Technik werden kaum ausgereizt.

Blaze and Blade, ein im japanischen Manga-Stil gehaltenes Rollenspiel, vermag daher auch seine Stärken kaum auszuspielen.

Dem Spieler stehen 16 manipulierbare Charaktere (üblicher Rollenspielstandard wie Zauberer, Krieger, Elf usw.) zur Auswahl. Nach der minimalistischen Einleitungsgeschichte werden die gewählten (maximal vier) Spielfiguren in eine recht ordentlich dimensionierte 3-D-Spielwelt entlassen, und können nach altbekanntem Regelwerk (Monster bekämpfen, Erfahrungspunkte sammeln usw.) auf Abenteuersuche gehen. An einem PC sind übrigens ebenso viele Mitspieler möglich, wobei jeder separat seine Figur in der Party spielt. Dies macht das Spiel auch für Mehrspielerfreunde ohne Zweit-PC interessant.

Leider hat *Blaze and Blade* außer mit den konsolenbedingten Einschränkungen auch mit einer fürchterlichen Steuerung zu kämpfen. Eine intelligente Kamera, die (wie z. B. in *Tomb Raider*) automatisch in einen geeigneten Blickwinkel fährt, sucht man vergebens. Darüber hinaus sprechen Grafik und

Spieltiefe nur ein sehr junges Publikum an. Der übliche Rollenspielfan bleibt so außen vor.

P133, 24 MB, Win9x, (3-D-Karte empfohlen)
Spielspaß 45 %

Dark Secrets of Afrika (THQ)
Das Echtzeit-Rollenspiel *Dark Secrets of Africa* entführt den Spieler in die mysteriösen Geheimnisse Afrikas am Ende des achtzehnten Jahrhunderts. Die Hauptfigur erinnert stark an einen gewissen Harrison Ford in der Rolle des charismatischen Abenteurers Indiana Jones.

Gespielt wird in isometrisch dargestellten Landschaften und Einrichtungen, in denen man die Spielfiguren mittels Mausklick hin und her bewegt und diverse Aktionen durchführen kann.

Zusätzlich zur eigentlichen Hauptfigur können sechs weitere Spielfiguren (Träger, Kämpfer usw.) angeheuert werden. Weiterhin müssen Vorräte verwaltet, Schätze geborgen und Feinde in die Flucht geschlagen werden.

Grafisch überrascht das von 3-D-beschleunigter Hardware unabhängige Spiel durch verblüffende Lichteffekte, welche mitunter den gesamten Bildschirm einnehmen und realistische, durch ein Motion-Blur-Partikelsystem realisierte Wetterbedingungen. Auch die dargestellten Örtlichkeiten (Tempelruinen, Pyramiden oder Dschungelanlagen) wurden mit ausgesprochener Liebe zum Detail gestaltet. Für genügend Atmosphäre ist also gesorgt.

Leider blieben die reichhaltigen Fähigkeiten der Grafikengine relativ ungenutzt. Die einzelnen Missionen sind nur oberflächlich durch eine übergreifende Story miteinander verbunden, so daß man die Möglichkeiten, welcher ein größerer Spielrahmen beinhaltet, verschenkt. Interaktion über Gespräche mit anderen Spielfiguren ist nicht möglich. Weitere Schwachpunkte sind einfallslos agierende Gegner, die ungenaue Steuerung und die simplen Rollenspiel- und Action-Elemente. Auch wurde der historische Hintergrund nur unzureichend in die Spielhandlung integriert.

Durch das benutzerfreundliche Handling ist das Spiel dennoch eine gute Übung für Genreneulinge, welche sich einmal an einem Iso-Rollenspiel versuchen wollen.

Für Spieler mit komplexeren Rollenspiel-Ansprüchen ist *Dark Secret of Africa* jedoch weniger geeignet.

P133, 32 MB, Win9x
Spielspaß 85 %

Fallout 2 (Acclaim/Interplay)

Die Fortsetzung des postatomaren Rollenspielepos *Fallout* führt die Tugenden des Vorgängers fort und wartet mit einigen Detailverbesserungen auf. So gelingt auch *Fallout 2* der Spagat zwischen Rollenspiel, einer relativ freien Adventurestory und Actionelementen.

Zum Spielstart kann der Spieler zwischen drei vorgefertigten, aber auch nach persönlichen Vorlieben zu manipulierenden Charakterprofilen wählen, oder seine Figur völlig eigenständig entwickeln. Nach einem kurzen Übungslevel, bei dem man die Fähigkeiten seiner Figur vermittelt bekommt, wird diese in die rauhe Wirklichkeit einer von mutierten Kreaturen, rivalisierenden Banden aber auch autarken friedlichen Gemeinschaften und geheimnisvollen Artefakten übersäten Endzeiterde entlassen um eine wichtige Mission zu erfüllen. Der Spieler erhält die Aufgabe, eine Datendisk mit dem sogenannten

Fallout 2

GECK, dem *Garten of Eden Creation Kit* zu finden, auf der sich Informationen befinden, die einen ökologischen Neuanfang ermöglichen könnten. Um dieses Ziel zu erreichen, besitzt die Spielfigur umfangreiche Aktionsmöglichkeiten. So kann sie die verschiedensten Ausrüstungsgegenstände sammeln und an entsprechenden Stellen benutzen (eine Sprengladung öffnet beispielsweise verriegelte Türen), mit anderen Figuren kommunizieren, sich gegen feindliche Kreaturen zur Wehr setzen, stehlen, forschen, heilen, mit anderen Menschen eine Gruppe (Partie) bilden und vieles mehr.

An der grafischen Umsetzung hat sich kaum etwas geändert. *Fallout 2* wird weiterhin aus einer isometrischen Vogelperspektive gespielt. Die vielen verschiedenen und fein gezeichneten Örtlichkeiten geben ein gutes Bild des strahlengezeichneten Planeten. Kämpfe laufen in Runden ab und können durch einen Fluchtversuch auch abgebrochen werden. Anders als im ersten Teil ist man keinen zeitlichen Einschränkungen mehr unterworfen um eine Aufgabe zu lösen. Außerdem ist es der Spielfigur möglich, sich zu verlieben und sogar zu heiraten.

P90, 16 MB, Win9x
Spielspaß: 90 %

King's Quest 8 – Maske der Ewigkeit (Sierra)

Von dem niedlichen Zeichentrickambiente der vorherigen *Kings Quest*-Folgen ist in Teil 8 nichts übriggeblieben. Um nicht in einer spielerischen Sackgasse zu landen, änderte man das Spielprinzip und machte aus dem märchenhaften Niedlichadventure ein actionorientiertes Fantasyadventure mit deutlichen Rollenspielelementen. Dies hat natürlich auch Auswirkungen auf die technische Umsetzung: *Kings Quest 8* ist ein Rollenspieladventure mit stimmungsvoller 3D-Grafik.

Gesteuert wird die Hauptfigur Connor je nach Vorliebe aus der Verfolger *(Tomb Raider)* oder Ich-Perspektive. Der Spieler kann erfreulicherweise zwischen diesen beiden Modi jeder Zeit hin und her schalten. Die Spielhandlung ist wieder im bekannten Königreich Daventry angesiedelt, über welches König Graham herrscht. Gleich zu Beginn der Geschichte wird der Spieler Zeuge eines schrecklichen Zaubers, welcher alle Einwohner in Stein verwandelt. Nur Connor wird verschont, da er wenige Augenblicke zuvor in den Besitz eines Teiles der *Maske der Ewigkeit* gelangte. Connor muß erkennen, daß er Daventry nur dann von diesem seltsamen Fluch befreien kann, wenn er die restlichen vier Teile der Maske findet. Schnell stellt er jedoch fest, daß er nicht der einzige ist, der die Maske in seinen Besitz zu bringen versucht.

Connors Abenteuer führt ihn durch sieben unterschiedliche Länder, in welchen er (von seinem eigentlichen Ziel abgesehen) separate Aufgaben erfüllen muß. So durchstreift er einen unheimlichen Sumpf, die Dimension des Todes oder das Reich der Sonne.

Um auch Rollenspielliebhaber auf ihre Kosten kommen zu lassen, kann Connor Erfahrungspunkte sammeln und von einem reichhaltigem Inventarangebot (Heiltränke, Zaubersprüche, Kletterhilfen, Geld oder Waffen) Gebrauch machen. Diese Verknüpfung von Rollenspiel- und Adventureelementen erhöht die Identifikation mit der Spielfigur enorm und läßt den Spieler intensiver an der Geschichte teilhaben.

Obwohl sich die Grafik nicht mehr mit den Genrebesten messen kann, macht sie durch die Einbeziehung vieler Details einen befriedigenden Eindruck. Da stören auch die kläglichen Lichteffekte, oder die so manches mal etwas zu kantigen Landschaften kaum. Einzige Ärgerlichkeit sind die unangenehm langen Ladezeiten zwischen den Spielabschnitten.

P166, 32 MB, Win9x, 3D-Karte dringend empfohlen
Spielspaß: 85 %

Lords of Magic – Special Edition (Sierra)
Das riesige Land Urak ist eine gefährliche Welt für junge Helden, welche es wagen, sich den grausamen Schergen Balkoths, die das Land zu verwüsten drohen, entgegenzustellen. Zombies, Orks, Zauberer oder feuerspeiende Drachen sind zu bezwingen. Die *Lords of Magic Special Edition* beinhaltet das verbesserte Basisspiel *Lords of Magic* und das Expansionsset *Legends of Urak.*

Lords of Magic orientiert sich an klassischen Rollenspielen mit isometrischer Perspektive plus einem kräftigen Anteil an strategischen Komponenten. Grafisch werden die Welten von Urak in hochauflösendem 3-D präsentiert, welches im Spielverlauf zwischen einer Erkunder- und einer speziellen Kampfansicht wechselt.

Der Handlungshintergrund von *Lords of Magic* basiert auf Legenden wie Beowolf, Siegfried oder geradezu unvermeidbar König Artus. Die Manipulations- und Handlungsmöglichkeiten des Spielers sind vielfältig. So kann dieser seinen Anführer aus acht unterschiedlichen Kulturen (z. B. Feuer, Wasser, Ordnung oder Chaos) wählen, mehrere Parties (Gruppen unterschiedlicher Figuren) führen, Echtzeitkämpfe steuern, magische Fähigkeiten erforschen und vieles mehr.

Leider ist das Steuerungsmenü recht unübersichtlich strukturiert und macht einen Schnelleinstieg (gerade für Rollenspielneulinge) unnötig schwer. Auch das Handbuch hilft hier kaum weiter. Dies ist bedauerlich, da das Spiel, davon abgesehen, durchaus zu überzeugen vermag.

P90, 16 MB, Win9x
Spielspaß 85 %

Might and Magic VII (Ubi Soft/3DO)
Der wohl bekannteste Vertreter unter den für PCs umgesetzten Rollenspielen geht mittlerweile in die siebente Runde. Wie immer brodelt es unter den unzähligen Völkern *Erathias*. Menschen und Elfen stehen unversöhnlich zueinander und beanspruchen Rechte auf ein und dieselben Ländereien. Duke Markham, unter dessen Obhut sich die fraglichen Landstriche befinden, fordert die Führer der rivalisierenden Parteien auf, um das Land zu kämpfen, und auf diese Weise einen eindeutigen Anspruch zu erwirken, ohne das Blut Tausender zu vergießen. Der Spieler legt zu Beginn des Abenteuers mit der Wahl seiner Helden auch den Gewinner dieser Auseinandersetzung fest, und erhält somit die Bürde der Verantwortung über diese Ländereien auferlegt.

Trotz gut klingender Versprechungen über verbesserte

Grafikqualität, Unterstützung von 3-D-Beschleunigerkarten und flüssigeren Animationen der Spielcharaktere, hinkt *Might and Magic VII* der Konkurrenz mehr als nur ein wenig hinterher. Für Grafikfetischisten ist das Spiel daher eine herbe Enttäuschung. Doch die Qualitäten von *Might and Magic VII* liegen, wie auch bei den Vorgängerprogrammen, in ganz anderen Bereichen.

Might an Magic VII bedient sich eines komplizierten Regelwerks, über das der Spieler auf nahezu alle Eigenschaften seiner Spielfiguren Zugriff hat. Dieses Regelwerk, welches fast unverändert vom klassischen Brett-Rollenspiel übernommen wurde, ergänzt ein vorbildliches System zur Charakterentwicklung. Dem Spieler ist es auf diese Weise möglich, gezielt bei seinen Figuren, gute, böse oder neutrale Charaktereigenschaften zu entwickeln. Ein Trainingsareal führt auch Might and Magic-Neulinge in die recht komplexe Welt *Erathias* ein.

Außer den primären Missionszielen, welche für den Weitergang der Geschichte notwendig sind, erwarten die Helden unzählige Nebenaufgaben, die jedoch nicht zwangsläufig erfüllt werden müssen. Sie ermöglichen dem Spieler aber an zusätzlichen Reichtum, mehr Erfahrung oder hilfreiche Utensilien aller Art zu gelangen.

An der relativ freien Handlungsführung in *Might an Magic VII* werden sich auch dieses Mal die Geister scheiden. Vermißt der eine Spieler die klare Missionsstruktur anderer Games, verliert sich der andere in der vielschichtigen Fantasywelt und ist froh, gerade das tun zu können, wonach es ihm gelüstet.

P166, 32 MB, Win 9x
Spielspaß 75 %

Quest for Glory 5: Drachenfeuer (Sierra)
Nach dem gewaltsamen Tod des Königs von Silmaria und dem darauf drohenden Chaos muß ein neuer Thronfolger gefunden werden. Sieben gefährliche und zum Teil komplizierte Prüfungen erwarten jenen Helden, welcher sich als würdig erachtet, die Krone zu übernehmen. Sein Weg führt ihn dabei

durch die verlorene Stadt Atlantis, in die Tiefen des Hades bis zur gewaltigen Festung von Marete. Wichtigste Aufgabe des Helden ist es jedoch, den, oder die Mörder des Königs ausfindig zu machen und ihrer gerechten Strafe zuzuführen.

Stimmungsvoll in Szene gesetzt wurde die umfangreiche Fantasywelt von *Quest for Glory 5*. Die Mischung aus farbenfrohen, zum Teil scrollenden Panoramahintergründen und dreidimensional modellierten Spielfiguren ermöglicht eine abwechslungsreiche Spielgestaltung. Tag- und Nachtwechsel tragen zu zusätzlichem Realismus bei.

Der Spieler kann seinen Helden aus vier verfügbaren Charakteren (Dieb, Krieger, Zauberer und Paladin) wählen, welche - ihren besonderen Fähigkeiten entsprechend - auf unterschiedlichen Wegen zum Ziel gelangen. Gesteuert wird die Spielfigur wie in einem klassischen Grafikadventure. Den Spieler erwarten zum Teil recht schwierige Echtzeitkämpfe, welche jedoch ohne besonderen grafischen Aufwand umgesetzt wurden. Ein ausgetüftelter Soundtrack mit realistischen Stereo-Soundeffekten unterstreicht das atmosphärische Fantasygeschehen.

Durch die gut ausgearbeitete Hintergrundgeschichte mit vielen Kommunikationsmöglichkeiten tendiert *Quest for Glory 5* eher zum Rollenspieladventure mit nichtlinearem Spielverlauf als zum reinrassigen Rollenspiel. Diese Mischung macht das Spiel auch für eine größere Zielgruppe interessant und gestaltet es phantasievoller.

P166, 32 MB, Win9x
Spielspaß 85 %

Rückkehr nach Krondor (Sierra)

Auch für den zweiten Teil des Erfolgsrollenspielepos *Betrayal at Krondor* schuf Fantasyautor *Raymond E. Feist* die wendungsreiche Hintergrundgeschichte. So ist *Rückkehr nach Krondor* in verschiedene Unterkapitel aufgeteilt, welche die linear ablaufende Geschichte erzählen.

Die fünf Hauptfiguren (Dieb, Magier, Schwertpriester usw.) in welche der Spieler im Laufe der Geschichte schlüpft, sind auf der Suche nach dem größten Heiligtum der ishapianischen Kirche der verlorenen Träne Gottes. Eine, von Sidi, einem verrückten Magier angeheuerte Bande Piraten, hatte zuvor das ishapianisches Schatzschiff, welches die Träne Gottes an Bord führte, gekentert. Bei dem Überfall versank jedoch das Schiff samt dem wertvollen Schatz. Natürlich ist auch Sidi nicht untätig um an das begehrte Stück zu gelangen und schickt eine Vielzahl Kreaturen der Hölle auf die Suche.

Grafisch verabschiedete man sich von der im ersten Teil benutzten Ego-Perspektive und steuert die mit schicken Texturen beklebten Polygonfiguren per Maus oder Tastatur durch historisch gehaltene Hintergründe. Die gebotenen Echtzeitlichteffekte und ein einfach zu bedienender 3-D-Kampfmodus machen auch ohne zuschaltbare 3-D-Grafikunterstützung einen guten Eindruck. Weitere Motivation entsteht durch das intelligente Alchemiesystem mit mehr als 60 Zaubersprüchen, über welches der Spieler nach und nach immer mächtiger wird.

Problematisch ist jedoch teilweise die Sicht auf das Geschehen. Die fest montierten Kamerapunkte ändern beim Verlassen einer Szene auch den Blickwinkel und führen hin und wieder zu leichten Orientierungsschwierigkeiten. Außerdem bleibt die Spielfigur des öfteren an Ecken und Kanten der Locations hängen. Hier weist die Steuerung einige Mängel auf.

P166, 16 MB, Win9x
Spielspaß 80 %

Silver (Infogrames)
Unkomplizierte Fantasy-Rollenspiele sind selten. *Silver* ist eines dieser raren Exemplare, welches besonders durch seine gute Spielbarkeit auffällt.

Silver ist ein unbarmherziger Zauberer und Herrscher über Jarrah, einem Reich acht gewaltiger Inseln. Nachdem sich Silver seiner Widersacher entledigt hat, verbündet er sich mit Dämon persönlich. Ihm zur Seite stehen sein mordgieriger Sohn Fuge und die, der Zauberei mächtige, eiskalte Tochter

Glass. Das ausgebeutete Land leidet unter der Unrechtsherrschaft, ist aber nicht in der Lage, sich selbst zu befreien.

In dem kleinen verschlafenen Dorf Verdante lebt David mit seiner Frau Jennifer und seinem junggebliebenen Großvater. Als auf einen Befehl Silvers, Jennifer entführt wird, um dessen Gespielin zu werden, macht sich David auf, seine Frau aus den Fängen des Schwarzmagiers zu befreien.

In *Silver* bewegen sich die 3-D-modellierten Figuren durch wundervoll gezeichnete, zum Teil scrollbare Hintergründe, in die verblüffend realistisch wirkende Animationen (Wellenbewegung bei Wasser, Blitze, Feuer usw.) integriert wurden. In der relativ linear erzählten Geschichte kann der Spieler bis zu zwei weitere Charaktere in seine Heldengruppe aufnehmen und separat steuern. Das benutzerfreundlich gehaltene Kampf- und Magiesystem wird komplett über die Maus gesteuert. So wurde auch das Rollenspielregelwerk auf das Notwendigste reduziert. Über einen einfachen Mausklick hat der Spieler Zugang auf alle wesentlichen Menü- und Aktionsoptionen. Etwas ärgerlich ist die eingeschränkte Speichermöglichkeit durch vorgegebene Savepoints (witziger Einfall: ein Chronist notiert die Taten der Helden).

Silver besitzt eine gut ausgebaute Hintergrundgeschichte mit Anleihen aus Adventurespielen und dürfte Rollenspiel-, Adventure-, und Action-Fans gleichermaßen ansprechen.

P166, 32 MB, Win9x
Spielspaß 85 %

Science Fiction-Hörspiele 1998/99

von Horst G. Tröster
mit Beiträgen von Ute Perchtold, Christiane Timper, Ulrich Bettermann, Sascha Mamczak und Günther Wessely

Hör-Spiel? Ist eindimensionale Vermittlung noch zeitgemäß oder in einer multimedialen Welt ein Anachronismus?

»Wesentliche Voraussetzung zur Erregung der menschlichen Phantasie ist die Beschränkung der erteilten Information. Detaillierte Beschreibung unangenehmer oder abstoßender Dinge wirkt leicht peinlich, geschmacklos, geschickte Andeutung entzündet Phantasie und erweckt das oft unterbewußte Vergnügen am Ausmalen der Situation, wodurch dem Häßlichen sein abstoßender Charakter genommen wird. Der Glöckner von Notre Dame in dem Roman Hugos ist eine in seiner Häßlichkeit verklärte Gestalt; im Film wirkt er schlicht abstoßend.

Dieser Grundsatz menschlichen Verhaltens ist ein Grundgesetz guten imaginativen Schreibens im allgemeinen; es gilt für das Hörspiel mit besonderem Nachdruck wegen der Beschränkung auf rein akustische Signale. Das Tappen schwerfälliger Schritte ist ein grauenvolleres Ungeheuer als es die beste Filmmontage zeigen könnte, das Lachen eines Kindes zeigt einen schöneren Weihnachtsbaum als er je geschmückt worden ist. Diese Übersteigerung in der Imagination des Hörspiels wird dadurch erreicht, daß die Stimuli akustisch sind und jeder einzelne der Zuhörer jenes Bild dafür einsetzt, das nach seiner psychologischen Konstitution am deutlichsten der akustisch evozierten Wirklichkeit entspricht.«

Dies schrieb Armin P. Frank, heute Professor für Literatur

an der Universität Göttingen, bereits im Jahr 1963 in seiner vielbeachteten Heidelberger Dissertation *Das Hörspiel – Vergleichende Beschreibung und Analyse einer neuen Kunstform.* Frank weiter: »Die akustischen Signale, die ein Hörspiel vermittelt, bewirken also, daß jeder einzelne Hörer das Kunstwerk auf seine Weise in seiner Imagination nach- oder besser mitvollzieht. Solche Mitarbeit seitens des Publikums gehört wesentlich zur Existenz des Kunstwerks in jedem Medium. Die Anforderung variiert jedoch zwischen den einzelnen Medien, und auch innerhalb ein- und desselben gibt es stilistische Variationen. Grundsätzlich kann festgestellt werden, daß Kunstarten, die ein konkretes, wirklichkeitsnahes Bild zeigen (Bühne, Film), die Imagination des Hörers weniger fordern. [...] Die Einbeziehung der nachschöpfenden Phantasie des einzelnen Hörers ist im Hörspiel so intensiv, daß man in Anlehnung an die Theaterterminologie den Begriff der Inneren Bühne geprägt hat, auf der sich das Hörspiel eigentlich abspiele ...«

Wenn Frank konstatiert, die große Chance des Hörspiels liege tatsächlich in dessen Beschränkung auf die auditive Aufnahme, so erwähnt er damit zwar nicht explizit ein bestimmtes Genre, aber in welcher anderen literarischen Gattung als der Science Fiction wäre gerade die Imagination, die nachschöpfende Phantasie eine so entscheidende Conditio sine qua non?

Liebe Science Fiction-Freunde, sicher haben auch Sie den »Schlagabtausch« in den letzten Jahrbüchern mitverfolgt, vielleicht das eine oder andere Mal die Stirn gerunzelt über oft emotionsgeprägte, am Kern des Themas vorbeigehende Argumente von Film-Fans, die sich nicht damit anfreunden können, Film als Medium eigener Prägung mit ganz anders gearteter Ästhetik zu begreifen, als künstlerische Ausdrucksmöglichkeit mit spezifischen Stärken, die freilich gerade *nicht* in der Anregung von Phantasie liegen; ein Medium, das gerade dort seine Schwächen hat, wo die Stärken des Hörspiels liegen.

Niemals ist es auch nur einem Hörspielfreund darum gegangen, eine Kunstform gegen eine andere auszuspielen, sondern immer nur um den Befund, daß *spekulative* Literatur, Science Fiction – und nur um sie geht es hier! – im literarischen und akustischen Medium zweifellos viel besser aufgehoben ist als im optischen. Ausnahmen mag es auch hier geben.

Traurig, wenn in einer zunehmend literaturfernen Mediengesellschaft, die alles auf dem Niveau eines kleinsten gemeinsamen Nenners nivelliert und jedes Aufkeimen von Phantasie schon bei Kleinkindern im Interesse leichter Konsumierbarkeit und maximalen *shareholder values* rücksichtslos unterdrückt, ein Zeitgenosse, der es als Schriftsteller besser wissen sollte, sich zum Anwalt eben jener Industrie fremdbestimmter Phantasielosigkeit und vorgefertigten Phantasieersatzes berufen fühlt.* Ich empfehle zu dieser Thematik das 1998 mit dem Kurd-Laßwitz-Preis ausgezeichnete Hörspiel ***MOI***, in dem Heiko Michael Hartmann sich eben dieses gesellschaftlichen Problems mit sarkastischer Leidenschaft angenommen hat (vgl. die nachfolgende Rezension).

Obwohl die Gesamtzahl aller deutschsprachigen Hörspiele keineswegs gesunken ist, hat die Zahl der Science Fiction-Titel seit 1984 annähernd linear abgenommen. Bei Fortsetzung dieses Trends würde es spätestens im Jahr 2004 überhaupt kein Science Fiction-Hörspiel mehr geben. Gewiß: im deutschen Film tut sich noch weit weniger, obwohl doch das Label *Science Fiction* trotz hoher Produktionskosten eigentlich Garant für eine kräftige Rendite sein müßte. Darüber darf auch der Umfang der Filmsparte in den letzten Heyne-SF-Jahrbüchern nicht hinwegtäuschen, bei deren Auswertung man von der Fülle der besprochenen Titel zunächst erschlagen wird; zieht man jedoch phantastische Genres, die mit Science Fiction nichts zu tun haben, ausländische Produktionen und vor allem die schier endlose Auflistung von TV-Wiederholun-

---

* Siehe den Beitrag von Michael Iwoleit in *Das Science Fiction-Jahr 1998*, Heyne 06/5925, S. 394; Iwoleit will darüber hinaus nicht wahrhaben, daß Diskutanten eine Sache ideellen Engagements wegen verfechten; vielmehr bezichtigt er sie des Kommerzdenkens und unterstellt profane Eigeninteressen und persönliche Imagepflege.

gen ab, ist man froh, alle paar Jahre überhaupt mal auf ein, zwei einschlägige deutsche Filme zu stoßen. Für Hörspielfreunde ist das freilich kein Trost, schließlich darf nicht vergessen werden, daß Hörspielproduzenten in der glücklichen Lage sind, keinen Markt bedienen zu müssen und ihnen somit auch jedwede Überlegung hinsichtlich Exportmöglichkeiten und Weltmarktchancen erspart bleibt. Ob es eine Wende zum Besseren gibt, läßt sich heute noch nicht absehen.

Im November 1998 schrieben Hörspielfreunde aus den unterschiedlichsten Berufen und Regionen Deutschlands und Österreichs einen offenen Brief an die Hörspielleiter und Programmdirektoren von ARD, ORF und SRG*, in dem sie den dramatischen Rückgang an Sendeplätzen und Neuproduktionen beklagten.

Manfred Mixner, Leiter der Abteilung Hörspiel beim Sender Freies Berlin, schrieb: »Im Kreis der ARD-Hörspielabteilungen gibt es Spezialisierungen auf bestimmte Genres, die mit den Neigungen und Spezialkenntnissen der Dramaturgen zusammenhängen. Die Dramaturgen in der Hörspielabteilung des SFB zählten in den vergangenen 40 Jahren nicht zu diesen Spezialisten des Science Fiction-Hörspiels, wir hatten und haben abgesehen von gelegentlichen Themenschwerpunkten im Spielplan keine regelmäßigen Sendeplätze für dieses Genre eingerichtet, und daran wird sich auch in Zukunft nichts ändern. [...] Bedingt durch die ökonomischen Schwierigkeiten unserer Anstalt und die damit verbundene Reduzierung der finanziellen Mittel sind die Sendeplätze für das Hörspiel in den vergangenen Jahren insgesamt reduziert worden. Der Versuch, das durch Kooperation von Sendeplätzen mit anderen (reicheren) Anstalten aufzufangen, sind gescheitert an den finanziellen Forderungen der Hörspielregisseure. [...] Ich bin der Überzeugung, daß nicht alle und vor allem nicht die kleinen Landesrundfunkanstalten alle Hörspielgenres zur Gänze abdecken können ...«

Elisabeth Panknin, Leiterin der Abteilung Hörspiel beim DeutschlandRadio Köln, antwortete: »Das Deutschland-Radio-

* Siehe *Das Science Fiction-Jahr 1999*, Heyne Band 06/5965, Seite 506 ff.

Hörspiel versteht sich als Informationssender über Hörspiel und nimmt die Panorama-Funktion im Rahmen der Hörspiel-Produktionen der ARD wahr. Wir haben in jedem unserer Quartalsplanungen in unserer Krimi-Reihe ein Science Fiction-Hörspiel im Programm. Außerdem hatten wir im Jahr 1997 eine Science Fiction-Reihe *Zurück in die Zukunft* vorgestellt. Leider können wir nicht mehr für dieses außerordentlich spannende Genre tun, da wir kein produzierender Sender sind.«

Dr. Hildegard Bußmann von der SWR2-Programmleitung beim Südwestrundfunk schrieb: »[...] Ihre Kompetenz in Sachen Science Fiction ist ja nun landauf landab unbestritten. Die Frage ist lediglich, ob eine eigens eingerichtete Sparte im Radio dem Genre die gewünschte Innovationskraft garantiert. Sie wissen ja selbst, daß ein Teil des Repertoires rettungslos veraltet ist, was in der Natur der Sache liegt. Sie wissen andererseits, daß SF heute in fast allen Sparten von Literatur und Radiokunst eingedrungen ist und dort ein selbstverständliches Element darstellt, das gar nicht mehr gesondert als SF ausgewiesen werden braucht. Ich denke da etwa an die Cyberspace-Hörspiele von Michael Esser und an viele Projekte, die mit virtuellen Räumen spielen. Ferner werden Sie in unserem Krimiprogramm in SWR 1 *Null Null Fünf* immer wieder SF-Stücke finden. Auch sind die Aktivitäten von Herrn Weber-Schäfer für den SWR nicht verloren gegangen. [...] Sie sehen, daß Ihr Anliegen gut bei uns aufgehoben ist.«

Von Joachim Knuth von der Programmdirektion Hörfunk des Norddeutschen Rundfunks kam die Antwort: »Ich danke für Ihr offenes und engagiertes Schreiben. Seit vielen Jahren nehme ich Ihr besonderes Engagement für das Science Fiction-Hörspiel mit großer Wertschätzung zur Kenntnis, und ich weiß, daß unsere Hörspielabteilung gerne auf den von Ihnen initiierten, fachlich ausgezeichneten Dokumentationsband zurückgreift. Um so mehr kann ich Ihre Enttäuschung und Sorge über die geringer werdenden Sendeplätze für das Science Fiction-Hörspiel in den Rundfunkanstalten verstehen. Auch bei uns ist es nicht anders. Allerdings gibt es dafür Gründe, die wir sehr bedauern: Nachdem wir über fünf Jahre (von Juli '88 bis Ende '93) Science Fiction-Hörspiele auf einem festen monatlichen Termin vorgestellt hatten, mußten wir feststellen, daß das Echo unserer Hörer darauf deutlich nachließ und schließlich ausblieb. Wir beschlossen daher, sie durch Kriminalstücke zu ersetzen und sahen uns in unserer Entscheidung bestätigt, da von Hörerseite keine Reaktion erfolgte und qualitativ wertvolle Textangebote für Neuproduktionen fast nicht mehr zu bekommen waren. Dennoch haben wir – wie Ihre Statistik belegt – durchaus nicht auf Science Fiction-Hörspiele im Gesamtprogramm verzichtet und werden das Genre auch in Zukunft pflegen.«

Robert Karge von der Hörspielredaktion des Saarländischen Rundfunks schrieb: »Mit allen guten Wünschen für einen zumindest ansatzweisen Erfolg Ihres Bemühens muß ich Ihnen leider – was die Möglichkeiten des SR betrifft – zurückhaltend und sicher etwas ernüchternd antworten: Wir wissen ja in der ARD sehr wohl um die Defizite innerhalb gleich mehrerer Hörspielgenres. Ihr Schreiben und die beigefügten Übersichten machen die Diskrepanz z. B. zwischen einem Fundus, den Sie im DRA-Band *Science Fiction im Hörspiel 1947–1987* nachgewiesen haben, und den genutzten Sendemöglichkeiten überdeutlich. Nun ist es aber – zumindest in den kleineren Sendern wie dem SR – so, daß wir im Prinzip lediglich einen festen Termin (ca. 65–70/Jahr) für das gesamte Spektrum der Genres zur Verfügung haben, ein gesonderter Termin für das Kinder- und Jugendhörspiel, das Kriminal- und SF-Hörspiel etc. zwar wünschenswert, aber unrealistisch wäre. Was wir tun, zumindest versuchen, hinsichtlich Vorlage und Umsetzung herausragende Beispiele aller Genres ins Programm zu integrieren, gelegentlich Schwerpunkte zu bilden (zuletzt – ja, das ist lange her – im Sommer '94 eine SF-Reihe gemeinsam mit dem HR). Aber diese können unter den bestehenden Umständen nur neben anderen Akzenten stehen. [...] All dies in schönem Wechsel und, wie wir hoffen, nicht einseitig. Den Wünschen werden von begrenztem Etat und Personal halt enge Grenzen gesetzt. Für Ihre Aktion, Ihr Engagement bin ich trotzdem dankbar. Es hilft, Defizite zu prüfen, Ausschau nach zumindest gelegentlichen Sendemöglichkeiten etwa in Zusammenarbeit mit der Wissenschaftsredaktion oder auch dem hier entstehenden Jugendradio zu halten.«

Die ausführlichsten Stellungnahmen kamen vom Bayerischen Rundfunk. Herbert Kapfer, Leiter der Abteilung Hörspiel und Medienkunst des BR, schrieb: »[...] Prinzipiell sind wir bemüht, alle Sub-Genres der Kategorie Hörspiel in unserem Programm zu präsentieren. Unterschiedliche Schwerpunktsetzungen in einzelnen Halbjahren können freilich dazu führen, daß einem bestimmten Sub-Genre im Spielplan nicht der Stellenwert zukommt, der ihm generell gebührt. Die Ihrem Brief beiliegende Statistik über Science Fiction-Hörspiele im deutschsprachigen Raum spiegelt einen langfristig zu beobachtenden Rückgang an SF-Sendungen wider.[...] Was die Förderung spezifischer Sub-Genres betrifft, so sind unsere Möglichkeiten beschränkt. Die Abteilung für Hörspiel und Medienkunst kann nur aus der aktuellen Literatur, aus aktuellen Kunstformen schöpfen, sie kann sie aber nicht erfinden und auch nur bedingt mitentwickeln. Tatsächlich ist der Eingang von eindeutig als SF kategorisierbaren Stücken in den vergangenen zehn Jahren nicht nur zurückgegangen, er spielt qualitativ so gut wie keine Rolle. Eine Statistik abgelehnter SF-Hörspiele müßte mit sehr bescheidenen und unbedeutenden Zahlen operieren. Es sind nur einzelne Einreichungen, die aus diesem Genre kommen. Ich denke auch, daß die Liste der Autoren, die den Nachweis erbringen könnten, mit ihren Stücken abgelehnt worden zu sein, nicht sehr lang sein kann.* Ein mit einem namhaften Autor dieses Genres vereinbartes und für die Produktion eingeplantes Stück konnte kürzlich nicht realisiert werden, weil das mehrfach vom Autor angekündigte Manuskript zuschlechterletzt ausblieb; tatsächlich hätten wir mit dieser Neuproduktion das Feld Science Fiction im Bayerischen Rundfunk gerne bereichert. Es mag sein, daß Science Fiction-Hörspiele derzeit nicht besonders in Mode sind. Daraus sollte man aber keine vorschnellen Rückschlüsse ziehen. Wir stellen fest, daß die von uns im Programm immer wieder gerne eingesetzten Stücke dieses Genres ihr Publikum

* Ein Wink mit dem Zaunpfahl an alle Autoren, die dies lesen!! –ht–.

haben und akzeptiert werden. Auch aus diesem Grund gilt: wir sind für jede Sparte, für jede Idee offen – und anspruchsvolle Manuskripte sind, unabhängig von der Sparte, stets willkommen.«

Christoph Lindenmeyer, Leiter der Hauptabteilung Spiel, Familie, Jugend und Programmkoordinator von Bayern2-Radio, ergänzte die Ausführungen seines Kollegen Kapfer: »[...] So sehr Ihr Engagement für ein klar abgegrenztes Genre innerhalb von Literatur, Hörspiel und Medienkunst sympathisch und nachvollziehbar ist, so wenig kann ich dazu raten, Rundfunkfreiheit und Freiheit der Literatur abhängig zu machen durch Programm-Kontingente und Subgenres, die von einzelnen Zielgruppen innerhalb des breiten Publikums geltend gemacht und in *Offenen Briefen,* die inzwischen z.B. in der *Funk-Korrespondenz* veröffentlicht wurden, von den Rundfunkanstalten eingefordert werden. [...] Als früherer Leiter der Hörspielabteilung und als Programmkoordinator von Bayern2Radio muß ich entschieden Ihre Behauptung zurückweisen, wir versteckten Produktionen in unseren Archiven. Es dürfte Ihnen allen nicht entgangen sein, daß gerade aus dem Bayerischen Rundfunk entscheidende Impulse für die Sekundärverwertung von Originalproduktionen auf den Tonträgern AudioCassette und CompactDisk für die ARD und zahlreiche Rundfunkanstalten der Europäischen Rundfunkunion (EBU/UER) ausgingen. Dies ist auf Anhieb über die Nutzung unseres online-Angebots ersichtlich.

Finanzpolitischen Argumenten – wie Sie schreiben – wird bei uns überhaupt nichts geopfert; obwohl Politik, Medien und privatwirtschaftliche Konkurrenz das Finanzvolumen der öffentlich-rechtlichen Rundfunkanstalten begrenzen oder minimieren wollen, stehen die gehobenen Programme des Bayerischen Rundfunks nach wie vor für Vielfalt, Bestandssicherung und Innovation. Bayern2Radio als anspruchsvolles Informations- und Kulturprogramm hat sich in den letzten Jahren behauptet und weiterentwickelt – übrigens auch in der Höreakzeptanz.

Die Dynamik engagierter Hörspielfreunde beiderlei Geschlechts bei der Bestandsaufnahme des Genres *Science Fic-*

tion in der engeren Eigendefinition (unter Ausklammerung der literarischen und radiophonen Weiterentwicklung heutiger Stoffe) ist mir durchaus verständlich; Kritik an Ihrem Engagement für den öffentlich-rechtlichen Rundfunk steht mir deshalb nicht zu, sofern Sie sich eine Offenheit für dessen Programmplanung und seinen Programmauftrag bewahren, die im Genre Hörspiel und Medienkunst nicht nur Subgenres (siehe Kapfer) bedienen kann. Der Bayerische Rundfunk, dessen Hörspiel- und Medienkunstabteilung der von mir geleiteten Hauptabteilung zugeordnet ist, sieht sich ständig Partikularinteressen einzelner Gruppen, Verbände und Lobbies ausgesetzt. Ihre im Offenen Brief dargestellte Bitte würde ich nicht gerne in dieser Liste verzeichnen. Sie sollten deshalb auch wissen, daß die spezielle Nachfrage nach Science Fiction-Hörspielen bei mehr als 300 000 Zugriffen auf unsere Bayern2Radio-Homepage (im Monat November 1998) und in unseren Direktgesprächen mit Hörerinnen und Hörern nur vereinzelt erfolgen. Und dies bei einem Sender, dessen Hörspielangebot – wie Sie wissen – in früheren Jahren durch den unvergessenen Kollegen Dieter Hasselblatt fast ausschließlich dem Genre Science Fiction gewidmet war. Kurz: Science Fiction bleibt ein Thema, bleibt ein Stoff für den Bayerischen Rundfunk, weit über das Hörspiel- und Radiokunstgenre hinaus, es wird aber auch zukünftig nicht durch uns gegenüber Autoren, Verlegern, Agenturen und Produzenten Auflagen darüber geben, was sie anzubieten haben und was zu produzieren und zu senden ist.«

Dieser Brief von Christoph Lindenmeyer sollte nicht unbeantwortet bleiben, deshalb erging folgende Antwort an den Bayerischen Rundfunk: »[...] Wie schon Herrn Kapfer möchten wir auch Ihnen gerne anhand einer vollständigen Liste aller vom Bayerischen Rundfunk seit seinem Bestehen gesendeten Hörspiele dieses Genres zeigen, daß wir den – leider häufig abschätzig assoziierten – Begriff *Science Fiction* durchaus nicht so eng auslegen, wie Sie möglicherweise befürchten. Sie verzeichnet anspruchsvolle Stücke von Autoren wie Dürrenmatt, Eich, Fassbinder, Weißenborn, Hildesheimer, Kieseritzky, Canetti, Amery, Majakowski, Wysocki, Federman,

Heißenbüttel, Arno Schmidt, Enzensberger und anderen, deren Namen niemand mit utopischen Sujets in Verbindung bringen würde. Ginge es nach der Gesamtzahl der in diesem Genre produzierten Titel, wäre der Bayerische Rundfunk gemeinsam mit dem Süddeutschen Rundfunk gewiß bis heute führend. Die Liste zeigt jedoch deutlich, daß es in den letzten fünf Jahren beim BR nur mehr drei (!) Neuproduktionen gegeben hat, klammert man die Krimireihe ***Der letzte Detektiv*** und zwei Produktionen von Hans-Peter von Peschke im Bildungsprogramm einmal aus. Vor Arno Schmidts ***Schwarze Spiegel*** und Heißenbüttels ***Wenn Adolf Hitler den Krieg nicht gewonnen hätte*** muß man bis ins Jahr 1989 (!) zurückgehen, um wieder auf zwei Originalproduktionen der Hörspielabteilung zu stoßen (Kurzhörspiele einmal ausgenommen): ***Das verlorene Ich*** und ***Die Nacht zum 21. Jahrhundert.*** Gewiß argumentieren Sie zu Recht, Medienkunst könne man nicht mit Kategorisierungen gerecht werden. Und ich muß auch Herrn Kapfers Einwand zur Kenntnis nehmen, der nicht fehlendes Interesse der Redaktion, sondern einen Mangel an geeigneten Manuskripten für die Situation verantwortlich macht. Zu hinterfragen wäre dann freilich, warum offenbar bei Hörspielen mit zeitgenössischer oder historischer Thematik kein Mangel an Autoren und Manuskripten herrscht. Wäre es denkbar, daß Autoren in der Annahme, für spekulative Thematik gäbe es weder Interesse noch, wie etwa beim Krimi, einen geeigneten Sendeplatz, gar nicht erst den Versuch unternehmen, ihre Ideen zu Papier zu bringen? Herrn Kapfer haben wir gefragt, ob eben dieser, von dem Physiker, Höhlenforscher und Autor Herbert W. Franke geäußerte Vorbehalt nicht Anlaß sein könnte, darüber nachzudenken, ob der Rundfunk nicht im einen oder anderen Fall im Sinne einer aktiven Dramaturgie auch einmal selbst an Autoren herantreten sollte, um offenbar bestehende Hemmschwellen abzubauen. Entschieden widersprechen müssen wir Ihnen freilich, wenn Sie schreiben, das Hörspielangebot in der Redaktionszeit von Dr. Hasselblatt sei fast ausschließlich der Science Fiction gewidmet gewesen. Unbestritten war dieses Genre für Hasselblatt ein Schwerpunkt, den er mit Produktionen zu gestalten wußte, die auch hohen literarischen Ansprüchen genügten, aber eben nur einer unter mehreren – dazu war er viel zu vielseitig interessiert und orientiert. Mit ihrem Hinweis auf Hasselblatt zeigen Sie jedoch selbst, daß es durchaus möglich ist, aktive Dramaturgie zu betreiben, ohne deshalb gleich in den Verdacht zu geraten, Programm-Kontingentierung zu betreiben oder Partikularinteressen nachzugeben. Ihre Schlußworte, Science Fiction werde beim Bayerischen Rundfunk ein Thema bleiben, werten wir gerne als Aussage im Sinne unseres Briefes, und so freuen wir uns darauf, in absehbarer Zeit doch einmal wieder die eine oder andere neue Produktion mit spekulativer Thematik hören zu dürfen.«

Die Briefe der Rundfunkanstalten sprechen für sich. Der SFB spricht von anderen Schwerpunkten, verweist auf Spezialisten innerhalb der ARD und erinnert, ebenso wie der SR, an ökonomische Probleme kleiner Rundfunkanstalten. Der DLF erinnert zu Recht daran, daß er kein produzierender Sender sei. Der SWR verweist vage auf künftige Aktivitäten (inzwischen realisiert mit Adams' ***Raumschiff Titanic,*** einer leider langatmigen, wenig originellen und nicht entfernt mit dem Wortwitz im ***Hitchhikers Guide*** vergleichbaren Produktion). Nachdenklich stimmt, daß NDR und BR auf mangelndes Echo und geringe Nachfrage verweisen. Beim BR heißt es darüber hinaus, es fehle schlechterdings an Manuskripten in diesem Genre. Dennoch geben die Schreiben des Bayerischen Rundfunks Anlaß zu vorsichtigem Optimismus, jedenfalls ist Science Fiction nicht abgeschrieben. Nachdenklich stimmt freilich die Aussage, Science Fiction sei »derzeit nicht besonders *in Mode*«; bedauerlich, deckt sich aber mit der Einschätzung Wolfgang Jeschkes im Editorial zum *Science Fiction-Jahr 1999.*

Aus der Schweiz kam keine Antwort; ob es dort in den letzten Jahren überhaupt noch ein Hörspiel mit spekulativer Thematik gegeben hat, läßt sich aufgrund der mangelnden Publizität kaum eruieren, darf aber angezweifelt werden. Das Programm *Österreich Eins* wurde in den letzten Jahren zu einem Renommierprogramm umgebaut, in dem Hörspiel zwar noch vereinzelt vorkommt, aber praktisch keine Science

Fiction. Die wurde früher hin und wieder von den Landesstudios des ORF gepflegt, aber es gibt nicht eine Publikation mit dem Programm von *Radio Österreich Regional.* Auf diesen ärgerlichen Umstand angesprochen, antwortete Dr. Konrad Zobel von der Abteilung Literatur und Hörspiel des Österreichischen Rundfunks: »[...] Es wird Ihnen und uns schwer zu helfen sein. Denn tatsächlich ist es so, daß die Lokalprogramme der Landesstudios bzw. das Programm *Österreich Regional* in Fließ- und Formatprogramme umgewandelt werden, und das Relikt Hörspiel dort wie ein erratischer Block im Weg steht und daher immer stärker zurückgedrängt wird. Finanziell ohnehin – kaum ein Studio kann sich mehr Neuproduktionen leisten –, und programmlich insofern, daß die Sendezeit immer später in den Abend rückt und zuletzt auch nur mehr 14-tägig mit 2-monatiger Sommerpause gesendet wird. Natürlich stemmen sich alle Literaturverantwortlichen seit Jahren gegen diese Entwicklung, aber der Trend konnte nur verlangsamt, nicht aber verhindert werden. An Informationen kann ich nur Listen aller Hörspielneuproduktionen beilegen – Science Fiction-Hörspiele im Regionalprogramm sehe ich keine darunter.«

»Ein Jahrtausend geht zu Ende, und kaum jemand mag in die Zukunft blicken. Im Moment wirkt es, als sei die Jahreszahl mit den drei Nullen eine unüberwindliche Barriere für die Phantasie. Medien und Buchmarkt sind voll von Rückblicken, doch das Genre der Prognose wird nur noch von denen bedient, die berufsmäßig darauf verpflichtet sind«, schreibt Gustav Seibt in der Berliner Zeitung vom 3./4. Juli 1999. »Die gedämpfte Stimmung, die auch alle apokalyptischen Regungen bisher sediert hat, entspricht vielleicht einer ganz realistischen Wahrnehmung. Die kommenden Generationen werden in den westlichen Gesellschaften vor der Aufgabe stehen, den gigantischen materiellen Verbrauch, an den wir uns seit der Jahrhundertmitte gewöhnt haben, wieder auf vernünftige Maße zurückzuschrauben. [...] Das Ende des Kommunismus mit seinem materiellen und moralischen Katzenjammer dürfte eine weitere Ursache für das derzeitige Desinteresse an Zukunftsfragen sein. Der damit einhergehende Utopieverlust hat offenbar zu einer weiterreichenden Unlust an allgemeineren Projektionen geführt.«

Horst G. Tröster

MOI

von Heiko Michael Hartmann
Regie: Oliver Sturm
SWR 1998

Eine schier unglaubliche, erotische Begegnung, du stehst deiner Traumfrau gegenüber, bist hin- und hergerissen zwischen schierem Unglauben und höchstem sexuellem Begehren, noch kannst du dein Glück nicht recht fassen, doch jäh ...

Ein Mann erwacht schaukelnd auf einer Wassermatratze im Vierbettzimmer, gewaschen, gewickelt und gefüttert wie ein Säugling, oben Schläuche, unten Schläuche, all seiner Gliedmaßen beraubt, ohne Arme, Beine, Geschlechtsteil, Kehlkopf, zum Torso reduziert, der nur noch dahinvegetiert, träumen und an die Decke starrend seinen Gedanken nachhängen kann, ohnmächtig dem real existierenden Wahnsinn des Klinikalltags ausgeliefert, inmitten von schwesternhafter Aufdringlichkeit, sinnlosem Aktionismus, unnützer Geschäftigkeit und professoraler Herablassung, nur noch ein Objekt für Medizinstudenten und den letzten voyeuristischen Blick im Reality-TV.

Und um ihn herum die quälende Dummheit und Primitivität einer medial zugerichteten Welt zwischen Diana und Bonanza, Waschpulverwerbung und Glücksrad; Typen, die sein Schicksal teilen und mangels Gliedmaßen die Fernbedienung selbst noch mit der Zunge betätigend sich durch die Kanäle zappen. Da müssen Autor und Regisseur nun wirklich nichts hinzuerfinden, sie können aus dem vollen schöpfen. »Der Anblick eines großen Glases voll Erbrochenem könnte keine verheerendere Wirkung auf mich ausüben.« Wohl dem, der in »monatelangem Training die Fähigkeit entwickelt hat, bei bestimmten Fernsehsendungen in eine Art Trance zu fallen«. Er haßt sie, diese Medienkrüppel, die sich nichts zu sagen haben, die mit ihrem Lärm, ihren Trivialitäten und ihrem Fernsehterror in sein Leben hineindrängen, auf die das gesamte öffentliche Leben zugeschnitten ist, die mit den eigens für sie erfundenen Rundfunkgeräten in sämtliche Winkel ehemaliger Zivilisation eindringen, während ihre dämliche Musik selbst in den Krankenhäusern pausenlos läuft. Er haßt sie, obgleich er weiß, daß auch sie ohne die Zeitumstände und gesellschaftlichen Entwicklungen nicht denkbar wären.

Der da liegt und in freiem Gedankenfluß über seine Mitwelt und seinen bevorstehenden Endpunkt philosophiert, heißt Openkör und leidet wie seine Mitpatienten an einer *Maladie d'Origine Inconnue,* kurz *MOI,* einer heimtückischen Viruserkrankung, die offenbar durch die Berührung von infizierten 50-Euro-Scheinen übertragen wird. Eine Folge der Genmanipulationen? Des Kampfs der Wirtschaftsblocks? MOI führt durch fortwährenden Input zum grotesken Aufblähen der Extremitäten, nach deren Amputation nur noch der Rumpf übrigbleibt, ein Fleischballon mit einem Gesichtsknödel obendran, bis zuletzt auch dieser dem ungeheuren osmotischen Innendruck nicht mehr standhalten kann und der Patient im *P-Raum* seiner Entsorgung entgegensehen muß.

1996 wurde der dem Hörspiel vorausgehende Roman beim Klagenfurter Ingeborg-Bachmann-Wettbewerb ausgezeichnet, und zwei Jahre später erhielt Heiko Michael Hartmann für sein Hörspieldebüt den Kurd Laßwitz-Preis für das beste Science Fiction-Hörspiel des Jahres 1998. Das mag zunächst verwundern, erinnert doch die Sprache über weite Strecken eher an Boulevardkomödie. Was freilich vordergründig mit Mustern der Klamotte, des Slapsticks, der Karikatur und der Groteske spielt, erweist sich als geistreiche Zustandsbeschreibung einer geschwätzigen, fremdbestimmten Massenkultur und des ihr ausgelieferten Individuums, infiltriert und infiziert von einem Virus, das ganz unmetaphorisch-direkt mit Geld assoziiert ist. Geld nicht nur als Auslöser, sondern Inbegriff der Erkrankung einer auf Kommerz und Konsum reduzierten, egozentrierten Gesellschaft. Darüber hinaus und vor allem aber steht MOI für die Krankheit unserer Zeit: Input wörtlich genommen, Medienwahnsinn zwischen Kulturverflachung und Werbeidiotie: Input bis zum Platzen.

Will Science Fiction als Hochrechnung des Ist-Zustandes verstanden sein, dann ist der Autor diesem Anspruch in seiner sarkastischen Anamnese geradezu beklemmend makaber gerecht geworden, vom Produktionsteam und den Sprechern (Hans-Peter Hallwachs fern jeder Deklamatorik in innerem Monolog im Wortsinn!) in ihrer medialen Lächerlichkeit stringent und situationsgenau in Szene gesetzt.

Die Zeit schwermütiger Endzeitstudien ist vorbei. Wo die Tragödie ausgereizt ist, bleibt nur mehr Albernheit. Der menschliche Geist – so das Fazit des Autors – es gibt keinen.

Horst G. Tröster

Frankenstein

von Nick McCarty nach Mary W. Shelley
Regie: Annette Kurth
WDR 1999

Über Frankenstein wissen wir Bescheid – aber wissen wir über »Frankenstein« Bescheid? »Ich machte mich daran, die für mein Werk notwendigen Rohstoffe zu sammeln, und das bereitete mir ebensolche Qualen, als fielen mir in gleichmäßiger Folge einzelne Wassertropfen auf den Kopf.« Sätze wie dieser, geschrieben im Sommer 1816 von einer Neunzehnjährigen, rufen nicht unbedingt Bilder von Gehirnen in Gläsern, zusammengeflickten Leichen und anderen Schrecken der Anatomie hervor, sondern von einem ganz anderen, an die psychische Substanz gehenden Horror. Doch wie so oft bei Populärmythen haben sich auch hier Figuren und Thematik von der literarischen Vorlage weit entfernt – ja, die Veränderung des Stoffes in zahllosen Melodramen, Film- und Fernsehfassungen ist selbst zu einer faszinierenden Kulturgeschichte geworden. Und warum auch nicht? Jedes Medium hat seine eigene Ästhetik, der beste Frankenstein-Film ist ohnehin *Blade Runner*, und was dabei herauskommt, wenn man mit der Brechstange versucht, werkgetreu zu inszenieren, konnte man zuletzt bei Kenneth Brannaghs desaströser Neuverfilmung betrachten.

Mary Shelleys Klassiker gibt außer dem Leitmotiv für den Horrorfilm tatsächlich nicht viel her. Im Unterschied zur gothic novel, in deren Tradition es dennoch steht, kommt das Buch weitgehend ohne ihre Motive und Methoden der Vermittlung aus und bietet auch bemerkenswert wenig Wissenschaftsgrusel. »Frankenstein« ist zu allererst ein düster-romantischer Reiseroman und als solcher ein kongenialer Gegenentwurf zu den utopischen Entdeckungsgeschichten jener Zeit: Ein immer tiefer in Melancholie und Todessehnsucht versinkender Anti-Held wird auf eine Odyssee geschickt, die ihn von der strahlenden Schweizer Berglandschaft ins kontur- und geschichtslose »Land von Nebel und Schnee« führt. Es ist ein räumlich und thematisch ausufernder Text (mit einer bizarren Episode, die in Irland spielt) voller naturphilosophischer und gesellschaftskritischer Beobachtungen, der die künstliche Erschaffung eines Menschen monströsen Formats in vier, fünf Zeilen abhandelt: »... meine Kerze war fast heruntergebrannt, als ich im trüben Schimmer des halb erlöschenden Lichtes sah, wie sich das trübe gelbe Auge meines Geschöpfes öffnete.«

Nur wenige Adaptionen haben sich dem Stoff bisher in dieser Form genähert, und nicht nur deswegen schlägt die Hörspielfassung die Filme um Längen, wenn es darum geht, Frankenstein gerecht zu werden. Es gelingt außerdem, ohne daß ein auktorialer Erzähler erfunden wird, die komplexe Struktur des Romans – mit den notwendigen Kürzungen natürlich – dem akustischen Medium anzupassen. Den äußeren Rahmen bilden dabei wie gehabt die Briefe Captain Waltons an seine Schwester. Er berichtet von einem Mann namens Victor Frankenstein, den er auf der Fahrt ins nördliche Eismeer aus Seenot gerettet hat und der, innerlich gebrochen und nur durch seinen Haß am Leben gehalten, eine unglaubliche Geschichte erzählt: Wie er, getrieben davon, der Natur ihre Geheimnisse zu entreißen, in einem Laboratorium in Ingolstadt aus Leichenteilen ein Wesen zusammengefügt und mittels Elektrizität zum Leben erweckt hat, wie es ihn seitdem, einem grauenhaften Spuk gleich, verfolgt und alle Menschen, die er liebte, getötet hat, wie er seit dem Mord an seiner Frau keinen anderen Gedanken mehr kennt, als das Monster aufzuspüren und zu vernichten - eine Jagd, die ihn schließlich weit nach Norden geführt hat. Waltons Briefen, den Szenen auf dem Schiff und dem Bericht Frankensteins sind dessen Gespräche mit dem namenlosen Wesen beigefügt, aus denen hervorgeht, warum es sich so grausam an seinem Schöpfer gerächt hat - weil sich dieser weigerte, es aus seiner Einsamkeit zu erlösen. Unschuldig ist hier niemand mehr.

Mit den verschiedenen Handlungsorten steigert sich der »innere Schrecken«, denn Frankenstein und sein Geschöpf bewegen sich aufeinander zu: Das Wesen - »nicht geschaffen, Glück zu empfinden«, wie es im Roman heißt - durchläuft einen Prozeß der Menschwerdung, der es doch den Menschen nicht näher bringt, sondern verzweifeln läßt. Frankenstein dagegen entfremdet sich immer mehr von der Welt und entwickelt durchaus monströse Züge. Aus einer sentimental-religiösen (aus heutiger Sicht verkitschten) Familienidylle entlassen, beginnt seine lange Reise auf die dunkle Seite der menschlichen Existenz, die Mary Shelley, geprägt vom Rousseau'schen Denken, zwar weit von sich wies, die sie aber um so heftiger beschwor. Es ist die Dialektik der Aufklärung, die hier erstmals literarischen Ausdruck findet. Im Hintergrund raunt noch John Milton, und gefallene Engel bevölkern die Welt, doch »Frankenstein« ist eine theomanische Versuchsanordnung ohne Gott (und Brian Aldiss hat den Roman ganz zurecht an den Anfang der Science Fiction gestellt). Dem Medium angemessen bleibt daher das Geschöpf im Hörspiel unfaßbar, eine düster-schnarrende Stimme (Peter Lieck), aus der alle Einsamkeit der Welt zu sprechen scheint oder doch nur der Fluch der bösen Tat. Was im Film eindeutig werden muß - oder lächerlich -, kann so seine schillernde Vieldeutigkeit behalten. Und ein zart geknüpfter Klangteppich aus unterschiedlichster Musik und Geräuschen wie auch die ruhig, mit zurückgenommenem Ausdruck gesprochenen Dialoge evozieren das melancholisch-morbide Bild von Obsession und Angst, das Mary Shelley vor Augen hatte.

Durchaus passend auch werden ihrer Geschichte einige wenige neue Elemente hinzugefügt – Waltons Schwester etwa oder eine Gewitterszene –, aber das größte Verdienst ist es, daß Passagen aus dem Roman zur Geltung kommen, die bisher kaum Beachtung fanden wie das wichtige Gespräch Justines mit dem Pfarrer. Vor allem aber die Schiffsreise nach Norden: Hier, wo Waltons Expedition ebenso ihr Ende findet wie die Flucht des namenlosen Wesens und die Verfolgung durch seinen Schöpfer, hat das Hörspiel seine stärksten Momente – ein dunkles Klanggewebe aus brechendem Eis, Wind, klagenden Ziehharmonika-Tönen und knarzenden Schiffsbalken, das wie der Fluchtpunkt eines Gemäldes wirkt.

Natürlich geht es nicht ganz ohne die bekannten Frankenstein-Ingredienzen ab, es wird in frischen Gräbern gebuddelt und an Leichen gesägt, und die Ekelgrenze ist auch bald erreicht. Und doch ist das kein Hörbild des Grauens, sondern eine behutsame Annäherung an eine der interessantesten Autorinnen der Weltliteratur, die es verdient hat, über »Frankenstein« hinaus entdeckt zu werden – etwa in ihrer Erzählung »The Transformation« oder im erst vor kurzem aufgetauchten Roman »Maurice, or The Fishers Cot«.

Und sonst? Wo bleibt die Aktueller-denn-je-Phrase? Sie ist nicht angebracht, denn wie das Buch kommt auch das Hörspiel, das aus dem Stoff nicht mehr und nicht weniger als Mary Shelley macht, ein wenig betulich und altbacken daher. »Du bist zwar mein Schöpfer, aber ich bin jetzt dein Herr!« – Das ist das essentielle Frankenstein-Zitat, schaurig schön eben und im Kern zutiefst moralisch, so wie das künstlich erzeugte, zusammengeklaubte Monster nicht nur die ästhetisch-philosophische Ikone eines Genres ist, sondern der ganzen Moderne (und in den expressionistischen Bildern der frühen Frankenstein-Filme übrigens auch einen adäquaten Ausdruck findet). Doch von Mary Shelley führt der Weg zu William Gibson, der ebenfalls den Pulsschlag einer neuen Zeit fühlte: Es geht nicht mehr darum, in die innersten Geheimnisse der Natur einzudringen, sondern darum, ein künstliches Substitut für die

Natur zu schaffen, ein Substitut letztlich für uns selbst. Der Held der Postmoderne ist der Klon, die Kopie von etwas, das bald verloren sein wird. Schöne alte Welt, in der der Schrecken noch Frankenstein hieß.

Sascha Mamczak

Cogito in vitro

von Ingomar von Kieseritzky
Regie: Klaus Dieter Pittrich
WDR 1998

Es ist das 3. Jahrtausend, und wir befinden uns im Trakt A, Abteilung H der Kopftransplantationsabteilung. Drei Körperlose warten hier auf einen neuen Körper. Da ist Nicola Donata, »eine der reichsten Frauen dieses Planeten, ihr alter Körper gefiel ihr nicht mehr«, es war schon ihr fünfter. Da ist Al Ross, »ein großer krimineller Kopf mit globalen Kontakten«, seine vier transplantierten Organe streikten eines Nachts. Und da ist Miller, »in Finanzkreisen auch Crash-Miller genannt«, der mit einer antiken Maschinenpistole perforiert wurde. Sie alle konnten »überleben« aufgrund eines transplantierten Survival-Chips. Und da ist das nackte Gehirn Marquard in einer Nährflüssigkeit, »was für ein obszöner Anblick«, entrüstet sich Nicola Donata, »ein nacktes Gehirn in einem Aquarium«, und dabei ist der Anblick ihres körperlosen Kopfes sicher nicht minder obszön. Eine der vielen kleinen Ironien, die der Autor eingebaut hat.

Nicht sehr niveauvoll unterhalten sich die körperlosen Köpfe, die kommerziellen »Kopfprobanden«, immer wieder über ihr Thema: die Schönheit und Vergänglichkeit von Körpern, schöne Idee, wenn auch vom Autor leider nur oberflächlich gestaltet. Und auch das so eminent interessante Gehirn Marquard produziert nicht übermäßig Geistreiches, doch an seinem Monoton-vor-sich-Hinspinnen (hier entstehen durch die Realisierung nahezu psychedelische Wirkungen) sind schon geistreiche Gedankengänge erahnbar (nicht nur an Descartes' »Ich denke, also bin ich«). »Wie sah der Körper des Glases in Relation zum Körper der Flasche aus?« Das beschäftigt das Gehirn Marquard auf der Suche nach der Erinnerung an die sechzig Sekunden, die ihm seine Schädelfraktur eingebracht haben, als er stockbesoffen die Treppe hinunterfiel. Auch sein Versuch, sich über die letzte Weinsorte an jene Sekunden zu erinnern, scheitert, bleibt stecken im puren Aufzählen von Weinsorten, »wieder ein Zirkel«. Aber das Gehirn Marquard ist nicht das erste Gehirn, das in separierter Form nur noch Wort-Ketten produziert, als wäre es ein Computer. Ein anderes Gehirn zählte zum Schluß nur noch »mit innigen Modulationen Namen von Frauen mit gewissen Merkmalen« auf, wieder ein anderes stürzte ab, nachdem es sich im russischen Alphabet verheddert hatte.

»Was machen Sie in meinem Bewußtsein?« Das Gehirn Marquard hat immerhin ein fremdes Bewußtsein geortet, das Gehirn von dem »obskuren, alten, toten, niemals wieder reaktivierbaren Philosophen« Otthinrich Meyer-Rammelsloh, ein Irrtum, denn gerade jenes Philosophen-Gehirn wurde hundert Jahre zuvor eingelagert und nun mit dem Gehirn Marquards fusioniert. Ein Gehirn, das nicht kommerziell ist, muß sich anders »rentieren«, zum Beispiel indem es auf Fragen gescheite Antworten gibt, aber Marquards Gehirn gibt nichts von sich, jedenfalls nichts Hörbares für die Forscher (anders als für die Hörspielhörerinnen und -hörer). Wenn nicht, wird es suspendiert oder fusioniert, so jedenfalls die Anweisung von Dr. Bulatovic. Und was produziert nun das fusionierte Gehirn? Höhere Leistung entsprechend parallel geschalteten Computern? Erstmal entsteht ein Konkurrenzkampf der beiden Gehirne ...

Ein kurzweiliges Hörspiel, bei dem die Dialoge ebenso Vergnügen bereiten wie manche Einfälle. Vieles ist freies Gedankenspiel, amüsant und witzig, auch schon mal zynisch. »Große Köpfe und große Gehirne« werden recycelt, heißt es im Hörspiel, und nicht nur der anschließende Musikakzent, der einem Karnevalstusch ähnelt, führt das ad absurdum, die Anlage der Figuren tut das schon. (Übrigens nicht das erste Hörspiel, in dem der Autor Wissenschaftler auf eine schlichte menschliche Ebene herunterholt.) Und woher kommen all die Körper zur Transplantation? Auch dazu hat der Autor eine Antwort: »Der Weg des modernen Straftäters zu einem nützlichen, sozialethisch brauchbaren, gesellschaftssanitär funktionstüchtigen Glied der Gesellschaft nach seiner Suspendierung war dornenreich ...«

Nichts scheint Kieseritzky heilig, die Begriffe Ethik, Soziales und Selbstreflexion, aber auch Begriffe, mit denen Politiker gerne jonglieren, wie Information und Innovation, Ressourcen und Recycling und natürlich Rentabilität und Einsparungen – alles wird verwurstet, gedreht und auch – bisweilen zynisch – konterkariert.

Leisten können sich die Körpertransplantation nur noch die Reichen. Eine Hochrechnung unserer Transplantationsmedizin. Utopisch, weil heute allein die Transplantation einer funktionsfähigen Hand mit all ihren Empfindungen schon ungeheure Probleme bereitet. Aber es ist ja das 3. Jahrtausend (die Jahreszahl ist nicht näher angegeben, aber im Jahr 2081 soll das Universal-Gehirn Marquard Kontakt mit einer extraterrestrischen Intelligenz gehabt haben), und dieses Hörspiel ist eher ein *drame macabre.* Geistreich, mit viel Wortwitz und Wortspielen und auch gelegentlichen Wortschöpfungen – da verzeiht man dem Autor auch mal Ungereimtheiten (z. B. wie sedierte Köpfe eigentlich miteinander reden können oder den unwidersprochenen Satz von Al Ross: »Ein Gehirn hat keine Nerven.«).

Musik und Geräusche, weitgehend Klangeffekte, sind konventionell und bleiben in dieser Produktion eher unauffällig, bisweilen sind sie sogar fast unhörbar (!). Für Klangeffekte solcherart hätte man nicht eigens ein *Studio für Klangdesign* bemühen müssen, sie lassen sich in jedem Hörspielstudio mit wenig Aufwand herstellen.

Unbefriedigend in diesem Hörspiel bleibt eigentlich nur der Schluß. Eine merkwürdige »Reihe von Ausfällen, Zufällen und Todesfällen« ereignet sich plötzlich, sie betreffen das Transplantationsteam, und durch sie stockt der Transplantationsbetrieb, zwei Tage Verzögerung nur, verspricht Dr. Holycraft. Die Köpfe pochen auf die Zeit, die sie nicht haben, und drohen mit ihren Rechtsanwälten. Eine rätselhafte, vernunftwidersprechende Serie an Todesfällen für Dr. Holycraft, aber auch für die Hörerinnen und Hörer. Sollten sich da doch Skrupel aufgetan haben, etwa bei Dr. Graham, der Selbstmord beging? Warum versagte die Sauerstoffanlage im Schwimmbad bei Dr. Stonehill? Manipulation? Das weiß nur Ingomar von Kieseritzky - weiß er es?

Christiane Timper

Das Wittgenstein-Programm

von Leonhard Koppelmann
nach dem gleichnamigen Roman von Philip Kerr
Regie: Leonhard Koppelmann
NDR/WDR 1998

Haben Sie, verehrter männlicher Leser, sich auch schon mal gefragt, ob die Wut, die Sie gelegentlich verspüren, noch normal ist? Nein? Tja, sollten Sie aber vielleicht. Denn wenn in zwölf Jahren das Szenario dieses Hörspiels eintritt, werden Sie mittels eines einfachen Tests womöglich als *VMK-negativ* registriert - und dann haben Sie wirklich ein Problem: Sie werden in einer Datei erfaßt und mit einem überaus sinnigen Codenamen wie *Charles Dickens* oder *Sokrates* beglückt. Diese Datei ist selbstverständlich mit allen möglichen virtuellen Sicherheitszäunen geschützt, aber wie der Zufall so spielt, gelingt es trotzdem einem Hacker, einzubrechen. Und dieser Jemand mag keine VMK-Negativen, wie Sie einer sind. Da er dummerweise selbst auch zu diesem Personenkreis zählt und folglich nichts seinen Aggressionstrieb bremst, bewaffnet er sich mit einer selbstgebastelten Gasdruckpistole und macht Jagd auf seine Brüder. Und am Ende sind Sie tot, sechs Kugeln in den Hinterkopf überlebt auch der aggressivste VMK-negative arme Teufel nicht.

Wie bitte, Sie halten das für ausgemachten Blödsinn, etwas, das sich nur so ein durchgeknallter Schreiberling billiger Science Fiction-Schundromane einfallen lassen kann? - Ich muß sagen, mein Herr, Ihr Aggressionspotential gibt mir allmählich zu denken! Lassen Sie uns die Sache doch mal in aller Ruhe näher betrachten ...

Zunächst einmal ist ***Das Wittgenstein-Programm*** ein Hörspiel, das auf einem Roman des Schotten Philip Kerr beruht. Dieser Roman bekam einen Krimi-Preis, und das durchaus zu Recht. Die Jagd auf den Serienmörder, dessen Codename *Ludwig Wittgenstein* lautet und dessen Motto »Nur die Aussicht auf den Tod verleiht dem Leben Realität« auf mehr als einer Ebene eine bizarre Symbolkraft erlangt, ist sehr gut gelungen, ebenso die Einblicke in die Abgründe von Seele und Geist des Killers (gesprochen von Matthias Haase), im Hörspiel noch unterstützt durch die grandiose Musik von Henrik Albrecht. Der kostenlose eingestreute Philosophieunterricht könnte aus *Sophies Welt* stammen und harmoniert natürlich wunderbar mit den Codenamen der ermordeten Männer. Das ist spannend bis zum bitteren Ende, wenn auch als Sujet nicht neu.

Unter Science Fiction läuft das Hörspiel, weil es erstens ein gutes Jahrzehnt in der Zukunft spielt und zweitens als Prämisse vorgibt, die Wissenschaft hätte eine Möglichkeit gefunden, potentielle Gewalttäter vom Rest der Menschheit zu unterscheiden, indem das Gehirn auf das Vorhandensein oder Fehlen eines sogenannten *ventro-medialen Kerns* untersucht wird. Dieser *VMK* dient als Aggressionsbremse; sein Fehlen löst früher oder später gewalttätiges Verhalten aus.

Als Science Fiction-Hörspiel scheitert das Wittgenstein-Programm, vielleicht notgedrungen, weil es das SF-Element nur als Aufhänger benutzt und sich dann in der Hauptsache einem anderen Thema zuwendet. Genügend Entwicklungsmöglichkeiten hätte der Plot jedenfalls geboten, wenn man die Prämisse einmal als solche akzeptiert. Da werden Männer mit sanfter Gewalt und suggestiven Werbespots dazu gebracht, testen zu lassen, ob sie geistig in der Lage sind, im realen Leben ihre Aggressivität unter Kontrolle zu haben – einer Aggressivität, die jedoch auch von VMK-positiven Männern ganz legal in virtuellen Realitäten ungeniert ausgelebt werden kann. Da gibt es das höchst fragwürdige Prozedere, die VMK-negativ getesteten Personen in einer Datei zu sammeln, auf die der Polizeicomputer zu Fahndungszwecken Zugriff hat (und die, fast schlimmer noch, eingebunden ist in ein Datennetzwerk der Europäischen Gemeinschaft – welch ein Alptraum an und für sich!). Damit zusammenhängend hat sich das Strafrecht im nächsten Jahrtausend doch gravierend verändert: Straftätern droht, sofern ihre Festnahme durch den finalen Rettungsschuß nicht ohnehin obsolet geworden ist, ein dreißigjähriges Strafkoma – so spart man sich teure Sicherungs- und Verwahrmaßnahmen, von Resozialisierung ganz zu schweigen. Auch eine Möglichkeit, den bereits heute bestehenden Schwierigkeiten auf diesem Gebiet zu begegnen. Das alles ist keinesfalls weit hergeholt – man erinnere sich beispielsweise an die abstrusen Vorschläge im Zuge der AIDS-Hysterie in den Achtzigern –, sondern für die nahe Zukunft vorstellbar und denkwürdig.

Aber das Hörspiel bleibt an der Romanvorlage kleben, anstatt seine ganz eigenen Gestaltungsmöglichkeiten in diese Richtung, auf diese Fragestellungen hin auszuschöpfen und aus dem normalen Hightech-Thriller ein richtig gutes SF-Hörspiel zu machen. So bleibt, wie schon häufig in den vergangenen Jahren, ein generell gelungenes Hörspiel mit SF-Versatzstückchen und eine leise Wehmut bei den Hörerinnen und Hörern, die der Verschmelzung von SF und Hörspiel ihre Vorliebe und ihr Herz geschenkt haben.

Ach ja, ein Wort noch zur Prämisse, diesem geheimnisvollen *ventro-medialen Kern.* Sollte diese neuronal-biologische Erklärung für aggressives Verhalten tatsächlich realistisch sein? Ich wüßte nicht, sollte ich lachen oder weinen ... Könnte das dann etwa ein Beweis für die Unterlegenheit des Mannes sein? Oder die Behauptung stützen, Frauen könnten von Natur aus gar nicht aggressiv sein? Und ich wollte schon anfangen, mir Gedanken zu machen, ob die Wut, die ich manchmal spüre, eigentlich noch normal ist ...

Ute Perchtold

Schröder

von Daniela Egger
Regie: Heinz Hartwig
ORF 1998

Schon die elektronisch verfremdete »Also sprach Zarathustra«-Fanfare deutet es an: Wieder ist die Menschheit einen großen Schritt vorwärts geeilt, ohne zu wissen, wo sie denn überhaupt hin will. In Daniela Eggers Hörspiel haben die Menschen ihre Privatsphäre zugunsten einer bequemen Haushalts- und Lebensführung geopfert. Die Überwachung sämtlicher Lebensumstände wird jedoch nicht als Bedrohung, sondern, im Gegenteil, als angenehm empfunden.

Ludwig besitzt einen Haushaltsroboter, den er *Schröder* nennt. Der kümmert sich nicht nur um die Wohnung, sondern auch um seinen Besitzer: Er überwacht sämtliche Lebensfunktionen und ist stets mit vermeintlich hilfreichen Tips zur Stelle. Er warnt zum Beispiel davor, wenn sein Besitzer eine vitaminarme Pizza zu sich nehmen will und berechnet sogleich die dadurch eintretende Verkürzung der Lebenserwartung. Selbst Ludwigs Körperfunktionen kann er über Sensoren aufnehmen und ruft selbständig einen Arzt, wenn er eine Unregelmäßigkeit feststellt. Schröder kann fast alles – nur nicht die Unwahrheit sagen.

Aus diesem Stoff hätte man wirklich ein interessantes Hörspiel machen können. Leider ist die Autorin viel zu verliebt in ihre elektronischen Wundergeräte, um die Geschichte fesselnd zu gestalten. Sie beschäftigt sich mehr mit dem sich selbst verwaltenden Kühlschrank als mit der Charakterentwicklung ihrer Protagonisten. So bleibt auch die Hintergrundgeschichte eher bieder: Ludwig wird von seiner nervenden Mutter umsorgt, die nicht nur seinen Ernährungsplan, sondern auch sein Liebesleben organisieren möchte.

Schröder, der elektronische Butler, ist interessierter Beobachter der sexuellen Eskapaden seines Herrn, was Ludwig zum Verhängnis wird, als er versucht, seiner Freundin einen Seitensprung zu verheimlichen. Der Vertuschungsversuch in

Form einer Manipulation an Schröders Speicher führt beinahe zur Katastrophe: Der Roboter ist fortan viel zu sehr damit beschäftigt, sich selbst wiederherzustellen, die Kontrolle über Ludwigs Leben entgleitet ihm mehr und mehr, ohne daß dieser jedoch in der Lage wäre, selbst Lösungen zu finden. Mangels Informationen durch den Butler verliert Ludwig auch völlig aus den Augen, daß draußen immer mehr Stadtviertel evakuiert werden. (Warum dies geschieht, bleibt allerdings auch dem Hörer unklar.)

Dies könnte man nun entweder lustig oder spannend darstellen – das vorliegende Werk kann sich aber so recht für keine der Alternativen entscheiden. Die naive Technikgläubigkeit der Hauptpersonen wird sehr überzogen dargestellt: anstatt ihr Leben selbst in die Hand zu nehmen, bauen sie weiter darauf, daß alles wieder funktionieren wird, sobald der Roboter wiederhergestellt ist.

Somit gerät die Aussage des Hörspiels sehr aufdringlich. Schade ist auch, daß die Darsteller stets so klingen, als wenn sie vom Blatt ablesen; so wirken sowohl die Geschichte als auch die Ausführung sehr konstruiert.

Ullrich Bettermann

Die Öko-Region
Reise in ein Land der Möglichkeiten

von Hardy Tasso
Regie: Hardy Tasso
NDR 1999

Eine positive Utopie zu entwerfen ist schon ein Problem. Seit Platons *Der Staat* dürfte es bekannt sein, daß der »ideale Staat« nicht für alle ideal ist, sondern nur für gewisse Minderheiten, und daß der »ideale Staat« auch diktatorische Züge in sich trägt. Äußeres Symbol dafür ist die Schließung der Grenzen, die Abschottung nach außen. Das ist bei dem Entwurf ökologisch nachhaltiger Gesellschaften nicht anders.

1975 erschien in den USA der Roman *Ökotopia - Notizen und Reportagen von William Weston aus dem Jahre 1999* von Ernest Callenbach.* 20 Jahre nach der Entstehung Ökotopias wurde dem ersten ausländischen Betrachter Einlaß gewährt. Mit viel Skepsis, aber auch Neugierde bereiste der Reporter William Weston das Land, und er registrierte einen gewissen verklärten Blick der ökotopianischen Beamten, wenn sie ihr System erklärten, eine gewisse Propaganda schimmerte durch. Doch trotz des kritischen Blicks veränderte sich Weston während seines Aufenthaltes so, daß er beschloß, Frau und Kinder zu verlassen und Ökotopianer zu werden.

1996 produzierte der SFB das Feature ***Der Osten ist grün*** - *oder: Die Andere Republik* von Paul Kohl.** Der hatte den Roman von Callenbach gelesen und - als Hommage an diesen - denselben William Weston in seine *DAR, Die Andere Republik,* reisen lassen, die sich anstelle der neuen Bundesländer herausgebildet hatte. Auch die DAR ist abgeschottet, aber von politischen Ideologien erfahren wir kaum etwas, denn Paul Kohl beschränkte sich fast ausschließlich auf ökologische Aspekte.

Seit 1999 liegt nun ein weiteres Feature vor, ***Die Öko-Region,*** und auch dieses orientiert sich an Callenbachs *Ökotopia,* bedient sich sogar einiger Details daraus, nur verschweigt es uns der Autor. Auch hier bereist ein Reporter den Staat im Staate, es ist der (reale) Hörfunk-Journalist Hardy Tasso. Fünf Jahre hat die *Öko-Region,* gelegen im Norden Schleswig-Holsteins, nur gebraucht, um sich zu konstituieren, aus lauter Einzelinitiativen, wie es heißt. Fünf Jahre nicht nur für einen ökologischen Umbau der Gesellschaft (der hier das Verkehrssystem, incl. Verbot von Privatautos, und die Energieversorgung ebenso umfaßt wie die Herstellung ökologischer Produkte, die Dezentralisierung der Fabriken, die Kleidung, sogar die Abwanderung aus den Großstädten), sondern für eine

* Auch als Hörspiel: Schweizer Radio DRS 1980 (Regie: Charles Benoit) und HR Schulfunk 1988 (Regie: Hans-Peter Klausenitzer).

** Siehe Rezension in *Das Science Fiction Jahr 1998,* Heyne Buch 06/5925, Seite 424 ff.

neue Gesellschaft überhaupt! Und hier rückt die Ideologiefrage wieder näher in unsere Betrachtung.

Der Reporter Hardy Tasso ist hier weniger eine Figur, an der man teilnimmt, streng genommen ist er nur eine Hilfsfigur, ein Stichwortgeber für die Bewohner Utopias. Was er sieht, ist zum Teil von Callenbach entlehnt (geringfügig variiert), und was er erfährt, ist eine nicht verträgliche Mixtur aus Ideen der 68er Bewegung, mit einem kräftigen ideologischen Einschlag, und ökologischen Erkenntnissen der 80er und 90er Jahre, die teilweise schon Realität geworden sind und zudem in dem Feature ***Der Osten ist grün ...*** schon auf recht originelle Weise umgesetzt wurden.

Da taucht dann das Modell der Wohngemeinschaften – hier 15 bis 18 in einer WG! – ebenso wieder auf wie die Großfamilie, die freie Entfaltung der Kinder in einer antiautoritären Schule, die betriebliche Mitbestimmung, die sogar über die Produkte einer Fabrik entscheiden kann, und schließlich sagt Jutta Ditfurth uns noch, daß die Gleichheit immer nur dann existiert, wenn es eine materielle Gleichheit gibt. Ja, ich erinnere mich noch gut an diese Diskussionen, aber auch an das Scheitern mancher von uns doch so gut erdachten Ideen. Hardy Tasso läßt sie hier wiederauferstehen, aber inzwischen hatten wir das Jahr 1999! Und, als würde er dann selbst seinem Modell mißtrauen, führt er es ad absurdum. Begründung: Die Macht im Staat liegt bei den Banken und Aktionären, die Unternehmen sind immer noch in ihrem Besitz. Und jetzt bekommt das Hörspiel-Feature eine seltsame Schlußstretta: Ein neues Landesgesetz wird verabschiedet, »es verbietet den Unternehmen, Schadstoffe in die Umwelt zu leiten und nicht-recycelbare Produkte herzustellen«. Das führt zur massenhaften Aussperrung der Arbeiter, was den Streik der Arbeiter der nicht betroffenen Betriebe zur Folge hat, und das wiederum führt zum Zusammenbruch des ganzen Systems, zum Zusammenbruch des Staates im Staate. Die Absage lautet denn auch: »Das war Hardy Tassos Sendung über die ehemalige Öko-Region, mit dem Titel: *Reise in ein Land der Utopie.*«

Eine positive Utopie zu entwerfen, ist schon schwierig. Aber was, wenn der Autor das von ihm mühsam und detailgenau entworfene Modell selbst verwirft? Oder anders ausgedrückt: Ist es wirklich sinnvoll, uns ein Modell so ausführlich vorzuführen, nur um uns mitzuteilen, daß es so gar nicht funktionieren kann?

Zu den inhaltlichen Schwächen kommen realisatorische und dramaturgische Widersprüche und Ungeschicklichkeiten. Die Produktion ist ausgesprochen dröge. Die Sprecher und Sprecherinnen *(»authentische Personen«)* sind meist nah am Mikrofon aufgenommen, kaum je entstehen hörspielgerechte Räume, und die zugemischten Musiken und Geräusche können das nicht immer auffangen. Auffallend ist die dramaturgische Unsicherheit des Autors. Obwohl das Werk eher als Hörspiel angelegt ist, dafür spricht die szenische Gestaltung, rutschen immer wieder Dialoge hinein, die eher einem Text, verteilt auf zwei Sprecher, entsprechen – das aber ist ein typisches Mittel des Features. Ebenso ein Feature-Mittel ist die Einbeziehung authentischer Personen. Sie jedoch müssen in einem fiktiven Stoff zwangsläufig fiktiv werden – viel Aufwand also für eine untaugliche Idee.

Christiane Timper

Unter den Wolken

von Alfred Probst
Regie: Klaus Gülker
SWR 1999

Ein älteres Ehepaar will nach einem Einkaufsbummel mit öffentlichen Verkehrsmitteln nach Hause fahren. An der Haltestelle fährt jedoch statt der erwarteten Straßenbahn die neuste Errungenschaft der Verkehrsbetriebe ein: die *High-Tech-Doppelgelenk-Express-Dream-Tram.*

Deren Fahrer ist genauso geschwätzig, wie das in munterem Schwäbisch* schwätzende Paar. Während Karl und seine

* Vgl. die gleichnamige hessische Fassung, Regie: Burkhard Schmid, HR 1998

Frau noch das moderne Ambiente bestaunen, klärt sie die Lautsprecherstimme darüber auf, zu welchen *Destinations* ihr *Carrier* laut *Time Table* am *Informationspanel* unterwegs sei. Wie bei einer Flugreise werden die beiden mit Informationen überschüttet: ob Wetterlage oder Reisegeschwindigkeit, Bordservice oder Komfortausstattung - kein Detail bleibt unerwähnt. Dabei gibt sich der Fahrer hörbar Mühe, die offenbar von den Verkehrsbetrieben neu eingeführten Anglizismen korrekt wiederzugeben. Wirklich komisch, wie er sich dabei um beinahe jedes deutsche Wort drückt.

Als Karl unterwegs endlich Fahrkarten erwerben will, stellt er fest, daß die Tram nicht nur menschenleer, sondern auch führerlos ist und vom Kontrollzentrum aus ferngesteuert wird. Tickets gibt es am Automaten, doch nur in Zwanzigerblocks. Und ohne Tickets ist an ein Verlassen des Gefährts durch die elektronisch verriegelten Türen nicht zu denken. Der Versuch, mit der elektronischen Stewardess Streit anzufangen, scheitert daran, daß sie einfach nicht dieselbe Sprache sprechen.

Daß das ganze doch noch glimpflich ausgeht, liegt daran, daß aus den Lautsprechern eine *Malfunction* verkündet wird (so, wie die Stimme dies ausspricht, hört es sich eher wie der Bestandteil eines Grafikprogramms an) und die Dream Tram schließlich auf freier Strecke unfreiwillig zum Stillstand kommt...

Alfred Probst stellt in seinem Hörspiel dem anscheinend modernen High-Tech-Slang gemütliche schwäbische Mundart gegenüber. Und dies ist ihm gut gelungen: Sein Stück ist nicht nur kurzweilig, sondern auch sehr amüsant. Dazu trägt auch die Regie Klaus Gülkers bei: Er läßt die Darsteller locker und glaubhaft schwätzen und scheut sich auch nicht, die Personen einmal durcheinander reden zu lassen.

Der Hörer wird für eine Viertelstunde hintergründig und vergnüglich unterhalten - was will man mehr?

Ullrich Bettermann

Einstein für Aliens

von David Moss
Realisation: David Moss und Manfred Mixner
SFB/ORB/HR 1998

Wir hören den Anfang von H. G. Wells ***War of the Worlds,*** in der Hörspielfassung von Orson Welles (1938) - doch Achtung, daß wir nicht auf eine falsche Fährte kommen, es ist eher eine Hommage an Wells/Welles - oder vielleicht nur eine Assoziation? Denn die Außerirdischen sind hier nicht Marsmenschen, und sie sind auch nicht feindselige Invasoren, sondern Aliens. Die haben sich im Laufe ihrer Geschichte zu »höchst rationalen, völlig logischen« Wesen entwickelt und sind - seltsamerweise - auch noch einfühlsam. Nur eins fehlt ihnen: die Spontaneität. Doch »ganz tief in ihrem Innern sehnen sie sich danach, sich selbst vollkommen zu fühlen«. Mehr als hundert Jahren kreisen sie schon um die Erde, und nun sind sie gelandet und suchen... einen Politiker? (Helmut Kohl?); einen Sportler? (Boris Becker?); einen Schauspieler? (Filmzitat *Sein oder nicht sein*); Albert Einstein? (hörbar im O-Ton). Selbst ein Rockmusiker genügt ihrem Anspruch nach Spontaneität nicht, da muß ein Improvisationsmusiker her. Der sitzt gerade in New York, Lower East Side, vor drei Zuhörern, und er erzählt uns seine Geschichte mit den Aliens.

David Moss, der amerikanische Poet und Percussionist, hat das Hörspiel geschrieben und zusammen mit dem Hörspielchef des SFB, Manfred Mixner, realisiert. Den Erzählerpart spricht exzellent Ernst Stötzner, mehr Rollen gibt es nicht. Das Hörspiel ist unkonventionell in mehrfacher Hinsicht.

Der Improvisationsmusiker wird von den Aliens eingeladen zu einer intergalaktischen Konzerttour auf die zwölf von ihnen bewohnten Planeten. Billionen von Zuhörern werden ihm versprochen und ein eigenes Plattenlabel - der Traum eines jeden Musikers, wer kann da schon nein sagen! Das Besondere hier: die »Billionen Zuhörer« sind unsichtbar. Jedes Konzert (außer dem letzten) wird mit dem eigentümlichen Geplapper der Aliens, das sich in seiner Verschnellung schon einem Lachen nähert, honoriert, bis das Raumschiff zum nächsten Planeten abhebt – leider nur ein sehr gewöhnliches Geräusch. Mit welcher Phantasie hat doch der Rockmusiker Jimi Hendrix in »Moon, Turn the Tides ...« sein Raumschiff ausgestattet!

Jeder Planet ist eindrucksvoll beschrieben, und die improvisierte Musik ist entworfen nach den Eigenheiten der Planeten. Das ist schon recht pfiffig ausgedacht – leider nicht immer befriedigend umgesetzt. Zum Beispiel leben auf dem zweiten Planeten amöbenähnliche Wesen. Kurz bevor sie sterben, »legen sie sich über eine riesige Höhle, in der eine Membran eingespannt ist, gleichsam eine Supertrommel«, und wenn sie dann sterben, löst sich ihr Protoplasma auf und gibt all die in ihrem Leben eingelagerten Objekte (Kieselsteine u. a.) frei, was faszinierende rhythmische Melodien erzeugt. Die Musik versucht, diese Klänge nachzubilden, jedoch hören wir weniger »faszinierende rhythmische Melodien« als ein eher unstrukturiertes und ein wenig einfallsloses Schlagzeugsolo unseres Improvisationsmusikers, eingestreut darin ein paar gesampelte Gesangstöne (wie Urlaute).

Der dritte Planet besteht aus einer riesigen Welle, die eine 20 000 Meilen lange Röhre bildet. Wie in einem Tunnel haben die Aliens ihre Stadt darin aufgebaut. Und auf diesem Planeten kündigt sich schon an, was auf dem 7. Planeten für unseren Musiker zur Gewißheit werden und zum Abbruch seiner intergalaktischen Konzerttour führen wird. Denn in dieser meilenlangen Röhre dröhnt die Welle so laut, daß sich der Musiker in seinem Spiel nicht mehr selbst hören kann, er kann alles nur noch erfühlen und wird nun ein Stück weit selbst ein einfühlsamer Alien. Und jetzt erfühlt er, daß die Aliens gar nicht darauf angewiesen sind, seine Musik zu hören. Doch er reist weiter, macht noch vier Konzerte, bis sein Gefühl zur Gewißheit wird: sein Publikum braucht ihn nicht, und er ist gar nicht so spontan in seinen improvisatorischen Entscheidungen, wie er gedacht hatte, »alles nur Wiederholung«, nur »einstudierte Strukturen«. Er spürt, daß die Aliens »nach einem neuen Einstein der Empathie, der Eingebungskraft« suchen, und er beginnt an sich selbst zu zweifeln, an seiner schöpferischen Kraft. Die Konsequenz: »Meine Schlagstöcke fielen mir aus der Hand, ich verlor das Bewußtsein.« Die Sprachlosigkeit des Künstlers. Eine überraschende Wendung in dem Hörspiel! Es war eben nur ein »sonniger Wintertag«, als die Aliens ihn einluden, und nicht ein Frühlingstag.

Was nun folgt in der Schlußstretta ist eigentlich verzichtbar. Wegen der Zeitdilatation kommt der Improvisationsmusiker erst hundert Jahre später auf die Erde zurück. Die Klimakatastrophe ist eingetreten, New York unter Wasser, Berlin und Warschau zu Berschau zusammengewachsen usw. Aber dann hören wir plötzlich wieder das Schlagzeug, und unser Musiker ist in Berlin, Lower East Side, »vielleicht sitze ich gerade wieder an meinen alten Drums?«

Was an dem Hörspiel bestiсht, ist der Text. Humorvoll bis zur Selbstironie die Skizzierung des Improvisationsmusikers, der nicht immer ein »zynisch ausgebrannter Drummer« war. Phantasievoll die knapp skizzierten Bilder, die David Moss von den Planeten malt. Was man aber vermißt, ist die Auseinandersetzung mit eben diesen anderen Welten, mit der Kultur der fremden Wesen. Der Improvisationsmusiker ist nur fixiert auf sich selbst, und insofern kreist das Hörspiel mehr um die Auseinandersetzung des Künstlers mit seiner Rezeption, seiner Anerkennung – oder seinem Mißerfolg. Mutig von Moss, sich als Künstler völlig infrage zu stellen. Was man sich noch in dieser Produktion gewünscht hätte, ist mehr Substanz in der Musik. Der reichliche Gebrauch des Samplers und die aberwitzigen Geräusche und Gesangsfragmente, die Moss oral herzustellen versteht, bringen zwar Abwechslung, werden aber nur bedingt inhaltlich genutzt und können deshalb auch nur bedingt fesseln. So ergeben sich hin und wieder auch Durststrecken.

Die Idee ist eigentlich schön: Die freie Improvisation, die sich in ihrer Spontaneität wenig an zuordenbare Strukturen, Formen, Stile und Moden hält, steht in gutem Kontrast zu den unendlich logischen Aliens. Doch was ist mit ihrer Einfühlsamkeit? Steht sie nicht im Widerspruch zu ihrer unendlichen Logik? Die Einfühlsamkeit ist hier die Verbindungsstelle zwischen dem Improvisationsmusiker und den Aliens, genau hier können sich beide verstehen lernen, begreifen. Nur deshalb kann der Improvisationsmusiker zum Schluß ihren Gedanken erfühlen, daß sie einen »neuen Einstein der Empathie« brauchen. Hätten die Aliens Gedankenlesen können wie die *ESPER*, wäre auch eine Verbindungsstelle entstanden, eine diskursive.

Christiane Timper

Raumschiff Titanic

von Robert E. Schoen nach Douglas Adams und Terry Jones
Regie: Alexander Schuhmacher
SWR 1999

Nahezu zwanzig Jahre sind vergangen, seit Arthur Dent ***Per Anhalter durch die Galaxis*** zockelte, ein depressiver Roboter uns zu Lachkrämpfen reizte, ein Wal und ein Petunientopf philosophische Weisheiten erörterten und schließlich die Antwort auf die Frage aller Fragen sensationell mit *fourty-two* beantwortet wurde. Douglas Adams schuf mit dieser brillant-skurrilen Weltraumoper ein Hörspiel-Highlight, aus dem noch heute immer wieder gern zitiert wird. Auch von Adams höchstselbst, der ein im *Hitchhikers Guide* beiläufig erwähntes Ereignis als Ausgangspunkt für ein neues Projekt nahm.

So entstand das 1998 veröffentlichte Computerspiel *Starship Titanic* (seit Juni 99 auch in einer gelungenen deutschen Fassung als *Raumschiff Titanic* auf dem Markt), und zeitgleich erschien der Roman zur CD-Rom, verfaßt von Terry Jones (bekannt von den *Monty Pythons*). Dem multimedialen Zeitgeist seis gedankt, das modernste Raumfahrzeug aller Zeiten und Galaxien durfte auch durch den Rundfunkäther kreuzen und bescherte im Juni 1999 den Hörern des Südwestrundfunks an fünf aufeinanderfolgenden Nachmittagen das Vergnügen, gedanklich an Bord eines Luxusliners zu weilen und Abenteuer zu erleben in einer Galaxis, weit, weit entfernt... Ach nein –

das war das andere Großereignis des Jahres 1999, auf das wir zwanzig Jahre warten mußten...

Zurück zur Titanic, die mit ihrer irdischen Vorgängerin gemeinsam hat, daß sich auch dort so manche Versprechen als leer erwiesen haben. Das Raumschiff, das der geniale Architekt Leovinus als Krönung seines Lebenswerks betrachtet, entpuppt sich als gigantische Baustelle und noch gigantischerer Versicherungsbetrug. Davon ahnen die armen Erdlinge Netty, Dan und Lucy allerdings nichts, als die Titanic auf der Erde notlandet und dabei aus dem alten Pfarrgebäude, das Dan und Lucy zu einem Hotel umbauen wollten, einen Schrotthaufen macht. Ehe sich die Erdlinge versehen, finden sie sich an Bord des Raumschiffs wieder und müssen feststellen, daß die Dienstroboter mit einer reichlich aufsässigen Software ausgestattet wurden, der Kapitän nirgendwo zu finden ist, der Sauerstoff langsam knapp wird und zu schlechter Letzt ein idiotischer außerirdischer Journalist die Super-Mega-Selbstvernichtungs-Bombe aktiviert hat, die jetzt unaufhaltsam ihren letzten Countdown zählt.

Im Verlauf der fünf Folgen wird die Titanic von weiteren Außerirdischen geentert, die vor allem die grottenschlechte Verarbeitung der Fußbodenleisten als persönliche Beleidigung empfinden. Außerdem stellen sie fest, daß der Countdown der Bombe ohne das Herz- oder besser Hirnstück der Zentraleinheit nicht aufgehalten werden kann. Dieses lebenswichtige Teil hat jedoch Leovinus, der auf der Erde zurückgeblieben ist, an sich genommen. Und um die Erde zu finden, müßte man den Kurs des Raumschiffs zurückverfolgen, was aber wiederum ohne die Zentraleinheit nicht möglich ist. Da ist guter Rat normalerweise teuer, findet sich aber glücklicherweise dann doch in Nettys Handtasche, und so stellen sich dem glücklichen Ende der Odyssee nur noch einige unbedeutende Hindernisse in den Weg, bevor jeder Topf sein passendes Deckelchen und das Schiff den Besitzer bekommt, den es verdient.

Die Stärken des Hörspiels liegen ohne Frage in der lakonischen Schnoddrigkeit, mit der auch die abstrusesten Ideen und Dialoge dargeboten werden. Anzügliche Bemerkungen der Kabineneinrichtung, sture Roboter-Stewards, die den lebensrettenden Sauerstoff nur an Erste-Klasse-Passagiere abzugeben gedenken, Kleidungsstücke, die sich nur per Gedankenbefehl öffnen und ausziehen lassen (dumm, wenn die Gedanken gerade ganz woanders weilen...), Schwarze Löcher, die ungeschützt im Maschinenraum herumirren, eine Bombe, die beim Rückwärtszählen nicht gestört werden darf – die ersten drei Folgen bieten ein wahres Feuerwerk an skurrilen und zwerchfellerschütternden Einfällen. Um so auffälliger ist der Schwächeanfall im vierten Teil, der sich schwerpunktmäßig mit den zwischenmenschlichen Beziehungsproblemen seiner Protagonisten beschäftigt, ohne die Handlung nennenswert voranzubringen, und dabei eine Ernsthaftigkeit an den Tag legt, die so gar nicht zum bisherigen satirisch-klamaukhaften Tonfall passen will.

Das scheint den Machern beim Südwestfunk auch aufgefallen zu sein – sie stellten im Anschluß an Folge vier jedenfalls zwei Rätselfragen, die wohl für Ablenkung sorgen sollten. Denn die eine davon erwies sich als so schwierig, daß kein einziger Hörer auf die richtige Lösung kam, wie sich am nächsten Tag nach Ausstrahlung der letzten Folge herausstellte.*

Doch auch diese gelungene Einlage kann nicht darüber hinweg trösten, daß ***Raumschiff Titanic*** am Ende nicht die Erwartungen erfüllen konnte, die der Name Douglas Adams geweckt hat. Wobei die Frage bleibt, warum Robert Schoen seine Adaption nicht auf vier Teile beschränkte, um den Spannungsbogen adäquat zu Ende zu führen. Es ist bezeichnend, daß die gelungenen Elemente der ersten Folgen, die Roboter und die Bombe, in den beiden abschließenden Folgen kein einziges Mal mehr zu hören sind. Wer ohne Not auf einen *running gag* verzichtet, sollte besseren Ersatz zu bieten haben.

---

* Falls sich der geneigte Leser oder die Leserin selbst versuchen möchte, hier die Frage: Wie kann man mit einem Horn einen Schnork so zerstückeln, daß man am Ende, zak, zehnmal die Antwort auf die letzte aller Fragen bekommt? (Die Rezensentin gesteht beschämt, daß sie selbst in Kenntnis der Lösung den Weg dahin nicht nachvollziehen kann.)

Als Hörspiel ist die Titanic zwar nicht in den Weiten des Alls gestrandet, aber dem Schwarzen Loch doch gefährlich nahe gekommen, und die Nostalgiker unter uns erinnern sich mit Wehmut an das kleine pelzige Wesen aus dem Krebsnebel – »...wos metaphysisch war, war's besonders eindrucksvoll«. Aber leider doch nur in einer anderen Galaxis, weit weit entfernt... (Das zumindest dürften Hitch-Hiker- mit Star-Wars-Fans gemeinsam haben...)

Ute Perchtold

President in Space

von Michael Esser
Regie: Walter Adler
HR 1997

Sie möchten einmal selbst ein Science Fiction-Hörspiel machen? Gar nicht so schwer, wie Sie vielleicht denken. Schauen Sie doch mal auf Ihrer Festplatte nach, ob da nicht ein paar Sounddateien aufzutreiben sind. Ein paar Megabyte Triebwerksgeräusche, Rotorgeknatter, Explosionsgedröhn, Rattern, Zirpen, was man eben so braucht, dazu einige Audio-Files Space-Sound und vielleicht noch einen fetzigen Parademarsch. Das war's. Halt, nein, ganz ohne Story geht's natürlich nicht, und aktuell muß sie sein. Wie wäre es mit der Internationalen Raumstation? Da ist auch schon der Plot: Wettrennen ins All, das gab's schon mal, historischer Bezug und so. Also: Mr. President will als erster dort oben sein, und was eine ordentliche Story sein will, die braucht Gegenspieler, nehmen wir einen intriganten Vize, der den Präsidenten früher immer bei sich hat abschreiben lassen und jetzt beleidigt ist, weil der andere die Nr. 1 geworden ist, und dann noch, natürlich, der oberste Russe, nennen wir ihn Lebed. Den Yankee zeigen wir so richtig lächerlich, wie er beim Zero-Gravity-Training sozusagen in RadioScope alles vollkotzt, aber er schaffts, ist als erster oben, da haben dem Vize die Secret Service-Tapes mit präsidialem Lustgestöhn auch nichts genützt, der schießt jetzt voller Wut in die Kronleuchter, und der nicht minder frustrierte Lebed schlägt seinerseits den Kreml kurz und klein. Aber da ist ja noch der Agent jener japanischen Sekte, Sie wissen schon, der koppelt das Präsidenten-Modul ab, der Yankee droht in der Atmosphäre zu verglühen und seine Begleiterin will noch nicht mal Sex von ihm. Und wenn er nicht gestorben ist, retten ihn ja vielleicht die Russen von der MIR. Vergessen Sie bloß nicht, jedes gesprochene Wort mit einer Ihrer Audiodateien zu unterlegen. Horror vacui nannte man das früher. Natürlich reicht das noch nicht für eine Stunde Sendezeit. Also führen Sie doch einfach ein gutes Dutzend Hauptrollen ein und stellen sie jede einzelne der handelnden Personen mit Namen, Dienstgrad und Werdegang vor. Auch ein Sprecher, der vor jeder Szene Ort, Datum und Zeit nennt, erfüllt diesen Zweck und vermittelt ein angenehmes Gefühl von Authentizität. Bringen Sie noch die Hälfte Ihrer Sprecher dazu, so zu reden wie Russen, die so reden, wie Deutsche reden, die wie Russen reden, sampeln sie das Ganze gründlich unter Zuhilfenahme einiger Tools aus Ihrem Audioprogramm, und wenn die Stunde immer noch nicht voll ist, lassen Sie eine Off-Sprecherin mit erotischer Stimme ein gutes Dutzend Null-Sätze lesen, »Wo immer du hingehst, da bist du dann« vielleicht, oder »Die Welt ist groß, besonders oben«. Das macht sich gut und wird die Kritiker dazu bringen, Ihre feine Ironie und Selbstkritik lobend zu erwähnen.

Polemik beiseite, Fast-Food ist im Hörspiel erfreulicherweise selten, und schließlich war die ganze Sache ja nicht fürs Kulturprogramm vorgesehen, sondern für das populärere und quotenträchtigere *Erste*, das am letzten Januartag 1999 mit seinem *Space Day* nach langem wieder einmal den friedlichen Nutzen der bemannten Raumfahrt herausgestellt hat; Puttkamer hätte es kaum besser machen können. Gewiß hätte man über die Sache kein Wort zu verlieren brauchen, wäre – ja wäre da nicht der alarmierende Umstand, daß eben jener Michael Esser im Augenblick der meistbeschäftigte Hörspielautor zu werden droht. Begonnen hatte alles 1993, als Esser für den Hessischen Rundfunk ***VirX*** machte, sein erstes Science Fiction-Hörspiel. Schön, eine künstliche Computerstimme, damals noch eine Seltenheit und vielleicht zum ersten Mal im Hörspiel, aber schon damals eine recht dünne Story mit diffusem Soundteppich, oberflächlichen Dialogen und viel Sasasasasampling. Nicht viel besser war es dann 1995 bis 1998 beim SWF mit der dreiteiligen Reihe ***Digital Bohemia,*** nur daß die Stories noch dünner waren. 1999 folgte der *HR-Space-Day,* der von Michael Esser zur Gänze konzipiert und gestaltet wurde, und da gab es außer ***President in Space*** noch einige Kurzhörspiele, halb Features, von denen nur eines, ***Loraine,*** erwähnt werden soll. Es begeht dieselben Dilettantismen wie die Präsidenten-Geschichte, auch hier, obwohl keine zwanzig Minuten lang, endlos sich wiederholende Datumsansagen, unterlegt mit Musikteppich und immer denselben US-Astronautengeplapper. Das Mädchen Loraine beglückt die ihren Cyber-Diary-Einträgen lauschende Internetgemeinde mit ihren Problemen – sie muß fortwährend und immer wieder kotzen –, bis sie schließlich, durch ihren Aufenthalt in der Space Station und einen netten russischen Astronauten geläutert, zu tiefgreifenden Einsichten über das Universum, das Leben und alles kommt, zum Beispiel daß wir mit diesem Planeten sorgfältiger umgehen sollten.

Im gleichen Jahr entschloß sich auch Radio Bremen, etwas für den Gedanken der friedliche Nutzung der Weltraumfahrt zu tun und im übrigen zu demonstrieren, daß es ja auch im Weltraum menschlich-allzumenschlich zugeht; herauskamen die *Geschichten aus der Umlaufbahn* von Michael Esser und Myra Cakan, eine vierteilige Reihe von Kurzhörspielen mit solch Höhepunkten wie dem, daß die Ursache des Ausfalls eines Satelliten ein vergessener Kaugummi war. Und warum in aller Welt mußten alle vier – alle vier!! – mit dem penetranten Männlichkeitsgewäsch, irgendwelchen Schwulitäten von Apollo-Astronauten, angeblich ein Livemitschnitt der NASA, eingeleitet werden, die nur dümmlich-peinlich wirkten und kein bißchen witzig, ursprünglich wohl nicht mehr als ein Insider-Gag.

Ach, könnte man wenigstens darauf hoffen, daß Michael Esser mit seinen schrillen Soundbasteleien wenigstens ein paar junge Typen vors Radio kriegen würde! Doch die, die dafür in Frage kämen, dürften wohl doch lieber vor ihren Joysticks hocken bleiben und den Teufel tun und das Radio einschalten. Als trauriges Fazit bleibt wohl nur die Einschätzung, daß es Michael Esser an jeglichem Erzähltalent und dramatischem Gespür gebricht. Nicht jeder, der perfekt mit dem PC umgehen kann, ist deshalb automatisch ein Schriftsteller. Da diese Feststellung eine Binsenweisheit ist, wäre auch sie eigentlich keine Zeile wert. Aber ich stelle mir vor, was mit all dem Geld, das in dilettantische und triviale Mittelmäßigkeiten geflossen ist, hätte gemacht werden können, hätte man nur die richtigen Autoren angesprochen und animiert. Und dabei wird mir ganz weh ums Herz.

Günther Wessely

URSENDUNGEN VON SCIENCE FICTION-HÖRSPIELEN im Zeitraum von 1. 7. 1998 bis 30. 6. 1999 in der Reihenfolge der Sendetermine

Erfaßt sind alle uns bekanntgewordenen deutschsprachigen Science Fiction-Hörspiele des Rundfunks in Deutschland, Österreich und der Schweiz, unabhängig davon, ob sie innerhalb der jeweiligen Anstalten von der Redaktion Hörspiel, Unterhaltung, Bildung oder Jugendfunk produziert wurden. Unberücksichtigt blieben nicht dramatisierte Funkerzählungen, Lesungen, Hörbilder, Features und dergleichen sowie Fantasy und andere phantastische Genres. Bei privaten Sendern findet wegen der ausschließlich kommerziellen Ausrichtung des Programms als bloßer Werbeträger Hörspiel bezeichnenderweise nicht statt.

Abkürzungen:

U	Ursendung
R	Regie
M	Musik
BR	Bayerischer Rundfunk, München
DLRB	Deutschlandradio Berlin
DLRK	Deutschlandradio Köln (Deutschlandfunk)
DRS	Radio der deutschen und der rätoromanischen Schweiz
DW	Deutsche Welle, Köln
HR	Hessischer Rundfunk, Frankfurt
MDR	Mitteldeutscher Rundfunk, Leipzig
NDR	Norddeutscher Rundfunk, Hamburg
ORB	Ostdeutscher Rundfunk Brandenburg, Potsdam
ORF	Österreichischer Rundfunk
RB	Radio Bremen
SFB	Sender Freies Berlin
SR	Saarländischer Rundfunk, Saarbrücken
SWR	Südwestrundfunk, Stuttgart und Baden-Baden
WDR	Westdeutscher Rundfunk, Köln

Die mit ↗ gekennzeichneten Hörspiele sind im Rezensionsteil besprochen.

Nachtrag:
Schröder von Daniela Egger
ORF 98, U: 15. 3. 98, 49 min, R: Heinz Hartwig
Der Übereifer eines alles kontrollierenden Haushaltscomputers kann in heiklen Situationen zur Plage werden. ↗

Nachtrag:
Unter den Wolken von Alfred Probst
HR 98, U: 31. 3. 98, 16 min, R: Burkhard Schmid
Wo vor kurzem die gute alte Straßenbahn fuhr, verkehrt jetzt ein High-Tech-Luxus-Liner.

Weiß, weiß, weiß von Robert Gernhardt und Peter Knorr
WDR 98, U: 18. 8. 98, 10 min,
M: Guido Neubauer, Markus Erdmann, R: Petra Feldhoff
Eines Nachts beginnt sich eine seltsame, alles bedeckende weiße Masse über ein kleines Städtchen auszubreiten.

Das Wittgenstein-Programm von Leonhard Koppelmann
nach dem gleichnamigen Roman von Philip Kerr
NDR/WDR 98, U: 23.+30. 8. 98, 118 min (2 Teile),
M: Henrik Albrecht, R: Leonhard Koppelmann
Ein Selektionsprogramm auf Basis der Entdeckung einer physiologischen Ursache für latente Kriminalität wird zur philosophischen Rechtfertigung für einen Serienkiller. ↗

M O I von Heiko Michael Hartmann
SWR 98, U: 22. 10. 98, 57 min, R: Oliver Sturm
Ein monetär übertragenes Virus macht Menschen zu hilflos dem Konsum- und Medienwahnsinn ausgelieferten Torsos.
Kurd-Laßwitz-Preis 1998. ↗

Pflegeleicht von Peter Schattschneider
SWR 98, U: 19. 11. 98, 10 min, R: Andreas Weber-Schäfer
Nachwuchs aus dem High-Tech-Labor – easy im Handling und garantiert den Bedürfnissen der Eltern angepaßt.

Einsteins Gehirn von Andreas Weber-Schäfer
nach der gleichnamigen Erzählung von Josef Nesvadba
SWR 98, U: 1. 12. 98, 26 min, R: Andreas Weber-Schäfer
Eine Wissenschaftlerin vereinigt drei Hirne Verstorbener zu einem biologischen Denkapparat, der jedoch unerwarteterweise menschliche Regungen zeigt.

Cogito in vitro von Ingomar von Kieseritzky
WDR 98, U: 3. 1. 99, 49 min, R: Klaus Dieter Pittrich
Kopftransplantate in Erwartung neuer Spenderkörper beim Small Talk zwischen Weltschmerz und Selbstreflexion. ↗

Lilus Tagebuch von Michael Esser
HR 99, U: 31. 1. 99 (Space Day), 51 min, R: Walter Adler
Akustische E-Mails aus einem Hotel im Erdorbit.

President in Space von Michael Esser
HR 97, U: 31. 1. 99 (Space Day), 55 min, R: Walter Adler
Prestige- und Konkurrenzdenken haben zu einem abermaligen Wettlauf der Supermächte ins All geführt. ↗

Cy und HAL von Michael Esser
HR 99, U: 31.1.99 (Space Day), 15 min, R: Walter Adler
Astronautentraining mit realistischer Katastrophensimulation.

Dr. Jekyll und Mr. Hyde
von Regine Ahrem nach Robert Louis Stevenson
RB/SR 99, U: 19. 2. 99, 32 min, R: Christiane Ohaus
Ein Arzt entwickelt eine Droge, die seine Persönlichkeit in zwei gegensätzliche Existenzformen spaltet. ↗

Einstein für Aliens von David Moss
SFB/ORB/HR 98, U: Radio Kultur 9. 3. 99, 56 min,
Realisation: David Moss und Manfred Mixner
Auf der Suche nach ihrer verlorenen Phantasie und Kreativität laden Aliens einen menschlichen Improvisationskünstler zu einer intergalaktischen Konzerttour ein. ↗

Die Öko-Region von Hardy Tasso
NDR 99, U: 21.3.99, 53 min, R: Hardy Tasso
Im Norden Schleswig Holsteins ist eine Region nach konsequent ökologischen Gesichtspunkten entstanden. ↗

Loraine von Michael Esser
RB 99, U: 30. 4. 99, 18 min, R: Holger Rink
Erlebnisse und Eindrücke einer jungen Journalistin aus der Internationalen Raumstation. (↗)

Frankenstein vom Nick McCarty nach Mary W. Shelley
WDR 99, U: 7.-21. 5. 99, 159 min (3 Teile), R: Annette Kurth
Skrupelloser Forscherdrang gebiert eine Kreatur aus Leichenteilen, die aus Mangel an menschlicher Zuneigung zum mordenden Dämon wird. ↗

Unter den Wolken von Alfred Probst
SWR 99, U: 6. 6. 99, 17 min, R: Klaus Gülker
Wo vor kurzem die gute alte Straßenbahn fuhr, verkehrt jetzt ein High-Tech-Luxus-Liner. ↗

Raumschiff Titanic von Robert E. Schoen
nach Douglas Adams und Terry Jones
SWR 99, U: 7.-11. 6. 99, 150 min, R: Alexander Schuhmacher
Drei Erdenbürger als unfreiwillige Passagiere an Bord eines Raumkreuzers zwischen galaktischer Kreuzfahrt und kosmischem Versicherungsbetrug. ↗

Hinweis:
1998 erschien im Guanako Hörspiel Verlag als Autorenproduktion auf CD (ISBN 3-08-002352-1) das Hörspiel:
Störung Hemisphäre Nord von Nicole Haustermann, Dirk Peters, Bettina und Jutta Schiel
Guanako Produktionsstudio 1998, 51 min,
R: Bettina Schiel und Dirk Peters
Ein auf Deutschland zurasender Meteorit ruft Weltuntergangspropheten und Spekulanten auf den Plan.

Dokumentation: Horst G. Tröster

Simulation mit System. Die Allegorie der Macht in »The Matrix«

von Wolfgang Neuhaus

»The matrix has you.«

Mit »The Matrix« ist im vergangenen Jahr ein erst von Hollywood-Experten skeptisch beäugter, dann aber auf dem US-Markt erstaunlich erfolgreicher Science Fiction-Film in die bundesdeutschen Kinos gekommen. Über keinen Film ist vielfältiger in der Presselandschaft berichtet und kein Film ist kontroverser in den Internetforen diskutiert worden. Geschrieben und inszeniert wurde er von den Brüdern Andy und Larry Wachowski, die als Comicschreiber gearbeitet haben und bislang als Drehbuchautoren und Regisseure eher im Thriller-Bereich aufgefallen sind. Eine ganze Reihe von Filmen haben sich in den letzten Jahren des Themas der Beziehung Simulation/Wirklichkeit angenommen. In jüngster Zeit drehte beispielsweise Josef Rusnak mit »The Thirteenth Floor« (USA 1999) eine weitere Verfilmung von Daniel F. Galouyes berühmtem Roman »Welt am Draht«, und David Cronenberg brachte mit »eXistenZ« (Kanada 1998) seine Version von Computerspielparanoia in die Kinos. Ungezählt die thematischen Versuche im Fernsehuniversum, wo selbst technischer Innovationen unverdächtige Krimis um nächtens ermittelnde Polizisten-Vampire oder kultige Comedy Shows den Cyberspace behandeln (oder ihn persiflieren). Mit »VR.5« lief eine SF-Serie im amerikanischen Fernsehen an, die immerhin fünf verschiedene Ebenen der

Virtuellen Realität handlungsmäßig einführen wollte, aber floppte. »The Matrix« ist in dem Zusammenhang ein Film, der die Gestaltungsprobleme des Cyberspace auf einfache, aber effektvolle Weise löst und dem Thema der Simulation eine überraschend gesellschaftskritische Wendung gibt.

Die Geschichte

Eine Frau wird in einer dunklen schäbigen Wohnung von Polizisten gestellt, an einem Laptop sitzend. Sie ist online und scheint in Hackeraktivitäten verstrickt. Ihr Name ist Trinity (Carrie-Anne Moss), und sie kann in einer furiosen Action-Szene ihren Verfolgern, Agenten mit dunklen Anzügen und Sonnenbrillen, entkommen. Diese haben jedoch mitbekommen, daß der Name Neo gefallen ist. Der Hacker Neo (Keanu Reeves) lebt in seiner Welt aus nächtlichen Bildschirmsitzungen und Dealen mit illegaler Software. Er wird von Morpheus (Laurence Fishburne) über Mobiltelefon in einem Büro kontaktiert, wo er tagsüber seinem Job als Programmierer nachgeht. Dieser warnt ihn vor den Agenten, die es auf ihn abgesehen hätten. Neo wird verhaftet und bekommt einen Vorgeschmack auf den Alptraum, der ihn erwartet: die Agenten scheinen über Fähigkeiten zu verfügen, ihn im wahrsten Sinne des Wortes mundtot zu machen – sein Mund wird »verschlossen« –, und sie verwanzen ihn mit einem Biomechanismus, der sich einen Weg in seinen Körper sucht. Als er in seinem Bett aufwacht, hält er das Erlebnis in seiner Erinnerung noch für einen schlechten Traum. Trinity, eine Mitstreiterin von Morpheus, hat Neo schon zuvor in einer Disco getroffen und ihm in Aussicht gestellt, daß er herausfinden könne, was die Matrix ist. Später hat sie alle Hände voll zu tun, seinen Körper zu »debuggen«, bevor sie ihn zu Morpheus bringt. Neo ist beeindruckt, der legendären Hackergestalt Morpheus endlich zu begegnen. Doch die Antwort auf die Frage, die Neo umtreibt und die er sich von Morpheus erhofft, was denn die geheimnisvolle Matrix eigentlich sei, übertrifft seine schlimmsten Befürchtungen. Neo

schluckt eine Pille - sie ist Teil eines Tracking-Programms der Hacker - und »seine« Wirklichkeit löst sich auf. Sein Körper nimmt eine andere Form an. Seine Selbst-Wahrnehmung wird in einen Strudel der Auflösung gerissen ... und Neo wacht - umhüllt von Flüssigkeit und am ganzen Körper verkabelt - benebelt in einem Brutkasten auf, in einer dunklen bedrückenden Welt der Zukunft, und wird von Maschinen, die eine »Betriebsstörung« bemerken, als Müll entsorgt. Die Crew der Nebukadnezar hat seine Position aber rechtzeitig orten können und nimmt ihn auf.

Neo erfährt, daß er in Wirklichkeit im Jahre 2199 lebt, in einer Welt, die von Maschinen beherrscht wird. Die zunehmend intelligenter werdenden Maschinen haben irgendwann in den ersten Jahrzehnten des 21. Jahrhunderts einen Krieg gegen die Menschen geführt, und aller menschlichen Abwehrmaßnahmen zum Trotz (zu denen offenbar auch die ökologische Verwüstung des Planeten gehörte) haben die Maschinen gewonnen. Das (vorläufige) Ende der menschlichen Gesellschaft wird drastisch illustriert. Die Menschen sind versklavt, werden in riesigen Plantagen gezüchtet, um den

Maschinen als Energiespender zu dienen. Die Matrix ist ein Computerprogramm, das den Menschen die Wirklichkeit des Jahres 1999 vorgaukelt - den »Höhepunkt ihrer Zivilisation«, wie eine Künstliche Intelligenz, die im Programm als Agent Smith (Hugo Weaving) sich darstellt, sarkastisch anmerkt und ihnen zur »unterbewußten« Beruhigung in ihren Brutkammern direkt ins Gehirn gespeist wird. Neo gewöhnt sich nach und

nach an seine neue Umgebung und erfährt die Vorgeschichte der Partisanentruppe: Morpheus ist der Anführer einer kleinen Gruppe von Techno-Partisanen, die im Krieg mit den Artefakten in ihrem Hovercraft »Nebukadnezar« durch die Kanalisationen der ehemaligen Großstädte streifen und mit ihrer High-Tech-Ausrüstung in der Lage sind, sich in die Matrix einzuklinken. Im Innern des Planeten existiert Zion, eine Stadt als letzte Zuflucht der Menschen. Die Menschen haben es außerdem irgendwie geschafft, den Mainframe von Zion in der Matrix zu verstecken, der dort ist, wo sich das »Orakel« befindet. Die Agenten, die KI-Programme in Menschengestalt, verfolgen Morpheus, weil er zu den wenigen gehört, die die Zugangscodes für Zion kennen. Wird Zion von den Maschinen geknackt, ist der letzte Widerstand der Menschheit gebrochen.

Neo wird einem harten Trainingsprogramm unterzogen. Kampfkunst-Übungen werden ihm direkt über ein neuronales Interface vermittelt. Morpheus hält ihn für den »Auserwählten«, für denjenigen, der die Kontrolle über die Matrix gewinnen und die Menschheit befreien kann. Einer aus der Gruppe, Cypher (Joe Pantoliano), verrät die Gruppe an die Maschinen; als sie in die Matrix einloggen, um Neo zum Orakel zu bringen, geraten sie in einen Hinterhalt, bei dem Morpheus gefangengenommen wird. Cypher gelangt vor den anderen zu einem »Ausgang« und tötet diverse Mitglieder der Gruppe auf der Nebukadnezar, bevor er gestoppt werden kann.

Trinity und Neo haben diesen Angriff überlebt, und Neo bemerkt, daß das Orakel ihm die eingetretene Situation prophezeit hat. Entgegen aller Warnungen macht er sich mit Trinity auf den Weg in die Matrix, um Morpheus aus den Händen der Agenten zu befreien. Die Befreiungsaktion gelingt, Trinity und Morpheus können rechtzeitig entkommen. Im Showdown wird Neo getötet, doch seine neu erwachenden Kräfte lassen ihn »wiederauferstehen« – die Agenten sind keine Gegner mehr für ihn, da er nun die Bedingungen der Matrix manipulieren kann. Das Schlußbild zeigt ihn fliegend über der simulierten Stadt.

Inszenierung neuer Medien

Warum ist der Film so erfolgreich? Viele werden allein Gefallen finden an den aufregenden Visual Effects und den Action-Sequenzen. Er zeigt rasante Bilder – das shooting out im Hochhaus, wo Morpheus gefangen ist, ist eine elegant ästhetisierte Gewalt-Choreographie im Stile des Hongkong-Kinos. Mit der »Bullet-Time Photography« setzten die Regisseure eine Technik ein, die einen sehr dynamischer Eindruck von

Objekten im Raum erzeugt und die auch schon in der Werbung benutzt wurde – die Kamera bewegt sich scheinbar um Ereignisse im Raum, die »festgefroren« scheinen. Computeranimationen und Morphing-Effekte gehören mittlerweile zum Standard. Das Design der Nebukadnezar und der Sentinels, der KI-gesteuerten Roboter, die sie bedrohen, stammt von Geof Darrow, einem bekannten amerikanischen Comiczeichner. Hinzu kommt das Marketing eines popkulturellen Ereignisses in der Hollywood-Maschinerie selbst. Auf der Webpage (http://www.whatisthematrix.com) werden fortlaufend Geschichten u. a. von Neil Gaiman, Bill Sienkiewicz, Geof Darrow und den Wachowski-Brüdern publiziert.

Einem Problem geht der Film genial aus dem Weg, einem Problem, das in den letzten Jahren schon manchem der Cyberfilme zum Verhängnis geworden ist. Er scheitert nicht an dem Versuch, eine künstliche, am Design erkennbare Trennung zwischen Wirklichkeit/Simulation aufrechtzuerhalten und die Simulation aufwendig mit Computeranimationen o. a. zu gestalten, wie zum Beispiel Robert Longos »Johnny Mnemonic« (USA 1995), in dem Keanu Reeves auch schon einen cyberspacekundigen Hacker spielte. Der verblüffend einfache Trick ist, daß der Film die Wirklichkeit, die alle Zuschauer kennen, als Matrix, als Simulation präsentiert. Das Risiko ist natürlich groß (Rainer Werner Faßbinders Fernsehfassung von »Welt am Draht« aus dem Jahre 1974 krankt daran, daß die Simulation nicht als solche gekennzeichnet wird). Daß diese Lösung vom Publikum akzeptiert wird, mag daran liegen, daß ständig zwischen den Dimensionen hin- und hergewechselt wird und die Übergänge zwischen Wirklichkeit und Matrix bei allem Mangel an Plausibilität zumindest äußerst dramatisch sind. Schauplätze aus dem Jahr 2199 werden kaum gezeigt (in der Hauptsache das Innere der Nebukadnezar) und wenn, dann sind die zerstörte Oberfläche der Erde oder die Untiefen der Kanalisation mit viel Tricktechnik gestaltet, die sie gerade unwirklich erscheinen lassen.

Einen Teil seiner Faszination bezieht der Film sicher auch aus dem brillanten In-Szene-Setzen neuer Medien: Mobilfunk, Computer, Internet und – indirekt – Computerspiel, wobei verschiedene Attraktionen des Umgangs mit Medien herausgestellt werden. Dabei geht es nicht um eine Darstellung technischer Funktionen in einem logischen Zusammenhang, sondern um ein phantastisches Spiel mit realen und imaginären Momenten ihres Gebrauchs, die jeder (wieder)erkennt, der sie benutzt:

- Die ständige Erreichbarkeit über Handys wird auf die Spitze getrieben; mit ihnen kann man in der Simulation nach »draußen« telefonieren. Es ist natürlich lustig, daß die Hacker zum Auschecken aus der Matrix eine fest verdrahtete Telefonleitung als Ausstieg brauchen, aber es funktioniert als Spannungsmoment, diese Telefone finden und erreichen zu müssen.
- Das »Konstrukt« ist ein überdimensioniertes Simulationsprogramm, das die Hovercraft-Crew zu Trainingszwecken programmieren kann. Alles läßt sich simulieren: die optimale Endstufe aller Anwendungsprogramme, wie sie heute benutzt werden. Loggt man sich in das Programm ein, bevor eine Anwendung gestartet wird, befindet man sich in einem grenzenlosen weißen Raum, eine deutliche Reminiszenz an die Gefängnisszenen aus George Lucas' Klassiker »THX 1138« (USA 1971).
- Wer je das Gefühl gekannt hat, sich ins Internet einzuklinken und sich verbunden zu fühlen mit der Welt, für den bietet »The Matrix« eine andere Erfahrung. Das Sich-Einloggen in die Matrix, eben die »Wirklichkeit«, ist der ultimative Hack. Der Hacker-Mythos wird wirksam überhöht: man sitzt gewissermaßen an der Schnittstelle zur ganzen Wirklichkeit. Wenn die Nebukadnezar in Stellung gebracht ist, um ihr Piratensignal zu senden, und Morpheus kantig formuliert: »Wir gehen rein!«, so hat das eine ganz andere Dimension als die Internet-Normalität von heute.
- In einigen Online-Welten kann man sich seine eigenen virtuellen Repräsentanten basteln, die sogenannten »Avatare«. Die Agenten im Film sind in gewisser Weise umgekehrte Avatare, da sie als Künstliche Intelligenzen sich eine menschliche Form in der Matrix geben. Auch sind sie

als Verlängerung aller aktuellen Agenten-Programme zu sehen, die im Internet nach Informationen suchen.
- Die Matrix ist Schauplatz einiger Kampfszenen. Da sie aber logische Ungereimtheiten aufweist, bleibt sie ein »unmöglicher« Raum. Die Figuren bewegen sich in der durch sie dargestellten Wirklichkeit wie in einem Computerspiel. Das gilt für die Agenten, die unzerstörbar sind wie die Bots in Ballerspielen, und auch für die Partisanen, die bei entsprechendem Training diese Welt immer besser beherrschen können, da sie ja nicht real ist. Und das ist eine treffende Überhöhung der Spielsituation, wie sie gegenwärtig millionenfach vor dem heimischen PC erlebt wird. Alle normalen Bewohner der Stadt sind nur Statisten in einem Spiel, das sie nicht kennen.

Probleme des Drehbuchs

Seit einigen Jahren schon kursierte das Skript in der kalifornischen Filmmetropole, bis der auf Actionstreifen spezialisierte Produzent Joel Silver sich überzeugen ließ. »Niemand verstand das Skript«, meint Larry Wachowski in einem Interview, »niemand in Hollywood mochte es. Sie dachten, es sei zu dicht. Es verwirrte sie zu sehr.« Und das ist auch kein Wunder. Der Film sucht die riskante Synthese von Versatzstücken aus asiatischer Spiritualität und Kampfkunst, Hacker-Underground, zeitgeistigem Hinterfragen der Wirklichkeit und SF-Konzepten, und das ist ihm über weite Strecken auch gelungen. Es ist kein vordergründiges Comicspektakel, das da über die Leinwände geflimmert ist. In den Medien wurde auf allerlei Anspielungen hingewiesen und festgestellt, daß auch Hollywood-Regisseure französische Philosophen lesen (Ein Buch des Medienphilosophen Jean Baudrillard taucht im Bild auf, allerdings ist es ausgehöhlt und dient als Versteck für Neos Hackersoftware). »Unser Ziel war es«, meint Larry Wachowski, »einen intellektuellen Action-Film zu machen. Wir mögen Action-Filme, wir mögen das Kämpfen, wir mögen Waffen. Aber wir sind all der Filme ziemlich müde, die keinerlei Ideen haben. Wir versuchten, diesem Film so viele relevante Ideen zu geben, wie wir konnten.« Gegrübelt wurde in Filmkritiken folglich über die Bedeutung, die Taoismus, »Alice im Wunderland« und die Träume des babylonischen Herrschers Nebukadnezar für den Film haben. »Was ist die Matrix?« beschäftigte wochenlang die filminteressierte Internetgemeinde und regte Debatten über die Natur der Wirklichkeit an.

Es gibt einiges im Film, über das sich kontrovers diskutieren läßt. Gerade die »sehr komplexe Geschichte«, wie immer wieder von seiten der Medien betont wurde, weist Schwachpunkte auf. Abgesehen davon, ob dieser berüchtigte Kampf zwischen Menschen und Maschinen, den ja auch schon James Camerons »Terminator« (USA 1984) als Hintergrund benutzt hat, wirklich noch von Interesse ist – warum sollten die Maschinen ausgerechnet Menschen als »Batterien« züchten und nicht andere Säugetiere, wenn die Menschen dazu offenbar eine gigantische hochkomplexe Simulation benötigen, deren technischer Aufwand in keinem Verhältnis zum Ergebnis stehen dürfte? Als SF-Konzept ist das nicht unbedingt überzeugend.

Ein religiöser Unterton, in vielen Kritiken des Films moniert, ist der Erzählung nicht abzusprechen. Es geht um Selbst-Überwindung, das Bewußtwerden der »Wahrheit« und andere kleine Lektionen in paradoxer spiritueller Logik. Auch das uralte Löffel-Verbiegen per Gedankenkraft feiert seine »Wiederauferstehung«. Die Szene mit dem Orakel in Gestalt einer schwarzen Hausfrau mittleren Alters hat komische Züge. Sie ist eine ungewöhnliche Figur; immerhin stellt sie die Führerin der Untergrundbewegung dar. Sie gibt Neo aber keine mystischen Hinweise, sondern sie macht sich eher lustig – sie sieht, daß Neo in ihrer Küche eine Blumenvase umstoßen wird, sagt es, und als es im nächsten Moment passiert, empfiehlt sie ihm aber, nicht darüber nachzudenken. Die einzige Vorhersage, die sie macht, ist die Sache mit Morpheus' Tod und der Konsequenz für Neo. Spätestens dann, wenn Neo die Szenerie mit einem Keks in der Hand verläßt und über das Gesagte nachgrübelt, das natürlich nur für ihn »bestimmt« ist, wird die Ironie deutlich. Ich sehe in den spirituellen Anspielungen und

Hinweisen zum Teil auch mehr einen dramaturgischen Notbehelf, da die Aktionen der Partisanen und Agenten nicht in einem technologisch klar »funktionierenden« Zusammenhang stattfinden, sondern in einem mysteriösen Raum, der offen bleibt für Interpretationen. Und diese Anspielungen sind möglicherweise auch falsch ausgelegte Fährten, um von einem anderen kritischen Sinn abzulenken.

Die Matrix der Herrschaft

Die Wachowskis nehmen meiner Meinung nach Schwächen in der Handlung in Kauf, da sie ein anderes Aussage-Interesse haben. Mit dem abrupten Übergang von einer simulierten in eine reale Welt haben sie einen der denkwürdigsten Identitätswechsel im SF-Genre geschaffen. Dazu sagen die Brüder: »In unserer Geschichte geht es um eine kleine Gruppe von Leuten – sie stellen Fragen, deren Antworten absolut schockieren. Wir wollten ihre Entdeckungen an den Anfang der Geschichte stellen, nicht ans Ende. Denn uns interessierte vor allem, was diese Leute mit dem neuen Bewußtsein anfangen, das sich aus diesen Informationen ergibt.« Der kulturelle Schockeffekt ist denn auch beachtlich, wie er auch in SF-Filmen nur selten erreicht wird – versetzt man sich in die Hauptfigur, so ist es eine absolute Horrorvorstellung, sich bewußt machen zu müssen, daß die erlebte Wirklichkeit aus der »Vergangenheit« nur eine Täuschung ist und die Menschen in einer deprimierenden aussichtslosen Zukunft leben.

Und deshalb glaube ich, daß der Film noch eine weitere Sinn-Ebene hat, die ihn zu einem subversiven Meisterstück der SF macht und ihn in seiner radikalen Gesellschaftskritik in eine Reihe stellt mit John Carpenters »Sie leben!« (USA 1988) und John Boormans »Zardoz« (USA 1973). Als reinen SF-Film betrachtet, hat er seine konzeptionellen Probleme. Er funktioniert viel überzeugender als Allegorie auf das Stadium des High-Tech-Kapitalismus im Zeitalter seiner Globalisierung. Niemand kann der »Matrix«, dem System der Macht, das die Gesellschaft durchzieht und sich in vielfältigen Netzen verzweigt, entkommen. »Politisch« ist der Film auf der Oberfläche, indem er einen Befreiungskampf zeigt. Die Partisanengruppe lebt im Untergrund und führt einen schwierigen Kampf gegen einen übermächtigen Gegner. Der Film gibt seinen Figuren einen melancholischen Anstrich und vermittelt ein Gefühl der Entfremdung. Morpheus spricht von dieser Ahnung, die man habe, daß irgend etwas mit der Welt nicht stimmt. Die Erschütterung des Bewußtseins angesichts der Wahrheit wird als menschlicher Konflikt beschrieben, den Cypher nicht länger auszuhalten vermag, so daß er das Leben in Illusionen und vermeintlicher Sicherheit vorzieht. Besonders in der Szene mit dem Agenten-Trainingsprogramm im Konstrukt, in der Morpheus Neo in die Kampfbedingungen einführt, hat einen interessanten Thrill. »Unser Feind ist das System«, meint Morpheus. Er läßt das Programm anhalten – ein verblüffender visueller Effekt –, und sie gehen zwischen den anonymen, gleichgültigen, beschäftigten Passanten eines Geschäftsviertels hindurch – ein ästhetisch gelungener Ausdruck der Distanz und des Unbehagens an der modernen Businesskultur.

Ich will die Deutung der Allegorie nicht überstrapazieren, aber ich finde es bemerkenswert, wie in dem Film über »Kontrolle« und »System« geredet wird, so daß sich der Sinn unmöglich in einer SF-Handlung erschöpfen kann. In einer Schlüsselszene erklärt Morpheus Neo, daß die Matrix überall um sie herum sei, daß man sie sehen könne, im Fernsehen, daß man sie fühlen könne, wenn man zur Arbeit geht, die Kirche besucht oder seine Steuern zahlt. Die Matrix sei eine »Scheinwelt«, die die Leute davon abhalte, die Dinge so zu sehen, wie sie wirklich sind. In der Matrix seien alle von einem unsichtbaren Gefängnis umgeben, einem »Gefängnis für den Verstand«. In einer früheren Drehbuchversion, die auf dem Internet kursiert, sollte zu Beginn des Films offenbar eine Hackerdiskussion auf Neos Bildschirm zu sehen sein, die in der Filmfassung nicht mehr vorkommt. Ein Hacker meint da, daß die Matrix ein Euphemismus für die Regierung sei, ein anderer, daß sie das System sei, das unser Leben kontrolliert. »Die Matrix hat dich«, muß Neo im Film auf seinem Monitor lesen.

Insofern ist der Film auch nicht nur etwas für die Leser von Baudrillard, der in einer früheren Fassung des Drehbuchs sogar namentlich auftaucht, sondern auch für die von Michel Foucault, der in seinen theoretischen Arbeiten die »großen geheimen Mechanismen« der Macht analysiert hat. Das globale System der kapitalistischen Macht wird über ein sich bis auf die Mikroebene wirkendes »institutionelles Informationsnetz« aufrechterhalten und erfaßt über vielfältige Wirkungsmechanismen das Bewußtsein samt dem Körper. Die Kontrolle kann verschiedene Formen annehmen: vom Druck repressiver Apparate über Konsumzwänge bis hin zu Formen der Selbst-Kontrolle. Die Menschen werden über die Verhältnisse normalisiert, das heißt, an die ideologische »Matrix« gekoppelt und in ihren Verhaltensweisen geprägt. Eine Wirkung, die im Film angesprochen wird, ist, daß sie zu angepaßt seien, als daß sie ihre Positionen aufgeben wollten. Agent Smith erklärt Morpheus in seiner Gefangenschaft, daß, als die Maschinen den Menschen eine utopische Gesellschaft ohne Not und Mühsal in der Matrix vorspielten, diese in ihren Brutkästen unruhig geworden seien, so daß die Energie »Ausbeutung« nicht mehr funktioniert hat. So beließen es die Künstlichen Intelligenzen bei dieser Gesellschaft, in der viele Millionen Tag für Tag dahinleben würden, ohne das System zu kennen.

Am Ende, wenn Neo sich befreit, sieht er die Matrix als Softwarecode, er »durchschaut« also alles und gewinnt eine »strukturelle Sicht« auf die Macht. Der Film läßt offen, was passieren wird im Zuge dieser »Revolution«, die Neo auslöst. Neo spricht von einer »Welt ohne Gesetze, ohne Kontrollen, ohne Grenzen«, in der alles möglich sei. Die Autoren geben hier der Matrix eine Nebenbedeutung als utopischer Raum, der umgestaltet werden kann – wobei es der Phantasie der Zuschauer überlassen bleibt, wie das vonstatten gehen soll. Insofern ist in dem Film auch alles gesagt, so daß es für die aus kommerziellen Gründen zwangsläufige Fortsetzung schwierig sein dürfte, die allegorischen Ebenen weiter auszuloten (vorausgesetzt, sie werden überhaupt verstanden). Auch ist es vielleicht nur Wunschdenken anzunehmen, daß es neben den tricktechnischen Schauwerten und dem Spiel mit Medienerfahrungen solche Sinn-Splitter sind, die »The Matrix« zu einem nachhaltigen Eindruck bei den Zuschauern verholfen haben. Seine inhaltliche Vielschichtigkeit und seine visuelle Brillanz macht ihn jedenfalls schon jetzt zu einem Klassiker des SF-Genres.

Thomas Thiemeyer

COVER ART

Von der Darstellung des Unwirklichen

von Thomas Thiemeyer

Die Anfänge

Wie um alles in der Welt wird man Cover-Illustrator? Diese Frage ist mir schon oft gestellt worden, und ich muß gestehen, die Antwort fällt schwammig aus. *Denn man rutscht irgendwie rein.* Es gibt keine Ausbildung, kein Studium und keine Möglichkeit, diesen Job als fest angestellter Mitarbeiter in einem Verlag auszuüben. Das trifft ganz besonders auf Deutschland zu. In den USA, England und vermutlich sogar in Frankreich gibt es gute, wenn auch teure Schulen, in denen sich kommerzielle Illustration erlernen läßt. Eine Spezialisierung in Richtung Science Fiction- oder Fantasy-Art ist dort ohne weiteres möglich. Nicht so bei uns. Zugegeben, wir haben Fachhochschulen, in denen Kinderbuchillustration (Münster), Werbegraphik und Fotografie unterrichtet wird. Doch dann kommt eine große Lücke, die bis zur anerkannten »freien Kunst« reicht. Cover-Art fällt irgendwie in dieses Loch, gehört weder zur einen noch zur anderen Gruppe. Schon bei meiner Berufsbezeichnung tue ich mich oft schwer. Bin ich Künstler? Wohl kaum, denn ein Künstler will etwas aussagen, ein »Statement« abgeben und braucht sich an keinerlei Vorgaben zu halten. Hinter bildender Kunst sollte eine Philosophie stehen, die nicht nur in den Werken, sondern auch in der Person des Künstlers ihren Ausdruck findet. Wer nicht bereit ist, das, was er in seinen Werken darstellt, zu leben und zu verkörpern, hat in der Szene einen schweren Stand.

Auch als Graphiker würde ich mich nicht bezeichnen, denn dafür überwiegen die malerischen Ambitionen. Also Illustrator. Doch das ist eine Berufsbezeichnung, die man auf den meisten Ämtern buchstabieren muß. Wie glücklich sind da doch die Amerikaner dran. Dort ist man einfach ein »Artist«, egal ob man mit Farbbeuteln auf Leinwände wirft, sich als Rap-Tänzer betätigt oder eben Buchumschläge malt. Hierzulande ergeht es den Cover-Illustratoren, die sich im phantastischen Bereich tummeln, ähnlich wie ihren Schriftstellerkollegen. Ganz nett, ganz unterhaltsam, aber auf keinen Fall künstlerisch ernstzunehmen. Dementsprechend mager fällt daher auch das Buchsortiment im deutschsprachigen Raum aus, das sich mit diesem Thema befaßt. Wenn sich ein Neueinsteiger also Ideen, Anregungen und handfeste Tips holen möchte, muß er sich am angloamerikanischen Markt orientieren. Zum Glück gibt es dort neben unglaublich guten Illustratoren auch einen breiten Fundus an Sekundärliteratur zu diesem Thema. Ich nenne hier nur die *Spectrum*-Jahrbücher von Underwood Press oder die Illustratorenportraits und Maltechnik-Bücher, die im Verlag Paper Tiger/Dragons World erscheinen. Wenn ich mich erinnere, war es auch ein Buch aus diesem Verlag, das mir mein Vater aus London mitbrachte und das mir den Kick in diese Richtung gab. Es war ein Buch mit Space-Illustrationen des englischen Künstlers Chris Foss. Einfach umwerfend. Ich versuchte sofort einige Bilder mit meinem Wasserfarbkasten abzumalen und eigene Raumschiffe zu konstruieren. Das Ergebnis sei mal dahingestellt, aber die Begeisterung war und ist ungebrochen. Dann kam die Welle der Space-Operas, angeführt vom Flaggschiff »Star-Wars«, in die Kinos, und aus meinen kleinen Entwürfen wurden riesige Ölschinken, die mir heute noch wertvollen Platz im Keller rauben. Der entscheidende Faktor war aber, daß ich mich von den vielen Fehlschlägen nicht abbringen ließ und stur weitergemacht habe. Mit der Zeit brachte ich mir eine eigene Technik bei und faßte 1986 den Mut, mit einigen Dias und Reinzeichnungen auf die Frankfurter Buchmesse zu gehen. Dort bewarb ich mich u. a. bei Ravensburger und Heyne, zwei

Tafel 1 - 3:
Das Bild beginnt mit der Anlage des Hintergrundes

Tafel 4 - 6:
Anlage und Ausarbeitung des Mittelgrundes.

Tafel 7 - 8:
Der Vordergrund
entsteht.

Tafel 9:
Landschaftliche Details, Reiter und ein Drache werden ausgearbeitet.
Lichtstrahlen beleben die Szene.

Auf zwei Planeten

Tafel 10 - 13:
Ein digitales Drahtgittermodell wird mit verschiedenen Texturen überzogen und gerendert.

File Edit Objects Links Hilfe
12:04 Uhr
Bryce® 4
Create
26 objects
3804258 polygons
00:00:00.00

Tafel 14 - 15:
Der Ballon wird entfernt und das selbe Modell mit Wüstentexturen überzogen.

Tafel 16 - 18:
(Folgende Seite) Beide Bilder werden verschmolzen und mit weiteren Details belebt.

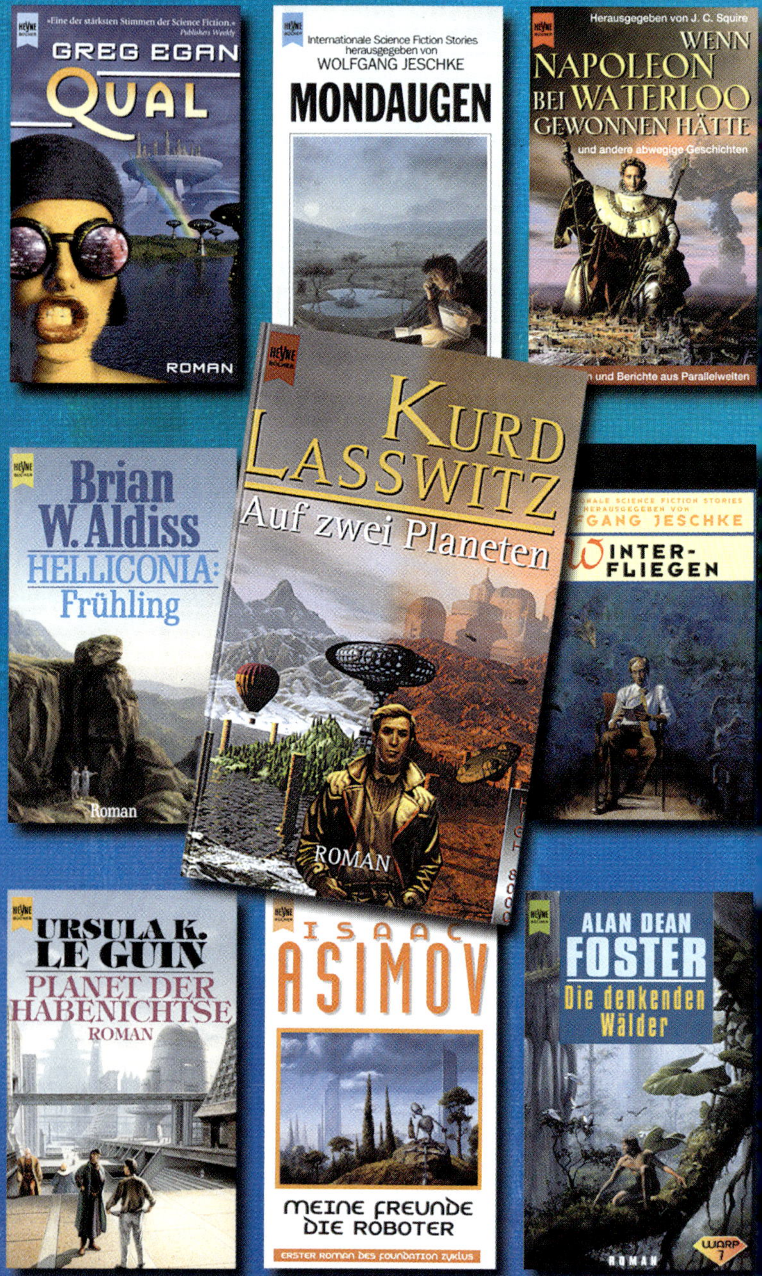
»Eine der stärksten Stimmen der Science Fiction.«
Publishers Weekly
GREG EGAN
QUAL
ROMAN
Internationale Science Fiction Stories
herausgegeben von
WOLFGANG JESCHKE
MONDAUGEN
Herausgegeben von J. C. Squire
WENN NAPOLEON BEI WATERLOO GEWONNEN HÄTTE
und andere abwegige Geschichten
n und Berichte aus Parallelwelten
KURD LASSWITZ
Auf zwei Planeten
ROMAN
Brian W. Aldiss
HELLICONIA:
Frühling
Roman
FGANG JESCHKE
WINTER-FLIEGEN
URSULA K. LE GUIN
PLANET DER HABENICHTSE
ROMAN
ISAAC ASIMOV
MEINE FREUNDE DIE ROBOTER
ERSTER ROMAN DES FOUNDATION ZYKLUS
ALAN DEAN FOSTER
Die denkenden Wälder
WARP 7
ROMAN

Verlagshäusern, mit denen ich heute noch gern und oft zusammenarbeite.

Die Ideen

Die zweite Frage, auf die ich keine einfache Antwort parat habe, lautet: »Woher kommen die Ideen?« Ich muß leider einräumen, daß mir das auch nicht ganz klar ist. Meine Einfälle entwickeln sich meist beim »Querlesen« eines Textes. Für eine ausführliche Lektüre bleibt oft keine Zeit, auch variiert die Qualität der Bücher sehr stark. Das Schöne an phantastischer Illustration ist aber, daß das Bild nicht zwingend dem Text folgen muß. Hat man es mit erfahrenen Lektoren zu tun, die einem das nötige Vertrauen entgegenbringen, kann ein Bild entstehen, das die Buchvorlage interpretiert, statt sie nur zu reproduzieren. Das Ergebnis sind dann Illustrationen, die die Stimmung des Textes viel besser einfangen und dem Inhalt eine neue, interessante Seite abgewinnen. So kann es geschehen, das sich aus dem Unterbewußtsein heraus ein Bild entwickelt, daß nicht nur als Titelillustration wirkt, sondern auch als eigenständiges Kunstwerk bestehen kann. Das ist, zugegeben, ein seltener Glücksfall, denn es ist schwierig, die Vision, die man im Kopf hat, auf das Papier zu bringen. Auch nach jahrelanger Praxis ist es für mich immer noch ein Zufall, wenn die Illustration exakt dem *Muster* im Kopf folgt. Dieser Umstand macht die Malerei aber auch immer wieder spannend und überraschend, besonders in den Fällen, in denen die Illustration besser wird als die ursprüngliche Idee.

Seit ich zu malen begonnen habe, war ich begeistert von Landschaften und Architektur. Das Spiel von Licht und Farbe und die Illusion von Tiefe und Plastizität, die ein Künstler dem Betrachter vermitteln kann, haben mich immer fasziniert und sind auch in meinen Bildern schon zu einer Art »Markenzeichen« geworden. Da die Cover-Illustration eines Buches einen Blickfang darstellen sollte, ist es wichtig, eine Idee zu entwickeln, die klar und prägnant ist. Komplizierte und nebensächliche Elemente sehen auf dem Original zwar toll aus, die Wirkung verliert sich aber auf dem kleinen Buchtitel. Im schlimmsten Fall ist die Idee nicht mehr nachvollziehbar und verwirrt den Betrachter. Ganz wichtig ist es auch, sich der Kritik und den Anregungen von Freunden und Bekannten nicht völlig zu verschließen, so schwer sie auch manchmal zu akzeptieren sind.

Zu guter Letzt halte ich es für sehr wichtig, mit neuen Farben und Techniken zu experimentieren, denn nichts ist tödlicher für einen Illustrator, als sich im Kreis zu drehen und in eine künstlerische Sackgasse zu geraten. Diese Gefahr ist um so größer, je mehr Erfolg man mit einem bestimmten Stil hat.

Die Bildgestaltung

Cover-Art wird hauptsächlich für Titelbilder von Büchern, Zeitschriften oder Spielepackungen eingesetzt. Notgedrungen muß man daher auf die Fernwirkung des Bildes Rücksicht nehmen. Ich bevorzuge eine »theatralische« Beleuchtung, bei der ein Lichtspot auf den zentralen Teil des Bildes, also meistens die Hauptperson, fällt und die Umgebung dunkel und geheimnisvoll erscheinen läßt. Sehr gut funktioniert auch der Trick mit der Luftperspektive, bei dem man den Hintergrund in hellen, kühlen Farben anlegt und sich nach vorne hin in einen kräftig leuchtenden, warmen Teil des Farbspektrums vorarbeitet. In jedem Fall hilft es auch, sich an den unwichtigen Teilen der Illustration nicht zu sehr zu verausgaben, sondern sich die Details für das zentrale Bildelement aufzuheben. Ich habe die Erfahrung gemacht, daß es gut funktioniert, das Bild in einiger Entfernung aufzustellen und es mit zusammengekniffenen Augen zu betrachten. Jetzt trennt sich die Spreu vom Weizen, und man erkennt, wo man noch zugeben kann und wo man vereinfachen sollte. Ein angehender Illustrator sollte diese Tips aber mit Vorsicht genießen, denn sie sind natürlich rein subjektiv. Es verhält sich dabei ein bißchen wie mit einer Anleitung zum Schreiben, in der es heißt: »Ab Seite 70 sollten sie die Liebesgeschichte in Gang bringen.« Ich kann nur beschreiben, wie *ich* bei der Gestaltung vorgehe und möchte tunlichst ein *Malen nach Zahlen* vermeiden.

Meist baue ich eine Illustration von hinten nach vorne auf. Diese Vorgehensweise ist bedingt durch die Ölfarbe, auf die ich aber später noch eingehen möchte. Zuerst zeichne ich mit einem dünnen Farbstift (kein Bleistift) meine Bildidee auf den Zeichenkarton. Bleistift hat die unangenehme Eigenschaft, sich durch mehrere Farbschichten hindurch an die Oberfläche zu arbeiten. Dann überklebe ich das Zentralmotiv, also meist die Hauptpersonen, mit spezieller Klebefolie und schneide die Umrißlinien mit einem Skalpell vorsichtig aus. Diesen Teil lasse ich also abgedeckt, bis das Bild fast fertig ist. Nun geht es los mit der Farbe. Zuerst der Hintergrund in kühlen Farben und recht einfach gehalten, dann der Mittelgrund, schon etwas detaillierter und schließlich der Vordergrund in warmen Farben und recht präzise. Am Schluß ziehe ich die Folie ab und arbeite die Figuren aus. Noch ein paar Effekte mit dem Airbrush und – bingo ... fertig ist das Bild. Klingt doch nach leicht verdientem Geld. Aber so einfach ist es natürlich nicht. Ein guter Illustrator sollte Perspektive beherrschen, Menschen, Natur und Technik zeichnen können und über ein Grundwissen von Farbharmonien verfügen. Er sollte ein Talent für interessante Kompositionen besitzen und in der Lage sein zu erkennen, daß sein Bild nur *ein* Teil des fertigen Buchumschlags ist. All das sind Dinge, die man erst im Laufe der Zeit und mit zunehmender Erfahrung erkennt. Der vorhin beschriebene Weg ist daher sehr stark reduziert. Jedes Gemälde stellt andere Anforderungen, doch als Einsteigermodell funktioniert diese Technik recht gut. Bei der Lichtsetzung hilft es immer, sich viele Vorlagen aus Büchern oder Zeitschriften zusammenzusuchen und zu schauen, wie Gegenstände oder Personen das Licht auffangen, wie Schatten fallen und sich Reflexionen bemerkbar machen. Selbst die besten Illustratoren sind nicht in der Lage, diese komplexen Zusammenhänge aus dem Gedächtnis zu leisten. Jeder von ihnen hat mindestens *ein* Regal voll Referenzmaterial, auch wenn darüber nicht gerne geredet wird. Andere haben sogar ein kleines Fotoatelier, in dem sie Personen aufnehmen, die später als Protagonisten auf den Covern erscheinen.

Last but not least darf man als Illustrator niemals vergessen, daß ein Titelbild erst mit der Schrift für Autor und Titel komplett ist. Den Teil, in den später der Schriftzug eingebaut wird, sollte man möglichst ruhig und einfach halten, um die Lesbarkeit nicht zu beeinträchtigen. Die Typographie ist ein essentieller Bestandteil des fertigen Umschlags, und es ist sinnlos, sich darüber zu beklagen. Natürlich leidet das Bild unter der Unausgewogenheit, die durch diese Verteilung der Bildelemente entsteht. Alles wirkt irgendwie, als sei es nach unten gerutscht. Noch schlimmer ist es bei Umschlägen, die um die Rückseite herumlaufen. Denn dort muß Platz für den Rückentext geschaffen werden. Das heißt: keine Details, gleichmäßige Flächen und ruhige Farben. Was auf dem fertigen Buch toll aussieht, wirkt in einem Rahmen an der Wand, als hätte der Illustrator noch nie etwas von Proportionen, goldenem Schnitt und Perspektive gehört. Um sich diese Bilder aufhängen zu können, müssen wohl oder übel einige Teile abgeschnitten oder neue Elemente hinzugemalt werden.

Die Vorbilder

Dies ist natürlich ein heikles Thema, denn kein Illustrator gibt gerne preis, wem er nacheifert, zu gegebenem Zeitpunkt sogar kopiert. Doch ich sehe es als gesichert, daß jeder, der sich künstlerisch betätigt, irgendwo ein Vorbild im Kopf hat, an dessen Arbeiten er sich mißt. Das ist nicht nur natürlich, sondern meiner Meinung nach sogar wichtig und produktiv, besonders für einen Autodidakten. Das Vorbild ersetzt in diesem Fall den Lehrer und Ausbilder, der unerläßlich ist, will man es zu Perfektion und Meisterschaft bringen. Die Vorgaben, die man sich dadurch stellt, dienen als eigene Meßlatte und Vergleichsmöglichkeit. Ich halte die These, daß etwas wahrhaft Neues, sei es im Wort oder im Bild, nur dadurch entstehen kann, daß man sich von allen fremden Einflüssen freimacht, für Quatsch. Meiner Meinung nach begibt man sich in dem Moment, in dem man seinem

Vorbild (oder Vorbildern) nahekommt, ganz von selbst auf unbekanntes Terrain. Kein Künstler, der über Ehrgeiz und Talent verfügt, wird sich damit begnügen, ein Plagiator zu sein. Er oder sie wird eine eigene Sprache entwickeln, eigene Ausdrucksformen bilden und neue Ideen einbringen. Das ist eine ganz natürliche Entwicklung. Doch die Voraussetzung dafür ist, daß man sein Handwerk beherrscht und die technischen Möglichkeiten kennt. Picasso konnte als Zwanzigjähriger wie ein alter Meister malen, und nur aus diesem Wissen um die Möglichkeiten und der Beherrschung der Techniken konnte etwas Neues und Einzigartiges entstehen.

Daß sich ein Illustrator also ein Ziel, in Form eines Vorbilds, setzt, ist daher für mich kein Zeichen von Schwäche oder Ideenlosigkeit, sondern von Ehrgeiz und dem Wunsch nach Perfektion.

Bei genauem Nachdenken bin ich gleich auf vier Maler gekommen, die mich stark beeinflußt haben. Alle arbeiten in ganz unterschiedlichen Bereichen, doch die Kraft ihrer Werke sind für mich eine wichtige Triebfeder.

– N. C. Wyeth, den Künstler und Kinderbuchillustratoren, schätze ich für seine Farben, den dynamischen Bildaufbau und die malerische Kraft und Vitalität, die seinen Bildern eigen ist.

Außerdem hat er, wie kaum ein anderer, den Spagat zwischen Illustration und Kunst geschafft.

– Tom Lovell ist für mich ein Meister in der Darstellung lebendiger und glaubwürdiger Menschen. Für die Zeitschrift »National Geographic« schuf er beeindruckende Panoramen, in denen nichts gestellt oder künstlich wirkt. Seine Bilder erzählen Geschichten aus der Vergangenheit der Menschen so spannend und humorvoll, daß der Betrachter sofort mitten im Geschehen ist.

– Michael Whelan ist für mich ein begnadeter Darsteller von Details. Die Phantasiewelten, die er erschafft, sind fühl- und greifbar. Außerirdische Landschaften werden mit einer solchen Präzision dargestellt, daß ich darin spazierengehen kann.

– Albert Whitlock, ein amerikanischer Trickspezialist, perfektionierte das sogenannte »Matte-painting« (eine Technik, in der gefilmte Szenen mit gemalten Hintergründen kombiniert werden) derart, daß auf der Leinwand imposante Szenen entstehen, bei denen sich der Zuschauer gar nicht darüber im klaren ist, daß er ein gemaltes Bild betrachtet. Dies ist für mich die perfekte Täuschung, die perfekte Illusion. Aus der Art, wie hier Licht und Farben eingesetzt werden, habe ich eine Menge Anregungen geholt, denn letztendlich geht es auch bei meiner Illustration darum, den Betrachter in eine fremde Welt zu versetzen. Je glaubwürdiger und intensiver das geschieht, desto besser.

Materialien

Lektoren und Hersteller haben mich oft gefragt, welche Farben ich benutze. Bei der Antwort »Öl« gab es manchmal lange Gesichter, Bedenken und Einwände. Die Vorstellung vom wilden Maler, der seiner Leinwand mit gewaltigen Pinseln oder Spachteln zu Leibe rückt, scheint immer noch in einigen Köpfen herumzuspuken. Viele fürchten, die Bilder seien nur schwer reproduzierbar. Dabei eignet sich Ölfarbe hervorragend zur realistischen Darstellung phantastischer Sujets. Kein Medium bietet eine größere Auswahl, läßt Verläufe und Korrekturen besser zu als Ölfarbe. Dünn aufgetragen läßt sich die Farbe genau so gut scannen wie jede andere. Schlägt man ein Jahrbuch wie den American Illustrator auf, so wird man feststellen, daß sehr viele Illustratoren mit dieser Farbe arbeiten. Um so überraschender ist es, daß sie hierzulande in der kommerziellen Illustration so wenig Verwendung findet.

Ein großer Nachteil ist natürlich der langsame Trocknungsprozess. Selbst bei dünnem Auftrag braucht sie etwa eine Woche, um fingerfest zu trocknen. In der Werbung, wo die Illustration möglichst schon gestern fertig sein sollte, ist sie daher schwer einsetzbar, doch es gibt einen Trick. Durch Zusatz eines Malmittels läßt sich die Trocknungszeit beträchtlich beschleunigen. Gehört man wie ich zu der bequemen Sorte Mensch, greift man gleich auf Alkyd-Ölfarbe zurück, bei der dieser Trockner von vornherein Bestandteil der Farbe ist.

Selbstverständlich ist die Farbwahl in erster Linie eine Frage der Persönlichkeit und des Temperaments. Der Coverillustrator Arndt Drechsler beispielsweise arbeitet ausschließlich mit Acrylfarben, einem Medium, bei dem man sehr zügig arbeiten muß, da die Farben schnell trocknen. Nachträgliche Korrekturen sind nur in Form von Übermalung möglich. Aquarell ist zwar ein wunderbares Medium, erfordert aber viel Übung und Erfahrung. Ein einmal gesetzter Strich läßt sich nicht mehr ungeschehen machen. Für welches Material man sich letztlich entscheidet, ist aber unerheblich. Wichtig ist nur, mit der Qualität nicht zu knausern. Gute Farben sind teurer, aber dafür leuchtender und beständiger. Die Investition ist in jedem Fall gut angelegt. Dasselbe gilt übrigens auch für Pinsel, Papiere, Verdünner ect.

Das digitale Zeitalter

Die Welt der Computer hat auch vor der Illustration nicht halt gemacht. Der Trend ist eindeutig. Sei es nun bei visuellen Effekten im Kino, Werbegraphikern oder Illustratoren, der Computer ist nicht mehr wegzudenken. Noch vor fünf Jahren habe ich mich mit Händen und Füßen gegen den digitalen Ansturm zur Wehr gesetzt. Heute bestreite ich etwa 70 % meiner Aufträge am Computer. Malerei ist schon ein echter Luxus geworden, denn mein enger Terminkalender läßt es kaum noch zu, alle Aufträge auf die herkömmliche Weise auszuführen. Die Computergraphik hat gegenüber der Malerei Vor- und Nachteile, und es gilt gut abzuwägen, wo man sie einsetzt und wo nicht. Obwohl die Qualität der 3D- und Bildbearbeitungsprogramme, einhergehend mit schwindelerregend gesteigerter Rechnerleistung, deutlich zugenommen hat, haftet ihr doch immer noch etwas Statisches, Künstliches an. Dafür lassen sich technische und architektonische Bildelemente mit absoluter Perfektion und atemberaubendem Realismus auf den Bildschirm zaubern.

Bei organischen Elementen wie Pflanzen, Tieren oder Menschen gerät der Illustrator aber wieder schnell an die Grenzen des Machbaren.

Die hierfür erforderlichen Programme und Rechner bewegen sich immer noch in Dimensionen, die sich nur eine millionenschwere Firma leisten kann. Sicher werden auch diese Grenzen in naher Zukunft fallen, aber zur Zeit muß man auf Kompromisse zurückgreifen. In dem Ansatz, den ich verfolge, kombiniere ich gemalte und gerechnete Bildelemente, verschmelze sie zu einem Bild und liefere das Ergebnis, auf CD gebrannt, an den Verlag. Diese Arbeitsweise erlaubt es, bis zur letzten Sekunde, Korrekturen am Bild vorzunehmen. Einzelne Elemente lassen sich verschieben, vergrößern und kontern. Farben lassen sich verändern, Bewegungsunschärfen einbauen, kurzum, es stehen einem bis zum letzten Augenblick alle Effekte aus der elektronischen Trickkiste zu Verfügung. Erst wenn der Kunde 100%ig mit dem Ergebnis zufrieden ist, werden die Bildebenen verschmolzen und zum Druck freigegeben. Aufwendige und teure Scans der Bildvorlage entfallen, da die Illustration ja bereits in elektronischer Form vorliegt. Es gibt keine Reinzeichnungen, die beschädigt werden können oder verlorengehen. Eine CD kostet drei Mark und läßt sich beliebig oft verschicken. Doch das elektronische Medium hat auch einen Haken. Da sich scheinbar alles damit bewerkstelligen läßt, fürchte ich, daß eine gewaltige Welle mittelmäßiger bis schlechter Computergraphik auf uns zuschwappen wird. Nach dem Motto: »Ich brauche nichts zu können, der Computer macht ja alles«, werden sich Hunderte von Computerfreaks, die mit Illustration nicht das geringste am Hut haben, hinter ihre Monitore klemmen und den Markt mit schrecklichen Bildern überfluten. Ich höre sie schon klappern und scharren ... sie stehen vor den Toren ...

Mal ernsthaft, ohne Talent und den *Illustratorenblick* läuft gar nichts. Wer sich mit der Materie nicht gründlich auseinandersetzt, wird auch am Computer keine vernünftigen Bilder erzeugen können. Die wahre Kunst besteht nämlich darin, das Bild *nicht* wie eine Computergraphik aussehen zu lassen, und dazu gehört Erfahrung, Gefühl und Übung. Das mag etwas ironisch klingen, aber hier zeigen sich die Unterschiede zwischen einem guten und einem schlechten Computerkünstler. Es gehört viel Feingefühl und Liebe zum Detail dazu, einer starren Computerillustration den Hauch von Spontaneität, Leichtigkeit und handwerklichem Können zu geben, den ein *handgemaltes* Bild ausstrahlt. Darüber hinaus ist es für den Illustrator selber sehr viel befriedigender, ein Bild auf die klassische Weise zu malen, es unter seinen Fingern entstehen zu sehen und es am Schluß in der Hand zu halten. Diese Befriedigung ist am Computer, trotz aller Möglichkeiten, die er dem Zeichner bietet, nicht zu erreichen. Bilder auf dem Rechner zu erzeugen ist wesentlich unverbindlicher, als sie mit der Hand zu malen. Denn jeder Schritt läßt sich rückgängig machen. Man probiert ein bißchen herum, setzt hier noch ein Licht, verändert dort eine Form, und wenn es einem nicht gefällt, kehrt man zurück zum letzten Speicherpunkt. Es gibt kein Risiko mehr und daher auch kein echtes Abenteuer. Für den Verlag bedeutet es keinen Unterschied, solange die Qualität stimmt. Auch den Käufer des Buchs wird dieses Dilemma relativ kalt lassen, so er denn die andere Technik überhaupt registriert. Doch für den Maler ist es eine essentielle Angelegenheit. Ich für meinen Teil werde niemals auf das Arbeiten mit dem Pinsel verzichten und kann nur jeden Illustratoren bedauern, der sein Brot ausschließlich hinter dem Monitor verdient.

Ein Blick in die Zukunft

Nach den Jahren, die ich in diesem Beruf tätig bin, kann ich schon auf etliche Arbeiten zurückblicken. Manche sind schlecht, manche gefallen mir sehr, und immer wieder habe ich das Gefühl, jetzt erst richtig anzufangen. Bei Ravensburger stehen nun schon neun komplett illustrierte Jugendbücher im Programm, und für Heyne habe ich um die neunzig Buchumschläge gemalt (unter anderem »Auf zwei Planeten«, das mit dem Kurt Lasswitz-Preis 1998 ausgezeichnet wurde). Anfang 1998 wurde ich vom Goethe Institut Dar Es

Salaam eingeladen, die berühmte Saurierfundstelle Tendaguru in Südtansania zu besuchen und ein Jugendbuch darüber zu illustrieren. Oktober 1999 stellte ich meine Bilder auf dem Utopia Festival in Poitier, Frankreich, neben denen von H. R. Giger aus. Der Beruf des Illustrators bietet also immer wieder Überraschungen, und ich kann nur jedem, der über Talent und Durchhaltevermögen verfügt, raten, sein Glück zu versuchen. So weit ich das beurteilen kann, besteht immer Bedarf an guten Illustratoren, und das wird sich auch in Zukunft nicht ändern.

FILM

Kunst & Cash. Die Filmszene 1998/99

von Peter M. Gaschler

Die Wirklichkeit ist komplexer, als wir annehmen.

Frederik Wiseman

Die Jury unter Ulrich Gregor hatte keine Wahl. Filmpreis in Gold (1 Mio. DM, alle weiteren Kategorien 20 000 DM), Beste Regie, Beste Kamera (Frank Griebe), Bester Schnitt (Mathilde Bonnefoy), Bester/Beste Nebendarsteller/in (Herbert Knaup/Nina Petrie). Tom Tykwers lawinenartiger Triumph *Lola rennt* hatte schon vor der Verleihung des *Deutschen Filmpreises* 1999 in der Berliner Staatsoper Unter den Linden gewaltig abgeräumt, den *Bambi* für Franka Potente, den wichtigen *Spielfilmpreis der Arbeitsgemeinschaft der Filmjournalisten,* den *Bayrischen* (für die Produktion) und *Ernst Lubitsch-Filmpreis* (für Drehbuch/Regie). Im In-Lokal *Paris Bar* feierte man den *Cinema*-Leserpreis der Jupiter-Wahl (Bester dt. Film/ Regie/Hauptdarsteller/Hauptdarstellerin): Kitsch an Rande, aber Bestätigung durch das Publikum. Und nochmals *Lola rennt:* »Kinofilm den Jahres« und »Beste Darstellerin« im Briefwahlverfahren des neu geschaffenen, meiner Meinung nach nicht hierher gehörenden Publikumspreises.

Auch der Filmpreis in Silber (800 000 DM, geteilt mit Andreas Dresens *Nachtgestalten*) ging an einen dt. SF-Film vergleichbarer Größe, Komplexität und Innovation, Hans-Christian Schmids *23,* dessen radikal eigenständige Vision, die wie *Lola rennt* mit den Konventionen des dt. Films überhaupt nichts anzufangen weiß, es in Punkto Qualität spielend mit jeder internationalen Produktion aufnehmen kann. Verrückt: August Diehls überragende Darstellung von Karl »Hagbard« Koch korrigierte als »Bester Darsteller« den »Besten Nachwuchsdarsteller« des Bayerischen *Filmpreises!* Vorausgeeilt war *23* der mit 80 000 DM dotierte Regie-Förderpreis der

Hypo-Bank (geteilt mit *Plus-minus null* von Eoin Moore), bereits im Sommer '98 anläßlich des *Festivals der Filmhochschulen* innerhalb des *Münchner Filmfestes* vergeben.

Derartige Erfolge an der heimischen Kinofront verblassen leider angesichts der galaktischen Bedrohung von George Lucas' Merchandising-Offensive *Star Wars Episode I: The Phantom Menace,* einem Film, der seinem Schöpfer umgerechnet 5,7 Milliarden DM in die Weltraumkasse seines Sternenimperiums spülte, noch bevor *Menace* überhaupt das Licht einer Leinwand erblickte. 4,7 Milliarden DM zahlte allein Pepsi, um bis ins Jahr 2005 Star Wars-Dosen drucken zu dürfen. Auch Kinobesitzer bekamen die Macht zu spüren, *Episode I* bei einer Laufzeit von 4 Monaten notfalls in leeren Sälen spielen zu müssen, aber es kommt noch dicker. *Episode II* soll ausschließlich von nagelneuen Digitalprojektoren rübergebracht werden, deren Stückpreis derzeit um die 100 000 Dollar kursiert.

Verglichen mit der riskanten Kompromißlosigkeit von *Lola rennt* und *23* wirkt *The Phantom Menace,* als hätte sich das Kino seit der Stummfilmzeit nur technisch weiterentwickelt. Aber selbst Lucas' digitale Übertechnik, so grandios der den ganzen Planeten umspannende fiktive Regierungssitz Coruscant auch sein mag, versagt ausgerechnet dort, wo er uns vom Gegenteil überzeugen will. Die gesamte Software von *Menace* erinnert weniger an die Möglichkeit des Unmöglichen als daran, daß das, was wir sehen, nicht echt ist, sondern beliebig. David Wark Griffiths wahnhaft monumentale Bauten des alten Babylon im Maßstab 1:1 in *Intolerance* (1916) sind selbst nach mehr als 80 Jahren nicht nur beeindruckender, sondern vor allem realer als die Hauptstadt Naboos, die es ohne *Intolerance* nicht geben würde. Der gigantischen Schlacht zwischen den amphibischen Gunga und der zusammenklappbaren Droidenarmee der Handelsföderation fehlt gänzlich das unvorstellbare Gemetzel und seelische Grauen einer anderen Schlacht, der von Agincourt in Laurence Oliviers/Kenneth Branaghs *Henry V* (1944/1989). Mir ist klar, daß es sich hierbei um Spielzeug für Dreijährige handelt, aber man kann sich des Eindrucks nicht erwehren, Lucas wolle sein

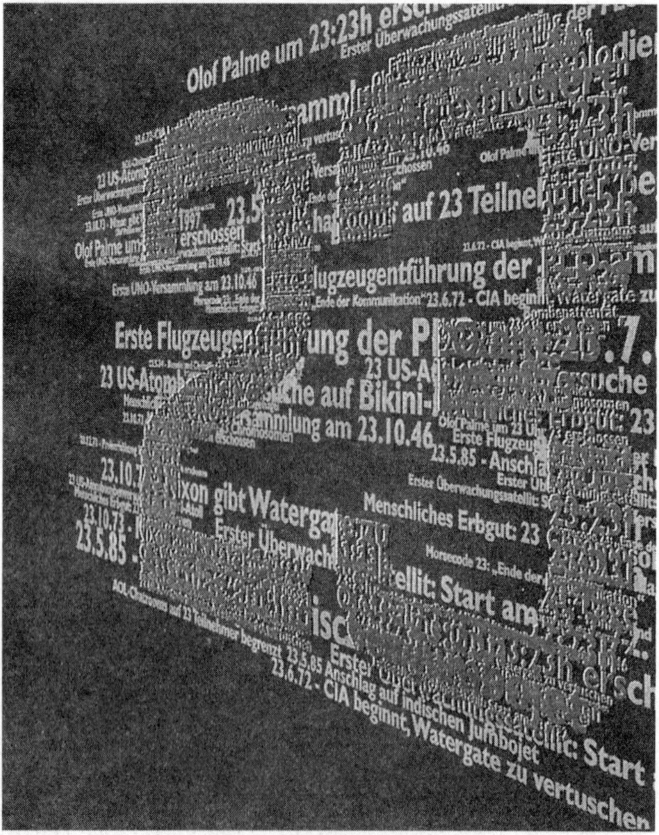

jugendliches Publikum, anders als etwa Steven Spielberg in *Jurassic Park,* absichtlich schonen. Das Ergebnis ist genauso irreal wie sein Gegenteil, das zu rasante Pod-Rennen in der Wüste Tatooines, in welchem wie in Anakins überirdischer Herkunft/Bestimmung *Ben Hur* (1959) wiederzuerkennen ist, ein unter die Haut gehendes filmisches Meisterwerk mit echten Menschen, echter Seele und echter Magie. Sicherlich, Lucas ist kein William Wyler und John Williams kein Miklós Rózsa, aber noch deprimierender scheint die historische Tatsache, daß die Zeit wirklich großer Monumentarfilme wie *Cleopatra, El Cid* oder *The Fall of the Roman Empire* vorbei ist, Lucas also in die längst frei gewordene Lücke springen kann. *The Phantom Menace* verwandelt Filmgeschichte in ein Filmmärchen, aber gelbst die lustigeren Geschöpfe dieses intergalaktischen Zoos wie das Schlappohrschuhschnabelkänguruh Jar Jar Binks oder der fliegende Schrotthändler Watto sind schlichtweg albern in Vergleich mit den unsterblicheren Kreationen eines Walt Disney oder Charlie Chaplin. Ewan McGregor, Liam Neeson, Samuel L. Jackson, Terence Stamp oder Anakins Mutter, Pernilla August, sind ernstzunehmende Schauspieler, über deren Persönlichkeit, Umfeld und Vergangenheit wir so gut wie nichts erfahren. Sie sind letztlich ständig reproduzierbare, austauschbare Wegwerfprodukte in den Speichern von ILM wie der gesamte restliche Film selbst. Was an »Geschichte« in *The Phantom Menace* übrig bleibt, ist die Tatsache, daß sich Liam Neeson erst nach einer unglaublichen Durststrecke an noch unglaublicherer pathetischer Wortwahl zum Anflug eines irdischen Grinsens durchringen darf, während McGregor, bereits während der Dreharbeiten in Ungnade gefallen, bei genauerem Hinsehen gegen sich selbst spielt. Dies ist ein gravierender Unterschied zum enthusiastischen, ironisch distanzierten Grundton von *Star Wars* 1977, von dem Lucas nicht glauben wollte, daß aus dem Spiel eines Tages »Ernst« werden könnte. Nun, leider ist Ernst daraus geworden.

Extrem einfältige Massenphänomene wie *The Phantom Menace* geben einem Genre, mit den sie zwangsläufig identifiziert werden, keinen guten Namen. Science Fiction hat zweifellos mehr zu bieten, präpariert uns für das merkwürdige Phantom, das wir Realität nennen. *Menace,* anders als Werke von David Cronenberg, Terry Gilliam, Chris Marker, Peter Weir, Darren Aronofsky, ARTE, Michelangelo Antonioni, Theo Angelopoulos oder Fredi Murer, sagt nichts aus über uns, über die Welt, in der wir leben oder leben werden, ist reine Berieselung. Wirkliche Science Fiction ist konfrontierender, tiefergehender und unberechenbarer.

FILME '98/99

ALLGEMEINE ABKÜRZUNGEN

Art	Wichtige Artikel; auch Interviews, Essays, Drehberichte, Porträts, Analysen, Vergleiche unterschiedlicher Schnittfassungen etc.
Cr	Creator (bei TV-Serien)
DF	Deutsche Fassung
DOKU	Dokumentarfilm
F	FILMFESTIVAL (*PHANTASTISCHE* kursiv)
FaFF	*FANTASY FILMFEST* (München, Berlin, Frankfurt/M., Hamburg, Köln, Stuttgart)
K	Kinostart/BRD
K	Originalfassung im Kino erstaufgeführt
Kr	Kritik
KURZ	Kurzfilm
Lit	Weiterführende Literatur
OF	Originalfassung
OmU	Originalfassung mit deutschen Untertiteln
REKON	Rekonstruktion der Urfassung
SERIE	TV-Serie
STUMM	Stummfilm
TV	TV-Erstausstrahlung/BRD
TV	Originalfassung im Fernsehen erstaufgeführt
UA	Erste öffentliche Aufführung im Herstellungsland bzw. Festivalstart (UA/F)
UCLA	University of Southern California Los Angeles
UT	Untertitel
V	Videostart/BRD
V	Originalfassung auf Video erstaufgeführt
VMO	Videodrom Mail Order (Berlin; größter Anbieter auch ausländischer Videos in der BRD)

BEWERTUNGSSYSTEM

(K) ●●●●

Alarm im Weltall

Forbidden Planet

USA. Fred McLeod Wilcox (1905–1964) - UA: 15. 5. 1956. MGM, F-106 min - F: TORONTO (83). *SITGES* (95) - K: 1957 (MGM) - TV (Wh: 27. 2. 99 (H3) - Lit: Saleh: SF Gold: Film Classics of the 50s (79). Steinbrunner/ Geldblatt: Cinema of the Fantastic (72). Von Gunden/Stock: Twenty All-Time Great SF Films (82) - Art: AC (55/8) Cfq 4/1 (75), 8/2-3 (79). LAT 26. 2. 56 (Soundtrack). MMO 36 (85). Slg 7 (77) - Lit (Anne Francis): Weaver: They Fought in the Creature Features (95) - Art (Francis): SPFX 5 (97) - Art (Leslie Nielsen): Cmc 7 (88). Slg 156 (90) - Art (Richard Anderson): Slg 156 (90) - Art (Warren Stevens/Earl Holliman): Slg 264 (99) - Kr: L'EF 2 (77). f-d (57/Nr. 5680). MFB 301 (59). MFSF (56/6). NY 16. 5. 70. NYT 4. 5. 56. SFV 1 (88). Va 14. 3. 56. VW 43 (98) - Oscar-Nominierung 1956: Special Effects.

□ Die schönste SF-Großproduktion der 50er Jahre, in protziges CinemaScope und sattes Eastmancolor getaucht. *Forbidden Planet* ist Nostalgie und Zukunft in einem und wirkt wie eine Galerie imposanter, eleganter Wandgemälde. Altair-4 ist wie der Wüstenplanet Tatooine in *Star Wars* eine seltsam wiedererkennbare Welt mit bizarren, aber nicht völlig fremden Details, Bebe und Louis Barrons vollelektronischer Sound ein Komplettersatz für Filmmusik noch vor *The Birds* (63). Die Abenteuer einer Raumschiffbesatzung mit überaus schwierig zu lösender Aufgabe ist Ur-*Star Trek.* Die endlosen, geheimnisvollen Technologieschächte der Krel sind verzweigter und gedanklich herausfordernder als der Monolith in *2001: A Space Odyssey* (68) und Morbius psychische Verbindung zu seiner Tochter, und sei sie noch so einseitig, ein erster Test in späteren Werken wie Tarkowskijs *Soljaris* (72) subtiler gehandhabter psychologischer Tiefen. Robby, der Gebirge hundertprozentigen Kansas City Whiskeys herzustellen vermag, ist der erste wirklich brauchbare Haushaltsroboter des Genres. Die Präsenz von etwas Außerirdischem wird eher gefühlt als dargestellt und Kubrick ist nicht der erste, der auf sichtbare Aliens verzichtet. *Forbidden Planet* ist genauso anspruchsvoll und provozierend wie *2001.*

Denn hinter MGMs jugendlicher *Astounding Science Fiction*-Masche lauert das Grauen in Form von Morbius' herrschsüchtigem Unterbewußtsein, ein auf Shakespeares *The Tempest* basierendes Untergeschoß mit ähnlicher Rollenkonstellation (Prospero/Morbius, Miranda/Altaira, Ariel/Robby, Caliban/Id-Monster). Morbius' unbändig wachsende Eifersucht auf Minner, die ihm »seine« Tochter stehlen wollen, ist nicht nur eine simple Haß-Geschichte oder ein Psychotrip, sondern droht sich wie vorher bei den Krel zu einem existentiellen Problem Morbius' auszuweiten. Eine gigantische Geschichte! Hier geht mehr vor, als wir zu sehen oder zu hören bekommen, und es ist kein Zufall, daß selbst Morbius das Monster nicht mehr stoppen kann, als Altairas Entschluß feststeht, mit Adams zur Erde zu fliegen. Das Ergebnis ist mehr als nur »*Space Patrol* für Erwachsene«, wie *Variety* 1956 meinte, und hat für den SF-Film eine Shakespeare vergleichbare Bedeutung. Walter Pidgeon, Jack Kelly, George Wallace.

(K) ●●
Als Dinosaurier die Erde beherrschten
When Dinosaurs Ruled the Earth
GB. Val Guest (*1911) – UA: 1970/10, Warner Bros, F-100 min – F: *PARIS* (75) – K: 1. 1. 71 (WB) – TV: 18. 4. 93 (PRO7); 6. 9. 98 (SAT1) – Lit (Guest): McFarlane, ed: Sixty Voices: Celebrities Recall the Golden Age of British Cinema (93). Weaver: Attack of the Monster Movie Makers (94) – Art (Guest): DT 8 (94). Fg 6 (80) 49 (85). Fx 67 (98). Slg 162 (91), 163 (92). SS 15 (94) – Lit (Jim Danforth): Brosnan: Movie Magic: The Story of Special Effects in the Cinema (74). Fry/Fourzon: The Saga of Special Effects (77). Wilson: Puppets and People: Dimensional Animation Combined with Live Action in the Cinema (80) – Art (Danforth): Cfq 31/1–2 (99). MMo 85 (93). Ph 20 (71). Slg 14 (78). SPFX 5 (97). Vp 15 (77) – Lit (Saurier-Filme): Glut: The Dinosaur Scrapbook (80). Jones: The Illustrated Dinosaur Movie Guide (93). Rovin: The Fabulous Fantasy Films (77). Shapiro: When Dinosaurs Ruled the Screen (93) – Art (Saurier-Filme): MMo 85 (93). MS 31–32 (97) – Lit/Art (Hammer): s. Das schwarze Reptil (SFJ '98; S. 368) – Art (J. G. Ballard): MFB 651 (88) – Art (Aida Young): Fg 144 (95). HHB 10 (99) – Lit: Svehla, ed: Guilty Pleasures of the Horror Film (96) – Art: CTM 5 (97). DT 8 (94), 9 (95) – Kr: L'EF 8–9 (75; *PARIS*). f-d (71/Nr. 17152). Va 14. 10. 70 – Oscar-Nominierung 1971: Special Effects.

Der heiße Sommer von '69. Victoria Vetri, »Mutter«,
When Dinosaurs Ruled the Earth

□ Die als Opfer für den Sonnengott vorgesehene blonde Sanna (Playboy-Jahresplaymate Angela Dorian/Victoria Vetri, in Wahrheit dunkelhaarig wie in Polanskis *Rosemary's Baby,* 68) auf der Flucht vor ihrem Stamm und den Tücken der Vorzeit. Das von Ballard erstellte, auf Theorien Horbigers basierende äußerst vage Treatment um die Entstehung des Mondes hätte vielleicht stärker berücksichtigt werden müssen, erfüllt aber kaum die Erfordernisse einer Hammer-Nachfolgeproduktion des internationalen Hits *One Million Years B. C.* (66). Der einzig interessante Aspekt sind Danforths atemberaubend detaillierte Stop Motion-Kompositionen: ein am nächtlichen Strand sich unvermutet losreißender Plesiosaurier, der in der schwarzen Wand eines Höhleneingangs plötzlich groß wie ein Gebäude auftauchende Chasmosaurus, ein Rhamphoryncus mit während der Einzelbildaufnahme unscharfem Flügelschlag, ihrer glitschigen Umgebung glänzend angepaßte dunkle Riesenkrabben, eine Sauriermutter mit drolligem Baby. Beim Plesiosaurier und den Krabben arbeitet Danforth mit perspektivisch angebrachten Spiegeln, die bei Ebbe zurückgebliebene Wasserlachen darstellen (umrandet vom gemalten Strand eines Glaswand-Matte Paintings), welche das Stop Motion-Modell *mit* dem rückprojizierten Film im Bildvordergrund reflektieren. Der lähmende Rest soll von Hammer-Produzentin Aida Young hinter Guests Rükken zu tödlicher Langeweile umgeschnitten worden sein. Robin Hawdon, Imogen Hassall, Patrick Allen, Sean Caffrey, Patrick Holt.

(K) ●●●●
Antz
Antz
USA. Eric Darnell, Tim Johnson – UA: 9. 10. 1998. DreamWorks, F-83 min – K: 5. 11. 98 (UIP) – V: 2. 6. 99 (DreamWorks) Art: Cfq 30/7–8 (98)9 30/9–10 (98). MS 47 (98). Slg 256 (98) – Kr: Az 5. 11. 98. Cfq 30/12 (99). FAZ 6. 11. 98. FR 9. 11. 98. KSA 7. 11. 98. SaS 8/12 (98). SZ 8. 10./5. 11. 98. YMG '99 (99). We 5. 11. 98. Zoom (98/11).

□ Stadtneurotiker/Arbeiter-Ameise *Z-4195,* einziger Überlebender eines grauenvollen Massakers der Termiten, wächst zum ernstzunehmenden Gegner des falsch spielenden Generals Mandible über sich selbst hinaus. Zweiter vollständiger Computer-Kinofilm nach *Toy Story* 1995 (und DreamWorks erster), im Grunde nur ein anthropomorphes Plädoyer gegen gefährlich vereinsmeiernde Mobilmachung, aber hinreißend innovativ in seinen komplexen CGI-Weiterentwicklungen mit erstaunlicher Charakter-Animation, unglaublichen Licht/Wasser/Staub-Effekten und bis zu 60000 Individuen in derselben »Einstellung«. Der nächste Schritt in dieser aufregenden Umbruchphase des Kinos wäre eine hundertprozentige Vermischung aus Mensch und Insekt. Perfekte Synchronisation: Woody Allen, Sharon Stone, Anne Bancroft, Gene Hackman, Sylvester Stallone, Christopher Walken, Jennifer Lopez.

(K) ●●●●

Apocalypse Now

Apocalypse Now

USA. Francis Ford Coppola (*1939) – UA: 1979. United Artists, F-153 min – F: CANNES (79; Goldene Palme) – K: 4. 10. 79 (Tobis) – TV (Wh): 27. 11. 98 (ZDF) – Lit (Coppola): Bergan: FFC: Close Up (98). Breskin: Inner Views: Filmmakers in Conversation (97). Chaillet/Vincent: FFC (86). Jansen/Schütte, eds: FFC (85). Kolker: A Cinema of Loneliness (80). Lewis: Whom God Wishes to Destroy: FFC and the New Hollywood (95). Smith: American Filmmakers Today (85). Von Gunden: Postmodern Auteurs: Coppola, Lucas, De Palma, Spielberg, and Scorsese (93) – Lit (Vietnam-Filme): Bates: The Wars We Took to Vietnam: Cultural Conflict and Storytelling (96). Devine: Vietnam at 24 Frames a Second: A Critical and Thematic Analysis of Over 400 Films About Vietnam War (94). Muse: The Land of Nam: The Vietnam War in American Film (96). Rowe/Berg: The Vietnam War and American Culture (91) – Art (Vietnam-Filme): Mo 27–28 (80) – Lit (Marlon Brando): Manso: Brando (94). Schickel: Brando: A Life in Our Times (91). Tanitch: Brando (96) – Lit: French: Apocalypse Now (98). Newman: Nightmare Movies (84). Showalter: Sexual Anarchy: Gender and Culture in the Fin de Siècle (91) – Kr: f-d (79/Nr. 22192). Fb (79/Nr. 239). MFB 551 (79). VMG '96 (95). Zt 5. 10. 79 – Oscars 1979: Cinematography, Sound – Oscar-Nominierungen 1979: Picture, Director, Supporting Actor (Robert Duvall), Screenplay, Art Direction, Editing.

□ Saigon 1969. US-Spezialoffizier Captain Willard (Martin Sheen) wird von der *Agency,* einer »nicht existierenden« militärpolitischen Leitstelle von überaus zweifelhafter Legalität, beauftragt, den verrückt gewordenen, hochdekorierten Colonel Kurtz (Brando) zu liquidieren, welcher in der kambodschanischen Dschungelfestung Nu Mung Dung ein Regiment des Schreckens errichtet hat. *Apocalypse Now* ist der apokalyptischste aller Filme über die Apokalypse, nichts entgeht seinem alles vereinnahmenden alptraumhaften Inferno. Die erste Zeile stammt aus dem Lied eines toten Sängers, das Gesamtwerk eingerahmt von einer in Flammen aufgehenden Welt. Duvalls Oberst Kilgore trägt einen Hut der Konföderierten-Armee, als seine 1. Luftkavallerie zu Wagners Walküre das von »Charlie« besetzte Dorf an der Mündung des Nang ausradiert, weil dort die geeignetsten Wellen zum Surfen herrschen. Dennis Hopper, wie David Hemmings in *Blow Up* mit schußbereiter Kamera, philosophiert noch immer langhaarig unter der Macht von LSD. An der Brücke von Do Long, die jeden Tag neu aufgebaut und jede Nacht wieder zerstört wird, weiß niemand mehr, wer gegen wen kämpft und warum – ein großartiges Bild der Sinnlosigkeit aller menschlicher Brücken. Das Überleben der Zivilisation fordert wie in *The Texas Chainsaw Massacre* seinen barbarischen Tribut. Hier gibt es keinen neuen König David wie am Ende von Kubricks *2001: A Space Odyssey* (68) mehr, der ein neues Zeitalter einleiten könnte, nur Untergang, Wahnsinn und Grauen. Wie alle großen Werke der Kunst ist Coppolas Meisterwerk eine Reise ans Ende des Denkbaren, einen Ort, an dem sich alle Gegensätze in ihr Gegenteil verkehren, bevor sie sich in der Dunkelheit verlieren. Das Monster kann nur um den Preis geschlachtet werden, daß der Held als Monster wiedergeboren wird, es könnte aber genau andersherum sein. Willard und Kurtz sind ein und dieselbe Person, der Krieg macht sie zu Helden und Monstern. Was auch immer einen Unterschied gemacht hat, ist zuletzt aufgehoben. *Apokalypse Now* schildert eine Apokalypse, der sich niemand entziehen kann. Frederic Forrest, Albert Hall, Larry Fishburne, Sam Bottons, Harrison Ford.

(TV) •
Das Biest im Bodensee
BRD/Schweiz. Richard Huber – UA/TV: (BRD): 31. 1. 1999. RTL, F-115 min – Art: MS 50 (99; Bodo Keller).
□ DNA-Sauriercocktail im Dreiländereck. Bedeutend insofern, daß es sich hier um den ersten dt. SF-Film mit einem nahezu ausschließlichen CGI-Monster handelt, aber eine linientreue Kopie amerikanischer Standards ist kein Ersatz für Selbständigkeit. Wenn Barbara Rudnik/Stefan Beck als bis in die Gene gequengeltes Molekularbiologenpaar zuletzt doch wieder als Staatsdiener dem verachteten Mammon hinterher spurten, zerrinnt die heulend beschworene Botschaft von der unmenschlichen Verantwortungslosigkeit der Forschung, an die RTL selbst als letzte glauben würden, zur Phrase. Angesichts der Fähigkeit des SFX-Teams um Bodo Keller doppelt traurig. Anna Schmidt, Peter Rühring, Andrea Zogg, Franz Buchrieser.

(K) ••
Blade
Blade
USA. Stephen Norrington (*1965) – UA: 21. 8. 1998. New Line, F-120 min – K: 3. 12. 98 (Kinowelt) – V: 99/5 (BMG) – Art: Cfq 29/6–7 (97), 29/10 (98). Fg 172 (98), 175 (98), 178 98; David S. Goyer). MS 48 (98; Wesley Snipes/Udo Kier). SFE (98/4). Slg 255 (98; Snipes) – Kr: Az 3. 12. 98 Cfq 30/11 (98). epd (98/12). FAZ 7. 12. 98. KSA 5. 12. 98. SaS 8/11 (98). SI 36 (98). SZ 19. 12. 98. VMG '99 (99). We 3. 12. 98.
□ Afroamerikanischer Halbvampir-Terminator in Sonnenbrille und hautengem Lederdress (Snipes) räumt mit automatischen Waffen und Silbersamuraischwert unter der Techno-Brut der Nacht auf. Udo Kiers Milchbubi-Dracula und Kris Kristoffersons Spät-Hippie haben ausgedient in diesem gnadenlosen Kraftakt aus Black Power, Kickboxen, Horror-Western, unzimperlicher Marvel-Adaption und superscharfer Homoerotik. Gedämpfte Selbstironie bei Pulsbeschleunigungsdramaturgie. Stephen Dorff, N'Bushe Wright, Tracy Lords.

(K) ••••
Breaking the Waves
Breaking the Waves
Dän/Schwed/Fr/Niederl/Norw. Lars Von Trier – UA/F: 13. 5.

Eine andere Vorstellung von Gott. Emily Watson,
Breaking the Waves

1996. CANNES, F-158 min – F: VANCOUVER (96). HAMBURG (96) – K: 3. 10. 96 (Pandora) – TV: 9. 11. 98 (arte: THEMENABEND LARS VON TRIER UND SEINE VORBILDER) – V: 1. 6. 99 (Kinowelt; DVD) – Lit (Von Trier): Forst: Breaking the Dreams. Das Kino des Lars von Trier (98) – Art (Von Trier): SaS 6/10 (96) – Lit: Lars von Trier: Breaking the Waves (96; Drehb) – Kr: Az 2. 10. 96. Cfq 28/6 (96): epd (96/10). FR 2. 10. 96. SaS 6/10 (96). SZ 15. 5. 96. VMG '99 (99) Zoom (96/10). Zt 4. 10. 96. Oscar-Nominierung 1996: Actress (Emily Watson).

□ Um ihr Leben durch seine Krankheit nicht länger zerstört zu sehen, ermuntert der auf einer Bohrinsel vor der schottischen Nordwestküste schwer verletzte, für immer ans Bett gefesselte und mit dem Tod ringende Jan (Stellan Skarsgård) seine naive Frau Bess (außergewöhnlich brillant: Emily Watson) zum Seitensprung. Bess' selbstmörderisches, gutgläubiges Martyrium in einer kalten, verständnislosen Welt endet in einer menschlichen Tragödie, die Jan zuletzt zu retten scheint. Es ist vielleicht die letzte Einstellung des Films, die vom Himmel über den

Wolken aus gesehene Insel im Meer, welche die Parallele zum Schlußbild von Andrej Tarkowskijs *Soljaris* (72) so deutlich macht. Wie Chris Kelvin hat Jan in einem Ozean härtester Prüfungen und grausamster Wunder nach dem unwiederbringlichen, nicht gut zu machenden Opfertod seiner Frau zu sich selbst gefunden. Glaube und Hoffnung, Gebet, Opfer und Erlösung sind zu leichtfertig praktizierte Wahrheiten, aber in Bess' schockierendem Alleingang ergeben sie ihren grausamen, schockierenden Sinn. Das Ergebnis ist mit den bedeutendsten Werken der Filmkunst wie Dreyers *La Passion de Jeanne d'Arc* vergleichbar und der größte Film, der jemals über die Liebe gedreht wurde. Katrin Cartlidge, Jean-Marc Barr, Adrian Rawlins, Sandra Voe, Udo Kier.

(K) •
Carnival of Souls
Carnival of Souls
USA. Adam Grossman – UA: 1998. Trimark, F-84 min – F: *FaFF* (98; OF) – V: 99/1 (Highlight) – Art: Cfq 31/5 (99). FFa 7/13 (99; Bobbie Phillips). Fg 171 (98) – Kr: SaS 9/3 (99).
□ Die junge Alex Grant (Phillips) steuert den Wagen mit ihrem aus der Haft entlassenen mörderischen Stiefvater Louis, einem Zirkusclown (Larry Miller), ins Meer, doch der Alptraum hält an. Wild maskierter, Realität geradezu wegretuschierender Stilausbruch. Kein Vergleich mit Herk Harveys nicht verwandtem, unspektakulärem Schwarzweiß-Meisterwerk von 1962. Shawnee Smith, Paul Johansson, Sidney Berger.

(TV) ○
Creature – Tod aus der Tiefe
Peter Benchley's Creature
USA. Stuart Gillard – UA: 1998/5. ABC-TV, F-240 min – TV: 10./11. 1. 99 (PRO7; 2-teilig) – Art: Fg 172 (98) – Kr: Cfq 30/5–6 (98).
□ Der Weiße Hai zu Fuß. Ein endloses Gerenne und Geschreie ohne jede Handlung. ABC reichte der Name Peter Benchley nebst einem Glitschmonster von Stan *Jurassic Park* Winston. Zähflüssiger als das Biest im Bodensee! Kim Catrall, Matthew Carey, Giancarlo Esposito.

(K) ••••
Cube
Cube
Kan. Vincenzo Natali – UA: 1997. Trimark, F-91 min – F: SUNDANCE (98). *FaFF* (98; OF). *SITGES* (98). *BRÜSSEL* (99) – Art: Cfq 31/4 (99; Natali). FFa 7/17 (99; Nicole de-Boer). MS 51 (99; Natali) – Kr: Cfq 30/2 (98). SaS 8/11 (98). SI 36 (98).
□ 6 Menschen unterschiedlicher Herkunft finden sich in einem Labyrinth würfelförmiger Räume mit unerklärbaren, aber nicht grundsätzlich unumgehbaren tödlichen Fallen gefangen. Sie werden sich organisieren müssen, wenn sie überleben wollen. *Cube* besitzt eine starke Ähnlichkeit mit der pessimistischeren, 1970 in *TRIEST* ausgezeichneten *Arena* der Psychologin Judit Vas* und

* Vgl. meine Besprechung innerhalb des Artikels *Die Verlorenen* über den ungarischen SF-Film in *Screen* # 2, April 1993, S. 7–10.

arbeitet mit einer geradezu unerträglichen Situation unter höllischem Suspense/Zeitdruck. Hervorragend einfach/unangepaßt und doch unendlich komplex wie das Leben selbst. Meisterwerk/Musterbeispiel eines gelungenen Filmdebüts. Maurice Dean Wint, Nicky Guadagni, David Hewlett, Wayne Robson, Andrew Miller, Julian Richings.

(DOKU) ●●●
Dämonische Leinwand. Der deutsche Film nach dem ersten Weltkrieg
BRD. Peter-Buchka (1943–1998) – UA/TV: 1. 11. 1998. BR, F/SW-60 min – Lit: Ausstellungskatalog/Wiesbaden-Biebrich: Der deutsche Stummfilm (65). Eisner: L'Ecran Démoniaque (52). Gregor/Patalas: Geschichte des Films (62). Kalbus: Vom Werden deutscher Filmkunst (35). Korte, ed: Film und Realität in der Weimarer Republik (78). Kracauer: From Caligari to Hitler (47). Lamprecht: Deutsche Stummfilme 1903–1931 (69/70). Wollenberg: Fifty Years of German Film (48) – Art: F–K (74/5, 74/10). FR 17. 3. 73.
□ Ein Musterbeispiel für einen kompakten Filmessay, die letzte Arbeit des für die *Süddeutsche* arbeitenden prominenten Filmkritikers. Wie Lotte Eisner sieht Buchka in der Formulierung *Dämonische Leinwand* die treffendste Umschreibung des dt. Films nach dem 1. Weltkrieg, welcher die Verunsicherungen der Epoche perfekt reflektiert. Buchka analysiert das Phantastische in Filmen wie *Nosferatu* (22), *Der müde Tod* (21), *Der Golem, wie er in die Welt kam* (20), *Das Kabinett des Dr. Caligari* (19), *Faust* (26) oder Lubitschs *Die Augen der Mumie Ma* (18) als Psychoanalyse menschlicher Abgründe, Verführung seelischer Schwächen, Gefährdung wankelmütiger Massen. Gesellschaftliche Tabus/Grenzen werden total überschritten. In *Metropolis* (26) verhöhnt die auf dem Scheiterhaufen endende falsche Maria die Arbeiter nicht deshalb, weil sie auf die Tricks einer neuen Zeit hereingefallen sind, sondern weil sie sich immer nur um sich selbst drehen werden. Lang geht noch weiter in *Dr. Mabuse – Der Spieler* (22), in dem das Leben nur noch ein Spiel ist – ein Spiel ohne Regeln. Die Filme lassen so die Ahnung eines heraufziehenden Unheils spüren, den Zusammenbruch von Staat und Gesellschaft. Weitere, Buchkas These glänzend stützende Beispiele/Filmausschnitte: *Schloß Vogelöd* (21), *Orlacs Hände* (24), *Geheimnisse einer Seele* (26), *Madame Dubarry* (19), *Danton* (21), *Der Gang in die Nacht* (20), *Varieté* (25), *Tartüff* (25), *Spione* (28), *Der letzte Mann* (24), *Phantom* (22), *Die Nibelungen* (23), *Kriemhilds Rache* (24).

(K) ●●
Dark City
Dark City
USA. Alex Proyas – UA: 1998/2. New Line, F-105 min – F: *FaFF* (98; OF). CANNES (98). *BRÜSSEL* (99) – K: 27. 8. 98 (Kinowelt) – V: 8. 3. 99 (VMP) – Art: Cfq 29/3 (97), 29/4–5 (97), 29/9 (98), 29/12 (98). Fg 166 (97), 178 (98; David S. Goyer). MS 44 (98; Proyas). SFE 5/4 (98) – Kr: Az

27. 8. 98. Cfq 29/12 (98), 30/2 (98). epd (98/9). FR 27. 8. 98. KSA 29. 8. 98. SaS 8/6 (98). SI 34 (98). SZ 27. 8. 98. VMG '99 (99). Zoom (98/9).

□ John Murdoch (Rufus Sewell) wacht ohne Erinnerung in einem düsteren Hotelzimmer mit Callgirlleiche auf. Auch der ermittelnde Inspekter (William Hurt) und geheimnisvoll bleiche Fremde/Aliens scheinen lediglich Puppen in einem grausamen Spiel mit austauschbaren Identitäten in einer von einem irren Psychiater (Kiefer Sutherland) manipulierten, keinerlei physikalischen Gesetzen folgenden kafkaesken Stadt ohne Vergangenheit oder Zukunft zu sein. SF meets Film Noir (besonders William Dieterles *Dark City* von 1950), Proyas und seine Autoren machen aber den Fehler, die originelle Ausgangsidee zu oft erläutern zu müssen, statt das Mysterium menschlicher Existenz einfach stehen zu lassen. *Dark City* ist nicht der Film, der er gerne wäre. Jennifer Connelly, Richard O'Brien, Ian Richardson, Bruce Spence.

(V) ••
The Dentist – Zahnarzt des Schreckens
The Dentist 2
USA. Brian Yuzna – UA: 1999/4. Trimark, F-89 min – F: *SITGES* (98). *FaFF* (98; OF) – V: 26. 4. 99 (Advanced/BMG) – Art: Fg 177. MS 49 (99; Yuzna) – Kr: SaS 9/5 (99).

□ Dr. Alan Feinstone, aus dem Irrenhaus getürmt, wird von Ex-Frau Brooke verfolgt. So implausibel es klingen mag, aber Yuzna findet den richtigen schrägen Ton in dieser überaus gründlichen Nachbehandlung des Originals (SFJ '98; S. 342). Corbin Bernsen, Jillian McWhirter, Linda Hoffman.

(K) • **Dich kriegen wir auch noch**
Disturbing Behavior
USA/Kan/Austr. David Nutter – UA (USA): 22. 7. 1998. MGM, F-83 min – K: 27. 5. 99 (Highlight) – Art: Cfq 30/4 (98). Fg 177 (98; William Sadler). Slg 254 (98; Nutter) – Kr: Cfq 30/9–10 (99). epd (99/6).

□ Steve (James Maraden) und Freundin Rachel (Katie Holmes) müssen rennen, was das Zeug hält: Highschool-Psychologe/Mad Scientist Dr. Caldicott (Bruce Greenwood) verwandelt unkonzentrierte Schüler in mörderische Intelligenzbestien! Schade um die guten schauspielerischen Leistungen und die verpaßte Jugend-Analyse. Steve Railsback, Nick Stahl, Paul Sorvino.

(K) •
Dr. Dolittle
Dr. Dolittle
USA. Betty Thomas – UA: 26. 6. 1998. Fox, F-85 min – K: 1. 10. 98 (Fox) – V: 15. 3. 99 (Fox) – Art: Cfq 30/3 (98) – Kr: Az 1. 10. 98. Cfq 30/7–8 98). epd 98/10). KSA 3. 10. 98. SaS 8/8 (98). SZ 5. 10. 98. Zoom (98/10).

□ Gestreßter Humanmediziner (Dr. Dolittle/Eddie Murphy) findet nach Verkehrsunfall die Sprache der Tiere wieder. Natürlich sind es nicht die Freaks, die *Dr. Dolittle* angreift, sondern diejenigen, die sich wie der Irrenhaus-Chef höchstpersönlich erfolgreich hinter der kranken Öffentlichkeit verstecken. Aber die »Botschaft«

Freundschaft führt zum Tod. August Diehl, Dieter Landuris Jan-Gregor Kremp, 23

hätte schärfer ausfallen müssen. Ossie Davis, Peter Wilsen, Oliver Platt.

(K) ●●●●
23
BRD. Hans-Christian Schmid (*1965) - UA/F: 1. 7. 1998. MÜNCHEN, F-99 min - F: TORONTO (98). LOCARNO (98) - K: 14. 1. 99 (Buena Vista) - V: 12. 8. 99 (Buena Vista) - Kr: Az 14. 1. 99. epd (99/1). SI 37 (99). SZ 13./14. 1. 99.

□ Computer-Hacker Karl »Hagbard« Koch auf der Spur der Illuminaten und deren magischer Zahl »23«. Mehr als nur brillante Science Fiction: HFF-Absolvent Schmid und Co-Autor Michael Gutmann machen nicht den Fehler, sich zwischen Spekulation und Wirklichkeit (nach dem authentischen Fall des unter mysteriösen Umständen am 23. 5. 89 ums Leben gekommenen 23-jährigen Hannoveraners), Kokain und Brockdorf, Schein und Sein festzulegen. Realität wird nicht einfach vorgeführt wie in anderen Filmen, sondern spürbar in ihrer von uns nicht erkannten Komplexität. Das von Burroughs und Roeg gefärbte Ergebnis schwankt meisterhaft zwischen Spießervater-Trauma, Staatsterror, KGB-Connection, Verfolgungswahn, falschen Freunden, Drogen-Zerfall, apokalyptischer Verschwörungsangst, rasant fortschreitender, lebensgefährlicher Vereinsamung bei globaler Vernetzung und jugendlicher Verblendungs-Sackgasse. Nichts wäre verkehrter gewesen, als in einer uns zu entgleiten drohenden Wirklichkeit eine Lösung anzubieten. Es gibt keine. August Diehl, Fabian Busch, Dieter Landuris, Jan-Gregor Kremp, Hanns Zischler, Stephan Kampwirth, Peter Fitz, Zbigniew Zamachowski.

(TV) •

Der Dritte Weltkrieg

USA/BRD. Robert Stone, Ingo Helm - UA/TV: (BRD): 1. 12. 1998. ZDF, F/SW-90 min - Art: ZDF-J (98/12). - Kr: Az 3. 12. 98.

□ Sich im geteilten Deutschland zuspitzende Ost/West-Spannungen, die Absetzung Gorbatschows und die Machtübernahne durch General Wladimir Soschkin in der Sowjetunion schaukeln die Welt in einen nuklearen Schlagabtausch in diesem aufregenden Szenario über einen nie stattgefundenen 3. Weltkrieg. Ein sich um größtmögliche Authentizität bemühendes fiktives Planspiel, unter dem Begriff *Counterfactual History* in Führungsstäben längst grauer Alltag, verstärkt durch Manöver/Nachrichtenmaterial, Wehrexperten-Schützenhilfe und ZDF-Journalisten in damaligen Funktionen. Für mich sind die Widersprüche im Mix zu offensichtlich (Bush meint Saddam Hussein, wenn er von Soschkin als neuem Hitler spricht) und eine auf deutschen Boden konzentrierte Sendung zum jetzigen Zeitpunkt zu ungefährlich, um etwas von der beunruhigenden Intelligenz provozierender SF vermitteln zu können. Peter Watkins oder Sergej Sneschkin sind ganz andere Risiken eingegangen.

(K) ••

Düstere Legenden

Urban Legend

USA. Jamie Blanks (*1972) - UA: 25. 9. 1998. TriStar, F-99 min - F: GERARDMER (99) - K: 4. 2. 99 (Columbia) - V: 27. 7. 99 (Columbia) - Art: Cfq 30/7-8 (98)9 30/12 (99). Fg 177 (98), 178 (98), 179 (99; Danielle Harris) - Kr: Cfq 30/12 (99). epd (99/2). SaS 9/3 (99). SI 36 (98).

□ Schon wieder Terror auf dem College: Wem kann Natalie (Alicia Witt) noch trauen? Serieller, aber einnehmender *Scream*-Mitläufer im Stil der 80er Slasher, ohne die durchtriebene Genre-Kenntnis eines Craven/Williamson. Kurioserweise weniger städtisch als *Candyman.* Jared Leto, Rebecca Gayheart, Tara Reid, Robert Englund, Brad Dourif.

(K) ••••

Die Ewigkeit und ein Tag

Mia eoniotita ke mia mera/
L'Eternité et un jour

Griech/Fr/It/BRD. Theo Angelopoulos (*1936) - UA/F: 1998/5. CANNES (Goldene Palme), F-132 min - K: 28. 1. 99 (Pegasos) - Lit (Angelopoulos): Horton, ed: The Last Modernist: The Films of TA (97). Jansen/Schütte, eds: TA (92) - Art (Angelopoulos): SaS 9/5 (99) - Art (Bruno Ganz): epd (98/7) - Kr: Az 28. 1. 99. epd (99/1). SaS 9/6 (99).

□ Thessaloniki im fahlen Licht des Winters. Letzter Tag des sterbenden, entfremdeten Dichters Alexander (Ganz), bevor er, wahrscheinlich für immer, ins Krankenhaus muß. Ein letzter Spaziergang an Strand, die Begegnung mit einem von Menschenhändlern mißbrauchten albanischen Jungen. Was war, was ist wichtig in Leben eines Menschen? Was haben wir vergessen, was unterschätzt? Das überragende, Raum und Zeit aus den Angeln hebende Meisterwerk der Filmfestspiele von CANNES 1998 ist in der Lage, einen ein Leben lang in Bann zu ziehen. Über welche, über wieviele Filme läßt sich das wirklich sagen? Wieviele Filme machen deutlich, daß wir an der Realität vorbeileben, daß uns alles zwischen den Fingern der Zeit zerrinnen wird? Angelopoulos' atemberaubende Kunst ist wie die anderer großer europäischer Regisseure (Tarkowskij, Kieślowski) nicht an Belehrungen, Botschaften oder Vereinnahmungen interessiert, sie läßt Platz zum Nachdenken *innerhalb* des Films. Wir sind Teilnehmer statt Betrachter, weil die Situationen, die lebensbestimmenden Erfahrungen/Fragen die unsrigen sind. Eine solche Vorgehensweise kollidiert radikal mit den lauten Gesetzen des Mainstream. *Mia eoniotita ke mia mera* ist nicht nur ein Glücksfall in der Geschichte des Films. Es ist auch ein Glücksfall in der Geschichte unseres Lebens.

(K) ●●●●
eXistenZ
eXistenZ
GB/Kan. David Cronenberg (*1943) – UA (GB): 30. 4. 1999. Alliance, F-96 min – F: BERLIN (99). *BRÜSSEL* (99). *FaFF* (99; OF) – Lit (Cronenberg): Grant, ed: The Modern Fantastic: The Films of DC (99). Art: Cfq 31/5 (99). DS 80 (99; Jennifer Jason Leigh). Fg 183 (99; Carol Spier). SaS 9/4 (99). Slg 263 (99; Cronenberg), 264 (99; Jude Law). SI 37 (99; Cronenberg) – Kr: SaS 9/5 (99). SI 37 (99).

□ Realität und die Realität der nahezu lebensechten, auf synthetischer DNA basierenden VR-Spielewelt »eXistenZ« vermischen sich zusehends, als deren knapp einem Attentat entgangene gottgleiche Schöpferin Allegra Geller (Leigh) und Body Guard Ted Pikul (Law) um ihr Leben rennen müssen. Wie bereits in *Videodrome* (83) umgeht Cronenberg nicht nur die Hardware-Klischees und seichten Stories auf Computerspielen basierender alberner Sci-Fi-Filme wie *Street Fighter* (95) oder *Mortal Combat* (95). In einem viel faszinierenderen, weit über Film hinausreichenden Sinne ist *eXistenZ* nichts anderes als eine Metapher für unsere eigene, unverstandene, »künstliche« Existenz. Uns bleibt zu wenig Zeit, sagt Cronenberg, herauszufinden, was Realität ist. Entweder ist jede Form von Realität virtuell oder gar keine. Ian Holm, Willem Dafoe, Don McKellar.

(K) ●
Faculty
The Faculty
USA. Robert Rodriguez (*1968) – UA: 25. 12. 1998. Dimension, F-101 min – F: BERLIN (99) – K: 22. 4. 99 (Kinowelt) – Art: Cfq 30/12 (99). FFa 7/14 (99; Bebe Neuwirth). Fg 179 (99). MS 51 (99; Rodriguez/Elijah Wood) – Kr: Cfq 31/4 (99). epd (99/5). SaS 9/4 (99). SI 37 (99).

□ College-Kitzel: Pauker-Lehrkörper mutieren zu Aliens! Don Siegels Meisterwerk *Invasion of the Body Snatchers* (56) ist das wahre Vorbild hier, aber Rodriguez' Annäherung ist bei weitem nicht ernst genug. *The Faculty* ist mehr in Bewegung als bewegend. Laura Harris, Robert Patrick, Famke Janssen, Piper Laurie, Salma Hayek.

(K) ●●●●

Fear and Loathing in Las Vegas

Fear and Loathing in Las Vegas

USA. Terry Gilliam (*1940) = UA/F: 1998/5. CANNES, F-119 min – UA: 22. 5. 1998. Universal, F-119 min – K: 24. 9. 98 (Tobis) – Art: Cfq 30/5–6 (98). epd (98/11). MS 44 (98). SaS 8/6 (98). SI 35 (98) – Kr: Az 24. 9. 98. Cfq 30/5–6 (98). epd (98/10). FAZ 25. 9. 98. FR 24. 9. 98. KSA 26. 9. 98. SaS 8/11 (98). SI 35 (98). SZ 25. 9. 98. VMG '99 (99). Zoom (98/9).

□ Las Vegas 1971, die schlimmste aller Zeiten. Die Reality-Reportage von Journalist Raoul Duke (Johnny Depp) und seinem »Anwalt« Dr. Gonzo (Benicio del Tore) über ein Motorradrennen am Rande der Wüste entgleist zum Horror-Trip zwischen verwüsteten Hotelzimmern und piekfeinen Bars, schauerlicher Drogenromantik und Vollrausch, Selbstmord und Schreibmaschine. Eine vor nichts halt machende Attacke (nach dem »unverfilmbaren« Roman von Hunter S. Thompson) auf die scheinheilige Angepaßtheit der 90er Jahre, deren permanente Unkultiviertheit ordnungsliebenden Zeitgenossen Schreikrämpfe und Kopfschmerzen bescheren dürfte. Daß Gilliams offene Lust an exzessiven Untergängen in Cannes oder New York im Vorfeld der mit dem gesunden Menschenverstand nicht mehr nachvollziehbaren Clinton/Lewinsky-»Reportage« auf teils heftigen Widerstand stieß, zeigt, wie krank und abgefahren unsere Wirklichkeit JEDERZEIT ist. Tobey Maguire, Christina Ricci, Cameron Diaz, Harry Dean Stanton, Ellen Barkin.

(K) ●

Fliegende Killer – Piranhas II

Piranha II: Flying Killers

Niederl. James Cameron (*1954), (nicht genannt) Ovidio G. Assonitis (*1945) – UA: 1982. F-95 min UA (USA): 1983/3. Saturn International, F-78 min *(Piranha II: The Spawning)* – F: *PARIS* (82; 94 min) – K: 24. 6. 83 (Warner-Columbia; 94 min) – TV (Wh): 3. 7. 99 (K1) – Lit (Cameron): Heard: Dreaming Aloud: The Life and Filme of JC (99) – Art (Assonitis): Fg 124 (93) – Kr: Antinéa 1 (83; *PARIS*) Cfq 13/5 (83). L'EF 30 (83; *PARIS*). f-d (83/Nr. 24067). Fg 47 (85). M–B 27 (83; *PARIS*). MFB 585 (82). VMG '97 (96).

□ Ein im Meer verloren gegangener Kanister aus einem Militärlabor mit Gen-manipulierten Eiern für den Vietnamkrieg (Kreuzungen aus Piranha/Fliegendem Fisch) bedroht nicht nur die zerfressene Ehe von Chief Steve (Lance Henriksen) und der von einem schleimigen Regierungs-Biochemiker (Steve Marachuk) umschwärmten Tauchlehrerin Anne (Tricia O'Neil), sondern die tierische Paarungsrituale beleuchtenden Gäste des Jamaica-Strandhotels *Club Elysium.* Trotz des Titelabspanns der von K1 wiederholten chaotischen dt. Fassung (*Piranha Part Two: The Spawning* im Gegensatz zum Vorspann) handelt es sich hier nicht um die von Cameron entrümpelte, neu geschnittene US-Version seines mit

italienischer Crew entstandenen Regiedebüts. *Piranha II* ist auch so ein für den Zuschauer fauler Kompromiß: Aufgrund »schleppender« Dreharbeiten entzog Executive Producer Assonitis Cameron nach nur einer Woche Drehzeit die Allein-Regie und fütterte den Film mit hirnrissigen Bikini-Sub-Plots, angeblich um Warner ein fristgerechtes Ergebnis auf den Tisch legen zu können. *Piranha II,* der gelegentlich deutliche Parallelen zu *Aliens* (86) und *The Abyss* (89) aufweist, war dennoch der unerläßliche Regie-Führerschein für Camerons ersten richtigen Film, Orions *The Terminator.*

(KURZ) ●●

Fliegender Untertassen Rock 'n' Roll

Flying Saucer Rock 'n' Roll

Nordirl. Enda Hugues – UA: 1997. SW-137 min – F: *FaFF* (98; OF) – TV, 14. 12. 98 (arte; OmU). □ 1958: Junge Wilde in einem nordirischen Dorfschuppen. Natürlich fällt nur dem verrückten Eddie, dessen Eltern von Aliens bis auf die Knochen abgenagt wurden, auf, daß das Nest von Außerirdischen in Zivil ausgehoben wird. Die Teeny-Standardsituation des 50er Rock 'n' Roll-Sci-Fi-Horror-Schundfilms, in welcher der jugendliche Angeber, als er gerade drauf und dran ist, die Schulschönste in Wald niederzuknutschen, von einem urplötzlich aus dem fahlen Nebel auftauchenden Pappmaché-Monster aus dem Wagen gezerrt wird, ist der glorreiche Höhepunkt dieser einen doppelten Schluß völlig in ein Ende rollenden pfiffigen Schwarzweiß-Hommage. Ed Wood/Nick Zedd-Hardlinern dürfte die Professionalität in Cinemascope freilich Augenkrebs verursachen. Ardal O'Hanlon, Tara Costello.

(K) ●●●
Formicula
Them!
USA. Gordon Douglas (1909 bis 1993) - UA: 19. 6. 1954. Warner Bros, SW-93 min (Titel in Farbe) - K: 15. 9. 60 (WB) - TV: 22. 6. 74 (ARD); 28. 2. 99 (arte: THEMENABEND PLANET DER AMEISEN) - Art: Cfq 3/4 (74). Fg 5 (80). IM 1/4 (94). SM 2 (92). Art (Joan Weldon): Fx 50 (95). Slg 258 (99) - Art (Sandy Descher): Fx 58 (96) - Art (Gordon Bau): Taylor/Roy: Making a Monster: The Creation of Screen Characters by the Great Makeup Artists (81) - Kr: f-d (60/Nr. 9506). Fg 47 (85). Newsweek 7. 6. 54. SFV 1 (88). Twentieth Century (54/9). Va 14. 4. 54. Wa II (82) - Oscar-Nominierung 1954: Special Effects.

□ »Sie kommen!«, »Sie kommen!«, kreischt Sandy Deschers an Aphonie leidendes, in die nächste Ecke geflüchtetes verstörtes Mädchen, als Edmund Gwenns Entomologe Dr. Medford ihr ein Glas mit Ameisensäure unter die Nase hält. Im Juni 1954 war in amerikanischen Kinos nicht klar, wer oder was mit »Them!« gemeint war, so effektiv funktionierte Warners selbst auf Andeutungen verzichtende strikte Geheimhaltung schon während der Dreharbeiten. Selbst nachdem der Zuschauer weiß, was gemeint ist, setzt Autor Ted Sherdeman voll weiter auf genau dieselbe Suspense-Strategie, nur daß er sie in sein Gegenteil verkehrt, weil man jetzt Zeugen glaubt, die sich selbst für befangen halten. *Them!* kreuzt SF auf einmalige Art immer wieder mit einem anderen Genre, dem Polizei-Thriller.

Warners nach *The Beast from 20,000 Fathoms* (53) geweckter SF-Instinkt und gleichzeitige Antwort auf Universals wie ein Meteor im Filmbusiness einschlagenden *It Came from Outer Space* (53) setzt voll auf das Mysterium der Wüste als kostenlosen Schauplatz in halluzinatorischen Sequenzen, die durchaus an Bradbury/Arnold denken lassen. »Das muß der Wind sein«, sagt William Schallerts am Unfallort eingetroffener Arzt, »er macht in der Wüste ein unheimliches Konzert.« Der Verzicht auf Farbe/3D intensiviert zumindest die »authentische« Schwarzweiß-Stimmung ebenso wie eine völlig unvorhersehbare, später John Hurts erste Begegnung mit dem Monster in *Alien* (79) begleitende Bewegung innerhalb einer Larve in den unheimlichen Gängen des gigantischen Wüstenbaus. Der Star und Auslöser einer ganzen Reihe von Insekten/Spinnen-Schockern der 50er Jahre. James Whitmore, James Arness, Chris Drake, Onslow Stevens, Olin Howlin.

(K) •

Freeze – Alptraum Nachtwache

Nightwatch

USA. Ole Bornedal (*1959) – UA: 17. 4. 1998 Dimension, F-101 min – F: *FaFF* (98; OF) – K: 13. 8. 98 (Kinowelt) – V: 22. 2. 99 (VMP) – TV: 3. 6. 99 (Premiere) – Kr: Az 13. 8. 98. Cfq 30/4 (98). epd (98/8). MS 43 (98). SaS 8/11 (98). SI 35 (98). SZ 13. 8. 98. We 13. 8. 98. Zoom (98/8).

□ Wenig ruhmreiches Hollywood-Remake von Bornedals ungewöhnlichem, ganz auf makabre Stimmung/Phantasie setzendem Horror-Hit von 1994 mit Ewan McGregor als Jura-Student Martin, Josh Brolin (James), Patricia Arquette (Katherine) und Nick Nolte als Inspektor Cray. Nolte ist nicht nur durch seine Rolle verdächtig, der Prostituierten-Mord zerstört die nervensägende Ungewißheit des Original, und Sex/Religion mußten nach kindischen Testvorführungen exekutiert werden.

(K) ••

Gamera 2: Assault of the Legion

Gamera 2: Legion Shurai

Jap. Shusuke Kaneko (*1955) – UA/F: 1996/6. TORONTO, F-99 min F: MONTREAL (97; Fant-Asia). *FaFF* (99; OF/engl. UT) – Kr: Cfq 28/8 (97; TORONTO). SI 30 (97).

□ Die fliegende Superschildkröte gegen die aus der U-Bahn strömende Millenium-Brut des Silikon fressenden Monsters Legion inmitten Tokios leidgeprüfter City nach einem – was sonst – Meteoreinschlag. Popcornhaltige Zeitverschwendung auf hohem Niveau, auch wenn Legion der tiefere Sinn eines vergleichbar komplexen Monsters wie Tohos *Beolante* (vgl. SFJ '98; S. 347) fehlt. Kaneko tut das einzig Richtige, indem er das zu dürftige Plot trotzdem ernst nimmt. Toshiyuki Nagashina, Ayake Fujitani, Miki Mizuno.

(K) ••••

Gods and Monsters

Gods and Monsters

USA. Bill Condon (*1957) – UA: 1998/11. Lions Gate Films, F/SW-105 min – F: CANNES (98). SAN SEBASTIAN (98). DEAUVILLE (98). SEATTLE (98). BRAUNSCHWEIG (98). *GERARDMER* (99) – Art: Cfq 30/9–10 (98), 30/11 (98). CM 27 (99) – Kr: Cfq 30/11 (98). SaS 9/4 (99). VW 52 (99) – Oscar 1999: Adapted Screenplay – Nominierungen: Acting Actress (Lynn Redgrave).

□ Pacific Palisades, 1957: Letzte Tage des todkranken Außenseiters und unterschätzten homosexuellen Hollywood-Regisseurs James Whale (Ian McKellen) zwischen dem begriffsstutzigen Ex-Marine/Gärtner Clayton (Branden Fraser) und Haushälterin Hanna (Redgrave). Brillante Überkreuzung von Kunst/Leben nach dem Roman *Father of Frankenstein* (95) von Christopher Bram, mehr atemberaubende Spekulation als Biografie und wie alle großen Filme zeitlos. Mehr als 20 internationale Preise, darunter Best Picture/Actor des National Board of Review, Best Actor der Los Angeles Film Critics, der Große Preis der internationalen Filmkritik in DEAUVILLE, Bester Regisseur in SEATTLE, Best Actor/Special Jury Award in SAN SEBASTIAN, mehrere Golden Globes. Lolita Davidovich, Kevin J. O'Connor, David Dukes, Rosalind Ayres, Jack Bette.

(K) ●●●●

Das große Krabbeln

A Bug's Life

USA. John Lasseter - UA: 20. 11. 1998. Disney, F-94 min - F: ROTTERDAM (99) - K: 11. 2. 98 (Buena Vista) - Art: Cfq 30/9-10 (98), 30/11 (98), 30/12 (99). Slg 258 (99) - Kr: Az 11. 2. 99. Cfq 31/3 (99). epd (99/2). SaS 9/2 (99). VMG '99 (99) - Oscar-Nominierung 1999: Music.

□ Versager-Flohzirkustruppe hilft Pechvogel-Ameise Flik gegen den Ernte abstaubenden dreisten Heuschreckenschwarm. Mörderisch detailliertes Insekten-Remake der »Glorreichen Sieben« bzw. Kurosawas *Shichinin no-samurai* (54), man weiß nicht mehr, wohin man sehen soll. *A Bug's Life* traut sich anders als *Toy Story* (95) und *Antz* (98) unkomplizierter, leichtfüßiger ins Freie, in ein atemberaubend präsentiertes CGI-Universum, dem wir noch oft begegnen werden. Lasseters historische Leistung liegt darin, es als erster zu betreten. »Bulle von Tölz« Ottfried Fischer als Synchron-Katastrophe der Fettraupe in der dt. Fassung. Dave Foley, Kevin Spacey, Julia Louis-Dreyfus, Madeline Kahn, Roddy McDowall.

(K) ●

Halloween H20

Halloween H20: 20 Years Later

USA. Steve Miner (*1951) UA: 7. 8. 1998. Dimension, F-87 min - F: *SITGES* (98). *MANCHESTER* (98) - K: 29. 10. 98 (Kinowelt) - V: 99/5 (VMP) - Art: Cfq 30/4 (98), 30/5-6 (98). FFa 7/6 (98; Jamie Lee Curtis). Fg 176 (98), 177 (98; Curtis) - Kr: Az 30. 10. 98. Cfq 30/9-10 (98). epd (98/11). FAZ 3. 11. 98. KSA 1. 11. 98. SaS 8/11 (98). SZ 29. 10. 98. VMG '99 (99). Zoom (98/11).

□ Hillcrest, Halloween 1998: Monster Michael (Chris Durand) hat die neue Adresse seiner alptraumgeplagten Schwester/Internatsleiterin Laurie Strode/Keri Tate (Curtis) spitz gekriegt. Noch das beste der wenig disziplinierten 6 Sequels zum 20-jährigen Erfolgsjubiläum der Reihe, welches wenigstens hin und wieder (wie in Charlies unerwartet unsichtbarem Schicksal) die Tugenden des Originals aufgreift. Adam Arkin, Michelle Williams, Janet Leigh.

(K) ●●●●

Der Hexenjäger

Witchfinder General

GB. Michael Reeves (1944-1969) - UA: 1968. F-87 min - K: 11. 4. 69 (Alpha) - TV: 16. 12. 98 (VOX) - Lit: Pirie: A Heritage of Horror: The English Gothic Cinema 1946-1972 (73) - Art (Reeves): Cfq 22/1 92). Mo 17 (69). Sb 46 (82). Sh 21 (90) - Lit (Vincent Price): Brosnan: The Horror People (76). Eisner: The Price of Fear: The Film Career of VP (93). McAsh: The Films of VP (74). Parish/Whitney: VP Unmasked (74). Pitts: Horror Film Stars (91). Vincent Price: I like What I Know (59; Autobiogr). Gary J./Susan Svehla, eds: VP (99). Weaver: Attack of the Monster Movie Makers (94). Williams: The Complete Films of VP (95) - Art (Price): Cfq 19/1-2 (89). CM 15 (95). CTM 3 (95). L'EF 17 (81), 18 (81), 22 (82), 23

(82), 24 (82). Fg 6 (80), 7 (80), 30 (83), 59 (86), 100 (91), 130 (94). MM 46 (94). MS 4 (93). SaS 3/12 (93). Slg 202 (94). SS 7 (92). VW 11 (92). WoH 7 (75) - Art (Ian Ogilvy): Fg 112 (92) - Art (Tony Tenser): DS 79 (99). Mst 2 (92) - Art: Cfq 22/1 (92). DS 55 (96), 78 (99). GC 23 (75). SaS 6/2 (96). Sh 54 (95) - Kr: f-d (69/Nr. 16084). Shv 25 (96). SS 7 (92). VMG '96 (95).

□ Ostengland 1645: Mündel Sara (Hilary Dwyer) und ihr Verlobter Richard Marshall (Ogilvy) geraten in die Fänge des aus den Unsicherheiten der Zeit Kapital schlagenden Hexenjägers Matthew Hopkins (Price). Vor dem Hintergrund des blutigen Machtkampfes zwischen Cromwells parlamentarischen Rundköpfen und Karl I. und seinen Königstreuen zeichnet Reeves ein brillant ungeschöntes Porträt einer unruhigen Epoche, exzellent fotografiert von dem später für Peckinpah arbeitenden Johnny Coquillon, gefühlsmäßig umrahmt von Paul Ferris' *Greensleeves*-artigem Score, welcher die aus den Fugen geratene Natur menschlicher Grausamkeiten mit der natürlichen Schönheit Wiltshires kontrastiert. Die Qualität liegt in der Art und Weise, in der das Drehbuch (nach einem Roman von Ronald Bassett) Marshall und Hopkins zu Doppelgängern macht: Price' Antwort auf die Frage von Saras Onkel (Rupert Davies), was ein Anwalt wie Hopkins in Brandeston zu tun habe - ein Mann müsse nicht sein, was er scheine, und handle gelegentlich aus eigenartigen Motiven heraus -, spiegelt Marshalls Konflikt derselben missionarischen Gespaltenheit zwischen dem, was er tun muß, und dem, was er für richtig hält. Das Thema wird äußerst scharfsinnig auf persönlicher, sozialer und politischer Ebene abgehandelt und das Geniale von Reeves' Meisterwerk liegt letztlich nirgendwo sonst als in den Menschen selbst und ihren »unerklärbaren« Taten begründet. Robert Russell, Patrick Wymark, Wilfrid Brambell, Michael Beint.

(K) •

Hinter dem Horizont

What Dreams May Come

USA. Vincent Ward (*1957) - UA: 2. 10. 1998. PolyGram, F-106 min - K: 26. 11. 98 (PolyGram) - Art: Cf 76 (98). Cfq 30/9-10 (98), 30/11 (98). SaS 8/12 (98). Slg 256 (98) - Kr: Az 26. 11. 98. Cfq 30/11 (98). epd (98/12). FR 30. 11. 98. KSA 28. 11. 98, SaS 9/1 (99). VW 52 (99). Zoom (98/12) - Oscar 1999: Special Effects - Nominierung: Production Design.

□ Wunscherfüllung auf Kalifornisch: Der vom Schicksal gebeutelte Kinderarzt Chris Nielsen (Robin Williams) landet nach Autounfall im Jenseits, sucht Kontakt zu seiner im Hades ausharrenden Selbstmord-Gattin Annie (Annabella Sciorra). Platte digitale Ökumene in Form einer immens beeindruckenden Gemäldegalerie (Einflüsse von Caspar David Friedrich, Rembrandt, Van Gogh), aber ohne echtes Plot. Nach dem weniger physikalisch endenden Roman (77) Richard Mathesons. Cuba Gooding Jr, Max von Sydow, Jessica Brooks.

(K) ○
Ich weiß noch immer, was du letzten Sommer getan hast
I Still Know What You Did Last Summer
USA. Danny Cannon – UA: 20. 11. 1998. Columbia, F-101 min – K: 29. 4. 99 (Columbia TriStar) – Art: Cfq 30/7–8 (98), 30/11 (98). FFa 7/9 (98; Jennifer Love Hewitt/Brandy). Fg 178 (98), 79 (99; Cannon) – Kr: Cfq 31/1–2 (99). epd (99/5). SaS 9/5 (99). VMG '99 (99).
□ Julie (Hewitt), Überlebende eines Massakers am 4. Juli, keucht jetzt durch ein verfallenes Bahama-Hotel. Trotz alle Verbindungen kappendem Hurrikan flaue Wiederkehr des Fischhaken-Slashers: Das Spiel mit der Angst ist zu beliebig. Freddie Prinze Jr, Mekhi Phifer, Muse Watson, Jeffrey Combs.

(K) •
Im Stahlnetz des Dr. Mabuse
Le Retour du Docteur Mabuse/ FBI contro dottore Mabuse
BRD/Fr/It. Harald Reinl (1908 bis 1986) – UA (BRD)/K: 13. 10. 1961. Constantin, SW-88 min – TV (Wh): 9. 7. 98 (K1; Mabuse-Reihe) – Lit (Gert Fröbe): Ball: GF (82) – Kr: f-d (61/Nr. 10591).
□ Wichtigtuerisches erstes von 5 inoffiziellen Sequels von Fritz Langs überragendem *Die 1000 Augen des Dr. Mabuse* (60; SFJ '96, S. 276). Preiss vermutet man sofort hinter der Maske des Anstaltsleiters und der deutsche Tor Johnson, Ady Berber, gewichtiges Mitglied einer von Mabuse gesteuerten Zombie-Brigade zur Übernahme Münchens, springt zu früh vollgepumpt aus dem Fenster. Der Schluß läßt Fröbes Inspektor Lohmann von seinem Fenster aus mißtrauisch die Menschen der Straße beobachten. Das Gefühl, jeder könnte Mabuse sein, ist brillant, aber die Produzenten deuteten es dahingehend, von jetzt an tun und lassen zu können, was sie gerade wollten. Und genau das taten sie dann auch. Lex Barker, Daliah Lavi, Werner Peters, Rudolf Fernau.

(K) •••
Jenseits der Träume
In Dreams
USA. Neil Jordan (*1950) – UA: 29. 1. 1999. DreamWorks; F-99 min – F: *BRÜSSEL* (99) – K: 12. 8. 99 (UIP) – Art: Cfq 31/1–2 (99). Fg 180 (99) –Kr: Cfq 31/4 (99). epd (99/9). SaS 9/5 (99).
□ Claire Cooper (Annette Bening) plagen sich fürchterlich bewahrheitende Alpträume um den 1965 während der Überflutung Northfields/Neu-England zur Bildung eines Staubeckens von seiner Mutter im Stich gelassenen Kindermörder Vivian Thompson (Robert Downey Jr). Böse endender, tragischer Direkt-Horror ohne die verspielte Reflexion/Kenntnis von Filmen wie *Scream*. Jordans meisterhafte mise-en-scène wie Rebeccas Verschwinden aus dem Spiegel während einer Schulaufführung von »Schneewittchen« jagt einem Schauer über den Rücken, aber im Gegensatz zu *The Butcher Boy* (SFJ '99; S. 398) gibt es hier keinen Versuch, das Monster zu verstehen. Was Vivian fehlt, ist ein politischer Hintergrund wie das ausweglose Schicksal des Mannes aus dem Tunnel in Gary Shermans grandio-

sem *Death Line* (72), welches unsere sozialen Gefühle bis zum Zerreißen spannt. Katie Sagona, Aidan Quinn, Stephen Rea, Paul Guilfoyle.

(K) ●●●●

Der Kopf des Mohren

Österr. Paulus Manker – UA/F: 1995/5. CANNES, F-116 min – F: MÜNCHEN (95) – K: 95/5 (Stadtkino – TV: 14. 7. 99 (WDR) – Kr: Az 28. 6. 95.

□ Grandios unbequeme Öko-SF nach einem brillanten Drehbuch Michael *Funny Games* Hanekes, erstklassig besetzt. Georg Hartmann (Gert Voss), nach Chemieunfall arbeitsloser Ex-Physiker, im Duell mit sich selbst und seiner Frau Anna (Angela Winkler), als er die restlos autarke Bio-Utopie in einer baufälligen Altbauwohnung verwirklichen will. Hinter dem sich unglaublich zuspitzenden Psychodrama lauert der schockierend reale Alptraum einer vergifteten, Alternativen und damit sich selbst verleugnenden, maroden Gesellschaft. Einer der besten SF-Filme der 90er Jahre. Bert Oberdorfer, Heinrich Herki, Oana Solomonescu, Leni Tanzer.

(K) ●●●●

Level 5

Level Five

Fr. Chris Marker (*1921) – UA/F: 1996. LONDON, F/SW-106 min F: BERLIN (97). SODANKYLÄ (97) – K: 12. 1. 98 (MaxFilm) – Lit (Marker): Kämper/Tode, eds: Chris Marker. Filmessayist (97). Rosenstone: Visions of the Past: The Challenge of Film to our Idea of History (95) – Art (Marker): Cicim 8 (84). SaS 4/7 (94) – Kr: SZ 25. 2. 97/12. 1. 98. Zoom (98/10).

□ Neben Lynn Hershman Leesons *Conceiving Ada* (SFJ '99; S. 421) der innovativste SF-Film der 90er Jahre. Laura (Catherine Belkhodja) versucht, ein von ihrem toten japanischen Liebhaber/Programmierer (Nagisa Oshima) unvollständig hinterlassenes, einseitiges Computerspiel über die Schlacht von Okinawa, wo sich am 25. Mai 1945 eine der unvorstellbarsten Tragödien des 2. Weltkriegs mit 150 000 getöteten bzw. in den Selbstmord getriebenen Zivilisten abspielte, zu Ende zu programmieren. Brillante Kritik an der durch die modernen Kommunikationstechnologien beflügelten kollektiven Erinnerungslosigkeit des Menschen. Je nachhaltiger und unerschrockener Laura die von Japan wie von den USA gleichermaßen brutal verfälschten hinterlassenen Geschichtsbilder in Frage stellt, um so schockierender tritt die historische Wahrheit dahinter hervor, gipfelnd im bestürzenden Bekenntnis des sich für sein Land schämenden Pastors Shigeaki Kinjo, der als damals 16-jähriger Reservist wie andere Leute aus seinem Dorf eigenhändig Eltern und Geschwister umbringen mußte, um nicht als »Angehörige einer überlegenen Rasse« dem Feind in die Hände zu fallen. Wie in *La Jetée* (62) gelingt es Marker, uns in eine Zone innerhalb des Films zu führen, in ein Kino von Morgen, in dem wir selbst vorkommen werden. Seine letzte Arbeit *Silent Movie* (nach der CD-ROM *Immemory*), vom 12. 5.–13. 6. 99 in der Londoner Beaconsfield Gallery ausgestellt, umgibt den Betrachter mit 5 Bildschirmen. Markers Kunst führt ins Zentrum des Unmöglichen. In uns selbst.

(K) ●●●●
Liebe 1962
L'eclisse/L'éclipse
It/Fr. Michelangelo Antonioni (*1912) – UA: 1961. SW-125 min K: 19. 10. 62 (Columbia-Bavaria) – TV (Wh): 18. 5. 99 (ARD) – Lit (Antonioni): Brunette: The Films of MA (99). Jansen/Schütte, eds: MA (84). Kock: MAs Bilderwelt (95). Leprohon: MA (64). Rifkin: Antonioni's Visual Language (82) – Art (Antonioni): MFB 590 (83). Le Monde 16. 9. 60. SaS 5/12 (95). sc 26 (94). Art: SaS 4/12 (94) – Kr: f-d (62/Nr. 11503). MFB 350 (63). VMG '96 (95).
□ Vittoria (Monica Vitti) verläßt gelangweilt ihren älteren Verlobten Riccardo (Francisco Rabal), fällt auf den selbstsüchtigen Börsenhai Piero (Alain Delon) herein. »Die Sonnenfinsternis« heißt dieses Raum und Zeit sprengende Meisterwerk im Original. Antonionis Kino der universellen Beziehungslosigkeit/Entfremdung erreicht seinen Höhepunkt im atemberaubenden, 7-minütigen Ausgang von *L'eclisse.* Vittoria/Piero haben sich ein letztes Mal an einer Straßenkreuzung verabredet, aber keiner von beiden erscheint. WAS erscheint, ist Antonionis nach einer Erklärung oder Bedeutung suchende Kamera. Zweimal verwechselt sie die Protagonisten mit Personen, die ihnen ähnlich sehen. Menschen, deren Schicksal uns ebenso unbekannt bleiben wird, steigen aus Bussen, passieren das Bild, verschwinden wieder. Straßen beginnen sich zu leeren, als die Dämmerung hereinbricht und Antonionis Kamera nur noch die Stadt zeigt, in der sich die Menschen nicht wirklich befreien wollen. Sie sind Räder eines Geschehens, das sie nicht wirklich in Frage stellen können. In diesen Bildern steckt mehr Metaphysik als in Kubricks weit ausholendem Trip zu den Sternen *2001: A Space Odyssey.* Das Mysterium, sagt Antonioni, ist so nahe vor uns, daß wir es weder sehen noch begreifen können. Louis Seigner, Lilla Brignone, Rossana Rory.

(K) ●●
The living Dead at the Manchester Morgue
Ne Profanar el Sueño de los Muertos/Non Si Deve Profanare il Sonno dei Morti
Sp/It. Jorge Grau – UA: 1974. F-93 min – UA (USA): 1975/10. Cinemation, F-94min (Breakfeast at the Manchester Morgue) – F: *PARIS* (75). *SITGES* (75) – K: 4. 4. 75 (Das Leichenhaus der lebenden Toten/später: Invasion der Zombies; Jugendfilm) – V: (VMO; engl. Fassg) – Lit (Zombies): Black: Zombies: Films That Call the Dead to Rise (91). London: Zombie: The Living Dead (76). Palacioa: Planeta Zombi (97) – Art (Zombies): Cfq 15/4 (85). DS 32 (93). L'EF 31 (83). MMo 53 (88). MT 6 (72). SaS 3/4 (93). Sb 48 (82) – Art: Sh 1 (87). SI 22 (95) – Kr: Cfq 5/2 (76). L'EF 8–9 (75; *PARIS*), 13 (80). f-d (75/Nr. 19271). MFB 495 (75). Nec 1 (93). VP 11 (75).

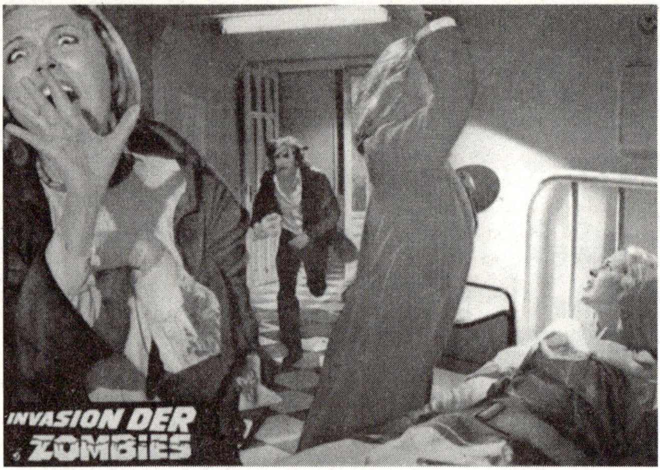

Zombie-Schocker The Living Dead at the Manchester Morgue: *Letzte Stufe der Gesundheitsreform*

□ Ein das Nervensystem von Grillen lahmlegendes, Kannibalismus förderndes Ultraschallgerät des Landwirtschaftsministeriums bewirkt auch den Aufstand fleischfressender Verstorbener in der näheren Umgebung des Feldes, dem Krankenhaus/Friedhof von Manchester. Grüner Zombie-Chiller des Antonioni-Schülers Grau im Gedränge von Romeros trendsetzendem *Night of the Living Dead* (68). Die nicht unbedingt aus einem Reiseprospekt stammenden anfänglichen Beobachtungen in London schaffen eine beunruhigende Aura verdrängter Realität und der sich auf seine Maschine schwingende, der Krise davonrasende bärtige Hippie George (Ray Lovelock) wird wie Peter Fonda in *Easy Rider* (68) eher mit der spießbürgerlichen Autorität in Gestalt von Arthur Kennedys brutalem Inspektor McCormick konfrontiert. Wie Fonda hat er ein Ziel vor Augen, das nur in seiner Utopie existiert, aber der ironisch-konsequente Schluß gibt ihm zumindest teilweise recht. Cristina Galbo, Fernando Hilbeck, Jeaninne Mestre.

(K) ●●●●
Lola rennt
BRD. Tom Tykwer (*1965) – UA/K: 20. 8. 1998. Prokino/ Media Part, F-81 min – F: MÜNCHEN (98). MONTREAL (98). VENEDIG (98). TORONTO (98). CHICHESTER (99) – V: 10. 6. 99 (Highlight) – Kr: Az 20. 8. 98. epd (98/8). FR 7. 9. 98. KSA 22. 8. 98. Sp 17. 8. 98. SZ 19. 8. 98. Zoom (98/9).
□ Berlin. Magere 20 Minuten

bleiben der ketchuproten Revoluzzer-Lola (Franka Potente), um ihrem Geld-doofen »Manni« (Moritz Bleibtreu) mit 100 000 DM aus der Patsche zu helfen. Lola, sozusagen die Kehrseite der *Tödlichen Maria,* ergreift die Alternative zu einer vermeintlich unabänderlichen Situation mit soviel Dynamit, daß wir in einen Strudel gerissen werden, der unsere Vorstellung von Realität geradezu hinwegfegt. Zeit mag konstant laufen, aber in unserem Bewußtsein läuft sie anders. Dinge mögen unabänderlich sein, aber sie sind es vor allem, weil wir nicht den Versuch machen, sie zu ändern. *Lola rennt* sagt nicht, daß unsere Vorstellung von Realität »zu langsam« ist, sondern daß wir zu bequem sind, sie in ihrer erfahrbaren Komplexität zu nutzen. Ein in vielfacher Hinsicht atemberaubender Film. Armin Rhode, Joachim Król, Heino Ferch, Herbert Knaup, Nina Petri.

(K) ●●●
Mad Max
Mad Max
Austr. George Miller (*1945) – UA: 1979/4. Roadshow, F-90 min – UA (USA): 1980/4. Filmways, F-91 min – F: *PARIS* (81) – K: 29. 2. 80 (Warner-Columbia) – TV (Wh): 5. 9. 99 K1) – Kr: Cfq 10/1 (80). L'EF 12 (79). f-d (80/Nr. 22329). Fb 3 (80). MFB 550 (79). SFV 1 (88). Sp Nr. 11 (80). Va 16. 5. 79. Vp 20 (80).

□ Allernächste Zukunft. Endlose australische Highways plündernd entlangrasende Motorradhorden werden wie in einer Schrottpresse unter Tanklastwagen zu Zivilisationsmüll verarbeitet, als Endzeit-Cop/Rächer Max (Mel Gibson) nach Brachial-Verlust von Freund, Frau und Kind zum Gegenschlag ausholt. Wie George C. Scott in *Rage* (72) und Charles Bronson in *Death Wish* (74) hat Rockatansky nichts mehr zu verlieren. *Mad Max* besteht zweifellos aus dem harten Stoff der Midnight Movies und Kultfilme, eine wilde Mischung aus explosiven Massenkarambolagen, abgesägten Schrotflinten, schmerzhaft aufheulenden Motoren und unbürokratischer Geschwindigkeitsübertretung. Man schmeckt förmlich den glühenden Asphalt, auf dem das Plot in flirrender Hitze zu Tode geschleift wird. Eine in sich stimmige, brillante Stilübung. Dialektisch konfrontiert Miller die Unerträglichkeit der Gewalt mit verdächtig leblosen, statisch gefilmten Alltagssituationen, um das Grauen gegenseitig hochzuschaukeln. Das Ergebnis ist wie John Carpenters *Halloween* (78) eine auf Hochtouren laufende Schockmaschine von Film, die Zuschauer und Akteure über David Eggbys Todd-AO35-Killerkamera und Grant Pages selbstmörderische Stunts ohne Verkehrsregeln ins Widescreen-Inferno der Straße schwenkt. Joanne Samuel, Hugh Keays-Byrne, Steve Bisley.

(K) ●●●●
Matrix
The Matrix
USA. Larry u. Andy Wachowski – UA: 2. 4. 1999. Warner Bros, F-135 min – K: 17. 6. 99 (WB) – Art: Cfq 31/4 (99), 31/5 (99). FFa 7/17 (99; Carrie Ann Moss). MS 54 (99; Moss/Keanu Reeves) Slg 261 (99; Owen Paterson/

Laurence Fishburne), 262 (99) 263 (99), 264 (99; Joe Pantoliano) – Kr: Az 17. 6. 99. Cfq 31/96 (99). epd (99/6). SaS 9/6 (99), 9/7 (99). SI 38 (99).

□ Hacker Neo (Reeves), Morpheus (Fishburne) und die in heißes Leder geschweißte Trinity (Moss) gegen die von einer künstlichen Intelligenz 200 Jahre in der Zukunft installierte, die Menschheit 1999 im Griff haltende Scheinwirklichkeit »Matrix«. *The Truman Show* als Kampfsport-Speed, aber egal. *Matrix* nutzt gierig das Höllentempo rasend fortschreitender Virealität, das uns immer mehr zum Runterladen statt Erfahren/Lernen zwingt. Diese Entwicklung ist genauso unheimlich und real wie die Matrix selbst. Die beste SF, und *The Matrix* gehört zweifellos dazu, entlarvt nur unsere Unsicherheit. Alles ist wichtig, aber sicher ist gar nichts. Hugo Heaving, Gloria Foster, Marcus Chong.

(K) •

Mein großer Freund Joe

Mighty Joe Young

USA. Ron Underwood – UA: 18. 12. 1998. Buena-Vista, F-114 min – K: 1. 7. 99 (Buena Vista) – Art: Cf 76 (99). Cfq 30/11 (98), 30/12 (99). FFa 8/4 (99; Charlize Theron). Fg 179 (99; Underwood). MS 54 (99; Rick Baker). Slg 257 (98; Underwood) 259 (99; Baker/Lawrence Conner/Mark Rosenthal) – Kr: epd (99/7). SaS 9/4 (99). VMG '99 (99) Oscar-Nominierung 1999: Special Effects.

□ Großstadtdschungel-Romanze zwischen Anthropologin-Tochter (Theron) und 200 Pfund-Gorilla. Wie sein Vorbild, RKOs Fantasy-Klassiker von 1949, ein gefühlsbetonter, harmloser Kinderfilm. Bakers Gorilla-Effekte sind faszinierend genug, aber die hinreißende Theron muß unter ihren Möglichkeiten spielen und Joes LA-Befreiungstour bietet zu wenig an satirischem Gebrüll. Bill Paxton, Rade Serbedzija, Regina King, Peter Firth, Ray Harryhausen, Terry Moore.

(TV) •

Merlin

Merlin

USA. Steve Barron – UA: 1998/5. NBC-TV, F-240 min – TV: 18./19. 10. 98 (RTL; 2-teilig) – Kr: Cfq 30/5–6 (98).

□ Zauberer/Artus-Lehrer Merlin (Sam Neill), als Bollwerk gegen das Christentum gedacht, widersetzt sich seiner Bestimmung durch die Hexe Mab (Miranda Richardson). Teurer, überlanger TV-Edelatmosphärenkitsch mit Staraufgebot und digitalen Städten, aber zu vielen Handlungsstationen/Themen und dem schlechten Gewissen eines Alter/Zeit verbiegenden Happy Ends. Lichtjahre weit entfernt von dem mythischen Meisterwerk der Gattung, John Boormans *Excalibur* (81). Isabella Rossellini, Rutger Hauer, John Gielgud, Billie Whitelaw.

(K) ○

Mit Schirm, Charme und Melone

The Avengers

USA. Jeremiah Chechik – UA: 14. 8. 1998. Warner Bros, F-89 min – F: CHICHESTER (98) – K: 27. 8. 98 (WB) – V: 8. 3. 99 (WB) – Lit: MacPherson: The Avengers: The Original Movie Play (98) –

Art: Cfq 29/10 (98), 30/2 (98), 30/3 (98), 30/4 (98). FFa 7/4 (98; Uma Thurman). SFE 5/3 (98). Slg 253 (98; Don MacPherson), 254 (98; Thurman) – Kr: Az 27. 8. 98. epd (98/10). FR 26. 8. 98. KSA 29. 8. 98. SaS 8/10 (98). SZ 26. 8. 98. VMG '98 (99).

□ Schottland-Irrer (Sean Connery) nervt die Briten mit dem Wetter. Ein Fall für John Steed und Emma Peel, aber nicht die echten! Hochglanzremake-Pfuscher Jeremiah Chechik, der bereits Henri-Georges Clouzots SW-Meisterwerk *Les Diaboliques* niederknipsen durfte, schwelgt in 60 Mio. Dollar teuren Clip-Oberflächen ohne Zusammenhalt und einer katastrophalen Besetzung. So schlecht, daß WB in England auf Pressevorführungen verzichtete. Uma Thurman, Ralph Fiennes, Patrick Macnee.

(K) •
Mördersaurier
Dinosaurus!
USA. Irvin S. Yeaworth Jr – UA: 10. 6. 1963. Universal, F-85 min – K: 24. 1. 61 (Universal; Dinosaurus) – TV: 23. 5. 94 (PRO7); 20. 12. 98 (K1) – Art (Yeaworth Jr): Slg 214 (95) – Lit/Art (Saurier-Filme): s. Als Dinosaurier die Erde beherrschten – Kr: DS 48 (95). L'EF 2 (77). f-d (61/Nr. 9912). FFI 1 (65). Va 15. 6. 60. Wa II (86).

□ US-Sprengungen auf einer idyllischen Karibikinsel zur Schaffung eines Hafenbeckens legen einen T. Rex, einen Brontosaurier und einen übereifrigen Neandertaler (Gregg Martell) frei, die sich nach einem Donnerwetter in den Busch verdrücken. Der tiefere Sinn dieses hirnlosen Kinderlachens liegt in einer Bemerkung des Helden (»Donnerwetter, die sind genauso groß wie unsere großen«), als ihm Knirps Julio (Alan Roberts) in der Taverne stolz sein Spielzeug vorführt – einen T. Rex und einen Brontosaurier. Die Urechsen sind schwerfällig wie die Bemerkung eines Rentners in der Schlußpassage (Produzent Jack H. Harris), baufällig, Eingeborene taugen allenfalls als farbige Staffage und der lichtdurchflutete, den Blickwinkel einengende CinemaScop-Unterwasserdschungel Paul Staders, durch den Betty (Kristina Kanson) zu Ronald Steins leicht beunruhigendem Soundtrack taucht, schafft eine superbe abenteuerliche Ouvertüre, die *Creature from the Black Lagoon* in Farbe erwarten läßt. Dem ist leider nicht so. Ward Ramsey, Fred Engelberg, Paul Lukather.

(K) •••
Mulan
Mulan
USA. Barry Cook, Tony Bancroft – UA: 19. 6. 1998. Disney, F-88 min – F: LOCARNO (98) – K: 19. 11. 98 (Buena Vista) – V: 99/9 (Buena Vista) – Art: Cfq. 30/3 (98) – Kr: Az 19. 11. 98. Cfq 30/7–8 (98). epd (98/12). FAZ 19. 11. 98. FR 21. 11. 98. KSA 21. 11. 98. SaS 8/10 (98). VMG '99 (99). Zoom (98/12) – Oscar-Nominierung 1999: Music.

□ Mulan, Tochter der Familie Fa, rettet ihren gebrechlichen Vater und das kaiserliche China vor den einfallenden Hunnen unter Shan-Yu. Disneys legendärer Asien-Trip und 36. Langfilm-Zeichentrick ist eine Wucht von einem Film und der emanzipatorische Konflikt eines Mädchens an der Schwelle zur Frau, das als verkleideter Soldat auf eine harte Probe gestellt wird, alles andere als zuckersüßer Kinderkram. »When will my reflection show who I am inside« heißt es in einem der Songs – Wann werden Zuschauer begreifen, daß Filme nichts mit Oberflächen zu tun haben. *Mulan* ist bereits äußerlich ein virtuoser Film. Aber seine wahre Stärke liegt im Innern. Ming-Na Wen/Lea Salonga, B. D. Wong/Donny Osmond, Eddie Murphy, Miguel Ferrer.

(K) ○
Die Mumie
The Mummy
USA. Stephen Sommers – UA: 7. 5. 1999. Universal F-123 min – K: 3. 6. 99 (UIP) – Art: Cf 77 (99). Cfq 31/5 (99): 31/6 (99). FFa 7/17 (99; Rachel Weisz). Fg 182 (99). Ms 52 (99; John Berton). Slg 263 (99; Sommers) – Kr: epd (99/7). SaS 9/7 (99).
□ Hamunaptra, 1925: Schatzsucher/Archäologen um den Revolverhelden Rick (Brendan Fraser) und die Bibliothekarin Evelyn (Weisz) stören die Mumie des 1719 v. Chr. aufgrund seiner Liebe zur Frau des Pharaos Seti zum Schweigen gebrachten Hohepriesters Imhotep (Arnold Voslo). Drittklassiges Indiana Jones-Sandkastenspiel, dem nicht nur tricktechnisch die Gäule durchgehen. Universal zerstört seine eigenen Mythen. John Hannah, Kevin J. O'Conner, Jonathan Hyde.

(K) ●
Der Onkel vom Mars
My Favorite Martian
USA. Donald Petrie – UA: 12. 2. 1999. Buena Vista. F-93 min – K: 20. 5. 99 (Buena Vista) – Art: Cf 77 (99) Cfq 31/3 (99). Slg 261 (99; Petrie) – Kr: Cfq 31/5 (99). epd (99/6). SaS 9/6 (99).
□ Santa Barbara. Kaugummi kauender Marsianer auf Erdkurs (Christopher Lloyd) mischt als »Onkel Martin« die Welt von TV-Sensationsreporter Tim O'Hara (Jeff Daniels) auf. Nervös überspanntes Disney-Remake/Sequel der einfachen SW-Sitcom (CBS-TV 1963–65; 107 Ep) mit den wohl dümmsten CGI-Gags der Filmgeschichte. Elizabeth Hurley, Daryl Hannah, Ray Walston.

(K) ●●●●
Perfect Blue
Perfect Blue
Jap. Satoshi Kon – UA/F: 1997. TOKIO, F-89 min F: *MONTREAL* (97; Fant-Asia). BERLIN (98) – Art: SI 33 (99; Kon) Kr: SaS 9/8 (99). SI 33 (99).
□ Sich als »Mimaniac« bezeichnender, enttäuschter Internet-Irrer schockt das von seinen Agenten in eine Soap-Karriere gepreßte Pop-Idol Mima, Ex-Sängerin der Girl Group *Cham,* mit einem »fiktiven«, mit erstaunlich persönlichen Details aufwertenden Tagebuch Mimas. Ist der Verfasser echt, ein Phantom der Psyche Mimas oder jemand ganz anderes? Alles ist wahr, aber nichts sicher in diesem ungemein komplexen, revolutionären Anime-Meisterwerk, an der Oberfläche nur ein Problemfilm über das psychotische Verhältnis Stars/Fans. Aber die vielfältigen Brüche und Verschiebungen in Mimas und unserer Wahrnehmung machen *Perfect Blue* zu

einem nervenaufreibenden, brillanten Essay über das in der Realität enthaltene, von uns übersehene Irreale, selbst wenn sich der Fall zuletzt auflöst. Weitaus weniger geradlinig als Yoshikazu Takeuchis Romanvorlage und das wohl perfekte Gegenmittel zur nicht nur in Japan grassierenden Otaku-Plage.

(K) ●●
Das Phantom der Oper
Il Fantasma dell'Opera

It. Dario Argento (*1940) – UA: 1998/10. Medusa, F-103 min – K: 25. 2. 99 (Movienet) – F: *GERARDMER* (99) – V: 99/8 (Columbia) – Art: Cfq 31/1–2 (99). FFa 7/13 (99; Asia Argento) – Kr: Doom 15 (99). epd (99/4). SI 37 (99).

□ Zahme, vorlagenorientierte Version des klassischen Gaston Leroux-Stoffes von 1910 in lang anhaltenden Tableaus statt wilden Stilausbrüchen, welchen der Meister des Giallo bereits 1987 mit *Opera* eigenständiger, gewagter variierte. Julian Sands ist wie Gary Oldmans Dracula ein langhaariges, geradezu feminines Phantom ohne Maske und die Bildgestaltung nutzt raffiniert Georges de la Tours Gemälde *La Madeleine aux deux flammes,* wenn Christine (Dario-Tochter Asia) vor ihrem Auftritt in den Garderobenspiegel blickt. Andrea Di Stefano, Nadia Rinaldi, Coralina Cataldi Tassoni.

(K) ●●●●
π (Pi)
π
USA. Darren Aronofsky (*1971) – UA: 1998/7. Live Entertainment, SW-85 min – F: SUNDANCE (98) – K: 8. 4. 99 (Arsenal) – Art: Cfq 30/4 (98). Fg 175 (98) – Kr: Az 8. 4. 99. Cfq 30/4 (98). epd (99/4). SaS 9/1 (99). SI 37 (99). VW 50 (99).
□ Mathematik-Genie Max Cohen (Sean Gullette), bedrängt von Wall Street-Haien und Kabbala-Fanatikern, droht in seinem New Yorker Apartment über der Entschlüsselung des numerischen Systems, das sich hinter der perfekten Struktur des geordneten Chaos verbirgt, den Verstand zu verlieren. Ist Gott ein Mathematiker, dem man auf die Schliche kommen kann? Brillanter 60000 Dollar-Coup in sinnvollstem Schwarzweiß, erfrischend innovativ, magisch, genial, ambitioniert, unzeitgemäß. Hätte das SF-Kino einen Gott, dann wäre es dieser Film. Mark Margolis, Ben Shenkman, Pamela Hart, Stephen Pearlman.

(K) ●
Planet des Schreckens
Galaxy of Terror
USA. Bruce D. Clark – UA: 1981/8. New World, F-80 min – K: 1. 1. 82 (United Artists) TV: 22. 1. 99 (tm3) – Lit (New World Pictures): Hillier/Lipstadt: Roger Corman's New World (81) – Art (New World Pictures): Films Illustrated (80/2) – Art: Cfq 11/3 (81). FF 27 (82). Fg 13 (81). Slg 50 (81; Ray Walston) 153 (90; Edward Albert) – Kr: Cfq 11/4 (81). L'EF 25 (82). f-d (82/Nr. 23267). Va 21. 10. 81.
□ Die Besatzung des Rettungsschiffs *Quest* gerät auf dem Abfallplaneten *Morganthus* an ihre eigenen, Gestalt annehmenden Ängste. Von *Terrore Nello Spazio, Soljaris, Forbidden Planet* und *Alien* inspiriertes schauriges Filmforschungslabor mit James Cameron (Production Design, Second Unit Director), Peter Manoogian (Assistant Director) und Mary Ann Fisher/Aaron Lipstadt (Produktion) in einigen ihrer ersten Funktionen. Die Flugszenen aus Cormans/New Worlds' LA/FX-Studio in Venice (*Escape from New York,* 81) sind nicht übel, brillante Ideen aber halbherzig umgesetzt: Freddy Krüger (Robert Englund) mit seinem eigenen, unzerstörbaren Spiegelbild kämpfend; Zalman Kings durch spinnenartige Monsterfinger angedeutete Attacke auf Englund; ein ins Handgelenk eingedrungener, sich unmittelbar unter der Haut in den Körper vorarbeitender pfeilförmiger Kristallsplitter. *Galaxy of Terror,* der sich der wohl ausgefallensten Vergewaltigungsszene in einem Film rühmen kann, hieß ursprünglich *The Quest,* gelangte im Juli 1981 unter dem Titel *Mindwarp: An Infinity of Terror* erstmals in amerika-

nische Kinos und wurde nach katastrophalem Box Office nochmals in *Planet of Horrors* umgetauft. Half alles nichts. Edward Albert, Erin Moran, Hay Walston.

(K) •
Pleasantville
Pleasantville
USA. Gary Ross (*1956) - UA: 1998/9. New Line, F-123 min - K: 4. 3. 99 (Concorde) - Art: Slg 256 (98; Ross) - Kr: Az 4. 3. 99. Cfq 31/1-2 (99). epd (99/3). SaS 9/1 (99), 9/3 (99) - Oscar-Nominierungen 1999: Production Design, Costume Design, Music.
□ Teenager David (Tobey Maguire) und seine frühreife Trampelschwester Jennifer (Reese Witherspoon) geraten beim Gezanke um die Fernbedienung in die Schwarzweiß-Sitcom »Pleasantville«, aber die doofen Fünfziger entpuppen sich schnell als farbloser Abgrund aus Diskriminierung, Intoleranz und Gewalt. Leben bedeutet Veränderung, aber Ross liefert eher einen Overkill an Bezügen als wirklich beleidigenden Gesellschaftsbiß. Dafür ist *Pleasantville* wie *Forest Gump* dann doch zu hinterfotzig politisch korrekt. Jeff Daniels, Joan Allen, J. T. Walsh, Don Knotts, William H. Macy, Dawn Cody.

(K) •••
Der Prinz von Ägypten
The Prince of Egypt
USA. Brenda Chapman, Steve Hickner, Simon Wells - UA: 18. 12. 1998. DreamWorks, F-99 min - K: 17. 12. 98 (UIP) - V: 99/9 (CIC) - Art: AFq 1/1 98). Cfq 30/12 (99). MS 49 (99; Jeffrey Katzenberg). SaS 9/1 (99) - Kr: Az 17. 12. 98. Cfq 31/4 (99). epd (99/1). FAZ 16. 12. 98. Focus 7. 9. 98. FR 17. 12. 98. KSA 19. 12. 98. SaS 9/1 (99). VMG '99 (99). Zoom (98/12). Zt 16. 12. 98 - Oscar 1999: Song - Nominierung: Music.
□ Ben Hur trifft auf Indiana Jones, Lawrence von Arabien und die zehn Gebote. Jeffrey Katzenbergs gigantomane Antwort auf Disney und DreamWorks' erster Zeichentrickfilm ist ein Aufbruch in weniger possierliche Dimensionen des Cartoons, mit monumentalen CGI-Höhepunkten (das spektakuläre Wagenrennen zwischen Moses und Ramses, die Tötung der Erstgeborenen, die Teilung des Roten Meeres) und keinen sprechenden Tieren, Slapstick oder ausrastenderer Phantasie. *The Prince of Egypt* ist eher eine Rückkehr zum Realen, das alte Ägypten nie eindrucksvoller in einem Film dargestellt worden. Eine gewisse Amerikanisierung natürlich vorausgesetzt. OF-Stimmen: Val Kilmer, Ralph Fiennes, Michelle Pfeiffer, Sandra Bullock, Jeff Goldblum, Danny Glover, Patrick Stewart, Helen Mirren.

(K) ••••
Prinzessin Mononoke
Mononoke Hime
Jap. Hayao Miyazaki (*1942) - UA: 1997. F-135 min - F: BERLIN (98). *FaFF* (98; OmU) - Art: AFq 1/2 (99). Cfq 30/7-8 (98), 31/4 (99).
□ Nördliches Japan zur Zeit der Muromachi-Ära (1338-1573): Prinz Ashitaka, auf dem Weg nach Westen, um eine fluchbeladene Armwunde durch den Hirsch-Gott heilen zu können,

gerät auf einer waldreichen Insel zwischen die Fronten einer vorindustriellen Festungs-Gemeinschaft im Kampf mit den sich hartnäckig widersetzenden Kräften der Natur, dem Riesenwolf Moro und dessen Stieftochter San/Prinzessin Mononoke. Brillant nicht-westlich, eines der betörendsten und eigenständigsten Epen des Fantasy-Kinos. Die monumentale Öko-Fabel des Anime-Meisterregisseurs, der 80 000 der insgesamt 140 000 Stills selbst gezeichnet haben soll, entpuppte sich zum erfolgreichsten japanischen Film überhaupt (160 Mio. Dollar Gewinn bei Kosten von 20 Mio. und 12 Mio. Besuchern), *E.T.* auf Platz 2 verweisend.

(K) ●●●●

Die roten Schuhe

The Red Shoes

GB. Michael Powell (1905 bis 1990), Emeric Pressburger (1902 bis 1988) – UA: 1948. F-134 min – F: LEEDS (88) – K: 6. 9. 84 (Filmwelt) – TV (Wh): 7. 12. 98 (arte; teilw. UT) – Lit (Powell): Christie: Powell, Pressburger and Others (78). Howard: MP (96). Powell: A Life in Movies (86; Autobiogr). Salwolke: The Films of MP and the Archers (97) Art (Powell): FaF 385 (86). MMF 20 (68). MMo 39 (85). Psy 6 (90) – Lit (Pressburger): Macdonald: EP: The Life and Death of a Screenwriter (95) – Art (Pressburger): MFB 609 (84). SaS 5/12 (95) – Lit (Jack Cardiff): Cardiff: Magic Hour: The Life of a Cameraman (96) – Kr: f-d (Nr. 218/24623). MFB 176 (48). VMG '96 (95) – Cesars 1948: Color Art Direction, Score for a Dramatic Picture – Oscar-Nominierungen 1948: Picture, Motion Picture Story, Editing.

□ »Wir scheinen uns nur auf Bahnhöfen zu begegnen«, sagt Impresario Lermontow (Anton Walbrook) zu der zwischen ihrer Liebe, dem Komponisten Julian Craster (Marius Goring), und der Kunst hin und her gerissenen Ballerina Victoria Page (Moira Shearer). Seit ihrer ersten, weltberühmt gewordenen Begegnung (»Warum tanzen Sie?« – »Warum leben Sie?«) ist Victorias Schicksal besiegelt, denn ihr Tanz ist der Tanz des Todes aus Andersens Märchen. Kunst, sagt dieses nahezu absolute Meisterwerk der Filmgeschichte, ist nicht Hingabe oder Opfer, sondern alles hinwegfegende Selbstaufgabe. Sie verspricht, wie die roten Schuhe, uns fliegen zu lassen, aber in Wahrheit stürzt sie uns in einen heimtückischen Abgrund, den wir zu spät erkennen. Kunst, sagt der Regisseur von *A Matter of Life and Death,* ist eine Angelegenheit zwischen Leben und Tod, in deren Verlauf das Leben vernichtet wird. Das Ergebnis ist nicht nur der beste Tanzfilm aller Zeiten, sondern der Triumph eines Mediums, welches wie kein anderes andere Künste in sich zu vereinen versteht. Man wird das Gefühl nicht los, daß die Hersteller, wie die Protagonisten selbst, alles dafür zu zahlen bereit waren. Leonide Massine, Ludmilla Tschernia, Albert Bassermann, Marie Rambert.

(K) ●●

Small Soldiers

Small Soldiers

USA. Joe Dante (*1947) – UA:

10. 7. 1998. DreamWorks, F-110 min - F: LOCARNO (98). *SITGES* (98) K: 22. 10. 98 (UIP) - V: 99/5 (CIC) - Art: Cf 75 (98). Cfq 30/9-10 (98). Fg 174 (98). Slg 252 (98), 253 (98; Dante), 254 (98; Kirsten Dunst) - Kr: Cfq 30/9-10 (98). epd (98/11). FAZ 17. 10. 98. FR 16. 10. 98. KSA 17. 10. 98. SaS 8/10 (98). SZ 20. 10. 98. VW 50 (99). Zoom (98/10).

□ Dreikäsehoch (Gregory Smith) ordert Militärspielzeug mit tödlichen Mikroprozessoren, um den überholten Puppenladen seines Vaters an die vorderste Front zu versetzen. Winslow Corners/Ohio versinkt im Chaos. Zwischen Tricks/Story/Thema brillant ausbalancierter *Toy Story*-Schlagabtausch und knüppeldicke Attacke gegen den US-Militär-Ethos, im Gegensatz zu Dantes zu zahnloser HBO-Politsatire *The Second Civil War.* Trotz ILMs CGI nicht wirklich CGI-versessen. Kirsten Dunst, Dick Miller, Jay Mohr.

(K) ••

Star Force Soldier

Soldier

USA. Paul Anderson - UA: 16. 10. 1998. Warner Bros, F-98 min - K: 10. 6. 99 (Highlight) - Art: Cfq 30/9-10 (98), 31/3 (99). Slg 255 (98; Jason Scott Lee), 256 (98; Anderson), 258 (99; Kurt Russell) - Kr: Cfq 31/3 (99). epd (99/7). SaS 9/8 (99). SI 38 (99).

□ Showdown auf einem Schrottplaneten vergessener Siedler zwischen der genetisch perfektionierten Militärmaschine Caine 607 (Lee) und Altmodell Todd (Russell). David Peoples' wortkarges Drehbuch zwingt das Plot faszinierend filmdienlich in erfrischend dialoglose Sequenzen und Russells Außenseiter-Gesicht, als diene Sprache eher Verwirrung/Mißtrauen als Klarheit. Ein Fortschritt gegenüber dem barocken *Event Horizon.* Connie Nielsen, Sean Pertwee, Michael Chicklis, Gary Busey.

(K) •

Star Trek - Der Aufstand

Star Trek: Insurrection

USA. Jonathan Frakes - UA: 11. 12. 1998. Paramount F-100 min - F: BRÜSSEL (99) - K: 31. 12. 98 (UIP) - V: 8. 7. 99 (CIC) - Lit: Erdmann: The Making of Star Trek: Insurrection (98) - Art: Cf 77 (99). Cfq 30/9-10 (98), 30/11 (98), 30/12 (99). Slg 257 (98)9 258 (99; Frakes/Patrick Stewart), 259 (99; Donna Murphy), 260 (99; Michael Piller/F. Murray Abraham). 261 (99; Brent Spiner) - Kr: Az 31. 12. 98 Cfq 31/3 (99): epd (99/1). FAZ 30. 12. 98. FR 2. 1. 99. SaS 9/2 (99). VMG '99 (99).

□ Picard (Stewart) im Zwiespalt: Die friedliebenden, wehrlosen Ba'ku sollen ausgerechnet durch eine Intervention der Föderation unrechtmäßig von einem die Lebenszeit verlängernden *Lost Horizon*-Planeten evakuiert werden. Stewarts unterentwickelte Rolle preßt das auf Autopilot gesetzte Plot ins Roddenberrysche Gut/Böse-Schema mit simpler Konfliktlösung, die vor dem Hintergrund Risse zeigender US-Außenpolitik (Ruanda, Jugoslawien) ins Spekulative abrutscht. LeVar Burton, Michael Dorn, Gates McFadden, Marina Sirtis, Anthony Zerbe.

(K) •

Star Wars – Episode I: Die dunkle Bedrohung

Star Wars Episode I: The Phantom Menace

USA. George Lucas (*1945) – UA: 19. 5. 1999. Fox, F-132 min – F: CANNES (99) – K: 19. 8. 99 (Fox) – Lit: Bouzereau/Duncan: The Making of Star Wars Episode I: The Phantom Menace (99) – Art: Cf 78 (99). Cfq 31/4 (99), 31/5 (99), 31/6 (99). MS 55 (99; Lucas/Rick McCallum/Liam Neeson/Natalie Portman/Samuel L. Jackson/Ahmed Best/Jake Lloyd). Slg 262 (99; Jackson), 263 (99; Ewan McGregor), 264 (99; McCallum), 265 (99; Lucas/Lloyd/-Neeson) 266 (99; Ian McDiarmid) – Kr: Az 19. 8. 99. epd (99/8). SaS 9/7 (99).

□ Der kleine Anakin Skywalker (Lloyd) hat die Veranlagung zur »Macht« und darf von Obi-Wan Kenobi (McGregor) zum Jedi-Ritter ausgebildet werden. Umständliches, langatmiges, unnötig ausschmückendes erstes Kapitel der Sternen-Saga. Das Pod-Rennen in Mos Espa könnte problemlos als Flashback in *Episode II* ablaufen und das zu dürftige Plot kommt erst sehr spät in Gang, wenn Qui-Gon Jinn (Neeson) Anakin dem Jedi-Rat vorstellt und die Lage auf Naboo sich zuspitzt. Das hauchdünne Ergebnis ist ein künstlich wirkender Film ohne festen Boden unter den Füßen wie die Hunderte von Metern über dem Boden schwebenden Parkplätze von Coruscant selbst. Die nächsten Episoden können nur besser werden.

(K) •

Das Testament des Dr. Mabuse

BRD. Werner Klingler – UA/K: 7. 9. 1962. Constantin, SW-88 min – TV (Wh): 23. 7. 98 (K1; Mabuse-Reihe) – Lit (Gert Fröbe): s. Im Stahlnetz des Dr. Mabuse – Kr: f-d (62/Nr. 11399).

□ Geistige Frischzellenkur aus der futuristischen Serialkiller-Überhirnschublade. Nervenklinik-Chef Prof. Polland (Walter Rilla) wird zur Marionette des seit dem Laborbrand der *Unsichtbaren Krallen* (62) einsitzenden Mabuse (Preiss). Keine gute Gedankenübertragung des von Goebbels 1933 bewunderten, aber verbotenen Lang-Klassikers, aber dies hieße, die pfiffige Selbstbemitleidung dieses mit lustvollen Übertreibungen wie dem Spiegelkabinett von Welles' *Lady from Shanghai* (48) jonglierendem Cash-Remakes außer acht zu lassen. Regnier übertreibt in den höchsten Tönen und Preiss' kabbalistische, zerknüllte Zellenkrizelleien sind ironische, flüchtige Storyboarde von nichts anderem als der Skizzenhaftigkeit des Films selbst. Gert Fröbe, Senta Berger, Helmut Schmid, Leon Askin.

(DOKU) ••••

THEMENABEND: SONNENWELT ERDE

BRD/Fr. – UA/TV: 29. 10. 1998. La Sept/arte, F/SW-247 min.

□ Infragestellung unserer durch allzu beschwichtigende Strommultis/Großunternehmen bestimmten zweifelhaften Energiepolitik durch Naturwissenschaft, andersdenkende Politiker, innovationsfreudige Techniker und Zukunftsforscher, welche die Ablösung der atomar-fossilen Energiesysteme zugunsten weltweit kostenlos verfügbarer, erneuerbarer Energien wie die 175 Milliarden Megawatt-Leistung der Sonne, aber auch Wind, Wasser oder Biomasse fordern. Könnte die »Sonnen-Gesellschaft« wie im alten Ägypten, Griechenland, bei Mayas und Azteken wieder in den Mittelpunkt rücken? Waren diese Kulturen rückständiger? Führen uns hemmungsloser Energiehunger und begrenzte Ressourcennutzung über Wirtschaftswachstum, Globalisierung und Staatsmacht in den Abgrund oder bieten regenerierbare Energiequellen, wie Projekte in Afrika, Asien oder dem Nahen Osten beweisen, eine Chance/Alternative für die Menschheit? Würden die mächtigen Staaten des Nordens eine solche Entwicklung in falsche energiewirtschaftliche Bahnen lenken? Wie wichtig sind damit verbundene Arbeitsplätze und eine neue Lebensqualität? Auslotende Beiträge von Annette Hilsenbeck, Rüdiger Mörsdorf, Franz Fitzke, Birgit Hermes, Carl Fechner, Jürgen Reitz, Gabriele Ammermann.

(DOKU) ●●●●
THEMENABEND:
ZEIT – DIE UHR IM KOPF
BRD/Fr. – UA/TV: 15. 12. 1998. La Sept/arte, F/SW-190 min.
□ Ist Zeit nur Wechsel, Zerfall der Dinge? Zeit ist Geld, Zeit ist Macht, wer zu spät kommt, den bestraft das Leben: Die Zeit rennt und wir, wie Lola, ständig hinterher. David Wittenbergs philosophische Zeitreise **Tourbillon – Wirbelwind. Vom Erfinden der Zeit** (BRD 1998) dokumentiert die Geschichte der Zeiteinteilung, von den ersten Kirchturmuhren im 13. Jahrhundert am Beispiel der Kathedrale St. Pierre in Beauvais über das Henlein-»Ei« zum »Wirbelwind«-Patent Abraham Louis Breguets im April 1801, der ersten Präzisionsuhr für Bürger. Die schnelle Eisenbahn, vom Papst als Werkzeug des Teufels abqualifiziert, zwingt zu anhaltend neuen Zeiten, die Globalisierung bringt die Einheitszeit. Florian von Stettens **Der Tick-Tack-Mensch** (BRD 1998) zeigt die »Verschiedenartigkeit« der Zeit – Warum ticken reichere Kulturen schneller als ärmere? –, Michael Rutschkys Essay **Die Lebensalter** (BRD 1995) die »Individualität« der Zeit, Zeit als Kindheit, Jugend, Erwachsensein und Alter, Olafur Sveinssons irritierender **Das Warten** (BRD 1994) die Zeit, in der »nichts mehr« passiert. Die Substanz der Zeit, das Problem der Zeitmaschine in physikalischer Hinsicht, wird diskutiert in Judith Buntings **The Time Lords – Die Herren der Zeit** (*The Time Lords*, GB 1996). Wenn Zeitreisen möglich wären, fragt Stephen Hawking, warum werden wir dann nicht von Touristen aus der Zukunft überrannt? Die Antworten/Experimente von Wissenschaftlern wie John Wheeler, Carl Sagan, Iger Novikow oder Günter Nimtz fallen eher skeptisch aus, aber nicht ausschließend und immer unglaublich fesselnd.

(DOKU) ●●●●
THEMENABEND:
WIEVIEL AFFE STECKT IM MENSCHEN?

BRD/Fr. – UA/TV: 17. 12. 1998. La Sept/arte, F/SW-182 min. (Reihe »Was uns auf den Nägeln brennt«).

□ Wissen wir, wer wir sind? Welchen Sinn macht der Rassenbegriff, wenn sich der Schimpanse in nur 1 % der Gene von uns unterscheidet? Neben aufsehenerregenden aktuellen Dokumentationen von Pascal Picq/Nathalie Borgers (eine aus der »Sicht« einer 42-jährigen Schimpansin, das Resultat 25-jähriger Forschungsarbeit im Zoo von Arnheim) geht ARTE in einer hochkarätigen Expertenrunde aus Primatologen, einem Theologen und einer Philosophin dem Ursprung des Menschen nach, der vielleicht kein Wunder göttlicher Schöpfung und nicht das einzige Lebewesen auf diesem Planeten ist, bei welchem ein ausgeprägtes Sozialverhalten, Tradition, Erinnerungsvermögen, Problemlösung, Lernfähigkeit, Trauer und Lachen, sogar die Pflege Schwerverletzter oder, wie hier erstmals filmisch festgehalten, Selbstmord, vorhanden ist. Wie die beste Science Fiction selbst ist dieser Themenabend bestens geeignet, unser Selbstverständnis TOTAL ins Wanken zu bringen.

(DOKU) ●●●●

THEMENABEND: UNSER TÄGLICH BROT? IN DER TEUFELSKÜCHE DER LEBENSMITTELINDUSTRIE

BRD/Fr. – UA/TV: 7. 1. 1999. La Sept/arte, F/SW-225 min.

□ Wissen wir, was wir essen? Werden Küchen bald ganz verschwinden? Spitzentechnologien im Dienste ausgeprägtester Kochkunst servieren immer häufiger Fertiggerichte einer immer ausgeklügelteren Nahrungsmitteltechnik. ARTE deckt aber auch Geschmacklosigkeiten wie den Skandal der schöngeredeten/unterschlagenen Transfettsäuren z. B. in Margarinesorten auf, die – natürlich nicht in der Werbung – gefährlicher sind als Butter. Was ARTE von anderen Sendern unterscheidet, ist die Einbettung eines Spielfilms wie **Jahr 2022 ... die überleben wollen** in einen solchen Themenabend, mit dem Ergebnis, daß *Soylent Green* (USA 1973), obwohl es sich um denselben Film handelt, ein anderer, aufregenderer, wahrscheinlicherer Film wird. Kein Wunder, daß wir bei Fleischer selbst entsorgt werden, wenn ein einziges Monopolunternehmen das Sagen hat! Multinationale Konzerne sind längst an der Patentierung genmanipulierter Tier-/ Pflanzenarten interessiert (und bald beim Menschen), die Diskussion gelangt nicht wirklich in die Öffentlichkeit. Wie lange wird es noch dauern, bis Exklusivrechte an insektenkillendem Weizen, Schweinen mit menschlichen Organen oder Riesenfischen das Europäische Parlament passieren und in den Besitz riesiger Multis überwechseln? Historische Dokumentationen von Alain Lasfargues, Helen Richard und Emma Barker.

(DOKU) ●●●●

THEMENABEND: PLANET DER AMEISEN

BRD/Fr. – UA/TV: 28. 2. 1999. La Sept/arte, F/SW-218 min.

□ Woher wissen Ameisen, welcher Weg der kürzere ist? Wie könnte die Evolution eine derart geschlossen auftretende, kollektive Intelligenz hervorbringen, die lange vor dem Menschen zu Landwirtschaft und staatlicher Superorganisation fähig war? Wie funktionieren Pheromone? ARTE faßt den aktuellen Wissensstand der Myrmekolegie zusammen. In Philippe Caldérons/Guillaume Vincents **Die lebenden Automaten** (*Insectes en Société,* Fr 1999) geben Wissenschaftler, darunter Chemie-Nobelpreisträger Ilja Prigogine und Edward O. Wilson, Begründer der Soziobiologie, Auskunft. Caldéron/Patrick Bleuzens **Kampf um die Ameisenfestung** (*La Cité des Fourmis,* Fr 1999) schildert mit Mitteln der Katastrophenphantasie den Großangriff auf eine Burg der Atta-Ameisen im Urwald Frz. Guyanas und liefert mit Maurice Debrocas **Arbeit mit Ameisen** (*Format Fourmis,* Fr 1998) das entsprechende *Making of* gleich hinterher. Mit Hilfe des Endoskops gelingen unglaubliche Aufnahmen in Gängen und Kammern, aber auch auf dem »Schlachtfeld«. Die Darstellung mag manipuliert sein, um sie überhaupt filmen zu können (Königinnen sind überaus lichtscheu), aber sie vermitteln den Blick in eine ungemein perfekte Gesellschaftsorganisation. Warner Bros' **Formicula** (*Them!,* USA 1954) als zeitloser Nuklear-Alptraum: Hätten die Ameisen die Atombombe erfunden, wären wir längst atomisiert.

(DOKU) ••••
THEMENABEND:
IM BANN DER KOMETEN
BRD/Fr. - UA/TV: 14. 3. 1999. La Sept/arte, F/SW-215 min.

□ Das All ist eine einzige Schießbude. Der Saturn hat bereits Schlagseite, die Mondoberfläche ist ein einziges Trümmerfeld. Ein Volltreffer in den Golf von Mexiko hat wahrscheinlich Millionen von Tier- und Pflanzenarten, darunter die Saurier, ausgerottet. Kein Wunder, daß unberechenbare Himmelserscheinungen die Menschheit immer wieder in Angst und Schrecken versetzten. Jean-Pierre Luminet/Mathias Ledoux' **Reisende zwischen den Sternen** (*Vagabondes du Ciel,* Fr 1999) dokumentiert die Kometenforschung von Aristoteles bis heute, auch optisch vorzüglich aufbereitet über ein Großaufgebot an mittelalterlichen Sternkarten, chinesischen Stichen, Silhouetten-Darstellern und CGI-Simulationen. Asteroiden/Kometen als Gefahrenquelle/Nutzen ist das Thema von W. Robbins **Flugübungen im Kosmos** (*Cosmic Travellers: Asteroids and Comets,* USA 1997). Sind Himmelskörper, die über sämtliche Grundbausteine für die Voraussetzung der Entstehung von Leben verfügen, für die Verbreitung von Leben im All verantwortlich? Wie läßt sich die Erde vor weiteren Einschlägen schützen? Daß die Gelder für die Kometenforschung immer noch spärlich fließen, könnte ins Auge gehen. Ronald Neames tonnenschwerer **Meteor** (*Meteor,* USA 1979) als Fiction-Balast.

(DOKU) ••••
THEMENABEND: WEM GEHÖRT DER MOND?
30 JAHRE MONDLANDUNG
BRD/Fr. - UA/TV: 18. 7. 1999. La Sept/arte, F/SW-215 min.

□ Neil Armstrongs Mondlandung am 21. 7. 1969 als politischer Triumph der gestrauchelten Großmacht USA während des Kalten Krieges, als technisch-wissenschaftliches Meisterwerk, als beispielloses Medienereignis in Echtzeit mit 500 Millionen TV-Infizierten weltweit. Florian von Stettens **Helden im All** (BRD 1999) analysiert die politischen Hintergründe und gesellschaftlichen Auswirkungen in Ost und West (Zeitgenossen wie Tomi Ungerer, Alexei Leonow, die damaligen dt. und frz. Moderatoren der Liveschaltung), Andrew Davies' **Schöne Grüße vom Mond!** (BRD 1999) schlägt uns einen radikalen Sparkurs von 100000 Dollar als Flugtiket zum Mond in 20 Jahren vor, Ferdinand Kriwets irre Pop-Reflexion **Apollovision** (BRD 1969) mixt Nixon, Coca Cola und Baseball zur Mondlandung, Thomas Hillebrandt (**Ein großer Schritt für die Menschheit?**, BRD 1999) rührt im Mondstaub herum. Fiction-Beitrag: Richard Lesters in Arnold-Restkulissen pestende Persiflage **Auch die Kleinen wollen nach oben** (*The Mouse on the Moon,* GB 1963).

(DOKU) ●●●●
THEMENABEND:
WENN SONNE UND MOND SICH TREFFEN
BRD/Fr. – UA/TV: 8. 8. 1999. La Sept/arte, F/SW-210 min.

□ Letzte Sonnenfinsternis am 11. August 1999. Pascal Signolet/Alain Adiges **Merkwürdige Zufälle** (*Coincidence,* Fr 1999) dokumentiert die diversen Deutungen, Beschreibungs- und Erfahrungsweisen des Naturspektakels seit Menschengedenken bis zu ihrem gemeinsamen, heute kulturübergreifenden Empfinden. Ben Fox/Sue Learoys **Auf den Spuren von Supernova** (*From Here to Eternity,* GB 1999) folgt der von ernstzunehmenden Kollegen belächelten, heute gierig aufgegriffenen vielleicht wichtigsten menschlichen Entdeckung überhaupt, die unser Verständnis vom Universum widerlegen wird: der paradoxen, sämtlichen Gesetzen von Schwerkraft und Vakuum widersprechenden rasenden Ausweitung des Alls anhand der Supernova-Forschung des kalifornischen Astrophysikers Saul Perlmutter. ARTE macht das Abschalten verdammt schwer.

(K) ●
Die Todesstrahlen des Dr. Mabuse
Les Rayons Mortels du Docteur Mabuse/I Raggi Mortali del Dr. Mabuse
BRD/Fr/It. Hugo Fregonese (1908 bis 1987) – UA (BRD)/K: 18. 9. 1964. Gloria, SW-91 min – TV (Wh): 30. 7. 98 (K1; Mabuse-Reihe) – Kr: f-d (64/Nr. 13041).

□ Professor Larsen (O. E. Hasse), Erfinder eines Großstädte ausradierenden Todesstrahls, soll von einem britischen Major des Geheimdienstes (Peter van Eyck, wie im Vorgänger *Scotland Yard jagt Dr. Mabuse,* 63) vor einer kriminellen Vereinigung geschützt werden, hinter der der in Prof. Pollands Kopf (Walter Rilla) weiterlebende Geist Mabuses steckt. Reine Grimasse, die den Mythos endgültig zum ersetzbaren Synonym für Verbrechen macht. Infiziert vom Baukasten-Prinzip der Bond-Knüller (rassige Frauen, südliche Gefilde, eine SPECTRE vergleichbare Organisation zur Welterpressung, Leo Genns »M« Admiral Quincy usw.), entwickeln die *Todesstrahlen* selbst hellseherische Fähigkeiten. Die Unterwasserschlacht mit Froschmännern und Yoko Tanis Opfertod nehmen ähnliche Sequenzen in *Fireball* (65) und *You Only Live Twice* (67) vorweg. Das Spiel mit Mabuses Identität ist raffinierter als sonst. Yvonne Furneaux, Robert Beatty, Gustavo Rojo, Dieter Eppler.

(K) ●●●●
Die Truman Show
The Truman Show
USA. Peter Weir (*1944) - UA: 5. 6. 1998. Paramount, F-102 min - F: WIEN (98). HAMBURG (98) - K: 12. 11. 98 (UIP) - Art-. Cf 75 (98). Cfq 30/7-8 (98). MS 47 (98) - Kr: Az 12. 11. 98. Cfq 30/5-6 (98), 30/7-8 (98). epd (98/11). FAZ 12. 11. 98. KSA 14. 11. 98. SaS 8/8 (98), 8/10 (98). SZ 22. 6./12. 11. 98. VMG '99 (99). We 12. 11. 98. Zoom (98/11). Zt 12. 11. 98 - Oscar-Nominierungen 1999: Director, Supporting Actor (Ed Harris), Original Screenplay - Golden Globe 1998: Actor, Supporting Actor, Music.
□ Bilderbuch-Traumstadt Seaside/Florida Beach, strotzend vor netten, unproblematischen Disney-Menschen im ungezwungenen Paradies wunderschöner Tage und fröhlicher Arbeit. Was Sunnyboy/Versicherungsvertreter Truman Burbank (Jim Carrey) als netter Junge von nebenan aber weder ahnt noch weiß, ist, daß Milliarden Menschen weltweit 24 Stunden am Tag sein beneidenswertes Schicksal auf der Mattscheibe verfolgen und teilen. Sie möchten *wirklich* wie Truman sein, um ihrem weniger schönen Alltag entfliehen zu können. Der Horror der Truman Show liegt in der fehlenden Bedrohung des Helden und in der Ungefährlichkeit der Technik: Wir selbst sind die größten Fremdkörper, die sich vor der Glotze oder im Internet die banalsten Lebensweisheiten, Kochrezepte und Talkshows reinziehen und nicht merken, daß unser gesamtes Verhalten eine einzige Form eskapistischer SF geworden ist, die uns täglich einer unbewußten Form von Gehirnwäsche aussetzt. Die raffiniertesten Jahrhundert-Scheinwelten eines Orwell, Huxley, Gibson oder Dick sind Attrappen im Sensationsquoten-Dickicht heutigen Reality-TVs und geflügelter Netzwerke, die uns um unseren Verstand bringen. Weit mehr als nur der intelligenteste SF-Film des Jahres. Ed Harris, Laura Linney, Natascha McElhone.

(SERIE)
The Twilight Zone
The Twilight Zone
USA 1959-1964 (151 Ep) - Cr: Rod Serling (1924-1975) - UA: 2. 10. 1959. CBS-TV, SW-23 min - F: *FaFF* (99; OF) - Lit: Wolfe: In the Zone: The Twilight World of RS (97). Presnell/McGee: A Critical History of Television's The Twilight Zone, 1959-1964 (99) - Art: L'EF 11 (79). Slg 15 (78; Ep.Guide), 203 (94). TV Guide, 7. 11. 59 - Lit (Buck Houghton): Houghton: What a Producer Does: The Art of Moviemaking (Not the Business) (92) - Art

(Houghton): Slg Yearbook Vol. 7 (90) - Kr: VW 15 (93), 22 (94), 27 (95).

□ Das *Fantasy Filmfest* auf den Spuren von TV-Legende Rod Serling und der ungemein innovativen, beschämend finanzierten *Twilight Zone.* Robert Floreys/Charles Beaumonte **Perchance to Dream** (27. 11. 59) mit dem todmüden Richard Conte, der höllische Angst vor dem Einschlafen hat, und Douglas Heyes/Serlings **The Eye of the Beholder** (11. 11. 60), der über William Tuttles unheimliches Make-up das Natürliche und das Entstellte brillant unerwartet vertauscht, gehören zum Makabersten, was das Fernsehen jemals hervorgebracht hat. Überraschend nachdenklich sind auch die intelligenten Ausgänge von **Where is Everybody?** (2. 10. 59), **The Hitch-Hiker** (22. 1. 60), **The Shelter** (29. 9. 61), **The Passersby** (1. 10. 61), **The Last Rites of Jeff Myrtlebank** (23. 2. 62) und **To Serve Man** (2. 3. 62). Essentiell.

(K) ••

Die unsichtbaren Krallen des Dr. Mabuse

BRD. Harald Reinl (1908–1986) - UA/K: 30. 3. 1962. Constantin, SW-89 min - TV (Wh): 16. 7. 98 (K1; Mabuse-Reihe) - Kr: f-d (62/Nr. 11006).

□ Varieté-Tänzerin (Karin Dor) schwankt zwischen FBI-Mann (Lex Barker, sicherer als im Vorgänger *Im Stahlnetz,* 61) und geheimnisvoll scheuem Verehrer. Luis Buñuel oder Ingmar Bergman hätten den Verfolgungswahn von Reinl-Ehefrau Dor subtiler mit weiblicher Einbildung gepaart, aber dieser Atze Brauner-Gruselklatsch aus dem Unsichtbaren und dem Phantom der Oper ist nicht ohne trivialem Charme. Das Mysterium von Sehen/Hören, eines der zentralen Motive von Film, ist hier weitaus interessanter variiert als im Vorgänger, Preiss/Mabuse in der Verkleidung des Dor behandelnden Arztes erneut zu früh zu erkennen. Siegfried Lowitz, Rudolf Fernau, Werner Peters.

(K) ••

U4000 – Panik unter dem Ozean

Ido Zero Daisakusen

Jap. Inoshiro Honda (1911–1991) - UA: 1969. Toho, F-106 min - F: VENEDIG (69) - K: 3. 4. 70 (Constantin) - TV (Wh): 29. 11. 98 (K1) - Art (Honda): CM 9 (93). Hong Kong Orient Extreme Cinema 2 (97), 3 (97). MMF 20 (68). MMo 92 (94). PhW 7 (92). TF 6 (72) - Lit (Eiji Tsuburaya: Ohtomo/Hajime Tsuburaya: The Films of ET (73) - Art (Tsuburaya): AG (60/8). FF 13 (80) - Art (Akira Ifukube): CM 9 (93) - Art (Cesar Romero): Slg 146 (89) - Art (Patricia Medina): Fx 51 (95 - Kr: L'EF 32 (83). f-d (70/Nr. 16697). Va 17. 9. 69 (VENEDIG).

□ Tauchexpedition zur Erforschung der südpazifischen Cromwell-Strömung gerät nach Seebeben an Bord der *Alpha* unter Captain McKenzie (Joseph Cotten) in dessen utopisches Unterwasser-Shangri La *Äquatoriana.* Ein von Verne gefärbtes, äußerst vergnügliches Sci-Fi-Märchen in bunten EastmanColor-Tableaus. B-Stars wie Batman-TV-Joker Cesar Romero schwelgen geradezu in ungezwungenen Rollen, die einem auf der Zunge zergehen, und Tsuburayas geheimnisvoll beleuchtete Tiefseetunnel, täuschend echt wirkende Ozeanriesen und sonnendurchflutete Hafenbecken sind von einem eigenwilligen, unnachahmlichen Charme. Wie in den besten Filmen tauchen Zweifel auf an unserer unechten Vorstellung von Realität (»Wir sind die wahren Realisten«, sagt McKenzie über sein nicht wirklich utopisches Utopia) und Jaeckels pfeifende Bemerkung, die halbnackte Dr. Anne Barton (Linda Haynes) sehe ja nicht gerade wie eine Ärztin aus, kontert Cotten mit der Frage, wie eine Ärztin seiner Meinung nach auszusehen habe. Von spontaner, entwaffnender Unkompliziertheit. Akira Takarada, Masumi Okada, Hikaru Kuroki.

(K) ••
Vampires
Vampires
USA. John Carpenter (*1948) – UA: 30. 10. 1998. Columbia, F-104 min – F: *FaFF* (98; OF). WIEN (98) – K: 8. 7. 99 (Arthaus) – Art: Cfq 30/4 (98 30/7–8 (98), 30/9–10 (98). DS 77 (99; Carpenter). FFa 7/6 (98; Sheryl Lee/Marjean Holden/Chris Thomas-Palomino). Fg 171 (98), 177 (98), 178 (98). Slg 257 (98; Carpenter) – Kr: Az 8. 7. 99. Cfq 30/9–10 (98). epd (99/7). SI 35 (98). VMG '99 (99).
□ Vatikanbeauftragter Jack Crow (James Woods), der seine Eltern an die Brut der Nacht verloren hat, gegen den abtrünnigen Meister-Vampir Valek (Thomas Ian Griffith) und dessen Legionen Untoter. *The Wild Bunch* knallt auf das Horror-Genre: Heißblütiger als der sich nur sporadisch entladende *Blade,* aber der katholische Kreuzritter-Hintergrund bleibt pure Staffage. Carpenter ist mehr an Howard Hawks' *Rio Bravo* (59) und *El Dorado* (67) interessiert, wobei Woods für John Wayne, Daniel Baldwin für Dean Martin/Robert Mitchum, Sheryl Lee für Angie Dickinson/Charlene Holt und Tim Guinee für Ricky Nelson/James Caan stehen. Gleichfalls ist das Finale, in dem Crow Montoya wider Erwarten verschont, vor dem Hintergrund der Konfrontation Waynes mit Montgomery Clift in *Red River* (48) zu sehen.

(K) ○
Virus
Virus
USA. John Bruno – UA: 15. 1. 1999. Universal, F-100 min – F: *GERARDMER* (99) – K: 20. 5. 99 (UIP) – Art: Cfq 30/4 (98), 31/1–2 (79). FFa 7/5 (98; Jamie Lee Curtis). Fg 181 (99; Steve Johnson). Slg 259 (99; Bruno) – Kr: Cfq 31/1–2 (99). epd (99/6), SaS 9/6 (99).
□ Südpazifik. Über die Raumstation MIR ins Auge eines Taifuns geratenes außerirdisches Energiebündel vergast am liebsten Schiffsbesatzungen, die es als Roboter wieder zusammensetzt. Virus wird Opfer seines eigenen Themas, denn es ist reine Habgier, welche die Besatzung der *Sea Star* das russische Forschungsschiff betreten läßt. Röhrender Schwachsinn nach dem Dark Horse-Comic Chuck Pfarrers. William Baldwin, Donald Sutherland, Joana Pacula.

(K) ••••
Vollmond
Schweiz/BRD/Fr. Fredi M. Murer – UA (Schweiz): 1998/7. Pegasos,

F-156 min – F: HOF (98). SOLOTHURN (98). SCHWERIN (99) – Lit: Schaub, ed: Vollmond (98) – Kr: epd (98/6).

□ Kommissar/Sonderkommissionsleiter Anatol Wasser (Hanspeter Müller) tappt völlig im Dunkel, als er Hintermänner/Motive eines mysteriösen Vorfalls erhellen will: dem Verschwinden von 12 zehnjährigen Kindern aus allen Teilen der Schweiz während einer Vollmondnacht. Noch geheimnisvoller ist das Lebenszeichen der »Entführten«, die ihre Eltern auffordern, ihre egoistische Einstellung bis zum nächsten Vollmond zu ändern (»Wir wollen die Erde auf Erden«), sonst blieben sie für immer verschwunden. Eine vielschichtige, nie der Gefahr des Esoterischen oder Beschwörenden erliegende Auseinandersetzung mit unserer bornierten Realitätsauffassung. Natürlich bleibt der »Fall« ungelöst. Lilo Bauer, Benedict Freitag, Mariebelle Kulm, Sara Capreti.

(K) ○

Die Weisheit der Krokodile

The Wisdom of Crocodiles

GB. Po-Chih Leong – UA: 1998/12. Entertainment F-98 min – F: *BRÜSSEL* (99). *GERARDMER* (99) – K: 10. 6. 99. Cfq 30/12 (99). epd (99/6). SaS 9/1 (99).

□ London: Arzt/Bulgarien-Vampir Steven (Jude Law) verzehrt sich verzweifelt in der großen Liebe zu der Ingenieurin Anna Levels (Elina Löwensohn). Leong versucht uns pausenlos einzureden, daß hinter Laws Blutrausch mehr steckt. Tut es aber nicht. Ein völlig falsch konzipierter Film ohne Inhalt/Suspense. Timothy Spall, Kerry Fox, Jack Davenport.

(K) ●●

Die Wikinger

The Vikings

USA. Richard Fleischer (*1916) – UA: 1958. United Artists, F-114 min – K: 25. 12. 58 (UA) – TV (Wh): 12. 12. 98 (K1) – Lit (Fleischer): Bourgoin: RF (78). Fleischer: Just Tell Me When to Cry: A Memoir (93; Autobiogr) – Art (Fleischer): Cinéma 69 # 244 (79). FaF 362 (84). MMo 39 (85). se 28 (94). Slg 85 (84) – Lit (Kirk Douglas): Douglas: Climbing the Mountains: My Search for Meaning (98; Autobiogr). Munn: KD: A Biography (85) – Lit (Tony Curtis): Boorman/Donohue, eds: Projections 5 (96). Hunter: TC: The Man and His Movies (85) – Art (Curtis): FaF 371 (85) – Art (Janet Leigh): FFa 4/4 (95). Fx 58 (96). Slg 132 (88) – Lit (Jack Cardiff): s. Die roten Schuhe – Kr: f-d (58/Nr. 7714). VMG '96 (95).

□ Leichtsinnige Fantasy-Spektakel wie Fleischers *Conan the Destroyer* (84) und *Red Sonja* (85) sehen schlecht aus im Vergleich mit diesem von Jack Cardiff fotografierten, stabileren Werk aus dem Jahr 1958. Special Effects sind überflüssig hier, aber nicht ohne unsichtbare Bedeutung. Die Töchter Odins etwa, reine Winde, die Tony Curtis vor dem sicheren Ertrinken in der Flut retten, sind, obwohl körperlos, nichts anderes als versteckte Hauptdarstellerinnen von geradezu handlungsbestimmender Wichtigkeit. Wenn Curtis Douglas den Greifvogel ins Gesicht schmeißt, ist dies die einzige Szene in einem an Gewalt nicht gerade armen Film, in der Blut zu *sehen* ist. Der primitive fischförmige Kompaß, welcher Booten Schleichwege durch vom Feind unsichtbare Zonen wie Nebel erlaubt, ist eine Vorstufe der fischförmigen, Schleichwege benutzenden Nautilus aus *20.000 Leagues Under the Sea* (54). Und Janet Leigh und Monster Kirk Douglas, den Turm der Burgkapelle erklimmend zu einer blonden Angebeteten, die nichts von ihm wissen will, sind niemand anderes als King Kong und Fay Wray. Ernest Borgnine, Alexander Knox, Frank Thring, James Donald.

(K) ••
Wild Wild West
Wild Wild West
USA. Barry Sonnenfeld (*1953) - UA: 2. 7. 1999. Warner Bros, F-105 min - K: 29. 7. 99 (WB) - Art: Cfq 31/1-2 (99). FFa 8/2 (99; Salma Hayek). Slg 263 (99; Bo Welch), 264 (99; Jeffrey Price Peter S. Seaman), 265 (59; Sonnenfeld), 266 (99; Will Smith/ Kevin Kline) - Kr: epd (99/8). SaS 9/9 (99).

□ Wilder wilder Westen 1869: Eine größenwahnsinnige Stahl-Tarantel, Spinnerei des nach einer Explosion im Sezessionskrieg an Beinen und Männlichkeit operierten verkannten Südstaaten-Genies Dr. Loveless (Kenneth Branagh), stapft durch die Prärie auf der Suche nach General Grant. Ein Beinahe-Triumph von Stil-über-Inhalt (Kino-Update der Verne-gefärbten CBS-Serie, 1964-69), welcher natürlich Gefahr läuft, Menschen/ Schicksale als pures Design aufzufassen. Aber Bo Welchs wilde Entwürfe sind der faszinierend offensichtliche, alle Fragen der Plausibilität/Motivation in die hinterste Ecke schmeißende Hauptdarsteller von *Wild Wild West*. Will Smith, Kevin Kline, M. Emmet Walsh, Ted Levine, Musetta Vander.

ABSPANN

AC	*American Cinematographer* Hollywood 1921
AFq	*Anime Fantastique* Forest Park, IL 98
Az	*Abendzeitung* (München)
Cf	*Cinefex* Riverside, CA 80
Cfq	*Cinefantastique* Elmwood/Oak/Forest Park, ILL 70
CM	*Cult Movies* Hollywood, CA 91
Cmc	*Cinemacabre* Baltimore 79
CTM	*Chiller Theatre Magazine* 95
DS	*The Dark Side* Plymouth 90
DT	*Dark Terrors* St. Ives/Cornwall 91
epd	*epd Film* Frankf/M 84
FaF	*Films and Filming* London 54
Fb	*Filmbeobachter* München 76-83 (danach: epd)
f-d	*film-dienst* Düsseldorf 47-67, Köln 68
FF	*Fantastic Films* Chicago 78-85

FFa	*Femmes Fatales of the Films* Forest Park, ILL 92
FFI	*Fantastic Films Illustrated* Los Angeles 65
Fg	*Fangoria* NY 79
F-K	*Film-Korrespondenz* Düsseldorf 55, Köln 68
FR	*Frankfurter Rundschau*
Fsy	*Fantasynopsis* Huntingdon 90
Fx	*Filmfax* Chicago 86
GC	*Gore Creatures* Baltimore 63–76 (als MM weitergeführt)
HHB	*The House That Hammer Built* Suffolk 97
IM	*Imagi-Movies* Forest Park, ILL 93–95
KSA	*Kölner Stadt-Anzeiger*
LAT	*Los Angeles Times*
L'EF	*L'Ecran Fantastique* Neuilly 69–76, Paris 77 (Neubeginn Numerierung)
M-B	*Monster-Bis* Orléans 77
MFB	*Monthly Film Bulletin* London 34 (seit 91/5 mit SaS zusammengelegt)
MFSF	*The Magazine of Fantasy and Science Fiction*
MM	*Midnight Marquee* Baltimore 77 (Nachfolger von GC)
MF	*Midi-Minuit Fantastique* Paris 62–70
MMo	*Mad Movies* Paris 72 (seit 78 mit CFa zusammengelegt)
Mo	*Movie* London 62
MS	*MovieStar* Hille 93
Mst	*Monstroid Magazine* Boston 92
MT	*The Monster Times* NY 72–76
Nec	*Necronomicon* Newton Abbot/Devon 93
NY	*The New Yorker*
NYT	*The New York Times*
Ph	*Photon* NY 63
Psy	*Psychotronic Video* NY 89
SaS	*Sight and Sound* London 32 (seit 91/5 mit MFB zusammengelegt)
Sb	*Starburst* London 78
sc	*steadycam* Köln 82
SFE	*Sci-Fi-Entertainment* Herndon, VA 94
SFV	*Starlog Sci-Fi Video Magazine 1* (NY 88), 2 (90)
Sh	*Samhain* Exeter 87
Shv	*Shivers* London 92
SI	*Splatting Image* Berlin 89
Slg	*Starlog* NY 76
SM	*Scary Monsters Magazine* Highwood, ILL 91
Sp	*Der Spiegel* Hamburg
SPFX	*SPFX Special Effects Magazine* Palisades Park 77
SS	*Scarlet Street* NY 90
SZ	*Süddeutsche Zeitung*
Va	*Variety* NY 05
VMG	*Variety Movie Guide* NY 91

Vp	*Vampir* Nürnberg 72–82
VW	*Video Watchdog* Cincinnati 90
Wa	Bill Warren: Keep Watching the Skies! (Jefferson/London 82), II (86)
We	*Die Welt*
WoH	*World of Horror* London 74
ZDF-J	*ZDF-Journal* Mainz 84
Zt	*Die Zeit*

(Un)lösbare Geheimnisse und simulierte Welten

Die wichtigsten SF-Filme der Saison 1998/1999

von Lutz Gräfe und Jürgen Wimmer

Akte X – Der Film: Fight The Future (The X-Files) US 98; Regie: Rob Bowman; Drehbuch: Chris Carter; Kamera: Ward Russell; Schnitt: Stephen Mark; Musik: Mark Snow; Darsteller: David Duchovny, Gillian Anderson, John Neville, William B. Davis; 110 Min.

Wieder einmal sind FBI-Mann Fox Mulder und seine Partnerin Dana Scully auf der Jagd nach der weltumspannenden Verschwörung, deren eigentliches Ziel natürlich auch hier im Dunkeln bleibt: Im Zentrum der Geschichte stehen geheime Versuche mit Bienen, die ein Alien-Virus übertragen, wobei dieses Unterfangen von einem geheimnisvollen Club alter Männer gedeckt wird.

Wie bei so vielen Verfilmungen aktueller TV-Serien fällt auch hier der Kinofilm deutlich hinter die besseren Episoden zurück: Zu viele logische Brüche und Fehler, die insgesamt das Ausmaß von Unverzeihlichkeit annehmen. Also gilt hier: Wer die Story ohne viel Nachdenken akzeptiert, wird ganz

---

•••••	makelloses Meisterwerk		
••••	herausragend	⊙	zwiespältig
•••	sehr gut	o	uninteressant
••	gut	oo	mies
•	okay	ooo	unterirdisch

gut bedient; doch je mehr Fragen man stellt, desto mehr Löcher tun sich auf. Atmosphärisch überzeugend ist der Film immer dann, wenn er das Grunddogma der Serie illustriert: »That you are paranoid does not mean, that they are not out to get you«, und auch der Soundtrack trägt durch geschickte Akzentuierung das seinige zu dieser Stimmung bei. Zudem gibt's für Fans ein paar nette Insidergags: Unübertroffen die Szene, in der Mulder Scully fast küßt, aber eben nur fast. Ein Film, der neugierig macht auf die Serie; und das war ja wohl sein Hauptzweck. *LG* ⊙

Armageddon (dto) US 98; Regie: Michael Bay; Drehbuch: Jonathan Hensleigh, J.J. Abrams; Kamera: John Schwartzman; Schnitt: Mark Goldblatt, Chris Lebenzon, Glen Scantlebury; Musik: Trevor Rabin; Darsteller: Bruce Willis, Liv Taylor, Billy Bob Thornton, Ben Affleck; 150 Min.

In New York kommen ein paar fußballgroße Gesteinsbrocken herunter, durchschlagen Häuser und zertrümmern Autos. Das ist spannend, denn die Situation hat etwas nachvollziehbar Beklemmendes. Und tricktechnisch ist das vorzüglich gemacht. Danach kommt nur noch Müll. Die NASA entdeckt, daß in achtzehn Tagen ein Komet mit der Erde kollidieren wird. Also werden ein paar rauhe Ölbohrer in zwölf Tagen zu perfekten Astronauten ausgebildet, wobei sie nebenher noch Zeit haben, sich in Kneipen mit Rockern zu raufen. Am Ende bohren die Recken ein Loch in den Kometen (siehe »Deep Impact«), schmeißen eine Atombombe hinein und sprengen ihn auseinander.

»Armageddon« ist ein Film der allerletzten Sekunden. Geradezu mit Ansage passieren die zahlreichen Pannen, an denen das Projekt immer wieder zu scheitern droht, und stets in letzter Sekunde erfolgt die Rettung. Über beinahe die gesamte Laufzeit legt Regisseur Michael Bay (»The Rock«) los wie die Feuerwehr. Das Auge kommt nie zur Ruhe, die Kamera ist ständig in Bewegung, die Schnittfrequenz enorm hoch. Das Resultat ist eine kaum zu beschreibende Langeweile: »Ach Gott, ja, schon wieder 'ne Explosion ...« Auf der Strecke bleibt vor allem jegliche innere Logik. Neben der ganzen großspurigen Angeberei gibt es, streng nach Baukastenprinzip, auch ein paar arg seifige Rührmomente. *jwi* ooo

The Astronaut's Wife (dto) US 99; Regie/Drehbuch: Rand Ravich; Kamera: Allen Daviau; Schnitt: Steve Mirkovich, Tim

Alverson; Visuelle Effekte: Josh R. Jaggars; Produktionsdesign: Jan Roelfs; Musik: George S. Clinton; Darsteller: Johnny Depp, Charlize Theron, Joe Morton, Clea Duvall; 110 Min.

Bei einer Weltraummission reißt für zwei Minuten der Kontakt zu den Astronauten Spencer (Johnny Depp) und Alex (Nick Cassavetes) ab. Niemand weiß, was in dieser kurzen Zeit geschehen ist. Als die beiden sich auf der Erde von ihrem Schock erholen, erscheinen sie ihren Frauen Jillian (Charlize Theron, »Im Auftrag des Teufels«) und Natalie (Donna Murphy, »Star Trek 9«) merkwürdig verändert. Kurz darauf stirbt erst Alex unter mysteriösen Umständen, dann begeht Natalie Selbstmord, und Jillian sieht sich von diffusen Ängsten bedrängt. Schließlich stellt sie fest, daß sie schwanger ist: Zwillinge sind im Anmarsch. Immer mehr verdichtet sich in Jillian der Verdacht, daß das, was da aus dem All zurückgekehrt ist, gar nicht ihr Ehemann ist – und daß sie nun das Böse in sich trägt.

»The Astronaut's Wife« ist ein merkwürdiger Film. Löblich ist, daß er Spannung nicht durch grelle Effekte, sondern durch Suggestion des Unheimlichen erzielen will. Das Vorbild »Rosemaries Baby« (1968) ist deutlich präsent. Aber Regie-Debütant Rand Ravich hat sich trotz guter Ansätze ein wenig übernommen. Das Produktionsdesign von Jan Roelfs (»Gattaca«) ist eine Augenweide, die Kameraarbeit vom Feinsten und die Darstellerleistungen gut bis sehr gut. Leider aber ist der Film stinklangweilig. Als Autor hat Ravich zunächst zu viele Geheimnisse vor dem Zuschauer; es ist der Spannung jedenfalls nicht gerade zuträglich, daß man sich elend lange fragen muß, worauf der Film eigentlich hinauswill. Es gibt etliche Sequenzen, deren Sinn sich auch im Nachhinein nicht erschließt. Horror soll sich aus einer latenten Bedrohung entwickeln, doch davon lenkt die vordergründige und permanente Überinszenierung allzu oft ab. *jwi* o

Austin Powers – Spion in geheimer Missionarsstellung (Austin Powers – The Spy Who Shagged Me) USA 1999; Regie: Jay Roach; Drehbuch: Mike Myers und Michael McCullers; Kamera: Ueli Steiger; Fat-Bastard-Spezialeffekte: Stan

Winston; Darsteller: Mike Myers, Heather Graham, Rob Lowe, Michael York, Robert Wagner, Elizabeth Hurley, Will Ferrell; 95 Minuten

Der tolle Sixties-Macho Austin Powers (Mike Myers) ist wieder unterwegs, um seinen Widersacher Dr. Evil (auch Mike Myers) zur Strecke zu bringen. Der hat sich per Zeitmaschine ins Jahr 1969 zurückbefördert, wo er dem seinerzeit eingefrorenen Superagenten Powers sein »Mojo« absaugen läßt. Unter »Mojo« ist so etwas wie der in Gestalt einer recht bunten Glibberflüssigkeit materialisierte Sexualtrieb des Helden zu verstehen.

Wie auch immer: Nachdem der von Dr. Evil gedungene Verbrecher, der böse Fat Bastard (noch einmal Mike Myers), das kostbare Gut in seine Gewalt gebracht hat, befindet sich das Böse klar im Vormarsch. Glücklicherweise hat auch

die Gegenseite eine Zeitmaschine entwickelt, so daß Austin Powers ebenfalls ins Jahr 1969 reisen kann, um sein Mojo zurückzuholen. Dabei hilft ihm nur zu gern Spezialagentin Felicity Shagwell (Heather Graham), die Austin aber leider nicht flachlegen kann, weil ihm halt das Mojo fehlt.

Der zweite Austin-Powers-Film war 1999 in den USA mit über 200 Millionen Dollar Einspiel die kommerziell erfolgreichste Komödie des Jahres. Das sollte erneut zu denken geben. Denn zu behaupten, der Witz des Films sei geistreich, hieße, einen 5-Kilo-Hammer zum feinchirurgischen Präzisionsintrument zu erklären. Die Gags speisen sich beinahe ausschließlich aus den für pubertierende Menschen sehr interessanten Themenkreisen Kopulieren und Defäkieren, wobei zu Erheiterungszwecken selbst der Verzehr von Fäkalien präsentiert wird. Für Menschen, die ihre anale Phase überwunden haben, ist das ganz und gar unerträglich. Schade, denn ein paar Gags sind hin und wieder ganz hübsch. *jwi* o

Dark City (dto) US 97; Regie: Alex Proyas; Drehbuch: Alex Proyas und Lem Dobbs und David S. Goyer; Kamera: Dariusz Wolski; Schnitt: Dov Hoenig; Musik: Trevor Jones; Darsteller: Rufus Sewell, William Hurt, Kiefer Sutherland, Jennifer Connelly; 100 Min.

John Murdoch lebt in Dark City, der Stadt, in der ewige Nacht herrscht; in der Punkt Mitternacht alle in eine totenähnliche Starre verfallen, geheimnisvolle Männer in Schwarz über die Straßen schweben und Gebäude aus dem Nichts auftauchen und wieder verschwinden. Doch von alledem weiß Murdoch nichts; noch nicht. Denn während er als Hauptverdächtiger einer bizarren Mordserie gesucht wird, der geheimnisvolle Psychiater Dr. Schreber immer wieder seinen Weg kreuzt, ist er auf der Suche nach seiner Identität. Eine Suche, die ihm nicht nur die Wahrheit über sich, sondern auch die über seine Heimat und die mysteriösen Fremden enthüllen wird. Denn Dark City ist nichts als eine Station im All, auf der eine aussterbende Alien-Rasse Experimente unternimmt, um hinter das Geheimnis menschlicher Individualität zu kommen.

Regisseur Alex Proyas, der vor ein paar Jahren *»The Crow«* realisierte, frönt auch hier wieder seiner Vorliebe für düstere Sets und Stories, die sich ungeniert aus dem Fundus des phantastischen Genres bedienen. Diesmal hat er sich besonders der SF angenommen: Die Story besitzt starke Anklänge an die Welten eines Philip K. Dick oder H.P. Lovecraft, das Setdesign erinnert nicht umsonst an *»Metropolis«*. Proyas gelang hier ein intelligenter SF-Film, der es versteht, an die innersten Alpträume und Ängste zu rühren. Da fallen Schwächen in der Story, wie etwa der doch sehr konventionelle Showdown, kaum ins Gewicht. Denn Proyas Arbeit besticht durch intensive, aber verhaltene Darstellungen, Spezialeffekte, die Sinn ergeben, und nicht nur Selbstzweck sind, sowie eine Atmosphäre, die nicht nur äußerlich sehr düster ist. Dazu gibt's passend finstere Musik und ein paar schöne jazzige, von Jennifer Connelly gesungene Songs. SF-Kino als Herausforderung an die Phantasie. *LG* ●●●●

Deep Impact (dto) US 97; Regie: Mimi Leder; Drehbuch: Bruce Joel Rubin, Michael Tolkin, John Wells; Kamera: Dietrich Lohmann; Schnitt: David Rosenbloom; Darsteller: Robert

Duval, Tea Loni, Elijah Woods, Vanessa Redgrave, Morgan Freeman, Maximilian Schell, Kurtwood Smith; 110 Min.

Wieder einmal rast ein Komet auf die Erde zu. Man fliegt rauf und sprengt ihn auseinander. »Deep Impact« hat im wesentlichen dieselbe Story wie »Armageddon«, war zwar schneller in den Kinos, aber weniger erfolgreich. Verglichen mit dem direkten Konkurrenten wirkt »Deep Impact« geradezu seriös.

Unsinnig ist er allemal. Handlungsstränge enden im Nichts, Episoden bleiben folgenlos für das Ganze, elementare Naturgesetze werden einfach ignoriert, und die Spezialeffekte sind teilweise auf 60er-Jahre-Niveau. Vieles ist zudem dreist geklaut bei »Independence Day«, »The Day after« und zahllosen anderen Filmen. *jwi* oo

Dich kriegen wir auch noch (Disturbing Behavior) US/CDN/AUS 98; Regie: David Nutter; Drehbuch: Scott Rosenberg; Kamera: John S. Bartley; Schnitt: Randy Jon Morgan; Musik: Mark Snow; Darsteller: James Marsden, Katie Holmes, Nick Stahl, Paul Sorvino; 82 Min.

Steve ist der Neue an der Schule. In dem unkonventionel-

len Gavin findet er schnell einen Freund. Allerdings grübelt Steve bisweilen, ob er ihn nicht für paranoid halten soll. Denn Gavin fühlt sich von den sogenannten »Blue Ribbons« verfolgt. Das ist eine Gruppe von geradezu widerlich pflichtbewußten und sauberen Musterschülern, die schon so manchen Chaoten zum angeblich Besseren bekehrt und zu einem der ihren gemacht haben. Wider Willen natürlich. Als Gavin dann tatsächlich über Nacht zum Blue Ribbon mutiert, begreift Steve, daß die Bedrohung real ist: Ein verrückter Pädagoge setzt widerspenstigen Kids Computer-Chips ins Gehirn.

Zunächst hat es den Anschein, als ob dieser Film auf Teenie-Horror-Erfolge à la »Scream« schielt. Eher stand aber die Grundidee von »Body Snatchers« Pate: der Verlust der Individualität zu Gunsten einer genormten Masse. Das wird hier ganz brauchbar umgesetzt, auch wenn die Regie arg holprig ist, allerdings auf eine durchaus schon wieder sympathische Weise. Was für den Film einnimmt, ist seine erfreuliche Bescheidenheit. Das ist mit 83 Minuten schön knapp erzählt, es gibt keine aufdringlichen Effektorgien, die Story ist schlüssig; und das ist doch schon mal was. Erfreulich ist aber vor allem die Grundhaltung, die von einer tiefen Skepsis gegenüber selbsternannten Autoritäten geprägt ist. Das macht Freude bei all dem obrigkeitshörigen Zeug, das sonst aus Hollywood kommt. Hier gestattet sich der Film einige bitterböse Spitzen gegen »Respektspersonen« wie Lehrer oder sogar Eltern. Denn gerade die sind es, die hier die Persönlichkeit ihrer Kinder bedenkenlos opfern, damit ihr Nachwuchs ein sauberer kleiner Strahlemann wird und auch keine laute Musik mehr hört. *jwi* ●●

eXistenZ (dto) US 99; R/B: David Cronenberg; K: Peter Suschitzky; Schnitt: Roland Sander; Musik: Howard Shore; D: Jennifer Jason Leigh, Jude Law, Willem Dafoe, Ian Holm; 98 Min.

Eine Gruppe von Leuten trifft sich in einer abgelegenen Gegend, um eine Vorführung von »eXistenZ«, der neuesten Kreation der Spiele-Designerin Allegra Geller, zu bewundern und vielleicht sogar an ihr teilzunehmen. Denn die im Auftrag von »Antenna Research« entwickelten Games versprechen völlig neue Erfahrungen: Sie werden mittels einer im Rückenmark eingesetzten Schnittstelle namens Bioport direkt in den Körper geladen, so daß die virtuelle Realität zur Wirklichkeit wird, in der sich der Spieler wie in der wirklichen Welt bewegt. Doch noch bevor das Spiel vollständig geladen werden kann, wird auf Allegra ein Mordanschlag verübt, den sie überlebt, der aber ihr »Game-Pod« beschädigt. Gemeinsam mit dem PR-Agenten Ted Pikul flieht sie vom Ort des Geschehens. Pikul gehört zu den wenigen, die sich noch kein Bioport haben einsetzen lassen, weil er Angst vor dem chirurgischen Eingriff hat. Doch Allegra überredet ihn, diesen illegal vornehmen zu lassen, weil sie dringend eine ihr wohlgesinnte Person braucht, die mit ihr gemeinsam testet, wie stark »eXistenZ« durch den Anschlag beschädigt wurde; handelt es sich doch um die einzig vorhandene Version des neuen Game-Knüllers; (haben diese Leute noch nie was von Sicherheitskopien gehört?) Beim ersten Versuch geraten sie an den Tankstellenwärter Gas, der Ted jedoch nicht nur einen defekten Bioport einsetzt, der Allegras Game-Pod erneut beschädigt. Er versucht auch Allegra zu ermorden; schließlich hat jemand 5 Mio. Dollar auf sie ausgesetzt. Erst bei einem alten Freund finden sie Hilfe und Ruhe, um sich in eXistenZ einzuloggen. Im extrem realistischen Spiel angekommen, ist Ted verblüfft über die Realitätsnähe von Allegras Kreation, und die beiden loggen sich in eine weitere Ebene ein, die sie in eine gar seltsame Welt führt, in der Arbeiter in einer alten Forellenfabrik mitten im Wald aus Eingeweiden und organischen Bestandteilen neue »Motherboards« für die Spiele dieser Ebene konstruieren. Doch ihre Verfolger geben keine Ruhe, und erst ganz am Ende erfährt auch der Zuschauer, daß bereits die Ereignisse bei der Vorführung gar nicht wirklich waren, sondern Teil eines Spiels, in das sich Allegra und Ted eingeloggt hatten, weil sie ihrerseits Gegner dieser virtuellen Realitätsspiele sind.

Was sich nach einem durchaus interessanten Spiel mit Realität und Simulation anhört, geriet leider zum wenig aufregenden Kuriositätenkabinett. Denn Cronenbergs Vorliebe für »organischen« Horror verstellt ihm den Blick für das Potential der Geschichte. Und so rührt die Verunsicherung des Zuschauers eher aus den (für manche bestimmt recht ekligen) Sequenzen mit Blut, Eingeweiden und merkwürdigen Mahlzeiten, als aus dem Spiel mit den (mindestens) drei Realitätsebenen. Bei Filmen wie *»Videodrome«* oder auch *»Die Fliege«* mag dieser

Horror ja noch integraler Bestandteil der Story gewesen sein; hier ist er nur noch Marotte. Denn die Geschichte würde als Cyberpunk-Story ebenso gut funktionieren. Und so verschwindet die Story hinter reichlich Organen und auch die sehr intensive Jennifer Jason Leigh vermag einen nicht auf Dauer zu fesseln. Schade, eine vertane Gelegenheit. *LG* o

Gattaca (dto) US 97; Regie + Drehbuch: Andrew Niccol; Kamera: Slawomir Idziak; Schnitt: Lisa Zeno Churgin; Musik: Michael Nyman; Darsteller: Ethan Hawke, Uma Thurman, Alan Arkin, Jude Law, Gore Vidal, Ernest Borgnine; 100 Min.

Vincent Freeman lebt irgendwann in der nahen Zukunft in einer Welt, die von der Gentechnik beherrscht wird. Schon bei der Laborzeugung werden die optimalen Gene zusammengesetzt, und so ist das Schicksal des Menschen vorherbestimmt. Doch Vincent wurde noch auf traditionelle Weise gezeugt und muß nun in einer Welt überleben, in der für Leute wie ihn kein Platz mehr ist. Als er bei einem Wettschwimmen seinem optimierten Bruder das Leben retten muß, erkennt Vincent, daß Gene nicht alles sind. Er verläßt die Familie, verschafft sich eine falsche Identität und setzt alles daran, seinen Traum vom Flug zum Titan zu verwirklichen. Gerade als er bei der Gattaca Cor-

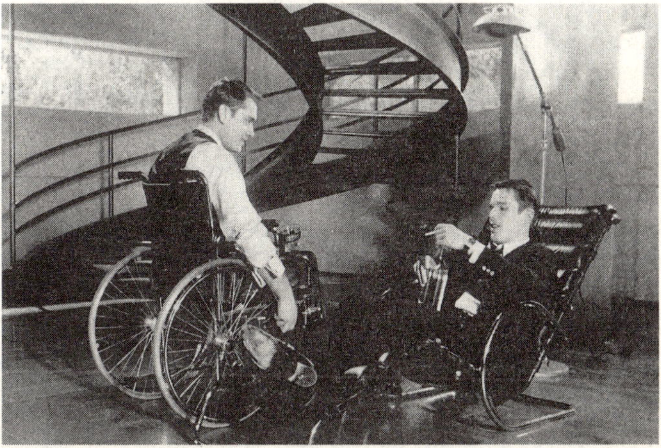

poration eine Position erreicht hat, die ihn zum Mitglied der Mannschaft macht, drohen ein Mordfall und die darauf folgenden Ermittlungen sein falsches Spiel aufzudecken.

Regiedebütant Andrew Niccol, der auch das Drehbuch zu Peter Weirs »The Truman Show« schrieb, gelang hier ein ganz außergewöhnlicher SF-Film, dessen Stärke neben der an die Dystopien der 70er erinnernde Story vor allem das geschlossene visuelle Konzept ist, das seine Kraft jedoch am besten auf der großen Leinwand entfaltet. Niccol schuf eine Welt, in der die allgegenwärtige Überwachung die Menschen uniformiert und zu Objekten macht. Wesen, die so ganz und gar verloren wirken in der kalten Architektur ihrer Bürokomplexe und Wohnungen. Das Ergebnis ist intelligente SF, die ihre »Botschaft«, daß es nicht nur die Gene sind, die den Menschen ausmachen, ganz unaufdringlich und eher nebenbei ans Publikum bringt. Getragen von intensiven Darstellungen und untermalt von einer akzentuierten, aber unauffälligen Musik entstand so Unterhaltung mit Tiefgang; und von wie vielen SF-Filmen kann man das schon sagen? *LG* ●●●●●

Godzilla (dto) US 98; Regie: Roland Emmerich; Drehbuch: Ted Elliott & Terry Rossio und Dean Devlin & Roland Emmerich; Kamera: Ueli Steiger; Spezialeffekte: Volker Engel; Schnitt: Peter Amundson, David J. Siegel; Musik: David Arnold; Darsteller: Matthew Broderick, Jean Reno, Maria Pitillo, Hank Azaria; 135 Min.

»Size Does Matter« warb der Hollywood-Major Columbia Tristar für Emmerichs schon im Vorfeld stark diskutierten Monsterfilm. Doch der Berg kreißte und gebar ein Mäuslein, das mit Godzilla, wie man ihn kennt, nun gar nix zu tun hat. Das Biest ist eher ein aus dem »Jurassic Park« entlaufener Raptor. Erneut beweist Emmerich, daß er als mieser Kopist unübertroffen ist, aber als Regisseur eher eine Plage. Regiefehler und logische Brüche zu Hauf, Tricks, die zwischen ganz mies und unterdurchschnittlich oszillieren (übrigens spielen die meisten Godzilla-Sequenzen wohl nicht umsonst bei Nacht und Regen, da sieht man eben nicht so viel; das ist billiger) sowie ein Personal, dessen einzig lebendiger Mensch Jean Reno als Agent des französischen Geheimdienstes ist. Insgesamt hat Emmerich es geschafft, die bei vielen Godzilla-Fans eh nicht eben hohen Erwartungen mühelos zu unterbieten. *LG* ooo

Die letzte Nacht (Last Night) CDN/F 98; Regie/Drehbuch/Darsteller: Don McKellar; K: Douglas Koch; Schnitt: Hans Lucas; Musik: Alexina Louie & Alex Pauk; Darsteller: Sandra Oh, Callum Keith Rennie, David Cronenberg, Arsinée Khanjian, Geneviève Bujold; 65 Min.

31. 12. 1999, 16 Uhr in North York, einem Stadtteil von Toronto: Die Welt hat noch acht Stunden zu leben. Don McKellars ambitionierter Beitrag zur arte-Reihe »L'an 2000 vu par ... / Jahrtausendwende« erzählt davon, wie verschiedene Menschen diese letzten Stunden verbringen. Ein Angestellter der Gaswerke ist noch damit beschäftigt, nacheinander alle Kunden anzurufen, ihnen für ihre Treue zu danken und sie zu versichern, man werde den Service bis zum Schluß aufrecht erhalten. Derweil ist seine Ehefrau Sandra unterwegs zu letzten Besorgungen, wird aber von der auf den Straßen herrschenden Anarchie an der Heimkehr gehindert und landet bei Patrick, der eigentlich diese letzten Stunden allein verbringen wollte. Als sie vergeblich versucht, ihren Ehemann zu erreichen, bittet sie Patrick, sie in der Sekunde des Untergangs zu erschießen, denn der eigentliche Plan des Ehepaares war der Doppelselbstmord. Es gibt aber auch andere Methoden, sich die letzten Stunden zu verkürzen: Die einen feiern eine riesige Party, und manch einer erfüllt sich nach und nach sämtliche vorstellbaren sexuellen Wünsche.

McKellars Arbeit ist eine intensiv gespielte Variation über Möglichkeiten, dem Untergang zu begegnen, und sei hier stellvertretend für das gesamte Projekt besprochen, an dem sich Autorenfilmer aus aller Welt beteiligten. Der Film bietet eine Lektion in episodischer Erzählweise und überzeugt dabei durch eine Lichtsetzung, die man im Kino leider allzuoft vermissen muß. Insofern ist es besonders bedauerlich, daß sich für die 95minütige Kinofassung nur in Deutschland kein Verleih gefunden hat. *LG* ●●

Lost in Space (dto) US 98; Regie: Stephen Hopkins; Drehbuch: Akiva Goldsman; Kamera: Peter Levy; Schnitt: Ray Lovejoy; Spezialeffekte: Nick Allder; Musik: Bruce Broughton;

Darsteller: William Hurt, Gary Oldman, Heather Graham, Mimi Rogers; 122 Min.

Und noch 'ne TV-Serie im Kino: Diesmal erwischte es Familie Robinson, die Helden einer US-Serie, die zwischen 1965 und 1968 ein vor allem jugendliches Publikum ansprechen wollte und deren heimlicher Star ein Roboter war, der dem kleinen Will als Kindermädchen zur Seite stand: Sein Spruch »Danger, Will Robinson, Danger« wurde zum geflügelten Wort. Der Film oszilliert dabei ebenso wie die Serie zwischen SF-Action einerseits und Hollywood-typischem Familiengedusel. Ein Konzept, das der Film weitgehend übernommen hat: Für die Kids gibt's ein niedliches (für Erwachsene ziemlich nerviges) Alien und mit dem superintelligenten Will eine klare Identifikationsfigur und die Älteren sollen aufwendige Raumschlachten und eine kleine Love-Story bei der Stange halten. Dabei fragt man sich auch hier (wie so oft), warum eigentlich die Trick-Qualität im Hollywood-SF-Kino immer wieder so uneinheitlich ist: Die Raumschlacht gleich zu Beginn ist packend und grandios gemacht, ebenso die Effekte um die Zeitmaschine. Dafür sind die finsteren Alien-Spinnen, denen die Crew begegnet, derart hundsmiserabel, daß es einem (wie auch in so mancher Sequenz mit dem netten Alien) die Schuhe auszieht. Was bleibt ist ein SF-Film, der (wieder einmal) seine Zeitreise-Story nicht in den Griff bekommt, dafür aber visuell über weite Strecken zu faszinieren weiß, sich aber insgesamt nicht entscheiden konnte, ob er moderne Space Opera oder standardisiertes Familienkino Marke Hollywood sein wollte. *LG* ⊙

Matrix (The Matrix) US 98; Regie/Drehbuch: Andy & Larry Wachowski; Kamera: Bill Pope; Visuelle Effekte: John Gaeta; Schnitt: Zach Staenberg; Musik: Don Davis; Darsteller: Keanu Reeves, Laurence Fishburne, Carrie-Anne Moss, Hugo Weaving; 136 Min.

Die Wachowski-Brüder legten mit dem schrägen Mafia-Thriller »Bound – Gefesselt« ein furioses Debüt vor, mit »Matrix« stiegen sie ins Big-Budget-Geschäft ein und landeten gleich einen Riesenhit; allerdings einen fragwürdigen. Keanu

Reeves entdeckt, daß die Welt, in der er lebt, nur virtuell ist, ein Computerprogramm also. Aber er wird von der vertrauensvollen Seele Laurence Fishburne in die wahre Welt herübergeholt, wo er dazu ausgebildet wird, sich in der virtuellen Realität mit übermenschlichen Fähigkeiten zu bewegen. Denn das ist nötig, um die allgegenwärtigen Agenten des Bösen auszuschalten, die nicht wollen, daß ihnen jemand ins virtuelle Handwerk pfuscht. Aber es wird einmal einen Erlöser geben, der die Menschheit befreien kann. Unnütz zu sagen, daß dieser Jemand am Ende Keanu Reeves ist, schön und fad wie immer. Und dann wird geballert, was das Zeug hält!

Vielleicht tut man dem Film auch schon zuviel der Ehre an, wenn man seine ausgesprochen pubertären Allmachts- und Führerphantasien als faschistoid bezeichnet (vor allem in Verbindung mit dieser martialischen Ledermantel-Ästhetik). Ebenso schwer wiegt, daß die Story nicht für fünf Pfennig durchdacht wurde und vor Denkfehlern nur so strotzt. Was bleibt, sind handwerklich virtuos gemachte Actionpassagen und ein paar faszinierende Bilder. *jwi* oo

Mimic (dto) US 97; Regie: Guillermo del Toro; Drehbuch: Matthew Robbins, Guillermo del Toro *nach einer Story von Donald A. Wollheim;* Kamera: Dan Lautsen; Schnitt: Patrick Lussier; Musik: Marco Beltrami; Darsteller: Mira Sorvino, Jeremy Northam, Josh Brolin, F. Murray Abraham; 106 Min.

Genmanipulierte Insekten mutieren in den Untergrundschächten von New York so lange vor sich hin, bis sie zu einer Bedrohung für die Menschen werden. Eine Wissenschaftlerin und ein paar Mitstreiter machen ihnen in einem harten Kampf den Garaus.

Der kompetent gemachte und spannende Science Fiction-Grusler verläßt sich überwiegend auf Bewährtes. Er mixt ein typisches 50er-Jahre-Konzept mit viel Schleim à la »Alien«, aber wo er eigene Ideen zeigt, sind sie nicht von schlechten Eltern. Kein bedeutender Film, aber einer, der im Rahmen des Genres ausgezeichnete Unterhaltung bietet. *jwi* ●●

Pi – Der Film (π) US 98; schwarz-weiß; Regie + Drehbuch: Darren Aronofsky; Kamera: Matthew Libatique; Produktions-Design: Matthew Marraffi; Schnitt: Oren Sarch; Musik: Clint Mansell; Darsteller: Sean Gullette, Mark Margolis, Stephen Pearlman, Ben Shenkman, Pamela Hart; 85 Min.

Als sechsjähriger Junge hätte Max sich beinahe beim Versuch, in die Sonne zu schauen, die Augen verbrannt. Nun droht ihn das Feuer der Erkenntnis auf andere Weise zu verschlingen. Seit zehn Jahren versucht er, das numerische System zu entschlüsseln; überzeugt davon, daß Mathematik die Sprache der Natur sei, glaubt der junge Mathematiker so, die letzten Geheimnisse der Schöpfung enträtseln zu können. Doch die nahende Erkenntnis birgt Gefahren; äußere und innere. Von außen wird Maximilian nicht nur von einer profitgierigen Wall Street-Firma bedrängt, die mit der Entdeckung des jungen Genies das große Geld scheffeln möchte. Auch eine jüdische Sekte ist hinter der Entdeckung her, weil sie glaubt, damit die Geheimnisse der Kabbalah entschlüsseln zu können. Doch auch Max' Innenwelt gerät aus den Fugen: Je näher er der Erkenntnis kommt, desto mehr verfällt er einer Art schizophrenem Wahn, vor dem ihn auch sein Freund und Schachpartner Sol nicht bewahren kann.

Aronofskys Regiedebüt entpuppt sich als surrealer Trip auf den Spuren von David Lynch und Ken Russell. Ein Genremix aus SF, jewish fantasy und Surrealismus in furioser Montage mit Bildern, die den Zuschauer aufsaugen, und einem Soundtrack zwischen Dancefloor, Trance und fast schon experimentellen Synthesizer-Klängen. Ein faszinierender Film, der einen Sog entwickelt, dem man sich auch dann kaum entziehen kann, wenn man kein Fan der sehr amerikanischen Verschwörungs- und Zahlentheorien ist, die dem Werk zu Grunde liegen. Und mittendrin Sean Gullette als Max, der in seinem Spielfilmdebüt eine Kraft und Verve ausstrahlt, die dieser Kunstfigur mehr als nur Leben einhaucht. Denn das ist die einzige Schwäche des Films: Zuweilen merkt man, daß dieses Konzept von Independent-Kunstkino eben doch eine Kopfgeburt ist, die nicht die ganze Strecke über trägt. Dennoch ist »π« ein Film, der Freunde intelligenter Science Fiction durchaus überzeugen kann. *LG* ●●●

Pleasantville – Zu schön um wahr zu sein (Pleasantville) US 98; Regie + Drehbuch: Gary Ross; Kamera: John Lindley; Schnitt: William Goldenberg; Bildeffekte: Chris Watts; Farbeffekte: Michael Southard; Kostüm-Design: Judianna Makkovsky; Prod.-Design: Jeannine Oppewall; Musik: Randy Newman; Darsteller: Joan Allen, Jeff Daniels, William H. Macy, Tobey Maguire; 121 Min.

Im Alltagsleben der beiden Teenager David und Jennifer stimmt so gut wie nichts. Die Eltern sind geschieden, und die angesagten Typen an der Schule gehen immer mit anderen aus. David flüchtet sich deshalb in die Traumwelt einer alten Soap Opera aus den 50er Jahren: »Pleasantville«. Hier, in dieser Schwarzweißserie, ist die Welt noch in Ordnung. Jeden Tag scheint die Sonne, das Basketballteam verliert nie, in der Schule gibt es nur Einser, und alle miteinander sind freundlich, freundlich, freundlich bis zum Abwinken. Eines Abends bekommt David von einem merkwürdigen Fernsehtechniker eine Fernbedienung geschenkt, und als er damit »Pleasantville« einschaltet, verschlägt es ihn und Jennifer geradewegs auf die Mattscheibe. Treu umsorgt von einer liebevollen Mami und einem treusorgenden Vati erleben sie nun den Terror einer Gesellschaft, in der es keine Brüche gibt. Jennifer ist es als erste leid, zeigt den Jungs, daß ein Rendezvous nicht zwingenderweise mit Händchenhalten vertan werden muß. Und siehe, plötzlich kommen Farbtupfer in die triste Welt. Ein tumber Gastronom entdeckt die Kunst, und die brave TV-Mami verliebt sich in ihn. Doch das ist den Herrschenden in der Stadt ein Dorn im Auge. Bürgermeister Big Bob sieht seine Welt wanken. Zusammen mit den anderen Schwarzweißgebliebenen geht er zum Gegenangriff über.

»Pleasantville« von Regie-Debütant Gary Ross ist ein in jeder Hinsicht erstaunlicher Film. Was eine durchschnittlich bescheuerte Klamotte hätte werden können, wird zur hochintelligenten Reflexion darüber, was eigentlich das Leben lebenswert macht. Ross geht dabei nicht den bequemsten Weg, sagt nicht: Hey, Kids, Sex and Drugs and Rock 'n' Roll sind es! Neben dem Spaß haben Kunst und Literatur eine wesentliche Funktion, weil sie beunruhigen und aus der Lethargie reißen. Im letzten Drittel wird der Film, der als Komödie beginnt, zeitweise sehr ernst, wenn die Aktionen der unverbesserlichen Schwarzweißen mit Bücherverbrennungen und Hinweisschildern »Keine Farbigen erlaubt« eindeutig faschistische Dimensionen annehmen. So ist »Pleasantville« weniger ein Film über die Medien und ihre Traumwelt, sondern eine wichtige und kluge Lektion in Sachen Demokratie und Toleranz. Auch das Auge kommt nicht zu kurz: Gary Ross gelingen in der perfekten Verbindung von Farbe und Schwarzweiß eine ganze Reihe wunderbarer poetischer Momente, die manchmal haarscharf am Kitsch vorbeischrammen (der rosa Regen aus Blütenblättern), optisch aber immer atembe-

raubend sind. »Pleasantville« wurde in den Kategorien Ausstattung, Kostüme und Musik für den Oscar nominiert. *jwi*
●●●●

Retroactive (dto) US 97; Regie: Louis Morneau; Drehbuch: Michael Hamilton-Wright, Robert Strauss, Philipp Badger; Kamera: George Mooradian; Schnitt: Glenn Garland; Musik: Tim Truman; Darsteller: James Belushi, Kylie Travis, Frank Whaley, Shannon Wirry; 87 Min.

Es gibt einfach keine Gerechtigkeit auf dem Kinomarkt. Produktionen, die in den USA kommerziell enttäuschten, finden oft keinen deutschen Verleih, wogegen jeder reißbrettgemachte Hit mit mindestens 600 Kopien bis zum Erbrechen in unsere Kinos gestopft wird. Dabei wird dann gelegentlich Entdeckenswertes an die Wand gedrückt oder fällt gar unter den Tisch, beispielsweise der SF-Actioner »Retroactive« von Louis Morneau, der schließlich nur auf Video erschien und abgesehen vom Fantasy Filmfest 1997 nie in unseren Kinos zu sehen war.

Die junge Psychologin Karen (Kylie Travis) hat darin eine Autopanne und läßt sich in der texanischen Wüste ausge-

rechnet von einem Macho-Gangster (Komiker James Belushi mal ganz anders) und seiner Freundin mitnehmen. Die Situation eskaliert bis zum Mord, und Karen flieht - allerdings ausgerechnet in ein Labor, wo gerade eine Zeitreise geglückt ist. Durch ein Versehen landet sie - zwanzig Minuten zurück - wieder auf der Rückbank der Killerlimousine. Bei dem Versuch, diesmal Gewalt zu verhindern, macht sie alles noch schlimmer, so daß sie eine weitere Zeitschleife braucht. Und noch eine ...

Es gibt sie noch, die guten alten B-Filme: »Retroactive« ist die Actionvariante einer Zeitschleife à la »Und täglich grüßt das Murmeltier« oder »12:01«, ein kerniges Spaßmovie, randvoll mit lustvoller Sachbeschädigung und überraschenden Wendungen, temporeich und unverschämt unterhaltsam. *jwi* ●●●

Small Soldiers (dto) US 98; Regie: Joe Dante; Drehbuch: Gavin Scott und Adam Rifkin und Ted Elliott & Terry Rossio; Kamera: Jamie Anderson; Spezialeffekte: David Andrews, Stefen Fangmeier; Schnitt: Marshall Harvey; Musik: Jerry Goldsmith; Darsteller: Kirsten Dunst, Gregory Smith, Jay Mohr, Phil Hartman; 105 Min.

Alans Vater besitzt einen kleinen Spielzeugladen im verschlafenen Provinznest Winslow Corners, Ohio. Alan findet sein Leben und den Laden seines Vaters ziemlich öde, bis er eines Tages einem Lieferanten ein paar Actionfiguren abschwatzen kann. Diese werden sein Leben gehörig in Aufruhr versetzen: Denn die neuesten Produkte der Spielzeugerfinder von »Globotech« besitzen einen Chip, der ihnen so was wie Künstliche Intelligenz verleiht; ein Chip, der direkt aus der geheimsten Militär-Hightech stammt. Und so nimmt das Unheil seinen Lauf: Die Spielzeug-Soldaten der »Commando Elite« machen sich an die Erfüllung ihres Auftrags: Die Vernichtung der friedliebenden »Gorgonites«, deren Anführer Alan mit zu sich nach Hause genommen hat. Das Ergebnis ist ein ganz realer Krieg, den die »Commando Elite« gegen die Kleinstadt zu führen beginnt.

Zu Beginn findet man die militaristische Verbohrtheit der

»Small Soldiers« noch komisch. Doch bald schon geht es einem wie den Bewohnern von Winslow Corner. Aus harmlosem Spielzeug wird Mordwerkzeug, das seinen Auftrag ohne Rücksicht auf Verluste durchführt. Natürlich verkündet Dantes Film eine mehr als unterschwellige Botschaft gegen Kriegsspielzeug und die Glorifizierung des Militarismus. Unterstützt von soliden Tricks ist das dennoch kein reiner »Botschaftsfilm«. Denn wie schon in seinem Meisterwerk »Gremlins« wimmelt es hier von (auch musikalischen) Filmzitaten, die einem über die wenigen Längen hinweghelfen. Zwar erreicht Dante hier nicht die Qualität früherer Arbeiten, aber dennoch ist das Ergebnis solide Unterhaltung, die dem Genre-Fan ein paar Schmankerl anzubieten hat. *LG* ●●

Sphere (dto) US 97; Regie: Barry Levinson; Drehbuch: Stephen Hauser, Paul Attanasio *nach dem Roman von Michael Crichton* (»Jurassic Park«); Kamera: Adam Greenberg; Schnitt: Stu Linder; Musik: Elliot Goldenthal; Darsteller: Dustin Hoffman, Sharon Stone, Samuel L. Jackson, Peter Coyote; 124 Min.

Filmfreaks merkten verwundert auf, als mit »Sphere« kurz nach »Wag the dog« schon wieder ein Film von Regisseur Barry Levinson mit Dustin Hoffman in der Hauptrolle auftauchte. Der Grund: Das Team nutzte ein Produktionsloch von »Sphere«, um zwischendurch die schon länger geplante Satire »Wag the Dog« abzudrehen. Kaum überraschend ist das Ergebnis: Während der kleine Film um neue, gute Ideen nie verlegen ist, präsentiert sich »Sphere« als professionelles, aber unoriginelles Mainstream-Kino.

Ein Wissenschaftler-Team (u. a. Dustin Hoffman, Sharon Stone, Samuel L. Jackson, Peter Coyote) taucht auf den Grund des Pazifik, wo seit dreihundert Jahren ein abgestürztes UFO vor sich hin gammelt. Schon bald machen sie eine bestürzende Entdeckung: Es handelt sich um ein von Menschen gebautes Flugobjekt, das in ein Schwarzes Loch geriet und dadurch in der Zeit zurück geschleudert wurde. An Bord: eine geheimnisvolle Kugel, die nur außerirdischen Ursprungs sein kann. Bald kommt es im Wissenschaftsteam zu den ersten

Todesfällen. Entsetzt stellen die Forscher fest, daß die bizarre Kugel ihnen offenbar hilft, die Gedanken Realität werden zu lassen. Leider sind die Menschen für ein solches Geschenk noch nicht reif, denn ihre Gedanken speisen sich größtenteils aus Psychosen und Horrorvorstellungen.

Eine nicht neue, aber immer wieder dankbare Story ... Aber die innere Logik! Wenn ein Computer eine Botschaft fehlerhaft entschlüsselt und dadurch ein »Harry« zu einem »Jerry« wird, müßte dann im selben Satz nicht »happy« folgerichtig zu »jeppy« werden? (Fragen dieser Art nimmt ein Herr Crichton, Michael, dankend entgegen.)

Abgesehen von solchen dramaturgischen Schlampigkeiten, die im heutigen Unterhaltungskino leider schon zum guten Ton gehören, ist das rein handwerklich hervorragend gemacht. Bilder und Atmosphäre stimmen, und anderes wäre von Regisseur Levinson (»Rain Man«) auch kaum zu erwarten gewesen. Wer also noch nie einen Science Fiction-Film gesehen hat, kann sich durchaus gut unterhalten.

Wer sich dagegen im Genre auskennt, schlägt die Hände über dem Kopf zusammen, wie dreist Crichton die Story bei sich und anderen zusammengeklaut hat. Eine kleine Gedächtnisstütze: »Contact« (Erstkontakt mit überlegener Intelligenz), »Abyss« (das ganze unter Wasser), »2001« (von dem »Abyss« schon geklaut hatte), »Alarm im Weltall« (1956, Projektion der eigenen Ängste), »Am Rande des Universums« (selbst schon ein Gemischtwarenladen) und und und. Die Liste ließe sich beinahe endlos weiterspinnen.

Ungeschickt zusammengebacken ist das nicht, jedenfalls nicht immer. Doch bezeichnend ist, daß der kleine Schwesterfilm, nämlich »Wag the Dog«, am Ende der klar bessere ist und, zumindest in den USA, auch der kommerziell erfolgreichere. *jwi* o

Starship Troopers (dto) US 97; Regie: Paul Verhoeven; Drehbuch: Ed Neumeier *nach dem Roman von Robert A. Heinlein;* Kamera: Jost Vacano; Schnitt: Mark Goldblatt, Caroline Ross; Musik: Basil Poledouris; Darsteller: Casper van Dien, Dina Meyre, Denise Richards, Jake Busey; 136 Min.

Die Vorherrschaft des Menschen im Universum ist möglicherweise in Gefahr: Außerirdische Insekten führen einen Krieg von unbeschreiblicher Grausamkeit gegen die Erdenbe-

wohner, die sich ihrerseits mit unbeschreiblicher Tapferkeit zur Wehr setzen. Und niemand, nicht einmal gigantische Mörderinsekten, können die heldenhaften »Starship Troopers« bremsen.

Der niederländische Regisseur Paul Verhoeven gilt in Hollywood als Mann fürs Grobe. Sei es Gewalt (»Robocop«, »Total Recall«), sei es Sex (»Basic Instinct«, »Showgirls«), der Mann schöpft gerne aus dem Vollen. Mit einem Budget deutlich jenseits der 100-Millionen-Dollar-Grenze hat er nun den dünnen Plot eines klassischen Science Fiction-Romans von Robert A. Heinlein (1959, dt.: »Sternenkrieger«) verfilmt, ein zwar extremes, aber durchaus bezeichnendes Produkt des Kalten Krieges der 50er Jahre. Die gesichts- und persönlichkeitslosen Insekten, gegen die jedes Mittel erlaubt ist, stehen in diesem weltanschaulichen Universum stellvertretend für den politischen Gegner Sowjetunion.

Viele SF-Filme und -Romane jener Ära zeigen Aliens als heimtückische Invasoren, die dem braven Amerikaner seine Identität rauben und ihn einem letztlich kommunistischen System unterwerfen wollen. Doch niemand hat dieses Szenario derart auf die Spitze getrieben wie Heinlein: Der Mensch – so die zentrale Botschaft – ist nur dann ein Mensch, wenn er auf dem Schlachtfeld der Ehre alles gegeben hat und womöglich fürs Vaterland gestorben ist; Krieg nicht nur als Vater aller Dinge, sondern auch und vor allem als deren Lösung.

Heinleins Weltbild ist längst als hirnrissig widerlegt. Verhoeven weiß das. An unzähligen Stellen verkehrt er Heinleins Roman geradezu in sein Gegenteil, und das, indem er ihn gerade da wortwörtlich nimmt, wo das Heldentum besonders dick aufgetragen wird. Man betrachte nur jene Szene, in der ein Ex-Soldat stolz erzählt, die Infanterie habe ihn zu dem Mann gemacht, der er jetzt ist, und dann sehen wir, daß er keine Beine mehr hat und nur noch einen Arm. Konsequent hohl und farblos zeichnet Verhoeven auch die zumeist jugendlichen und superpatriotischen Kriegshelden, die zudem durchweg von smarten Nobodies gespielt werden: Casper van Dien, Denise Richards (»Nowhere«), Dina Meyer (»Dragonheart«) und Jake Busey (»Twister«).

Mit Intelligenz zitiert Verhoeven nicht nur amerikanische Propagandafilme des Zweiten Weltkriegs (»Why We Fight«), sondern beinahe alles, was das Genre seit Erfindung des Mediums hervorgebracht hat, bis hin zur Nazi-Ästhetik der Dokumentarfilme von Leni Riefenstahl (»Triumph des Willens«, 1935). Und die amerikanischen Offiziere tragen zum Teil SS-Uniformen. Da entlarvt Verhoeven Heinleins Vorlage als das, was sie ist: faschistischer Mist.

Dennoch ist Verhoevens Film nicht unproblematisch. So intelligent das im einzelnen gemacht ist, so sehr ist fraglich, inwieweit das heutige Publikum die Ironisierungen als solche überhaupt zu erkennen vermag. Die Gefahr liegt nahe, daß »Starship Troopers« mit seinen endlosen Metzelszenen (die übrigens ein Nonplusultra an Kriegsgreueln bieten) bei manch videogestähltem Dauerglotzer doch nur als knallige Baller-SF ankommt und Heinleins Ungeist damit doch die Oberhand behält. Aber es ist schließlich nicht unbedingt die Schuld des Films, daß Satire heutzutage nicht mehr als solche erkannt wird. *jwi* ●●

Star Trek – Der Aufstand (Star Trek: Insurrection) US 98; Regie/Darsteller: Jonathan Frakes; Drehbuch: Michael Piller; Kamera: Matthew Leonetti; Schnitt: Peter E. Berger; Sezialeffekte: Terry Frazee; Musik: Jerry Goldsmith; Darsteller: Patrick Stewart, Brent Spiner, Michael Dorn, Donna Murphy; 103 Min.

Data läuft auf dem abgelegenen Planeten Ba'ku Amok und offenbart der örtlichen Bevölkerung die Beobachtungsmission, die die Föderation dort gemeinsam mit den Son'a unternimmt. Picard macht sich auf, Data zur Räson zu bringen und erfährt auf Ba'ku, was sich wirklich hinter all dem verbirgt. Denn die nur 600 Menschen zählenden Ba'ku sind auf Grund einer nur auf ihrem Planeten herrschenden Strahlung so gut wie unsterblich. Und die Mission der Föderation ist mitnichten reine Beobachtung, sondern ihr Ziel ist, die Ba'ku – wenn nötig auch gegen ihren Willen – umzusiedeln und die Strahlung für die Föderation, aber auch die Son'a zu nutzen. Doch Picard widersetzt sich, denn das wäre ein klarer Verstoß

gegen die Erste Direktive und gegen alle Prinzipien der Föderation. Und so stellt sich die Mannschaft der Enterprise zum Kampf für die Rechte eines Volkes, das mehr als ein Geheimnis verbirgt. Denn wie sich herausstellt, sind die im Sterben liegenden Son'a die verstoßenen Kinder der Ba'ku: Einst wollten sie den Kontakt zur Außenwelt, rebellierten, unterlagen und wurden ins Exil getrieben.

Insgesamt gibt's trotz der vielversprechenden Story (Picard im bewaffneten Widerstand gegen die Sternenflotte) nix Neues aus dem Star Trek-Universum. Ganz hübsch sind die Gags über das durchaus unterschiedliche Verhalten der Mannschaftsmitglieder unter dem Einfluß der verjüngenden Strahlung; wollten wir nicht immer schon mal sehen, wie klingonische Pubertät aussieht oder was Riker und Troi so in der Badewanne treiben? Dazu gibt's noch ein paar hübsche Tricksequenzen, und das war's dann auch schon. Denn was dem inzwischen neunten Film der Serie leider vollständig abgeht, ist Spannung. Und so sitzt man da, läßt das Ganze so über sich ergehen und hat am Ende zwar keinen guten, aber auch keinen besonders schlechten SF-Film gesehen. Die einzige Überraschung besteht darin, daß Picard sich in eine Frau verliebt, die mal *nicht* gleich stirbt; obwohl es einmal sehr dicht dran war. *LG* ●

Star Wars – Episode 1: Die dunkle Bedrohung (Star Wars – Episode 1: The Phantom Menace) US 99; Regie/Drehbuch: George Lucas; Kamera: David Tattersall; Schnitt: Paul Martin Smith und Ben Burtt (auch Sound-Design); Visuelle Effekte: John Knoll, Dennis Murren, Scott Squires; Spezialeffekte: Industrial Light & Magic; Musik: John Williams Darsteller: Liam Neeson, Ewan McGregor, Natalie Portman, Jake Lloyd; 132 Min.

22 Jahre mußten die Fans in aller Welt auf dieses erste von drei Prequels zur ursprünglichen Star Wars-Saga warten, dessen Ereignisse 30 Jahre vor der ersten (eigentlich ja zweiten) Trilogie angesiedelt sind: Die erzkapitalistische Handelsföderation bedroht unter Führung des sinistren Sith-Lords Darth Sidious den friedlichen Planeten Naboo. Jedi-Ritter Qui-Gon Jinn und sein Schüler Obi-Wan Kenobi werden ausgesandt, den Konflikt zu lösen, entgehen knapp einem Attentat und fliehen auf den inzwischen von der Föderation besetzten Planeten. Dort angekommen, treffen sie auf das amphibische Alien Jar Jar Binks (der komische Sidekick der Story) und befreien die Königin Amidala, mit der sie nach Coruscant aufbrechen, um die Angelegenheit vor den Senat der Republik

zu bringen. Doch ihr Schiff wird angeschossen und sie müssen auf Tatooine notlanden, wo sie den Sklavenjungen Anakin Skywalker treffen. Alsbald ist Qui-Gon davon überzeugt, daß Anakin der prophezeite Auserwählte ist, den die Jedi schon so lange erwarten. Er nimmt ihn mit nach Coruscant, wo er ihn dem Rat der Jedi vorstellt, die jedoch eine Ausbildung des Jungen ablehnen, woraufhin Qui-Gon beschließt, den Jungen auf eigene Faust zum Jedi zu machen. Dazu wird es jedoch nie kommen. Denn nachdem die Königin vor dem Senat scheitert, kehrt sie nach Naboo zurück, wo sie gemeinsam mit den beiden Jedi die Föderation in einer Entscheidungsschlacht besiegt; nicht ohne die Hilfe der Gunganer, eben jenes Amphibienvolkes, zu dem auch Jar Jar gehört und die seit Jahrhunderten in Distanz zu den Naboo lebten. Doch Qui-Gon stirbt im finalen Duell mit dem finsteren Darth Maul, dem Schüler von Lord Darth Sidious. Also wird Obi-Wan Kenobi Anakins Ausbildung übernehmen; mit den bekannten Folgen.

Betrachtet man »Star Wars – Epidsode 1« realistisch, so ist dies nichts anderes als die Pulp-SF des Golden Age auf der großen Leinwand. Über 60 Jahre nach der Hochphase der Space Opera ist das Kino endlich in der Lage, deren Visionen

(wenn man das denn so nennen will) in adäquate Bilder umzusetzen. Dabei steht so manch packende Sequenz neben reichlich öden Momenten; nur wirklich spannend wird's eigentlich nie. Bestes Beispiel ist das Rennen auf Tatooine, in dem Anakin um seine Freiheit rast. Packend ist's schon, aber alles geschieht so rasend schnell, daß man kaum folgen kann und insofern auch keine Spannung empfindet, weil man eh nie weiß, wer sich jetzt gerade wo aufhält. Der superschnelle Schnitt tut sein übriges dazu. Wirklich schlimm (und zuweilen unfreiwillig komisch) ist dagegen Lucas' Umgang mit der »Macht«, seinem philosophischen Überbau, den er nach eigenem Bekenntnis aus allen großen Weltreligionen herausdestillierte. Nicht nur, daß er den Mythos dekonstruiert, indem er die Macht auf eine mikrobische Lebensform reduziert, die mit allen Lebewesen in Symbiose existiert; je mehr Mikroben, desto mehr Macht. Nein, er muß auch noch Anakin Skywalker zum Ergebnis einer unbefleckten Empfängnis machen, was nicht nur den Kritiker zu einen unfreiwilligen Lachanfall veranlaßte. Insgesamt ist zu sagen, daß »Star Wars – Episode 1« (wie schon die ursprüngliche Trilogie) eine infantile Space Opera bietet, deren serieller Charakter auch dadurch unterstrichen wird, daß sämtliche Motive und Topoi der Story nur Zitate oder Wiederholungen der 20 Jahre alten Fortsetzung sind. Hinzu kommt, daß »Star Wars« 1977 ein Wagnis war; und das nicht nur ökonomisch. Heutzutage ist es nur noch der Film zur Werbekampagne. Doch all das hat dem Film weder hier noch in den USA geschadet: Bei Redaktionsschluß hatte der Film in den USA über 420 Mio. Dollar eingespielt und hierzulande ließen sich fast 8 Mio. Besucher auch von der schwachsinnigen Synchronisation nicht abhalten, die den finsteren Föderations-Aliens einen französischen Akzent verpaßte. *LG* o

The 13th Floor (dto) US 99; Regie: Josef Rusnak; Drehbuch: Josef Rusnak, Ravel Cenatno-Rodriguez *nach dem Roman »Simulacron 3« von Daniel F. Galouye;* Kamera: Wedigo von Schultzendorff; Schnitt: Henry Richardson; Darsteller: Craig Bierko, Gretchen Mol, Vincent D'Onofrio, Armin Mueller-Stahl; 100 Min.

26 Jahre nach Rainer Werner Fassbinders zweiteiligem Fernsehfilm »Welt am Draht« hat sich nun ausgerechnet Roland Emmerich des Stoffes angenommen; auch wenn er nur als Produzent in Erscheinung tritt und die Drecksarbeit Josef Rusnak überließ, der nach einigen TV-Filmen nach Simenon in den USA sein Glück suchte und als Second-Unit-Director bei Emmerichs »Godzilla« fungierte.

Seit Jahren arbeiten Computerspezialist Douglas Hall und sein Boss Hanon Fuller an einer streng geheimen Computersimulation, mit der sie das Los Angeles des Jahres 1937 simulieren. Eines Nachts wird Hall von der Polizei geweckt, die ihm mitteilt, daß Fuller Opfer eines Mordes wurde. Als er in seiner Wäsche ein blutiges Hemd findet, ist Hall nicht nur für die Polizei der Hauptverdächtige. Doch die aus dem Nichts aufgetauchte Tochter des Unternehmers Fuller verschafft ihm ein Alibi. Hall findet heraus, daß Fuller ihm in der Simulation eine Nachricht hinterlassen hat, die eine ungeheuerliche Entdeckung enthält. Also muß Hall in den 13. Stock, wo sich die Anlage befindet, und sich ins L.A. des Jahres 1937 einloggen; eine nicht ganz ungefährliche Prozedur. Er muß erfahren, daß nicht nur das L.A. von 1937 eine Simulation ist; offenbar ist auch Halls und Fullers Welt (also die unsrige) nichts anders als ein gigantisches Computerprogramm. Eine Erkenntnis, die Fuller den Tod brachte und nun auch Halls Leben gefährdet. Und auch Fullers angebliche Tochter ist nicht, was sie vorgibt zu sein. In Wirklichkeit ist sie die Ehefrau und Partnerin des Erfinders der Simulation, in der Hall lebt. Doch dieser unternimmt alles, Hall zu töten und geht schlußendlich (in Halls Körper) auch auf seine Ehefrau los, ehe ihn die Polizei erschießt, was Hall zusammen mit der Frau in die wirkliche Welt befördert, die übrigens (anders als in der Fassbinder-Version) eine andere ist als unsere. Diese größere Nähe zur Romanvorlage ist aber auch der einzige Vorzug, den Rusnaks Arbeit gegenüber dem großen Vorbild hat. Ansonsten zieht er sich 60 Minuten lang ganz anständig aus der Affäre. Doch wenn dann die Action und der Film sich dem dramatischen Showdown nähern, wird es nicht nur unglaubwürdig, sondern auch handwerklich schlecht: Derart miese Schlägereien wie hier hat man zuletzt in italienischen C-Filmen der 60er-Jahre gesehen. Und auch die Darsteller sind bestenfalls zweite Garnitur; nur Armin Mueller-Stahl vermag da noch halbwegs zu überzeugen. Ansonsten ist das ein bieder den Genrekonventionen folgender Film, der an keiner Stelle jene Verunsicherung erzeugt, die man bei einer solchen Story über Realität und Simulation erwarten kann. Untermalt wird das Ganze von einer nervigen Billig-Musik, die den Eindruck eines B-Films im A-Gewand vervollständigt. PS: Der deutsche Verleih (Jugendfilm) hat es im übrigen fertig gebracht, in seinen Presseinformationen »Welt am Draht« nicht mit einem Wort zu erwähnen. Er wird schon wissen, warum. *LC* ●

Wild Wild West (dto) US 99; Regie: Barry Sonnenfeld; Drehbuch: S.S. Wilson & Brent Maddock, Jeffrey Price & Peter S. Seaman; Kamera: Michael Ballhaus; Schnitt: Jim Miller; Musik: Elmer Bernstein; Darsteller: Will Smith, Kevin Kline, Kenneth Branagh, Salma Hayek; 100 Min.

Toll sieht er aus, dieser Mix aus Science Fiction und Western. Die Produktionsdesigner haben mal wieder ganze Arbeit geleistet und nicht mit zum Teil genialen Einfällen gespart. Das Dilemma bei derlei überproduzierten Hollywood-Schinken ist freilich, daß man um den ganzen optischen Firlefanz noch so etwas wie eine Geschichte bauen muß, weil es sonst kein Film ist. Daß die Credits nicht weniger als vier Drehbuchautoren, unterstrukturiert wiederum zu zwei Teams, nennen, läßt schon

Übles befürchten, und siehe: Die Befürchtungen sind nicht gegenstandslos. Denn »Wild Wild West« von Barry Sonnenfeld ist ein ausnehmend langweiliger, nichtssagender Film, eine herbe Enttäuschung für alle, die in Sonnenfeld nach seinem unterhaltsamen Mega-Hit »Men in Black« eine Hoffnung für den Kommerzfilm sahen.

USA 1869: Präsident Grant (Kevin Kline) ist in großer Sorge. Die beiden Fieslinge General »Blood Bath« McGrath (Ted Levine) und Dr. Arliss Loveless (Kenneth Branagh) haben alle bedeutenden Wissenschaftler des Landes entführt, um mit deren Hilfe eine Waffe von unvergleichlicher Zerstörungskraft zu bauen. Die Geheimagenten James West (Will Smith) und Artemus Gordon (auch Kevin Kline) sollen dem bösen Treiben Einhalt gebieten. Bald haben sie auch die dralle Saloon-Sängerin Rita Escobar (Salma Hayek) am Hals: Die nämlich sucht ihren Vater, einen der entführten Wissenschaftler.

Die Story also: wieder einmal nicht der Rede wert. Leider sind auch die meisten Gags nicht viel besser, entweder aufgesetzt, vorhersehbar oder schlicht unkomisch. Nur selten blitzt Sonnenfelds Talent auf, aber dann sind es fast ausschließlich visuelle Gags. Sonst sollen mal wieder so unendlich ausgelutschte Motive wie Männer in Frauenkleidern für Erheiterung sorgen.

Vielen Actionszenen mangelt es zudem an inszenatorischem Timing und choreographischer Raffinesse, der Schnitt ist bisweilen so holprig wie die Feldwege im Wilden Westen. Und Salma Hayek? Selten war die aufregende Mexikanerin so verschenkt wie in diesem Film. Ihre Rolle hätte man sich von vorne bis hinten schenken können.

Eigentlich hätte man sich den ganzen Film von vorne bis hinten schenken können und die wirklich großartigen Design-Entwürfe als käuflichen Dia-Satz veröffentlichen können. Aber, wie gesagt, man muß halt immer irgendwie ein verfluchtes Drehbuch drumherumbasteln. Was aber zu denken gibt: Wenn jetzt schon ein eigentlich zuverlässiger Mann wie Barry Sonnenfeld nur noch austauschbares Mittelmaß fabriziert, wohin soll das Kino noch steuern? Gibt es wirklich keine anderen großen Publikumsfilme mehr als nett anzusehende Bilderbücher ohne Sinn und Verstand? *jwi* o

Stanley Kubrick

FILM

Ein genialer Perfektionist mit eiskaltem Herzen

Stanley Kubrick (1928–1999) in memoriam

von Jacek Rzeszotnik

In his way, he's a genius.
And geniuses don't have to be nice guys.

Brian Aldiss

Wer erinnert sich nicht an den berühmtesten Schnitt der Kinogeschichte: Ein prähistorischer Affenmensch schleudert einen Knochen in die Luft, der sich in ein Raumschiff verwandelt, das zu Walzerklängen im All einen ›Tanz der Schwerelosigkeit‹ vollführt. Diese kurze, aber um so bildkräftigere Szene visualisiert effektvoll und auf eine fast modellhafte Weise zwei grundverschiedene Erkenntnisse: einerseits die Anerkennung, daß der Mensch innerhalb einer relativ kurzen Zeitspanne es soweit gebracht hat, selbstbewußt gegen die Tore ins Weltall zu hämmern, und andererseits den Zweifel, ob er als Spezies reif genug ist, um unter Zuhilfenahme seines noch recht primitiven geistigen (moralischen) Instrumentariums den Versuch zu wagen, durch das kosmische Portal zu treten. Zumal der zivilisatorische Aufstieg der Menschheit mit einer Bluttat begonnen hat und dieses Erbe bis in den heutigen Tag nachzuwirken scheint ...

Diese faszinierende Sequenz*, die nicht nur durch ihr un-

* Sie wurde erst nach Abschluß der Dreharbeiten von *2001: Odyssee im Weltraum* konzipiert und auf dem Dach des Produktionsstudios hinzugefilmt.

gewöhnliches visuelles Arrangement besticht, sondern auch gewichtige Botschaften transportiert, ist der Vorstellung eines der größten Regisseure unserer Zeit entsprungen: Stanley Kubrick.

I. Streiflichter auf eine Karriere

Geboren wurde er am 26. Juli 1928 im New Yorker Stadtteil Bronx als Sohn eines vermögenden Chirurgen. Doch er trat nicht in die medizinischen Fußstapfen seines Vaters, sondern zeigte bereits in frühen Jugendjahren starkes Interesse für ›kulturelle Belange‹. So spielte er im Alter von knapp 13 Jahren Jazz als Schlagzeuger und fotografierte gern. Die letztgenannte Neigung dürfte in seiner stark am Bild orientierten Wirklichkeitswahrnehmung gewurzelt haben, die ihn einmal zum Bildergenie des Gegenwartskinos werden lassen sollte. Dank dieser Fähigkeit vermochte er die Herausgeber des Modemagazins *Look* für seine Arbeiten zu gewinnen, als er noch die William Taft High School besuchte. Nach deren Abschluß 1946 schaffte er es aber nicht, einen Studienplatz zu finden, denn gerade zu dem Zeitpunkt rollte über die amerikanischen Hochschulen eine Welle der aus dem Zweiten Weltkrieg heimkehrenden Soldaten, die ihre Veteranenpapiere vorweisen konnten und überall bevorzugt behandelt wurden. Als Siebzehnjähriger war Kubrick jedoch inzwischen als Fotograf in den Hafen des *Look*-Magazins eingelaufen und bereiste nun im Auftrag seiner Zeitschrift ganz Amerika. Die ständige Beobachtung von Menschen, Landschaften und Situationen hatte zur Folge, daß sich sein Wissensdurst immer stärker zu Wort meldete. Um ihn zu stillen, schrieb er sich an der Columbia University ein, ohne sich zu immatrikulieren.

Gegen Ende der 40er Jahre begann seine Liebe zum Visuellen auf das Medium Film überzugreifen. Er wollte seinen Bildern das Leben einhauchen. Die Filmvorführungen im Museum of Modern Arts, in die er begeistert regelmäßig zu gehen pflegte, boten ihm die Gelegenheit, die Bewegbilder auf sich einwirken zu lassen und so zu versuchen, hinter das Geheimnis von deren Anziehungskraft zu kommen. Es regte sich in ihm der Wunsch, hinter die Kulissen der Filmmacherei zu blicken und selber eine Kamera in die Hand zu nehmen. Seine damaligen Einkünfte ließen ihn allerdings noch nicht in Erfüllung gehen. Um sie zu verbessern, spielte er in New Yorker Clubs und im Washington Square Park in Greenwich Village für Geld Schach. 1951 schlug endlich seine Stunde: Mit den zusammengekratzten Ersparnissen finanzierte er seinen ersten Film - ein Dokument über den Boxer Walter Cartier, mit dem er schon während eines seiner *Look*-Aufträge Bekanntschaft geschlossen hatte. Bei dem lediglich sechzehn Minuten langen Streifen unter dem Titel *Day of the Fight* agierte Kubrick u. a. als Regisseur, Kameramann, Filmeditor und Tonmeister. Das filmische Allroundgenie machte damit seine ersten Gehversuche. Noch im selben Jahr kaufte RKO den Film und ließ ihn im Paramount Theater in der Reihe *This Is America* laufen. Kubrick brachte er nicht nur ein bißchen Geld ein, sondern bescherte ihm auch das Interesse seitens der RKO-Firma, die ihm daraufhin finanzielle Mittel zur Verfügung stellte und mit einem neuen Projekt betraute. Für ihre Reihe *Pathe Screenliner* sollte er ein neunminütiges Dokument über den Priester Fred Stadtmueller drehen, der seine seelsorgerische Arbeit in seinem 400 Meilen großen Pfarrbezirk im Bundesstaat New Mexico mittels eines Flugzeugs verrichtete. Kubrick schlüpfte bei *Flying Padre* (1951) erneut in die Rollen des Regisseurs, Kameramanns, Filmeditors und Toningenieurs.

1953 erblickte sein erster Farbfilm die Welt: Im Auftrag von Atlantic and Gulf Coast District of the Seafarers International Union bereitete er einen halbstündigen Dokumentarfilm *The Seafarers* vor. Doch dieses Jahr sollte sich seinem und seiner Fans Gedächtnis aus einem anderen Grund einbrennen: Nachdem er von seinen Verwandten rund 13 000 Dollar geborgt hatte, setzte er sein erstes Spielfilmprojekt in die Wirklichkeit um. In den San Gabrielle Mountains in der Nähe von Los Angeles inszenierte er nach dem Drehbuch seines Schulfreundes Howard Sackler *Fear and Desire.* Im Drehteam, das weniger als zehn Leute umfaßte und in dem seine damalige Frau Toba Metz, die er im Alter von 18 Jahren vor den Altar geführt hatte, mitwirkte, war er u.a. als Regisseur, Produzent,

Kameramann, Filmeditor, Tontechniker, Garderobier, Haarkünstler, Teamchauffeur, Plansekretär tätig, womit er wohl den komplexesten Aufgabenbereich seiner Karriere bewältigt haben dürfte. Die Nachsynchronisierung verteuerte den Film um weitere 20 000 Dollar. *Fear and Desire* weilte auf dem Programm einiger Kinotheater nur kurze Zeit und wurde abgesetzt, ohne die Kosten wieder einzuspielen. Kubricks Enttäuschung war so groß, daß er die späteren Aufführungen jahrzehntelang zu torpedieren suchte und wußte.

Sein nächster Versuch, die Welt des Kinos zu erobern, war das Gangstermelodrama *Killers Kiss* (1955), in dem ein Boxer eine Sängerin aus den Fängen ihres wollüstigen Bosses rettet. Der 40 000 Dollar teure *low budget*-Streifen konnte dank erneuter finanzieller Hilfe der Verwandten und Freunde aufgenommen werden und hatte das Glück, nicht vom gleichen Schicksal wie sein Vorgänger ereilt zu werden, denn die United Artists-Gruppe fand an ihm Gefallen und sorgte für eine weltweite Distribution. *Killers Kiss* fuhr für das Unternehmen Gewinn ein, obwohl er immer nur als ›second feature‹ gehandelt wurde.

Der Erfolg öffnete Kubrick die Türen der Hollywood-Studios. 1956 führte er bei *The Killing,* einem 320 000 Dollar teuren Rennbahn-Thriller mit zeitlich verschachtelter, komplizierter Erzählstruktur Regie. Es war gelungen, den damaligen Hollywood-Star Sterling Hayden für die Hauptrolle zu verpflichten und den bekannten Autor von harten Kriminalromanen Jim Thompson als Co-Autor von Dialogen zu engagieren. Der große Erfolg des Streifens etablierte Kubricks Namen in den Filmkreisen, verschaffte ihm einen beachtlichen Freiraum für die Entwicklung seiner Visionen und katapultierte ihn in die Reihe von Regisseuren, die mit Millionenbudgets rechnen konnten.

Nach einer zusammen mit dem Romanschriftsteller Calder Willingham für die MGM-Productions vorbereiteten, aber letztlich aufgegebenen Stefan Zweig-Verfilmung faßte Kubrick die Umsetzung des Romans *Paths of Glory* aus der Feder von Humphrey Cobb in die Filmsprache ins Auge. Doch das von ihm, Willingham und Thompson gemeinsam verfaßte Drehbuch stieß bei mehreren Studios auf Ablehnung. Erst Kirk Douglas' Entscheidung, die Hauptrolle zu übernehmen, stimmte die Geldgeber um. United Artists streckte den nötigen Betrag von 935 000 Dollar vor. Für die Dreharbeiten wurden die Geiselgasteig Filmstudios in München gewählt. Der Antikriegsfilm *Paths of Glory* (1957, *Wege zum Ruhm*), eine vehemente Anklage der Sinnlosigkeit des Kriegs und der Unmenschlichkeit der Befehlsgewalt vor dem Hintergrund der Ereignisse an der Westfront im Ersten Weltkrieg, die bis heute als Kinoklassiker gilt, festigte Kubricks Position als einer der vielversprechendsten Shooting-Stars am cineastischen Himmel.

Es mußten zwei Jahre verstreichen, in denen Kubrick die deutsche Schauspielerin und später Malerin Susanne Christian (eigtl. Christiane Susanne Harlan) geheiratet (1958) und mindestens zwei Filmprojekte (über das Leben von Herbert Emmerson Wilson, einem Safeknacker, und über Mosby's Rangers, eine südstaatliche Partisanentruppe während des amerikanischen Bürgerkriegs) vorzeitig zu Grabe getragen hatte, bevor er sich dem starbesetzten Western *One-Eyed Jacks* (1961, M. Brando, K. Malden, B. Johnson) zuwandte und ihn auch fertiggestellt hätte, wenn ihm Marlon Brando mitten in der Produktion nicht das Regie-Heft aus der Hand genommen hätte. Nichtsdestoweniger trägt dieser Western über die Rache eines von seinem Partner verratenen Outlaws den unverkennbaren Stempel des visuellen Genies Kubrick, was man u. a. den wunderschön fotografierten Szenen anmerkt.

Dem um diese Zeit zwischen verschiedenen Ideen herumirrenden Regisseur bot Kirk Douglas seine hilfreiche Hand: Als Produzent und Hauptdarsteller im historischen Mammutspektakel *Spartacus* (1960) hatte er nach lediglich zwei Wochen Anthony Mann kurzerhand entlassen, der in seinen Augen die Dreharbeiten nicht fest genug in den Griff bekommen konnte, und heuerte Kubrick an. Das bis zu dem Zeitpunkt in Hollywood nie gesehene Budget von über 12 Millionen Dollar ließ den Regisseur auf den Flügeln seiner visuellen Phantasie dahineilen, und die Drehtage zogen sich in die

Länge. Erst nach 167 Tagen war das ganze Material endgültig im Kasten. Der damals teuerste Film der Kinogeschichte erwies sich als Kassenschlager und spielte innerhalb eines Jahres die Produktionskosten wieder ein, gewann den Golden Globe Award for Best Picture und machte die Academy auf Kubrick aufmerksam. Sein Stern leuchtete immer heller. Der Riesenstreifen über den altrömischen Sklavenanführer offenbarte noch eine Seite der Kubrickschen Arbeitsweise: seinen fast krankhaften Perfektionismus und seine Akribie (›meticulousness‹) gepaart mit eher kühlem Umgang mit den Darstellern, die ihm auch in Zukunft zugleich Liebe (für sein außerordentliches Talent und seine absolute Kompetenz) und Haß (für seine ›Gefühllosigkeit‹ und Verschlossenheit) entgegenbringen sollten.

1961 siedelte er nach England über, um dort sein nächstes Projekt zu verwirklichen – die Verfilmung von Vladimir Nabokovs erotischem Roman *Lolita.* Zu diesem Schritt hatten ihn finanzielle und rechtliche Gründe gezwungen. Doch der Austausch der hollywoodschen (Schein-) Fröhlichkeit gegen den englischen Ernst scheint dem kontaktarmen Murrkopf wirklich bekommen zu sein, denn gerade in England sollte eine Reihe von Filmen entstehen, die seinen Weltruhm endgültig begründeten und ihn als eine der Hauptgestalten in die Filmgeschichte eingehen ließen. Das Nymphchen-Thema von *Lolita* (1962) erregte zwar die Gemüter zahlreicher Zuschauer und Kritiker, rückte aber den amerikanischen Filmemacher ins Rampenlicht der englischen und europäischen Öffentlichkeit und leitete die Bildung einer ständig wachsenden Fan-Gemeinde in die Wege.

1963 erschloß sich Kubrick ein Neuland – die Science Fiction – und brachte sein erstes unbestrittenes Meisterwerk *Dr. Strangelove: or How I Learned to Stop Worrying and Love the Bomb (Dr. Seltsam oder wie ich lernte, die Bombe zu lieben)* auf die Leinwand. Ins Gewand einer schwarzen Komödie und messerscharfen Satire auf den Kalten Krieg kostümierte er seine Faszination von *delicate balance of terror.* Die Vorlage lieferte Peter Bryant (d.h. Peter George), der seine Story über einen verrückten amerikanischen General, der ohne Genehmigung des Weißen Hauses einen Präventivschlag gegen Rußland startet (›Two Hours to Doom‹ bzw. ›Red Alert‹), überarbeitetet hatte. In einer dreifachen Rolle brillierte der unvergeßliche Peter Sellers, in dem Kubrick einen kongenialen Mitarbeiter gefunden hatte. In der Erinnerung der Cineasten wird der wohl berühmteste Versprecher in einem Film für immer bleiben, als der rollstuhlgefesselte Dr. Seltsam sich in Hochstimmung an den US-Präsidenten Muffley (beide von Sellers verkörpert) wendet: ›Mein Führer ... äh, Mr. President ...‹ Nach den Aufführungen in der ganzen Welt regnete es Lobeshymnen seitens der Kritik und Anerkennung seitens der Zuschauer. Es gipfelte in den ersten Oscar-Nominierungen für Kubrick (als Co-Drehbuchautor, Regisseur und Produzent). Die SF-Fans waren da konsequenter und verliehen dem Film 1965 den HUGO-Award in der Kategorie ›Best Dramatic Presentation‹.

Um diese Zeit liefen die Vorbereitungen für seinen nächsten Streifen bereits auf Hochtouren. Seit dem Frühling 1964 schrieb er mit Arthur C. Clarke am Drehbuch für eine Produktion, die auf den Ideen aus der Clarkeschen Erzählung ›The Sentinel‹ basieren sollte. Im Dezember 1965 gab Kubrick den Startschuß zu den Dreharbeiten. Das Resultat von fast dreijährigen Anstrengungen und über 10 Millionen ausgegebenen Dollar war einer der bekanntesten und beeindruckendsten Filme der Nachkriegszeit und sicherlich der beste SF-Film aller Zeiten – *2001: A Space Odyssey* (1968, *2001: Odyssee im Weltraum*). Seine Vielschichtigkeit, Vernetzung von zahlreichen Aspekten, seine visuelle Anziehungskraft schlagen insgesamt unvermeidlich in seinen Bann. Kubrick bereitete eine Mixtur aus Metaphysik, Inner und Outer Space zu und würzte sie mit seinem intellektuellen Sarkasmus, der seinen wachsenden Abstand zu den Mitmenschen signalisierte und in der rührendsten Szene des Films den Höhepunkt erreichte: Der ›sterbende‹ rebellische Bordcomputer HAL 9000, der ja Menschenleben auf dem ›Gewissen‹ hat, erregt Mitleid, als er den ihn ausschaltenden Astronauten Bowman um ›Leben‹ anfleht. Entgegen späteren Glorifizierungen erntete *2001* zunächst keinen überwältigenden Beifall und drohte unterzugehen. Das Verdienst, den Film zu dem zu machen, was er heute ist, gebühre, so Gary Lockwood (Astronaut Poole) in einem Fernsehinterview, jungen Leuten – nicht selten aus der Hippie-Bewegung –, die als erste die Qualitäten des Films entdeckt und schätzengelernt haben. Die Kritik, die sich dann in ihren Elogen auf *2001* nicht selten voller Begeisterung verschluckte und ununterbrochen jauchzte, sei erst viel später dazugestoßen. Neben seinem Gedankengehalt, der in den viele Rätsel aufwerfenden und unterschiedliche Interpretationen zulassenden, aber keine eindeutigen Lösungen offerierenden Schlußsequenzen besondere Ausprägung erfuhr, bot der Film exzellente, für die damalige Zeit gar atemberaubende Spezialeffekte, die dem für sie verantwortlich zeichnenden Kubrick endlich den langverdienten Oscar einbrachten. Das ursprünglich 160 Minuten lange und dann auf 141 Minuten gekürzte kosmische Spektakel gewann 1969 den HUGO und gilt als Meilenstein der Kinogeschichte.

Eine filmische Biographie von Napoleon kam wegen enormer Produktionskosten, die für sie veranschlagt wurden, nicht zustande. Daher mußte sich Kubrick nach einer neuen Inspiration umsehen. Er fand sie in Form des kontroversen Romans *A Clockwork Orange* (1962) von Anthony Burgess, in dessen Mittelpunkt das gesellschaftliche Schuld-und-Sühne-Spiel steht. Die das Problem der Gewalt und deren Bekämpfung thematisierende Verfilmung konfrontierte die Zuschauer mit der Frage, ob der Mensch der Anpassung an die gesellschaftlichen Normen und Regeln zuliebe seines freien Willens (Konditionierung) beraubt und dadurch entmenschlicht werden dürfe. Dabei machte Kubrick es ihnen nicht leicht: Der Protagonist Alex, an dem das Konditionierungsexperiment durchgeführt wird, ist ein brutaler Halbstarker und Anführer einer Bande, die vor keiner Form von Gewalt zurückschreckt. Das Scheitern des Konditionierungsversuchs sollte nach Kubrick als Zeichen dafür verstanden werden, daß der Mensch nur dann ein Mensch und keine bloß funktionierende Maschine (also Uhrwerk) ist, wenn er über freien Willen verfüge, selbst wenn dieser ihn direkt in die Hölle stürzt. Bei *A Clockwork Orange* (1971, *Uhrwerk Orange*) spielte sich wieder einmal die Wucht des Visuellen in den Vordergrund. Nicht so sehr die Thematik und daraus zu ziehende eventuelle Schlußfolgerungen, sondern deren Visualisierung sorgte für Aufsehen: wegen bestürzender Gewalt- und Sexszenen. Dennoch lief der Film erfolgreich in den USA und England und fruchtete in neuen Oscar-Nominierungen für Kubrick als Drehbuchautor, Regisseur und Produzent. Die Meinung der Kritik war geteilt: Einige erblickten darin eine düstere Gesellschaftsdiagnose, andere hingegen bemängelten die Anhäufung von unnötigen Grausamkeiten, die sich zum Selbstzweck zu verselbständigen drohten. Ungefähr ein Jahr nach der Uraufführung wurde in England eine Reihe von Verbrechen verübt, die die Polizei auf den Einfluß des Films zurückführte: Besonders die Vergewaltigung einer Frau durch eine Bande von Jugendlichen, die dabei das Lied ›Singing in the Rain‹ sangen, kopierte eine der Gewaltszenen im Film. Dies brachte das Faß zum Überlaufen und bewog Kubrick und Warner Bros. dazu, den Streifen aus dem Verkehr zu ziehen und ihn in England zu verbieten. *Uhrwerk Orange* (1972 mit dem HUGO für ›Best Dramatic Presentation‹ ausgezeichnet) bildete den Schlußteil von Kubricks fesselnder ›SF-Trilogie‹. Erst gegen Ende seines Lebens trug er sich mit der Absicht, dieses Gebiet wieder zu betreten und ihm noch eine Facette abzugewinnen.

In der ersten Hälfte der 70er Jahre ragte seine Gestalt unbestritten souverän und turmhoch über der Masse von mehr oder weniger begabten Filmemachern. Die Kinowelt lag ihm zu Füßen. Nicht aber weil er nacheinander Kassenschlager produzierte, sondern weil er nacheinander Meilensteine für die Geschichte lieferte, die den Weg Anderer zum Horizont des Machbaren richtungweisend flankierten und denen entweder dilettantisch und epigonenhaft oder aber im Glücksfall kreativ persiflierend nachgeeifert wurde. Eine interessante Wechselbeziehung hatte sich zwischen der Publicity, die das sein Privatleben nahezu obsessiv gegen die Außenwelt abschirmende introvertierte Filmgenie nun – freilich widerwillig – in der Presse genoß, und seiner ›Leistungsfähigkeit‹ aufgebaut: Je mehr Artikel und Bücher über ihn zirkulierten, desto stiller verhielt er sich – nach *Uhrwerk Orange* verstummte er für fast ein halbes Jahrzehnt. Die Gerüchteküche lief keineswegs auf Sparflamme, sondern kochte geradezu.

Die Warterei war 1975 zu Ende: Kubrick präsentierte sein neues Werk *Barry Lyndon.* Es benutze als Vorlage einen Roman von William Makepeace Thackeray unter dem Titel *The Luck of Barry Lyndon* (1854). Dieses dreistündige Kostümepos aus dem 18. Jahrhundert, das rund 11 Millionen Dollar verschlungen hatte, enttäuschte die meisten. Man erkannte zwar die unverkennbare Handschrift des Meisters im liebevoll gestalteten Design und den im Kerzenschein gedrehten üppigberückenden Bildern von John Alcott (Kubrick soll zu diesem Zweck spezielle Kameralinsen entworfen haben), doch gerade diese ›Errungenschaften‹ und die nur zäh dahinfließende Handlung wirkten schnell ermüdend. Der Film füllte die Kinokassen und -säle zwar nicht, fand aber in den Augen der Academy-Mitglieder genug Zustimmung, um 7 Oscar-Nominierungen einzuheimsen – dabei entfielen auf Kubrick selbst die üblichen drei – für Drehbuch, Regie und Produktion.

Und wieder mußten fünf Jahre vergehen, bis der Meister 1980 sein neuestes ›Produkt‹ vorführte. Diesmal hatte er sich eines Romans des gegenwärtigen Stars der Horrorliteratur Stephen King angenommen und mit Jack Nicholson in der Hauptrolle des Verwalters eines im Winter geschlossenen Sommerhotels, der von ihm immer mehr besessen wird und allmählich dem Wahnsinn zum Opfer fällt, einen dank seiner klaustrophobischen, beklemmenden atmosphärischen Dichte eine ungewöhnliche Wirkung effizient entfaltenden Film gedreht. *The Shining* wurde Kubricks größter Kassenerfolg. Dabei ergaben die Umstände eine kontrapunktische Konstellation zu denen von *Barry Lyndon:* War der Letztgenannte ein finanzieller Flop, brach das neue Werk alle Kassenrekorde, spendete die Kritik *Barry Lyndon* Applaus, fielen die meisten *The Shining*-Besprechungen weniger freundlich aus (keine Oscar-Nominierungen). Auch Stephen King distanzierte sich von Kubricks Verfilmung (›ärgerliche[r], perverse[r] und enttäuschende[r] Film‹ [in:] Stephen King, *Danse macabre. Die Welt des Horrors in Literatur und Film,* Heyne, München ^{4}1992,

S. 281), obwohl gerade sie seinen Namen weltberühmt gemacht hatte. Ungeachtet der auseinanderdivergierenden Meinungen des Publikums und der Kritik rangiert *The Shining* ohne Zweifel unter den zehn besten Horrorfilmen der Geschichte.

Für sein nächstes Projekt ließ sich Kubrick wieder einmal reichlich Zeit. Erst 1987 trat er mit der Frucht der Bemühungen der letzten Jahre an die Öffentlichkeit: *Full Metal Jacket* war eine Abrechnung mit der Grausamkeit und Barbarei der Kriegsmaschinerie, die den Menschen dehumanisiert und in einen gefühllosen Kampfroboter verwandelt. Mit seiner am Vietnamkrieg exemplifizierten Verurteilung der kriegstreiberischen Politik der Militärstrukturen knüpfte er an die anklagenden Töne seines frühen Klassikers *Wege zum Ruhm* an. Seine Popularität verdankte *Full Metal Jacket* nicht nur den üblichen Qualitäten eines Kubrick-Films, sondern vornehmlich einer Art ›Renaissance‹ des Vietnamkriegs im amerikanischen Film, die der ein Jahr früher in den Kinos angelaufene Superhit *Platoon* von Oliver Stone bewirkt hatte. Dies animierte die Kritik natürlich zu Vergleichen, die fast immer die Überlegenheit von *Platoon* konstatierten. Dennoch war Kubricks Streifen ein Box-Office-Erfolg und Grund genug, ihm eine Oscar-Nominierung für das Drehbuch zuzuerkennen.

Gegen Ende der 80er Jahre betreute Kubrick die Bearbeitung einiger seiner Filme für den Videomarkt und stellte anhand der am besten erhalten gebliebenen Kopien das verlorengegangene Negativ von *Dr. Seltsam* ... wieder her. Im Mai 1990 gründete er zusammen mit Woody Allen, Francis Ford Coppola, George Lucas, Sydney Pollack, Robert Redford und Steven Spielberg die ›Film Foundation‹, die sich zur Aufgabe machte, die Restaurierung und Erhaltung von Filmen zu propagieren und zu unterstützen.

Parallel zu diesen Aktivitäten ließ er eine neue Idee langsam reifen: Er beabsichtigte, einen Film über die künstliche Intelligenz zu drehen. Doch bereits 1991 legte er das Projekt für unbestimmte Zeit auf Eis, da er mit der damals erreichbaren Qualität der Spezialeffekte nicht zufrieden war. So gab er dem Romandebüt von Luis Begley *Wartime Lies,* einer Geschichte über die Erlebnisse eines jüdischen Jungen und seiner Tante, die im besetzten Polen des Zweiten Weltkriegs zu überleben versuchen, indem sie sich für Arier ausgeben, grünes Licht. Um *Arian Papers* (so der Filmtitel) in der Weihnachtszeit 1994 in die Kinos zu bringen, plante man 100 Tage Dreharbeiten entweder in Polen oder Ungarn bzw. der Slowakei, wobei Kubrick seine Zentrale in der slowakischen Hauptstadt Bratislava/Preßburg einzurichten gedachte. Doch unter dem Eindruck der *special effects* in *Jurassic Park* unterbrach er die Vorbereitungen für *Arian Papers* und wandte sich wieder dem KI-Projekt zu. Den einschlägigen Gerüchten, von denen einige gewiß von Warner Bros. selbst gezielt in Umlauf gesetzt wurden, konnte man entnehmen, daß die Handlung des Films in einer Zukunft spielt, in der die Erde an den Folgen des Treibhauseffekts (geschmolzene Eisschichten an den Polen, versunkene Städte) leidet und die täglichen Verrichtungen von intelligenten Robotern erledigt werden. Zwischen dem November 1993 und dem Dezember 1995 umhüllte das KI-Projekt der Mantel des Ungewissen: Die Fans blieben lediglich auf spärliche Statements von Warner Bros. und meist unbegründete Zeitungsspekulationen angewiesen. Ende 1995 kündigte Warner Bros. an, daß Kubrick zwar das äußerst komplizierte und schwierige KI-Projekt weiterverfolgen werde, aber zuvor Arthur Schnitzlers erotische ›Traumnovelle‹ in Szene setzen wolle. Die Dreharbeiten für *Eyes Wide Shut* (*Augen weit geschlossen*) sollten 1996 beginnen und im Frühling 1998 beendet werden. Als Hauptdarsteller habe man das Schauspielerehepaar Tom Cruise und Nicole Kidman verpflichtet. Die Handlung sei in das New York von heute verlegt worden.

Während der Arbeit an *Eyes Wide Shut* bekam Kubrick am 8. März 1997 den höchsten Preis der Director's Guild of America, den D. W. Griffith Award, zuerkannt. Da er zur Verleihung nicht persönlich erscheinen konnte, schickte er sein Dankwort auf Video und ließ Jack Nicholson den Preis für ihn entgegennehmen. Im September 1997 ehrte man ihn während des 54. Internationalen Filmfestivals in Venedig mit dem Goldenen Löwen.

In der ersten Märzwoche organisierte Kubrick eine Sonderaufführung von *Eyes Wide Shut* für zwei Leiter des Warner Bros.-Filmstudios und für sein Starpaar Cruise und Kidman, weil diese nur diejenigen Szenen kannten, in denen sie gespielt hatten. Die Reaktionen auf das gebotene Material sollen sehr positiv gewesen sein und Kubrick fieberte bereits der Uraufführung entgegen.

All seine Pläne durchkreuzte jedoch der plötzliche Tod, der ihm die Kamera für immer aus der Hand nahm. Stanley Kubrick starb am 7. März im Schlaf in seinem Haus in Herts nahe London an den Folgen eines Herzinfarkts.

II. *Ecce genius!*

Gute amerikanische Regisseure kann man in der Nachkriegszeit mit der Laterne suchen. Sie sind eine kostbare Rarität in den abgrundtiefen Sturzfluten von Stümpern, die Tausende von Kilometern des Filmstreifens zerstören und ihre zumeist kaum über die Lächerlichkeitsgrenze hinauskriechenden Machwerke unverschämt als Kunst anbieten. Nur einige wenige Talentierte haben es geschafft, sich dem gleichschaltenden Würgegriff der auf Gewinnmaximierung eingestellten und in dieser Position auch fest blockierten Hollywood-Maschinerie zu entziehen, ihre schöpferische Eigenart zu bewahren und unvergeßliche Glanzstücke der Filmkunst in die Welt zu setzen. John Ford, Howard Hawks, Alfred Hitchcock, Douglas Sirk und einer mikroskopisch kleinen Zahl ihrer Mitstreiter auf dem Gebiet der filmischen Kreativität verdankt das amerikanische Kino, daß sie noch am Leben ist und nicht endgültig einer Leichenhalle voller idiotisch grinsender somnambulierender Zombies ähnelt. Aber selbst in dieser auserlesenen, elitären Künstlergruppe nimmt Stanley Kubrick einen besonderen Platz ein: Im Gegensatz zu den anderen erstrangigen Meisterregisseuren, deren Größe und Einfluß auf dem jedesmal wiedererkennbaren, jeweils unverwechselbaren Erzählstil beruhen, existiert bei Kubrick diese Konstante nicht, denn er erzählt nicht, sondern er visualisiert. Seine Filme verfügen daher über keine gleichbleibenden Erzählparameter, die andere Filme ihren Schöpfern mehr oder weniger mühelos zuzuweisen erlauben: Es gibt ja *den* Hawks oder *den* Hitchcock, aber nicht *den* Kubrick. Genausowenig treu geblieben ist er den Filmgattungen: Ließen sich beispielsweise Hitchcocks Ausbrüche aus der Thriller/Krimi-Sparte an den Fingern abzählen, so *wollte* Kubrick nie zweimal in denselben Fluß steigen, um Heraklit zu paraphrasieren - nachdem er eine Gattung erprobt und ihr Wesen sondiert hatte, verlor er das Interesse daran und wandte sich einem anderen Genre zu. Selbst dort, wo man gewillt wäre, zu parallelisieren, wie etwa im Falle von *Killer's Kiss* und *The Killing* (Krimis), *Wege zum Ruhm* und *Full Metal Jacket* (Kriegsfilme) oder *Dr. Seltsam ...*, *2001* und *Uhrwerk Orange* (SF), wird man eines Besseren belehrt: Die von Kubrick in diesen Produktionen benutzte formale (und bis zu einem gewissen Punkt ebenfalls thematische) Bandbreite entzieht derartigen Vergleichen den Boden. Spätestens an dieser Stelle erhebt sich jedoch die Frage, ob sich das Besondere an Kubrick zufällig nicht *ex negativo* definiert: Er machte einfach nicht, was die anderen machten. Doch dies wäre eine Fehlerkenntnis, denn es können in der Tat ein paar Fixpunkte ausgemacht werden, die seine Persönlichkeit wie sein Werk charakterisieren helfen.

Der Regisseur, Kameramann, Produzent usw. usf. Stanley Kubrick war ohne Zweifel eine ausgeprägte, eigenwillige Individualität, die sich nicht vor den geldschweren Karren der Filmvorstellungen der Hollywood-Bosse spannen ließ. Schon immer vertraute er auf sich selbst und seine Visionen. Und sie mußten mit absoluter Perfektion umgesetzt werden: Er schloß keine Kompromisse, jedes Mittel war bis an seine Grenze auszureizen. Er blieb nie auf halbem Wege stehen und bediente sich keiner Notbehelfe. Ein anschauliches Beispiel für seine künstlerische Unnachgiebigkeit war der Fall von Jennifer Jason Leigh, die wegen ihrer Zusammenarbeit mit David Cronenberg in Kanada eine *Eyes Wide Shut*-Szene mit Tom Cruise gerade zu dem von Kubrick angeordneten Zeitpunkt nicht neu drehen konnte und daher von ihm kurzerhand aus dem Film ausradiert wurde: Ihre Rolle übernahm Ingmar Bergmanns Schauspielerin Marie Richardson. Sie doubelte Leigh aber nicht in den nächsten Szenen, sondern alle Leigh-Szenen wurden mit ihr komplett neu aufgenommen. Eine derartige Kompromißlosigkeit, die keine Zustimmung zum Gebrauch von Ersatzmitteln zu geben bereit ist, hätte einen anderen Regisseur praktisch sofort aus dem Sattel gehoben, doch bei Kubrick drückten die Geldgeber sogar die beiden Augen zu, ungeachtet der Tatsache, daß er fast immer den Budgetrahmen sprengte und die Kosten nicht selten um das Zehnfache in die Höhe trieb, daß die Dreh- und Synchronisierungsarbeiten ganze Jahre länger dauerten als ursprünglich geplant und er argusäugig darüber wachte, daß lediglich seine eigene *Director's Cut*-Version in die Kinos kam. Was mag die Filmbosse dazu bewogen haben, daß sie diese bei anderen Regisseuren nicht akzeptierbaren ›Exzesse‹ geduldig tolerierten und nicht nein sagen konnten? Wohl die Tatsache, daß in seinen Filmen alle Komponenten virtuos aufeinander abgestimmt sind: Die Handlung, der Schnitt, die Beleuchtung, die Musik usw. bilden eine unzerlegbare Einheit, so sehr sie auch zunächst befremdend wirken wie etwa das Zusammenspiel von Musik und ›Choreographie‹ der Raumschiffe in *2001* oder die ›echte Kerzenbeleuchtung‹ aus dem 18. Jh. in *Barry Lyndon*. Da können die puzzleartig, mit einigen wenigen Akzenten, zusammengesetzten Werke anderer, vor allem postmoderner Filmemacher nicht mithalten. Man ist versucht zu sagen, daß die von Kubrick mit sicherer Hand eines genialen Visionärs komponierten Filmsinfonien wahre Gesamtkunstwerke wie aus einem Guß sind. Hier triumphiert die Moderne über die Postmoderne.

Nur 13 Spielfilme innerhalb von fast einem halben Jahrhundert: Qualität war Kubricks Lieblingskind, dem er seine ganze Aufmerksamkeit schenkte. Er konnte jahrelang Stoffe abwiegen, sie unter die Lupe nehmen, auf ihre filmische Tauglichkeit überprüfen, bevor er eine Entscheidung traf. Wenn er zu dem Schluß gelangte, daß, aus welchem Grund auch immer (z. B. nicht ausreichender Stand der Entwicklung filmtechnischer Möglichkeiten), der Film nicht in die Form, die er bereits im Kopf mit sich herumtrug, gegossen werden könnte, landete das Projekt vorerst in seiner Schublade, um später und unter anderen Bedingungen eventuell wieder in Angriff genommen zu werden.

Kubricks Kompromißlosigkeit hatte freilich auch ihre Schattenseiten: Er tyrannisierte nachgerade seine Umgebung während der Dreharbeiten, ließ nicht mit sich reden und unterwarf alle und alles (einschließlich sich selbst), ohne den kleinsten Widerspruch zu dulden, der Verwirklichung seiner Ideen und Visionen. Menschen und Material waren für ihn lediglich Instrumente, mit deren Hilfe er unbeirrt seinem Ziel zustrebte. Gerade diese Instrumentalisierung der Mitarbeiter, vor allem der Schauspieler, hatte manchmal zur Konsequenz, daß er mit einigen seiner Darsteller auf gespanntem Fuß stand, was allerdings nichts an der Tatsache änderte, daß es kaum Akteure gab, die sein strenges Regiment nicht über sich hätten ergehen lassen wollen, nur um für den ›Regie-Gott‹ ins Rennen zu gehen und mit einer Rolle in einer seiner Produktionen geadelt zu werden. Er respektierte bei ihnen jedoch keinen Star-Status – sie waren nur Puppen, die nach seiner Pfeife zu tanzen hatten. Ihre Darbietung unter seiner souveränen Leitung vermochte dann aber auch alles Bisherige zu überflügeln.

Kubrick haßte es, wenn ihm jemand privat zu nahe trat. Sein Privatleben war eine Intimsphäre, die ein fest zugeknöpfter, nahezu undurchsichtiger Mantel der Unzugänglichkeit umschloß und die nicht verletzt werden durfte. Seine Verschlossenheit und Kontaktarmut gaben den wildesten Gerüchten über ihn Nahrung, etwa über seine Schuld am Selbstmord seiner ersten Frau. Da er aber die Öffentlichkeit konsequent mied und sich gar nicht erst um Richtigstellungen bemühte, flossen dem Klatsch immer wieder neue Lebenskräfte zu. Erst in den 80er Jahren ließ er sich vom Magazin ›Rolling Stone‹ interviewen und dementierte bzw. korrigierte dabei so manches Ondit. Doch die Presse wollte nicht locker lassen und der Star-Regisseur fungierte weiterhin als Zielscheibe für mehr oder weniger aggressive Attacken, auf die er besonders in den letzten Monaten und Wochen vor seinem überraschenden Tod empfindlich reagierte. Er suchte ja kein Stadtgespräch und keine Popularität, doch sie holten ihn immer wieder ein und schubsten ihn in den Brennpunkt des öffentlichen Interesses. Für die meisten Filmfans und Kinogänger blieb er aber dennoch das große unbekannte Genie, das außerhalb der Reichweite, in seiner Klause (d. h. seinem Kopf) über seinen Visionen und ihrer Visualisierung brütete.

Kubricks auf den ersten Blick so unterschiedliche Filme, die sonst kaum Vergleiche zulassen, haben eines gemeinsam: Durch sie alle zieht sich die Frage nach der menschlichen Kondition wie ein roter Faden hindurch und gibt ihm Anlaß zu pessimistischen Konstatierungen. Seine Protagonisten sind in ihren Leben umherirrende (sich selbst) Entfremdete und Vereinsamte, die miteinander nicht kommunizieren können, und wenn sie dies schon versuchen, dann meistens mit katastrophalen Folgen. Die brutale und gewalttätige Natur des Menschen sei, so der Regisseur, ein wahres Abbild von ihm. Aber diese wilde Natur zu unterdrücken, würde bedeuten, den Menschen zu entmenschlichen und in eine Maschine zu verwandeln (*Uhrwerk Orange*). Die Traurigkeit seiner Filme entsprang seiner eigenen Traurigkeit ob der besorgniserregenden *conditio humana,* die die Zukunft in ein dunkles, beängstigendes Licht taucht. Mit dem Aufkommen der ›mechanischen‹ Aufklärung habe der Mensch nämlich seine ureigene Natur verleugnet, sie ins Gefängnis des künstlich konstruierten Rationalismus eingesperrt und somit seine einmalige Chance verspielt.

Stanley Kubrick scheint sein Leben lang (als Fotograf und Filmemacher) am Rande des Weges, über den die Menschheit in Richtung ihres unbekannten Zieles marschiert, gestanden und die an ihm vorbeiziehenden Menschenkolonnen mit scharfen, analytischen und unbarmherzigen Blicken beobachtet zu haben. Er wollte sich nicht einfädeln, wollte abseits bleiben, denn nur so konnte er eine für ihn brauchbare Perspektive gewinnen: Er sah in die Zukunft (*Dr. Seltsam ..., 2001, Uhrwerk Orange*) und die Vergangenheit (*Wege zum Ruhm, Barry Lyndon, Full Metal Jacket*) gleichermaßen gut und das Beobachtete stimmte ihn nicht gerade optimistisch, aber er akzeptierte es anscheinend als gottgewollt und naturgegeben. Er wollte daraus das Beste machen, ohne aber Anteil daran zu nehmen: eben ein genialer Perfektionist mit eiskaltem Herzen.

Mein aufrichtiger Dank gilt ›Stanley Kubrick: The Master Filmmaker‹ on ProdigyNet, Peter Nicholls und John Clute, Nina Stössinger, Matthias Matussek und Ewa Mazierska, die mich, ohne es zu wissen, mit wertvollen Informationen versorgt haben – J. Rz.

ÜBER SCIENCE FICTION

Raumschiff Enterprise – im Auftrag des Herrn unterwegs?

von Alexander Seibold

»The Trekkies are intelligent, interested, involved people with whom it is a pleasure to be, in any numbers. Why else would they have been involved in *Star Trek,* an intelligent, interested and involved show?«* – das sagte Isaac Asimov 1976.

Und heute? Nach über dreißig Jahren Star Trek-Fernsehgeschichte? Nach neun Kinofilmen, zahlreichen Serien, Comics, Buchreihen usw. usf.? Der breiten Anerkennung von Star Trek im angelsächsischen Sprachraum steht eine Ghettoisierung hierzulande gegenüber. Die Strahlkraft von Gene Roddenberrys Vision durchdringt meist nicht die Isolation der Zirkel der Star Trek-Gesinnungsgenossen.

In diesem Aufsatz soll der üblichen Sicht von außen auf das Universum, das Gene Roddenberry geschaffen hat, eine tiefergehende Innenansicht unter religionsgeschichtlicher Perspektive entgegen gestellt werden. Dabei wird zweierlei deutlich werden: erstens ist Star Trek ein utopischer Ableger der Science Fiction, zweitens in seiner tiefsten Schicht religiös inspiriert. Anstoß der vorliegenden Untersuchung war eine medienpädagogische Tagung der Fachstelle für Medienarbeit in Stuttgart** zu dem Thema: *Star Trek: The Next Generation* –

* Starlog, 20. Jg., # 228, New York 1996, p. 12.

** Durchgeführt am 21. Juni 1996 von Michael Essig, Fachstelle für Medienarbeit der Diözese Rottenburg-Stuttgart, Sonnenbergstraße 15, D-70184 Stuttgart.

Warum auch intelligente Produktionen Quotenträume erfüllen können. Oder: von der Möglichkeit, humanistische und pazifistische Philosophie in reizvoller Form zu präsentieren. Dabei zeigten sich bei der akademischen Teilnehmerschaft tief verwurzelte Vorurteile: »Wer Star Trek konsumiert, ist lediglich auf der Flucht vor der Realität«, »Science Fiction muß schlecht sein, sonst hieße es nicht so«, »Star Trek ist auch nur Kommerz: Weltraum-Western mit Action und Monstern«, »im Anspruch ist kein Unterschied zu anderen TV-Serien wie Flipper oder Lassie«. Auch die Macher der deutschen Synchronfassungen der Star Trek-Serien haben ihre eigene Art von Vorurteilen. Wie sonst ließe sich die gewalt- und actionbesetzte Terminologie der deutschen Episodentitel erklären, die oftmals »Terror«, »Angriff« oder »Kampf« in die Übersetzung des ursprünglichen Titels hineinphantasieren, der im Original einen nachdenklichen oder gar poetischen Zug hat?

Dabei könnte Star Trek wirklich als Lehrstück für pazifistische und humanistische Philosophie dienen. Pazifismus nicht in der Extrembedeutung der völligen Aggressionslosigkeit verstanden, sondern in seiner eigentlichen Bedeutung als grundsätzliche Ablehnung von kriegerischen Handlungen aus ethischen, politischen oder religiösen Gründen. Humanismus verstanden als geistesgeschichtliche Bewegung mit dem Ideal ausgebildeter Menschlichkeit.

Biographisches

Bevor nun aber der Versuch unternommen wird, eine Innenansicht dieses pazifistischen und humanistischen Lehrstücks anhand von Episodenbeispielen zu zeichnen, sollte mit einem Blick auf den Mann begonnen werden, der bis zu seinem Tod bei Star Trek der entscheidende Faktor war: Eugene Wesley Roddenberry (1921–1991).

Geboren als Sohn eines Kavalleriesoldaten, wird Gene Roddenberry nach dem Studium der Ingenieurwissenschaften in Los Angeles für die Luftwaffe rekrutiert. Dort sind vor allem zwei Erfahrungen für sein späteres Wirken wesentlich: zum einen lernt er die Machtverteilung in militärischen Strukturen kennen, welche für die Hierarchien der Sternenschiffe in dem von ihm erfundenen Universum wichtig werden sollen, zum anderen entdeckt er seine Liebe zum Schreiben. Er versorgt nämlich als Soldat diverse amerikanische Magazine mit Fliegergeschichten. Nach dem Krieg arbeitet er als Berufspilot bei PANAM, bis er bei einem Flug von Indien nach New York in der syrischen Wüste fernab jeder Zivilisation notlanden muß. Er meistert diese Situation und wird auch für sein besonnenes Verhalten ausgezeichnet. Dennoch hat ihn dieses Erlebnis verändert: er beschließt, künftig als Drehbuchautor in Los Angeles zu arbeiten. Zunächst muß er sich allerdings mit einem zusätzlichen Job beim Police-Department über Wasser halten: er stellt Strafmandate aus und verfaßt Reden für den Polizeipräsidenten. Nach einigen Versuchen als Autor kurzlebiger TV-Serien kommt ihm der Gedanke, analog zur Westernserie *Wagon Train,* in welcher kühne Siedler auf Planwagen in den Westen der Vereinigten Staaten vorstoßen, den Zug der Menschheit zu den Sternen (Star Trek) zu beschreiben. *Wagon Train* war Anfang der sechziger Jahre eine populäre Westernserie und wie fast die meisten Produktionen in diesem Genre ein Vehikel für »die Pädagogen des zwanzigsten Jahrhunderts«, um mit Revolverhelden und Pionieren als Protagonisten Moralgeschichten zu erzählen. Roddenberry erkennt die Bedeutung dieses »Strickmusters« und paßt es für das neue TV-Zeitalter an, indem er das Thema vom *Zug der Siedler nach Westen* in die Zukunft extrapoliert und so den Zug der Menschheit zu den Sternen erfindet: Star Trek.

Historisches

Die Idee dorthin zu gehen, wo noch nie ein Mensch zuvor gewesen ist, zeugt zwar von einer wachen Beobachtungsgabe und vielleicht sogar von prognostischem Talent, ist aber in den frühen sechziger Jahren sicher kein Geniestreich. Denn zu diesem Zeitpunkt berichtet schon die Tagespresse längst nicht mehr nur vom irdischen Geschehen. In allen Zeitungen sind die ersten Bilder von der Oberfläche des Erdtrabanten zu sehen, die von der US-Mondsonde *Ranger VI* zur Erde gefunkt werden. Auch schwebt bereits der Russe Alexej Leonow als erster Mensch außerhalb eines Raumschiffs, und es findet das erste Rendezvous zweier bemannter Raumkapseln im All statt. Bezeichnend für die sechziger Jahre ist auch das Logo der Weltausstellung, die im April 1964 in New York eröffnet wird: »Ihr Wahrzeichen ist der 42 Meter hohe Stahlglobus ›Unisphere‹, Symbol eines Jahrzehnts im Aufbruch, in dem Satelliten sich von unserem ›Raumschiff Erde‹ lösen und immer weiter in den Weltraum vorstoßen«*.

Als sich Gene Roddenberry von aktuellen Geschehnissen für die Konzeption seines Universums inspirieren läßt, hat auch das Kino schon die extraterrestrische Wirklichkeit erobert: »Die Reise zum Mond« von Georges Méliès (Frankreich, 1902) stellt sowohl den ersten Science-Fiction-Film wie auch eine der beiden ersten Filmproduktionen überhaupt dar. Als weitere Meilensteine sind vor allem zu nennen: »Das Ding aus einer anderen Welt« von C. Nyby/H. Hawks (USA, 1951), »Gefahr aus dem Weltall« von Jack Arnold (USA, 1953), »Kampf der Welten« von Byron Haskin (USA, 1953), »Godzilla« von Inoshiro Honda (Japan, 1956) und »Alarm im Weltall« von Fred M. Wilcox (USA, 1956). Zeitgleich mit den Vorbereitungen zu Star Trek entstehen die Filme: »2001: Odyssee im Weltraum«, »Fahrenheit 451«, »Die phantastische Reise«, »Barbarella« und »Planet der Affen«**.

Es lag also einiges in der Luft – in der Kinoluft. Dennoch kommen Roddenberry als dem Urheber des Star-Trek-Universums unbestrittene Verdienste zu: er will keine der üblichen Science-Fiction-Kinderserien im Fernsehen produzieren, sondern anspruchsvolle Unterhaltung für Erwachsene. Dazu dient ihm seine Vision: Star Trek soll eine positive, hoffnungsschaffende Wirklichkeit sein. Die Menschheit soll auch das zwanzigste Jahrhundert überstehen und künftig gemeinsam in die Zukunft gehen. Die verschiedenen Rassen sollen ihre Zwistigkeiten vergessen und sich gemeinsam an die Lösung der an-

---

* Chronik des 20. Jahrhunderts, Dortmund 1983, S. 937.
** Vgl.: Die Chronik des Films, Gütersloh/München 1994, S. 377.

stehenden Probleme machen. Sie sollen tolerant sein, nicht nur in Fragen der Rassenzugehörigkeit, sondern auch in Fragen der Politik und Religion. Ihre Konflikte sollen sie friedlich lösen. Auf ABC und CBS wirken Roddenberrys Vorschläge für Star Trek Classic ziemlich befremdlich. Ein Außerirdischer, der mit Menschen zusammen lebt und arbeitet? Eine Frau in leitender Position? Keine der großen Produktionsgesellschaften wagt sich zunächst an die Inszenierung dieser Ideen heran. NBC schließlich läßt als TV-Pilotfilm *The Cage* mit Jeffrey Hunter als Captain drehen, lehnt das Resultat aber ab, da es zu anspruchsvoll sei und es ihm an Action mangele. Immerhin hält man bei NBC das Konzept offenbar für ausbaufähig, denn es entsteht trotz der hohen Kosten, die schon der erste Pilotfilm verursacht hat, ein weiterer: *Where No Man Has Gone Before* mit William Shatner als Captain, worin Roddenberry die Rolle des Außerirdischen zwar erhalten konnte, nicht aber die des weiblichen Ersten Offiziers. Diese Produktion überzeugt, Roddenberry erhält einen Etat von $ 180 000 pro Episode zugebilligt. Ab 8. September 1966 geht seine Vision auf Sendung. Kritiker und Zuschauer sind zunächst vor den Kopf gestoßen – das ist etwas, das in dieser Form vorher noch nie zu sehen gewesen war. Für die amerikanische Gesellschaft der sechziger Jahre schon schockierend genug finden sich auf der Brücke nicht nur ein Asiate und eine Schwarze, sondern mitten im Kalten Krieg auch noch ein Russe; von dem emotionslosen, sich ganz von der Logik leiten lassenden Außerirdischen ganz zu schweigen.

Immer unter enormem Zeitdruck stehend, werden die ersten der letztlich insgesamt 79 Folgen von Star Trek produziert und gesendet. Ein umfassender Erfolg stellt sich allerdings erst mit der Ausstrahlung durch Regionalsender ein. Star-Trek-Clubs und Fanzines entstehen, Fan-Conventions werden abgehalten. NBC erkennt die kommerziellen Chancen einer Wiederbelebung der Serie, läßt sich aber von den hohen Anfangskosten abschrecken. So bringt Filmation am 8. September 1973 Star Trek als Zeichentrickserie heraus. Es werden zweiundzwanzig Episoden mit den Stimmen der Originalschauspieler produziert. Allerdings wird die anspruchsvolle Serie im Samstags-Kinderprogramm plaziert, und schließlich mangels Einschaltquoten in der zweiten Season eingestellt.

Roddenberry versucht in der Folgezeit, weitere Science-Fiction-Serien zu etablieren. Mitte der 70er Jahre kommt er auf Star Trek zurück und gibt unter dem Arbeitstitel *Star Trek II* die Abfassung von Drehbüchern in Auftrag. Bei Paramount, inzwischen im Besitz der Rechte an Star Trek, ist man sich über die Gewinnmaximierung noch nicht schlüssig. Erst der immense Erfolg, den Star Wars verbuchen kann, schafft Klarheit. Paramount schwenkt kurzfristig von der TV-Produktion *Star Trek II* auf die Großleinwand um, und läßt Robert Wise 1979 Star Trek als Kinofilm inszenieren. Da zwei weitere erfolgreiche Movies folgen, diesmal unter der Regie von Nicholas Meyer, 1982, und Leonard Nimoy, 1984, beginnt man bei Paramount nun wieder über eine – zusätzliche – Wiederbelebung von Star Trek in Fernsehserien nachzudenken. Dies geschieht zunächst mit *Star Trek: The Next Generation* (im folgenden kurz: TNG). Es soll kein Aufguß von Star Trek Classic werden, sondern ein *neuer* Blick in Roddenberrys Universum achtundsiebzig Jahre weiter in der Zukunft. Die kreative Leitung von TNG wird Gene Roddenberry übertragen. Er engagiert Robert H. Justman, der bereits bei Star Trek Classic als beteiligter Produzent bis zum Beginn der dritten Season dabei war: zuständig für Schnitt, Musik, Requisiten und Kulissen. Bei TNG ist es Justmans Aufgabe, in Fragen des Designs die Kontinuität zu Star Trek Classic zu wahren. Er steuert neben dem Warp-Speed-Effect und dem Holodeck auch die Rolle des Klingonen und des Androiden auf der Brücke bei, sowie die Idee von den Familien und Zivilisten an Bord des Forschungsschiffes. Als er zur zweiten Season die TNG-Produktion wieder verläßt, hat er das Projekt bereits auf den »richtigen« Weg gebracht. Für die Folgen »Unification Part I«, »Unification Part II« (Episode Nr. 107, dt. »Wiedervereinigung? I« und 108, dt. »Wiedervereinigung? II«), und »Relics« (130, dt. »Besuch von der alten Enterprise«) kehrt er als Berater zurück, um die Darsteller aus Star Trek Classic, Leonard Nimoy und James Doohan, in ihren Gastauftritten passend in Szene zu setzen wie zuvor schon in »Encounter at Farpoint Part I« (1, dt. »Der Mächtige«) DeForest Kelley.

Wer Roddenberry nicht mehr für TNG zur Verfügung steht, ist der früh verstorbene Gene L. Coon. Es soll *dieser* Gene gewesen sein und nicht Gene Roddenberry, der Star Trek zu dem gemacht hat, was es heute so unverwechselbar erscheinen läßt, der Star Trek mehr Leben einhauchte, als jeder andere, der daran beteiligt war. Wer war dieser Gene L. Coon?

Ideen eines Unbekannten

Nach vier Jahren bei der Marine beginnt Gene L. Coon Drehbücher zu schreiben, unter anderem für Bonanza. Bei Star Trek steigt er Mitte der ersten Season als ausführender Produzent ein. Roddenberry ist zu diesem Zeitpunkt von der Belastung, eine wöchentliche Serie zu produzieren, weitgehend erschöpft. Coon überarbeitet für ihn vorliegende Drehbücher und steuert selbst einige bei. Dabei schafft er die Beziehungen zwischen den Charakteren, insbesondere den Zwist zwischen dem Vulkanier Spock und dem Schiffsarzt McCoy. Aber auch die Arbeitsweise des »Wunderingenieurs« Montgomery Scott und das klingonische Feindbild sind seiner Feder entflossen. Besonders bemerkenswert aber ist die Idee der *Prime Directive* der Sternenflotte, der Hauptdirektive der Nichteinmischung, die Coon einbringt und die in TNG eine exponierte Rolle spielen wird.

Den geschichtlich Interessierten läßt sie vermutlich an den Isolationismus denken, die Doktrin der politischen Nichteinmischung in Angelegenheiten nichtamerikanischer Staaten, welche ab 1776 die Außenpolitik der Vereinigten Staaten bestimmte. Allerdings geht es in TNG nicht um die in George Washingtons Abschiedsbotschaft von 1796 zum Ausdruck gebrachte Tendenz, sich vom Ausland abzuschließen, um staatliche Eigeninteressen zu betonen, sondern darum, durch Nichteinmischung die natürliche Entwicklung fremder Gesellschaften ungestört ablaufen zu lassen und damit die negative Beeinflussung durch eigene Fehler auszuschließen.

Trotz dieser eindeutigen Vorgabe wird in TNG immer wieder gegen die *Prime Directive* verstoßen. Sogar der tugendhafte und pflichtbewußte Captain der Enterprise, Jean-Luc Picard, wird in der Episode »The Drumhead« (95, dt. »Das Standgericht«) beschuldigt, er habe wiederholt gegen die Hauptdirektive verstoßen.

Humanismus

Die Episode »Pen Pals« (41, dt. »Brieffreunde«) demonstriert nicht nur einen solchen Verstoß gegen die Hauptdirektive, sondern zeigt auch eine Diskussion der Führungsoffiziere über die grundsätzliche Möglichkeit einer Auslegung der *Prime Directive:* um Leben zu retten, soll das Gebot der Nichteinmischung wenigstens in einem Fall aufgehoben werden. Dabei geraten die moralischen Auffassungen der Diskussionsteilnehmer ins Wanken, Mitgefühl konkurriert mit Pflichtbewußtsein. Die verfahrene Lage wird durch das Wort des Captains in humanistischem Sinne entschieden: *»Wir können uns nicht abwenden.«* Ebenso verhält es sich in »Justice« (8, dt. »Das Gesetz der Edo«), worin einem Besatzungsmitglied der Enterprise wegen der Übertretung eines Gesetzes auf einem fremden Planeten die Todesstrafe droht. Picard entscheidet sich für das Leben des Mitglieds seiner Besatzung und ignoriert damit seine Verpflichtung gegenüber der Hauptdirektive der Sternenflotte. »Angel One« (14, dt. »Planet Angel One«) bietet eine vergleichbare Situation: es ist wiederum das Leben von Mitgliedern eines Föderationsschiffes, deren Rettung der Nichteinmischung in eine fremde Gesellschaft vorgezogen wird. Somit kann festgehalten werden: in diesen Episoden ist eine bewahrende Einstellung gegenüber dem menschlichen Leben als vorrangigem Prinzip und damit als einem Kennzeichen von Humanität erkennbar.

In »Up the Long Ladder« (44, dt. »Der Planet der Klone«) werden zwei dem Untergang geweihte Rassen gegen ihren ausdrücklichen Wunsch, aber zu ihrem eigenen Nutzen von Picard in einer Weise umgesiedelt, die beider Überleben sichert. Wiederum eine humanistische Lösung, die im Rahmen der vorgegebenen Situation eine Politik vermeidet, welche zur einseitigen Benachteiligung von Personengruppen führen würde. In »Who Watches the Watchers« (52, dt. »Der Gott der Mintakaner«) setzt Picard sogar sein eigenes Leben ein, um ganz im Sinne eines humanistischen Ideals die Eingeborenen eines voraufklärerischen Planeten vor gefährlichem Aberglauben zu bewahren, der die Lebensbedingungen in dieser Gesellschaft eklatant stören würde. Auch »The Ensigns of Command« (50, dt. »Die Macht der Paragraphen«) und »The High Ground« (60. dt. »Terror auf Rutia IV«) zeigen in der Lösung der dort dargestellten Konflikte und den handlungsleitenden Motiven wiederum Überzeugungen, die auf den Menschen und die Erhaltung seiner Würde gerichtet sind. Die Übertretungen der *Prime Directive* werden von Captain Picard als verantwortlichem Offizier bewußt in Kauf genommen, um Freiheitsberaubung und Existenzbedrohung von menschlichem Leben abzuwenden. In »Legacy« (80, dt. »Die Rettungsoperation«) wird sogar das Kräftegleichgewicht auf einem Planeten verschoben, um nicht eine Situation zu sanktionieren, die den Grundsätzen von Humanität und Humanismus widersprechen würde.

TNG bietet eine Fülle von Beispielen friedlicher Konfliktlösung. Schon die geduldig ausgeführten Kommunikationsversuche bei zahllosen Begegnungen auch mit feindlich gesinnten Gruppen und Individuen setzen das Prinzip der »Low-Level-Science-Fiction« außer Kraft, wonach erst geschossen und dann erst gefragt, bzw. diskutiert wird. TNG wertet Gewalt als Versagen, auch wenn sie im Notfall angewendet wird. Dementsprechend äußert sich Picard in »The Neutral Zone« (26, dt. »Die Neutrale Zone«) und fügt noch an, er gewinne lieber durch Logik als durch Gewalt. In »Yesterday's Enterprise« (63, dt. »Die alte Enterprise«) begegnet die Aussage: *»Dies ist ein Schiff des Friedens.«* Es kann nun festgehalten werden: Eine Politik, die zur einseitigen Benachteiligung von Personengruppen führt, wird in TNG ebenso abgelehnt wie Aggression und Gewalt. Es begegnet eine teilnehmende und hilfsbereite Einstellung gegenüber den Mitmenschen und auch gegenüber nicht-menschlichen Wesen. Achtung vor der freien Entscheidung des Anderen gilt als selbstverständlich.

In »The Drumhead« (95, dt. »Das Standgericht«) zeigt sich dies im Plädoyer: *»Lassen Sie uns niemand verurteilen aufgrund seiner Abstammung!«*; und: *»Wenn die erste Rede zensiert, der erste Gedanke verboten, die erste Freiheit verweigert wird, sind wir alle unwiderruflich gefesselt. Wenn die Freiheit eines Menschen zum ersten Mal beschnitten wird, ist das ein Schaden für alle.«* Ganz ausdrücklich wird Freiheit von dem entführten Picard als eine Grundkategorie für das menschliche Dasein bezeichnet in »The Best Of Both Worlds Part I« (74, dt. »In den Händen der Borg«) und in »Allegiance« (66, dt. »Versuchskaninchen«).

Die wiederholte Hervorhebung der Bedeutung von Freiheit für den Menschen läßt an den großen Humanisten Erasmus von Rotterdam denken, der die Freiheit des menschlichen Willens radikal verteidigte. Er trat auch in seinen »Colloquia familiaria« (dt. u. a. als »Gespräche«) bereits 1518 für die Gleichstellung von Frau und Mann in Beruf und Bildung ein, was ja in TNG als gelungen dargestellt wird.

Aber auch ein Freund von Erasmus, Sir Thomas More, soll erwähnt werden: er legte mit »De optimo rei publicae statu deque nova insula Utopia« (dt. unter dem Titel »Utopia«) im Jahre 1516 den Entwurf einer *besseren* Gesellschaft mit einer besten Staatsverfassung vor, welche von der Idee her im Star Trek-Universum, insbesondere in der Föderationsverfassung wieder begegnet. Die 110 »Articles of Federation of the United Federation of Planets« legen ein unübersehbares Zeugnis ab*. Hier soll nur ein Teil der Präambel wiedergegeben werden, die den achtzehn Kapiteln vorangestellt ist und sich wie eine Übertragung humanistischen Gedankenguts in das zweiundzwanzigste Jahrhundert liest: »We, the intelligent lifeforms of the United Federation of Planets determined, (...) to reaffirm faith in the fundamental intelligent life-form rights, in the dignity and worth of the intelligent life-form person, to the equal rights of male and female and (...) to promote social progress and better standards of life in larger freedom.«

---

* Internet, dort zit. nach: Star Fleet Technical Manual, Franz Joseph Designs, 1975/1987.

Interessanterweise bietet der Humanismus in Star Trek nicht nur das hehre Ziel einer besseren Welt, sondern fängt ganz konkret bei der Erziehung der Kinder und Jugendlichen an. Erziehung durch Bildung soll helfen, das Leben zu gestalten und zu meistern. Bezeichnend dafür ist die Episode »Samaritan Snare« (43, dt. »Das Herz eines Captains«), wo Captain Picard zusammen mit Fähnrich Crusher in einer Raumfähre eine sechsstündige Reise unternimmt. Es entwickelt sich ein Gespräch: Picard erkundigt sich über die Fortschritte des Fähnrichs bei der Vorbereitung für die Sternenflottenakademie. Dieser klagt, damit sehr belastet zu sein, und entschuldigt sich deshalb, das vom Captain geliehene Buch noch nicht gelesen zu haben. Da wird Picard ungehalten und weist den Fähnrich energisch darauf hin, daß Prüfungsvorbereitungen in technischen Fächern nicht zu den wirklich wichtigen Dingen im Leben gehören würden. Das Leben bereichern und in Schwierigkeiten weiterhelfen vermöge vielmehr die Beschäftigung mit Geschichte, Kunst und Philosophie, womit der Captain ganz direkt das humanistische Bildungsideal propagiert. Wiederum kann festgehalten werden: In TNG herrscht ein grundsätzliches Bemühen um eine Gestaltung des Lebens und der Gesellschaft durch Bildung und Erziehung. Dies wird vor allem durch die Schaffung der dafür notwendigen Lebens- und Umweltbedingungen entsprechend der Menschenwürde und der freien Persönlichkeitsentfaltung erreicht.

Bewegte Bilder haben auf einer sehr sublimen Ebene Einfluß auf die Überzeugungen und Wertvorstellungen eines Menschen. Das erkannten als erstes die Propagandamaschinerien totalitaristischer Staaten und setzten Filme gezielt ein. Der Einfluß steigt entsprechend, wenn Filme in Serien wöchentlich oder gar täglich immer und immer wieder gesehen werden. Auch führt die »Erhebung« von Darstellern zu *Stars* zur – meist unbewußten – Imitation und zur Verinnerlichung von Ideologien und Ansichten. Die Aussagen Picards gewinnen durch seinen »Idol-Bonus« zusätzliches Gewicht. Der Captain erzieht gewissermaßen nicht nur die Mitglieder der Enterprise-Besatzung, sondern auch den TV-Konsumenten, vor allem wenn sich dieser noch im jugendlichen Alter befindet*. Der regelmäßige Zuschauer bei TNG wird also in einer bestimmten Weise geformt. Diese Formung ist einer humanistischen Weltanschauung verpflichtet. Damit leistet Star Trek einen nicht zu unterschätzenden Beitrag zur »Erziehung des Menschengeschlechts«. Denn, was dank der Synchronisationstechnik in 170 Ländern der Erde allwöchentlich auf den Bildschirmen und in den Köpfen präsent ist, kann nicht ohne Folgen für das Selbstverständnis der Menschheit und ihr Verlangen nach einer menschlicheren Wirklichkeit bleiben.

Utopie

Um die Herkunft von Star Trek aufzuzeigen, soll bei Thomas Morus begonnen werden, der schon weiter oben im Zusammenhang mit den »Articles of Federation of the United Federation of Planets« und deren Bedeutung für Humanismus und Pazifismus zu Star Trek herausgestellt wurde. Nun ist die Beziehung von Star Trek zu Thomas Morus gleichzeitig die Rückbindung von Roddenberrys Vision an den Anfang jenes Genres, das durch den Namen der Phantasieinsel »Utopia«, griechisch »Nirgendsort«, seinen Namen erhielt.

Mit »De optimo rei publicae statu deque nova insula Utopia« aus dem Jahre 1516 legt Thomas Morus nicht nur den Entwurf einer *besseren* Gesellschaft mit einer besten Staatsverfassung vor, sondern zugleich das umfassende *gesellschaftspolitische* Anliegen der utopischen Literatur fest; im Gegensatz zur späteren Science Fiction-, Fantasy- und phantastischen Literatur, die mit technischer Extrapolation, märchenhafter Atmosphäre und teilweise stark mythischer Ausrichtung jeweils eigene Anliegen in den Blick nehmen. Für diese damals völlig neuartige Gattung der Utopie finden sich in jedem der auf Morus folgenden Jahrhunderte zahlreiche Vertreter. Nur einige Beispiele seien genannt: Francis Bacon beschreibt in »Nova Atlantis«, 1627, einen technisch perfekten Zukunfts-

* Von Dave Marinaccio erschien bei HEYNE, München 1995, der Band: »Alles, was ich im Leben wirklich brauche, habe ich von Star Trek gelernt«.

staat, der durch Naturbeherrschung und -nutzbarmachung nach Vervollkommnung seiner Kultur strebt. Ludvig Baron von Holberg liefert 1741 den satirisch-moralischen Reiseroman »Nicolai Klimii iter subterraneum« und Herbert George Wells entwirft in »A modern Utopia«, 1904, einen von einer altruistischen Elite regierten Weltstaat. Wells Werke und die vorwiegend technischen Utopien von Jules Vernes, 1828–1905, sowie die Vision der Kantischen Idee einer einigen, Gott wohlgefälligen Menschheit in »Auf zwei Planeten« von Kurd Laßwitz, 1848–1910, markieren fast gleichzeitig in England, Frankreich und Deutschland einen Übergang von der Utopie zur Science Fiction.

»Der Begriff ›Science Fiction‹ wurde 1851 von William Wilson, einem britischen Essayisten, in dessen ›A Little Earnest Book upon a Great Old Subject‹ zum ersten Mal gebraucht«*. Größere Verbreitung fand er aber erst, als ihn Hugo Gernsback in seinen Magazinen der späten 20er Jahre wieder verwendete und damit endgültig dem Genre seinen Namen gab.

Seit dem Ersten Weltkrieg begegnen verstärkt »Schwarze Utopien« oder »Antiutopien«. Ihnen gemeinsam ist ein *gesellschaftskritischer* Ansatz, der sein Engagement vor allem aus der Erkenntnis der weltweiten Gefährdung durch Gewalt und Umweltzerstörung gewinnt. Wichtige Vertreter sind: Aldous Huxley mit »Brave New World«, 1932, George Orwell mit »1984«, 1949, Ernst Jünger mit »Heliopolis«, 1949, Carl Amery mit »Der Untergang der Stadt Passau«, 1975, und Wolfgang Jeschke mit »Midas«, 1989. Eine gattungsmäßige Ausweitung auf das Drama erfuhr die Utopie durch Hans Magnus Enzensberger mit »utopia«, 1957, durch Elias Canetti mit »Die Befristeten«, 1964, und durch Friedrich Dürrenmatt mit »Porträt eines Planeten«, 1971.

---

* H. J. Alpers, Lexikon der Science Fiction Literatur, zit. nach: U. Gottwald, Science Fiction (SF) als Literatur in der Bundesrepublik der siebziger und achtziger Jahre, Frankfurt/M. 1990, S. 31. Was genau Science Fiction *ist*, darüber herrscht heute auch unter den Autoren und Herausgebern des Genres Uneinigkeit, wie Gottwald durch eine Fragebogenaktion herausfand, vgl. U. Gottwald, S. 248–253.

Es ist gerade der *gesellschaftsverändernde* Ansatz der Utopien, der in Star Trek seine Fortsetzung findet. Darüber hinaus wird aber auch parallel ein Zweig der aus der Utopie herkommenden Science Fiction fortgesetzt, welcher religiöse Inhalte erkennen läßt. Gemeint sind damit vor allem folgende Autoren, die übrigens mit den angegebenen Werken Science Fiction-Geschichte geschrieben haben: W. Olaf Stapledon mit »Der Sternenschöpfer«, 1937, worin eine neue Form der Seelenreise bis in die Tiefen des Kosmos stattfindet; Clive Staples Lewis mit der Trilogie »Jenseits des schweigenden Sterns«, 1938, »Perelandra«, 1943, und »Die böse Macht«, 1945, die von christlichen Überzeugungen ausgeht und ganz in diesem Sinne die Freiheit des Individuums propagiert; James Blish mit »Der Gewissensfall«, 1958, worin ein Paradies im biblischen Sinne gefunden wird, welches allerdings anstelle des Schöpfergottes auf reiner Logik gründet; Robert A. Heinlein mit »Ein Mann in einer fremden Welt«, 1961, der die Entstehung einer Religion beschreibt und bis in die Siebziger als Autor dieser »Hippie-Bibel« gefeiert wurde; Frank Herbert mit »Der Wüstenplanet«, 1965, einer gigantischen Religionsgeschichte, die *den* Propheten in den Heiligen Krieg ziehen läßt; Philip Josè Farmer, der für seine Riverworld-Reihe, ab 1971, ein Leben nach dem Tod als Erzählgrundlage verwendet; Carl Amery, der in »Das Königsprojekt«, 1974, der Kirche eine Zeitmaschine an die Hand gibt, um eine ihrer Spaltungen rückgängig zu machen; Larry Niven/Jerry Pournelle, die in »Das zweite Inferno«, 1976, mittels einer Reise durch die Hölle Dantes »Inferno« aktualisieren und um die Schrecken des 20. Jahrhunderts erweitern; Doris Lessing mit »Shikasta. Canopus im Argos: Archive I«, 1979, die, wie auch Arthur C. Clarke mit »2001«, eine Menschheitsgeschichte unter zutiefst moralischer Perspektive bietet; Herbert W. Franke mit »Zentrum der Milchstraße«, 1990, worin er sich mit konservativer und rationaler Theologie auseinandersetzt, wobei letztere im Roman die Geschichte des Kosmos als von Gott geschriebenes Computerprogramm entlarvt.

Nach der Offenlegung des hintergründigen religiösen Gehaltes von Star Trek wird deutlich werden, daß Star Trek nicht nur als humanistische und pazifistische Utopie gelten kann, sondern ein Ableger gerade der Science Fiction ist, die ganz offen religiöse Elemente einbringt und zum Gegenstand der Handlung macht.

Die religionsgeschichtliche Perspektive

Gene Roddenberry soll beabsichtigt haben, »Gott und Religion allgemein soweit wie möglich von *Star Trek* fernzuhalten, da er diese Themen als überstrapaziert und damit für die Zuschauer nur wenig reizvoll betrachtete«*. Im Folgenden wird deutlich werden, wie wenig ihm das gelungen ist.

Zunächst fallen die zahlreichen Stoßgebete von McCoy und Kirk in Star Trek Classic auf, in welchen als Adressat stets »Gott« genannt wird, und noch deutlicher sämtliche Star Trek-Kinofilme, deren Handlungen schon auf den ersten Blick an religiöse Kategorien denken lassen: »Star Trek. The Motion Picture« handelt von der Suche des Geschöpfes nach seinem *Schöpfer*. Dabei tritt die vom Menschen geschaffene Maschine in der Rolle des *Geschöpfes* auf. Sie wurde ihrer selbst als geschaffener Wesenheit bewußt und sucht nun – in Stellvertretung für den Menschen? – ihren Schöpfer. Harlan Ellison gab den häufig zitierten Vorschlag ab, die Mannschaft der *Enterprise* hinter einer Mauer am Ende des Universums auf Gott stoßen zu lassen**. Und Leonard Nimoy bemerkte in einem Interview, daß Roddenberry immer wieder die Idee beschäftigt habe, wie sehr der Mensch auf der Suche nach Gott sei, ihn dabei aber nie finden könne. Schon 1973 in dem Pro-

---

* Sander, Ralph, Das Star Trek Universum, HEYNE, München [5]1989, S. 247.

** Nonhoff, Sky, Telling Them, in: Ellison, Harlan, Mephisto in Onyx, München 1996, S. 115f; Harlan Jay Ellison, Journalist, Essayist, Kolumnist und Autor, geboren 1934 in Cleveland: Zu seinen berühmtesten Werken zählt seine epochemachende Novelle *A Boy and His Dog*, die mit Don Johnson in der Hauptrolle verfilmt wurde; für Star-Trek-Classic schrieb er die Vorlage zu der Episode »The City on the Edge of Forever« (28, dt. »Griff in die Geschichte«), bei »Star Trek. The Motion Picture« war er in der Funktion als *story consultant* engagiert.

bestreifen »The Questor Tapes« thematisiert Roddenberry sechs Jahre vor »Star Trek. The Motion Picture« diese Suche im Zusammenhang mit einem sich selbst bewußt gewordenen Roboter. Ebenfalls an religiöse Kategorien läßt »Star Trek II: The Wrath of Khan« denken, wenn im Rahmen des »*Genesis*-Projekts« eine lebendige Flora und Fauna auf einem toten Planeten *erschaffen* wird, und das – zunächst – nicht minder effektiv als durch Gott selbst nach der alttestamentlichen Schöpfungsgeschichte im Buch Genesis. In »Star Trek III: The Search for Spock« steht Spock von den Toten auf und wird zu *neuem Leben wiedergeboren.* Dies geschieht nicht durch menschliches Zutun, sondern mittels einer vulkanischen Priesterin im Rahmen eines Rituals auf dem Planeten Vulkan. »The Voyage Home. Star Trek IV« erzählt die Geschichte einer modernen *Sintflut* und einer außerirdischen, von Menschen gesteuerten Arche Noah, die ein Pärchen der Gattung Wal vor seinen Jägern rettet. In »Star Trek V: The Final Frontier« suchen Vertreter unterschiedlicher Rassen ihre jeweilige Vorstellung vom *Paradies,* welches sie alle auf demselben Planeten vermuten. Am Ziel stoßen sie auf ein Wesen, daß sich als *Gott* bezeichnet. Das Bemühen, in »Star Trek VI: The Undiscovered Country« galaktischen *Frieden* auf kosmischer Ebene durch einen Völker und Rassen verbindenden Vertrag herzustellen, läßt an das Friedensreich nach der Wiederkehr des Menschensohnes denken. Das als Untertitel verwendete Zitat »Das unentdeckte Land« stammt aus Hamlet und bezieht sich bei Shakespeare ursprünglich auf den Tod*. »Star Trek VII: Generations« handelt dann ja auch ganz direkt von der Angst des Menschen vor dem Alter und dem Älterwerden, der Sehnsucht nach *Erlösung* von Leid, von dem unaufhaltsamen Fortschreiten der Zeit und der *Hoffnung* auf einen immerwährenden Zustand des Glücks. Ausgerechnet diesen paradiesischen Zustand gibt Kirk auf, um sich bei der Rettung eines Volkes zu opfern, wie zuvor schon Spock in »Star Trek II: The Wrath

---

* Vgl. Interview mit Regisseur Nicholas Meyer, in: Star Trek. Wo bisher noch niemand gewesen ist. Eine Chronik in Bildern, Red. Wolfgang Jeschke, HEYNE, München [3]1995, S. 112.

of Khan« sein Leben für die Enterprise-Besatzung gibt, getreu der Philosophie des Volkes auf Vulkan: »The needs of the many outweigh the needs of the few.« Diese Worte des sterbenden Spock *(»Die Bedürfnisse vieler überwiegen die Bedürfnisse weniger... oder eines einzelnen«)* erinnern an die im Neuen Testament überlieferte Rede des Hohepriesters Kajaphas, wonach es besser sei, »wenn ein einziger Mensch für das Volk stirbt, als wenn das ganze Volk zugrunde geht« (Johannesevangelium: Kapitel 11, 50). In »Star Trek VIII: First Contact« trifft die Enterprise nach einer Zeitreise in die Vergangenheit den Erfinder des Warpantriebs, der auf einer durch Kriege verwüsteten Erde inmitten des Grauens einer zerstörten Zivilisation von einer unerschütterlichen *Hoffnung* geleitet ist, die ihn seine Vision zum Erfolg führen läßt. »Star Trek IX: Insurrection« zeigt dann wieder das *Paradies:* Ein himmlischer Ort ohne Krankheit und Leid mit glücklichen Menschen, die in ewiger Jugend ein erfülltes Leben führen.

Aber: Geht es vielleicht doch nur um die Einspielergebnisse an der Kinokasse? Es ist zu bedenken, daß die Kategorien *Schöpfung, Sintflut, Hoffnung, Paradies, Frieden, Selbstaufopferung, Tod* und *Auferstehung,* sowie *Gott* möglicherweise nur eingebaut wurden, um dem Publikum Vertrautes zu servieren und damit größeren Anklang zu finden. Werden diese christlichen Elemente in Star Trek also nur als Versatzstücke verwendet, weil die Medienindustrie den schönen Schein für ihre Verkaufsversprechen benötigt?*. Oder ist Roddenberrys Vision in ihrer tiefsten Schicht selbst religiös? Schließlich geht es ja um *Menschen,* Menschen auf ihrem Zug zu den Sternen. Menschen, die in ihrer Komplexität nie ohne ihre religiösen Anteile begriffen werden können. George Takei sagte 1992: »What Gene [Roddenberry] did was throw open the door for light to shine on the simple fact that people are wonderful in all their rich, colorful, complex diversity«**.

---

* Vgl. Hickethier, Knut, Die Utopie der Serie, in: Hellmann, Kai-Uwe/Klein, Arne, »Unendliche Weiten...«. Star Trek zwischen Unterhaltung und Utopie, Frankfurt/M. 1997, S. 120–138.

** Starlog, 20. Jg., New York 1996, # 228, p. 44.

Daß diese Menschen in Fragen der Religion tolerant sind, steht außer Zweifel: sie hängen keinem Fundamentalismus und keiner Ausschließlichkeitsvorstellung an. Aus ihrer Toleranz folgt aber keineswegs die Ablehnung von Religiosität. Diese gehört vielmehr ganz selbstverständlich zum Menschen und wird auch in der Welt von Star Trek nicht als überflüssig angesehen.

Ganz natürlich löst sich der Mensch, sobald er sein Schicksal selbst in die Hand nimmt, vom Mythos und den mythischen Vorstellungen, wie sie im Altertum und im modernen Aberglauben das Denken beherrschten und beherrschen. Später reinigt er seine Religion von mythischen Einkleidungen und damit von menschlichen Zutaten aus alter Zeit, die den Blick von Gott ablenken. So ist es in Star Trek geschehen: der Mensch hat sich vom mythischen Weltbild verabschiedet, er ist in Fragen der Rasse und Weltanschauung tolerant geworden, reist in sozialen Gruppen unterschiedlichster Zusammensetzung durch das All und entdeckt fremdes Leben und neue Welten. Er toleriert die Mitglieder seiner eigenen Rasse und die fremder Rassen. Er achtet das Leben und setzt seinen Wert stets am höchsten an. Er bestattet seine Toten und gedenkt ihrer. Daß er bei der Totenbestattung auf eine bestimmte *Form* verzichtet, deutet vielleicht auf eine gewisse Beliebigkeit, nicht aber auf den Verzicht von Religion im allgemeinen hin. Der Mensch verhält sich als Mensch, eben *weil* er religiös geblieben ist.

So läßt sich zwar der hohe Wert, welcher in Star Trek der Freiheit und der Toleranz zugemessen wird, aus humanistischen Einstellungen heraus erklären, nicht aber die dem Leben verpflichtete, *hoffende* Einstellung, die die Menschen Niederlagen und Rückschläge hinnehmen und immer wieder ohne je zu verzweifeln ihren Weg fortsetzen läßt, getreu dem langjährigen Star Trek-Trailer: »to boldly go where no one has gone before«. Es dürfte also »boldly« mit »fromm« übersetzt werden, was ursprünglich (aus mhd. »vrum«) für »tapfer« steht, da sich gerade hierin die religiöse Grundstimmung auszudrücken scheint, die dem Menschen stets Hoffnung auf Zukunft macht, auf Fortsetzung der Reise. Um dies noch deutlicher werden zu lassen, werden wir uns weiter im Star Trek-Universum umsehen.

Eine deutliche Parallele zum Alten Testament, wo die Gottesvorstellung noch von der Idee des strafenden Gottes geprägt ist, ist der aus dem »Kontinuum« stammende Q. In der die ganze Produktion rahmenden Handlung des Pilotfilms »Encounter at Farpoint Part I & II« (1, dt. »Der Mächtige«, 2, dt. »Mission Farpoint«) und der Abschlußfolge »All Good Things... Part I & II« (177, dt. »Gestern, heute, morgen I«, 178, dt. »Gestern, heute, morgen II«) tritt Q als Richter über Picard und die Besatzung der Enterprise auf. Nicht nur Qs Allmächtigkeit läßt an Gott denken, auch mit eigenen Worten bezeichnet er sich so in »Tapestry« (141, dt. »Willkommen im Leben nach dem Tode«), worin Picard stirbt. Auf die Frage des Captains, *»Wo bin ich?«,* antwortet Q: *»Sie sind tot und ich bin Gott.«* Da Q's Handeln aber meist durch Willkür gekennzeichnet ist, erinnert er eher an den launenhaften Zeus des antiken Götterhimmels, als an den Gott Jesu Christi.

Die Aufforderung aus dem Neuen Testament »Alle sollen eins sein« (Johannesevangelium: Kapitel 17, 21), ist in Star Trek verwirklicht. Neben den Schiffsgemeinschaften in TNG und in allen anderen Star Trek-Serien, die aus zahlreichen verschiedenen Nationalitäten und Aliens zusammengesetzt sind, bietet besonders »The Voyage Home. Star Trek IV« ein eindrucksvolles Beispiel dieser Einheit mit der Versammlung der ganz unterschiedlichen Wesen im Föderationsrat in San Francisco: rote, schwarze und weiße Menschen sitzen neben humanoiden Außerirdischen, sowie kynoiden und ailurischen Wesen* oder völlig Fremdartigen, die alle *gemeinsam* in die Zukunft gehen, die ihre Zwistigkeiten zurückgestellt haben und sich an die Lösung der anstehenden Probleme machen, tolerant in Fragen der Rassenzugehörigkeit und Weltanschauung. Hier kommt die positive, *hoffnungsschaffende* Vision Roddenberrys mit der christlichen Vorstellung vom *Reich Gottes* zur Deckung und überträgt sie auf eine galaktische

* Hunde- und katzenartige Wesen.

Ebene, indem sie nicht nur die Völker der Erde, sondern die ganze Milchstraße in den Blick nimmt.

In Analogie zum Martyrium vieler Heiliger opfert sich der Captain eines fremden Raumschiffs in »Darmok« (102, dt. »Darmok«). Er verliert sein Leben bei dem Versuch, sich den Menschen verständlich zu machen, opfert sich freiwillig, um seine Geschichten, seine *Botschaft*, in persona zu den Menschen zu bringen. Alle vorausgehenden Versuche scheiterten, durch tieferes Eindringen in das Spiel der Sprache zu einer Verständigung zu gelangen. Erst als er unwiderruflich sein Leben einsetzt, begreifen die Menschen.

Messianische Vorstellungen, wie sie dem jüdisch-christlichen Denkhorizont entsprechen, zeigt die TNG-Episode »Transfigurations« (73, dt. »Wer ist John?«). Es geht um die Evolution eines Wesens, das sich von seiner der Materie verhafteten Körperlichkeit zu reiner Energie weiterentwickelt. Dieses Wesen wird von der eigenen, noch nicht in dieser Entwicklung begriffenen Art verfolgt, weil diese *»Angst hat vor etwas, was sie nicht versteht«*, und *»weil sie ihre Autorität gefährdet sieht«*. Das Wesen findet Aufnahme auf der Enterprise, wo es als heimatvertriebener Asylant seine Entwicklung abschließen kann. Vor und vor allem nach seiner *Transfiguration* entwickelt das Wesen *heilende* Kräfte. Es heilt nicht nur einzelne an Bord, sondern bald ganz kollektiv und umfassend die gesamte Wirklichkeit des Schiffs durch Handauflegung und Übertragung von warmem Licht. Schon die Evolution zu einem kosmischen Geist-/Lichtwesen als Finalisationspunkt menschlicher Entwicklung läßt an die Ausführungen des Theologen Pierre Teilhard de Chardin in »Der Aufstieg des Bewußtseins« und »Das höhere Leben«* denken, die Aufnahme des Ausgestoßenen und Verfolgten an eines der *Werke der Barmherzigkeit*, nämlich an die Aufforderung, Heimatlose aufzunehmen, die heilenden Hände wiederum an Jesus von Nazareth.

Deuten die Beobachtungen religiöser Elemente auf besondere missionarische Absichten bei den Autoren, Regisseuren

* Vgl. Teilhard de Chardin, Pierre, Der Mensch im Kosmos, München [2]1959.

oder Produzenten? Oder lediglich auf Zufälle und unbeabsichtigte Ergebnisse? Es mag überraschen, aber die Frage, was die Autoren *nachträglich* als ihre ursprüngliche Absicht oder Einstellung nennen, ist nicht von Belang. Vielmehr zählt allein die Tatsache, daß der kreative Prozeß, der Star Trek hervorbringt, hintergründig stets aus der Quelle religiöser Ideen schöpft, wobei es durchaus denkbar ist, daß dies den Machern nie offen zu Bewußtsein kommt. Doch interessiert *nach* dem Entstehen eines filmischen Kunstwerks nicht mehr, was der Drehbuchautor, Regisseur oder Produzent ursprünglich *wollte*, oder was den kreativen Prozeß in Gang setzte oder beförderte, sondern allein das Produkt, das am Ende vorliegt. Und dieses Produkt ist eindeutig offen für eine religiöse Deutung. Deshalb ist es bestenfalls erstaunlich, wenn behauptet wird, Roddenberry habe angeblich nicht an ein höheres Wesen geglaubt und auch kein Interesse daran gehabt, religiöse Elemente in Star Trek einzubauen. Ein Argument, Star Trek als un- oder nachreligiös zu bezeichnen, ist das jedenfalls nicht.

Star Trek vermittelt für den Zuschauer, der an diesem Universum Anteil hat, eine ernst zu nehmende Prognose der eigenen Zukunft. Wenn der Betrachter sich mit dieser utopischen TV-Wirklichkeit identifiziert, weil sie für ihn eine erstrebenswerte Daseinsweise darstellt, kann sie ihm *Hoffnung* vermitteln: Die Menschheit hat eine Zukunft, und es gibt eine positive Vision, die weit in das dritte Jahrtausend reicht. In dieser Vision lernt die Menschheit, sich weiter zu entwickeln, Konflikte friedlich anzugehen und sich gemeinsam an die Lösung anstehender Probleme zu machen. Roddenberry »created a legend which continues on today, creating a show that has helped believe that there was a future worth living for. He showed us that space is not just for space battles, but for learning new ideas and ways of thinking (...). Gene will be missed, but will not be forgotten«*.

* Vgl. Holtz, Mark, Internet: mholtz@netcom.com, Rancho Cordova, CA 1996.

ÜBER SCIENCE FICTION

Ob Sie wollen oder nicht, bei Marsreisen ist es Ihr ideologisches Handgepäck: Metaphern des marsianischen Megatextes von Wells bis Robinson

von Thomas J. Morrissey

Dr. Thomas J. Morrissey lehrt englische und amerikanische Literatur am Plattsburgh State University College in Plattsburgh, Staat New York. Den hier abgedruckten Vortrag, den wir aus Platzgründen leicht gekürzt haben, hielt er auf der 20th International Conference on the Fantastic in the Arts im März 1999 in Ft. Lauderdale, Florida. Die Übersetzung erfolgte mit freundlicher Genehmigung des Autors durch Usch Kiausch.

Ideen und Weltanschauungen reisen quer durch Zeit und Raum. Das zeigt sich etwa darin, daß viele europäische Weltanschauungen grundsätzlicher Art in die Neue Welt mitgebracht wurden, woraus sich Konflikte nicht nur innerhalb dieser verschiedenen Sichtweisen ergaben, sondern auch zwischen ihnen und den Standpunkten der Eingeborenen in der neu ›entdeckten‹ Hemisphäre. Deshalb überrascht es nicht sonderlich, wenn Raumfahrtromane auch heute noch den Zusammenprall von althergebrachten Vorstellungen und neuen Welten thematisieren, das heißt die Diskrepanz zwischen den Vorstellungen, die Menschen und andere intelligente Wesen mit sich herumschleppen, und der Realität der neuen Welten, die sie betreten.

Seit Giovanni Schiaparelli mit seinen *canali* den Mars für uns zu einer real existierenden Welt gemacht hat, ist der Rote Planet stets Gegenstand von Spekulationen gewesen und hat uns Gelegenheit geboten, mit Metaphern und Weltanschauungen zu experimentieren. Innerhalb dieses Megatextes sind Erde und Mars aneinander gebunden wie eifersüchtige Geschwister oder Liebende, die sich zanken und wieder versöhnen. Mit Hilfe von Metaphern und scharfsichtigen Visionen, die einander allerdings oft widersprechen, rücken Erde und Mars im einen Fall zusammen, um sich im nächsten voneinander zu lösen.

Als Marsophiler, der die Liebe zum Mars schon vor *Pioneer-* und *Viking-*Zeiten entdeckt hat, genoß ich eine Jugend, in der ich mir den Mars von Wells, Bradbury, Zelazny und anderen als eine ganz reale Möglichkeit vorstellte. Für mich und die Raumfahrt-Freaks meiner Generation war der Mars ein realer Ort, ein Ort, den ich gern irgendwann besucht hätte, selbst wenn dessen Bewohner der Erde bislang noch keinen Antrittsbesuch abgestattet hatten. Als Junge habe ich mich nie gefragt, ob Reisen zum Mars berechtigt sind. Damals hätte ich nicht im Traum daran gedacht, ein solches Unternehmen als gefährlich für uns und diejenigen, auf die wir vielleicht stoßen, zu betrachten, obwohl die SF-Autoren schon damals solche Metaphern benutzten.

In diesem Essay möchte ich kurz einige der wesentlichen Metaphern in fünf Werken untersuchen, die dem marsianischen ›Megatext‹ zuzurechnen sind: Ich behandle hier Wells' *War of the Worlds,* Bradburys *The Martian Chronicles,* den Film *Total Recall* nach Motiven von P. K. Dick, Bears *Moving Mars* und Robinsons Mars-Trilogie.* Jedes dieser Werke behandelt auf ganz eigenständige Weise das Problem, das empfindungsfähige Lebewesen zwangsläufig verursachen, wenn

* deutsch: H. G. Wells: *Krieg der Welten,* Wien 1901; Ray Bradbury: *Die Mars-Chroniken,* Düsseldorf 1972; *Total Recall:* Film aus dem Jahre 1990, Regie: Paul Verhoeven (mit Arnold Schwarzenegger und Sharon Stone); Greg Bear: *Heimat Mars,* Heyne, München 1999; Kim Stanley Robinson: *Roter Mars, Grüner Mars, Blauer Mars,* Heyne, München 1997/99.

sie ihr ideologisches und metaphorisches Gepäck in den Weltraum mitschleppen.

Aus der Vielfalt von Mars-Texten habe ich gerade diese herausgesucht, weil sie in drei kritischen Phasen der letzten hundert Jahre konzipiert wurden: *The War of the Worlds* entstand auf dem Höhepunkt britischer Kolonialherrschaft, *The Martian Chronicles* bei Anbruch des ›amerikanisch geprägten Jahrhunderts‹, und die zuletzt genannten Werke wurden gegen Ende des gegenwärtigen Jahrtausends geschrieben beziehungsweise verfilmt. Die Auseinandersetzung mit deren Textualität bietet uns die Möglichkeit, nachzuvollziehen, wie sich Metaphern über eine bestimmte Zeitspanne hinweg entwickeln und an gewissen historischen Dreh- und Angelpunkten darstellen. Über Raum und Zeit hinweg können wir beobachten, wie stark Erde und Mars einander anziehen, selbst wenn der Zusammenprall von Weltanschauungen sie auseinander treibt. Gleichzeitig sind die hier erörterten Texte keine Geheimbotschaften, die nur SF-Fans bekannt sind, sondern, allgemein gesagt, Werke, die ein breites Publikum auch außerhalb des Genres Science Fiction angesprochen haben. Ihre Popularität deutet darauf hin, daß die Menschen irgendwo da draußen in den Buchläden oder Kinos gemerkt haben, worauf es in diesen Werken ankommt.

The War of the Worlds, zu einer Zeit geschrieben, als der britische Imperialismus seinen Zenit erlebte, stellt die Situation auf den Kopf, indem die Eroberer zu Unterdrückten werden. Sie sind der grausamen Willkür einer marsianischen Rasse unterworfen, in deren Überheblichkeit und Gier sich die Empfindungen der unglückseligen Opfer Britanniens widerspiegeln. Wells stellt viele Lieblingsmetaphern seiner Landsleute in Frage, etwa die Vorstellung von der großen evolutionären Kette, den Sozialdarwinismus und Britanniens Rolle als Beherrscherin der Weltmeere. Letztendlich weist er solche Metaphern als zweitrangig zurück, indem er als vorherrschende Metapher die Erde als *Biosphäre* einführt. Wells warnt davor, die falschen Metaphern zu verherrlichen – falsch deswegen, weil sie den Gesetzen der Natur widersprechen.

Denn diese Gesetze haben immerhin zugelassen, daß wir zu der großtuerischen, verschwenderischen Spezies geworden sind, als die wir uns gern verhalten. Der Anfangsprolog des Romans relativiert die Position der Menschheit innerhalb der großen evolutionären Kette und hält sich dabei an die Erkenntnisse der neuen Wissenschaften, die Europa während der letzten 250 Jahre völlig verändert haben, geht aber gleichzeitig darüber hinaus.

> *Keiner hätte jemals daran geglaubt, am Ende dieses 19. Jahrhunderts, daß wir aus der unendlichen Weite des Weltalls beobachtet würden.*
>
> *Niemand konnte sich vorstellen, daß wir sogar genau untersucht wurden: so, wie man unter dem Mikroskop wimmelnde Bakterien beobachtet, wie sie sich vermehren. Nur wenige Menschen dachten überhaupt an so ein Leben auf anderen Planeten; und dabei trafen uns schon aus diesem unermeßlichen Raum die neidvollen Blicke von Wesen, die uns weit überlegen waren. Erst langsam, dann immer bestimmter wuchs in ihnen der Plan, uns zu zerstören.*

Das Glas, durch das uns die Astronomen vom Mars aus beobachten, ist sowohl Teleskop als auch, metaphorisch gesprochen, Mikroskop: Es steht für die optischen Hilfsmittel, die dem modernen Europa neue Erkenntnisse über die Sterne und die Mikrobiologie überhaupt erst ermöglicht haben. Die Marsianer beobachten unsere Welt mit ungeheurer Intelligenz, kalt, ohne Mitgefühl. Ist dieser Mangel an Mitgefühl direktes Ergebnis ihrer Intelligenz, das gute Recht einer Spezies, die so hoch oben auf der großen evolutionären Leiter angesiedelt ist? Oder resultiert dieser Mangel an Mitgefühl aus einer Ideologie, die die große evolutionäre Kette als bequeme Rechtfertigung einsetzt?

Für die Sozialdarwinisten in Wells' Zeit sind Menschen keine Spezies im naturwissenschaftlichen Sinn, sondern eine Ansammlung von Subspezies, von denen einige den anderen sichtlich und verdientermaßen überlegen sind. Die Erde ist keine Biosphäre, sondern ein großer Landbesitz, dessen

Eigentümer die Herrschaft über alle anderen Lebewesen auf bestimmte Regeln der sozialen Organisation stützen. Und diese Regeln stimmen zufällig perfekt mit denen der europäischen Welt überein. Unterlegene Rassen sind diejenigen, die nicht so stark wie die Europäer sind. Das heißt: Die große Kette der Evolution wird von vielen menschlichen Gliedern gebildet, aber die weißen Europäer sind das wesentliche Glied. Je größer der Abstand zwischen den Kettengliedern, desto geringer die Sympathie, die die höhere Spezies für die niedrigeren empfindet. Und desto plausibler die Rechtfertigung für die im ›oberen Glied‹, die anderen Arten zu beherrschen: Tiere durch Zucht, Jagd usw., Menschen durch Krieg, Handel, Sklaverei, Assimilation oder Vernichtung.

Wenn die große evolutionäre Kette als Metapher für die biologische und moralische Hierarchie steht, folgt daraus logischerweise auch, daß die überlegenen Marsianer jedes Recht haben, die minderwertigen Menschen zu beherrschen. Zum Glück für die armen Menschen ist der Roman, wie John J. Pierce betont, ›eine Übung darin, etwas bewußt zu machen‹, und handelt nicht vom Krieg zwischen den Arten, sondern, wie Frank McConnell uns in *The Science of H. G. Wells* zeigt, ›im wahrsten Sinne des Wortes vom Krieg der Welten‹. In Wirklichkeit zeigt der Roman, daß die ›große Kette der Evolution‹ eine Metapher ist, die hinkt; daß ein Planet eine Biosphäre darstellt, in der *alle Lebewesen* eine Rolle spielen; und daß die Menschen nicht deshalb siegen, weil sie das Recht oder die Macht auf ihrer Seite haben, sondern weil die geistig überlegenen Marsianer die Mikroben auf ihrer Welt ausgetilgt haben und gar nicht auf die Idee kommen, daß auf unserer Welt welche existieren könnten. Wells verwendet Metaphern der Krankheit und der Seuche, um das Konzept des Planeten als einer Biosphäre zu veranschaulichen. Als Biosphäre reagiert der Planet auf die Versuche der Arten, entsprechend ihrer Fähigkeiten Nischen zu finden. Nach Wells besteht unser ›Naturrecht‹ nicht in der Einzigartigkeit der Spezies Mensch, sondern darin, daß wir als Teil eines lebendigen Systems agieren.

Zwar wird das menschliche Leben dadurch gerettet, daß es eine Nische einnimmt, die eine andere Lebensform nicht einfach besetzen kann, allerdings ist das, was die Briten offenbar als größte Errungenschaft betrachteten, die ›fortgeschrittene Zivilisation‹, dem marsianischen Ansturm weitgehend ausgeliefert. Mit Bildern des organischen Verfalls zeigt Wells, wie Zusammenbruch und Fäulnis der inneren Struktur den britischen Staat so ohnmächtig dastehen lassen, daß die stolzen Herrscher über das größte Weltreich aller Zeiten einander auf den Straßen niedertrampeln, um ihr nacktes Leben zu retten. Hätten Krankheit und Tod der Marsianer noch länger auf sich warten lassen, wäre die industrialisierte Gesellschaft vermutlich zugrundegegangen, während die vorindustriellen, unterlegenen Gesellschaftssysteme weitaus weniger Schaden genommen hätten (auch wenn das im Roman nicht ausgeführt wird).

Nicht nur untergräbt Wells die Schlüsselmetaphern des kolonialen Europa, er nimmt auch das vorweg, was viele Umweltpädagogen als *geistigen Paradigmenwechsel* betrachten – einen Paradigmenwechsel, den wir um des Überlebens willen vornehmen müssen. Nach Ryder W. Miller läßt sich dieser Paradigmenwechsel durch den ganzen marsianischen Megatext hindurch – von Wells bis zu Robinson – verfolgen. In *Mercury: The Journal of the Astronomical Society of the Pacific* beschreibt er diesen Paradigmenwechsel als »Abkehr von dem vorherrschenden sozialen Paradigma, das die positiven Wirkungen von Fortschritt betont, an unerschöpfliche Ressourcen glaubt und für Wachstum und Technik als Allheilmittel eintritt. Das neue ökologische Paradigma betrachtet die Erde als Raumschiff, uns selbst als Treuhänder eines zerbrechlichen Planeten, dessen Ressourcen begrenzt sind, und spricht sich für die Begrenzung des Wachstums aus.«

Bei Wells scheitert die Invasion der Marsianer daran, daß sie die Biosphäre mißachten. Die Briten bieten deshalb ein leichtes Angriffsziel, weil sie an die große Kette der Evolution glauben, dem Sozialdarwinismus und dem Fortschrittsmythos anhängen. Indem Wells die rücksichts- und verantwortungslose Ausbeutung von Mensch und Natur kritisiert und das

Konzept von Planeten als *ökologischen Systemen* einführt, liefert er mit *The War of the Worlds* einen progressiven Vorläufer vieler wichtiger Werke innerhalb des marsianischen Megatextes.

Bradburys *The Martian Chronicles* ist eine außerordentlich treffende Interpretation der geistigen Krise, mit der sich die Amerikaner konfrontiert sahen (wenn sie nicht wegblickten), als die USA ihr ehemaliges Vaterland als führende Weltmacht verdrängten und zum Hauptlieferanten neuer Technologien wurden. Und das waren Technologien, die das Potential besaßen, uns zu neuen Welten zu bringen oder aber unsere Geburtswelt in Schutt und Asche zu legen. Bradburys Roman ist eine mikrokosmische Geschichte der Neuen Welt: Aus Motiven analog denen der europäischen US-Immigranten aller Schichten emigrieren Amerikaner auf den Mars. Die Mehrheit will den Planten dadurch ›umkrempeln‹, daß sie alles Alte wegfegt, die Minderheit möchte das Leben auf dem uralten Planeten genießen und sich selbst ›umkrempeln‹. Aufgrund ihrer Vorstellungen, Krankheiten und rücksichtslosen Besiedlungspolitik machen die Immigranten kurzen Prozeß mit den Eingeborenen.

Bradbury schrieb den Roman zu einem Zeitpunkt, den er offenbar als kritisch in der amerikanischen Geschichte und Weltgeschichte betrachtete. Den wesentlichen Metaphern liegt die Vorstellung von *Metamorphose* zugrunde. Die Metamorphosen sind einerseits handgreiflich da, andererseits aber auch schwer zu fassen – konkret, aber gleichzeitig auch trügerisch und auf magische Weise real. Fortschritt bedeutet Veränderung, aber Veränderung bedeutet nur dann einen Fortschritt, wenn die Kraft, die die Veränderung bewirkt, irgendwo zwischen den bewußt Gestaltenden und der Welt, die sie umzugestalten versuchen, angesiedelt ist.

Wie in *The War of the Worlds* heben die Metaphern in *The Martian Chronicles* hervor, daß die Menschen ihre Visionen überdenken und sich kontinuierlich mit ihren Irrtümern auseinandersetzen müssen. Wie in *The War of the Worlds* vermittelt der Prolog einen kompakten Abriß des Problems und läßt die Folgen bereits ahnen. Die Essenz des ersten Kapitels, das nur eine einzige Seite umfaßt, liegt im *Wandel.* Der Raketensommer ist eine künstliche Jahreszeit. Die Hitze der Rakete bringt den Schnee zum Schmelzen, legt die Rasenflächen frei und läßt die Menschen in Ohio einen kurzen Blick auf zwei Möglichkeiten zukünftiger Entwicklung erhaschen: In einer der beiden Alternativen bändigt die Technik die Natur und ermöglicht es den meisten Menschen, in ihrer Lieblingsjahreszeit zu leben. In der anderen Zukunft ist die amerikanische Technik eine Geißel, die den Planeten mit einem thermonuklearen Holocaust schlägt. Die Rakete ist die geniale Erfindung eines genialen Volkes, aber das, was sie verspricht, ist von der ersten Buchseite an durch grundsätzliche Anschauungen und Verhaltensweisen beschränkt.

In Bradburys Roman endet die erste Seite mit einem nicht vollendeten Satz, dessen Kadenz uns an die Diktion der King James-Bibel erinnert. Substanz und Formulierung sind ein Echo des Schlusses des ersten Teils von *The War of the Worlds:* »Die Rakete erzeugte neue klimatische Zonen, und für einen flüchtigen Augenblick lag Sommer über dem Land ...« In Wells' Roman geht die Sonne über dem britischen Weltreich unter, obwohl sie offenbar (und mit ein bißchen Hilfe mikroskopisch kleiner Freunde) wohl auch wieder aufgehen wird. In Bradburys Roman bringen die Menschen die Sonne zur Erde selbst hinunter: in Form des Atomkrieges. Eine Wiedergeburt wird nur dann erfolgen, wenn sich enormes Glück mit der Bereitschaft von Menschen wie den Thomases in *The Million Year-Picnic* paart, auf dem Mars einen Neuanfang zu machen und sich von den Vorstellungen, die zur Vernichtung ihrer Geburtswelt geführt haben, völlig zu lösen.

Wie Wells' Briten, die in der Ideologie schwelgen, daß ihr Weltreich alles – auch die Materie – beherrscht, haben sich Bradburys Amerikaner größtenteils das Credo des Raketensommers zu eigen gemacht. Aber auf dem Mars stellt sich heraus, daß dieses Credo verhängnisvoll ist und die Überlebenschance der Menschen zunichte macht. Überleben können die Menschen nur, wenn sie eine dem Mars angemessene Haltung entwickeln.

In seinem ausgezeichneten Aufsatz über Bradburys

Roman stellt David Mogen fest, daß »Bradburys Mars letztendlich aufzeigt, wie schlimm und zerstörerisch sich der Amerikanische Traum auswirkt«. Auf den Folgeseiten erörtert Mogen eines der höchst komplexen Kapitel des Romans, *The Night Meeting,* und resümiert, daß »die Beschreibung des Mars als Kaleidoskop mehr umfaßt als den Spaß an einer amüsanten neuen Umgebung. Beschrieben wird auch der Wandel in der Identität des Planeten. Wie ein Zerrspiegel reflektiert er in verstümmelter und übertriebener Form die Bilder, die von den Invasoren, von der amerikanischen Kultur, in den Mars hineinprojiziert werden.« Dieser Abschnitt trifft einen Kern in Bradburys Verwendung von Metaphern: Bradbury hat den Mars bewußt anders als die uns bekannte Erde gestaltet. So wie Wells die Erde als biologisches System betrachtet, sieht Bradbury den Mars als psychokinetisches System. In beiden Fällen ist der Planet belastbarer und stärker als irgend eine der darauf lebenden Arten. Und damit wir auch wirklich merken, worauf es ihm ankommt, schafft Bradbury eine Welt, in der es offensichtlich nur eine Spezies gibt, die empfindungsfähigen Marsianer – so, als hätten sie sich auf dieser Welt über eine derart lange Zeitspanne hinweg entwickelt, daß sie zum einzig lebendigen Ausdruck von dessen Wesenheit geworden sind. Telepathie und Telekinese – Eigenschaften, durch die sich die Marsianer am meisten von uns unterscheiden – sind auf die marsianische Welt abgestimmt, bis die Menschen die Vorherrschaft übernehmen. Der körperliche Wandel und darauf folgende Tod des Alien in *The Martians,* daraus resultierend, daß er unfreiwillig zu dem wird, was die Menschen in ihm sehen wollen, zeigen auf, daß für die Marsianer die bloße Anwesenheit von Menschen genauso gefährlich ist wie die Windpocken. Nachgiebigkeit, Gefälligkeit kennzeichnen die marsianische Lebensweise. Der Zauberwald, den der Mars für David Driscolls angegriffene Lungen wachsen läßt, weist darauf hin, daß der Planet vom Geist der Zusammenarbeit geprägt ist. Das entspricht der marsianischen Philosophie. Diese Philosophie hat sich offenbar in dem Maße entwickelt, wie die Marsianer gelernt haben, mit ihrer Welt zu kooperieren.

Obwohl Bradburys Amerikaner aus ganz unterschiedlichen Gründen – darunter auch vielen ehrenwerten – auf den Mars übersiedeln, repräsentiert der Oberschurke Sam Parkhill die typische Einstellung der ›Weltreich über alles‹-Ideologie. Seine egoistische Besitzgier, sein Wunsch, den Mars auszubeuten, steht für den Kapitalismus ohne jeden menschlichen Zug. Was an Parkhill so beunruhigt, ist, daß er nicht einen Staat oder einen seelenlosen Konzern repräsentiert, sondern, viel schlimmer, ein ganz normaler Mensch mit ganz normalen Begierden ist. Eigeninteresse ist sein Gott, sein einziges Gebot. Aber die Habgier und Engstirnigkeit, die sein Handeln bestimmen, finden auf der makrokosmischen Ebene ihre Entsprechung bei seinen Vorgesetzten, die dem Mars das vorherrschende soziale Paradigma überstülpen wollen und der Erde einen unkontrollierten Raketensommer zumuten.

Die 90er Jahre brachten eine Renaissance des marsianischen Megatextes. *Total Recall, Moving Mars* und K. S. Robinsons Mars-Trilogie sind Produkte eines Jahrzehnts, das offenbar eine neue und potentiell tödliche Weltordnung heraufbeschwört. Eine Weltordnung, in der unsere moralischen Vorstellungen – Metaphern der Hoffnung auf Veränderung – sich schwer dabei tun, mit unseren Technologien (Waffensystemen, Raumschiffen etc.) und deren gefährlichen Nebenwirkungen (Überbevölkerung, sich verschärfender Kampf um immer knappere Ressourcen, weltweite Umweltprobleme etc.) mitzuhalten. Jedes dieser Werke, vor allem aber Robinsons Mars-Trilogie, sucht die metaphorischen Gewässer nach einer Vision ab, die uns am Ende dieses Jahrhunderts Kraft für die Zukunft geben könnte. Alle zeigen dabei die Probleme auf, die durch die gesellschaftliche Akzeptanz des vorherrschenden sozialen Paradigmas aufgeworfen werden, alle verfolgen eine Perspektive, in der die mit dem neuen ökologischen Paradigma verbundenen Metaphern eine wesentliche Rolle spielen.

Total Recall ist in gewisser Hinsicht ein Cartoon mit realen, menschlichen Figuren, greift aber Bradburys Motiv des Mars als ›Neuer Welt‹ auf und führt das Terraformen als Mittel der Befreiung des Menschen ein. Der Film stellt eine radikale Kritik multinationaler Staaten- und Konzerngebilde dar. Die Verzweifelten der Erde verdingen sich als Bergarbeiter auf dem Mars und schürfen dort nach dem Erz, das die miteinander verfeindeten multinationalen Blöcke der Erde für ihre Kriegsmaschinerie brauchen. Untergebracht in schäbigen Kuppelbauten, entwickeln sie Erbschäden. Das Ergebnis ist eine Bevölkerung von Mutanten, die gegen Cohagan, den Vizekönig des nördlichen Blocks, revoltiert. Als Cohagan die Rebellen von der Sauerstoffzufuhr abschneidet, wird die deformierte Unterschicht zum Inbegriff der zusammengepferchten Masse, die sich nichts sehnlicher wünscht, als endlich frei atmen zu können. Durch den Film ziehen sich als roter Faden Metaphern der Veränderung und der Anpassung. Die Mutanten sind kraft ihrer genetischen Veränderungen Marsianer geworden. Ihr Führer Quato ist von Natur aus mit besonderem Einfühlungsvermögen begabt. Er betrachtet das Terraformen des Mars (das mit Hilfe eines geheimnisvollen, uralten, von Aliens gebautem Reaktor durchgeführt werden soll) als Mittel zur Befreiung seines Volkes. In der bemerkenswerten (und höchst unrealistischen) Szene, in der Wasser und Luft gerade noch so rechtzeitig freigesetzt werden, daß Arnie und sein Mädchen nicht im Vakuum sterben müssen, wandelt sich der Mars, um das bereitzustellen, was die Mutanten brauchen. Anders als bei Bradbury ist diese mitfühlende Haltung nicht dem Mars eigen, vielmehr sind es die Mutanten, die für Werte eintreten, die denen der Marsianer und aufgeklärten Menschen bei Bradbury ähneln. Man bekommt den Eindruck, daß sie in der Lage sein werden, die Gaben eines freundlicheren, sanfteren Mars voll zu nutzen.

Der metaphorische Kern von Greg Bears *Moving Mars* ist schon im Titel enthalten. Die Ausgangsfrage lautet: Wie weit und auf welche Weise muß der Mars bewegt werden, damit er einem Schicksal als Außenhandelsposten der Erde entgehen kann? Anfangs wird der Mars dadurch bewegt, daß er kolonialisiert und zu einem (nicht gleichberechtigtem) Partner im Dreierbund von Erde, Mars und Mond, dem Megaimperium, gemacht wird. Die Millionen von Meilen, die den Mars von der Erde trennen, schrumpfen zusammen, als die Erde auf die Forderung des Mars nach Selbstbestimmung reagiert. Die Geschichte von Casseia Majumdars Entwicklung - von der unpolitischen Studentin zur Revolutionärin - hat ihre Entsprechung in der Entwicklung der politischen Situation: Aus den familiären, insularen Strukturen entwickelt sich nach und nach die demokratische Republik. Die Geschichte würde auch funktionieren, wenn Bear lediglich die alten Metaphern von *Veränderung* und *Widerstand gegen die Veränderung* verwendet hätte. Die Mächte der Erde sind skrupellos, habgierig und entschlossen, die Ressourcen des Mars für sich auszubeuten - so als beherrsche Bradburys Sam Parkhill drei Welten und betrachte jedes Wirtschaftsprojekt als eigene Würstchenbude.

Durch technische Unterwanderung und neue wissenschaftliche Erkenntnisse rücken die Planeten noch enger zusammen. Die Erde hat heimlich ferngesteuerte automatische Waffensysteme auf dem Mars installiert und die Gehirne der leistungsfähigsten Computer auf dem Mars manipuliert. Und Charles Franklin (zweifellos ein Nachfahre Benjamin Franklins) hat eine außerordentliche Entdeckung gemacht und kann durch Eingriffe in die Raumzeit Welten bewegen.

Moving Mars enthüllt das vorherrschende soziale Paradigma als repressiv und ersetzt es - in gewissem Grade - durch das neue ökologische Paradigma. Aber in dem Roman ist das vorherrschende soziale Paradigma so stark und die Erde so übervölkert, daß erst der ›Sprung‹ des Mars aus diesem Sonnensystem seinen Bewohnern die Möglichkeit gibt, über ihr Leben selbst zu bestimmen und ihr eigenes Wertesystem zu schaffen. Die Ehe von Erde und Mars endet in einer haßerfüllten und von Blutvergießen begleiteten Scheidung.

Kim Stanley Robinson bewegt den Mars nicht, sondern untersucht in seiner außergewöhnlichen Trilogie mit höchster Präzision, wie wir in naher Zukunft mit dem Planeten interagieren werden. Jeder der drei Buchtitel - *Roter Mars, Grüner Mars, Blauer Mars* - ist schon eine Metapher an sich, aber diese Metaphern beziehen sich nicht auf die Charaktere als Gesamtheit. Robinsons Charaktere sind zwar weit mehr als blutarme Träger von Ideen und Standpunkten, aber mitsamt den politischen und gesellschaftlichen Fraktionen, die viele der Protagonisten repräsentieren, decken sie das ganze Spektrum möglicher Einstellungen zur Kolonialisierung ab, soweit Robinson es sich mit seinem eklektischen Denken vorstellen konnte. Robinsons ›erste Hundertschaft‹, die ersten, sorgfältig ausgewählten Siedler, sind teilweise Anhänger des vorherrschenden sozialen Paradigmas, teilweise Anhänger des neuen ökologischen Paradigmas, aber die Paradigmen sind nicht dichotomisch, als Paar gegensätzlicher Vorstellungen angelegt, sondern eher als Teile einer Orchestrierung, deren Vollendung eine Sinfonie wäre. Das von Mißklängen begleitete Einspielen des Orchesters führt Schritt für Schritt, unter großen Mühen und Schmerzen, zu Harmonie und Synthese, allerdings erst, nachdem einige Stimmen aus der Partitur gänzlich herausgestrichen sind.

Die Motive, Anschauungen und Bindungen der ersten hundert Siedler decken ein ungeheuer breites Spektrum ab. Für Ann Clayborne und ihre Anhänger ist der Rote Mars ein jungfräulicher Planet, an dem man nicht herumpfuschen darf. Ihre roten Anhänger spalten sich auf, wobei die Aufspaltung dem unterschiedlichen Grad der Gewaltbereitschaft entspricht. Die Frage dabei ist, ob und welche Anwendung von Gewalt gerechtfertigt ist, um den Mars in seiner Ursprünglichkeit zu erhalten. Die Mehrheit der Menschen geht jedoch davon aus, daß die Bestimmung des Roten Mars im Terraformen liegt, daß er erst grün, dann blau werden muß. John Boone, der erste Mensch auf dem Mars und geistige Nachfahre des alten Daniel Boone aus Kentucky, hält sich selbst für eine lebende Ikone und damit auch für fähig, die Forderungen der verzweifelten Nationen der Erde, der habgierigen transnationalen Konzerne und ständig wachsenden Menschenmassen abzuschmettern.

Für Sax Russel ist der Planet Mars ein Reagenzglas, sein persönliches Labor. Phyllis Boyle repräsentiert den rechten christlichen Flügel und die kapitalistischen Konzerne und hält das Terraformen und die Profite für gottgewollte Rechte des Menschen. Sie tritt die Nachfolge von jenen Zeitgenossen

H. G. Wells' an, deren Blick so beschränkt war, daß sie ihre Unternehmungen als ›Mission‹ betrachteten. Wells hätte sich bestimmt darüber gefreut, daß Robinson es für notwendig erachtet, Phyllis umzubringen, damit der Weg für höhere Einsichten frei ist.

Darüber hinaus gibt es unter den ersten hundert Siedlern Visionäre, denen von Anfang an klar ist, daß der Mars niemals zur Erde werden kann, daß die Interaktion zwischen den Siedlern, ihren Nachkommen und dem sich ständig wandelnden Planten ein neues Bewußtsein hervorbringen wird. Arkadij Bogdanow drückt es kurz und bündig auf eine Weise aus, die bei Wells und Bradbury auf Zustimmung stoßen würde: »Als Wissenschaftler des 21. Jahrhunderts auf dem Mars forschen und gleichzeitig in den Ideologien des 19. Jahrhunderts leben, das ist doch absurd, das ist doch verrückt.«

Aber es ist Hiroko Ai, die Gestalterin der Biosphäre und spirituelle Mutter des Mars, die die Metapher und Zeremonie erfindet, die sie als ›Areophanie‹ bezeichnet. Mit der Areophanie wird das Wechselspiel zwischen Menschheit und Mars und die Liebe zum Planeten gefeiert. Hiroko bringt Hildegard von Bingens Konzept der *viridatis,* des ›Begrünens‹, auf den Mars mit. *Viridatis* definiert sie als ›treibende Kraft des Kosmos‹. Hiroko ist eine zentrale Figur, ihre Botschaft berührt viele Marsianer. Aber Hirokos Erfolg beruht auch auf Robinsons historischer Sichtweise, seiner Revision des Geschichtsverlaufs. Die Historikerin des 22. Jahrhunderts, Charlotte Dorsa Brevia, schreibt eine einflußreiche »dichte, mehrbändige, analytische Geschichte«, deren kompletter Wortlaut uns gnädigerweise erspart bleibt. In dieser Geschichte faßt sie die Zyklen menschlicher Geschichte zu einer Synthese zusammen. Nach ihrem Modell »verstehen die Menschen inzwischen gemeinhin, daß im Kapitalismus der Konflikt zwischen Feudalismus und Demokratie ausgetragen wurde und im gegenwärtigen demokratischen Zeitalter der Kampf zwischen Kapitalismus und Harmonie tobt.« Am Ende der Trilogie söhnen sich die überlebenden Mitglieder des ersten Hunderts mit einer Welt aus, die nicht die Erde ist, deren Bewohner jedoch in der Lage sind, ihre irdischen Ursprünge objektiv und gelassen zu betrachten. Diese Objektivität und Gelassenheit haben sie sich im Kampf angeeignet – und dadurch, daß der zeitliche und räumliche Abstand zur Erde ihre Sichtweise gemildert hat.

In *The Case for Mars,* Robert Zubrins leidenschaftlichem Aufruf zur Besiedelung des Mars*, faßt der Autor die Argumente für und gegen das Terraformen des Mars in einem einzigen Absatz zusammen, der größtenteils aus einer fanatischen Rechtfertigung des Terraformens besteht.

Ob wir als Menschheit das nächste Jahrhundert überleben, kann sehr wohl davon abhängen, welche Metaphern wir uns zueigen machen, welche Visionen wir verfolgen. Hundert Jahre lang haben die Autoren, die etwas zum marsianischen Megatext beigesteuert haben, unserem Flirt mit Utopia, Dystopia und dem potentiellen Aussterben unserer Gattung literarische Form verliehen. Letztendlich liegt unsere größte Hoffnung für die Zukunft wohl darin, daß wir die von uns verwendeten Metaphern aufmerksam überprüfen. Von Wells bis Robinson haben SF-Autoren die Annahmen, die Zubrins messianischen Ansprüchen zugrundeliegen, kritisch unter die Lupe genommen. Wenn keine weltweite Katastrophe eintritt, scheint es fast sicher, daß der Mars im 21. Jahrhundert besucht und besiedelt wird. Ich hoffe zwar, daß ich diesen Tag noch erlebe, aber bin mir gleichzeitig auch der mit diesem großartigen Vorhaben verbundenen Gefahren bewußt. Es sind Gefahren, die in unserem Denken, in unserer Geschichte, in unserer Ideologie und in unserer biologischen Beschaffenheit selbst lauern. SF-Autoren haben seit langer Zeit versucht, diese Gefahren mit Hilfe ihrer Metaphern und Geschichten zu ergründen und bloßzulegen. Ob wir den Mars zur Müllhalde machen oder die Areophanie erreichen, wird von Metaphern abhängen. Es könnten sich Metaphern herauskristallisieren, die Einheit herstellen, die unsere Versuchsanordnung einer gemeinsamen Fragestellung unterwerfen – wenn wir sie nur zulassen.

---

* dt.: *Unternehmen Mars. Der Plan, den roten Planeten zu besiedeln,* München: Heyne, 1997.

Zitierte Werke:

Bradbury, Ray: *The Martian Chronicles.* New York: Doubleday, 1950

Bear, Greg: *Moving Mars.* New York: Tor, 1993

McConnell, Frank: *The Science Fiction of H. G. Wells.* New York: Oxford, 1981

Miller, Ryder W.: *Reflections on the 100-Year-Anniversary of the War of the Worlds: A Frontier and Literary History of Mars, in Mercury: The Journal of the Astronomical Society of the Pacific 27* May-June 1998, Seiten 13–16

Mogen, David: *Ray Bradbury.* Boston: Twayne Publishers, 1986

Pierce, John: *Foundations of Science Fiction: A Study in Imagination and Evolution: Contributions to the Study of Fantasy and Science Fiction, Number 25.* New York: Greenwood Press, 1987

Robinson, Kim Stanley: *Blue Mars.* New York: Bantam, 1996

Green Mars. New York: Bantam, 1994

Red Mars. New York: Bantam, 1993

Total Recall. Regie: Paul Verhoeven. Mit Arnold Schwarzenegger, Sharon Stone, Ronny Fox, Rachel Ticotin. Carolco, 1990

Wells, H. G.: *The War of the Worlds.* New York: Penguin (Signet Classic), 1986

Zubrin, Robert, and Wagner, Richard: *The Case for Mars.* New York: Free Press, 1996

Aus dem Amerikanischen von Usch Kiausch

Die Science-fiction der DDR 1991 bis 1998 (und davor)

von Erik Simon

1. Vortrag

Aus der Verbandsanalyse zur utopisch-phantastischen Literatur der DDR 1991 bis 1998, vorgetragen im März 1999 auf dem XII. Schriftstellerkongreß der DDR vom Vorsitzenden des Arbeitskreises Utopische Literatur

Die ökonomischen Probleme, vor denen sich unsere Buchproduktion in den ersten Jahren der Erneuerung und Festigung des Sozialismus in der DDR sah – ich brauche nicht zu wiederholen, was Klaus Höpcke und Hermann Kant vorgestern dazu gesagt haben –, sind auch an der utopisch-phantastischen Literatur nicht vorübergegangen, oder an der Science-fiction, wie es nun auch bei uns heißt. 1990 und Anfang 1991 kamen die letzten Bücher mit der seinerzeit schon üblichen Verspätung von ein, zwei Jahren in den Handel; stellvertretend für alle genannt seien zwei Romane, ›Das Kugeltranszendentale Vorhaben‹ von den Brauns und ›Der Traummeister‹ von den Steinmüllers, sowie Olaf Spittels Anthologie ›Die Zeit-Insel. SF-Erzählungen aus vierzig guten Jahren‹, eine Blütenlese anläßlich des vierzigsten Jahrestages.

Und gute Jahre waren es ja trotz den ehemaligen Tendenzen zur Stagnation und zur Entfremdung von den kommunistischen Idealen, die in beiden erwähnten Romanen thematisiert wurden. Danach jedoch hatte es den Anschein, als seien nicht nur die polygraphischen Betriebe, sondern auch Herzen und Hirne unserer Schriftsteller von den Veränderungen in der Wirklichkeit so in Anspruch genommen, daß ihnen kaum Zeit zum Schreiben blieb: 1992 und '93 erschien jeweils nur ein DDR-SF-Titel, und der von 1993, Andreas Melzers Roman ›Killerbaby‹, läßt leider jeden Bezug zu unserem sozialistischen Hier und Heute vermissen – so etwas hätte wohl auch ein Verfasser westlich unserer Staatsgrenze schreiben können. Der andere Band, die Anthologie ›Zeit-Spiele‹ – wieder von Olaf R. Spittel herausgegeben – zeigt naturgemäß ein breites Spektrum von Handschriften unserer gestandenen Autoren.

1994 und '95 kündigte sich mit Erzählungsbänden von Bernd Ulbrich und Rolf Krohn sowie mit Alexander Krögers Roman ›Vermißt am Rio Tefé‹ und Reinhold Anderts Utopie ›Rote Wende‹ auch bei der SF-Produktion jener Aufschwung an, den unsere gesamte Gesellschaft unter der bewährten Führung der Partei in Angriff genommen hat, und bei einem Ertrag von fünf neuen SF-Büchern allein im Jahre 96 wird das vielzitierte Wort des Genossen Krenz von den blühenden Landschaften auch für unser Genre schon ganz greifbare Realität. Natürlich lag die SF-Titelzahl in den achtziger Jahren mit etwa einem Dutzend punktuell höher, aber angesichts der bekannten Schwierigkeiten ist die Verfünffachung der SF-Buchproduktion binnen zwei Jahren eine Leistung, von der unsere Kollegen in der bundesdeutschen SF nur träumen können.

Doch lassen Sie uns statt auf die bloße Menge einen – in der Gesamtschau notwendigerweise ganz oberflächlichen – Blick auf die Qualität, die Eigenart der Bücher werfen und dabei mit der kürzeren Form beginnen. Bernd Ulbrich präsentiert in ›Wenn morgen Weltende wäre‹ utopische Liebesgeschichten mit philosophischem Anspruch, Rolf Krohn in ›Auf den anderen Ufern der Nacht‹ ein Spektrum verschiedener Themen, unter denen als seine Spezialität die Kombination von historischen und SF-Motiven hervorsticht. Das Herausgeberkollektiv um Ekkehard Redlin stellte 1996 in der Anthologie ›Herz des Sonnenaufgangs‹ neben einigen bekannten Namen der DDR-SF vor allem Beiträge von Nachwuchsautoren vor und bot sogar einigen jungen BRD-Bürgern eine Chance zur Publikation – ein besonders schönes Beispiel für die Ausstrahlungskraft unserer Editionen.

Seinen ersten Erzählungsband ›Die Mücke Julia‹ veröffentlichte 1996 Alexander Kröger. Damit und mit drei Romanen – auf den schon genannten folgten 1996 noch ›Mimikry‹ und 1998 ›Das zweite Leben‹, alle drei in der beliebten Reihe ›Spannend erzählt‹ – überholte er seinen Kollegen Karl-Heinz Tuschel als produktivster SF-Autor der DDR; der allerdings sorgte mit seinem 1995 im Militärverlag der DDR erschienenen Roman ›Der Mann von IDEA‹ dafür, daß der Abstand zwischen ihnen beiden nicht groß wurde. In ihren Romanen verbinden beide in bewährter Weise abenteuerliche Handlung auf der Erde mit der Darstellung von Fragen unserer Zeit, etwa der Ökologie, und mit der Warnung vor Gefahren der Zukunft, aber auch vor einer illusorischen Flucht aus dem Hier und Heute. Mit der Gestaltung von Horst Müllers utopischem Kinderbuch ›Peter dreht durch‹ im Stil der lange vernachlässigten, von den Lesern aber noch immer hoch geschätzten Gelben Reihe knüpfte der Verlag 1998 auch formal bewußt an Traditionen aus der Zeit an, als Wirtschaft und Kultur der DDR von Solidität, Prinzipenfestigkeit und klaren Perspektiven geprägt waren.

Rainer Fuhrmanns 1996 postum erschienener Roman ›Kairos‹ und Michael Szameits 1997 veröffentlichte ›Copyworld‹ spielen dagegen in scheinbar ferneren Welten – auf einem anderen Planeten bzw. in einem fiktiven Zukunftsstaat –, zeigen aber beide, wie in einer sozialistischen Gesellschaft Abweichungen von den Prinzipien des demokratischen Zentralismus zu Fehlentwicklungen und Verkrustungen führen können, doch letzten Endes überwunden werden – ein engagiertes Plädoyer für den Erneuerungsprozeß in unserem Land, den die Partei mit dem Gesicht zum Volke in die Wege geleitet hat. Bis es zu einem Anschluß der BRD an die DDR kommt, wie ihn Reinhold Andert in ›Rote Wende‹ beschreibt, wird freilich noch eine Zeit vergehen, und sicherlich wird er im Einzelnen in anderen Formen erfolgen; gewiß ist aber, daß es letzten Endes keine andere historische Perspektive gibt und daß die Bundesrepublik, wie bei Andert beschrieben, nur über innere Reformen nach dem Willen des Volkes den Weg zum Sozialismus finden kann.

Kontroversen hat 1998 Klaus Frühaufs Roman ›Finale‹ ausgelöst, und nicht etwa wegen der Anspielungen auf unsere Küstenautobahn, deren Bau im Interesse dringlicherer Vorhaben vorerst wieder zurückgestellt wurde. Man hat ihm vorgeworfen, daß er ein sehr pessimistisches Zukunftsbild entwirft und in seiner Welt der Sozialismus kaum ins Bild kommt. Um aber den Standpunkt des Autors einschätzen zu können, braucht man gar nicht auf seine früheren Werke zu verweisen, die den Mißbrauch von Wissenschaft und Technik durch imperialistische Konzerne und westliche Militärs anprangern, es genügt schon Verständnis für die utopisch-phantastische Methode: Der Roman macht ja deutlich, daß eine Welt, aus der man sich den Sozialismus und insbesondere die DDR wegdenkt, notwendigerweise zum Untergang verurteilt wäre.

Alles in allem kann man sagen, daß die Science-fiction der DDR in den neunziger Jahren an die besten Traditionen der achtziger anknüpft und sich nach anfänglichem, objektiv bedingtem Rückgang der Titelzahlen nunmehr, da wir dem fünfzigsten Republikgeburtstag entgegenschreiten, wie unsere ganze Literatur im Aufwind befindet.

2. Übertrag

Die SF der Ex-DDR-Autoren wird eine deutliche politische Dimension erhalten; grundverschiedene politische Einstellungen der Autoren werden deutlich werden. Die SF der Ex-DDR-Autoren wird schärfer, konkreter und realitätsbezogener als bisher Mißstände der Gegenwart angehen können, ...

Zitiert aus Karlheinz Steinmüllers Artikel ›Ostwind – Westwind. Die SF der DDR vor und nach der Revolution‹, in *Alien Contact* Nr. 2, Berlin, Sept./Okt. 1990, S. 35.

3. Nachtrag

Alle in dem fiktiven Vortrag erwähnten Bücher sind tatsächlich in den angegebenen Jahren erschienen, ab 1992 allerdings im Münchener Heyne Verlag, in ostdeutschen Klein- und Kleinstverlagen oder im Selbstverlag der Autoren, Bernd Ulbrichs Erzählungsband bei Kiepenheuer in Leipzig, Reinhold Anderts ›Rote Wende‹ bei Elephanten-Press. Die grob skizzierten Inhalte entsprechen den Tatsachen, die Wertungen der Art, wie auch nicht ganz so eindeutige Werke wohlwollend in die ›sozialistische Nationalliteratur‹ eingemeindet wurden. Erfunden habe ich den Untertitel der 1991 im Verlag Neues Leben gedruckten *Zeit-Insel,* tatsächlich lautete er krampfhaft flapsig ›SF-Erzählungen aus einem Land, das es mal gab‹. (Ich glaube nicht, daß auch nur ein zusätzlicher Käufer die Stil- und Charakterlosigkeit des Verlages honoriert hat, die im anderen Fall auch die ›vierzig guten Jahre‹ plausibel erscheinen läßt.)

Abgesehen von derlei Beiwerk – mitunter auch den Nachworten – und wenigen Details im Inhalt, hätten fast alle diese Bücher auch in der DDR erschienen sein können; die von Fuhrmann, Krohn, Ulbrich und – indirekt – Szameit stammen in der Tat aus dem Nachlaß der traditionellen DDR-SF-Verlage, die das Genre 1991 samt und sonders aus ihren Programmen strichen, teils wegen gravierender Absatzschwierigkeiten auf dem völlig chaotischen ostdeutschen Buchmarkt der frühen Neunziger, teils aus Orientierungslosigkeit oder reiner Willkür.* Eine der beiden auffälligen Ausnahmen ist der Roman von Johanna und Günter Braun, eine kräftige und

* Letzteres war z. B. bei ›Lichtjahr 7‹ der Fall, das seinerzeit aus dem Programm gestrichen wurde, obwohl der weitaus überwiegende Teil der Kosten schon bezahlt und das Buch bereits gesetzt war. Der Verlag *Das Neue Berlin,* nach der Wende zunächst als Mitarbeiter-GmbH verfaßt, ging alsbald doch in Konkurs und wird heute von einem neuen Eigentümer weitergeführt. Er hat seither alte Ausgaben von Prokop und Snegow nachaufgelegt und mit Szameits ›Copyworld‹ 1999 einen neuen SF-Roman gewagt, dem freilich so bald kein zweiter folgen dürfte. ›Lichtjahr 7‹ ist 1999 vom Freundeskreis SF Leipzig herausgebracht worden – als nichtkommerzielle

kaum verhüllte Satire auf die Verdrängung der Wirklichkeit in der DDR durch Sprachregelungen – einer der ganz wenigen Fälle für ein explizites Publikationsverbot in der DDR-SF, wurde er 1983 bei Suhrkamp gedruckt, in Ostberlin erst 1990 im Gefolge der Wende.

Weniger eine Satire als ein Roman über ideologisch fundierte und indoktrinierte Utopien ist ›Der Traummeister‹ von Angela und Karlheinz Steinmüller, darin auf einem fernen Planeten, wo irdische Siedler ins Mittelalter zurückgesunken sind, ein Traummeister mit Hilfe von Überbleibseln früherer Hochtechnologie die nicht mehr traumfähige Bevölkerung einer Stadt an seinen Träumen teilhaben läßt und diese nacheinander zur Durchsetzung verschiedener Utopien – auch sozialistischer – benutzt, die allesamt scheitern. Vor allem wegen Säumigkeit des Illustrators ist das Buch mit gut einem Jahr Verspätung erschienen und 1990 in den Wirren der Wende untergegangen, 1989 wäre es als Sensation empfunden wurden. Die Druckgenehmigung für den Roman wurde jedoch lange vor der Wende erteilt, wie auch für Wolfgang Landgrafs Erzählung ›Die Stadt‹ (1990 in ›Geschichten vom Trödelmond‹, einer weiteren Anthologie Olaf Spittels), die in einem ziemlich eindeutigen und kompromißlosen Bild die Entartung nicht irgendeiner, sondern der kommunistischen Utopie darstellt.

War die Science Fiction in der DDR also ein Freiraum zur Verbreitung von phantastisch getarnter Systemkritik an der Zensur vorbei? Natürlich ist man mitunter versucht, es derart medien-schubladengerecht zu sagen, schon um den sonst im Westen automatisch aufkommenden Verdacht besonderer Regimetreue abzuwehren. Doch wie auf anderen Gebieten der DDR-Literatur hätte es zwar beachtlichen Mut, aber

---

Publikation in ein paar hundert Exemplaren, aber mit Beiträgen deutscher SF-Autoren von Rang und Namen und in der traditionellen aufwendigen Ausstattung. – Übrigens ist *Das Neue Berlin* schon in der DDR frühzeitig mit dem *Eulenspiegel-Verlag* zusammengeschlossen worden, und die beiden gehören auch heute noch (ohne die gleichnamige Zeitschrift) zusammen. Unter dem Eulenspiegel-Verlagsnamen erschien 1998 Reinhold Anderts Polit-Fiction ›Rügen oder Das Ende der PDS‹.

wenig Scharfsinn erfordert, deutlich zu sagen, was sowieso alle wußten; was indes nicht alle wußten (oder wissen wollten), wäre in phantastischer Verfremdung kaum wiedererkannt worden. Aus dem Wiedererkennen jedoch zog die SF im Sozialismus einen Großteil ihrer eher ästhetischen als politischen Wirkung; auch bei ganz und gar nicht brisanten Gegenständen konnte der Autor mit einem aufmerksamen Leser rechnen, und da Autoren wie Leser als gemeinsames Bezugssystem eben nicht die Weiten des Kosmos teilten, sondern die DDR-Alltagsrealität, findet man ironische Seitenhiebe sogar in Büchern von SF-Autoren, die sonst wacker den alsbaldigen Triumph des Sozialismus im internationalen, wo nicht interplanetaren Klassenkampf schilderten (seit den siebziger Jahren eher die Ausnahme).

Als Schlaglichter waren Einsichten in die tatsächlichen Zustände durchaus möglich; das Genre erfreute, jawohl: *erfreute* sich weitgehender Mißachtung durch die etablierte Literaturkritik und einer eher formal-oberflächlichen Behandlung durch die Zensur (wie übrigens auch der Kriminalroman, wo künftige Forscher mehr über die DDR-Wirklichkeit finden werden, als im Gros der sogenannten Gegenwartsliteratur). Das Sprechen in Andeutungen und mit ironischer Verstellung war ja ein allgemein verbreitetes Gesellschaftsspiel, das weniger etwas über die Verhältnisse als über die Position des Sprechers mitteilen sollte.

Freiräume bot die SF vor allem für Gedankenexperimente und Spekulationen – auch gesellschaftliche –, die nicht im auffälligen Widerspruch zur offiziellen Ideologie standen, andererseits aber auch nicht direkt von ihr veranlaßt waren; statt ›Freiraum‹ kann man auch ›Nische‹ sagen.*

---

* Die Regel wurde von den Ausnahmen bestätigt, wenn karrieresüchtige subalterne SED-Funktionärinnen sich nicht um die Spielregeln der Nischengesellschaft kümmerten oder wenn sie über die Nische hinausgehende Wirkungen witterten. So wurde Anfang 1973, mitten in einer eher von Liberalisierung der Kultur geprägten Phase, in Dresden ein bis dahin wohlwollend geförderter großer SF-Klub zerschlagen, unter anderem mit der Begründung, die Mitglieder, überwiegend Studenten, hätten die FDJ-Arbeit vernachlässigt.

Nachdem die siebziger Jahre eher im Zeichen einer Emanzipation der DDR-SF von ideologischer und politischer Zweckbindung gestanden hatten (unbeschadet etlicher allgemein üblicher kommunistischer Zukunftskulissen), brachten die achtziger – nicht zuletzt unter dem Einfluß der sowjetischen Perestroika – ein Wiederaufleben der utopischen Gesellschaftsentwürfe und alternativer Zivilisationsmodelle.

In der auf Abenteuer-Unterhaltung orientierten SF ging unterdessen der Klassenkampf munter weiter, da Actionliteratur halt Helden und Schurken braucht; es gab nun auch Romane über Kriegführung im Kosmos und die Bedrohung der Erde durch aggressionslüsterne (natürlich kapitalistische) Außerirdische. Was zuvor ein Tabuthema gewesen war (da hochentwickelte raumfahrende Zivilisationen kommunistisch & friedliebend zu sein hatten), kam nun zur Stärkung der Wehrbereitschaft jugendlicher Leser zupaß; die Helden hatten sich auch regelmäßig gegen pazifistisch-vertrauensselige Weichlinge im Weltrat durchzusetzen.*

Politische Überzeugungen äußerten sich darin ebensowenig wie im Gros der antisowjetischen amerikanischen SF: Soweit jene DDR-Autoren jetzt wieder publizieren, vertreten sie wie viele westliche Kollegen eine kritische, in der Richtung aber eher diffuse politische Haltung, die klassenkämpferischen Pflichtübungen sind verschwunden, nur eine vage so-

* Mindestens im Verlag Neues Leben, der außer dem Kulturministerium auch noch der FDJ unterstand, waren solche Themen eine Zeitlang ausdrücklich erwünscht; dahinter stand einerseits die nervöse Reaktion auf den NATO-Doppelbeschluß über die Stationierung von Mittelstreckenraketen und Marschflugkörpern, andererseits der Kampf gegen die kirchliche Friedensbewegung, die gegen die zunehmende Militarisierung der DDR-Gesellschaft (u.a. die Einführung des Wehrkunde-Unterrichts an den Schulen) protestierte. Die einschlägigen Romane von Ansorge, Frühauf und Kröger sowie Kellners Erzählung ›Tödlicher Irrtum‹ (in ›Lichtjahr 4‹) waren freilich nicht auf Bestellung geschrieben, allein schon das Tempo der Literaturproduktion in der DDR spricht dagegen, aber die Autoren nutzten die Gelegenheit, die sich ihnen bot – sei es, endlich mal richtige Action zu schreiben, sei es, ausgerechnet mit diesem etwas unglücklichen Beispiel Doktrinen anzugreifen, nach denen nicht sein konnte, was nicht sein durfte.

zialistische Prägung ist bei manchen noch zu spüren. Immerhin biedert sich keiner von ihnen nun der entgegengesetzten Meinungskonjunktur an, wie es etwa der zu DDR-Zeiten literarisch nicht hervorgetretene Dresdner Autor Roland Wauer in seinem Buch ›Der Sachse hat den Sieg versaut‹ (1998) tut. Darin verweigert der sächsische König die Teilnahme am Ersten Weltkrieg, der daraufhin mitsamt der nachfolgenden Geschichte einen anderen Verlauf nimmt – eine Mischung von sächsisch-patriotisch-monarchistischer Begeisterung auf dem Niveau von Heftromanen aus dem Adelsmilieu, von grobschlächtigen antikapitalistischen Klischees und dem Politikverständnis des Stammtischs mit lauter Pappfiguren als Protagonisten: Wilhelm I. redet wie die Karikatur eines strohdummen preußischen Militaristen, Lenin wie ein engstirniger, gegenüber seiner Frau unglaublich niederträchtiger Fanatiker und Brecht wie Dr. Wauer, der bis 1990 Philosophiedozent war. (Ob man Lenin für einen Fanatiker hält, ist eine Frage des Maßstabs, engstirnig war er jedenfalls nicht, und die unterstellte Niedertracht im Privaten liegt ganz beim Autor.) Wenn man also Spezifika in der gegenwärtigen SF der seinerzeit etablierten DDR-Autoren sucht, wird man sie am ehesten durch Vergleich mit jener ostdeutschen SF finden, der die Gnade des späten Debüts zuteil wurde und der ihre trotzdem unverkennbaren DDR-Wurzeln peinlich sind.

Als weiteres Vergleichsobjekt bietet sich ›Rote Wende‹ (1994) von Reinhold Andert an, der, in der FDJ-Singebewegung aufgestiegen und 1980 in Ungnade gefallen, in der DDR durchaus publiziert hat, doch nichts, das irgend an SF erinnerte. Auch dies ist eine Alternativhistorie, in der 1990 die DDR die BRD vereinnahmt hat. Dieser Andert ist bewandert, viel genauer als der Wauer, nur variiert er 160 Seiten lang zwei Motive: Der real existierende Sozialismus erscheint durch Perpetuierung noch peinlicher, die Verfahrensweise des Anschlusses durch Spiegelung noch absurder.* Wie

* Von Andert gibt es übrigens inzwischen eine weitere Polit-Fiction ›Rügen oder Das Ende der PDS‹ (1998), wo die Bundesregierung der PDS die Insel Rügen schenkt, daß sie dort nach Herzenslust vor sich hin regiere und

Wauer aber kümmert er sich den Teufel um die Plausibilität seiner Voraussetzung, und das trennt ihn nicht nur von der in dieser Hinsicht gewissenhafteren DDR-SF, sondern von der klassischen SF überhaupt: Eher glaube ich an die Lensmen von ›Doc‹ Smith als an Montagsdemos in Köln 1989. Selbst bei Hans Bach, dem gleichermaßen talentierten wie disziplinlosen Erzähler in der DDR-SF, findet man kaum diese zeitgeistige Beliebigkeit: er hatte ja noch einen Lektor.

Es ist bemerkenswert, daß alle vier Autoren, die die SF in der DDR-Buchreihe ›Spannend erzählt‹ geprägt haben – Tuschel, Kröger, Frühauf und der später hinzugestoßene, auch stilistisch schon einer anderen Generation zuzurechnende Szameit – wieder mit Romanen hervorgetreten sind und ziemlich nahtlos an ihr früheres Werk anknüpfen, denn Entwicklungen und Differenzierungen hat es darin auch schon in den achtziger Jahren gegeben. Klaus Frühaufs Roman ›Finale‹ fällt allerdings aus diesem Rahmen: Das düstere Bild vom allmählichen, doch unaufhaltsamen Ende der Menschheit hätte in der DDR gewiß nicht erscheinen können. Die Geschichte ist gut erzählt, fügt freilich außer deutschem Lokalkolorit und versteckten Details für aufmerksame Leser in DDR-Tradition den zahlreichen westlichen Romanen zum Thema wenig Neues hinzu.

Fuhrmanns ›Kairos‹ und Szameits ›Copyworld‹ sind beides Romane, die politische Fehlentwicklungen in einer quasi sozialistischen Gesellschaft darstellen und – Fuhrmann stärker als Szameit – auf Besserung durch Reformgruppen innerhalb des Regimes setzen, gut geschrieben, aber als typischer Reflex der Perestroika-Hoffnungen in der DDR zum Zeitpunkt des Erscheinens (1996 bzw. 1997; der sehr kleinen Erstauflage Szameits im Selbstverlag folgte 1999 eine professionelle

---

ansonsten nicht mehr störe. Von SED-PDS-Apologetik und von dem bei Wauer aufscheinenden Selbstmitleid ist Andert weit entfernt. Die Crux aller solcher Bücher ist nur, daß sie die ostdeutsche Perspektive kaum an Leute vermitteln können, denen die ostdeutsche Lebenserfahrung fehlt, da die meisten der ostdeutschen Bezugspunkte und DDR-Anspielungen außerhalb der Provinz Ossinien-Pedesien gar nicht verstanden werden.

Publikation im Verlag Das Neue Berlin) um ein Jahrzehnt verspätet, was besonders bei Fuhrmann ins Auge fällt.

Rolf Krohns Spezialität ist in der Vergangenheit angesiedelte oder auf andere Weise die Historie einbeziehende SF, sein Erzählungsband ›Auf den anderen Ufern der Nacht‹ ein charakteristisches Beispiel für eine dritte, große Gruppe in der DDR-SF, die seinerzeit ideologische Pflichtübungen weitgehend zu vermeiden wußte, doch auch an Systemkritik kein besonderes Interesse zeigte und auch nachträglich kaum Anstalten macht, den toten Hund zu prügeln. (Dabei hätte gerade Krohn Grund zu Ressentiments: Im Zusammenhang mit der erwähnten Klubschließung 1973 war er erheblichen Repressalien ausgesetzt.)

Gerade bei solchen Autoren und Werken drängen sich natürlich formale – thematische, stilistische – Kategorisierungen auf, und ich weiß mich da durchaus eins mit dem fiktiven Verfasser des fiktiven Vortrags des fiktiven Arbeitskreis-Vorsitzenden (geschrieben hat jene Analyse natürlich kein Schriftsteller, sondern einer der zahlreichen beim Schriftstellerverband angestellten Literatur- und Kulturwissenschaftler). Betrüblich wird es erst, wenn ein Werk so tief in die Schublade gerät, daß man es nicht mehr sieht, zumal wenn es die falsche Schublade ist. Hätte der/die/das besoldete Germanist(in) einen weiteren Nachzügler aus der Produktion der DDR-Verlage erwähnen müssen, Alfred Lemans 1991 erschienenen Roman ›Zilli 2062‹, ohne groß nachdenken zu wollen, wie der nun politisch-ideologisch einzuordnen sei, so wäre das Buch wegen der halbwüchsigen Heldin unweigerlich in den Kasten verbracht worden, wo es sich auf dem Buchmarkt und in Rezensionen denn auch fand: bei der Kinder- und Jugendliteratur. Dabei ist das, wie auch schon Lemans ›Schwarze Blumen auf Barnard 3‹ (1986) und etliche seiner Erzählungen, ein ungewöhnlich scharfer und weitreichender Blick in eine überaus komplexe, hochtechnisierte und umfassend computerisierte Zukunft. Immerhin hat dieser Irrtum das Buch davor bewahrt, als ostdeutscher Cyberpunk einsortiert zu werden, was noch blödsinniger, also eigentlich wahrscheinlicher gewesen wäre.

Lehrreich ist daran, daß derlei Fehlklassifizierungen auch zu DDR-Zeiten vorkamen, ohne jemals zu verhindern, daß ein Buch die Leser erreichte, für die es gedacht war. Der Verlag Neues Leben, der sich als Verlag für junge Leute im FDJ-Alter verstand, hat eine Menge SF für ein allgemeines, erwachsenes SF-Publikum herausgebracht, und das waren nicht eben die vierzigjährigen Berufsjugendlichen; ausländische SF für Erwachsene druckte mitunter sogar der Kinderbuchverlag. Auch ›Andymon‹ der Steinmüllers ist manchmal als Kinderbuch mißverstanden worden – außer Robotern kommen darin überhaupt nur Kinder und Jugendliche vor, was dem oberflächlichen Betrachter ausreicht (ich warte darauf, daß jemand Goldings ›Der Herr der Fliegen‹ als Kinderbuch entdeckt). Trotzdem ist der Roman von den Buchhändlern ins richtige Regal gestellt worden; die SF-Leser in der DDR hätten es sowieso auch entdeckt, wenn es als metallurgisches Fachbuch über Antimon geführt worden wäre.

Dieselben Leser (einige von ihnen) haben mir wenige Jahre später gesagt, daß sie den ›Traummeister‹ nicht gekauft haben, weil sie Fantasy nicht so sehr interessiert; dabei ist das nicht nur eindeutig SF, sondern in der Heyne-Ausgabe von 1992 steht sogar das SF-Kürzel drauf. Aber es sind, selbst wenn es dieselben sein sollten, eben nicht mehr die gleichen Leser wie in der DDR, die ehemaligen Allesfresser in puncto Phantastik reagieren auf das Überangebot an Waren und Information mit Abschottung und Beschränkung auf ein immer schmaleres Gebiet, wie etwa Star Trek-Fans andere SF meist nicht zur Kenntnis nehmen. War die Gesellschaft der DDR eine Nischengesellschaft, so ist es die bundesdeutsche erst recht, nur daß beim Verlassen der Nische nicht mehr politische Repression droht, sondern völlige Orientierungslosigkeit.

Die von Karlheinz Steinmüller 1990 erhoffte Vielfalt politischer Einstellungen in den SF-Werken der Ex-DDR-Autoren ist ausgeblieben, er selbst, der mit seiner Frau Angela wohl die wichtigsten Beiträge zur DDR-SF der achtziger Jahre leistete, ist als Belletristik-Autor verstummt und mit der Zukunft nur noch als Wissenschaftler und Popularisator befaßt. Science Fiction ist eben doch nicht politik- oder ideologieintensiver als andere Literatur auch und der Souverän, den aufzuklären Literatur unternehmen könnte, längst nicht mehr auszumachen in einer reizüberfluteten Gesellschaft, wo man lauter als alle anderen schreien muß, um überhaupt gehört zu werden: es schreit sich schlecht in Metaphern und Denkmodellen, und es denkt sich schlecht beim Schreien.

Die DDR-SF war es gewohnt, selbst in ihren leisen Äußerungen (den bedeutsamen wie auch den belanglosen) von den Lesern wahrgenommen zu werden, im übrigen geht es ihr heute auf dem völlig von Amerikanern (und da vor allem von der Begleitliteratur zu amerikanischen Filmen und Fernsehserien) beherrschten Markt nicht viel schlechter als der westdeutschen, sondern bloß ebenso schlecht: sie ist kaum präsent.*

Eine SF mit spezifisch ostdeutscher statt DDR-Prägung, wie sie angesichts der Erfahrung der Autoren mit zwei unterschiedlichen Gesellschaftssystemen zu erhoffen war, eine SF mit ganz neuen, originellen Blickwinkeln, wie sie gerade in den phantastischen Genres so wichtig sind, ist nicht entstanden - nicht zuletzt darum, weil die DDR allgemein als erledigt und abgehakt gilt, toter als das Heilige Römische Reich Deutscher Nation (an dessen Grenzen sich mancher immerhin gern erinnert), bestenfalls Gegenstand nostalgischer Verklärung oder zumindest bockiger Reminiszenz bei jenem Fünftel der Deutschen, dem die restlichen vier Fünftel gern erklären, wie das Leben in der DDR wirklich war. Wo neue ost-

---

* Ausgenommen den Heyne Verlag, wo außerhalb der Spiele-Serien Anfang und Mitte der neunziger Jahre immerhin fast ebensoviel SF-Bücher ost- wie westdeutscher Autoren erschienen sind, hat der ehemalige DDR-Autor bei etablierten westdeutschen Verlagen aber doch einen Malus: Wer schon in der DDR publizierte, eignet sich nicht für die Entdeckung als vielversprechendes neues Talent, und wer seinerzeit nicht als Halb- oder Beinahedissident im Westen ausgiebig gedruckt oder nachgedruckt wurde, kann ja gar nicht gut sein. In den Feuilletons der großen Zeitungen und den als eine Art öffentliche (Re-)Zensur zelebrierten Fernseh-Quasselrunden gilt als sicherster Ausweis literarischer Bedeutung die vormalige legale, also *privilegierte* Ausreise aus der DDR: Die haben schließlich nicht den erstbesten rausgelassen.

deutsche SF sich spezifisch ostdeutschen und DDR-Themen zuwendet, wird sie größtenteils wieder nur von Ostdeutschen rezipiert – so spricht sie im Grunde wie zu DDR-Zeiten von dem, was sowieso alle wissen, die es wissen wollen, was aber die meinungsbildenden, rein westdeutsch geprägten großen Medien nicht interessiert, die für Ostdeutschland nur zwei einfache Modelle parat haben: die vollständige Gleichheit mit der alten Bundesrepublik (der doch nicht einmal das gegenwärtige Westdeutschland gleicht) oder mit einem Schwarz-Weiß-Bild der alten DDR. Allmählich entsteht eine gesamtdeutsche SF, die sich dadurch auszeichnet, daß sie zwar gesamt ist, aber nicht mehr spezifisch deutsch, denn die Sozialisierung ihres Publikums (also früher oder später auch ihrer Autoren) fand weder in der BRD noch in der DDR statt, sondern im Raumschiff Enterprise – was dafür durchaus nicht der schlechteste Ort ist. Die Science Fiction der rasch und ziemlich schmerzlos verstorbenen DDR aber führt mit all ihren überkommenen Eigenheiten, guten wie schlechten, und mit geschrumpftem Publikum ein recht munteres Leben nach dem Tode.

SCIENCE

Atombaukasten und Molekülfabriken

Eine Recherche über Facts & Fiction in der Nanotechnik

von Widmar Puhl

Die SF ist reich an Nanotechnologie. Das war mir schon vor den Recherchen zu einem Feature über »Göttliches Handwerk – Von der Mikrosystemtechnik zur Nanotechnik« für den Süddeutschen Rundfunk im Jahr 1996 aufgefallen. Daß die wissenschaftliche Wirklichkeit zu diesem Zeitpunkt den Begriff hauptsächlich der Materialforschung zuordnete, wurde trotz einiger Visionäre in der »Szene« ebenfalls bald klar: Von Natur aus war dieses Fachgebiet die Zieh-und Pflegemutter für eine Kreuzung aus Physik und Chemie, für die sich sonst niemand zuständig fühlte. Arthur Grupp vom zweiten physikalischen Institut der Universität Stuttgart z. B. erforschte zwar die »Buckyball-Moleküle«, für die sein US-Kollege Richard Smalley soeben den Chemie-Nobelpreis erhalten hatte, hielt aber jede praktische Anwendung, die über neue Werkstoffe hinausgehen würde, noch für Science Fiction.

Wenn damals Naturwissenschaftler die Werke ihrer Kollegen Feynman und Drexler lasen (und das taten sie durchaus), dann anscheinend zur Musik des Films »Odyssee 2001«. Man nahm solche Außenseiter nicht sonderlich ernst, vielleicht weil sie auch die Phantasie von Laien anregen. Der Physiker Richard Feynman hatte 1959 eine Rede vor der amerikanischen physikalischen Gesellschaft gehalten und davon gesprochen, was möglich wäre, wenn man die Materie bis in den atomaren Bereich hinein kontrollieren könnte. Die Natur könne so etwas schließlich auch. Zum Beispiel sei in der kleinsten Zelle Platz für den Bauplan des ganzen menschlichen Organismus.

Feynman starb, und die Fachwelt vergaß seine Rede – bis 1986. Da wurde die Erfindung des Rastertunnelmikroskops mit dem Nobelpreis für Physik ausgezeichnet und damit weltweit bekannt. Es war die Voraussetzung für zehn-millionenfache Vergrößerungen und bekam seinen Namen von dem sogenannten Tunnelstrom, der zwischen der Probe unterm Mikroskop und der Nadel fließt, mit der die Probe abgetastet oder abgerastert wird. Aus diesem Strom gewinnt man ein Computerbild der Probe. Eher zufällig (ein Assistent kam mit der Rastersonde aus Versehen zu nahe an die Oberfläche des Objekts, das er untersuchte) entdeckte man, daß sich mit dem Rastertunnelmikroskop per Stromstoß nach dem Prinzip des Punktschweißens auch dauerhafte chemische Verbindungen herstellen lassen. So entstand das Verfahren einer chemischen Molekülsynthese durch zusammengeschweißte Atome.

Und dann beschrieb der britische Science Fiction-Autor David Wingrove eine erdumspannende Stadt, die im Jahre 2200 nach Christus Wohnraum für 38 Milliarden Menschen bietet und aus einem seltsamen Baustoff besteht: »So leicht wie Luft und so hart wie Stahl. Eine Substanz, so stark wie die Bindungen zwischen den Atomen und so leicht, daß dreihundert Ebenen davon einen Bruchteil von dem wogen, was eine einzige Lage aus Lehmsteinen wog. Eine Substanz, die fürs Dasein der Stadt so bedeutsam war, daß ihre chemische Bezeichnung nur selten benutzt wurde. Sie war schlicht als *Eis* bekannt. Eis deshalb, weil sie in unbehandeltem Zustand so kalt und zerbrechlich wie eine dünne Schicht aus gefrorenem Wasser aussah. ›Geriefte‹ Eisschichten – nur ein paar hundert Moleküle dick – bildeten die Ebenen und Wände der Stadt. Gegossene Eisbleche dienten zur Herstellung von Aufzügen und Riegeln, Möbeln und Rohrleitungen, Kleidung, Werkzeug und Spielsachen. Seine Flexibilität und Vielseitigkeit, seine Billigkeit und Beständigkeit hatten es dafür prädestiniert, die meisten traditionellen Materialien zu ersetzen.«

1989, als Wingroves Roman »Das Reich der Mitte« erschien, beschäftigten sich erst eine Handvoll Physiker und Chemiker in der Materialforschung mit der Suche nach Werkstoffen, deren Eigenschaften man sich mehr oder weniger aussuchen kann. Durch eine Art Design von Molekülen im Nanometerbereich, also in der Größenordnung von Millionstel-Millimetern, entstanden erste Vorstellungen einer Nano-Technik und auch der Name dafür. Wie phantastisch war Wingroves Phantasie?

Im Sommer 1998 vergab das Bundesministerium für Forschung und Wissenschaft 150 Millionen Mark für »Kompetenzzentren in der Nanotechnologie« in Dresden, Berlin, Aachen, Tübingen, Münster und Hamburg. Im November des gleichen Jahres veranstaltete die »Philip Morris Stiftung« in München ein Symposium zur »Zukunftschance Nanotechnologie«. Also wollte ich wissen, was dran ist an der Sache und was sich entwickelt hat. Denn immerhin wird jetzt ordentlich Geld für die Nano-Forschung ausgegeben, und wir leben nicht in Zeiten, wo man Spinnern Geld gibt. Bei der Lektüre eines Artikels im STERN (Nr. 8/99) war nicht nur alles über Richard Feymans legendären Vortrag von 1959 zu finden (»There's plenty of room at the bottom«), sondern auch die Adressen von Nano-Guru Eric Drexler vom Foresight Institute *(http://www.foresight.org)* und Richard Smalley, der 1996 für die Entdeckung wabenförmiger Kohlenstoff-Strukturen den Chemie-Nobelpreis bekam: *http://cnst.rice.edu/reshome.html*

Zehn Jahre nach Wingrove gibt es Materialien und Produktionsverfahren für Nanotechnologie übers Internet zu kaufen. Der Rechner surrt, und die Homepage von Richard Smalley zeigt den Boss himself mit Bild. Glatze, weißes Bärtchen, freundliches Lächeln. Und da steht: »Go to the *Tubes@Rice* homepage, where you can buy **fullerene nanotube!**« Da ist es, das Kaufangebot für Nanoröhren aus Fulleren-Molekülen. Ein Mausklick, und es heißt »Willkommen bei Tubes@Rice, Ihrer Quelle für reinste und echte Nanoröhren aus nur einer Schicht Kohlenstoffmoleküle!« Auch mit einem zehn Jahre alten Nadeldrucker kann sich jeder technische Dilettant wie ich diese Informationen schwarz auf weiß holen:

»*Tubes@Rice* ist eine nicht-kommerzielle Einrichtung der Rice-Universität in Houston, Texas. Sie finden uns auf dem Campus im Zentrum für Nanoscale Science and Technology. Wir synthetisieren, formen und reinigen unsere Materialien aus Einschicht-Kohlenstoffmolekül-Nanoröhren nach Methoden, die Dr. Richard Smalley an unserem Institut entwickelt hat. Unser Ziel ist es, die Forschung auf diesem Gebiet zu fördern und ihre praktische Anwendung zu unterstützen. Zu diesem Zweck bieten wir begrenzte Mengen unserer Nanoröhrchen mit einem Durchmesser von 1,2 Nanometer an.« Es folgen eine nähere Produktbeschreibung, chemische Daten, ein Handbuch für den Umgang mit Nanoröhrchen, Auftragsformulare und ein sogenanntes Sicherheitsdatenblatt für Industriebestellungen. Adresse, Telefon- und Faxverbindung, Postfach.

Die faserigen schwarzen Flocken, die aussehen wie Rußpartikel aus dem Kamin, kosten allerdings mehr als Diamanten. Sie werden durch Laserbeschuß aus gewöhnlichem Kohlenstoff gewonnen – ein Verfahren, das nicht für eine industrielle Großproduktion geeignet ist. Was sie so wertvoll macht, ist neben diesem aufwendigen Herstellungsverfahren ihr Aufbau aus völlig gleichmäßigen Molekülen, die aus sechseckigen Kohlenstoffzylindern bestehen. Zehntausend dieser Röhrchen nebeneinander würden in ein menschliches Haar passen. Sie sind hundertmal fester als Stahl und enorm flexibel. Man kann sie verbiegen, verdrehen und verweben, ohne daß sie reißen – die stärkste Kunstfaser, die es je gab. Den Rohstoff dafür, den Kohlenstoff, gibt es praktisch umsonst.

Smalleys »Buckyball-Moleküle« oder Buckminster-Fullerene sind Moleküle aus reinem Kohlenstoff und wie ein Fußball gebaut. Nur bilden hier statt fünf- und sechseckiger Lederflecken Kohlenstoffatome vollkommene Kugeln von ganz ungewöhnlich stabiler Konstruktion. Aus diesen Buckyballs lassen sich extrem dünne und harte Oberflächen produzieren, etwa kratzfeste Beschichtungen für Brillengläser, selbstreinigende Tanks, Windschutzscheiben und dergleichen. Nicht gerade Wingroves »Eis«, aber immerhin.

Nach der Internet-Recherche folgte ein Tag mit Gesprächen und Anschauungsunterricht im Institut für physikalische Chemie an der Universität Tübingen. Dort ist der Sitz eines der neuen Kompetenzzentren für Nanotechnologie. Koordinatorin Dr. Christiane Ziegler weiß: »Gerade für solche kratzfesten Beschichtungen (easy-to-clean) braucht man Nanomaterialien, die eigentlich mit klassischer »Becherglas-Chemie« relativ günstig hergestellt werden können. Das heißt also für Anwendungen, wo man große Mengen dieser Nanopartikel mit bestimmten Eigenschaften braucht (z. B. kratzfest, d. h. mehr mechanische und weniger chemische Eigenschaften), kann man die heute schon großtechnisch, massenhaft und günstig herstellen. Bei anderen Anwendungen, insbesondere wenn's in Richtung Elektronik geht, da ist das Ganze sehr viel heikler.« – Sprich: unendlich aufwendiger und teurer. Tröstlich nur, daß man für diese nanometergroßen elektronischen Bauelemente eben typischerweise auch nur ganz wenig Material braucht. Fazit: In dem einen Fall braucht man viel, kann es aber auch einfach und billig herstellen. Im anderen Fall braucht man wenig, dafür ist es aber auch sehr aufwendig und zumindest bis heute lassen sich nur sehr kleine Mengen gewinnen.

Smalleys Nanoröhrchen sind nicht nur extrem hart und elastisch, sondern haben noch andere verblüffende Eigenschaften: Einmal verhalten sie sich metallisch und einmal wie ein Halbleiter aus Silizium, doch diese unterschiedlichen Eigenschaften lassen sich bei der Herstellung noch nicht trennen. Einzeln kann man sie aber sehr wohl sortieren und in mühsamer Puzzle-Arbeit nanokleine Geräte daraus bauen. Zieglers Kollege Dr. Thomas Ertl beschreibt eine Art Elektronenpumpe, die wirklich Arbeit leistet und mehr ist als Material und Anordnung:

»Es gibt das erwiesenermaßen funktionsfähige Modell eines Feldeffekt-Transistors, der aus Carbo-Nanotubes gebaut wurde, die man über Metallkontakte gelegt hat. In diesem Transistor konnte z. B. nachgewiesen werden, daß gezielt einzelne Elektronen verschoben werden können.« Der Clou bei dieser ganzen Sache mit den Carbo-Nanotubes ist eben: Man kann sie chemisch so modifizieren, daß sie entweder metallisch leitenden Charakter haben oder zu Halbleitern werden. Kleine Veränderungen mit großer Wirkung.

Solche Prototypen sind aber noch nicht von industrieller Bedeutung, sondern eher Tüfteleien. Eine Serienproduktion ist noch Lichtjahre entfernt, schon weil oft noch keiner weiß, wozu sie eigentlich gut sind. Als praktische Anwendungen von Smalleys Nano-Röhrchen werden reißfeste Seile und Gewebe ebenso diskutiert wie neue Leiterbahnen für Computerchips – so klein, wie sie selbst die Mikrosystemtechnik nicht machen kann.

Doch auch bis dorthin ist der Weg lang. Christiane Ziegler: »Aber überlegen Sie mal: die sind eben maximal 200 Nanometer lang. Das ist ja gerade das, was wir in der Nanotechnologie ausnutzen wollen, daß die so schön klein sind.« Wer nun aber etwas Makroskopisches wie ein Gewebe aus diesen Nanopartikeln machen will, müßte viele Nanotubes »aneinanderschweißen«, ohne daß sich deren mechanische Eigenschaften verändern. Doch jede dieser Nähte wäre eine Sollbruchstelle, das haben Nähte so an sich. »Dann hätte ich alle 200 Nanometer so eine Sollbruchstelle, d.h. also, ich hätte Millionen Sollbruchstellen auf einem makroskopischen Draht. Das macht keinen Sinn.«

Deswegen betrachten es die Tübinger als eine der wichtigen Aufgaben in Zukunft, diese Kohlenstoffröhrchen chemisch so zu verändern, daß man sie tatsächlich chemisch miteinander verknüpfen kann, um so einen möglichst langen »Draht« zu bekommen: Die Röhrchen sollen nur an den Enden chemisch reagieren und dadurch mit dem nächsten Röhrchen Kontakt aufzunehmen. Die elektrophysikalischen Eigenschaften dieser Moleküle könnten sich am Ende zur Herstellung neuartiger Solarzellen nutzen lassen, oder für Schalter und Datenspeicher mit genau jenen Fähigkeiten, die Computer der Zukunft brauchen. Die meisten Forscher, die mit Nanotubes experimentieren, versuchen sie als neue Bauelemente auf molekularer Ebene auszunutzen.

Der Grund: die unterschiedlichen elektrischen Eigenschaften der Kohlenstoffröhrchen hängen davon ab, wie sie aufgewickelt sind – links gewickelt benehmen sie sich, grob gesagt, wie winzige Metalldrähtchen von 100 Nanometer Länge, rechts gewickelt mehr wie ein Silizium-Halbleitermaterial. Die Schwierigkeit besteht noch darin, metallische und halbleitende Röhrchen auseinander zu sortieren. Am Max-Planck-Institut für Festkörperforschung in Stuttgart ist es z. B. zwar gelungen, die Röhrchen nach verschiedenen Längen durch chromatographische Verfahren voneinander zu trennen. Aber bei der Produktion nach ein- und demselben Verfahren fallen rechts- und linksgewickelte Röhrchen an (metallisch und halbleitend), und die muß man dann z. B. mit einem Rastertunnelmikroskop einzeln genau prüfen, um zu erkennen, ob man ein Metall oder einen Halbleiter vor sich hat. »Man muß wirklich messen«, erklärt Chistiane Ziegler: »Hab ich etwas, das sich metallisch benimmt, also wo die Elektronen ganz leicht durchfließen, oder hab ich etwas, das sich mehr benimmt wie Silizium, also wie ein Halbleiter?« Das Problem dabei ist, daß sich die Röhrchen in allen anderen physikalischen Eigenschaften so gut wie nicht unterscheiden.

Die chemische Veränderung von Nanotubes ist auch wichtig, weil sie nach Ansicht der Fachleute auch dazu geeignet sind, einzelne Elektronen aufzunehmen. Damit gewinnt der Gedanke Bedeutung, daraus so was wie einen Ein-Elektronen-Speicher aufzubauen. »Dazu müßte man Elektronen da reinschreiben können, also diese 1:0-Information in irgendeiner Form in diesen Speicher eingeben«, erklärt Ziegler, aber da gibt es wieder ein Stabilitätsproblem: Damit die Elektronen auch in einem solchen Speicher bleiben wie bei allen Ein-Elektronen-Bauelementen, die man bereits mit lithographischen Top-Down-Verfahren mit Silizium oder Galliumarsenid herstellen kann, muß es extrem kalt sein. Das ganze funktioniert nur bei Grad Kelvin, weil sonst die thermischen Schwankungen so groß werden, daß die Ladung einfach »verschmiert« ist und so schnell fluktuiert, daß man nicht mehr sagen kann, an welcher Stelle sie genau sitzt. Das könnte aber gerade eine Chance für diese Nanotubes sein, weil die von ihren kleinen Abmessungen und ihrer von sich aus abgeschotteten Struktur eigentlich von sich aus sehr gute Kandidaten dafür sind, das Elektron aufzunehmen und nicht sofort wieder an die Umgebung abzugeben. Für Christiane Ziegler liegt gerade in diesem Umstand eine Chance dafür, »daß Nanotubes vielleicht diese Ein-Elektronen-Speicherung auch bei wesentlich höheren Temperaturen, vielleicht sogar bei Raumtemperatur, erlauben werden.«

Wo das genau hinführt, wissen auch die Wissenschaftler noch nicht. Doch der Wellencharakter von Elektronen könnte da ganz neue Bauelemente ermöglichen, die nicht mehr auf dem klassischen Transistor beruhen.

Was Biocomputer angeht, also die Koppelung von Nervenzellen an Elektroden und das Ausnutzen von natürlichen neuronalen Netzwerken, wird Nanotechnologie ebenfalls immer wichtiger. Bisher gab es einen gewissen Stillstand bei der Entwicklung solcher Computer, weil man die richtigen Biochips mit nanofeinen Elektroden noch nicht hatte. Das ändert sich gerade. Christiane Ziegler verweist stolz auf die Arbeit einiger Kollegen: »Wir haben z. B. diese Netzwerke schon so trainieren können, daß sie Neurochemikalien schnüffeln können und auch die Industrie begeistern können.« Da verwendet man Nervenzellen als kleine biochemische Schnüffeleinheiten, die z. B. feststellen, wo eine neuroaktive Droge wie Extasy oder LSD drin ist oder wie ein bestimmtes Medikament wie z. B. ein neues Antidepressivum, auf die Nervenzellen wirkt. Solche Dinge kann man heute durchaus schon in industrielle Anwendungen umsetzen. Daß man sich bei der Zeitplanung solcher Projekte häufig verschätzt, liegt aber auch daran, daß wir über die Funktion unseres Gehirns noch nicht genug wissen. Wir verstehen zwar grundsätzlich, was biochemisch passiert, daß Signale überhaupt von einer Zelle zur anderen kommen, aber wie tatsächlich Informationsverarbeitung abläuft, wie wir unser Gedächtnis trainieren, wie wir Probleme lösen, das ist noch weitgehend unverstanden. Und wenn ich schon das biologische Prinzip nicht verstanden habe, kann ich es auch nicht kopieren.

Fernseher am Handgelenk, Walkman, Mini-Kameras, Taschenrechner: Technik wird immer kleiner, aber nur schätzungsweise bis zum Jahr 2030. Dann nämlich stößt sie an die Grenzen der herkömmlichen Physik. Unterhalb des atomaren Bereichs verhalten sich Elektronen mal wie Teilchen und mal wie Wellen. Ort und Materie oder Impuls – das ist dann nicht mehr präzise zu bestimmen. Für die Leistung eines Laptops brauchte man vor zwanzig Jahren noch Maschinen, die den ganzen Laden gefüllt hätten, in dem man heute so einen

Laptop kaufen kann. Die neueste Generation heißt »Palmtop«, weil die Minicomputer in eine Handfläche passen (englisch: palm). Inzwischen ist die Nanotechnik mit teilweise nur wenige Moleküle großen Bauteilen oder entsprechend dünnen Materialien auf dem Vormarsch. Damit hofft man die bisherigen Grenzen der Miniaturisierung durch einen Qantensprung im wahrsten Sinn des Wortes zu überwinden. Was vor wenigen Jahren noch Science Fiction war, wird zunehmend technische Realität. Man denke nur an das Bildtelefon oder an die computergestützte, minimal-invasive Chirurgie. Instrumente dafür entwickelt auch das Institut für Mikrosystemtechnik im Forschungszentrum Karlsruhe.

Ortswechsel also zur Konkurrenz. Zu den Wegbereitern der Nanotechnologie gehört nämlich ausgerechnet der ehemalige Kernforschungskomplex. Hier werden winzige, billige, aber sehr wirksame und energiesparende Maschinen gebaut: elektrisch betriebene Fräsen, die sklerotische Arterien entkalken oder enge verstopfte Leitungen reinigen sollen; Mini-Pumpen für Medizin und Chemie; winzige Stecker, mit denen man zerrissene Nerven wieder zusammenflicken kann; Sensoren, also chemisch-elektronische Sinnesorgane in Form stecknadelkopfgroßer automatischer Laboreinheiten, die Schadstoffe in Luft und Wasser entdecken; Wetterstationen, Roboter, Schaltelemente für immer kleinere Chips und vieles mehr. Einer in dieser Denkfabrik ist Herbert Gleiter. Der Professor für Werkstoff-Physik sucht hier seit 1994 nach neuen Anwendungen der Mikrosystemtechnik, die ihn zunehmend vom Hölzchen aufs Stöckchen führte:

»Die Mikrosystemtechnik, das ist immerhin bemerkenswert, ist letztlich aus der Kernforschung entstanden.« Für die Trenndüsen, die für die Anreicherung des Urans benötigt wurden, brauchte man immer kleinere Krümmungsradien, immer feinere Skalen – bis hin zur Nanometerskala. In der Mikrosystemtechnik etwa erhalten Silizium-Chips Sensoren, um Temperatur, die Zusammensetzung der Luft oder Strahlung zu messen. Sie können zum Beispiel »riechen«, wenn der Braten anbrennt, und den Ofen abschalten. »Ganz einfach ausgedrückt«, meint Gleiter, »gibt man dem Chip Augen und Ohren und Hände, damit er richtig reagieren kann, also eine Art System dann bildet, das nicht nur Daten verarbeitet, sondern Daten selbständig aufnimmt und dann auch Änderungen erzeugt.« Mikrosystemtechnik heißt diese Technologie, weil die Aktoren und Sensoren, die man dazu braucht, im Bereich von Mikrometern liegen.

Ein Mikrometer ist der einmillionste Teil eines Meters. Bei der Größenordnung von Atomen und Molekülen beginnt die Nanotechnologie. Ein Nanometer ist ein Milliardstel Meter oder Millionstel Millimeter, also 1 m^{-9} – tatsächlich ein technologischer Quantensprung ins Unvorstellbare, es sei denn, man verfügt über eine mathematisch geschulte Phantasie. Gleiter: »Die Nanotechnologie war eine Entwicklung, die weitgehend von der Werkstoffseite ausgegangen ist.« Da ging es darum, Festkörper im Bereich der Nanometer-Skala zu strukturieren. Man kennt das am besten aus modernen lithographischen Verfahren bzw. Drucktechniken: Moleküle lassen sich in Form dünner Filme stapeln. Gleiters Lieblingsbeispiel: »Das Display einer Armbanduhr. Diese Liquid Crystal Displays, die LCDs, sind nichts weiter, als daß Sie durch ein elektrisches Feld Moleküle entweder senkrecht stellen oder waagerecht stellen lassen.« Auf diese Weise verändert man die Lichtbrechungs-Eigenschaften dieser Kristalle und kann damit auch einen direkt ablesbaren Bildschirm erzeugen. »Aber«, so Gleiter, »die Idee dahinter ist immer, Moleküle oder Atome so zu dressieren, daß sie sich in der Weise anordnen, wie wir es gerne hätten und wie sie sich nicht freiwillig anordnen würden, wenn wir nicht künstlich eingreifen würden.«

Dieser Exkurs in die Mikrosystemtechnik ist hilfreich, um die Nanotechnik zu verstehen. Im Nanobereich werden die Dinge aber nicht nur immer kleiner; ab einem bestimmten Punkt verändern sie eben auch ihre Eigenschaften, weil im Reich der Quantenphysik die Grenzen zwischen Masse und Energie verschwimmen. Und während Rohstoffe für die Mikrotechnik immer noch sehr aufwendig aus Bergwerken, Wäldern und Feldern gewonnen werden, um nach nochmals aufwendiger Verarbeitung den Verbraucher auf teueren Umwegen zu erreichen, könnte Nanotechnik dieses gewohnte

Schema auf den Kopf stellen und alles dort produzieren, wo es gebraucht wird. Manche Wissenschaftler möchten tatsächlich die Welt neu bauen, Atom für Atom, aus maßgeschneiderten Molekülen.

Nanotechnologie besteht aus lauter bekannten und vorhandenen Komponenten. Sie baut auf den Naturgesetzen der Physik und Chemie auf. Man begreift, wie sie arbeiten könnte, wenn man sie mit der Biotechnologie vergleicht, die ja auch nur Mutter Natur nachahmt – wenn auch ebenfalls unvollkommen und ungenau – indem sie Enzyme, Hormone, Eiweißbestandteile und andere molekulare Bauteile und Mechanismen der Natur gebraucht. Nanotechnik könnte man daher als eine Art chemische Gen-Technik auf der Grundlage der physikalischen Naturgesetze definieren, nach denen ständig Stoffe auf- und abgebaut werden wie in lebenden Organismen oder in Küche und Werkstatt. Rohmaterial muß, folgt man Feynman und Drexler, nicht in alle Ewigkeit über weite Strecken teuer beschafft werden. Grundstoff für alles wären langkettige Kohlenstoff-Moleküle, die man überall in jeder gewünschten Menge sogar aus Abfall, Erde und sogar Wasser oder Luft gewinnen kann. Energie dafür liefern die Sonne und Biomasse.

Eric Drexler, Leiter des Foresight Institute in Palo Alto/Kalifornien und Autor mehrerer Bücher zum Thema, betrachtet sein Fachgebiet als eine Weiterentwicklung der Chemie, so wie die Elektronik als Baby der alten Elektrizitätslehre gilt. Drexler, ein Mann mit Visionen, von den einen belächelt und von den anderen als Guru für molekulares Ingenieurwesen betrachtet, schrieb: »Nanotechnologie bedeutet eine gründliche und billige Kontrolle über die Struktur der Materie. Armut, Umweltverschmutzung und Krankheiten sind die Folge einer unzureichenden Kontrolle über die Materie. Abraumhalden, überquellende Mülldeponien, abgeholzte Wälder, Raffinerien und rauchende Fabrikschlote, Papiermühlen, die ihre giftigen Abfälle ins Wasser abgeben, Ölbohrtürme und dergleichen sind nur einige der brutalen Technologien unseres Jahrhunderts, die ersetzt werden. Zahnbohrer und giftige Chemotherapien sind auch von gestern.« Das mit den Zahnbohrern stimmt schon mal. Im Mai 1999 wurde ein bio-aktives Gel vorgestellt, das ihre Rolle beim Zahnarzt übernehmen kann.

Die Materie beherrschen: Benzinmotoren, herkömmliche Kraftwerke, Plastikmüll, Altglas und Schrott werden der Vergangenheit angehören, prophezeit Drexler. Handarbeit, Landwirtschaft, wie wir sie kennen, oder Chirurgie mit dem Skalpell. Die Nano-Fabrik der Zukunft hat Drexler ebenfalls schon entworfen und »Assembler« genannt: ein microcomputer-gesteuerter Montagearm, der Moleküle oder Atome erkennt, der Umgebung nach Plan entnimmt und gezielt zusammensetzt. Er versorgt sich aus Mini-Solarzellen mit hohem Wirkungsgrad oder aus Liliput-Wärmeaustauschern mit Energie. Der Roboter mit Einzelteilen, die jeweils nur einige Dutzend Atome dick sind, arbeitet unermüdlich und schafft wertvolle Dinge gleichsam aus dem Nichts, ganz nach Wunsch und Software.

Solche Assembler könnten so programmiert werden, daß sie sich selbst nachbauen und rasend schnell vermehren, bis die Software »genug« sagt. Dann entstehen vielleicht Nano-Fabriken, die aus Milliarden von Billionen Assemblern in emsig blubbernden Tanks von Rohmasse bestehen. Drexler schwebt sogar schon eine Art Technologie-Saat vor, die neue Industrien wie Pflanzen aus dem Boden wachsen läßt. Je nach Programmierung könnte die Geburtstagstorte, das neue Auto oder ein Haus in Stunden oder Tagen fertig sein. Wo sind hier Fakten und Fiktion zu trennen?

Zurück nach Tübingen: Prof. Wolfgang Göpel, Leiter des Instituts für physikalische Chemie und Sprecher des Kompetenzzentrums Nanotechnologie, sollte es wissen. »Wir sind erstmalig in der Lage«, stellt er fest, »zum einen durch weiteres Miniaturisieren von Strukturen, die wir aus der Mikrosystemtechnik kennen, und zum anderen durch den Aufbau künstlicher Moleküle aus elementaren Bausteinen im Nanometerbereich zwei Welten miteinander zu verknüpfen – zum Beispiel Chemie und Elektronik.«

Durch diesen doppelten Zugang, im Angelsächsischen als »Top Down-« und »Bottom Up Approach« bezeichnet, entsteht ein Schmelztiegel neuer Möglichkeiten, ergeben sich völlig neue Ansätze für neue Bauelemente, für neue Technologien und für neue Anwendungen. Interessant sind für Göpel zwei Richtungen: »Intelligente Nanostrukturen herzustellen für Sensoren, für elektronische Bauelemente, und zum anderen Materialien, die durch ihre Nanometerdimensionen völlig neue Eigenschaften haben.« Neuland also wie die erwähnten, früher unmöglichen kratzfesten Beschichtungen von Kunststoffgläsern, oder Antireflexschichten für Windschutzscheiben. Da nutzt man laut Göpel aus, daß die Nanometerdimensionen von Teilchen weit unterhalb der Lichtwellenlänge liegen, so daß sie durchsichtig sind, aber dennoch das Licht gezielt beeinflussen können.

Zweifellos aber finden sich die spannendsten Anwendungsbereiche tatsächlich an der Schnittstelle von organischen und anorganischen Materialien. Ein Beispiel dafür sind für Göpel »Käfigmoleküle, die der Chemiker synthetisieren kann und die sich gezielt auf Goldunterlagen aufbringen lassen«. Damit meint er z. B. synthetische Komponenten einer elektronischen Nase, die wie Rezeptoren im Riechepithel als Schlösser für bestimmte Duftstoff-Moleküle (»Schlüssel«) fungieren: »Über unterschiedliche Schlösser kann man dann unterschiedliche Schlüssel oder Duftstoff-Moleküle nachweisen – genauso wie das die Rezeptoren in der menschlichen Nase tun.« Man könnte auch theoretisch diese Rezeptoren der Nase selbst nehmen und kontaktieren. Das gelingt aber bisher leider noch nicht, »aus Biokompatibilitätsproblemen, an denen wir arbeiten«. Bei Göpels »elektronischer Nase« fangen maßgeschneiderte Moleküle ganz bestimmte Duftstoff-Moleküle ein und können sie erkennen. Ihre Informationen leiten sie dann weiter an eine anorganische Unterlage mit Verbindung zu einem Computer, der sie auswertet.

Wie stabil sind solche Konstruktionen in der Praxis? Was halten sie aus? Göpel: »Die ersten Beispiele für Nanotechnologie waren Strukturen, bei denen Physiker im Ultrahochvakuum unter Reinstraumbedingungen einzelne Atome manipuliert und etwas gebaut haben – faszinierend, aber für praktische Anwendungen viel zu anfällig.« Die kleinsten Verunreinigungen machen den ganzen Atombaukasten instabil.

Wir wissen aus der Halbleiterproduktion von Silizium-Bauelementen: Schon wenn da ein einzelnes Fremd- oder Schmutz-Atom unter einer Million Silizium-Atome ist, werden die elektronischen Eigenschaften des ganzen Chips völlig anders als in hochreinem Silizium. Daher werden auch die Techniken für die Chip-Produktion immer aufwendiger.

Anders in der Biologie. Göpel: »Das wissen wir: Zellen, Zellmembranen, Rezeptoren und auch Enzyme, die Nanometerdimensionen haben, existieren zumindest im biologischen Milieu nicht unter Hochvakuumbedingungen, und trotzdem ist ihre Langzeitstabilität gewährleistet.« Künstlich hergestellte stabile Strukturen, anorganische wie organische Strukturen, sogenannte langzeitstabile, intelligente Nanostrukturen, liegen in der Mitte zwischen Chip und Zelle. Man will von beiden das beste, d.h. sie können sogar länger überleben als in der Natur, die sie zum Vorbild nehmen.

Die biologische Nase lebt davon, daß sie sich selbst reparieren kann. Ist ein Geruchserlebnis zu intensiv, zum Beispiel der heftige Gestank nach faulen Eiern, gehen geruchempfindliche Zellen zugrunde und werden erst nach einigen Minuten neu gebildet. Bei künstlichen Rezeptoren kann und darf so etwas nicht passieren, denn sie wachsen nicht nach. *Noch* nicht. Gearbeitet wird aber durchaus an solchen Modellen, gibt auch der Professor zu. Nur gibt es Probleme mit der Verdrahtung, mit dem Speichern der Software und mit der Energieversorgung. Vorgänge wie Stoffwechsel, Zellteilung und Erbgut- bzw. Informationsübertragung lassen sich eben doch nicht so einfach nachahmen. Göpel über die Gründe:

»Da sind ein paar sehr grundsätzliche Probleme, an die man denken muß.« Zum einen betrachtet man z. B. im Rastertunnelmikroskop sehr kleine Moleküle und einzelne Atome. Aber das Gerät dafür ist vergleichsweise riesig. »Man kann also zwar Nanostrukturen sehen und auch daran manipulieren, nur das Gerät, das da manipuliert, ist nicht Nano-, das ist Makro-Physik.«

Bei der Speicherung und Verarbeitung von Informationen ist es ähnlich. Nanotechnologie liefert bisher immer nur Elemente eines größeren Ganzen. Göpel: »Ich kann sehr viele

Technische Nase

(kommerzielles MOdulares SEnsor System MOSES II)

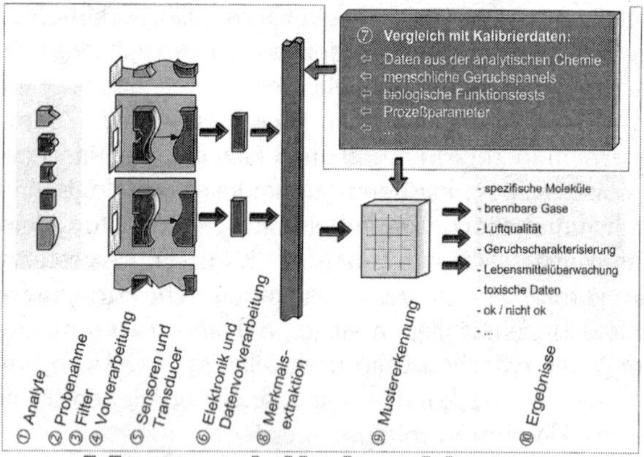

Menschliche Nase

(weltweiter Standard menschlicher Wesen)

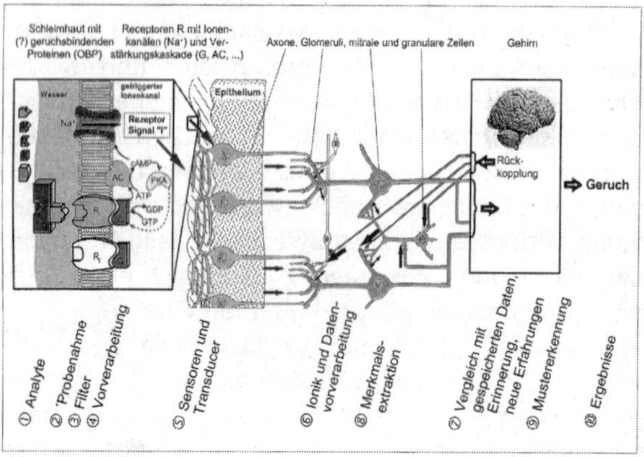

"Molekulare Erkennung" mit:

- anorganische Strukturen und organische Moleküle
- biomimetische Erkennungsstrukturen
- biologische Erkennungsstrukturen (geruchsbindende Proteine, Geruchsrezeptoren)
- Erkennungsstrukturen eingebettet in biologische Membranen (Geruchsrezeptoren auf Cilien)
- Erkennungsstrukturen in Membranen mit nachfolgender Signalverstärkung
- Einzelzellen (Riechzellen)
- Zellnetzwerke
- neurales Gewebe (Riechschleimhaut)
- neurales Gewebe mit nächster Signalverarbeitungsebene (Riechschleimhaut und Riechkolben)
- Gehirn (Riechschleimhaut, Riechkolben und Riechrinde)
- Tiere
- Menschen (Sensoriker)

Für nähere Details:
http://www.ipc.uni-tuebingen.de - oder - http://www.lennartz-electronic.de

UNIVERSITÄT TÜBINGEN
INSTITUT FÜR PHYSIKALISCHE CHEMIE
(GRUNDLAGENFORSCHUNG)

STEINBEIS-TRANSFERZENTRUM
FÜR GRENZFLÄCHENANALYTIK UND SENSORIK
(ENTWICKLUNG)

PROF. WOLFGANG GÖPEL
AUF DER MORGENSTELLE 8
72076 TÜBINGEN
TELEFON: 07071 - 2976904, FAX: 07071 - 295490

IN ZUSAMMENARBEIT MIT:
LENNARTZ ELECTRONIC (PRODUKTION) UND MOTECH (PRODUKTION)

kleine molekulare Käfige bauen, die eine Mikro- oder Nano-Nase bilden. Dann muß ich aber elektronische Signale rausholen aus diesen einzelnen Käfigen und bisher letztlich mit herkömmlichen Technologien verarbeiten.« Dazu muß man im Prinzip Göpels Käfigmoleküle irgendwo an einen Draht löten, der im Querschnitt aus vielen Tausenden von Atomen besteht. An dieser Stelle findet ein Übergang von den Nanometerdimensionen des Molekülkäfigs, der die gewünschten Aufgaben wahrnimmt, in Mikrometerdimensionen statt. Die Stecker werden also vergleichsweise riesengroß. Und noch schlimmer wird das Ganze beim Auswerten der Informationen. Im Augenblick haben wir nur Computer, und die sind so groß, wie sie sind, Palmtop hin oder her. Es bleiben makroskopischer Rechner, auch wenn die Stecker für Anschlüsse elektronenmikroskopisch klein sind. Noch sind wir nicht in der Lage, das Gehirn wie einen Biocomputer zu nutzen oder einen ihm nachempfundenen alternativen Computer mit Wetware mit Ionenschaltungen und Parallelprozessoren. Noch nicht.

Dennoch: Zellen und Gewebe im menschlichen Körper werden von molekularen Maschinen gebaut und gewartet, die manchmal nicht richtig arbeiten. Dann vermehren sich Viren, Krebszellen breiten sich aus, Systeme werden altersschwach und versagen. Vielleicht unterstützen eines Tages neue Molekularmaschinen und Nano-Computer die Funktionen des Körpers, verbessern das Immunsystem und zerstören

Die 10 Stufen der »Geruchsidentifizierung« sind bei »elektronischen Nasen« (oben) und menschlichen Nasen (unten) vergleichbar. Zunächst müssen Analyten (1) als Proben aufgenommen (2), eventuell von störenden Molekülen oder Partikeln getrennt (3) und/oder (»Rezeptoren«) in Wechselwirkung (5). Diese Wechselwirkung wird über »Transducer« in elektrische Signale umgewandelt, die nach verschiedenen Datenverarbeitungsschritten (6, 8) zunächst gespeichert und dann ausgewertet werden über einen Vergleich (7) mit bekannten Gasen, definierten Luftqualitäten, Gerüchen etc. Durch Wiedererkennen des Signalmusters (9) wird der Geruch schließlich identifiziert (10).

◀

zum Beispiel Viren oder Krebszellen. Die Fähigkeit, sich selbst zu reproduzieren, würde Drexlers Assembler oder Tektoren billig machen, wenn es sie erst einmal gibt. Aber wie soll man sich so etwas vorstellen? Aus Großbritannien kam 1994 der Roman »Necroville« von Ian McDonald. Darin beschreibt der Autor einen sogenannten »Jesus-Tank«, in dem Bio-Nanotechnik eine verweltlichte Horrorvision der Auferstehung von den Toten bewerkstelligen und den Krebs besiegen soll:

»Mißreplikationen. Falschdaten. Software-Unzulänglichkeiten. Aus einem Universum potentieller mutagener Ursprünge übernommene Übertragungsfehler. Hintergrundstrahlung. Ultraviolett, elektromagnetische Felder, gewisse Toxine, gewisse Chemikalien. Die weltlich-cancerösen Entgleisungen des Daseins. Ließ man einen Defekt unkorrigiert, häufte sich Fehler auf Fehler; ungenügende Reduplikationen multiplizierten sich in exponentiellem Umfang. Irrige Regeneration ...

Abhilfe: Selbstaufgabe. Aufgehen im Flüssigen, Wiedergeborenwerden. Reduzierung auf die tektorischen Komponenten. Läuterung ... Rekonfiguration. Alle Toten müssen sich damit abfinden, hatte Elena gesagt ... Elena war dahin. Sie hatte sich in 800 Milliarden gesonderte Partikel verwandelt ... Camaguey malte sich aus, wie Tektoren Schlund und Eingeweide von Fischen durchwanderten, Tektoren in Ebbe und Flut, in Meeresströmungen umherschwammen, intelligente artifizielle Moleküle einander suchten, fusionierten, sich neu verknüpften, allmählich wieder komplexer, intelligenter, ihrer selbst bewußter wurden, bis schließlich in einer mondlosen Nacht Elena Eres aus der Meeresoberfläche hervorbarst, Venus surrexit, durch Nanotechnik wiedergeboren aus der Gischt der See.«

Ortswechsel. Die Wirklichkeit des Jahres 1999 sieht anders aus, irgendwie einfach bescheidener. Maschinelle und chemische Versuchsanordnungen beherrschen das biotechnische Labor des Naturwissenschaftlich-Medizinischen Instituts (NMI) in Reutlingen. Diese Stiftung der Stadt Reutlingen und der Industrie unter Beteiligung der baden-württembergischen Ministerien für Wirtschaft und Wissenschaft widmet sich seit 1985 der Verbindung von Materialwissenschaft und Biologie. Die

55 Mitarbeiter entwickeln langzeitstabile, intelligente Nanostrukturen. Ein konkretes Beispiel dafür sind Biochip-Anordnungen, die elektrische Reaktionen von Zellen auf bestimmte Substanzen messen können: Grundbausteine für die »Schnüffelzellen«, wie die Privatdozentin Ziegler es nannte, oder Prof. Göpels »elektronische Nase«.

Unter anderem ist so etwas für Testverfahren in Pharmaindustrie und Medizin von Bedeutung. Nanoelektroden verbessern die Kontaktdichte und vermeiden Meßfehler. Spezialbeschichtungen fördern das Zellwachstum etwa von Nerven auf dem Chip. NMI-Mitarbeiter Martin Stelzle führt mich in eine Art Werkstatt, wo ein Roboter geräuschvoll dabei ist, ultradünne Schichten aus organischen Molekülen auf die Oberflächen von Chips zu stempeln. »Zweck der Übung ist, Zellwachstum auf diesen Substraten selektiv zu induzieren. Die organische Schicht verbessert die Zelladhäsion«, wirkt also wie ein sanft lockender Klebstoff auf ganz bestimmte Zellen. Dieses Biochip-Verfahren ist eine Alternative zu Mikrosystemstrukturierungsverfahren, wie man sie in der Halbleitertechnologie einsetzt.

Stelzle erklärt, warum es hier auf Akkuratesse im Nanometerbereich ankommt: Ein Stück Filterpapier dient als Stempelkissen, und der Roboter überträgt geringe Mengen einer chemischen Substanz auf Chips, die das Zellwachstum anregt. Diese Schicht darf nur wenige Nanometer dick sein und muß vollkommen gleichmäßig aufgetragen werden. Anpreßdruck, Stempelbenetzung und Arbeitsbewegungen müssen bis ins Kleinste kontrolliert werden. Solche Verfahren braucht vor allem die Pharmaindustrie.

Auch zur Herstellung der Biochips selbst hat das NMI ein eigenes Labor. Und obwohl Nanotechnik geräuschlos ist, geht es hier ziemlich laut zu: Dünnschicht- und Mikrostrukturtechnik findet hier statt. Dazu gehört ein eigener Reinraum und die Beschichtungstechnik, mit der Materialien in Schichten von atomarer Dicke über wenige Nanometer bis Mykrometer-Dicke hergestellt werden. Diese Anlagen brauchen Vakuumtechnik, und zu der gehören geräuschvolle Motorpumpen und vor allem Turbo-Molekularpumpen, die dezibelstark mit sehr hohen Umdrehungszahlen laufen. Manchmal zischen auch schon mal Gase. Insgesamt drängt sich der Eindruck auf: Im Vergleich zum Faustkeil des Neandertalers ist der Werkzeugkasten der jungen Nanotechnologie schon recht weit entwickelt.

Das Kompetenzzentrum »Nanotechnologie« bündelt die wissenschaftlichen Aktivitäten von Chemikern, Physikern, Technikern, Biologen, Medizinern und Computerwissenschaftlern im Hinblick auf eine praktische Verwertung in der Industrie. Das NMI hat dabei eine wichtige Brückenfunktion (nebenbei entstehen hier deshalb auch einige der schönsten Abbildungen zur angewandten Nanotechnologie). Kein Jesus-Tank, aber immerhin die Verschaltung der Sehnerven mit einem Netzhaut-Implantat durch Nano-Elektroden wird hier inzwischen in Langzeitversuchen auf Gewebeverträglichkeit getestet (vgl. »Chips im Kopf«, DAS SCIENCE FICTION JAHR 1999).

Neben Oberflächentechnologie haben sich Schwerpunkte der tatsächlichen Nanotechnik in Sensorik und Analytik, Katalyse, Energietechnik, Medizintechnik, Elektronik und Optik gebildet. Alles gewinnträchtige Branchen, aus denen viel Geld in die Nanotechnik fließt. Damit soll sich, so Göpel, die Grundlagenforschung finanzieren: »Aus technischer und aus wirtschaftlicher Sicht sind die lichtreaktiven, kratzfesten und selbstreinigenden Schichten sehr ergiebig.« Intercity-Züge sollen einen Anstrich bekommen, der resistent gegen Graffitti ist, Fliesen sollen Schmutz abstoßen, antistatische Schichten sollen Staub von Computern und Fernsehern fernhalten: großtechnische Anwendungen eben, die Nanotechnik nutzen, um bestimmte mechanische, optische oder thermische Eigenschaften zu erzeugen. Das bringt jetzt schon die großen Umsätze: »Automobilindustrie, Eisenbahn oder sowas.«

Firmennamen darf Göpel nicht nennen, aber die kann man sich denken. 125 Partner sind beteiligt: 19 Universitäten, 23 außeruniversitäre Einrichtungen wie Max-Planck-Institute oder Fraunhofer-Institute, 15 große und 50 kleinere und mittelständische Industriebetriebe, sieben Dienstleistungsunternehmen. Immer arbeiten mehrere an einer Idee zusammen – von der Grundlagenforschung bis hin zum fertigen Produkt.

Der Student hat natürlich andere Interessen als die Marketing-Fachfrau, aber keiner kann sie allein durchsetzen. Göpel will allen Beteiligten so früh wie möglich den Floh ins Ohr setzen, daß Nanotechnologie Zukunft hat: »Deshalb haben wir erst mal eine Informationsbörse gemacht, gesammelt – Ideen und Vorschläge oder auch Wünsche von den Anwendern, was sie damit anstellen wollen. Das hat dazu geführt, daß wir zu sechs Teilbereichen Verbundprojekte vorgeschlagen haben, die von Industrie und Forschungsinstituten gemeinsam durchgeführt werden.«

Dafür gibt es eine Förderung nach dem Gutachtersystem der Deutschen Forschungsgemeinschaft. Ausgesuchte Prioritäten erlauben es dem Bundesministerium für Forschung und Technologie, 50 Prozent der Forschung zu finanzieren; den Rest muß die Industrie aufbringen. 150 Millionen Mark fließen zunächst bundesweit in diese Förderung. Doch das Geld ist ebenso gut angelegt wie das der Industrie. Die Kombination von Aus- und Fortbildung mit Forschung und Entwicklung bringt Deutschland zur Zeit wieder weltweit an die Spitze. Und damit das so bleibt, gehen die Patentanwälte bei Göpel und den anderen Mitgliedern des Kompetenzzentrums ein und aus. Die praktische Ausrichtung stört dabei nicht.

»Wenn man das, was man aussucht, daran orientiert, was später irgendwo auch nützlich sein könnte«, findet Göpel, »dann macht man sich einfach beliebter, ist auch in der Ausbildung besser und hat längerfristig mehr Erfolg.« Es herrscht Goldgräberstimmung, eine »win-win-situation«: Jeder der Beteiligten hat irgend etwas davon. Das macht die Nanotechnologie im Augenblick enorm attraktiv. Die Vielfalt der Projekte und möglichen Anwendungen erlaubt es für Theoretiker und Praktiker aus Chemie, Physik, Biochemie, Elektronik und Technik oder Ingenieurswissenschaften, dabei zu sein. Selbst Investoren lassen sich gern von Göpel beraten. Künftige Märkte sind hier attraktiver als in anderen Bereichen.

Kaum anders als die Menschen in Ian McDonalds Zukunftsvisionen glauben wir an den Heiligen Geist der Information, das Bild des Fernsehers, den Kontostand, die technisch perfekte und zwischenmenschlich gestörte Kommunikation. Warum nicht auch an die nanotechnische Auferstehung des Fleisches? Da unsere Gesellschaft diesem Zustand schon recht nahekommt, liest sich die Vision der Amerikanerin Nancy Kress aus ihrem Roman »Bettler und Sucher« noch realistischer. Sie zeichnete dort, ebenfalls 1994, das Modell einer Welt, in der genetisch manipulierte Übermenschen die Probleme einer abgewirtschafteten, übervölkerten Erde mit nanotechnischer Produktion von Nahrung und Medikamenten zu lösen versuchen. Die Handlung rankt sich um ein Produkt, das umstritten ist, weil ein unendlich scheinender Nutzen einer ebenso großen Gefahr des Mißbrauchs gegenübersteht. Dieses Produkt wird Gegenstand einer gerichtlichen Anhörung, und seine Beschreibung wirkt gerade deshalb schockierend, weil die sachlich-unterkühlte Protokollsprache der Juristen die Folgen nur ahnen lassen:

»Fall 1892-A stellt einen Nanomechanismus dar, der zur Injektion in den menschlichen Blutkreislauf bestimmt ist. Der Mechanismus besteht aus genetisch modifizierten, reproduktionsfähigen Proteinen sehr komplexer Struktur. Der Prozeß, mit Hilfe dessen diese Struktur erreicht wird, ist geistiges Eigentum der Huevos Verdes Corporation. Sein Name ›Zellreiniger‹ ist ein eingetragenes Warenzeichen und muß als solches kenntlich gemacht werden, wann immer er verwendet wird ... Unter Laborbedingungen hat der Zellreiniger die Fähigkeit unter Beweis gestellt, den Blutstrom zu verlassen und menschliches Gewebe zu durchwandern, wie es weiße Blutkörperchen tun. Unter Laborbedingungen hat der Zellreiniger auch die Fähigkeit bewiesen, ähnlich wie Viren Zellwände zu durchdringen, ohne die Zellen zu schädigen.«

Diese Maschine hat ein Volumen von weniger als einem Prozent einer menschlichen Zelle und deckt ihren Energiebedarf aus den natürlichen Chemikalien, die er beim Durchwandern der Zellen vorfindet. Er vermehrt sich fast so schnell wie Bakterien, bis er überall präsent ist, und nimmt seine Vermehrung nur wieder auf, wenn er wie ein Impfstoff durch die Begegnung mit beschädigten oder krankhaft veränderten Zellen aktiviert wird. Zitat: »Krebsartige Geschwülste und ihre Vorstufen, Ablagerungen an der Arterieninnenwand, Viren, infektiöse Bakterien, Giftstoffe und Zellen, deren Erbgut geschädigt wurde. Darüber hinaus wurde bewiesen, daß unter Laborbedingungen diese Zellen nach ihrer Zerstörung von den normalen Selbstreinigungsmechanismen des menschlichen Körpers beseitigt werden.«

Die biomechanische Nanocomputertechnik hat eine DNA-Standardcodierung für alles, was im gesunden menschlichen Körper vorkommt, und zerstört sämtliche Zellen, die damit nicht übereinstimmen: ein Immunsystemverstärker mit computerisierter darwinistischer Ethik. Nancy Kress hat als Science Fiction-Autorin einen ziemlich genauen Wunschzettel für zumindest einen großen Anwendungsbereich der Nanotechnik formuliert. Solche Wunschzettel saugt sich kein Schriftsteller aus den Fingern, denn sie entstammen vorhandenen Strömungen in der Gesellschaft und bestimmen nicht selten die Richtung ganzer Forschungsprojekte. Was Professor Göpel seine »Science Fiction-Ziele« nennt, sind durchaus wissenschaftliche Vorhaben:

»So ein Science Fiction-Ziel wäre ›Photosynthesezentren‹ der Natur zu nehmen und gezielt so anzukoppeln, daß man Brennstoffzellen baut. Oder Brennstoffzellen im Blut bauen, die ... den Blutzucker ausnutzen. Und da also jetzt Membranen und Maschinen herstellen, die biokompatibel funktionieren, um im Körper als Brennstoffzellen zu funktionieren. Das sind attraktive Fernziele, bei denen wir aber heute noch nicht absehen, wie viel Entwicklungsarbeit nötig ist. Aber im Rahmen von Workshops wollen wir die Möglichkeiten und die Grenzen aufarbeiten, um Vorschläge zu machen für kurz-, mittel- und langfristige Forschungsprojekte.«

Bringt man Atome oder Moleküle dazu, sich in Reih und Glied nach unserem Willen anzuordnen, entstehen nicht nur neue Materialien mit praktisch allen gewünschten Eigenschaften, sondern auch Maschinen einer völlig neuen Art. Die Beherrschung der Materie ist in eine neue Dimension eingetreten, in der Fortschritte in erster Linie davon abhängen, ob sich damit Geld verdienen läßt. Einer, der davon profitiert, ist

Stephan Kleindiek mit seiner kleinen Firma. Der Existenzgründer und Tüftler verkauft in Reutlingen bereits einen Nanomotor für elektronische Rastertunnelmikroskope. Ein praktischer und nüchterner Mann, der viel am Computer sitzt. Damit steuert er ein Gerät, für das jede Handsteuerung zu grob wäre:

Kleindiek: »Dieser Manipulator arbeitet in jeder Raumrichtung x, y z mit einem Weg von bis zu 1 cm. Das ist an sich nichts besonderes, obwohl dieser Manipulator schon sehr klein ist. Er hat also einen Durchmesser von 2 cm und eine Länge von ungefähr einem Finger, sieht also eigentlich aus wie ein Zeigefinger. Das Besondere an diesem Zeigefinger ist aber, daß er mit einer Präzision arbeiten kann, die man sich eigentlich gar nicht mehr vorstellen kann. Also in Zahlen ausgedrückt heißt das, daß er auf den Millionsten Teil eines Millimeters genau arbeitet, dieser Manipulator. Das ist so, als würde man einen Millimeter ausziehen, sozusagen, wenn er aus Gummi wäre, auf eine Strecke von einem Kilometer, und ein Nanometer wäre dann von diesem Kilometer ein Millimeter.«

Solche Bewegungen in einer solchen Größenordnung kann man natürlich nicht mehr sehen. Da steht das Gerät vor uns, und es bewegt sich vielleicht in solchen Schritten. Aber woran merkt man das und wie steuert man das? Kleindiek: »Sie hören einen Ton. Dieser Ton bedeutet, daß dieser Manipulator, wie Sie jetzt auch sehen, sich bewegt, ungefähr im Bereich von einigen Millimetern fährt der jetzt hin und her.« Was

Eine Herausforderung für Nanotechnologie ist die Verbindung biomolekularer Funktionseinheiten mit technischen Umwandlern, um die hohe Perfektion biologischer Funktionseinheiten zu nutzen, die in Jahrmillionen der Evolution optimiert wurden. Ein Photosynthesezentrum wie in diesem Modell ist ein typisches Beispiel für eine Struktur mit kontrollierten Funktionen im Nanometerbereich. Entwicklungsziel ist eine nanotechnische Solarzelle, die Energie aus Sonnenwärme nicht in Zucker, sondern in elektrischen Strom umwandelt. Vorbild dafür ist aber die »Energiefabrik« im grünen Blatt. ▶

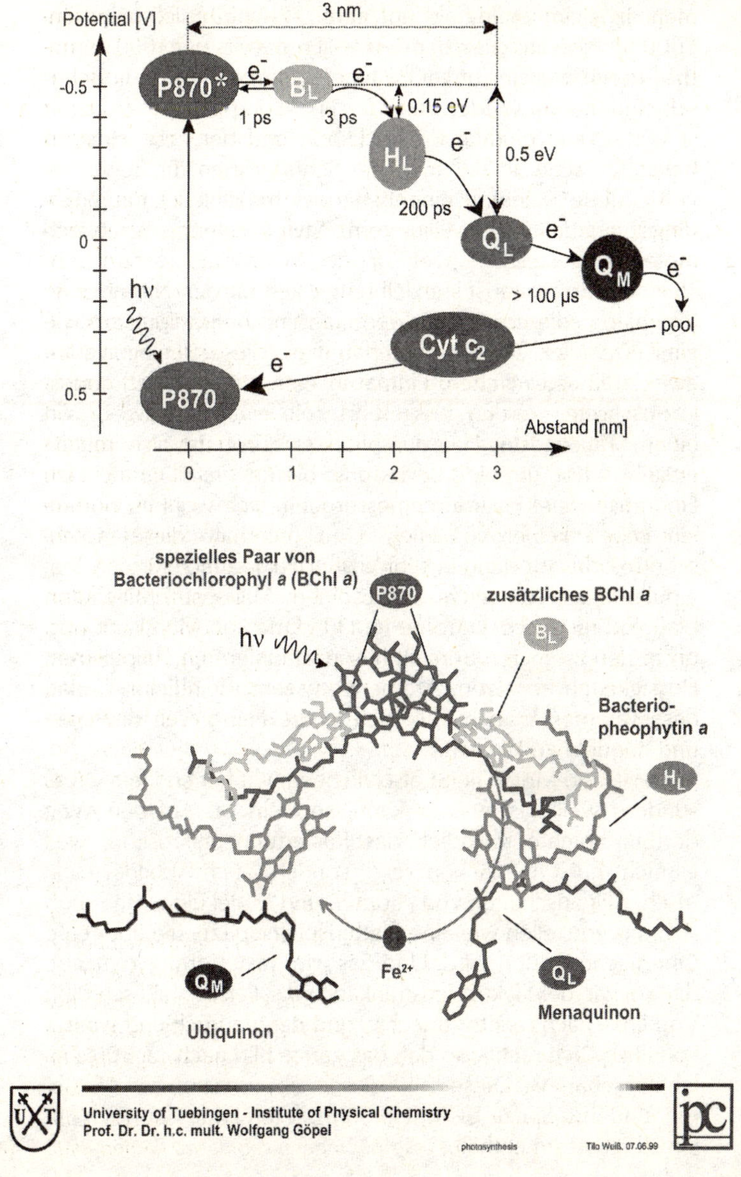
Potential [V]
3 nm
P870*
e⁻
B_L
e⁻
-0.5
1 ps
3 ps
0.15 eV
H_L
e⁻
0.5 eV
200 ps
Q_L
e⁻
0
Q_M
e⁻
hν
> 100 µs
pool
Cyt c2
e⁻
0.5
P870
Abstand [nm]
0
1
2
3
spezielles Paar von
Bacteriochlorophyl a (BChl a)
P870
zusätzliches BChl a
hν
B_L
Bacterio-
pheophytin a
H_L
Q_M
Fe2+
Q_L
Menaquinon
Ubiquinon
University of Tuebingen - Institute of Physical Chemistry
Prof. Dr. Dr. h.c. mult. Wolfgang Göpel
photosynthesis
Tilo Weiß, 07.06.99

man dabei im Dialogfeld auf dem Bildschirm sieht, sind ca. 1000 Schritte auf einmal, mit einer Frequenz von 1000 Hertz, d. h. der Ton bleibt ungefähr eine Sekunde lang da und verschwindet dann wieder.

Wir sitzen vor dem PC im Labor, und der zeigt eine Arbeitsoberfläche, in der man die Schrittgrößen für Bewegungen in jede Richtung eingeben oder mitzählen kann. Allerdings variabel nach Millimetern, Mykrometern oder Nanometern eingestellt.

»Diese Software ist speziell entwickelt für den Nanomotor, und hier in diesem Fall für den Nanomotor-Manipulator«, erzählt Kleindiek. Der Motor erlaubt es, diese Bewegung auf zwei Arten zu machen: Einmal in einem Grobschrittmodus. Grobschritte werden ausgeführt mit einem Stellweg von einem Tausendstel Haardurchmesser. Grob ist also relativ; es geht schon um eine Bewegung, die unvorstellbar klein ist. Ein Tausendstel Haardurchmesser kann sich wohl im normalen Leben keiner vorstellen. Und unterhalb dieses Grobschrittmodus tut sich ein sehr großer Feinbereich für den Manipulator auf. Der reicht bis zu einem Millionstel Millimeter. Das sind nur noch 3 Atome im Durchmesser. Man kann also bis in den atomaren Bereich hier positionieren, manipulieren, Flüssigkeiten absetzen, Atome bewegen. Kleindiek: »Genau das, was man braucht, um sich in der Nano-Welt bewegen und handeln zu können.«

Der Nano-Motor heißt also nicht so, weil er so klein wäre, sondern weil das, was er kann, so klein ist. Auf den Weg dorthin brachte Kleindiek das Rastertunnelmikroskop, weil es nicht nur Oberflächen zeigt, sondern auch Abbilder elektrischer Eigenschaften von Atomen und Molekülen. Man muß sich das vorstellen wie eine Plattenspielerspitze, die über eine Oberfläche geführt wird. Und das wird rasterförmig gemacht, d.h. so, wie der Elektronenstrahl auch das Fernsehbild schreibt: Von links nach rechts zunächst, und dann zurück und wieder von links nach rechts, so daß das ganze Bild nach ca. 300 Zeilen aufgebaut ist. Diese Mikroskope gibt es schon seit 15 Jahren, und ihre Spitze ist so fein, daß sie am Ende nur noch ein einzelnes Atom enthält.

Damit kann man schon Atome verschieben und an Molekülen herumbasteln. Aber das ist nicht so einfach. So kleine Teilchen sind sehr empfindlich und schwer zu fassen – etwa wie Glasmurmeln auf einem Tisch. Deshalb war es bisher not wendig, solche Arbeiten bei sehr tiefen Temperaturen durchzuführen und in sogenannten »entkoppelten Räumen«, um alle unerwünschten Einflüsse der Umgebung auszuschließen. Kleindiek hat nun ein Rastertunnelmikroskop für die Westentasche gebaut:

»Das eigentliche Mikroskop sitzt in einem ungefähr zigarrenschachtelgroßen Gehäuse«, erklärt der Erfinder stolz. Das stellt die Elektronik dar, die notwendig ist, um dieses Mikroskop anzusteuern. Es ist einerseits ein Interface, also eine Verbindung zum PC, und andererseits der Regelungsmechanismus, der dafür sorgt, daß die Mikroskopspitze nicht in die Oberfläche stößt und das Objekt der Begierde rammt. Auf diese Röhre, noch kleiner ist als ein Fingerhut, wird das Objekt aufgelegt – meistens ein quadratzentimetergroßes Plättchen mit der zu mikroskopierenden Probe. Und dann fährt von unten die Nadel an das Objekt heran. Das Besondere daran ist, daß diese Bilder ohne die sonst übliche sehr aufwendige Schwingungsdämpfung und bei Zimmertemperatur gemacht werden: »Hier auf meinem Bürotisch«, schmunzelt Kleindiek. Und das alles nur, weil der Nanomotor so klein ist.

Rastertunnel- und Rasterkraftmikroskope erlauben es also nicht nur, in den Nanometerbereich hineinzusehen, sondern auch schon, hineinzugreifen. Die heutige Nanotechnologie mag von der künftigen noch so weit entfernt sein wie Messer und Gabel vom elektronischen Werkzeugmaschinenbau. Doch reine Science Fiction ist sie nicht mehr.

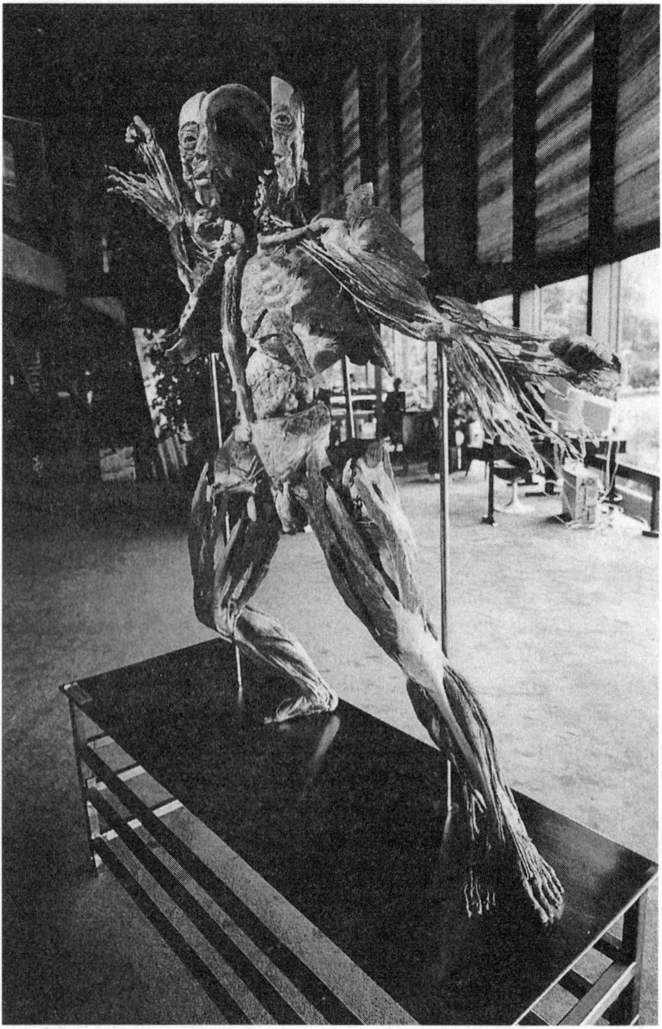

Anatomy Art
Gunther von Hagens/D

SF-COMPUTER

Menschen, Medien, Mutationen

Die Ars Electronica feiert ihr zwanzigjähriges Bestehen

von Wolfgang Neuhaus

Das Festival für »Kunst, Technologie und Gesellschaft« fand in diesem Jahr vom 4.–9. 9. 99 in Linz/Österreich statt. Es kann mittlerweile auf zwanzig Jahre als kulturelles Forum für die künstlerische und wissenschaftliche Auseinandersetzung mit den neuen Medien zurückblicken. 1979 wurde es in einer Allianz von ORF und den Organisatoren des Brucknerfestes gegründet. Wurde die Ars anfangs skeptisch beurteilt, hat sie sich zu einer weltweit anerkannten Veranstaltung auf dem Gebiet der Computerkunst entwickelt.

Die nackten Zahlen: 30 000 Besucher, 600 Journalisten und Kulturvermittler, 395 teilnehmende Künstler und Wissenschaftler aus 22 Nationen. Zählt man noch die ca. 2000 Einsendungen in verschiedenen Sparten des Wettbewerbs Prix Ars Electronica, den Cyberarts 99, hinzu, wird deutlich, daß die Ars längst ein Großereignis der internationalen Medienkunstszene ist. Über Monate erstreckte sich im Vorfeld der Ars ein offenes Netz-Symposium, das über eine Mailing List organisiert wurde und das auf der Website des Ars Electronica Center (AEC) abrufbar ist. Während der Veranstaltungswoche wurde die Vernetzung der Ars mit mehreren Festivalorten in Karlsruhe, Rotterdam und Budapest erprobt. Die Ars bündelt mehr denn je Aktivitäten, die einen fruchtbaren Boden schaffen für die Kunst der Zukunft.

Sie hat nach wie vor ein einzigartiges Profil unter den Medienfestivals dieser Welt, da sie Wissenschaft, Kunst und Politik gleichermaßen berücksichtigt und zudem über den Wettbewerb und das AEC eine wachsende Öffentlichkeit erzeugt. »LifeScience« war das Thema des diesjährigen Symposiums, das sich mit Problemen der Gentechnologie beschäftigte, während der Wettbewerb einige Neuerungen erfuhr.

Organisatorische Veränderungen

Die Ars hat in ihrer Geschichte interne Auseinandersetzungen und Neuausrichtungen erlebt. 1979 waren es der ORF-Intendant Hannes Leopoldseder und der SF-Autor und Kybernetik-Theoretiker Herbert W. Franke, die der Ars ihr Profil gaben. Man kann sagen, daß die »kybernetische Ästhetik«, wie sie Franke noch in den Anfangsjahren propagiert hat, später keine Rolle mehr für das Festival spielte. Ab 1984 mischte sich das Brucknerhaus stärker in die Planungen ein. Unter Gottfried Hattinger und Peter Weibel als künstlerischen Leitern erlebte die Ars eine stärkere Einbeziehung von aktueller Kunst, von avancierter Wissenschaft und zeitgeistiger Philosophie. Genaugenommen zerfiel die Organisation in dem Moment in zwei relativ unabhängig voneinander arbeitende Teams, die jeweils Teile des gesamten Festivals prägten. Gerade diese organisatorische Besonderheit hat in der ersten Hochzeit der Ars zu einer einzigartigen Spannung verholfen (siehe dazu auch die Berichte in den Ausgaben 86–92 dieses Jahrbuchs). Das alles mag für das Publikum eigentlich uninteressant sein, wenn es hinter den Kulissen nicht zu einer Machtverschiebung gekommen wäre. Leopoldseder hatte 1987 den Prix Ars Electronica ins Leben gerufen. Vier Jahre später hatte er die die Idee zum AEC, das ein hochmodernes Medienmuseum und das AE FutureLab beherbergt und 1996 eingeweiht wurde. Zugleich übernahm es die Aufgaben der Festivalorganisation. In einem politischen Akt »von oben« waren im Jahr zuvor die Macher des Brucknerhauses von der Organisation entbunden und die dafür verfügbaren städtischen Finanzen dem AEC zugeschoben worden. 1995 ging so eine Ära zu Ende, als Peter Weibel die praktische Konsequenz zog und das Festival verließ.

Weibel läßt in der Jubiläumspublikation die Ereignisse aus seiner Sicht Revue passieren und moniert, daß die Ars zu Beginn der Achtziger Jahre keinen Kontakt zum Kunstbereich hatte, sich mit wenigen Ausnahmen auf populistische Aktivitäten konzentrierte und eine »Spielwiese« des ORF war. Das hat sich dann im Laufe der Zeit geändert. Weibel lud verstärkt die internationale Kunstavantgarde nach Linz und scheute auch die Berührung mit dem kulturellen Underground nicht. Diamanda Galas statt Tomita, »Maelstromsudpol« nach einem Heiner Müller-Text statt einer computerkonzertanten Aufführung der »Bergpredigt«. Inhaltlich brachte die Ars seit Mitte der Achtziger Themen auf, die in Europa so gut wie unbekannt waren: »Cyberspace« (1990), »Nanotechnologie« (1992), »Künstliches Leben« (1993) und »intelligente Umwelten« (1994), um nur einige zu nennen. 1996 wurde dann eine Richtungsänderung vollzogen, um die gesellschaftliche Relevanz neuer Technologien stärker in den Blick zu bekommen. Mit Themen wie »Fleshfactor« (1997) über Aspekte der »Cyborgisierung« des menschlichen Körpers oder »Infowar« (1998) über die Modernisierung militärischer Doktrinen haben sicherlich nicht alltägliche, nichtsdestotrotz aktuellere Realitätsbezüge ins Programm Eingang gefunden. »Es wäre ja viel leichter«, meint der neue künstlerische Leiter des Festivals, Gerfried Stocker, »über das zu reden, was einmal sein könnte. Schwieriger ist, über das Heute zu reden. Ich denke, daß es einerseits Gegenwart ist, worüber wir reden, aber die gesamte Gesellschaft diese Themen noch nicht diskutiert.« Nun, darüber kann man streiten. Das Festival wurde in diesem Jahr seinem Anspruch gerecht, indem es internationale Fachleute eingeladen und ein breites thematisches Spektrum der Gentechnologie-Problematik abgedeckt hat. Vielleicht geht aber auch verloren, was über viele Jahre eine besondere Stärke der Ars ausgemacht hat: die »abseitige« wissenschaftlich fundierte Spekulation zu Themen, die sich erst am Horizont abzuzeichnen beginnen (und gerade in der Science Fiction vorgedacht worden sind).

Der Prix Ars Electronica

Der Prix ist ein Publikumswettbewerb, zu dem jährlich Hunderte von Beiträgen eingeschickt werden. Im Laufe seines dreizehnjährigen Bestehens kamen neue Kategorien hinzu, andere fielen weg. Ereilte vor einigen Jahren schon die Kategorie »Computergrafik« dieses Schicksal, so erfuhr die der »Computermusik« in diesem Jahr eine längst überfällige Korrektur. Man konnte sich bislang nicht des Eindrucks erwehren, daß sich dort ein elitärer akademischer Club eine Nische der E-Musik eingerichtet hatte und die Preise in der »Familie« blieben. »Es liegt eine gewisse Arroganz in der Ausdrucksweise«, meint dazu Laetitia Sonami, Musikerin und Mitglied der Jury, »die da behauptet, um anerkannt zu werden, müsse man dieser Ausdrucksweise folgen, und niemand hinterfragt das.« Zwar hatte 1987 zum Auftakt des Preises der Popmusiker Peter Gabriel eine Auszeichnung bekommen, aber daraus ergaben sich keine weiteren Konsequenzen. Erst jetzt wurde die Kategorie in »Digital Musics« umgewandelt, um einer Realität Tribut zu zollen, die seit vielen Jahren eine pulsierende Musikszene um Homerecording, Techno-Bewegung und DJ-Kultur hervorgebracht hat. Und die Jury nahm ihre Sache ernst. Der Hauptpreis ging an das auch schon anderswo preisgekrönte Musikvideo »Come to Daddy« von Richard D. James (Aphex Twin) und Chris Cunningham, bestens bekannt aus seinen Ausstrahlungen auf den Musikkanälen. Die Qualität der anderen Musikbeiträge ließ aber zu wünschen übrig. Ein Studiogast bei der seit langem mal wieder gut besuchten Präsentation der Gewinner, ein Komponist der elektronischen Musik, äußerte aber völlig zu recht seine Enttäuschung darüber, wie wenig in der selbsternannten Homerecording-Avantgarde an Klängen und innovativen Ästhetiken gearbeitet wird.

Eine zweite Neuerung ist die Aufteilung der Sparte »Computeranimation« in Animation und »Visual Effects«. Es waren seit Jahren kritische Stimmen zu hören, daß bei der Ars millionenteure Sequenzen aus Hollywood-Produktionen und künstlerisch wie wissenschaftlich interessante Arbeiten in einen Topf geworfen werden. In der freien Kategorie »Computeranimation« ging der Hauptpreis, die Goldene Nica, an Chris Wedge für »Bunny«, während dieselbe Auszeichnung unter »Visual Effects« den US-Firmen Digital Domain, Mass.Illusion und Pacific Ocean Post für die Gestaltung der Effekte in dem Hollywoodfilm »Hinter dem Horizont« zugesprochen wurde. Digital Domain war im letzten Jahr der Gewinner mit »Titanic« gewesen.

Auch der vor einem Jahr neu hinzugekommene Wettbewerbsteil »U 19«, der ohne technische oder thematische Einschränkung für alle bis neunzehn Jahren gedacht ist, erfreut sich großer Beliebtheit. Allein hier gingen über 600 Einsendungen ein. Beobachten läßt sich das Engagement und die Kreativität der nachfolgenden Generationen, die schon wie selbstverständlich mit Computer und World Wide Web (WWW) aufwachsen. Der Hauptpreis ging hier an »(conspirat).« von Raimund Schumacher und Jürgen Oman.

».net« ist eine weitere Wettbewerbskategorie, die Arbeiten für das WWW prämiert. Eine Auszeichnung erhielt die Projektidee »Keo« von Jean-Marc Philippe. Unter *www.keo.org* wird ein Vorhaben vorgestellt, das in seinem Zeitrahmen und in seiner Absicht auch auf Interesse in der SF-Szene stoßen dürfte. 2001 wird ein Satellit gestartet werden, der 50 000 Jahre lang in einer Umlaufbahn um die Erde fliegen und ein Archiv von Botschaften von Menschen der Gegenwart an Bord haben soll. Jeder, der will, kann eine Nachricht an die Zukunft hinterlassen.

Gentechnik zwischen Aufbruch und Apokalypse

Beim Symposium mit dem Titel »LifeScience« ging es diesmal um Chancen und Risiken der Gentechnologie. 1993 war schon einmal über dieses Thema diskutiert worden. Doch die Entwicklung der Genindustrie geht mit rasenden Schritten voran, so daß sich die Frage des gentechnologischen Zugriffs auf die Lebensbausteine und die daraus folgende Vermarktung mit neuer Dringlichkeit stellt. Die Verbindung von Gentechnik und Informatik schafft einen neuen interdisziplinären Ansatz der Wissenschaft, der ihm eine große Bedeutung für die Zukunft zukommen läßt und viele gesellschaftliche Bereiche wie Medizin, Nahrungsmittelproduktion und andere beeinflussen wird.

Der Biokonzern Novartis hat die Ars in diesem Jahr mitgesponsort. In einem Bericht, der in der Ars-Pressemappe mitverteilt wurde, liest es sich auch zu schön: die LifeSciences werden als Geschäftsfeld erklärt, das allen zu besserer Medizin, besseren Nahrungsmitteln usw. verhelfen wird. Er entstand 1996 aus einer Fusion der Schweizer Unternehmen Ciba und Sandoz, und dieser Vorgang deutet die Dynamik an, mit der Chemiekonzerne ihr Stammgeschäft abspalten und sich diesem neuen Gebiet öffnen. Und die Entwicklung geht weltweit voran. Zhangliang Chen, Direktor eines staatlichen Gentechnik-Laboratoriums, trug die Erfolge der chinesischen Versuche vor, die – konfrontiert mit den Notwendigkeiten der Ernährung von 20 % der Weltbevölkerung – auch auf die Gentechnologie setzen. Die Kritik wird dabei zwar gesehen, aber die Erfolge scheinen überwältigend zu sein.

Die Debatte wurde hitzig geführt, als der Buchautor und Trendforscher Jeremy Rifkin auftrat und die Biokonzerne massiv kritisierte. Rifkin entwickelte dagegen in seinem Vortrag ein Szenario, das die Gentechnologie durchaus als positive Wissenschaft sah, aber die Art und Weise, wie ein Geschäft mit ihr betrieben wird, an den Pranger stellte. Die Gene werden die wichtigste Ressource des nächsten Jahrtausends sein. Die großen Biokonzerne seien auf der Jagd nach den Genen, die sie aufspüren, analysieren und sich patentieren lassen. Dabei sei diese Patentierung illegal: es werde ja gar nichts erfunden, sondern es werde der Genpool der Menschheit, der Tiere und der Natur erschlossen. Da stellt sich die grundsätzliche Überlegung, ob man die genetische Ebene der Natur zum Privatbesitz erklären kann, ähnlich wie es den Besitz an Bodenschätzen gibt, oder ob man ihre wissenschaftliche Erfassung ähnlich einschätzt wie die Entdeckung der chemischen

Elemente im Periodensystem, die ja allgemeines Wissensgut der Menschheit sind. Unabhängig von diesen Überlegungen, die vor Gericht ausgetragen werden, kann dieser Feineingriff in die Natur auch über kurz oder lang zu neuen Konflikten mit der Dritten Welt führen, die den reichsten genetischen Schatz auf ihren Territorien hat. Er befürchtet hier ein Gefahrenpotential für neue wirtschaftliche Ungleichheiten bis hin zu neuen Kriegen.

Gensplicing über die Grenzen von Arten hinweg sei etwas qualitativ Neues, eben nicht nur eine Variante des Züchtens. Dabei gebe es keine Risikoforschung, ja, sie sei auch nicht durchführbar, die abschätzen könne, was mit dem freigesetzten Transgenen passiert. Es sei nachgewiesen, daß sie im Falle von Nutzpflanzen auf andere weiterspringen und zu neuen Mutationen führen. Wer bezahlt den Schaden, wenn Landwirte, die mit herkömmlichem Saatgut arbeiten, mit welchen Mitteln auch immer feststellen, daß ihre Ernte mit fremden Genen verseucht ist? Diese Rechtsfragen sind nicht zu unterschätzen. Rifkin behauptet, daß die Versicherungskonzerne sich des Problems bewußt seien und keinesfalls für Langzeitschäden haften wollen. Und es gibt auch bei bisher gemachten Experimenten keine Langzeituntersuchungen, die Aufschluß geben könnten über das Ausmaß der »genetischen Verschmutzung«. Dieser Punkt ist in der Fachwelt umstritten. Was mit den einmal freigesetzten Genen in der Natur passiert, ist kaum ausgemacht. Der Schweizer Botaniker Klaus Ammann, der selbst in seinem Vortrag auf die hochkomplexen Kreisläufe im Ökosystem hingewiesen hat, die seiner Meinung nach von der Industrie völlig unterschätzt werden, widersprach Rifkin hier. Untersuchungen, zitiert im Fachblatt »Nature«, hätten ergeben, daß die Gene einfach verschwinden würden.

Auch Rifkin sieht in der Gentechnik Chancen für eine neue »Renaissance«. Er favorisiert einen »soften« Ansatz, wo die Menschen im Einklang mit der Natur und in einem differenzierten Wissen um medizinische Sachverhalte ihr Lösungspotential bei der Bekämpfung von Krankheiten ausschöpfen. Rifkin wirft den Biokonzernen vor, mit ihrer Einführung gentechnologischer Methoden in die Medizin einer neuen Eugenik Vorschub zu leisten. Krankheit werde nicht mehr als komplexes Zusammenspiel von genetischen Dispositionen und Umweltfaktoren aufgefaßt, sondern es setze sich eine einseitige Betrachtung durch, die einzelne Gene als Krankheitsauslöser isoliere, was natürlich dem Geschäft förderlich sei. Er verwies darauf, daß es eine Eugenik-Bewegung auch in den USA und in anderen Ländern Europas gab, nicht nur mit den schrecklichen Folgen im Dritten Reich.

Sein Gegenspieler auf dem Symposium war Dean Hamer, der in seinem Vortrag zuvor den Besuch einer psychologischen Praxis in einer gentechnologisch geprägten Zukunft beschrieb. Falls der Patient sich verstimmt fühle, könne der Psychologe einen Gen-Test vornehmen und dem Patienten die Ursache mitteilen. Mit einer Maschine soll er in der Lage sein, die Dopamin- oder die Serotonin-Produktion des Patienten schnell checken zu können. Auch wenn Hamer sagt, daß man Gene für Depression nicht aus dem genetischen Code entfernen kann, da die Wechselbeziehungen zu groß seien, und daß Gene nicht unser Verhalten zur Gänze vorbestimmen, so ist er doch der Meinung, daß mentale Faktoren wie Schizophrenie oder Depression sehr stark von genetischen Anlagen abhängig sind. Als Beispiel nannte er die Ergebnisse der Zwillingsforschung, bei der Menschen gleicher genetischer Abstammung von Geburt an getrennt werden und dennoch ähnliche Verhaltensweisen entwickeln. Auch Drogenabhängigkeit und Kriminalität sind für ihn in gewissem Maße genetisch bedingt. Hamer wehrt sich aber dagegen, dieses Wissen sozial zu mißbrauchen und Menschen, die Anlagen für bestimmte Krankheiten oder Verhaltensweisen hätten, von Jobs auszuschließen. Die Frage ist, wie das verhindert werden kann.

In der nachfolgenden Diskussion wurde mit Engagement diskutiert. Hamer fragte Rifkin, woher er sich das Recht nehme, anderen Leuten diese Forschung verbieten zu wollen und so das Leiden an genetisch bedingten Krankheiten zu verhindern. Rifkin gab eine mehrschichtige Antwort. Zuerst bestritt er, daß die Wissenschaft neutral sei. Es sei ein großes Problem, daß so viele Wissenschaftler am Tropf der Industrie hängen und schon deshalb ihren Auftraggebern nach dem Mund reden, was Hamer bestätigte. Sodann fragte er, ob Krankheiten für die Evolution nicht auch in gewisser Weise eine Funktion haben können – er ließ diesen Aspekt offen. Er bezieht den Umweltfaktor weitreichend in seine Überlegungen ein, so daß dieser Faktor seiner Meinung nach auch für das Ausbrechen und den Verlauf von genetisch bedingten Krankheiten mitverantwortlich sein könne. Auch dieser Aspekt konnte nicht erschöpfend diskutiert werden.

Die Kunst des Neuen

Als ich das erste Mal durch das Brucknerhaus lief, ging ich arglos an einer detaillierten Körperplastik mit Knochen, Muskeln und Organen vorbei, die mir ein gut gemachtes Anschauungsstück zum Thema Leben zu sein schien. Ich war überrascht, als ich im Vortrag von Gunther von Hagens hörte, daß es sich nicht um eine künstliche Nachbildung handelt, sondern um – einen echten Körper. Die Leichname werden mit der Technik der Plastination auf neue Art konserviert (siehe Abbildung am Beginn des Beitrags). Von Hagens zeigte eine ganze Reihe von Fotos, die einen starken Eindruck hinterließen. Nicht eigentlich Kunst, unternimmt von Hagens eine Gratwanderung, indem er seine Objekte in ästhetischen Arrangements zeigt. Sie sind Teil einer Ausstellung, die äußerst erfolgreich unter dem Titel »Körperweiten« in Mannheim, Wien, Basel und in Japan gezeigt worden ist. Es ist ein kultureller Tabubruch, daß Menschen sich nach ihrem Tode nicht beerdigen lassen, sondern ihren Körper der Wissenschaft zur Verfügung stellen. Schonungslos werden die Resultate von Brust- und Lungenkrebs in den Plastiken und in Körperquerschnitten gezeigt. Von Hagens bezeichnete sich nicht als Künstler, sondern als Aufklärer. Die Menschen zeigen sich laut von Hagens nach einem Besuch geläutert, wollen sich stärker um ihre Gesundheit kümmern und sind vielleicht tatsächlich auf dem Weg, ein neues Körperbewußtsein zu bekommen. Man mag von dieser Arbeit halten, was man will, jedenfalls konfrontiert sie den Besucher mit dem Tod und der Vergänglichkeit des eigenen Körpers.

Landscape One – *Luc Courchesne/CDN*

Was die Kunst betrifft, so ist die uralte Debatte, was denn nun »Computerkunst« ist, nicht vorbei. Das Moment der Interaktion und das der Netzpräsenz sind zwei neue Kriterien, die in den letzten Jahren zu ihrer Bestimmung herangezogen werden. »Landscape One« von Luc Courchesne ist eine interaktive Installation, die auf verblüffend einfache Weise das Geschichtenerzählen mit interaktiven Eingriffen durch den Benutzer verbindet. Dazu benutzt sie jeweils vier Videoleinwände, Computer und Laser Discplayer. Der Benutzer ist auf allen Seiten von transparenten dünnen Leinwänden umgeben, auf die in schlechter Auflösung lebensgroße Videobilder projiziert werden. Man steht vor einer Leinwand und kann über eine Touch Screen eine Wahl aus vorgefertigten Sätzen treffen. Tut man nichts, zieht ein Tag in einem Park bei Montreal an einem vorbei, mit Liebespaaren, Familienpicknick und streunenden Hunden. Aktiviert man aber einen Satz, kann man an verschiedenen Punkten in das Geschehen eingreifen. Wenn eine der Personen in den Vordergrund der Kamera tritt und scheinbar den User anspricht, hat das einen erstaunlich »intimen« Beigeschmack, da die Projektion der Person lebensgroß im Verhältnis zum eigenen Körper ist. Kann man den Familienvater zum Beispiel im allerdings fest angelegten Dialog überzeugen, führt er einen auf dem Fahrrad durch den Park – alle Kameras, die auf einem Gerüst um den Kameramann befestigt sind, setzen sich zugleich in Bewegung. Man fühlt sich wie in einem »Aussichtskäfig« und erlebt eine interessante Ausfahrt, die auch ohne VR-Brille oder sonstige 3D-Effekte einen Immersionseffekt erzeugt. Es sind alltägliche Begebenheiten, die in der Installation zu sehen sind, also keine »richtigen« Geschichten. Man kann über das kleine Glück philosophieren oder sich in einen handfesten Flirt verwickeln lassen. Courchesne plant, diese Technik auch für längere Spielhandlungen einzusetzen, wobei die Benutzer eine Figur durch ein Geschehen begleiten sollen.

Herbert W. Franke meint, daß es nach wie vor »keinen allgemein verbindlichen Kanon« gebe, nach dem Sinn und Wert der Computerkunst bemessen werden können, vieles eher »experimentellen Charakter« habe. Frankes Fazit: »Wer nach der Vollendung sucht, findet hier Grund genug zur Kritik,

Scanner++
Joachim Blank & Karl Heinz Jeron

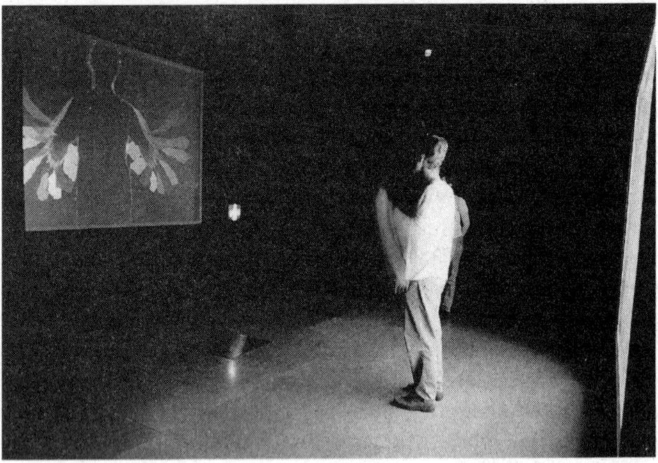

Videoplace *– Myron Krueger*

wenngleich heute die anerkennenden Stimmen immer vernehmlicher werden.« Die im Wettbewerb prämierten Arbeiten für »interaktive Kunst« wiederum werden in Linz in einem neuen Museum für Gegenwartskunst ausgestellt. Arbeiten wie »Scanner++« von Joachim Blank und Karl-Heinz Jeron oder »Videoplace« von Myron Krueger – ein schon klassisches Werk, das Ende der siebziger Jahre konzipiert wurde – sind Beispiele aus der Ausstellung. Und das ist der Eindruck, der von vielen Jahren Ars bleibt. Große Momente der Erfahrung und Erkenntnis gibt es, ähnlich wie in anderen Feldern der Kunst auch, nur in wenigen Fällen – dafür ist die Ars ein »Experimentierlabor« für die ästhetischen Tendenzen des neuen Jahrtausends, das es auch in Zukunft zu beachten gilt.

Weitere Informationen über die Ars Electronica und das AEC im WWW unter: http://www.aec.at

ÜBER SCIENCE FICTION

Übersinnliches und Unterirdisches – Anmerkungen zur Hohlwelttheorie, ihrer Geschichte und ihrer Entwicklung zum SF-Motiv

von Hartmut Kasper

Manches Motiv, das in der Science Fiction Verwendung findet, hat, bevor es zukunftsträchtig wurde, schon eine eigentümliche Karriere hinter sich.

Von über- und außersinnlicher Wahrnehmung zum Beispiel, mit der im SF-Kosmos Mutanten, Vulkanier, überhaupt höherentwickelte Menschenarten begabt sind, wird schon in der Antike berichtet. So soll Apollonius von Tyana während einer Rede in Ephesos am 18. September 96 die zeitgleich in Rom exekutierte Ermordung Kaiser Domitians miterlebt haben. Noch bis ins Mittelalter waren magische Praktiken wie die halluzinatorische Mantik in Gebrauch, welche durch die Betrachtung spiegelnder Flächen Visionen zu erzeugen versprachen, mittels derer Diebstähle aufgeklärt werden sollten. 1876 referierte der Physiker W. Barrett in der »Britischen Gesellschaft für den Fortschritt der Wissenschaften« über Gedankenübertragung; der Cambridger Philologe F. W. H. Myers taufte diese direkte Übertragung seelischer Inhalte von einem Menschen auf den anderen »Telepathie«.

Vorzüglich taugte der auf jenseitigen Bahnen sich informierende außersinnliche Sinn stets zur Einsichtnahme in jenseitige, heilige Räume: Im 14. Jahrhundert, einer Blütezeit der europäischen Mystik, erreichten zumal Nonnen den Zustand der »Verzückung« – ein terminus technicus der mystischen Literatur, der soviel wie die Gezogenheit in den Himmel bedeutet. In den dominikanischen Schwesterbüchern dieser Zeit wird von mehreren Tagen andauernden Verzückungen gewußt, es werden Exempel für Vorauswissen ausgebreitet, und im St. Katharinentaler Schwesternbuch heißt es in der Kurzvita der Anne von Ramswag: »Am Weihnachtstag in der Christmesse saß sie im Chorstuhl und wurde hinausgezogen in ein göttliches Licht, und ihr war, daß sich ihr Körper auftat, so daß sie sich selber sah. Sie sah in sich zwei schöne Kinder in liebevoller Umarmung. In dieser Vision wurde ihr zu erkennen gegeben, daß eines der Kinder unser Herr war und das andere ihre Seele, wie sie mit Gott vereint war. Und dann schloß sich ihr Körper wieder.«[1] Wer schon einmal Opfer einer UFO-Entführung war, wird sich an ganz ähnliche Situationen erinnern.

Die eine oder andere Frau/der eine oder andere heilige Mann mag sich auch auf die Kunst der Bilokation verstanden haben; was wir heute unter dem Fachausdruck »Teleportation« kennen und in allerlei Zukunftsentwürfen eine verkehrstechnische Hauptrolle spielt, hat indes seine Wurzeln nicht nur im Religiösen:

Der US-amerikanische Autor Charles Fort (1874–1932), der Zeit seines Lebens Meldungen über ungewöhnliche und unerklärliche Phänomene aus Büchern und Zeitschriften exzerpierte, am Ende über 60 000 solcher Artikel zusammengetragen hatte, veröffentlichte kurz vor seinem Tod das Buch »Lo!« (»Da!«). »Schauer von Fröschen und Schneegestöber von Schnecken – Sturzbäche von Uferschnecken ergießen sich vom Himmel (...) Ich habe 294 Angaben zu Schauern von Lebewesen gesammelt.«[2] Für Fort, so sein Biograph Ulrich Magin, sei die Teleportation »einst die wichtigste Kraft bei der Entstehung der Welt gewesen«. Denn »wo eine Dürre herrscht, wird die Teleportation für Regen sorgen. Wo ein neuer See entsteht, wird es Fische regnen. Regen von Fels und Gestein haben einstmals die Gebirge aufgetürmt. (...) ›Lo!‹ erschien von April bis November 1934 als Serie im SF-Magazin ›Astounding Stories‹ des John W. Campbell junior.

Fast alle späteren SF-Größen haben Fort so kennengelernt, und Forts Begriff der ›Teleportation‹ wurde zu einem Allgemeinplatz in der Zukunftsliteratur.«[3]

Dieser zukunftsweisende Charles Fort lebte zu einer Zeit, in der ein anderes, großes SF-Motiv, das seine letzten Wurzeln ebenfalls im religiösen Bereich und in der Antike hat, von verschiedenen Seiten aus reaktiviert, renoviert und in der SF-Tradition verankert wird: Das Motiv der hohlen Erde.

Den meisten Religionen ist bekannt, daß, wie über der diesseitigen Welt ein Himmel sich wölbt, unter der Erdoberfläche ein anderes Reich sich auftut, in welches der Mensch mittels Tod zu gegebener Zeit umzuziehen hat. »Scheol« nennen die alten Israeliten diesen Ort, den »untersten Pfuhl« (Is 14, 15; Ez 32, 23). Auch die germanische Mythologie kennt einen solchen unterirdischen Raum, die Hel oder Hölle, welche über Quellen und Weiher als Einstiegsorte zu erreichen ist (schließlich ist das deutsche Wort »Seele« von »See« abgeleitet).

Während die arme Seele gemeinhin für längere Zeit in der Hölle Aufenthalt nimmt, kommt es bereits in der antiken griechischen Literatur zu befristeten Visiten in der nationalen Unterwelt, im Hades: Die Heroen Theseus, Herakles und Orpheus steigen ins Totenreich hinab. Theseus rückt zusammen mit seinem Freund Peirithoos in den Hades ein, um Persephone, die Göttin, zu entführen; das Unternehmen schlägt fehl: Hades läßt beide an einem unterirdischem Felsen festwachsen. (Der Filmfreund kennt das Lucassche Plagiat, in dem Han Solo den Theseus mimt und Luke Skywalker den Herakles, welcher den Gefährten wieder aus seiner mineralogischen Konserve in der finsteren Höhle von Jabba dem Hutt erlöst.)

Im XI. Gesang der Odyssee dringt Odysseus im Zuge einer Orakelbefragung ein allerdings kleines Stückchen weit in die Unterwelt vor (»Aber nun eilt ich und zog das geschliffene Schwert von der Hüfte, / Eine Grube zu graben, von einer Ell ins Gevierte. Hierum gossen wir rings Sühnopfer für alle Toten (...) und aus dem Erebos kamen / Viele Seelen herauf der abgeschiedenen Toten«, Odyssee XI. Gesang, 24-37).

Homers römischer Meisterschüler Publius Vergilius Maro (70 v. Chr.–19 n. Chr.) läßt seinen Helden Aeneis etwas weiter gehen. Aeneis steigt mit der Sibylle von Cumae in die Unterwelt. »Der Tartarus selber / Klafft nun zweimal so tief zu des Abgrundes Schatten hinunter, / Als die Ätherhöhn des Olympus trägt unser Auge« (Sechster Gesang, Vers 577-579), und besagter Olymp mißt immerhin 2911 Meter. Nachdem sie den düsteren Ort durchwandert haben, wo zu ihrer Lebenszeit straffällig gewordene Menschen und Titanen dem Vollzug unterliegen, erreichen sie die »Orte der Freude«, die »Sitze der Frommen«: »Eine eigene Sonne erkennen sie, eigene Sterne.« (Vers 639–641). Auf diese Vergilsche Vision nun greift über tausend Jahre später der italienische Dichter Dante Alighieri (1265–1321) zurück, nicht ohne die von Vergil eröffnete Unterwelt gehörig auszuweiten. Sein – von späteren Fans »Divina Commedia/Göttliche Komödie« (1307–1321) tituliertes – Werk erzählt von seiner Reise durch die drei Jenseitsreiche Hölle, Läuterungsberg und Paradies. Als Fremdenführer dient ihm zunächst das bewunderte Vorbild Vergil. Die Dantesche Hölle ist ein gigantischer Trichter, den Luzifers Sturz aus den Himmeln in die Erde riß. Seine größte Ausdehnung hat der Trichter unmittelbar unter der Erdoberfläche, zum Zentrum der Erde hin verengt er sich. Den tiefsten Grund der Hölle bildet der Eissee Cocytus; im Zentrum des neunten Kreises dieses konzentrisch-abwärts geordneten Unter-Universums und im Mittelpunkt der Welt zugleich liegt Luzifer im Eis eingefroren. An ihm vorbei gelangen Dante und Vergil hinauf unter die Erdoberfläche der südlichen Halbkugel; diese ist, anders als ihr nördliches Pendant, nicht von Festland bedeckt. Allein der Läuterungsberg erhebt sich aus den Fluten, ein Stück Erdreich, das seinerzeit vor dem in die Kruste einschlagenden Luzifer auf die andere Seite ausgewichen war.

Nach dieser gründlichen Exkursion wird es für einige Zeit still um die Unterwelt. Das segensreiche Wirken der Bettelorden hatte im mittelalterlichen Volksglauben schöne Früchte gezeitigt, die Unterwelt war zum frommen Hochsicherheits- & Foltertrakt für unchristlich umtriebige Sünder ausgebaut worden. Kein Ort für Touristen respektive Belletristen.

Der nächste Zugriff geschah denn auch nicht von Dichterhand. Es war der Jesuit und Renaissancegelehrte Athanasius Kircher (1602–1680), der Erfinder der Laterna Magica, welcher leibhaftig auf eine Reise in die Unterwelt ging. Kircher, einer der berühmtesten Wissenschaftler seiner Zeit, wagte sich im Zuge einer Forschungsreise, die ihn von 1637 bis 1638 nach Malta führte, an einem Seil in den Kraterschlund des Vesuvs hinab.

Die Ergebnisse seiner Forschungen und seine daran angeschlossenen Spekulationen veröffentlichte er in »Mundus subterranus/Unterirdische Welt, in zwölf Büchern gegliedert, worinnen die göttliche Schöpfung der unterirdischen Welt, die wunderbare Verteilung der Werkstätten der Natur in ihr, mit einem Wort, das vielgestaltige Reich des Proteus, und schließlich die Erhabenheit der gesamten Natur sowie ihre höchste Vielfalt an Bodenschätzen beschrieben werden. Die Ursachen der verborgenen Kräfte werden durch scharfsinnige Untersuchung erläutert und dargelegt; die Erkenntnisse werden durch die Verbindung von Kunst und Natur, durch abwechslungsreiche Zurüstung von Versuchen sowie auf neue Art und Weise zum notwendigen Gebrauch des menschlichen Lebens zur Anwendung gebracht. – Bd. 2, in fünf Bücher gegliedert, in welchen die Erzeugnisse der unterirdischen Welt dargestellt werden und was auch immer schließlich Seltenes, Unbekanntes und Außergewöhnliches im fruchtbaren Schoße der Natur enthalten ist, vor den Augen des wißbegierigen Lesers ausgebreitet wird.« (1665)

Diese – im Original neulateinisch geschriebene – Enzyklopädie der Geowissenschaften vermengt auf eigenartige Weise empirisch beschaffte Informationen mit spekulativem Gedankengut. Demnach berge die Erde ungeheure Wasserreservoirs, die sämtliche Flüsse und Seen speisen; der Ozean quillt »am Südpol nach oben und bildet am Nordpol einen großen Strudel. Die Seefahrer haben nie den Süden erreichen können wegen der starken Gegenströmungen, die nach allen Richtungen auseinanderfließen; und sicherer Untergang droht jedem, der sich dem nördlichen Malstrom nähert.« Ein »Zentralfeuer der Erde unterhält viele Sekundärfeuer in den Spalten, welche

1 Ein kleiner Drache, entdeckt zur Zeit Gregors XIII. (gest. 1585), früher im Museum des Aldrovandus, Rom.
2 Im Jahre 1345 auf Rhodos von einem Kreuzritter erschlagen.
3 Schweizer Drache, eines Nachts 1619 beobachtet, wie er aus einer Höhle am Pilatus heraus den Vierwaldstätter See überflog.
4 Basilisk, lange Jahre hindurch in den Boboli-Gärten in Florenz ausgestellt, »durch Gärung aus einer Mixtur von Spermen hervorgegangen«.

(Mundus Subterraneus, II, S. 91–97)

Der größte Riese wurde, wie Boccaccio berichtet, 1401 in einer Höhle bei Trepano in Sizilien gefunden. Aufrecht stehend sei er 200 Ellen hoch gewesen, aber leider zerfiel er bei der ersten Berührung zu Staub, und nur einige monströse Zähne blieben von ihm übrig, die in einer nahegelegenen Kirche liebevoll aufbewahrt werden. Im Vergleich zu ihm war Goliath ein nur dreizehn Fuß hoher Zwerg

(Mundus Subterraneus, II, S. 91–97)

Riesen und vorweltliche Tiere aus Kirchers »Mundus Subterranus«, es stammt aus dem Buch von Joscelyn Godwin: »Athanasius Kircher. Ein Mann der Renaissance und die Suche nach dem verlorenen Wissen«, Berlin (Edition Weber) die Erde durchziehen. Manchmal treten diese an die Erdoberfläche, und dann bilden sich Vulkane.«[4] Neben Kupferstichen des Erdkörpers, wie Kircher ihn sieht, schmücken Abbildungen ihrer exotischeren Fauna das Werk, Zeichnungen von Riesen, von Drachen und Basilisken, denn es geht nicht nur um die Unterwelt als geologische Formation, sondern auch um »Fossilien«, »Unterirdische Bestien und Dämonen«.[5] Immerhin: nach dem kurzen eiszeitlichen Zwischenspiel bei Dante ist für den vulkankundigen Kircher das unterirdische Feuer wieder in Kraft, das schon Aeneis entdeckt hatte. Durch die Ansiedlung fabelhafter, nicht unbedingt religiös-metaphysisch gedeuteter Bewohner wird die Unterwelt entschieden säkularisiert: Sie ist nicht mehr Totenreich, sondern belebtes, phantastisches Biotop.

Der dänische Autor Ludvig Baron von Holberg (1684–1754) verwandelt im nächsten Schritt die Mundus Subterranus ganz in den verweltlichten Un-Ort, die Utopie. Sein Alterswerk erinnert im Titel noch an das Kirchersche Buch. Ebenfalls im Original neulateinisch, heißt es »Nicolai Klimii iter subterraneum novam telluris theoriam ac historiam quintae monarchiae adhuc nobis incognitae exhibens e bibliotheka B. Abelini« (»Niels Klims unteriridische Reise, enthaltend eine neue Erdbeschreibung sowie die Geschichte der uns bisher unbekannten fünften Monarchie, herausgegeben aus der Bibliothek B. Abelins.« 1741) Holberg stellt sich mit seinem Reisebericht in die Tradition von Swifts »Gulliver's Travels« (1726). Sein Held Niels Klim stürzt, kurz nachdem er sein Examen bestanden hat, bei einer geographischen Expedition in der Nähe des norwegischen Bergen in einen Schacht. Man merkt: die satanische Vorarbeit hat die Bahn bereitet, es braucht kein Erdreich mehr aus dem Weg gesprengt zu werden. Er landet auf einem unterirdischen Planeten, Nazar. »Es war Nacht, als ich auf dem Planeten anlangte. Dies konnt' ich aus der Abwesenheit der Sonne, nicht aber aus der Finsternis schließen; denn es war noch so hell, daß ich mein akademisches Zeugnis ganz genau lesen konnte. Dies nächtliche Licht entsteht aus dem Firmamente oder der inneren Erdrinde, die ein ebenso helles Licht verbreitet, als bei uns der Mond.«[6] Dort erfährt er der Reihe nach verschiedene Staatsformen; am Ende läßt er sich im Reiche Quama zum Kaiser ausrufen und herrscht über ein primitives Volk, bis er erneut in einen Schacht stürzt, der ihn diesmal zurück nach Norwegen befördert.

Die damalige europaweite Verbreitung der »Mundus Subterranus« von Kircher macht es sehr wahrscheinlich, daß Holberg diese Monographie kannte. Für ihn, den Dichter, der seit 1720 hauptberuflich als Professor für Geschichte tätig war, mag es nahe gelegen haben, den geologisch-legendarischen Raum der Unterwelt zum utopischen Geschichtsraum zu erweitern.

An Popularität steht Holbergs utopischer Entwurf Kirchers Arbeit kaum nach. Und als der Ich-Erzähler in Edgar Allan Poes Arabeske »The Fall of the House of Usher« (1839; »Der Untergang des Hauses Ascher«) sich an die Bücher erinnert, die er zusammen mit Roderick Ascher gelesen hatte, findet sich neben Titeln wie den »›Vert-Vert‹ oder die ›Chartreuse‹ von Gresset; den ›Belphegor‹ Machiavellis; ›Himmel & Hölle‹ von Swedenborg« eben auch »›Die unteriridische Reise von Nikolas Klim‹ von Holberg«.[7]

Der »philosophischer Scherz«[8], wie Holberg selbst seinen Roman nennt, ist Poe zu diesem Zeitpunkt also vertraut. Nur zwei Jahre zuvor ist »The Narrative of Arthur Gordon Pym of Nantucket« (1837–1838; »Umständlicher Bericht des Arthur Gordon Pym von Nantucket«) entstanden, der Bericht über eine Reise, die an ihrem Ende in einen Katarakt führt, durch welchen der antarktische Ozean, irgendwie erhitzt und erleuchtet, offenbar ins Innere der Erde stürzt – eine Theorie, die durch Poes »Manuskriptfund in einer Flasche« ebenso bestätigt wird wie von dem Bericht des Mondfahrers »Hans Pfaall«, welcher in gehörigem Abstand zur Erde ihres einwärts gebogenen, abgründigen Nordpols ansichtig wird. Doch dürfte Holbergs Buch weder die einzige Quelle für Poes Reisephantasie gewesen sein, noch die aktuellste.

Die Theorie Kirchers, die beiden Pole der Erde wären Ein- und Ausgang für einen subplanetaren Wasserkreislauf, die Erde hohl und von einem riesigen Zentralfeuer erwärmt, war 1818 von dem US-Amerikaner John Cleve Symmes (1780–1829) reproduziert und zum potentiellen Forschungsgegenstand erneuert worden. Symmes, vormaliger Captain der US-Army, späterer Lieferant derselben, proklamierte am 10. April 1818:

> »An die ganze Welt:
> Ich erkläre, daß die Erde hohl und innen bewohnbar ist; sie enthält eine Anzahl fester konzentrischer Sphären, eine in der anderen, und daß sie an den Polen zwölf oder sechzehn Grad offen ist. Ich verpfände mein Leben zur Unterstützung dieser Wahrheit und bin bereit, die Höhle zu erforschen, wenn die Welt mich unterstützt und mir bei diesem Unternehmen hilft.«[9]

Das Rundschreiben ging an allerlei gelehrte Gesellschaften in den USA und in Europa, verhallte jedoch unerhört. Da ihm dank mangelnder Unterstützung von wissenschaftlicher Seite der Zutritt zur Unterwelt verwehrt blieb, machte sich Symmes allem Anschein nach literarisch auf den Weg und veröffentlichte im Jahr 1820 unter dem Pseudonym »Captain Adam Seaborn« den Roman »Symzonia: A Voyage of Discovery«.

In diesem Roman entdeckt der Ich-Erzähler Seaborn auf seiner Reise in die antarktische Region zunächst einen neuen Kontinent, übersteht eine Meuterei und fährt bald darauf am Südpol ins Innere der Erde ein. Auch dort entdeckt er Land, diesmal bewohntes, tauft es Symzonia und bestaunt die technisch hochstehende Zivilisation der Ureinwohner, erkundet ihr Staatswesen, ihre Kleidung, ihre Steuern, ihre Sprache, den Charakter und die berufliche Tätigkeit ihrer Frauen und kehrt endlich in die Oberwelt zurück. »The voyage of Columbus was but an excursion on a fish pond, and his discoveries, compared with mine, were but trifles.«[10] Adam Seaborn, der neue, übers Meer auf jene Welt gekommene Mensch, rühmt sich zu Recht. Hatte doch Kolumbus nur ein vergleichsweise unterentwickeltes Inselvölkchen ausgemacht, während die innerirdischen Menschen ihren oberiridischen Vettern haushoch überlegen sind, sogar schon mit Luftschiffen verkehren:

»I observed its appearance to be that of a ship's barge, with an inflated windsail, in the form of a cylinder, suspended longitudinelly over it, leaving a space in which were the people. It had a rudder like a fishes tail, and fins or oars, which appeared to be moved by the people within. (...) the internals understood aerostatics much better than the externals.«[11]

J. O. Bailey bezeichnet »Symzonia« in seinem Vorwort zum Reprint des Romans als »the earliest American utopian fiction«: »The nation called Symzonia is a perfect democracy ruled by the Good, the Wise, and the Useful.«[12] Mit ihren düsengetriebenen Schiffen, mit feuerfester Kleidung aus gepreßter und gehärteter Spinnenseide, und mit ihren düsengetriebenen, flammenwerfenden Armee-Panzern ist diese Demokratie allerdings recht wehrhaft und der oberirdischen Zeit weit voraus.

Aber selbst nach der Publikation dieses vielversprechenden Reiseberichtes findet sich der amerikanische Kongreß im Jahr 1823 noch nicht bereit, Symmes Gesuch um die Aussendung einer Expedition in die innere Erde stattzugeben. Symmes veröffentlicht 1826 zusammen mit James McBride seine, also »Symmes Theory of Concentric Spheres«; 1827 unterrichtet Symmes am Union College, wo er Jeremiah N. Reynolds trifft und zu seinem Schüler macht. Nach Symmes Tod im Jahr 1829 bemüht sich Reynolds weiter um eine Südpol-Forschungsreise, 1834 wendet er sich in dieser Sache schriftlich an den Kongreß, und Edgar Allan Poe bespricht diese veröffentlichte Schrift nicht nur in seinem »Southern Literary Messenger«, sondern verwendet gar circa siebenhundert Worte daraus für seinen »Arthur Gordon Pym«. Daß Poe auch Symmes Roman gelesen haben muß, weist A. H. Quinn in seiner Poe-Biographie von 1941 nach, die auf die Parallelen zu Symzonia und Poes Traumland Ulalume aufmerksam macht. Außer Frage steht, daß Poe, der in seinem Delirium nach Reynolds rief, damit nur diesen Symmes-Schüler gemeint haben kann.[13]

Im Winter 1863/64 lernte der französische Autor Jules Verne (1828–1905) den Geographen Charles Sainte-Claire Deville kennen, der, wie Peter Costello berichtet, »die Vulkane von Teneriffa und den Stromboli erforscht hatte«.[14]

Verne wußte ferner von der amerikanischen Antarktis-Expedition, die 1838 endlich doch auf fortgesetztes Betreiben des Reynolds-Symmes-Kreises zustande gekommen war. Schließlich bewunderte Verne Poes »Arthur Gordon Pym« (das Werk Poes wird seit Mitte der 50er Jahren von Charles Baudelaire übersetzt und ist Verne spätestens 1861 bekannt[15]). Verne faßt den Plan für ein »geologisches Epos«[16]. Von der Antarktis weg wird der Schauplatz hoch in den Norden, der Einstieg vom Pol in einen Krater verlegt, womit Verne einerseits die Idee seines Freundes Deville aktiviert, nach der die Vulkane Europas durch unterirdische Gänge miteinander verbunden sein könnten[17], andererseits das Szenario wieder näher an das Kirchersche Ausgangsbild heranrückt. 1864 erscheint »Die Reise zum Mittelpunkt der Erde«.

Der Roman erzählt, wie am 28. Juni 1863 der Ich-Erzähler Axel mit seinem Onkel, dem Hamburger Professor für Mineralogie Otto Lidenbrock und ihrem Führer, dem Eiderenten-Jäger Hans Bjelke, durch den Schacht eines erloschenen Vulkans in die Erde einsteigt. Sie stoßen auf ein unterirdisches Meer, das von einem elektrischen Nordlicht erleuchtet wird, der bewölkte Himmel wird von einer Granitdecke umhüllt. Axel erinnert sich bei diesem Anblick »an die Theorie eines englischen Kapitäns, der die Erde mit einer großen hohlen Kugel verglich«[18]. Dort unten wachsen gigantische Pilze, »hundert Fuß hohe Bärlappe, riesige Siegelbäume, Farnkräuter, hoch wie Tannen (...) Die Vorsehung scheint in diesem riesigen Gewächshaus jene vorsintflutlichen Pflanzen aufbewahrt zu haben, die kluge Gelehrte mit viel Glück später rekonstruierten.« Der Professor korrigiert seinen Neffen in einem Punkt: »Aber besser wäre es vielleicht noch, wenn du hinzufügtest, daß es eine Menagerie ist. (...) Dies ist der Unterkiefer des Mastodons, das sind die Backenzähne des Dinotheriums«[19] – und bald darauf treffen sie auf die noch lebenden Exemplare dieser Knochenspender: Unter der Erde ist Urzeit, Refugium für eine vorgeschichtliche Lebenswelt. Anders als bei Kircher ist das zoologische Repertoire aber nicht mehr überwiegend wunderkammermäßig-legendarisch orientiert, sondern dient der Bestätigung evolutionstheoreti-

Riesenpilzwald. Illustration von Riou für Jules Vernes »Reise zum Mittelpunkt der Erde«.

scher Ansichten. So trifft die kleine Bildungsreisegesellschaft endlich auch auf Darwins Missing Link zwischen Tier und Homo sapiens, zunächst in der Gestalt eines Skeletts, dann als Zeitgenossen:

»Wirklich, kaum eine Viertelmeile entfernt, lehnte am Stamm einer riesigen Kaurifichte ein menschliches Wesen, ein Proteus dieser unterirdischen Welt, ein neuer Sohn Neptuns. Er hütete die Herde dieser Riesenelefanten! (...) es war ein Riese, der über diese Monstren zu gebieten vermochte. Er war mehr als zwölf Fuß groß. Sein Kopf, der so dick wie der eines Büffels war, verschwand in einer struppigen Mähne. Er schwang einen mächtigen Ast in der Hand, einen Stab, der dieses vorsintflutlichen Hirten würdig war.«[20]

Dieser Hüne immerhin hätte auch einer der illustrierten Seiten Kirchers entsprungen sein können.

Dagegen wird es nur ein Zufall sein, daß im selben Jahr 1864 zwei andere Dichter von phantastischen Ausflügen in die Unterwelt erzählen: Theodor Storm (1817–1888) schickt in seiner »Regentrude« Andrees mitsamt des Wiesenbauers Tochter Maren in einem Sommer so heiß, wie es ihn »seitdem nicht wieder gegeben hat«[21], ins Reich der Wassernixe. Ihren Weg dahin nehmen sie durch einen alten Weidenbaum. »Der mächtige Stamm war ganz ausgehöhlt und das Dunkel, das darin herrschte, schien tief in den Abgrund der Erde zu führen. (...) ›Es führt eine Treppe hinab‹, sagte er, ›aber sie ist steil und ausgebröckelt und wer weiß, wie tief nach unten zu der Abgrund ist.‹«[22] Immerhin hat man eine Treppe. Die arme Alice dagegen, von der ebenfalls im Jahr 1864 Lewis Carroll (1832–1898) erzählt, erreicht das unterirdische Wunderland wieder per luziferisch-klimsischem Sturzflug, nachdem sie einem hektisch auf seine Taschenuhr blickenden Kaninchen in dessen Kaninchenbau nachgesprungen war: »Ein Stück weit führte der Bau wie ein Tunnel geradeaus, doch dann fiel der Gang plötzlich ab, so unvermittelt, daß an ein Innehalten nicht mehr zu denken war und Alice auch schon in einen abgrundtiefen Schacht hinunterfiel. Der Schacht war nun entweder wirklich überaus tief, oder aber sie fiel ihn sehr langsam hinunter, denn sie konnte sich während des Sturzes in aller

Ruhe umsehen und überlegen, was mit ihr jetzt wohl geschehen sollte.«[23]

Das Motiv der Hohlwelt ist nun weitgehend entfaltet. Die Entdeckungsreisen des 18. und 19. Jahrhunderts haben keinen Raum gelassen für eine oberirdisch angesiedelte Utopie, die fernen Inseln sind entdeckt, das Landesinnere weitgehend kartographiert. Lediglich der Weltinnenraum stand einer vorbildlich-imaginären Staatengründung offen – von anderen Himmelskörpern abgesehen. Denen gegenüber bot der heimische Planet einige Vorzüge: Die Erdinnenwelt eignet sich ebenso als Heimat futuristischer Zivilisation wie als naturkundliches Museum für oberirdisch-vergangene Phänomene. Darüber hinaus taugt sie, die wissenschaftlich noch keineswegs aufgeklärte (sub)terra incognita, als Spielraum für freischwebend-phantastische Geschichten, in denen naturwissenschaftliche Erkenntnisse schlichtweg ignoriert werden. Man könnte sagen: Der interplanetarische Raum verlangt nach naturwissenschaftlicher Orientierung oder mindestens nach einer Sprache, die sich am naturwissenschaftlichen Klang orientiert. Im Inneren der Erde spricht die Utopie archaisch.

Edgar Rice Burroughs (1875–1974) etwa schrieb eine ganze Reihe von Romanen, die von Abenteuern auf dem innerweltlichen Kontinent Pellucidar handeln. Pellucidar ist eine Welt, die gewissermaßen die innere Haut des Erdballs ausfüllt. Man steht an jedem Ort in der Mitte der Welt, das Erdreich wölbt sich über dem Kopf zusammen. Dorthin gelangen Burroughs Helden entweder – wie Dr. Abner Perry und sein Assistent David Innes in »At the Earth's Core« (1922) – mittels eines raketenförmigen Bohrfahrzeugs oder, wie in »Tarzan at the Earth's Core« (1929), mit einem Zeppelin, der via Nordpol ins Erdinnere einfliegt. Im Inneren aber ist wieder Urwald, Tarzan als Affenmensch in seinem Element, also eilt er einem Mr. Innes zur Hilfe, welcher, nachdem er zufällig nach Pellucidar gelangt war, sich dort einem steinzeitlichen Volk als Kaiser zur Verfügung gestellt hatte, worauf ihn verbrecherische Aborigines gefangen setzen. Tarzan befreit ihn, setzt ihn wieder ein – fernes Echo der Erlebnisse, die schon Niels Klim den Aufenthalt im Reiche Quama versüßten.

Mit Alfred Wegeners (1880–1930) Veröffentlichung der Theorie der Kontinentalverschiebung im Jahr 1912 nahte jedoch bereits der Niedergang der Hohlwelt, soweit sie Ziel einer erfahrungswissenschaftlichen Betrachtung war und Ziel vom amerikanischen Kongreß ausgerüsteter Expeditionen hätte sein können. Nun allerdings bewährte sich der Konservativismus besonders, der hier und da phantastischer Literatur eigen ist: So wie nicht wenige »Science« Fiction-Autoren die Ansicht des gottlosen Darwinismus bestreiten, der Mensch habe sich aus niederen Vorfahren im Laufe einer Evolution entwickelt, und auf der überirdischen Intervention nach Bibelwort fundamentalistisch beharren (dabei lediglich den transzendentalen Gott durch den ebenso transzendenten, empirisch uneinholbaren Außerirdischen ersetzen), so bemühten sich andere Schriftsteller darum, den unter den Druck sich verschiebender Kontinentalschollen geratenen Hohlkörper Erde vor dem neuzeitlich-wissenschaftlichen Weltbild in Sicherheit zu bringen.

In Deutschland marschierten zwei Fraktionen getrennt, um gemeinsam zuzuschlagen:

Auf der einen Seite agierten die – ich will einmal sagen: – Realisten, denen die Hohlheit unseres Himmelskörpers nicht bloßes Gedankenspiel, sondern prinzipiell nachweisbare oder nachgewiesene Wirklichkeit schien. Auf der anderen Seite, und mit diesen verbündet, schrieben die Hohlwelt-Belletristen.

Zur Realisten-Fraktion wären Autoren wie Karl Neupert, Johannes Lang oder Walter Brenner-Kruckenberg zu rechnen. Karl Neupert ging es – so der Titel seines 1929, also im selben Jahr wie Burroughs Rechenschaftsbericht über die Tarzan-Expedition – veröffentlichten Buches um nichts geringeres als den »Umsturz des Weltalls«, Johannes Lang bemühte sich dagegen nur um die »Widerlegung des kopernikanischen Weltbildes« (1939).

Karl Neupert ist einer der Protagonisten der Totalisierung der Hohlwelttheorie. Nach ihm ist nicht etwa nur die Erde als Planet hohl, sondern das komplette Weltall eine einzige Kugel, auf deren Innenwand wir leben – alles andere, das Universum zum Beispiel, ist optische Täuschung: »Das neue Weltbild ist so einfach und klar, daß ihm der Sieg nie streitig gemacht werden kann. (...) ich habe kein Papier übrig für Gravitation, Aberration, Dopplerprinzip, Epizyklen aus Bahnen, Jupitermonde usw. Sämtliche Bewegungen können außen nicht erfolgen, sondern der Himmel innen bewegt sich, genau so wie wir es sehen.«[24]

Der unanschaulichen Physik, ihrer Relativitätstheorie, ihren unvorstellbaren Maßstäben im Kosmisch-Großen wie im Nuklear-Kleinen wird der Kampf angesagt: »Mutter Welt ist Mutter Erde, das ›Weltall im Erdball‹. (...) die Welt wurde zu einem Organismus, der wie ein kosmisches Ei aussieht. Auch der Weltlauf spielt sich wie beim Ei ab, ewig fort.«[25] Im ewigen Ei Erde werden Planeten wie folgt ausgebrütet: »Die Welt schleudert Kinder ab? Weit naturgetreuer ist die Darstellung in der Erdwelt, wo innerhalb der Mutter Erde die Kugeln entstehen, um in endlos scheinenden Spiralen zuletzt bis zum

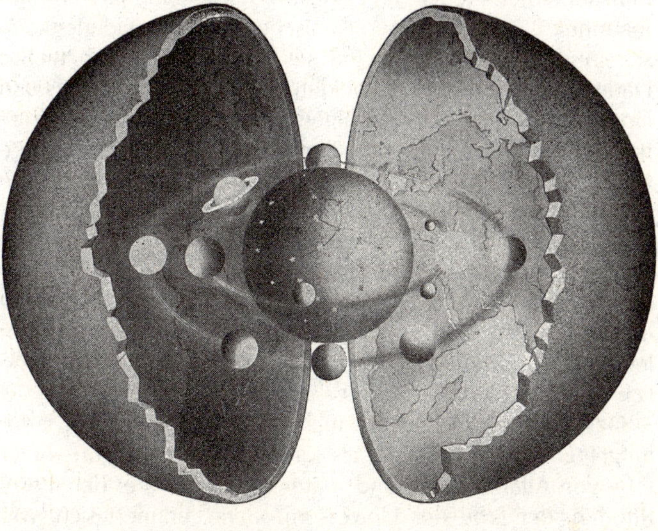

»Erdweltbild« – aus »Umsturz des Weltalls« von Karl Neupert, Memmingen 1929

Erdleib zu kommen und sich dort auf Erden als ›Erdteil‹ anzulegen, wie die Erzählung vom Paradies schildert, das ein Neuland war.«[26] Da Mutter Erde ohne Gatten lebt, muß hier wohl von planetarischer Jungfernzeugung gesprochen werden.

Manfred Nagl, der manches weiß, vermerkt den »Höhepunkt« der Hohlwelttheorie (die er für einen Import aus den USA hält) »1941/1942, als das deutsche Marineministerium angeblich Radarversuche durchführen ließ, die – sollte sich die Theorie als richtig erweisen – erlaubt hätten, von Rügen aus Scapa Flow zu beobachten.«[27] (Leider fehlt jede Quellenangabe zu dieser Anekdote, die daher nur aus ihrer völligen Abstrusität etwas Glaubwürdigkeit schöpfen kann.)

Dem parallel operierenden Belletristen-Flügel der Hohlweltpartei steht unbestritten Paul Alfred Müller (1901–1970) vor, den die in den 30er Jahren heranreifende Jugend unter seinem Pseudonym Lok Myler als Autor der Heftromanserie »Sun Koh, der Erbe von Atlantis« erlebt. Die Serie wurde nach dem Krieg neu herausgegeben, Müller zeichnete nun mit dem Künstlernamen Freder van Holk. 1939, im selben Jahr also, als Johannes Lang das kopernikanische Weltbild widerlegt, erscheint Müllers Roman »Und sie bewegt sich doch nicht«. Darin wird erzählt, wie die beiden Helden, Rainer Perthus und Florian Lüthi, in einer flugfähigen Kugel zum Himmel aufsteigen, bereits in dreitausend Kilometer Höhe »in unmittelbare Mondnähe« geraten[28], um auf viertausend Meter Höhe die Sonne zu erreichen. Dort verbrennen sie dann; macht aber nichts: »Rainer Perthus war kein Ikarus, der frevelnd nach der Sonne griff. Deshalb wird er mehr sein als eine Sage. Hinter ihm kommen andere. Die Entdeckung der Welt ist eine Frage des Weltbildes, und wir werden dafür sorgen, daß es zum lebendigen Gemeingut wird. Wir sehen die Welt, wie sie wirklich ist – und die Welt gehört dem, der sie erkennt.«[29]

Das Buch wurde, wenn auch überarbeitet, 1951 wieder aufgelegt. Walter Ernsting, als Kind Fan der »Sun-Koh – Der Erbe von Atlantis«-Serie und später einer der Väter der »Perry Rhodan, der Erbe des Universums«-Serie, erinnert sich, wie man zunächst versucht hatte, den in den zuständigen Kreisen renommierten Autor ins neue Team einzubinden: »Da ich

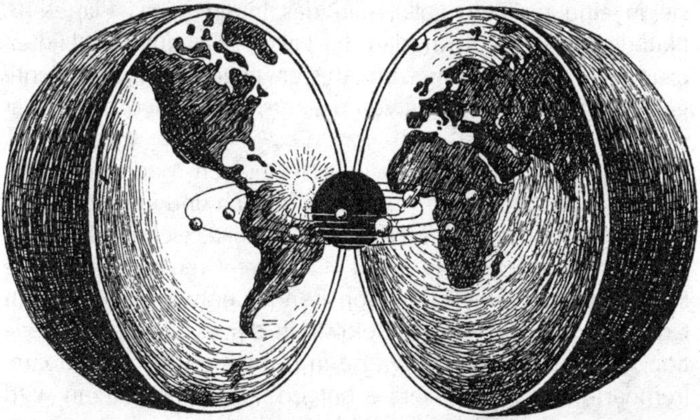

Die aufgeklappte »Erd-Hohlkugel« und in deren Mitte der dunkle »Erd-Kern-Ball«, um den die Planeten einschließlich Sonne und Mond kreisen, aus »Leben wir auf oder in der Erde? Die Hohlwelt-Theorie«, Frankfurt a. M. o. J. (ca. 1950/55)

schon mal in München war, schickte er (d. i. Cheflektor Kurt Bernhardt; HK) mich gleich nach Murnau, um Freder van Holk aufzusuchen (...). Ich fuhr auch hin, aber der Anhänger der Hohlwelttheorie bestand darauf, daß die Handlung der geplanten Serie im Innern der Erde spielen müsse. Da Karl Herbert Scheer und mir mehr das Abenteuer der Menschheit in den Weiten des Kosmos vorschwebte, kam Freder van Holk für uns leider nicht in Frage.«[30]

Freilich ist, wie heute nachgerade jedes Schulkind weiß, selbst Perry Rhodan dann doch nicht ganz vom Horror der Hohlwelttheorie verschont geblieben: 1965 schrieb Kurt Mahr den Roman Nr. 206 mit dem Titel »Die Schrecken der Hohlwelt – Bevor der Wächter von Andromeda starb, lockte er sie in eine perfekte Falle – in das Innere eines Planeten«. Natürlich entkommt Rhodan der Falle – was auf dem Hintergrund der von Ernsting zum Besten gegebenen Geschichte geradezu als Abnabelung von urdeutscher Motivik erkennbar wird.

Trotz dieser Befreiungstat durch unseren Mann im All erfreut sich das Hohlwelt-Motiv immer noch und immer wieder großer Beliebtheit. Der belgische Comic-Zeichner François Schuiten veröffentlichte 1978 »La Terre Creuse« (Die hohle Erde), Paul Chadwick und Ron Randall entwarfen 1999 den Comic-Sechsteiler »World Below«, in der es um eine Expedition geht, die mysteriöserweise in der Unterwelt auffindbare, fremdartige Hightech-Geräte bergen soll; selbst Tarzan wird wieder im Rahmen einer Bildergeschichte ins Rennen geschickt: In »Tarzan versus Predator: At the Earth's Core« muß er zurück nach Pellucidar, der letzten Bastion urzeitlicher Wälder, weil der Predator dort zu jagen gedenkt – ein reichlich bizarrer Synkretismus im Bereich der populären Mythen, doch bei weitem nicht der bizarrste:

Im Jahr 1998 erscheint »Die innere Welt. Das Geheimnis der Schwarzen Sonne«, ein Roman, von dem es in einem Vorsatz heißt: »Die Geschichte dieses Buches ist frei erfunden. Es wurden jedoch auch wahre Aspekte mit eingebaut. Somit liegt es an Ihnen, herauszufinden, was der Wahrheit entspricht und was der Fiktion.«[31] Nun beginnt schon hier mächtig ein Geheimnis zu walten: wie nämlich sollte was welcher Fiktion entsprechen können? Wie auch immer: Als Autor zeichnet jedenfalls ein gewisser Jan Udo Holey, was – spricht man es Hohl-Ei aus – nach dem idealen Pseudonym für einen Hohlwelttheorieparodisten klingt, laut Verlagsinformation aber authentischer Eigenname ist:

Jan van Holey wurde demnach »am 02. 03. 1967 in Dinkelsbühl in Bayern geboren (...) und übt den Beruf eines Heilpraktikers aus«. Er hat »Reisen in alle fünf Erdteile unternommen« und »auf seinen Reisen unter anderem CIA-, Naval-Intelligence- und BND-Angehörige getroffen, die in undurchsichtige Projekte verwickelt waren«, aber, wie es alter Geheimagentenbrauch ist, darüber »freimütig berichtet haben«.[32]

In seinem Roman »Die innere Welt« betritt ein Mann die vom Ich-Erzähler betriebene esoterische Buchhandlung und erzählt die Geschichte von der Besiedlung der inneren Erde und den damit zusammenhängenden Gegenständen. Diese Geschichte klingt so, daß selbst der Klappentext mit der rhetorischen Frage schließt: »Ist der geheimnisvolle Informant der Klapsmühle entsprungen oder ist er ein Top-Agent, der Einblick in hochgeheime Dokumente hat?«

In kurzen Zügen verhält es sich so: Die Erde ist hohl. In der inneren Erde befinden sich mehrere Kontinente, auf welchem fünf Gesellschaften siedeln: die Atlanter; die Bodländer, die vor dreißigtausend Jahren vor feindlichen Raumschiffen ins Erdinnere flüchten mußten und mit den Deutschen urverwandt sind; die Wikinger; die sogenannten Alt-Deutschen, welche irgendwann im 16. Jahrhundert im Amazonas-Gebiet einen Zugang zur Unterwelt gefunden haben; und die Neu-Deutschen, das heißt die in der Endphase des Zweiten Weltkriegs ausgewanderten Nationalsozialisten, die selbstverständlich auch ihr Liebstes, den Führer nämlich, mitgenommen haben (oben blieb nur eine Attrappe zurück). Besagter Führer führte noch ein bißchen, etwas brummelig, weil er per Vertrag zum Frieden verpflichtet war und diesen Vertrag seiner in der ganzen Welt notorischen Vertragstreue wegen auch nicht brechen mochte. Sein Sohn, der des Vaters Namen trägt, übernimmt nach dem Ableben des alten Herrn anno Domini 1974 im neuesten Deutschland die Regierungsgeschäfte. Die von Albert Speer entworfenen Gebäude sind im unterirdischen Neu-Berlin errichtet worden. Das Rechtssystem ist von großer Durchsichtigkeit: auf Vergewaltigung, Entführung und Mord steht die Todesstrafe, welche »aufgrund einer Entscheidung des Richters oder der Bitte des Angeklagten selbst verhängt wird«[33] – Selbstjustiz im schönsten Wortsinn. Auch gibt es »keine lang andauernden, dramatisch aufgemachten Prozesse, wie sie in den USA üblich sind. Ein überführter Mörder wird meist innerhalb von zwei Wochen verurteilt. Jugendbanden werden nicht toleriert.«[34] So weit die guten Nachrichten. Dann aber: Der »Sex« wird im subterranen Deutschland »nicht so übertrieben« wie bei uns. Es »gibt keine pornographischen Filme oder Zeitschriften oder Werbung mit Sex«, und als Regierungschef erkiest man zu gegebener Zeit »einen Erbmonarchen«.[35] Vieles gemahnt bis dahin an ein spießig-muffiges DDR-oromorphes Gemeinwesen oder an ein Drittes Reich, das in die 50er Jahre gekommen wäre. Beim technischen Entwicklungsstand hingegen hören diese Ähnlichkeiten auf. Die neudeutschen Erdmännchen statten der Oberwelt und benachbarten Planeten gerne mal einen Besuch mit raumtüchtigen Flugscheiben ab, UFOs, die von Anti-Gravitation angetrieben werden. Außerdem überwachen neu-deutsche Wunder-U-Boote die Meere, die man dank aus dem Aldebaran-System herbeigeeilter außerirdischer Entwicklungshilfe hat bauen lernen. Never change a winning team – kein Wunder also, daß »die Millionen Neu-Deutschen« von ihrer Regierung dazu verpflichtet wurden, »am Nationalsozialismus festzuhalten«.[36]

Schrie früher der Wahnsinn nach Raum für das Volk, erfindet er sich heute das Volk im wahnhaften Raum. Immerhin verdanken wir dem Autor, Pseudonym hin oder her, in seinem Nachnamen eine einsichtsvolle Zusammenfassung der Neupert-Langschen sowie der eigenen Hohlwelttheorie.

Was Holey für die Realisten leistet, legt der Steampunk-Autor Rudy Rucker im belletristischen Bereich vor: die bunte Revue hohlweltlicher Charakteristika. In »The Hollow Earth« (1990; »Hohlwelt«) besichtigt (ein parallelweltlicher) Edgar Allan Poe eine Hohlwelt, die ganz »Symmes Theorie der Konzentrischen Sphären«[37] entspricht; Reynolds treten gleich mehrfach auf, ebenso die Verneschen Tiere der Vorzeit; man stürzt ganz in der Dante-Holberg-Carroll-Traditionslinie ins Erdinnere hinab, wählt allerdings die weiche Landung nach Holberg-Carroll; auch das hohlwelttypische, etwas diffuse Leuchten erfüllt den Raum und gaukelt Figuren wie Leser darüber hinweg, daß das Licht der Vernunft bis hierhin noch nicht vorgedrungen ist.

Doch in diesem Fall vermissen es die handelnden Figuren so wenig wie die Leser. Ersatz bietet nämlich die in gewissen Sphären der Hohlwelt allen Figuren zuwachsende Fähigkeit zur Herzensschau, zur Gedankenleserei. Das Wasser ist sauber, die Frauen sind liebevoll, und man hat »eine Menge Spaß (...). Wir teilten unsere Gedanken, liebten uns, tauchten und schwammen in den wundervoll klaren Seen.«[38] Übrigens wird man, wenn man sich in der zentralen Lichtsphäre der Ruckerschen Hohlwelt aufhält, auch noch schön gebräunt, denn es fällt ein besonderes Licht auf diejenigen, so dort »ficken (...). Sei froh. Das Licht ist gut, es macht deine Haut dunkel und stark.«[39]

Es ist, als hätten am Ende die erotisch hochbegabten Visionärinnen aus dem St. Katharinenthaler Schwesternbuch Einzug gehalten in die Unterwelt, den Teufel ausgetrieben, sein Eisgefängnis abgeschmolzen und an dessen Stelle ein Solarium aufgemacht, das für gesunde Gesichtsfarbe sorgt und telepathische Fähigkeiten verschafft.

ANMERKUNGEN

1 Seite 131, Z. 80–85; hier zitiert nach: Christine Wand-Wittkowski: Mystik und Distanz. Religiöse Erzählungen Rulman Merswins. Unveröffentlichte Antrittsvorlesung, Ruhr Universität Bochum 1998

2 Charles Fort: Da! (»Lo!«). Frankfurt am Main 1997. Seite 3 und 7

3 a.a.O., Seite X und XVI

4 Zusammenfassung von Joscelyn Godwin: Athanasius Kircher. Ein Mann der Renaissance und die Suche nach dem verlorenen Wissen. Berlin 1994. Seite 88

5 a.a.O. Seite 84

6 Ludvig Holberg: Niels Klims unterirdische Reise. Berlin 1983. Seite 15

7 Edgar Allan Poe: Der Fall des Hauses Ascher. in: Gesammelte Werke in zehn Bänden. Herrsching 1980. Band 2, Seite 652

8 zitiert nach: Bernd Kramer: Einleitung zu »Niels Klims unterirdische Reise«, a.a.O. Seite XIX

9 zitiert nach: Joscelyn Godwin: Arktos – Die hohle Erde. Peiting 1997. Seite 204.

10 Captain Adam Seaborn: Symzonia – A Voyage of Discovery. New York 1820, hier zitiert nach: Scholar's Facsimiles & Reprints, Gainesville/Florida, 1965. Seite 97

11 a.a.O. Seite 113-114

12 a.a.O. Seite 5 (unpaginiert)

13 so auch Frank T. Zumbach in seiner ebenso großen wie kostspieligen Poe-Biographie, welche nach des Autors Worten »auf dem Fundus der großen amerikanischen Standardbiographien« aufbaut »wie H. Allen, A. Quinn, M. Phillips«. Den Baustein Symmes muß er dabei jedoch über-

sehen haben: weder zu Symmes noch zu Seaborn findet sich ein Eintrag. Vgl. Frank T. Zumbach, München 1986. Seite 346 f., 687, 695, 731 f.

[14] Peter Costello: Jules Verne. Erfinder der Science-Fiction. Aalen 1979. Seite 73

[15] Volker Dehs: Jules Verne. Reinbek bei Hamburg 1986 = rm 358. Seite 67

[16] a.a.O. Seite 75

[17] Costello a.a.O. Seite 74

[18] Jules Verne: Reise zum Mittelpunkt der Erde. Zürich 1976 = detebe-Klassiker 20246. Seite 250

[19] a.a.O. Seite 256f

[20] a.a.O. Seite 334

[21] Theodor Storm: Die Regentrude. in: Sämtliche Werke in zwei Bänden. Band I. München 1982. Seite 378

[22] a.a.O. Seite 389

[23] Lewis Carroll: Alice im Wunderland. Frankfurt am Main 1963 = it 42. Seite 12

[24] Karl Neupert: Umsturz des Weltalls. Eine Widerlegung des kopernikanischen Weltbildes und Aufstellung des Erdwelt-Systems. Das Weltall eine optische Täuschung. Memmingen 1929. Seite 8–10

[25] a.a.O. Seite 13

[26] a.a.O. Seite 20

[27] Manfred Nagl: Science Fiction in Deutschland. Untersuchungen zur Genese, Soziographie und Ideologie der phantastischen Massenliteratur. Untersuchungen des Ludwig-Uhland-Instituts der Universität Tübingen Band 30. Tübingen 1972. Seite 184

[28] ich zitiere nach der Ausgabe: Freder van Holk (= Paul Alfred Müller): ... und sie bewegt sich nicht. Utopischer Roman. Völlige Neubearbeitung der unter dem Titel »Und sie bewegt sich doch nicht...« erschienenen Erstauflage. München 1951. Seite 274

[29] a.a.O. Seite 278

[30] Clark Darlton (= Walter Ernsting): Wie alles begann (Die Geburt der Serie). in: Horst Hoffmann (Hg.): Perry Rhodan Werkstattband. Rastatt 1986. Seite 21

[31] Jan Udo Holey: Die innere Welt. Das Geheimnis der Schwarzen Sonne. Fichtenau 1998. Seite 7

[32] (Anonym:) Der Fall Ewert/Van Helsing. in: Resolut. Das Magazin für neues Wissen.. Gran Canaria/Lathen (Ems) 1997. Seite 6

[33] Jan Udo Holey: Die innere Welt. Seite 200

[34] a.a.O. Seite 201

[35] a.a.O. Seite 208f

[36] a.a.O. Seite 229

[37] Rudy Rucker: Hohlwelt. München 1997 = Heyne 5887. Seite 74

[38] a.a.O. Seite 285

[39] a.a.O. Seite 273

Menschenknochen und ein Damenschuh – Rhodan muß in der Nähe sein!

Über einige Materiequellen im Perry-Rhodan-Universum

von Hartmut Kasper

Wieder einmal hat die Leserschaft Grund, Perry Rhodan, dem Universalerben aller Science Fiction-Motive, zu gratulieren: Band 2000 kam noch vor Ende des Jahres 1999 auf den Markt, der Titelheld feiert sein Comeback in die terranische Politik als Resident des Sternenstaates LFT und arbeitet zugleich als Sechster Bote Thoregons. So viel Triumph muß auf soliden Fundamenten ruhen. Schauen wir uns also einige der Grundpfeiler des Jubilars – oder, um es in Interkosmo zu sagen: seiner Materiequellen – an.

1. Perry & Rhodan

In seiner Ausgabe Nr. 20 annoncierte »Transgalaxis« 1961 unter der Rubrik »Allgemeine Nachrichten«: »Der A. Moewig Verlag teilt mit: es steht nun endgültig fest, daß in Kürze (...) eine neue Serie erscheint. Es handelt sich um einen Zyklus, der die künftige kosmische Geschichte der Menschheit zum Inhalt hat. Die Handlung beginnt mit dem ersten Mondflug und endet beim galaktischen Bund in fernster Zukunft. Held der Serie ist Perry Rhodan ›Der Erbe des Universums‹.«[1] Die Verbindung eines Heldennamens mit einer umfassenden Erbschaft war den Freunden utopischer Literatur vertraut. Im Jahr

LEGENDE
55

1933 hatte der Leipziger A. Bergmann Verlag Paul A. Müllers Serie »Sun Koh – Der Erbe von Atlantis« ins Rennen geschickt. Zwischen 1949 und 1953 druckte der Planet Verlag zu Braunschweig die Abenteuer nach; von 1958 bis 1961 folgte eine überarbeitete Leihbuchausgabe. Rhodans Erbteil schloß nahtlos an das atlantische Erbe an.

Neben dem vielverheißenden Titel hatte auch der Name des neuen Serienhelden Signalwirkung. Der US-amerikanische Jurist Erle Stanley Garder (1889–1970) hatte sich im Jahr 1933 einen literarischen Stellvertreter geschaffen, den Rechtsanwalt Perry Mason: »ein großer, schlaksiger Mann« mit »stahlharten Augen«[2]. Circa 80 Perry Mason-Romane kamen auch auf den deutschen Markt; seit den frühen 60er Jahren wurden Masons Fälle im Fernsehen verhandelt. Kein Zufall also, daß ein »hochgewachsener, hagerer Mann«, dessen »Augen (...) wie die frischen Bruchstellen grobkörnigen Stahls« schimmern[3], Sun Kohs Nachfolger wird.

Den Nachnamen entlehnte Walter Ernsting – Scheer hatte einen russischen Namen vorgeschlagen[4] – einer seinerzeit populären phantastischen Kinofigur: Der japanische Regisseur Ishiro (Inoshiro) Honda (1911–1993), Freund, Regieassistent und Dank des Erfolges seiner eigenen Filme Finanzier von Akira Kurosawa, hatte im Jahr 1954 den Gojira (Gorilla-Wal) für die Leinwand zum Leben erweckt. Godzilla, wie er im Ausland hieß, machte Karriere. Nach einem Abstecher ins Science Fiction-Genre (»Krieg im Weltenraum«, 1960: Die Bewohner des Planeten Natal haben sich auf dem Erdmond verschanzt und starten mit einer unbekannten Waffe Angriffe auf die Erde) erweitert Honda den Monster-Park seiner Produktionsfirma Toho mit dem Meisterwerk »Sora no Daikaiju Radon« (Japan 1956; Drehbuch: Takeshi Kimura) um die »Ro-

In der Nr. 5 der Zeitschrift Galaxis Science Fiction, die in Deutschland zwischen 1958 und 1959 erschien, blickt in dieser Illustration des US-amerikanischen Künstlers Emsch (= Ed Elmshwiller) der noch namenlose, aber behelmte junge Mann etwas ratlos in die Zukunft. Einige Jahre später wird er von Johnny Bruck für die Kopfleiste der Perry Rhodan-Hefte engagiert. ◀

dane«, zwei 20 Millionen Jahre alte Riesenvögel. Vorlage für die fliegenden Ausgeburten ist der urzeitliche Pteranodon; im japanischen Original heißen die Himmelsmonster »Radon«. Der amerikanische Verleih vertauscht die Vokale und übersetzt 1957 »Rodan The Flying Monster«; dieser Titel wird ein Jahr später ins Deutsche übertragen und geographisch ergänzt (»Rodan - Die fliegenden Monster von Osaka«). In diesem Film also kommt es zu einer ersten Begegnung des Publikums mit einem Vertreter der R(h)odan-Dynastie; übrigens so: Ein japanisches Brautpaar flittert ein bißchen in der schönen Natur des Inselreiches, plötzlich ein Flügelschlagen; Schnitt. Ein japanischer Helikopter mit Monsterjägern an Bord sucht das Gebirge nach Spuren eines Ungeheueres ab; der Jägermeister entdeckt die Relikte des jungen Paares und ruft: »Menschenknochen und ein Damenschuh - Rodan muß in der Nähe sein!«

Die Etymologie des japanischen Wortes »Radon« ist offen: Vielleicht hat Honda mit dem längeren Wort Pteranodon gespielt (ranodon - randon - radon); vielleicht schwebt das gasförmige radioaktive Element Radon im Hintergrund; vielleicht war sogar an den hundertköpfigen Drachen Ladon aus der griechischen Mythologie gedacht, der im Garten der Hesperiden die goldenen Äpfel bewacht und von Atlas getötet wird - die japanische Sprache unterscheidet bekanntlich nicht zwischen den Lauten »R« und »L«. Wie auch immer: Ernsting schlug den Namen vor, Scheer akzeptierte: »Warum soll der nicht Rhodan mit ›rh‹? ... ja, mit ›rh‹. Okay, klar, nennen wir ihn Rhodan, warum nicht. (...) Dieser Verdienst gebührt ihm: der Name ›Perry Rhodan‹.«[5] Ein suggestiver Name jedenfalls, keine Schöpfung aus dem Nichts, sondern eine Rekombination vertrauter Elemente, die Phantastisch-Spannendes versprechen - eine Bauweise, die zum Rhodanschen Prinzip wird. An dieser Stelle sei nur an den Sohn von Kitai Ishibashi und Gevoreny Tatstun erinnert, der sich Ribald Corello nennt: Der maffiotisch klingende Nachname paart sich mit einem Wort (ribalt), das im Mittelhochdeutschen »Schurke, Raufbold« bedeutet - Deckname und Lebensprogramm zugleich.

Heft 1

Heft 2

Heft 2000

Heft 2001

2. Mondflug; große Vergangenheit

Am 19. 6. 1971, dem Geburtstag von K. H. Scheer, startet Perry Rhodan mit der STARDUST; sie landen übrigens planmäßig am 21. 6. 1971, was damals durch einen Setzfehler nicht erwähnt worden ist.[6] Man hält Umschau auf der Mondoberfläche. »Plötzlich zuckte er zusammen. Es mußte sich um ein Trugbild handeln. Er schloß die Augen wieder und blickte neuerlich in das Fernrohr. Narrte ihn die Phantasie? Dort (...) lag doch ein kugelförmiges, glänzendes Gebilde von silberweißer Farbe! (...) Zweifellos lag hier ein fremdes Flugschiff vor, das verunglückt war.«[7], heißt es in dem Roman »Reich im Mond« von Manfred Langrenus, der 1951 erstveröffentlicht und 1957 als Leihbuch auf den Markt gekommen ist. Das als Jugendbuch publizierte Werk Langrenus (laut Klappentext das Pseudonym des Wiener Astrophysikers Friedrich Hecht) war dem »Lexikon der Science Fiction Literatur« des Heyne Verlags zufolge »als Alternative zu den Leihbuch- und Heftpublikationen der frühen fünfziger Jahre von den Lesern stark beachtet«[8] worden. Die Mondfahrer - in der Langrenusschen Vorlage sind es überwiegend Norweger - erforschen das Objekt und erfahren nach und nach folgende Geschichte: Das kugelförmige Raumschiff ist eines der Überbleibsel einer uralten Hochzivilisation von menschenähnlichen Wesen, die auf dem fünften Planeten des Sonnensystems beheimatet waren. Diese Zivilisation geriet in einen Krieg mit riesenhaften, vierarmigen Ungetümen, die sich eingeschlechtlich fortpflanzen und aus drei gewaltigen Augen starren. Im Zuge dieser Auseinandersetzung vergeht die Heimatwelt der Menschenähnlichen in einem Atombrand; die Flüchtlinge retten sich auf die Erde und beginnen dort mit Zuchtexperimenten, aus denen schließlich der Erdenmensch hervorgeht, der mithin »gar nicht das Produkt einer echten irdischen Stammesentwicklung ist, sondern von einem Wesen abstamme, das die Bewohner eines anderen Planeten zu Versuchszwecken auf die Erde gebracht hätten. (...) Fiel dann nicht ein ganz neues Licht auf die menschliche Vorstellung von den Göttern? (...) Wenn sich dann von Generation zu Generation dunkle Erinnerung fortgepflanzt hätten, so fände möglicherweise manche Götter- oder Titanensage der Menschheit ihre Erklärung.«[9] Der von den Außerirdischen besiedelte Kontinent wird natürlich Atlantis genannt, denn die Kolonisten nennen sich Atlanter nach ihrer Heimatwelt, jenem zerborstenen fünften Planet, dem »Atlan«.

Geschichte wiederholt sich eben doch, wenigstens die hier erzählte in den ersten 500 Bänden »Perry Rhodan«: Beide Male gibt es eine untergegangene erste Menschheit (»Lemurer«), eine Schlacht mit sechsgliedrigen, dreiäugigen Bestien (»Haluter«), in deren Verlauf der fünfte Planet (»Zeut«) explodiert; verdankt sich die irdische Menschheit einem kosmischen Eingriff (»Takerer«).

Allerdings ist Langrenus weder der Urvater Atlans noch der Entdecker außerirdischer Göttlichkeit.

Als im 19. Jahrhundert das noch zu entdeckende Land rar wurde und der Utopie auf Erden wenig Raum verblieb, schlug die Stunde der imaginären Expeditionen.[10] Eines der favorisierten Ausflugsziele des utopischen Tourismus war jenes Atlantis, das sich nach Platon in der ausklingenden Eiszeit wider Athen erhoben hatte und, nachdem die Athener das atlantische Heer zurückgeschlagen hatte, schamvoll im Meer versunken war. Unter der Meeresoberfläche aber hatte sich der einstige Inselstaat inzwischen prachtvoll entwickelt, hatte technisch aufgerüstet und war postum zum Stammvater pyramidaler Zivilisationen geworden. Der US-amerikanische Politiker Ignatius Donelly (1831–1901), der sich als Verfasser phantastischer Romane wie »Die Goldflasche« oder »Caesars Denksäule« auch in Deutschland einen Namen gemacht hatte, beschrieb das abgetauchte Wunderreich in seinem Buch »Atlantis, the Antediluvian World« (dt: 1911). Donelly prophezeite, mit dem Wieder-Auftauchen von Atlantis werde die frühe Geschichte der Menschheit ihre Entschleierung finden. An Donelly knüpft Lewis Spencer (1874–1955) an. Donelly mixt Atlantis aus pseudo-ägyptisch-mayanischem Glaubensgut eine eingeborene Religion mit einem Pantheon, zu dem neben der obligatorischen Sonnenreligion auch ein Inselgott namens Atlan gehört hätte. Seine Bücher »Atlantis in

America« (1924) und »The Problem of Atlantis« (1925) fanden weltweite Verbreitung.

Als Scheer nach seinem Atlan gefragt wird, erinnert er sich, damals habe ihn »das Rätsel von Atlantis gereizt: Wer ist nach wem benannt worden? Natürlich die Erdteile Atlantis nach Atlan und nicht umgekehrt, wie es fälschlich immer behauptet wird.«[11] Sicher lag der Name nah, war wenigstens in an phantastischer Literatur interessierten Kreisen in Umlauf oder in Erinnerung.

Auch die Anti-Darwinistische Version der Menschwerdung, die den Menschen aus dem Evolutionsprozeß und damit aus der *chain of being* herauslöst, hat Tradition – man könnte sie eine biblisch motivierte nennen. Während im 19. Jahrhundert die Naturwissenschaft Anlaß zu einer kritischen Lektüre der Heiligen Schriften gab und deren religiöse Sprechweise unterstrich, setzte in der Gegenbewegung eine fundamentalistische, dem Wortlauf buchstäblich folgende Leserichtung ein.

Einer dieser Fundamentalisten war Joseph Adolf Lanz (1874–1954)[12], ein gebürtiger Wiener, der sich später Jörg Lanz von Liebenfels nannte und, als ehemaliger Zisterziensermönch aus dem Stift Heiligenkreuz, zu einer der schillerndsten Gestalten der völkischen Religions- und Geistesgeschichte der Zeit zwischen 1870 und 1933 wurde. Lanz gründete im Jahr 1905 eine Zeitschrift, »Ostara«, die das Propagandainstrument seiner verwegenen Ideen werden sollte: Die in der Bibel und anderen religiösen Büchern beschriebenen Fabelwesen – Riesen, Chimären, Engel – haben wirklich und materiell existiert, und auch die »Götter sind« nichts anderes als »ältere Stammformen des Menschengeschlechts«[13], die sich den nachkommenden Menschen elektrisch offenbarten: »Die Götter waren aber nicht nur lebendige elektrische Empfangsstationen, sondern auch elektrische Kraft- und Sendestationen.«[14] Auch Sensationen wie die Jungferngeburt finden, technisch betrachtet, zwanglos eine Erklärung: Die »Befruchtung des weiblichen Eis (ist) auch durch elektrische Strahlen, und zwar meiner Ansicht nach durch ultrarote und Wärmestrahlen möglich.«[15] Keine Frage auch, daß »die ›Bundeslade‹ elektrisch war und deswegen einen jeden niederschmetterte, der sie berührte«[16]. Ins

Technische übersetzt, scheint das buchstabengetreue Verständnis sakraler oder sagenhafter Texte wieder möglich[17], läßt sich schlußendlich auch die extra-evolutionäre, über-natürliche Herkunft des Menschen sicherstellen.

Auch der Homo Rhodaniensis ist nicht nur von dieser Welt, hat eine technisch-phantastische Vergangenheit. Kein Wunder, daß auf Grund einer derart parallelen prähistorischen Entwicklung der Langrenusschen Menschheit wie der Rhodanschen auch deren Weg in die Zukunft gewisse Ähnlichkeiten aufweist: Wie die nordischen Raumfahrer sich unter Zuhilfenahme der fremden Hochtechnologie von der Heimat unabhängig machen und ein eigenes Reich gründen, das Reich im Mond, so errichtet Rhodan die »Dritte Macht«, sein vom Mond auf die Erde geholtes Staatswesen.

3. Die dritte Macht

Und so war es laut Ernsting von Anfang an beschlossen: »›Zuerst einigen wir mal die Menschheit durch eine Art dritte Macht‹, schlug ich vor. ›Und dann geht's ab in den Weltraum.‹«[18] In Ernstings Roman agieren jedoch sichtbar drei Mächte gegen Rhodans Kleinstfürstentum in der Wüste Gobi: Die USA, der Ostblock und die Asiatische Föderation. Zählt man mit, müßte Rhodans Hausmacht die Nummer Vier erhalten. Trotzdem bezeichnet auch der Held selbst seine Einflußsphäre stets als die Dritte Macht. Die Versuchung liegt nahe, hier an den Kalten Krieg mit den zwei Blöcken zu denken. Aber ich denke, das würde zu kurz greifen. Das Titelbild von Bruck hilft schon weiter: Deutlich sind an den Bildrändern zwei allegorische Gestalten angeschnitten, links eine asiatische, rechts die Freiheitsstatue: Asien und Amerika. Die auch im Bild unsichtbare Rhodansche Dritte Macht – das kann für jemanden, der wie Ernsting 1920 geboren ist und sich für technische Utopien begeisterte, Anfang der 60er Jahre ein Terminus technicus gewesen sein. Im Jahr 1927 nämlich war ein deutscher Architekt auf eine epochale Idee gekommen: Herman Sörgel, Sohn jenes Johann Ritter von Sörgel, der als

Vorstand der obersten Baubehörde Bayerns den Bau des Walchenseekraftwerks in die Wege geleitet hatte, plante, das Mittelmeer, das ein Verdunstungsgewässer ist, mittels mehrerer gigantischer Staudämme vom atlantischen Nachfluß abzuschließen. Das verdunstende Wasser sollte ungeheuere Mengen Land – Territorien von der Größe Frankreichs und Belgien zusammen – freigeben, dieses Neuland sollte besiedelt, durch die Turbinen der Atlantik-Staudämme mit Energie versorgt, Europa mit Afrika kurzgeschlossen werden. Aus dieser Verbindung sollte ein neuer Kontinent entstehen: Neben dem ersten A- (für Amerika) und dem zweiten A- (für Asien)-Kontinent das dritte A, Atlantropa, die Dritte Macht; Sörgel schrieb: »Die Bestrebungen einer Europabildung einerseits und eines Weltstaates andererseits sollen (...) nicht verkleinert werden: Im Gegenteil möchte Atlantropa als goldener Mittelweg diese beiden Bewegungen in sich vereinen, vereinfachen, zeitgemäß gestalten und auf solche Weise wirksam, d.h. für die Menschen vorteilhaft und erfolgreich machen. Der gleiche Gesichtspunkt (...) gilt für Atlantropa auch in bezug auf die Reibungslosigkeit von Ost und West, eben durch die Bildung einer dritten Macht.«[19] Sörgel betrieb sein Projekt auch nach dem zweiten Weltkrieg weiter, gab eine Atlantropa-Zeitschrift heraus, eröffnete Filialen des Atlantropa-Institutes auch im Ruhrgebiet. In Essen, der Stadt, in der Ernsting sein Abitur machte, kümmerte sich der ehemalige Stadtrat Sturm Kegel um Atlantropa und gründete einen Freundeskreis, dem unter anderen Krupp, Mannesmann, Hochtief, Stinnes und die RWE angehörten. Ein Atlantropa-Film wurde 1950 gedreht. Offiziell begraben wurde das Projekt erst 1957, als sich der bayerische Innenminister Bezold, der stellvertretende Leiter der Deutschen Bank und der damalige Bundesatomminister Siegfried Balke trafen, um festzustellen, daß durch den zukünftigen Einsatz von Kernkraftwerken Atlantropa überflüssig geworden sei. Aber Atlantropa blieb literarisch gegenwärtig: Der Schweizer Autor John Knittel, einer der meistgelesenen Schriftsteller seiner Zeit, dessen »Via Mala« mehrfach verfilmt worden ist, hatte im Jahr 1939 einen Roman mit dem Titel »Amadeus« verfaßt. Das Buch wird nach 1945 zum Welterfolg, die letzten Auflagen werden 1990 gedruckt. »Die Nachkriegsjugend las den Bestseller als eine Saga der Technik, ebenso aber als lebendige Propaganda für das vereinte Europa«[20], schreibt der Atlantropa-Historiker Wolfgang Voigt. In diesem Roman heißt es: »›Glauben Sie, daß wir einen neuen Weltkrieg bekommen werden?‹ – ›Wir haben ja eben erst einen gehabt‹, erwiderte Amadeus. ›Aber im Augenblick scheinen die berufsmäßigen Fachleute alles zu tun, damit es bald wieder so weit ist. Die Völker haben eben noch kein gemeinsames Ziel gefunden. (...) Warum nicht in einem größeren Maßstab denken? Warum nicht auch über unsere Grenzen hinaus denken? Warum nicht versuchen, ein gemeinsames Ziel zu schaffen, nicht für unser Land allein, sondern für ganz Europa? Ich beabsichtige einzig und allein, dem kommenden Zeitalter der Technik zu dienen. Europäisch zu denken.‹«[21] Ersetzt man »europäisch« durch »die Welt«, so klingt Rhodans programmatische Schlußrede am Ende von »Die dritte Macht« wie eine Paraphrase dieser Sätze:

»Keine Nation, sondern nur der Mensch als Planetenbewohner darf den Raum erobern. Der Zusammenschluß gegen uns bedeutet nichts anderes als den ersten Schritt gemeinsamen Denkens aller Völker. (...) Mit Hilfe der Arkoniden haben wir ein großes Ziel erreicht, Bully: Wir haben die Welt geeint.«[22] Das welteinigende technische Großprojekt wird vom Visionär Rhodan initiiert; daß seine dritte Macht aus bislang unfruchtbarer Gobi-Wüste Neuland gewinnt, erscheint vor dem Hintergrund solcher Größenordnungen als atlantropisches Nebenprodukt.

4. Kugelraumer

Für eine Weltausstellung, die 1942 in Rom hätte stattfinden sollen, entwarf Sörgel einen Atlantropa-Pavillon in Form einer Kugel von immerhin 45 Meter Durchmesser: »Die weithin sichtbare Kugel aus Glas und Aluminium soll bei Dunkelheit von innen her klar beleuchtet werden und ihr Licht nach allen Seiten hin gleichmäßig ausstrahlen.« Sörgel griff für seine Konstruktion auf die sogenannten Revolutionsarchitekten des 18. Jahrhunderts zurück, zu denen Antoine Vaudoyer gehörte, der um 1780 sein kugelförmiges »Haus eines Kosmopoliten« gezeichnet hatte. Aus Rhodanscher Perspektive betrachtet, weist das Gebilde sogar schon den Vorläufer eines Antigravschachtes auf.

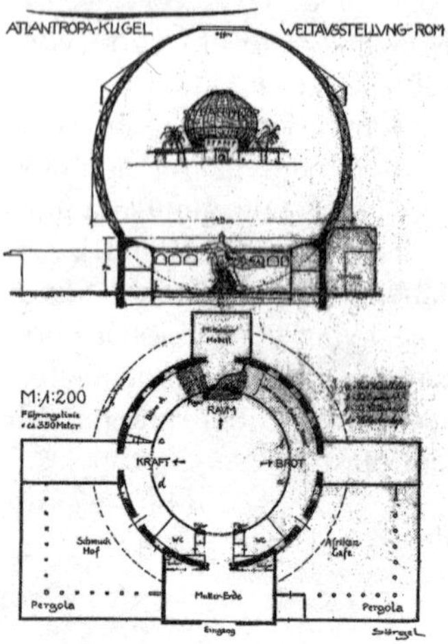

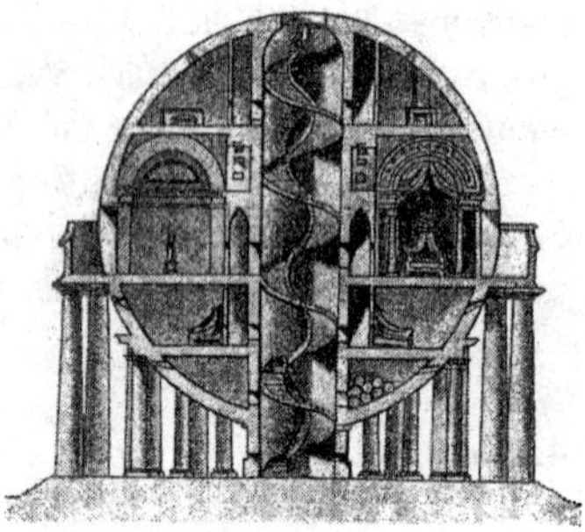

oben und unten links: Herman Sörgel, Atlantropa-Pavillon für die Esposizione Universale di Roma 1942. Zweiter Entwurf mit drehbarer Glaskugel. Ansicht, Grundriß und Schnitt, 1940.
unten rechts: Antoine Vaudoyer, »Haus eines Kosmopoliten« in Kugelform, um 1780. Abbildung aus Sörgels »Verirrungen und Merkwürdigkeiten im Bauen und Wohnen«.

Flugfähig wird die Raumkugel jedoch erst Dank des von Herbert George Wells für »Die ersten Menschen auf dem Mond« (1901) erfundenen Cavorits. Cavorit ist eine mit Helium versetzte, komplizierte Metallegierung, die gegen Schwerkraft unempfindlich macht. (Die aktuelle Legierung von Perry Rhodans Lieblingsraumschiff, der SOL, besteht aus Carit, was aber auch ziemlich schwierig zu gewinnen ist.). Wells Helden ordern eine Zweimann-Glaskugel, überziehen es mit der erhitzten, mattrot glühenden Cavoritpaste (»Im grellen Licht der voll einfallenden Sonnenstrahlung schimmerte das Material der gewaltigen Hülle in einem blaßroten Farbton«[23], der Hülle des havarierten Arkonidenraumschiffs in diesem Fall.) und starten, einem Champagnerpfropfen gleich, von der Grafschaft Kent aus zum Mond. Damit ist die Kugel ins Rollen gekommen. Als im Oktober 1951 die »Space Series« im US-amerikanischen Magazin »Collier's« beginnen, Wernher von Brauns Raumschiffkonzepte ins Bild zu setzen, fliegen neben mehrstufigen Raketen kugelförmige Mond- und Marsraumschiffe ins All. Scheer selbst setzt sie schon in seinen »ZbV«-Romanen ein, der utopischen Agentenserie, die seit 1957 im Leihbuchformat aufgelegt wurden. Als Rhodan das Arkonidenraumschiff entdeckt, befindet er: »Absolute Kugelform, die idealste Bauweise für ein Großraumschiff.«[24]

In den nächsten Heften beginnt die geeinte Menschheit damit, sich diese idealste Bauweise für Großraumschiffe anzueignen; später wird sie entdecken, daß schon ihre Vorgängermenschheit, die Lemurer, wie deren Nachfahren in Andromeda, die Tefroder, sich derselben Konstruktionsform bedienten. Während überhaupt Humanoide im Rhodan-Universum den vollkommenen geometrischen Körper bevorzugen, weichen nahverwandte, aber moralisch suspekte Raumfahrtnationen vom Ideal ab, bauen eiförmige Schiffe wie die verruchten Takerer oder an den Polen abgeplattete Versionen wie die zwielichtigen Akonen. Ansonsten waltet zwischen Körperform beziehungsweise Mentalität und Schiffsgestalt oft eine verblüffende Ähnlichkeit: Plumpe Maahks fliegen in Walzen; tellerköpfige Gataser bauen sich Diskusschiffe; friedfertige Linguiden reisen in Delphinschiffen.

Die Vorliebe für die Kugelgestalt hat eine lange, europäische Tradition. Als hiesige Philosophen fragten, in welcher Figur man sich – wenn überhaupt – den vollkommenen, in sich ruhenden, unveränderlichen Gott vorstellen sollte, antworteten sie sich: in einer Analogie zur geometrischen Kugel. – »Ein grelles Leuchten brach von der Decke herab. Augenblicke später bildeten sich hoch über dem Boden wehende Dämpfe, die schließlich die Form eines langsam rotierenden, spiralig ineinanderfließenden Balls annahmen. ›Willkommen‹, klang die (...) Stimme auf. ›Sie werden meine Erscheinungsform etwas ungewöhnlich finden‹«[25], begrüßt das Kollektivbewußtsein *Es* Rhodan auf seiner Kunstwelt Wanderer. Harno, die Helioten – Kugelwesen verbreiten bei Perry Rhodan gern den Hauch des Höheren. Auf Wanderer wird Rhodan eingeladen, ins Physiotron zu treten. »Wozu?«, fragt Rhodan, »was ist das?« Sollte der Sofortumschalter tatsächlich noch nicht bemerkt haben, wo er sich befindet? »Eine Zelldusche, Sir.«[26], belehrt ihn der halborganisch-intotronische Roboter, ein auf Naßzellenformat miniaturisierter Jungbrunnen. Der Chef der dritten Macht[27] kehrt ein in ein futuristisches Mittelalter.

5. Weltscheiben; Geozentrik; Adelsprivileg

Dies ist Wanderer, die Heimat von *Es:* »›Das ganze Ding ist eine flache Scheibe ohne Horizont, angefüllt mit Meeren, Wäldern, Gebirgen und Steppen. Wie ein kreisrundes Brett, das man glockenförmig mit einem Energieschirm überzogen hat‹«, beschreibt Rhodan und denkt nach: *Es* »hatte sich mit dieser im Raum schwebenden energie-überdachten Landscheibe eine künstliche Privatwelt erschaffen, die eine direkt erschreckende Parallele zu den beschränkten Vorstellungen der irdischen Frühwissenschaft darstellte. Auch damals hatte man gemeint, die Erde sei eine flache, auf dem Wasser schwimmende Scheibe, die vom Himmel überwölbt sei.«[28] Freilich, hier verwechselt Rhodan etwas – in der Aufregung nur zu verständlich: Schon seit der Antike wußten die Wissenschaftler, daß die Erde eine Kugel ist; bereits Eratosthenes von

Kyrene (3. Jh. v. Chr.) berechnete den Erdumfang. Das Weltbild einer Erdscheibe war nicht wissenschaftlich, sondern religiös. Die im 6. Jh. einsetzende Topographie Christiana beeinflußte ein Jahrtausend lang die mittelalterlichen Weltkarten, die der Verherrlichung Gottes dienten. So sieht man beispielsweise auf der berühmten Ebstorfer Weltkarte (um 1235) sehr schön Jesu Kopf am oberen Ende, die Hände zu beiden Seiten, seine Füße am unteren Ende: die Erde ist hostienförmig gedacht, als Leib des Herrn.

Der tatsächlich wissenschaftliche Streit ging dagegen lange darum, was sich inmitten der Welt befinde: die Erde, um welche gegebenenfalls alle Gestirne kreisten, oder aber die Sonne. Seit dem Werk »De revolutionibus orbium caelestium« (1543) des Frauenburger Domherrn Kopernikus nun hatte sich die alte Ansicht des Aristarchos von Samos (etwa 310–230 v. Chr.) stärker Gehör verschafft, nach welcher die Erde unterwegs sei, nicht die Sonne. Mit dieser tollkühnen, schwindelerregenden Revolution nun räumt Rhodan auf und restauriert und modernisiert behutsam das geozentrische Weltbild: Im Angesicht Wanderes interessiert es Rhodan »zu erfahren, ob es zwischen der abnormen Darstellungsform dieser Kunstwelt und den erdgebundenen astronomischen Frühvorstellungen eine Verbindung gäbe. Bestärkt (...) hatte ihn die Tatsache, daß Terra genau in einem Brennpunkt der vom Kunstplaneten Wanderer eingeschlagenen Umlaufbahn lag.«[29] Terra, so erfahren die Leser im Lauf der Jahrzehnte, liegt durchaus nicht nur in einem der Brennpunkte von Wanderers Umlauf-Ellipse: Terra ist die Anflugwelt der Takerer, Heimat des lemurischen Tamaniums, Exil des Cynos Nostradamus, der auf die nächste Passage des Schwarms wartet; Terra ist vor Urzeiten von den Laren besucht worden, von der Wyngerin Demeter auf ihrer Suche nach Laires Auge und ist Schauplatz der Niederfahrt diverser Atlantisse gewesen (des lemurisch-arkonidischen, nach Atlan benannten und des Dimensionenfahrstuhl-Atlantis Pthor).

In Perry Rhodan Nr. 2000, »ES«, erblickt man schließlich die Erde aus der höheren Warte einer Superintelligenz: Seite 22: »Eine quälend lange Zeitspanne verstrich, bis der Wanderer auf ein ungewöhnlich starkes kosmisches Kraftfeld aufmerksam wurde. Er folgte dem Sog ... Ein Kraftfeld umhüllte jedoch den Planeten, ein sechsdimensional funkelndes Juwel.«[30]

Schnittstelle so vieler Ereignisse von kosmischem Rang, rückt die Erde mehr und mehr in den Mittelpunkt zurück, aus dem modernistischer Forschergeist sie verstoßen hatte. Der neuen Geozentrik entspricht ein Hauch von Mittelalter auch in den Sozialstrukturen: Ganze Galaxien huldigen dem Kastenwesen (M 87), Völker und Stände werden ununterscheidbar (Aras = Mediziner, Springer und Hamamesch = Händler), technisch hochstehende Zivilisationen wie die der Arkoniden reaktivieren Adelsprivilegien und huldigen einem atavistischen Feudalismus. Der Titelheld selbst ist weiland selbst zum »Ritter der Tiefe« geschlagen worden. In den mehr oder weniger ritterlichen Tiefen des Alls verkehrt die Kosmische Hanse, und überhaupt ist viel maritime Romantik im Spiel, erinnern die Raumfahrzeuge und ihre Manöver im Rhodanversum bei allem gewitzten Techno-Talk mehr an kanonenbestückte Piratenschoner denn an Fluggerät.

Auf diese Weise gelingt es, im großen Wirbel der Galaxien gleichwohl Geborgenheit zu vermitteln, vertraute Orientierungsmuster beizubehalten und so dem Helden, der nach altem Brauch germanischer Heerkönige sich in vorderste Front zu stellen liebt, die Bühne für seine Abenteuer zu bereiten, bei denen ihm ein Freund zur Seite steht, jener Atlan, den er zunächst wie Winnetou seinen Old Shatterhand oder im babylonischen Epos Gilgamesch seinen Enkidu auf Leben und Tod bekämpfen mußte.

Von Anfang an hat das Rhodan-Team Genialität und Weitsicht in der Auswahl, Anverwandlung und Komposition durchaus gängiger Science Fiction-Motive bewiesen. Sackgassen wie die Hohlwelt, in welche Ernstings literarischer Lehrmeister und Sun Koh-Autor Alfred Paul Müller die Rhodan-Serie hatte verlocken wollen, wurden gemieden.

Hinter so viel guter Unterhaltung steckt viel Arbeit. Wie Seneca, der Weise, spricht: Per aspera – ad astra!

ANMERKUNGEN

[1] Transgalaxis - Eine Buchgemeinschaft der Freunde utopischer Literatur. Nr. 20, 1961

[2] Jochen Schmidt: Gangster, Opfer, Detektive. Eine Typengeschichte des Kriminalromans. FaM/Berlin 1989. Seite 261

[3] Perry Rhodan Nr. 10, Seite 13; Nr. 1, Seite 31

[4] »Die Brüder haben doch keine Ahnung!« K. H. Scheer im Interview mit Rüdiger Schäfer und Matthias Hofmann (Liquid Sky Nr. 46, Seite 14-26)

[5] »Die Brüder haben doch keine Ahnung!«; a.a.O. Seite 22

[6] »Ganz privat mit K.H. Scheer.« Interview von Wolfgang J. Fuchs im Perry Rhodan Sonderheft 4 (1978), Seite 9

[7] Manfred Langrenus: Reich im Mond. Würzburg (Verlag Andreas Zettner) 1957, Seite 91-92

[8] Lexikon der Science Fiction Literatur, Hg. von Alpers/Fuchs/Hahn/Jeschke; erweiterte und aktualisierte Neuausgabe in einem Band, München (Wilhelm Heyne Verlag) 1988, Seite 640

[9] a.a.O. Seite 162-164

[10] Vergleiche hierzu: Burchard Brentjes: Atlantis - Geschichte einer Utopie. Köln (DuMont) 1994. Seite 140

[11] Scheer: »Die Brüder haben keine Ahnung«, a.a.O. Seite 25. Scheer will hier selbstverständlich nicht die historischen Fakten referieren, sondern spricht von seiner Inspiration. Tatsächlich ist der Atlantische Ozean mittelbar nach dem griechischem Gott Atlas benannt (»Träger«, Bruder des Prometheus; seine Töchter sind die Hesperiden, deren Goldäpfel Ladon bewacht; auch unser Wort »Atlas« für Kartenwerk geht auf den Gott Atlas zurück): Nach Atlas nämlich hieß das afrikanische Atlas-Gebirge, auf dem nach antiker Vorstellung der Himmel ruht; »Atlantischer Ozean« (Atlantikon pelagos) ist ursprünglich die Bezeichnung für das an der Westküste Afrikas, am Fuß des Gebirges sich erstreckende Meer, erst später für das Weltmeer. - Antike Sagen haben Atlas zum König von Atlantis gemacht.

[12] Für die biographischen Daten vergleiche: Ekkehard Hieronimus: Lanz von Liebenfels. Eine Bibliographie. Toppenstedt (Uwe Berg-Verlag) 1991

[13] Jörg Lanz-Liebenfels: Theozoologie oder die Kunde von den Sodoms-Äfflingen und dem Götter-Elektron. Wien/Leipzig/Budapest (Moderner Verlag) 1905. Seite 79

[14] a.a.O. Seite 85

[15] a.a.O. Seite 87f

[16] a.a.O. Seite 97

[17] Genau dies ist auch der Ansatz von Ernstings Freund und Weggefährten Erich von Däniken: »Mit unserer Vergangenheit (...) stimmt etwas nicht! In ihr wimmelt es von unbekannten Göttern, die in bemannten Raumschiffen der guten, steinalten Erde Besuche abstatten. In ihr gab es Geheimwaffen, Superwaffen und unvorstellbare technische Erkenntnisse, deren know-how wir heute zum Teil noch nicht wieder erworben

haben.« (»Erinnerungen an die Zukunft«, Düsseldorf (Econ) 1968. Seite 8.) Freilich funktioniert das Supergeheimarsenal nicht mehr ›elektrisch‹, sondern ist auf die Höhe der Zeit, nuklear. Vergleiche in diesem Zusammenhang auch Kapitelüberschriften wie »Die Bibel hat bestimmt recht«, »Moses' Bundeslade war elektrisch geladen«, »Rechenmaschinen im Altertum.«

[18] Clark Darlton: Wie alles begann (Die Geburt einer Serie). in: »Perry Rhodan. Werkstattband.« Rastatt (Verlag Arthur Moewig) 1986. Seite 22

[19] Herman Sörgel: Was wir wollen. Zeitschrift für Erdorganisation. 1951. Zitiert nach: Alexander Gall: Das Atlantropa-Projekt. Die Geschichte einer gescheiterten Vision. Herman Sörgel und die Absenkung des Mittelmeers. Frankfurt/New York (Campus) 1998. Seite 89

[20] Wolfgang Voigt: Atlantropa. Weltbauen am Mittelmeer. Ein Architektentraum der Moderne. Hamburg (Dölling und Galitz Verlag) 1998. Seite 115

[21] ebenda

[22] Clark Darlton (= Walter Ernsting): Perry Rhodan Nr. 2: Die dritte Macht. Fünfte Auflage. Seite 65

[23] K. H. Scheer: Perry Rhodan Nr. 1: Unternehmen STARDUST. Seite 36

[24] a.a.O. Seite 36

[25] K. H. Scheer: Perry Rhodan Nr. 19: Der Unsterbliche. Seite 60

[26] a.a.O. Seite 63

[27] a.a.O. Seite 20

[28] a.a.O. Seite 44

[29] a.a.O. Seite 45

[30] Robert Feldhoff/Ernst Vlcek: Perry Rhodan Nr. 2000: ES. Seite 22

INTERVIEW

Ein Gespräch mit Klaus N. Frick

von Harald Leinweber

***F:** Was charakterisiert »Perry Rhodan« als Science Fiction-Phänomen im Verhältnis zu Star Trek?*
A: »Perry Rhodan« ist das langlebigste Science Fiction-Phänomen – seit 1961 jede Woche ein Romanheft, das ist weltweit einmalig. Jetzt, im Jahre 2000, sind wir schon über die 2000er-Marke hinaus gekommen – die Zahl konnte man sich vorher nicht vorstellen. Mit Nebenprodukten wie »Atlan« und »Perry Rhodan«-Taschenbuch kommen wir auf weit aber 3000 Romane. Das ist einfach eine irrsinnige Zahl. »Perry Rhodan« ist eine fiktive Zukunftsgeschichte der Menschheit, die bis ins 5. Jahrtausend und gleichzeitig in die Vergangenheit mehrere Millionen Jahre zurückreicht, also ein Versuch, den Kosmos gewissermaßen historisch und auch von der menschlichen Seite aus darzustellen.

Gleichzeitig ist aber »Perry Rhodan« mit »Star Trek« insofern zu vergleichen, daß es auf ganz anderen Grundsätzen beruht: Es sind (Heft-)Romane, es gibt eine Unzahl von Handlungs-Schauplätzen, es gibt eine Unzahl an Figuren. Es gibt richtig viele Handlungs-Epochen, Handlungs-Zyklen beispielsweise, was bei Star Trek – aus den bekannten Gründen produktionstechnischer Natur – nicht der Fall ist.

Ich sehe »Perry Rhodan« als eine riesengroße Leinwand, auf der ein Film abläuft, in dem man sich nach einiger Zeit zu Hause fühlt. Jedes Mal, wenn ich die Leinwand betrachte, habe ich neue Bilder vor mir, aber ich habe trotzdem das Gefühl, immer im gleichen Universum zu sein.

Ein anderer Vergleich: Ein großes Mosaik, in dem jeder

Klaus N. Frick

Stein einen Wert für sich darstellt – aber erst im Gesamtbild des riesengroßen Mosaiks, des »Perry Rhodan«-Kosmos, habe ich ein Gesamtbild. Das ist auch ein Grund, warum die Leser nach bald 40 Jahren immer noch bei der Stange sind – weil sie jede Woche ein neues Abenteuer kriegen und dieses Gefühl haben: »Ey, das ist mein literarisches Zuhause!«

F: *Gibt es Erkenntnisse, wie lange Leser im Schnitt dabei bleiben?*

A: Wir haben keine empirischen Erkenntnisse, wie lange sie dabei bleiben, weil wir logischerweise immer, wenn wir Umfragen machen, nur die Aktiv-Leser haben, aber nicht diejenigen, die mal dabei waren und ausgestiegen sind.

Mir scheint, die Verweildauer der Leser ist gesunken, weil die Jugendlichen heute viel viel mehr Möglichkeiten haben, sich in ihrer Freizeit zu beschäftigen, als etwa vor 20 Jahren ...

F: *... also Konkurrenz durch Fernsehen, Computerspiele, Kino, Comics.*

A: Um mal eine Hausnummer zu nennen – rein fiktiv – wenn die Verweildauer eines »Perry Rhodan«-Lesers früher im Schnitt vier Jahre war, dann liegt sie heute vielleicht bei zwei Jahren. Aber das sind rein fiktive Zahlen, nicht zu belegen.

F: *Fängt man als junger Leser an, wird dann älter und hört dann auf?*

A: Es gibt Wechselbewegungen. Wir machen gerade wieder eine Umfrage, vielleicht weiß man es dann endlich mal genauer. Etwa 80 % unserer Leser sind männlich und fangen im jugendlichen Alter an. Viele von ihnen sprangen ab. Und einige von denen kommen später wieder. Das heißt: Wir haben eine hohe Zahl von Wieder-Einsteigern. Die kehren manchmal erst mit 40 Jahren zu »Perry Rhodan« zurück, weil sie in ihrer Jugend oder während der Berufsausbildung oder Bundeswehr nicht mehr die Zeit oder Muße oder das Interesse hatten, »Perry Rhodan« zu lesen. Sie haben dann aufgehört. Da sind dann aber auch solche Leser dabei, die nur die Silberbände lesen, die nicht die Hefte lesen oder die nur unsere Sonderprodukte lesen – oder sich über das Internet oder CD-ROMS wieder an das »Perry Rhodan«-Universum koppeln. Wir haben einen hohen Anteil von Wiederkehrern, oder wie immer man das nennen möchte. Wir machen gerade eine Umfrage, um das genauer herauszufinden – aber ich fürchte, auch da wird man es hinterher nicht genau wissen.

F: *Wißt Ihr etwas über Leser von Science Fiction allgemein im Verhältnis zu »Perry Rhodan« ...*

A: Da gibt es viel Zeug, aber es gibt nichts Gescheites. Es gab diese legendäre Untersuchung von Keller – bald zwanzig Jahre her –, die 1980 gemacht und um 1983 verifiziert wurde. Das ist ja nicht aktuell.

F: *»Perry Rhodan« ist längst nicht mehr das, was es in den 60ern mal gewesen ist: eine aktionsbetonte, zuweilen auch militaristische Serie. Mittlerweile ist es eine farbige Abenteuerserie mit groß angelegten kosmischen Ereignissen. Kannst du den Stand der Dinge etwas kennzeichnen, wenn sich das in kurzen Sätzen machen läßt?*

A: Ich versuche es. Der Thoregon-Zyklus – so heißt der jetzt laufende Zyklus – wird uns auch in diesem Jahr 2000 noch beschäftigen. Nach Band 2000 geht es weiter mit den Auswirkungen der im Thoregon-Zyklus geschilderten Ereignisse, und in all diesem geht es um das große Thema »Aggression«.

Wir Exposé-Autoren, vor allem Robert Feldhoff, hatten uns überlegt, daß wir bei »Perry Rhodan« auch so etwas wie eine Botschaft brauchen. Man hatte in den 60er Jahren sehr wohl eine Botschaft bei »Perry Rhodan«, das war die Botschaft von der »Geeinten Menschheit« und der »Eroberung des Universums«. In der Kalte-Kriegs-Zeit wurde da natürlich häufig auch sehr action-mäßig gearbeitet, aber das war die Botschaft. In der Ära Voltz gab es die große Botschaft »Kosmisches Bewußtsein – der Mensch als ein integraler Bestandteil des lebendigen Kosmos«. Das hört sich sehr hochtrabend an, aber das sind so die Botschaften. Wir haben uns überlegt: Es wäre nicht schlecht, wenn wir auch wieder eine Botschaft hätten. Unsere Botschaft ist: »Krieg und Frieden – Aggression: Wie kann man damit in Zukunft umgehen, und vor allem, wie kann man damit heute umgehen?« Wir lösen mit unseren Romanen ganz bewußt Diskussionen bei den Lesern aus. Wir schaffen das mittlerweile – wohlgemerkt, bei den Lesern, die für so etwas zu aktivieren sind. Der normale Leser kann »Perry

Rhodan« als farbige Abenteuerserie lesen. Wer möchte, kann aber durchaus ins Diskutieren geraten. So ist zum Beispiel kürzlich bei einem Fantreffen eine Podiumsdiskussion zu einer Diskussion über den Kosovo-Krieg geworden ...

F: *... aus aktuellem Anlaß.*

A: Das bot sich an: Wir haben in »Perry Rhodan« das Thema »Krieg und Frieden« – wie bewältigt Perry Rhodan in der Zukunft einen Konflikt? Schickt er seine Sternenflotte aus – macht er es wie die UNO oder die NATO oder wie macht er das? Zuletzt hatten wir das Thema Geiselnahme – auch im Rahmen dieses Aggressionsthemas: »Barbaren« – Außerirdische – besetzen die Hauptstadt der Erde und nehmen anderthalb Millionen Menschen als Geiseln. Da gab es enorme Diskussionen – das war spannend! Auf Conventions ging es richtig rund! Das war 1997, also zwanzig Jahre nach der Entführung von Schleyer – das waren spannende Diskussionen. Da meinte einer: »Da müssen doch die Terraner die Geiseln befreien!« und ein anderer hat dann zurückgerufen: »Du kannst doch nicht eineinhalb Millionen Geiseln umbringen!« Im Prinzip haben wir also auf der Basis einer Science Fiction-Abenteuerreihe eine politische Diskussion geführt. Das finde ich spannend! Ich sage nicht: Dieses ist gut, jenes ist falsch. Das kann ich gar nicht, das weiß ich nicht – aber wenn Leute diskutieren und ihre eigene Meinung auch aufgrund dessen bilden, was wir ihnen bereitstellen, dann ist das gut.

F: *Roger MacBride Allen hat heute gesagt: Science Fiction hätte nicht die Aufgabe, sich mit der Zukunft zu beschäftigen, sondern die, interessante Ideen darzustellen, vorzustellen, zu diskutieren. Es geht darum, ein Modell zu entwerfen und sich zu fragen: Wenn es so wäre – was könnte geschehen? Hat der Wunsch, Science Fiction sollte sich mit Dingen beschäftigen, die für unsere Welt etwas bedeuten, in der Leserschaft, bei den Fans zugenommen?*

A: Schwer zu sagen. Wir hatten auch Leserbriefe, in denen Leser schrieben, sie wollten das nicht. Sie wollen »Perry Rhodan« als Unterhaltung, sie haben genug Streß im Privatleben, sie möchten mit »Perry Rhodan« abschalten. Das können sie auch weiterhin machen, weil wir nicht mit erhobenem Zeigefinger dastehen. Die Leute haben die Möglichkeit, »Perry Rhodan« als Fluchtliteratur zu benutzen. Das ist völlig in Ordnung: Das ist Unterhaltung. Es gibt aber in der Leserschaft auch das Bedürfnis, auf der Basis unserer Romane zu diskutieren. Ich kann nicht sagen, was die Mehrheit ist. Auf den Cons wird auf jeden Fall diskutiert, aber auf Cons sind die aktiveren Fans.

***F:** Kannst du etwas aus dem Nähkästchen erzählen, was uns erwartet? Ich habe zum Beispiel in der Einstiegshilfe zu Band 1900 gelesen, Julian Tifflor und Michael Rhodan tauchen wieder auf?*

A: Das ist natürlich sehr schwierig. Im Moment besprechen wir im Exposé-Team die Bände bis 2050, sogar bis 2100. Wir wissen ziemlich genau, was in diesen Bänden passiert. Der 2000er ist ein packender Roman. Ob das ein großer Wurf wird wie seinerzeit der Band 1000, das wissen wir noch nicht. Er verbindet Perry Rhodans Vergangenheit mit seiner Zukunft. Wir haben im Rahmen des Thoregon-Zyklus eine ganze Reihe Pflöcke eingeschlagen, die uns nach Band 2000 auch noch beschäftigen. Beispielsweise haben wir im Thoregon-Zyklus die Frage nicht gelöst: »Wer hat die *Brücke in die Unendlichkeit* gebaut?« Dieses recht mystische Ding, ein ...

***F:** ... Brettersteg ins Universum ...*

A: ... richtig, aber das ist auch ein Bild. Einige Leser haben uns das übel genommen, auch einige Kritiker: Das sei doch Fantasy! Doch da sage ich: Das ist ja nur ein Bild! So stellt sich das für den Menschen dar. Es mag sein, daß ein Außerirdischer, der darübergeht, dort etwas ganz anderes sieht.

***F:** Diese »Brücke in die Unendlichkeit« muß man sich wirklich vorstellen als einen ...*

A: ... Bohlensteg ...

***F:** ... Bohlensteg durch das Vakuum.*

A: Ja. Es ist ein Bild ...

***F:** ... eine tolle Idee ...*

A: Der Ausgangspunkt war ein Comic-Bild. Das haben wir gesehen und uns gesagt: Wow – so was sollten wir in »Perry Rhodan« haben! Das Bild hat uns angesprochen, auch die Technik dahinter. Wir werden wahrscheinlich nie erklären, wie das im Einzelnen funktioniert. Aber dieses Thema wird uns weiter beschäftigen, dieses Thoregon, die Frage, wer diese Brücke gebaut hat, wie weit in die Vergangenheit geht es zurück? Dann wird uns beschäftigen: Wie hängt die Superintelligenz Es mit all diesem Geschehen zusammen? Danach fragen die Leser natürlich die ganze Zeit – »Wie hängt das eigentlich zusammen, was hat denn Es damit zu tun?«, weil Es in der Handlung nicht dabei ist. Warum hilft Es der Menschheit nicht? Wie die Leser bis Band 2000 noch erfahren werden, hat Es andere Probleme. Aber was hat Es mit dieser Brücke zu tun und mit der Menschheit? Also, die Kosmische Bestimmung der Menschheit wird uns wieder betreffen ...

F: *Also wird daran festgehalten? Es gab in den frühen Bänden schon diese 20 000-Jahres-Zyklus-Geschichte: Innerhalb dieser Spanne wird die Menschheit irgend etwas Universum-Bewegendes tun ... Die Menschheit ist das Auserwählte Volk?*

A: Die Menschheit ist natürlich deshalb das Auserwählte Volk, weil unsere Leser die Menschheit sind. Unsere Leser identifizieren sich sehr stark mit der Menschheit. Das ist ein ganz wichtiger Punkt: Wir haben im Thoregon-Zyklus mit Absicht Perry Rhodan von der Menschheit entfremdet. Perry Rhodan hat im Thoregon-Zyklus sein eigenes Ding durchgezogen, hatte diesen Geheimplaneten Camelot. Dieses Interview wird später veröffentlicht, deshalb kann ich das sagen: Nach Band 2000 ist Perry Rhodan wieder an der Seite der Menschheit. Er hat ein Amt für die Menschheit, und wir verbinden Perry Rhodan wieder mit der Menschheit, führen also auch unsere Leser wieder enger an die Hauptfigur heran.

Wir werden innerhalb der Milchstraße eine Situation schaffen, die bewußt an die alten Zeiten erinnert: Wir haben bereits im Thoregon-Zyklus geschildert, wie das Arkonidische Kristallimperium zu neuer Macht und Stärke anwächst, das werden wir nach Band 2000 weiter ausbauen. Die Arkoniden werden weiter versuchen, ihren Einfluß wiederzuerlangen ...

F: *Und sie kommen auf dem Weg auch voran?*

A: Das haben wir glaubwürdig vorbereitet, wie das darin weitergeführt wird, es wird also wieder ein richtig großes Imperium, der Vergleich mit alten Zeiten wird kommen: Das alte Arkon-Imperium erinnert an das Römische Imperium – dieses höfische Gepränge und dieser Pomp kamen bei den Lesern sehr gut an. Das haben wir beim Traversan-Zyklus gemerkt: Wir haben 12 Bände Arkon gemacht, Traversan - die Leute waren begeistert. Atlan wird geliebt, und das Arkon-Imperium mögen die Leute! Die Leute mögen höfisches Gepränge; das ist klassische Space Opera, das kennen wir von Orson Scott Card, »Doc« Smith, Isaac Asimovs Psychohistoriker-Zyklus: Die Leute mögen das - Galaktische Kaiser, all diese Dinge, das ist einerseits antiquiert, andererseits ist es Science Fiction. Vielen romantischeren Lesern gefällt so etwas. Und das machen wir mit Arkon, es wird einiges geschehen. Es wird in der Milchstraße eine neue Bedrohung geben - das ist schon fast normal - die wir schon vorbereitet haben. Wir haben jetzt in der Handlung gerade eine ganze Reihe von Mutanten eingeführt, die nur schwarz-weiß sehen können. Da haben die Leser bisher zum Teil noch gar nicht kapiert, daß das zusammenhängt. Das ist nach Band 2000 ein wichtiges Thema: Warum gibt es diese Mutanten, warum können sie nur schwarz-weiß sahen, und was hat das für eine Bewandtnis mit diesen Mutanten?

Ein wichtiger Bestandteil der Bände nach 2000 wird Perry Rhodans Sohn sein.

F: *Michael?*

A: Delarion Rhodan.

F: *Ein neuer Sohn?*

A: Perry Rhodan hat eine Freundin, die in der aktuellen Handlung gerade schwanger ist.

F: *Unehelich?!*

A: Unehelich. Rhodans Sohn heißt dann Delarion - das wissen die Leser jetzt noch nicht -, und Delarion Rhodan wird sehr wichtig - logisch. Rhodan wird nicht mit einem quengelnden Säugling auf dem Schoß rumsitzen, sowas können wir im Roman nicht darstellen. Das würden die Leser nicht goutieren. Für einen Roman wäre es lustig. In einem Roman 10 Seiten, das wäre lustig - danach wäre es doof. Vielleicht mal für eine Story oder ein Taschenbuch, aber nicht als handlungstragendes Element für eine Science Fiction-Unterhaltungs-Heftroman-Serie.

F: *Gibt es neue Waffen oder Fortbewegungsmittel?*

A: Wir, die Exposé-Truppe – Robert Feldhoff, Ernst Vlcek und ich – wir sind alle technisch nicht sehr bewandert. Wir haben einen neuen Autor im Team, Rainer Castor, das Technik-Genie, der die »Perry Rhodan«-Technik aus dem Effeff kann und sich auch mit Wissenschaft, Physik undsoweiter, auskennt. Ich glaube aber nicht, daß wir bei »Perry Rhodan« viel grundlegend neue Technik machen können. Es wird ein bissel was gemacht, die Blues haben beispielsweise ihre Goldene Technik eingeführt, da tut sich ein bissel was. Das hat Arndt Ernst mit seiner Blues-CD-ROM vorbereitet. Das Raumschiff SOL kam wieder, da haben wir ein neues Triebwerk eingeführt, aber wir müssen das dosieren. Wir können keine richtig großen Sprünge mehr machen, weil Karl-Herbert Scheer bis Band 400 eigentlich alles abgedeckt hat.

F: *Schreibt man sich mit »Perry Rhodan« in die Ecke, weil man immer mehr zur Geschichte hinzufügt und sich dadurch auch Entwicklungsmöglichkeiten beschneidet? Es hat vor Jahren mal einen Schnitt gegeben, als die Menschheit entschieden hat, von den – ich glaube, bis dahin waren es acht Dimensionen – nur noch sechs zu verwenden. Da scheint es eine dramaturgische Bereinigung gegeben zu haben ...*

A: Ja, das kann man allerdings sagen. Mit Band 1400 gab es diese große Zäsur. Damals ist Dr. Florian F. Marzin Chefredakteur geworden. Es gab eine Autorenkonferenz, auf der die Autoren ihren Unmut über diese riesengroße komplizierte kosmische Handlung geäußert haben.

F: *War das die Ära von Thomas Ziegler?*

A: Klaus Mahn alias Kurt Mahr vor allem, in der Fortsetzung der Voltz-Ära. Das war mir persönlich damals auch zu überspannt: Kosmische Messenger docken an, und Kosmo-Nukleotide – es ging da nur noch um Ganz Große Kosmische Ereignisse. Marzin hat damals die Handbremse gezogen, was eine ganz wichtige und richtige Entscheidung war. Er hat gesagt: »Wir müssen wieder zurück zu den handelnden Figuren – zurück zu Menschen!« Das war schlau. Man hat damals auch gesagt: Das und das funktioniert bei der Technik nicht mehr – Punkt, aus. Das war auch wichtig: Die Raumschiffe der »Perry Rhodan«-Helden waren so schnell, die konnten morgens zum Frühstück in der Milchstraße aufbrechen, in der Andromeda-Galaxis Mittag essen und in M 87 das Abendessen einnehmen. Das war für den Leser nicht mehr phantastisch. Für unsereins ist doch heute der Flug zum Mond immer noch irrsinnig weit. Unsere Raumfahrt ist jetzt gerade mal an der Grenze des Sonnensystems angelangt, bis zum nächsten bewohnten Planeten, falls es einen gibt, ist es weit – und bei »Perry Rhodan« hopsen sie von Universum zu Universum? Das ist für den Leser nicht mehr nachvollziehbar gewesen. Da war die Handbremse Marzins absolut richtig. Wir können uns neue Dinge leisten, aber wir werden sicherlich keine Triebwerke einführen, die so superschnell sind.

F: *Wie weit geht eigentlich euer Exposé?*

A: Wir wissen ziemlich grob, was bis Band 2049 passiert – also nicht, was von Band zu Band passiert. Diese zwei Haupt-Handlungsstränge sind schon ziemlich klar definiert, es ist ziemlich klar, was passieren wird – inklusive des Höhepunkts. Und wir haben auch einen klaren Plan, was wir bis Band 2099 machen wollen. Dabei ist es immer so: Wenn uns eine bessere Idee kommt, schmeißen wir alles aber den Haufen.

F: *Gibt es irgend etwas in der Science Fiction, das in »Perry Rhodan« nicht vorkommen kann? Wir haben vorhin das uneheliche Kind erwähnt. Gibt es Dinge, wo man heute sagen würde: Das wird es nie geben?*

A: Im Zug, unterwegs zu diesem Con, habe ich James Morrow gelesen: »Das Gottesmahl«. So etwas kann man in »Perry Rhodan« nicht machen.

F: *Gotteslästerung?*

A: Wir werden in »Perry Rhodan« nicht die religiösen Empfindungen unserer Leser verletzen. Wir werden in »Perry Rhodan«-Heften nicht harte Brutalität und harten Sex bringen. Wir haben schon ein bissel aufgeweicht, es ist schon mal Geschlechtsverkehr vorgekommen, es wird auch mal »Scheiße« gesagt im Roman, aber wir werden nicht weiter gehen. Unsere Leser wollen das nicht. Die Leser haben das auch in Leserbriefen gesagt: »Wir haben darauf keine Lust. Wir wollen keinen Sex, wir wollen keine Gewalt – keine ausufernden Sachen in ›Perry Rhodan‹.« Also machen wir das nicht. Das ist für uns nach wie vor eine Grenze.

F: *Es gab in den Taschenbüchern mal einen Versuch – »Terra in Trance« –, ein Cyberpunk-Motiv zu verwenden. Spielt das bei »Perry Rhodan« noch eine Rolle, oder ist Cyberpunk tot?*

A: Wir benutzen es nicht mehr. Holographie, Virtual Reality und all diese Dinge gibt es in »Perry Rhodan« sehr wohl, aber eigentlich ist der Cyberspace im »Perry Rhodan«-Universum eine veraltete Technologie. Gelegentlich bringen wir mal wieder virtuelle Welten – wir hatten eine schöne Geschichte im Ablauf des Thoregon-Zyklus. Da hatten wir die Zivilisation der Nonggo, die im Prinzip eine riesengroße innere Zivilisation hatten. Also ein Sonnensystem, wo so Sphärenräder herumfliegen, so ...

F: *... Dyson-Sphären ...*

A: ... und in diesem Sonnensystem gibt es eine komplette Vernetzung. Jeder Mensch, jeder Nonggo, hat einen Chip im Hirn, mit dem er sich in dieses Netz permanent einklinken kann.

F: *Borg?*

A: Ich habe an ein riesengroßes Internet gedacht. Das ist das Internet – zu Ende gedacht. Also insofern machen wir so was sehr wohl: Das sind Menschen, die jederzeit in diese Schnittstelle reinkönnen, zu deutsch: Ich warte auf den Bus. Wenn ich mich langweile, möchte ich vielleicht Nachrichten gucken, also mache ich »Klick« mit meinem Hirn und schaue Nachrichten. Oder ich möchte Musik hören: »Klick«. Oder ich möchte mit jemandem kommunizieren: »Klick«.

F: *Das spricht die Leser an?*

A: Darüber wird auch diskutiert – im Internet beispielsweise, in Fanclubs und anderen Foren. Die Leser diskutieren sehr rege mit, das ist nach wie vor der Sinn. Wir bekommen E-Mails und Fanzines und anderes Material.

F: *Es gibt eine »Perry Rhodan«-Fan-Zentrale und eine offizielle »Perry Rhodan«-Internet-Präsenz. Gibt es da auch ein Diskussionsforum?*

A: Es gibt mehrere Bretter, auf denen Fans diskutieren – von extrem kritisch bis extrem positiv, ganz verschieden. Es gibt den »Perry Rhodan«-Online-Club PROC, der im Internet weltweit etwa 1000 Mitglieder hat. Da machen auch Leute aus Amerika und so mit. Das beschäftigt uns auch weiter. Wir hatten im Internet eine interaktive »Perry Rhodan«-Fortsetzungsgeschichte, die der Ende 1998 verstorbene Peter Terrid geschrieben hat. Sicher wird es so etwas mal wieder geben – sicherlich auch im Jahr 2000. Da wird unsere Marketing-Abteilung sicherlich noch das eine oder andere Ding bringen. Ideen gibt es genug – im Moment hapert es daran, daß wir nicht alles gleichzeitig machen können. Aber wir sind eine Science Fiction-Serie, wir müssen an der Spitze des Fortschritts sein. Wenn es was Neues gibt, werden wir vorneweg dabei sein.

F: *Eine aktuelle Frage, weil du vorhin den Kosovo-Krieg erwähnt hast: Kannst du etwas über die Meinungen der Leser zu diesem Krieg sagen?*

A: Soweit ich das mitgekriegt habe, gibt es da die gleiche Meinungsvielfalt wie in der übrigen Gesellschaft. Ich hatte bei diesem Con das Gefühl, daß die meisten sehr hilflos sind. Aber auch das ist typisch. Ich hatte nicht das Gefühl, daß da Leute stehen und sagen: »Bomben sind geil« – das hat keiner gesagt. Oder »Bomben sind ganz doof«, sondern alle denken eher »Vertreibung ist doof, Bomben sind aber auch nicht toll«. Eine sehr, sehr normale Reaktion in der Leserschaft: Alle waren sehr hilflos.

F: *Gibt es Initiativen von »Perry Rhodan«-Lesern?*

A: Nein, unsere Leser sind unpolitisch in dem Sinne, daß sie sich nicht als Leser engagieren. Ich weiß, daß viele unserer Leser politisch aktiv sind – der Veranstalter der Sinziger Tage ist zum Beispiel in der SPD und bei der Arbeiterwohlfahrt aktiv, aber das ist er nicht als »Perry Rhodan«-Leser. Auch einer unserer Autoren ist Mitglied in einer Regierungspartei, aber das hängt er auch nicht raus. Das merkt man seiner Schreibe auch nicht an. Wir sind alle so schrecklich normal, das glaubt man gar nicht.

F: *Gibt es eine Frage, die ich nicht gestellt habe, aber hätte stellen sollen?*

A: Eine ganze Reihe von fiesen Fragen würde mir einfallen, aber ich bin ja froh, daß die nie gestellt werden. Beispielsweise »Wann kommt der Film?«

F: *Es gibt doch schon einen Film!*

A: (Räuspert sich) ... oder: »Was gibt's für Sonderproduktionen?« Und natürlich: »Wie hoch ist die Auflage?«

F: *Die Auflage ist ein Geheimnis?*

A: Richtig. Das ist bei allen Journalen so.

F: *Wie sieht es aus mit einer Fernsehserie?*

A: Wir sind in Verhandlungen; im Moment verhandeln unsere Geschäftsführung und der Kollege Schwedtmann vom Marketing permanent mit Film-Leuten, aber man muß abwarten, ob und was dabei herauskommt. Wir haben gewisse Erwartungen an die Serie. Es soll – auf gut Deutsch – etwas Gescheites werden. Es soll nicht bloß Geld bringen.

F: *Du hast dich bei der Erwähnung des schon vorhandenen Films vornehmlich geräuspert ...*

A: Dieser alte Film ist ein Meisterwerk (grinst). Ich finde, diesen Film kann man sehr wohl – beispielsweise bei Cons – zeigen, im Insider-Zirkel, wo sich die Leute dann halbtot lachen. »Perry Rhodan«-Fans finden diesen Film lustig. Aber wenn dieser Film auf RTL läuft oder auf Pro Sieben oder Kabel 1, ist das geschäftsschädigend. Weil die Zuschauer dieses Films das nicht als Blödsinn aus den 60er Jahren betrachten, sondern denken: »So schlecht ist ›Perry Rhodan‹?« Das ist wirklich geschäftsschädigend. Ich würde den Film am liebsten nirgends mehr zeigen – außer auf Cons: Als Abschreckung oder zum Amüsement. Ich meine, wir können uns mit »Perry Rhodan« nicht vergleichen mit Romanen von J. G. Ballard oder Philip K. Dick – das ist nicht unser Ziel. Wir wollen uns auch nicht mit John Sinclair vergleichen, das ist auch nicht das Ziel. »Perry Rhodan« ist mittlerweile eine eigene Liga geworden, im Guten wie im Schlechten. Wir brauchen uns nicht zu schämen für das, was wir machen. Wir könnten noch besser sein – aber das ist mein persönlicher Ehrgeiz. Wir wollen natürlich immer besser sein.

F: *Naja, »Perry Rhodan« ist das Flaggschiff der deutschen Science-Fiction.*

A: Schön gesagt. Wir sagen immer: Wir sind die Dach-Marke für deutsche Science Fiction. Was wird im Ausland wahrgenommen an deutscher Science Fiction?

***F:** Leider wahr!*

A: Vielleicht noch Wolfgang Jeschke, als honoriger Herausgeber und Anthologist und Autor, Wolfgang Hohlbein, vielleicht findet sich Andreas Eschbach, »Perry Rhodan« und das war's. Dafür gibt es Gründe. Der Rest der deutschen Science Fiction-Heftromane ist aus gutem Grunde nicht so erfolgreich gewesen. Ich bin auch in Interviews schon gefragt worden, warum es die anderen nicht so weit geschafft haben.

Da habe ich klar gesagt: Weil sie nicht so gut waren. Eine Ausnahme waren vielleicht »Die Terranauten«. »Die Terranauten« war eine gute Reihe, das brauchen wir nicht zu bezweifeln, aber der Rest war einfach deutlich schlechter.

***F:** Ich danke für dieses Gespräch, Klaus Frick.*

INTERVIEW

›Also gibt es Hoffnung‹

Ein Gespräch mit David G. Hartwell

von Usch Kiausch und Sascha Mamczak

David G. Hartwell ist Herausgeber der Tor/Forge Books und Eigentümer des Verlags Dragon Press, in dem regelmäßig das kritische Monatsmagazin *The New York Review of Science Fiction* erscheint. Hartwell hat zahlreiche Anthologien herausgegeben, darunter *The Dark Decent; Masterpieces of Fantasy and Enchantment; The World Treasury of Science Fiction.* Unter vielen Auszeichnungen, mit denen sein Werk als Herausgeber und Redakteur von Science Fiction gewürdigt wurde, sind vor allem eine ganze Serie von Hugo Awards und der World Fantasy Award zu nennen. Hartwell ist ständiger Gast der International Association for the Fantastic in the Arts (IAFA). Das Interview mit Hartwell führten Sascha Mamczak und Usch Kiausch während der 20. Jahreskonferenz der IAFA im März 1999 in Ft. Lauderdale durch.

F: *Ich habe nicht nur ein journalistisches Interesse an dem Gespräch mit Ihnen, sondern auch ein sehr direktes, berufliches. Welche Science Fiction kommt in den nächsten fünf Jahren auf uns zu? Was sollten wir in Deutschland veröffentlichen? Welche neuen Strömungen, welche neuen Namen in den USA sind auch für uns interessant?*

A: Was Neuerscheinungen betrifft, so weiß ich, daß man mit Spannung auf den neuen Roman von William Gibson wartet, außerdem auch auf neue Bücher von Gregory Benford, James

David G. Hartwell

Morrow, Larry Niven, Norman Spinrad, Bruce Sterling sowie die neue Mars-Anthologie von Kim Stanley Robinson – um nur einige große Namen zu nennen. Von Hal Clement, der jetzt in den Siebzigern ist, kommt im Herbst zum erstenmal seit zehn Jahren ein neuer Science Fiction-Roman heraus. Ich habe diesen Roman schon gelesen, das ist gute, altmodische, harte Science Fiction, und viele lesen so etwas immer noch gern. Von Gene Wolfe, der bei uns zu den SF-Schriftstellern mit dem größten Renommee zählt, erscheint im Herbst der erste Band einer neuen Romantrilogie und eine neue Sammlung von Kurzgeschichten. Aber es kommen so viele neue Romane heraus, daß ich selbst mit dem Lesen nicht mehr nachkomme und viele Informationen aus der Liste in *Locus* beziehe.

Es gibt auch viele jüngere Autoren, die großes Talent beweisen. Derzeit bereite ich eine Anthologie der besten amerikanischen Kurzgeschichten des Jahres vor, deshalb habe ich fast alles gelesen, was an Kurzgeschichten publiziert wurde. Überraschenderweise sind in diesem Jahrzehnt sehr viele Anthologien herausgekommen, die große Resonanz gefunden haben. In den Siebzigern und Achtzigern sind wir eigentlich davon ausgegangen, daß Kurzgeschichten bald aussterben werden, aber das Gegenteil ist der Fall. Natürlich stehen die Autoren von Kurzgeschichten ständig unter Druck, Romane zu veröffentlichen, weil die einfach sehr viel besser bezahlt werden.

F: *Heute scheint die Science Fiction in den USA etablierter Teil der populären Kultur zu sein, keine Randerscheinung wie in anderen Ländern. Wenn Sie auf die letzten Jahrzehnte zurückblicken, welche Rolle schreiben Sie dann der Science Fiction in der amerikanischen Kultur zu?*

A: Wenn ich einen allgemeinen Überblick über dieses Jahrhundert geben müßte, würde ich sagen, daß die Science Fiction in jeder Dekade des 20. Jahrhunderts die zeitgenössische Kultur reflektiert und sie gleichzeitig ihrerseits beeinflußt hat. Beispielsweise befaßte sich die Science Fiction des ›Goldenen Zeitalters‹, der vierziger Jahre, sehr viel mit militärischen Fragen und feindseligen Aliens. In den fünfziger Jahren gewinnt die Menschheit die Oberhand über die feindlichen Aliens, so wie die USA damals die Oberhand über ausländische Mächte gewonnen haben ... (*lacht*). Natürlich war eine damals vorherrschende Strömung in der Science Fiction die Satire und der gesellschaftsbezogene Kommentar, völlig anders als noch in den vierziger Jahren. Meiner Meinung nach hat besonders diese Art von Science Fiction die europäische SF der folgenden Jahrzehnte beeinflußt.

Die Sechziger waren eine Zeit stilistischer Experimente, gleichzeitig rückte man allgemein von der Technik-Euphorie ab. Aber in den Siebzigern war sie in alter Frische wieder da (*lacht*). Science Fiction reflektiert die Kultur, aus der sie stammt, und beeinflußt ihrerseits diese Kultur. Beispielsweise ist erwiesen, daß die technisch optimistischen, militärisch orientierten SF-Autoren der Siebziger – etwa Larry Niven, Jerry Pournelle und Robert A. Heinlein – sich zuweilen als direkte Berater Präsident Reagans betätigt haben (*lacht*). Sie nahmen an Konferenzen teil und schickten Reagan auch ihre Vorschläge. Darüber gibt es auch eine berühmte Anekdote: Arthur C. Clarke besuchte einmal eines dieser Treffen in Kalifornien und machte dazu irgendeine recht kritische Bemerkung. Robert A. Heinlein reagierte sehr böse und forderte Clarke auf, den Raum zu verlassen (*lacht*). Ich kenne diese Geschichte nur vom Hörensagen, aber mit Sicherheit wollten manche SF-Autoren in den späten Siebzigern und frühen Achtzigern Einfluß auf reale Entwicklungen nehmen.* Genauso, wie Philip José Farmer in den Sechzigern ein ganz neues Wirtschaftssystem einführen und die Welt revolutionieren wollte. Man denke nur an seine berühmte Rede als Ehrengast des World Con 1968, in der er zur Kulturrevolution aufforderte. Und damit stand er damals keineswegs allein da.

In jedem Jahrzehnt gibt es vorherrschende Strömungen, aber natürlich auch Stimmen der Minderheit, der es um ganz

---

* Ausführlich wird dieses Thema in einem Zeitungsartikel von Norman Spinrad behandelt. Der ganzseitige Artikel ›Wie SDI erfunden wurde: Sciencefiction im Pentagon‹ erschien im Juli 1999 in *LE MONDE DIPLOMATIQUE/* die tageszeitung/*WoZ, Ausgabe 3*

andere Dinge geht. Cyberpunk war ganz sicher ein Minderheitenphänomen in der Science Fiction, aber erhielt größte Beachtung. Alles konzentrierte sich sofort auf Cyberpunk-Romane, Cyberpunk wurde zur Modeströmung, und zwar vor allem außerhalb der literarischen Welt. Gibsons *Neuromancer* kam im selben Programm und zur selben Zeit wie Kim Stanley Robinsons *The Wild Shore* heraus, die beiden Romane waren Top-Titel des Jahres 1984. Aber Robinsons Roman repräsentierte einen völlig anderen Ansatz als der Cyberpunk. Stan Robinson, John Kessel und andere legten sich den Namen *The Humanists* zu und reagierten damit auf die Popularität des Cyberpunk, die sie zu erdrücken drohte. Denn die Cyberpunks waren so in Mode, daß ihre Fotos in *Vogue* erschienen und sie im Fernsehen Fragen zu ihrem ›Stil‹ beantworteten. Und ich meine damit nicht ihren literarischen Stil, sondern den Stil ihrer Kleidung, ihrer Haltung zum Leben etc. Über ihre Literatur wollten die Interviewer meist gar nicht viel wissen, sie wollten von ihnen Prophezeiungen und ähnliches hören. Die Cyberpunks waren mit dem Anspruch angetreten, die harte SF radikal zu erneuern. Wenn die ›Humanisten‹ überhaupt ein klares Programm hatten, was ich bezweifle, so bestand ihre Gemeinsamkeit darin, daß sie mehr an menschlichen Interaktionen an Schauplätzen der Zukunft interessiert waren als an diesen Schauplätzen selbst. Die ›Humanisten‹ waren Autoren, die einander kannten und miteinander redeten. Im nachhinein denke ich, daß Bruce Sterlings Romane seit den frühen Achtzigern eigentlich sehr politische Bücher sind, allerdings in anderer Weise politisch als Robinsons Romane. Sterling wie Robinson geht es um subversive politische Wirkung, darin ähneln sie sich. Aber ich glaube nicht, daß dieser Vergleich ihnen gefallen würde. Sie ziehen es vor, sich als völlig unterschiedlich zu verstehen.

Ich glaube, daß Science Fiction immer und überall die politischen Standpunkte der zeitgenössischen Welt reflektiert – oder aber ganz bewußt Stellung *dagegen* bezieht. Die neunziger Jahre sind interessanterweise von politischer Verwirrung geprägt, und ich glaube, diese Verwirrung beruht darauf, daß die gewohnten politischen Polaritäten der Realität plötzlich überholt waren. In der Science Fiction hätte das an und für sich ja zu einer sehr viel optimistischeren Dekade führen können, als wir sie in diesem Genre tatsächlich erlebt haben. In den Neunzigern waren die politischen Standpunkte weitgehend noch dieselben wie Mitte und Ende der Achtziger. Mir kommt es so vor, als hätten sich viele SF-Autoren gar nicht in der Wirklichkeit umgeschaut. Dann hätten sie nämlich gesehen, daß wir es tatsächlich mit einer ganz neuen Situation zu tun haben und unsere politischen Positionen entsprechend überdenken müssen. Das passiert jetzt, in den Jahren 1998/99, aber in den Jahren zuvor ist es einfach nicht geschehen. Nach dem Zerfall der Sowjetunion und der Wende in Deutschland haben die SF-Autoren - zumindest in Amerika - keineswegs schnell reagiert. Sie haben Jahre dazu gebraucht.

Auf der Frankfurter Buchmesse gab es eine Podiumsdiskussion über europäische Science Fiction, ich saß im Publikum. Was dort gesagt wurde, war im wesentlichen: Mit der Science Fiction ist es jetzt aus und vorbei. In Europa, vor allem in Osteuropa, braucht man diese Art von Literatur jetzt nicht mehr. Denn Science Fiction war ja vor allem dazu da, unter der Hand politische Kritik auszudrücken. Sie hatte eine spezielle Aufgabe, und diese Aufgabe war nicht literarischer Art. Darauf entgegnete ich: Und was ist mit politischen Fragen wie zum Beispiel geschlechtlicher Diskriminierung? Sind die auch alle erledigt? Worauf gesagt wurde: Für so etwas brauchen wir doch keine Science Fiction! (*Lacht*). Und ich fragte: Wollt ihr damit etwa sagen, daß es in der amerikanischen, britischen, deutschen, europäischen Kultur überhaupt keine politischen Fragen gibt, über die man sich in der Science Fiction auslassen könnte und müßte? So ist es, sagten sie. Das kommt mir unvernünftig vor. Die politische Situation hat sich verändert. Wir müssen herausfinden, in welcher Weise, und dann überlegen, wie wir das metaphorisch behandeln können.

Natürlich ist die heutige SF vor allem ein amerikanisches Phänomen. Und das liegt größtenteils daran, daß der amerikanische Markt eine Vielzahl von SF-Autoren seit langer Zeit getragen und unterstützt hat. Dieser Markt verkraftet inzwischen auch einige australische, britische und kanadische Autoren, und deren Anteil wächst.

F: *Und warum verkraftet er keine oder nur sehr wenige europäische Autoren?*

A: Vor zwanzig, dreißig, vierzig Jahren hatte die Science Fiction aus Frankreich, Italien, Deutschland und so weiter einfach ein ganz anderes ›Flair‹ als die amerikanische SF. Sie kam aus ganz anderer Richtung und reflektierte eine andere Kultur und eine andere politische Haltung. Damals war in der amerikanischen SF Technikeuphorie und militärische Stärke angesagt, in anderen Kulturen wurden diese Erscheinungen in der SF eher mißtrauisch beäugt. Die SF, die der amerikanischen SF in den Fünfzigern, Sechzigern, Siebzigern und frühern Achtzigern noch am ehesten entsprach, war die russische. Soweit ich diese Romane aus Übersetzungen kenne – beispielsweise die Romane der Brüder Strugatzki – teilten sie die Auffassung, daß technischer Fortschritt zu sozialen Verbesserungen führen kann. Deshalb hatten einige großen Erfolg in den USA – nicht viele, aber doch ein paar.

Manche von Lems Büchern waren hier populär, andere nicht. Teilweise liegt das wohl daran, daß sich seine persönliche politische Einstellung im Laufe seines Schreibens geändert hat. *Solaris* war hier überaus erfolgreich, einerseits, weil es in den späten Sechzigern bei uns herauskam und irgendwie ›psychodelisch‹ wirkte, und zweitens, weil der Film sehr gut war und gut ankam. Der Film wurde auf Festivals und an Universitäten vorgeführt. Von der Taschenbuchausgabe wurden Hunderttausende von Exemplaren bei uns verkauft. Andere Romane von Lem reichten nicht annähernd an diese Zahlen heran.

Natürlich wird, insgesamt gesehen, bei uns nicht besonders viel europäische SF übersetzt. Als Herausgeber hat sich besonders Donald A. Wollheim für Übersetzungen engagiert und im Laufe der Zeit ein Dutzend oder mehr französische und deutsche Romane publiziert. Er hat auch eine Reihe von Anthologien herausgebracht, die nur Übersetzungen enthielten, etwa *The Best from the Rest of the World.* Jahrzehntelang hat er das gemacht. Ich weiß, daß er damit keinen kommerziellen Erfolg hatte, aber es waren recht gute Bücher.

F: *Warum waren diese Bücher kein kommerzieller Erfolg? Woran lag das Ihrer Meinung nach?*
A: Daran, daß sie einfach ein ganz anderes ›Flair‹ als amerikanische SF hatten.
F: *Und wie steht's mit Wolfgang Jeschkes Roman* Midas, *der amerikanische Schauplätze hat? Ist das Flair amerikanisch oder nicht?*
A: Ich kann nicht behaupten, daß das Flair hundertprozentig amerikanisch wirkt. Es mag ja durchaus realistisch sein, einen amerikanischen CIA-Agenten als inkompetent vorzuführen, aber das entspricht bestimmt nicht dem, was die Amerikaner gern von ihren CIA-Agenten denken (*lacht*). In seinem Roman spielt das auch keine so große Rolle, aber genau das habe ich gemeint, als ich auf das unterschiedliche ›Flair‹ hingewiesen habe.
F: *Aber macht nicht gerade das unterschiedliche ›Flair‹ den Reiz des Genres aus? Und in der amerikanischen SF selbst ist dieses ›Flair‹ doch auch völlig unterschiedlich ...*
A: Es gibt durchaus viele Stil- und Geschmacksrichtungen in der Science Fiction, die von der amerikanischen Leserschaft akzeptiert werden und Resonanz finden. Beispielsweise kommt die reine Abenteuergeschichte voll Technikoptimismus meist gut an, egal, aus welchem Land sie stammt. Als Verleger der Gegenwart gehe ich folgendermaßen vor: Ich besorge mir überall gute Bücher, wo ich sie finden kann, und präsentiere sie einfach als Beispiele unterschiedlicher populärer Geschmacksrichtungen. Das heißt: Wenn ich etwa einen Franko-Kanadier verlege, dann sage ich nicht: Hier ist eine brandneue Übersetzung aus dem Französischen. Stattdessen sage ich: Hier ist ein tolles neues SF-Abenteuer, stilistisch innovativ und anders als alles, was Sie bisher gelesen haben ...
F: *Aber in den USA sind bestimmte deutsche Romane doch durchaus erfolgreich, ich denke zum Beispiel an Bernhard Schlinks Roman* Der Vorleser, *amerikanisch:* The Reader, *der auf jedem Flughafen in der Auslage zu sehen ist ...*
A: Ja, aber das Buch hat eine völlig andere Leserschaft. Wenn man vorrangig mit der Leserschaft eines bestimmten Genres zu tun hat, einer Leserschaft, die an bestimmte Konventionen

gewöhnt ist und davon ausgeht, daß man ihre Erwartungen erfüllt, dann weiß man: Diese Leserinnen und Leser sind zwar durchaus bereit, etwas Neues auszuprobieren, aber es muß ganz ähnlich wie das Alte sein ... (*lacht*)

***F:** Also gibt es gar keinen Raum für Experimente?*

A: Im kommerziellen Verlagswesen hat man kaum Raum für neue Manöver, aber man versucht trotzdem ständig, neue und bessere Manövriermöglichkeiten zu finden. Ich habe einem meiner Assistenten mal gesagt: Jeder einigermaßen gebildete Mensch, der ein paar SF-Romane gelesen hat, kann zwischen einem guten und einem schlechten Buch unterscheiden. Aber nur der Profi kann unter den guten Büchern diejenigen heraussuchen, die vermarktbar sind und einen Gewinn abwerfen. Je mehr man über den Markt und die Leserschaft weiß, desto bessere Möglichkeiten hat man auch, wirklich gute Bücher auszuwählen. Ich habe mich bemüht, ein Experte der amerikanischen SF zu werden, die SF-Leserschaft genau zu kennen und die Vermarktungsmethoden optimal anzuwenden. Ein Beispiel: Wenn man den Lesern etwas außerordentlich Exotisches präsentiert, muß der Buchumschlag so gestaltet sein, daß er den Lesern außerordentlich vertraut vorkommt! (*Lacht*). Das klingt recht simpel, aber selbstverständlich weiß das nur ein Profi. Wie ich schon gesagt habe: Auf dem amerikanischen Markt wird es nicht als Vorteil angesehen, wenn es sich bei einem Roman um eine Übersetzung handelt. Als Vorteil wird betrachtet, wenn es neu und andersartig wirkt, aber man muß die Neuheit und Andersartigkeit in vertrautem Kontext präsentieren.

Natürlich muß man auch den Vertrieb berücksichtigen. Ein neues Buch ist dann verkäuflich, wenn es mit einem vorhergehenden Buch, das Erfolg hatte, vergleichbar ist. Davon sind die Vertreter überzeugt. Sie üben tatsächlich eine gewisse und gewichtige Kontrolle über den Vertrieb aus und stehen als Filter zwischen Autor und Verlag auf der einen Seite und der lesenden Öffentlichkeit auf der anderen Seite. Wenn die Vertreter ein Buch für allzu ›ausgefallen‹ halten, werden sie es gar nicht erst vertreiben. Zumindest in den USA sind das Vertriebsnetz, die großen Ketten von Buchhandlungen und die

Vertreter wesentliche Faktoren. Sie stellen größere Wirtschaftsunternehmen dar als die Verlagshäuser. Sie haben außerordentlich großen Einfluß. Meiner Erfahrung nach sind das alles gute und gutwillige Leute, die schlicht Erfolg haben und Geld verdienen wollen, auf jeden Fall wollen sie kein Geld verlieren. Sie wollen ihrer Leserschaft kein ›schlechtes‹ Buch präsentieren.

Die Geschäftsleute vergleichen ständig. Und wenn die Verkaufszahlen der letzten beiden Bücher eines Autors annähernd identisch waren, dann erwarten sie, daß auch das dritte Buch dieses Niveau erreicht. Das ist das Muster, nach dem sie verkaufen, das Muster, das ihnen die Computer vorgeben, und sie benutzen diese Berechnungen bei all ihren Planungen. Aber sie sind auch Menschen guten Willens. Wenn man sie irgendwie davon überzeugen kann, daß dieser neue Roman besser, großartiger ist als vorhergehende Werke des selben Autors und sie doch mehr davon abnehmen sollen, machen sie das wohl auch – aber nicht *viel mehr* Exemplare. Du bist immer nur so gut wie dein letztes Buch. Aber wenn sich dein nächstes Buch besser verkauft, dann ist der große Sprung nach vorn vielleicht beim übernächsten drin.

Wenn man als Verleger gute Bücher auswählt, sie sorgfältig editiert und vertreibt, wird man nicht oft draufzahlen müssen.

F: *Und wie wirkt sich das Internet aus? Glauben Sie, daß Autoren es zu ihrem Vorteil nutzen können?*

A: Ich glaube schon, daß das Internet sich derzeit zu einer wichtigen Dimension des Marketing entwickelt. Aber wir wissen noch nicht, in welche Richtung es sich entwickelt, was es bringt – und was es nicht bringt. Was bei einem Autor klappt, muß beim anderen noch längst nicht funktionieren. Eine sehr gute web site mag einem bestimmten Autor und einem bestimmten Buch nützen, einem anderen vielleicht ein online-Interview in einer chat group. Wir wissen inzwischen, daß die Mundpropaganda via Internet zweifellos Einfluß hat. Rezensionen via Internet können zum Erfolg eines Buches beitragen. Aber wir wissen nicht, wie das alles in zwei Jahren aussehen wird. Ich selbst habe eine sorgfältig gestaltete web site, um meine Anthologien angemessen zu präsentieren, außerdem, weil mir so etwas auch Spaß macht. Eine extra web site haben wir für *The New York Review of Science Fiction* geschaffen, und sie hat sich als sehr nützlich erwiesen. Wir erhalten darüber ein bis zwei neue Abos pro Woche, das heißt etwa hundert neue Abos im Jahr. Für eine Zeitschrift mit so kleiner Auflage ist das eine tolle Sache! Für Tor Books würde das gar nicht ins Gewicht fallen.

F: *Welche Auflage hat* The New York Review of Science Fiction *derzeit?*

A: Weltweit 1000 Exemplare pro Ausgabe, was wir als sehr erfolgreich betrachten. Wir machen sogar einen kleinen Gewinn, den wir dann in unsere Computerprogramme und Ähnliches stecken können. Seit drei Jahren zahlen wir auch für Beiträge. Seit zehn Jahren kommen wir Monat für Monat heraus. Die Produktion läuft folgendermaßen ab: Fünf bis zehn Leute kommen an einem bestimmten Wochenende zu mir nach Hause. Wir alle arbeiten gleichzeitig an so viel Computern, wie wir irgend auftreiben können. Und jeder liest jeden Beitrag ›gegen‹. Jeder liest alles. Wir sind sehr stolz auf unsere Zeitschrift, zehnmal nacheinander sind wir für den HUGO nominiert worden.

F: *Vielleicht könnten wir an diesem Punkt kurz die Perspektiven für die nächsten Jahre anschneiden. Ist Ihrer Meinung nach tatsächlich keine innovative Strömung in der SF in Sicht? Aus welcher Ecke könnte sie irgendwann kommen, wenn überhaupt? Hat Innovation nicht in erster Linie mit der Sprache selbst zu tun?*

A: Zunächst zum ersten Teil der Frage: Meiner Meinung nach ist derzeit tatsächlich keine konzentrierte Strömung – welcher Art auch immer – vorhanden, die beispielsweise dem Cyberpunk als Strömung vergleichbar wäre. Allerdings gibt es – wie es in der SF immer schon war, wenn gerade keine spezifische Strömung das Feld beherrschte – Autorengruppen, die sich zusammentun, die Ästhetik ihrer Bücher miteinander diskutieren und zu einer Art kollektivem Selbstverständnis kommen, das sich auf ›Qualität‹ in der SF bezieht. In den fünfziger Jahren war das die *Milford Workshop Group,* die im Grunde die Voraussetzungen für die spätere *New Wave* geschaffen hat.

Aber natürlich gibt es auch ausgeprägte individuelle Talente, die mit Gruppen gar nichts zu tun haben wollen.

Derzeit, eigentlich schon seit den siebziger Jahren, gibt es eine informelle Gruppe im Umkreis von *Asimov's Science Fiction Magazine,* die Gardner Dozois* und seine Freunde umfaßt. Dazu gehören so unterschiedliche Autorinnen und Autoren wie Bruce Sterling, Connie Willis, Nancy Kress oder auch John Kessel, die seit zwanzig Jahren miteinander korrespondieren und diskutieren. Gardner kauft viele ihrer Geschichten. Die Autorinnen und Autoren sind miteinander befreundet, aber repräsentieren gleichzeitig einen aktuellen Diskurs, etwa über die Rolle der Charaktere in der SF etc. Verallgemeinernd könnte man vielleicht sagen, daß sie Autoren der literarischen Moderne sind oder aus dieser Richtung, angefangen bei der Tradition von Henry James, kommen. Die handlungstragenden Figuren haben in ihren Romanen zentrale Bedeutung. Auch Bruce Sterling gehört zu diesem Zirkel, obwohl er ganz anders schreibt als andere und oft auch den Advocatus diaboli spielt. Die Rolle spielt er gern - und gut.

In stilistischer Hinsicht tut sich derzeit sehr viel in der SF, es gibt viele Autorinnen und Autoren, die als Einzelne innovativ wirken, vor allem im Bereich von Kurzgeschichten.

Für die SF sehe ich im nächsten Jahrzehnt zwei Möglichkeiten. Die eine besteht darin, daß sie sich in eine Art *Hochliteratur* auf der einen Seite und eine *stümperhaft gemachte* Massenliteratur auf der anderen Seite aufspaltet. Das wäre mir ganz und gar nicht recht. Aber es gibt großen Druck, der in diese Richtung drängt, vor allem der Druck des Geldes. Das heißt: Bücher werden als Multimedia-Anhängsel geschrieben, als Buch zur Fernsehserie, als Buch zum Film etc. Das ist zwar gang und gäbe und in kommerzieller Hinsicht erfolgreich, aber innerhalb des Genres betrachtet man diese Bücher eher als niveaulose Produkte. Und dann gibt es die anderen Autoren, die so etwas nie tun würden, die lieber gerade mal so existieren können, die ihre Bücher veröffentlichen und Werke

---

* Gardner Dozois: geb. 1947; Schriftsteller und seit 1985 Hrsg. von *Isaac Asimov's Science Fiction Magazine*

schaffen, die eigentlich nicht SF im engeren Sinne sind, wohl aber in diesem Genre ihren Ausgangspunkt haben – ich meine damit Autoren wie etwa James Morrow, Leute, deren Ziele über die Grenzen der SF hinausreichen.

Wie ich schon sagte, ich möchte diese Aufspaltung nicht erleben. Ich finde es viel besser, wenn all diese Leute an denselben Konferenzen teilnehmen und in denselben Zeitschriften publiziert werden. Denn meiner Meinung nach hat sich das *Wechselspiel* zwischen literarischem Ehrgeiz und den Konventionen der SF als Genre in den letzten sechs oder sieben Jahrzehnten durchaus positiv ausgewirkt.

Wenn diese Aufspaltung nicht eintritt, sehe ich – zumindest auf dem amerikanischen Markt – die Möglichkeit, daß wir eine starke Renaissance der *Hard Science Fiction* erleben, wie sie sich ja bereits abzeichnet. Ich gehe davon aus, daß sich der schon seit zwei Jahrzehnten währende Streit zwischen Fantasy und Science Fiction fortsetzen wird, obwohl beide Genres meiner Meinung nach wunderbare Werke hervorgebracht haben. Meiner Ansicht nach bedeutet das Festhalten an den Grenzen der Genres eine Art Schutzfunktion – nicht nur für die Leserinnen und Leser, sondern auch für die Autoren, die sich ja die Konventionen ihrer jeweiligen Genres aneignen müssen und in diesem Rahmen ihre Geschichten erzählen.

***F:** Und wie steht's mit der stilistischen Innovation?*

A: Hier möchte ich etwa Jonathan Lethem nennen, der auch Romane geschrieben hat, die überhaupt nicht ins Genre SF fallen, außerdem Jack Womack oder Terry Bisson. Bisson ist manchmal satirisch, manchmal ein Geschichtenerzähler. In allen Zeitschriften werden gute Geschichten veröffentlicht. Wenn wir so weiter machen können und dürfen, wird der amerikanische Markt zumindest noch zehn oder fünfzehn weitere Jahre stabil sein und blühen. Für die Zeitspanne danach kann man derzeit schwer voraussagen, ob dann überhaupt noch Bücher im heutigen, physischen Sinne herauskommen werden. Im nächsten Jahrzehnt wird der Markt für Taschenbücher meiner Meinung nach jedenfalls noch nicht verschwinden, dieser Markt ist technisch hoch entwickelt und die Produktion sehr preiswert. Aber danach ist alles offen ...

F: *Gehen Sie davon aus, daß Science Fiction heute überhaupt noch eine gemeinsame Sprache hat? Haben kann?*

A: In den vierziger Jahren gab es diese gemeinsame Sprache der SF noch, die von allen Autoren verwendet wurde. Das war klare, transparente Prosa, erzählt vom allwissenden Erzähler. Das gilt mehr oder weniger auch noch für die fünfziger Jahre, obwohl man da durchaus schon pfiffig schreiben und gut damit ankommen konnte. In den Sechzigern trat der Stil natürlich sehr in den Vordergrund. Gegen Ende des Jahrzehnts waren viele der Auffassung, daß der Stil allzu viel Gewicht bekommen habe, so daß eine gegenläufige Bewegung einsetzte. Aber innerhalb der SF gab und gibt es immer noch die Möglichkeit, sich durch eigenwilligen Stil auszuzeichnen. Philip K. Dick ist zweifellos dieser Gruppe von Autoren zuzurechnen.

F: *Glauben Sie nicht, daß es auch in der SF – wie derzeit in fast allen kulturellen Bereichen – zu einem ›Cross-over‹, zu einem Überschreiten der Genre-Grenzen kommen wird?*

A: Wenn es in den neunziger Jahren überhaupt so etwas wie eine ›Bewegung‹ innerhalb der SF gegeben hat – Bewegung nicht im Sinne einer festen Gruppe, sondern im Sinne einer literarischen Entwicklung –, dann besteht sie darin, daß *Alternativgeschichte, alternative Geschichtsschreibung* in Mode gekommen ist. Nicht nur innerhalb, sondern auch außerhalb unseres Feldes kommen viele solcher Romane heraus, und ich glaube, den Leserinnen und Lesern ist es völlig egal, ob es sich dabei um Science Fiction handelt.

F: *Werden Utopien Ihrer Meinung nach eine Renaissance erleben?*

A: Ich habe immer gehofft, daß jedes Jahrzehnt fünf oder zehn zukunftsorientierte, zukunftsbejahende, utopische Werke hervorbringt. Utopien bilden zwar nicht den Kern von Science Fiction, trotzdem haben sie großen Einfluß auf die Entwicklung von Science Fiction, auf die Richtung, die sie nimmt. Beispielsweise haben die großen feministischen Utopien der Siebziger großen und grundlegenden Einfluß auf die

Entwicklung der SF der letzten zwei Jahrzehnte gehabt. Fünfzig Jahre lang waren in der SF dystopische Tendenzen in Mode, ich glaube, heute sind sie ausgereizt. Ich würde mir wünschen, daß sich die Jahrtausendwende in ein, zwei utopischen Werken niederschlägt. Zumindest Kim Stanley Robinson arbeitet seit zwanzig Jahren an solchen Projekten. Also gibt es Hoffnung ...

Kim Stanley Robinson

INTERVIEW

›Szenarien der Zukunft sind wie Gedankenexperimente in der Physik‹

Ein Gespräch mit Kim Stanley Robinson

von Usch Kiausch und Sascha Mamczak

Spätestens seit seiner preisgekrönten Mars-Trilogie hat Kim Stanley Robinson auch bei uns eine breite Leserschaft. Sein bisher verlegtes Werk umfaßt neun Romane, zwei Novellen, vier Anthologien und die kritische Studie *The Novels of Philip K. Dick.* Unter zahlreichen anderen Auszeichnungen erhielt er zweimal den Nebula Award, zweimal den Hugo Award und einmal den World Fantasy Award. Viele seiner Romane und Geschichten wurden inzwischen in insgesamt 18 Sprachen übersetzt.

Robinson machte 1974 seinen Bachelor of Arts in englischer und amerikanischer Literatur an der University of California (UC), 1975 den Master of Arts an der Boston University und 1982 seinen Doktor in denselben Fächern an der UC San Diego. Seine ersten Geschichten erschienen 1976 in Damon Knights *Orbit 18.* 1982 heiratete er die Umweltchemikerin Lisa Nowell, mit der er zwei Söhne, David und Tim, hat. 1986/87 lebten sie in der Schweiz, heute wieder in Kalifornien. 1995 recherchierte Robinson einige Monate in der Antarktis für seinen jüngsten Roman *Antarctica.*

Robinson war Ehrengast der 20th International Conference on the Fantastic in the Arts, die im März 1999 in Ft. Lauderdale/Florida tagte. Während dieser Konferenz fand das folgende Gespräch mit Sascha Mamczak und Usch Kiausch statt.

F: *Besuchen Sie oft Konferenzen wie diese?*

A: Nicht mehr so oft wie früher, obwohl sie mir Spaß machen. Aber ich habe nicht mehr die Zeit dazu. Ich muß mich zu Hause um meine beiden kleinen Söhne kümmern, da meine Frau ganztags arbeitet. Ich schreibe, kümmere mich um die Kinder und muß meinen Zeitplan mit dem meiner Frau abstimmen, deshalb kann ich kaum noch weg. Ich freue mich, wenn ich Gelegenheit habe, meine Freunde in der Science Fiction-Gemeinschaft wiederzusehen, aber ich verbringe nicht gern ein ganzes Wochenende in einem Hotel. Derzeit besuche ich vielleicht eine Konferenz pro Jahr, und dann nach Möglichkeit eine solche, auf der ich viele Freunde treffe.

F: *Sind unter diesen Freunden auch Kollegen, mit denen sie zusammenarbeiten?*

A: Beim Schreiben habe ich noch nie mit jemandem zusammengearbeitet. Aber ich lebe in derselben Stadt wie Karen Fowler. Wir haben uns angefreundet, treffen uns und führen Fachgespräche. Ich habe auch andere Schriftstellerfreunde, deren Arbeiten ich regelmäßig lese und verfolge.

F: *Sie leben in Kalifornien und haben an der University of California studiert. Beim Lesen Ihrer Romane habe ich mich gefragt, ob Sie sich dort auch auf Politische Wissenschaften spezialisiert haben, denn Ihr Werk ist ja stark von politischen Motivationen und Handlungen geprägt ...*

A: Nein, mein Fach war die Literatur. Aber an der UC San Diego war einer meiner Professoren Frederick Jameson. Er ist ein marxistischer Literaturkritiker, gegenwärtig wahrscheinlich der herausragendste marxistische Literaturwissenschaftler der Vereinigten Staaten, wenn nicht der Welt. Und sein Ansatz war selbstverständlich politisch geprägt, das hat vermutlich Einfluß auf mich gehabt. Ich versuche, mich politisch ständig auf dem laufenden zu halten, nicht nur in nationaler, sondern auch in internationaler Politik. Ich habe beispielsweise auch die deutsche Wiedervereinigung recht genau verfolgt.

F: *In welcher Weise geht die Beschäftigung mit solchen Themen in Ihr Schreiben ein?*

A: Bei der Mars-Trilogie hat das eine große Rolle gespielt, denn dort geht es ja nicht zuletzt um postrevolutionäre Phasen. Und dabei fragt man sich: Kann es sein, daß diese sogenannten sanften Revolutionen zum Erfolg führen? Und falls ja: Was passiert danach? Gibt es Rückschläge? Und warum? Solche Fragen spielten besonders beim Schreiben von *Blauer Mars* eine große Rolle.

F: *Bei der Mars-Trilogie hatte ich den Eindruck, daß sie durchgängig einen dialektischen, historisch-materialistischen Ansatz verfolgen, wenn sie über gesellschaftliche Entwicklungen schreiben. Ihre Figuren stehen in bestimmter Weise jeweils für spezifische gesellschaftliche und politische Strömungen der Moderne und Gegenwart, vom Anarchismus bis zur Esoterik. Haben Sie ihrem Personal bewußt ganz bestimmte politische Standpunkte und Ideologien zugeordnet?*

A: Ja, in manchen Fällen war das ganz bewußt so. Ann existiert eigentlich vor allem deswegen, weil sie einen ›roten Standpunkt‹ repräsentiert und sich der Terraformung widersetzt. Hiroko steht für eine grüne Bewegung, die auch eine mystische Komponente hat und nicht nur zielgerichtet handelt, sondern auch spirituell motiviert ist. Art ist eine Art Pragmatiker, Nadia auch, deshalb tun sie sich irgendwann als Paar zusammen. Sax repräsentiert eine Spielart des wissenschaftlichen Utilitarismus. Und so weiter. Auf dem Mars geht es nicht viel anders zu als in den Vereinigten Staaten oder Deutschland, was das Problem der Immigration betrifft. Wie schafft man es, wenn man in einem wohlhabenden Land lebt, in das die Menschen hineinströmen, die Frage der Immigration so zu lösen, daß die Gesellschaft nicht darunter leidet? Man kann die Immigranten nicht draußenhalten, man darf sie nicht diskriminieren. Andererseits kann das Boot leicht kentern, einfach weil zu viele hinein wollen. In Deutschland sehe ich zum Beispiel die Probleme mit den türkischen Einwanderern, in Kalifornien ganz ähnliche Probleme mit den lateinamerikanischen Immigranten. Und als ich in der Schweiz lebte, merkte ich, welch harten Kurs die Schweizer in der Frage der Gastarbeiter verfolgen, in dieser Hinsicht ist es eine sehr seltsame Gesellschaft. Gerade weil ich Kalifornier bin, liegen mir solche Fragen sehr am Herzen. Die ›Mars‹-Bücher gaben mir die

Möglichkeit, über all diese Fragen zu schreiben, und das war eine wunderbare Erfahrung für mich, weil es offenbar geklappt hat. Ich konnte über alles schreiben, was derzeit passiert, und es fügte sich nahtlos in die Handlung auf dem Mars ein, aber handelte gleichzeitig direkt von unserer Gegenwart. Deshalb war es für mich sehr interessant.

F: *Ich las Ihre Mars-Trilogie, während ich ›Heimat Mars‹ von Greg Bear übersetzte und danach die Utopie ›Weißer Mars‹ von Brian Aldiss und Roger Penrose. Interessant war für mich weniger die Tatsache, daß alle drei Werke ungefähr zur selben Zeit auf dem Mars spielen, sondern daß in allen drei Werken ähnliche Fragen gestellt werden. Nämlich: Wie können wir eine anständige, gerechte Gesellschaft schaffen? Können wir sie schaffen, indem wir nicht-dogmatische soziale Modelle benutzen, eine Art freiheitlichen Sozialismus verwirklichen? Hat diese neu erwachte Diskussion über Utopien Ihrer Meinung nach etwas mit der Jahrtausendwende zu tun? Oder mit der Diskreditierung alter sozialistischer Gedankenmodelle und dem Zerfall repressiver sozialistischer Staatsgebilde?*

A: Ich glaube, daß das Nachdenken über Utopien ganz unvermeidlich ist und auch nie aufgehört hat, höchstens mal kurzzeitig. Und wenn es jetzt so aussieht, als ob es wieder wichtig wird, dann hat das meiner Meinung nach mit dem Ende des Kalten Krieges und mit dem Zusammenbruch der Sowjetunion zu tun. Mit dem Zerfall alter Denkmodelle des Kalten Krieges ging diese lächerliche Diskussion einher, in der behauptet wurde, wir hätten das Ende aller Geschichte erreicht. Dabei handelte es sich ganz und gar nicht um das Ende der Geschichte, sondern lediglich um die Grenzen unserer Vorstellungskraft. Alle waren völlig befangen von den geistigen und politischen Modellen der Nachkriegszeit und darin steckengeblieben. Und als die nicht mehr zutrafen, mußte zwangsläufig die Frage kommen: Was sollen wir als nächstes machen? Wir wissen, daß die Technik großen Wohlstand schaffen kann, und dennoch leben wir in *dieser* Welt. Wenn der Kapitalismus siegt, dann haben wir eine schreckliche Situation, denn der heute herrschende Kapitalismus ist ein furchtbar ungerechtes System. Rund fünf Prozent der Menschen besitzen 90 Prozent allen Reichtums, diese Zahlen sind ja allgemein bekannt. Im Kern ist das wie eine Art Feudalismus, nur daß die Mächtigen ihre Machtpositionen nicht mehr aufgrund von Landbesitz, sondern aufgrund von Kapital erhalten und verteidigen. Die Hierarchie ist nach wie vor eine Pyramide der Macht, in der sehr wenige Menschen die Spitze bilden, und sehr viele ganz unten sind und leiden. Etwa ein Drittel der Weltbevölkerung muß ums Überleben kämpfen und dafür, daß ihre Kinder genug zu essen haben. Ein solches System kann nichts taugen. Ich persönlich frage mich, ob es überhaupt zu reparieren ist. Ich stimme mit der marxistischen Analyse überein, die behauptet, daß all diese Mängel in der Logik des Kapitalismus liegen. Sie sind darin angelegt. Die Geschichte hat uns gelehrt, daß man diese Mängel nicht so einfach überwinden kann. Meiner Meinung nach bilden Science Fiction-Autoren gegenwärtig eine der Gruppen, die darüber nachdenken können und darüber nachdenken, was als nächstes zu tun ist, und tatsächlich auch Szenarien durchspielen. Also werden unsere Romane zu Szenarien der Zukunft: Wenn wir das ausprobieren, wird vielleicht das und das passieren. Diese Szenarien sind wie Gedankenexperimente in der Physik und für die menschliche Kultur sehr nützlich. Wenn man Science Fiction so versteht, dann ist diese Literatur mehr als nur billige Unterhaltung. Sie wird tatsächlich zu einem Instrument des Denkens, und für dieses Denken spielt die Utopie eine ganz wesentliche Rolle.

F: *Eigentlich habe ich Ihre Mars-Trilogie weniger als Utopie im engeren Sinne verstanden, sondern als eine Entwicklung auf dem Weg dahin – vom roten über den grünen zum blauen Mars. Brian Aldiss hat gestern in einer Diskussion gesagt, die Menschheit müsse die menschliche Natur überwinden, wenn sie Utopia jemals verwirklichen wolle. Und ich glaube eigentlich nicht, daß wir das können …*

A: Na ja, ich halte die menschliche Natur in bestimmter Hinsicht durchaus für formbar. Ich glaube, der Entwicklungsprozeß vollzieht sich im Zusammenspiel von Natur und Kultur. Folglich hat die Kultur im Laufe der Zeit Einfluß auf das, was wir menschliche Natur nennen. Ich glaube nicht, daß die ›menschliche Natur‹ heute genauso beschaffen ist wie, sagen wir, vor tausend Jahren. Ich glaube, daß wir die menschliche Natur mit der Zeit verändern, aber die Zeit ist dabei auch wesentlich. Die menschliche Natur verändert sich langsam im Laufe der Geschichte. Alles, was Geschichte ausmacht, verändert ganz allmählich bestimmte Aspekte von uns Primaten. Natürlich haben wir immer noch bestimmte biologische Eigenschaften, die gleich geblieben sind, sich kaum verändert haben. Aber die Art und Weise, wie wir unser Zusammenleben organisieren, und das, was wir mit unserer Zeit anfangen - diese Dinge ändern sich. Und das sind wesentliche Aspekte unseres Lebens, sie sind genau so wichtig wie die biologischen.

Wenn man sich mit Utopia befaßt, muß man vor allem dafür sorgen, daß man keine statische Situation schildert, in der das Ende der Geschichte oder ein perfekter Staat erreicht ist. Ein solches theoretisches Modell würde nur den Kommentar auslösen: Na ja, ist ja alles gut und schön. Aber erstens können wir das nie erreichen, und zweitens, selbst wenn wir es erreichen könnten, sagt es uns vielleicht gar nicht zu, weil es unseren Emotionen widerspricht. Man tut besser daran, Utopia neu zu definieren: als einen positiven Weg, den die Geschichte einschlagen kann. Wenn es uns gelingt, menschliches Leid zu lindern, wenn wir für mehr Gerechtigkeit sorgen und uns darum kümmern, daß alle genug zu essen und zum Anziehen haben, außerdem ein Dach über dem Kopf, medizinische Versorgung und eine Ausbildung - wenn jeder auf unserem Planeten *das* hat, dann brauchen wir uns meiner Meinung nach den Kopf nicht über politische Ideologien zerbrechen. Das wäre an sich schon großartig und würde reichen. Aber der Kapitalismus kann uns das nicht geben, das würde seiner Logik und seinen Regeln ganz und gar widersprechen. Kapitalismus heißt: Nimm dir, was du bekommen kannst, hol den höchsten Profit raus. Es ist ein häßliches Gesellschaftssystem, das gegenwärtig die ganze Welt beherrscht. Es ähnelt einer Dystopie von Philip K. Dick aus den 50er Jahren. Es gibt zwar keinen Diktator, der die ganze Welt beherrscht, aber unser Wirtschaftssystem verhält sich zu uns allen wie ein Diktator.

Auch mein Roman *Pacific Edge* war eine Utopie, aber ich war damit nicht zufrieden, weil ich nicht erklären konnte, wie diese Utopie entstanden ist. Um das wirklich zu erklären, dachte ich, muß ich einen historischen Roman schreiben, einen Roman, der länger ist, der von den Kämpfen und den Rückschlägen handelt und dialektisch angelegt ist. Die Mars-Trilogie gab mir die Möglichkeit, die Dinge auszusprechen, die ich sagen wollte, ohne dabei die Handlung zu vergewaltigen.

F: *Gab es auf diese Mars-Trilogie auch direkte politische Reaktionen? Reaktionen von politischen Gruppierungen, Parteien, Unternehmen oder sonst wem?*

A: Von Unternehmen, die im Bergbau tätig sind, wurde ich zu Vorträgen eingeladen. Sie sind an umweltschonendem Bergbau interessiert, wie er ja auch in meiner Mars-Trilogie vorkommt. Nächste Woche halte ich auf der Grundlage meines Buches *Antarctica* einen Vortrag bei der National Science Foundation, der Vorschläge für künftige Antarktis-Programme enthalten wird. Die NSF ist hier in den Staaten für dieses Programm zuständig. Am folgenden Tag nehme ich bei der NASA an einem Symposion über mögliche Raumfahrtprogramme des 21. Jahrhunderts teil. Offenbar wollen diese Leute, die über zukünftige Entwicklungen nachdenken – besonders dann, wenn sie selbst Wissenschaftler sind –, gern jemand dabeihaben, der einen allgemeineren Ansatz verfolgt und historische und politische Kenntnisse hat. Die Mars-Trilogie und *Antarctica* zeigen jetzt Wirkung. Also laden mich Leute zu Vorträgen ein, weil sie von mir Aspekte jenseits ihrer Fachgebiete erwarten. Sie brauchen Humanisten. Und es gibt nun mal nicht viele Humanisten, die sich mit der Antarktis oder mit dem Mars beschäftigen. Außerdem wird die Kampagne, zum Mars zu fliegen, derzeit immer heftiger. Es gibt eine neue *Mars Society* und viele andere Entwicklungen, die das Thema Mars betreffen. Da ich die Mars-Trilogie geschrieben habe, werde ich natürlich in diese Dinge einbezogen.

F: *Und machen Sie dort auch direkte, politische Vorschläge?*

A: Na ja, in vielen meiner Romane sage ich grundsätzliche Dinge zur Politik. Aber vor allem bin ich Romancier, also beurteile ich die Ideen danach, ob sie zu guten Geschichten taugen, ich sortiere aus. Mich interessiert die Auseinandersetzung zwischen den Protagonisten, mich interessieren die erzählerischen Möglichkeiten. Meiner Meinung nach kommt mein persönlicher Standpunkt irgendwann sowieso zum Ausdruck, egal, was ich mit der Handlung oder den Protagonisten mache. Aber als Romancier muß ich dafür sorgen, daß auch andere Standpunkte angemessen dargestellt werden, daß die handlungstragenden Figuren nicht einfach Buhmänner sind, die man dann erledigt. Sie selbst halten das, was sie tun, ja für vernünftig. Und ich selbst habe die Fähigkeit, das nachzuvollziehen. Wahrscheinlich bin ich deshalb ein Romancier und kein Publizist oder Polemiker oder Politischer Sprecher. Wenn ich aus Anns Perspektive schreibe, bin ich irgendwann völlig davon überzeugt, daß wir den Mars niemals terraformen sollten. Und wenn ich aus Hirokos Perspektive schreibe, bin ich davon überzeugt, daß der Mars ein heiliger Ort ist. Ich bin bereit, mich ganz und gar in meine Charaktere und ihre Standpunkte hineinzuversetzen. Zeitweilig nehme ich dann beim Schreiben diesen Standpunkt ein. Für mich ist es wichtiger, mich als Romancier zu betätigen denn als Politiker zu wirken, und ich glaube, das merkt man meinen Romanen auch an. Die politischen Ideen, die darin vorkommen, sind Vorstellungen, die jeder von uns hat, sie sind nicht besonders originell. Ich drücke nur aus, was ich höre. Wenn ich die Wahl hätte, entweder ganz gut zu schreiben oder interessante politische Ideen zu entwickeln, würde ich mich immer für das Schreiben entscheiden. Das ist mir am wichtigsten.

F: *Was macht gutes Schreiben Ihrer Meinung nach aus?*

A: Ich glaube, daß man Menschen am besten mit Romanen anspricht, die ein Gespür für die Realität haben. Die Leute lesen solche Romane und sagen: Ja, genau so ist das Leben. Oder: Ja, das erinnert mich an ... Was wir an Romanen lieben, ist die Bestätigung dessen, was wir in unserem eigenen Leben als wahr erkannt haben. Es ist eine bestimmte Art von Realismus. Und trotzdem bin ich hier, auf einer Phantastik-Konferenz, und schreibe Science Fiction. Eigentlich ist das ja ein Widerspruch. Also kann ich nur eines machen: Ich versuche, Romane zu schreiben, die zwar zur Science Fiction zu rechnen sind, aber gleichzeitig ein Gespür für die Realität haben.

Auch in dieser Hinsicht war es eine tolle Erfahrung, die Mars-Trilogie zu schreiben. Ich hatte unheimlich viel wissenschaftliches Material über den Mars, das noch nie für einen Roman genutzt worden war. Also konnte ich den Schauplatz sehr realistisch gestalten, obwohl noch niemand auf dem Mars gewesen ist. Und ich konnte dort oben tun und lassen, was ich wollte. Und trotzdem haben wir schon all diese Landkarten vom Mars. Es ist ein leerer Planet, der bereits kartographiert ist.

F: *Hatten Sie sich, als Sie mit dem Schreiben der Mars-Trilogie begannen, die utopische Tradition schon einverleibt?*

A: Ja. Ich habe das alles gelesen, angefangen mit Thomas Morus. Ich habe auch ›Auf zwei Planeten‹ von Kurd Lasswitz gelesen. Die frühen Mars-Autoren, die ich mochte, kommen alle in der Trilogie vor: als Namens- oder Ortsbezeichnungen.

F: *War es dieses Interesse an Utopien, das Sie ursprünglich zur Science Fiction gebracht hat?*

A: Nein, ich bin in Kalifornien aufgewachsen, ging nach San Diego und entdeckte Science Fiction als eine Literatur, die die Wirklichkeit angemessen zu beschreiben schien. Sie drückte am besten das Lebensgefühl aus, das ich empfand. Der Science Fiction gehörte meine ganze Liebe, und ich kaufte alles, jede Art von Science Fiction.

Irgendwann hatte ich ziemlich früh die Idee, die drei Kalifornien-Romane zu schreiben: *The Wild Shore, Gold Coast* und *Pacific Edge*. Alle sollten vom selben Ort, von ungefähr derselben Zeit in der Zukunft und von recht ähnlichen Protagonisten handeln, nur die Geschichte sollte drei verschiedene Richtungen einschlagen. Und diese Richtungen sollten klassische Motive der Science Fiction repräsentieren. Also handelt *Wild Shore* vom Niedergang. *Gold Coast* ist eine Dystopie, *Pacific Edge* eine Utopie. Etwa fünfzehn Jahre später – die ersten beiden Kalifornien-Romane hatte ich bereits geschrieben – wollte ich die Utopie schreiben und begann mich für die utopische Tradition zu interessieren. Als Roman finde ich *Pacific Edge* recht gut, aber als Utopie empfand ich das Buch als frustrierend. Mein Interesse an Utopien wurde dadurch aber noch größer. Ich dachte: Du solltest tatsächlich politische Romane schreiben, das ist die beste Möglichkeit, heutzutage große Romane zu schreiben. Aber dazu mußt du mehr leisten als in *Pacific Edge,* die Politik muß realistisch wirken. So fing das alles an. Und jetzt bin ich fast süchtig danach. Es gibt so viele Möglichkeiten, unsere gegenwärtige Situation darzustellen, sie gibt guten Stoff für Romane her. Für mich bedeutet das eine interessante Herausforderung. Ich kann mir vornehmen, eine Utopie zu schaffen, die den Leser auch noch gut unterhält, und das ist nicht einfach.

F: *Haben Sie die neueren Mars-Romane von Greg Bear, Ben Bova etc. gelesen?*

A: Nein, überhaupt keine der neueren. Gregs Roman habe ich mir kurz angesehen, so daß ich weiß, wovon er handelt. Aber ich wollte eigentlich gar nicht wissen, was meine Zeitgenossen gemacht haben. Es ist besser, unabhängig zu schreiben. Die alten Mars-Romane habe ich natürlich gelesen. Aber der Platz da oben reicht für alle. Der Mars ist ein großer Planet und hat seine eigene Literatur.

F: *In den 80er Jahren wurden Sie dem Lager der ›Humanisten‹ in der Science Fiction zugerechnet und sozusagen zum Gegenpol der ›Cyperpunks‹ stilisiert. Hat diese Einteilung heute noch Auswirkungen in der amerikanischen Science Fiction-Szene?*

A: Nein, das war nur eine künstliche Einteilung der 80er Jahre. Inzwischen ist das alles Vergangenheit, und ich bin froh darüber. Ich mochte es schon damals nicht. Ich mag nicht Teil irgendeiner Schule sein. Das alles wurde künstlich hochgekocht. Die Humanisten stellten für die Cyperpunks die Buhmänner dar, weil die Cyperpunks nach Feinden suchten. Vom Cyberpunk als literarischer Strömung hielt ich nicht viel, diese Romane kamen mir defätistisch vor. Es war eine Literatur der Kollaboration mit dem kapitalistischen System, deshalb war sie beim *Wall Street Journal* ja auch so beliebt und wurde populär. Diese Literatur erzählte den 80ern: Was ihr macht, ist unvermeidlich und ganz in Ordnung, schert euch nicht darum, daß die Welt in Stücke bricht. Wenn die Leute sagten: Robinson gehört nicht zu den Cyberpunks, er ist ein Feind der Cyberpunks, antwortete ich: Ja, stimmt. Ist durchaus richtig.

Da die Cyberpunks in den 80er Jahren die Szene beherrschten – in dieser Zeit versuchte ich gerade erst, Leserinnen und Leser für mich zu gewinnen –, war es für mich ganz nützlich, wenn die Leute sagten: Er ist der Anti-Christ, der große Heilige oder sonst was. Es machte mir nie viel aus.

F: *Inzwischen hat sich der Cyberpunk totgelaufen. Zeichnen sich Ihrer Meinung nach irgendwelche neuen dominanten Strömungen in der amerikanischen Science Fiction ab?*

A: Nein. Ich halte die post-Cyberpunk Science Fiction für recht amorph. Niemand weiß, wie man das charakterisieren soll, es gibt so viele kleine Strömungen. Jeder macht sein eigenes Ding. Ich lese derzeit auch keine Bücher anderer SF-Autoren. Und ich glaube, das machen alle so: Jeder ist viel zu sehr mit seinen eigenen Projekten, mit der eigenen Arbeit beschäftigt, um sich um andere zu kümmern. Den Gemeinschaftsgeist, der auch bedeutete, daß jeder wußte, was der andere trieb, gibt es in dieser Form nicht mehr.

F: *Übrigens sagen auch Ex-Cyberpunks wie William Gibson oder Tom Maddox, daß sie froh sind, keiner Gruppe mehr zugerechnet zu werden ...*

A: ... Das weiß ich. Gibson bewundere ich sehr, ich halte ihn für einen wunderbaren Menschen. Er ist sehr großzügig, klug und ein guter Schriftsteller. Ich habe damals gemerkt, wie unangenehm ihm diese Gruppengeschichte war. Die Leute haben ihn benutzt, zu ihrem Vorteil ausgenutzt, und er konnte nichts dagegen unternehmen, bis auf das, was er in der üblichen Großzügigkeit tat. Er hat bei den Angriffen der Cyberpunks auf andere Autoren nie mitgemacht, hat nur seine eigenen Dinge verfolgt. Er ist ein guter Mann ...

F: *Vielen Dank für das Gespräch.*

A: Hat mir auch Spaß gemacht ...

Andreas Eschbach

INTERVIEW

›Der Abräumer‹

Ein Gespräch mit Andreas Eschbach

von Marcel Feige

›Jesus Video‹ war 1999 zweifelsohne der deutsche Romanerfolg des phantastischen Genres. Eine abenteuerliche Geschichte, die von einem Zeitreisenden aus der Zukunft handelt, der in die Vergangenheit, das Jahr Null, reist, um in der Gegenwart mit einer CamCorder-Aufnahme vom Heiland persönlich für Verwirrung zu sorgen. ›Jesus Video‹ ist ›ein mitreißendes Panoptikum faszinierender Ideen‹, schreibt das Buchmagazin ›Lesen & Leute‹. Und: ›Sauber recherchiert. In allen geographischen, wissenschaftlichen, technischen und philosophischen Fragen überzeugend.‹ Der Roman wurde während der European SF Convention ›Trinity‹ im Mai 1999 ausgezeichnet mit dem Deutschen Science Fiction Preis, dem Kurd Laßwitz-Preis und dem neuen Phantastik Award. Wohl nicht umsonst ist die erste Auflage des Romans nach einem Jahr bereits ausverkauft – das ist selten für einen deutschen Autor des phantastischen Genres.

Andreas Eschbach, geboren am 15. September 1959 in Ulm, bereits in den Jahren zuvor für seine Romane ›Die Haarteppichknüpferin‹ und ›Solarstation‹ mit Preisen belohnt, ist der derzeit wohl meistdekorierteste Autor aus deutschem Ländle. Tatsächlich lebt Andreas Eschbach in Stuttgart, der Schwabenhochburg Nummer Eins. Im Schwabenland spielt auch sein neuer Roman, ›Kelwitts Stern‹, dem erneut eine aberwitzige Idee zugrunde liegt. Wenige Worte zum Inhalt: Auf dem Planet Jombuur, in den Tiefen der Milchstraße, ist es üblich, jedem Neugeborenen einen Stern zu schenken. Später dann besucht der junge Jombuuraner seinen Stern. Eines Tages wird auch unsere Erde verschenkt – an den unbekümmerten Kelwitt. Kurz vor Silvester 1999 entdeckt Kelwitt, daß die Erde bewohnt ist, und beschließt, sich diesen Planeten genauer anzusehen. Er landet auf der Schwäbischen Alb. Kelwitt findet Unterschlupf bei der Familie Mattek, deren Tochter Sabrina sich sehr für Kelwitts eigenartiges Liebesleben interessiert. Auf ihr Drängen hin beschließen die Matteks, Kelwitt vor den Geheimdiensten zu verstecken, die seine Landung beobachtet haben.

Gepaart mit Eschbachs unvergleichlichem Sprachwitz und einer rasanten Schreibe dürfte ›Kelwitts Stern‹ abermals Anwärter auf SF-Preise sein. Warten wir es ab!

Marcel Feige unterhielt sich mit dem sympathischen Autor.

F: *Lieber Andreas, wie wird man Schriftsteller?*

A: Indem man ein Buch veröffentlicht und dafür Geld bekommt. Dann ist man Schriftsteller.

F: *Aus deinem Lebenslauf weiß ich, daß du im Sommer 1994 ein Stipendiat der Arno Schmidt-Stiftung ›für schriftstellerisch hochbegabten‹ Nachwuchs erhalten hast. Wie ist es dazu gekommen?*

A: Für dieses Stipendium muß man vorgeschlagen werden. In meinem Fall war es Gisbert Haefs, der mich vorgeschlagen hat, allerdings ohne mir etwas davon zu sagen. Er rief mich nur eines Tages an und fragte, ob ich Interesse an einem Schreibwochenende hätte, wo es um Handwerkliches gehen solle usw. Was ich natürlich begeistert bejaht habe. Kurz darauf kam dann der Brief von der Arno Schmidt-Stiftung.

Gisbert Haefs hatte ich auf der Frankfurter Buchmesse mit der Bitte belästigt, das Manuskript meines Romans ›Die Haarteppichknüpfer‹ zu lesen und mir schonungslos zu sagen, was er davon halte, weil ich wissen wollte, warum die Verlage ihn mir dauernd zurückschickten. Sein schonungsloser Kommentar war: ›Klasse Buch, aber scheiße geschrieben.‹ Das sagte er mir, als wir uns in Rendsburg auf dem Sommerseminar trafen;

geschrieben hatte er drei engbetippte Schreibmaschinenseiten voller Anmerkungen.

F: *Da frage ich mich: Was hast du am Roman daraufhin geändert? Immerhin ist ›Die Haarteppichknüpfer‹ ja wenig später sehr erfolgreich geworden?*

A: Hihi. Nichts!

F: *Zurück zum Stipendium. Wie genau hat dieses Stipendium ausgesehen? Bestand es aus einer Geldsumme?*

A: Nein, es war die Einladung zu einem zehntägigen Seminar in Rendsburg, in dem es um das Handwerk und die Kunst des Schreibens gehen solle, und das hieß eben ›Sommerseminar für schriftstellerisch hochbegabten Nachwuchs‹ – ein toller Titel, oder? Es waren zehn arbeitsreiche Tage voller Vorträge von Schriftstellern wie Gisbert Haefs, Carl Amery, Eva Demski, Hermann Peter Piwitt, Verlegern wie Gerd Haffmanns und Michael Naumann (der jetzige Bundeskultusminister, damals Chef von Rowohlt), Übersetzern wie Harry Rowohlt, Lyrikern wie Peter Rühmkorf usw., Arbeitsgruppen mit Mentoren, Austausch untereinander, alles was das Herz begehrte. Unter anderem war ein Anwalt für Urheberrecht da, der uns zwei Stunden lang haarklein auseinandersetzte, was die einzelnen Paragraphen in einem Verlagsvertrag zu bedeuten haben – das hat mich dann später vor einer Menge Scherereien bewahrt.

F: *Mal ehrlich: Was hat dir dieses Stipendium gebracht bzw. ermöglicht?*

A: Man darf sich das nicht so vorstellen, daß man da die geheimen Tricks für schriftstellerischen Erfolg gezeigt bekam, die dem Rest der Welt vorenthalten werden, oder daß man sozusagen seilschaftsmäßig an die richtigen ›Connections‹ weitergereicht wurde. Es gibt solche Tricks nicht, und alle Connections nützen nichts, wenn man nicht gut schreibt. Nein, was mir das Stipendium gebracht hat, war vor allem anderen ein Gefühl von REALITÄT, was mein Ziel, Schriftsteller zu werden, anbelangte. Das ist schwer zu erklären. Zu erleben, daß es Menschen gibt, die es schon geschafft haben, die dort sind, wo man selber hin will – das gibt einem das Vertrauen, daß es zumindest machbar ist.

F: *Machbar, daran verzweifeln viele Nachwuchsautoren. Viele glauben, nur ein fördernder Lektor beim Verlag öffnet alle Türen ...*

A: Naja, das ist sein Job. Ein Verlag kann nicht existieren, ohne etwas zu haben, das er veröffentlichen kann. Und der Job des Lektors ist, das zu finden. In diesem Sinne ist er das, was ein Einkäufer bei DaimlerChrysler ist. Wenn der einen zuverlässigen Schraubenhersteller entdeckt, öffnet er dem auch alle Türen.

F: *Mal ernsthaft, was sollte ein Autor können, um erfolgreich zu sein? Oder anders gefragt: Was macht den Erfolg eines guten Schriftstellers aus?*

A: Also, da muß man erst einmal definieren, was man unter Erfolg versteht. Da gibt es durchaus unterschiedliche Wunschvorstellungen. Ich denke aber, der Erfolg eines Autors hat immer damit zu tun, sich ein Publikum zu erobern. Wenn es Menschen gibt, die beim Anblick eines neuen Buches von einem Autor sagen, ›toll, ein neuer XY‹, und das Buch lesen wollen – das ist schriftstellerischer Erfolg.

F: *Und was meinst du, hat zu deinem Erfolg geführt?*

A: Ich weiß es nicht. Was ich sagen kann, ist, daß ich, außer zu atmen, nichts im Leben länger und ausgiebiger gemacht habe als zu schreiben. Ich denke, daß das eine Rolle spielt.

F: *In Amerika sind sogenannte ›Schreibkurse‹ ja der absolute Hit. Ist das in Deutschland denkbar? Oder ist Deutschland nur ein Land der Dichter und Denker, in dem das geistige Potential gilt, nicht das Handwerk?*

A: Es muß wohl so sein. Aber das ist keine Einstellung, die ich teile. Ich habe in letzter Zeit ein paar Mal mit Schriftstellern gesprochen, die sich über mangelnden Erfolg beklagten, und ein kleines Teufelchen brachte mich auf die Idee zu fragen, was sie denn, bitte schön, für ihr Handwerk täten – was sie an Büchern über das Schreiben läsen oder dergleichen.

Interessanterweise war die Antwort jedesmal, fast wortwörtlich, dieselbe. Ach, nein, davon hielten sie nichts; sie wollten sich nicht einengen lassen durch irgendwelche Regeln und Formeln, blah blah blah. Alles Bullshit.

Talent ohne handwerkliche Grundlagen ist völlig wertlos.

Würdest Du Dich operieren lassen von jemand, der das Talent zum Chirurgen, aber keine medizinische Ausbildung hat? Würdest Du Dein Auto reparieren lassen von jemand, der Talent hat, sich aber nicht durch die Gesetze der Physik einengen lassen möchte? Ein Schriftsteller hantiert mit Worten. Mit Worten kann man Religionen stiften, aber auch Kriege entfachen; Worte sind die gefährlichsten Dinge auf dieser Welt. Und ausgerechnet hier glaubt man, darauf verzichten zu können, von anderen zu lernen? Das ist absurd.

In Amerika gibt es so viele Creative Writing-Kurse wie in Deutschland Fußballclubs. Deswegen gibt es in Amerika viele gute Schriftsteller, und in Deutschland viele gute Fußballspieler. Punkt.

F: *Also ist die Schriftstellerei nichts anderes als Handwerk für dich? Da werden in Deutschland aber einige intellektuelle Köpfe aufschreien. Ist ein Schriftsteller nun ein Handwerker oder ein Künstler? Oder ein Unterhalter? Was meinst du?*

A: Das ist jetzt deutsche Klassifizierungssucht. Was kann einem eine Antwort auf diese Frage helfen?

F: *Als was siehst du dich denn? Als was möchtest du gerne gesehen werden?*

A: Ich will es mal so sagen: wenn ich einen neuen Roman von John Grisham, Michael Crichton, Tom Clancy oder Jeffrey Archer usw. zur Hand nehme, weiß ich, daß mich einige Stunden fesselndes Lesevergnügen erwarten. Ich will nicht mehr und nicht weniger, als daß es Leuten mit meinen Büchern genauso geht.

F: *Wie darf man sich dich bei deiner Arbeit vorstellen? Allein und einsam in einer kleinen Kammer?*

A: Allein ja, einsam nein. Und es ist keine kleine Kammer, sondern ein großes, wunderbares Arbeitszimmer. Ein großer Baum klopft mit seinen Ästen gegen meine Fenster, die Sonne scheint herein, und rings um mich stapeln sich Nachschlagewerke, Notizbücher und so weiter – ein ziemliches Chaos.

F: *Wie schreibst du denn dabei? Nach festen Arbeitszeiten? Mit dem Kuli? Am Laptop?*

A: Ich schreibe am PC, mit zwei Fingern – eigentlich eher eineinhalb, weil mein rechter Zeigefinger die Hauptarbeit macht –, ich schreibe, wann immer es sich ergibt – also ohne festen Tagesrhythmus, falls Du das meinst – und wo? Da läßt mir der PC nicht viel Auswahl, aber grundsätzlich könnte ich es überall. Eine Zeitlang hatte ich einen Laptop, da habe ich gern mal auf der Couch geschrieben, das Teil auf dem Schoß, das war auch sehr angenehm.

F: *Und wie recherchierst du?*

A: Je nachdem, was ich wissen muß. Manche Dinge lassen sich übers Internet rasch und einfach in Erfahrung bringen, andere sucht man dort vergebens. Nach wie vor der größere Hochgenuß ist es, in die Landesbücherei hier in Stuttgart zu gehen, in den Katalogen zu blättern, in der andächtigen Stille des Lesesaals Notizen aus Büchern zu machen, bestellte Bücher am Schalter abzuholen und bei einem Kaffee in der Cafeteria durchzublättern ... Das ist besser als Urlaub.

F: *Das klingt nach einer sehr geruhsamen, entspannten Arbeit. Zumindest nicht stressig. Der Schwabe, das weiß ich von meiner knapp zweijährigen journalistischen Tätigkeit in Süddeutschland, ist ein sehr geruhsamer Mensch. Behäbig bisweilen. Bist du der typische Schwabe?*

A: Nein, das glaube ich nicht. Das kann man nicht sein, wenn man zu Hause mit Hochdeutsch aufgewachsen ist.

F: *In deiner Vita habe ich auch gelesen, daß du bereits seit deinem zwölften Lebensjahr schreibst? War es schon immer dein erklärtes Ziel, Schriftsteller zu sein?*

A: Es war schon immer mein Ziel, ja, aber ich habe lange gebraucht, um mir das eingestehen zu können. Ich konnte mir lange nicht vorstellen, daß jemand *nicht* Schriftsteller werden wollen könnte, und habe jahrelang nach anderen, weniger ›überlaufenen‹ Lebenszielen gesucht. Aber natürlich nicht gefunden.

Erst seit ich es nun ernsthaft betreibe, merke ich, daß ich viel mehr Konkurrenz gesehen habe, als tatsächlich da ist. Ich habe zur Kenntnis genommen, daß es Menschen gibt, für die es eine Strafe wäre, ein Buch schreiben zu müssen, auch wenn ich das emotional nicht hundertprozentig nachvollziehen kann. Ich glaube auch, daß Menschen, die Triathlon machen, das nicht tun, weil sie sich nicht trauen, Schriftsteller werden zu wollen. Tatsächlich denke ich, daß der Haufen der Schriftsteller eher relativ klein ist. Es gibt natürlich viele Leute, die es sich nett vorstellen, Schriftsteller zu sein – aber das ist dann eher so, wie wenn unsereins Boris Becker in Wimbledon sieht und denkt, es wäre nett, Tennisprofi zu sein, all der Applaus, diese hübschen Pokale, viel Lob und Ehr und ein Haufen Geld ... Aber das Durchhaltevermögen und Interesse, dafür jahrein, jahraus acht Stunden am Tag zu trainieren, Millionen von Bällen zu schlagen, wieder und wieder, sich die Kondition für fünf Stunden Kampf in praller australischer Sonne anzutrainieren – das ist es, was Berufung trennt von der Vorstellung, ›es wäre ganz nett‹. Die Vorstellung ›es wäre ganz nett‹ möchte die Kirschen vom Kuchen essen, ihn aber nicht backen.

***F:** Du hast Luft- und Raumfahrttechnik studiert, dann als Softwareentwickler gearbeitet. Erklärt das deinen Hang zur SF?*

A: Nein, mein Hang zur SF erklärt meine Studienwahl. Ursprünglich wollte ich Physik studieren, weil mich Kernphysik eine Zeitlang faszinierte, aber als ich erfuhr, daß es den Studiengang Luft- und Raumfahrttechnik gibt, hatte ich das Gefühl, das muß es sein! Naja – ein Fall mehr, der zeigt, daß man nicht nur auf seine Gefühle hören sollte ...

***F:** Richtige SF sind deine Werke aber nicht ... Sie sind Fiktion, Thriller, Unterhaltung. In welche Schublade würdest du dich stecken? Möchtest du dich in eine stecken?*

A: Am wohlsten fühle ich mich mit dem Cover meines neuesten Buches, ›Kelwitts Stern‹, auf dem – endlich – nur steht: Roman.

Alle diese Genrebezeichnungen haben etwas von Reservaten an sich. Da wird gehegt und gepflegt, was auf sich allein gestellt in der wirklichen Welt draußen nicht überlebensfähig wäre. Aber ich möchte mich schon der ganzen Konkurrenz stellen.

***F:** Trotzdem, wie würdest du deine Geschichten bezeichnen? Was genau sind sie? Unterliegen sie einer bestimmten Definition?*

A: Die einzige Einteilung der Literatur, die mir sinnvoll vorkommt, ist die in phantastische und in realistische Literatur.

Die realistische Literatur schildert Geschichten in der Welt, wie sie ist, die phantastische Literatur schildert Geschichten in Welten, die es so nicht gibt. Abgesehen davon gibt es dann nur noch Unterschiede in der Qualität des Geschriebenen. Wenn wir diese Einteilung zugrunde legen, sind meine Geschichten phantastische Literatur.

F: *Eines ist aber sicher: Deine Romane sind sehr erfolgreich. ›Die Haarteppichknüpfer‹, dein erster Roman, erhielt, trotz gewaltiger Kritik von Gisbert Haefs, sofort den Literaturpreis des SFCD. Hat dich das überrascht?*

A: Absolut. Ich wußte ja nicht einmal, daß es einen derartigen Preis gibt.

F: *Ein Jahr später kommt ›Solarstation‹, dein zweiter Roman, auf den Markt. Er wird ebenfalls ausgezeichnet, diesmal mit dem Kurd-Laßwitz-Preis. Hat dich das abermals überrascht?*

A: Ja, sicher. Und das war auch alles sehr ergreifend, die Zeremonie der Preisverleihung, das Echo in den Medien ...

F: *1998 schließlich dürfen wir in ›Jesus Video‹ schmökern. Es ist ein phantastischer Roman – und ›phantastisch‹ bedeutet in diesem Fall zweierlei: Ein Roman des phantastischen Genres. Aber auch ein Roman mit einer sehr guten Idee. Sehr gut umgesetzt. Sehr gut geschrieben. Sehr gut zu lesen. Ich für meine Person war hellauf begeistert. Wie ist es zu ›Jesus Video‹ gekommen? Was hat den Ausschlag zu dieser Idee gegeben?*

A: Das kann man nie so genau sagen, was den Ausschlag gibt, einen bestimmten Roman zu einem bestimmten Zeitpunkt zu schreiben. Man trägt die Idee mit sich herum, meistens ein paar Jahre lang, und irgendwann ist es dann soweit – man fängt an, eins kommt zum anderen, und unversehens ist man mitten drin im großen Abenteuer.

F: *Waren die Auszeichnungen in den Jahren davor dir eine Antriebsfeder? So etwas wie: Jetzt wollen wir doch mal sehen, ob ...*

A: Ich will nicht verhehlen, daß die literarischen Auszeichnungen eine feine Sache sind und eine schöne Anerkennung, aber es käme mir verschroben vor, beim Schreiben auf einen solchen Preis hinzuarbeiten.

Ich sehe das so, daß jeder Mensch, der von einem Autor

ein Buch gelesen hat und daraufhin ein zweites kauft, diesem Autor seinen persönlichen, dotierten Preis verleiht, sozusagen den ›Die-Bücher-von-dem-find-ich-klasse‹-Preis. Wenn es einen Preis gibt, der mir Antriebsfeder ist, dann dieser.

***F:** Immerhin hat der Roman alles abgeräumt, was abzuräumen ist ... Den Kurd-Laßwitz-Preis, den Science Fiction Preis Deutschlands und den Phantastik Award. Und, das ist wohl ein Unikat für deutsche ›Phantastik‹-Autoren, der Roman ist nach knapp einem Jahr beim Verlag bereits komplett ausverkauft. Was sagt man zu diesem Erfolg? Überrascht? Damit gerechnet? Davon geträumt?*

A: Ich hatte es für nicht ausgeschlossen gehalten, wieder einen Preis zu gewinnen, ja. Alle vorhandenen Preise zu bekommen, hat mich aber überrascht, fast entsetzt. Wenn es keine ernsthafte Konkurrenz gibt, kommt es mir ein bißchen sinnlos vor. Vielleicht sollte man die Unterteilung in deutsche und ausländische Werke fallen lassen. Der Literaturnobelpreis unterscheidet schließlich auch nicht zwischen norwegischen und ausländischen Autoren. Der beste SF-Roman des Jahres, und fertig. Dann käme ich vielleicht erst im Kleingedruckten, aber immerhin auf derselben Liste wie Iain Banks ... – Ich habe mich übrigens immer gefragt, wie wohl ein Match zwischen Boris Becker und Steffi Graf ausgehen würde. Wer weiß?

***F:** Jetzt reagiert die Kirche ja gerne mit ein wenig Murren, wenn man ihre hochheiligen Themen beackert ... Und du gehst mit ›Jesus Video‹ förmlich an ihr Fundament ... Hast du von Seiten der Kirche einen Kommentar zu ›Jesus Video‹ erhalten?*

A: Nein. Die Katholische Kirche hat schon ganz andere Bedrohungen überlebt als diesen Roman. Eine Zeitschrift, die ›Christ und Welt‹ oder so heißt, hat ›Jesus Video‹ sehr positiv rezensiert und empfohlen, aber vielleicht war das eine evangelische Zeitschrift ...?

***F:** Wie haben sich die Recherchen zu ›Jesus Video‹ gestaltet? Mußtest du dich tief in die Kirchenmaterie einarbeiten?*

A: Ja, natürlich, und über Archäologie, Restaurationstechniken, und so weiter. Das war faszinierend.

***F:** Die Örtlichkeiten in ›Jesus Video‹ sind sehr detailgenau gezeichnet. Warst du selbst in Israel vor Ort?*

A: Gestatte ein Schmunzeln. Was glaubst du?

F: *Ich würde mal vermuten, daß du in Israel warst? Andererseits wenn du so viel recherchierst, wie du sagst, dann könnte ich mir auch gut vorstellen, daß dein Wissen über das Land einigen guten Reiseführern entstammt. Nein, eher tippe ich auf ersteres ...*

A: Der Kandidat hat ... leider null Punkte. Ich habe die berühmte Methode Karl May angewandt und bin ziemlich stolz, daß schon einige Israel-Kenner gelobt haben, ich hätte Israel so treffend geschildert, ›genau wie es ist‹.

F: *Wie lange hast du also alles in allem an ›Jesus Video‹ gearbeitet? Es ist immerhin ein Roman von gut und gerne 605 Seiten?*

A: Es sind 1 159 887 Anschläge, und ich habe 372 Stunden und 23 Minuten daran geschrieben. Die Zeiten für Recherche, Planung, Überarbeitung usw. allerdings nicht mit eingerechnet.

F: *Potzblitz! Die Stunden und Minuten weißt du noch so genau? Schreibst du mit der Stoppuhr, oder was?*

A: Meine Romanspezialtextverarbeitung – selbst programmiert – führt ein genaues Logbuch. Auf diese Weise kann man sich nichts vormachen.

F: *Stand das Plot zu ›Jesus Video‹ von vorneherein fest? Hast du nach einem ausgearbeiteten Exposé geschrieben? Oder hat sich vieles erst im Laufe der Geschichte ergeben?*

A: Da darf ich mal unseren neuen Kanzler zitieren: ›Sowohl, als auch.‹ Ich hatte natürlich eine Vorstellung von dem Verlauf der Geschichte, aber während des Schreibens verändert sich immer vieles, ergeben sich neue Haken und Wendungen, und dieses Wachstum ist ein Teil der Faszination des Schreibens. Man arbeitet also nicht einfach einen vorher feststehenden Plan ab, sondern es entwickelt sich etwas – ich für mein Teil finde, daß eine Erzählung auch organischer, dichter wird, wenn die Figuren ihr Eigenleben entfalten.

F: *War es für dich zwangsläufig, daß das Videoband, auf dem Jesus zu sehen ist, im Rahmen deiner Geschichte gefunden wird? Mußte das Videoband gefunden werden? Oder hätte es auch eine andere ›Auflösung‹ geben können?*

A: Die hätte es geben können, natürlich, aber meinem Gefühl nach wäre es schriftstellerische Feigheit gewesen, sich dieser Frage – was ist denn nun auf dem Video? – zu entziehen.

***F:** Meine Hochachtung: In unseren ›ungläubigen‹ Zeiten drückst du dich damit nicht vor einer klaren Stellungnahme. Im Gegenteil: Du beziehst damit sogar eindeutig Stellung: Es gibt/gab Jesus! Ist das ein Faktum, das du für die Geschichte brauchtest, oder glaubst du selbst daran?*

A: Also, ich halte nicht viel davon, zu glauben. Wer fordert, zu glauben, verbietet einem, zu zweifeln, und sich das verbieten zu lassen ist der erste Schritt in die Unvernunft und letztlich in die Bestialität. Die schlimmsten Taten werden von Leuten verübt, die nicht zweifeln.

Ich denke aber, daß Jesus wirklich gelebt hat und daß er vermutlich eine reichlich beeindruckende Persönlichkeit gewesen sein muß. Im Grunde war der Ausgangspunkt für den Roman ja gerade, daß ich mir die Frage stellte (Schriftsteller tun solche Sachen – sie stellen sich die merkwürdigsten Fragen, die man sich vorstellen kann), wie es wohl wäre, wenn es von dieser Person, die auf vielerlei Wegen unsere ganze Kultur geprägt hat, nicht bloß diese mageren, märchenartigen Überlieferungen, aufgezeichnet von Nachfahren der Nachfahren der Zeitzeugen, gäbe (was mich immer an das Partyspiel ›Flüsterpost‹ denken läßt), sondern, sagen wir, ein CNN-Interview, eine SPIEGEL-Reportage oder dergleichen.

***F:** Daß das Video gefunden wird, wirkt sich aber, meiner Meinung nach, ein wenig ›enttäuschend‹ auf das endgültige Ende aus. Ein wenig pathetisch, äußerst religiös, christlich und sehr gläubig.*

A: Findest du?

***F:** Irgendwie schon. Ich will damit aber nicht sagen, daß das Ende nicht paßt, aber man hat doch nach den rasanten 500 Seiten ein wenig mehr ›Action‹ erwartet. Den großen Show-Down vielleicht. Aber nicht die Bekehrung des besessenen Stephen Fox … Gab es für dich keine andere Lösung?*

A: Das klingt so, als hättest du gern ein anderes Ende gehabt. Ich finde, so, wie es ist, hat es den genialsten Show-Down,

den ich mir ausdenken konnte. Und wenn ein Buch nicht so läuft, wie man es erwartet, ist es doch am besten, oder?
F: *Da gebe ich dir recht. Aber: Diente das Ende um Stephen Fox dazu, einem spannenden Science-Thriller noch die nötige Tiefe zu geben? Oder war es ein Zugeständnis an die Kirche?*
A: Unsinn. Die Kirche stellt in dem Roman doch die größten Schurken. Solange der Papst keine Fatwa verhängt, mache ich keine Zugeständnisse.
F: *Das Ende veranlaßt mich, eine ganz andere Frage zu stellen. Bist du ein gläubiger Mensch?*
A: Es ist interessant, wie selten ich das im Zusammenhang mit dem Roman ›Jesus Video‹ gefragt werde. Die Antwort ist nein. Man wird aber sicher bemerken, daß Religion in meinen Romanen häufig eine Rolle spielt. Das ist natürlich kein Zufall.
F: *Nicht? Warum? Bist du sehr katholisch aufgezogen worden?*
A: Überhaupt nicht, bis zu meinem Kirchenaustritt war ich evangelisch. Aber unabhängig davon finde ich Religion, was nichts anderes ist als die Frage, wie man sein Leben richtig leben soll, ein für jeden wichtiges Thema, und es ist bedauerlich, daß dieses Gebiet von all diesen uralten Glaubensdinosauriern usurpiert wird. Irgendwie ist das so, als würde Astronomie immer noch auf Ptolemäus beruhen.
F: *Natürlich ist der Erwartungsdruck nach diesem Erfolg, nach diesen vielen Preisen ungeheuer groß. Wie gehst du damit um? Ist es nicht schwierig, sich hinzusetzen und zu sagen, jetzt schreibe ich einen neuen Roman, wenn du genau weißt, hunderttausend Leser und 100 Kritiker sitzen und sind ERWARTUNGSVOLL, was jetzt von dir kommt. Nur um sich dann mit einer noch größeren Lupe über jeden Satz, jedes Wort herzumachen? Oder ist es dir schlicht egal?*
A: Ich wünschte, es wäre so, daß hunderttausend Leute ›Jesus Video‹ gelesen hätten und nun auf das nächste warten – teilweise hatte ich auf dem Trinity-Con das Gefühl, es beglückwünschen mich Leute zu dem Buch, die es gar nicht gelesen haben.

Also, grundsätzlich ist es eine privilegierte Situation, wenn es jemanden gibt, der schon auf das nächste Buch wartet, das man schreibt. Ich empfinde das nicht als Erwartungsdruck, sondern als Stimulation. Das heißt doch, es *lohnt* sich, das Buch zu schreiben! Ein Gutteil der Zweifel, die die Arbeit am Erstling überschatten, sind damit vertrieben. In dem Sinne ist es mir nicht egal, aber ich schwitze nicht unter einem Erwartungsdruck, sondern fühle mich bestens motiviert. Daß man auf mein nächstes Buch wartet – das wollte ich doch, oder?

F: *Kommen wir zu deinem neuen Buch. ›Kellwitts Stern‹ geht zwar in eine ganz andere Richtung als ›Jesus Video‹, doch die Idee, die der Geschichte zugrunde legt, ist wieder ungemein witzig. Woher nimmst du diese Ideen?*

A: Diese Ideen kommen von selbst. Deswegen schreibt man – weil Ideen da sind.

F: *Hast du denn für deine Arbeit Vorbilder? Welche Schriftsteller haben dich beeinflußt?*

A: O je. Wieviel Dutzend soll ich aufzählen? Ich nenne oft Michael Crichton als Vorbild, um die Frage zu beantworten. Robert Silverberg schätze ich immer mehr. Alistair MacLean war das Idol meiner Jugend. Von Konsalik und Simmel habe ich viel gelernt, von Simenon lerne ich immer noch. Die Jugendbücher von Enid Blyton haben meine Abenteuerlust geweckt. Die Kurzgeschichten von Alain Dorémieux haben mich heillos fasziniert. Von James Hadley Chase habe ich viel abgeguckt, was Spannungsaufbau anbelangt. An den breit dahinfließenden Romanen von Arthur Hailey habe ich studiert, wie man komplexe Handlungsstränge miteinander verflicht. In den Romanen Jeffrey Archers achte ich darauf, wie er seine narrative Sprache einsetzt. Und so weiter, und so fort.

F: *›Jesus Video‹ hatte schon klare Bezüge zu Deutschland. ›Kellwitts Stern‹ spielt ganz in Deutschland, sogar in deiner Heimat, auf der Schwäbischen Alb. Ist das ein Schauplatz, den man sich erlauben kann, wenn man als deutscher Phantastik-Autor Erfolg hat, so wie du?*

A: Es gibt Leute im Verlagswesen, die würden es gern sehen, wenn ich alles komplett in Deutschland spielen ließe, weil sie glauben, daß dadurch die Verfilmungschancen steigen. Ich weiß nicht, ob das so ist. Ich unterwerfe die Wahl der Schauplätze den Erfordernissen der Geschichte, und ein bißchen spielt auch eine Rolle, wer ich selber bin. Ich bin nun mal ein deutscher Autor, und einen Roman in Israel spielen zu lassen, ohne einen Bezug zu Deutschland herzustellen, wäre mir unvollständig vorgekommen. Im Fall ›Kelwitts Stern‹ ist es ein bißchen so, wie wenn man mal Sex auf dem Küchentisch macht statt im Schlafzimmer: der Ortswechsel bringt neuen Pfiff in die Sache. Außerdem wollte ich nach all den Recherchen für ›Jesus Video‹ mal einen Roman an einem Ort spielen lassen, an dem ich mich auskenne.

F: *Phantastische Themen, sei es Fantasy, Horror oder SF, spielen ja nun mal originär in den USA? Muß das sein?*

A: Erstens stimmt das nicht – nimm nur ›Dracula‹, das spielt in Rumänien und England. Zweitens muß das natürlich *keineswegs* sein – daß es im Genre so ist, ist nur eine Gewohnheit, der Nachahmungstrieb bei der Arbeit. Aber wenn ein Deutscher so tut, als sei er ein Amerikaner, und seinen Roman in den USA spielen läßt, dann kommt am Ende doch nur ›Jerry Cotton‹ dabei heraus. Ein vollkommen synthetisches Amerika.

F: *Wie schaut es denn deiner Meinung nach generell mit der deutschen Phantastik aus? Stimmst du in das allgemeine Wehklagen ein? Oder muß deutsche Phantastik so sein, wie du sie schreibst, oder Kai Meyer, eine Mischung aus halbwegs denkbarer Fiktion und noch viel mehr Realität ... Also mehr oder weniger genreübergreifend?*

A: Ich lese immer, daß so viele Bücher erscheinen wie nie zuvor – siebzig-, achtzigtausend Neuerscheinungen pro Jahr – und frage mich, wie, zum Teufel, es dann kommt, daß ich so viel Mühe habe, einen Roman zu finden, der mir wirklich gefällt?

Es ist auch nicht so, daß ich mir ständig den Kopf über die deutsche Phantastik zerbreche. Was ist das, die deutsche Phantastik? Du fragst nach dem Zustand des Waldes – ich sage, laß uns die Bäume anschauen. ›Der Wald‹ – das ist eine Abstraktion. Es gibt keinen Wald. Es gibt nur Bäume. Genauso ist ›deutsche Phantastik‹ eine Abstraktion. Es gibt nur Bücher. Und die meisten sind himmelschreiend schlecht und würden überhaupt nicht erscheinen, wenn es nicht diese Reservate gäbe.

Die unangenehme Wahrheit ist, daß das Qualitätsbewußtsein der Käufer die Qualität der Produkte bestimmt. In meinem Supermarkt gibt es mehr Zeitschriften, die Autos testen, als Sexmagazine. Leute beschäftigen sich intensiv mit der Frage, was ein gutes Auto ist, und deshalb gibt es praktisch nur noch gute Autos.

Das ist keine Frage der Mischung aus Fiktion und Realität, keine Frage der Genres. Das ist eine Frage der Lesegewohnheiten. Wenn man aufhört, schlechte Bücher zu kaufen, wird es keine schlechten Bücher mehr geben.

Dazu muß man aber natürlich merken, wann ein Buch schlecht ist. Dazu muß man – jetzt wird es richtig bitter – auch mal Bücher außerhalb der SF lesen. Das kann einem dann so vorkommen, als habe man jahrelang in der Mensa gegessen – wo es auch mal gute und weniger gute Mahlzeiten gibt –, um nun den Unterschied zu einem Restaurant mit Michelin-Stern zu erfahren.

F: *Würdest du auch mal einen historischen Roman schreiben wollen? Oder einen Krimi? Oder brauchst du den phantastischen Subtext?*

A: Ich schließe überhaupt nichts aus. Wozu auch? Schreiben ist meine Freiheit. Und das heißt doch, daß ich alles schreiben werde, wozu ich Lust habe.

F: *Was ist als nächstes von dir zu erwarten? Ich habe läuten hören, daß auch im Heyne Verlag was in Planung ist?*

A: Ich habe ein paar nette Sachen auf der Pfanne, aber momentan ist noch nichts spruchreif.

F: *Nicht einen kleinen Hinweis auf die netten Sachen?*

A: Nun ... ich hoffe, es werden wieder verdammt gute Romane ...

F: *Und wie schaut es aus mit Verfilmungen? Deine Romane, allen voran ›Jesus Video‹, schreien ja geradezu nach einer Verfilmung? Ist da schon was in der Planung?*

A: In der Tat hat eine Produktionsfirma eine Option auf die Filmrechte an ›Jesus Video‹ erworben und ist jetzt damit unterwegs. Aber das muß man mal sehen, was daraus wird.

F: *Gibt es bereits neue Projekte, neue Ideen? Was sind deine Ziele? Oder hast du dein Ziel bereits erreicht?*

A: Karajan sagte einmal, wer alle seine Ziele erreicht, hat sie sich zu niedrig gesteckt. Ich finde, Karajan hat recht.

F: *Zum Abschluß noch eine private Frage: Was macht Andreas Eschbach eigentlich neben dem Schreiben ... hast du Hobbys jenseits der Literatur? Welche sind das?*
A: Braucht jemand, der schreibt, noch ein Hobby? Ich bin in der segensreichen Lage, daß Beruf und Hobby so nahtlos ineinander übergehen, daß ich sie nicht mehr voneinander unterscheiden kann. Aber du willst wissen, was ich mache, wenn ich vom Schreibtisch aufstehe, ja ... also, ich faulenze gern. Ansonsten nichts Spektakuläres. Ich schaue viel zu viel fern. Ich gehe gern ins Kino. Und gern gut essen. In der Sauna kann man mich treffen, aber ich sage nicht, in welcher.
F: *Andreas, vielen Dank für das Gespräch.*

INTERVIEW

›Die Geschichte selbst wird immer mehr zu einer Reihe von Optionen‹

Ein Gespräch mit John Clute

von Usch Kiausch

Der Literaturkritiker und Enzyklopädist John Clute, 1940 in Kanada geboren, schrieb seine ersten Science Fiction-Rezensionen 1964, nach dem Studium an der New York University. Von 1975 an arbeitete er zusammen mit Peter Nicholls an *The Encyclopedia of Science Fiction,* die erstmals 1979 erschien und 1993, komplett neu bearbeitet, ihre zweite Auflage erlebte und mit dem Hugo ausgezeichnet wurde. Seine Rezensionen erschienen in *Foundation, Interzone, Locus, New York Review of Science Fiction, New Worlds, Science Fiction Weekly, Observer* und *The Times Literary Supplement* und als Sammelbände unter dem Titel *Strokes* (1988) und *Look at the Evidence* (1996). 1995 erschien Clutes illustrierter Führer durch das Genre *Science Fiction: The Illustrated Encyclopedia.* Zusammen mit John Grant schrieb er *The Encyclopedia of Fantasy.* Im Augenblick arbeitet an der ›Science Fiction-Polemik‹ *The Book of End Times* und an dem eigenen Science Fiction-Roman *Appleseed.*

John Clute gilt als einer der besten Kenner des Genres. Im März 1999 war er Ehrengast der 20. International Conference on the Fantastic in the Arts in Ft. Lauderdale, im Mai 1999 Gastredner des Trinity '99 in Dortmund. Das Gespräch mit Usch Kiausch fand während des Trinity '99 statt.

John Clute, Usch Kiausch, Brian W. Aldiss

F: *Wie sehen Sie, ganz allgemein gefragt, die Perspektiven des Genres Science Fiction an der Jahrtausendwende? Wohin wird es sich Ihrer Meinung nach in den nächsten Dekaden entwickeln?*

A: Wenn wir kurz vor der Jahrtausendwende zurückblicken, sehen wir meiner Meinung nach einen recht langsamen, aber tiefgreifenden Wandel dessen, was einmal ein ›Genre‹ war, was eine spezifische, einzigartige Darstellung der Wirkungsweise von Geschichte war. Die besondere Möglichkeit und Qualität der Science Fiction als literarischer Gattung bestand bis vor zehn, zwanzig Jahren darin, *eine* Antwort zu geben, *eine* Geschichte zu erzählen, *eine* ganz bestimmte Extrapolation der Wirklichkeit unter der Fragestellung ›was, wenn ...‹ vorzunehmen. Und ich glaube, daß Science Fiction, die einen gewissen ernsthaften Anspruch hat, das heute nicht mehr leisten kann. Wenn literarisch anspruchsvolle Science Fiction-Autoren heute einen Roman entwerfen wollen, der in der nahen Zukunft angesiedelt ist, müssen sie meiner Meinung nach ein Buch schreiben, das eine ganze Vielfalt zukünftiger, simultaner Entwicklungen umfaßt. Ich meine damit nicht, daß sie Alternativgeschichten entwerfen sollen. Nein, sie müssen der Tatsache Rechnung tragen, daß wir inzwischen in und mit Alternativentwicklungen leben, die alle gleichzeitig existieren. Die Science Fiction muß sich so weiterentwickeln, daß sie sich mit den tausend verschiedenen Konflikten der realen Welt, in der wir uns bewegen, auseinandersetzt – anstatt von einem sicheren Standort aus von einer einzigen Welt zu erzählen, die einen ganz bestimmten Weg einschlägt. Denn das trifft ja gar nicht mehr zu. Alle Möglichkeiten sind jetzt offen und gleichzeitig da, und die meisten sehen recht düster aus, allerdings nicht alle.

F: *Sprengt diese Reihe simultaner Optionen Ihrer Meinung nach die Grenzen des Genres? Wird eine Vermischung – etwa der phantastischen Subgenres Horror, Fantasy und Science Fiction – stattfinden? Haben postmoderne Spielmöglichkeiten mit den Konventionen des Genres Science Fiction künftig Hochkonjunktur?*

A: Was sogenannte postmoderne Ansätze und die Vermischung von Genres betrifft, neige ich zu einer recht konservativen Haltung. Denn ich habe das Gefühl, daß manche Schriftsteller allzu unbekümmert mit solchen Ansätzen umgehen und die Dinge vermischen, ehe sie überhaupt richtig verstanden haben, *was* sie da miteinander vermischen. Sie verrühren alles, was sich gerade anbietet, zu einem Brei. Ich finde das nicht unmoralisch, sondern schlicht langweilig. Meiner Meinung nach haben die Genres tatsächlich eine interessante und wesentliche Rolle dabei gespielt, wie wir die Geschichte der Gegenwart begreifen und beeinflussen. Wir müssen uns vor Augen halten, daß wir uns jetzt, nach der Entwicklung der letzten zweihundert Jahre, an einem Punkt befinden, an dem wir ein Gespür dafür besitzen, daß die Geschichte selbst – wie die Biologie – aus einer Reihe von Wahlmöglichkeiten besteht. Und meiner Meinung nach finden diese Wahlmöglichkeiten in den drei Subgenres der Phantastik – Horror, Fantasy und Science Fiction – ihren wirksamsten Ausdruck. Sie sind außerordentlich nützliche Instrumente zum Verständnis der Wirklichkeit, Waffen, mit denen wir die Wahlmöglichkeiten analysieren können. Denn wir sind heute nicht mehr dem eiserne Rad der Geschichte unterworfen, sondern drehen selbst daran. Leider drehen wir an tausend Rädern gleichzeitig, und das kann dazu führen, daß wir von diesen Rädern zermalmt werden. Aber wir selbst bewegen die Räder. Und das hat uns die Science Fiction sozusagen beigebracht – auch wenn es nicht in ihrer Absicht lag –, indem sie selbst bestimmte künftige Entwicklungen nicht ›vorhergesagt‹, sondern vorangetrieben hat. Die Science Fiction hat zu einem Denken beigetragen, das die Zukunft nicht mehr eindimensional, sondern als Vielfalt von Optionen begreift.

F: *Wenn Science Fiction zum alltäglichen, integralen Bestandteil unseres Weltverständnisses geworden ist, provoziert das natürlich die Frage, ob ein Ende der Science Fiction als spekulativer Literatur in Sicht ist ...*

A: Ja, und diese theoretischen Diskussionen sind völlig berechtigt. Science Fiction mit traditionellem Selbstverständnis – wonach eine bestimmte zukünftige Entwicklung prognostiziert wird – hat sich als literarische Form überholt, da sich die Geschichte radikal gewandelt hat. Und ein Motor dieser Veränderung war die Science Fiction selbst, indem sie unseren Realitätssinn durch und durch erschüttert hat. All das kämpferische Gerassel und Geklapper, das die Science Fiction in den letzten zweihundert Jahren veranstaltet hat, hat dazu beigetragen, die Welt zu schaffen, in der wir heute leben. Ich meine damit nicht die technische Welt – es spielt dabei überhaupt keine Rolle, ob wir Handys haben oder nicht –, sondern unsere Haltung zur Welt. Wir gehen davon aus, daß wir selbst entscheiden, welche Berufe wir wählen, in welcher Realität wir leben wollen und so weiter, aber das führt auch zu viel größerer Unsicherheit, denn diese Welt ist nicht mehr fest gefügt. Wir genießen nicht mehr das Glück, in einer einzigen, klar definierten Realität zu leben. Vielleicht bin ich nicht mehr jung genug, um unbegrenzte Wahlmöglichkeiten für das Paradies zu halten ... Ich glaube, meine nostalgische Sehnsucht nach der Science Fiction, die vor fünfzig Jahren geschrieben wurde, hat nichts mit der Zukunft zu tun, die damals in Unkenntnis kommender Entwicklungen entworfen wurde, sondern mit der Welt, in der die Schriftsteller (gelegentlich waren auch ein paar Frauen darunter) damals lebten. Damals gab es eine Gegenwart, die faßbar war, eine Welt, die faßbar war, und man konnte sie in der Hoffnung kritisieren, Veränderungen zu bewirken. Heute habe ich das Gefühl, daß immer weniger bewirkt wird, obwohl die Wahlmöglichkeiten wachsen. Wir reiben uns an gar nichts mehr, wir definieren uns nur noch gemäß unserer eigenen Entscheidungen.

F: *Wenn es keine einzigartige, eindeutige Realität mehr gibt – falls es sie jemals gegeben hat –, sondern nur noch Wahlmöglichkeiten, die wir definieren und die uns definieren, befinden wir uns heute anscheinend mitten in einem Philip K. Dick-Roman ...*

A: Ja, nur daß Philip K. Dicks Romane stets von einem Gefühl des Verlustes geprägt waren, von der Traurigkeit darüber, irgendeine einzigartige, paradiesische Wirklichkeit – in der Menschlichkeit auf diesem Planeten gelebt werden konnte – verloren zu haben. Ich glaube, daß die meisten jüngeren Leute, die seine Romane heute lesen, in der Regel gar nicht merken, daß er aus einem Gefühl des Verlustes heraus schrieb. Sie fassen seine Romane im Grunde als Beschreibungen auf.

F: *Aber ist dieses Lebensgefühl jetzt zur Jahrtausendwende, das Sie beschreiben, wirklich neu? Ist die Aussage, daß es keine eindeutige Realität gibt, sondern wir selbst unsere vielfältigen Realitäten schaffen, daß wir selbst die Wahl haben und die Verantwortung dafür übernehmen müssen, nicht eine alte Vorstellung der Existentialphilosophie der fünfziger Jahre?*

A: Ja, das stimmt schon, aber was wir heute haben, sind die alltäglichen Konsequenzen solchen Denkens, das ich im übrigen für gefährlich halte. Heute handelt es sich nicht mehr um eine Philosophie, sondern um ganz praktische Verhaltensweisen, deshalb ist die Situation meiner Meinung nach auch nicht so richtig mit den fünfziger Jahren vergleichbar. Als ich mich damals mit solchen philosophischen Fragen befaßt habe, tat ich das aus der Sicherheit meiner universitären Umgebung heraus, die eindeutig definiert war und im direkten Gegensatz zu solchen Thesen stand. Heute gibt es einen solchen Gegensatz für viele von uns nicht mehr, er ist aufgelöst, die Sicherheit ist weg. Ich glaube, daß wir uns am Vorabend einer Entwicklung befinden, die zu ganz grundsätzlichen Veränderungen im Selbstverständnis führen wird – in der Definition dessen, was es heißt, ein Mensch zu sein, der eine bestimmte Zeitspanne der Wirklichkeit in Anspruch nimmt.

F: *Glauben Sie, daß es heute noch möglich ist, eine Utopie oder eine Dystopie zu schreiben, oder setzt das Ihrer Meinung nach eine eindeutig definierte Realität voraus, die Sie der heutigen Welt ja absprechen?*

A: In der Regel haben Utopien und Dystopien innerhalb des Genres Science Fiction für mich etwas Anrührendes: Sie zeigen zeittypische Ängste und Hoffnungen auf und haben ein viel schnelleres Verfallsdatum als beispielsweise Space Operas. Ihre Projektionen, insbesondere bei Fragen der sozialen Kontrolle, hinken der Entwicklung immer recht erbärmlich hinterher. Die gesellschaftlichen Kontrollmechanismen sind immer ausgeklügelter, schlimmer, subtiler, vielfältiger als es irgendeine Dystopie darstellen kann. Beim Lesen empfindet man so etwas als nostalgisch, es ist dasselbe Gefühl wie beim Lesen von Romanen, die vom Kalten Krieg geprägt sind. Man denkt dann: Ach, die guten alten Sechziger, da gab es noch einen echten

Feind. Wenn sich heute jemand ernsthaft mit gesellschaftlichen Fragen befaßt, tut er sich wahrscheinlich schwer damit, eine Utopie oder Dystopie zu schreiben – außer er entwirft ein ganz spezifisches Modell, das sich deutlich von dem Meer der Optionen abhebt, in dem wir heutzutage schwimmen. Die Welt mit all ihren Möglichkeiten ist uns zu nahe auf den Leib gerückt. Wir können sie nicht in einen Rahmen fassen und sagen: Das ist die Welt der Gegenwart, und jetzt führen wir dieses ganz besondere, ausgefallene Experiment mit ihr durch. Die Welt ist einer allgemeinen Argumentation nicht mehr zugänglich, weil sie zu einem Ort geworden ist, an dem millionenfach und gleichzeitig von verschiedensten Standpunkten aus argumentiert wird. Darin liegt die Magie der Gegenwart, die man nicht unbedingt als Weiße Magie, aber auch nicht als völlig Schwarze bezeichnen kann. Anstatt in der Wirklichkeit leben wir in tausend Welten der Vorstellung. Leider ist das für ein biologisches Lebewesen unserer Art nicht unbedingt eine angenehme Erfahrung (*lacht*).

F: *Wie wird sich Ihrer Meinung nach das Verhältnis zwischen dem Massenprodukt Science Fiction, wie es sich in bestimmten Computerspielen, TV-Serien, Filmen und Büchern ausdrückt, und einer ›Science Fiction der Ideen‹, wenn man so sagen kann, entwickeln?*

A: Heute können wir einen großen Unterschied zwischen der populären Science Fiction, die man auch als ›Sci-Fi‹ bezeichnen kann, und einer wirklich literarischen Science Fiction feststellen. Die literarische Science Fiction hat in der Auseinandersetzung mit ihrer eigenen Vergangenheit, Gegenwart und der Welt allgemein eine ganze Reihe von Veränderungen durchgemacht. Heutzutage versucht sie sich mit genau der Welt auseinanderzusetzen, von der wir eben geredet haben. Dagegen ist die ›Pulp Science Fiction‹ oder ›Sci-Fi‹ rückwärtsgewandt. Es handelt sich dabei um Science Fiction, die auf spezifische Weise und ganz bewußt Geschichten erfindet, die in der Vergangenheit angesiedelt sind. George Lucas hat keinen Zweifel daran gelassen, daß *Star Wars* in ferner Vergangenheit spielt. Nicht deswegen, weil die Technik anachronistisch wäre – sie steckt, ganz im Gegenteil, voller Magie –, sondern weil die Vorstellungen nicht den 90er Jahren entsprechen. Man muß sich dazu in das Goldene Zeitalter der Science Fiction versetzen – und in das Lebensalter eines Zwölfjährigen. Der neue *Star Wars*-Film ist ganz und gar auf Kinder ausgerichtet, trotz all dieser High-Tech. Kinder mögen stabile, sichere Realitäten, und ich bin überzeugt, daß der Film ihnen eine gute Version des Amerikas der 50er Jahre vermittelt, eines ganz anderen Amerikas, das mit dem heutigen wenig gemein hat. Ich mag die *Star Wars*-Filme, bis auf den dritten, der wirklich katastrophal schlecht gemacht war.

F: *An welchen eigenen Projekten arbeiten Sie zur Zeit?*

A: Ich habe gerade ein seltsames Buch über das vergangene Jahrtausend fertiggestellt, *The Book of End Times,* das eine Reihe von Überlegungen zu den Themen enthält, die wir in diesem Interview diskutiert haben. Außerdem arbeite ich derzeit an einem Science Fiction-Roman, der den Titel ›Appleseed‹ hat, er soll noch 2000 herauskommen. Es ist mein erster Roman seit 25 Jahren – eine metaphysische Space Opera, in der ich viel nostalgischen Stoff nutze, allerdings verändere. Der Roman wirkt eigentlich nicht wie eine richtige Space Opera, die sich der Künstlichkeit des von ihr geschaffenen Universums ja gar nicht bewußt ist.

F: *Sie spielen mit der Form der Space Opera und ›bürsten sie gegen den Strich‹?*

A: Ja, ich spiele damit, ähnlich wie ja auch Dan Simmons damit gespielt hat. In einer Rezension habe ich seine Space Operas ›Endzeit-Space Operas‹ genannt, Space Operas, in denen es um die Bedeutung ›letzter Dinge‹ geht. Ich bin der Meinung, daß Space Operas wunderbar dazu geeignet sind, über solche Dinge zu reden – über die Beschaffenheit unseres Universums, zum Beispiel, oder über das Schicksal einer bestimmten Spezies. Space Operas geben einem den Rahmen, innerhalb dessen man die Dinge wirklich beim Namen nennen kann. Nur müssen die Leserinnen und Leser so souverän sein zu erkennen, daß die Prämissen, mit denen man arbeitet, völliger Humbug sind.

BÜCHER

Wolfgang Both/Hans-Peter Neumann/Klaus Scheffler

Berichte aus der Parallelwelt.

Die Geschichte des Science Fiction-Fandoms
in der DDR
Erster Deutscher Fantasy Club, Passau, 1998
254 Seiten, DM 17,50

von Jacek Rzeszotnik

Das vor einem Jahrzehnt endgültig abgeschlossene Kapitel DDR gibt nach wie vor verschiedenen themenspezifischen Bilanzierungen genügend Nahrung. Einer der Bereiche, die nun in emsiger Arbeit erschlossen und gleichzeitig auch aufgearbeitet werden, ist der SF-Betrieb in dem nicht mehr existierenden deutschen Teilstaat. Unter diese Erfassungsversuche reiht sich ebenfalls die Ende 1998 vorgelegte Geschichte des DDR-Fandoms ein. Drei Insider haben sich zusammengetan, um 40 Jahre der SF-Fanbewegung im ersten deutschen Arbeiter- und Bauernstaat nachzuzeichnen. In ihrer Bestandsaufnahme lüften sie ›verschiedene Pseudonyme, bieten eine Fanzinografie, decken manch bisher Verborgenes auf und erläutern einige DDR-Spezifika‹ (S. 4).

Das Buch besteht aus drei Teilen: ›Parallelwelt im Überflug‹, ›Logbuch‹ und ›Expeditionsberichte‹ mit angegliederter Fanzinografie.

Als Einführung in die behandelte Materie konzipiert, bietet Teil I ›Parallelwelt im Überflug‹ zweckmäßig einen ›Kleinen Abriß der Geschichte des DDR-Fandoms‹, aus dem ersichtlich wird, wie stark – trotz aller Ausbruchsversuche und Nischenbildungen – die DDR-Fanbewegung und die einzelnen Clubs vom offiziellen, durch den Kulturbund der DDR verkörperten Kulturbetrieb abhängig waren, wie sehr ihr Wohl an politische Entwicklungen (sprich: Wohlwollen oder Mißgunst der Parteifunktionäre) gebunden war, wie scharf ihre Aktivitäten von staatlichen Kontrollorganen im Auge behalten wurden, wie leicht sie den gegen sie gerichteten Kampagnen zum Opfer fallen konnten und schließlich wie unbändig trotz alledem der Wunsch der ostdeutschen Fans war, sich mit ihrer Lieblingsliteratur und -filmsparte zu beschäftigen und sich über ihre Eindrücke und Erfahrungen im Umgang damit auszutauschen. Ergänzt wird dieser ›Überflug‹ durch zwei Artikel aus der Feder von Erik Simon, die noch zur DDR-Zeit (1977 resp. 1988) entstanden waren und in denen er das Wesen, die Zielsetzungen und die Zukunft der Clubs darzustellen versuchte. Zwischen diesen beiden Darlegungen liegen elf Jahre Erfahrung, die Simons Einstellung zur Notwendigkeit der Bildung einer überregionalen, republikweiten organisatorischen Plattform revidiert zu haben scheint. Doch seine Skepsis war keineswegs politisch-ideologischer Natur, sondern sie wurzelte in einer Diagnose der DDR-SF-Clubbewegung, die ihn diesen negativen Befund formulieren ließ. So postulierte er 1977 eine solche gemeinsame Austauschbasis in Form eines Fanzines: ›Die Gruppen und Grüppchen aktiver Fans, die schreiben, übersetzen, theoretisieren, brauchen den überregionalen Kontakt untereinander und zu den etablierten Produzenten, denn erst in der Kommunikation, durch die Rezeption werden ihre Arbeiten sinnvoll. Der geeignete Kristallisationskern dieser Aktivitäten ist ein Fanzine ...‹ (S. 17). Im Jahre 1988 hingegen monierte er die Schwäche der vorhandenen Clubs als Grund für eine unumgängliche temporäre Aufgabe des Vereinigungsgedankens: ›Bei der gegenwärtigen Potenz der SF-Klubs in der DDR halte ich einen republikweiten organisatorischen Zusammenschluß und erst recht die Aufnahme internationaler Kontakte für verfrüht; die Klubs sind dem weder technisch-organisatorisch noch in bezug auf das inhaltliche Niveau ihrer Arbeit gewachsen‹ (S. 19). Sollte dies bedeuten, daß die DDR-Clubbewegung in der Zwischenzeit eine Rückentwicklung durchlaufen hätte, die eventuelle Vereinigungsvorhaben von vornherein sinnlos erscheinen ließ? Wohl kaum. Geändert hatten sich nämlich die an sie gestellten Ansprüche: Sie waren im Verlauf der Zeit verständlicherweise hochgeschraubt worden. War 1977 noch von einem Fanzine als Konsolidierungsbasis die Rede, so rückten 1988 gar offizielle internationale Kontakte mit ausländischen Clubs in den Blickwinkel und verantworteten als anspruchsvoller Faktor sicherlich Simons negative Diagnose mit.

›Das Logbuch‹ bereitet die Geschichte der DDR-SF-Clubbewegung auf, indem es die einzelnen Clubs in mehr oder weniger chronologischer Ordnung vorführt und ihre Schicksale demonstriert. Der zeitliche Bogen schwingt sich dabei von der 1959 in Karl-Marx-Stadt gegründeten ›Science Fiction Interessengemeinschaft SATURN‹ bis hin zum 1986 in Weißwasser aus der Taufe gehobenen ›STELLA-Klub‹. Damit öffnet sich auch der Blick auf die Geschichte des staatlich kontrollierten DDR-Kulturbetriebs, da die ›Interaktion‹ der Clubs mit argusäugigen Partei- und Zensurstellen natürlich vorprogrammiert war. An den wechselvollen Geschicken der Clubs läßt sich heutzutage das Auf und Ab der Überwachungsanstrengungen der ob des gesunden Seelenzustands der DDR-Jugendlichen besorgten Funktionäre ablesen. Einige Darstellungen bringen dem Lesenden nahezu Frontberichte ins Bewußtsein, was beispielsweise an den Ereignissen um den Aufstieg und den Untergang des verdienstvollen Dresdner ›Stanisław-Lem-Klubs‹ problemlos exemplifiziert werden kann. Die Mitgliedschaft konnte manchmal wirklich ein Hochseilakt ohne Netz und doppelten Boden sein, insbesondere wenn man sich Freiräume schaffen wollte und dabei in die Schußlinie der Staatsorgane geriet. Praktisch jeder schwebte in Gefahr, aus welchem Grund auch immer, auf die Abschußliste gesetzt zu werden.

Den Autoren hoch anzurechnen ist die Tatsache, daß sie sich mit bloßen Angaben nicht zufrieden gegeben, sondern zudem reiches Belegmaterial (Fotos sowie Abbildungen von Dokumenten und Briefen, Berichten, Ankündigungen und Einladungen) in das ›Logbuch‹ haben einfließen lassen, das das ›Treiben‹ der Clubs deutlich ins Licht setzt und deren erfreuliche und traurige Momente festhält. Besondere ›Ausstrahlung‹ geht hier von der amtlichen Korrespondenz aus, vor allem derjenigen, die auf die Clubgründungsvorschläge mit Ablehnung reagierend den fannischen Enthusiasmus im Keim ersticken zu müssen glaubte, um auf diese Weise vermeintlichen kapitalistisch-subversiven Unterwanderungsversuchen in Form von Verbreitung westlicher SF einen Riegel vorzuschieben. Die angstbedingte Aversion bemäntelte man gewöhnlich mit der Begründung, es bestünde keine Notwendigkeit, einen neuen Club oder eine neue Interessengemeinschaft ins Leben zu rufen, zumal das Interesse der Fans im Rahmen der bestehenden Organisationsstrukturen des Kulturbundes kanalisiert und in die bereits angelaufenen Aktivitäten eingebunden werden könne. Ein Paradebeispiel für den politisch-ideologischen Wahnsinn, der den Verstand der Staatsfunktionäre ruinierte, findet sich auf S. 52–53 des Bandes, wo man in den zweifelhaften Genuß der Lektüre eines ministerialen Briefes kommt, in dem der Einspruch von Rolf Krohn vom ›Stanisław-Lem-Klub Dresden‹ gegen die Entscheidung des ihn von der TU Dresden relegierenden Disziplinarausschusses abgewiesen und eine für die sozialistische Bürokratie typische floskelhafte Argumentation ins Gefecht geführt wird und den ein an Zynismus nicht zu überbietender Gruß abschließt: ›In Ihrer beruflichen und gesellschaftlichen Entwicklung wünschen wir Ihnen viel Erfolg‹ (S. 53).

Teil III ›Expeditionsberichte‹ informiert über ›Fantreffen und Cons in der DDR‹, wendet sich den ›Ost-West-Kontakten‹ zu, gedenkt des ›ersten deutschen SF-Fans‹ Herbert Häußler, eines alten Brieffreundes Forry Ackermanns noch aus der Zeit vor dem Zweiten Weltkrieg, stellt ›Faneditionen‹ (im Selbstverlag der Clubs herausgegebene Sammlungen von Übersetzungen und deutschen SF-Geschichten) dankenswerterweise in Wort und Bild vor, referiert über ›Debütantenanthologien in der DDR‹ (samt Abdruck von drei einschlägigen Rezensionen) und kommt schließlich auf ›Fanzines‹ zu sprechen. Die letztgenannte Publikationsform ist ein fester, nicht wegzudenkender Bestandteil des SF-Fandoms in allen westlichen Ländern und konkurriert nur mit den Fantreffen (jeglicher Art – von kleinen Stammtischtreffen bis zu großen internationalen Cons) um die Siegespalme für die wichtigsten fannischen Aktivitäten. Dies war in der DDR allerdings nicht mehr so offensichtlich. Die ostdeutschen Fans mußten gegen die mißtrauische Trägheit der staatlichen und parteilichen Entscheidungsgremien ankämpfen, wenn sie um eine Druckgenehmigung ansuchten. Darüber hinaus warfen die Entscheidungsträger den Fans Knüppel zwischen die Beine, indem sie von begeisterten Amateuren journalistische Ausbildung und Redaktionserfahrung verlangten. Das auf S. 149 abgebildete Diagramm verdeutlicht die Resultate solcher Politik: Die Zahl der Titel war niedrig und fluktuierte außerdem sehr stark. Den Höchststand erreichte die Produktion von Fanzines im Jahre 1990 (43). Auf weiteren Plätzen rangierten 1989 (33), 1988 (19), 1987 (19) und 1971 (18). In den Jahren 1974, 1982 und 1983 hingegen erschienen so gut wie keine Fanzine-Ausgaben. Die ›Fanzinographie‹ bildet übrigens einen der interessantesten Teile des Bandes: Es werden insgesamt 39 Titel in chronologischer Reihenfolge (von ›Phantopia‹ von 1967 bis ›Flyer‹ von 1990) vorgeführt, mit allen dazugehörigen Daten (Herausgeber und Redaktion, Mitarbeiter, Illustrationen, Vervielfältigung und Format, Auflagenhöhe, Ausgabenverzeichnis, Inhalts- bzw. Profilangaben usw.) sowie der Abbildung einer Ausgabe des jeweiligen Zines versehen.

Kleine Miszellen und zusätzliche Informationen (über die Trägerorganisationen in der DDR, Ergebnisse der Umfragen zur SF-Literatur in der DDR, Zeittafel SBZ/DDR mit der Vierteilung Jahr/Fandom/Bücher/Politik und Kultur) sowie Quellenverzeichnis und Register wurden in den Anhang plaziert.

Berichte aus der Parallelwelt (der Titel erscheint nur vom Standpunkt der westdeutschen Fans aus wirklich sinnvoll, und daher kann Fred Siebert in *Alien Contact* Nr. 34, S. 24 nur beipflichtet werden, wenn er den drei ›ostechten‹ Autoren den Ausdruck ›Parallelwelt‹ nicht konzedieren will) stellen sich erfolgreich in den Dienst der Aufarbeitung des DDR-SF-Betriebs, ähnlich wie die ebenfalls von Hans-Peter Neumann 1996 vorgelegte und im *Heyne SF-Jahr 1998* besprochene *Bibliographie der DDR-Science Fiction*. Immer weniger weiße Flecken verunzieren noch die Karte des DDR-SF-Betriebs. Es ist ein lobenswertes Unternehmen, sie endgültig loszuwerden. Auf der anderen Seite kann man nun gespannt darauf warten, daß eine Gruppe der Fans aus den alten Bundesländern die Feder in die Hand nimmt und die Geschichte des bundesdeutschen Fandoms bis 1990 zu Papier bringt, um sie für die Nachwelt zu erhalten.

Roberto Cotroneo

Otranto

Roman
Aus dem Italienischen von Burkhart Kroeber
Frankfurt am Main und Leipzig, Insel Verlag, 1998
270 S., DM 44,–

von Karsten Kruschel

Eine junge Frau kommt aus Holland in das kleine italienische Küstenstädtchen Otranto, um das sehr alte und sehr kostbare Mosaik in der Kathedrale zu restaurieren. Irgendwie bekommen ihr allerdings Klima und Arbeit nicht. Sie bekommt sonderbare Zustände und entgleitet langsam der Wirklichkeit. Andererseits ist es auch so, daß die Wirklichkeit sich langsam ihren Weg zu ihr bahnt. Eine Wirklichkeit, die alles andere als erfreulich, alles andere als einfach ist.

So beginnt »Otranto«, ein phantastischer Roman des italienischen Autors Roberto Cotroneo – und phantastisch ist hier durchaus in einem recht altmodischen Sinn zu verstehen. Keine Maschinen, keine Erfindungen, keine Zaubereien. Das Übernatürliche wird nirgendwo erklärt; es ist einfach. Schicksale werden von keinen düsteren Mächten beeinflußt. Das Schicksal selbst greift ein, rücksichtslos, unerklärbar, und die Menschen sind nur der Einsatz, wenn gewürfelt wird (von wem und in welchem Spiel auch immer).

Ist doch Otranto nicht nur der Ort, bei dem viele an den berühmten Schauerroman von Horace Walpole denken, sondern auch ein geschichtsträchtiger Ort (den es, um zur Klärung der Sache beizutragen, tatsächlich gibt). Hier haben die Türken anno 1480, nachdem sie die Stadt erobern konnten, ein beispielloses Blutbad unter der Bevölkerung angerichtet und versklavt, was überlebte. Prompt wurden die Ermordeten zu Märtyrern, deren Leichen angeblich nicht verwesten. Und das Mosaik auf dem Fußboden der Kathedrale – das auf vielerlei Weise lesbar ist – beschreibt nicht nur biblische Motive, es enthält auch die Geschichte der Märtyrer von Otranto. Allerdings ist es einige hundert Jahre vorher entstanden.

Dieses ist nur eines einer ganzen Reihe von Rätseln, die Roberto Cotroneo um die junge Frau Velli aus Holland spinnt. Welche Verbindung zwischen der Geschichte ihrer Familie und Otranto besteht, beispielsweise – da gab es einen fernen Vorfahren, der aus dem Süden kam, Diamanten und die Kunst des Diamantenschleifens mitbrachte. Vielleicht war er einer der Überlebenden des Massakers, der später einen der kostbarsten Edelsteine des osmanischen Reiches stahl? Wer ist der junge Mann, der behauptet, einer der Mörder von 1480 zu sein und seitdem in Otranto leben zu müssen? Der damals einer Frau die Kehle durchschnitt, die aussah wie Velli? Warum sind Vellis Augen so überaus fasziniert, geradezu geblendet von den Farben Otrantos und des Mosaiks, wo sie doch als Tochter eines genialen Malers alle Farben und alle Spiele des Lichts kennen sollte? Wieso erinnern sich Einwohner Otrantos an Vellis Mutter, die eines Tages in Holland verschwand und deren Leiche niemals gefunden werden konnte? Und war Vellis Mutter nun wirklich Diamantenschleiferin oder doch nur eine Irre, die ihre Tochter jahrelang täuschen konnte und in Wahrheit tagein, tagaus in die Therapiegruppe ging, nicht in eine Diamantenschleiferei? Wieso zeigen die Bilder des Vaters Gesichter, denen Velli jetzt erst in Otranto begegnet und die sie dort wiedererkennt? Die Kette von Fragen ließe sich noch lang fortsetzen; und alle Fragen haben nur eines miteinander gemeinsam: Roberto Cotroneo verweigert die Antwort.

In der Tradition europäischer Phantastik steht »Otranto« in guter Nachbarschaft, da läßt von ferne E. T. A. Hoffmann grüßen, und selbst Alexander Grin ist nicht weit, dessen Texte auch diesen Eindruck von Zerbrechlichkeit machen. Nahebei aber steht Italo Calvino mit dieser ganz speziellen italienischen Art, die Wirklichkeit augenzwinkernd nicht ganz so wichtig zu nehmen – und dennoch über nichts anderes zu schreiben. Die vollkommene Abwesenheit von Erklärungen und Rechtfertigungen ist es denn auch, die aus der zugegebenermaßen nicht einfachen Lektüre irgendwann doch ein Vergnügen macht. Denn Cotroneo hält seinen ebenso vertrackten wie vielschichtig lesbaren Stil konsequent durch (in Ermangelung einer direkten Vergleichsmöglichkeit muß an dieser Stelle der Übersetzer gelobt werden; Burkhart Kroeber hat entweder kongenial übertragen oder aber einen Text durch seine Sprachverwandlung veredelt).

Des Buches Heldin oder Opfer Velli stößt überall auf eine Vorsehung, die offenbar zwar allmächtig, aber dennoch versessen auf zufällige Verknüpfungen von Schicksal ist. Gott würfelt. Und Menschen sind nur die Figuren, die das Ausgewürfelte erleben, erdulden, erleiden müssen. Klingt fürchterlich fatalistisch, ist es aber nicht. Cotroneo stattet seine Figuren mit der festen Überzeugung aus, daß es gut und richtig sei, in solchen undurchschaubaren Plänen seine Rolle zu spielen. Und er bekommt es fertig, daß sich diese Haltung – ohne sie je in klaren Worten zu beschreiben – dem Leser mitteilt. Insofern ist »Otranto« ein entfernter Verwandter der Bücher Jonathan Carrolls, in seiner ätherischen, verfließenden, aquarellierenden Sprache aber kaum ähnlich. Die Sorte Buch, die keinerlei Hektik verträgt. Die Sorte Buch, die man sinken läßt, um minutenlang den Horizont anzustarren.

Rainer Eisfeld

Als Teenager träumten. Die magischen fünfziger Jahre

Nomos Verlag, Baden-Baden
172 Seiten, DM 29,80

von Holger Schlodder

Über die fünfziger Jahre ist das Urteil schnell gesprochen: miefig waren sie, prüde und stockkonservativ. In der Jugendkultur aber war es eine Zeit des ersten, wenn auch noch nicht ausgesprochen politischen Aufbegehrens gegen die Autoritäten. Die Leitbilder dieser Revolte kamen aus Amerika. James Dean und Elvis Presley erreichten spielend, wofür sich Jahre zuvor die Re-education-Offiziere noch gewaltig hatten ins Zeug legen müssen: die kulturelle Westorientierung der jungen Republik. Rainer Eisfeld, Politologe in Osnabrück und als Angehöriger des Jahrgangs 1941 ein verläßlicher Zeitzeuge, läßt die populäre Kultur der fünfziger Jahre noch einmal lebendig werden: Mit dem Charme der persönlichen Erinnerung, aber in sachkundiger, oft ironischer Kommentierung blickt er zurück auf Mode und Musik, zitiert Schlagertexte und Filmdialoge, erinnert sich an Initiationserlebnisse im Kino und am Kiosk.

Dort lagen unter anderem die »Utopia«-Hefte des Rastatter Pabel Verlages aus und verschafften den Jugendlichen einen ersten, wenn auch noch recht vagen Eindruck von den Möglichkeiten des bis dahin unter diesem Namen in Deutschland unbekannten Genres Science Fiction. Erstklassige Ware war das selten, was da für ein paar Pfennige angeboten wurde, aber trotz ihres eher trivialen Zuschnitts konnten diese Publikationen einen »Sense of Wonder« vermitteln; überdies nahmen sie die in der wissenschaftlichen Publizistik kursierenden Zukunfts-Themen auf: Nutzung der Atomkraft, intelligente Roboter, außerirdische Wesen, und natürlich Wernher von Brauns hoch-

Hugo Gernsback und Rainer Eisfeld 1958 in Baden-Baden

fliegende Pläne einer bemannten, womöglich mit Atomwaffen bestückten Raumstation. (Die damals weitgehend ausgeblendete NS-Vergangenheit des in amerikanischen Diensten stehenden Raketenpioniers hat Autor Eisfeld in seiner kritischen Studie »Mondsüchtig« detailliert untersucht, vgl. Das Science Fiction-Jahr 1997). Anspruchsvollere, technischer und futuristischer Logik verpflichtete Science Fiction hatte es damals noch schwer: Die Hardcover-Reihe »Rauchs Weltraumbücher«, u. a. mit Romanen von Campbell und Asimov, blieb trotz Gotthard Günthers enthusiastischer Herausgeber-Kommentare weitgehend unverkauft, den Taschenbuchmarkt eroberte die seriöse SF erst später. Aber auch das Lesefutter der frühen Jahre, ergänzt von bereits mit beeindruckenden Tricks arbeitenden SF-Filmen, war von jenem zukunftssicheren Optimismus inspiriert, den Eisfeld als Signatur dieser Jahre ausmacht: Die Nachkommen einer Kriegsgeneration konnten sich sicher sein, ihren Platz in Gegenwart und naher Zukunft zu finden. Und es ist in Eisfelds Darstellung vergnüglich nachzulesen, wie sie in Phantasiewelten aufbrachen, die erheblich weiter waren als ihre im Stil des Gelsenkirchener Barock möblierten Elternhäuser.

Niall Ferguson (Hrsg.)

Virtuelle Geschichte. Historische Alternativen im 20. Jahrhundert

(Virtual History. Alternatives und Counterfactuals)
Aus dem Englischen von Raul Niemann
Primus Verlag, Darmstadt 1999
410 Seiten, DM 58,–

von Hartmut Kasper

Was wäre gewesen, wenn ›England sich im August 1914 aus dem Ersten Weltkrieg herausgehalten hätte‹ – hätte eine ›Union des Deutschen Kaisers‹ entstehen können, ein europäischer

Wirtschaftsraum ohne Zollschranken, aber mit einer gemeinsamen europäischen Währung? Was, wenn ›Deutschland im Mai 1940 Großbritannien erobert hätte?‹ – ›Wenn die Nazis die Sowjetunion im Zweiten Weltkrieg besiegt hätten?‹ – ›Wenn es den Kalten Krieg nicht gegeben hätte?‹ – ›Wenn John F. Kennedy das Attentat überlebt hätte?‹ – ›Wenn der Kommunismus nicht zusammengebrochen wäre?‹

Niall Ferguson ist Professor für Moderne Geschichte am Jesus College in Oxford und Herausgeber dieses Sammelwerkes, in dem renommierte britische Historikerkollegen geschichtliche Alternativen als Antworten auf die oben angeführten Fragen entwerfen.

Dem Science Fiction-Leser ist das Denken in kosmischen Alternativen vertraut. Ferguson und seine Mitarbeiter aber beabsichtigen keine Exkursion in die phantastischen Gefilde; sie erzählen von keinen parallelen Universen, die, manchmal eines winzigen Steines des Anstoßes wegen, vom heimatlichen Kosmos abgewichen sind. Es geht ihnen um die Rekonstruktion bestimmter geschichtlicher Situationen und der in ihnen liegenden Möglichkeiten. Jeder historische Augenblick ist, so Ferguson, genau wie jeder Moment der Gegenwart für viele Möglichkeiten offen, hat gewissermaßen diverse mögliche Zukünfte. Nur jeweils eine dieser Möglicheiten hat sich verwirklicht – allerdings durchaus nicht immer die von vornherein und in den Augen der Zeitgenossen wahrscheinlichste –, im Gegenteil: ›Man könnte sagen, daß wir uns mit Möglicheiten beschäftigen, die in der Vergangenheit als *wahrscheinlich* erscheinen.‹

Fergusons britisches Historikerkollektiv rückt überwiegend die britische Geschichte in den Blick, was oft genug und notgedrungen die deutsche Geschichte mit einschließt. Und also manchmal auch eine gewisse Selbstironie:

Eine Welt, in dem sich Großbritannien nicht am Ersten Weltkrieg beteiligt hätte, würde so anders nicht aussehen als die harte EU-Realität heute. Deutschland würde hier wie dort mit sanfter, wirtschaftlicher Wucht die Geschicke des mit den USA konkurrierenden Kontinents zu lenken suchen. Nur England würde wohl ein bißchen besser dastehen: Ohne Kriegsschulden, also wohlhabender, also vielleicht noch im

Besitz seines globalen Empires. Wenn man doch immer vorher wüßte, was man durch Siege verliert.

Hans-Edwin Friedrich

Science Fiction in der deutschsprachigen Literatur

(= Internationales Archiv für Sozialgeschichte der deutschen Literatur, 7. Sonderheft)
Max Niemeyer Verlag, Tübingen 1995
493 Seiten, DM 164,–

von Hartmut Kasper

Dieses Buch ist ebenso teuer, wie es jedem SF-Leser lieb sein wird. Der Autor berichtet über die Forschung in Sachen Science Fiction in der deutschsprachigen Literatur, und er tut dies aus germanistischer, das heißt literaturwissenschaftlicher Sicht. Science Fiction ist eine Gattung, die lange Zeit überwiegend aus soziologischer Perspektive betrachtet worden ist, von Soziologen beschrieben, die, wie der Autor zeigt, weder hinreichend Sachkenntnis besaßen noch über die Methoden verfügten, die man braucht, wenn man Literatur als Literatur begreifen will. Selbst der originär literaturwissenschaftlichen Arbeit der letzten Jahrzehnte bescheinigt der Autor jedoch mangelnden Zusammenhang und fehlende Konsequenz. Im Detail seien zwar gründliche Untersuchungen zu einzelnen Autoren wie Paul Scheerbart, Kurd Laßwitz oder Herbert W. Franke vorgelegt, sind Phänomene wie der deutsche SF-Film, die feministische Utopie, Horrorliteratur analysiert worden. Eine umfassende und systematische Sichtung des Themas SF aber stehe noch aus, was um so bedauerlicher sei, als die noch sehr junge, wenig mehr als hundert Jahre alte Literaturgattung Science Fiction ein in vieler Hinsicht einmaliges Kulturphänomen ist: »Es spricht vieles dafür, daß mit SF eine historisch neue Qualität der unterhaltungsliterarischen Gattungen erreicht worden ist.« SF ist nämlich fast zeitgleich in den entwickelten Industriestaaten entstanden. Anders als die übrigen populären Kunstformen, die im 20. Jahrhundert ohne staatliche Subvention auskommen, wie die Comics, der US-amerikanische Kino-Film oder die Pop-Musik, hat die SF ein vergleichsweise homogenes Publikum. Dieses Publikum hat sich auf eigenartige Weise einen wenn auch kleinen, so doch funktionierenden Markt geschaffen, der den großen Literaturmarkt wiederholt: mit eigenen Messen, Preisen, mit einer eigenen Literaturkritik. Dieses enge Zusammenspiel von Leser- und Autorenschaft führt auch zu beispiellos erfolgreichen Produktreihen wie »Perry Rhodan«. Diese in naivideologiekritischen Zeiten viel gescholtene Serie erscheint, literaturwissenschaftlich wahrgenommen, in neuem Licht, sie »ist offenbar eine optimale Kombination von inhaltlicher Konzeption, (unterhaltungs-)literarischen Qualitäten, Leseranbindung, Autorenzusammenarbeit, Rekrutierung der besten Nachwuchsautoren, Serienmanagement, Verlagslogistik und Merchandising«.

Wenn SF auch gelegentlich zu große Ansprüche an sich selbst stelle - die Zukunft prognostizieren, sozialpolitische Konsequenzen naturwissenschaftlich-technischer Entwicklungen ausloten zu können und dergleichen –, sei sie auf dem Felde der Unterhaltungsliteratur doch von überzeugender Modernität.

Albrecht Fritzsche

Die Welten der Science Fiction

15 Annäherungen an das erfolgreichste Genre unserer Zeit.
Corian-Verlag, Meitingen 1998
167 Seiten, DM 34,–

von Michael Baumgartner

Der Titel dieses Buches gibt schon einen Hinweis, daß Science Fiction kein geschlossenes Feld ist. Und in den Interviews im

Buch wird auch sehr schnell klar, daß für Albrecht Fritzsche Science Fiction mehr als ein Genre ist. Denn zur Science Fiction gehört das Fandom, eine Subkultur. So werden auch Fans interviewt.

Fritzsche fragt auch nicht nach bestimmten Werken eines Autors, sondern eher allgemeiner, das was SF für sie ausmacht und welche Stellung SF im Leben der Interviewten und in der Gesellschaft ausmacht. Es geht nicht um das Was, sondern um das Wie oder das Warum. Das mag nun manchen (SF)Leser enttäuschen, der sich Aufschluß über bestimmte Fragen zu Werken erhofft hat, aber er bekommt Informationen über die Bedingungen, unter denen ein Werk entsteht, und das, was die Befragten unter SF verstehen. Fritzsche bekommt interessante Antworten, die über die individuellen Wege und Welten hinausweisen.

Die Einstellungen zur Science Fiction sind sehr unterschiedlich. Die Autoren neigen zu einer nüchternen professionellen Einstellung. Sie leben, mit Ausnahme von Hal Clement, vom Schreiben. »Kunst und Kommerz« heißt demnach auch eines der Kapitel des Buches, denn das sind die beiden gegensätzlichen Begriffe. Einige schreiben für den Film, andere werden engagiert, etwa für STAR WARS- und STAR TREK-Romane, oder haben die Gelegenheit, ihre Drehbücher zu verfassen. Joe Haldeman befindet sich in einem Zwiespalt, einerseits würde er jederzeit ein Drehbuch schreiben, denn er bekommt dafür viel mehr Geld, obwohl er weiß, daß andererseits Hollywood die SF-Stoffe »verbraucht« und ihn die Filme, letztendlich die Ergebnisse, nicht zufriedenstellen.

»Man schreibt einfach nicht irgend etwas, das einem völlig egal ist, nur wegen des Geldes, und man schreibt auch nichts, womit man sich einen innigen Herzenswunsch erfüllt, ohne sich jemals danach zu fragen, ob es Geld macht.« So bringt Roger McBride Allen seine Ansicht auf den Punkt.

Es stellt sich heraus, daß viele Autoren aus dem Fandom, das der kommunizierende Teil der Leserschaft ist, kommen. Die Frage, für wen sie schreiben, stellt sich ihnen deshalb nicht in dem Maße wie anderen Autoren. Auf den Cons haben sie zudem Kontakt zur Leserschaft, oder sie jedenfalls vor Augen.

In der Einstellung zum Interiew gibt es auch große Unterschiede. Geradezu redselig, was ihr eigenes schweres Leben anbetrifft, ist Marion Zimmer Bradley. Am unwilligsten ist Robert Silverberg, während Jerry Pournelle den Eindruck erweckt, er will sich auf die Fragen nicht einlassen, sondern er nimmt sie nur zum Anlaß, um seine etwas schwer nachzuvollziehenden Ansichten nicht gerade zusammenhängend vorzutragen. Seinem letzten Satz kann man aber zustimmen, denn »es ist sinnvoll, zumindest einen kurzen Blick auf die Implikationen der Dinge zu werfen, bevor wir sie tun«.

Unter den Fans nimmt Forrest Ackerman eine überragende Stellung ein. Er wird nicht umsonst »Mr. Science Fiction« genannt. Er bewegt sich in diesem Genre, es ist seine Welt, wortwörtlich, denn sein Haus beherbergt die größte SF-Sammlung der Welt. Und er selbst ist im Interview eine Sammlung von Geschichten und Begebenheiten, die er gerne zum besten gibt.

Der weibliche Fan Diane repräsentiert in vielem dagegen den Durchschnittsfan, der SF als Bereicherung des Lebens empfindet, während »Paul, der Wanderer« zu den Fans gehört, die ihr Einzelgängertum durch eine Verkleidung noch unterstreichen wollen.

Es ist Albrecht Fritzsche gelungen, ein vielfältiges Bild von den Welten der Science Fiction vor den Augen des Lesers entstehen zu lassen. Das Interview mit Greg Bear vermittelt vor allem das Bild, was Science Fiction sein kann, nämlich eine Form, hinter kulturelle Selbstverständlichkeiten zu blicken, und als Leser mag man ihm gerne zustimmen, was den Stellenwert der Literatur innerhalb der Medienwelt betrifft.

Weshalb nun Science Fiction das »erfolgreichste« Genre unserer Zeit ist, das wird leider nicht deutlicher, es ist die Voraussetzung, auch der Grund für die Annäherungen in diesem Buch.

Dieses Buch kann man auch Leuten empfehlen, die bisher weniger Ahnung von Science Fiction hatten.

Albrecht Fritzsche

Die Welten der Science Fiction

15 Annäherungen an das erfolgreichste Genre unserer Zeit
Corian Verlag Heinrich Wimmer, Meitingen, 1998
167 Seiten, DM 27,85

von Jacek Rzeszotnik

›Menschen, die nichts zu sagen haben, aber etwas sagen müssen, nennt man Kritiker‹ (Robert Lembke), ›Kritiker sind Leute, die mit einem Rasiermesser am Hals der Autoren geigen‹ (Per Halvarsson), ›Kritiker sind blutrünstige Leute, die es nicht bis zum Henker gebracht haben‹ (George Bernard Shaw) – diese und ähnliche Bonmots illustrieren das Spannungsverhältnis, das die Beziehungen zwischen den Kritikern und den Künstlern von jeher bestimmt. Der polnische Schriftsteller Roman Bratny hat einmal ironisch konstatiert, die Kritiker wüßten sowieso besser als er selbst, worüber er schreibe, und daher lasse er es sich von ihnen jedes Mal gern erklären. In der Tat kann man sich manchmal des Eindrucks nicht erwehren, daß der Lärm heftig debattierender interpretationswütiger ›Kunstrichter‹ nur zu oft die Stimme der Autoren übertönt. Damit will selbstverständlich nicht gesagt werden, daß kritische Deutungsbemühungen ausnahmslos faule und ungenießbare Früchte tragen, denn eine ganze Armee von mehr oder weniger begnadeten Kritikern hat sich im Verlauf der Jahrhunderte um die Erschließung der unendlichen Weiten der Literatur verdient gemacht. Doch das Bewußtsein und die Anerkennung dieser unumstrittenen Leistungen sollten nicht über die Tatsache hinwegtäuschen, daß einen gelegentlich das Gefühl überkommt, die Autoren seien lediglich dazu da, Profilierungsstoffe für die Kritiker zu liefern. Aus diesem Grund ist es, um die Proportionen zu wahren, nicht fehl am Platz, ab und zu auch den Schaffenden sein Ohr zu leihen.

Albrecht Fritzsches ›15 Ausflüge in die phantastischen Welten der Science Fiction und Fantasy‹ (so der Backcovertext), die er mit seinen Gesprächspartnern während des Worldcons 1996 in Anaheim nahe Los Angeles und ›in den darauf folgenden Wochen‹ unternommen hat, bieten die Möglichkeit, Ansichten und Standpunkte einiger bedeutender SF-Schriftstellerinnen und Schriftsteller kennenzulernen und das kulturelle Phänomen Science Fiction aus ihrer Insiderperspektive ausgeleuchtet zu bekommen. Solche Interviewsammlungen bergen freilich eine (nur allzu oft unterschätzte) Gefahr in sich, die darin besteht, daß immer wieder die gleichen Fragen das Gesprächsgerüst bilden und dieselben Diskussionsthemen aufgerollt werden, weswegen die Lektüre früher oder später zum hoffnungslosen Auf-der-Stelle-Treten gerinnt und sich beim Leser Ermüdung einstellt – insbesondere wenn die jeweiligen Interviewten konvergierende Auffassungen vertreten. Um der Monotonie gleich formulierter Meinungen zu entfliehen, kann man beispielsweise thematische Schwerpunkte setzen, um die sich Fragen und Antworten zu ranken haben. Diesen Weg beschreitet eben Fritzsche, indem er seine Interviews in drei Teilen gruppiert: ›Kunst oder Kommerz?‹ (Frederik Pohl, Greg Bear, Joe Haldeman, Robert Silverberg, John Maddox Roberts), ›Kult oder Kultur?‹ (Kevin J. Anderson & Rebecca Moesta, Roger MacBride Allen, Connie Willis, Forrest Ackerman, ein männlicher Fan namens ›Paul der Wanderer‹) und ›Science oder Fiction?‹ (Hal Clement, Jerry Pournelle, Marion Zimmer Bradley, ein weiblicher Fan namens Diane, ›phantastisches Traum-Interview mit Isaac Asimov‹). Dadurch vermag er die Gespräche mehr oder weniger souverän in gewünschte Richtungen zu lenken, wiewohl die Umstände manchmal wahrlich grobkörnigen Sand ins Getriebe seiner Anstrengungen streuen (vgl. etwa die Konversation mit dem zum Zeitpunkt der Unterhaltung anscheinend keinen unüberwindlichen Mitteilungsdrang verspürenden Robert Silverberg). Die drei genannten, vom Autor abgesteckten thematischen Großbereiche fungieren natürlich eher als Reservoire von Gesprächsrichtlinien, ohne zu alleinigen Diskussionsproblemen aufzurücken, so daß die Aufmerksamkeit des Lesers dank Fritzsches geschickter ›Moderation‹, die die Befragten zu immer neueren Überlegungen und Stellungnahmen animiert, erregt bleibt.

Es gibt wohl kaum ein Interview mit einem SF-Autor, in dem die Frage nach der Definition der Science Fiction nicht auch nur am Rande berührt würde. Sie gehört in solchen Fällen zu den Standardgesprächsstoffen, auch wenn sie oftmals nur als eine Art Überleitung zur eigentlichen Diskussion oder zur einführenden Standortbestimmung einzelner Diskutanten dient. Die bis auf den heutigen Tag verschiedentlich beantwortete und somit praktisch nach wie vor offen gebliebene Frage der definitorischen Festlegung der ›Wesensart‹ und der (wenn es möglich ist) thematischen Eingrenzung der Science Fiction scheint Fritzsche ebenfalls beschäftigt zu haben, denn sie taucht in einigen Gesprächen wieder auf und verleitet die Autorinnen und Autoren zu unterschiedlichen konkretisierenden Deutungen und Charakterisierungen des Genres. So richtet Frederik Pohl seinen Blick auf die thematische Omnipotenz der Gattung: ›Es gibt viel Besonderes an der Science Fiction. Das Entscheidende ist, daß Science Fiction keine Einschränkungen hat, was das Thema betrifft. Es gibt kein Thema, über das man keine Science Fiction-Geschichte schreiben könnte, und kein vorstellbares Ereignis, mit dem man nicht umgehen könnte.‹ (S. 21). In etwas ›brutalere‹ Worte mit starkem emotionalem Selbstbezug kleidet seinen lapidaren Definitionsversuch Joe Haldeman: ›Mein Geld verdiene ich damit, abgefahrenes Zeug über abgefahrene Sachen zu schreiben.‹ (S. 36). In dem sinnigerweise mit *Definitionen sind nicht mein Problem* überschriebenen Teil des Buches gibt sich Robert Silverberg wiederum sehr syllogistisch: ›Science Fiction ist das, was ich schreibe, wenn ich Science Fiction schreibe.‹ (S. 51). Jerry Pournelle hingegen läßt dem wissenschaftlichen Außenfaktor eine entscheidende Rolle bei der Bestimmung der Science Fiction zukommen, womit er zu dem rein arbiträren Approach Silverbergs in Opposition tritt: ›Wenn es nichts mit Wissenschaft zu tun hat, dann sehe ich nicht ein, wie es irgendwas mit Science Fiction zu tun haben könnte.‹ (S. 134). Das Technologische rückt auch bei Marion Zimmer Bradley in den Vordergrund, wenn es darauf ankommt, sich über das Wesentliche der SF Klarheit zu verschaffen, obgleich sie selbst sich in ihren Werken lieber dem Menschen und seiner Denkwelt zuwende:

›Das ist eigentlich eine geistvolle Geschichte über Technologie.‹ (S. 148). Den Schlußpunkt unter die von Fritzsche und seinen Gesprächspartnern unternommene Suche nach einer allgemein anwendbaren Definition der SF setzt schließlich Isaac Asimov in dem mit ihm im Traum durchgeführten ›phantastischen Interview‹, wo er die Notwendigkeit eines solchen Unternehmens überhaupt in Frage stellt: ›Es wäre ja auch langweilig, wenn wir uns alle auf eine klare Definition der Science Fiction einigen könnten.‹ (S. 167). Dieser Meinung kann man durchaus beipflichten, wenn man der Auffassung ist, daß eine definitorische Festlegung des Genres es seiner vielfach noch nicht offenbarten Farbigkeit und Vielgestaltigkeit berauben würde.

In dem sonst amüsanten Gespräch mit Roger MacBride Allen stößt der Leser auf eine düstere Diagnose des rezeptiven Verhaltens junger SF-Fans gegenüber ihren Lieblingslektüren, das den Konsum von gleichgearteten Produkten gefährlich perpetuiere und psychischen (und physischen!) Störungen Tür und Tor öffne: ›Es gibt Leute, die machen das aus Spaß. Die haben ein Leben. Und so ist es gut. Sie wollen sich verkleiden und das hier ist ein Kostümball, und sie unterhalten sich wunderbar, und es macht Spaß. Das ist gut so. Das ist eine feine Sache. Dann gibt es Leute, die sich wirklich, wirklich wünschen, sie würden in diesem Universum leben, und die zu viele Bücher lesen. Sie lesen dieselben Bücher immer und immer wieder, sie möchten jedes einzelne Star Trek-Buch oder jeden einzelnen Star Trek-Roman lesen. Wenn ich sage, daß sie zu viele Bücher lesen, meine ich, daß sie zu viele Bücher derselben Art lesen. Sie haben alle Poster, sie kennen alle Charaktere, haben alle Uniformen, sie sind Mitglieder in den Clubs. Sie nehmen alle Folgen der Serie auf und schauen sie wieder und wieder an. Das ist nicht gesund. Und ich meine das ganz wörtlich: es ist nicht gesund. Ich bin sicher, daß Sie gemerkt haben, daß hier eine Menge physisch sehr ungesunder Menschen sind, sehr dicke Menschen, die ziemlich bedeutungslose Leben führen. Die allein leben, die nicht viel nach draußen kommen. Die in ihrer Phantasiewelt leben, wenn sie diese Dinge lesen. Und das ist nicht gut für sie.‹ (S. 81). Diese Erkenntnis ist um so bedrückender, als sie heutzutage auf immer mehr junge SF-Fans zutrifft, die verstärkt ›homogene‹ Lesestoffe verzehren und sich auf diese Weise ein durch und durch schiefes Bild von der Science Fiction machen. Sie sind moderne Sklaven der Unterhaltungsindustrie, die sich zudem selbst etwa in Tie-ins-Ketten legen. Die Permanenz dieser Fluchtwelten in ihrem Leben hat in besonders drastischen Fällen im Verlauf der Zeit zur Folge, daß sie sich bei ihnen vor die ›eigentliche‹ Realität schieben und Störungen in der Wirklichkeitswahrnehmung verursachen und im Effekt auf ihr soziales Verhalten eine behindernde Wirkung ausüben. Es ist daher weniger die Qualität des Konsumierten, als vielmehr dessen ständige, willkommene ›Präsenz in Permanenz‹, die negativen Entwicklungen Vorschub leistet.

Fritzsches Gespräche mit den SF-Größen liefern an vielen Stellen solche Denkanregungen zu verschiedenen Problemen, die hier einzeln zu signalisieren jedoch den Rahmen dieser kurzen Besprechung sprengen und den Lesern womöglich die Lektüre noch vor deren Beginn vergällen würde. Jeder muß selbst auf eine Entdeckungsreise gehen.

Albrecht Fritzsches Band ist eine nette und brauchbare Ergänzung von anderen Interviewbüchern sowie Fragegesprächen, die man in Zeitungen und Zeitschriften lesen kann. Zumal er in gebündelter Form eine vertretbare Anzahl von Aussagen verschiedener Autoren zu gleichen Themen offeriert, so daß Vergleiche ermöglicht und dadurch Übereinstimmungen und Differenzen sofort sichtbar und analysierbar werden. Die SF-Fans mögen ihr Herz nicht so restlos an ihre Lieblingsautoren hängen, wie dies beispielsweise bei den jugendlichen Musikfans und ihren Idolen der Fall ist, aber ›Hintergrundinformationen‹, selbst wenn sie nicht immer ungestört hinter die Kulissen blicken lassen oder nicht unbedingt in die Tiefe gehen, sind jederzeit willkommen, weil sie ihnen den jeweiligen Autor als Menschen und als Schriftsteller näherbringen und sein Schaffen verstehen helfen. Und eine solche Hilfe leisten *Die Welten der Science Fiction* allemal. Der größte Nachteil des Buches ist freilich dessen Kürze. Man möchte nämlich noch länger den überlegten Beichten der SF-Meister zulauschen.

Stephen Fry

Geschichte machen

(Making History)
Deutsch von Ulrich Blumenbach
Reinbek: Rowohlt, 1999
464 Seiten, DM 19,90

von Jürgen Wimmer

Der Holocaust, so sollte man annehmen, taugt doch wenig zur Belustigung der Leute. Und dennoch gab es immer wieder Künstler, die sich dem Grauen nur mit einem Lachen nähern konnten. Charlie Chaplin mit »Der große Diktator«, Ernst Lubitsch mit »Sein oder Nichtsein« oder Roberto Benigni mit »Das Leben ist schön« sind da zu nennen. In der Literatur sorgte der Jude Edgar Hilsenrath Ende der 70er Jahre mit seiner Groteske »Der Nazi und der Friseur« für Aufregung. Besonders dankbar sind in diesem Zusammenhang Gedankenspiele à la »Was wäre wenn«. Stephen Fry stellt sich die Frage: Wenn nun Adolf Hitler nie geboren worden wäre? Hätte es etwas geändert? Felsenfest davon überzeugt sind immerhin zwei naive Wissenschaftler an der altehrwürdigen Cambridge University. Einer, Michael Young, ist Historiker und hat gerade seine Doktorarbeit über Hitlers Jugend geschrieben. Der andere, Leo Zuckermann, ist Physiker und Erfinder einer Zeitmaschine.

Die beiden glauben, sie könnten den Holocaust ungeschehen machen, indem sie einen Brunnen in Hitlers Geburtsort Braunau mit einem empfängnisverhütenden Mittel vergiften. Vater Hitler bekommt also keinen Sohn, und der Gang der Geschichte ist verändert. Dummerweise kommt Michael Young nach dem Eingriff ins Zeitgefüge in einem befremdlichen Parallel-Universum zu sich, nicht in England, sondern in den USA, denn ganz Europa steht in dieser Welt immer noch unter der Nazi-Fuchtel.

Nach und nach dämmert es Young: An Hitlers Stelle hat ein gewisser Rudolf Gloder den Zweiten Weltkrieg begonnen. Und er hat einige von Hitlers Fehlern vermieden, so daß er den Krieg gewinnen konnte. Noch verheerender: Das empfängnisverhütende Mittel aus dem Brunnen in Braunau wurde später von den Nazis analysiert und zur Judenvernichtung eingesetzt ...

Für Stephen Fry ist das Unheil also nicht an eine bestimmte Person gebunden. Hitler, so die These des Buches, war nur Platzhalter. Entscheidend sind nicht einzelne Personen, sondern geschichtliche Rahmenbedingungen. Man mag dieser Meinung sein oder nicht, aber Fry setzt das in seinem bitterbösen Roman glaubhaft um. Dabei gibt es haufenweise allerschwärzesten britischen Humor, für den man einen deutschen Autor bei diesem Thema kreuzigen würde. Aber Fry ist ein hervorragender Erzähler, er kann Charaktere zeichnen, Dialoge schreiben und gut konstruieren. Daß der Trip ins Paralleluniversum für Michael Young gleichzeitig zum schwulen Selbstfindungstrip wird, na ja, gut, das hätte man sich schenken können. Aber ein intelligentes Leseabenteuer bleibt »Geschichte machen« allemal. Stephen Fry ist übrigens nicht allein Schriftsteller, sondern auch Schauspieler. So spielte er die Titelrolle in »Oscar Wilde«, und auch in dem stargespickten »Zivilprozeß« war er kurz zu sehen (an der Seite von John Travolta).

Ronald M. Hahn & Horst Pukallus

Alptraumland

Blitz-Verlag, Windeck, 1998
173 Seiten. DM 19,80

von Michael K. Iwoleit

Ken Russels Film *Gothic* (1986) handelt von einer legendenumwobenen Nacht im Sommer 1817, in der Mary Shelley in Lord Byrons Villa am Genfer See zu ihrem Roman *Franken-*

stein, or The Modern Prometheus angeregt worden sein soll. Der vorliegende Roman erzählt die Vorgeschichte, die laut der geschickten Verquickung von Fakten und Fiktion, die die beiden Autoren in ihrer ersten Koproduktion betreiben, zum Entstehen einer der berühmtesten Horrorgeschichten neueren Datums geführt hat. Das Buch ist auch weniger eine Wiederbelebung klassischer Horrormotive als eine Hommage an einen einflußreichen Kreis amerikanischer Phantastik-Autoren, denen schon Fritz Leiber 1977 seinen wunderbaren Schmöker *Herrin der Dunkelheit* gewidmet hat: der Clique um August Derleth, Frank Belknap Long, Clark Ashton Smith, Robert E. Howard und einiger anderer, in deren Mittelpunkt der Großmeister des modernen Makaberen stand, H. P. Lovecraft natürlich. *Alptraumland* ist weder so exzentrisch wie Russels Film noch so originell wie Leibers Roman und hantiert streckenweise etwas zu epigonenhaft mit dem ›gotischen‹ Requisitenarsenal, alten Gemäuern, unterirdischen Kerkern, düsteren Alpträumen und vorzeitlichen Monstren Lovecraftscher Prägung. Aber das Ganze steht wie in Anführungszeichen. Den Autoren, das wird schnell deutlich, war weniger an einer Bereicherung des Horrorgenres als an einem erzählerischen Kommentar zur zwiespältigen Faszination Lovecrafts und seines Werks gelegen. So ist der Roman, obwohl er als spannende Story lesbar bleibt, immer da am interessantesten (und witzigsten), wo die Hauptfigur Lovecraft den Autoren Gelegenheiten gibt, sich über seine Verschrobenheiten und Ansichten auszulassen. Es ist nicht ohne Reiz, wenn Horst Pukallus mit seinem wortgewandt-schnoddrigen Stil Lovecrafts von reaktionärer Pikiertheit geprägte Korrespondenz nachempfindet oder wenn ein bodenständiger Erzähler wie Ronald Hahn Lovecraft in seinem krampfhaften Bemühen um ein Auftreten als anglophiler Gentleman bloßstellt.

Ganz im pseudodokumentarischen Stil Lovecrafts (und seiner Cthulhu-Mythos-Nachfolger) setzt sich dieser interessant strukturierte Roman aus einer Reihe von fingierten Dokumenten zusammen, zum einen Briefen H. P. Lovecrafts an seinen Autorenkollegen Frank Belknap Long, zum anderen Verhörprotokollen einer Scotland-Yard-Untersuchung, zum dritten

Auszügen aus dem Tagebuch Roderick Ashtons, eines Drehbuchautors in Hollywood, den H. P. Lovecraft 1920 auf einer von Robert E. Howard veranstalteten Gesellschaft kennengelernt hat. Im Sommer 1923 erhält Lovecraft von Roderick eine Einladung auf sein schottisches Familienanwesen Ashton Manor, das auf dem Gelände einer alten Burg steht und ihm durch eine unerwartete Erbschaft zugefallen ist. Rodericks Onkel Stephen hat das Haus zur Jahrhundertwende wieder in den Familienbesitz gebracht, und Roderick muß, als er sich an die Renovierung macht, alsbald erfahren, daß ein düsteres Geheimnis auf dem Anwesen zu lasten scheint. Am eigenen Leib erfährt er, wie unbeliebt die Ashtons bei der ländlichen Bevölkerung sind, und auf seinen Chauffeur wird ein Mordanschlag verübt. Im Keller entdeckt er das Skelett eines vor Jahrzehnten verschwundenen Mädchens, und bei Nachforschungen stößt er auf Hinweise, daß nicht nur sein Onkel Stephen, sondern seine fernen Vorfahren schon heidnische Rituale in den alten Burggewölben praktiziert haben. Er gerät selbst immer mehr in den Bann seines dunklen Sippenerbes. In Alp- und Tagträumen begegnet er rätselhaften Wesen und nimmt an einem blutigen Opferritual teil. Aus Verzweiflung bittet er seinen Brieffreund Lovecraft um tätigen Beistand. Unter Hinzuziehung eines Psychiaters dringen sie schließlich in die ältesten Gewölbe vor und finden die Überreste eines Sklavenheers, das den kannibalistischen Ashtons, die sich als Zöglinge außerirdischer Monstren herausstellen, als Nahrung dienten. Hier begegnet Roderick dem Geist seines Onkels und fällt endgültig dem Wahnsinn anheim. Der Psychiater fällt ihm zum Opfer, Lovecraft kann übel zugerichtet entkommen. Seinen zweifelhaften Ruf als Horrorautor nutzt Scotland Yard, um das Aufsehen um diesen Fall abzuwiegeln. Lovecraft selbst kehrt in sein geliebtes Providence mit der Anregung für eine neue Geschichte zurück: es sind – der kundige Lovecraft-Leser ahnt es längst – die 1924 in *Weird Tales* erschienenen *Ratten im Gemäuer.* Im Nachhinein fallen dann auch die vielen Parallelen zwischen Roderick Ashtons Schicksal und dem Helden in Lovecrafts Geschichte auf: auch er übernimmt 1923 ein altes Familienanwesen, auch er wird vom Geist der Vergangenheit heimgesucht, auch er endet als Kannibale im Wahnsinn. Die Autoren finden eine neue Variante für das alte Spiel, das einige Lovecraft-Nachfolger (Thomas Ligotti, Colin Wilson usw.) aus naheliegenden Gründen praktiziert haben: Lovecraft hat immer wieder historische Fakten und Einfälle anderer mit seinen Schreckensvisionen verwoben, und so bieten sich seine Person und seine Geschichten selbst wiederum zur weiteren Fiktionalisierung an. Meines Wissens nach ist es aber eine neue Idee, das Entstehen einer Lovecraftschen Geschichte selbst zum Inhalt einer Horrorstory zu machen. (Die Autoren beschränken sich in ihren Anspielungen übrigens nicht auf Lovecraft: in einer Szene taucht der unversehens zur historischen Gestalt gewordene Sherlock Holmes als hinfälliger Greis auf, an anderer Stelle hat Ronald Hahn in seiner Eigenschaft als Jack London-Kenner Spuren hinterlassen.) Unterm Strich ein unterhaltsamer Beitrag zur neuen deutschen Weird Fiction, die bisher weitgehend von jungen Autoren getragen wurde.

Mary Henderson

Magie und Mythos: Die phantastischen Welten des George Lucas und ihre Ursprünge

(Star Wars - The magic of myth)
Aus dem Amerikanischen von Thomas Ziegler,
VGS, Köln 1998
216 Seiten, DM 48,-

von Michael Baumgartner

Bei den STAR WARS-Filmen hat jeder Betrachter, jede Betrachterin das Gefühl, daß ihm etwas vertraut vorkommt. Die Kostüme erinnern an fernöstliche Kulturen, im ersten Teil gibt es viele Western-Elemente, und natürlich nicht zu vergessen die vielen Märchenmotive. Und sicher haben diese an Vertrautes erinnernden Elemente auch zum Erfolg der Filmtrilogie beigetragen. Aber im allgemeinen hält man die Filme für Unterhaltungsstoff, und sieht dahinter kein System, keinen bewußten Bezug auf mythische und kulturelle Muster.

Daß dem aber so ist, daß in Star Wars bewußt alte und moderne Mythen eingearbeitet wurden, das ist die Grundthese dieses verschwenderisch ausgestatteten Bandes, der als Begleitbuch zur gleichnamigen Ausstellung im Nationalen Luft- und Raumfahrtmuseum der Smithsonian Institution Washington erstmals erschienen ist. Die Kuratorin der Ausstellung und Autorin Mary Henderson geht diesen vertraut wirkenden Mustern nach und erhellt damit auch den Entstehungsprozeß der Filme.

Ausgangspunkt ist wohl Georg Lucas' persönliches Interesse an Mythen. Er entdeckte vor allem den Autor und Mythenforscher Joseph Campbell und sein Hauptwerk »Der Heros in seinen tausend Gestalten« für sich. Davon floß vieles bewußt und unbewußt in das Drehbuch zu *Star Wars* ein. So macht denn ein Luke Skywalker wie die Heroen aus antiken Sagen und Legenden viele Stufen vom einfachen Jungen vom Lande hin zum Kämpfer für seine wahre Bestimmung durch. Dazu muß er seine Heimat verlassen und in der ihm unbekannten Welt viele Prüfungen und Gefahren bestehen. Er muß vor allem sich selbst erfahren und weiterentwickeln.

Während Luke den spirituellen Weg geht, den des Weisen, des Jedi, der über die Macht verfügt, ist Han Solo vom Typ eher ein Krieger. Prinzessin Leia ist einerseits für die beiden eine Instanz, indem sie ein Ansporn ist und so deren gute Eigenschaften und inneren Werte bestärkt, andererseits ist sie für sich selbst gesehen auch eine Heldenfigur.

Sehr ausführlich und einleuchtend legt die Autorin dies alles dar. Sie zeigt auch, daß das Konzept von Gut und Böse in allen drei Teilen ein anderes ist. Von der klaren, auch äußerlich betonten Trennung zwischen Gut und Böse (die Farben Schwarz und Weiß stehen dafür), zur Psychologisierung im zweiten Teil, wo das Böse eine zerstörerische Gewalt im Innern ist, hin zum dritten Teil, in dem das Böse als menschliche Eigenschaft, die man auch selbst überwinden kann, dargestellt wird.

Georg Lucas hat auch jede Menge kulturelle Einflüsse in seine Filme eingebaut. Populäre Mythen des Western und der SF fanden Eingang in die Gestaltung, auch der Konflikt Mensch und Maschine, wobei das Maschinenhafte eher als Prinzip bekämpft wird, nutzen die Rebellen doch die vorhandene Technik ganz selbstverständlich.

Henderson nimmt keine Wertung vor, kritisiert zum Beispiel nicht, daß die gestalterische Kraft des magischen Weltverständnisses im Film zur telekinetischen Begabung verdinglicht ist. Auch nicht die Tendenz zur Verniedlichung und Verkitschung. Chewbacca zum Beispiel ist mit seiner Körperbehaarung als Bekleidung und seiner tierischen Sprache ein archetypischer »Wilder Mann«, ein Freund und Mitstreiter der Helden. Aber er sieht mit seiner Schnauze auch ein bißchen wie ein Hund auf zwei Beinen aus, was ihn wieder »domestiziert«.

Doch der Autorin gelingt es letztendlich, *Star Wars* als gesamtkünstlerisches Produkt, hinter der ein gestalterischer Wille und kein marktorientiertes Kalkül steckt, darzustellen. Für die künstlerische Auffassung spricht auch, daß Star Wars kein Vorbild in der Filmgeschichte hatte, innovativ war. Star Wars ist schließlich selbst ein synthetischer Mythos geworden, und ein beispielloser kommerzieller Erfolg. Aber der Erfolg wäre nicht so groß gewesen, hätte es nur die großartigen filmischen und tricktechnischen Aufnahmen gegeben. Die Geschichte mit ihren vielen Mythen, die nichts anders sind als ins Abenteuerliche gewendete allgemeinmenschliche Erfahrungsmuster, hat sicher auch zu der durchdringenden Wirkung des Filmes beigetragen.

Das Buch ist sehr erhellend. Man muß nicht überall mythische Muster wirken sehen, um die Gedanken der Autorin nachvollziehen zu können. Aber nicht nur der Text ist aufschlußreich, sondern auch die vielen Illustrationen. Neben den vielen Screen-Shots und den Kostümentwürfen sind vor allem die Gemälde und Entwürfe des Künstlers Ralph

McQuarrie erwähnenswert. Einige können durch ihre Originalität und Virtuosität für sich selbst stehen und geben darüber hinaus einen guten Einblick in den visuellen Entstehungsprozeß der Trilogie.

Will man sich eingehender mit *Star Wars* beschäftigen, kommt man um dieses Buch nicht herum.

Mark Joseph

Y2K Der letzte Tag

(Deadline Y2K)
Aus dem Amerikanischen von
Sabine Meier-Längsfeld
Schneekluth Verlag, München 1999
416 Seiten, DM 39,90

von Marcel Feige

Fiktion oder Wahrheit? Inzwischen wissen wir, was dran ist an diesem Thema, das die Medien die letzten Jahre derart hochgeschaukelt haben, daß sich die halbe Menschheit (zumindest die, die einen Computer besitzt) vor dem großen Knall fürchtete: Der Millenium Bug, das Damoklesschwert, das über alle Computer-User zum Jahrtausendwechsel schwebt, jagt in diesem Roman die Kraftwerke in die Luft, zwingt die Weltwirtschaft in die Knie, boxt den Industrienationen empfindlich unter die Gürtellinie.

Josephs Roman ist aber mehr als nur ein Schreckensszenario, das auf Schockeffekte und Panikmache abzielt. Der Autor nutzt die Auseinandersetzung zwischen einem Computer-Magnaten Donald Copeland, der in dem Computerchaos das große Geld wittert, und seinem Software-Programmierer Michael ›Doc‹ Downs, der aus reinem Idealismus zum Retter der Welt mutiert, für eine gehörige Portion Kritik am American Way of Life: Anarchie und Wirrwarr durch das ›technologische Schreckgespenst‹ Computer – ›dies alles nur, weil die

Welt den amerikanischen Weg eingeschlagen hatte: heute Kosten einsparen und keinen Gedanken an morgen verschwenden.‹

Die Geschichte ist nicht nur im Jahre 2000 aktuell; sie wird es wohl auch in Zukunft sein. Es ist nicht von der Hand zu weisen: Zu sehr haben wir uns vom technischen Fortschritt abhängig gemacht. Josephs offenbart das ganze, moralische Dilemma unserer Zeit: Maschinen, die tun und lassen, was sie wollen – und der Mensch hat keinen Einfluß mehr darauf.

Das Romanende ist natürlich ein wenig dick aufgetragen, aber im Grunde ein aberwitziger Gedanke: die ›fortschrittlichen‹ Länder sind dank Computer (welch Ironie!) auf ein minimales Niveau reduziert, während die Entwicklungsländer, deren Menschen noch immer auf mühevolle Hand- und Kopfarbeit angewiesen sind, überlebensfähig bleiben.

Michio Kaku

Zukunftsvisionen: Wie Wissenschaft und Technik des 21. Jahrhunderts unser Leben revolutionieren

(Visions. How Science Will Revolutionize the 21st Century)
Deutsch von Susanne Kuhlmann-Krieg
und Sebastian Vogel
Lichtenberg Verlag, München, 1998
463 Seiten. DM 48,–

von Michael K. Iwoleit

Ein Rezensent kann sich etwas eingeschüchtert fühlen, wenn er einige deutliche Einsprüche gegen ein Buch erheben will, das mit einer solchen Fülle von Ideen und Konzepten und gestützt auf eine derart breite Expertenautorität auftritt. Und es wäre sicher auch verfehlt, das neuste Buch des Physikers

Michio Kaku – Mitentwickler der Superstring-Theorie und Verfasser einiger empfehlenswerter populärwissenschaftlicher Sachbücher – pauschal in die Reihe jenes pseudofutorologischen Schrifttums einzuordnen, das seit etwa zehn Jahren auf der Welle massiver Fortschritte in Gebieten wie der Bio- und Informationstechniken mitschwimmt und eine grelle Hymne auf die angeblichen Supertechnologien des nächsten Jahrhunderts angestimmt hat, dabei aber notorisch darüber hinwegsieht, daß die Wirklichkeit sich selten dem technisch Machbaren oder wirtschaftlich Sinnvollen und noch seltener den Allmachtsphantasien von Technokraten fügt. Ich rede von der Art schwärmerisch-naiver Zukunftseuphorie, wie sie in Büchern von K. Eric Drexler, Hans Moravec, Marvin Minsky und einiger anderer kultiviert wurde, die sich auf manchmal unerträgliche Weise zu den abenteuerlichsten Versprechungen versteigen: das Ende aller Energieprobleme wird da prophezeit, die totale Beherrschung der Natur, die Ausrottung sämtlicher Krankheiten, die Unsterblichkeit gar. Das Weltbild, das da nicht einmal zwischen den Zeilen mitschwingt, ist politisch so naiv wie technisch und wissenschaftlich überheblich. Die Autoren durchschauen nicht, wie sehr sie von den Prinzipien ihrer eigenen Zeit befangen sind, und wissen daher wenig zu den ethischen und gesellschaftlichen Weiterentwicklungen zu sagen, die mit jedem echten Fortschritt einhergehen müßten. Die Menschheit kann so weiterwursteln wie eh und je, lautet ihre Botschaft, Wissenschaft und Technik werden die üblen Folgen schon richten. Es hat etwas Erheiterndes, wie die Weltfremdheit früher Science Fiction heute im Gewande seriöser wissenschaftlicher Prognostik daherkommt.

Verglichen mit diesen Trendsettern bleibt Kakus Buch *Zukunftsvisionen,* das sich nichts Geringeres als einen Ausblick auf die technischen Fortschritte im nächsten Jahrhundert vornimmt, über weite Strecken sehr viel mehr auf dem Teppich. Es ist aber, zieht man die ausführlichen und zum Teil glänzenden Erörterungen von Problemen etwa der Informatik oder der Biologie ab (genannt sei nur das Kapitel 9 über neue molekularmedizinische Möglichkeiten im Kampf gegen Viren und Epidemien), vom selben fatalen Geist des Machbarkeitsdenkens beseelt, das im ständigen Vorantreiben der technischen Möglichkeiten und Leistungsfähigkeit eine hinreichende Voraussetzung dafür sieht, daß es künftigen Erdenbürgern im Schnitt besser gehen werde als heutigen. Politische Interessenkonflikte, internationale Machtgerangel, religiöse und rassische Konflikte werden da geradezu widerwillig als kleine Nickeligkeiten erwähnt, welche die Woge technischen Fortschritts schon niederwalzen werde. So ist es doch beispielsweise reichlich kühn, in unserer Epoche eines weltweiten Wiederauflebens des Nationalismus folgendes zu behaupten: ›Schon heute schafft die Informationsrevolution weltweite Verbindungen in einem Umfang, der in der Geschichte seinesgleichen sucht, und während auf diese Weise eine globale Kultur entsteht, *bleiben kleinliche, engstirnige Interessen auf der Strecke.*‹ (S. 32, Hervorhebung vom Rezensenten).

Kaku geht in der Organisation seines umfangreichen Materials von der These aus, daß die Naturwissenschaft künftig von der passiven *Erklärung* der Naturphänomene zu einer aktiven Umgestaltung der Natur übergehen werde und sieht diesen Trend vor allem auf drei Gebieten verwirklicht: dem Geist, dem Leben und der Materie; oder genauer: der Computertechnik als künstlicher Nachbildung geistiger Prozesse, der Bio- und Gentechnik als konstruktive Manipulation des Lebendigen, der Anwendung der Quantenphysik als eine bis ins Subatomare reichende Beherrschung der Materie. Bis Ende des einundzwanzigsten Jahrhunderts, so glaubt er, werden Fortschritte auf diesen Gebieten die Menschheit in eine planetare Zivilisation verwandelt haben. Er bezieht sich dabei auf ein Schema des russischen Astrophysikers Nikolai Kardaschew, der mögliche außerirdische Zivilisationen nach dem Umfang ihres Energiebedarfs einteilte und zwischen Zivilisationen des Typs I (planetare Zivilisationen, die einen ganzen Planeten zur Energiegewinnung ausschöpfen), des Typs II (solche, die ein ganzes Sonnensystem benötigen) und des Typs III (galaktische Zivilisationen) unterschied. Kaku erwähnt nicht, daß diese Einteilung von der impliziten Annahme ausgeht, der Entwicklungsstand einer Zivilisation müsse zwangsläufig mit ihrem *quantitativen* Energiebedarf korrelieren (was durch nichts bewiesen ist), und daher eine plumpe Verlängerung anthropozentrischer Wachstumsideologie in die Zukunft darstellt. An der Unfähigkeit, sich über die Voraussetzungen der eigenen Argumentation Rechenschaft abzulegen, krankt auch Kakus Buch.

Es ist an dieser Stelle nicht möglich, auf sämtliche Prognosen in diesem Buch einzugehen, daher seien nur einige fragwürdige Aspekte angesprochen. In dem der Computertechnik gewidmeten ersten Abschnitt steht wiederum eine rein quantitative Formel im Mittelpunkt, das nach dem Intel-Mitbegründer Gordon Moore so benannte *Moorsche Gesetz,* dem zufolge sich die Leistung von Computerchips alle achtzehn Monate verdoppelt. Über die seitenlange Aufzählung der vielen Wunder, die diese Leistungssteigerung einmal ermöglichen soll (so schwärmt er von der elektronischen Beherrschung des immer höheren Verkehrsaufkommens, ohne über Möglichkeiten nachzudenken, den Verkehr vernünftiger zu organisieren), vergißt Kaku viel Grundsätzlicheres. Nirgendwo erwähnt er, daß wesentliche Fortschritte der Computertechnik davon abhingen (und auch weiter davon abhängen werden), das ursprüngliche Prinzip des Von-Neumann-Rechners (ein Rechenwerk, das die Befehle in einem zentralen Daten- und Befehlsspeicher sequentiell abarbeitet) zu erweitern und zu sprengen. So finden einige neue Paradigmen der Computertechnik, etwa der von dem Deutschen Reiner Hartenstein erfundene Xputer, der auf einer Sequenzierung der Daten und nicht der Befehle beruht, bei ihm keine Erwähnung. Eklatanter ist noch, daß er immer wieder komplexe Erscheinungen des menschlichen Geistes auf simple Schemata zurechtstutzt, um ihre technische Nachbildung plausibler zu machen. Das nimmt komische Züge an, wenn die vielfältigen Schattierungen des menschlichen Gefühlslebens auf ein simples Reaktionsschema für empfindungsfähige Roboter reduziert werden, die am Ende gar ihre menschlichen Herren ›lieben‹ sollen. Und es wird gänzlich schwammig, wenn er über die Schaffung von künstlichem Bewußtsein nachdenkt und dabei Formen der Informationsverarbeitung als Bewußtsein einstuft, die nun eindeutig *unbewußt* ablaufen. Um das eigentliche Problem drückt er sich dabei herum: daß die Wissenschaft bis heute keine Erklärung hat, wie biologische Gehirne bewußte Wahrnehmungsakte zustande bringen, und daher die Frage noch völlig offen ist, ob sich derlei technisch überhaupt je nachvollziehen läßt.

Der dritte Abschnitt, der sich dem Boom der Biotechnik und ihrer Anwendung gegen Krebs, Erbkrankheiten, neue Erreger und dem natürlichen Alterungsprozeß widmet, hinterläßt einen schalen Nachgeschmack vor allem deshalb, weil hinter all den scheinbar menschenfreundlichen Erwägungen ein altes und stets gefährliches Ideal der physischen Vollkommenheit steht, das den Menschen als eine einzige Ansammlung biologischer und genetischer Defekte betrachtet, die einer leistungsfähigen und gesellschaftskonformen Normexistenz entgegenkorrigiert werden muß. Übersehen wird dabei, daß die eigentliche Triebfeder für die Entwicklung des Lebens auf unserem Planeten eben die ständige *Abweichung* von der Norm, die Entstehung immer neuen genetischen Materials gewesen ist und daß die massive Eindämmung von Defekten, Abweichungen, Mutationen, auch Behinderungen beim Menschen eine biologische Katastrophe zur Folge haben könnte, die alles in den Schatten stellt, was die Vordenker eines genetischen Utopias verhindern wollen. Kaku liefert mit seinen Ausführungen über neue und wieder resistent gewordene Krankheitserreger selbst ein Beispiel dafür, was einer biologisch vereinheitlichten Menschheit droht: je geringer die genetische Streuung in einer menschlichen Population, um so leichter werden sich gefährliche Erreger ausbreiten können. Die Erhaltung seiner biologischen Diversität liegt im Selbsterhaltungsinteresse des Menschen. Kaku macht (trotz seines kritischen Ausflugs in die Geschichte der amerikanischen Eugenikbewegung) viel zu wenig deutlich, auf welch verhängnisvolles Terrain sich die Gentechnik mit der generalstabsmäßigen Festlegung einer genetischen Norm für die Menschheit etwa durch das Human Genome Project begibt.

In seinem letzten Abschnitt weist das Buch einige Parallelen zu Paul Davies ›Biographie des Universums‹ *The Runaway Universe* (dt. *Am Ende ein neuer Anfang*) auf und leitet von einer Erörterung der Gefahren, die der planetaren menschlichen Zivilisation in fernerer Zukunft drohen, zu einer Geschichte des Universums und der Frage über, ob sich intelligentes Leben einmal zum Herr über Raum und Zeit aufschwingen und seiner Auslöschung beim unvermeidlichen Ende des Universums entgehen kann. Kaku schießt hier zwar über seine eigentliche Intention, die menschliche Zukunft bis Ende des nächsten Jahrhunderts zu prognostizieren, um einige Jahrmillionen hinaus, aber weil er sein eigenes Fachgebiet sehr klar und anschaulich darzustellen versteht, sind ihm gerade dabei einige der faszinierendsten und visionärsten Passagen des Buches gelungen. Die vorausgegangenen Erläuterungen zur technischen Anwendung der Quantenphysik auf Gebieten wie Supraleitung, Kernfusion, Solar- und Lasertechnik sind zwar etwas knapp geraten, aber wohltuend unspektakulär und enthalten überdies eine interessante Kritik an der von K. Eric Drexler euphorisch bejubelten Nanotechnik. Etwas mehr skeptische Töne dieser Art hätten dem Buch gutgetan.

Gutgetan hätte es der deutschen Ausgabe, wenn der Lichtenberg-Verlag nicht zwei Übersetzer von ziemlich unterschiedlicher Befähigung an das Buch gelassen hätte. Während die einen Kapitel sachlich sauber übersetzt sind, werden in anderen schon mal ›Milliarden‹ mit ›Billionen‹ verwechselt und finden sich auf S. 237 die allseits beliebten ›Silikonchips‹. Hiermit verspricht der Rezensent feierlich, daß er jeden Übersetzer sofort für den Physik-Nobelpreis vorschlägt, der ihm einen aus Silikon gefertigen Computerchip vorlegen kann.

Nancy Kress

Bettler in Spanien

(Beggars in Spain)

Bettler und Sucher

(Beggars and Choosers)

Bettlers Ritt

(Beggar's Ride)

Deutsch von Biggy Winter
München: Heyne, 1997/97/98

Heyne SF Nr. 06/5881/82/83
572/492/543 Seiten
DM 19,90/19,90/24,90

von Otto Jonel

Drei Bände, drei Zungenschnalzer. Was *Nancy Kress* mit ihrer Bettler-Trilogie geschaffen hat, gehört zum Besten der spekulativen Science Fiction der letzten Jahrzehnte.

Es ist keine rosige Zukunft, die Nancy Kress beschreibt und die nur wenige Jahre nach der Jahrtausendwende ansetzt. Mikrobiologie und Gentechnologie haben die Vision vom maßgeschneiderten Menschen Realität werden lassen. Leisha Camden ist einer der ersten Menschen, die ohne Schlafgen geboren wird. Die wenigen Schlaflosen auf der Welt sind bereits in Kindheit und Jugend den Schlafenden überlegen, schärfen unermüdlich ihren Verstand. Doch in dem Maße, wie sie nutzbringendes Wissen anhäufen und zu Elitemenschen reifen, wächst die Mißgunst der Schlafgebundenen. Außer Leisha wählen die übrigen Schlaflosen unter Führung der ehrgeizigen Jennifer Sharifi das Exil - zunächst in Sanctuary, einem abgelegenen Areal im Norden der USA, später auf einer Raumstation, von der aus sie die irdische Wirtschaft beherrschen. Dort wächst die zweite Generation der Schlaflosen heran, ebenfalls gentechnisch behandelt und noch um ein Vielfaches intelligenter als ihre Eltern. Derweil hat sich das Sozialgefüge auf der Erde grundlegend gewandelt. Bettlern gleich leben die Nutzer, wie sich die gentechnisch nicht behandelten Normalmenschen nennen, von der nahezu geldfreien Rundumversorgung durch die Schlaflosen und die Macher, die Techniker- und Wissenschaftlerklasse. Indes, es ist ein fragiles System der Abhängigkeit, das den Keim von Niedergang und Dekadenz in sich trägt.

Nancy Kress öffnet ein Fenster, das einen phantastischen Ausblick auf eine denkbare Welt von Morgen gewährt. Spekulative SF in Reinkultur, komplex und detailliert in der Thematik, vital und dreidimensional in den Charakteren, grandios umgesetzt. Ein Zyklus der absoluten Spitzenklasse.

Kurd Laßwitz

Auf zwei Planeten

Herausgegeben und mit einem Vorwort, Nachwort,
einer Werkgeschichte und einer Bibliographie
versehen von Rudi Schweikert
Heyne Verlag, München 1998
Heyne Science Fiction, Serie High 8000, Nr. 06/8007
1071 Seiten, DM 34,90

von Jürgen Wimmer

Deutsche Genre-Literatur von Rang gibt es weiß Gott nicht wie Sand am Meer, und wenn es einmal so etwas wie einen Klassiker gibt, wird er in aller Regel sträflich vernachlässigt. Es ist zum Beispiel kein Ruhmesblatt für die deutsche Verlagslandschaft, daß das bedeutendste Werk deutscher Science Fiction teilweise jahrzehntelang nicht in einer vernünftigen Ausgabe greifbar war. Die Rede ist von »Auf zwei Planeten«, dem Hauptwerk des deutschen Gymnasiallehrers Kurd Laßwitz (1848–1910).

Der Zeitgenosse Karl Mays schrieb seinen feisten 800-Seiten-Schinken zwischen 1895 und 1897, zu einer Zeit also, als das Genre Science Fiction im Ausland bereits mit Jules Verne oder H. G. Wells bedeutende Vertreter gefunden hatte. Neben seinen weitaus prominenteren Kollegen muß sich Laßwitz keineswegs verstecken. Er war ein phantasievoller Autor, der gut erzählen konnte und darüber hinaus – als Lehrer – auch ein erfreuliches Verständnis für naturwissenschaftliche Zusammenhänge aufbrachte.

In »Auf zwei Planeten« entdecken zwei Polarforscher durch Zufall am Nordpol die Basis einer außerirdischen Zivilisation: Die Marsmenschen, Vertreter einer weit fortgeschrittenen Kultur, haben sich eingenistet und machen Ansprüche auf die Erde geltend, da es mit dem Lebensraum auf ihrem eigenen Heimatplaneten langsam bergab geht. Die Menschheit ist nicht sonderlich darüber erfreut, zudem gibt es bald Mißverständnisse, und wieder einmal macht die überlegene Kultur der anderen mit roher Gewalt klar, wer das Sagen hat.

Dieser kurze inhaltliche Abriß kann dem ausladenden Werk kaum gerecht werden, doch es macht schon deutlich, daß Laßwitz mutige Worte nicht scheute. Später wurde sein Werk von den Nazis gar verboten. Doch schon 1895 waren seine Seitenhiebe auf den allerorten grassierenden Kolonialismus und Imperialismus gewiß nicht im Sinn der Herrschenden. Er flicht das ein in eine spannende Handlung, deren eher breites Erzähltempo zwar nicht unbetagt wirkt. Doch nach einer gewissen Eingewöhnung liest sich das weg wie nichts, auch wenn man heute natürlich klüger ist als im Zeitalter Kaiser Wilhelms und weiß, daß der Mars unbewohnt ist. Doch was spielt das für eine Rolle?

Eine Rolle spielt dagegen, daß der Heyne-Verlag mit der vorzüglichen Neuausgabe von »Auf zwei Planeten« einen echten Volltreffer gelandet hat. Nicht nur, daß der Text endlich einmal wieder ungekürzt dargeboten wird, nein, man hat dem Werk noch satte 250 Seiten Anhang beigefügt. Das schließt unter anderem ein: zwei kenntnisreiche Aufsätze von Rudi Schweikert über Laßwitz' Leben und Werk, einen umfangreichen Anmerkungsapparat nebst Bibliographie und sogar die farbigen Abbildungen älterer Laßwitz-Ausgaben. Kurz: Dies ist ein immens wichtiges Buch. Wie wichtig? Wer sich als SF-Fan bezeichnet und dieses Werk nicht kennt, kann einfach nicht mitreden.

Ian McDonald

Narrenopfer

Roman
Aus dem Englischen von Jacob Leutner
Heyne Verlag, München 1998
445 Seiten, DM 16,90

von Karsten Kruschel

Wenn der Name Ian McDonald auf einem Buch draufsteht, kann man sicher sein, für sein Geld eine wirklich berührende, packend erzählte Geschichte zu bekommen. Immer spielt bei diesem Autor der Nordirland-Konflikt eine Rolle, sehr hintergründig in »Rebellin des Glücks« (Bastei-Lübbe), verfremdet in »Hände, Herzen und Stimmen« (Heyne, siehe auch: Das Science Fiction Jahr 10. Ausgabe 1995, S. 720–722). Platte politische Pamphlete allerdings sind nicht Ian McDonalds Sache. Auch diesmal nicht. »Narrenopfer« handelt von und in einem Nordirland, das zu seinen sowieso unauflösbar ineinander verknäulten Problemen ein zusätzliches aufgehalst bekommen hat: Die Außerirdischen. Die sind eines Tages aufgetaucht, ein paar Millionen Exilanten, und haben sich das Aufenthaltsrecht auf Erden mit ihrer überlegenen Technologie erkauft. Keine Frage, daß die Aliens bei McDonald wirklich fremd sind – diese Shian sind nicht einfach nur Fremde mit befellten Gesichtern und unmöglichen Gelenken. Ihre Kultur entblößt langsam, Schicht um Schicht, immer tiefere Kosmen der Fremdheit, und sie bleibt auch letzten Endes, nach der Lösung des Kriminalfalls, nichts weiter als ein Rätsel. Als ein wegen Terrorismus einsitzender junger Mann mit der Sprache der Shian geradezu infiziert wird wie mit einer ansteckenden Krankheit, beginnt für ihn eine seltsame Beziehung zu den Außerirdischen. Angewidert von dem ausweglosen Kreislauf der Gewalt in Nordirlands Straßen, arbeitet Andy Gillespie nämlich fortan für die Shian und steht eines Tages vor den Leichen seiner brutal abgeschlachteten Gastfamilie. Von diesem Augenblick an ist er nicht nur der Hauptverdächtige der Polizei (na klar, bei dieser Vergangenheit), er schwört sich auch, den Mörder aufzuspüren.

Die Handlungsmuster von »Narrenopfer« sind die des guten alten Kriminalromans, mit einigen ungewöhnlichen Schlenkern, wenn die Shian und ihre Kultur ins Bild kommen. Natürlich wird in dieser Besprechung der Täter nicht verraten – das ginge auch gar nicht, weil niemand die Antwort verstünde, der das Buch nicht gelesen hat. Nur soviel: Die tiefere Ursache des Verbrechens liegt in der Entwurzelung. McDonald benutzt die Kultur der Shian als einen Spiegel, mit dem er scharfe Schlaglichter auf die Menschen wirft. Gillespie ist selbst auch nur ein Entwurzelter, wenn er auch nach den brutalen Gewaltszenen des ersten Kapitels die ganze Zeit über nach Möglichkeiten sucht, endlich einmal irgendwo anzukommen und zu Hause zu sein. Der Mord an den Shian, die er verehrte, macht ihm klar, daß er sein Heil nicht bei den Aliens suchen kann, überhaupt nirgendwo außer sich selbst. Das ist nicht ganz einfach für jemanden, der an all die gordischen Knoten gewöhnt ist, in die sich Dauerkonflikte wie der in Nordirland eingeflochten haben.

Ian McDonald vermeidet die weinerliche Perspektive der bloßen Opfer, und er demontiert auch seinen Helden immer wieder, wenn er ihn mit der wackeren, wenn auch kaum weniger hoffnungslosen Polizistin Roisin Dunbar konfrontiert. Die verfolgt Gillespie eher halbherzig, selbst gefangen in ganz ähnlichen Zwängen. So endet der Roman auch zwar mit der Aufklärung des Verbrechens, aber dennoch mit allem anderen als einem Happyend.

Insofern ist »Narrenopfer« sowohl als purer Krimi mit SF-Elementen lesbar wie auch als illusionslose Verhandlung der Themen Haß und Gewalt – und wie das eine immer wieder das andere zeugt. Ein Lichtblick im Zyklen-Gewitter. Ein SF-Roman, der tatsächlich mehr bedeutet als bloß sich selbst und ein bißchen Unterhaltung.

Klaus Middendorf

Big Dablju

Roman, Suhrkamp Verlag Frankfurt am Main
und Leipzig 1998
suhrkamp Taschenbuch 2843
299 Seiten, DM 19,80

von Karsten Kruschel

Wenn der Suhrkamp-Verlag eine Erstveröffentlichung im Taschenbuch herausbringt und die sonst eher poetisch veranlagten Klappentextverursacher von einem »Thriller« reden, ist eine skeptisch gehobene Augenbraue zumindest verständlich. Wenn man den Text dem hehren Hause schon zumutet, warum dann kein Hardcover? Vermutlich hatte man Angst vor der eigenen Courage. Ein Stück Spannungsliteratur paßt irgendwie nicht in das ansonsten eher der sehr gepflegten Langeweile gewidmete Programm eines Verlages, dem gedrechselte Worte voller sogenanntem Anspruch wichtiger sind als gute Geschichten.

Die Geschichte in »Big Dablju« ist die eines Mannes, der in einen Strudel gewalttätiger Ereignisse gerät, die ihn recht schnell zu verschlingen drohen. Insofern ist es schon ein Thriller, angereichert mit einer Menge Americana, wohlgemerkt meist ironisch gebrochen. »Nachdem Gott tot ist und er sich einen Scheiß um das Überleben der Menschheit kümmert, müssen wir die Sache in die Hand nehmen, mein Sohn!« spricht Ted Warner, Chef eines Medienkonzerns, ehe er die Idee einer ultimativen Virtual Reality entwickelt, von Bewußtseinen faselt, die auf Chips gepeichert werden. Alles ist möglich in einer Welt, die dem Konsumenten in Perfektion vorgespiegelt wird. Das Thema der phantomatischen Wirklichkeit (wie sie Stanisław Lem schon vor über dreißig Jahren in der »Summa technologiae« schilderte) hat die SF-Literatur bereits weidlich beackert, man denke nur an Philip K. Dick und seine zig Varianten dieses Themas, eine bedrückender als die andere. Auch Middendorf fügt dem mit seinem sogenannten Superfilm nichts Neues hinzu, auch bei ihm verschwimmen die Grenzen zwischen der vorgetäuschten und der realen Welt, wird der Effekt benutzt, um sein Intrigenspiel voranzutreiben.

Dieses Netz von Plänen und Gegenplänen, Spionage und Gegenspionage ist es denn auch, das den eigentlichen Kern des Buches ausmacht. Wo aber ein ordentlicher Thriller alles auflöst und seine Hauptfigur angeschlagen, aber siegreich aus den Ereignissen hervorgehen läßt, ist Middendorfs Thriller anders. Nicht nur, daß alle Figuren hingeschlachtet werden, an denen der Leser vielleicht Anteil hätte nehmen können, nein, das Gewirr der ineinander verschlungenen Absichten und weit in die Vergangenheit reichenden Geschichten wird niemals zur Gänze aufgelöst. Es bleibt Stückwerk, unfertig, abgebrochen.

Dabei ist sich der Autor nicht zu schade, hemmungslos in die gefüllten Schubladen der Medien zu greifen. Die Geschichte von dem Scheinkrieg, der nur zur Ablenkung der Öffentlichkeit dient – na klar, bitteschön. Inklusive Quellenangabe, »Wag the Dog« hieß der Film, wenn sich noch jemand daran erinnert. Ein steinreicher Medienzar, der sich in eine schwerbewachte Privatwelt zurückzieht? »Citizen Kane«. Leute, die nicht sind, was sie zu sein scheinen? »Blade Runner«. Die eigenartige Weltsicht von Taxifahrern der Riesenmetropole? »Taxi Driver«. Und so weiter. Und Ereignisse werden (scheinbar?) willkürlich aneinandergereiht wie die Episoden in »Pulp Fiction«. In einer Kneipe sitzen Nabokov, Orwell und Joyce beisammen, bis Hemingway hereinkommt. Krude Verschwörungstheorien wie bei Thomas Pynchon. Da überrascht auch der Hinweis auf Kafka und sein Schloß nicht – nur daß hier Kafka der Mann ist, dessen drei Bücher verfilmt worden sind ... Am Ende ist zwar eine Menge passiert, aber irgendwie nichts geschehen. In irgendwelchen Verstecken lauert der Initialisierungscode (gemeint ist wohl der Quellcode) des Superfilms – so heißt die phantomatische Lem-Technologie bei Middendorf, das, was sonst heute virtual reality genannt wird und nach wie vor weit davon entfernt ist, es auch zu sein. Und der Menschheit droht das Superfilm-Inferno, die Weltherrschaft Ted Warners, der alle wie Marionetten an seinen Fäden, am Gängelband der Medien tanzen läßt.

Das Seltsame an diesem Buch ist nicht die Tatsache, daß die Welt das eh schon tut (und Postman sei dein Name, in Ewigkeit, amen), sondern viel eher Middendorfs Sprache, die nahelegt, all das sei so ernst gar nicht gemeint. Ausbrüche von ironischem Witz, die bis ins Sprachspielerische reichen und die Gürtellinie mehr als einmal verfehlen, sprachliche Parforceritte durch den Fundus der einschlägigen Stile. Ein paar Seiten Chandler, etwas Hammett, ein bißchen Joycescher Bewußtseinsstrom. Dröhnendes Pathos neben seitenlangen, teils schrägen Dialogen. Die Sprache des Buches ist ebenso ein Flickenmuster wie die Handlung. Ein Meta-SF-Thriller also ist »Big Dablju«, ein Buch, das mit dem Genre spielt, wobei sich noch die Frage stellt, mit welchem eigentlich. Vermutlich war es der durchkonstruierte, sauber auf den Showdown getrimmte Thriller, dem Middendorf an die Wäsche wollte (durchaus erfolgreich). Dazu benutzt er nur leider ein paar Stücke Science Fiction, die weder neu noch richtig verstanden sind. Insofern ist das Lesevergnügen durchaus zwiespältig, wie immer bei den postmodernen Sachen, die dauernd auf einen Punkt zustreben und ihn doch nie erreichen - wollen. Und schaut man sich nach gehabter Lektüre den Klappentext an, fällt allzudeutlich auf, wie weit auch die Klappentextverursacher des hochedlen Suhrkamp Verlages neben der Spur liegen können. »Ein Thriller im Zeitalter globaler Medienmacht« steht da; selten haben die Leute das Thema so weit verfehlt.

Christopher Moore

Der Lustmolch

(The Lust Lizard of Melancholy Cove)
Deutsch von Christoph Hahn
München: Manhattan by Goldmann, 1999
TB 320 Seiten, DM 20,-

von Jürgen Wimmer

In dem kalifornischen Küstenstädtchen Pine Cove haben normalerweise die Touristen das Sagen. Aber das ändert sich, als ein Leck im Kühlsystem eines nahegelegenen Atomkraftwerks Radioaktivität freisetzt. Und damit wird ein urzeitliches Monster zum Leben erweckt (nein, nicht Godzilla, aber ein Neffe oder so). Schon bald gehen in Pine Cove seltsame Dinge vor sich. Die Einwohner berichten übereinstimmend über einen gesteigerten Sexualtrieb. Die örtliche Psychiaterin Valerie Riordan schreibt das dem Umstand zu, daß sie bei ihren Patienten kürzlich sämtliche Anti-Depressiva absetzen ließ. Wissenschaftler Gabe Fenton dagegen macht die Beobachtung, daß irgendein seltsames Phänomen depressive Lebewesen anlockt und sie zu erhöhter Kopulationsfrequenz anhält - der Urzeitdrache.

Der bisweilen sehr dem Kiffen verpflichtete Ortspolizist Theo ermittelt daraufhin eifrig, findet Mitstreiter in dem Bluessänger Catfish, der Psychiaterin und dem Wissenschaftler. Doch die Echse hat sich längst in einen Wohnwagen verwandelt und in die total durchgeknallte ehemalige B-Film-Queen Molly Michon verliebt.

Wieder mal geht es reichlich schräg zu bei Christopher Moore. Schon in »Der kleine Dämonenberater« und vor allem in »Himmelsgöttin« zeigte er eine gewisse Begeisterung für den ganz billigen Trash-Film; waren es in der »Himmelsgöttin« irgendwelche italienischen Kannibalen-Filme der 70er Jahre, kommen nun einerseits Monsterheuler der 50er Jahre und andererseits Videoschund der 80er Jahre zu ihrem Recht. So läßt Moore denn auch am Ende besagte Molly, das »Warrior Babe aus der Atomwüste«, mit dicker Kanone und im Lederbikini ihren Liebling »Steve« (jaja, die Echse) verteidigen, während in Pine Cove das reine Chaos ausgebrochen ist.

Anders als in den anderen Moore-Romanen sind diesmal allerdings nicht alle Einfälle Gold. Manches schrammt haarscharf am Sexklamauk vorbei (oder überschreitet, je nach Geschmack, diese Grenze hin und wieder). Der Witz wirkt nicht selten forciert und hemmt bisweilen gar den Fortgang der Handlung. Anders als in »Himmelsgöttin« wirkt die Umsetzung auch recht vordergründig auf den schnellen Schenkelklopfer konzipiert. Am Ende bleibt das zwiespältig: teilweise in gewohnter Moore-Qualität und sehr komisch, dann wieder eher fad, das eine Mal intelligent und das andere Mal nur noch platt.

Ein paar wenige, allerdings höchst seltsame Blackouts hat der deutsche Übersetzer Christoph Hahn. Wenn eindeutig von einem Film die Rede ist, dann ist »für den Rest des Bildes« sicherlich eine denkbar blöde Übersetzung für »picture«. Von solchen (gelegentlichen) Aussetzern abgesehen macht er seinen Job aber ganz ordentlich.

James Morrow

Das Gottesmahl

(Towing Jehovah, 1995)
München: Wilhelm Heyne Verlag, 1999 (06/6312)
Deutsch von Horst Pukallus
494 Seiten, DM 19,90

von Ralf Reiter

»Gott ist tot«, wußte schon Nietzsche. So langsam hat man sich als aufgeklärter Mensch des 20. Jahrhunderts an diese durchaus einsichtige Tatsache gewöhnt, aber daß Gott aussieht wie ein nackter alter Mann, dreieinhalb Kilometer groß ist und im Moment seines Ablebens in den Golf von Guinea plumpst, überrascht dann doch. Mit ihrem Herrn vergehen auch die Erzengel, aber nicht ohne zuvor den Menschen den Auftrag erteilt zu haben, den Gottesleichnam in eine ausgehöhlte Eisberg-Gruft in der Arktis zu verschaffen. Der Zentralcomputer des Vatikans, OMNIPATER, mutmaßt, daß bei einer Leiche dieser Größe noch einige Wochen lang mit neuronalen Aktivitäten im Gehirn zu rechnen ist. Die Zeit drängt also, will man zumindest einen Teil des Gottesgeistes retten und in eisigen Schlaf betten. Der Vatikan rüstet den Tanker »Karpag Valparaiso« aus, um – wie der Originaltitel es schon mitteilt – Jehowa abzuschleppen. Der Tanker hat vor einigen Jahren eine Ölpest im Golf von Mexiko verursacht, Kapitän Anthony van Horne, der damalige Schiffsführer, ist explizit die erste Wahl von Erzengel Rafael. Keine einfache Sache für van Horne, den von traumatischen Reflexionen geplagten Sünder, der unbedingt Buße und Erlösung erfahren will. Ihm zur Seite steht Pater Thomas Wyckliff Ockham, Universitätsdozent, der sich dem Brückenschlag zwischen wissenschaftlichem und theologischem Welt- und Gottesbild verschrieben hat. Auf dem Weg zum Zielobjekt gabelt die Crew die Schiffbrüchige Cassandra Fowler auf, Rationalistin, Religionshasserin, erfolglose Bühnenautorin und Mitglied der »Philosophischen Liga für Aufklärung e. V.«. Die ist über Gottes sehr materielle Existenz natürlich schockiert und befürchtet – wird die Sache einmal publik – eine neue Ära religiöser Schwärmerei. Die verhaßte patriarchalische, irrationalistische Kirche hatte also die ganzen Jahrtausende über doch recht! Also informiert sie per Fax ihren Geliebten Oliver, stinkreicher Sproß eines Kondom-Imperium-Königs und Kopf der »Liga«. Oliver setzt alle Hebel in Bewegung, um den Gottesleichnam auf den Grund des Ozeans zu schicken, muß sich aber schließlich auf die durchgeknallten Herren Pembroke und Flume verlassen, die mit ausgemusterten Weltkrieg-II-Flugzeugen und -Schiffen für viel Geld berühmte Schlachten nachspielen. Da das Kriegsmaterial noch einsatzfähig ist, will Oliver damit den Leichnam zerbomben. Seinen neuen, kriegsbegeisterten Freunden erzählt er etwas von einem japanischen Golem-Prototypen, mit dem die »Schlitzaugen« die Weltherrschaft anstreben.

Natürlich geht so einiges schief beim Projekt Jehowa. Zwischenzeitlich taucht eine versunkene Insel aus dem Meer auf, die sich der »Valparaiso« in den Weg legt: Relikte einer heidnischen Kultur. Eine Meuterei ist die Folge, und die Mannschaft ergeht sich in bacchanalischen, blutigen Ritualen, um dann als ein Häuflein reuiger Sünder zum Auftrag zurückzukehren. Einer Hungersnot wird mit Filetstücken aus Gottes Brust begegnet (daher der deutsche Titel). Anthony van Home verweigert dem Vatikan den Gehorsam, als die Kardinäle mit neuen, nicht abgesprochenen Plänen aufwarten. Also schickt man van Horne den bewaffneten Supertanker »Maracaibo« nach, der gerade dann auftaucht, als Olivers gecharterte »Kriegshelden« ihren Bomben- und Torpedoangriff auf den Nippon-Golem starten. Da die schießwütigen Schlachten-Regisseure nicht mit Begleitschutz gerechnet haben, erwartet sie eine böse, explosive Überraschung, als der zweite Vatikan-Tanker die Frevler mit modernen Boden-Luft-Raketen beglückt.

Am Ende landet Gott an seinem Bestimmungsort, dem von den Engeln gefertigten Eisberg. Und Pater Ockham hat sogar eine Theorie, warum Gott gestorben ist: Der Vater muß nun mal eben zur Seite treten, um seine Kinder mündig zu machen. Es gibt nun also keinen Himmel mehr, der Mensch ist auf sich gestellt.

James Morrow ist ein intellektueller Terrorist, der zudem auch noch unterhaltsam erzählen kann. *Das Gottesmahl* ist eine kräftige Farce jenseits von humoristischer SF oder Fantasy. Dies ist echte Satire und kein familientauglicher Klamauk. Und Morrow hat da so seine ganz eigenen Methoden, dem Leser die endgültigen Wahrheiten ins Antlitz zu pfeffern. Auch dieser Roman des Amerikaners ist eine an Einfallsreichtum überbordende Verrücktheit, bei der der Sinn für eine bunte Realität, hochgestochene Theorien und große und kleine Tragödien überlagert wird von brüllend komischen Absurditäten. Diese Kombination ist nahezu einmalig (manche mögen Kurt Vonnegut jr. dahinter wittern) und hat schon bei *So muß die Welt enden* und *Die eingeborene Tochter* funktioniert. Und auch in *der Gottesmahl*-Fortsetzung *The Eternal Footman* greift dieses Konzept auf sichere Weise. Der Katholik, der mit der Bibel, mit den Dogmen und vor allem auch der Liturgie großgeworden ist, dem das dann mit zunehmendem Alter doch alles zu albern wurde und der vom Glauben abfiel und sich auf die Seite der Rationalisten und Atheisten schlug, genau diesem Leser bebt bei diesem Roman 500 Seiten lang das Zwerchfell. Katholische Theologie wird der Lächerlichkeit preisgegeben, indem sie travestiert wird: grell geschminkt, mit ausladenden Gesten vorgeführt und hemmungslos trivialisiert. Die Postmoderne gibt auch den Katholizismus zum Abschuß frei, und jetzt ist es endlich möglich, den ganzen aufgeblasenen Humbug bloßzustellen. Als Grundlage des Glaubens fungiert bei Morrow weniger die Bibel selbst als vielmehr der Film *Die Zehn Gebote,* Inbegriff der Trivialisierung der »Heiligen Schrift«, der Gott und seine Erfüllungsgehilfen auf eine Weise präsentiert, wie fundamentalistische, mit Minderwertigkeitskomplexen beladene Zirkel sie sich denken. Der unerschöpfliche Fundus der Bibel und ihrer Deutungen wird zu einem Zeichenkomplex degradiert, seiner »Heiligkeit« beraubt und mal ganz nüchtern betrachtet. Das Ergebnis ist vernichtend. Gott steht heute gleichwertig neben Mickey Mouse, Godzilla oder dem glattgebügelten Popstar von letzter Woche. Die groteske Fahrt der »Valparaiso« wird zu einer Neuauflage des in *Die Zehn Gebote* dargestellten Zugs der Israeliten unter Moses ins Gelobte Land – ein unglaublich effektiver Arschtritt für all die Fundamentalisten und Hirnerweicher von Gottes Gnaden, inklusive Geilheiten zwischen Priester und Nonne, Tauchvorgängen in Gottes Gehörgang und Spekulationen über den göttlichen Penis (»Mir werde ein Penis!«). Minderwertigkeitskomplexe sind jedoch auch die Triebfeder der Rationalisten, die in ihrer »Montesquieu-Halle« sitzen und die Voltaire- und Darwin-Büsten streicheln. Die Kooperation der stolzen Atheisten und der vollbescheuerten Patrioten liefert einige erstklassige, präzise Entlarvungen intellektuellen Dünnpfiffs.

Angesichts der Tatsache, daß in den USA die Christen entschieden härter drauf sind und jeder zweite Amerikaner sich gleich auf Gott beruft, wenn er sich auch nur die Zähne putzt, erfordert ein solcher Roman vom Autor regelrecht Mut. Es gibt sicher ohnehin schon so manche Schwarze Liste, auf der sich nach *Die eingeborene Tochter* der Name James Morrow findet. Daß der Autor aber nicht daran denkt, mit seinen blasphemischen Späßen aufzuhören, beweist *The Eternal Footman*. Hier verwest der »Corpus Dei« dann doch, und während der Gottesschädel auf unerklärliche Weise in einen Erdorbit eintritt und das lose Treiben hier unten mit einem toten Grinsen betrachtet, führt die Hauptfigur dieses Romans u. a. eine theologische Diskussion mit dem Darm Gottes (!) im Golf von Mexiko und bekriegen sich christliche Eiferer und jüdische Liberale auf einem Golfplatz in Connecticut. Defätistischer kann man's nicht mehr bringen. James Morrow hat alles gesagt, was man heute noch zum Thema Gott sagen kann.

Harry Mulisch

Die Prozedur

De Procedure
München 1999; Hanser Verlag
256 Seiten, DM 39,80

von Florian F. Marzin

Es gibt viele Antihelden in der Literatur, doch Victor Werker, der Protagonist in Harry Mulischs Roman, ist schlechtweg gar nichts. Seine Ermordung am Schluß der Handlung ist für den Leser eine Erlösung, auf die er gut zweihundert Seiten lang gewartet hat. Doch auch dieses abrupte Ende bricht genauso willkürlich und unmotiviert über den Helden herein, wie alles andere, was Mulisch glaubt seinem Publikum mitteilen zu müssen.

Victor Werker, einem begnadeten Mikrobiologen, ist es gelungen, den Schöpfungsakt im Kleinen zu wiederholen. Er hat es im Labor fertig gebracht, den Sprung von anorganischer zu organischer Materie, also Leben im weitesten Sinne, zu vollziehen. Doch das ist für den Roman völlig unwichtig. Das Kernstück bilden eine Reihe von Briefen, die er aus verschiedenen Hotels auf der Welt an seine kurz vor der Geburt noch im Mutterleib gestorbene Tochter Aurora schreibt und an seine damalige Freundin, die Mutter des totgeborenen Kindes, schickt. Diese hat ihn kurz nach dem schrecklichen Ereignis verlassen und lebt jetzt mit einem Opernsänger zusammen.

Was Victor seiner Tochter bzw. durch sie seiner Verflossenen mitzuteilen hat, ist so schon unzählige Male in der Literatur abgehandelt worden, und die Obertöne, hier der neue Schöpfer da das tote Kind, können wirklich nur jemanden interessieren, der vor Mulischs Roman Analphabet gewesen ist. Der Autor verschenkt in seinem Werk nicht etwa einen großen Plot, sondern er hat ihn gar nicht. Darüber hinaus zerfällt der Roman in drei Teile, deren erste eine allgemeine Abhandlung über die Schöpfung und die Kabbalistische Buchstaben- und Zahlenmystik ist, im zweiten Kapitel wird diese dann an der Schaffung eines Golem durch den berühmten Rabbi Löw exemplifiziert, um schließlich im dritten und umfangreichsten Teil zu Victor Werker zu führen.

Allerdings sei angemerkt, daß gerade der Abschnitt, in dem Mulisch den Leser in das Prag Rudolf II. führt, noch der beste Teil des gesamten Romans ist. Im Hauptteil dominieren langatmige Ausführungen über den Aufbau der DNS die Handlung, ohne daß ihre Relevanz für selbige zu erkennen wäre. Diese Ausführungen sind für den, der sich in der Materie etwas auskennt, ermüdend, und der, der nicht die geringste Ahnung davon hat, wird sie einfach überblättern. Die vom Autor antizipierten Gedankengänge, die er dem Leser nahelegen möchte, nämlich eine Verbindung der Buchstabenmystik der Kabbala mit den Buchstabenkombinationen der Nukleinsäurebrücken, kommen so platt daher, daß man sich spätestens hier etwas mehr schriftstellerischen Esprit gewünscht hätte. Insgesamt hinterläßt die Lektüre den Eindruck, daß man es hier mit Versatzstücken zu tun hat, die, anders als bei der vielbemühten RNA, nicht zusammenpassen.

Josef Nyáry

Die Psychonauten

Berlin 1999, Ullstein Verlag
630 Seiten, DM 48,–

von Florian F. Marzin

Josef Nyáry ist eigentlich kein ausgewiesener Science Fiction-Autor. In den Achtziger Jahren ist er durch eine Reihe von historischen Romanen wie *Ich, Aras, habe erlebt*... oder *Nimrods letzte Jagd,* die zumeist in weit entfernten, mythologischen Epochen spielen, an die Öffentlichkeit getreten.

Im Mittelpunkt dieses Romans steht das Brüderpaar Allan, genannt der Nomade, und Grant Behrmann. Beide gehörten in ihrer Jugend einer vierköpfigen Gruppe an, die sich die Silicon Stray Kids nannte, die von Hiawatha Hawkins, genannt der Cyber-Hippie, und William C. Purdy komplettiert wird. Es waren so richtige WizKids, die mit dem Computer alles anstellen konnten. Inzwischen sind alle erwachsene Männer und auf die eine oder andere Art immer noch im Computergeschäft tätig.

Allan und Grant sind Pharma-Designer, die im Auftrag von Pharmakonzernen neue Präparate im virtuellen Raum entwickeln. Eines Tages wird der Nomade, der bei allen Aufträgen immer darauf bedacht ist, seine wahre Identität zu verschleiern, von Fenway-Soper Pharmacies angeheuert, ein neues Medikament zu entwickeln. Er trifft dort auf Kate Blenner, die für die medizinisch-pharmakologische Seite der Entwicklung verantwortlich ist. Allan stellt fest, daß er es mit einem halbfertigen Medikament zu tun hat, also vor ihm schon jemand daran gearbeitet haben muß. Er stellt Fragen und erhält von Kate, beide empfinden schon bald Sympathie zueinander, einige Antworten. Es stellt sich schließlich heraus, daß sein Bruder Grant der Designer war. Er ist von einer Reise in den virtuellen Raum nicht mehr zurückgekommen, d.h. er ist ins Koma gefallen. Der Konzern hat ihn daraufhin in ein teures und abgeschiedenes Sanatorium gebracht. Inzwischen ist Kate ganz auf Allans Seite, vermutet sie doch genau wie er hinter der Sache eine krumme Tour des Konzerns. Sie entführen Grant aus dem Sanatorium und bringen ihn zu Professor Sergej Iwanowitsch Pawlow (nicht dem allseits bekannten), Kates Lehrer, und Allan dringt mittels der weit fortgeschrittenen Computertechnik in Grants Gehirn ein, um ihn zu heilen und aus dem Koma zurückzuholen, doch das erweist sich schwieriger als gedacht. Und schwieriger als gedacht muß es auch für den Autor gewesen sein, sich in eine solche Situation hineinzudenken, denn was Nyáry hier abliefert, ist eine Kombination aus Disneyland und Geisterbahn. Wenn das menschliche Gehirn auch nur ansatzweise so funktionieren würde, wie es sich dem in den Windungen surfenden Allan sich darstellt, dann würden wir immer noch verschüchtert in irgendwelchen feuchten Höhlen sitzen und uns bei jedem Gewitterdonner das Fell naß machen.

Als ob der Unwahrscheinlichkeiten nicht genug wären, gibt es noch einen zweiten Handlungsstrang, der, man mag es nicht glauben, uns einen Serienmörder präsentiert, der sowohl im Evernet, Nyárys toller Einfall, das Internet weiterzuentwickeln, in virtuellen Spielräumen Frauen umbringt als auch in der profanen Wirklichkeit. Über zwanzig hat er bereits zerstückelt und in Plastiktüten verpackt in seinem Keller. Dieser Serienkiller ist niemand anderes als William C. Purdy. Geschickt wie er nun einmal ist, gelingt es dem Autor, die beiden Handlungsstränge zu verknüpfen, und während die Polizei den Frauenmörder jagt, ist dieser wiederum im Evernet hinter den Behrmanns und Hawkins her. Allan hat Hawkins nämlich gebeten, ihm bei der Heilung seines Bruders zu helfen, da er selbst es alleine nicht schaffen konnte. Beide begeben sich, in Begleitung von Kate, dann in den Kopf von Grant, wie man sich zu einem Picknick begibt. Schließlich findet sich auch noch Purdy ein, und es kommt zum virtuellen Show-Down. Man würde es dem Autor zu diesem Zeitpunkt auch nicht mehr übelnehmen, wenn John Wayne mit der Kavallerie auftauchte oder Arnold Schwarzenegger mit seinem Rescue-Team aus Predator, denn die Grenze zur absoluten Unglaubwürdigkeit ist schon längst überschritten.

Der Roman *Die Psychonauten* ist in allen Belangen eine Zumutung. Stilistisch versucht der Autor die Sprache der Computergeneration nachzuahmen und produziert dabei eine Stilblüte nach der anderen, die Zeitzusammenhänge seiner eigenen Handlung entgleiten ihm schon nach wenigen Kapiteln, und die Charaktere wirken wie ein Abklatsch der miserabelsten Vorabendserie. Bei der Abfassung hat Nyáry wohl eins der schlechteren Computerlexika zu Rate gezogen und wahllos irgendwelche Begriff mit traumwandlerischer Sicherheit immer an der falschen Stelle eingestreut. Hier hat ein älterer Herr versucht, einen Gegenwartsroman über das Computerzeitalter und seine Kinder zu schreiben, ohne auch nur das Geringste über eben jene zu wissen. Er wäre besser bei seinen Historienromanen geblieben, denn auch er glaubt wahrscheinlich, die Datenautobahnen wären Ländersache.

Sonja Rehak

»2.312 Distel Kranichs Suche nach SEX«

Aarachne Verlag, Wien 1999
ISBN 3-85255-039-4
220 Seiten, ÖS 190,–/DM 28,–

von Silke Rosenbüchler

An alle Freunde des intergalaktischen Anhaltertums: eure Handtücher könnt ihr getrost einmotten, die sind Schnee von gestern. Wer hipp sein will, reist per Riesenqualle durch die unendlichen Weiten des Weltraums, Schwarzlochtransfer inbegriffen. So wie Distel Kranich, Retortenkind der Zukunft, getrieben vom ureigensten Bedürfnis der Menschheit: Sex. Dabei sollte er nicht einmal wissen, was das ist. In seiner Zeit werden Menschen in Fabriken hergestellt, nach genau genormten Gencodes, mit einer durchschnittlichen Lebenserwartung von 25 Jahren. Sex als Ersatzbefriedigung für Mord ist nicht mehr notwendig, da jeder seinen Aggressionsstau loswerden kann, indem er Eigenartige tötet, Gnome zum Beispiel. (Die pflanzen sich noch mittels »Ficken« fort, in einer Fabrik würden solche Absonderlichkeiten natürlich sofort aussortiert werden). In dieses beschauliche, ruhige Leben des Distel Kranich platzt nun eines Tages aus heiterem Himmel eine eigenartige Frau, die er nach altem Brauch sofort melden müßte. Statt dessen gibt er ihr seine Lebensmittelration und wird zum Dank dafür in die Kunst des Geschlechtsverkehrs eingeführt. Weil Distel aber über dieses überwältigende Erlebnis nicht die Klappe halten kann, muß er den insektenverseuchten Planeten Erde sofort verlassen, weil er jetzt selbst eine Gefahr für das Großeganze darstellt. Als blinder Passagier wird er mit der »Star Dreck 27« ins All geschossen und landet bald darauf in einer Notkapsel auf dem kalten Planeten, dort soll er den Hugen als Ofen und Nahrungsmittel dienen. Er flüchtet auf den Rummelplatzplaneten, wo er von einem Wahrsag erfährt, daß es kein intelligentes Leben im Weltall gibt, Sex eine natürliche Sache ist und die Erde inzwischen aufgrund von Unruhen entvölkert wurde. Nach einem kurzen Zwischenstopp auf der Erde und einem längeren Zwischenstopp auf dem Mars kehrt der Held wieder auf den Rummelplatz zurück, weil ihm eingefallen ist, daß er ja den Wahrsag nach *ihr** fragen könnte. Dieses rät ihm, Krx, das auf dem Mond lebt, damit auf den Geist zu gehen. »Krx!« schreit Distel nach Leibeskräften in den kalten Weltraum hinaus, worauf er von einer durchsichtigen Qualle gefressen wird, um mit ihr zum Mond zu fliegen. Nach der genialsten Schwarze-Loch-

* Die Frau, von der Distel Kranich entjungmannt wurde, wer wohl sonst?

Durchquerungsgeschichte seit Hawkins »Eine kurze Geschichte über die Zeit« landet Distel tatsächlich auf dem Erdtrabanten, der vierdimensional ist und genaugenommen viel größer als die Erde. Vom Mondwesen Krx erfährt er, daß *sie* es schon hinter sich hat. Worauf Distel beschließt, sein Zeitreisegerät zu benutzen (obwohl das natürlich strengstens verboten ist), um immer wieder in die Vergangenheit zu reisen und immer wieder mit *ihr* ... solange eben, bis die Maschine kaputtgeht und Distel wieder einmal abhauen muß. Weil er aber absolut keine Ahnung hat, was er machen will, und allen fürchterlich auf den Geist geht – einschließlich seiner Autorin –, fliegt er aus der Geschichte raus, indem er sich selbst in die Luft sprengt. Den Job als Helden erhält nun Kaktus Rehbock, ein Gnom, der bis jetzt eine eher bescheidene Nebenrolle als Outlaw innehatte. Er nutzt diese einmalige Chance, um ziemlich rasch ein bekannter Schlagersänger auf dem Mars zu werden, ein paar Planeten zu besuchen und seine große Liebe zu heiraten, mit der er sich nach dem Happy End zerstreitet. Ende erstes Buch.

Im zweiten Teil des Buches zieht Kaktus Rehbock los, um mit Hilfe einer defekten Zeitmaschine die Menschheit vor ihrem Untergang zu retten. Während er vergeblich versucht, in die richtige Zeit zu kommen, streift er 1999 kurz das Leben der Kommissarin Wagenhauser. Diese ist gerade dabei, einen hochkomplizierten Fall zu lösen, in den zwei alte Damen, ein Korsett und mehrere Gläser Rotwein verwickelt sind. Zur Entspannung liest die wackere Kriminalistin einen SF-Roman über einen gewissen Karl, der sich von gesunden Mehlwürmern ernährt und mit Hilfe einer gefälschten Gebrauchsanweisung erfährt, daß jeder Mensch jederzeit überwacht würde. Warum auch nicht. Kaktus stolpert inzwischen im Tertiär herum, um Dinosauriern Sterbehilfe zu leisten, während die Metallinge vom Planeten Soundso verzweifelt nach Leben auf der Erde suchen. Aber ist Leben unter 1500° Celsius überhaupt denkbar? Nun, 2500 gibt es den blauen Planeten ohnehin nicht mehr. Kaktus ist, von den vielen Fehlschlägen entnervt, in seine Wahlheimat Mars zurückgekehrt, wo seine Zeitmaschine endgültig den Geist aufgibt. Auch wenn er sich als Ersatzheld wacker geschlagen hat, die Wiedereinführung von Sex auf der Erde (Distels Bemühungen sind nicht ohne Folgen geblieben) ist einfach durch nichts zu überbieten.

Der zweite Teil des Buches leidet unter dem typischen zweite-Teile-Syndrom: er ist einfach nicht mehr ganz so gut wie der erste. Vermutlich weil Sex tatsächlich aufregender ist als die soundsovielte Rettung der Welt, auch wenn diese aus Mangel an Gelegenheit abgeblasen werden muß. Vielleicht liegt es auch an Kaktus Rehbock. Ihm fehlt einfach dieser naive Charme eines Simplicissimus, auf den der Leser, die Leserin mit dem wohligen Gefühl herabblicken kann, selbst viel intelligenter zu sein. Insgesamt besticht der Roman sicher nicht durch seine spannend und rasant geschriebene Story, sondern durch die vielen kleinen verblüffenden Einsichten, die die Autorin mit Bravour übermittelt. Philosophische Wahrheiten über Gott (der erwiesenermaßen tot ist und zudem fatale Ähnlichkeiten mit einem Farnwedel hat) und die menschliche Seele (Krx mußte zum ersten Mal in seinem Leben richtig lachen, als er sie sah) würzen die Lektüre gemeinsam mit wissenschaftlichen Erkenntnissen über die Natur der vierten Dimension und der Theorie über die Möglichkeit, mit Überlichtgeschwindigkeit zu reisen.

Natürlich kann man der Autorin vorwerfen, weder einen Plot zustande gebracht noch brav ihre Prämisse aufgestellt zu haben. Man kann auch den Verleger entgeistert fragen, wie er auf die Idee gekommen ist, im zweiten Teil des Buches einen Krimi einzubauen, der nicht einmal auf einem anderen Planeten spielt. Man kann auch seine Hemden täglich bügeln und mit glühenden Ohren das literarische Quartett als Inbegriff der letzten Weisheit mitverfolgen. Sinnvoller erscheint es mir aber, das Erstlingswerk der jungen Autorin mit seinen treffsicheren Aussprüchen und verblüffenden Lebensweisheiten einfach zu genießen, ohne sich über das »wie ein Roman eigentlich geschrieben sein sollte« und »man kann doch nicht den ich-erzählenden Helden in der Mitte des Romans aus dem Buch schmeißen!« unnötig den Kopf zu zerbrechen. Im Gegenteil, gerade der Bruch mit den konventionellen Richtlinien beim Geschichtenerzählen macht den Reiz dieses kleinen Meisterinnenwerks aus. »2,312 Distel Kranichs Suche nach Sex« ist die optimale Alternative für alle, die - wie ich - ziemlich enttäuscht vom Rupert zurückgekommen sind, weil ihnen ein gewisser Douglas Adams viel zu professionell geworden ist. Gratulation an den Aarachne Verlag zur Entdeckung dieser spritzigen, jungen Autorin!

Sonja Rehak, 1969 in Wien geboren, schreibt, »weil die Werbeunterbrechungen im Fernsehen so lange sind«. Mögen sie noch länger werden.

Copyright © 2000 by Silke Rosenbüchler

Matthias Robold

Hundert Tage auf Stardawn

Suhrkamp Verlag, Frankfurt 1999
278 Seiten, DM 17,80
Phantastische Bibliothek Bd. 366

von Florian F. Marzin

Stardawn ist eine riesige Weltraumstation, errichtet und verwaltet vom Overmans Konzern, die sich im Katanoisis-System befindet. Auf dieser Station leben mehr als zwei Millionen Menschen und sie ist ein Dreh- und Angelpunkt der sich im Weltraum ausbreitenden Menschheit. Die Handlung setzt ein, als der Seelentherapeut Angelius Corros dort seine neue Stelle antritt, um den Menschen, die einen Bewußtseinstransfer hinter sich haben, beizustehen. Der Bewußtseinstransfer ist eine medizinische Technik, bei der das Bewußtsein eines todkranken bzw. tödlich verletzten Menschen auf einen neuen Körper übertragen wird, der allerdings, aus der Original-DNS künstlich geschaffen, dem alten Körper - ohne die Verletzungen - genau gleicht.

Auf Stardawn trifft Corros seinen Freund Conrad Brinn, der Leiter der Transferklinik ist, und schon kurz darauf wird der wichtigste Physiker des Overman Konzerns, Edmont Nantal, mit tödlichen Strahlenschäden eingeliefert. Beim Bewußtseinstransfer kommt es zu unerklärlichen Komplikationen, doch nach Abschluß der Behandlung können weder Brinn noch Corros eine Schädigung des Physikers feststellen. Die Komplikationen werden auf das Versagen eines neuen Computerchips geschoben.

Zur gleichen Zeit wird ein Rettungsboot mit drei Leichen entdeckt, was den Schluß nahelegt, daß bei der Erkundung und Inbesitznahme des Katanoisis-Systems durch den Overman Konzern nicht alles mit rechten Dingen zugegangen ist. Die Rettungskapsel stammt von der *Meridian,* einem vor knapp zwei Jahren verschwundenen Forschungsschiff. Bei Nachforschungen stellt sich dann heraus, daß eine Verbindung zu einem anderen, schon acht Jahre vermißten Schiff, der *Yukon,* bestehen muß. Am Ende stellt sich dieser Handlungsstrang aber als ein typischer McGuffin heraus und ist für die eigentliche Handlung nicht relevant, denn die Besatzungen der beiden verschwundenen Schiffe wollten nur beweisen – was ihnen auch gelungen ist –, daß man neue Planeten ohne Hilfe großer Konzerne erforschen und bewohnbar machen kann.

Allerdings hat der Overman Konzern bei der Erschließung des Katanoisis ein viel schwereres Verbrechen begangen. Der sechste Planet war von einer außerirdischen Zivilisation bevölkert, und um seine Ausbeutungsrechte an dem System nicht zu verlieren, hat die Konzernleitung damals den Befehl gegeben, den Planeten völlig zu zerstören, so daß nur noch ein Asteroidenring zurückgeblieben ist. Doch einer der Fremden, ein Raumfahrer, der erst nach der Vernichtung seiner Heimat von seiner Reise zurückgekehrt ist, hat überlebt. Ihm ist es gelungen bei dem Bewußtseinstransfer in Nantals Gehirn einzudringen, und er lebt jetzt in dessen Körper weiter. Aus dem Gedächtnis des Physikers erfährt er die Baupläne einer schrecklichen Waffe, die alles Bekannte in den Schatten stellt. Diese Waffe setzt der Fremde ein, um am Schluß sich selbst und Stardawn aus Rache für die Auslöschung seines Planeten zu vernichten. Corros verläßt auf Nantals Drängen hin mit dem letzten Schiff die Station, ohne um die Zusammenhänge, die sich ihm erst später erschließen, zu wissen.

Die breit aufgefächerte Handlung verläuft sich manchmal in dem Irrgarten, den sie selbst aufbaut und verliert dadurch das Ziel aus den Augen. Einige der Figuren sind überflüssig, wie z. B. der Wissenschaftler und Autor Ismail Kilmer, der dem Protagonisten Corros nur als Gesprächspartner für recht nichtssagende Erörterungen über den Sinn des Lebens und der Bestimmung der Menschheit im Kosmos dient. Grundsätzlich hätte der Autor ein Gutes daran getan, mit weniger Figuren auszukommen und damit die Handlung zu straffen.

Abgesehen davon und der manchmal recht abenteuerlichen Abfolge der Ereignisse hat der Autor aber diese durchaus ansprechend geschildert und sie sind in den wesentlichen Aspekten auch nachvollziehbar. Robold bringt en passant ein paar gute bis hervorragende Ideen ein, mit denen andere Autoren ganze Zyklen bestritten hätten, und es ist ihm hoch anzurechnen, daß er sie nicht totreitet, sondern einfach als ein Merkmal einer zukünftigen Welt, gemäß ihres Stellenwertes in ihr, stehen läßt.

Franz Rottensteiner (Hrsg.)

Weltuntergänge en detail

Die Prophezeiungs-Falle:
Ablaufdatum 31. 12. 2000
Aarachne Verlag, Wien 1999
252 Seiten, DM 28,–

Weltuntergänge en gros

Die Prophezeiungs-Falle:
Ablaufdatum 31. 12. 2000
Aarachne Verlag, Wien 1999
252 Seiten, DM 28,–

von Jacek Rzeszotnik

Für das gemeine Volk (und die sensationslüsternen Massenmedien, natürlich) hat die Jahrtausendwende bereits in der Nacht vom 31. 12. 1999 auf den 01. 01. 2000 stattgefunden. Dabei haben sie auch ihr erstes bewußt erlebtes Weltende überstanden. Die Apokalypse hat sich in ihren Köpfen abgespielt. Die Puristen hingegen, die, wider besseres Wissen (?!), um das bunt schillernde, sich rasend schnell drehende Karussell einschlägiger, markt- und gewinnorientierter Suggestionen verächtlich einen großen Bogen gemacht haben, müssen sich noch in Geduld fassen: Für sie werden die beiden Ereignisse erst Punkt zwölf um Mitternacht am 01. 01. 2001 eintreten. Bis dahin können sie noch ein paar Monate lang der Einlösung des apokalyptischen Versprechens genüßlich entgegenfiebern und -zittern und in ihrer Vorstellung verschiedene Untergangszenarios Revue passieren lassen.

Zu den Puristen gehört auch Franz Rottensteiner, der seine Gesinnungsgenossen bis zum Eintreffen der auf das Weltende hinweisenden Prophezeiungen mit genug Denk- und Spielstoff versorgen will: Die zwei von ihm herausgegebenen Weltuntergangsanthologien bieten eine interessante Palette von möglichen *finis terrae*. Ein Blick in das Inhaltsverzeichnis belehrt den Leser, daß sich hier eine illustre Gesellschaft ein Stelldichein gibt – halt eine gut besuchte Prominentenparty. Gekommen sind die ›großen Alten‹ (u. a. H. W. Franke, M. Gruber, W. Jeschke, P. Schattschneider), die ›großen Jungen‹ (u. a. A. H. Kiss, J. Kleudgen, M. Marrak, M. S. Sembten, M. Siefener) und andere. Ihre Entrees für den Weltuntergangsball sind – passend – Weltende-Geschichten. Es ist interessant zuzusehen, wie sie ihren makabren Endzeitenkontertanz aufführen. Nachfolgend wird auf die lesenswertesten Beiträge in den beiden Bänden kurz eingegangen.

I. Weltuntergänge en detail

Den Reigen eröffnet Thomas Klein, der in seinem kurzen Text ›Ein letzter Job‹ halb ernsthafte, halb heitere Überlegungen zum Y2K-Computerproblem anstellt (also der eigentlichen, religiös beurkundeten Apokalypse etwas vorgreift). Wir wissen inzwischen, was am 01. 01. 2000 passiert ist. Daß es nicht noch schlimmer gekommen ist, verdankt man vielleicht (?) teilweise auch den namenlosen Greisen, die ihre Schuld am Desaster mit ihren Kenntnissen alter Programmiercodes und ihren zittrigen Fingern über unzähligen Tastaturen abzugelten versuchten. Man darf allerdings nicht vergessen, daß der Menschheit noch eine Reihe von Daten bevorsteht, die ihre Computersysteme schizophren werden lassen können, womit nur zu hoffen bleibt, daß sich die Reihen der würdigen Computer-Opas nicht allzu schnell lichten. Denn dann kann es viel schwerer fallen, die Klippen digitaler Altlasten zu umschiffen.

Marianne Gruber fabuliert in ›Amacor‹ eine floristische Korrektur des größten Fehlers der Natur aus und vermag zugleich auch psychologisch zu überzeugen. Nach der Lektüre ihrer Erzählung ist man versucht, die in der Wohnung umstehenden Pflanzen mit einer gehörigen Dosis frischen Mißtrauens zu betrachten und ihnen niemals den Rücken zuzudrehen. Unvermeidlich wird dem Leser John Wyndhams Roman *Die Triffids* ins Bewußtsein gerufen, doch die Implikationen der von Gruber entwickelten Idee sind für die Menschheit weittragender und zugleich düsterer als in der vom englischen Autor in dunklen Farben ausgemalten Vision, denn die Triffids erlangen Intelligenz infolge eines mißlungenen Experiments mit biologischen Waffen, wohingegen bei Gruber eben die *eigentliche* Intelligenz unserer Welt über die Menschheit das Todesurteil spricht. Die Situation wird noch zusätzlich von der Tatsache verschlimmert, daß die Menschheit ihrem eigenen Untergang absolut machtlos zusehen muß. Um einer solchen Katastrophe, die womöglich bereits über dem Menschengeschlecht wie ein Damoklesschwert schwebt, vorzubauen, sollte man wohl die Vegetarierbewegung stärker fördern, damit sie das Weltende für die menschliche Spezies wenn nicht verhindert, dann wenigstens in möglichst ferne Zukunft verschiebt.

Krankhaft-grotesk geht es bei Ady Henry Kiss zu, der in ›Langsame Glocken‹ eine schauerliche Momentaufnahme macht, auf der ein Ausschnitt aus dem langsamen Dahinsiechen der Menschheit festgehalten wird, das in einen unabwendbaren, selbstverschuldeten Weltuntergang münden muß. Es ist eine *doomsday in progress*-Kurzgeschichte mit leichtem Alternativwelten-Einschlag, doch hinter dem Schleier des kraß Grotesken grinst die verzerrte Fratze unserer eigenen Wirklichkeit hervor und provoziert zum Nachdenken über das wahnsinnige Treiben der Menschheit auf dem blauen Planeten. Eines Tages kann die Alternativwelt ja die unsere werden ... und bis auf weiteres hat der Homo sapiens auch keine rettenden Ausweichmöglichkeiten zur Verfügung stehen.

Zu den Glanzpunkten des Bandes gehört ohne Zweifel ›Am Ende eines langen Tages‹ von Michael Knoke. Für die Menschheit geht der Tag zu Ende: Ihr Schicksal ist inzwischen besiegelt und unumkehrbar. Die Erzählung thematisiert das langsame Erlöschen der Wahrnehmung, keinen funkensprühenden Gewaltakt, sondern ein sich schrittweise vollziehendes Dahinschwinden, in dem Traum und Wirklichkeit (oder ein anderer Traum?) ineinander überfließen: Halluzinationen und Wirklichkeit (oder ein anderer Traum?) senden Signale, die vom erlöschenden Bewußtsein nicht mehr interpretiert und voneinander getrennt werden können. Vor dem sterbenden Geist passieren die letzten Erlebnisse Revue und die Spule mit dem ›Lebensfilm‹ läuft aus. Das Beklemmende in der Story, durch die eindringliche Darstellungsintensität evoziert, läßt den Leser noch lange nach der Lektüre nicht in Ruhe, nistet sich im Hinterkopf ein, wirkt nach.

Das absolute Highlight des Bandes ist Heinz Riedlers ›78 Grad, Premiere‹. Hinter diesem bescheidenen, auf den ersten Blick nichtssagenden Titel verbirgt sich Grandioses: Die letzten Überlebenden bereiten im hohen Norden eine Operaufführung, deren Ende mit ihrem eigenen Ende zusammenfallen soll. Der Idee, daß die untergehende Menschheit sich noch ein einziges Mal zu einem letzten (und dazu noch einem kulturellen) Höhenflug aufschwingt, haftet etwas prickelnd und faszinierend Morbides an. Porträtiert wird keine vor Angst wahnsinnig gewordene, vertierte Menschenhorde, die angesichts des herannahenden Untergangs ohne Ziel und Zweck wild herumläuft, sondern eine kleine Gruppe von letzten Erdenbürgern, die, des unaufhaltsam heranrückenden Todes bewußt, verbissen um einen würdigen Abgang kämpft. Die Menschheit will den Abschied von der Existenz erhobenen Hauptes nehmen. Man wird hier zum Teil an Nevil Shutes *Das letzte Ufer* erinnert. Wenn sich Riedler von diesem Meisterwerk (wenigstens teilweise) inspirieren ließ, so war das ein äußerst glücklicher Einfall. Hier stößt der Leser zudem auf die schönste Passage der beiden ›Schwesteranthologien‹ von Rottensteiner: Die Protagonisten genießen das prächtige Spiel der ›Flammen des Nordlichts‹: ›Kaskaden, Gewebe, pulsierende Kapriolen aus Türkis ins Purpurviolette verlöschend, viridiangrüne Blitze durch Tiaren in Venezianischrot schießend, Eruptionen kupferfarbener Pyramiden, von kobaltblau oszillierenden Perlenschnüren aus dem Zenit umwunden und in Spektrallawinen verfließend, die in den Horizont stürzen (S. 224). Prädikat: Absolut lesenswert!

II. Weltuntergänge en gros

Heinrich Steinfest muß für ›Wien, nur du allein ...‹ Riesenapplaus gezollt werden. Seine manchmal melancholisch gefärbte, manchmal recht bissige Satire auf die zwischenmenschlichen Beziehungen und die Mechanismen der Politik in den Zeiten der Zerreißproben (köstlich die Darstellung des Zerfalls von Österreich oder die Einführung der bewaffneten Widerstandsgruppen wie ›Einheit Forum Stadtpark‹ aus der Steiermark!) ist ein wahrer Lesegenuß und rangiert ohne Zweifel unter den besten Erzählungen in dieser Anthologie. Und daß ein ›beschränkter Weltuntergang‹ genauso schmerzhaft sein kann wie das Ende der ganzen Welt, wird man am Ausgang der Geschichte belehrt.

In ›Ein Pfeil durch den Tag‹ läßt Alfred Paul Schmidt einen psychisch ausgebrannten Ermittler der Mordkommission einen Fall recherchieren, dessen angebliche Aufklärung *de facto* noch mehr Fragen aufwirft als beantwortet. Das Motiv des Weltendes kommt hier zwar nur in einer Binnenerzählung zum Vorschein, doch sie scheint sich irgendwie mit der Wirklichkeit des Polizisten ominös zu überschneiden. Sehr gelungen ist der Kunstgriff, der den Gang der Geschichte und das Burn-out-Syndrom, von dem der Ermittler befallen worden ist, zueinander in Relation setzt: Der Lauf der Geschichte verlangsamt sich um so mehr, je stärker sich beim Protagonisten die Müdigkeit und Verdrossenheit manifestieren.

Robert Treichlers ›Ich war mit Hansi Hinterseer Schifahren‹ ist eine verspielte und amüsante Beweisführung dafür, daß angesichts der Tatsache, daß sich einige weltberühmte oder -berüchtigte Personen (etwa Pamela Anderson oder Muammar Gadaffi) normal (also in ihrem Fall anormal) zu verhalten beginnen oder sich selbst zu solchen deklarieren, ein bereits stattgefundener Weltuntergang zu vermuten ist, denn es muß ja etwas Unerhörtes passiert sein ... Der Schluß liegt nahe.

Wolfgang Jeschkes Science Fiction-Hörspiel ›Cataract‹ demonstriert anschaulich die Tatsache, daß sich die erfahrenen Autoren nicht kampflos unters Fallbeil der Dominanzbestrebungen junger Talente werfen lassen (wollen), denn es zeigt, wie man auf meisterhafte Art und Weise in die optimistischen Akzente des angeblichen Schreibens gegen die Weltuntergangsstimmung Bedrohliches einbaut, das sich zwar nicht ohne weiteres greifen läßt, das aber ständig präsent ist und (im wörtlichen Sinne) über den Köpfen schwebt und einen zunächst unsichtbaren Schatten wirft. Bis der Zeitpunkt kommt. Der Untergang kann auch schön beginnen. Die jüngeren, angehenden Autoren können anhand dieses ›Hörspiels‹ Kenntnis davon gewinnen, wie man es mit einigen knappen Sätzen meistert, in einer wegen des anzuwendenden Darstellungsverfahrens eher emotionsfremden literarischen Gattung Stimmungen aufzubauen, die die Handlung gleichberechtigt mittragen. Im Gegensatz zu einer Rundfunkausstrahlung, wo die Musik und Geräuschkulissen die Rezeption ebenso stark wie der Text selbst beeinflussen, bleibt der Leser nämlich auf sich selbst und seine Phantasie angewiesen angesichts eines Textes, der nur wenig an zusätzlichen Informationen (außerhalb des ›Gesprächsmodus‹) bietet.

Ernst Petz stellt die Menschheit in ›Wo früher eine Welt gewesen ...‹ an den Pranger der Kritik am religiösen Wahn und der menschlichen Unverbesserlichkeit, die die galaktische Harmonie stören. Petz' geglückter Darstellung des Problems (wiewohl er haarscharf an dessen gefährlicher Verkürzung manövriert, die sein Vorhaben in Frage gestellt hätte) ist zu verdanken, daß der Leser die (gelinde gesagt) moralisch eher zweifelhaften Entscheidungen einiger Mitarbeiter des Instituts für die Aufrechterhaltung Harmonischer Gegebenheiten im Gesamten InterGalaktischen Raum wider Willen nachzuvollziehen oder gar zu begrüßen bereit ist. Ein großer Pluspunkt muß dem Autor außerdem für seinen kurzen, dafür aber prägnant formulierten Philosophiekurs (S. 165–166) gutgeschrieben werden.

Der Band erreicht seinen furiosen Kulminationspunkt ohne jeden Zweifel mit Michael Marraks virtuosem Text ›Quo vadis, Armageddon?‹. Diese unheimliche, ungemein düstere Vision des ›Lebens nach dem Leben‹ schlägt unvermeidlich in ihren Bann: Das darin gezeichnete Bild tristen Dahinvegetierens bar jeglichen Sinns und ohne die geringste Hoffnung auf ›irgend etwas‹ angesichts der Ewigkeit auf einer trostlosen grauen öden Ebene weiß dem Leser mit voller Wucht unter die Haut zu dringen und die psychisch Labileren gar in Angstzustände zu versetzen. Mit Marraks ›Paradies‹ verglichen nimmt sich der grausamste Orkus, der letzte Kreis der Hölle wie ein Disneyland mit allen Annehmlichkeiten einer sorglosen Existenz aus. Das beschwerliche Diesseits-Dasein mit seinen kleinen und großen täglichen Strapazen scheint nach der Lektüre von ›Quo vadis ...‹ farbenprächtig und wundervoll. Die Erzählung sollte zur Pflichtlektüre für alle Lebensmüden werden. Auf jeden Fall versteht es Marrak ausgezeichnet, den Appetit auf das paradiesische Jenseits gründlich zu verderben. Prädikat wie bei Riedler: absolut lesenswert!

Die obigen Ausführungen präsentieren nur eine Auswahl von Texten, mit denen die beiden Weltuntergangsanthologien aufwarten (insgesamt sind es 26 Texte aus der Feder von 25 Autoren). Die hier übergangenen Beiträge sorgen ebenfalls dafür, daß man ein paar angenehme Lesestunden verbringt und hie und da zum Nachdenken angeregt wird. Franz Rottensteiner hat wieder einmal seine glückliche Hand bei der Textwahl bewiesen. *Ablaufdatum 31. 12. 2000* bestätigt, daß auch Weltuntergänge unterhaltend sein und Spaß bereiten können.

H. Michael Schlegel

Zug zu den Sternen. Kennen Sie ›Star Trek‹ wirklich?

Corian Verlag Heinrich Wimmer,
Meitingen 1998
132 Seiten, DM 28,75

von Jacek Rzeszotnik

Seit etwa fünfzehn Jahren erlebt Star Trek eine andauernde Renaissance: Über die Bildschirme in der ganzen Welt flimmern bald nacheinander, bald parallel und meist von verschiedenen Sendern gleichzeitig durch den Äther geschickt ›Star Trek: The Next Generation‹, ›Deep Space Nine‹ und ›Star Trek Voyager‹ (sowie die ›ST-Klassikserie‹ aus der zweiten Hälfte der 60er Jahre, deren kontinuierliche Popularität fast kultischer Art in zahlreichen Regionalprogrammen bei den Nachfolgeproduktionen unschätzbare Geburtshilfe geleistet hat) und dringen mit faszinierten Zuschauern an Bord ihrer Raumschiffe in Galaxien vor, die ›nie ein Mensch zuvor gesehen hat‹ (was allerdings insofern unzutreffend ist, als die eingefleischten ST-Fans als ›Wiederholungstäter‹ die ›unendlichen Weiten‹ inzwischen wie ihre Westentasche kennen und sich in jeder Ecke des fiktionalen Weltalls wie zu Hause fühlen). Seit rund zwei Dezennien gastieren Roddenberrys Charaktere ebenfalls auf der Leinwand und vermögen nach wie vor sowohl die Kinoräume als auch die Kinokassen zu füllen. Neben dieser Bildflut reißt auch ein Strom von Tausenden von bedruckten Seiten das Interesse der ST-Konsumenten mit sich. Einschlägige Regale in (gut bestückten) Buchhandlungen knarren nachgerade unter der Last der dort verstauten Tie-ins, deren meist filmischer Aufbau im Kopf des Lesers neue visuelle Spektakel mit altvertrauten und bisher unbekannten Gestalten zu inszenieren hat. Die primären Texte verfolgen einerseits das Ziel, den Erlebnishunger der Fans zu stillen, und andererseits versuchen sie ihn weiterbestehen zu lassen, damit der Konsum wiederholt wird und diese Einnahmequelle für die Produzenten so lange wie nur möglich intakt bleibt. Was ist aber mit der für eine solche Situation typischen Begleiterscheinung Informationshunger? Sie ist natürlich vorhanden und macht sich mehr oder weniger dramatisch bemerkbar: Die Fans gehen auf die Suche nach allen, auch nur kleinsten Details, die sich zu ihrer Lieblingsserie in irgendeine Beziehung setzen lassen. Da sie darüber hinaus noch ein starkes Mitteilungsbedürfnis verspüren, resultiert ihr gesteigertes Interesse in einem himmelhohen Stapel sekundärliterarischer Veröffentlichungen aus fannischer Feder. Der Bogen schwingt sich hierbei von wertlosen begeistert-dilettantischen Liebeserklärungen an die Serie über kritische Analysen bis hin zu semiprofessionellen Approachs, die oftmals neue und gewichtige Erkenntnisse zutage fördern.

In den Kreis derjenigen, die hinter die Kulissen des ST-Erfolges zu blicken bemüht sind, gesellen sich zunehmend seriöse Kritiker und Kulturwissenschaftler ein, die ihre Hände nicht abwartend in den Schoß legen, sondern das ST-Phänomen in seine Bestandteile zerlegen und diese klassifizieren wollen. Sie melden sich von den Warten ihrer eigenen Forschungsdisziplinen zu Wort und sorgen damit für breitgefächerte Teiluntersuchungsergebnisse. Sie alle pflastern gemeinsam Stein für Stein den Weg zum besseren Verständnis der Einmaligkeit von ST im modernen Kulturbetrieb.

Einer der Forscher, die sich an der Erschließung des ST-Phänomens beteiligen, ist der Theater-, Film- und Fernsehwissenschaftler H. Michael Schlegel, dessen im Corian Verlag Heinrich Wimmer erschienene ST-Studie die ›Wahrheit über *Raumschiff Enterprise,* ursprüngliche Absichten und Machenschaften der Quotenjäger‹ (so der Backcovertext) zu enthüllen verspricht. Bereits die im Untertitel formulierte Frage ›Kennen Sie *Star Trek* wirklich?‹ wirkt in den Augen der ST-Kenner provokant und verheißt auch nichts Gutes, insbesondere wenn der Akzent auf dem Wort ›wirklich‹ liegt. In der Tat erfüllt Schlegels Untersuchung nicht nur eine ordnende *und* einordnende Funktion im Hinblick auf die Struktur und den Standort der ›Klassikserie‹ innerhalb des ST-Universums, sondern sie beschert so manchem Leser einige unerwartete Aha-Erlebnisse.

Im ersten ›Theoretisch-Reflektierenden Teil‹ seiner Studie setzt sich der Autor standardmäßig mit den Entstehungs- und Entwicklungsumständen sowie den formalen und inhaltlichen Hauptzügen der *classics* auseinander. Es werden daher größtenteils allgemein bekannte Fakten zitiert und mit etwas weniger bekannten Tatsachen gewürzt. Die theoretische Reflexion dient hier nämlich hauptsächlich der Systematisierung des Wissens, damit der Leser über einen stabilen und zugriffsbereiten Background verfügt, bevor er sich in den ›Deskriptiv-Untersuchenden Teil‹ vertieft, der ›schwerpunktmäßig Inhalte der episodenbezogenen Handlungsebene und die Weiterentwicklung bekannter, sowie den Aufbau weiterer Charaktere vorstellt‹ (S. 42). In diesem Teil bietet Schlegel interessante Einblicke vor allem in handlungsbezogene Episodendetails. So können die jungen ST-Fans, die das intertextuelle Spiel der Postmoderne der 80er und 90er Jahre lieben, auch bei den *classics,* wie es Schlegel unter Beweis stellt, durchaus auf ihre Kosten kommen, denn die vom Autor als ›bezugnehmende Episoden‹ apostrophierten Folgen adaptierten mal literarische, mal filmische Vorbilder, mal wurden sie als Hommagen in Szene gesetzt. Unter den in die Sprache des Star Trek umgesetzten Bezugsvorlagen befanden sich solche Meisterwerke der Literatur wie Shakespeares *Macbeth* und *Hamlet,* Conan Doyles Sherlock Holmes-Geschichten, Carrolls *Alice in Wonderland,* Melvilles *Moby Dick,* Wells' *The Time Machine,* Stevensons *The Strange Case of Dr. Jekyll and Mr. Hyde* und der Kinogeschichte wie Sturges' *Gunfight at the O.K. Corral,* Wilcox' *Forbidden Planet* oder sogar Langs *Metropolis.* Diese Dialogbereitschaft attestiert den Serienschöpfern mit Roddenberry an der Spitze Aufgeschlossenheit und begrüßenswerte Bereitwilligkeit, aus der Schatzkammer der Kultur sinnvoll und oft kreativ zu schöpfen.

Mit wahrlich haarsträubenden Erkenntnissen wartet der ›Fokussierend-Untersuchende Teil‹ auf. Es gibt wohl kaum einen Menschen in Deutschland, dem die hanebüchenen Synchronisationspraktiken der Sender ein Geheimnis wären, doch Schlegels Beweisführung läßt sogar den abgebrühtesten Filmfan vor Schreck erblassen. Die Verantwortlichen zwingen die Filme gnadenlos ins Prokrustesbett des inflexiblen Programmrahmens oder werfen sie unters Fallbeil ihrer Vorstellungen von der Programmgestaltung. Sie scheinen sich kein Gewissen daraus zu machen, Entstellungen vorzunehmen, die nicht selten den Sinn und die Aussage eines Streifens total auf den Kopf stellen, weswegen den Autoren durch derartige Verfälschungen gar konträre oder überhaupt nie dagewesene Intentionen zugeschrieben werden. In besonders extremen Kürzungs- und Verdrehungsfällen läuft man Gefahr, einen *ganz anderen* Film vorgesetzt zu bekommen als erwartet. Schlegel zieht mit seinem exakten analytischen Vergleich der Originalfassung der Episode ›Amok Time‹ mit der deutsch-synchronisierten Version ›Weltraumfieber‹ gegen solche Verstümmelungspraktiken zu Felde. Der sich bei vielen Zuschauern oftmals nur vage konturierende Verdacht, daß es bei der ›Bearbeitung‹ des ausländischen Ausgangsmaterials für die deutsche Ausstrahlung nicht immer mit rechten Dingen zugeht, konkretisiert sich bei Schlegel dank der zusammengetragenen schwer belastenden Beweisstücke. So erweist sich bei der Gegenüberstellung von ›Amok Time‹ und ›Weltraumfieber‹, daß die Zensurmaßnahmen nicht nur so manche, den Verantwortlichen anscheinend nicht geheuere, doch für den Film selbst äußerst relevante Szene entfernt, sondern auch den agierenden Gestalten ganze Äußerungen in den Mund gelegt haben, die diese in der Originalfassung nie über die Lippen bringen.

Der Autor macht hier die Probe aufs Exempel und vergleicht Dialogsequenzen in beiden Versionen (S. 83–86) – die Ergebnisse sind wirklich deprimierend: Wenn man glaubt, daß man eine der amerikanischen Originalfassung entsprechende deutsch-synchronisierte Folge genießt, dann sitzt man im wahrsten Sinne des Wortes im falschen Film. Angesicht solcher Einsichten drängt sich die Frage nach den Grenzen der Freiheit im Umgang mit der Originalvorlage durch die Sender auf. Auch die nur auf den ersten Blick für die ST-Fans irritierende Untertitelfrage bekommt ein neues Gewicht: Diejenigen deutschen Trekkies, die keine Möglichkeit haben, sich die amerikanischen Originalfassungen der Folgen ihrer Lieblingsserie anzuschauen, müssen nun die ärgerliche Tatsache akzeptieren (?), daß die ihnen durch die deutsche Synchronisation suggerierten Inhalte gelegentlich herzlich wenig mit dem Original zu tun haben (können).

Schlegel geht außerdem kurz auf den Streit um die wohl problematischste ST-Episode ›Patterns of Force‹ ein, die wegen ihres allzu leichtfertigen Umgangs mit fanatischen Ideologien und neonazistischen Inhalten im deutschen Fernsehen nicht ausgestrahlt werden durfte (wiewohl sie auf Videokassetten erhältlich ist). Sie sei ›als qualitativ vielleicht schlechteste, auf jeden Fall jedoch sehr gefährliche Folge zu klassifizieren, die in den vorliegenden Fassungen von thematisch verharmlosenden und teilweise gewaltverherrlichenden Elementen geprägt wird‹ (S. 98), wodurch sie in Widerspruch zu dem humanistischen Anliegen Roddenberrys gerät. Dieser Fehlgriff läßt sich höchstwahrscheinlich auf die etwas andere Sichtweise der Amerikaner auf die Begebenheiten des Zweiten Weltkriegs und deren Unbedenklichkeit im Hinblick auf den Gebrauch von Symbolen zurückführen, die im leidgeprüften Europa einen ganz anderen Stellenwert haben und viel tiefere, unmittelbarere Assoziationen hervorrufen.

Schlegels Buch wird von einer nützlichen Filmographie abgerundet, die die ›klassischen Episoden‹ nach deren Erstausstrahlung in den USA auflistet und die wichtigsten dazugehörigen statistischen Daten mitliefert.

Zug zu den Sternen ist eine aufschlußreiche und informative Untersuchung, die präzise Informationen bereitstellt und alle auf einem analytischen Zugang zum erforschten Gegenstand aufbauenden Thesen mit Beispielen untermauert, so daß glaubhafte Ergebnisse erzielt werden. Die methodische Kompetenz des Autors zeitigt nachvollziehbare Schlußfolgerungen. Und darum geht es schließlich in solchen Publikationen, oder?

Erik Simon (Hrsg.)

Lichtjahr 7 – Ein Phantastik-Almanach

Eine Publikation des Freundeskreises SF Leipzig e. V., 1999
284 Seiten und 12 Farbtafeln, mit Illustrationen, DM 54,–

von Gundula Sell

Lichtjahre sind als Einheit von Natur aus etwas Gleichmäßiges. Eins folgt dem anderen, daran kann sie höchstens etwas Nicht-Euklidsches hindern. Warum sollten Schwarze Löcher nicht auch Lichtjahre verschlucken?

Die ›Lichtjahre‹, von denen hier die Rede ist, sind auch tapfer eins dem anderen gefolgt, 1980 bis '89. Kenner und Sammler haben wahrscheinlich alle sechs von diesen üppig gestalteten, inhaltlich hochkarätigen Almanachen aus dem DDR-Verlag Das Neue Berlin. Almanache im besten Sinn, mit Erzählungen, Autorenvorstellungen, theoretischen Texten, Grafiken, alles mit Geschmack und Kenntnis von einem Herausgeber gesammelt, der einen mit hilfreichen Kommentaren in sein Reich führt. Das mit der Übersetzung Jahrbuch für Almanach muß man dann allerdings so nehmen, daß es Lichtjahr-Bücher sind. Denn die übliche, na, sagen wir, Rotverschiebung im DDR-Verlagswesen ließ eine jährliche Erscheinungsweise nicht zu. Dann, als 1990 ›Lichtjahr 7‹ im Manuskript, ja, im Satz schon fertig war, trat die bekannte

Anomalie ein, die dieses und alle folgenden für immer gekappt zu haben schien.

Aber mit schier unglaublichen Anstrengungen, schließlich nahte im Herbst 1999 ein ehemaliger 50. Jahrestag, wurde ›Lichtjahr 7 – ein Phantastik-Almanach‹ aus dem Nichts zurückgeholt. Der Freundeskreis Science-Fiction Leipzig e. V., eine Gruppe begeisterter Amateure, und Erik Simon, Herausgeber schon der früheren ›Lichtjahre‹, haben im Dschungel des Selbst-Verlegens aus dem fast fertigen Buch und etlichem neuem Material, darunter etlichen Originalbeiträgen, einen schmucken Almanach gemacht – ein hier und heute ebenfalls sehr seltenes Genre. In einer Typografie und Ausstattung, die sich sehr müht, der der früheren Bände zu ähneln, versammelt ›Lichtjahr 7‹ Erzählungen ostdeutscher Autoren, Selbstauskünfte ost- und westdeutscher Autoren und anderer SF-Profis, Grafiken, Zwischentexte und Bibliografien.

Leider fielen die Texte ausländischer Autoren weg, aber angesichts dessen, daß dieser Almanach wie ein erratischer Block aus der letzten Eiszeit daliegt und nun wohl definitiv der letzte seiner Art ist, kann eine Konzentration in Raum und Zeit und auf das Thema ›ostdeutsche SF‹ auch ein Vorteil sein.

Veröffentlicht werden etliche Erzählungen, die meist schon aus dem alten Manuskript (vor 1989) stammten. Bedingung war, daß sie vorher höchstens in Zeitschriften veröffentlicht waren. So gibt es Geschichten neuer Autoren, aber auch schon aus DDR-Zeiten bekannter Schriftsteller. Mir am liebsten sind die aus der Rubrik ›Robinsone und Siedler‹. Dort gibt es eine Erzählung von Angela Steinmüller, die an die ›Andymon‹-Welt anknüpft, in der irdische Siedler Planeten in Besitz nehmen, aber auf manchen davon allmählich die technische Zivilisation verlieren. Oder ein Kapitel aus dem leider ungedruckten Roman Karsten Kruschels über den Regenplaneten, auf dem Menschen lernen müssen, sich mit einer völlig fremden Natur auseinanderzusetzen. Auf Rolf Krohns von einem früheren ›Lichtjahr‹ bekannten Planeten hat es Menschen aus dem alten Rom verschlagen, was ebenfalls Raum für lesenswerte Spekulationen gibt. Im Abschnitt ›Gefährliche Planeten‹ spielen Wolfram Kober, Detlef Budde, Peter Schünemann und Andreas Melzer mit typischen SF-Short-Story-Ideen. ›Denkmaschinen‹ werden von Alfred Leman und Jörg Mosch in Gang gesetzt, um spielerisch beziehungsweise aktionsreich vor bedenklichen Tendenzen zu warnen (die auch nach der '89er Anomalie nicht unaktuell geworden sind). ›Vorhut und Nachhut‹ vereint drei ältere Erzählungen von Autoren, die drei Jahrzehnte der DDR-SF verkörpern, nämlich die sechziger, siebziger und achtziger Jahre. Günther Krupkat wird mit einem Auszug aus einem frühen Abenteuerheft vorgestellt, in dem auf spannende Weise der Sozialismus mit seiner Menschlichkeit auch im Weltraum siegt. Johanna und Günter Brauns Erzählung zeigt sie bei ihrer fabulierfreudigen Suche nach neuen, den üblich gewesenen Bitterernst vermeidenden Tonarten und Themen. Karlheinz Steinmüller bringt einen Roboter in eine schier ausweglose Situation und ihm dann auch noch das Fluchen bei. Je eine neue Erzählung von

Brauns und Alexander Kröger zeigen beispielhaft, wie sich Ost-Autoren literarisch in der Marktwirtschaft zurechtzufinden suchen. Erik Simon versucht, darüber einen Gesamtüberblick zu geben. Sein Fazit ist literarisch zwar positiv, marktbetrachtend aber verheerend, denn wenn es deutsche SF schon schwer hat, was wollen die Verlage dann noch mit ostdeutscher! Sein Text ist dennoch witzig, besonders wenn man die Pfeilrichtungen seiner Polemik alle verfolgen kann.

Eine schöne Übung, aus einem früheren ›Lichtjahr‹ übernommen, ist es, SF-Autoren und -Herausgeber zu ›100 Zeilen über SF‹ aufzufordern, hier vor allem zu der aus der DDR und den neuen Ländern. Da gibt es so reizende Texte wie ein Zwiegespräch beider Brauns, in dem sie den Tod der DDR-Science-Fiction feststellen, oder Karsten Kruschels herzwärmender Aufruf seines recht lebendig erscheinenden DDR-SF-Bücherregals. Oder das Bekenntnis des in den sechziger Jahren populär gewesenen Carlos Rasch, daß ihm erst sein Lektor klar machen mußte, ›daß wir keine roten Fahnen und keine Parteisekretäre in der SF-Literatur brauchen‹. Voller Verblüffung lese ich, daß so ein Lernprozeß auch andernorts hat stattfinden müssen, denn die Leute um die Science Fiction Times, Hans Joachim Alpers und Horst Pukallus vor allem, hatten um '68 die SF als Waffe im Klassenkampf entdeckt und daher die DDR-SF gerade ihrer holzschnittartigen Ideologie halber verteidigt. Aber inzwischen wächst, so hört man aus all den Klagen, zusammen, was zusammen gehört, die deutsche SF in ihre Nische nämlich.

Ebenso wie in früheren Ausgaben macht dem echten Fan noch etwas das ›Lichtjahr 7‹ unentbehrlich: die Bibliografie. Hans-Peter Neumann notiert gründlich, was seit 1990 beziehungsweise '91 an SF und an Sekundärliteratur dazu von und über Autoren aus Ostdeutschland erschienen ist, Erik Simon steuert ein Gesamt-Inhaltsverzeichnis aller sieben Bände ›Lichtjahr‹ bei.

Die schwarz-weißen und farbigen Grafiken in dem Almanach erreichen nur zum Teil die Güte früherer Ausgaben. Sie stammen wohl meist von nichtprofessionellen Zeichnern, und auch das Vorhandensein modernster Computergrafik-Technik führt nicht unbedingt zu größerem ästhetischem Anspruch. Manche aber sind sehr reizvoll und gut gemacht.

Im Ganzen ist dieser Almanach nicht gerade billig, aber lohnend. Und als Sammlerstück zur Krönung eines abgeschlossenen Sammelgebietes ganz unverzichtbar. **Zu beziehen ist das schöne und einzigartige Buch bei: Freundeskreis SF Leipzig e. V. c/o Manfred Orlowski, Ernestistraße 6, D-04277 Leipzig** (Anm. d. Hrsg.).

Michael Marshall Smith

Geklont

(Spares)
Deutsch von Ulrike Becker und Claus Varrelmann
Reinbek: Rowohlt, 1998
432 Seiten, (HC) DM 39,80, (TB) DM 16,90

von Jürgen Wimmer

USA im nächsten Jahrhundert: Eine sogenannte Reserve können sich nur die Reichsten leisten. Vor allem junge Schnösel, die gerne riskant leben und dabei regelmäßig ihren Körper ramponieren, greifen gern auf eine Reserve zurück: Das ist ein Klon ihrer selbst, der in tunnelartigen »Farmen« unter menschenunwürdigen Bedingungen für Notfälle bereitgehalten wird. Sobald mal wieder ein Ersatzteil gebraucht wird, wird es der Reserve wegoperiert (oder einfach abgehackt – geht schneller und ist billiger). Jack Randall, Ex-Cop und schwer auf Drogen, beaufsichtigt eine solche Farm – bis er eines Tages anfängt, einige der Reserven zu unterrichten. Das allerdings wird von der Betreiberfirma nicht gerne gesehen: Als sein Tun ans Tageslicht kommt, flieht Randall mit seinen Lieblings-Reserven und macht sich auf den Weg nach seinem Heimatort New Richmond, wo er noch einige Rechnungen offen hat.

Vor Jahren, zu seiner Zeit als Cop, hatte er zu tief in einiger Leute Privatangelegenheiten herumgeschnüffelt. Zur Warnung wurde seine Familie brutal massakriert. Hinter der Tat vermutet Randall den Mafia-Boß Vinaldi aus New Richmond, einem einzigen gigantischen Quader, 200 Stockwerke hoch und mehrere Kilometer lang und breit. Es dauert nicht lange, bis das Feuer auf Randall eröffnet wird. Denn er hat viele Feinde, und die wenigen Freunde werden schon bald von Killern dezimiert. Randall nimmt es mit der Übermacht auf und findet einen merkwürdigen Mitstreiter: ausgerechnet Vinaldi ...

Es ist schon interessant, wie ein Klappentext die Erwartung des Lesers in die falsche Ecke lenkt. Liest man, was hinten auf dem Cover steht und sieht man auf den griffigen Titel, dann könnte man meinen, »Geklont« von Michael Marshall Smith sei ein Buch über gentechnische Verirrungen. Doch das kommt - leider - nur am Rande vor. Vielleicht ist es die fehlgeleitete Erwartung, die am Ende eine gewisse Enttäuschung aufkommen läßt. Denn die Szenen im ersten Viertel, auf der Farm, sind die besten. Hier zeichnet Smith ein Szenario, dessen blanker Horror unter die Haut geht, weil die Vision so furchtbar abwegig gar nicht ist. Der Rest ist ein mit den Mitteln des Science Fiction-Thrillers gearbeiteter Spannungs- und Actionroman, der blendend unterhält, aber auch den Wunsch aufkommen läßt, Smith hätte die ernsthafteren Aspekte der Handlung etwas vertieft. Statt dessen verzettelt er sich ein wenig mit einem etwas bemüht wirkenden Ausflug in eine virtuelle Welt (der modische Cyberpunk als Zwangs-Zutat), genannt »Der Spalt«, wo sich das kollektive (Computer-&-Internet-)Unterbewußtsein der Menschheit zu einer Landschaft des Schreckens verdichtet hat. Doch die Szenen aus Dem Spalt erreichen nirgends die Intensität der Farm-Episode, auch wenn Smith nicht müde wird, das Entsetzliche zu betonen.

Daß am Ende auch die Auflösung der verschlungenen Story ein wenig mit der Brechstange herbeigeführt wirkt und nicht in allen Details plausibel ist, verstärkt den insgesamt enttäuschenden Eindruck. Dabei ist »Geklont« gewiß kein schlechtes Buch. Es ist rasant geschrieben und spannend, gewürzt mit trockenem Humor und coolen Sprüchen. Hätte Smith sich auf einen einzelnen Aspekt beschränkt (etwa die Farm oder Der Spalt oder New Richmond), statt die Handlung heillos zu überfrachten, sein Roman hätte ein Meisterwerk werden können. So ist es nur, aber immerhin, guter Lesestoff.

Michael Marshall Smith

R.E.M.

(*One of us*)
Deutsch von Themas Stegers und Claus Varrelmann
Rowohlt Verlag, Reinbek 1999
432 Seiten, DM 42,–

von Jürgen Wimmer

Es ist schon ein Kreuz mit Michael Marshall Smith: Er hat gute Ideen, kann flüssig schreiben, oft genug auch witzig und spannend – und doch schreibt er keine guten Bücher. Schon bei »Geklont« verstörte der lieblose Umgang mit dankbaren Motiven, die Unbekümmertheit, mit der Marshall Smith ständig hochinteressante Gedankenkonstrukte errichtet, um sie dann im Rohbaustadium zu belassen.

Sein dritter Roman, »R. E. M.«, ist nicht besser. Zunächst beginnt das als nicht sonderlich schlüssiger, aber doch immerhin geradliniger und unterhaltsamer Cyberpunk-Thriller. Hap Thompson ist ein Faulenzer, der sich seinen Lebensunterhalt damit verdient, daß er in seinem Gehirn nachts die Angstträume gestreßter Manager entsorgt. (Der Autor bemüht sich zwar zu erklären, warum man diese Träume nicht einfach löschen kann, aber sonderlich plausibel ist das nicht.) Noch lukrativer, aber leider total verboten, ist die kurzzeitige Übernahme von unliebsamen Erinnerungen. Hap ist dennoch bereit, für ein gutes Sümmchen drei Tage Erinnerung der schrägen Laura in seinem Hirn abzuspeichern. Doch dummerweise ist in diesem Datenmaterial ein Mord enthalten. Und die Polizei schert sich wenig darum, bei wem solches Material gefunden wird: Wer sich an einen Mord erinnern kann, ist auch der Täter. (Auch hier kann der Autor nicht plausibel erklären, warum es der Polizei egal ist, daß der Erinnerungsträger in der fraglichen Episode plötzlich ein anderes Geschlecht hat.)

Wie auch immer: Mit ein paar Abstrichen an die innere Logik läßt sich das noch leidlich konsumieren, sicherlich auch deshalb, weil Marshall Smith seine Story so furchtbar ernst nicht nimmt. Wenn er marodierende Banden von Kaffeemaschinen auf ihrer Flucht nach Mexiko beschreibt, erinnern wir uns gern an Douglas Adams' manisch-depressiven Roboter Marvin, der während des viele Millionen Jahre langen Wartens in einem Parkdeck bekanntlich seine interessanteste Unterhaltung mit einer Kaffeemaschine führt.

Doch nach der Hälfte des Buches sackt das Lesevergnügen erheblich ab. Es zeigt sich wieder einmal, daß Marshall Smith einfach nicht in der Lage ist, seine Ideen in einer tragfähigen Handlung zu verankern. Da werden die Wendungen dann willkürlich, und – Oberpeinlichkeit schlechthin – am Ende muß sogar Gott mit ein paar seiner Engel eingreifen, um die Sache gerade zu biegen; unterstützt von ein paar hilfsbereiten Küchengeräten, versteht sich. Die letzten dreißig Seiten schließlich, die dem ganzen dann auch noch einen metaphysischen, religiösen und/oder philosophischen Überbau aufpfropfen wollen, sind Unsinn der prätentiösesten Sorte und schlicht unerträglich. Bei so viel Willkür, vordergründigen Effekten, nicht zu Ende gedachten Ideen, losen Enden in der Handlungsführung usw. usf. ist es im Grunde vollkommen egal, wie die Sache nun ausgeht; es ist ja eh alles an den Haaren herbeigezogen. Denn noch nie war der Begriff *deus ex machina* so wörtlich zu nehmen wie hier, und es soll wohl witzig sein.

Ist es aber leider nicht.

von Hartmut Kasper

Hap Thompson geht es nicht schlecht im Los Angeles anno 2017 (ca.). Er verdient gutes, wenn auch nicht ganz legales Geld damit, die hinderlichen Erinnerungen fremder Leute in seinem Gedächtnis zwischenzulagern. Ein braver Ehemann und Handlungsreisender legt gern einmal ein paar hundert Dollar hin, um für eine Nacht von allen ehelichen Pflichten unbeschwert zu reisen und zu handeln. Eines Tages aber übernimmt Hap die Memoiren einer rachsüchtigen Frau, welche den Mann, der sie verschmähte, ins Jenseits geschossen hat. So sind (der kindlichen Pychologie des Autors zu Folge) die Frauen; das Opfer aber war Polizist, im Nebenberuf Erpresser, und stand überdies in Verbindung mit außeridischen Wesenheiten. Es folgt Verfolgung, Verwicklung und Gefahr.

Gut, daß sich Held Hap sein Leben überwiegend aus Pulp Fiction abgeschaut hat: ein Gelegenheitskiller mit Herz, der über das Leben, die Liebe und Gott daher meditiert (›Unvollkommenheit und Traurigkeit sind der Preis, den man dafür bezahlen muß, daß man lebt.‹), vom Leben ganz schön hard boiled wurde (›Der Speisekarte zufolge stammten die Schweine, die hier als Wurst auf den Teller landeten, von Biohöfen und waren ihr Leben lang besonders freundlich behandelt worden. (...) Ich persönlich mag nur Schweine essen, die in Schuhschachteln gehalten wurden und denen man allabendlich Gemeinheiten ins Ohr geflüstert hat.‹) und die Liebe seines Lebens an die Mafia verloren hat.

Einziger Trost in dieser kummervollen Welt ist ihm sein Wecker, eine putzige Künstliche Intelligenz, wie überhaupt Küchengeräte, Türen oder Faxgeräte zu keckem Selbstbewußtsein gelangt sind.

Alles geht so gut, die Geheimnisse des Universums werden auf eine Weise gelüftet (UFOs = Engel = Men in Black), wie man es von einem Roman erwarten kann, dessen originellsten Zug wir in der Beibehaltung der alten Rechtschreibung erblicken dürfen (und diese verdanken wir weniger dem Autor als seinem deutschen Lektorat).

Zu Beginn des Romans kreuzt eine Herde von Kaffeemaschinen den Weg des Helden; Hap will nach Los Angeles, die tapferen Kaffeemaschinen hingegen versuchen, sich nach Mexiko durchzuschlagen. Hätten wir, der Autor und sein Leser, uns doch damals ihnen angeschlossen.

Dierk Spreen

Cyborgs und andere Techno-Körper

Ein Essay im Grenzbereich von
Bios und Techne
Erster Deutscher Fantasy Club, Passau 1998
184 Seiten, DM 17,50

von Jacek Rzeszotnik

Die Geburtsstunde des Cyborgs dürfte zweimal geschlagen haben: Ende des 19. Jahrhunderts, als Herbert George Wells 1898 seine Marsbewohner in ihren dreibeinigen ›Technokörpern‹ gegen die Menschheit aufmarschieren ließ, und um die Mitte des 20. Jahrhunderts, als 1958 (von einigen früheren Tierversuchen abgesehen) erstmals ein Menschenherz mit einem seine Funktionsweise regulierenden Schrittmacher gekoppelt wurde. Damit war auch der erste Schritt in Richtung einer allmählichen, sozusagen ›schleichenden‹ Cyborgisierung des menschlichen Körpers getan. Die Vision der Professoren M. Clynes und N. Kline, die im Rahmen des amerikanischen NASA-Programms für – vereinfacht ausgedrückt – das Überleben des Menschen im Weltraum verantwortlich gewesen und aufgrund ihrer Forschungen zu dem Schluß gelangt waren, daß der menschliche Körper imstande sei, sich selbst in den feindlichsten Umweltbedingungen (so im Vakuum) zu behaupten, sobald er Unterstützung etwa in Form von Zusatzmechanismen (z. B. einem angeschlossenen ›Medikamentenserver‹) bekomme, begann nun konkrete Gestalt anzunehmen. Seit diesen bahnbrechenden Überlegungen schreitet die Umwandlung des Biologischen ins Technische immer schneller voran: Immer mehr Organe lassen sich gegen ihre künstlichen Pendants mit nicht selten erweitertem Funktionsumfang austauschen. Da gelegentlich noch pharmakologisch nachgeholfen werden muß, damit der Organismus die implantierten Fremdkörper nicht abstößt, ist es ein zweischneidiges Argument, das auch dann ins Feld geführt wird, wenn von den Unzulänglichkeiten des biologischen Menschenkörpers die Rede ist.

Den Cyborg situieren die meisten Menschen normalerweise im Reich der wissenschaftlichen Fiktion, deren Verwirklichung angeblich ›am treffendsten‹ Action-Thriller aus der Traumfabrik Hollywood visualisieren: Auf den Schauplätzen spannender Handlung tummeln sich in die Höchstform trainierte halb menschliche, halb roboterhafte Kampfmaschinen, die erstaunlich oft gegen alles Lebendige unbändigen, vom Neid (Rache der unfreiwillig Cyborgisierten) oder Rassismus (Hochmut des ›neuen Menschen‹ gegenüber dem ›alten Schwächling‹) gesteuerten Haß empfinden. Die Konsumenten solcher Horrorgeschichten verlieren hierbei die Tatsache aus den Augen, daß inzwischen vielen ihrer Artgenossen (oder gar ihnen selber) eingepflanzte Technokörperteile vorzügliche (manchmal lebensrettende) Dienste tun.

Mit den seinerzeit für Schlagzeilen sorgenden Experimenten von und an Professor K. Warwick von der Universität Reading bahnt sich freilich eine Entwicklung an, die die bisherige ›primitive‹ Cyborgisierung durch Prothesierung fehlerhaft funktionierender Organe revolutionieren und den Menschen um völlig neue ›Funktionsdimensionen‹ bereichern kann. Der dem Wissenschaftler unter die Haut gepflanzte Computerchip speicherte und verwaltete die wichtigsten Informationen über ihn und ›personalisierte‹ quasi seinen Umgang mit den ihn umgebenden Geräten, die ihn dadurch ›wiedererkannten‹ und beispielsweise verbal begrüßten oder sich auf seine Wünsche sofort einzustellen vermochten. In der konträren Richtung zu den unbestrittenen Vorteilen einer derartigen Digitalisierung der Interaktion des Menschen mit seinem Umfeld wirkt aber die nicht unberechtigte Angst vor einer permanenten, alles umfassenden und in alle Lebensbereiche eindringenden Kontrolle: Sind die Menschen noch bereit, fortschreitende Prothesierung der Organe (mit Ausnahme des Gehirns) zu akzeptieren, so treffen bei ihnen jegliche Vorstöße auf das Gebiet der ›Elektronisierung‹ und ›Informatisierung‹ des Menschen auf heftige Ablehnung, weil sie *ex definitio* auf dem

Fundament der ständigen Beaufsichtigung der Prozeßabläufe aufbauen.

Die Menschen haben den ›Grenzbereich von Bios und Techne‹ bereits betreten. Nun gilt es eine Richtung für den Weitermarsch zu bestimmen. Dieses Problem untersucht in seinem Buch *Cyborgs und andere Techno-Körper* der in Berlin lebende Kulturwissenschaftler Dierk Spreen, indem er ein breites und facettenreiches Spektrum von Aspekten, auf die während der Analyse der zivilisatorischen Entwicklung der Menschheit gestoßen werden muß, expliziert. Zu Recht vernetzt er verschiedene Bereiche miteinander, weil sie erst im Zusammenspiel existenzkonstituierend sind: biologisches Funktionieren, soziales Verhalten mit dessen Teilbereichen Kultur und Politik usw., und sucht eine plausible Antwort auf die Frage, welchen Einfluß die Cyborgisierung auf sie nehmen kann bzw. schon partiell nimmt. Dabei geraten scheinbar von jeher zuverlässige Begriffe wie etwa Humanismus, auf dem als einem der Eckpfeiler der westlichen Zivilisation unser Weltbild und unsere Wirklichkeitswahrnehmung angeblich erschütterungsfrei ruhen, gefährlich ins Wanken, da sich infolge dieser Betrachtungen unvermeidlich die Frage erheben muß, wie sich das Menschliche und das Nicht-Menschliche (Künstliche) eigentlich definieren läßt (wohlangemerkt, diese wie auch immer formulierte Definition ist an sich schon ein Konstrukt, also künstlich). Berechtigt erscheinen daher Spreens zweifelsbedingte Grundfragen, die sich um eine Klarstellung bemühen, jedoch bis auf weiteres größtenteils rhetorischen Charakter haben: ›Ab welchem Verhältnis organischer Materie zu technischen Implantaten ist ein Mensch kein Mensch mehr? 1%, 10%, 99%? Berechnet nach Volumen oder Masse? Was ist mit transplantierter Fremdorganik? Was ist mit genetischen Manipulationen? Sind geklonte Doppelgänger aufgrund ihrer Abstammung keine Menschen mehr? ...‹ (S. 19). Wie bereits erwähnt, engt der Autor glücklicherweise sein Blickfeld nicht ausschließlich auf biologische Implikationen ein, sondern weitet es auf die oben genannten sekundären ›Nachbargebiete‹ aus, womit er ein viel komplexeres Bezugsgebilde konstruiert, in dem der Domino- bzw. *snowball*-Effekt zur besonderen Ausprägung gelangt. Dadurch bekommt der Leser die Gelegenheit, mitanzusehen, wie sich die Veränderungen wellenförmig verbreiten und auf immer weiter gelegene Peripherien des menschlichen Lebens modifizierend übergreifen.

Der Science Fiction-Fan kann in der vorliegenden Untersuchung ebenfalls auf seine Kosten kommen, solange er sich vor der Lektüre nicht in der eigenen Schlinge falscher Vorstellungen vom Inhalt des Buches verfängt und keine Besprechung von in welcher Reihenfolge auch immer geordneten SF-Geschichten und -Filmen erwartet. Spreens Ausführungen bieten viel mehr als nur Interpretationen von SF-Texten und -Streifen, es sind kulturwissenschaftliche Überlegungen, die nicht nur das Vergangene aufbereiten, sondern das Gegenwärtige registrieren und das Zukünftige zu extrapolieren versuchen. Auf diese Weise werden sie den manchmal hie und da noch (aber erfreulicherweise immer zurückhaltender) erhobenen prognostischen Ansprüchen der SF gerecht. Die Anhänge ›Zitierte Romane‹ und ›Filmographie‹ listen die vom Autor konsultierten literarischen und filmischen SF-Produktionen auf und vermitteln dadurch ein Bild von seinen Präferenzen im Hinblick auf deren Brauchbarkeit für seine kulturwissenschaftliche Analyse. Unter den aufgeführten Filmen vermißt man jedoch beispielsweise Jack Golds *Who?* (Der Mann aus Metall, 1974), der auf fast musterhafte Art und Weise das Identitätsproblem eines Cyborgs behandelt. Da auch Spreen sich unter Einbindung von ethischen und moralischen Dilemmas darüber Gedanken macht, wäre es sicherlich von Vorteil gewesen, den Film heranzuziehen und auch seine sozialkritische Aussage mitzuberücksichtigen. Etwas befremdend wirkt die Überinterpretation von *Terminator 2* (S. 10), die die Tatsache, daß der von Arnold Schwarzenegger verkörperte Cyborg (in Wirklichkeit ist es ein Roboter ohne organische Teile) nun auf der Seite der Menschen kämpft, als ›Verschiebung des Feindbildes‹ innerhalb der SF zugunsten der ›Mechanisierten‹ kommentiert. Leider ist der Grund für diese Verschiebung in *Terminator 2* viel prosaischer Natur: Laut James Cameron war Schwarzenegger als mörderische humanoide Kampfmaschine in *Terminator 1* eine ›experimentelle‹ Rollenbesetzung, denn zum ersten Mal in seiner Leinwandkarriere sollte der muskelbepackte Hüne den Part des Bösewichts spielen. Ursprünglich aber war für ihn die Rolle des menschlichen Retters aus der Zukunft Kyle Reese vorgesehen, und Michael Biehn sollte den Roboter mimen. Da dieser Trick jedoch zweimal nicht funktioniert hätte und ein *Terminator*-Film ohne Schwarzenegger nicht in Frage käme und der Star sich wieder in einer positiven Rolle gefallen wollte, brilliert er also in der Fortsetzung mit seinen Kampffähigkeiten als Beschützer der bedrohten Menschheit. Der Fixpunkt ist also gerade bei diesem Beispiel nicht die infolge der ›Verschiebung des Feindbildes‹ in der SF positiv gewordene Maschinengestalt, sondern einzig und allein Arnold Schwarzeneggers Rollenwünsche.

Solche kleinen Fehlgriffe sind in der stark philosophisch gefärbten Untersuchung Spreens *äußerst* selten und tun ihr *absolut* keinen Abbruch. Wenn man das Buch nach der Lektüre zuklappt, kann man sich des Eindrucks nicht erwehren, daß die menschliche Existenz viel einfacher und nicht so problembeladen wäre, wenn unsere Ahnen den Weg einer biologischen Zivilisation eingeschlagen und sich das Leben mit selbstangefertigten Werkzeugen nicht bequemer zu machen versucht hätten. Die Sünde des ersten Faustkeils ist dem Menschen bis heute nicht verziehen worden.

Angela Steinmüller/Karlheinz Steinmüller

Visionen

Eine Chronik der Zukunft
Rogner & Bernhard bei Zweitausendeins, November 1999
528 Seiten, 110 Abbildungen, gebunden, DM 50,–

von Usch Kiausch

›Ich wurde mit der Aufgabe eingestellt zu schauen, was die Zukunftsforschung aus der Science Fiction lernen kann‹, sagt

Karlheinz Steinmüller über seine derzeitige Tätigkeit am Sekretariat für Zukunftsforschung in Gelsenkirchen. Denn: ›Als Science Fiction-Autor ist man zwar kein Prognostiker, versucht aber immerhin, vieles von dem aufzugreifen, was sich an Veränderungspotential in der Gesellschaft auftut. Abgesehen davon, daß auch die schlechtesten Science Fiction-Autoren immer noch besser schreiben können als die meisten Zukunftsforscher ...‹

Eben das stellt der Diplomphysiker und Doktor der Philosophie gemeinsam mit seiner Frau, der Diplom-Mathematikerin Angela Steinmüller, in seinen ›Visionen‹, einer Synthese aus Zukunftsforschung und Literatur, unter Beweis. Diese ›Chronik der Zukunft‹ ist wissenschaftliche Fiktion im Wortsinn, eine spekulative Zeitreise durch die Jahre 1900 bis 2100 mit Vorschau auf unsere Gegenwart und Rückblick auf eine Zukunft, wie sie vielleicht nie sein wird. 200 Themen, eines für jedes Jahr, behandelt das Schriftstellerehepaar (›Pulaster‹, ›Der letzte Tag der Venus‹) auf rund 500 Seiten in Form von kurzen Essays, fiktiven Reportagen, Interviews, Buchrezensionen und Mini-Kurzgeschichten.

Wie schnell aus Zukunftserwartung nostalgische Erinnerung werden kann, die wir heute nur noch milde belächeln, zeigen Kapitel wie ›1915: Ewige Jugend dank Radium‹ oder ›1968: Die Abschaffung der Familie‹. Die teilweise utopischen, teilweise dystopischen Visionen fürs 21. Jahrhundert werden bewußt konträr nebeneinander gestellt: Sie reichen vom gentechnisch modifizierten Designer-Kind (2037) über heilende Nano-Roboter im Blutstrom (2038) und die schöne neue Tele-Demokratie (2042) bis zu neuen Waffensystemen aus künstlicher Intelligenz (2071) und Cyborgs (2081).

Für versierte Science Fiction-Leserinnen und Leser ist darin nicht der Inhalt aufregend, interessanter ist eher die Form der Verarbeitung. Bewußt werden die Gedanken von guten alten Bekannten wie Stanisław Lem oder Bruce Sterling aufgegriffen und weitergesponnen, denn die Steinmüllers wollten sich nicht als neue Visionäre profilieren, sondern ›heute zirkulierende Visionen darstellen‹, wie sie betonen – getreu dem

Motto, daß Science Fiction weitaus mehr über die Gegenwart aussagt als über die Zukunft.

So bleibt in ›Visionen‹ auch gänzlich ungewiß, wie das Experiment Zukunft ausgehen wird: Während auf der Erde das gentechnische Chaos herrscht und der achte Tag der Schöpfung angebrochen ist, bricht eine tapfere kleine Arche mit den letzten unveränderten, unbehandelten Tiefkühl-Samen und -Eizellen des homo sapiens sapiens zu neuen galaktischen Ufern auf. ›Der Mensch‹ heißt der letzte Satz des letzten Kapitels, ›muß auswandern, um er selbst bleiben zu können.‹ Auf daß alles von vorn losgeht ...

Ulrich Walter

Zivilisationen im All

Heidelberg: Spektrum Verlag, 1999
286 Seiten, DM 78,–

von Jürgen Wimmer

Die Spekulationen um außerirdische Besucher auf der Erde reißen ja bekanntlich nicht ab. Geht es nach der Mehrzahl der Autoren, dann leben die Aliens schon seit Jahrtausenden unter uns. Ufologen finden nach wie vor reichlich Zulauf, und an Leuten, die angeblich von Außerirdischen entführt wurden, mangelt es nicht. Stichhaltige Beweise dafür gibt es keine, allerdings verkaufen sich Bücher mit reißerischem Inhalt nun mal besser. So ist es der Sache sicher dienlich, wenn sie einmal unter rein sachlichen Aspekten angegangen wird.

Wissenschaftsastronaut und Physiker Ulrich Walter ist es zu verdanken, daß der nicht gerade umwerfend große Kreis seriöser Veröffentlichungen auf diesem Gebiet um ein lesenswertes Buch bereichert wird. In seinem großformatigen Band »Zivilisationen im All – Sind wir allein im Universum?« wird das Thema von allen Seiten aus überaus rational beleuchtet. Zu rational für Esoteriker, denn Ulrich Walter kommt zu dem Ergebnis, daß die Erde zwar nicht der einzige bewohnbare

Planet im All ist, daß aber eine Kontaktaufnahme zu anderen Zivilisationen mit erheblichen Schwierigkeiten verbunden ist und bisher auch noch nicht stattgefunden hat – auch wenn Erich von Däniken das anders sieht.

Das heißt aber absolut nicht, daß sich Walters Buch unspannend oder gar trocken liest. Es beginnt mit einem historischen Abriß: Wie dachten die alten Griechen über Leben im All, wer ist der »Mann im Mond«, sind die Marsmännchen grün und haben sie Antennen auf dem Kopf?

Danach geht es ans Eingemachte, wenn erst einmal Grundbegriffe geklärt werden: Was ist überhaupt intelligentes Leben? Und schließlich geht Walter der Frage nach, wie ein Planet beschaffen sein muß (oder darf), um intelligentes Leben hervorzubringen. Da sieht es zum Beispiel für den Mars sehr bitter aus: zu geringe Masse. Und angebliche Zeugnisse einer versunkenen Kultur – wie das berühmte »Marsgesicht« – werden mittels hochauflösender Fotos als optische Täuschungen entlarvt.

Aber Walter stellt sich auch der Frage, wie eine Kontaktaufnahme mit Außerirdischen hergestellt werden kann, was der Mensch bisher in dieser Richtung unternommen hat und welche Erfolgsaussichten das alles hat. Wie sieht es in der Zukunft mit interstellaren Reisen aus? Wie wahrscheinlich ist eine Kolonialisierung des Weltalls? Das alles sind spannende Fragen, die Walter ebenso kompetent wie unterhaltsam zu beantworten sucht. Wie gesagt: Für Ufologen wird das alles ernüchternd wirken, aber gerade deshalb sollten sie das Buch unbedingt lesen.

Ach ja, und daß Walter kein sturer Prinzipienreiter ist, sondern auch Selbstironie kennt, beweist er, wenn er am Ende Leute wie William Thomson zitiert. Der beispielsweise war von 1895 bis 1905 Präsident der wissenschaftlichen Royal Society London und behauptete Sachen wie: »Flugmaschinen, die schwerer sind als Luft, sind unmöglich.«

BIBLIOGRAFIE

Phantastische Literatur im Heyne-Taschenbuch 1999

von Werner Bauer

ABKÜRZUNGSVERZEICHNIS

A	Anthologie (Sammlung von Erzählungen verschiedener Autoren)
ANTH	Heyne Anthologie
AR	Heyne Allgemeine Reihe
Ausw.	Auswahl
Bd.	Band
C	Collection (Sammlung von Erzählungen eines Autors)
C/OA	Collection/deutsche Originalausgabe, die in dieser Zusammenstellung in der Sprache des Verfassers nicht erschienen ist
F.	Folge
FB	Heyne Filmbibliothek
HAF	Haffmans Kriminalromane (HaffmansTaschenBuch bei Heyne)
HC	Heyne Hardcover (Belletristik)
HC/S	Heyne Hardcover/Sachbuchprogramm
Hrsg.	Herausgeber
HSB	Heyne Sachbuch
in Vorb.	in Vorbereitung
JB	Heyne Jubiläumsbände
JUM	Heyne Jumbobände
MINI	Heyne MINI
NA	Neuauflage
NN	Nomen Nescio (Name nicht bekannt)
o.J.	ohne Angabe des Publikationsjahres
PAV	Pavillon
PRh	Perry Rhodan
SP	Heyne Sonderproduktion
TdM	Tip des Monats
UB	Die Unheimlichen Bücher
Ü	Übersetzer
I	Erster Teil
II	Zweiter Teil
:	entspricht
↗	ist enthalten in (Teil Eins) bzw. siehe

Teil Eins

Numerisches bibliographisches Verzeichnis der Neuerscheinungen der Reihe »Heyne Science Fiction & Fantasy« und aller SF-, Fantasy- und Horror-Publikationen sowie themenbezogener Sachbuchbeiträge in anderen Reihen im Jahre 1999

Frei (bzw. freigeworden bzw. freigehalten für einen ggf. weiteren Ausbau von Zyklen) sind folgende Einzelnummern:

4381	5267	5367	5914
4716	5268	5368	5915
4782	5269	5369	6300
5161	5277	5488	
5235	5280	5506	
5236	5309	5654	

Echte ›Tote Briefkästen‹, d. h. Nummern, unter denen kein Titel erscheinen kann, weil sie bereits für Projekte vergeben wurden, die nicht realisiert werden konnten, oder Nummern, die vom Vertrieb anderweitig verwendet wurden, sind:

2000 Ralph Sander (Hrsg.), STAR TREK Timer 2000
4150 Frank Herbert, DER WÜSTENPLANET (Kassette mit 5 Bänden)
5555 CONAN-PLAKAT
5650 Torsten DEWI, Das BABYLON 5-UNIVERSUM
6453 STAR TREK – BLACK EDITION (Kassette UHURA)
6454 STAR TREK – BLACK EDITION (Kassette McCOY)

3258 Robert E. Howard & Lyon Sprague de Camp
Conan der Krieger (C) (1983/1999)
Conan the Warrior (1967)
Ü: Lore Strassl
(gekürzte Ausgabe 1971)
Ü: Fritz Moeglich)

L. Sprague de Camp
Einleitung

Aus den Katakomben
Red Nails (1936)

Der Schatz von Gwahlur
Jewels of Gwahlur (1935)

Jenseits des schwarzen Flusses
Beyond the Black River (1935)

3972 Lin Carter & L. Sprague de Camp
Conan der Freibeuter (1983/1999)
Conan the Buccaneer (1971)
Ü: Lore Strassl
(↗ 3303/NA unter neuer Nummer und neuem Titel)

5114 James White
Die letzte Diagnose (1999)
Final Diagnosis (1997)
Ü: Kalla Wefel

5260 David Wingrove
Unter dem Himmelsbaum (1999)
Beneath the Tree of Heaven: Chung Kuo – Book Five (1993)
Zweiter Teil
Ü: Michael K. Iwoleit

5261–5269 David Wingrove
Chung Kuo-Zyklus
(in Vorb.)

5362 Kim Stanley Robinson
Grüner Mars (1997)
Green Mars (1994)
Ü: Winfried Petri

5363 Kim Stanley Robinson
Blauer Mars (1999)
Blue Mars (1996)
Ü: Winfried Petri und Eva Torhorst

5376 Frank M. Robinson
Die Dunkelheit jenseits
der Sterne (1998)
The Dark beyond the Stars
(1991)
Ü: Martin Gilbert

5431 John Vornholt
Antimaterie (1998)
Antimatter (1994)
Ü: Uwe Anton

5440 Carmen Carter
Das Herz des Teufels
(1999)
The Devil's Heart (1993)
Ü: Andreas Brandhorst

5441 STAR TREK
(in Vorb.)

5445 Peter David
Q^2 (1999)
Q Squared (1992)
Ü: Andreas Brandhorst

5459 Sharon Green
Der Rebellenprinz (1998)
The Rebel Prince (1987)
Ü: Alfons Winkelmann

5475 Margaret
Wander Bonanno
Die Sonde
(in Vorb.)

5505 Stephen R. Donaldson
Heut sterben alle Götter (1999)
The Gap into Ruin: The Day All Gods Die (1996)
Ü: Horst Pukallus

5518 (noch nicht erschienen)

5520 (noch nicht erschienen)

5527 Robert Jordan
Der Dolchstoß (1998)
A Crown of Swords
(1996), 3. Teil
Ü: Karin König

5528 Robert Jordan
Die Schale der Winde
(1999)
A Crown of Swords
(1996), 4. Teil
Ü: Karin König

5529 Robert Jordan
Der Pfad der Dolche (1999)
The Path of Daggers (1999)
Ü: Karin König

5530 Robert Jordan
Neue Bündnisse (1999)
The Path of Daggers
#2 (1998)
Ü: Karin König

5531–5532 Robert Jordan
Das Rad der Zeit # 23, # 24
(in Vorb.)

5533 John Norman
Die Tänzer von Gor
(in Vorb.)

5557–5570
Warhammer 40.000
(geplant)

5576 David Pringle (Hrsg.)
Das Gelächter dunkler Götter
(A) (1999)
Ignorant Armies (1989)
Ü: Walter Brumm

William King
Geheimnisnacht
Geheimnisnacht

Charles Davidson
Die Räuber und die Toten
The Reavers and the Dead

Nicola Griffith
Die Andere
The Other

Sean Flynn
Lehrlingsglück
Apprentice Luck

Brian Craig
Ein Gartenfreund in Parravon
A Gardener in Parravon

Steve Baxter
Das Himmelsboot
The Star Boat

Jack Yeovil
Unwissende Armeen
The Ignorant Armies

William King
Das Gelächter dunkler Götter
The Laughter *of Dark Gods*

5577 Jack Yeovil
Bestien in Samt und Seide (1999)
Beasts in Velvet (1991)
Ü: Walter Brumm

5578 Brian Craig
Zaragoz (1999)
Zaragoz (1989)
Ü: Walter Brumm

5579 Brian Craig
Seuchendämon (1999)
Plague Daemon (1990)
Ü: Walter Brumm

5580–5600 (in Vorb.)

5609 George R. R. Martin (Hrsg.)
Stephen Leigh, Victor Milán, Walton Simons, Melinda M. Snodgrass & Walter Jon Williams
Wild Cards 9: Terror und Dr. Tachyon – Ein Mosaikroman (1999)
Wild Cards 6: Ace in the Hole (1989), 1. Teil
Ü: Christian Jentzsch

5610 George R. R. Martin (Hrsg.)
Stephen Leigh, Victor Milán, Walton Simons, Melinda M. Snodgrass & Walter Jon Williams
Wild Cards 10: Ein As in der Hinterhand – Ein Mosaikroman (1999)
Wild Cards 6: Ace in the Hole (1989), 2. Teil
Ü: Christian Jentzsch

5611–5621 Wild Cards 11–21 (in Vorb. bzw. geplant)

5629 Michael A. Stackpole
Silberauge (1999)
Eyes of Silver (1998)
Ü: Reinhold H. Mai

5650 Torsten Dewi
Das Babylon 5-Universum
(Erscheinen ungewiß)

5653 C. J. Cherryh
Erbe (1999)
Inheritor (1996)
Ü: Michael Windgassen

5684 (noch nicht erschienen)

5685 (bereits erschienen)

5686 Denny Martin Flinn
Der Coup der Promethaner (1999)
The Fearful Summons (1995)
Ü: Bernhard Kempen

5687 Diane Carey &
Dr. James I. Kirkland
Keine Spur von Menschen (1999)
First Frontier (1995)
Ü: Harald Pusch

5688 William Shatner
Die Asche von Eden (1999)
The Ashes of Eden (1995)
Ü: Uwe Anton

5689–5690 (noch nicht erschienen)

5691 Peter David
Die Tochter des Captain (1998)
The Captain's Daughter (1995)
Ü: Bernhard Kempen

5692 (noch nicht erschienen)

5693 Dean Wesley Smith & Kristine Kathryn Rusch
Die Ringe von Tautee (1999)
The Rings of Tautee (1996)
Ü: Bernhard Kempen

5694 (bereits erschienen)

5695–5701 STAR TREK
(in Vorb. bzw. geplant)

5702 Dean Wesley Smith &
Kristine Kathryn Rusch
Das Gesetz des Verrats (1999)
Day of Honor: Treaty's Law (1997)
Ü: Ronald M. Hahn

5703–5722 STAR TREK
(in Vorb. bzw. geplant)

5723 Diane Carey
Neuer Ärger mit den Tribbles
Trials and Tribble-ations (1996)
Ü: Uwe Anton

5724 STAR TREK
(in Vorb.)

5725 L.A. Graf
Der Himmel von Armageddon (1999)
Day of Honor: Armageddon Sky (1997)
Ü: Uwe Anton

5726–5740 STAR TREK
(in Vorb. bzw. geplant)

5741–5749 (Nummern noch nicht vergeben)

5750 STAR TREK
(in Vorb.)

5751 Kij Johnson &
Greg Cox
Die Ehre des Drachen (1998)
Dragon's Honor (1996)
Ü: Uwe Anton

5752 STAR TREK
(in Vorb.)

5753 J. M. Dillard &
Kathleen O'Malley
Wahnsinn (1999)
Possession (1996)
Ü: Uwe Anton

5754 (bereits erschienen)

5755–5756 STAR TREK
(noch nicht erschienen)

5757 (bereits erschienen)

5758–5762 STAR TREK
(noch nicht erschienen)

5763 Diane Carey
Altes Blut (1999)
Day of Honor:
Ancient Blood (1997)
Ü: Ronald M. Hahn

5764–5769 STAR TREK
(noch nicht erschienen)

5770 J. M. Dillard
STAR TREK –
Der Aufstand – Roman zum
Film ›STAR TREK IX‹ –
(1998)
Star Trek: Insurrection
(1998)
Ü: Andreas Brandhorst

5771–5810 STAR TREK
(noch nicht erschienen)

5811–5812
(bereits erschienen)

5813 David Niall Wilson
Puppen (1998)
Chrysalis (1997)
Ü: Andreas Brandhorst

5814 Greg Cox
Das schwarze Ufer (1999)
The Black Shore (1997)
Ü: Andreas Brandhorst

5815 Michael Jan Friedman
Ihre klingonische Seele
(1999)
Her Klingon Soul (1997)
Ü: Andreas Brandhorst

5816–5875 STAR TREK
(noch nicht erschienen)

5876–5882 (bereits
erschienen)

5883 Nancy Kress
Bettlers Ritt (1999)
Beggar's Ride (1996)
Ü: Biggy Winter

5884 (Nummer noch nicht
vergeben)

5885–5895 (bereits erschienen)

5896 Tom Holt
Flaschengeister
(erscheint 2000)

5897–5913 (bereits erschienen)

5914–5915 (Nummern noch
nicht vergeben)

5916–5919 (bereits erschienen)

5920 Sheri S. Tepper
Monströse Welten:
Toleranz (1999)
Sideshow (1992)
Ü: Martin Gilbert

5921 (bereits erschienen)

5922 Greg Bear
Heimat Mars (1999)
Moving Mars (1993)
Ü: Usch Kiausch

5923–5944 (bereits erschienen)

5945 (noch nicht erschienen)

5946–5948 (bereits erschienen)

5949 (noch nicht erschienen)

5950–5957 (bereits erschienen)

5958 Andrew Harman
Das göttliche Dutzend (1999)
The Deity Dozen (1996)
Ü: Ronald M. Hahn und Chris Weber

5959–5963 (bereits erschienen)

5964 (noch nicht erschienen)

5965 Wolfgang Jeschke (Hrsg.)
Das Science Fiction Jahr # 14
Ausgabe 1999 (A) (1999)

Wolfgang Jeschke
Editorial

Hermann Urbanek
Die amerikanische SF-Szene 1997/98
Die britische SF-Szene 1997/98
Die deutsche SF-Szene 1997/98

Preise – Preise – Preise

Gerd Frey
Computerspiele – Neuheiten

Ingrid Kreksch
Who is Who in der latein-amerikanischen Science Fiction (1998)
Ü: Usch Kiausch

Peter Gaschler
Trip ins Unmögliche – Die Filmszene 1997/98

Hans-Arthur Marsiske
›Deep Impact‹ und ›Armageddon‹ – Herausforderung Weltraum

Ute Perchtold, Christiane Timper, Birke Vock, Bärbel Weixner, Sascha Mamczak, Ernst Petz und Horst G. Tröster
Science Fiction-Hörspiele 1997/98

Hans-Arthur Marsiske
The Sound of Things to Come: Wie der Computer die Musik verändert

Wolfgang Neuhaus
Auf der Suche nach einer ›Meta-Dramaturgie‹ oder: Die Schwerkraft der Erzählung

Hartmut Kasper
Ein neuer Himmel, eine neue Erde: Science Fiction-Elemente in der Mainstream-orientierten Literatur

Tom A. Shippey
Historiker des Wechselspiels – Newt, Kingers, Harry und ich (1996)
Ü: Usch Kiausch

Gary K. Wolfe
Stasis und Chaos: Anmerkung zur Dynamik populärer Genres (1998)
Ü: Usch Kiausch

Heiko Fiedler
Der verzauberte Campus: Zum akademischen Alltag in der Science Fiction

Brian Aldiss
Wie man Utopia (annähernd) glaubwürdig machen kann (1998)
Ü: Usch Kiausch

Widmar Puhl
SF aus islamischer Sicht: Die SF-Romane des George Alec Effinger

Robert Hector
Simulation und Illusion: Vom Verschwinden der Realität (1997)

Widmar Puhl
Chips im Kopf: Der verdrahtete Mensch ist längst unter uns

Ernst Petz
Der Zufall ist das Unausweichliche: Hans Henny Jahn – der verkannte SF-Autor

Usch Kiausch
– Ein Gespräch mit Doris Lessing
– Ein Gespräch mit Peter Straub
– Ein Gespräch mit Sharon Shinn

Frank Borsch
– Ein Gespräch mit James Patrick Kelly
– Ein Gespräch mit Norman Spinrad: ›Qualität zählt überhaupt nicht‹

Marcel Feige
Historische Phantastik
Ein Gespräch mit Kai Meyer

Jens H. Altmann
Cowboys und Aliens
Ein Gespräch mit Peter David

Stephen Baxter
Erfüllung von Prophezeiungen: Ein Gespräch mit Arthur C. Clarke (1997)
Originaltitel: N.N.
Ü: Martin Gilbert

Peter Straub
Die Fantasy des Alltags (1998)
Ü: Usch Kiausch

Waldemar Kumming
Die Piraten von Baltimore.
Bericht vom 56. World Science Fiction Convention

Anita Winkler
Der zweite Tag der Phantasie in Berlin am 26. 9. 1998

Tobias Daniel Wabbel
SETI-Chroniken 1999

Buchrezensionen

5966 (noch nicht erschienen)

5967 (bereits erschienen)

5968 John E. Stith
Zeitschichten (1999)
Redshift Rendezvous (1990)
Ü: Norbert Stöbe

5969 (bereits erschienen)

5970 Wolfgang Jeschke (Hrsg.)
Winterfliegen (A) (1999)

Richard Paul Russo
Schmetterlinge
Butterflies (1997)
Ü: Ingrid Herrmann-Nytko

Stephen Baxter
Pilgrim 7
Pilgrim 7 (1992)
Ü: Hendrik P. und Marianne Linckens

Bruce Sterling
Der Fahrradmechaniker
Bicycle Repairman (1995)
Ü: Friedrich Maier

Ben Jeapes
Kathedrale Nr. 3
Cathedral No. 3 (1996)
Ü: Ingrid Herrmann-Nytko

Rainer Erler
›Ausgeflippt‹ oder Die Zeugung des heiligen Joshua von Missouri (1998)

Maureen F. McHugh
Nekropolis
Necropolis (1993/94)
Ü: Olaf Bolzen

Usch Kiausch
Die Haraschta

Andy Duncan
Lizas Lieder
Liza and the Crazy Water Man (1996)
Ü: Ingrid Herrmann-Nytko

Achim Stößer
Der Test

Zbyněk Rill
Die wilde Jagd
Perunova divoká smečka
Ü: Karl v. Wetzky

M. Shayne Bell
Totenwache
Deathwatch (1998)
Ü: Isabella Bruckmaier

Frank Borsch
Feldforschung

Jacques Mondoloni
Nahrung
Comestibles (1983)
Ü: Georges Hausemer

Ray Aldridge
Der Biomantics letzter Gemahl
The Biomantic's Last Husband (1994)
Ü: Kamala Kiel

Michael Windgassen
Marie in Grün und Rosa

Fritz Leiber
Winterfliegen
The Winter Flies/
The Inner Circle (1967)
Ü: Ingrid Herrmann-Nytko

Francis Carsac
Genesis
Genèses (1996)
Ü: Gabrielle und Georges Hausemer

Jan Poláček
Eine Attacke auf die Sinne
Senzuálně zacilující seance
Ü: Karl v. Wetzky

Thomas F. Monteleone
Der mechanische Junge
The Mechanical Boy (1983)
Ü: Ronald M. Hahn

Francis Amery
(i. e. Brian Stableford)
Selbstopferung
Self-Sacrifice (1991)
Ü: Alfons Winkelmann

5971–5973 (bereits erschienen)

5974 James Tiptree jr.
Die Sternenkrone (C) (1999)
Crown of Stars (1988)
Ü: Christian Lautenschlag

Non Angli Sed Angeli
Second Going (1987)

Der residierende Teufel
Our Resident Djinn (1986)

Fleisch
Morality Meat (1985)

All dies und den Himmel dazu (1987)
All This and Heaven too (1985)
Ü: Biggy Winter

Yanqui Doodle (1989)
Yanqui Doodle (1987)
Ü: Irene Bonhorst

Komm, leb mit mir
Come Live with Me (1988)

Diese Nacht und alle Nächte
Last Night and Every Night (1970)

Zurück! Dreh's zurück! (1992)
Backward, Turn Backward (1988)
Ü: Birgit Reß-Bohusch

Schlangengleich erneuert die Erde sich (1991)
The Earth Doth like a Snake Renew (1988)
Ü: Irene Bonhorst

Mitten im Leben (1989)
In Midst of Life (1987)
Ü: Ronald M. Hahn

5975–5977 (bereits erschienen)

5978 Colin Kapp
Die Suche nach den Sternen (1999)
Cageworld 4: Star-Search (1983)
Ü: Frank Borsch

5979 Eric Brown
Das Nada-Kontinuum (1998)
Engineman (1994)
Ü: Yoma Cap

5980–5981 (bereits erschienen)

5982 Stephen Baxter
Mission Ares (1999)
Voyage (1996)
Ü: Martin Gilbert

5983 Michael Bishop
Graph Geigers Blues (1999)
Count Geiger's Blues (1992)
Ü: Michael Windgassen

5984 D. G. Compton
Mers (1999)
Nomansland (1993)
Ü: Alfons Winkelmann

5985 N. Lee Wood
In Erwartung des Mahdi (1998)
Looking for the Mahdi (1996)
Ü: Walter Brumm

5986 Richard Paul Russo
Engel der Zerstörung (1999)
Destroying Angel (1992)
Ü: Walter Brumm

5987 Anne McCaffrey
Wilde Talente (1986/1999)
Pegasus 1: To Ride Pegasus (1973)
Ü: Joachim Pente
(↗ 4289/NA unter neuer Nummer)

5988 Anne McCaffrey
Der Flug des Pegasus (1999)
Pegasus 2: Pegasus in Flight (1990)
Ü: Ulrike Ziegra

5989 Friedel Wahren (Hrsg.)
Asimov's Science Fiction, 52. Folge
(A) (1998)

Ian Watson
Die Tragödie der Solveig
The Tragedy of Solveigh (1996)
Ü: Bernhard Kempen

Stephen Dedman
Transit
Transit (1998)
Ü: Ingrid Herrmann-Nytko

Mary Rosenblum
Ratte
Rat (1994)
Ü: Ursula Pesch

Michael F. Flynn
Haus der Träume
House of Dreams (1997)
Ü: Volkmar Gronau

S. N. Dyer
Wildling
Wild Child (1998)
Ü: Joachim Pente

Michael Swanwick
Der Puls der Maschine
The Very Pulse of the Machine (1998)
Ü: Joachim Pente

Walter Jon Williams
Das Filmgeschäft
The Picture Business (1998)
Ü: Joachim Pente

Ian R. MacLeod
Ellen O'Hara
Ellen O'Hara (1998)
Ü: Ingrid Herrmann-Nytko

Mike Resnick
Barnaby im Exil
Barnaby in Exile (1994)
Ü: Ingrid Herrmann-Nytko

Kalla Wefel
Markenzeichen
No-Name

5990–5991 (noch nicht erschienen)

5992 James Lovegrove
Die Hoffnung (1998)
The Hope (1990)
Ü: Jürgen Langowski

5993 Michael P. Kube-McDowell
Das Exil (1999)
Exile (1990)
Ü: Frank Borsch

5994 (bereits erschienen)

5995 Vonda N. McIntyre
Superluminal (1999)
Superluminal (1983)
Ü: Ingrid Herrmann-Nytko

5996 (noch nicht erschienen)

5997 Octavia E. Butler
Die Parabel vom Sämann (1999)
Parable of the Sower (1993)
Ü: Kurt Bracharz

5998 Octavia E. Butler
Die Genhändler
3 Romane in einem Band (C)
(1991/1991/1991) (1999)
Ü: Barbara Heidkamp

Dämmerung
Dawn/Xenogenesis: I (1987)

Rituale
Adulthood Rites/ Xenogenesis: II (1988)

Imago
Imago/Xenogenesis: III (1989)

5999 Wolfgang Jeschke (Hrsg.)
Das Proust-Syndrom (A) (1999)

Horst Pukallus
Die siebte Dimension des Militärkonflikts

Michael Swanwick
Die Toten
The Dead (1996)
Ü: Franz Rottensteiner

Michael Windgassen
Freie Radikale

Alan Brennert
Echos
Echoes (1997)
Ü: Olaf Schröter

Peter Schünemann
In Buchenwald und anderswo

Cherry Wilder
Das Bernsteinzimmer
The Bernstein Room (1997)
Ü: Franz Rottensteiner

Paul Collins
Die Nabakov-Affaire
The Nabakov Affair (1998)
Ü: Franz Rottensteiner

Howard Goldsmith
Das Proust-Syndrom
The Proust Syndrome (1974)
Ü: Irene Holicki

Jaques Mondoloni
Alle hundert Jahre ein Mord
Un meurtre tous les cent ans (1983)
Ü: Gabrielle und Georges Hausemer

Hans Kugler
Techniktransfer

Michael Iwoleit
Der Schattenmann

Dave Smeds
Der achte Dezember
The Eighth of December (1999)
Ü: Ingrid Herrmann

Giuseppe O. Longo
Das Geschenk des Kometen
Il dono della cometa (1995)
Ü: Andreas Brandhorst

Robert Reed
Die Schale des Zorns
Waging Good (1994)
Ü: Margret Krätzig

Geoffrey A. Landis
Annäherung an das Perimelasma
Approaching Perimelasma (1997)
Ü: Franz Rottensteiner

Stephen Baxter
Erben der Erde
Inherit the Earth (1992)
Ü: Martin Gilbert

Bernard Werber
Jeder Tag ist ein neuer Kampf
Chaque jour est un nouveau combat (1995)
Ü: Gabrielle und Georges Hausemer

Josef Pecinovsky
Ich werfe dir das Seil zu, Kamerad
Házím ti laso, kamaráde (1999)
Ü: Karl von Wetzky

Rainer Erler
Eine Liebesheirat

Philip José Farmer
Die Offenbarung, Teil 1 – ein Drehbericht
The Making of Revelation, Part 1 (1980)
Ü: Franz Rottensteiner

Erik Simon
Vom wirklichen Weltraum

6000–6099 Das Schwarze Auge
s. *eigene Rubrik*

6100–6126 Shadowrun-Zyklus (geplant)

6127–6131 (bereits erschienen)

6132 Lisa Smedman
Blutige Jagd (1998)
Blood Sport (1998)
Ü: Christian Jentzsch

6133 (noch nicht erschienen)

6134 Stephen Kenson
Technobabel (1999)
Technobabel (1998)
Ü: Christian Jentzsch

6135 Lisa Smedman
Psychotrop (1999)
Psychotrope (1998)
Ü: Christian Jentzsch

6136–3137 Shadowrun-Zyklus (in Vorb.)

6138 Jak Koke
Bis zum bitteren Ende (1999)
Beyond the Pale (1998)
Ü: Christian Jentzsch

6139 ff. (weitere Bände in Vorb. bzw. geplant)

[...]

6238 (bereits erschienen)

6239 Michael Stackpole
Heimatwelten (1998)
Grave Covenant (1997)
Ü: Reinhold H. Mai

6240 Thomas Gressman
Die Jäger (1999)
The Hunters (1997)
Ü: Reinhold H. Mai

6241 Robert Thurston
Freigeburt (1999)
Freebirth (1998)
Ü: Reinhold H. Mai

6242 Thomas Gressman
Feuer und Schwert (1999)
Sword and Fire (1998)
Ü: Reinhold H. Mai

6243–6300 (noch nicht erschienen)

6301 Wolfgang Jeschke (Hrsg.)
Heyne Science Fiction Jahresband 1999 (A) (1999)

Arthur C. Clarke
Einführung
Ü: Jürgen Langowski

George Gaylord Simpson
Sam Magruders Dechronisation
The Dechronization of Sam Magruder (1996)
Ü: Jürgen Langowski

Stephen Jay Gould
Nachwort
Ü: Jürgen Langowski

Joan Simpson Burns
Eine Erinnerung
Originaltitel: N.N.
Ü: Jürgen Langowski

Alan Brennert
Das Refugium
The Refuge (1996)
Ü: Olaf Schröter

Michael Bishop
Cri de cœur
Cri de cœur (1994)
Ü: Christian Mähr

Ayerdahl
Mozart Revividus
Mozart Revividus (1996)
Ü: Gabrielle und Georges Hausemer

Robert Sheckley
Im Labyrinth des Minotaurus
Minotaur Maze (1990)
Ü: Birgit Reß-Bohusch

6302–6305 (noch nicht erschienen)

6306 Nicola Griffith
Untiefen (1999)
Slow River (1995)
Ü: Ingrid Herrmann-Nytko

6307 Gwyneth Jones
Nordwind (1999)
North Wind (1994)
Ü: Hendrik P. und Marianne Linckens

6308 Nichelle Nichols/ Margaret Wander Bonanno
Saturns Kind (1999)
Saturn's Child (1995)
Ü. Reinhold H. Mai

6309 James B. Johnson
Habu (1999)
Habu (1989)
Ü: Norbert Stöbe

6310 J. C. Squire (Hrsg.)
Wenn Napoleon bei Waterloo gewonnen hätte und andere abwegige Geschichten (A) (1999)
If It Had Happened Otherwise (1972)
Ü: Walter Brumm

Sir J.C. Squire
Vorwort

Sir John Wheeler-Bennett
Einleitung

Wolfgang Jeschke
Vorbemerkung zur deutschen Ausgabe

Philip Guedalla
Wenn die Mauren in Spanien gesiegt hätten ... (1987)
If the Moors in Spain Had Won (o. J.)

G.K. Chesterton
Wenn Don Juan d'Austria Maria Stuart geheiratet hätte
If Don John D'Austria Had Married Mary Queen of Scots (o. J.)

André Maurois
Wenn Ludwig XVI. eine Spur von Festigkeit gezeigt hätte (1986)
If Louis XVI Had Had an Atom of Firmness (o. J.)

Hilaire Belloc
Wenn Drouets Karren steckengeblieben wäre
If Drouet's Cart Had Stuck (o. J.)

H.A.L. Fisher
Wenn Napoleon nach Amerika entkommen wäre
If Napoleon Had Escaped to America (o. J.)

Sir Harold Nicolson
Wenn Byron König von Griechenland geworden wäre
If Byron Had Become King of Greece (o. J.)

Sir Winston S. Churchill
Wenn Lee die Schlacht von Gettysburg nicht gewonnen hätte (1984)
If Lee Had Not Won the Battle of Gettysburg (o. J.)

Milton Waldman
Wenn Booth Präsident Lincoln verfehlt hätte
If Booth Had Missed Lincoln (o. J.)

Emil Ludwig
Wenn Kaiser Friedrich III. nicht Krebs gehabt hätte
If the Emperor Frederick Had Not Had Cancer (o. J.)

Sir John Squire
Wenn 1930 entdeckt worden wäre, daß Shakespeares Werke in Wirklichkeit von Bacon stammen
If It Had Been Discovered in 1930 that Bacon Really Did Write Shakespeare (o. J.)

Ronald Knox
Wenn der Generalstreik erfolgreich gewesen wäre
If the General Strike Had Succeeded (o. J.)

Sir Charles Petrie
Wenn: Eine Jakobitische Phantasie
If: A Jacobite Fantasy (o. J.)

Sir George Trevelyan
Wenn Napoleon die Schlacht von Waterloo gewonnen hätte (1984)
If Napoleon Had Won the Battle of Waterloo (o. J.)

A.J.P. Taylor
Wenn Erzherzog Ferdinand seine Frau nicht geliebt hätte
If Archduke Ferdinand Had Not Loved His Wife (o. J.)

6311 Erik Simon (Hrsg.)
Alexanders langes Leben, Stalins früher Tod – und andere abwegige Geschichten (A) (1999)
Ü: Erik Simon

Titus Livius
Wenn Alexander der Große sich gegen Rom gewandt hätte
Ab urbe condita, Liber IX, 16–19 (o. J.)
Ü: Prof. Dr. Gerlach

Arnold Toynbee
Wenn Alexander der Große weitergelebt hätte
If Alexander the Great Had Lived On (1969)

Felix Cornelius
Ein Manuskript aus dem Jahr 634

Wolfgang Jeschke
Die Cusanische Acceleratio

G.W. Inomerski
Alte russische Urchronik
Русская зимопись (1995)

Egon Friedell
Angsttraum des Germanisten (1983)

Gundula Sell
Georg Büchner

James Thurber
Wenn Grant bei Appomattox betrunken gewesen wäre
If Grant Had Been Drinking at Appomattox (1930, 1945)

Carl Amery
Leyermärkische Documente
An den Feuern der Leyermark (1981) (Auszüge)
(↗ 3835)

Sabine Wedemeyer-Schwiersch
Requiem für einen Stümper

Wjatscheslaw Rybakow
Vor langer Zeit verloren
Давние потери (1990)

Williamson Murray
Eines Taxichauffeurs Werk
What a Taxidriver Wrought (1998)

Erik Simon
Wenn Thälmann 1934 nicht Reichspräsident geworden wäre

Kir Bulytschow
Stalins Trumpf
Кир Булычев (1994)
(Auszug)

Maciej Parowski
Der Sturm
Burza (1989)

Victor Zyx
Historische Konstanten: Die Notwendigkeit der Wiedervereinigung 1990
Historické stálé: Nutnost opětného zjednocení 1990 roku (1994)

Karsten Kruschel
Herrliche Zeiten

Iris Monke
Die BayernKrise

Karlheinz Steinmüller
Churchill im Fernsehen

Erik Simon
Es kommt ja immer anders.
Ein Nachwort des Herausgebers

6312 James Morrow
Das Gottesmahl (1999)
Towing Jehovah (1994)
Ü: Horst Pukallus

6313 (noch nicht erschienen)

6314 Ronald M. Hahn (Hrsg.)
The Magazine of Fantasy and Science Fiction, 99. Folge
Werwolf im Schafspelz
(A) (1999)

M. Shayne Bell
Neue, helle Himmel
Bright, New Skies (1997)
Ü: Manfred Weinland

Brian Stableford
Die Flöten des Pan
The Pipes of Pan 1997)
Ü: Manfred Weinland

Michael Coney
Werwolf im Schafspelz
Werewolves in Sheep's Clothing (1996)
Ü: Horst Pukallus

Jack Cady
Kilroy war hier
Kilroy Was Here (1996)
Ü: Cecilia Palinkas

Stephen Dedman
Nie mehr gesehen, im Traum nur mein
Never Seen by Waking Eyes (1996)
Ü: Cecilia Palinkas

Robert Reed
Graffiti
Graffiti (1997)
Ü: Manfred Weinland

6315 William Gibson
Idoru (1997/1999)
Idoru (1996)
Ü: Peter Robert

6316 Simon Ings
Datafat (1999)
Hotwire (1995)
Ü: Barbara Slawig

6317 Lois McMaster Bujold
Cetaganda (1999)
Cetaganda (1996)
Ü: Michael Morgental

6318 Friedel Wahren (Hrsg.)
Asimov's Science Fiction, 53. Folge
(A) (1999)

Mary Rosenblum
Die zweite Chance
Second Chance (1992)
Ü: Irene Bonhorst

R. Garcia y Robertson
Sternentod
Starfall (1998)
Ü: Alfons Winkelmann

Lois Tilton
Drachenzähne
Dragon's Teeth (1999)
Ü: Yoma Cap

Kristine Kathryn Rusch
Echea
Echea (1998)
Ü: Alfons Winkelmann

James Patrick Kelly
Denken wie ein Dinosaurier
Think like a Dinosaur (1995)
Ü: Ingrid Herrmann-Nytko

Tom Purdom
Das Forschungsprojekt
Research Project (1995)
Ü: Ingrid Herrmann-Nytko

Leslie What
Sag wauwau
Say Woof (1998)
Ü: Ursula Pesch

Michael Swanwick
Strahlentore
Radiant Doors (1998)
Ü: Yoma Cap

Holger Eckhardt
Gottesbeweis Nummer sechzehn
Das elfte Halali

6319 Greg Egan
Qual (1999)
Distress (1995)
Ü: Bernhard Kempen

6320–6326 (noch nicht erschienen)

6327 Paul Voermans
Die letzte Vorstellung (1999)
And Disregards the Rest (1992)
Ü: Barbara Ostrop

6328 D.G. Compton & John Gribbin
Ragnarök (1999)
Ragnarok (1991)
Ü: Biggy Winter

6329 (noch nicht erschienen)

6330 Ronald M. Hahn (Hrsg.)
The Magazine of Fantasy and Science Fiction, 100. Folge
Die Marsprinzessin (A) (1999)

Jo Clayton
Geborgtes Licht
Borrowed Light (1997)
Ü: Horst Pukallus

Esther M. Friesner
Wahrer Glaube
True Believer (1997)
Ü: Horst Pukallus

Robert Reed
Schattige Gegend
A Place with Shade (1995)
Ü: Horst Pukallus

Terry Bisson
Das Uhrwerk
The Player (1997)
Ü: Horst Pukallus

Ben Bova
Die Mars-Prinzessin
The Great Moon Hoax or A Mars Princess (1996)
Ü: Horst Pukallus

Michael A. Martin
Riesen auf Erden
Giants in the Earth (1997)
Ü: Horst Pukallus

Marc Laidlaw
Schlammstadt
Dankden (1995)
Ü: Cecilia Palinkas

Jerry Oltion
Der Geist der Hoffnung
Abandon in Place (1996)
Ü: Chris Weber

Lewis Shiner
Wie warmer Regen
Like the Gentle Rain (1997)
Ü: Horst Pukallus

Jonathan Lethem & Angus McDonald
An der Bettkante zur Ewigkeit
The Edge of the Bed of Forever (1997)
Ü: Horst Pukallus

Michael Thomas
Nachtwache
Nightwatch (1997)
Ü: Jürgen Kohlschmidt

John Morressy
Die Heimat des Patrouilleurs
Rimrunner's Home (1997)
Ü: Horst Pukallus

6331 Patricia Anthony
Gottes Feuer (1999)
God's Fires (1997)
Ü: Jakob Leutner

6332 Ben Bova
Mars (1999)
Mars (1992)
Ü: Peter Robert

6333 Jean Mark Gawron
Träume aus Glas (1999)
Dream of Glass (1993)
Ü: Martin Gilbert

6334 N. Lee Wood
Faradays Waisen
(1999)
Faraday's Orphans
(1997)
Ü: Walter Brumm

6335–6349 (noch nicht erschienen)

6350 Brian W. Aldiss & Roger Penrose
Weißer Mars oder: Aufbruch zur Vernunft (1999)
White Mars or: The Mind Set Free (1999)
Ü: Usch Kiausch

6351–6450 (noch nicht erschienen)

6451–6500 STAR TREK
Black Edition
und Sonderbände
s. *eigene Rubrik*

6501 ff. STAR FLEET Kadetten
s. *eigene Rubrik*

6601 ff. MAGIC
s. *eigene Rubrik*

[...]

7001 ff. WARP 7
s. *eigene Rubrik*

8001 ff. HIGH 8000
s. *eigene Rubrik*

[...]

8100 ff. Sonderbände, Jubiläumsausgaben u. ä. m.
s. *eigene Rubrik*

[...]

9000 ff. Heyne Fantasy
s. *eigene Rubrik*

Das Schwarze Auge

6000–6036 (bereits erschienen

6037 Barbara Büchner
Seelenwanderer (1999)

6038 Hadmar von Wieser
Der Dämonenmeister
(1999)

6039 Christel Scheja
Das magische Erbe (1999)

6040 Linda Budinger
Der Geisterwolf (1999)

6041 Momo Evers
Und Altaia brannte
(1999)

6042 Barbara Büchner
Blutopfer (1999)

6043 Lena Falkenhagen
Die Nebelgeister (1999)

6044 Karl-Heinz Witzko
Die beiden Herrscher
(1999)

(weitere Bände in Vorb.)

STAR FLEET Kadetten

6501–6517 (bereits erschienen)

6518 Patricia Barnes-Svarney
Loyalitäten (1999)
Loyalties (1996)
Ü: Uwe Anton

6519–6529 (in Vorb.
bzw. geplant)

6530 Diana G. Gallagher
Ehrensache (1999)
Day of Honor: Honor Bound
(1997)
Ü: Uwe Anton

6531 ff.
(weitere Bände in Vorb.
bzw. geplant)

MAGIC

6601–6611 (bereits erschienen)

6612 Robert E. Vardeman
Erbe des Dunkels
(1998)
Magic – the Gathering:
Dark Legacy (1996)
Ü: Birgit Oberg

6613 Jeff Grubb
Bruderkrieg (1999)
Magic – the Gathering:
The Brothers' War (1998)
Ü: Birgit Oberg

6614 ff.
(weitere Bände in Vorb.
bzw. geplant)

WARP 7

7001–7008 (bereits erschienen)

7009 Patrick Tilley
Blutiger Fluß (1992/1998)
The Amtrak Wars – Book 4:
Blood River (1988)
Ü: Ronald M. Hahn
(↗ 4885/NA unter neuer
Nummer)

7010 Patrick Tilley
Todbringer (1992/1999)
The Amtrak Wars – Book 5:
Death-Bringer (1988)
Ü: Ronald M. Hahn
(↗ 4886/NA unter neuer
Nummer)

7011 Patrick Tilley
Erdendonner
(1992/1999)
The Amtrak Wars - Book 6: Earth-Thunder (1990)
Ü: Ronald M. Hahn
(↗ 4887/NA unter neuer Nummer)

7012–7013
(bereits erschienen)

7014 Lois McMaster Bujold
Der Kadett (1993/1999)
The Warrior's Apprentice (1986)
Ü: Edda Petri
(↗ 5020/NA unter neuer Nummer)

7015–7026 (bereits erschienen)

7027 ff.
(weitere Bände in Vorb. bzw. geplant)

HIGH 8000

8001–8003 (bereits erschienen)

8004 John Brunner
Morgenwelt
(erscheint 2000)

8005 (bereits erschienen)

8006 Dan Simmons
Der Sturz von Hyperion (1993) (1999)
The Fall of Hyperion (1990)
Ü: Joachim Körber
(↗ 8322 AR/NA unter neuer Nummer und neuem Titel)

8007 (bereits erschienen)

8008–8009 (noch nicht erschienen)

8010 Harry Harrison
New York 1999
(1983/1989/1992)
(1999)
Make Room! Make Room! (1966)
Ü: Tony Westermayr
(↗ 26, ↗ 37 JUB, ↗ 4351/NA unter neuer Nummer)

8011 ff.
(weitere Bände in Vorb. bzw. geplant)

Sonderbände, Jubiläums-Ausgaben u. ä. m.

8001–8014 (bereits erschienen)

8115 Hans Dominik
Das Erbe der Uraniden (1928)
(1974/1989) (1999)
(↗ 3395, ↗ 4677/erw. NA unter neuer Nummer)

8116 ff.
(weitere Bände in Vorb. bzw. geplant)

Heyne Fantasy

9000–9004 (bereits erschienen)

9005 Edward E. Kramer (Hrsg.)
Michael Moorcocks ›Elric von Melniboné‹ – Die Rückkehr des weißen Wolfs (A) (1999)
Michael Moorcock's Elric: Tales of the White Wolf (1994)
Ü: Michael Koseler

Michael Moorcock
Vorwort
Introduction

Michael Moorcock
Das Lied des weißen Wolfs
The White Wolf's Song

Tad Williams
Geh Elric fragen
Go Ask Elric

David M. Honigsberg
Da bricht ein edles Herz
Now Cracks a Noble Heart

Roland J. Green & Frieda A. Murray
Ein unbekannter Teufel
A Devil Unknown

Richard Lee Byers
Königsfeuer
Kingsfire

Brad Strickland
Das Traumtor
The Gate of Dreaming

Brad Linaweaver & William Alan Ritch
Der kleinste Sturmbringer
The Littlest Stormbringer

Kevin T. Stein
Vorsehung
Providence

Scott Ciencin
Der Wächter am Tor
The Guardian at the Gate

Gary Gygax
Das Fest der Celene
Celebration of Celene

James S. Dorr
Shaarillas Lied
The Song of Shaarilla

Stewart von Allmen
Zu wenige einsame Jahre
Too Few Years of Solitude

Paul W. Cashman
Das Erwachen des weißen Wolfs
White Wolf's Awakening

Nancy A. Collins
Das Herz des Drachen
The Dragon's Heart

Doug Murray
Die Kraft einer Frau
A Woman's Power

Karl Edward Wagner
Ein Hauch von Schauerromantik
The Gothic Touch

Thomas E. Fuller
Die Seele einer alten Maschine
The Soul of an Old Machine

Jody Lynn Nye
Das weiße Kind
The White Child

Colin Greenland
Versuchungen des Eisens
Temptations of Iron

Robert Weinberg
Das andere Schwert
The Other Sword

Charles Partington
Ariochs Geschenk
Arioch's Gift

Peter Crowther &
James Lovegrove
Die Reise ins
graue Land
*The Trembler on
the Axis*

Nancy Holder
Jenseits des
Gleichgewichts
Beyond the Balance

Neil Gaiman
Ein Leben, geprägt vom
frühen Moorcock
*One Life Furnished with
Early Moorcock*

9006–9007 (bereits erschienen)

9008 John Maddox Roberts
Conan und die Amazone
(1999)
Conan and the Amazon
(1995)
Ü: Edda Petri

9009–9012 (bereits erschienen)

9013 Patricia Kennealy-
Morrison
Die Nebelhecke (1999)
The Hedge of Mist (1996)
Ü: Irene Holicki

9014–9016 (bereits erschienen)

9017 Hugh Cook
Die Traumdeuterin (1998)
*The Women and the Warlords
(The Oracle)* (1987)
Ü: Michaela Link

9018 Jonathan Wylie
Kind der Flammen (1999)
Across the Flame (1996)
Ü: Peter Pape

9019 John Norman
Die Zauberer von Gor (1999)
Magicians of Gor (1988)
Ü: Andreas Decker

9020 Teresa Edgerton
Unter dem Trollmond (1999)
Goblin Moon (1991)
Ü: Alfons Winkelmann

9021 Teresa Edgerton
Die Gnomen-Maschine (1999)
The Gnome's Engine (1991)
Ü: Alfons Winkelmann

9022 Katherine Kurtz &
Deborah Turner Harris
Der Adept (1999)
The Adept (1991)
Ü: Michael Morgental

9023 Katherine Kurtz &
Deborah Turner Harris
Die Loge der Luchse (1999)
The Lodge of the Lynx (1992)
Ü: Michael Morgental

9024 Katherine Kurtz &
Deborah Turner Harris
Der Schatz der Templer (1999)
The Templar Treasure (1993)
Ü: Michael Morgental

9025 (noch nicht erschienen)

9026 John C. Hocking
Conan und der Smaragd-Lotus (1999)
Conan and the Emerald Lotus (1995)
Ü: Edda Petri

9027 Barbara Büchner
Blaubarts Schloß (1999)

9028 James P. Blaylock
Der Steinriese (1999)
The Stone Giant (1989)
Ü: Siglinde Müller

9029 Patricia Kennealy-Morrison
Schwarzmantel (1999)
Blackmantle (1997)
Ü: Irene Holicki

9030 Paula Volsky
Die Pforten der Dämmerung (1999)
The Gates of Twilight (1996)
Ü: Michael Morgental

9031–9035 (noch nicht erschienen)

9036 Simon R. Green
Schattenfall (1999)
Shadows Fall (1994)
Ü: Irene Bonhorst

9037 Peter Haining (Hrsg.)
Scheibenwahn: Terry Pratchett, Roald Dahl u. a. (A) (1999)
The Flying Sorcerers: More Comic Tales of Fantasy (1997)

Peter Haining
Einführung
Ü: Erik Simon

Terry Pratchett
Scheibenwahn
The Turntables of the Night (1989)
Ü: Andreas Brandhorst

P. G. Wodehouse
Ein Stück wirkliches Leben
A Slice of Life (o. J.)
Ü: Erik Simon

L. Sprague de Camp & Fletcher Pratt
Besser als eine Mausefalle (1982)
The Better Mousetrap (1950/1978)
Ü: Hilde Linnert

Eric Knight
Sam Smalls bessere Hälfte
Sam Small's Better Half (o. J.)
Ü: M. E. Kähnert und Leonore Schlaich

Mervyn Peake
Totentanz
Danse Macabre (1963)
Ü: Margaret Meixner

C. S. Lewis
Trugwelt (1963)
The Shoddy Lands (1956)
Ü: Charlotte Winheller

Kurt Vonnegut jr.
Harrison Bergeron (1990)
Harrison Bergeron (1961)
Ü: Michael K. Iwoleit

Piers Anthony
Phantastisch bis Rar
Possible to Rue (1963)
Ü: Erik Simon

John Collier
Die richtige Seite
The Right Side (o. J.)
Ü: Erik Simon

Fredric Brown
Koboldgeist
Nasty (1961)
Ü: Werner Gronwald

Nelson Bond
Der Geist ist billig
The Gripes of Wraith
(o. J.)
Ü: Erik Simon

Thomas M. Disch
Küchenschaben
(1972/1985)
The Roaches (1965)
Ü: Fritz Steinberg

Angela Carter
Die Dame aus dem
Haus der Liebe
The Lady of the House
of Love (1979)
Ü: Sybil Gräfin
Schönfeldt

Michael Moorcock
Das Steinding
The Stone Thing
(o. J.)
Ü: Erik Simon

Robert Bloch
Psycho und Nympho
The Shrink and the
Mink (1983)
Ü: Erik Simon

Roald Dahl
Ach, süßes Geheimnis
des Lebens
Ah Sweet Mystery
of Life (1974)
Ü: Erik Simon

Stephen Leacock
Der Asbestmann
The Man in Asbestos
(1911)
Ü: Manfred Bartz

John Wyndham
Das Weibchen der
Spezies
Female of the Species
(1937/1953)
Ü: Erik Simon

Stanisław Lem
Die Tracht Prügel
Wielkie lanie
(1964)
Ü: Caesar Rymarowicz

Cordwainer Smith
Von Gustibles Planeten
From Gustible's Planet
(1962)
Ü: Thomas Ziegler

Robert Sheckley
Spezialist
Specialist (1954)
Ü: Michael Görden

William F. Nolan
Das Abenteuer mit den
Marsmonden
The Adventure of the
Martian Moons
(1997)
Ü: Erik Simon

Harry Harrison
Die goldenen Jahre
der Stahlratte
(1995)
The Golden Years
of the Stainless
Steel Rat
(1993)
Ü: Michael Windgassen

Arthur C. Clarke
Die Gedankenbotschaft (1970)
No Morning After (1954)
Ü: Wulf H. Bergner

9038 Liane Jones
Der Traumstein (1999)
The Dreamstone (1992)
Ü: Alfons Winkelmann

9039 Wim Gijsen
Deirdre: Wendekreise (1999)
Keerkringen (1985)
Ü: Hildegard Höhr

9040 Wim Gijsen
Deirdre: Die Sandrose (1999)
Bidahinne (1985)
Ü: Hildegard Höhr

9041 Wim Gijsen
Deirdre: Im Reich der Zauberinnen (1999)
Lure (1986)
Ü: Hildegard Höhr

9042 (noch nicht erschienen)

9043 Sheri S. Tepper
Der Königszug (1999)
The True Game – King's Blood Four (1996)
Ü: Christian Lautenschlag

9044 Sheri S. Tepper
Der Nekromant (1999)
The True Game – Necromancer Nine (1996)
Ü: Christian Lautenschlag

9045 Sheri S. Tepper
Das dreizehnte Talent (1999)
The True Game – Wizard's Eleven (1996)
Ü: Christian Lautenschlag

9046–9047 (noch nicht erschienen)

9048 Vivian Vande Velde
Der Wolfsprinz (1999)
The Changeling Prince (1998)
Ü: Christine Strüh

9049 (noch nicht erschienen)

9050 L. E. Modesitt jr.
Magische Insel (1999)
The Magic of Recluce (1991)
Ü: Edda Petri und Siglinde Müller

9051 L. E. Modesitt jr.
Türme der Dämmerung (1999)
The Towers of Sunset (1999)
Ü: Edda Petri und Siglinde Müller

9052–9056 (noch nicht erschienen)

9057 David Kenlock
Schatten (1999)

9058–9061 (noch nicht erschienen)

9062 Peter Haining (Hrsg.)
Ritter des Wahnsinns: Noch mehr komische phantastische Geschichten
(A) (1999)
Knights of Madness: Further Comic Tales of Fantasy (1998)
Ü: Franz Rottensteiner

Peter Haining
Einleitung
Ü: Erik Simon

Terry Pratchett
Hollywood-Hühner
Hollywood Chickens
(1990)
Ü: Andreas Brandhorst

Jerome K. Jerome
Das neue Utopia
The New Utopia (1891)
Ü: Erik Simon

G.K. Chesterton
Die zornige Straße
The Angry Street
(1908)
Ü: Erik Simon

Mervyn Peake
Die Party bei
Lady Cusp-Canine
The Party at Lady
Cusp-Canine's (1969)
Ü: Anette Charpentier

Robert Bloch
Der kleine Mann, der
nicht ganz da war
The Little Man Who
Wasn't All There
(1942)
Ü: Erik Simon

Ray Bradbury
Das Jahr, als das Glop-
Monster den Goldenen
Löwen von Cannes
gewann
The Year the Glop-
Monster Won the
Golden Lion at
Cannes (1967)
Ü: Erik Simon

Peter S. Beagle
Leila, die Werwölfin
Lila the Werewolf
(1969)
Ü: Karin Polz

Philip K. Dick
Der Krieg mit den
Fnools
The War with the
Fnools (1964)
Ü: Joachim Körber

Spike Milligan
Die Schöpfungs-
geschichte nach
Spike Milligan
The Creation According
to Spike Milligan
(1989)

Mark Twain
Eine mittelalterliche
Romanze
Mediaeval Romance
(1871)

Ben Travers
Ethelred der Unredliche
Ethelred the Unready
(o. J.)

Evan Hunter
Die Traum-Maid
Dream Damsel
(1954)

John Kendrick Bangs
Drei Monate im Ballon
Three Months in a
Balloon (1901)

Gene Wolfe
Wie ich den Zweiten
Weltkrieg verlor und
mithalf, die deutschen
Invasoren zurückzu-
werfen (1986)
How I Lost the Second
World War and Helped
Turn Back the
German Invasion
(1973)
Ü: Biggy Winter

Orson Welles
Fifi und die chilenische Trüffel
Fifi and the Chilean Truffle (1956)

Peter Sellers
Der Verschwender
The Wastrel (1958)

Tom Sharpe
Gut aufrühren
Stirring the Pot (1994)

L. Frank Baum
Der Selbstmord des Kiaros
The Suicide of Kiaros (1897)

A.A. Milne
Der Raub des Sherlocks
The Rape of the Sherlock (1903)

James Thurber
Der Fall des weißen Kaninchens
The White Rabbit Caper (1949)

Stan McMurtry
Wasses Auge nich sieht
Wot the Eye Don't See (1998)

Woody Allen
Die Verurteilten
The Condemnded (1976)

Donald A. Westlake
Das Mulligan-Stew
The Mulligan Stew (1979)

David L. Stone
Die Dulwich-Mörder
The Dulwich Assassins (1997)

9063 Ursula K. Le Guin
Erdsee: 4 Romane (C) (1999)
Ü: Margot Paronis

Der Magier der Erdsee (1979/1986/1994)
A Wizard of Earthsea (1968)
(↗ 3675, ↗ 4343, ↗ 5222)

Die Gräber von Atuan (1979/1986/1994)
The Tombs of Atuan (1971)
(↗ 3676, ↗ 4343, ↗ 5222)

Das ferne Ufer (1979/1986/1994)
The Farthest Shore (1972)
(↗ 3677, ↗ 4343, ↗ 5222)

Tehanu (1992)
Tehanu (1990)
Ü: Hilde Linnert
(↗ 4952)

9064–9066 (noch nicht erschienen)

9067 Terry Bisson
Talking Man (1999)
Talking Man 1986)
Ü: Irene Bonhorst

9068 ff.
(weitere Bände in Vorb. bzw. geplant)

Heyne Allgemeine Reihe

9404 Douglas Adams
Einmal Rupert und zurück
(1995) (1998)
Mostly Harmless
(1992)
Ü: Sven Böttcher

9697 Stephen King
Nachts (C) (1991)
(1999)
Four Past Midnight
(1990),
Zweiter Teil
Ü: Joachim Körber

Der Bibliothekspolizist
The Library Policeman

Zeitraffer
The Sun Dog
(↗ 30 JUM/NA unter
neuer Nummer)

10192 James Mallory
Merlin – der Zauberer
des Königs
(1999)
Merlin: The King's Wizard
(1999)
Ü: Marion Koppelmann

10209 Michael P. Kube-McDowell
Entscheidung bei Koornacht
(1999)
STAR WARS: Tyrant's Test
(Book Three of ›The Black Fleet Crises‹) (1996)
Ü: Heinz Nagel

10210 Jürgen Seibold
STAR WARS – Timer 2000
(1999)

10211 David West Reynolds
Was ist was im STAR WARS-Universum (1998)
STAR WARS
Visual Dictionary
(1998)
Ü: Oliver Denker

10212 David West Reynolds
STAR WARS –
Die Rißzeichnungen
(1998)
STAR WARS
Incredible Cross
Sections (1998)
Ü: Oliver Denker

10213 Kristine Kathryn Rusch
Rebellion der Verlorenen
(1999)
STAR WARS – The New Rebellion
(1996)
Ü: Heinz Nagel

10214 A. C. Crispin
Han Solo: Der Pilot (1999)
Star Wars: The Paradise Snare
(1997)
Ü: Ralf Schmitz

10215 A. C. Crispin
STAR WARS – Der Gejagte
(1999)
Star Wars: Rebel Dawn (1998)
Ü: Ralf Schmitz

10276 Mary Stewart
Der Prinz und die Pilgerin
(1997)
The Prince and the Pilgrim
(1995)
Ü: Michaela Link

10391 Marion Zimmer Bradley (Hrsg.)
Das Beste aus Marion Zimmer Bradleys Fantasy Magazine 1
(A) (1999)
The Best of Marion Zimmer Bradley's Fantasy Magazine
(1994)
Ü: Ronald Böhme

Marion Zimmer Bradley
Vorwort
Introduction

Dorothy J. Heydt
Mondaufgang
Moonrise (1988)

Jennifer Roberson
Abschlußprüfung
Final Exam (1988)

L. A. Taylor
Der Gegenbeweis
Counterexample (1989)

Mary C. Aldridge
Das Adinkra-Tuch
The Adinkra Cloth
(1989)

Pat Cirone
Tochtersohn
To Father a Son (1989

Susan Urbanek Linville
Im Siebten Jahr geboren
Born in the Seventh Year
(1989)

Peter L. Manly
Flugdrache
Drei Zwo Neun
Dragon Three Two Niner
(1989)

Lynne Armstrong-Jones
Kestras Flug
The Case of Kestra
(1989)

Lawrence Watt-Evans
Der Palast von al-Tir al-Abtan
The Palace of al-Tir al-Abtan
(1989)

Mercedes Lackey
Begegnung in der Nacht
Nightside (1989)

Jacqueline Lichtenberg
Aventura
Aventura (1989

Jo Clayton
Veränderung
Change (1990)

Phyllis Ann Karr
Die Wahrheit über Excalibur
The Truth about the Lady of the Lake
(1990)

Diana L. Paxson
Die Tänzerin von Chimaera
The Dancer of Chimaera
(1990)

Elisabeth Waters
Der Feuersalamander
The Lesser Twin
(1990)

Kit Wesler
Das Verderben der Roten Königin
The Bane of the Red Queen (1990)

Deborah Millitello
Bluthochzeit mit Hindernissen
The Reluctant Vampire
(1990)

Tanya Huff
Bescheidenheit ist eine Zier
Be It Ever So Humble (1991)

10394 Marion Zimmer Bradley
Geisterlicht (1998) (1999)
Ghostlight (1995)
Ü: Andreas Nohl
(↗ 74 HC/NA unter neuer Nummer)

10428 Stephen King
Schwarz – Der dunkle Turm 1 (C) (1989) (1994) (1999)
The Dark Tower: The Gunslinger (1982)
Ü: Joachim Körber
(↗ 8838 AR, ↗ 11 JUM/ NA unter neuer Nummer)

Der Revolvermann (1980)
The Gunslinger (1980)

Das Rasthaus (1981)
The Way Station (1980)

Das Orakel und die Berge (1983)
The Oracle and the Mountains (1980)

Die langsamen Mutanten (1983)
The Slow Mutants (1981)

Der Revolvermann und der Mann in Schwarz (1984)
The Gunslinger and the Dark Man (1981)

Nachwort
Afterword

10429 Stephen King
Drei – Der dunkle Turm 2 (1989) (1994) (1999)
The Dark Tower: The Drawing of the Three (1989)
Ü: Joachim Körber
(↗ 8838 AR, ↗ 14 JUM/ NA unter neuer Nummer)

10430 Stephen King
tot. – Der dunkle Turm 3 (1992) (1996) (1999)
The Dark Tower III: The Waste Lands (1991)
Ü: Joachim Körber
(↗ 37 JUM, ↗ 9670 AR/ NA unter neuer Nummer)

10507 Wolfgang Hohlbein
Im Netz der Spinnen – Videokill – (1992) (1998)

10603 Arthur C. Clarke
3001 – Die letzte Odyssee (1999)
3001 – The Final Odyssey (1997)
Ü: Irene Holicki

10604 Thomas Richards
STAR TREK – Die Philosophie eines Universums (1999)
The Meaning of STAR TREK (1998)
Ü: Bernhard Kempen

10649 Philip K. Dick
Blade Runner (1982) (1999)
Do Androids Dream of Electric Sheep? (1968)
Ü: Norbert Wölfl
(↗ 3969/NA unter neuer Nummer, ↗ 3273/NA unter neuer Nummer und neuem Titel)

10657 Philip Pullman
Der goldene Kompaß (1998)
His Dark Materials 1: Northern Lights (1995)
Ü: Wolfram Ströle und Andrea Kann

10662 Dennis Etchison
Schockzone (1999)
California Gothic (1995)
Ü: Ulrike Laszlo

10799 Stephen King
Glas. - Der dunkle Turm 4 (1997) (1999)
The Dark Tower IV: Wizard and Glass (1997)
Ü: Joachim Körber
(↗ 94 HC/NA unter neuer Nummer)

10820 Wolfgang Hohlbein
Der Magier - Der Erbe der Nacht (1994) (1999)

10822 Douglas Adams
Per Anhalter durch die Galaxis (1981) (1998)
The Hitchhiker's Guide to the Galaxy (1979)
Ü: Benjamin Schwarz

10823 Douglas Adams
Das Restaurant am Ende des Universums (1982) (1998)
The Restaurant at the End of the Universe (1980)
Ü: Benjamin Schwarz

10824 Douglas Adams
Das Leben, das Universum und der ganze Rest (1982) (1999)
Life, the Universe, and Everything (1982)
Ü: Benjamin Schwarz

10825 Douglas Adams
Macht's gut, und danke für den Fisch (1985) (1999)
So long, and Thanks for All the Fish (1984)
Ü: Benjamin Schwarz

10831 Wolfgang Hohlbein
Der Magier - Das Tor ins Nichts (1994) (1999)

10832 Wolfgang Hohlbein
Der Magier - Der Sand der Zeit (1994) (1999)

10838 Arthur C. Clarke & Mike McQuay
Stärke 10 (1999)
Richter 10 (1996)
Ü: Kristiana Ruhl

10850 Joachim Körber
Wolf (1998) (1999)
(↗ 84 HC/NA unter neuer Nummer)

10860 Wolfgang Hohlbein
Dark Skies - Das Rätsel um Majestic 12
(1997) (1999)

10946 K. W. Jeter
Blade Runner II (1997) (1999)
Blade Runner 2: The Edge of Human (1995)
Ü: Michael Nagula

10956 Terry Pratchett
Wachen! Wachen! (1991) (1999)
Guards! Guards! (1989)
Ü: Andreas Brandhorst
(↗ 4805/NA unter neuer Nummer)

10965 Philip Pullman
Das magische Messer (1999)
His Dark Materials 2: The Subtle Knife (1997)
Ü: Wolfram Ströle

10984 Barbara Erskine
Tanz im Mondlicht
(C) (1999)
Distant Voices (1996), Teil 1

Der Aussteiger
The Drop Out
Ü: Waltraud Götting

Der Moment der Wahrheit
The Moment of Truth (1978)
Ü: Waltraud Götting

Das Feenkind
The Fairy Child
Ü: Waltraud Götting

Bewach die Mauer, mein Liebling
Watch the Wall, My Darling (1989)
Ü: Waltraud Götting

Die Gabe der Musik
The Gift of Music
Ü: Waltraud Götting

Hexenkunst unserer Tage
Witchcraft for Today
Ü: Waltraud Götting

Wenn die Kastanienblüten fallen
When the Chesnut Blossoms Fall
Ü: Peter Beyer

Das Erbe
The Inheritance
Ü: Peter Beyer

Das Wochenende
Dance Little Lady (1981)
Ü: Peter Beyer

Blumen für die Lehrerin
Flowers for the Teacher (1975)
Ü: Peter Beyer

An Bord der Moonbeam
Aboard the Moonbeam (1976)
Ü: Peter Beyer

Triumph des Herzens
Choices
Ü: Peter Beyer

Die Mutprobe
Two's Company
Ü: Peter Beyer

10985 Barbara Erskine
Das Gesicht im Fenster
(C) (1999)
Distant Voices (1996), Teil 2
Ü: Waltraud Götting

Vorwort

Stimmen der Vergangenheit
Distant Voices (1994)

Der Entenjäger
The Duck Shoot Man

Frost
Frost

OBE
OBE

Inselschatten
Island Shadows

Der Spielzeugsoldat
The Toy Soldier

Das Schicksal des Phönix
The Fate of the Phoenix
(1993)

Rosmarin und Thymian
Rosemary and Thyme

Eine Familienangelegenheit
A Family Affair

Catherines Katze
Catherine's Cat

Das Gesicht im Fenster
A Face at the Window

13008 Dean Koontz
Zwei packende Romane
(C) (1991/1987)
(1999)

Zwielicht
Twilight Eyes
(1985, 1987)
Ü: Alexandra von Reinhardt
(↗ 8853 AR/NA unter neuer Nummer)

Wenn die Dunkelheit kommt
Darkfall (1984)
Ü: Irene Holicki
(↗ 6833 AR/NA unter neuer Nummer)

13013 Stephen King
Sara (1998) (1999)
Bag of Bones (1998)
Ü: Joachim Körber
(↗ 96 HC/NA unter neuer Nummer)

13097 Terry Pratchett
Das Licht der Phantasie
(1989) (1999)
The Light Fantastic
(1986)
Ü: Andreas Brandhorst
(↗ 4583/NA unter neuer Nummer)

13108 Stephen King
›Sie‹ (1987/1988/1991/1996)
(1999)
Misery (1987)
Ü: Joachim Körber
(↗ 7500 AR, ↗ 8293 AR, ↗ 2 JUM, ↗ 9669 AR/NA unter neuer Nummer)

20021 Pat Cadigan
Lost in Space – Planet aus Stahl
(1999)
Promised Land
(1999)
Ü: Jürgen Langowski

20036 Robert Bloch
Psycho
(1984/1993)
(1999)
Psycho
(1959)
Ü: Paul Baudisch
(↗ 6374 AR, ↗ 78 JB/NA unter neuer Nummer)

Tip des Monats

163 Marion Zimmer Bradley
Drei Romane in einem Band
(C) (1984, 1985, 1992, 1996/ 1985, 1992, 1996/1986, 1992, 1996) (1999)

Der Bronzedrache
The Brass Dragon
(1969)
Ü: Hans Maeter
(↗ 4144, ↗ 6359 AR, ↗ 79 TdM, ↗ 112 JB)

Trommeln in der Dämmerung
Drums of Darkness
(1976)
Ü: Burkhard Jost
(↗ 6602 AR, ↗ 79 TdM, ↗ 9786 AR)

Die Teufelsanbeter
Dark Satanic (1972)
Ü: Walter Brumm
(↗ 6697 AR, ↗ 79 TdM, ↗9962 AR)

Heyne Jubiläumsbände

143 Dean Koontz
Zwei spannende Psychothriller
(C) (1999)

Schutzengel (1991)
Lightning (1998)
Ü: Wulf Bergner
(↗ 8340 AR)

Nachtstimmen (1995)
The Voice of the Night
(1980)
Ü: Heinz Zwack
(↗ 9354 AR)

147 Anonym (Hrsg.)
Fantasy (A) (1999)

R. A. Salvatore
Das Joch der Zyklopen
(1997)
The Sword of Bedwyr
(1995)
Ü: Michael Windgassen
(↗ 5953)

Fritz Leiber
Schwerter und Teufelei
(1972/1986)
Swords and Deviltry
(1970)
Ü: Thomas Schlück
(↗ 3307, ↗ 4287)

Heyne Hardcover

48 Marion Zimmer Bradley
Die Erbin von Ruwenda
(1996)
Lady of the Trillium (1995)
Ü: Marion Balkenhol

96 Stephen King
Sara (1998)
Bag of Bones
(1998)
Ü: Joachim Körber

104 Marion Zimmer Bradley
Dämonenlicht (1999)
Gravelight (1997)
Ü: Andreas Nohl

124 Robert Silverberg (Hrsg.)
Der siebte Schrein
(A) (1999)
Legends. New Short Novels
(1998)
Ü: Joachim Körber

Robert Silverberg
Vorwort

Stephen King
Die kleinen Schwestern von Eluria
The Little Sisters of Eluria

Terry Pratchett
Das Meer und kleine Fische
The Sea and Little Fishes

Terry Goodkind
Die Knochenschuld
Debt of Bones

Orson Scott Card
Der grinsende Mann
Grinning Man

Robert Silverberg
Der siebte Schrein
The Seventh Shrine

Ursula K. Le Guin
Drachenkind
Dragonfly

Tad Williams
Der brennende Mann
The Burning Man

George R.R. Martin
Der Heckenritter
The Hedge Knight

Anne McCaffrey
Die Läuferin von Pern
Runner of Pern

Raymond E. Feist
Der Holzjunge
The Wood Boy

Robert Jordan
Der neue Frühling
New Spring

126 Dean Koontz
Geschöpfe der Nacht
(1999)
Fear Nothing
(1998)
Ü: Uwe Anton

130 Stephen King
Der Sturm des Jahrhunderts
(1999)
The Storm of the Century
(1999)
Ü: Peter Robert

131 Stephen King
Atlantis
(1999)
Hearts in Atlantis
(1999)
Ü: Peter Robert

137 Barbara Erskine
Am Rande der Dunkelheit
(1999)
On the Edge of Darkness
(1998)
Ü: Ursula Wulfekamp

Pavillon

1 Stephen King
Das Spiel (1992/1995) (1999)
Gerald's Game (1992)
Ü: Joachim Körber
(↗ 42 JUM, ↗ 9518 AR/
NA unter neuer Nummer)

12 Whitley Strieber
Die Besucher (1988) (1999)
COMMUNION: a true story (1987)
Ü: Joachim Körber und
Angelika Felenda
(↗ 7789 AR/NA unter
neuer Nummer)

15 James Herbert
Blutwaffe (1992) (1999)
Spear (1978/1980)
Ü: Hartmut Huff
(↗ 8374 AR/NA unter
neuer Nummer)

19 Richard Bachman
Menschenjagd
(1986/1994)
(1999)
Running (Man)
(1982)
Ü: Nora Jensen
(↗ 6687 AR, ↗ 9116 AR/
NA unter neuer Nummer)

37 Richard Bachman
Todesmarsch
(1987/1994/1995)
(1999)
The Long Walk
(1979)
Ü: Nora Jensen
(↗ 6848 AR, ↗ 9036 AR,
↗ 9468 AR/
NA unter neuer Nummer)

Teil Zwei

Alphabetisches Verzeichnis sämtlicher Autoren und ihrer im Wilhelm Heyne Verlag im Jahr 1999 publizierten Werke

ADAMS, Douglas
Einmal Rupert und zurück
: 9404 AR
Mostly Harmless

Das Leben, das Universum
und der ganze Rest
: 10824 AR
*Life, the Universe, and
Everything*

Macht's gut, und danke
für den Fisch
: 10825 AR
*So long, and Thanks for All
the Fish*

Per Anhalter durch die Galaxis
: 10822 AR
*The Hitchhiker's Guide to the
Galaxy*

Das Restaurant am Ende des
Universums : 10823 AR
*The Restaurant at the End of
The Universe*

ALDISS, Brian W(ilson)
Wie alles anfing
: APIUM
(Association for the Protection
& Integrity of an Unspoilt Mars)
↗ 6350

Wie man Utopia (annähernd)
glaubwürdig machen kann
↗ 5965

ALDISS, Brian W./
PENROSE, Roger
Weisser Mars : 6350
*White Mars or: The Mind
Set Free*

ALDRIDGE, Mary C.
Das Adinkra-Tuch
↗ 10391 AR
The Adinkra Cloth

ALDRIDGE, Ray
Der Biomantics letzter Gemahl
↗ 5970
The Biomantic's Last Husband

ALLEN, Woody
Die Verurteilten ↗ 9062
The Condemned

ALLMEN, Stewart von
Zu wenige einsame Jahre
↗ 9005
Too Few Years of Solitude

ALTMANN, Jens H.
Cowboys und Alien.
Ein Gespräch mit
Peter David ↗ 5965

AMERY, Carl
Leyermärkische Documente
↗ 6311

AMERY, Francis (i. e. Brian
Stableford)
Selbstopferung ↗ 5970
Self-Sacrifice

ANTHONY, Patricia
Gottes Feuer : 6331
God's Fires

ANTHONY, Piers
Phantastisch bis Rar
↗ 9037
Possible to Rue

ARMSTRONG-JONES, Lynne
Kestras Flug ↗ 10391 AR
The Case of Kestra

AYERDAHL
Mozart Revividus
↗ 6301
Mozart Revividus

BACHMAN, Richard
Menschenjagd : 6687 AR, auch : 9116 AR, auch : 19 PAV
Running (Man)

Todesmarsch : 6848 AR, auch : 9036 AR, auch : 9468, auch : 37 PAV
The Long Walk

BANGS, John Kendrick
Drei Monate im Ballon ↗ 9062
Three Months in a Balloon

BARNES-SVARNEY, Patricia
Loyalitäten : 6518
Loyalties

BAUM, L. Frank
Der Selbstmord des Kiaros ↗ 9062
The Suicide of Kiaros

BAXTER, Stephen
Erben der Erde ↗ 5999
Inherit the Earth

Erfüllung von Prophezeiungen: Ein Gespräch mit Arthur C. Clarke ↗ 5965

Das Himmelsboot ↗ 5576
The Star Boat

Mission Ares : 5982
Voyage

Pilgrim 7 ↗ 5970
Pilgrim 7

BEAGLE, Peter S.
Leila, die Werwölfin ↗ 9062
Leila the Werewolf

BEAR, Greg
Heimat Mars : 5922
Moving Mars

BELL, M(ichael) Shayne
Totenwache ↗ 5970
Deathwatch

BELLOC, Hilaire
Wenn Drouets Karren steckengeblieben wäre ↗ 6310
If Drouet's Cart Had Stuck

BISHOP, Michael
Cri de cœur ↗ 6301
Cri de cœur

Graph Geigers Blues : 5983
Count Geiger's Blues

BISSON, Terry
Talking Man : 9067
Talking Man

Das Uhrwerk ↗ 6330
The Player

BLAYLOCK, James P.
Der Steinriese : 9028
The Stone Giant

BLOCH, Robert
Der kleine Mann, der nicht ganz da war ↗ 9062
The Little Man Who Wasn't All There

Psycho 6374 AR, auch : 20036 AR, auch ↗ 78 JB
Psycho

Psycho und Nympho ↗ 9037
The Shrink and the Mink

BOND, Nelson
Der Geist ist billig ↗ 9037
The Gripes of Wraith

BORSCH, Frank
– Ein Gespräch mit James Patrick Kelly ↗ 5965
– Ein Gespräch mit Norman Spinrad: ›Qualität zählt überhaupt nicht‹ ↗ 5965

Feldforschung ↗ 5970

BOVA, Ben(jamin William)
Mars : 6332
Mars

Die Marsprinzessin ↗ 6330
The Great Moon Hoax or A Mars Princess

BRADBURY, Ray(mond Douglas)
Das Jahr, als das Glop-Monster den Goldenen Löwen von Cannes gewann ↗ 9062
The Year the Glop-Monster Won the Golden Lion at Cannes

BRENNERT, Alan
Echos ↗ 5999
Echoes

Das Refugium ↗ 6301
The Refuge

BROWN, Eric
Das Nada-Kontinuum : 5979
Engineman

BROWN, Fredric
Koboldgeist ↗ 9037
Nasty

BUDINGER, Linda
Der Geisterwolf : 6040

BÜCHNER, Barbara
Blaubarts Schloß : 9027

Blutopfer : 6042

Seelenwanderer : 6037

BUJOLD, Lois McMaster
Cetaganda : 6317
Cetaganda

Der Kadett : 5020, auch : 7014
The Warrior's Apprentice

BULYTSCHOW, Kiril
Stalins Trumpf ↗ 6311
Кир Булычев (Auszug)

BUTLER, Octavia E(stelle)
Dämmerung : 4765, auch ↗ 5998
Dawn/Xenogenesis: I

Die Genhändler : 5998

Imago : 4766, auch ↗ 5998
Dawn/Xenogenesis: III

Die Parabel vom Sämann : 5997
Parable of the Sower

Rituale : 4767, auch ↗ 5998
Dawn/Xenogenesis; II

BYERS, Richard Lee
Königsfeuer ↗ 9005
Kingsfire

CADIGAN, Pat
Lost in Space – Planet aus Stahl : 20021 AR
Promised Land

CADY, Jack
Kilroy war hier ↗ 6314
Kilroy Was Here

CARD, Orson Scott
Der grinsende Mann
Grinning Man

CAREY, Diane
Altes Blut : 5763
Day of Honor: Ancient Blood

Neuer Ärger mit den Tribbles : 5723
Trials and Tribble-ations

CAREY, Diane/
KIRKLAND, Dr. James I.
Keine Spur von Menschen : 5687
First Frontier

CARSAC, Francis
Genesis ↗ 5970
Genèses

CARTER, Angela
Die Dame aus dem Haus der Liebe ↗ 9037
The Lady of the House of Love

CARTER, Carmen
Das Herz des Teufels : 5440
The Devil's Heart

CARTER, Lin(wood Vrooman)/
DE CAMP, L(yon) Sprague
Conan der Freibeuter : 3972
Conan the Buccaneer
(auch als ›Conan der Bukanier‹)

CASHMAN, Paul W.
Das Erwachen des weißen Wolfs ↗ 9005
White Wolf's Awakening

CHERRYH, C(aroline) J(anice)
Erbe : 5653
Inheritor

CHESTERTON, G(ilbert) K(eith)
Wenn Don Juan d'Austria Maria Stuart geheiratet hätte ↗ 6310
If Don Juan d'Austria Had Married Mary Queen of Scots

CHURCHILL, Winston S(omerset)
Wenn Lee die Schlacht von Gettysburg nicht gewonnen hätte
↗ 4051, auch ↗ 6310
If Lee Had Not Won the Battle of Gettysburg

Die zornige Straße
↗ 9062
The Angry Street

CIENCIN, Scott
Der Wächter am Tor
↗ 9005
The Guardian at the Gate

CIRONE, Pat
Tochtersohn ↗ 10391 AR
To Father a Son

CLARKE, Arthur C(harles)
3001 – Die letzte Odyssee : 10603 AR
3001 – The Final Odyssey

Einführung ↗ 6301

Die Gedankenbotschaft
↗ 3181, auch ↗ 9037
No Morning After

CLARKE, Arthur C(harles)/
McQUAY, Mike
Stärke 10 : 10838 AR
Richter 10

CLAYTON, Jo
Geborgtes Licht ↗ 6330
Borrowed Light

Veränderung ↗ 10391 AR
Change

COLLIER, John
Die richtige Seite ↗ 9037
The Right Side

COLLINS, Nancy A.
Das Herz des Drachen
↗ 9005
The Dragon's Heart

COLLINS, Paul
Die Nabakov-Affaire ↗ 5999
The Nabakov Affaire

COMPTON, D(avid) G(uy)
Mers : 5984
Nomansland

COMPTON, D(avid) G(uy)/GRIBBIN, John
Ragnarök : 6328
Ragnarok

CONEY, Michael G(reatrex)
Werwolf im Schafspelz
↗ 6314
Werewolves in Sheep's Clothing

COOK, Hugh
Die Traumdeuterin : 9017
The Women and the Warlords (The Oracle)

CORNELIUS, Felix
Ein Manuskript aus dem Jahr 634 ↗ 6311

COX, Creg
s. JOHNSON, Kij/COX, Creg

CRAIG, Brian
Ein Gartenfreund in Parravon
↗ 5576
A Gardener in Parravon

Seuchendämon : 5579
Plague Daemon

Zaragoz : 5578
Zaragoz

CRISPIN, A. C.
Han Solo: Der Pilot : 10214 AR
Star Wars: The Paradise Snare

STAR WARS – Der Gejagte : 10215 AR
Star Wars: Rebel Dawn

CROWTHER, Peter/
LOVEGROVE, James
Die Reise ins graue Land
↗ 9005
The Trembler on the Axis

DAHL, Roald
Ach, süßes Geheimnis des Lebens ↗ 9037
Ah Sweet Mystery of Life

DAVID, Peter
Q2 : 5445
Q Squared

Die Tochter des Captain : 5691
The Captain's Daughter

DAVIDSON, Charles
Die Räuber und die Toten
↗ 5576
The Reavers and the Dead

DE CAMP, L(yon) Sprague
Einleitung ↗ 3258

s. CARTER, Lin(wood Vrooman)/
DE CAMP, L(yon) Sprague

s. HOWARD, Robert E(rvin)/
DE CAMP, L(yon) Sprague

DE CAMP, L(yon) Sprague/
PRATT, Fletcher
Besser als eine Mausefalle
↗ 9037
The Better Mousetrap

DEDMAN, Stephen
Nie mehr gesehen, im Traum nur mein ↗ 6314
Never Seen by Waking Eyes

Transit ↗ 5989
Transit

DICK, Philip K(indred)
Blade Runner : 3969, auch : 10649 AR
Do Androids Dream of Electric Sheep?

Der Krieg mit den Fnools ↗ 9062
The War with the Fnools

DILLARD, J. M.
STAR TREK – Der Aufstand. Roman zum Film ›STAR TREK IX‹ : 5770
Star Trek: Insurrection

DILLARD, J. M./
O'MALLEY, Kathleen
Wahnsinn : 5753
Possession

DISCH, Thomas M(ichael)
Küchenschaben ↗ 3300, auch ↗ 9037, auch ↗ 9 JB
The Roaches

DOMINIK, Hans
Aufbruch zu neuen Welten ↗ 8115

Das Erbe der Uraniden : 3395, auch ↗ 4677, auch : 8115

Ein Experiment (Auszug) ↗ 8115

Die Großrakete – Verkehrsmittel der Zukunft ↗ 8115

In memoriam Jules Verne ↗ 8115

Kolonien auf der Venus ↗ 8115

Vom Mann im Flugschiff zur ›Frau im Mond‹ ↗ 8115

DONALDSON, Stephen R.
Heut sterben alle Götter : 5505
The Gap into Ruin: This Day All Gods Die

DORR, James S.
Shaarillas Lied ↗ 9005
The Song of Shaarilla

DUNCAN, Andy
Lizas Lieder ↗ 5970
Liza and the Crazy Water Man

DYER, S.N.
Wildling ↗ 5989
Wild Child

ECKHARDT, Holger
Gottesbeweis Nummer sechzehn ↗ 6318
Das elfte Halali ↗ 6318

EDGERTON, Teresa
Die Gnomen-Maschine : 9021
The Gnome's Engine

Unter dem Trollmond : 9020
Goblin Moon

EGAN, Greg
Qual : 6319
Distress

ERLER, Rainer
›Ausgeflippt‹ oder Die Zeugung des heiligen Joshua von Missouri ↗ 5970

Eine Liebesheirat ↗ 5999

ERSKINE, Barbara
Am Rande der Dunkelheit
: 137 HC

An Bord der Moonbeam
↗ 10984 AR
Aboard the Moonbeam

Der Aussteiger ↗ 10984 AR
The Drop Out

Bewach die Mauer, mein Liebling
↗ 10984 AR
Watch the Wall, My Darling

Blumen für die Lehrerin
↗ 10984 AR
Flowers for the Teacher

Catherines Katze ↗ 10985 AR
Catherine's Cat

Eine Familienangelegenheit
↗ 10985 AR
A Family Affair

Der Entenjäger ↗ 10985 AR
The Duck Shoot Man

Das Erbe ↗ 10984 AR
The Inheritance

Das Feenkind ↗ 10984 AR
The Fairy Child

Frost ↗ 10985 AR
Frost

Die Gabe der Musik
↗ 10984 AR
The Gift of Music

Das Gesicht im Fenster
: 10985 AR
Distant Voices, Teil 2

Das Gesicht im Fenster
↗ 10985 AR
A Face at the Window

Hexenkunst unserer Tage
↗ 10984 AR
Witchcraft for Today

Inselschatten ↗ 10985 AR
Island Shadows

Der Moment der Wahrheit
↗ 10984 AR
The Moment of Truth

Die Mutprobe ↗ 10984 AR
Two's Company

OBE ↗ 10985 AR
OBE

Rosmarin und Thymian
↗ 10985 AR
Rosemary and Thyme

Das Schicksal des Phönix
↗ 10985 AR
The Fate of the Phoenix

Der Spielzeugsoldat
↗ 10985 AR
The Toy Soldier

Stimmen der Vergangenheit
↗ 10985 AR
Distant Voices

Tanz im Mondlicht
: 10984 AR
Distant Voices, Teil 1

Triumph des Herzens
↗ 10984 AR
Choices

Vorwort ↗ 10985 AR

Wenn die Kastanienblüten fallen
↗ 10984 AR
When the Chesnut Blossoms Fall

Das Wochenende
↗ 10984 AR
Dance Little Lady

ETCHISON, Dennis
Schockzone : 10662 AR
California Gothic

EVERS, Momo
Und Altaia brannte : 6041

FALKENHAGEN, Lena
Die Nebelgeister : 6043

FARMER, Philip José
Die Offenbarung, Teil 1 – ein Drehbericht ↗ 5999

FEIGE, Marcel
Historische Phantastik. Ein Gespräch mit Kai Meyer ↗ 5965

FEIST, Raymond E.
Der Holzjunge ↗ 124 HC
The Wood Boy

FIEDLER, Heiko
Der verzauberte Campus: Zum akademischen Alltag in der Science Fiction ↗ 5965

FISHER, H. A. L.
Wenn Napoleon nach Amerika entkommen wäre ↗ 6310
If Napoleon Had Escaped to America

FLINN, Denny Martin
Der Coup der Promethaner : 5686
The Fearful Summons

FLYNN, Michael F.
Haus der Träume ↗ 5989
House of Dreams

FLYNN, Sean
Lehrlingsglück ↗ 5576
Apprentice Luck

FREY, Gerd
Computerspiele-Neuheiten ↗ 5965

FRIEDELL, Egon
Angsttraum des Germanisten ↗ 6311

FRIEDMAN, Michael Jan
Ihre klingonische Seele : 5815
Her Klingon Soul

FRIESNER, Esther M.
Wahrer Glaube ↗ 6330
True Believer

FULLER, Thomas E.
Die Seele einer alten Maschine ↗ 9005
The Soul of an Old Machine

GAIMAN, Neil
Ein Leben, geprägt vom frühen Moorcock ↗ 9005
One Life Furnished with Early Moorcock

GALLAGHER, Diana G.
Ehrensache : 6530
Day of Honor: Honor Bound

GARCIA y ROBERTSON, R(od)
Sternentod ↗ 6318
Starfall

GASCHLER, Peter
Trip ins Unmögliche – Die Filmszene 1997/98 ↗ 5965

GAWRON, Jean Mark
Träume aus Glas : 6333
Dream of Glass

GIBSON, William
Idoru : 6315
Idoru

GIJSEN, Wim
Deirdre: Im Reich der Zauberinnen : 9041
Lure

Deirdre: Die Sandrose : 9040
Bidahinne

Deirdre: Wendekreise : 9039
Keerkringen

GOLDSMITH, Howard
Das Proust-Syndrom ↗ 5999
The Proust Syndrome

GOODKIND, Terry
Die Knochenschuld ↗ 124 HC
Debt of Bones

GOULD, Stephen Jay
Nachwort ↗ 6301

GRAF, L. A.
Der Himmel von Armageddon : 5725
Day of Honor: Armageddon Sky

GREEN, Roland J./
MURRAY, Frieda A.
Ein unbekannter Teufel ↗ 9005
A Devil Unknown

GREEN, Sharon
Der Rebellenprinz : 5459
The Rebel Prince

GREEN, Simon R.
Schattenfall : 9036
Shadows Fall

GREENLAND, Colin
Versuchungen des Eisens ↗ 9005
Temptations of Iron

GRESSMAN, Thomas
Feuer und Schwert : 6242
Sword and Fire

Die Jäger : 6240
The Hunters

GRIFFITH, Nicola
Die Andere ↗ 5576
The Other

Untiefen : 6306
Slow River

GRUBB, Jeff
Bruderkrieg : 6613
Magic – the Gathering: The Brothers' War

GUEDALLA, Philip
Wenn die Mauren in Spanien gesiegt hätten ↗ 4387, auch ↗ 6310
If the Moors in Spain Had Won

GYGAX, Gary
Das Fest der Celene ↗ 9005
Celebration of Celene

HAHN, Ronald M.
The Magazine of Fantasy and Science Fiction, 99. Folge: Werwolf im Schafspelz : 6314

HOWARD, Robert E(rvin)/
DE CAMP, L(yon) Sprague
Conan der Krieger
3258
Conan the Warrior

HUFF, Tanya
Bescheidenheit ist eine Zier
↗ 10391 AR
Be It Ever So Humble

HUNTER, Evan
Die Traum-Maid ↗ 9062
Dream Damsel

INGS, Simon
Datafat : 6316
Hotwire

INOMERSKI, G. W.
Alte russische Uchronik
↗ 6311
Русская зимопись

IWOLEIT, Michael K.
Der Schattenmann ↗ 5999

JEAPES, Ben
Kathedrale Nr. 3 ↗ 5970
Cathedral No. 3

JEROME, Jerome K.
Das neue Utopia ↗ 9062
The New Utopia

JESCHKE, Wolfgang
Die Cusanische Acceleratio
↗ 6311

Editorial ↗ 5965

Heyne Science Fiction
Jahresband
1999 : 6301

Das Proust-Syndrom : 5999

Das Science Fiction Jahr # 14
: 5965

Vorbemerkung zur deutschen
Ausgabe ↗ 6310

Winterfliegen : 5970

JETER, K. W.
Blade Runner II : 10946 AR
Blade Runner 2: The Edge of Human

JOHNSON, James B.
Habu : 6309
Habu

JOHNSON, Kij/COX, Greg
Die Ehre des Drachen
: 5751
Dragon's Honor

JONES, Gwyneth
Nordwind : 6307
North Wind

JONES, Liane
Der Traumstein : 9038
The Dreamstone

JORDAN, Robert
Der Dolchstoß : 5525
A Crown of Swords, 3. Teil

Neue Bündnisse : 5530
The Path of Daggers # 2

Der neue Frühling ↗ 124 HC
New Spring

Der Pfad der Dolche : 5529
The Path of Daggers

Die Schale der Winde
: 5528
A Crown of Swords, 4. Teil

Der Revolvermann ➚ 3718, auch ➚ 8838 AR, auch 10428 AR, auch ➚ 11JUM
The Gunslinger

Der Revolvermann und der Mann in Schwarz ➚ 4062, auch 8838 AR, auch ➚ 10428 AR, auch ➚ 11 JUM
The Gunslinger and the Dark Man

Sara : 13013 AR, auch 96 HC
Bag of Bones

Schwarz – Der Dunkle Turm 1 ➚ 8838 AR, auch : 10428 AR, auch : 11 JUM
The Dark Tower: The Gunslinger

›Sie‹ : 7500 AR, auch : 8293 AR, auch 9669 AR, auch 13108 AR, auch : 2 JUM
Misery

Das Spiel : 9518 AR, auch : 1 PAV, auch : 42 JUM
Gerald's Game

Der Sturm des Jahrhunderts : 131 HC

tot. – Der Dunkle Turm 3 : 9670 AR, auch : 10428 AR, auch : 37 JUM
The Dark Tower II: The Waste Lands

Zeitraffer ➚ 9697 AR, auch ➚ 30 JUM
The Sun Dog

KING, William
Geheimnisnacht ➚ 5576
Geheimnisnacht

Das Gelächter dunkler Götter ➚ 5576
The Laughter of Dark Gods

KIRKLAND, Dr. James I.
s. CAREY, Diane/ KIRKLAND, Dr. James I.

KNIGHT, Eric
Sam Smalls bessere Hälfte ➚ 9037
Sam Small's Better Half

KNOX, Ronald
Wenn der Generalstreik erfolgreich gewesen wäre ➚ 6310
If the General Strike Had Succeded

KÖRBER, Joachim
Wolf : 10850 AR, auch 84 HC

KOKE, Jak
Bis zum bitteren Ende : 6138
Beyond the Pale

KOONTZ, Dean (R)ay
Geschöpfe der Nacht : 126 HC
Fear Nothing

Nachtstimmen : 9354 AR, auch ➚ 143 JB
The Voice of the Night

Schutzengel : 8340 AR, auch ➚ 143 JB
Lightning

Wenn die Dunkelheit kommt : 6833 AR, auch ➚ 13008 AR
Darkfall

Zwei packende Romane : 13008 AR

Zwei spannende Psychothriller : 143 JB

Zwielicht : 8853 AR, auch
↗ 13008 AR
Twilight Eyes

KRAMER, Edward E.
Michael Moorcocks
›Elric von Melniboné‹ –
Die Rückkehr des
weißen Wolfs : 9005
Michael Moorcock's Elric:
Tales of the White Wolf

KREKSCH, Ingrid
Who is Who in der
latein-amerikanischen
Science Fiction
↗ 5965

KRESS, Nancy
Bettlers Ritt : 5883
Beggar's Ride

KRUSCHEL, Karsten
Herrliche Zeiten ↗ 6311

KUBE-McDOWELL, Michael P.
Entscheidung bei Koornacht
: 10209 AR
STAR WARS: Tyrant's Test
(Book Three of the
›Black Fleet Crises‹)

Das Exil : 5993
Exile

KUEPPER, Angela
Nachwort ↗ 9028

KUGLER, Hans
Techniktransfer ↗ 5999

KUMMING, Waldemar
Die Piraten von Baltimore.
Bericht vom 56. World Science
Fiction Convention
↗ 5965

KURTZ, Katherine/
TURNER HARRIS, Deborah
Der Adept : 9022
The Adept

Die Loge der Luchse
: 9023
The Lodge of the Lynx

Der Schatz der Templer
: 9024
The Templar Treasure

LACKAY, Mercedes
Begegnung in der Nacht
↗ 10391 AR

LAIDLAW, Marc
Schlammstadt ↗ 6330
Dankden

LANDIS, Geoffrey A.
Annäherung an das
Perimelasma
↗ 5999
Approaching Perimelasma

LEACOCK, Stephen
Der Asbestmann ↗ 9037
The Man in Asbestos

LE GUIN, Ursula K(roeber)
Drachenkind ↗ 124 HC
Dragonfly

Erdsee – Vier Romane in
einem Band : 9063

Das ferne Ufer : 3677, auch
↗ 4343, auch ↗ 5222, auch
↗ 9063
The Farthest Shore

Die Gräber von Atuan : 3676,
auch ↗ 4343, auch ↗ 5222, auch
↗ 9063
The Tombs of Atuan

Der Magier der Erdsee : 3675, auch ↗ 4343, auch ↗ 5222, auch ↗ 9063
A Wizard of Earthsea

Tehanu : 4952, ↗ 9063
Tehanu

LEIBER, Fritz (REUTER)
Schwerter und Teufelei : 3307, auch ↗ 4287, auch ↗ 147 JB
Swords and Deviltry

Winterfliegen ↗ 5970
The *Winter Flies/*
The Inner Circle

LEIGH, Stephen
s. MARTIN, George R. R.: Wild Cards 9, Wild Cards 10

LEM, Stanisław
Die Tracht Prügel ↗ 9037
Wielkie Lanie

LETHEM, Jonathan/
McDONALD, Angus
An der Bettkante zur Ewigkeit ↗ 6330
The Edge of the Bed of Forever

LEWIS, C(live) S(taples)
Trugwelt ↗ 9037, auch ↗ ANTH 2
The Shoddy Lands

LICHTENBERG, Jacqueline
Aventura ↗ 10391 AR
Aventura

LINAWEAVER, Brad/
RITCH, William Alan
Der kleinste Sturmbringer ↗ 9005
The Littlest Stormbringer

LIVIUS, Titus
Wenn Alexander der Große sich gegen Rom gewandt hätte ↗ 6311
Ab urbe condita, Liber IX, 16–19 (Auszug)

LONGO, Giuseppe O.
Das Geschenk des Kometen ↗ 5999
Il dono della cometa

LOVEGROVE, James
Die Hoffnung : 5992
The Hope

s. CROWTHER, Peter/
LOVEGROVE, James

LUDWIG, Emil
Wenn Kaiser Friedrich III. nicht Krebs gehabt hätte ↗ 6310
If the Emperor Frederick Had Not Had Cancer

LUSTGARTEN, Laurence
Charta der Vereinten Nationalitäten für die Besiedlung des Mars ↗ 6350

McCAFFREY, Anne (Inez)
Der Flug des Pegasus : 5988
Pegasus 2: Pegasus in Flight

Die Läuferin von Pern ↗ 124 HC
Runner of Pern

Wilde Talente : 4289, auch : 5987
Pegasus 1: To Ride Pegasus

MILLITELLO, Deborah
Bluthochzeit mit Hindernissen
↗ 10391 AR
The Reluctant Vampire

MILNE, A(lan) A(lexander)
Der Raub des Sherlocks ↗ 9062
The Rape of the Sherlock

MODESITT jr., L. E.
Magische Insel : 9050
The Magic of Recluce

Türme der Dämmerung : 9051
The Towers of Sunset

MONDOLONI, Jacques
Alle hundert Jahre ein Mord
↗ 5999
Un meurtre tous les cent ans

Nahrung ↗ 5970
Comestibles

MONKE, Iris
Die BayernKrise ↗ 6311

MONTELEONE, Thomas F.
Der mechanische Junge
↗ 5970
The Mechanical Boy

MOORCOCK, Michael
Das Lied des weißen Wolfs
↗ 9005
The White Wolf's Song

Das Steinding ↗ 9037
The Stone Thing

Vorwort ↗ 9005
Introduction

MORRESSY, John
Die Heimat des Patrouilleurs
↗ 6330
Rimrunner's Home

MORROW, James
Das Gottesmahl : 6312
Towing Jehovah

MURRAY, Doug
Die Kraft einer Frau ↗ 9005
A Woman's Power

MURRAY, Frieda A.
s. GREEN, Roland J./
MURRAY, Frieda A.

MURRAY, Williamson
Eines Taxichauffeurs Werk
↗ 6311
What a Taxidriver Wrought

NEUHAUS, Wolfgang
Auf der Suche nach einer
›Meta-Dramaturgie‹ oder:
Die Schwerkraft der Erzählung
↗ 5965

NICOLSON, Harold
Wenn Byron König von
Griechenland geworden wäre
↗ 6310
If Byron Had Become King of Greece

NOLAN, William F.
Das Abenteuer mit den
Marsmonden ↗ 9037
The Adventure of the Martian Moons

NICHOLS, Nichelle/WANDER
BONANNO, Margaret
Saturns Kind : 6308
Saturn's Child

NORMAN, John
Die Zauberer von Gor : 9019
Magicians of Gor

PRATT, Fletcher
s. DE CAMP, L(yon) Sprague/
PRATT, Fletcher

PRINGLE, David
Das Gelächter dunkler Götter
: 5576
Ignorant Armies

PUHL, Widmar
Chips im Kopf: Der verdrahtete Mensch ist längst unter uns
➚ 5965

SF aus islamischer Sicht:
Die SF-Romane des George Alec Effinger ➚ 5965

PUKALLUS, Horst
Die siebte Dimension des Militärkonflikts ➚ 5999

PULLMAN, Philip
Der goldene Kompaß
: 10657 AR
His Dark Materials 1: Northern Lights

Das magische Messer
: 10965 AR
His Dark Materials 2: The Subtle Knife

PURDOM, Tom
Das Forschungsprojekt ➚ 6330
Research Project

REED, Robert
Graffiti ➚ 6314
Graffiti

Die Schale des Zorns ➚ 5999
Waging Goods

Schattige Gegend ➚ 6330
A Place with Shade

RESNICK, Mike
Barnaby im Exil ➚ 5989
Barnaby in Exile

RICHARDS, Thomas
STAR TREK – Die Philosophie eines Universums
: 10604 AR
The Meaning of STAR TREK

RILL, Zbynek
Die wilde Jagd ➚ 5965
Perunova divoká smecka

RITCH, William Alan
s. LINAWEAVER, Brad/
RITCH, William Alan

ROBERSON, Jennifer
Abschlußprüfung
➚ 10391 AR
Final Exam

ROBERTS, John Maddox
Conan und die Amazone
: 9008
Conan and the Amazon

ROBINSON, Frank M.
Die Dunkelheit jenseits der Sterne : 5376
The Dark beyond the Stars

ROBINSON, Kim Stanley
Blauer Mars : 5363
Blue Mars

Grüner Mars : 5362
Green Mars

ROSENBLUM, Mary
Ratte ➚ 5989
Rat

Die zweite Chance ➚ 6318
Second Chance

SIMONS, Walton
s. MARTIN, George R. R.:
Wild Cards 9,
Wild Cards 10

SIMPSON, George Gaylord
Sam Magruders Dechronisation
↗ 6301
The Dechronization of Sam Magruder

SIMPSON BURNS, Joan
Eine Erinnerung ↗ 6301

SMEDMAN, Lisa
Blutige Jagd : 6132
Blood Sport

Psychotrop : 6135
Psychotrope

SMEDS, Dave
Der achte Dezember
↗ 5999
The Eighth of December

SMITH, Cordwainer
Von Gustibles Planeten
↗ 9037
From Gustible's Planet

SMITH, Dean Wesley/
RUSCH, Kristine Kathryn
Das Gesetz des Verrats : 5702
Day of Honor: Treaty's Law

Die Ringe von Tautee : 5693
The Rings of Tautee

SNODGRASS, Mélinda M
s. MARTIN, George R. R.:
Wild Cards 9,
Wild Cards 10

SQIRE, John C.
Vorwort ↗ 6310

Wenn 1930 entdeckt worden wäre, daß Shakespeares Werke in Wirklichkeit von Bacon stammen
↗ 6310
If It Had Been Discovered in 1930 that Bacon Really Did Write Shakespeare

STABLEFORD, Brian
Die Flöten des Pan ↗ 6314
The Pipes of Pan

STACKPOLE, Michael A.
Heimatwelten : 6239
Grave Covenant

Silberauge : 5629
Eyes of Silver

STEIN, Kevin T.
Vorsehung ↗ 9005
Providence

STEINMÜLLER, Karlheinz
Churchill im Fernsehen ↗ 6311

STERLING, Bruce
Der Fahrradmechaniker ↗ 5970
Bicycle Repairman

STEWART, Mary
Der Prinz und die Pilgerin
: 10276 AR
The Prince and the Pilgrim

STITH, John E.
Zeitschichten : 5968
Redshift Rendezvous

STÖSSER, Achim
Der Test ↗ 5970

STONE, David L.
Die Dulwich-Mörder ↗ 9062
The Dulwich Assassins

STRAUB, Peter
Die Fantasy des Alltags ↗ 5965

STRICKLAND, Brad
Das Traumtor ↗ 9005
The Gate of Dreaming

STRIEBER, Whitley
Die Besucher 7789 AR, auch
: 12 PAV
COMMUNION: a true story

SWANWICK, Michael
Der Puls der Maschine ↗ 5989
The Very Pulse of the Machine

Strahlentore ↗ 6318
Radiant Doors

Die Toten ↗ 5999
The Dead

TAYLOR, A. J. P.
Wenn Erzherzog Ferdinand seine Frau nicht geliebt hätte
↗ 6310
If Archduke Ferdinand Had Not Loved His Wife

TAYLOR, L.A.
Der Gegenbeweis ↗ 10391 AR
Counterexample

TEPPER, Sheri S.
Das dreizehnte Talent
: 9045
The True Game – Wizard's Eleven

Der Königszug : 9043
The True Game – King's Blood Four

Monströse Welten: Toleranz
: 5920
Sideshow

Der Nekromant : 9044
The True Game – Necromancer Nine

THOMAS, Michael
Nachtwache ↗ 6330
Nightwatch

THURBER, James
Der Fall des weißen Kaninchens
↗ 9062
The White Rabbit Caper

Wenn Grant bei Appomattox betrunken gewesen wäre ↗ 6311
If Grant Had Been Drinking at Appomattox

THURSTON, Robert
Freigeburt : 6241
Freebirth

TILLEY, Patrick
Blutiger Fluß : 4885, auch
: 7009
The Amtrak Wars – Book 4: Blood River

Erdendonner : 4887, auch
: 7011
The Amtrak Wars – Book 6: Earth-Thunder

Todbringer : 4886, auch
: 7010
The Amtrak Wars – Book 5: Death-Bringer

TIMPER, Christiane
s. PERCHTOLD, Ute/
TIMPER, Christiane u.a.

TIPTREE jr., James
All dies und den Himmel dazu
↗ 4405, auch ↗ 5974
All This and heaven too

Diese Nacht und allle Nächte
↗ 5974
Last Night and Every Night

Fleisch ↗ 5974
Morality Meat

Komm, leb mit mir
↗ 5974
Come Live with Me

Mitten im Leben
↗ 4621, auch ↗ 5974
In Midst of Life

Non Angli Sed Angeli
↗ 5974
Second Going

Der residierende Teufel
↗ 5974
Our Resident Djinn

Schlangengleich erneuert
die Erde sich
↗ 4770, auch ↗ 5974
*The earth Doth like a
Snake Renew*

Die Sternenkrone ↗ 5974
Crown of Stars

Yanqi Doodle ↗ 4570, auch
↗ 5974
Yanqi Doodle

Zurück! Dreh's zurück!
↗ 4861, auch ↗ 5974
Backward, Turn Backward

TOYNBEE, Arnold
Wenn Alexander der Große
weitergelebt hätte
↗ 6311
*If Alexander the Great Had
Lived On*

TRAVERS, Ben
Ethelred der Unredliche ↗ 9062
Ethelred the Unready

TREVELYAN, George
Wenn Napoleon die Schlacht
von Waterloo gewonnen hätte
↗ 4085, auch ↗ 6310
*If Napoleon Had Won the Battle
of Waterloo*

TRÖSTER, Horst G.
s. PERCHTOLD, Ute/
TIMPER, Christiane u. a.

TURNER HARRIS, Deborah
s. KURTZ, Katherine/
TURNER HARRIS, Deborah

TWAIN, Mark
Eine mittelalterliche Romanze
↗ 9062
Mediaevil Romance

URBANEK, Hermann
Die amerikanische SF-Szene
1997/98 ↗ 5965
Die britische SF-Szene 1997/98
↗ 5965
Die deutsche SF-Szene 1997/98
↗ 5965

URBANEK LINVILLE, Susan
Im Siebten Jahr geboren
↗ 10391 AR
Born in the Seventh Year

VANDE VELDE, Vivian
Der Wolfsprinz
: 9048
The Changeling Prince

VARDEMAN, Robert E.
Erbe des Dunkels
: 6612
*Magic – the Gathering:
Dark Legacy*

WESLER, Kit
Das Verderben der Roten Königin
↗ 10391 AR
The Bane of the Red Queen

WEST REYNOLDS, David
STAR WARS – Die Rißzeichnungen
: 10212 AR
STAR WARS Incredible Cross Sections

Was ist was im STAR WARS-Universum : 10211 AR
STAR WARS Visual Dictionary

WESTLAKE, Donald E.
Das Mulligan-Stew ↗ 9062
The Mulligan Stew

WHAT, Leslie
Sag wauwau ↗ 6318
Say Woof

WHEELER-BENNETT, John
Einleitung ↗ 6310

WHITE, James
Die letzte Diagnose : 5114
Final Diagnosis

WIESER, Hadmar von
Der Dämonenmeister : 6038

WILDER, Cherry
Das Bernsteinzimmer ↗ 5999
The Bernstein Room

WILLIAMS, Tad
Der brennende Mann ↗ 124 HC
The Burning Man

Geh Elric fragen ↗ 9005
Go Ask Elric

WILLIAMS, Walter Jon
Das Filmgeschäft
↗ 5989
The Picture Business

s. MARTIN, George R. R.:
Wild Cards 9,
Wild Cards 10

WILSON, David Niall
Puppen : 5813
Chrysalis

WINDGASSEN, Michael
Freie Radikale
↗ 5999

Marie in Grün und Rosa
↗ 5970

WINGROVE, David
Unter dem Himmelsbaum
: 5260
Beneath the Tree of Heaven: Chung Kuo – Book Five
Zweiter Teil

WINKLER, Anita
Der zweite Tag der Phantasie in Berlin am 26. 9. 2998
↗ 5965

WITZKO, Karl-Heinz
Die beiden Herrscher
: 6044

WODEHOUSE, P(elham) G(renville)
Ein Stück wirkliches Leben
↗ 9037
A Slice of Life

WOLFE, Gary K.
Stasis und Chaos: Anmerkung zur Dynamik populärer Genres
↗ 5965

WOLFE, Gene (Rodman)
Wie ich den Zweiten Weltkrieg verlor und mithalf, die deutschen Invasoren zurückzuwerfen
↗ 4340, auch ↗ 9062
How I Lost the Second World War and Helped Turn Back the German Invasion

WOOD, N. Lee
Faradays Waisen : 6334
Faraday's Orphans

In Erwartung des Mahdi : 5985
Looking for the Mahdi

WYLIE, Jonathan
Kind der Flammen : 9018
Across the Flame

WYNDHAM, John
Das Weibchen der Spezies
↗ 9037
Female of the Species

YEOVIL, Jack
Bestien in Samt und Seide
: 5577
Beasts in Velvet

Unwissende Armeen ↗ 5576
The Ignorant Armies

ZIMMER BRADLEY, Marion
Das Beste aus Marion Zimmer Bradleys Fantasy Magazin 1
: 10391 AR
The Best of Marion Zimmer Bradley's Fantasy Magazine

Der Bronzedrache : 4144, auch : 6359 AR, auch
↗ 79 TdM, auch ↗ 163 TdM, auch ↗ 112 JB
The Brass Dragon

Dämonenlicht : 104 HC
Gravelight

Drei Romane in einem Band
: 79 TdM, auch : 163 TdM

Die Erbin von Ruwenda
: 48 HC
Lady of the Trillium

Geisterlicht : 10394 AR, auch
: 74 HC
Ghostlight

Die Teufelsanbeter : 6697 AR, auch : 9962 AR, auch ↗ 79 TdM,
↗ 163 TdM
Dark Satanic

Trommeln in der Dämmerung
: 6602 AR, auch : 9786 AR, auch ↗ 79 TdM, auch ↗ 163 TdM
Drums of Darkness

Vorwort ↗ 10391 AR
Introduction

ZYX, Victor
Historische Konstanten: Die Notwendigkeit der Wiedervereinigung 1990
↗ 6311
Historické stálé: Nutnost opětného zjednocení 1990 roku